HEYNE<

Das Buch
Wir schreiben das Jahr 1888. Blut fließt auf dem Thron der Windsors – denn die verwitwete Queen Victoria hat niemand anderen zu ihrem Prinzgemahl gemacht als Vlad Tepes, den rumänischen Fürsten, besser bekannt als: Dracula. Nun ist London eine Stadt der Nacht geworden. Draculas karpatische Garde regiert eine Metropole, in der die Reichen und Schönen, aber auch die Ärmsten der Armen sich dem Volk der Finsternis anschließen. Und so die Geschichte, wie wir sie kennen, für immer verändern ...

Mit »Die Vampire« legt der britische Starautor Kim Newman ein phantastisches Epos vor, das seinesgleichen sucht: Von der viktorianischen Epoche im späten 19. Jahrhundert über die Wirren des Ersten Weltkriegs bis in die sechziger Jahre des 20. Jahrhunderts hinein erzählt er die Geschichte unserer Zivilisation aus Sicht der berühmtesten Horror-Geschöpfe aller Zeiten.

»Ein Höhepunkt in der Geschichte der phantastischen Literatur. Kim Newman hat etwas ganz und gar Eigenes geschaffen.«
Publisher's Weekly

»Phänomenal! Die Geschichte des Vampirismus muss umgeschrieben werden!« *Daily Telegraph*

Der Autor
Kim Newman wurde 1959 in London geboren und wuchs in Somerset auf. Mit seiner furiosen Neuerzählung der Vampir-Saga hat er sich internationalen Ruhm erworben. Newman lebt als freier Schriftsteller und Journalist in London.

KIM NEWMAN

DIE VAMPIRE

ROMAN

WILHELM HEYNE VERLAG
MÜNCHEN

Titel der englischen Originalausgaben
ANNO DRACULA
THE BLOODY RED BARON
DRACULA CHA CHA CHA
Deutsche Übersetzung von Thomas Mohr (erstes und zweites Buch)
und Frank Böhmert (drittes Buch)

Verlagsgruppe Random House FSC-DEU-0100
Das für dieses Buch verwendete FSC-zertifizierte Papier
München Super liefert Mochenwangen.

Deutsche Erstausgabe 4/09
Redaktion: Angela Kuepper
Copyright ©1992/1995/1998 by Kim Newman
Copyright © 2009 der deutschen Ausgabe und der Übersetzung
by Wilhelm Heyne Verlag, München
in der Verlagsgruppe Random House GmbH
Printed in Germany 2009
Umschlagbild: Arndt Drechsler
Umschlaggestaltung: Nele Schütz Design, München
Satz: Buch-Werkstatt GmbH, Bad Aibling
Druck und Bindung: GGP Media GmbH, Pößneck

ISBN: 978-3-453-53296-0

www.heyne-magische-bestseller.de

INHALT

Erstes Buch
ANNO DRACULA
7

Zweites Buch
DER ROTE BARON
463

Drittes Buch
DRACULA CHA-CHA-CHA
917

Erstes Buch

ANNO DRACULA

»Wir Szekler dürfen zu Recht stolz sein, denn in unseren Adern strömt das Blut einer Vielzahl tapferer Geschlechter, die wahre Löwenkämpfe um die Herrschaft ausfochten. Hier, in den Strudel europäischer Völker, brachte der Stamm der Ugrier von Island her den Kampfgeist, den Thor und Wodan ihm eingepflanzt hatten. Mit ungeheurer Grausamkeit überschwemmten diese Berserker die Gestade Europas, ja die Asiens und Afrikas dazu, so dass die Leute glaubten, ein Heer von leibhaftigen Werwölfen sei über sie hereingebrochen. Hier auch trafen sie bei ihrer Ankunft auf die Hunnen, deren wilde Streitlust einer lodernden Flamme gleich über die Erde hinweggefegt war, bis die sterbenden Völker wähnten, in ihren Adern fließe das Blut der alten Hexen, die, aus dem Land der Skythen vertrieben, sich dereinst in der Wüste mit den Teufeln paarten. Narren, Narren! Welcher Teufel, welche Hexe war so groß wie Attila, dessen Blut in unseren Adern kreist? Wen mochte es schon wundern, dass wir ein Geschlecht von Eroberern waren, voller Stolz, die Magyaren, die Lombarden, die Awaren, die Bulgaren und die Türken, die zu Tausenden über unsere Grenzen strömten, in die Flucht getrieben zu haben! Und wen mochte es wundern, dass Arpad hier an der Grenze auf uns stieß, als er mit seinen Legionen durch das Vaterland der Ungarn zog! Und als die Ungarnflut schließlich nach Osten hin verebbte, erkannten die siegreichen Magyaren die Szekler als Blutsverwandte an, und man übertrug uns auf Jahrhunderte hinaus die Aufgabe, die Grenze zum Türkenlande zu bewachen, ja mehr noch, bestallte uns mit endlosem Wachdienst an der Grenze, denn wie der Türke sagt: ›Das Wasser schläft, der Feind jedoch schläft nie.‹ Welches der vier Völker hätte das ›blutige Schwert‹ froheren Herzens entgegengenommen als wir, wer eilte auf seinen Kriegsruf hin rascher zu den Fahnen des Königs? Wann wurde die große Schmach meines Volkes gesühnt, die Schmach von Cassova, wo die Banner der Walachen und Magyaren vor dem Halbmond in den Staub sanken? Einer von meinem Geschlecht war es, der die Donau *als Woiwode überschritt und die Türken auf eigenem Grund und Boden schlug! Ein Dracula, in der Tat! Welch ein Jammer, dass, nachdem dieser gefallen war, der eigene unwürdige Bruder sein Volk an die Türken verschacherte und es der Schmach der Knechtschaft aussetzte! ... Als wir nach der Schlacht von Mohács zu guter Letzt das ungarische Joch abwarfen, waren wir vom Geblüt der Dracula aufs Neue unter ihren Führern, denn unser stolzer Geist ertrug es nicht, unfrei zu sein. Ja, junger Herr, die Szekler – und die Dracula als deren Hirn, Herzblut und Schwert – dürfen sich einer Vergangenheit rühmen wie keines dieser jüngst emporgekommenen Geschlechter der Habsburger oder Romanows. Die Zeit der Kriege ist vorbei. Blut ist etwas gar zu Kostbares in diesen schändlichen Zeiten des Friedens, und der Ruhm großer Geschlechter gleicht nur mehr einem oft erzählten Märchen.«*

Graf Dracula

»*Seit sie in meine Hände gelangten, habe ich alle Papiere, die sich mit diesem Monstrum befassen, ein über das andere Mal studiert; und je länger ich sie studierte, desto dringender scheint mir die Notwendigkeit, es vollends zu vernichten. Auf jeder Seite finden sich Spuren seines Fortkommens, nicht nur seiner Macht, sondern seines Wissens um dieselbe. Wie ich, dank der Nachsuchungen meines Freundes Arminius aus Budapest, in Erfahrung bringen konnte, war Dracula zu Lebzeiten ein überaus bewunderungswürdiger Mensch. Soldat, Staatsmann, Alchimist – womit er sich damals auf dem Gipfel wissenschaftlicher Erkenntnis befand. Er verfügte über einen gewaltigen Verstand, eine unvergleichliche Gelehrsamkeit sowie ein Herz, das weder Furcht noch Reue kannte. Nicht einmal vor der Scholomantik schreckte er zurück, und keinen Zweig der Wissenschaft gab es, auf dem er sich nicht versuchte. Nun, in ihm haben die Kräfte des Gehirns den physischen Tod überdauert; wenngleich es scheint, als ob das Gedächtnis nicht ganz lückenlos erhalten sei. In mancherlei Hinsicht war und ist er kaum mehr als ein Kind; doch ist er im Wachsen begriffen, und gewisse Dinge, die zunächst noch kindlich schienen, sind nun zu Mannesgröße herangereift. Er macht seine Erfahrungen, und er weiß sie zu benutzen; und hätten wir nicht seine Pfade gekreuzt, so würde er – und wird es gar, wenn wir denn scheitern – zum Vater und Förderer einer neuen Spezies von Wesen, deren Weg sie, statt durchs Leben, durch den Tod führt.«*

Dr. Abraham Van Helsing

1

Im Nebel

Dr. Sewards Tagebuch
(auf einem Phonographen festgehalten)

17. SEPTEMBER

Die Entbindung der vergangenen Nacht ging leichter als die anderen. Viel leichter als die der vergangenen Woche. Mit ein wenig mehr Übung und Geduld geht womöglich alles leichter. Wenn auch niemals leicht. Niemals … leicht.

Pardon: Es fällt schwer, in geordneten Bahnen zu denken, und dieser staunenswerte Apparat ist unversöhnlich. Weder kann ich gar zu voreilig gesetzte Worte mit Tinte ausstreichen noch eine missratene Seite aus der Heftung reißen. Die Walze dreht sich, die Nadel graviert, und mein weitschweifiger Monolog ist auf alle Zeit unbarmherzig in Wachs eingegraben. Staunenswerte Apparate sind, wie Wunderheilmittel, mit unvorhersehbaren Nebenwirkungen behaftet. Womöglich werden im zwanzigsten Jahrhundert neuartige Verfahren, die Gedanken der Menschen festzuhalten, zu einer Lawine unnützen Geredes führen. *Brevises-*

se laboro, wie es schon bei Horaz so treffend heißt. Ich weiß, wie eine Krankengeschichte vorgetragen werden muss. All dies wird für die Nachwelt von Interesse sein. Einstweilen arbeite ich jedoch *in camera* und verwahre die mir verbliebenen Walzen mit den Aufzeichnungen meiner früheren Berichte an einem geheimen Ort. Wie die Dinge stehen, liefe ich Gefahr an Leib und Leben, würden diese Journale der Öffentlichkeit zu Gehör gebracht. Eines Tages aber hoffe ich meine Motive und Methoden vor aller Welt bekanntgemacht zu sehen.

Nun denn.

Subjekt: weiblich, dem Anschein nach über die zwanzig. Noch nicht sehr lange tot, würde ich meinen. Beruf: unverkennbar. Ort: Chicksand Street. Ecke Brick Lane, der Flower & Dean Street gegenüber. Zeit: kurz nach fünf Uhr *ante meridiem.*

Ich war gut eine Stunde im Nebel, dick wie saure Milch, umhergewandert. Der Nebel ist meinen nächtlichen Geschäften in höchstem Maße förderlich. Je weniger man sieht von dem, wozu die Stadt in diesem Jahr verkommen ist, desto besser. Wie so viele habe ich mir die Gewohnheit zu eigen gemacht, tags zu schlafen und nachts zu arbeiten. Meist falle ich in einen leichten Dämmer; es scheint Jahre her, dass ich zuletzt die Wonnen wirklichen Schlafes genossen habe. Dunkle Stunden sind zu wachen Stunden geworden. Aber das war hier in Whitechapel eigentlich nie anders.

In der Chicksand Street hängt eine jener verfluchten blauen Gedenktafeln, an Nummer 197, einem der Schlupfwinkel des Grafen. Dort standen sechs Kisten voller Erde, denen er und Van Helsing solch abergläubische und, wie es sich ergab, unberechtigte Bedeutung beimaßen. Lord Godalming sollte sie vernichten; doch wie so oft erwies sich mein adeliger Freund als der Aufgabe nicht gewachsen. Ich stand, unfähig, die Inschrift zu entziffern, vor der Tafel und sann über unser Scheitern nach, als das tote Mädchen meine Aufmerksamkeit zu erregen suchte.

»Mister ...«, rief es. »*Missssster ...*«

Wie ich mich umwandte, ließ es seine Federboa auf die Schultern sinken. Hals und Busen waren weiß wie Schnee. Eine lebende Frau hätte gezittert vor Kälte. Sie stand unter einer Treppe, die zu einer Tür im ersten Stockwerk hinaufführte, über der eine rote Laterne brannte. Hinter ihr, von den Stufen mit Balken verschattet, befand sich eine zweite Tür, auf halber Höhe unter dem Trottoir. Weder in diesem noch einem anderen in Sehweite gelegenen Haus schien eine Lampe. Wir weilten auf einer helllichten Insel in einem dunsttrüben Meer.

Ich ging quer über die Straße, und meine Stiefel rührten den tiefliegenden Nebel in fahlgelben Wirbeln auf. Es war niemand in der Nähe. Zwar hörte ich Passanten, doch standen wir wie hinter einem Vorhang. Bald sollten die ersten Dornen der Dämmerung auch die letzten Neugeborenen von den Straßen vertreiben. Das tote Mädchen war für seinesgleichen noch spät auf den Beinen. Gefährlich spät. Seine Sucht nach Geld, nach Trunk, war offenbar immens.

»Was für ein hübscher Gentleman«, girrte die junge Frau. Sie wedelte mit der Hand, und ihre spitzen Nägel rissen Nebelschwaden in Fetzen.

Ich bestrebte mich, ihr Gesicht auszumachen, und wurde belohnt mit einem Anblick hagerer Niedlichkeit. Sie legte den Kopf ein wenig schief, um mich zu betrachten, und eine Strähne pechschwarzen Haars fiel von ihrer weißen Wange. In ihren schwarzroten Augen stand Interesse – und Verlangen. Sowie eine Art von halb gewahrem Amüsement, das direkt an Verachtung grenzt. Dieser Blick ist unter Frauenzimmern, einerlei welchen Gewerbes, durchaus nichts Ungewöhnliches. Als Lucy – Miss Westenra, Gott sei ihrer lieben Seele gnädig – meinen Antrag abwies, blitzte ein ähnlicher Funke auf in ihren Augen.

»... und noch dazu um diese Zeit.«

Sie war keine Engländerin. Ihrem Akzent nach zu urteilen, mochte sie in Deutschland oder Österreich gebürtig sein, der Hauch eines »tsch« bei »Tschendelmen« … Das London unseres Prinzgemahls, vom Buckingham-Palast bis hinunter zu Buck's Row, ist das Senkloch Europas, verstopft mit den *ejecta* zweier Dutzend Fürstentümer.

»Kommen Sie, Sir, geben Sie mir einen Kuss.«

Einen Augenblick lang stand ich schlicht da und schaute. Sie war in der Tat ein auffallend niedliches Ding. Ihr glänzendes Haar war kurzgeschnitten und gelackt, fast wie das einer Chinesin, eine Stirnlocke wie die Backenstütze eines Römerhelms. Im Nebel erschienen ihre roten Lippen durch und durch schwarz. Unzweideutig eine von *ihnen*, setzte sie ein gar zu leutseliges Lächeln auf, das spitze Zähne weiß wie Perlsplitter entblößte. Ihren Geruch zu verbergen, war sie in eine Wolke billigen Parfüms von widerlicher Süßigkeit gehüllt.

Die Straßen sind voller Unrat, offene Kloaken des Lasters. Die Toten sind überall.

Das melodiöse Lachen des Mädchens klang, als habe man es einem Mechanismus entrungen, und es winkte mich heran, ließ seine zerlumpten Federn tiefer über die Schultern gleiten. Bei seinem Lachen musste ich abermals an Lucy denken. Die Lucy, die von Leben sprühte, nicht jenes blutsaugerische Ding, dem wir auf dem Friedhof von Kingstead den Garaus machten. Vor drei Jahren, als nur Van Helsing daran glaubte …

»Nun gib mir schon ein Küsschen«, trällerte die junge Frau. »Nur ein klitzekleines Küsschen.«

Sie schürzte die Lippen zu einem Herz. Erst berührten ihre Nägel meine Wange, dann ihre Fingerspitzen. Mir war kalt, sie war kalt; mein Gesicht war eine Maske aus Eis, ihre Finger Nadeln, die gefrorene Haut durchbohrten.

»Was hat dich nur so weit gebracht?«, fragte ich.

»Glück und wohlwollende Herren.«

»Bin ich ein wohlwollender Herr?«, fragte ich und packte das Skalpell in meiner Hosentasche.

»Aber ja, sehr wohlwollend sogar. Für so was hab ich einen guten Blick.«

Ich presste die flache Seite des Instruments gegen meinen Schenkel, spürte das kühle Prickeln des Silbers noch durch das teure Tuch.

»Ich hab ein paar Misteln bei mir«, sagte das tote Mädchen, löste einen kleinen Zweig von seinem Mieder und hob ihn über den Kopf. »Einen Kuss?«, fragte es. »Ein Kuss kostet nur einen Penny.«

»Für Weihnachten ist es noch etwas früh.«

»Zeit für einen Kuss ist immer.«

Es schüttelte den Zweig, und die Beeren schaukelten wie stumme Glöckchen. Ich hauchte einen kalten Kuss auf seine rotschwarzen Lippen und zog mein Messer hervor, hielt es unter dem Mantel umfasst. Ich spürte die Schärfe der Klinge durch meinen Handschuh. Seine Wange war kühl an meiner Haut.

Das Mädchen der vergangenen Woche, in der Hanbury Street – Chapman mit Namen, so stand es in der Zeitung, Annie oder Anne –, hat mich gelehrt, mein Geschäft mit Schnelligkeit und Präzision zu verrichten. Kehle. Herz. Eingeweide. Dann herunter mit dem Kopf. Und schon ist die Kreatur erledigt. Reines Silber und ein reines Gewissen. Geblendet von Symbolismus und Legenden, sprach Van Helsing zwar immerzu vom Herzen, doch erfüllen alle wichtigen Organe ihren Zweck. Die Nieren sind am bequemsten zu erreichen.

Ich hatte sorgfältige Vorbereitungen getroffen, ehe ich mich aus dem Hause wagte. Eine halbe Stunde saß ich da und ließ mich der Schmerzen gewahr werden. Renfield ist tot – wirklich tot –, doch hat der Wahnsinnige die Male seines Kiefers in meiner rechten

Hand zurückgelassen. Der Halbkreis tiefer Zahnabdrücke ist seither oftmals verschorft, aber nie gänzlich verheilt. Bei der Chapman war ich betäubt von dem Laudanum, das ich einzunehmen pflege, und ging nicht mit der erforderlichen Präzision zu Werke. Auch dass ich das Messer linkshändig zu führen lernte, hat nichts geholfen. Ich verfehlte die Hauptschlagader, was dem Ding Zeit ließ zu schreien. Ich fürchte, ich verlor die Beherrschung und tat wie ein Schlächter, was ich doch hätte tun sollen wie ein Chirurg.

Vergangene Nacht ging es erheblich besser. Zwar hielt das Mädchen ebenso hartnäckig am Leben fest, doch nahm es mein Geschenk gebührend an. Am Ende war es wohl erleichtert, seine Seele geläutert zu wissen. Silber ist inzwischen schwer zu beschaffen. Sämtliche Münzen sind aus Gold oder Kupfer. Während der Geldumstellung hortete ich Threepennies und opferte das Tafelbesteck meiner Mutter. Die Instrumente besitze ich seit meiner Zeit in Purfleet. Nun sind die Klingen plattiert, ein hartstählerner Kern, umhüllt von todbringendem Silber. Dieses Mal wählte ich das Obduktionsskalpell. Es ist nur recht und billig, meine ich, sich eines Werkzeugs zu bedienen, das dazu bestimmt ist, in Leichen zu wühlen.

Das tote Mädchen lockte mich zu seiner Tür und raffte die Röcke hoch über schlanke, weiße Beine. Ich nutzte den Augenblick, seine Bluse zu öffnen. Brennend vor Schmerz, tasteten meine Finger ungeschickt umher.

»Deine Hand?«

Ich hob die plumpe, behandschuhte Faust und versuchte ein Lächeln. Es küsste meine geballten Knöchel, und ich ließ die andere Hand unter dem Mantel hervorgleiten, das Skalpell fest umklammernd.

»Eine alte Wunde«, sagte ich. »Nichts weiter.«

Es lächelte, und rasch zog ich meine Silberklinge unter festem Druck des Daumens quer über seinen Hals, schnitt tief in makelloses, totes Fleisch. Seine Augen weiteten sich vor Schreck – Silber tut *weh* –, und es stieß einen langgezogenen Seufzer aus. Schmale Blutrinnsale tröpfelten wie Regen gegen eine Fensterscheibe und befleckten die Haut über dem Schlüsselbein. Ein einzelner Blutstropfen trat aus seinem Mundwinkel hervor.

»Lucy«, sagte ich, voll der Erinnerung ...

Ich hielt das Mädchen aufrecht, beschirmte es mit meinem Körper vor den Blicken von Passanten und stieß ihm das Skalpell durch den Schnürleib ins Herz. Ich spürte, wie es erschauerte und leblos hinsank. Aber da ich um die Zähigkeit der Toten weiß, gab ich mir alle Mühe bei der Verrichtung meines Geschäfts. Ich legte es nieder im Treppenraum unter dem Trottoir und führte die Entbindung zu Ende. Es hatte nur wenig Blut in sich; es war heute Abend offenbar ohne Nahrung geblieben. Nachdem ich ihm das Korsett vom Leib geschnitten hatte – die Klinge ging mit Leichtigkeit durch den billigen Stoff –, legte ich das durchbohrte Herz frei, löste die Eingeweide vom Gekröse, entwirrte gut ein Yard des Grimmdarms und entfernte die Nieren sowie einen Teil des Uterus. Dann vergrößerte ich die erste Inzision. Nachdem ich die Wirbelsäule freigelegt hatte, zerrte ich den baumelnden Kopf hin und her, bis die Nackenknochen brachen.

2

Geneviève

Lautes Hämmern drang in ihre Finsternis. Beharrliche, wiederholte Schläge. Fleisch und Knochen gegen Holz.

Im Traum war Geneviève in ihre Mädchenjahre im Frankreich des Spinnenkönigs, der *Pucelle* und des monströsen Gilles zurückgekehrt. Zu Lebzeiten war sie die Tochter des Feldscherers gewesen und nicht eine von Chandagnacs Geblüt. Vor ihrer Verwandlung, vor dem dunklen Kuss ...

Ihre Zunge glitt über vom Schlaf verklebte Zähne. Sie hatte den Geschmack ihres eigenen Blutes im Munde, anekelnd und leicht erregend.

Das Hämmern in ihrem Traum rührte von einem Klöppel her, mit dem auf die Spitze eines entzweigebrochenen Bauernspießes eingedroschen wurde. Der englische Captain mordete ihren Fangvater wie einen Schmetterling, nagelte Chandagnac an die blutgetränkte Erde. Eines der wenigen denkwürdigen Scharmützel des Hundertjährigen Krieges. Barbarische Zeiten, die sie der verdienten Vergessenheit anheimgefallen hoffte.

Das Hämmern hielt an. Sie öffnete die Augen und suchte sich auf das getrübte Glas des Oberlichts zu konzentrieren. Die Sonne war noch nicht vollends versunken. In einem Nu verflog ihr Traum, und sie war wach, als hätte man ihr eine Gallone Eiswassers ins Gesicht geklatscht.

Das Hämmern verstummte. »Mademoiselle Dieudonné«, brüllte jemand. Es war nicht der Direktor, der sie mit dringenden Gesuchen für gewöhnlich aus dem Schlaf riss, und doch kam ihr die Stimme bekannt vor. »Öffnen Sie die Tür. Scotland Yard.«

Sie setzte sich auf, und das Betttuch glitt ihr von den Schultern. Sie schlief in ihren Unterkleidern auf dem Fußboden, auf einer Decke, die über die grob behauenen Dielen ausgebreitet lag.

»Silver Knife hat wieder zugeschlagen.«

Sie hatte sich in ihrer winzigen Amtsstube in Toynbee Hall zur Ruhe gelegt. Hier konnte sie gefahrlos wie sonst nirgends die wenigen Tage des Monats verbringen, an denen die Mattigkeit sie überkam und sie den Schlaf der Toten schlief. Unmittelbar unter dem Dach des Gebäudes gelegen, verfügte das Zimmer allein über ein winziges Oberlicht, und die Tür ließ sich von innen verschließen. Es genügte ihren Zwecken, so wie Särge und Grüfte denen vom Geblüt des Prinzgemahls genügten.

Sie stieß einen beschwichtigenden Seufzer hervor, und das Hämmern blieb aus. Sie räusperte sich. Ihr seit Tagen ruhender Körper knackte in den Gelenken, als sie sich reckte. Eine Wolke schob sich vor die Sonne, und einen Moment lang ließen die Schmerzen nach. Sie stand im Dunkeln auf und fuhr sich mit den Fingern durch das Haar. Die Wolke zog vorüber, und ihre Kraft schwand dahin.

»Mademoiselle?«

Das Hämmern begann von neuem. Die Jugend war voller Ungestüm. Einst war sie ebenso gewesen.

Geneviève nahm einen Schlafrock aus chinesischer Seide von einem Haken und warf ihn sich über. Dies war zwar nicht eben die von der Etikette vorgeschriebene Kleidung, um Herrenbesuch zu empfangen, würde jedoch fürs Erste genügen müssen. Die Etikette, vor wenigen Jahren noch von allergrößter Wichtigkeit, verlor immer mehr an Bedeutung. In Mayfair schliefen sie in mit Erde ausgekleideten Särgen, und auf der Pall Mall gingen sie in Rudeln auf die Jagd. In diesem Jahr galt der korrekten Form der Anrede eines Erzbischofs schwerlich ein übermäßiges Interesse.

Schlaftrunken schob sie den Riegel zurück. Draußen neigte sich der Nachmittag dem Ende zu; ihre Verfassung würde sich erst bessern, wenn die Nacht sie wiederhatte. Sie zog die Tür auf. Ein gedrungener Neugeborener stand im Flur; er trug den langen Mantel lose um die Schultern, und seine Finger spielten nervös mit einem Bowler.

»Sie gehören gewiss nicht zu jenen Menschen, die eine Einladung benötigen, um ihren Antrittsbesuch abzustatten, nicht wahr, Lestrade?«, erkundigte sich Geneviève. »Das wäre auch überaus hinderlich für einen Mann Ihres Fachs. Nun gut, kommen Sie herein, kommen Sie herein …«

Sie trat beiseite und ließ den Mann von Scotland Yard ein. Scharf gezackte Zähne ragten aus seinem Mund, die auch der kümmerliche Schnurrbart nicht verbergen konnte. Schon zu Lebzeiten hatte er ausgesehen wie eine Ratte; die spärlichen Barthaare nun machten ihn zu deren vollkommenem Ebenbild. Seine Ohren veränderten sich, sie wurden lang und spitz. Wie die meisten Neugeborenen vom Geblüt des Prinzgemahls hatte er seine endgültige Gestalt noch nicht gefunden. Obgleich er eine Rauchglasbrille trug, ließen karmesinrote Punkte hinter den Linsengläsern lebhafte Augen erahnen.

Er legte seinen Hut auf ihren Schreibtisch.

»Letzte Nacht«, begann er hastig, »in der Chicksand Street. Die reinste Metzelei.«

»Letzte Nacht?«

»Verzeihung.« Sich auf ihre Ruhezeit besinnend, holte er Atem. »Heute ist der siebzehnte September.«

»Dann habe ich drei Tage geschlafen.«

Geneviève öffnete ihren Schrank und betrachtete die wenigen Kleidungsstücke darin. Zu feierlichen Anlässen fehlte ihr die passende Garderobe. Es war jedoch kaum zu erwarten, dass sie in naher Zukunft zu einem Empfang in den Palast geladen würde. Das einzige ihr verbliebene Schmuckstück war das winzige Kruzifix ihres Vaters, das sie allerdings nur selten trug, aus Angst, ein empfindsamer Neugeborener könne auf dumme Gedanken kommen.

»Ich hielt es für das Beste, Sie zu wecken. Alles befindet sich in hellstem Aufruhr. Die Gemüter sind erhitzt.«

»Das war sehr vernünftig von Ihnen«, sagte sie und rieb sich den Schlaf aus den Augen. Noch die letzten Splitter Sonnenlichts, die durch das getrübte Glasgeviert hereinfielen, waren wie Eiszapfen, die ihr in die Stirn getrieben wurden.

»Sowie die Sonne untergegangen ist«, sagte Lestrade soeben,

»bricht die Hölle los. Die Sache könnte sich zu einem zweiten Blutsonntag auswachsen. Man munkelt sogar, Van Helsing sei zurückgekehrt.«

»Das würde dem Prinzgemahl gewiss gefallen.«

Lestrade schüttelte den Kopf. »Nichts als ein Gerücht. Van Helsing ist tot. Sein Kopf steckt fest auf seinem Pfahl.«

»Haben Sie das überprüfen lassen?«

»Der Palast steht unter ständiger Bewachung. Der Prinzgemahl hat seine Karpater um sich versammelt. Unsereins kann gar nicht vorsichtig genug sein. Wir haben viele Feinde.«

»Unsereins?«

»Die Untoten.«

Geneviève hätte beinahe laut aufgelacht. »Ich gehöre nicht zu Ihresgleichen, Inspektor. Sie stammen von Vlad Tepes ab, ich von Chandagnac. Wir sind bestenfalls entfernte Verwandte.«

Der Detective zuckte schnaubend mit den Achseln. Ihre Abstammung bedeutete den Vampiren Londons nicht sehr viel, dessen war sich Geneviève bewusst. Ob dritten, zehnten oder zwanzigsten Verwandtschaftsgrades, Vlad Tepes war ihrer aller Fangvater.

»Wer?«, fragte sie.

»Eine Neugeborene namens Schön, Lulu. Gewöhnliche Prostituierte, wie die anderen auch.«

»Das wäre dann die ... vierte?«

»Darüber besteht noch keine Gewissheit. Die Sensationspresse hat jede unaufgeklärte Bluttat ausgegraben, die in den vergangenen dreißig Jahren im East End verübt wurde, und sie dem Whitechapel-Mörder zur Last gelegt.«

»In wie vielen Fällen ist sich die Polizei denn sicher?«

Lestrade schnaubte. »Bis die gerichtliche Untersuchung abgeschlossen ist, sind wir uns nicht einmal bei der Schön sicher, obwohl ich glatt meine Pension auf sie verwetten würde. Ich komme geradewegs aus dem Leichenschauhaus. Die Handschrift ist unverkennbar. Wie bei Annie Chapman in der letzten und Polly Nichols in der Woche davor. In zwei anderen Fällen sind die Meinungen geteilt. Emma Smith und Martha Tabram.«

»Was meinen Sie?«

Lestrade knabberte an seiner Unterlippe. »Nur die drei. Die drei wenigstens, von denen wir Kenntnis haben. Die Smith wurde von Gesindel aus dem Jago überfallen, ausgeraubt und mit einem Pflock gespießt. Geschändet noch dazu. Typisch für eine verrohte Diebesbande, unser Mann geht ganz anders zu Werke. Und die Tabram war warmblütig. Silver Knife ist ausschließlich an uns interessiert. An Vampiren.«

Geneviève verstand.

»Dieser Mann steckt voller *Hass*«, fuhr Lestrade fort, »voller Hass und Leidenschaft. Die Morde können nur in völliger Raserei begangen worden sein, und doch haftet ihnen ein gewisser Kaltsinn an. Er tötet auf offener Straße, in finsterster Dunkelheit. Er metzelt nicht einfach, er *seziert*. Dabei sind Vampire mitnichten leichte Beute. Unser Mann ist kein Verrückter. Er hat ein *Anliegen*.«

Lestrade fühlte sich von den Verbrechen persönlich getroffen. Der Whitechapel-Mörder hinterließ tiefe Wunden. Die Neugeborenen waren hin- und hergerissen wegen eines Irrtums, krümmten und wanden sich vor dem Kruzifix wegen einer missverstandenen Legende.

»Hat sich die Nachricht schon verbreitet?«

»Wie ein Lauffeuer«, erwiderte der Detective. »Alle Abendausgaben haben etwas darüber gebracht. Inzwischen wird es in ganz London herum sein. Unter den Warmblütern gibt es viele, die uns nicht sehr wohlgesinnt sind, Mademoiselle. Ebenjene triumphieren jetzt natürlich. Wenn die Neugeborenen hervorkommen, könnte eine Panik ausbrechen. Ich habe angeregt, Truppen einzusetzen, aber Warren ist misstrauisch. Und ich muss sagen, nach der Sache im vergangenen Jahr ...«

Sie konnte sich noch gut daran erinnern. Da es nach der königlichen Hochzeit in wachsendem Maße zu öffentlichen Tumulten gekommen war, hatte Sir Charles Warren, der Commissioner der Metropolitan Police, vorsorglich ein Verbot politischer Versammlungen auf dem Trafalgar Square erlassen. Dem zum Trotz hatte sich eines schönen Novembernachmittags eine Anzahl warmblütiger Rebellen zusammengefunden, um wider die Krone und die neue Regierung zu eifern. Unterstützt von dem radikalen Parlamentsabgeordneten Robert Cunningham-Grahame sowie Annie Besant von der Nationalen Freidenker-Gesellschaft stritten William Morris und H. M. Hyndman vom Sozial-Demokratischen Bund für die Proklamation einer Republik. Es entbrannte eine hitzige, ja gewaltsame Debatte. Geneviève verfolgte sie aus sicherem Abstand von der Treppe der Nationalgalerie aus. Sie war nicht der einzige Vampir, der mit dem Gedanken an eine Republik liebäugelte. Man brauchte kein Warmblüter zu sein, um Vlad Tepes für ein Monstrum zu halten. Eleanor Marx, selbst Neugeborene und neben Dr. Edward Aveling Verfasserin des Buches *Zur Vampirfrage,* verlangte in einer zündenden Rede die Abdankung Königin Viktorias und die Ausweisung des Prinzgemahls.

»... kann ich ihm das nicht verdenken. Dennoch ist Abteilung H für einen Aufruhr nicht gerüstet. Der Yard hat mich geschickt, um den Gaunern dieser Gegend kräftig heimzuleuchten, dabei sind wir bereits vollauf damit beschäftigt, den Mörder zu suchen, ohne uns auch noch mit einer Sicheln und Spieße schwingenden Rotte herumplagen zu müssen.«

Geneviève war neugierig, wie Sir Charles sich wohl entschließen würde. Im November hatte Warren – einst erst Soldat, dann Polizist, nun erst Vampir und dann Soldat – die Armee zu Hilfe gerufen. Und noch ehe ein verwirrter obrigkeitlicher Beamter die Aufruhrakte vollständig verlesen konnte, befahl ein Dragoneroffizier seinen Männern, unter denen sich Vampire wie auch Warmblüter befanden, den Square zu räumen. Nach dieser Attacke machte die Karpatische Garde des Prinzgemahls sich über die Menge her und richtete mit Zähnen und Klauen größeren Schaden an als die Dragoner mit ihren aufgepflanzten Bajonetten. Es gab nur wenige Tote, dafür aber viele Verletzte; hernach gab es nur wenige Prozesse, dafür aber viele »Vermisste«. Der 13. November 1887 ging als »Blutsonntag« in die Geschichte ein. Geneviève verbrachte eine Woche im Guy's Hospital und half, die Leichtverwundeten zu pflegen. Viele spuckten sie an oder verwehrten sich dagegen, von einer wie ihr umsorgt zu werden. Hätte nicht die Königin höchstselbst sich eingemischt und beruhigend auf ihre ergebenen Untertanen eingewirkt, wäre das Empire womöglich explodiert wie ein Fass Schießpulver.

»Und was, bitte, soll ich tun«, fragte Geneviève, »um den Zwecken des Prinzgemahls zu dienen?«

Lestrade kaute an seinem Schnurrbart; seine Zähne schimmerten, und seine Lippen waren schaumgesprenkelt.

»Sie werden womöglich gebraucht, Mademoiselle. Toynbee Hall wird bald aus allen Nähten platzen. Manche weigern sich, das Haus zu verlassen, solange der Mörder sein Unwesen treibt. Andere verbreiten Angst und Schrecken, werden Feuer und Flamme für die Pöbeljustiz.«

»Ich bin nicht Florence Nightingale.«

»Sie verfügen über Einfluss …«

»Was Sie nicht sagen.«

»Ich wollte … ich möchte Sie in aller Bescheidenheit ersuchen … Ihren Einfluss geltend zu machen, damit die Lage sich beruhigt. Bevor es zu einer Katastrophe kommt. Bevor noch mehr Unschuldige ihr Leben lassen müssen.«

Geneviève scheute sich nicht, ihre Überlegenheit gehörig auszukosten. Sie streifte ihren Schlafrock ab; der Kriminalbeamte war entsetzt. Auch Tod und Wiedergeburt hatten es nicht vermocht, ihm die Vorurteile seiner Epoche auszutreiben. Lestrade versteckte sich hinter seiner Rauchglasbrille, während sie sich rasch ankleidete. Mit zierlichen, spitzen Fingern schloss sie die kleinen Haken und Knöpfe an ihrem flaschengrünen Kostüm, deren Zahl in die Hunderte zu gehen schien. Ihr war, als sei die Kleidung ihrer warmblütigen Tage, schwer und verfänglich wie eine Ritterrüstung, einzig aus dem Grund wieder *en vogue,* sie fürchterlich zu quälen. Als Neugeborene hatte sie voller Erleichterung die schlichten Kittelgewänder und karierten Hosen getragen, welche die Jungfrau von Orleans wenn schon nicht in die Mode, so doch in die Gesellschaft eingeführt hatte, und geschworen, sich nie wieder in Abendgarderobe zwängen zu lassen, die ihr den Atem abschnürte.

Der Inspektor war zu bleich, um angemessen zu erröten. Dennoch erschienen auf seinen Wangen Flecke von der Größe eines Pennys, und er begann unwillkürlich zu schnaufen. Wie so mancher Neugeborene verhielt sich Lestrade ihr gegenüber, als sei sie tatsächlich ebenso alt, wie sie auch aussah. Sechzehn Jahre hatte sie gezählt, als sie von Chandagnac den dunklen Kuss bekam. Sie war wenigstens zehn Jahre älter als Vlad Tepes. Zu einer Zeit, da er als warmblütiger Christenfürst sein Leben fristete, den Türken die Turbane an den Schädel nagelte und seine Landsleute auf gespitzte Pfähle spießte, war sie bereits eine Neugeborene gewesen und hatte sich jene Fertigkeiten angeeignet, die sie nun zur Langlebigsten ihres Stammes machten. Nach viereinhalb Jahrhunderten hatte sie Mühe, ihren Zorn zu unterdrücken, wenn soeben auferstandene Tote, deren Blut noch kaum erkaltet war, sie gönnerhaft behandelten.

»Silver Knife muss ausfindig und unschädlich gemacht werden«, sagte Lestrade. »Bevor er erneut zu morden beginnt.«

»Zweifellos«, pflichtete Geneviève bei. »Das klingt ganz nach einem Fall für Ihren alten Kampfgefährten, den beratenden Detektiv.«

Dank ihrer hellwachen Sinne, die ihr auch verrieten, dass die Nacht hereinbrach, spürte sie förmlich, wie das Blut des Inspektors gefror.

»Mr. Holmes steht es momentan nicht frei, Nachforschungen anzustellen, Mademoiselle. Er hat gewisse Differenzen mit der gegenwärtigen Regierung.«

»Sie meinen, man hat ihn, wie so viele unserer klügsten Köpfe, in eines der Gefängnisse in den Sussex Downs verbracht? Wie nennt sie die *Pall Mall Gazette* doch gleich, Konzentrationslager?«

»Sein Mangel an Voraussicht ist bedauerlich …«

»Wo ist er? In Devil's Dyke?«

Lestrade nickte, beinahe beschämt. Der Mensch in seinem Innern lebte fort. Neugeborene hielten hartnäckig an ihrem warmblütigen Dasein fest, ganz so, als ob sich nichts verändert hätte. Wie lange es wohl dauerte, bis sie wurden wie die Vampirmetzen, die der Prinzgemahl aus dem Land jenseits der Berge herbeigeschafft hatte, bestrumpfte Begierde, die ohne Sinn und Verstand auf Raub ausging?

Geneviève strich ihre Manschetten glatt und wandte sich mit leicht ausgestreckten Armen zu Lestrade um. Eine aus vielen Leben ohne Spiegel geborene Gewohnheit, immerzu ein Urteil über ihr Äußeres einholen zu müssen. Missmutig bekundete der Kriminalbeamte seine Zustimmung. Sie raffte einen Kapuzenmantel um ihre Schultern und verließ, gefolgt von Lestrade, das Zimmer.

Die Gaslampen auf dem Flur waren schon entzündet. Draußen erstickte heraufziehender Nebel die letzten Sonnenstrahlen. Durch ein offenes Fenster drang kühle Luft herein. Geneviève schmeckte das Leben darin. Sie musste frische Nahrung finden, binnen zwei oder drei Tagen. So war es jedes Mal nach ihrer Ruhezeit.

»Die gerichtliche Untersuchung im Falle Schön ist für den morgigen Abend anberaumt«, sagte Lestrade, »im Arbeiterverein. Es wäre von Vorteil, wenn Sie dabei sein könnten.«

»Sehr gern, aber darüber muss ich mich erst mit dem Direktor besprechen. Schließlich brauche ich einen Vertreter, der währenddessen meine Pflichten wahrnimmt.«

Sie waren auf der Treppe. Das Haus erwachte zum Leben. Einerlei, welche Veränderungen der Prinzgemahl in London auch herbeiführte, Toynbee Hall – begründet von Reverend Samuel Barnett zu Ehren des verstorbenen Philanthropen Arnold Toynbee – war unentbehrlich. Die Armen benötigten Obdach, Nahrung, ärztliche Hilfe und Unterricht. Den aller Möglichkeit nach unsterblichen, hilf- und mittellosen Neugeborenen erging es kaum besser als ihren warmblütigen Brüdern und Schwestern. Vielen unter ihnen war das East End letzter Zufluchtsort. Geneviève fühlte sich wie Sisyphos, der bis in alle Ewigkeit einen Felsblock den Berghang hinaufwälzte, als falle sie mit jedem Schritt nach vorn drei Schritte zurück.

Auf dem Treppenabsatz im ersten Stockwerk saß ein kleines dunkelhaariges Mädchen mit einer Stoffpuppe auf dem Schoß. Einer ihrer Arme war verschrumpft, und darunter hing ein faltiger Klumpen ledriger Membranen. Ihr schmutzfarbenes Kleid hatte man aufgetrennt, um ihr Bewegungsfreiheit zu verschaffen. Lily lächelte; ihre spitzen Zähne waren schief verwachsen.

»Gené«, sagte Lily, »schau nur …« Lächelnd streckte sie den spindeldürren Arm aus. Er wurde länger, kräftiger; der behaarte, graubraune Hautsack straffte sich. »Ich hab mit meinen Flügeln geübt. Bald flieg ich bis zum Mond und wieder zurück.«

Geneviève wandte sich ab und sah, dass auch Lestrade interessiert die Deckentäfelung betrachtete. Sie kehrte sich wieder zu Lily um, ging in die Knie und streichelte ihren Arm. Die dicke Haut fühlte sich unecht an, als wollten die Muskeln darunter in entgegengesetzte Richtungen ziehen. Weder Ellbogen noch Handgelenk griffen eigentlich ineinander. Vlad Tepes konnte mühelos seine Gestalt wandeln, die Neugeborenen von seinem Geblüt hingegen hatten den Kniff noch nicht heraus. Was sie jedoch nicht daran hinderte, es immer wieder zu versuchen.

»Ich bring dir ein bisschen Käse mit«, sagte Lily, »als Geschenk.«

Geneviève strich über Lilys Haar und erhob sich. Die Tür des Direktorzimmers stand offen. Sie trat ein, klopfte im Vorübergehen mit dem Fingerknöchel gegen das Holz. Der Direktor saß hinter seinem Schreibtisch und besprach mit Morrison, seinem Sekretär, den Stundenplan. Der Direktor war recht jung, und noch floss warmes Blut in seinen Adern, doch sein Gesicht war zerfurcht, das Haar mit grauen Strähnen durchsetzt. Viele derer, die die Verwandlung vollzogen hatten, sahen aus wie er, älter als sie eigentlich waren. Lestrade folgte Geneviève in die Amtsstube. Der Direktor erwiderte den Gruß des Beamten. Morrison, ein stiller junger Mann mit einem Faible für japanische Drucke und die Literatur, trat in den Schatten zurück.

»Jack«, sagte sie, »Inspektor Lestrade möchte, dass ich morgen einer gerichtlichen Untersuchung beiwohne.«

»Es hat wieder einen Mord gegeben«, erwiderte der Direktor, mehr eine Feststellung denn eine Frage.

»Eine Neugeborene«, sagte Lestrade. »In der Chicksand Street.«

»Lulu Schön«, ergänzte Geneviève.

»War sie uns bekannt?«

»Gut möglich, wenn auch wahrscheinlich unter einem anderen Namen.«

»Arthur soll in den Unterlagen nachsehen«, sagte der Direktor. Er blickte Lestrade an, deutete jedoch auf Morrison. »Sie werden sich gewiss für die Einzelheiten interessieren.«

»Wieder ein Straßenmädchen?«, fragte Morrison.

»Ja, natürlich«, antwortete Geneviève.

Der junge Mann blickte zu Boden. »Ich glaube, sie war schon einmal bei uns«, sagte er. »Eine von Booths verlorenen Seelen.« Als er den Namen des Generals aussprach, verzog er angewidert das Gesicht. Für die Heilsarmee waren die Untoten rettungslos verloren, schlimmer noch als andere Trunkenbolde. Obgleich warmblütig, konnte Morrison sich diesem Urteil nicht anschließen.

Der Direktor trommelte mit den Fingern auf seinen Schreibtisch. Er vermittelte wie gewohnt den Anschein, als habe sich soeben unvermutet die Last der Welt auf seine Schultern gesenkt.

»Können Sie mich entbehren?«

»Wenn er von seinem Kricketausflug zurück ist, kann Druitt an Ihrer Stelle den Rundgang machen. Und wenn die Vorlesungspläne unter Dach und Fach sind, kann Arthur übernehmen. Wir hatten Sie, äh, ohnehin nicht vor zwei oder drei Nächten zurückerwartet.«

»Vielen Dank.«

»Nicht der Rede wert. Halten Sie mich auf dem Laufenden. Was ist das nur für eine grässliche Geschichte.«

Geneviève dachte ebenso. »Ich will sehen, was ich tun kann, um die Einheimischen zu beruhigen. Lestrade rechnet fest mit einem Aufruhr.«

Der Polizist machte einen unsteten, verlegenen Eindruck. Einen Moment lang kam Geneviève sich schäbig vor, weil sie mit dem Neugeborenen ihren Spott getrieben hatte. Sie tat ihm Unrecht.

»Vielleicht kann ich ja tatsächlich etwas unternehmen. Mit einigen der neugeborenen Mädchen reden. Ihnen einschärfen, sich vorzusehen, sich umzuhören, ob womöglich jemand etwas weiß.«

»Nun denn, Geneviève. Viel Glück. Guten Abend, Lestrade.«

»Gute Nacht«, erwiderte der Kriminalbeamte und setzte seinen Hut auf, »Dr. Seward.«

3

Soirée Noire

Florence Stoker läutete zaghaft ihr Glöckchen, jedoch nicht etwa, um das Dienstmädchen herbeizurufen, sondern um die Aufmerksamkeit ihrer Salongäste für sich zu gewinnen. Das kleine Schmuckstück bestand aus Aluminium, *nicht* aus Silber. Jäh verstummten Plaudereien und Geschirrgeklapper. Die Teegesellschaft merkte auf, der Hausherrin Gehör zu schenken.

»Es erwartet Sie nun eine wichtige Bekanntmachung«, verkündete Florence mit derartigem Entzücken, dass der Singsang von Clontarf, den sie gewöhnlich rigoros zu unterdrücken verstand, sich unbemerkt in ihre Stimme schlich.

Von einem Augenblick zum anderen war Beauregard in sich gefangen. Zwar konnte er mit Penelope an seiner Seite kaum umhin, die Hürde zu nehmen, doch hatte sich die Lage unversehens geändert. Seit einigen Monaten schon schwankte er am Rande eines Abgrunds. Nun aber stürzte er, innerlich schreiend, auf die zweifelsohne zerklüfteten Felsen zu.

»Penelope, Miss Churchward«, begann er und hielt inne, sich zu räuspern, »hat mir die Ehre erwiesen ...«

Alle Anwesenden hatten sogleich begriffen, dennoch musste er die Worte über die Lippen bringen. Ihn dürstete nach einem weiteren Schluck von dem dünnen Tee, den Florence nach Art der Chinesen in exquisiten Schälchen servierte.

Voller Ungeduld brachte Penelope den Satz an seiner statt zu Ende. »Wir wollen uns vermählen. Kommenden Frühling.«

Mit schlanken Fingern umklammerte sie seine Hand. Als sie noch ein Kind gewesen war, hatte der meistgehörte Satz aus ihrem Munde gelautet: »Ich will aber *jetzt*.«

Er war gewiss puterrot angelaufen. Dies ging gegen jegliche Vernunft. Er taugte schwerlich für den Part des ohnmächtigen Jünglings. Er war bereits einmal verheiratet gewesen ... Vor Penelope, mit Pamela. Der anderen, der älteren Miss Churchward. Das musste ja Anlass zu Gerede geben.

»Charles«, sagte Arthur Holmwood – Lord Godalming –, »meinen Glückwunsch.«

Mit sarkastischem Grinsen schüttelte ihm der Vampir überschwänglich die freie Hand. Beauregard war überzeugt, dass der Untote wusste, wie leicht er ihm mit seinem Händedruck die Knochen hätte brechen können.

Seine Verlobte stand ein wenig abseits, von Damen umringt. Kate Reed, die dank Brille und widerspenstiger Frisur wie geschaffen schien, Penelopes engste Vertraute abzugeben, half ihr, Platz zu nehmen, und betrachtete sie voller Bewunderung. Sie schalt ihre Freundin, weil diese es unterlassen hatte, sie in ihr Geheimnis einzuweihen. Penelope beschwichtigte sie mit honigsüßer Stimme und entgegnete, sie solle doch nicht solch ein Spielverderber sein. Kate gehörte zu den Neuen Frauen, schrieb für ›Titbits‹ Artikel über das Zweiradfahren und war in jüngster Zeit ganz außer sich vor Begeisterung über den sogenannten »pneumatischen Reifen«.

Penelope wurde bestürmt, als habe sie soeben annonciert, sie sei entweder todkrank oder aber guter Hoffnung. Wenn Penelope in Beauregards Nähe weilte, war die Erinnerung an Pamela nicht fern, die bei der Niederkunft gestorben war, ihre großen Augen im Schmerz fest verschlossen. Vor sieben Jahren, in Jagadhri. Das Kind, ein Junge, hatte seine Mutter um kaum eine Woche überlebt. Beauregard dachte nur ungern daran zurück, dass man ihn gewaltsam hatte hindern müssen, jenen Narren von Bezirksarzt auf der Stelle zu erschießen.

Florence besprach sich mit Bessie, der letzten ihr verbliebenen Hausangestellten. Sie betraute das dunkeläugige Mädchen mit einem Geheimauftrag.

Whistler, der ewig grinsende Maler aus Amerika, drängte sich neben Godalming und versetzte Beauregard einen scherzhaften Knuff in die Seite.

»Charlie, Sie sind ein hoffnungsloser Fall«, sagte er und fuchtelte mit einer dicken Zigarre vor Beauregards Gesicht umher wie mit einem Messer. »Wieder einmal ist ein braver Mann dem Feind in die Hände gefallen.«

Mit Mühe brachte Beauregard ein Lächeln zuwege. Er hatte durchaus nicht die Absicht gehabt, bei Mrs. Stokers *soirée noire* seine Verlobung bekanntzugeben. Seit seiner Rückkehr nach London war er ein seltener Gast bei ihren nächtlichen Zusammenkünften. Obgleich das Rätsel ihres verschwundenen Gatten weiterhin der Lösung harrte, blieb Florence' Stellung als Gastgeberin illustrer Modehelden und Berühmtheiten unangefochten. Niemand schien wagemutig oder gewissenlos genug, sich nach Brams Verbleib zu erkundigen, der Gerüchten zufolge ob eines Wortstreits mit dem Haushofmeister in einer Frage staatlicher Zensur nach Devil's Dyke verbracht worden war. Allein der ausgezeichneten Intervention durch Henry Irving, Stokers Brotherrn, war es zu verdanken, dass Bram das Schicksal erspart blieb, die Nachfolge seines Freundes Van Helsing auf einem Pfahl vor den Toren des Palastes anzutreten.

Von Penelope in diesen kleinen Kreis gelockt, bemerkte Beauregard, dass auch andere nicht erschienen waren. Mit Ausnahme Godalmings war kein einziger Vampir zugegen. Viele von Florence' früheren Gästen – allen voran Irving und seine Primadonna, die unvergleichliche Ellen Terry – hatten die Verwandlung vollzogen. Andere mochten vermutlich nicht einmal gerüchteweise mit dem republikanischen Gedanken in Verbindung gebracht werden, obgleich die Hausherrin, die bei ihren *soirées noires* zu Debatten ausdrücklich ermunterte, nicht selten ihr Desinteresse an der Politik bekundete. Florence – deren unermüdliche Anstrengungen, sich mit Männern zu umgeben, die sie an Brillanz weit übertrafen, und Frauen, die es an Schönheit schwerlich mit ihr aufzunehmen vermochten, Beauregard als etwas ärgerlich empfand, wie er sich eingestehen musste – stellte das Herrschaftsrecht der Königin nicht im mindesten infrage, ebenso wenig, wie sie das Recht der Erde hinterfragte, um die Sonne zu kreisen.

Bessie kam mit einer verstaubten Champagnerflasche zurück. Diskret entledigte man sich der Teeschälchen und Untertassen. Florence gab ihrer Bediensteten einen winzigen Schlüssel, und das Mädchen öffnete einen kleinen Schrank, worauf ein wahrer Gläserwald zum Vorschein kam.

»Einen Toast«, insistierte Florence, »auf Charles und Penelope.«

Penelope war an seine Seite zurückgekehrt, drückte seine Hand, führte ihn den Gästen vor.

Florence bekam die Flasche gereicht. Sie betrachtete sie, als könne sie sich nicht entsinnen, an welchem Ende sie zu öffnen sei. Gewöhnlich pflegte ein Butler die Flaschen zu entkorken. Einen Moment lang war sie ratlos. Godalming sprang ihr bei, machte sich mit überaus lebhafter Anmut, in der sich Schnelligkeit und offensichtliche Begierde paarten, ans Werk und ergriff die Flasche. Zwar war er mitnichten der erste Vampir, den Beauregard zu Gesicht bekam, doch war er der einzige, der sich seit seiner Verwandlung derart augenscheinlich verändert hatte. Die meisten Neugeborenen haderten mit ihren begrenzten Fähigkeiten, Seine Herrlichkeit aber hatte sich, dank der Ausgeglichenheit und Ruhe, die in seiner Herkunft gründete, mühelos damit zurechtgefunden.

»Sie gestatten«, sagte er und drapierte wie ein Kellner eine Serviette über seinen Arm.

»Ich danke Ihnen, Art«, plapperte Florence. »Ich bin einfach zu schwach ...«

Er setzte ein schiefes Lächeln auf, das einen langen Augenzahn entblößte, stieß einen Fingernagel in den Korken und schnippte ihn aus dem Flaschenhals, als wolle er eine Münze in die Luft werfen. Der Champagner schäumte hervor, und Godalming füllte die Gläser, die Florence unter die Flasche hielt. Seine Herrlichkeit quittierte den verhaltenen Applaus mit einem stattlichen Grinsen. Für einen Toten strotzte Godalming geradezu vor Leben. Die anwesenden Frauen hatten nur noch Augen für den Vampir. Penelope machte da keine Ausnahme, wie Beauregard unwillig bemerkte.

Seine Verlobte war ihrer Cousine nicht sehr ähnlich. Gleichwohl überraschte sie ihn bisweilen mit einer Redensart Pamelas oder vollführte eine triviale Geste, die eine Manieriertheit seiner verstorbenen Gattin auf das Genaueste kopierte. Als er sich vor elf Jahren das erste Mal vermählt hatte, war Penelope neun Jahre alt gewesen. Er entsann sich eines recht boshaften kleinen Mädchens mit Matrosenhut und Schürzenkleid, das seine Familie geschickt manipulierte, sodass im ganzen Hause sich alles nur um es drehte. Er entsann sich, dass er mit Pamela auf der Terrasse gesessen und der kleinen Penny zugesehen hatte, wie sie den Gärtnerjungen mit Hohn und Spott zu Tränen trieb. Auch jetzt noch verbarg sich eine scharfe Zunge im samtenen Mund seiner zukünftigen Braut.

Die Gläser wurden verteilt. Penelope brachte es fertig, ihres entgegenzunehmen, ohne seine Hand auch nur einen Augenblick loszulassen. Nun, da sie ihren Preis errungen hatte, ließ sie ihn sich nicht mehr nehmen.

Es blieb selbstredend Godalming vorbehalten, den Toast auszubringen. Er hob sein Glas, die Luftblasen brachen das Licht, und sprach: »Was mich betrifft, so ist dies ein trauriger Moment, denn ich erleide einen großen Verlust. Erneut hat mir mein guter Freund Charles Beauregard das Nachsehen gegeben. Ich werde es wohl nie verwinden, und doch muss ich anerkennen, dass Charles der Bessere von uns beiden ist. Ich hoffe zuversichtlich, dass er meiner allerliebsten Penny zur Seite stehen wird, wie es sich für einen guten Ehemann gebührt.«

Beauregard befand sich im Blickpunkt des Interesses, und ihn beschlich leises Unbehagen. Es widerstrebte ihm, auf diese Weise angestarrt zu werden. Für einen Mann seines Faches war es unklug, auch nur die geringste Aufmerksamkeit auf sich zu lenken.

»Auf die wunderschöne Penelope«, brachte Godalming einen Toast aus, »und den beneidenswerten Charles ...«

»Penelope und Charles«, hallte es von allen Seiten wider.

Penelope schnurrte wie eine Katze, denn die Luftblasen kitzelten sie in der Nase; Beauregard nahm einen unvermutet kräftigen Schluck. Alle tranken, mit Ausnahme Godalmings, der sein Glas unberührt auf das Tablett zurückstellte.

»Pardon«, sagte Florence, »ich hatte ganz vergessen.«

Die Hausherrin rief abermals nach Bessie.

»Lord Godalming trinkt keinen Champagner«, erklärte sie. Verständig knöpfte das Mädchen die Manschette seiner Bluse auf.

»Danke, Bessie«, sagte Godalming. Er nahm ihre Hand, als wollte er sie küssen, dann kehrte er sie nach oben, wie um daraus wahrzusagen.

Beauregard konnte sich eines schwachen Ekelgefühls nicht erwehren, doch niemand sonst verlor auch nur ein Wort darüber. Er fragte sich, wessen Gleichmut vorgespiegelt sein mochte und wer tatsächlich mit den Gewohnheiten jener Kreatur vertraut war, in die Arthur Holmwood sich verwandelt hatte.

»Penelope, Charles«, sagte Godalming, »auf euer Wohl ...«

Dank eines Mundwerks wie das einer Kobra riss Godalming den Schlund weit auf, fasste Bessies Handgelenk, ritzte mit seinen spitzen Schneidezähnen leicht die Haut und leckte ein schmales Blutrinnsal fort. Die Gesellschaft war wie verzaubert; Penelope schmiegte sich näher an Charles. Sie presste die Wange gegen seine Schulter, ohne den Blick von Godalming und dem Dienstmädchen zu wenden. Entweder war Bessies Seelenruhe geheuchelt, oder es scherte sie wahrhaftig nicht, dass der Vampir sich von ihr nährte. Während Godalming noch schlürfte, begann sie unsicher zu wanken. Ihre Lider flatterten, gefangen zwischen Lust und Schmerz. Schließlich sank das Mädchen ohne einen Laut in Ohnmacht, und Godalming ließ von seinem Handgelenk ab, hielt seinem Sturz mit der Gewandtheit eines hingebungsvollen Don Juan auf und hielt es aufrecht.

»So wirke ich auf Frauen nun einmal«, sagte er, und seine Zähne waren blutgerändert, »eine überaus lästige Angelegenheit.«

Er fand einen Diwan und bettete die bewusstlose Bessie darauf. Aus der Wunde des Mädchens trat kein Blut hervor. Godalming hatte ihm allem Anschein nach nicht sehr viel entnommen. Beauregard kam der Gedanke, dass man es nicht das erste Mal zur Ader gelassen hatte, andernfalls hätte es sich gewiss nicht derart ungerührt in ihr Los geschickt. Florence, die Godalming mit solcher Selbstverständlichkeit die Gastfreundschaft ihres Dienstmädchens angetragen hatte, nahm neben Bessie Platz und band ein Schnupftuch um ihr Handgelenk. Sie ging dabei zu Werke, als lege sie einem Pferd die Zügel an, voller Güte zwar, doch ohne übermäßiges Interesse.

Plötzlich befiel Beauregard ein leichter Schwindel.

»Was hast du, Herzliebster?«, fragte Penelope und schlang einen Arm um ihn.

»Der Champagner«, log er.

»Ob es bei uns auch Champagner geben wird?«

»Wann immer du ihn trinken möchtest.«

»O Charles, du bist ja so gut zu mir.«

»Schon möglich.«

Florence hatte ihr Mädchen versorgt und mischte sich wieder unter die Gäste.

»Na, na«, sagte sie, »dafür bleibt nach der Trauung noch Zeit genug. Einstweilen seien Sie nicht so selbstsüchtig und machen Sie uns die Freude Ihrer Gesellschaft.«

»Wohl wahr«, setzte Godalming hinzu. »Fürs Erste möchte ich mein Recht als edelmütiger Verlierer einfordern.«

Beauregard war verwirrt. Zwar hatte Godalming sich das Blut mit einem Schnupftuch von den Zähnen gewischt, doch auch jetzt noch schimmerte sein Mund, und seine Oberzähne waren von einer rosigen Färbung.

»Ein Kuss!«, rief Godalming aus und nahm Penelope bei den Händen. »Ich fordere einen Kuss der Braut!«

Beauregards Hand, die Godalming zum Glück nicht sehen konnte, ballte sich zur Faust, wie um das Heft seines Stockdegens zu umfassen. Er witterte Gefahr, ebenso gewiss wie in Natal, als eine schwarze Mamba, das tödlichste Reptil auf Erden, sich seinem ungeschützten Bein genähert hatte. Mit einem diskreten Hieb seines Messers hatte er der Giftschlange den Kopf abgetrennt, noch ehe sie ihm etwas hatte antun können. Damals hatte er guten Grund gehabt, für seine Seelenstärke dankbar zu sein; nun jedoch, sagte er sich, ging seine Reaktion über die Maßen. Godalming zog Penelope an sich, und sie bot ihm ihre Wange. Einen langen Augenblick presste er seine Lippen auf ihr Gesicht. Dann ließ er von ihr ab.

Die anderen, Männer wie Frauen, umringten sie und erboten sich ebenfalls, sie zu küssen. Penelope wurde geradezu überschüttet mit Bewunderung. Sie ließ es sich wohl gefallen. Nie war sie schöner, Pamela ähnlicher gewesen.

»Charles«, sagte Kate Reed und trat auf ihn zu, »Sie wissen schon ... ähm, meinen herzlichen Glückwunsch ... und so weiter. Ausgezeichnete Neuigkeiten.«

Das arme Ding bekam einen hochroten Kopf, ihre Stirn war ganz feucht.

»Danke, Katie.«

Er küsste sie auf die Wange, und sie sagte: »Herr im Himmel.«

Verlegen grinsend deutete sie auf Penelope. »Charles, ich muss ... Penny möchte ...«

Sie wurde herbeigerufen, den wunderbaren Ring an Penelopes zierlichem Finger zu bestaunen.

Beauregard und Godalming standen ein wenig abseits des Getümmels am Fenster. Der Mond war aufgegangen, ein schwacher Schimmer hoch über dem Nebel. Beauregard konnte zwar den Zaun erkennen, der das Stoker'sche Anwesen begrenzte, doch wenig sonst. Er selbst wohnte in einem Haus ein Stück den Cheyne Walk hinab; es lag hinter einer fahlgelb wirbelnden Wand verborgen, ganz so, als ob es nicht mehr existierte.

»Noch einmal, Charles«, sagte Godalming, »meine aufrichtige Gratulation. Sie und Penny müssen wirklich glücklich sein. Das ist ein Befehl.«

»Danke, Art.«

»Wir brauchen mehr Männer wie Sie«, sagte der Vampir. »Sie müssen sich so bald wie nur möglich verwandeln. Die Dinge geraten allmählich in Bewegung.«

Es war nicht das erste Mal, dass die Rede darauf kam. Beauregard zögerte.

»Und Penny ebenfalls«, beharrte Godalming. »Sie ist wunderschön. Solche Schönheit darf nicht der Zeit geopfert werden. Das käme einem Verbrechen gleich.«

»Wir werden darüber nachdenken.«

»Denken Sie nicht zu lange. Die Jahre vergehen wie im Flug.«

Beauregard wünschte, er hätte etwas Stärkeres zu trinken als Champagner. So nahe bei Godalming konnte er den Atem des Neugeborenen nachgerade schmecken. Zwar entsprach es nicht ganz der Wahrheit, dass Vampire stinkende Wolken ausstießen. Aber es lag etwas in der Luft, süß und beißend in einem. Zudem erschienen bisweilen rote Punkte in Godalmings Augen, wie winzige Blutstropfen.

»Penelope wünscht sich Familie.« Vampire, so wusste Beauregard, waren außerstande, auf natürlichem Wege zu gebären.

»Kinder?«, fragte Godalming und blickte Beauregard unverwandt an. »Wer das ewige Leben hat, braucht keine Kinder.«

Beauregard war unbehaglich zumute.

Insgeheim hegte auch er Zweifel, was Familie anbetraf. Sein berufliches Schicksal war ungewiss, und nach allem, was mit Pamela geschehen war ...

Der Kopf wurde ihm schwer, als wollte Godalming ihm die Lebenskraft aussaugen. Manche Vampire konnten sich nähren, ohne Blut zu trinken, indem sie durch psychische Osmose die Energien anderer absorbierten.

»Wir brauchen Männer Ihres Schlages, Charles. Wir besitzen die einmalige Gelegenheit, dieses Land groß zu machen. Ihre Fähigkeiten werden dringend benötigt.«

Hätte Godalming geahnt, welche Fähigkeiten er sich im Dienst der Krone angeeignet hatte, wäre der Lord, davon war Beauregard fest überzeugt, gewiss erstaunt gewesen. Nach seinem Aufenthalt in Indien war er zunächst in der internationalen Niederlassung von Schanghai und danach in Ägypten gewesen, wo er unter Lord Cromer gearbeitet hatte. Der Neugeborene schlug Beauregard die

Klauen in den Arm. Er konnte seine eigenen Finger kaum noch spüren.

»In Großbritannien wird es zwar niemals Sklaven geben«, fuhr Godalming fort, »aber all jene, die Warmblüter bleiben, werden uns instinktiv dienen, wie die treffliche Bessie gerade mir gedient hat. Sehen Sie sich vor, sonst werden Sie noch enden wie ein schäbiger Wasserträger der Armee.«

»In Indien kannte ich einen Wasserträger, der es mit den meisten von uns an Menschlichkeit bequem aufnehmen konnte.«

Florence befreite ihn aus seiner misslichen Lage und geleitete ihn zu den anderen zurück. Whistler berichtete soeben vom letzten Abtausch seiner nicht enden wollenden Fehde mit John Ruskin und schüttete beißenden Spott über den Kritiker aus. Voll der Dankbarkeit, dem Rampenlicht entronnen zu sein, postierte Beauregard sich nahe einer Wand und verfolgte die Vorstellung des Malers. Da er bei Florence' *soirées noires* nur allzu gern den leuchtenden Stern am Künstlerhimmel gab, war Whistler offensichtlich hocherfreut, dass sich die Aufregung, die durch Beauregards Bekanntmachung entstanden war, gelegt hatte. Penelope war im Gedränge verschwunden.

Wiederum fragte er sich, ob er den richtigen Weg eingeschlagen, ja, ob er überhaupt Anteil an dieser Entscheidung gehabt hatte. Er war das Opfer einer Verschwörung mit dem Ziel, ihn in die Fänge der Weiblichkeit zu treiben, angesiedelt zwischen chinesischem Tee und Spitzendeckchen. Das London, wohin er im Mai zurückgekehrt war, hatte kaum noch etwas mit jener Stadt gemein, die er drei Jahre zuvor verlassen hatte. Ein patriotisches Gemälde hing über dem Kamin; Viktoria, feist und jung wie nie zuvor, und, rotäugig und mit wildem Schnurrbart, ihr Gemahl. Der namenlose Künstler verfügte kaum über ausreichendes Talent, Whistler den Rang streitig zu machen. Charles Beauregard diente seiner Königin; da musste er wohl oder übel auch ihrem Gatten dienen.

Gerade als Whistler zu einer amüsanten Spekulation über die lange zurückliegende Annullierung der Ehe seines Kontrahenten anhob, die der vorwiegend weiblichen Zuhörerschaft womöglich wenig angemessen war, läutete es an der Tür. Aufgebracht wegen dieser Unterbrechung, setzte der Maler seine Rede erst wieder fort, als Florence – ebenfalls aufgebracht, da Bessie außerstande schien, ihren Pflichten nachzukommen – davoneilte, die Tür zu öffnen.

Beauregard erblickte Penelope auf einem der vorderen Plätze und sah sie artig lachen, als verstünde sie Whistlers Anspielungen. Godalming stand hinter ihrem Stuhl und hielt die Hände im Rücken unter seinem Bratenrock verschränkt, so dass seine spitzen Finger den Stoff beulten. Das war nicht mehr der Arthur Holmwood, den Beauregard gekannt hatte, als er England verließ. Kurz vor seiner Verwandlung war es zu einem Skandal gekommen. Wie auch Bram Stoker hatte Godalming es mit der falschen Partei gehalten, als der Prinzgemahl in London eintraf. Nun musste er seine Loyalität an die neue Regierung unter Beweis stellen.

»Charles«, sagte Florence leise, um Whistler kein zweites Mal zu unterbrechen, »draußen ist jemand für Sie. Von Ihrem Club.«

Sie reichte ihm eine Visitenkarte. Statt eines Namens trug sie die simple Aufschrift Diogenes-Club.

»Dies ist so etwas wie eine Vorladung«, erklärte er. »Bitte entschuldigen Sie mich bei Penelope.«

»Charles …?«

Er war bereits in der Diele; Florence folgte auf dem Fuße. Er nahm Umhang, Hut und Stock. Bessie würde ihre Pflichten fürs Erste nicht erfüllen können. Florence zuliebe hoffte er, dass das Mädchen in der Lage wäre, sich ihrer Gäste anzunehmen, wenn der Zeitpunkt zum Aufbruch gekommen war.

»Art wird sie bestimmt nach Hause begleiten«, sagte er und bereute seinen Vorschlag sogleich. »Oder Miss Reed.«

»Ist das Ihr Ernst? Sie werden uns doch so früh noch nicht verlassen wollen ...?«

Der Bote, ein verschwiegener Bursche, wartete am Straßenrand. Neben ihm, am Bordstein, stand ein Wagen.

»Ich kann nicht immer frei über meine Zeit verfügen, Florence.« Er küsste ihr die Hand. »Haben Sie herzlichen Dank für Ihre freundliche Einladung.«

Er verließ das Haus der Stokers, schritt über das Trottoir und stieg in den Wagen. Der Bote, der ihm den Schlag geöffnet hatte, tat es ihm nach. Der Kutscher kannte ihr Ziel und fuhr unverzüglich los. Beauregard sah Florence die Tür vor der Kälte verschließen. Der Nebel wurde dichter, und Beauregard wandte den Blick vom Haus, ließ sich vom gleichmäßigen Rhythmus des Fuhrwerks tragen. Der Bote sprach kein Wort. Eine Vorladung des Diogenes-Clus hatte gewiss nichts Gutes zu bedeuten, und doch war Beauregard erleichtert, Florence' Salon und die Gesellschaft hinter sich lassen zu können.

4

Commercial Street Blues

Auf der Polizeiwache Commercial Street machte Lestrade sie mit Frederick Abberline bekannt. Zum Leidwesen des stellvertretenden Commissioners Dr. Robert Anderson und Chefinspektors Donald Swanson bearbeitete Inspektor Abberline den vorliegenden Mord.

Da er bereits in Sachen Annie Chapman und Polly Nichols – mit der ihm eigenen Beharrlichkeit, jedoch ohne ein bemerkenswertes Resultat – ermittelt hatte, war der warmblütige Beamte nun auch mit dem Mordfall Lulu Schön und allen, die noch folgen mochten, betraut worden.

»Wenn ich Ihnen behilflich sein kann ...«, erbot sich Geneviève.

»Sagen Sie nicht Nein, Fred«, meinte Lestrade, »sie weiß, wovon sie spricht.«

Abberline war offensichtlich unbeeindruckt, dennoch wusste er, dass Höflichkeit nie fehl am Platze war. Ebenso wie Geneviève begriff er jedoch nicht, weshalb Lestrade derart darauf erpicht war, dass sie sich mit dem Fall befasste.

»Betrachten Sie Mademoiselle als Sachverständige«, sagte Lestrade. »Sie kennt sich mit Vampiren aus. Und in diesem Fall geht es um Vampire.«

Der Inspektor winkte ab, doch einer der anwesenden Sergeanten – William Thick, den alle nur »Johnny Upright« nannten – nickte zustimmend. Er hatte Geneviève nach dem ersten Mord vernommen und schien seinem Ruf entsprechend ehrlich und gescheit, wenngleich er in seinem Geschmack, was Kleidung anbetraf, zu jämmerlichen Karomustern neigte.

»Silver Knife ist ohne den geringsten Zweifel ein Vampirmörder«, gab Thick zu bedenken. »Und keineswegs ein verkommener Straßenräuber, der nur tötet, um einen Diebstahl zu vertuschen.«

»Das wissen wir nicht«, fuhr Abberline ihn an, »und ich will es auch nicht in der *Police Gazette* lesen.«

Obschon er überzeugt war, dass er Recht hatte, schwieg Thick. Während der Vernehmung hatte der Sergeant kein Hehl aus seiner Überzeugung gemacht, dass Silver Knife dem Irrglauben erliege, Vlad Tepes' Brut habe ihm übel mitgespielt – oder, wahrscheinlicher noch, die Vampire hatten ihm tatsächlich übel mitgespielt. Geneviève wusste nur allzu gut, was ihresgleichen einem Menschen anzutun vermochte, und pflichtete ihm bei. Sie war sich jedoch ebenso bewusst, dass es sinnlos wäre, ausgehend von dieser Theorie eine Liste von Verdächtigen zu erstellen, da die Beschreibung auf unzählige Bewohner Londons zutraf.

»Ich glaube, Sergeant Thick hat Recht«, erklärte sie den Polizisten.

Lestrade bekundete seine Zustimmung, doch Abberline wandte sich ab, um seinem *protegé*, Sergeant George Godley, einen Befehl zu erteilen. Geneviève bedachte Thick mit einem Lächeln und sah, dass ein Schauder ihn durchlief. Wie die meisten Warmblüter wusste er noch weniger über Abstammung, Rangordnung und die unendliche Vielfalt der Vampire als die dunklen Scharen von Neugeborenen des Prinzgemahls. Thick blickte sie an und sah einen Vampir … vom gleichen Schlage wie der Blutsauger, der seine Tochter verwandelt, seine Frau geschändet, seine Beförderung vereitelt, seinen Freund getötet hatte. Zwar war ihr seine Vergangenheit gänzlich unbekannt, doch nahm sie an, dass seine Theorie auf persönlichen Erfahrungen beruhte, dass er dem Mörder dieses Motiv nur unterstellte, weil er es nachempfinden konnte.

Abberline hatte zunächst jene Constables befragt, die als Erste am Schauplatz des Verbrechens eingetroffen waren, bevor er selbst den Tatort inspizierte. Auch auf den zweiten Blick hatte er nichts von Belang zu entdecken vermocht und zögerte sogar, sich zu der Aussage hinreißen zu lassen, Lulu Schön sei wahrhaftig ein weiteres Opfer des sogenannten Whitechapel-Mörders. Auf ihrem kurzen Gang von Toynbee Hall waren sie zahllosen Zeitungsjungen begegnet, die aus vollem Hals die neuesten Erkenntnisse in Sachen Silver Knife verkündet hatten; den amtlichen Verlautbarungen zufolge waren jedoch nur die Chapman und die Nichols nachweislich durch dieselbe Hand ums Leben gekommen. Bei einigen anderen ungelösten Fällen – darunter die Tabram, die Smith und nun auch noch die Sache Lulu Schön –, zwischen denen die Presse einen Zusammenhang herstellte, konnte es sich ebenso gut um gänzlich andere Verbrechen handeln. Silver Knife verfügte schwerlich über das Patent auf Mord, schon gar nicht in dieser Gegend.

Lestrade und Abberline gingen davon, sich zu beraten. Wann immer er in die Verlegenheit geriet, einem Vampir die Hand schütteln zu müssen, begann Abberline – wahrscheinlich unbewusst – ausladend mit den Armen zu fuchteln. Er steckte sich eine Pfeife an und lauschte, während Lestrade einen Streitpunkt nach dem anderen an den Fingern abzählte. Es stand durchaus zu erwarten, dass es zwischen Abberline, dem Leiter der Abteilung H des CID, und Lestrade früher oder später zu einem Machtkampf kommen würde. Man munkelte, Swanson habe den Mann von Scotland Yard eingeschleust, um im Auftrag Dr. Andersons die Schutzpolizei auszuspionieren, mit der Weisung, einzuschreiten, sowie es Lorbeeren zu ernten gab, jedoch in der Anonymität zu verbleiben, wenn es an Resultaten mangelte. Anderson, Swanson und Lestrade waren der Irländer, der Schotte und der Engländer aus den Varieté-Geschichten, wie Weedon Grossmith sie in ›Punch‹ gezeichnet hatte, die zum Missvergnügen eines Constables, der Fred Abberline recht ähnlich sah, am Tatort umherschlenderten und Spuren verwischten. Geneviève überlegte, wie sie – schwerlich ein Inbegriff des französischen Mädchens aus diesen Geschichten – ins Bild passte. Hegte Lestrade vielleicht die Absicht, sie als Druckmittel zu missbrauchen?

Sie blickte sich in dem geschäftigen Empfangsraum um. Fortwährend wurden Türen aufgestoßen, Nebelschwaden strömten herein, und die Türen fielen wieder zu. Draußen standen mehrere Abordnungen interessierter Parteien. Ein mit flatterndem St.-Georgs-Kreuz bewehrtes Heilsarmee-Korps leistete einem Prediger der Kreuzfahrer Christi Beistand, der Gott anrief, wider die Vampire dieser Welt Gerechtigkeit zu üben, und Silver Knife als das wahre Werkzeug Jesu pries. Ein paar berufsmäßige Aufwiegler, Langhaarige in zerrissenen Hosen von dieser oder jener sozialistischen oder republikanischen Parteifarbe, hänselten den Hyde-Park-Torquemada, und ein Pulk grell geschminkter Vampirfrauen, die teure Küsse und eine schnelle Verwandlung feilboten, verspottete ihn. Viele Neugeborene bezahlten, um zum Spross einer dahergelaufenen Straßenschlunze zu werden, erkauften sich um die Kleinigkeit von einem Shilling ewiges Leben.

»Wer ist denn dieser komische Heilige?«, erkundigte sich Geneviève.

Thick warf einen Blick zu dem Pöbel hinaus und stöhnte. »Ein fürchterlicher Quälgeist, Miss. John Jago mit Namen, so nennt er sich jedenfalls.«

Das Jago war ein berüchtigtes Elendsviertel am oberen Ende der Brick Lane, ein verbrecherischer Dschungel von winzigen Gässchen und übervölkerten Zimmern. Ohne Zweifel das übelste Massenquartier im gesamten East End.

»Da kommt er wenigstens her. Er redet wie der Teufel, bis es den Leuten nur allzu recht und billig scheint, die nächstbeste Schlampe mit einem Pflock zu spießen. Er ist das ganze Jahr lang bei uns ein und aus gegangen wegen seiner Hetztiraden, Trunkenheit, Störung der öffentlichen Ordnung und der einen oder anderen Handgreiflichkeit.«

Jago war ein wildäugiger Eiferer, und doch lauschte ein Gutteil der Menge gebannt seinen Worten. Vor wenigen Jahren noch wäre er wahrscheinlich gegen die Juden, die Fenier oder die Gelben Heiden zu Felde gezogen. Nun waren es die Vampire.

»Feuer und Pfahl«, kreischte Jago. »Sündhafte Blutsauger, Ausgestoßene der Hölle, blutgeblähter Unflat. Sie alle müssen umkommen durch das Feuer und den Pfahl. Sie alle müssen geläutert werden.«

Der Prediger ließ einige Männer mit Mützen herumgehen und

Spenden sammeln. Ihr gemeingefährlicher Anblick genügte, den geringen Unterschied zwischen Erpressung und Kollekte vergessen zu machen.

»Es fehlt ihm nicht an ein paar Pennies«, bemerkte Thick.

»Genug, sein Brotmesser versilbern zu lassen?«

Daran hatte Thick auch schon gedacht. »Fünf Kreuzfahrer Christi behaupten, er habe sich die Seele aus dem Leib gepredigt, just als Polly Nichols ausgeweidet wurde. Dasselbe gilt für Annie Chapman. Und für die von letzter Nacht, darauf wette ich jede Summe.«

»Sonderbare Tageszeit für eine Predigt, meinen Sie nicht?«

»Zwischen zwei und drei Uhr morgens beim ersten und zwischen fünf und sechs beim zweiten Mord«, pflichtete Thick bei. »Beinahe ein wenig zu perfekt und unangreifbar, nicht wahr? Aber heutzutage wird man ja unweigerlich zum Nachtvogel.«

»Sie sind wahrscheinlich des Öfteren die ganze Nacht lang auf den Beinen. Würden Sie sich um fünf Uhr morgens Gott und Gloria anhören wollen?«

»Heißt es nicht, so kurz vor Sonnenaufgang sei die Nacht am finstersten?« Schnaubend setzte Thick hinzu: »Im Übrigen würde ich mir John Jago zu keiner Tages- oder Nachtzeit anhören wollen. Schon *gar* nicht sonntags.«

Thick trat hinaus und mischte sich unter die Menge, um sich einen Überblick über die Lage zu verschaffen. Ungewiss, was nun zu tun sei, fragte sich Geneviève, ob sie nach Toynbee Hall zurückkehren sollte. Der diensthabende Sergeant sah auf seine Uhr und gab Befehl, die Stammgäste der Wache hinauszuwerfen. Ein paar zerlumpte Männer und Frauen wurden aus ihren Zellen geholt, kaum nüchterner als zu dem Zeitpunkt, da man sie verhaftet hatte. Sie stellten sich in einer Reihe auf, um von Amts wegen auf freien Fuß gesetzt zu werden. Die meisten waren Geneviève bekannt: Für viele unter ihnen – Warmblüter wie

Vampire – war die Nacht ein einziges Hin und Her zwischen der Ausnüchterungszelle, dem Krankenasyl des Armenhauses und Toynbee Hall, eine fortwährende Suche nach einem Bett und einer freien Mahlzeit.

»Miss Dee«, sagte eine Frau. »Miss Dee ...«

Da manch einer seine Mühe hatte, »Dieudonné« richtig auszusprechen, beließ sie es nicht selten bei ihrem Initial. Wie so viele Bewohner Whitechapels hatte sie mehr Namen als gemeinhin üblich.

»Cathy«, erwiderte sie den Gruß der Neugeborenen, »wirst du gut behandelt?«

»Bestens, Miss, bestens«, sagte sie und bedachte den Diensthabenden mit einem törichten Grinsen, »is wie 'n zweites Zuhause hier.«

Cathy Eddowes sah als Vampir wenig besser aus als zu Lebzeiten. Der Gin und die Nächte auf der Straße waren ihr deutlich anzusehen; der rötliche Glanz ihrer Augen, ihres Haars vermochte die fleckige Haut unter der dicken Puderschicht nicht wettzumachen. Wie so viele ihres Gewerbes bot Cathy ihren Körper feil, um den roten Durst zu stillen. Das Blut ihrer Kunden enthielt wahrscheinlich ebenso viel Alkohol wie der Gin, der sie zu Lebzeiten in den Ruin getrieben hatte. Die Neugeborene richtete ihr Haar, zupfte ein purpurrotes Band zurecht, das ihre dichten Locken im Nacken zusammenhielt. An ihrem Handrücken befand sich eine nässende Wunde.

»Lass mich das anschauen, Cathy.«

Geneviève erblickte derlei nicht zum ersten Mal. Neugeborene mussten überaus vorsichtig sein. Zwar waren sie kräftiger als Warmblüter, doch zu viel dessen, wovon sie sich nährten, war verdorben. Es bestand zu jeder Zeit die Gefahr einer Krankheit; der dunkle Kuss des Prinzgemahls hatte, auch nach vielen Generationen noch, eine seltsame Wirkung auf Krankheiten, die ein

Mensch aus seinem warmblütigen Leben in sein Dasein als Untoter hinüberschleppte.

»Hast du noch mehr solcher Wunden?«

Cathy schüttelte den Kopf, doch Geneviève wusste, dass sie log. Eine klare Flüssigkeit tränte aus der offenen roten Stelle an ihrem Handrücken. Feuchte Flecke auf ihrem Mieder ließen weitere Schwären erahnen. Sie hatte sich den Schal so umgelegt, dass er Hals und *décolletage* bedeckte. Als Geneviève den Wollfetzen beiseiteschob, kamen mehrere nass glänzende Wunden zum Vorschein, aus denen übelriechender Eiter quoll. Cathy Eddowes fehlte etwas, doch wollte sie aus lauter Furcht und Aberglaube gar nicht wissen, was es war.

»Melde dich heut Abend in der Hall. Frag nach Dr. Seward. Er weiß besser Bescheid als die Ärzte im Asyl. Er kann dir helfen. Das verspreche ich dir.«

»Ach, ich werd schon wieder, Liebchen.«

»Nicht ohne ärztliche Hilfe, Cathy.«

Mit einem gekünstelten Lachen wankte Cathy auf die Straße hinaus. Da ihr ein Stiefelabsatz fehlte, waren ihre Schritte nur mehr ein burleskes Humpeln. Hocherhobenen Hauptes warf sie sich den Schal um, als sei er die Pelzstola einer Herzogin, und wackelte herausfordernd an Jagos Kreuzfahrern Christi vorüber, bis sie im Nebel verschwand.

»Die hat höchstens noch ein Jahr zu leben«, bemerkte der Diensthabende, ein Neugeborener, dessen Gesicht ein rüsselartiger Auswuchs zierte.

»Das werden wir ja sehen«, sagte Geneviève.

5

Der Diogenes-Club

Beauregard wurde in das schmucklose Foyer unweit der Pall Mall vorgelassen. Durch die Tür dieser Institution kamen und gingen die weltflüchtigsten und ungeselligsten Männer der Stadt. In ihrem Mitgliederverzeichnis fand sich die größte Ansammlung von Exzentrikern, Misanthropen, grotesken Gestalten und regelrechten Geisteskranken außerhalb des Oberhauses. Er reichte dem Diener Handschuhe, Hut und Stock, und dieser reihte sie wortlos an dem in einer Nische stehenden Kleiderständer auf. Als er ihm ehrerbietig den Umhang abnahm, stellte der Diener geübten Blickes fest, dass Beauregard darunter weder Degen noch Revolver trug.

Obgleich es auf den ersten Blick der Bequemlichkeit jener Sorte Mensch diente, die sehnlichst in vermögender Abgesondertheit von ihren Zeitgenossen zu leben wünscht, handelte es sich bei diesem unscheinbaren, am Rande von Whitehall gelegenen *établissement* in Wahrheit doch um ungleich mehr als das. Absolute Stille war oberstes Gebot; ein Verstoß gegen diese Regel, und sei es nur ein halblaut dahingemurmelter Gedanke beim Lösen eines Kreuzworträtsels, wurde unbarmherzig mit Ausschluss geahndet, ohne Rückerstattung der Jahresgebühr. Ein leises Knarren minderwertigen Stiefelleders genügte, die Mitgliedschaft des Übeltäters für die Dauer von fünf Jahren auszusetzen. Manche Angehörige des Clubs, die seit sechzig Jahren einander vom Aussehen kannten, waren gänzlich unwissend, was die Identität ihres Gegenübers anbetraf. All dies war selbstverständlich widersinnig und absurd. Beauregard versuchte sich vorzustellen, was wohl geschehen würde, wenn im Lesezimmer ein Feuer ausbräche: Da niemand Alarm zu geben wagte, säßen die altehrwürdigen Herren wahrscheinlich starrköpfig im Rauch, während die Flammen ringsum höher schlügen.

Gespräche waren lediglich in zwei Räumen gestattet: im Gästezimmer, wo die Clubmitglieder bisweilen lästige Besucher empfingen, und, was nur wenigen bekannt war, in der schalldichten Suite im obersten Stockwerk. Diese war der ausschließlichen Nutzung durch die herrschende Clique des Clubs vorbehalten, eine Gruppe von Personen, die allesamt, zumeist in subordinierter Stellung, für die Regierung Ihrer Majestät der Königin tätig waren. Die herrschende Clique rekrutierte sich aus Ehrenmännern, die wechselweise den Vorsitz übernahmen. In den vierzehn Jahren, die Beauregard dem Diogenes-Club zu Diensten stand, hatten der Clique alles in allem neun Würdenträger angehört. Wenn ein Mitglied verschied und diskret ersetzt wurde, so geschah dies immer über Nacht.

Während man ihn warten ließ, wurde Beauregard von unsichtbaren Augen aufmerksam beobachtet. Zu der Zeit, da die Fenier ihre Sprengstoffattentate verübten, war Ivan Dragomiroff mit dem Auftrag, die gesamte Clique auszulöschen, in den Club eingedrungen. Von einem Portier im Foyer festgehalten, wurde der selbst ernannte Verschwörer lautlos garottiert, um das Zartgefühl der gemeinen Mitglieder nicht zu beleidigen, geschweige denn ihr Interesse zu erwecken. Nach ein oder zwei Minuten – keinerlei Uhrenticken störte den Frieden – hob der Diener wie auf telepathischen Befehl das purpurrote Seil, das die unauffällige Treppe versperrte, die geradewegs ins oberste Stockwerk hinaufführte, und nickte ihm verstohlen zu.

Als er die Stufen erklomm, entsann Beauregard sich der verschiedenen Gelegenheiten, bei denen man ihn vor die Clique berufen hatte. Eine solche Vorladung führte unweigerlich zu einer Reise in einen entlegenen Winkel dieser Welt und schloss vertrauliche Angelegenheiten mit ein, welche die Interessen Großbritanniens berührten. Beauregard wähnte sich gleichsam eine Kreuzung aus Kurier und Diplomat, obgleich er auch schon als Forscher, Einbrecher, Betrüger oder Staatsbeamter hatte tätig werden müssen. Bisweilen bezeichnete man die Geschäfte des Diogenes-Clubs in der Öffentlichkeit als das Große Spiel. Die geheimen Geschäfte der Regierung – die nicht etwa in Parlamenten und Palästen, sondern in den Gassen Bombays und den Spielhöllen an der Riviera geführt wurden – hatten ihm zu einer wechselvollen und faszinierenden Laufbahn verholfen, wenngleich er nach seiner Pensionierung schwerlich davon würde profitieren können, seine Memoiren zu verfassen.

Während Beauregard fort gewesen war, jenes Große Spiel zu spielen, hatte Vlad Dracula London eingenommen. In seiner Eigenschaft als Fürst der Walachei und König der Vampire hatte er Viktoria umworben und für sich gewinnen können, indem er sie beschwatzte, die schwarze Tracht der trauernden Witwe endgültig abzulegen. Dann hatte er das größte Empire auf dem Erdball nach seinem Gusto umgestaltet. Beauregard hatte sich geschworen, nicht einmal der Tod könne seine Loyalität gegenüber der Königin schmälern, war jedoch überzeugt gewesen, es handele sich um seinen eigenen Tod.

Die mit Teppich ausstaffierten Stufen knarrten nicht. Durch die dicken Mauern drang kein Laut des geschäftigen Treibens der Stadt nach innen. Den Diogenes-Club zu betreten, vermittelte dem Besucher ein Gefühl, als sei er stocktaub.

Großbritannien wurde nun vom Prinzgemahl regiert, der zudem den Titel eines Lordprotektors angenommen hatte, und seine Brut gehorchte seinen Wünschen und wunderlichen Launen. Eine Elitetruppe, die sogenannte Karpatische Garde, patrouillierte rings um den Buckingham-Palast und verbreitete mit ihren wüsten Trinkgelagen im gesamten West End heiligen Schrecken. Heer, Marine, Diplomatisches Korps, Polizei und Kirche befanden sich allesamt in Draculas Gewalt, und bei jeder sich bietenden Gelegenheit wurden den Warmblütern Neugeborene vorgesetzt. Während vieles beim Alten blieb, gab es doch auch einige Veränderungen: Menschen verschwanden aus dem privaten sowie öffentlichen Leben, Lager wie Devil's Dyke wuchsen in entlegenen Gegenden des Landes aus dem Boden, und nicht zuletzt der Apparat eines Regimes – Geheimpolizei, unvermittelte Festnahmen, willkürliche Hinrichtungen –, was Beauregard nicht mit der Königin, sondern Zaren und Schahs verbunden sah. In den finstersten Tiefen Schottlands und Irlands spielten republikanische Horden Robin Hood, waren kreuzschwenkende Pfaffen in einem fort bestrebt, Provinzbürgermeister mit dem Kainsmal zu zeichnen.

Am Kopf der Treppe stand ein Mann mit soldatischem Schnurrbart, dessen Hals ebenso dick war wie sein Schädel und der selbst in Zivil das vollkommene Ebenbild eines Sergeant-Majors bot. Nachdem die Wache Beauregard einer gründlichen Visitation unterzogen hatte, öffnete sie die wohlvertraute grüne Tür und trat beiseite, um dem Clubmitglied Einlass zu gewähren. Er befand sich bereits im Innern der Suite, die bisweilen die »Sternkammer« genannt wurde, als ihm einfiel, dass es sich bei dem wachhabenden Sergeant Dravot um einen Vampir handelte, den einzigen, den er im Diogenes-Club je zu Gesicht bekommen hatte. Einen entsetzlichen, angsterfüllten Moment lang glaubte er, wenn seine Augen sich an das Halbdunkel im Innern der Sternkammer gewöhnt hätten, werde sein Blick auf fünf aufgeblähte Sauger fallen, mit scharfen Klauen bewehrte Schreckensgestalten, rotgesichtig von erbeutetem Blut. Wenn die Clique des Diogenes-Clubs fiel, hatte die lange Herrschaft der Lebenden wahrhaftig ihr Ende gefunden.

»Beauregard«, ertönte eine Stimme, die nach der kurzen Stille im Club trotz ihres durchaus nicht ungewöhnlichen Tonfalls wie ein Donnerschlag Gottes klang. Seine Angst verflog, und an ihre Stelle trat gelinde Verwirrung. Zwar befand sich kein Vampir im Raum, doch hatte sich etwas verändert.

»Herr Vorsitzender«, erwiderte er den Gruß.

Obgleich es sich traditionsgemäß verbat, die Mitglieder der Clique in ihrer Suite mit Namen oder Titel anzureden, wusste Beauregard, dass er Sir Mandeville Messervy gegenüberstand, einem scheinbar außer Dienst gestellten Admiral, der sich zwanzig Jahre zuvor mit der Unterbindung des Sklavenhandels im Indischen Ozean einen Namen gemacht hatte. Ebenfalls anwesend waren Mycroft, ein ungeheuer korpulenter Gentleman, der bei Beauregards letztem Besuch den Vorsitz geführt hatte, und Waverly, ein onkelhafter Charakter, der, wenn Beauregard nicht alles täuschte, die persönliche Verantwortung für den Sturz Oberst Ahmed Arabis und die Besetzung Kairos im Jahre 1882 trug. Zwei Stühle an dem runden Tisch waren leer.

»Leider Gottes treffen Sie uns in geschwächtem Zustand an. Wie Sie wissen, hat es einige Veränderungen gegeben. Der Diogenes-Club ist nicht mehr, was er einmal war.«

»Zigarette?«, fragte Waverly und zog ein silberverziertes Etui hervor.

Obschon Beauregard verneinte, warf Waverly ihm das Etui zu. Er war flink genug, es aufzufangen und zurückzureichen. Lächelnd schob Waverly das Etui in seine Brusttasche.

»Blankes Silber«, erklärte er.

»Das wäre wirklich nicht nötig gewesen«, sagte Messervy. »Bitte verzeihen Sie. Dennoch, eine äußerst eindrucksvolle Demonstration.«

»Ich bin kein Vampir«, sagte Beauregard und zeigte ihnen seine unverletzten Finger. »Das dürfte eindeutig auf der Hand liegen.«

»Es sind heimtückische Wesen, Beauregard«, entgegnete Waverly.

»Sie wissen hoffentlich, dass eines von ihnen vor der Tür steht.«

»Dravot ist ein Sonderfall.«

Früher hatte Beauregard die herrschende Clique des Diogenes-Clubs für unbezwingbar gehalten, für das unermüdlich schlagende Löwenherz Britanniens. Nun, und nicht zum ersten Mal seit seiner Rückkehr aus dem Ausland, konnte er nicht umhin, sich einzugestehen, welch radikalen Veränderungen das Land unterworfen war.

»Sie haben in Schanghai gute Arbeit geleistet, Beauregard«, lobte der Vorsitzende. »Überaus geschickt. Was wir von Ihnen jedoch selbstverständlich auch nicht anders erwartet hatten.«

»Vielen Dank, Herr Vorsitzender.«

»Ich denke, es werden einige Jahre vergehen, bis wir Neues von den Gelben Teufeln der Si-Fan zu hören bekommen.«

»Ich wollte, ich könnte Ihre Zuversicht teilen.«

Messervy nickte verständig. Der verbrecherische *tong* ließ sich ebenso wenig ausrotten und vernichten wie ein gemeines Unkraut.

Waverly hatte einen kleinen Stapel Papiere vor sich liegen. »Sie sind viel herumgekommen«, sagte er. »Afghanistan, Mexiko, Transvaal.«

Obgleich er sich fragte, wohin das alles führen mochte, pflichtete Beauregard ihm bei.

»Sie haben der Krone in zahlreichen Ländern dieser Welt große Dienste erwiesen. Nun aber benötigen wir Sie ein wenig näher der Heimat. Sehr nah, um genau zu sein.«

Mit einem Mal beugte sich Mycroft, der bei aller Aufmerksamkeit, die er Beauregard zu widmen schien, ebenso gut mit offenen Augen geschlafen haben mochte, nach vorn. Der neue Vorsitzende war es offenbar gewohnt, sich dem Willen seines Kollegen zu fügen, so dass er sich zurücklehnte und ihn das Ruder führen ließ.

»Beauregard«, sagte Mycroft, »haben Sie von den Bluttaten in Whitechapel gehört? Den sogenannten Silver-Knife-Morden?«

6

Die Büchse der Pandora

Was sollen wir denn machen?«, rief ein Neugeborener mit Schiebermütze. »Wie sollen wir denn verhindern, dass dieser Satansbraten weiter unsere Frauen abschlachtet?«

Wütend versuchte Coroner Wynne Baxter, der Unruhe Herr zu werden. Er war ein großspuriger Politiker in mittleren Jahren und, so hatte Geneviève gehört, bei den Leuten nicht eben beliebt. Anders als ein Richter am Hohen Gerichtshof hatte er keinen Hammer und war daher gezwungen, mit der flachen Hand auf sein Holzpult einzuschlagen.

»Sollte es noch einmal zu einer derartigen Störung kommen«, rief Baxter mit wildem Blick, »sehe ich mich genötigt, den Saal räumen zu lassen.«

Der mürrische Rohling, der auch zu Lebzeiten schon wie ein Hungerleider ausgesehen haben mochte, trottete zu seiner Bank zurück. Er saß umringt von ähnlichem Gesindel. Diese Sorte war Geneviève nur allzu vertraut: lange Schals, zerrissene Röcke mit von Büchern ausgebeulten Taschen, schwere Stiefel, dünne Bärte. In Whitechapel tummelten sich die Anhänger von allerlei Rotten republikanischer, anarchistischer, sozialistischer oder sonst wie aufrührerischer Konfession.

»Ich danke Ihnen«, sagte der Coroner mit spöttischer Stimme, während er seine Notizen ordnete. Der Unruhestifter fletschte die Fangzähne und murmelte wütend vor sich hin. Den Neugeborenen missfiel es außerordentlich, wenn ein Warmblüter das Sagen hatte. Doch lebenslange Katzbuckelei schon beim leisesten Stirnrunzeln eines Beamten hinterließ nun einmal ihre Spuren.

Heute war der zweite Tag der Untersuchung. Gestern hatte Geneviève an der Rückseite des Saals gesessen, während die verschiedensten Zeugen zu Herkunft und Werdegang Lulu Schöns aussagten. Sie ragte deutlich aus dem Gros der East-End-Dirnen heraus. Die Gräfin Geschwitz, eine männische Vampirfrau, behauptete, sie sei mit dem Mädchen aus Deutschland gekommen, und geizte nicht mit allerlei Einzelheiten aus Lulus Vergangenheit: eine unablässige Folge falscher Namen, halbseidener Bekanntschaften und verstorbener Ehemänner. Falls man ihr bei der Geburt einen Namen gegeben hatte, so war er niemandem bekannt. Einem Telegramm aus Berlin zufolge wurde sie im Zusammenhang mit der Erschießung eines ihrer letzten Gatten noch immer von der deutschen Polizei gesucht. Sämtliche Zeugen – eingeschlossen die Geschwitz, die sie auch verwandelt hatte – waren unzweifelhaft in Lulu verliebt oder begehrten sie doch wenigstens über die Maßen. Die Neugeborene hätte es gewiss zu einer der *grandes horizontales* Europas bringen können, doch hatten Torheit und Unglück sie dazu verdammt, ihre Freier auf den ärmlicheren Straßen Londons für vier Pence mit einer Stehpartie beglücken zu müssen und sie schließlich in die todbringenden Arme von Silver Knife getrieben.

Während der gesamten Aussage überlegte Lestrade halblaut, wie die Büchse der Pandora wohl zu öffnen sei. Es stand beinahe zweifelsfrei fest, dass die einzige Verbindung zwischen dem Whitechapel-Mörder und seinen Opfern erst im Augenblick ihres Todes zustande kam, und doch durfte die Polizei bei ihren Ermittlungen die Möglichkeit nicht außer Acht lassen, dass es sich um die vorbedachte Tötung bestimmter Frauen handelte. In der Commercial Street waren Abberline, Thick und die anderen damit beschäftigt, die Biografien der Nichols, der Chapman und der Schön, die es an Detailgenauigkeit mit jeglicher Lebensbeschreibung eines großen Staatsmannes aufzunehmen vermochten, zusammenzutragen und zu vergleichen. Wenn sie zwischen den Frauen eine Verbindung herstellen könnten, die über die Tatsache hinausging, dass es sich bei allen dreien um Vampirprostituierte handelte, würde sie das vielleicht zu ihrem Mörder führen.

Als die Untersuchung, die am Nachmittag begonnen hatte, in den Abend hineinreichte, interessierte Baxter nur mehr, was die Schön in der Nacht ihres Todes getrieben hatte. Mit vor frischem Blut nachgerade strotzendem Gesicht sagte die Geschwitz aus, Lulu habe ihren gemeinsamen Dachboden zwischen drei und vier Uhr morgens verlassen. Die Leiche war von Constable George Neve entdeckt worden, als dieser um kurz nach sechs Uhr seinen Rundgang machte. Nachdem Lulu vermutlich mitten auf der Chicksand Street verstümmelt worden war, hatte der Mörder ihre Leiche vor der Türe einer Kellerwohnung deponiert, in der sich zu diesem Zeitpunkt eine polnisch-jüdische Familie aufhielt, deren jüngste Tochter allein annähernd so etwas wie Englisch sprach. Sie alle gaben an, wie das Kind nach einem wirren, auf Jiddisch geführten Wortstreit übersetzte, sie hätten nichts gehört, bis Constable Neve sie aus dem Schlaf riss, indem er ihnen gleichsam die Haustüre einschlug. Rebecca Kosminski, die selbstgewisse Sprecherin, war der einzige Vampir der Familie. Geneviève sah ihresgleichen nicht zum ersten Mal; Melissa d'Acques, die Chandagnac verwandelt hatte, war eine wie sie gewesen. Zwar mochte Rebecca durchaus zur großmächtigen Matriarchin einer weit verzweigten Sippe aufsteigen, doch würde sie niemals erwachsen werden.

Nervös umherzappelnd schimpfte Lestrade in einem fort über den »Bauernschwank«, welcher ihm hier geboten werde. Es wäre ihm weitaus lieber gewesen, den Schauplatz des Verbrechens abzusuchen, statt auf einer harten, für Zwölfjährige mit zähem Hinterteil und kurzen Beinen bestimmten Holzbank zu sitzen, doch durfte er sich Fred Abberline nicht allzu häufig in den Weg stellen. Schwermütig berichtete er Geneviève, dass Baxter für die Ausführlichkeit seiner Befragungen bekannt sei. Charakteristisch für die Herangehensweise des Coroners waren ein obsessives, um nicht zu sagen ermüdendes Beharren auf unwichtigen Einzelheiten und die derbe Resolutheit seiner Resümees. In seiner Schlussbemerkung zum Falle Annie Chapman hatte Baxter aufgrund von im Middlesex Hospital zufällig belauschten Klatschgeschichten die Theorie entwickelt, dass ein amerikanischer Arzt entweder selbst der Mörder sei oder aber in den Diensten des Mörders stehe. Gerüchten zufolge hatte der unbekannte Arzt, der die Physiognomie der Untoten erforschte, zwanzig Guineas für ein frisches Vampirherz geboten. Dies verursachte vorübergehend großen Aufruhr, da Abberline den Ausländer aufzuspüren versuchte; schließlich jedoch ergab es sich, dass Vampirherzen, wenn auch leicht versehrt, unter der Hand in jedem Leichenhaus schon für die geringe Summe von einem Sixpence zu haben waren.

Baxter hatte die Untersuchung kurz vor Mitternacht vertagt und die Befragung am Morgen wieder aufgenommen. Inzwischen lag auch das Obduktionsergebnis vor, und auf der Tagesordnung standen in der Hauptsache die Aussagen einiger Ärzte, die sich in der Leichenhalle des Armenhauses von Whitechapel gedrängelt hatten, die sterblichen Überreste Lulu Schöns zu untersuchen.

Als Erster trat Dr. George Bagster Phillips, der – in Toynbee Hall wohlbekannte – Polizeiarzt von Abteilung H in den Zeugenstand, der sowohl die vorläufige Untersuchung der Leiche in der Chicksand Street wie auch ihre Obduktion vorgenommen hatte.

Seine Aussage brachte jedoch nichts weiter zutage, als dass Lulu Schön durch einen Stich ins Herz getötet und nachher ausgeweidet und enthauptet worden sei. Es bedurfte einiger Hiebe auf das Richterpult, um der Empörung Herr zu werden, die sich auf diese nicht ganz unerwarteten Enthüllungen erhob.

Nach dem Gesetz waren gerichtliche Untersuchungen an einem öffentlichen Ort durchzuführen und der Presse freier Zugang zu gewähren. Da Geneviève bereits einige Male als Zeugin ausgesagt hatte, wenn ein Almosenempfänger in Toynbee Hall verstorben war, wusste sie, dass sich die Zuhörerschaft gewöhnlich auf einen verdrossenen Lohnschreiber der Central News Agency und den ein oder anderen Freund oder Verwandten des Verschiedenen beschränkte. Heute jedoch war der Vorlesungssaal noch übervölkerter als gestern. Die Bänke waren so dicht besetzt, als lieferten Con Donovan und Monk sich auf der Bühne einen Revanchekampf um die Meisterschaft im Federgewicht. Neben den Reportern, welche die vorderen Plätze mit Beschlag belegten, bemerkte Geneviève eine Horde hagerer, vorwiegend untoter Frauen in buntfarbigem Aufzug, ein Häuflein vornehm gekleideter Herren, einige uniformierte Kollegen Lestrades sowie eine Handvoll Sensationssüchtige, Geistliche und Sozialreformer.

In der Saalmitte saß, trotz der überzähligen Besucher umringt von freien Stühlen, ein langhaariger Vampirkriegsmann. Er war kein Neugeborener und trug die Uniform der Karpatischen Garde des Prinzgemahls samt stählerner Harnischbrust und – zum Zeichen der besonderen Gunst seines Gebieters – bequastetem Fez. Sein Gesicht war verwittertes weißes Pergament, und seine Augen, blutrote Murmeln in diesem Meer aus toter Haut, schnellten unentwegt hin und her.

»Wissen Sie, wer das ist?«, fragte Lestrade.

Geneviève wusste es nur zu gut. »Kostaki, einer von Vlad Tepes' Gefolgsleuten.«

»Bei denen kommt mir das kalte Gruseln«, meinte der neugeborene Kriminalbeamte. »Die Ältesten.«

Geneviève hätte beinahe laut aufgelacht. Kostaki war jünger als sie. Er hatte sich schwerlich aus Neugierde hierherbegeben. Der Palast zeigte Interesse an Silver Knife.

»Nacht für Nacht sterben in Whitechapel Menschen Tode, wie nicht einmal Vlad Tepes sie ersinnen könnte, oder leben ein Leben, das schlimmer ist als jeder Tod«, sagte Geneviève, »dennoch tun wir von einem Jahr aufs nächste gerade, als sei London uns ebenso fern wie Borneo. Aber geben Sie ihnen eine Handvoll blutiger Morde, und Sie können vor lauter Schaulustigen und lüsternen Philanthropen keinen Fuß mehr vor den anderen setzen.«

»Vielleicht hat es damit ja auch sein Gutes«, erwiderte Lestrade.

Baxter dankte Dr. Bagster Philips, entließ ihn und rief Henry Jekyll, MD, DCL, LLD, FRS *et cetera*, in den Zeugenstand. Ein würdevoller, ehemals offenbar ansehnlicher, bartloser Mann von etwa fünfzig Jahren näherte sich dem Richterpult und leistete den Eid.

»Wo immer ein Vampir getötet wird«, erklärte Lestrade, »ist Jekyll nicht weit. Er hat schon etwas recht Verwunderliches an sich, wenn Sie verstehen, was ich meine ...«

Dem Naturforscher, der zunächst eine ausführliche und anatomisch genaue Schilderung der Grausamkeiten vortrug, warmes Blut zu attestieren, hatte nur insofern seine Berechtigung, als dass er kein Vampir war. Dr. Jekylls außerordentliche Selbstbeherrschung ließ einen beängstigenden Mangel an Mitgefühl für den menschlichen Gegenstand dieser Untersuchung vermuten, doch lauschte Geneviève voller Interesse – welches gewiss größer war als das der gähnenden Reporter in der ersten Reihe – den Erklärungen, um die Baxter ihn ersuchte.

»Wir wissen noch zu wenig darüber, welche präzisen Veränderungen die sogenannte ›Verwandlung‹ des Lebenden in einen Untoten beim Menschen hervorruft. Exakte Kenntnisse sind schwer zu erlangen, und der Aberglaube schwebt über diesem Thema wie der Nebel über London. Die Öffentlichkeit ist meinen Studien mit Indifferenz, ja sogar Feindseligkeit begegnet. Wir alle könnten aus der Forschung unseren Nutzen ziehen. Vielleicht versetzte sie uns in den Stand, jene Klassen, die für solch tragische Vorfälle wie den Tod dieses Mädchens die Verantwortung tragen, aus unserer Gesellschaft zu tilgen.«

Unter den Anarchisten wurde Unmut laut. Ohne Klassen war all ihr Tun und Handeln sinnlos.

»Ein Gutteil dessen, was wir über den Vampirismus zu wissen glauben, ist nichts weiter als Legende«, fuhr Dr. Jekyll fort. »Der Pflock durchs Herz, die silberne Sichel. Zwar ist der Leib eines Vampirs von bemerkenswerter Zähigkeit, doch scheint jede schwerwiegende Verletzung der lebenswichtigen Organe zum wirklichen Tode zu führen, wie in diesem Fall geschehen.«

Baxter machte »Hm« und fragte den Arzt: »Dann ist der Mörder Ihres Erachtens also nicht nach der womöglich als abergläubisch zu bezeichnenden Methode des gewöhnlichen Vampirmörders zu Werke gegangen?«

»Das will ich meinen. Ich möchte einige Umstände zu Protokoll geben, und sei es, um unverantwortlichem Journalismus *a priori* einen Riegel vorzuschieben.«

Bei einigen Reportern regte sich leiser Widerspruch. Ein Schnellzeichner, der unmittelbar vor Geneviève Platz genommen hatte, fertigte mit flinken Fingern ein Porträt Dr. Jekylls, das zweifellos in der Illustriertenpresse Verbreitung finden würde. Er setzte dunkle Schatten unter die Augen des Zeugen, um ihn unglaubwürdiger erscheinen zu lassen.

»Wie auch die Nichols und die Chapman wurde die Schön nicht mit einem hölzernen Pflock oder Spieß durchbohrt. Ihr wurden weder Knoblauchzehen noch Teile einer Hostie oder gar aus einer Heiligen Schrift herausgerissene Seiten in den Mund gestopft. Weder bei noch in der Nähe ihrer Leiche wurde ein Kruzifix oder sonst ein kreuzförmiger Gegenstand gefunden. Die Feuchtigkeit ihrer Röcke sowie die Wassertropfen in ihrem Gesicht rührten allem Anschein nach von der Kondensierung des Nebels her. Es ist höchst unwahrscheinlich, dass der Leichnam mit Weihwasser besprengt wurde.«

Der Künstler, vermutlich der Mann von der *Police Gazette*, zeichnete Dr. Jekyll buschige Augenbrauen und versuchte das dichte, gleichwohl makellos frisierte Haar des Zeugen filziger aussehen zu lassen. Er trieb es jedoch zu weit mit der Entstellung seines Modells, riss das Blatt schimpfend von seinem Block, knüllte es in seine Tasche und begann von vorn.

Baxter machte sich einige Notizen, ehe er mit der Befragung fortfuhr. »Würden Sie so weit gehen zu behaupten, dass der Mörder mit den Funktionen des menschlichen Körpers – ob Vampir oder Warmblüter – vertraut war?«

»Ja, Coroner. Zwar lässt das Ausmaß der Verletzungen auf gesteigerten Enthusiasmus schließen, doch wurden die eigentlichen Wunden – man möchte fast sagen: Inzisionen – mit einigem Geschick beigebracht.«

»Verdammich, Silver Knife is Arzt«, rief der Anführer der Anarchisten.

Sogleich befand sich der Gerichtssaal ein zweites Mal in hellem Aufruhr. Die Anarchisten, je zur Hälfte Warmblüter und Neugeborene, stampften schreiend mit den Füßen, während andere lauthals zu debattieren begannen. Kostaki sah sich um und brachte mit eisigem Blick zwei Geistliche zum Schweigen. Baxter verletzte sich an der Hand, als er zum wiederholten Male auf sein Pult einhieb.

Geneviève bemerkte einen Mann an der Rückseite des Gerichtssaals, der den Aufruhr mit kühlem Interesse verfolgte. Wie er dort stand, in vornehmer Kleidung, mit Umhang und Zylinder, hätte man ihn für einen sensationslüsternen Zuschauer halten mögen, wäre seine entschlossene Miene nicht gewesen. Er war kein Vampir, dennoch – anders als der Coroner oder Dr. Henry Jekyll – schien er keineswegs beunruhigt, sich in Gesellschaft so vieler Untoter zu befinden. Er stützte sich auf einen schwarzen Stock.

»Wer ist denn das?«, fragte sie Lestrade.

»Charles Beauregard«, antwortete der neugeborene Kriminalbeamte und verzog verächtlich die Lippen. »Haben Sie noch nie vom Diogenes-Club gehört?«

Sie schüttelte den Kopf.

»Wenn man von ›höchster Stelle‹ spricht, so ist der Club damit gemeint. Offenbar nehmen wichtige Leute Interesse an dem Fall. Und Beauregard holt für sie die Kastanien aus dem Feuer.«

»Ein stattlicher Mann.«

»Wenn Sie meinen, Mademoiselle.«

Der Coroner hatte die Ordnung wiederhergestellt. Ein Gerichtsdiener hatte sich soeben aus dem Saal gestohlen und kehrte nun mit sechs neugeborenen Constables zurück. Sie stellten sich, wie eine Ehrengarde, in einer Reihe an der Wand auf. Die Anarchisten brüteten dumpf vor sich hin. Ihre Absicht war es offenbar, genug Unruhe zu stiften, die Stimmung aufzuheizen, jedoch nicht genug, damit der Coroner ihre Namen zu Protokoll nehmen ließ.

»Falls man es mir gestatten möchte, würde ich die sich aus der Äußerung dieses Gentleman ergebende Frage gern beantworten«, sagte Dr. Jekyll. Baxter nickte. »Allein die Kenntnis von der Lage der wichtigen Organe lässt nicht unbedingt auf eine medizinische Vorbildung des Täters schließen. Sofern es lediglich in seiner Absicht liegt, einen Lebenden zum wirklichen Tode zu befördern, vermag ein jeder Schlächter die Nieren durchaus ebenso sauber zu entfernen wie ein Chirurg. Dazu braucht es nichts weiter als eine ruhige Hand und eine scharfe Klinge, und beides findet man in Whitechapel zuhauf.«

»Haben Sie eine Vermutung bezüglich des Werkzeugs, dessen der Mörder sich bedient hat?«

»Offenbar irgendein Messer. Versilbert.«

Bei diesem Wort ging ein Aufschrei des Entsetzens durch die Bänke.

»Stahl oder Eisen hätte schwerlich solchen Schaden tun können«, fuhr Dr. Jekyll fort. »Die Physis der Vampire ist dergestalt beschaffen, dass mit gewöhnlichen Waffen beigebrachte Wunden binnen kürzester Zeit verheilen. Gewebe und Knochen werden neu gebildet, ebenso wie einer Eidechse der Schwanz nachwachsen kann. Silber wirkt diesem Prozess entgegen. Allein Silber vermag einem Vampir solch dauerhafte, tödliche Verletzungen zuzufügen. Insofern findet sich die Fantasie des Volkes, das dem Mörder den Namen ›Silver Knife‹ gegeben hat, in den vorliegenden Tatsachen auf das Trefflichste bestätigt.«

»Sie sind mit den Fällen Mary Ann Nichols und Eliza Anne Chapman vertraut?«, fragte Baxter.

Dr. Jekyll nickte. »Ja.«

»Sind Sie nach Vergleich dieser Vorfälle zu einem eindeutigen Schluss gelangt?«

»Jawohl. Alle drei Morde sind ohne den geringsten Zweifel das Werk ein und derselben Person. Es handelt sich um einen linkshändigen Mann von durchschnittlicher Größe, dessen Körperkraft die Norm bei weitem übersteigt …«

»Mr. Holmes hätte aus einem Aschekrümel seiner Zigarre den Mädchennamen seiner Mutter herauslesen können«, murmelte Lestrade.

»… möchte ich hinzufügen, dass, betrachtet man den Fall mit

den Augen eines Außenstehenden, der Mörder nach meinem Dafürhalten kein Vampir ist.«

Der Anarchist war aufgesprungen, doch ehe er auch nur den Mund auftun konnte, hatten die Constables des Coroners ihn schon umringt. Da es ihm zu guter Letzt gelungen war, das Publikum zu bändigen, notierte Baxter diebisch grinsend den abschließenden Punkt von Dr. Jekylls Aussage und dankte dem Zeugen.

Geneviève bemerkte, dass der Mann, nach dem sie Lestrade befragt hatte, gegangen war. Sie überlegte, ob Beauregard wohl auch von ihr Notiz genommen haben mochte. Ihrerseits war eine Verbindung hergestellt. Entweder hatte sie eine ihrer »Einsichten«, oder sie war zu lange ohne Nahrung geblieben. Nein, es gab keinen Zweifel. Der Mann vom Diogenes-Club – worum auch immer es sich dabei handeln mochte – war wesentlich in die Angelegenheit des Whitechapel-Mörders verstrickt, sie wusste nur noch nicht, in welcher Eigenschaft.

Der Coroner begann sein wohlgefeiltes Resümee, beschied auf »vorsätzlichen Mord durch eine oder mehrere unbekannte Personen« und setzte hinzu, bei dem Mörder Lulu Schöns handele es sich aller Wahrscheinlichkeit nach um denselben Mann, der am 31. August Mary Ann Nichols und am 8. September Eliza Anne Chapman um ihr Leben gebracht hatte.

7
Der Premierminister

»Wussten Sie«, begann Lord Ruthven, »dass es auf diesen unseren Inseln Menschen gibt, deren alleiniger Einwand gegen die Vermählung unserer werten Königin – Victoria Regina, Kaiserin von Indien *et cetera* – mit Vlad Dracula – alias Tepes, ehemals Fürst der Walachei – darin besteht, dass der glückliche Bräutigam einst zufällig, aufgrund von Umständen, die zu begreifen ich nicht einmal vorzugeben mich erdreisten möchte, ein Römisch-katholischer war?«

Der Premierminister schwenkte einen Brief, den er offenbar willkürlich aus den Stapeln von ungeöffneter Post hervorgezogen hatte, mit denen die Tische seines Empfangszimmers in der Downing Street übersät waren. Godalming hütete sich, Ruthven in einer seiner Anwandlungen von Geschwätzigkeit zu unterbrechen. Für einen Neugeborenen, der eifrig darauf bedacht war, in die Geheimnisse der Ältesten eingeweiht zu werden, war die Möglichkeit, einem seiner jahrhundertealten Genossen Gehör zu schenken, ein wertvolles, ja unentbehrliches Mittel, etwas zu lernen. Wenn Ruthven zu einem Wortschwall anhob, offenbarte eine Fülle uralter Wahrheiten längst vergessene Zauberformeln der Macht. Es kostete Mühe, sich dem Sog seiner Persönlichkeit zu widersetzen, sich nicht von den Schwingen seiner Rede forttragen zu lassen.

»Ich habe hier«, spann Ruthven seinen Faden weiter, »das Sendschreiben einer jämmerlichen Gesellschaft, die sich der Wahrung des unerheblichen Andenkens jenes widerwärtigen Konstitutionellen Walter Bagehot verschrieben hat. Die Herren führen eine kaum verhohlene Klage darüber, dass zwischen dem Zeitpunkt, da der Fürst sich in die Arme der Anglikanischen Kirche begab, und jenem, da er sich von der Königin in die Arme schließen ließ, eine unangemessen kurze Frist verstrichen sei. Unser Korrespondent besitzt sogar die Frechheit anzudeuten, Vlad könne es dem Anschein nach nicht allzu ernst damit gewesen sein, dem Papst von Rom abzuschwören, weshalb mit ihm und seinem heimlichen Beichtvater Kardinal Newman die perfide Verderbtheit Leos des Dreizehnten Einzug ins Königshaus gehalten habe. Mein lockenköpfiger Freund, so manchem Dummbart erscheint ein Faible für das Blut einer Jungfrau verzeihlicher als ein Schluck aus dem Abendmahlskelch.«

Ruthven zerfetzte den Brief. Die Papierschnitzel fielen auf den Teppich, der bereits mit dem Konfetti anderer verlachter Dokumente bedeckt war. Er grinste und atmete schwer, wenngleich seine milchweißen Wangen keinerlei Anzeichen seiner offensichtlichen Erregung erkennen ließen. Godalming kam der Gedanke, dass die Zornesausbrüche des Premierministers geheuchelt waren, Vorspiegelungen eines Mannes, der Leidenschaft eher vortäuschte denn tatsächlich erlebte. Ruthven ballte die Fäuste hinter dem Rücken und schritt im Zimmer auf und ab, seine grauen Augen wie fein bewimperte Murmeln.

»Unser Fürst hat schon einmal den Glauben gewechselt, müssen Sie wissen«, bemerkte er, »und zwar aus demselben Grund. Im Jahre 1473 entsagte er der Orthodoxie und wurde Katholik, damit er die Schwester des ungarischen Königs ehelichen konnte. Dieser Winkelzug brachte ihm nach zwölf Jahren der Gefangenschaft am Hofe Matthias' die Freiheit und bot ihm Gelegenheit, den walachischen Thron wiederzuerlangen, um den er sich dank seiner vermaledeiten Torheit selbst gebracht hatte. Dass er es in den folgenden vier Jahrhunderten mit Rom gehalten hat, spricht Bände über die angeborene Dummheit dieses Mannes. Wenn Sie die wahre Seele des Konservativismus ergründen möchten, brauchen Sie nicht weiter zu gehen als bis zum Buckingham-Palast.«

Indessen richtete der Premierminister seine Worte nicht mehr an Godalming, sondern an ein Porträt. Das dort abgebildete adlerähnliche Profil war einem Gemälde der Königin zugekehrt, das dieselbe Wand schmückte. Godalming war Dracula bislang erst einmal begegnet; der Prinzgemahl und Lordprotektor, damals noch ein einfacher Graf namens deVille, besaß keine allzu große Ähnlichkeit mit dem stolzen Geschöpf, das Mr. G. F. Watts auf die Leinwand gebannt hatte.

»Stellen Sie sich diesen Rohling doch nur einmal vor, Godalming. Vierhundert Jahre lang brütete er in seiner stinkenden Ruine von einem Schloss dumpf vor sich hin. Fluchend und zähneknirschend schmiedete er dunkle Ränke, weste er in mittelalterlichem Aberglauben. Ließ wunderliche, vertrocknete Bauern zur Ader. Ging raubend und mordend mit dem Getier auf die Brunst. Stillte mit jenen untoten Tieren, die er Ehefrauen nennt, sein derbes Verlangen. Wandelte die Gestalt wie ein werwölfischer Scharlatan ...«

Obschon der Prinzgemahl sich persönlich für die Ernennung des Premierministers ausgesprochen hatte, waren die über Jahrhunderte gewachsenen Beziehungen zwischen den Vampirältesten nicht eben freundschaftlich zu nennen. Gleichwohl stellte Ruthven in der Öffentlichkeit die erwartete Lehenstreue zu jenem Ältesten zur Schau, der bereits König der Vampire gewesen war, lange bevor man ihn zum Gebieter über Großbritannien gekrönt hatte. Die Untoten bildeten seit Jahrtausenden ein unsichtbares Königreich; der Prinzgemahl hatte mit einem Streich reinen Tisch gemacht, so dass er nun über Warmblüter und Vampire gleichermaßen herrschte. Ruthven, der seine Jahrhunderte mit Reisen und Tändeleien zugebracht hatte, wurde mit den anderen Ältesten ans Licht gezerrt. Zwar mochten manche sagen, dass ein chronisch verarmter Edelmann – der einmal bemerkte, für seinen Titel und seine wüsten Ländereien in Schottland könne er sich eine Kuchensemmel im Wert von einem halben Penny kaufen, so er denn einen halben Penny hätte – aus all den Veränderungen guten Gewinn geschlagen habe. Doch Seine Herrlichkeit, ein Mann, dessen Titel einem Vergleich mit dem Godalmings schwerlich standzuhalten vermochte, war ein Nörgler.

»Inzwischen kennt Dracula seinen *Bradshaw* in- und auswendig und schimpft sich einen ›Neueren‹. Er kann Ihnen sagen, zu welchen Zeiten an den Bankfeiertagen die Züge zwischen St. Pancras und Norwich verkehren. Aber er begreift einfach nicht, dass die Erde sich gedreht hat, seit er den Tod fand. Wissen Sie, wie er gestorben ist? Er verkleidete sich als Türke, um den Feind auszuspionieren, und wie er ins Lager zurückkehren wollte, brachen ihm seine eigenen Leute das Genick. Der Same war bereits in ihm, eingebracht von irgendeinem närrischen *nosferatu*, und so kroch er wieder aus der Erde. Er ist ohne feste Herkunft. Und wie er seine Heimaterde liebt, er schläft bei jeder Gelegenheit darin. Grabesfäule ist in seinem Blut, Godalming. Das ist die Krankheit, die er überall verbreitet. Sie dürfen sich glücklich schätzen, dass Sie von meinem Geblüt sind. Es ist rein. Wir mögen uns nicht in Wölfe und Fledermäuse verwandeln können, mein Fangsohn, dafür verfaulen wir aber auch nicht an den Knochen oder verlieren den Verstand in mörderischer Raserei.«

Godalming hegte die feste Überzeugung, Ruthven habe ihn nur deshalb auserkoren und zum Vampir gemacht, weil er in eine Affäre verstrickt war, die gemeinhin als heimtückische Verschwörung gegen das Königshaus galt. Zu Lebzeiten hatte Godalming die ersten britischen Nachkommen Draculas höchstselbst vernichtet. Das machte ihn zu einem aussichtsreichen Kandidaten für den Pfahl, gleich nach Van Helsing und jenem kleinen Sachwalter Harker. Schaudernd gedachte er der donnernden Schläge, mit denen er den Pflock ins Herz seiner über alles geliebten Lucy getrieben hatte, und verspürte bittern Hass gegen den Holländer, von dem er zu dieser Ungeheuerlichkeit angestiftet worden war. Er hatte eine verbrecherische Torheit begangen und war nun voll der Begierde, seine Untat wiedergutzumachen. Dank seiner Verwandlung und Ruthvens Bereitschaft, ihn unter seine Fittiche zu nehmen, brauchte er um sein Herz einstweilen nicht zu fürchten, doch wusste er nur allzu gut um die Flatterhaftigkeit und Rachgier des Prinzgemahls. Überdies war auch sein Fangvater nicht eben für Verlässlichkeit und ausgeglichenes Temperament bekannt. Wenn er in dieser veränderten Welt ein sicheres Plätzchen finden wollte, musste er auf der Hut sein.

»Seine Denkweise wurde noch zu Lebzeiten geprägt«, fuhr Ruthven fort, »als man ein Land mit Schwert und Pfahl regieren konnte. Er hat die Renaissance, die Reformation, die Aufklärung, die Französische Revolution, den Aufstieg der beiden Amerikas und den Niedergang der Osmanen versäumt. Er will den Tod unseres tapferen Generals Gordon rächen, indem er eine Rotte raubgieriger Vampiridioten in den Sudan entsendet, das Land zu verwüsten und all jene zu pfählen, die dem Mahdi treu ergeben sind. Ich sollte ihn wohl nicht daran hindern. Wir können gut ohne seine karpatischen Kameraden leben, die nichts tun, als das Staatssäckel zu leeren. Sowie gescheite Muselmanen auch nur hundert dieser Tölpel niedermachen, auf dass sie in der Sonne faulen, werden alle Schenkmädchen in Piccadilly und Soho voll der Dankbarkeit den Halbmond hissen.«

Ruthven strich über einen zweiten Stapel Briefe, der rings um ihn zu Boden regnete. Mit seinen kalten grauen Augen und dem totenbleichen Gesicht vermittelte der Premierminister den Eindruck, als sei er kaum über die zwanzig. Auch wenn er frisches Blut getrunken hatte, verriet seine Haut nicht die leiseste Rötung. Trotz seiner Schwäche für zarte junge Mädchen zog er talentierte junge Männer von Stand als Nachkommen vor. Er betraute seine neugeborenen Kinder mit Regierungsämtern, ja beförderte sogar den Wettbewerb unter ihnen. Godalming – wegen seines Titels für niedrigere Tätigkeiten untauglich und dennoch kaum für einen Kabinettsposten geeignet – war Ruthven gegenwärtig der liebste seiner Nachkommen und diente ihm insgeheim als Privatkurier und Sekretär. Er besaß seit jeher eine praktische Ader, eine natürliche Gabe, die Einzelheiten komplizierter Pläne auszuknobeln. Selbst Van Helsing hatte ihn mit einem Gutteil der Vorarbeiten seines Feldzuges betraut.

»Und haben Sie schon von seinem neuesten Erlass gehört?« Ruthven hielt eine mit scharlachrotem Band verschnürte amtliche Pergamentrolle in die Höhe. Er löste die Schleife, und Godalming erblickte den Kupferstich eines Palastsekretärs. »Er will dem, was er als ›widernatürliche Verirrung‹ zu bezeichnen pflegt, den Kampf ansagen und hat bestimmt, dass Päderastie künftig mit sofortiger Hinrichtung zu ahnden sei. Selbstverständlich nach seiner altbewährten Methode, durch den Pfahl.«

Godalming überflog das Dokument. »Päderastie? Warum sollte das den Prinzgemahl derart erzürnen?«

»Sie vergessen eines, Godalming. Dracula verfügt mitnichten über die Toleranz eines Engländers. Er hat einige Jahre seiner Jugend in türkischer Gefangenschaft verbracht, und wir dürfen getrost annehmen, dass sich seine Aufseher von Zeit zu Zeit an ihm gütlich taten. Überdies fand sein Bruder Radu, den man bezeichnenderweise den ›Schönen‹ nannte, durchaus Gefallen an derlei männlichen Liebesdiensten. Und da Radu ihn im Zuge einer ihrer unzähligen Familienintrigen ans Messer lieferte, hat der Prinzgemahl beschlossen, hinsichtlich gleichgeschlechtlicher Dinge äußerste Härte walten zu lassen.«

»Das scheint mir trotz alledem eine recht unbedeutende Angelegenheit.«

Ruthven blähte die Nasenflügel. »Ihr Verstand ist offenbar begrenzt, Godalming. Bedenken Sie doch: Es gibt kaum ein aufrechtes Parlamentsmitglied, das *nicht* bei dieser oder jener Gelegenheit einem Telegrafenjungen den eigenen Vorteil hintangesetzt hätte. Kommenden Dezember wird Dracula ein paar wohlbekannte Tanten langsam auf Christbäume spießen, sie sozusagen zur Krönung auf die Spitze treiben.«

»Ein sonderbares Bild, Mylord.«

Der Premierminister machte eine wegwerfende Handbewegung; seine rautenförmigen Nägel spiegelten das Licht.

»Tscha, Godalming, tscha! Es ist natürlich durchaus möglich, dass unser listiger Walachenfürst beabsichtigt, mehrere Fliegen mit einer Klappe zu schlagen.«

»Will sagen?«

»Will sagen, dass es in dieser Stadt einen gewissen neugeborenen Dichter gibt, einen Irländer, der für seine erotischen Präferenzen ebenso berühmt ist wie für seine unkluge Beziehung zu einem Landsmann, dessen Andenken in nicht eben hoher Gunst steht. Und der, wie ich wohl sagen darf, für beide Attribute weitaus besser bekannt ist als für seine Verse.«

»Sie sprechen von Oscar Wilde?«

»Selbstverständlich spreche ich von Wilde.«

»Er war in jüngster Zeit nicht sehr oft zu Gast bei Mrs. Stoker.«

»Dasselbe möchte ich auch Ihnen raten, falls Ihnen Ihr Herz lieb ist. Ich kann für Ihren Schutz nicht garantieren.«

Godalming nickte gravitätisch. Er hatte gute Gründe, Florence Stokers *soirées noires* weiterhin zu besuchen.

»Ich habe irgendwo einen Bericht über die Unternehmungen von Mr. Oscar Wilde«, sagte Ruthven und deutete auf eine weitere Pyramide von Papieren, »den ich in meiner Eigenschaft als *homme de lettres* habe anfertigen lassen, dem am Wohlergehen unserer größten schöpferischen Geister überaus gelegen ist. Es wird Sie freuen zu hören, dass Wilde sich voller Enthusiasmus in den Stand eines Vampirs begeben hat. Neuerdings besteht sein liebster Zeitvertreib darin, junge Männer zur Ader zu lassen, was seinen ästhetischen Eifer zwar ein wenig bremst, seiner Liebäugelei mit dem Fabianismus, die ihn zu Jahresbeginn bedauerlicherweise einen Großteil seiner Zeit kostete, jedoch ein Ende gemacht hat.«

»Sie haben offenbar einen Narren an dem Burschen gefressen. Ich für meinen Teil finde es ermüdend, wie er hinter vorgehaltener Hand kichert, um seine schlechten Zähne zu verbergen.«

Ruthven ließ sich in einen Sessel fallen und fuhr sich mit den Fingern durch das halblange Haar. Der Premierminister war selbst ein leidlicher Dandy mit einer gewissen Neigung zu ausgefallenen Halsbinden und Manschetten. ›Punch‹ nannte ihn einen »vollendeten Murgatroyd«.

»Sollten sich unsere finstersten Befürchtungen bewahrheiten, so wird uns der schauderhafte Alfred Lord Tennyson auf Jahrhunderte hinaus als *Poeta laureatus* erhalten bleiben. Bei Gott, stellen Sie sich das vor: *Locksley Hall – Sechshundert Jahre danach!* Lieber tränke ich Essig, als in einem England zu leben, das etwas so Entsetzliches zulässt, und so habe ich mich denn nach einer gnädigen Alternative umgetan. Wäre es anders gekommen, Godalming, hätte ich wohl den Beruf des Dichters ergriffen, doch hat ein grausames Schicksal, nicht zuletzt mit hilfreicher Unterstützung durch den Prinzgemahl, mich an den Fels der Bürokratie gekettet, wo mir der Adler der Politik die Leber aus dem Leib reißt.«

Ruthven stand auf und wanderte zu seinen Büchergestellen, wo er innehielt, seine geliebten Bände zu betrachten. Der Premierminister war ohne weiteres in der Lage, längere Passagen von Shelley, Byron, Keats und Coleridge aus dem Stegreif herzusagen, und brachte sogar die eine oder andere Sentenz von Goethe oder Schiller auf Deutsch über die Lippen. Seine gegenwärtige Vorliebe galt den Franzosen und der *décadence*. Baudelaire, de Nerval, Rimbaud, Rachilde, Verlaine, Mallarmé; die meisten von ihnen, wenn auch nicht alle, hätte der Prinzgemahl wahrscheinlich mit Freuden gepfählt. Godalming entsann sich, wie Ruthven verkündet hatte, ein dem Vernehmen nach skandalöser Roman – *A Rebours* von J. K. Huysmans – solle jedem Schulkind in die Hand gegeben werden; überdies würde er, Ruthven, in einem Utopia allein Dichter und Maler zu Vampiren machen. Es hieß indes, ein bezeichnender Umstand des Untoten-Daseins sei der, dass die schöpferischen Fähigkeiten dahinschwanden. Als stolzer Philister, der seine heimischen vier Wände lieber mit Jagdszenen schmückte als mit einer William-Morris-Tapete, hatte Godalming nie etwas verspürt, das auch nur im Entferntesten an eine künstlerische Neigung gemahnte, und konnte dieses Phänomen daher auch nicht bestätigen.

»Aber«, sagte der Premierminister und wandte sich um, »wer sonst unter uns Ältesten besitzt genug Verstand, zwischen Fürst Dracula und seinen Untertanen zu vermitteln, sein neues Reich der Lebenden und der Toten zusammenzuhalten? Der irrsinnige Sir Francis Varney vielleicht, den wir nach Indien verfrachtet haben? Wohl kaum. Ebenso wenig unsere heldenhaften Karpater: Iorga nicht, von Krolock nicht, Meinster nicht, Tesla nicht, Brastoff nicht, Mitterhaus nicht, Vulkan nicht. Und wie ist es mit dem Händeküsser Saint-Germain, dem vorwitzigen Villanueva, diesem Parvenü von Collins, dem unergründlichen Weyland, jenem Hanswurst von Barlow, dem schmierigen Duval? ›*I hai me doots*‹, wie der Schotte sagt, wahrlich, ›*I hai me doots*‹. Wer also bleibt? Der blasse, uninteressante Karnstein, der noch immer um sein verrücktes Mädel trauert? Und wo wir schon einmal dabei sind, wie steht es mit den Frauen? Gott, diese Vampirfrauen! Welch ein Pack schäumender Katzen! Lady Ducayne und Gräfin Sarah Kenyon stammen wenigstens aus England, auch wenn sie zusammen über keine Unze Hirn verfügen. Aber Gräfin Zaleska von Rumänien, Ethelind Fionguala von Irland, Gräfin Dolingen zu Graz, Prinzessin Asa Vajda aus der Moldau, Elisabeth Bathory von Ungarn? Ich glaube, keine dieser blaublütigen Bordellieren wäre wohl willkommen, weder dem Prinzgemahl noch den Völkern Großbritanniens. Da könnte man die Aufgabe ja gleich jenen geistlosen Frauendingern antragen, die Dracula verschmähte, um sich mit der dicken Vicky zu vermählen. Nein. Von den Ältesten bleibt niemand außer mir. Hier stehe ich: Lord Ruthven, Wanderer zwischen den Welten, Schwärmer und Schöngeist. Ein Engländer, arm an Grund und Boden, lange fern von seiner Heimat, zurückbeordert, seinem Vaterland zu dienen. Wer hätte gedacht, dass ich je das Amt von Pitt und Palmerston, Gladstone und Disreali bekleiden würde? Und wer wollte mir darin wohl folgen? *Après moi, le déluge,* Godalming. Nach mir die Sündflut.«

8

Das Rätsel des Hansom

Beauregard schlenderte durch den Nebel, um all das zu verdauen, was er bei der gerichtlichen Untersuchung erfahren hatte. Er würde der herrschenden Clique vollständigen Rapport erstatten müssen; er musste die vorliegenden Tatsachen in eine Ordnung bringen.

Seine Unternehmungen waren keineswegs ziellos: Vom Arbeiterverein ging er die Whitechapel Road hinab, bog rechts in die Great Garden Street und schließlich links in die Chicksand Street. Er ließ sich zu jenem Ort hinziehen, an dem der letzte Mord geschehen war. Trotz des wallenden Nebels und der Angst vor Silver

Knife waren die Straßen zum Bersten voll. Sowie es auf Mitternacht ging, kamen die Untoten hervor. In den hell erleuchteten Schenken und Varieté-Theatern wimmelte es von lachenden und grölenden Gestalten. Fliegende Händler verhökerten Notenblätter, Phiolen voller »Menschenblut«, Scheren und *Souvenirs* mit dem Abbild der königlichen Familie. In der Old Montague Street wurden über einem Tonnenfeuer geröstete Kastanien an Warmblüter wie auch Neugeborene verkauft. Zwar benötigten Vampire keine feste Nahrung, doch war gegen die Macht der Gewohnheit nur schwer anzukommen. Knaben boten fantasievoll illustrierte Flugschriften feil, welche die grausigen Einzelheiten der Untersuchung des Falles Lulu Schön brühwarm schilderten. Es waren ungleich mehr uniformierte Polizisten im Einsatz als sonst, zumeist Neugeborene. Beauregard nahm an, dass man Befehl gegeben hatte, eine jede verdächtige Gestalt, die in Whitechapel umherbummelte, einer genauen Prüfung zu unterziehen, was die Polizei vor ein verzwicktes Problem stellte, da der Bezirk vor verdächtigen Gestalten aus allen Nähten platzte.

Ein Leierkasten spielte die Arie »Nimm ein rotes Augenpaar« aus der Oper *Die Vampyre von Venedig, oder: Die Maid, der Schatten und das Messer* von Gilbert und Sullivan. Das schien durchaus angemessen. Die Maid – wenngleich es um ihre Jungfernschaft eher schlecht als recht bestellt gewesen war – und das Messer spielten in diesem Fall eine nur allzu offenkundige Rolle. Der Schatten war der Mörder, verborgen hinter einem Schleier aus Blut und Nebel.

Ungeachtet der Zeugenaussage Dr. Jekylls erwog Beauregard die Möglichkeit, dass es sich bei den Verbrechen um das Werk verschiedener Täter handelte, um Ritualmorde etwa, wie die Erdrosselungen der Thags oder die Exekutionen der Camorra. Das Ausmaß der Verstümmelungen überstieg ihre Notwendigkeit, falls der Mörder nichts anderes im Sinn hatte, als sein Opfer zum wirklichen Tode zu befördern. Spekulationen der *Pall Mall Gazette* zufolge gemahnten die wilden Exzesse der Verbrechen an einen Ritus der Azteken. Mehr noch, Beauregard gemahnten sie an Vorfälle in China, Ägypten und Sizilien, die mit Geheimbünden im Zusammenhang standen. Derlei Grausamkeiten dienten nicht nur dazu, einen Feind zu liquidieren, sondern übermittelten gleichzeitig eine Botschaft an die Bundesgenossen des Opfers und all jene, die entschlossen waren, sich auf seine Seite zu schlagen. Die Hauptstadt wimmelte von Geheimbünden und ihren Agenten; es schien ihm nicht allzu unwahrscheinlich, dass die eine oder andere Freimaurerloge bereits geschworen hatte, Abraham Van Helsings Kreuzzug gegen den Prinzgemahl und seine Brut fortzuführen. Als Agent des Diogenes-Clubs war Beauregard in gewissem Sinne sogar Mitglied solch einer Vereinigung; die Clique war in sich gespalten, hin- und hergerissen zwischen ihrer Loyalität an die Königin und der Beargwöhnung des Lordprotektors.

Scharfe Augen nahmen seine vornehme Kleidung ins Visier, ihre Besitzer jedoch gingen ihm zumeist aus dem Weg. Beauregard war sich der Uhr in seiner Weste und der Börse in der Innentasche seines Rockes wohl bewusst. Überall schwärmte es von flinken Fingern und langen Krallen. Blut war nicht das Einzige, worauf die Neugeborenen es abgesehen hatten. Entschlossen schwang er seinen Stock, das Böse abzuwehren.

Der Stelle gegenüber, wo Lulu getötet worden war, schlenderte ein dickhalsiger Vampir mit übergroßen Stiefeln umher. Halbherzig versuchte er den Eindruck zu vermeiden, er sei ein Constable, welcher ob der vagen Möglichkeit dort postiert worden war, dass sich die alte Sage vom Mörder bewahrheitete, der an den Ort seines Verbrechens zurückkehrt. Polizisten und Andenkenjäger hatten alle Spuren rings um den Türeingang der Kosminskis beseitigt. Er suchte sich die letzten Augenblicke des Vampirmädchens zu vergegenwärtigen. Nun, da die morbiden Interessen eines Mannes im Umhang der Eintönigkeit seines Dienstes ein Ende bereitet hatten, kam der Constable schwerfällig auf ihn zu. Beauregard hatte sogleich seine Karte zur Hand. Der Neugeborene las die Worte Diogenes-Club und vollführte ein sonderbares Tänzchen mit Händen und Gesicht, halb Ehrengruß, halb Zähnefletschen. Dann trat er vor den Türeingang und beschirmte Beauregard vor den Blicken der Passanten wie einen Einbrecher.

Er stand genau an der Stelle, wo das Mädchen gestorben war, und fühlte nichts als die Kälte. Hellseherische Medien waren dem Rufe nach imstande, einen Menschen anhand unsichtbarer ektoplasmischer Rückstände aufzuspüren, wie ein Bluthund sich auf eine Fährte setzt. Diejenigen jedoch, die der Metropolitan Police ihre Dienste anerboten hatten, waren zu keinerlei bemerkenswerten Ergebnissen gelangt. Das Loch, in dem Silver Knife sein Werk verrichtet hatte, war winzig. Selbst einer kleinen Frau wie Lulu Schön hatte man sämtliche Gliedmaßen verrenken müssen, um sie dort hineinzustopfen. Reingewaschene Ziegel, die an der rußgeschwärzten Mauer ebenso anstößig wirkten wie das Weiß eines freiliegenden Knochens, ließen keinen Zweifel daran, wo sich die Blutflecke befunden hatten. Mehr, so dachte Beauregard, war mit diesem makabren Besuch nicht zu gewinnen.

Er wünschte dem Constable eine gute Nacht und begab sich auf die Suche nach einer Droschke. In der Flower & Dean Street versprach ihm eine Vampirhure für ein oder zwei Unzen seines Blutes ewiges Leben. Er schnippte ihr eine Kupfermünze hin und ging seines Weges. Wie lange noch würde er die Kraft haben, ihnen zu widerstehen? Schon jetzt, mit fünfunddreißig Jahren, bemerkte er, wie er von Tag zu Tag schwächer wurde. In der Kälte spürte er seine Wunden. Ob ihm sein Entschluss, warmen Blutes ins Grab zu fahren, mit fünfzig oder sechzig womöglich lächerlich, pervers erscheinen würde? Oder gar sündhaft? War seine

Verweigerung des Vampirismus moralisch am Ende dem Selbstmord vergleichbar? Sein Vater war mit achtundfünfzig Jahren gestorben.

Die Vampire waren auf die Hilfe und den Lebenssaft der Warmblüter angewiesen, wollten sie die Stadt über die Tage retten. Anders als in den Salons von Mayfair waren sie hier im East End bereits untot und hungerten, wie die Armen immer schon gehungert hatten. Wie lange würde es noch dauern, bis man die »dringlichen Maßnahmen«, für die Sir Danvers Carew im Parlament gestritten hatte, ernsthaft in Betracht zog? Carew vertrat die Ansicht, man solle noch mehr Warmblüter einsperren – nicht nur Verbrecher, sondern jedes greifbare gesunde Exemplar –, um jenen hochstehenden Vampiren als Vieh zu dienen, die für die Regierung des Landes unentbehrlich waren. Aus Devil's Dyke verlauteten Geschichten, die Beauregard das Blut gefrieren ließen. Schon jetzt war die Strafbarkeit so weit gefasst, dass sie allzu viele anständige Männer und Frauen mit einschloss, die schlichtweg außerstande waren, mit dem neuen Regime ihr Abkommen zu treffen.

Endlich fand er einen Hansom und bot dem Kutscher zwei Gulden, ihn nach Cheyne Walk zurückzubringen. Der Fuhrmann hob die Peitsche an die Krempe seines Zylinders. Beauregard nahm hinter der zweiflügeligen Halbtür Platz. Mit seinem rot gepolsterten *Interieur,* das Beauregard an die mit Plüsch ausgekleideten Särge in den Auslagen der Oxford Street gemahnte, stellte der Hansom ein für dieses Viertel viel zu extravagantes Transportmittel dar. Er fragte sich, ob er wohl einen distinguierten Fahrgast auf der Suche nach amourösen Abenteuern hierherbefördert haben mochte. Die Häuser im Bezirk hatten für jeden Geschmack etwas zu bieten. Frauen und Knaben, einerlei ob Warmblüter oder Vampire, waren für wenige Shilling reichlich zu haben. Gemeine Dirnen wie Polly Nichols und Lulu Schön verkauften sich schon für ein paar Kupfermünzen oder einen Schuss Blut. Womöglich war der Mörder jemand, der nicht aus dieser Gegend stammte, nichts weiter als ein Stutzer unter vielen, die seltsamen Gelüsten frönten. In Whitechapel war alles zu bekommen, ob man nun dafür bezahlte oder es sich einfach nahm.

Seine Geschäfte hatten ihn an weitaus schlimmere Orte geführt. Er hatte mehrere Wochen als einäugiger Bettler in Afghanistan verbracht, auf der Fährte eines russischen Gesandten, der im Verdacht stand, die in den Bergen ansässigen Stämme aufzuwiegeln. Während des Burenaufstands hatte er einen Vertrag mit den Amahagger ausgehandelt, deren Vorstellung von einer gelungenen Abendunterhaltung sich darin erschöpfte, die Köpfe ihrer Gefangenen in Tonkrügen zu garen. Dennoch hatte es ihn ungemein erstaunt, London nach einem längeren Auslandsaufenthalt im geheimen Auftrag Ihrer Majestät in eine Stadt verwandelt vorzufinden, die noch seltsamer, gefährlicher und bizarrer war als alle, die er je gesehen hatte. Einstmals Herz des Empire, war sie nun ein Schwamm, der das Blut des Reiches in sich aufsog, bis er platzte.

Die Räder der Droschke klapperten über das Pflaster und machten ihn schläfrig wie das sanfte Brechen der Wellen unter dem Bug eines Schiffes. Abermals überdachte Beauregard die Möglichkeit eines Geheimbundes; der »Hermetische Orden des Pfahls« vielleicht oder die »Freunde Van Helsings«. In einer Hinsicht jedenfalls hatten die Verbrechen nichts mit Ritualmorden gemein: In derartigen Fällen war es von entscheidender Bedeutung, eine unverwechselbare Signatur zu hinterlassen, wie die fünf Orangenkerne, die der Ku-Klux-Klan einem Verräter übersandte, oder die toten Fische neben einem Sizilianer, der sich von der Mafia losgesagt hatte. Hier war die einzige Signatur so etwas wie kalkulierte Raserei. Dies war das Werk eines Wahnsinnigen, keines Rebellen. Was jedoch keinen jener hochtrabenden Straßenschwätzer, welche die Untersuchung gestört hatten, daran hindern würde, die elenden Ausweidungen als Siege der Warmblüter zu feiern. Viele Geheimbünde waren durchaus in der Lage, sich eines hoffnungslosen Irren zu bedienen, einen Menschen systematisch in den Wahnsinn zu treiben, wie eine Waffe auf ein Ziel zu richten, um ihn schließlich auf der Straße loszulassen, sein blutiges Geschäft zu verrichten.

Gern wäre er in Schlaf gesunken, um sich vor seiner Haustür vom Klopfen des Kutschers aufwecken zu lassen, doch etwas irritierte ihn. Er hatte gelernt, seinen gelegentlichen Gefühlen der Irritation zu vertrauen. Sie hatten ihm mehr als einmal das Leben gerettet.

Die Droschke befand sich in der Commercial Road und fuhr nach Westen statt nach Osten. Nach Limehouse. Beauregard schmeckte den Geruch der Docks. Er beschloss, die Sache bis an ihr Ende zu verfolgen. Die Angelegenheit hatte eine bestechende Wendung genommen. Er hoffte, dass der Kutscher nicht allein die Absicht hatte, ihn zu ermorden und auszurauben.

Vorsichtig schob er den Haken am Griff seines Stockes zur Seite und ließ einige Zoll schimmernden Stahls aus dem hölzernen Schaft hervorgleiten. Der Degen würde sich bequem herausziehen lassen, falls er ihn benötigte. Dennoch, er war nur aus Stahl.

9

Das karpatische Quartett

Ehe sie zur Toynbee Hall zurückkehrte, schaute Geneviève auf einen Sprung in die Schenke, die dem Spitalfields Market gegenüberlag. Sie war dort wohlbekannt, ebenso wie in den anderen lärmenden Wirtshäusern innerhalb der sogenannten »schrecklichen Viertelmeile«. Wie Angela Burdett-Coutts bewiesen hatte, genügte es keineswegs, umringt von hocherbaulichen Traktätchen und von Seifenduft umnebelt in einer behaglichen Kirche zu sitzen und darauf zu warten, dass die Gefallenen hereinkamen, um sich bekehren zu lassen. Wer Reformen wollte, musste noch mit dem abscheulichsten Senkloch von Trunk und Verderbnis vertraut sein. Natürlich wirkten die Ten Bells wochennachts im Jahre 1888 im Vergleich zu einem Marseiller Bordell des Jahres 1786, einem St. Petersburger Palast zu Zeiten Katharinas der Großen oder dem Château des Gilles de Rais im Jahre 1437 wie ein Tea-Room der Aerated Bread Company. Wenn all jene glücklosen Frauenzimmer ihre Miss Dee in früheren Jahren hätten sehen können, als die Wechselfälle eines langen Lebens sie in niedrige Verhältnisse gestürzt hatten, wären sie wahrscheinlich entsetzt gewesen. Es gab Zeiten, da hätte sie zu Polly Nichols oder Lulu Schön aufgeblickt wie eine Scheuermagd zu einer Herzogin.

Die Luft in den Ten Bells war dampfend heiß, geschwängert von Tabak, Bier und vergossenem Blut. Als sie durch die Türe trat, glitten ihre Augenzähne aus den Kieferscheiden. Sie kniff den Mund zu und atmete durch die Nase. Die hinter dem Tresen festgezurrten Tiere versuchten winselnd ihre Lederriemen abzustreifen. Woodbridge, der dickbäuchige Aufwärter, packte eine Sau bei den Ohren und riss ihren Kopf herum: Der Zapfen des Hahns, den man ihr in den Hals getrieben hatte, war verstopft. Er stach das geronnene Blut mit einem Meißel heraus und drehte die Leitung auf, worauf sich ein schäumendes Rinnsal in einen gläsernen Trinkkrug ergoss. Während er zapfte, machte er in breitem Devon-Dialekt seine Scherze mit einem neugeborenen Markthelfer. Geneviève kannte den Wildgeschmack von Schweineblut nur allzu gut. Es konnte den roten Durst zwar lindern, doch nicht löschen. Sie schluckte. Dieser Nächte hatte sie wenig Gelegenheit, Bindungen einzugehen. Ihre Arbeit nahm so viel

Zeit in Anspruch, dass sie nur selten Nahrung fand, die sie dann auch nicht recht befriedigte. Obgleich die Jahrhunderte sie stark gemacht hatten, gab es Dinge, die sie unmöglich über sich brachte. Sie brauchte einen willigen Gefährten und den Geschmack von Menschenblut im Munde.

Die meisten Stammgäste waren Geneviève, vom Ansehen wenigstens, bekannt. Rose Mylett, eine warmblütige Prostituierte, die sie für Lilys Mutter hielt, ritzte sich soeben mit einem Federmesser den Finger und ließ ihren Lebenssaft in winzige Gingläser rinnen, die sie dann für einen Penny verkaufte. Woodbridges Sohn Georgie, ein Knabe mit sanften Gesichtszügen und einer leichten Hasenscharte, flitzte mit einer Schürze bekleidet zwischen den Tischen umher, sammelte die leeren Gläser ein und wischte Blutringe fort. Johnny Thain, ein Constable mit einem Tweedmantel über der Uniform, der zahlreiche Überstunden abgeleistet hatte, seit es ihm vergönnt gewesen war, das in Augenschein zu nehmen, was Silver Knife von Polly Nichols übrig gelassen hatte, stand mit einigen Kriminalbeamten um einen Ecktisch versammelt. Die Laufkundschaft gliederte sich offenbar in drei Gruppen: Wanderarbeiter, die sich eine Schicht auf dem Markt erhofften, Seeleute und Soldaten, die nach dem einen oder anderen Mädchen Ausschau hielten, und Neugeborene, die es nach mehr als flüssigem Schwein gelüstete.

Am Tresen stand Cathy Eddowes und lächelte einfältig zu einem hünenhaften Mann hinauf, strich über sein zerzaustes Haar, presste die Wange an seine stämmige Schulter. Dann wandte sie sich von ihrem aussichtsreichen Kunden fort und winkte Geneviève. Ihre Hand war mit Tuch umwickelt, die Finger ragten steif aus dem Bündel hervor. Hätte sie mehr Zeit gehabt, wäre Geneviève besorgt gewesen. Mick Ripper, ein Messerschleifer und dem Rufe nach der beste dreifingrige Taschendieb von ganz London, schlich sich an Cathys Courmacher heran. Als er ihm so nahe gekommen war, dass er sein Gesicht erkennen konnte, schob er die Hände tief in die Taschen und trat den Rückzug an.

»'n Abend, Miss Dee«, sagte Georgie. »Volles Haus hamwa heut.«

»Das sehe ich«, sagte sie. »Ich hoffe, wir dürfen dich zu unseren neuen Vorlesungen in Toynbee Hall begrüßen.«

Georgie schaute zweifelnd drein, dann lächelte er. »Wenn Dad mir 'n Abend freigehm tut. Un' wemman sich nachts wieder aufe Straße raustraun kann.«

»Im neuen Jahr wird Mr. Druitt am Vormittag unterrichten, Georgie«, sagte sie. »Mathematik. Du bist einer unserer vielversprechendsten Schüler. Vergiss nicht, was in dir steckt.«

Der Bursche hatte eine Begabung für Zahlen; er konnte die Einzel- und Gesamtbeträge dreier Lagen verschiedenster Getränke im Kopf behalten. Mit dieser Fähigkeit, die Druitt in seinem Unterricht förderte, konnte er es vielleicht zu etwas bringen. Womöglich gelang es Georgie gar, die Hochwassermarke seines Vaters noch zu übertreffen und Schankwirt zu werden statt ein einfacher Aufwärter.

Geneviève setzte sich allein an einen kleinen Tisch, bestellte jedoch nichts. Sie war eingekehrt, um ihre Rückkehr zur Hall hinauszuschieben. Sie würde Jack Seward ausführlichen Bericht über die Untersuchung erstatten müssen, dachte im Moment aber nur ungern an die letzten Augenblicke im Leben Lulu Schöns. Während ein Akkordeonspieler den »kleinen Vogel« hinmordete, versuchten ein paar weinerliche Trunkenbolde mit leidlichem Erfolg, sich auf den Text des Liedes zu besinnen.

»*Leb wohl, kleiner Vogel mein*«,

summte Geneviève vor sich hin,

»ich fliege wieder fort,
denn bleib ich hier, wird zum Kerker mir
der goldene Käfig dort.«

Eine Gruppe krakeelender Neuankömmlinge kam durch die Tür getorkelt und brachte einen heftigen Stoß nachtkalter Luft mit herein. Einen Augenblick lang legte sich der Wirtshauslärm, dann brach er nochmal so laut von neuem los.

Cathys Auserwählter wandte sich vom Tresen ab und stieß die Neugeborene grob beiseite. Sie raffte einen Schal um ihre schorfbedeckten Schultern und marschierte, so gravitätisch, wie der fehlende Stiefelabsatz es ihr erlaubte, davon. Der Mann war Kostaki, der Karpater, der bei der Zeugenbefragung zugegen gewesen war. Bei den dreien, die soeben hereingekommen waren, handelte es sich um seine Kameraden, abscheuliche Exemplare jener barbarischen Spezies Vampir, die Vlad Tepes aus den Bergen seines Heimatlandes hierhergebracht und auf die Straßen Londons losgelassen hatte. Sie erkannte Ezzelin von Klatka, einen graugesichtigen Österreicher mit kurzgeschnittenem Haar und moosdickem schwarzem Bart. Er war für seine Künste als Tierbändiger berühmt.

Kostaki und von Klatka umarmten sich, und ihrer beider Brustharnische krachten aneinander, als sie sich grunzend auf Deutsch begrüßten, der bevorzugten Sprache jener ausgearteten Mitteleuropäer, aus denen die Karpatische Garde sich rekrutierte. Aus Kostakis Worten schloss Geneviève, dass es sich bei den anderen um Martin Cuda handelte, einen mehr oder minder Neugeborenen, der sein erstes Jahrhundert noch nicht hinter sich gebracht hatte, sowie Graf Vardalek, einen weibischen, schlangenartigen Ungarn, der unter den vieren den höchsten Rang bekleidete.

Woodbridge offerierte den Gardisten einen guten Schluck

vom Schwein, und von Klatka brachte ihn mit starrem Blick zum Schweigen. Das Regiment des Prinzgemahls hatte für Tierblut wenig übrig. Der Garde war der Schlendergang zu eigen, den Geneviève mit Preußen oder Mongolen verbunden sah, die ewiggleiche Haltung der Offiziere eines Besatzungsheeres. Die Karpater kamen in eine Wolke der Vermessenheit gehüllt daher und blickten auf Neugeborene wie auch Warmblüter herab.

Von Klatka wählte einen Tisch in der Mitte des Schankraums, an dem zwei Matrosen saßen, und stierte sie an, bis sie beschlossen, sich an den Tresen zurückzuziehen, ohne ihre Huren mit sich zu nehmen. Der Ritter schickte zwei der Mädchen fort, eine Neugeborene und eine warmblütige Dirne ohne Zähne, ließ die letzte, eine bedächtige Zigeunerin, welche die Narben an ihrem Hals voller Stolz zur Schau trug, jedoch sitzen.

Die Karpater nahmen Platz und lehnten sich auf ihren Stühlen zurück, ganz offensichtlich wohlgefällig und zufrieden. Sie waren die unrechtmäßigen Kinder von Bismarck und Geronimo: Sie alle trugen auf Hochglanz polierte Stiefel und wuchtige Säbel, doch ihre Uniformen waren mit Krimskrams und Kinkerlitzchen verziert, die sie im Laufe der Jahrhunderte zusammengetragen hatten. Um von Klatkas Hals lag eine vergoldete Schnur, auf die er verdorrte Fleischstücke gereiht hatte, die Geneviève auf den zweiten Blick als Menschenohren erkannte. Cudas Helm war mit einem Wolfspelz geschmückt: Der Kopf ruhte auf seiner Spitze, das Visier war mit Zähnen bekrönt, die Augen mit rotem Zwirn vernäht. Das dichte Fell reichte ihm bis auf den Rücken, und der lange Schweif baumelte beinahe bis zum Boden.

Vardalek bot den außergewöhnlichsten Anblick von allen: Seine Jacke war nichts weiter als ein aufgeblasenes Sammelsurium von Falbeln und Falten, übersät mit kaleidoskopischen Mustern aus Flitter und Flimmer. Sein Gesicht war gepudert, um seine schwärende Haut zu verbergen. Possenhaft anmutende, kreisrunde *rouge*-Flecken bedeckten seine Wangen, und ein scharlachroter Amorbogen prangte über den Lippen, die sich dank der zwei Zoll langen Fangzähne niemals gänzlich schlossen. Sein goldenes Haar war drahtig, kunstvoll gelockt und onduliert, und zwei Zöpfe baumelten ihm wie Rattenschwänze auf den Rücken. Dies war das Detachement des Grafen, die anderen eskortierten ihn auf seinem Gang zu den Fleischtöpfen. Vardalek gehörte zu jenen Vampiren, die ein großes Wesen darum machten, wie nahe sie dem Prinzgemahl doch stünden, und neben der offenkundigen Blutsverwandtschaft eine dynastische Verbindung für sich beanspruchten. Noch der fadenscheinigste Vorwand diente ihm zum Anlass, den Namen Seiner Königlichen Hoheit binnen einer Minute nicht weniger als dreimal zu erwähnen, ein jedes Mal garniert mit scheinbar beiläufig vorangeschickten Bemerkungen wie: »Und ich sagte Dracula ja bereits ...«, oder: »Wie unser werter Fürst doch neulich nachts meinte ...«

Der Ungar blickte sich im Schankraum um, brach in schrilles Kichern aus und verbarg den Mund hinter einer zarten Hand mit grünen Nägeln, die aus dem wahrhaften Strauß von Spitze an seinen Manschetten hervorragte. Er flüsterte von Klatka etwas zu, worauf dieser barbarisch grinste und Woodbridge ein Zeichen machte.

»Der Junge«, sagte von Klatka in leidlichem Englisch, wobei er mit einer Kralle auf Georgie deutete. »Wie viel für der Junge?«

Der Aufwärter murmelte, Georgie stehe nicht zum Verkauf.

»Dummkopf, du nix verstehn«, beharrte von Klatka. »Wie viel?«

»Er ist mein Sohn«, widersprach Woodbridge.

»Dann solltest du dich erst recht geehrt fühlen«, fistelte Vardalek, »wenn dein feistes Bürschchen das Interesse solch vornehmer Herren erweckt.«

»Das ist Graf Vardalek«, erläuterte Cuda, den Geneviève sogleich als den nasetriefenden Speichellecker der Gruppe erkannt hatte. »Ein enger Vertrauter des Prinzgemahls.«

Allein Kostaki schwieg; sein Blick war wachsam.

Unterdessen waren die anderen Gäste verstummt und lauschten. Mit Bedauern stellte Geneviève fest, dass Thain und die Kriminalbeamten bereits gegangen waren, wenngleich sich diese Tyrannen von einfachen Polizisten wohl kaum hätten einschüchtern lassen.

»Was für ein hübscher Knabe«, sagte Vardalek und versuchte den Jungen auf seinen Schoß zu zerren. Georgie war starr vor Schreck, und der Älteste hatte kräftige Hände. Eine lange, rote Zunge schoss aus seinem grell geschminkten Mund und kratzte über Georgies Wange.

Von Klatka zog eine Geldbörse dick wie eine Fleischpastete hervor. Er schleuderte Woodbridge eine Wolke aus Geldscheinen ins Gesicht. Der rotwangige Aufwärter erbleichte; er hatte Tränen in den Augen.

»Wieso gebt's 'n ihr euch auch mit so'm Jung' ab?«, fragte Cathy Eddowes, quetschte sich zwischen von Klatka und Cuda und schlang ihnen die Arme um die Hüften. »Was euch fehlt, is 'ne richtige Frau, 'ne Frau, an der wo alles *dran* is.«

Von Klatka stieß Cathy grob beiseite, und sie stürzte auf die steinernen Bodenfliesen. Cuda klopfte seinem Kameraden auf die Schulter. Von Klatka funkelte Cuda erbost an, und der jüngere Vampir wich zurück, sein Gesicht ein versteinertes weißes Dreieck.

Vardalek hätschelte Georgie in einem fort und schnurrte ihm magyarische Koseworte ins Ohr, die zu würdigen man dem Jungen aus Devonshire schwerlich abverlangen konnte. Cathy kroch zum Tresen und zog sich daran hoch. Die Pusteln in ihrem Gesicht waren geplatzt, und farbloser Schleim troff ihr ins Auge.

»Exzellenzen«, begann Woodbridge, »bitte …«

Cuda stand auf und packte den Aufwärter. Zwar war der Karpater gut einen Fuß kleiner als der vierschrötige Warmblüter, doch ließ das rote Feuer in seinen Augen keinen Zweifel daran, dass er durchaus imstande war, Woodbridge in Stücke zu reißen und auf der Stelle zu verschlingen.

»Wie heißt du denn, mein Kleiner?«, fragte Vardalek.

»G-G-Georgie ...«

»Aha, wie geht doch gleich der hübsche Reim? ›*Georgie-Porgie, pudding and pie*‹?«

Sie musste einschreiten. Seufzend erhob sich Geneviève.

»*Pudding and pie*, du wirst mir schmecken«, gurrte Vardalek und nagte an Georgies dickem Hals.

»Meine Herren«, begann sie, »bitte gestatten Sie diesen Leuten, ungestört ihren Geschäften nachzugehen.«

Die Karpater verstummten wie auf einen Schlag. Vardaleks Kiefer klappte herunter; mit Ausnahme der Fangzähne war sein Gebiss eine einzige grünliche Ruine.

»Zurück, Neugeborene«, rief Cuda höhnisch, »wenn dir dein Herz lieb ist.«

»Sie ist keine Neugeborene«, murmelte Kostaki.

»Wer ist diese impertinente kleine Person?«, fragte Vardalek. Er leckte Tränen von Georgies Wangen. »Und warum ist sie immer noch untot, wo sie mich doch soeben beleidigt hat?«

Cuda ließ von Woodbridge ab und stürzte sich auf sie. Mit der Schnelligkeit eines überdrehten Lebensrades neigte sie sich zur Seite und rammte ihm einen Ellbogen in die Rippen, als er an ihr vorüberstolperte, so dass er quer durch den Schankraum flog. Bei seinem Sturz verlor er den Wolfshelm, und es war wohl nicht allein dem Zufall zu verdanken, dass jemand eine Kanne Spülwassers hineinlaufen ließ.

»Ich bin Geneviève Sandrine de l'Isle Dieudonné«, verkündete sie, »vom reinen Geblüt Chandagnacs.«

Wenigstens Kostaki war beeindruckt. Mit großen, blutunterlaufenen Augen setzte er sich auf, als wolle er Haltung annehmen. Von Klatka bemerkte, welche Veränderung in seinem Kameraden vor sich gegangen war, und beschloss, ohne sich vom Fleck zu rühren, von einer Auseinandersetzung abzulassen. Vor einigen Jahren hatte Geneviève in einem Spielsalon in Arizona etwas Ähnliches erlebt, als ein Zahnarzt, den man des Betrugs bezichtigte, sich den drei stämmigen Viehtreibern, die ungeschickt nach ihren Revolvern tasteten, beiläufig als Holiday zu erkennen gab. Zwei der Cowboys hatten daraufhin dieselbe Miene aufgesetzt, wie sie von Klatka und Kostaki nun an die Nacht legten. Als der dritte begraben wurde, hatte sie Tombstone bereits den Rücken gekehrt.

Nur Graf Vardalek wollte sich nicht geschlagen geben.

»Lass den Jungen los«, rief sie, »*Neugeborener!*«

Der Zorn schlug Funken in den Augen des Ungarn, als er Georgie von sich stieß und aufstand. Er war größer als sie und fast ebenso alt. Seine Arme strotzten vor Kraft. Seine schwellenden Nägel verwandelten sich in Dolchspitzen, der Firnis schmolz wie Butter in der Pfanne. Eine Schlange hätte keinen Lidschlag tun können, so rasch war er bei ihr. Er war zwar flink, doch war er ebenso vom befleckten Geblüt des Prinzgemahls. Genevièves Hände schnellten hervor, ergriffen seine Gelenke und brachten seine messerscharfen Finger einen Zoll vor ihren Augen zum Stillstand.

Vardalek knurrte, und Schaum sprenkelte sein gepudertes Kinn, troff auf seine wulstige Halskrause. Sein Atem war ein sprichwörtlicher Pesthauch von moderiger Grabesschwere. Seine steinharten Muskeln wanden sich wie Pythons in ihrer Umklammerung, doch sie ließ nicht locker. Langsam presste sie seine Hände von ihrem Gesicht fort und hob seine Arme in die Höhe, als wolle sie die Zeiger einer riesigen Uhr auf zehn Minuten vor zwei stellen.

In niedrigstem Magyarisch ließ Vardalek vernehmen, Geneviève pflege regelmäßig geschlechtlichen Umgang mit Schafen. Dass die Milch ihrer Brüste die Katzen vergifte, die sie dort gewöhnlich säuge. Dass in den Haaren ihrer nichtsnutzigen Jungfernschaft sieben Generationen von Mistkäfern hausten. Sie sog die Luft durch die Zähne und drückte, hörte, wie seine Knochen zu knirschen begannen, bis ihre scharfen Daumenspitzen die dünnen Adern an seinen Handgelenken ritzten.

So leise, dass nur er es hören konnte, gab sie ihm in seiner eigenen Zunge zu verstehen, dass seine Vorfahren ohne den geringsten Zweifel allenfalls in der Liebe zur Bergziege bewandert gewesen seien, und verlieh der hohen Wahrscheinlichkeit Ausdruck, dass sein Fortpflanzungsorgan ebenso schlaff sei wie eine frisch gestochene Pestbeule. Sie fragte ihn, wessen sich der Teufel wohl anstelle eines Arsches bediene, wo Vardalek jenen zarten Teil der diabolischen Anatomie doch als Gesicht beanspruche.

»Lass ihn los«, sagte von Klatka ohne besonderen Nachdruck.

»Reiß ihm sein verdorbnes Herz raus«, rief jemand in einem Anfall von Wagemut, nun, da ein anderer sich dem Ungarn entgegenstellte.

Vardaleks Knie gaben nach, als Geneviève ihn rückwärts zu Boden stieß. Er knickte ein und sackte zusammen, doch sie hielt ihn auf den Beinen. Sie zwang ihn auf die Knie, und er begann zu wimmern, blickte ihr fast mitleidheischend ins Gesicht. Als sie die trockene Luft an ihren Eckzähnen spürte, wusste sie, dass ihre Miene sich zu einer tierähnlichen Fratze verzerrt hatte.

Vardaleks Kopf sank nach hinten, und Blut sickerte in seine Augen. Sein goldener Kopfputz verrutschte und entblößte die wundrote Haut darunter. Geneviève ließ den Ältesten los, und er brach zusammen. Kostaki und von Klatka halfen ihm auf; beinahe zärtlich rückte Kostaki die Perücke des Grafen zurecht. Auch Cuda war aufgestanden und hatte seinen Säbel gezogen. Die Klinge warf das Licht zurück, und das Eisen erstrahlte in silbrigem Glanz. Angewidert befahl ihm Kostaki, die Waffe einzustecken.

Woodbridge hatte die Tür geöffnet, um die Karpater hinauszuwerfen. Georgie eilte davon, Vardaleks Speichel abzuwaschen. Geneviève spürte, wie ihre Gesichtszüge sich glätteten. Der Wirtshauslärm erhob sich von neuem, und der Akkordeonspieler, dessen Repertoire allem Anschein nach begrenzt war, stimmte »Sie war ein Vöglein klein in einem goldenen Käfig« an.

Von Klatka brachte Vardalek auf die Straße hinaus, und Cuda folgte auf dem Fuße, den schmutzigen Schweif hinter sich herziehend wie eine Schleppe. Zögerlich betrachtete Kostaki die Bescherung. Als er zu der Stelle blickte, wo von Klatka seine Banknoten hingeworfen hatte, verzerrte er den Mund schnaubend zu einem halbherzigen Grinsen. Das Geld war ebenso rasch verschwunden wie vergossenes Bier in einem Schwamm. Das Zigeunermädchen hielt sich wohlweislich von der Stelle fern, wo die Scheine sich befunden hatten. Die Falten im kreideweißen Antlitz des Gardisten barsten, als er das Gesicht verzog, doch die Risse verheilten in einem Nu.

»O Älteste«, sagte Kostaki und salutierte vor ihr, ehe er sich zum Gehen wandte, »meine Verehrung.«

10

Spinnen im Netz

Er befand sich in Limehouse, unweit des Basin. Soviel Beauregard wusste, hatte sich dieser Bezirk seinen bösen Namen wohl verdient. In einer beliebigen Nacht wurden hier mehr namenlose Leichen an die morastigen Kanalufer gespült, als Silver

Knife in drei Monaten zuwege gebracht hätte. Knarrend, klappernd und schlingernd suchte sich der Hansom seinen Weg durch einen Bogengang, dann blieb er ruckartig stehen. Der Kutscher hatte sich tief ducken müssen, um den Bogen nicht mit dem Scheitel zu streifen.

Beauregard ergriff das Heft seines Stockdegens. Der Schlag wurde geöffnet, und rote Augen glommen im Dunkel.

»Bitte verzeihen Sie die Ungelegenheiten, Beauregard«, schnurrte eine seidenweiche Stimme, die zwar einem Mann zu gehören schien, jedoch nicht allzu männlich klang, »aber Sie werden sicherlich Verständnis dafür haben. Das Spiel steht nicht zum Besten ...«

Beauregard stieg aus dem Wagen und befand sich in einem Hof abseits des Straßengewirrs nahe den Docks. Hier hing der Nebel in Fetzen wie unterseeische Wedel fahlgelber Gaze. Alles war voller Leute. Der Mann, der ihn angesprochen hatte, war Engländer, ein Vampir mit vornehmem Rock und Zylinder, dessen Gesicht die Dunkelheit verbarg. Seine Haltung, deren Weichlichkeit wie einstudiert wirkte, deutete auf einen Athleten im Ruhestand hin; es hätte Beauregard gar nicht gefallen, mit ihm über vier Runden gehen zu müssen. Bei den anderen handelte es sich um bezopfte, bucklige Chinesen, welche die Hände gegen die Kühle in ihre Hemdsärmel geschoben hatten. Die meisten von ihnen waren Warmblüter, bei dem mächtigen Burschen neben dem Kutschschlag allerdings handelte es sich zweifellos um einen Neugeborenen, der den Oberkörper entblößt hatte, um mit seinen Drachentätowierungen zu prahlen und seine Unempfindlichkeit gegen die Herbstkälte zu beweisen.

Als der Engländer hervortrat, fiel das Mondlicht auf sein jugendliches Gesicht. Seine wunderschönen langen Wimpern gemahnten an die einer Frau, und Beauregard erkannte ihn sogleich.

»Ich habe Sie anno fünfundachtzig mit sechs Bällen sechs Sechsen schlagen sehen«, sagte er. »In Madras. Die Gentlemen gegen die Players.«

Der Sportsmann zuckte bescheiden mit den Achseln. »Ich sage immer, man muss die Bälle spielen, wie sie kommen.«

Er hatte den Namen des Neugeborenen in der Sternkammer gehört, im Zusammenhang mit tollkühnen, doch durchaus amüsanten Juwelendiebstählen. Der Umstand, dass der Sportsmann an dieser offenkundigen Entführung nicht eben geringen Anteil hatte, bestärkte Beauregard in seiner Annahme, dass er tatsächlich für jene verbrecherischen Kabinettstückchen verantwortlich zeichnete. Beauregard hegte die feste Überzeugung, dass selbst ein Gentleman einem Beruf nachgehen solle, und hielt daher in aller Regel mit den Gentlemen gegen die Players.

»Hier entlang«, sagte der Amateurdieb und wies auf eine regennasse Brandmauer. Der neugeborene Chinese drückte auf einen Ziegel, und ein Teil der Mauer klappte nach oben und gab eine Öffnung frei, die einer Halbtür ähnelte. »Ziehen Sie den Kopf ein, sonst prellen Sie sich noch den Schädel. Verteufelt klein, diese Schlitzaugen.«

Beauregard folgte dem Neugeborenen, der im Dunkeln besser zu sehen vermochte als er, wiederum gefolgt von den Chinesen. Da sie einen abschüssigen Gang hinabschritten, mussten sie sich unterhalb der Straße befinden. Wände und Boden glänzten feucht, und die Luft war kalt und faulig: Diese Gemäuer konnten nicht allzu weit vom Fluss gelegen sein. Entferntes Wasserplätschern, das aus einem Schacht heraufdrang, erinnerte Beauregard unwillkürlich an die namenlosen Leichen, und er vermutete, dass nicht wenige von ihnen hier ihre Reise angetreten hatten. Der Durchgang erweiterte sich, woraus er schloss, dass dieser Teil des Labyrinths bereits vor Jahrhunderten erbaut worden war. An wichtigen Gabelungen befanden sich *objets d'art*, zumeist asiatisch anmutende Antiquitäten. Nach all den Biegungen, Abstiegen und Türen waren seine Entführer offenbar gewiss, dass er den Weg zurück an die Oberfläche ohne Begleiter nie und nimmer finden werde. Es erfüllte ihn mit einiger Genugtuung, dass man ihn unterschätzte.

Hinter einer Mauer schnatterte etwas, und Beauregard schreckte zurück. Er hatte nicht die leiseste Ahnung, von welchem Tier die Laute stammen mochten. Der Neugeborene wandte sich dem Geräusch zu und zog am Kopf einer Jade-Raupe. Eine Tür öffnete sich, und Beauregard wurde in einen dämmrigen, prachtvoll möblierten Raum geleitet. Es gab keine Fenster, nur Wandschirme mit Chinoiserien. In der Mitte stand ein riesiger Schreibtisch, an dem ein uralter Chinese saß. Mit langen, harten Fingernägeln trommelte er auf die Schreibunterlage. Seine Spießgesellen saßen in bequemen Lehnstühlen im Halbkreis um den Tisch versammelt. Das unsichtbare schnatternde Ding verstummte.

Einer der Männer wandte den Kopf, und seine rot glühende Zigarrenspitze verwandelte sein Gesicht in eine teuflische Fratze. Anders als der Chinese war er ein Vampir.

»Mr. Charles Beauregard«, begann der Greis aus dem Reich des Himmels, »Sie waren so gütig, sich in unsere armselige, nichtswürdige Runde zu begeben.«

»Sie waren so gütig, mich einzuladen.«

Der Chinese klatschte in die Hände und nickte seinem Diener zu, einem Burmesen mit versteinerter Miene.

»Nimm unserem Gast Umhang, Hut und *Stock* ab.«

Beauregard wurde von seiner Last befreit. Als der Burmese auf ihn zutrat, bemerkte Beauregard den Ring in seinem Ohr und die rituelle Tätowierung um den Hals.

»Ein *damit*?«, erkundigte er sich.

»Sie sind sehr aufmerksam«, bestätigte der Chinese.

»Ich habe ein wenig Erfahrung, was die Welt der Geheimbünde betrifft.«

»Das lässt sich wohl sagen, Mr. Beauregard. Unsere Wege haben sich dreimal gekreuzt: in Ägypten, Kaschmir und Schanghai. Sie haben mir die eine oder andere kleine Ungelegenheit bereitet.«

Beauregard erkannte, mit wem er es zu tun hatte, und versuchte ein Lächeln. Er war aller Voraussicht nach so gut wie tot.

»Ich bitte um Vergebung, Doktor.«

Der Chinese tickte mit den Fingernägeln und beugte sich vor, so dass Licht auf sein Gesicht fiel. Er hatte die Stirn eines Shakespeares und ein Lächeln, das Beauregard an einen selbstzufriedenen Satan gemahnte.

»Grämen Sie sich nicht.« Er wischte Beauregards Entschuldigung beiseite. »Das waren unbedeutende Angelegenheiten, nichts, was über das Gewöhnliche hinausginge. Ich hege keineswegs die Absicht, in dieser Sache weitere Schritte zu unternehmen.«

Beauregard suchte seine Erleichterung zu verbergen. Was immer man ihm sonst auch nachsagen mochte, der verbrecherische Mandarin war bekannt als ein Mann, der sein Wort hielt. Man nannte ihn den »Teufelsdoktor« oder auch den »Herrn der seltsamen Tode«. Er gehörte dem Rat der Sieben an, der Führungsriege der Si-Fan, eines *tong*, dessen Einfluss bis in die entlegensten Winkel der Erde reichte. Mycroft zählte den Chinesen zu den drei gefährlichsten Männern der Welt.

»Gleichwohl«, setzte der Alte hinzu, »fände dieses Zusammentreffen weiter östlich statt, wäre sein Verlauf vermutlich weder für Sie noch, wie ich gestehen muss, für mich besonders angenehm. Haben Sie verstanden?«

Beauregard verstand nur allzu gut. Sie trafen unter der Flagge des Waffenstillstands zusammen, die jedoch unvermittelt eingeholt werden würde, wenn der Diogenes-Club erneut von ihm verlangte, gegen die Si-Fan zu intrigieren.

»Diese Angelegenheiten sind für uns gegenwärtig nicht von Interesse.«

Der Amateurdieb drehte die Gaslampe hoch, und Flammenschein erhellte die Gesichter. Das schnatternde Ding brach in lautes Geschrei aus, doch ein milder Blick des Teufelsdoktors genügte, es zum Schweigen zu bringen. In einer Ecke befand sich ein riesiger goldener Käfig, gebaut wie für einen Papagei von sechs Fuß Spannweite, in dem ein langschwänziger Affe saß. Er fletschte gelbe Zähne, die in hellrosigem Zahnfleisch staken, das gut zwei Drittel seines Gesichts in Anspruch nahm. Der Chinese war bekannt für seinen ausgefallenen Geschmack, was Schoßtiere anbetraf, wie sich Beauregard ein jedes Mal erinnerte, wenn er seinen Stiefelfuchs mit dem Griff aus Schlangenleder zur Hand nahm.

»Kommen wir zum Geschäft«, schnaubte ein militärisch anmutender Vampir. »Zeit ist Geld, vergessen Sie das nicht …«

»Ich bitte tausendfach um Vergebung, Colonel Moran. Im Osten herrschen andere Sitten und Gebräuche. Hier jedoch haben wir uns selbstverständlich Ihren westlichen Gepflogenheiten zu fügen, müssen um Eile und Emsigkeit bemüht sein, müssen hetzen und hasten.«

Der Zigarrenraucher stand auf und erwies sich als hagere Gestalt, deren schlabbernder Gehrock rings um die Taschen Kreidespuren aufwies. Der Colonel lenkte ein und lehnte sich mit gesenktem Blick zurück. Der Kopf des Rauchers schnellte hin und her wie der einer Eidechse, und seine Augenzähne ragten über die Unterlippe hervor.

»Mein Mitgenosse ist Geschäftsmann«, erklärte er zwischen zwei Zügen an seiner Zigarre, »unser Kricket spielender Freund ist ein Dilettant, Griffin dort drüben ist Wissenschaftler, Captain Macheath – der sich, nebenher gesagt, entschuldigen lässt – ist Soldat, Sikes führt das Geschäft seiner Familie fort, ich bin Mathematiker, Sie aber, werter Doktor, sind ein Künstler.«

»Der Professor schmeichelt mir.«

Beauregard hörte nicht zum ersten Mal von dem Professor.

Mycrofts Bruder, der beratende Detektiv, hegte ein gewisses Faible für ihn. Er mochte gut und gern der übelste Engländer sein, der des Galgens harrte.

»Wenn zwei der drei gefährlichsten Männer dieser Welt in einem Raum versammelt sind«, bemerkte Beauregard, »stellt sich mir sogleich die Frage, wo der dritte stecken mag.«

»Wie ich sehe, sind Sie mit unseren Namen und unserer Stellung wohlvertraut, Mr. Beauregard«, sagte der Chinese. »Dr. Nikola ist unglücklicherweise außerstande, uns mit seiner Anwesenheit zu beehren. Wenn mich nicht alles täuscht, dürfte er vor der tasmanischen Küste zu finden sein, wo er einige Nachsuchungen hinsichtlich versunkener Schiffe anstellt. Uns ist an ihm nicht weiter gelegen. Er verfolgt eigene Interessen.«

Beauregard nahm die anderen, bislang nicht erklärten Mitglieder dieser kleinen Versammlung in Augenschein: Griffin, den der Professor bereits erwähnt hatte, war ein Albino, der sich wie ein Chamäleon seiner Umgebung anzupassen schien. Sikes war ein schweinsgesichtiger Mann, warmblütig, klein, dickbäuchig und brutal. Mit seiner grell gestreiften Jacke und dem mit billigem Öl getränkten Haar wirkte er in solch vornehmer Gesellschaft außerordentlich fehl am Platze. Als Einziger in dieser Runde bot er den Anblick eines typischen Verbrechers.

»Professor, wenn Sie unserem verehrten Gast erklären möchten …«

»Ich danke Ihnen, Doktor«, erwiderte der Mann, den man mitunter den »Napoleon des Verbrechens« nannte. »Mr. Beauregard, wie Ihnen schwerlich entgangen sein dürfte, haben wir – und ich beziehe Sie da durchaus ein – uns keineswegs einer gemeinsamen Sache verschrieben. Wir gehen unserer eigenen Wege. Wenn sich diese zufällig kreuzen … nun ja, dann führt das nicht selten zu Unstimmigkeiten. Zwar hat es unlängst einige Veränderungen gegeben, aber – gleich welcher persönlichen Metamorphose jeder Einzelne von uns den Vorzug gegeben haben mag – unser Geschäft ist im Wesentlichen das gleiche geblieben. Wir sind, nicht anders als zuvor, eine Schattengesellschaft. Bis zu einem gewissen Grad haben wir eine Übereinkunft erzielt. Wir messen unsere geistigen Kräfte, aber wenn die Sonne aufgeht, ziehen wir eine Grenze. So war es gut genug und brauchte besser nicht zu werden. Es bereitet mir großen Kummer, das sagen zu müssen, doch diese Grenze scheint nun überschritten ...«

»Die Polente veranstaltet Razzien im ganzen East End«, fuhr Sikes dazwischen. »Dieser bekloppte Charlie Warren hat schon wieder zu 'ner Kavallerieattacke geblasen. Jahrelange Arbeit, in 'ner einzigen Nacht zum Deubel. Meine ganzen Freudenhäuser hatter mir dichtgemacht. Spielhöllen, Opium, Mädels: dem is nix heilig. Wir führn anständige Geschäfte, un' dann komm' plötzlich so 'ne verfluchte Greifer daher un' machen uns 'n dicken Strich durch die Rechnung.«

»Ich pflege keinerlei Verbindungen zur Polizei«, sagte Beauregard.

»Halten Sie uns bitte nicht für naiv«, entgegnete der Professor. »Wie alle Agenten des Diogenes-Clubs bekleiden Sie selbstverständlich keine offizielle Position. Doch das Offizielle und die Wirklichkeit sind zweierlei Dinge.«

»Diese Beeinträchtigung unserer Interessen wird so lange andauern«, sagte der Doktor, »wie jener Gentleman, welcher als Silver Knife bekannt ist, sich auf freiem Fuß befindet.«

Beauregard nickte. »Das will ich gern glauben. Aber es besteht immer noch die Möglichkeit, dass die Polizei den Mörder bei einer Razzia dingfest macht.«

»Er ist keiner von uns«, schnaubte Colonel Moran.

»Er is 'n verdammter Irrer, das isser. Also, wir sind ja nu nich' grad zimperlich – wenn Se kapieren, was ich mein –, aber der Bursche treibt's 'n bisschen zu weit. Wenn mir 'ne Nutte zu fidel wird, geh ich der mit 'nem Messer anne Visage, aber doch nich anne Kehle.«

»Soweit mir bekannt ist, gibt es bislang nicht den geringsten Hinweis darauf, dass einer von Ihnen etwas mit den Morden zu schaffen haben könnte.«

»Darum geht es nicht, Mr. Beauregard«, fuhr der Professor fort. »Unser Schattenimperium ist wie ein Spinnennetz. Es erstreckt sich über die ganze Welt, doch sein Mittelpunkt liegt hier, in dieser Stadt. Es ist dicht, verschlungen und von erstaunlich feiner Webart. Wenn eine gewisse Anzahl von Fäden durchtrennt ist, wird es in sich zusammenfallen. Und Fäden *werden* durchtrennt. Wir haben seit dem Mord an Mary Ann Nichols nicht geringen Schaden erlitten, und die Ungelegenheiten werden sich mit jeder neuen Schreckenstat verdoppeln. Ein jeder Hieb, den der Mörder gegen die Öffentlichkeit führt, ist auch ein Schlag gegen uns.«

»Meine Pferdchen wolln nich' aufe Straße raus, solang der durch die Gegend streicht. Ich spür's im Beutel. Langsam gehn mir die Moneten aus.«

»Ich bin sicher, dass die Polizei den Mann ergreifen wird. Auf jeden Hinweis steht eine Belohnung von fünfzig Pfund.«

»Und wir haben eine Belohnung in Höhe von tausend Guineas ausgesetzt, bislang ohne jeden Erfolg.«

»Von weegen, alle Halunken sinn sich dicke wie de Itzichs, nix da! Wenn wir Silver Knife zwischen de Finger kriegn, sitzt der schneller hinter schwedische Gardin', als wie 'n irländischer Langfinger 'nem Suffkopp 'n Sack leert.«

»Wie belieben?«

»Mr. Beauregard«, sagte der Doktor, »was unser Mitgenosse anzuregen sich erfrecht, ist die Unterstützung Ihrer überaus geschätzten Polizei durch die allzu bescheidenen Bemühungen, die zu leisten wir imstande uns befinden. Ich verpfände mein Wort, dass eine jede vertrauliche Nachricht, die in unsere Hände gelangt – wie so viele Nachrichten in so vielen Angelegenheiten es so häufig tun –, geradewegs an Sie weitergeleitet werden wird. Im Gegenzug möchten wir Sie ersuchen, das persönliche Interesse an dieser Sache, welches der Diogenes-Club – wie wir wohl wissen – zu nehmen Sie gebeten hat, mit äußerster Tatkraft zu verfolgen.«

Obschon er es krampfhaft zu verbergen suchte, war Beauregard zutiefst entsetzt, dass der Herr der seltsamen Tode selbst über die geheimsten Vorgänge innerhalb der herrschenden Clique Bescheid wusste. Demnach hatte der Chinese offenbar genaue Kenntnis von der Unterredung, zu der er vor kaum zwei Tagen geladen worden war. Dieselbe Unterredung, bei der man die Annahme geäußert hatte, von den Si-Fan werde wohl auf Jahre hinaus nichts mehr zu hören sein.

»Der Bursche verstößt gegen jede Spielregel«, sagte der Amateurdieb, »und deshalb wäre es das Beste, wenn er seine weißen Plünnen auszieht und sich schleunigst vom Platz schleicht.«

»Wir haben tausend Guineas für jeden Hinweis auf die Identität des Mörders ausgesetzt«, warf der Colonel ein, »und zweitausend auf seinen verlausten Kopf.«

»Anders als die Polizei haben wir nicht die geringsten Schwierigkeiten mit lügenhaften Individuen, die mit falschen Hinweisen an uns herantreten, in der Hoffnung, uns eine Belohnung abgaunern zu können. Derlei Individuen erfreuen sich in unserem Spinnennetz keines allzu langen Lebens. Haben wir uns verstanden, Mr. Beauregard?«

»Durchaus, Professor.«

Der Neugeborene bedachte ihn mit einem schmallippigen Lächeln. Ein gemeiner Mörder bedeutete diesen Männern nicht sehr viel, ein wild gewordener Vandale jedoch war eine Ungelegenheit, die zu dulden sie keinesfalls bereit waren.

»Und wenn der Whitechapel-Mörder gefasst wird?«

»Dann ist wieder alles beim Alten«, meinte Moran.

Der Doktor nickte weise, und Sikes stieß hervor: »Wo drauf de ein' lassen kanns.«

»Ist unsere Übereinkunft hinfällig geworden«, verkündete der Chinese, »werden wir in unsere alten Gefechtspositionen zurückkehren. Und ich möchte Ihnen anraten, sich mit Ihrer Miss Churchward einzurichten und die Angelegenheiten meiner Landsleute anderen zu überlassen. Sie hatten kein Glück mit Ihren Ehefrauen und haben sich ein paar Jahre der Ruhe und Zufriedenheit redlichst verdient.«

Beauregard unterdrückte seinen Zorn. Die Drohung hinsichtlich Penelopes war zu viel.

»Was mich betrifft«, sagte der Professor mit loderndem Blick, »so hoffe ich, mich zur Ruhe setzen und die Leitung meiner Organisation Colonel Moran übertragen zu können. Ich befinde mich nunmehr in der glücklichen Lage, noch einige Jahrhunderte zu leben, was mir die erforderliche Zeit verschafft, mein Modell des Universums ein wenig zu verfeinern. Ich beabsichtige, eine Reise in die reine Mathematik zu unternehmen, eine Reise, die mich über die schnöde Geometrie des Raumes hinaustragen wird.«

Der Doktor lächelte, hob die Brauen und kräuselte den schmalen Schnurrbart. Er schien der Einzige unter den Anwesenden zu sein, der die grandiosen Pläne des Professors zu würdigen wusste. Die anderen erweckten den Anschein, als hätten sie faule Eier gegessen, während die Augen des Professors zu leuchten begannen bei dem Gedanken an eine unendliche Anzahl sich vervielfachender Theoreme, die sich ausdehnten, den gesamten Raum zu erfüllen.

»Stellen Sie sich vor«, sagte der Professor, »ein Theorem, das *alles* in sich begreift.«

»Ein Wagen wird Sie nach Cheyne Walk zurückbringen«, erklärte der Alte aus dem Reich des Himmels. »Unser Zusammentreffen ist beendet. Dienen Sie unseren Zwecken, so werden wir

Sie reich belohnen. Enttäuschen Sie uns, so werden die Folgen … weit weniger angenehm ausfallen.«

Mit einem Wink wurde Beauregard entlassen.

»Empfehlen Sie uns Ihrer Miss Churchward«, sagte Moran mit einem frivolen Seitenblick. Beauregard vermeinte, im sprichwörtlich unergründlichen Antlitz des Chinesen einen Hauch von Abscheu entdeckt zu haben.

Während der Sportsmann ihn durch die Gänge zurück an die Oberfläche führte, überlegte Beauregard, mit wie vielen Teufeln er sich wohl verbünden musste, um sich seiner soeben eingegangenen Verpflichtung zu entbinden. Er widerstand dem Drang, seine Bravour zu beweisen, indem er sich nach vorn durchschlug und seinen Führer zum Eingang geleitete. Er hätte dieses kleine Kunststück ohne weiteres vollbringen können, doch mochte es ihm ebenso wohl anstehen, wenn der Limehouse-Ring ihn weiterhin gering einschätzte.

Als sie ins Freie gelangten, dämmerte es bereits. Die ersten blaugrauen Streifen zogen von Osten herauf, und die Seemöwen, die von der Themse landeinwärts gelockt wurden, kreischten hungrig nach Frühstück.

Der Hansom stand unverändert im Hof, und der Kutscher hockte, in schwarze Decken gehüllt, auf dem Bock. Beauregards Hut, Stock und Umhang erwarteten ihn im Innern des Wagens.

»*Adieu*, Verehrtester«, sagte der Kricketspieler, und seine roten Augen funkelten. »Man trifft sich auf dem Lord's.«

11

Belanglosigkeiten

»Warum so schweigsam, Penny?«

»Was?«, platzte sie heraus, urplötzlich aus ihrer zornigen *rêverie* gerissen. Einen Augenblick lang schien der Lärm im Foyer überwältigend, verlor sich dann jedoch in einem leisen, theaterhaften Stimmengewirr.

Mit vorgespiegelter Entrüstung wies Art sie zurecht. »Penelope, mir scheint, Sie haben geträumt. Seit einigen Minuten schon beehre ich Sie nun mit meinen dürftigen Geistreicheleien, und doch ist offenbar kein Wort zu Ihnen durchgedrungen. Wenn ich amüsant zu sein versuche, murmeln Sie, aus tiefstem Herzen seufzend: ›O wie wahr‹, und wenn ich mich bemühe, meiner Rede eine ernstere Note zu geben, um mich Ihres Mitgefühls zu versichern, lachen Sie höflich hinter vorgehaltenem Fächer.«

All ihr Hoffen war dahin. Es hatte ihr erster gemeinsamer Ausflug in die Öffentlichkeit werden sollen, ihr erster Auftritt als Charles' Verlobte. Sie hatte Wochen mit den Vorbereitungen verbracht, mit der Auswahl des passenden Kleides, der korrekten Korsage, des richtigen Anlasses, der geeigneten Gesellschaft. Charles' geheimnisumwobene Dienstherren hatten alles zunichtegemacht. Sie war den ganzen Abend schon verstimmt gewesen, krampfhaft bemüht, nicht in ihre alte Gewohnheit zurückzufallen und unentwegt die Stirn zu runzeln. Ihre Gouvernante, Madame de la Rougierre, hatte sie oftmals ermahnt, falls der Wind drehe, werde ihr diese Miene noch erhalten bleiben; wenn sie sich heute im Spiegel betrachtete, ohne auch nur die Spur einer Falte entdecken zu können, wurde ihr bewusst, dass die alte Schachtel gut daran getan hatte.

»Sie haben Recht, Art«, gestand sie und suchte die innere Wut zu unterdrücken, die sie ein jedes Mal befiel, wenn nicht alles nach ihren Vorstellungen ablief, »ich war abwesend.«

»Das spricht schwerlich für meine vampirischen Verführungskünste.«

Wenn er den Beleidigten spielte, ragten die Spitzen seiner Zähne hervor wie Reiskörner, die an seiner Unterlippe klebten.

Auf der gegenüberliegenden Seite des Hotelrestaurants unterhielt sich Florence angeregt mit einem beschwipsten Gentleman, den Penelope sogleich als den Kritiker des *Telegraph* erkannte. Von Rechts wegen bildete Florence die Spitze dieser kleinen Expedition in feindliches Gebiet – ihre Sympathien lagen naturgemäß beim Lyceum, während sie sich im Criterion befanden –, dennoch hatte sie ihre Mitstreiter sich selbst überlassen. Das war typisch für Florence. Sie war höchst leichtsinnig und, trotz ihres vorgerückten Alters von dreißig Jahren, eine gefallsüchtige Person. Wen wunderte es, dass ihr Gatte verschwunden war. Ebenso wie Charles sich heute Abend davongestohlen hatte.

»Dachten Sie an Charles?«

Sie nickte und fragte sich, ob an den Geschichten über die Fähigkeiten der Vampire, die Gedanken ihres Gegenübers zu lesen, etwas Wahres sein mochte. Ihre Gedanken, so musste sie sich eingestehen, waren gegenwärtig gewiss mit Leichtigkeit zu entziffern. Sie durfte keinesfalls die Stirne runzeln, wenn sie nicht enden wollte wie die arme, törichte Kate, deren Gesicht vom vielen Lachen und Weinen schon jetzt, nach nur zweiundzwanzig Jahren, gänzlich aus der Form geraten war.

»Selbst wenn ich Sie ganz für mich allein habe, steht Charles doch immer zwischen uns. Zum Teufel mit ihm.«

Charles, der an der Premierenfeier hatte teilnehmen sollen, sandte seinen Diener mit einer Nachricht, worin er sich entschuldigte und Penelope für den heutigen Abend Florence' Obhut überließ. Er war im Auftrag der Regierung unterwegs, womit sich näher zu befassen man nicht von ihr erwartete. Es war in höchstem Maße ärgerlich. Sofern sie ihre Überzeugungskraft nicht unterschätzte, würde nach der Trauung einiges anders werden im Hause Beauregard.

Ihr Schnürleib war so eng, dass sie kaum Atem schöpfen konnte, und ihre *décolletage* so tief, dass die Haut zwischen Kinn und Busen ganz taub war vor Kälte. Und was sollte sie mit ihrem Fächer anderes anfangen, als in einem fort damit zu wedeln? Sie konnte es schließlich keinesfalls riskieren, ihn auf einen Stuhl zu legen, damit sich am Ende womöglich ein angetrunkener Trottel darauf niederließ.

Eigentlich war es an Art gewesen, Florence zu begleiten, doch hatte sie ihn ebenso versetzt, wie Penelope von ihrem Verlobten im Stich gelassen worden war. Demzufolge fühlte er sich offenbar verpflichtet, wie ein feuriger Korydon umherzubummeln. Zweimal schon waren sie von Bekannten angesprochen worden, die sie zunächst beglückwünschten und sodann mit den peinlichen Worten »Ist das der Glückliche?« auf Art deuteten. Lord Godalming trug es mit bemerkenswerter Fassung.

»Ich wollte nicht schlecht von Charles reden, Penny. Bitte verzeihen Sie.«

Seit der Bekanntgabe hatte Art sich überaus fürsorglich gezeigt. Einst war er selbst verlobt gewesen, mit einem Mädchen, dessen Penelope sich noch recht gut entsinnen konnte, doch hatte die Sache ein fürchterliches Ende gefunden. Art war mühelos zu verstehen, insbesondere im Vergleich zu Charles. Ihr Verlobter hielt ein jedes Mal inne, ehe er sie mit Namen anredete. Zwar hatte er sie niemals Pamela genannt, doch harrten sie beide voller Grauen jenes unheilvollen, unausweichlichen Moments. Zeit ihres Lebens hatte sie sich in den Fußstapfen ihrer brillanten Cousine dahingeschleppt, war innerlich erstarrt, wann immer jemand wortlos sie mit Pam verglich, in dem Bewusstsein, dass sie auf ewig als die

Geringere der beiden Miss Churchwards gelten werde. Doch im Gegensatz zu Pamela war sie am Leben. Inzwischen war sie älter als ihre Cousine damals, als sie von ihnen gegangen war.

»Sie dürfen gewiss sein, dass jegliche Angelegenheit, deretwegen Charles sich entschuldigen lässt, von allergrößter Wichtigkeit ist. Sein Name mag nicht in den Parlamentslisten auftauchen, aber in Whitehall ist er wohlbekannt, wenn auch nur den Besten unter den Besten, und hoch geschätzt.«

»Sie bekleiden doch sicher eine ebenso wichtige Stellung, Art?«

Art zuckte mit den Achseln, und seine Locken bebten. »Ich bin nichts weiter als ein Botenjunge von Stand und Lebensart.«

»Aber der *Premierminister* ...«

»Ich bin diesen Monat Ruthvens Schoßkind, aber das will nicht allzu viel besagen.«

Florence kehrte mit einem fachmännischen Urteil über das Stück zurück. Es trug den Titel *Clarimonde's Coming-Out* und stammte von Henry A. Jones, dem berühmten Verfasser von *Der Krösus* und *Halunken und Heilige*.

»Mr. Sala meint: ›Die Wolken tun sich auf, ein Lichtblick ist am trüben Himmel des Theaters, und es will nachgerade den Anschein haben, als hätten die Belanglosigkeiten allemal ein Ende.‹«

Bei dem Stück handelte es sich um eine jener »derben Komödien«, für die das Criterion berühmt war. Die neugeborene Hauptfigur war eine Dame mit Vergangenheit, deren scheinbarer Vater, bei dem es sich in Wirklichkeit um ihren Gatten – einen zynischen Kronanwalt – handelte, dazu neigte, seine Sarkasmen unmittelbar an den ersten Rang zu richten, was dem Schauspieler-Prinzipal Charles Wyndham Gelegenheit verschaffte, sein aphoristisches Talent unter Beweis zu stellen. Wiederholte Wechsel der Kostüme und Kulissen führten das Personal von London auf das Land hinaus, nach Italien, in ein Geisterhaus und wieder zurück. Als der Vorhang fiel, waren die Liebenden vereint, die Philister um ihr Geld gebracht, die Güter rechtmäßig verteilt und alle Geheimnisse ohne Schaden enthüllt. Kaum eine Stunde war seit dem letzten Akt vergangen, und Penelope konnte zwar ein jedes Gewand der Heroine bis in die kleinste Einzelheit beschreiben, war jedoch beim besten Willen nicht imstande, sich auf den Namen der Schauspielerin zu besinnen.

»Penny, Liebes«, ertönte ein kratziges Stimmchen. »Florence, Lord Godalming. Gott grüße Sie.«

Es war Kate Reed. Sie trug ein eng anliegendes, schmutzfarbenes Kleid und hatte einen dickwangigen Neugeborenen im Schlepptau, den Penelope sogleich als Kates Onkel Diarmid erkannte. In seiner Eigenschaft als altgedienter Redakteur der Central News Agency suchte er die sogenannte Laufbahn des armen Mädchens als Skribentin für wohlfeile Kolportageblätter zu befördern. Er genoss einen Ruf als der schmierigste aller Schmieranten der schmierakulösen Grub Street. Jedermann außer Penelope fand ihn überaus amüsant, und so wurde er zumeist geduldet.

Art nahm sich die kostbare Zeit, einen Kuss auf Kates knochige Hand zu hauchen, und sie wurde rot wie eine Runkelrübe. Diarmid Reed begrüßte Florence mit bierseligem Rülpsen und erkundigte sich nach ihrer Gesundheit, eine im Falle Mrs. Stokers äußerst unratsame Taktik, da sie durchaus imstande war, ihre diversen Gebrechen *in extenso* zu schildern. Gnädigerweise schlug sie einen anderen Kurs ein und fragte Mr. Reed, weshalb er ihre *soirées noires* in jüngster Zeit nicht mit seiner Anwesenheit beehrt habe.

»Wir vermissen Sie sehr bei uns in Cheyne Walk, Mr. Reed. Sie wissen immer wieder die unglaublichsten Geschichten über die Höhen und Tiefen des Lebens zu erzählen.«

»Bedauerlicherweise habe ich unlängst insbesondere die Tiefen ausloten müssen, Mrs. Stoker. Die Silver-Knife-Morde in Whitechapel.«

»Grässliche Geschichte«, entfuhr es Art.

»Das will ich meinen. Aber verteufelt gut für das Geschäft. Der *Star*, die *Gazette* und all die anderen Revolverblätter haben ihre Spürhunde auf die Sache angesetzt. Die Agentur kann ihnen gar nicht genug Futter bieten. Sie fressen fast alles.«

Penelope hegte wenig Interesse für derlei Gerede über Mord und Niedertracht. Sie machte sich nichts aus Zeitungen und beschränkte ihre Lektüre auf erbauliche Bücher.

»Miss Churchward«, wandte sich Mr. Reed an sie, »wenn mich nicht alles täuscht, ist ein Glückwunsch am Platze.«

Sie lächelte, unentwegt darauf bedacht, dass ihr Gesicht keine Falten warf.

»Wo ist Charles?«, fragte Kate in ihrer gewohnt tölpelhaften Art. Manche Mädchen sollte man regelmäßig schlagen, dachte Penelope, ausklopfen wie Teppiche.

»Charles hat uns versetzt«, sagte Art. »Höchst unklug, wie ich finde.«

Penelope brannte innerlich und hoffte sehnlichst, dass man es ihr nicht ansah.

»Charles Beauregard, hä?«, sagte Mr. Reed. »Der Helfer in der Not. Ich könnte schwören, dass ich den Burschen gestern Abend erst in Whitechapel gesehen habe. In Gesellschaft einiger Beamter, die in Sachen Silver Knife ermitteln.«

»Das halte ich für äußerst unwahrscheinlich«, entgegnete Penelope. Sie war nie in Whitechapel gewesen, einem Bezirk, wo nicht selten Menschen ermordet wurden. »Ich kann mir beim besten Willen nicht vorstellen, was Charles in solch eine Gegend führen könnte.«

»Ich weiß nicht«, sagte Art. »Der Diogenes-Club verfolgt sonderbare Interessen in allerlei sonderbaren Gegenden.«

Penelope wollte, Art hätte besagte Institution unerwähnt gelassen. Mr. Reed spitzte die Ohren und war eben im Begriff, Art mit neugierigen Fragen zu löchern, als ein weiterer Neuankömmling Penelope aus ihrer misslichen Lage befreite.

»Sehen Sie nur«, quiekte Florence entzückt, »wer dort kommt, um uns wieder einmal mit seiner Unverbesserlichkeit zu geißeln. Oscar!«

Ein großer, augenscheinlich wohlgenährter Neugeborener mit wallender Mähne und grüner Nelke am Revers kam zu ihnen herübergeschlendert, ohne die Hände aus den Taschen zu nehmen, die den Latz seiner gestreiften Hosen beulten.

»'n Abend, Wilde«, sagte Art.

Der Dichter erwiderte den Gruß mit einem knappen, verächtlichen »Godalming« und machte Florence dann nachgerade ausschweifend den Hof, überschüttete sie mit solchen Mengen seines Charmes, dass ein wenig davon naturgemäß auf Penelope und nicht zuletzt auch Kate hinüberschwappte. Dem Vernehmen nach hatte Mr. Oscar Wilde vor Jahren, als sie noch Miss Balcombe aus Dublin gewesen war, um Florence' Hand angehalten, doch hatte Bram, dessen Namen auszusprechen Wilde indessen strengstens sich verbat, ihm das Nachsehen gegeben. Penelope verfiel auf den Gedanken, dass er einer ganzen Reihe von Personen allein deshalb einen Antrag gemacht haben mochte, weil eine jede Abweisung seinem unkonventionellen Witz neue Nahrung bot.

Florence bat ihn um seine Meinung zu *Clarimonde's Coming-Out*, worauf Wilde bemerkte, er sei überaus dankbar für die Existenz des Stückes, welches einem gewitzten Kritiker, wofür er sich offenbar erachtete, Ansporn sein könne, auf seinen Ruinen ein Werk von wahrhafter Genialität zu errichten.

»Aber Mr. Wilde«, sagte Kate, »das klingt ja gerade so, als stellten Sie den Kritiker über den Künstler.«

»In der Tat. Die Kritik selbst ist eine Kunst. Und ebenso wie die künstlerische Schöpfung die Arbeit des kritischen Geistes in sich schließt, und es lässt sich schwerlich sagen, dass sie ohne ihn überhaupt existiert, so ist die Kritik schöpferisch in der höchsten Bedeutung des Wortes. Die Kritik ist in der Tat beides, sie ist schöpferisch und unabhängig.«

»Unabhängig?«, erkundigte sich Kate, obgleich sie wohl wusste, dass sie auf diese Weise einen Vortrag nachgerade herausforderte.

»Jawohl, unabhängig. Ebenso wie aus den zügellosen, sentimentalen *amours* der törichten Gattin eines unbedeutenden Landarztes in dem schmutzigen Dorf Yonville-l'Abbaye unweit Rouens Flaubert ein klassisches Werk zu erschaffen vermochte, ein wahres Meisterstück des Stils, so kann der echte Kritiker mit intellektuellem Zartgefühl, sofern es ihm Vergnügen bereitet, seine Begabung zur Kontemplation darauf zu richten oder zu verschwenden, aus Dingen von geringer oder gar keiner Bedeutung, wie etwa aus den diesjährigen Bildern der Royal Academy oder auch den Bildern der vergangenen Jahre, aus den Gedichten eines Mr. Lewis Morris oder den Stücken eines Mr. Henry Arthur Jones, ein Werk von makelloser Schönheit und Instinktsicherheit erschaffen. Die Glanzlosigkeit ist immer eine unwiderstehliche Versuchung zu glänzen, und die Dummheit ist die immerwährende *bestia trionfans,* welche die Klugheit aus der Höhle lockt.«

»Aber was halten Sie denn nun von dem Stück, Wilde?«, fragte Mr. Reed.

Wilde wedelte mit der Hand und verzog das Gesicht, ein Zusammenspiel von Gestik und Mimik, das weitaus mehr besagte als seine kleine Rede, die selbst Penelope als, auf gleichwohl außerordentlich elegante Weise, abwegig empfand. Die Aussage, so hatte Wilde dereinst verkündet, sei ein lässlicher Brauch, dem man nicht im Übermaße frönen solle.

»Lord Ruthven lässt sich empfehlen«, sagte Art.

Der Dichter war beinahe geschmeichelt, dass ihm solche Aufmerksamkeit zuteil wurde. Als er erneut zu einer hochamüsanten, wenngleich unnützen Bemerkung anhob, beugte Art sich zu ihm hin und sagte mit gedämpfter Stimme, so dass nur Penelope und Wilde ihn hören konnten: »Und er würde es überaus begrüßen, wenn Sie beim Besuch eines gewissen Hauses in der Cleveland Street äußerste Vorsicht walten ließen.«

Wilde bedachte Art mit einem bösartigen, zutiefst ablehnenden Blick. Er geleitete Florence davon, um sich mit Frank Harris von der *Fortnightly Review* zu besprechen. Seit seiner Verwandlung trug Mr. Harris Bockshörner, die Florence Entsetzen einjagten.

Kate trippelte dem Dichter hinterdrein in der Hoffnung, sich dem Herausgeber so weit nähern zu können, dass dieser sie vielleicht mit der Abfassung eines Artikels über das Frauenwahlrecht oder derlei Torheiten beauftragte. Doch selbst ein begeisterter *libertin,* der dem Ruf von Mr. Morris anhing, hätte Kate vermutlich für einen allzu kümmerlichen Fisch gehalten, als dass zu angeln er sich lohnte, und ihn in die See zurückgeworfen.

»Was, um alles in der Welt, haben Sie bloß zu Wilde gesagt, ihn derart zu erzürnen?«, fragte Mr. Reed. Er witterte eine Geschichte. Und tatsächlich begannen seine Nüstern ein jedes Mal zu zucken, wenn er sich auf der Fährte einer Quisquilie wähnte, die womöglich das Zeug zu einer Nachricht hatte.

»Nichts als eine Grille Ruthvens«, erklärte Art.

Der Neuigkeitskrämer starrte Art unverwandt an, seine Augen waren wie Nagelbohrer. Viele Vampire besaßen solch einen durchdringenden Blick. Bei geselligen Zusammenkünften ließ sich oftmals beobachten, wie sie, gleich einem Paar verkeilter Elche, alles daransetzten, einander durch Anstarren aus der Fassung zu bringen. Mr. Reed verlor den Wettstreit und begab sich auf die Suche nach seiner widerspenstigen Nichte.

»Ein gerissenes Frauenzimmer«, sagte Art und nickte Kate hinterdrein.

»Pfui«, erwiderte Penelope kopfschüttelnd. »Nur Mädchen, die keinen Ehemann bekommen, ergreifen einen Beruf.«

»Miau.«

»Bisweilen habe ich so ein Gefühl, als ginge all das über meine Begriffe«, klagte sie.

»Darüber sollten Sie sich nicht Ihr hübsches Köpfchen zerbrechen«, sagte er und wandte sich wieder zu ihr um.

Art kitzelte sie unter dem Kinn und hob ihren Kopf, so dass er ihr in die Augen blicken konnte. Einen Moment lang glaubte sie, er wolle sie küssen – hier, in aller Öffentlichkeit, vor der versammelten Londoner Theatergesellschaft –, doch das tat er keineswegs. Stattdessen lachte er und ließ dann von ihr ab.

»Charles sollte sich beizeiten vergegenwärtigen, dass es nicht ganz ungefährlich ist, Sie unbeaufsichtigt zu lassen. Sonst wird Sie am Ende jemand wegstehlen, um Sie dem neuen Babylon als Jungfrauenopfer darzubringen.«

Sie kicherte, wie man es sie zu tun gelehrt hatte, wann immer jemand etwas sagte, das sie nicht recht verstand. In Lord Godalmings pechschwarzen Augen blitzte etwas auf. Penelope spürte, wie ein winziges Feuer in ihrer Brust wuchs, und fragte sich, wo all das hinführen mochte.

12

Dämmerung der Toten

Die Dämmerung tränkte den Nebel mit Blut. Sowie die Sonne aufging, eilten die Neugeborenen in ihre Särge und Schlupfwinkel. Ohne Furcht vor den fliehenden Schatten schlenderte Geneviève allein nach Toynbee Hall zurück. Wie Vlad Tepes war sie alt genug, nicht in der Sonne zu verschrumpfen wie die empfindlicheren Neugeborenen, und doch schwand die Kraft, die ihr der Lebenssaft des warmblütigen Mädchens verliehen hatte, mit dem Tagesanbruch allmählich dahin. In der Commercial Road traf sie auf einen warmblütigen Polizisten und grüßte ihn mit einem Nicken. Er wandte sich ab und ging seiner Wege. Das unbestimmte Gefühl, dass gerade außer Sehweite jemand sie auf Schritt und Tritt verfolgte, kehrte zurück; eine Sinnestäuschung, wie man ihr in diesem Viertel fortwährend erlag.

Während der vergangenen zwei Wochen hatte sie mehr Zeit auf Silver Knife verwandt als auf ihr Nachtwerk. Druitt und Morrison verrichteten doppelte Arbeit, jonglierten mit der begrenzten Anzahl von Schlafstätten, um zunächst den Bedürftigsten Beistand leisten zu können. Obgleich es sich bei der Hall zuallererst um ein Bildungsinstitut handelte, ähnelte sie zusehends einem Feldlazarett. Da sie einem Sicherheitsausschuss beisaß, hatte Geneviève an so vielen lärmenden Versammlungen teilnehmen müssen, dass ihr die Worte jetzt noch in den Ohren hallten, so wie Musik jenen Konzertbesuchern in den Ohren klang, die allzu nahe beim Orchester Platz genommen hatten.

Sie blieb stehen und lauschte. Wieder glaubte sie sich verfolgt. Ihre Vampirsinne waren hellwach, und sie hatte das schemenhafte Abbild eines in gelbe Seide gewandeten Etwas vor Augen, das sich mittels sonderbarer lautloser Sprünge vorwärtsbewegte, die langen Arme wie ein Schlafwandler ausgestreckt. Sie starrte in den Nebel, doch nichts war zu sehen. Vielleicht hatte sie eine Erinnerung oder Fantasie der Warmblüterin absorbiert, die sie nun plagen würde, bis das Blut des Mädchens aus ihrem Körper gewichen war. Sie kannte dieses Gefühl.

George Bernard Shaw und Beatrice Potter hielten Reden in der ganzen Stadt, nahmen die Morde als Anlass, um auf die Zustände im East End aufmerksam zu machen. Keiner der beiden Sozialisten war ein *nosferatu;* und wenn Geneviève nicht alles täuschte, hatte Shaws Name mitunter in Zusammenhang mit einer republikanischen Rotte Erwähnung gefunden. In der *Pall Mall Gazette* zog W. T. Stead gegen Silver Knife vom Leder, wie er es bereits bei seinen früheren Feldzügen gegen Ausbeutung und Kindervampirismus getan hatte. In Ermangelung des Täters schien er der Gesellschaft die Schuld geben zu wollen. Toynbee Hall erhielt derzeit so viele wohltätige Spenden, dass Druitt sich zu dem Vorschlag verleitet sah, die Umtriebe des Mörders zu befördern, um so an weitere Geldmittel zu gelangen. Eine Anregung, die einen ernsten Menschen wie Jack Seward nicht besonders amüsierte.

Ein Anschlagzettel an der Rückseite eines Mietstalls versprach eine neuerliche Belohnung für jeden Hinweis, der zur Ergreifung des Whitechapel-Mörders führe. Rivalisierende Bürgergarden, die sich aus Warmblütern wie Neugeborenen rekrutierten, streunten mit Knüppeln und Rasiermessern bewaffnet durch die Straßen, prügelten sich und fielen über scheinbar verdächtige Passanten her. Nachdem die Bürgerwehren inzwischen all jene belästigten, die auf der Suche nach einer Frau nach Whitechapel kamen, klagten die Straßenmädchen nun weniger über die Bedrohung durch den Mörder als vielmehr über den merklichen Rückgang an Kundschaft. Die Geschäfte der Huren in Soho und Covent Garden hingegen blühten und gediehen. Ebenso ihre Schadenfreude.

Sie vernahm ein Stöhnen aus einer nahe gelegenen Gasse. Ihre Eckzähne schossen hervor wie die Klinge eines Springmessers, und sie erschrak. Sie trat in den verschatteten Durchgang und erblickte einen Mann, der eine rothaarige Frau gegen die Mauer presste. Geneviève hatte die beiden fast erreicht, wollte den Mörder schon ergreifen, als sie sah, dass es sich bei dem Mann um einen Soldaten im langen Mantel handelte. Die Hose baumelte um seine Knöchel, und er stieß mit den Lenden in sie, nicht mit einem Messer. Er bewegte sich mit verzweifelter Hast, gelangte jedoch nicht an sein Ziel. Die Frau, deren Röcke sich um ihre Taille knäulten wie ein Rettungsgürtel, stand in eine Ecke gedrängt, bog seinen Kopf in den Nacken und presste sein Gesicht an ihre federgeschmückte Schulter.

Die Hure war eine hübsche Neugeborene, die von allen nur »Carotty Nell« genannt wurde. Während ihrer Verwandlung war sie in die Hall gekommen, und Geneviève hatte ihr beigestanden, als sie erst erkaltet, dann in Fieberwahn gefallen war und ihr neue Zähne wuchsen. Ihr eigentlicher Name, so vermeinte Geneviève sich zu erinnern, war Frances Coles oder Coleman. Ihr Haar war viel dichter geworden, eine pfeilförmige Strähne reichte ihr fast bis zum Nasenbein. Drahtige, fuchsrote Borsten wuchsen an ihren nackten Armen und Handrücken.

Carotty Nell leckte die Schürfwunden am Hals ihres Freiers. Sie erblickte Geneviève, erkannte sie jedoch offenbar nicht wieder und zeigte dem Störenfried eine Reihe zaunpfahldicker Fangzähne; aus ihren rotgeränderten Augen rannen blutige Tränen. Lautlos zog Geneviève sich zurück. Schimpfend trieb die Neugeborene den Soldaten an, endlich seine vier Pence zu verschleudern. »Mach schon, du Schandkerl«, sagte sie, »komm, komm ...« Keuchend hob ihr Kunde die Hand und vergrub sie in ihrem Haar, während er immer heftiger zustieß.

Auf der Straße angekommen, blieb Geneviève stehen und wartete, bis ihre Augenzähne in die Kieferscheiden zurückgeglitten waren. Ihre Angriffslust ging über alle Maßen. Der Mörder machte sie ebenso nervös wie die Bürgerwehren.

Geneviève hatte Gerüchte gehört, Silver Knife sei ein lederbeschürzter Schuster, ein Ritualmörder polnisch-jüdischer Herkunft, ein malaiischer Seemann, ein Wahnsinniger aus dem West End, ein portugiesischer Viehknecht, der Geist von Van Helsing oder Charley Peace. Es sei ein Arzt, ein Hexer, eine Hebamme, ein Priester. Mit jedem neuen Gerücht wurden dem Pöbel neue Unschuldige zum Fraß vorgeworfen. Sergeant Thick sperrte einen warmblütigen Stiefelmacher namens Pizer zu seinem eigenen Schutz hinter Gitter, da jemand auf den irrigen Gedanken verfallen war, die Worte »Silver Nyfe« an seine Ladentür zu schmieren. Nachdem Jago, der Kreuzfahrer Christi, öffentlich verkündet hatte, der Täter könne nur deshalb ungehindert durch die Gegend streifen und nach Gutdünken morden, weil er Polizist sei, zerrte man einen neugeborenen Constable mit Namen Jonas Mizen in einen Hof unweit der Coke Street und spießte ihn mit einem Holzpflock. Auch Jago saß im Gefängnis, wenngleich Lestrade meinte, er solle demnächst auf freien Fuß gesetzt werden, da er für den Zeitpunkt von Mizens Tod ein unangreifbares Alibi vorweisen könne. Dem Reverend John Jago mangelte es offensichtlich nicht an Alibis.

Sie kam an dem Türeingang vorbei, wo Lily schlief. Das neugeborene Kind lag in ein paar zerfetzte Decken gehüllt, die es in der Hall bekommen hatte. Zum Schutz gegen das Sonnenlicht hatte es seinen winzigen Leib eingewickelt wie eine ägyptische Mumie. Der verschrumpfte Arm des Mädchens war schlimmer geworden, der nutzlose Flügel erstreckte sich von der Hüfte bis zur Achselgrube. Eine Katze lag an Lilys Gesicht geschmiegt; sie hatte dem halbtoten Tier die Zähne in den Hals geschlagen.

Abberline und Lestrade hatten Dutzende von Verhören geführt, doch keinerlei brauchbare Hinweise erhalten. Die Polizeiwachen wurden ohne Unterlass von im Streit liegenden Schreihälsen belagert. Hellseherische Medien wie Lees und Carnacki waren hinzugezogen worden. Eine Reihe beratender Detektive – Martin Hewitt, Max Carrados, August van Dusen – hatte sich in Whitechapel auf Spurensuche begeben. Selbst der ehrwürdige Hawkshaw war aus dem Ruhestand zurückgekehrt. Da der anerkannte Meister ihres Faches jedoch in Devil's Dyke weilte, schwand der Enthusiasmus der Detektive schnell dahin, und so war noch immer keine Lösung gefunden. Man hatte einen Verrückten namens Cotford aufgegriffen, der wie ein Bänkelsänger mit schwarzbraun bemaltem Gesicht umherkreuchte und behauptete, er sei ein »verkleideter« Detektiv. Er war zur Untersuchung nach Colney Hatch verbracht worden. Die Geisteskrankheit, so meinte Jack Seward, könne durchaus ansteckend sein.

In ihrer Tasche fand Geneviève einen Shilling und steckte ihn in eine Falte von Lilys Decke. Die Neugeborene murmelte im Halbschlaf vor sich hin, erwachte aber nicht. Als ein Hansom vorüberklapperte, erhaschte Geneviève einen flüchtigen Blick auf das Profil eines dämmernden Fahrgastes, dessen Hut im Rhythmus des Wagens hin und her schwankte. Wahrscheinlich ein Spätheimkehrer von einer Nacht im Freudentempel. Da erkannte sie den Passagier. Es war Beauregard, der Mann, der ihr bei der Zeugenbefragung in Sachen Lulu Schön aufgefallen war, der Mann aus dem Diogenes-Club. Glaubte man Lestrade, so war seine Gegenwart ein sicheres Anzeichen dafür, dass an höchster Stelle Interesse an Silver Knife bekundet wurde. Die – neu erblühte – Königin hatte öffentlich ihrer Besorgnis über »diese grässlichen Morde« Ausdruck verliehen, nicht jedoch Graf Dracula, der, wie Geneviève vermutete, dem Leben einiger Straßenmädchen – einerlei ob Warmblüter oder Vampire – ebenso große Bedeutung beimaß wie dem eines Mistkäfers.

Der Wagen rollte in den Nebel davon. Wieder hatte sie das Gefühl, als stünde jemand dort draußen hinter einer fahlgelben Wand verborgen, der sie beobachtete und nur auf eine Gelegenheit wartete, zuschlagen zu können. Das Gefühl ging vorüber.

Allmählich wurde ihr bewusst, dass sie gegen die Taten jenes unbekannten Irren nicht das Geringste auszurichten vermochte, und endlich begriff sie auch, welche Bedeutung dieser Fall bekommen hatte. Alle Welt verkündete mit felsenfester Überzeugung, hier gehe es um mehr als nur drei Dirnenmorde. Es gehe um die »beiden Nationen« Disraelis; es gehe um die bedauerliche Verbreitung des Vampirismus bei den unteren Klassen; es gehe um den Niedergang der öffentlichen Ordnung; es gehe um das empfindliche Gleichgewicht innerhalb des verwandelten Königreiches. Die Morde waren nichts als Funken, Großbritannien aber war ein Pulverfass.

Sie brachte viel Zeit unter Huren zu – sie hatte selbst lange Zeit als Ausgestoßene gelebt, so dass sie sich ihnen in gewisser Weise verbunden fühlte – und teilte ihre Befürchtungen. Heute Nacht, kurz vor Tagesanbruch, hatte sie im Haus der Mrs. Warren unweit von Raven Row ein Mädchen gefunden und von ihm getrunken, weil es die Not erforderte, nicht zum Vergnügen. Die warme Annie hatte sie sanft umschlungen und ihr das zarte Fleisch an ihrem Hals wie eine Säugamme angeboten. Nachher hatte Geneviève ihr eine halbe Krone gegeben. Es war zu viel, doch sie konnte nicht anders. Der einzige Schmuck im Zimmer der warmen Annie war ein billiger Druck von Vlad Tepes auf seinem Ritt in die Schlacht. Die einzigen Möbelstücke waren ein Waschtisch und ein großes Bett, dessen Laken man so oft gewaschen hatte, dass sie dünn waren wie Papier; die Matratze war mit formlosen braunen Flecken übersät. In Bordellen wie diesem gab es schon seit langem keine reich verzierten Spiegel mehr.

Nach all den Jahren hätte Geneviève ihr räuberisches Leben eigentlich gewohnt sein müssen, doch der Prinzgemahl hatte die ganze Welt auf den Kopf gestellt, und wieder war sie voller Scham: nicht etwa der Dinge wegen, die sie tun musste, um sich am Leben zu erhalten, sondern jener Dinge wegen, welche die Vampire von Vlad Tepes' Geblüt anrichteten. Annie war nicht zum ersten Mal gebissen worden. Früher oder später würde sie sich verwandeln. Weil sie aber ohne feste Herkunft war, musste sie sich auf eigene Faust durchs Leben schlagen, so dass sie entweder wie Cathy Eddowes dem Suff erliegen, wie Polly Nichols einem wahnsinnigen Mörder zum Opfer fallen oder wie Carroty Nell als Tier enden würde. Ihr schwirrte der Kopf von dem Gin, den das warmblütige Mädchen getrunken hatte. Deshalb also litt sie an Halluzinationen. Die ganze Stadt schien vom Siechtum befallen.

13

Seltsamer Ahnung Spiel

26. SEPTEMBER

Des Morgens herrscht in der Hall vollkommene Stille. Von Sonnenaufgang bis zur dereinst sogenannten Mittagszeit liegt Whitechapel in tiefem Schlummer. Die Neugeborenen eilen zu ihren mit Erde angefüllten Kisten. Die Warmblüter dieser Gegend waren dem Tag noch nie sehr wohlgesinnt. Ich gebe Morrison Anweisung, man möge mich unter keinen Umständen stören, und ziehe mich mit meiner scheinbaren Arbeit in diese Amtsstube zurück. Buchführung, erkläre ich ihm. Was übrigens keineswegs eine Lüge ist. Ich pflege eine alte Gewohnheit und führe Buch. Wie wir es damals alle taten. Jonathan Harker, Mina Harker, Van Helsing. Selbst Lucy schrieb lange Briefe in ihrer wunderschönen Handschrift, trotz ihrer gräulichen Orthografie. Der Professor war allerdings rigide, was die Dokumente anbetraf. Geschichte schreiben immer nur die Sieger; Van Helsing hegte von Anfang an die Absicht, die Papiere mit Hilfe seines Freundes Stoker zu publizieren. Wie sein Rivale war er bestrebt, sich ein Denkmal zu setzen; ein Bericht über die erfolgreiche Behandlung eines wissenschaftlich verbürgten Falles von Vampirismus im ausgehenden neunzehnten Jahrhundert hätte seinem Ruf neuen Glanz verliehen. Doch wie die Dinge stehen, hat der Prinzgemahl für die Auslöschung unserer Geschichte nachdrücklich Sorge getragen: Mein Tagebuch wurde in Purfleet ein Raub der Flammen, und Van Helsing gilt als zweiter Judas.

Damals war er noch nicht der Prinzgemahl, sondern hieß Graf Dracula. Er geruhte, unsere kleine Familie mit seiner Aufmerksamkeit zu beehren; einen Streich nach dem anderen führte er gegen uns, bis wir zerschmettert und zerstreut am Boden lagen. Ich besitze ungeordnete Notizen, Zeitungsausschnitte und Erinnerungen, die ich hier, hinter Schloss und Riegel, aufbewahre. Es scheint mir dringend geboten, die ursprünglichen Aufzeichnungen zu rekonstruieren – zu meiner etwaigen Rechtfertigung. Dieser Arbeit will ich mich in meinen stillen Stunden widmen.

Wer wollte sagen, womit alles seinen Anfang nahm? Mit Draculas Tod? Seiner Auferstehung? Dem Ersinnen seiner ungeheuren Intrigen gegen Großbritannien? Mit Harkers schrecklichen Erlebnissen auf Schloss Dracula? Dem Wrack der *Demeter,* wie es in Whitby an Land gespült wurde, ein toter Mann mit einem Tau ans Steuerrad gebunden? Oder vielleicht mit dem ersten Anblick Lucys durch den Grafen? Miss Lucy Westenra. Westenra. Ein Name, wie er einzig ist in seiner Art: Er bedeutet »Licht des Westens«. Ja, Lucy. Was mich betrifft, so nahm damit alles seinen Anfang. Mit Lucy Westenra. Lucy. Am 24. Mai 1885. Ich kann es kaum fassen, dass der Jack Seward jenes Morgens, neunundzwanzig Jahre alt und soeben zum Leiter der Irrenanstalt von Purfleet ernannt, jemals existierte. Alles, was dem vorausging, erscheint mir nur mehr wie ein goldener Nebel, spärliche Fetzen der Erinnerung an Knabenabenteuer und medizinische Lehrbücher. Ich erfreute mich, wie man mir versicherte, einer überaus glänzenden Laufbahn: Ich forschte und studierte; ich reiste; ich hatte einflussreiche Freunde. Aber dann kam alles anders.

Ich bin fest überzeugt, dass ich mich erst *nach* meiner Abweisung eigentlich in Lucy verliebte. Ich war an jenem Punkt in meinem Leben angekommen, an dem ein Mann ernstlich erwägen sollte, eine eheliche Bindung einzugehen; unter all meinen Bekannten kam sie meinem Wunschbild am nächsten. Art stellte uns vor. Damals noch Arthur Holmwood, heute Lord Godalming. Zunächst hielt ich sie für oberflächlich, um nicht zu sagen, albern. Doch nach all den Tagen, die ich unter kreischenden Verrückten zugebracht hatte, empfand ich ihre schiere Albernheit als überaus anziehend. Die Irrungen und Wirrungen eines komplizierten Geistes – ich halte es immer noch für einen groben Irrtum, Wahnsinnige als *einfache* Geister abzutun – brachten mich dazu, die Aussicht auf ein Mädchen, das mir so offen und unverstellt erschien wie Lucy, als ideal zu erachten. An besagtem Tag wollte ich ihr meinen Antrag unterbreiten. Aus irgendeinem Grunde trug ich eine Lanzette in der Tasche, mit der ich während der gesamten Präliminarien spielte. Aber noch ehe ich meine sorgfältig vorbereitete Rede – darüber, wie teuer sie mir sei, obgleich ich sie so wenig kenne – zu Ende gebracht hatte, wusste ich, dass all mein Hoffen fruchtlos war. Sie begann zu kichern und suchte ihr verlegenes Amüsement hinter erzwungenen Tränen zu verbergen. Ich rang ihr das Geständnis ab, dass ihr Herz vergeben sei. Ich wusste sofort, dass Art mich ausgestochen hatte. Zwar nannte sie ihn nicht beim Namen, doch darüber bestand kein Zweifel. Später, bei Quincey Morris – es scheint unglaublich, doch auch er gehörte zu den Opfern unserer arglosen Lucy –, musste ich den ganzen Abend lang Arts Geplapper über ihrer beider zukünftiges Glück ertragen. Der Texaner war ein freigebiger, hochanständiger Kerl. Er beglückwünschte Art und schlug ihm auf die Schulter. Töricht grinsend stürzte ich Glas um Glas von Quinceys Whisky hinunter und blieb dennoch nüchtern, während die lieben Freunde sich scherzend dem Zustand der Trunkenheit näherten. Lucy stahl sich unterdessen fort nach Whitby, um Mina eine angemessene Zeit lang ihre Schadenfreude spüren zu lassen. Sie hatte sich den späteren Lord Godalming geangelt, während ihre Freundin, die Schullehrerin, nichts Besseres hatte an Land ziehen können als einen kleinen Sachwalter aus Exeter.

Ich warf mich in die Arbeit, die klassische Heilmethode bei gebrochenem Herzen. Ich hoffte, mir mit Hilfe des armen Renfield einen Namen machen zu können. Meine Entdeckung der pathologischen Zoophagie sollte mich als einen aufstrebenden Wissenschaftler ausweisen. Leider ziehen wohlgesittete Damen bei Erwägung eines Verlöbnisses unerklärlicherweise immer noch einen ererbten Titel und unverdienten Reichtum der Isolierung bislang ungekannter Spielarten geistiger Verwirrung vor. In jenem Sommer folgte ich der verqueren Logik von Renfields Manie, die ihn winzige Lebewesen sammeln ließ. Zunächst verfuhr er dabei nach dem wohlbekannten Kinderlied: verfütterte Fliegen an Spinnen, Spinnen an Vögel, Vögel an eine Katze. Er hegte die Absicht, von dieser akkumulierten Lebensenergie zu zehren, indem er die Katze verspeiste. Als sich dies als untunlich erwies, aß er alles Lebendige, was ihm in die Fänge geriet. Bei dem Versuch, Vogelfedern auszuspeien, wäre er beinahe erstickt. Meine Monografie nahm allmählich Gestalt an, als ich eine zweite, mit der Zoophagie vermischte Obsession bemerkte, nämlich eine fixe Idee hinsichtlich des verfallenen Hauses auf dem Grundstück, das unmittelbar an das der Anstalt grenzte. Wie heute wohl ein jeder der

Vergnügungsreisenden weiß, die um eine Groschenführung anstehen, war Carfax das erste englische Domizil des Grafen. Es gelang Renfield mehrmals, zu entfliehen und zur Kapelle zu eilen, wo er etwas von der Ankunft seines Meisters, von Seelenrettung und der Verteilung guter Gaben faselte. Mit einiger Enttäuschung nahm ich an, dass er einem gänzlich ordinären religiösen Wahn verfiel, indem er das unbewohnte Haus von neuem mit seinem heiligen Zweck bekleidete. Zum ersten Mal in diesem Fall saß ich einem fatalen Irrtum auf. Der Graf hatte den Wahnsinnigen in seine Gewalt gebracht und gebrauchte ihn als Werkzeug. Wäre Renfield nicht gewesen, hätte er nicht seine vermaledeiten Zähne in meine Hand geschlagen, wäre womöglich alles anders gekommen. Wie heißt es doch bei Franklin noch so schön: »In Ermangelung eines Nagels ...«

In Whitby wurde Lucy krank. Wir wussten es damals zwar noch nicht, doch Art war seinerseits ausgestochen worden. In dieser Welt der Adelstitel ist ein walachischer Fürst von höherem Wert als ein englischer Lord. Der Graf, welcher soeben von der *Demeter* an Land gegangen war, fasste Lucy ins Visier und machte sie allmählich zum Vampir. Zweifellos waren dem flatterhaften Mädchen seine Avancen hochwillkommen. Nachdem man sie nach London verbracht und Art mich herbeigerufen hatte, sie zu untersuchen, stellte ich fest, dass ihr das Hymen zerrissen worden war. Ich hielt Art für ein Schwein reinsten Wassers, sich sein eheliches Recht auf diese Weise im Voraus erkauft zu haben. Da ich mit dem späteren Lord Godalming die ganze Welt bereist hatte, hegte ich keinerlei Illusionen, was seine Achtung für die Unverletzlichkeit der Jungfernschaft betraf. Heute bin ich geneigt, Mitleid zu empfinden für den Art aus jenen Tagen, krank vor Sorge um sein unwürdiges Mädchen, ebenso wie ich zum Narren gehalten vom Licht des Westens, das sich bei Nacht der Bestie des Ostens hingab.

Es ist durchaus möglich, dass Lucy wahrhaftig glaubte, sie sei in Art verliebt. In diesem Fall war ihre Liebe jedoch, auch vor der Ankunft des Grafen schon, wohl äußerst oberflächlich. Unter den von Van Helsing zusammengetragenen Briefen findet sich auch Lucys an Mina – die alle orthografischen Fehler pflichtschuldig mit grüner Tinte korrigierte – gerichtete, überschwängliche Schilderung des Tages, an dem sie angeblich drei Heiratsanträge erhielt. Der dritte kam von Morris, der, wie ich vermute, schmatzend und ein Priemchen Tabak von einem Mundwinkel zum anderen schiebend, im Salon der Westenras saß, peinlich berührt nach einem Spucknapf Ausschau hielt und den Eindruck eines langgehörnten Idioten vermittelte. Lucy verwendet reichlich Worte, Mina zu beeindrucken, und indem sie die Vorkommnisse einer ganzen Woche in einem einzigen Tage zusammenfasst, übertreibt sie doch beträchtlich, was den Ereignisreichtum ihres arbeitsfreien Lebens betrifft. In der Tat ist sie derart darauf bedacht, das Bravourstück der drei Anträge zu preisen, dass sie nur in einem eiligen Postskriptum Platz findet zu erwähnen, welchen ihrer Freier sie anzunehmen gedachte.

Lucys Symptome, die uns heute so vertraut scheinen, waren mir damals ein völliges Rätsel. Die perniziöse Anämie und die physischen Veränderungen, die mit ihrer Verwandlung einhergingen, deuteten auf ein Dutzend verschiedener Krankheiten hin. Die Wunden an ihrem Hals wurden allerlei Dingen zugeschrieben, angefangen von einer Broschennadel bis hin zu einem Bienenstich. Ich schickte nach meinem alten Lehrer Van Helsing aus Amsterdam; er eilte nach England herüber und stellte eine Diagnose, die er uns jedoch verschwieg. Mit dieser Entscheidung richtete er großen Schaden an, wenngleich ich eingestehen muss, dass wir dem blödsinnigen Geschwätz über Vampire vor kaum drei Jahren wenig Glauben beigemessen hätten. Wie ich heute weiß, bestand sein gewichtigster Irrtum in einem altmodischen, ja beinahe alchemistischen Vertrauen in Volkssagen und Legenden, die ihn dazu trieben, sich mit Knoblauchblüten, Hostien, Weihwasser und Kruzifixen zu umgeben. Hätte ich damals schon geahnt, dass es sich beim Vampirismus zuallererst um einen physischen und keinen spirituellen Zustand handelt, wäre Lucy vielleicht heute noch untot. Der Graf selbst teilte, und tut dies wahrscheinlich heute noch, viele der irrigen Ansichten des Professors.

Trotz aller Bemühungen Van Helsings, trotz aller Bluttransfusionen, trotz allen religiösen Brimboriums starb Lucy. Doch war sie nicht die Einzige, die starb. Arts gottloser Vater erlag zu guter Letzt seinem Leiden, machte seinen Sohn zum Lord und hinterließ ihm jenen erstaunlich hohen Anteil seines Vermögens, der nicht seiner Verschwendungssucht anheimgefallen war. Lucys Mutter erlitt beim Anblick eines Wolfes in ihrem Schlafzimmer einen Schock und wurde von einem Herzschlag dahingerafft. Auch sie war bei der Abänderung ihres Testaments ein wenig voreilig zur Tat geschritten, so dass nun ihr gesamter Besitz in Arthurs Hände überging, was sich als ungemein peinlich hätte erweisen können, wäre er, aus Zorn über Lucys Verkehr mit dem Grafen, von der Verlobung zurückgetreten.

Ohne Zweifel war Lucy – wenigstens für kurze Zeit – wirklich tot. Van Helsing und ich bestätigten ihr Ableben. Heute jedoch muss ich, sosehr es mich auch schmerzt, die Möglichkeit einräumen, dass ihr Tod, der ihren Geist anscheinend noch ärger zugerichtet hat als die Verwandlung, weniger auf den Grafen als vielmehr auf Van Helsings Transfusionen zurückzuführen ist. Diese Prozedur ist für ihre Gefährlichkeit bekannt. *The Lancet* brachte im vergangenen Jahr eine Reihe von Artikeln über das Blut, ein Thema, das beim Ärztestand in neuerer Zeit auf gewaltiges Interesse stößt. Ein junger Spezialist wirft darin die Frage auf, ob es nicht Unterkategorien des Blutes gebe, die eine herkömmliche Transfusion allein zwischen Angehörigen derselben Gruppe ermöglichen. Es ist durchaus denkbar, dass mein eigenes Blut das Gift war, das zu ihrem Tode führte. Andererseits gibt es in unserer Mitte viele, die sich Blut zuführen, ohne auch nur einen einzigen Gedanken an Unterkategorien zu verschwenden.

Wie dem auch sei – und die wiederholten Aufmerksamkeiten des Grafen werden schwerlich zu ihrem Wohlergehen beigetragen haben –, Lucy starb und wurde in der Familiengruft der Westenras auf dem Friedhof von Kingstead nahe Hampstead Heath beigesetzt. Dort erwachte sie in ihrem Sarg und feierte als Neugeborene ihre Auferstehung von den Toten, kam bei Nacht hervor wie ein Gespenst im Drury Lane und begab sich auf die Suche nach Kindern, um bei ihnen ihre neu gefundenen Gelüste zu befriedigen. Wie Geneviève mir berichtete, ist es durchaus möglich, ohne eine Periode wirklichen Todes vom warmblütigen in den untoten Zustand hinüberzuwechseln. In ihrem Fall ging die Verwandlung allem Anschein nach stufenweise vonstatten. Vlad Tepes wurde getötet, begraben und – wie es heißt – *enthauptet,* dennoch vermochte er sich selbst nach seinem Tod noch zu verwandeln. Seine Nachkommen pflegen zu sterben, bevor sie neu geboren werden, obgleich dies nicht in jedem Falle zutrifft. Art zum Beispiel ist meines Wissens nicht gestorben. Es ist durchaus möglich, dass der Tod eine wesentliche Rolle bei der Prägung des *Typus* eines künftigen Vampirs spielt. Verwandeln tun sie sich zwar alle, doch ist der Grad der Verwandlung nicht bei allen gleich. Die Lucy, die zurückkam aus dem Reich der Toten, war eine ganz andere als die Lucy, die von uns gegangen war.

Eine Woche nach Lucys Tod begaben wir uns bei Tageslicht zu ihrem Grab, um sie zu untersuchen. Sie sah aus, als ob sie schliefe; ich muss gestehen, dass sie mir schöner schien als je zuvor. Alle Plattheit war verschwunden; an ihrer Stelle stand eine gewisse Grausamkeit in den Gesichtszügen, die eine verstörende, nachgerade sinnliche Wirkung auf mich hatte. Später an jenem Tag, der für ihre Vermählung bestimmt gewesen war, beobachteten wir aus sicherem Versteck, wie die Neugeborene in ihre Gruft zurückkehrte. Sie behelligte Art mit einigen Avancen und fügte ihm womöglich sogar leichte Bisse zu. Ich erinnere mich noch gut an das Rot ihrer Lippen und das Weiß ihrer Zähne, an ihren festen, schlanken Leib, in ein zartes Sterbehemd gehüllt. Wenn ich an Lucy denke, so denke ich an den Vampir, nicht an das warmblütige Mädchen. Sie war das erste Wesen dieser Art, das ich je gesehen habe. Merkmale, die heute ganz alltäglich sind – das Nebeneinander von scheinbarer Mattigkeit und Ausbrüchen von schlangenartiger Gewandtheit, die plötzliche Verlängerung der Zähne und Nägel, das charakteristische Fauchen des roten Durstes –, waren überwältigend in ihrem Zusammenspiel. Bisweilen erblicke ich Lucy in Geneviève, mit ihrem findigen Lächeln und den spitzen Augenzähnen.

Am Morgen des 29. sperrten wir sie ein und machten ihr den Garaus. Wir fanden sie in jener todesgleichen Trance, welche die Neugeborenen bei Tageslicht befällt, Mund und Kinn mit Blut befleckt. Art schritt zur Tat und trieb ihr den Pflock ins Herz. Ich trennte ihr den Kopf ab. Van Helsing füllte ihr den Mund mit Knoblauch. Nachdem wir das obere Ende des Pflockes abgesägt hatten, verlöteten wir den bleiernen Innensarg und schraubten den hölzernen Deckel fest. Der Prinzgemahl hat ihre Gebeine exhumieren und in der Westminster-Abtei beisetzen lassen. Eine über ihrem Grab angebrachte Gedenktafel verurteilt Van Helsing als Mörder und nennt – was vermutlich Arthur zu verdanken ist – allein Quincey und Harker, die beide den sicheren Tod gefunden haben, als Verbündete. Ehe wir uns auf den Weg machten, sagte Van Helsing: »So, meine Freunde, der erste Schritt unserer Arbeit ist getan, der Schritt, der uns am wehesten tat. Nun aber steht uns eine weit größere Aufgabe bevor: nämlich den Urheber von all diesem Leid ausfindig zu machen und ihn zu vernichten.«

14

Penny zeigt die Zähne

Er erwachte am frühen Nachmittag und ging hinunter, um sein Frühstück – *kedgeree* und Kaffee – einzunehmen und die Post zu studieren, die sein Diener Bairstow auf dem Tisch im Salon ausgebreitet hatte. Die einzige Sendung von Interesse war ein nicht unterschriebenes Telegramm, das aus nur drei Worten bestand: »Vergessen Sie Pizer.« Was aller Voraussicht nach bedeutete, dass der Limehouse-Ring berechtigten Grund hatte, den kürzlich verhafteten Stiefelmacher im Falle Silver Knife als Täter auszuschließen. Der Diogenes-Club hatte ihm per Boten Duplikate der Polizeiberichte und Vernehmungsprotokolle zukommen lassen. Beauregard überflog sämtliche Papiere, konnte jedoch nur wenig Neues entdecken.

Die *Gazette* meldete »die Ermordung und Verstümmelung einer Vampirfrau am gestrigen Tage nahe Gateshead« und wagte die Vorhersage, dass mit dieser neuerlichen Gräueltat »der Schrecken, welcher in London allmählich seinem Ende zuging, in der Provinz seine Auferstehung« feiern werde. Der Rest war heiße Luft – zwischen den Zeilen vermeinte Beauregard herauszulesen, dass die Neugeborene von ihrem Gatten vernichtet worden war, der sich ihrem Versuch widersetzt hatte, ihre beiden Kinder in Vampire zu verwandeln –, obgleich das Blatt zu der durchaus vernünftigen Feststellung gelangte, dass es, entgegen allen Vermutungen, »die blutgierige Bestie von Whitechapel« habe sich in den Norden aufgemacht, weitaus wahrscheinlicher sei, dass »es sich bei dem Mord von Bitley nicht um eine Wiederholung, sondern eine Nachahmung der Bluttaten von Whitechapel handelt. Eine der unumgänglichen Folgen der Publizität besteht in der Verbreitung einer Epidemie. Ebenso wie die Vermeldung eines Selbstmords oftmals zu einem zweiten Selbstmorde führt, so zieht die Herausgabe der Einzelheiten eines Mordes häufig deren Wiederholung in einem anderen Mordfalle nach sich. Das Lesen vom Bösen macht mitunter böse Taten erst geschehen.« Wenn die Silver-Knife-Panik denn ihr Gutes hatte, so war es die endgültige Widerlegung des herrschenden Volksglaubens, dass ein Vampir nicht zu töten sei. Zwar mochte Silber schwer zu beschaffen sein, doch konnte jedermann ein Tischbein oder einen Spazierstock spitzen und ihn einem Neugeborenen ins Herz stoßen. Die Frau in Bitley war durch einen entzweigebrochenen Besenstiel umgekommen.

In allen Zeitungen fanden sich an anderer Stelle Kommentare, die dem jüngsten Erlass des Prinzgemahls hinsichtlich »widernatürlicher Verirrung« Unterstützung boten. Während der Rest der Welt sich mit Riesenschritten dem zwanzigsten Jahrhundert näherte, fiel Britannien in ein mittelalterliches Rechtssystem zurück. Zu Lebzeiten hatte Vlad Tepes gemeine Diebe mit derartiger Grausamkeit verfolgt, dass es dem Rufe nach wohl möglich war, seinen goldenen Trinkbecher unbesorgt am Dorfbrunnen zurückzulassen. Draculas zweite Leidenschaft galt derzeit dem Bemühen, den Eisenbahnverkehr den Fahrplänen gemäß zu regeln; die *Times* meldete die Ernennung eines neugeborenen Amerikaners namens Jones zum Vorsitzenden einer Kommission zur umfassenden Verbesserung des Zugbetriebes. Der Prinzgemahl selbst verfügte über eine Privatlokomotive, den »Fliegenden Karpater«, und wurde von ›Punch‹ gern mit übergroßer Mütze auf dem Kopf am Regulatorhebel stehend porträtiert, wie er die Pfeife tuten und den Kessel schnaufen ließ.

Es gab Gerüchte über vampirfeindliche Unruhen in Indien und die brutalen Methoden, derer sich Sir Francis Varney wider die Aufständischen bediente. Während der Prinzgemahl wie eh und je dem Pfahl den Vorzug gab, bestand Varneys liebste Hinrichtungsmethode darin, warmblütige wie untote Verbrecher in befeuerte Gruben zu werfen. Die einheimischen Vampire unter den Meuterern wurden vor die Mündung eines Artilleriegeschützes gebunden, und dann schoss man ihnen silberädrige Felssplitter durch die Brust.

Bei dem Gedanken an Indien hob er unwillkürlich den Blick von der Zeitung und sah zu der schwarz gerahmten Fotografie von Pamela auf dem Kaminsims hin. Sie stand lächelnd und mit ihrem weißen Musselinkleid angetan in der indischen Sonne, ihrer beider Kind unter dem Herzen; ein Augenblick, der Zeit entrissen.

»Miss Penelope«, meldete Bairstow.

Beauregard erhob sich und begrüßte seine Verlobte. Penelope rauschte in den Salon, hob den Hut von ihren Locken und schnippte sorgsam ein imaginäres Staubkorn vom Gefieder des ausgestopften Vogels, welcher auf der Krempe thronte. Sie trug ein eng anliegendes Hemdblusenkleid mit Ballonärmeln.

»Charles, du hast ja noch deinen Schlafrock an, dabei ist es fast drei Uhr nachmittags.«

Sie gab ihm einen Kuss auf die Wange, nicht ohne ihn darauf hinzuweisen, dass sein Gesicht binnen der letzten Stunden wohl kaum Bekanntschaft mit einem Rasiermesser gemacht habe. Er schickte nach frischem Kaffee. Penelope nahm neben ihm Platz und legte ihren Hut feierlich auf die Zeitungen, die sie daraufhin gedankenverloren zu einem ordentlichen Stapel zusammenraffte. Der ausgestopfte Vogel wirkte ein wenig verschreckt angesichts der misslichen Lage, in der er sich unvermittelt wiederfand.

»Ich weiß nicht einmal, ob es überhaupt schicklich von dir ist, mich in solch einem Aufzug zu empfangen«, sagte sie. »Schließlich sind wir noch nicht verheiratet.«

»Meine Liebe, du hast mir nicht allzu viel Zeit gelassen, mir Gedanken über Schicklichkeit zu machen.«

Sie schluckte, war jedoch bemüht, keine Miene zu verziehen. Bisweilen setzte sie alles daran, den Anschein vollkommener Ausdruckslosigkeit zu vermitteln.

»Wie war das Criterion?«

»Entzückend«, sagte sie; eine unverhohlene Lüge. Sie zog die Mundwinkel herunter, und in einem Nu hatte sich das Churchward'sche Lächeln in einen bedrohlichen Flunsch verwandelt.

»Bist du mir etwa böse?«

»Ich glaube, ich habe allen Grund dazu, Herzliebster«, erwiderte sie mit trotzig vorgeschobener Unterlippe. »Der gestrige Abend war schon seit Wochen geplant. Du wusstest doch, wie wichtig er mir war.«

»Meine Pflichten …«

»Ich wollte dich unseren Freunden, der Gesellschaft vorführen. Stattdessen wurde ich gedemütigt.«

»Ich glaube kaum, dass Art oder Florence das zulassen würden.«

Bairstow kehrte zurück und stellte das Kaffeegeschirr – eine Kanne aus Keramik, nicht aus Silber – auf den Tisch. Penelope schenkte sich eine Tasse ein und gab Milch und Zucker hinzu, ohne ihre Kritik seines Benehmens auch nur einen Augenblick zu unterbrechen.

»Lord Godalming war reizend wie immer. Nein, die Demütigung, von der ich spreche, hat mir Kates grauenhafter Onkel angetan.«

»Diarmid Reed? Der Zeitungsschreiber?«

Penelope nickte heftig. »Dieser niederträchtige Schuft. Er besaß doch tatsächlich die Stirn – in aller Öffentlichkeit, wohlgemerkt –, anzudeuten, du seist in Begleitung mehrerer Polizisten in einem grausigen, schmutzigen, niederen Teil der Stadt gesehen worden.«

»Whitechapel?«

Sie nahm einen Schluck heißen Kaffees. »Ebendort. Wie absurd, wie gemein, wie …«

»Wahr, fürchte ich. Wenn mich nicht alles täuscht, habe ich Reed sogar gesehen. Ich muss ihn demnächst einmal fragen, ob er nicht vielleicht eine Idee hat.«

»Charles!« Ein winziger Muskel an Penelopes Hals begann zu zucken. Sie setzte ihre Tasse ab, hielt den Henkel jedoch fest umschlossen.

»Kein Grund zur Aufregung, Penelope. Ich habe mich im Auftrag des Diogenes-Clubs nach Whitechapel begeben.«

»Ach, *die*.«

»So ist es, und ihre Geschäfte sind, wie du wohl weißt, ebenso die der Königin und ihrer Minister.«

»Ich bezweifle, dass der Sicherheit des Reiches oder dem Wohlergehen der Königin auch nur im mindesten gedient ist, wenn du mit den unteren Klassen umherstreunst und die Schauplätze sensationeller Abscheulichkeiten ausspionierst.«

»Ich darf mit niemandem über meine Arbeit sprechen, auch nicht mit dir. Das weißt du doch.«

»Allerdings.« Sie seufzte. »Charles, bitte verzeih. Aber … nun ja, ich bin so stolz auf dich, und da dachte ich, es sei eine gute Gelegenheit, ein wenig mit dir zu prahlen, den Neidern einen Blick auf meinen Ring zu gönnen, damit sie ihre Schlüsse ziehen können.«

Ihr Zorn schmolz dahin, und sie wurde wieder zu dem törichten kleinen Mädchen, dem er den Hof gemacht hatte. Auch Pamela hatte dann und wann die Beherrschung verloren. Er entsann sich, dass sie einen regelrechten Lumpen von einem Corporal die Reitpeitsche hatte spüren lassen, weil er die Schwester des *bhisti* belästigt hatte. Ihr Zorn jedoch war anderer Natur gewesen: angespornt durch tatsächliches Unrecht, das einem ihrer Mitmenschen widerfuhr, und nicht durch eingebildete Ränke gegen sie selbst.

»Ich habe mit Art gesprochen.«

Beauregard bemerkte, dass Penelope etwas im Schilde führte. Er kannte die Symptome. Eines davon war ein unwohles Gefühl in seiner Magengrube.

»Es geht um Florence«, sagte sie, »Mrs. Stoker. Wir müssen die Verbindung zu ihr lösen.«

Beauregard war entsetzt. »Was redest du da? Sie mag hin und wieder ein wenig langweilig sein, aber sie meint es nur gut. Wir sind seit Jahren mit ihr bekannt.«

Er hatte Florence für Penelopes engste Vertraute gehalten. In der Tat hatte Mrs. Stoker sich als äußerst geschickt erwiesen, wenn es darum ging, Situationen herbeizuführen, bei denen das Paar ungestört allein sein konnte, so dass es womöglich zu einem Heiratsantrag kam. Und als Penelopes Mutter mit Fieber zu Bett lag, hatte sie darauf bestanden, sich ihrer anzunehmen.

»Umso wichtiger ist es, dass wir uns öffentlich von ihr distanzieren. Art meint …«

»Stammt die Idee von Godalming?«

»Nein, von mir«, erwiderte sie bedachtsam. »Zuweilen habe auch ich meine Ideen, wie du hoffentlich weißt. Art hat mir von Mr. Stokers Affären …«

»Armer Bram.«

»Armer Bram! Der Mann hat die Königin verraten, der du zu dienen vorgibst. Er wurde zu seinem eigenen Wohl in ein Arbeitslager gesteckt und kann jeden Tag hingerichtet werden.«

So viel hatte Beauregard bereits vermutet. »Weiß Art, wo Bram festgehalten wird? Wie geht es ihm?«

Penelope wischte seine Frage unwillig beiseite. »Früher oder später wird auch Florence in Schwierigkeiten geraten. Und sei es wegen ihres Umgangs.«

»Ich kann mir Florence nur schwer als Aufständische vorstellen. Was könnte sie schon tun, Teegesellschaften für Scharen abscheulicher Vampirmörder organisieren? Mit einfältigem Lächeln die Aufmerksamkeit von Staatsmännern auf sich lenken, während heimtückische Attentäter aus dem Gebüsch hervorkriechen?«

Penelope versuchte eine geduldige Miene aufzusetzen. »Wir dürfen nicht mit den falschen Leuten gesehen werden, wenn uns an unserer Zukunft liegt. Ich bin zwar nur eine Frau, aber so viel begreife selbst ich.«

»Woher dieser plötzliche Sinneswandel, Penelope?«

»Betrachtest du mich etwa als unfähig, einen ernsthaften Gedanken zu fassen?«

»Nein ...«

»Pamela hast du jedenfalls nie für einen solchen Hohlkopf gehalten.«

»Aha ...«

Sie drückte seine Hand. »Bitte verzeih. Das wollte ich nicht sagen. Pam hat damit nichts zu schaffen.«

Er blickte seine Verlobte an und fragte sich, wie gut er sie tatsächlich kannte. Die Zeit der Schürzenkleider und Matrosenhüte lag weit zurück.

»Und noch etwas sollten wir im Hinblick auf das Kommende bedenken. Charles, nach unserer Heirat müssen wir uns verwandeln.«

»Verwandeln?«

»Art wird das für uns besorgen, wenn wir ihn nur darum bitten. Eine gute Herkunft ist von allergrößter Wichtigkeit, und sein Blut ist das beste. Er ist von Ruthvens Geblüt und nicht von dem des Prinzgemahls. Art meint, das Blut des Prinzgemahls sei fürchterlich befleckt, Ruthvens hingegen engelsrein.«

In ihrem Gesicht erkannte Beauregard schon jetzt den Vampir, in den sie sich einst verwandeln würde. Als sie sich zu ihm hinneigte, schienen ihre Züge sich zu einer Schnauze auszustülpen. Sie hauchte einen blutvollen Kuss auf seine Lippen.

»Du bist nicht mehr der Jüngste. Und ich werde bald zwanzig. Wir haben die einmalige Gelegenheit, die Uhr anzuhalten.«

»Penelope, eine so wichtige Entscheidung darf man nicht allzu leichtfertig treffen.«

»Die Zukunft gehört den Vampiren, Charles. Und bei den Vampiren stehen die Neugeborenen nicht eben in hoher Gunst. Wenn wir uns jetzt nicht verwandeln, werden wir einer wahrhaften Legion erfahrener Untoter gegenüberstehen, die auf uns herabblicken wie die Karpater auf sie und die Neugeborenen auf die Warmblüter.«

»So einfach ist das nicht.«

»Unsinn. Art hat mir erklärt, wie es vonstattengeht. Es scheint mir ein bemerkenswert simpler Vorgang. Ein einfacher Austausch von Körpersäften. Der sich auch ohne unmittelbaren Kontakt vornehmen lässt. Man kann das Blut in Trinkgläser füllen. Betrachte es um meinetwillen als ein Prosit auf unsere Vermählung.«

»Nein, es gibt noch andere Bedenken.«

»Nämlich ...?«

»Niemand weiß genug über die Verwandlung, Penelope. Hast du nicht bemerkt, wie viele Neugeborene aus der Art geschlagen sind? Etwas Tierisches befällt sie und formt sie nach seinem Vorbild.«

Penelope lachte verächtlich. »Das sind gewöhnliche Vampire. So gewöhnlich werden wir nicht sein.«

»Das liegt nicht allein an uns, Penelope.«

Sie ließ von ihm ab und erhob sich. Die Augen wollten ihr überquellen. »Charles, es bedeutet mir sehr viel.«

Darauf wusste er nichts zu sagen.

Sie lächelte, legte den Kopf schief und blickte ihn schmollend an. »Charles?«

»Ja.«

Sie schloss ihn in die Arme und drückte seinen Kopf an ihre Brust. »Bitte, Charles. Bitte, bitte, bitte ...«

15

Das Haus in der Cleveland Street

Genau wie zu Lebzeiten, was?«, sagte von Klatka. Seine Wölfe zerrten an ihren Leinen. »Als wir gegen den Türk zu Felde zogen?«

Kostaki erinnerte sich noch gut an all die Schlachten, in denen er gekämpft hatte. Als Fürst Dracula, jener genialische Stratege, den Rückzug über die Donau antrat, um zu einem neuerlichen Schlag auszuholen, überließ er einige Soldaten – unter ihnen auch Kostaki – den Krummsäbeln des Sultans. Im Laufe jenes letzten Handgemenges biss ihm etwas Untotes die Gurgel durch und trank sein Blut, blutete aus seinen Wunden in Kostakis Mund. Er erwachte neugeboren unter einem Haufen walachischer Toter. Da ihn seine zahlreichen Leben jedoch nicht allzu viel gelehrt hatten, folgte Kostaki nun abermals den Fahnen des Pfählers.

»Das waren noch ordentliche Gefechte, mein Freund«, fuhr von Klatka mit loderndem Blick fort.

Sie waren mit ihrer Wagenladung zehn Fuß langer Pflöcke in der Osnaburgh Street angekommen. Das Holz hätte genügt, eine Arche zu bauen. Mackenzie vom Yard erwartete sie mit seinen uniformierten Constables. Der warmblütige Polizist stampfte mit den Füßen wegen der Kälte, die Kostaki schon seit Jahrhunderten nicht mehr verspürte. Vor lauter Ungeduld strömte ihm der Dampf aus Mund und Nase.

»Heil dir, Engländer«, sagte Kostaki und legte salutierend die Hand an seinen Fez.

»Schotte, wenn's beliebt«, erwiderte der Inspektor.

»Ich bitte um Vergebung.« Als moldauischer Überlebender der Wirren des Osmanischen Reiches, das nun Österreich-Ungarn hieß, wusste Kostaki um die Bedeutung der Unterschiede zwischen kleineren Staaten.

In seiner Eigenschaft als Hauptmann der Karpatischen Garde war Kostaki gleichsam eine Kreuzung aus Verbindungsoffizier und Aufseher. Wenn er entsprechende Weisungen aus dem Palast erhielt, nahm er Interesse an polizeilichen Belangen. Die Königin und ihr Prinzgemahl bekümmerten sich sehr um Recht und Ordnung. Vergangene Woche erst war Kostaki in Whitechapel umhergewandert, auf den Spuren jenes schurkischen Barbaren, der als Silver Knife bekannt war. Nun half er bei der Razzia auf eine berüchtigte Adresse.

Sie reihten sich links und rechts des Wagens auf; Mackenzies Männer, vorwiegend Neugeborene, und ein Detachement der Karpatischen Garde. Heute Nacht würden sie beweisen, dass es sich bei den weithin verbreiteten Erlassen Draculas keineswegs um des Spaßes halber auf Pergament gebannte Grillen handelte.

Als Mackenzie ihm die Pranke schüttelte, enthielt sich Kostaki wohlweislich des eisernen Händedrucks eines *nosferatu*.

»Wir haben alle Ausgänge mit Beamten in Zivil besetzt«, erklärte der Inspektor, »das Haus ist also umstellt. Wir gehen durch die Vordertür hinein, durchsuchen es von oben bis unten und versammeln die Gefangenen auf der Straße. Den Vollziehungsbefehl habe ich bei mir.«

Kostaki nickte. »Kein schlechter Plan, Schotte.«

Wie so viele Bewohner dieses trostlosen Landes besaß Mackenzie keinen Funken von Humor. Ohne eine Miene zu verziehen, fuhr er fort: »Ich bezweifle, dass wir auf allzu großen Widerstand treffen werden. Diese Invertierten haben nicht den Schneid, sich gegen uns zu stellen. Der gemeine englische Wackelpopo ist für seine Mannhaftigkeit nicht eben berühmt.«

Von Klatka spuckte Blut in die Gosse und schnaubte: »Entarteter Abschaum!« Seine Wölfe Berserker und Albert gierten danach, ihre Zähne in ein saftiges Stück Fleisch zu schlagen.

»Wohl wahr«, pflichtete der Polizeibeamte bei. »Also bringen wir die Sache hinter uns.«

Sie gingen zu Fuß voran, der Wagen folgte. Der übrige Verkehr machte ihnen Platz. Sowie sie auftauchten, beeilten sich die Leute, die Straße zu räumen. Kostaki war voller Stolz. Der Ruf der Karpatischen Garde eilte ihnen voraus.

Noch vor wenigen Jahren war er nichts weiter gewesen als ein untoter Zigeuner, der Europa alle Jahrhunderte durchstreifte, sich mästete, wann immer ihm Beute in die Fänge geriet, mit jedem Menschenalter in sein Schloss zurückkehrte, um es in noch kläglicherem Zustand vorzufinden, und auf alle Zeit verurteilt schien, als weitläufiger Abkömmling zu figurieren. Heute konnte er unbehelligt eine Londoner Hauptstraße hinuntergehen, ohne sich verstellen zu müssen. Und Fürst Dracula sei Dank wurde sein roter Durst regelmäßig gestillt.

Sie marschierten in die Cleveland Street, und Mackenzie hielt Ausschau nach Haus Nummer 19. Das Gebäude unterschied sich kaum von den umstehenden, die respektable Familien und die Kanzleien alteingesessener Sachwalter beherbergten. Im Gegensatz zum East End war dies ein sauberer, hell erleuchteter Bezirk. Einen Moment lang stutzte Kostaki über die eigentümlich windschiefen Drahtgebilde auf den Dächern, die er aus den Augenwinkeln erblickte, verwarf den Gedanken daran jedoch sogleich wieder.

Von Klatka zog klirrend sein Schwert aus der Scheide. Kostakis Kamerad war ein unermüdlicher Kriegsmann, jederzeit zum Kampf bereit. Es war ein Wunder, dass er die Jahrhunderte, die seit seinem Tod vergangen waren, überdauert hatte. Mackenzie trat beiseite und ließ Kostaki zur Eingangstür marschieren. Der hob eine mit Stulphandschuh versehene Pranke und ergriff den Klopfer, der in seiner Faust entzweiging. Gorcha, der törichte Korporal, kicherte hinter seinem Schnurrbart, und Kostaki schleuderte das zerbrechliche Spielzeug in die Gosse. Mackenzie hielt den Atem an, der Dampf rings um ihn her zerstob. Kostaki ersuchte mit einem Blick um seine Billigung: Der Polizist war mit diesen Leuten, dieser Stadt vertraut und verdiente es demnach, mit Respekt behandelt zu werden. Auf das Nicken des Inspektors hin ballte Kostaki die Hand zu einer mächtigen Faust, und seine Adern schwollen an. Die Nähte seines Handschuhs waren zum Platzen gespannt.

Er versetzte der farblosen Stelle, wo der Klopfer sich befunden hatte, einen Hieb, der glatt die Tür einschlug. Sodann zwängte er sich zwischen den gesplitterten Bruchstücken hindurch und bahnte sich einen Weg in das Foyer. Mit einem Blick sondierte er die Lage. Der zwergenhafte junge Mann in Bedienstetentracht bot keinerlei Bedrohung, doch der kahlhäuptige Neugeborene in Hemdsärmeln würde sich nicht kampflos ergeben. Gendarmen und Gardisten stürmten hinter ihm herein und drängten ihn vorwärts zur Treppe.

Der Neugeborene hob die Fäuste, und von Klatka ließ Albert und Berserker auf ihn los. Die Wölfe fassten ihn am Schienbein, und als er zu schreien begann, schlug von Klatka mit dem Schwert zu. Das Haupt des Vampirs löste sich unter wutentbranntem Blinzeln von den Schultern und landete kopfüber zu Füßen des Bediensteten. Mackenzie öffnete den Mund, um von Klatka einen Verweis zu erteilen, der unterdessen den kopflos schwankenden Leib ergriffen hatte und sich an der blutigen Fontäne labte wie an einem öffentlichen Brunnen. Kostaki gab dem Polizisten durch Gebärden zu verstehen, dies sei nicht der rechte Zeitpunkt für Meinungsverschiedenheiten.

»Grundgütiger«, sagte ein warmblütiger Constable angewidert.

Mit einem Aufschrei des Triumphes stieß von Klatka den ausblutenden Leichnam von sich. Er wischte sich das Rot aus den Augen. Die Wölfe fielen ein in sein Geheul.

»Blut von Neugeborenen ist ranzig«, sagte er.

Kostaki legte dem Bediensteten eine schwere Hand auf die Schulter. Sein Rückgrat war verkrümmt, und er hatte das Antlitz eines Knaben.

»Du«, sagte Kostaki, »wie heißt du?«

»Or-Or-Orlando«, erwiderte die Kreatur, die – so erkannte Kostaki aus der Nähe – Puder und Schminke aufgetragen hatte.

»So geleite uns wohl, Orlando.«

»Ja, hoher Herr«, haspelte er.

»Kluges Jungchen.«

Mackenzie zog ein Dokument hervor. »Ich habe hier einen Vollziehungsbefehl, der uns ermächtigt, dieses Haus auf den Verdacht hin zu durchsuchen, dass hier unsittliche und widernatürliche Handlungen vonstatten gehen, die von seinem Eigentümer, einem gewissen … ähm«, er warf einen Blick auf das Papier, »Charles Hammond wissentlich und aus purer Gewinnsucht gebilligt werden.«

»Mr. Hammond weilt in Frankreich, Euer Gnaden«, sagte Orlando. Er rieb sich nervös die Hände und versuchte es mit einem einschmeichelnden Lächeln. Kostaki schmeckte die Furcht, die der Junge verströmte.

Brüllend wie ein Bär und wild mit dem Schwert umherfuchtelnd, stürmte Gorcha in die Küche. Sie hörten Töpferzeug in Scherben gehen und kurz darauf ein schwaches Winseln.

»Was soll dieser Unsinn?«, rief jemand vom oberen Treppenabsatz.

Kostaki sah hinauf und erblickte einen hageren, eleganten Neugeborenen mit pomadisiertem Haar, der einen blitzsauberen Gesellschaftsanzug trug. Neben ihm stand ein Knabe im besudelten Nachthemd. »Mylord«, sagte Orlando, »diese Herren ...«

Ohne den Bediensteten eines Blickes zu würdigen, verkündete der Neugeborene: »Ich bin Unterstallmeister Seiner Hoheit Prinz Albert Viktor Christian Edward, dem Präsumptiverben des Throns. Sollten Sie Ihr unbefohlenes Eindringen nicht auf der Stelle rückgängig machen, wird das für Sie höchst unangenehme Folgen haben.«

»Sag ihm, wir haben einen Befehl«, bemerkte von Klatka.

»Mylord, ich bin Kostaki von der Karpatischen Garde, dem persönlichen Regiment Seiner Hoheit Vlad Dracula, auch bekannt als Tepes der Pfähler, dem Prinzgemahl der Königin Viktoria dieser unserer Inseln.«

Der Lord glotzte Kostaki mit großen Augen an; er war offenkundig entsetzt. Diese Engländer gerieten ein jedes Mal außer sich, wenn man sie auf frischer Tat ertappte. Sie glaubten, ihre bloße Stellung gewähre ihnen Schutz. Kostaki rief Gorcha von den Küchenmädchen fort und schickte ihn die Treppe hinauf, den Unterstallmeister und seinen Lustknaben nach unten zu schaffen.

»Alles durchsuchen«, befahl Mackenzie. Seine Constables erwachten aus ihrer Starre, stürmten die Stiege hinauf, platzten in jedes Zimmer. Unterdessen hallte das ganze Haus von Schreien und Protestgeheul wider. Die Wölfe hatten sich verlaufen, anderswo Unheil zu stiften.

Zwei nackte Knaben mit goldfarbigen Gesichtern kamen aus einem Hinterzimmer gelaufen. Lorbeer flog von ihren Stirnen. Von Klatka breitete die Arme aus und fing beide zugleich auf. Sie zappelten wie Fische, und von Klatka lachte höhnisch über ihre sinnlosen Bemühungen.

»Hübsche Zwillinge«, sagte er. »Ich habe Zwillinge.«

Kostaki verließ das Foyer, um nachzusehen, wie die Arbeit auf der Straße voranging. Man hatte Steine aus dem Pflaster gebrochen, und nun wurden in aller Eile Löcher für die Pfähle ausgehoben. Einige der langen Pflöcke waren bereits in Stellung, die Verbrecher aufzunehmen. Auf der gegenüberliegenden Straßenseite hatte sich eine kleine Schar von Neugierigen versammelt, die nun wüst durcheinanderschwatzten. Er knurrte, und sie suchten eilig das Weite.

»Macht durstig, die Arbeit«, sagte einer der neugeborenen Handlanger, indem er seinen Pfahl in ein Loch rammte.

Schon wurden die Gefangenen vor dem Haus zusammengetrieben. Von Klatka hatte die Führung übernommen, ließ die Fläche seiner Klinge auf bloße Hinterteile klatschen und verspottete die Invertierten. Im ersten Stockwerk wurde ein Fenster geöffnet, und ein dicker Mann versuchte sich hinauszustürzen; seine bloßen Fettpolster wabbelten. Er wurde wieder ins Zimmer gezogen.

»Du!«, rief der Unterstallmeister, wobei er mit dem Finger auf ihn deutete. »Du wirst mir diese Schandtat büßen.«

Von Klatka hieb hinterrücks nach den Beinen des Unterstallmeisters und traf ihn unmittelbar über den Kniekehlen. Die versilberte Klinge drang tief ein; Knochen krachten. Der Neugeborene fiel auf die Knie wie zum Gebet. Als ihn der Schmerz ereilte, suchte er die Gestalt zu wandeln. Das Gesicht stülpte sich aus zu einer haarlosen Schnauze; die Ohren glitten nach hinten und spitzten sich zu, ganz wie bei einem Wolf. Seine Hemdbrust platzte, und die Knöpfe sprangen ab, während die Rippen sich neu fügten. Die Arme wurden zu krallenbewehrten Vorderfüßen, doch seiner verletzten Knie wegen ging unterhalb der Taille kaum eine Veränderung vonstatten. Das glatte Haar an seinem hundsförmigen Schädel richtete sich auf und entblößte die rosige Kopfhaut. Der Unterstallmeister riss seinen zahnlückigen Schlund auf und heulte.

»Pfählt ihn, von Klatka.«

Gorcha und von Klatka ergriffen je einen Vorderfuß und hievten den Unterstallmeister auf ihre Schultern. Seine Beine baumelten, und seine Hosen waren blutgetränkt. Er gewann seine ursprüngliche Gestalt zurück. Die Karpater setzten Seine Herrlichkeit auf die erstbeste Spitze, und er sank mit dem Unterleib voran auf sie hinunter. Seine Hosennähte platzten auf, als die Pike in ihn drang, und ein Schwall von heißem Blut und Kot spritzte an dem hölzernen Pfahl hinab, während sein eigenes Gewicht ihn spießte. Da der Pflock nicht allzu tief in der Erde stak, begann er zu wanken und drohte beinahe umzustürzen. Gorcha und von Klatka hielten den Pfahl aufrecht, und ein Arbeiter stapelte Pflastersteine in das Loch, bis er für sich alleine stehen konnte.

Sie ließen Gnade walten. War das Pfahlende gerundet statt gespitzt, konnte es leicht eine Woche dauern, bis der Tod eintrat, denn in dem Fall wurden die Organe des Opfers nicht durchbohrt, sondern beiseitegeschoben. Der Unterstallmeister jedoch würde sterben, sowie die Spitze in sein Herz drang.

Kostaki blickte sich um. Mackenzie stand gegen eine Wand gestützt und erbrach seine letzte Mahlzeit. Vor vielen Jahren war es ihm ebenso ergangen, als er zum ersten Mal hatte mit ansehen müssen, wie Fürst Dracula mit seinen Widersachern auf jene Art und Weise verfuhr, die ihm seinen Beinamen eingetragen hatte.

Als die versammelten Lustknaben sahen, wie dem Unterstallmeister geschah, gerieten sie in Panik. Sie mussten mit Schwertern gebändigt werden. Hier und da entkam ein Knabe, indem er unter den Armen der Karpater hindurchschlüpfte. Es war Kostaki einerlei, ob einige wenige sich in alle Winde zerstreuten. Der Zweck dieser Razzia war es, die Besucher des Hauses Cleveland Street Nummer 19 zu ergreifen und nicht die Unglücksraben, die dort in den Dienst gezwungen wurden. Ein mit den Überresten kirchlicher Gewänder angetaner Mann lag auf den Knien und betete laut – ein christlicher Märtyrer. Ein grell geschminkter Knabe stand stolz mit verschränkten Armen, seine vergoldete Nacktheit wie kaiserliche Kleider, und suchte seine Verfolger durch Anstarren aus der Fassung zu bringen.

»Um Himmels willen«, sagte ein vornehmer Passant zu seiner neugeborenen Gemahlin, »der Mann ist Mitglied meines Clubs.«

Mackenzie war indessen außer sich, ohrfeigte die Knaben, stauchte sie auf Schottisch zusammen. Ein schnurrbärtiger Mann im roten Waffenrock eines ranghohen Offiziers drückte Mackenzie eine Pistole in die Hand und bat darum, ordentlich erschossen zu werden, wie es sein gutes Recht sei. Der Polizist entleerte die Waffe in die Luft, warf sie fort und spuckte hinterdrein.

Drei neugeborene Knaben drängten sich zusammen, denn sie zitterten in ihrem Damennachtzeug, und sogen die kalte Luft durch zierliche Fangzähne. Mit ihren bartlosen Gesichtern und weibischen Leibern gemahnten sie Kostaki an Fürst Draculas Konkubinen.

Als Mackenzie sich wieder in der Gewalt hatte, begann er seine Beute zu inspizieren. Er legte den Gefangenen ihre Todesurteile vor; sie waren bereits unterzeichnet, nur die Namen waren noch nicht eingetragen. Diese Angelegenheit musste streng nach dem Gesetz gehandhabt werden.

»Hoher Herr«, schmeichelte ein Stimmchen. Es war Orlando. »Herr, wenn Ihr mir die Bemerkung gestattet, einer ist Eurer Justiz entschlüpft. Eine wichtige Persönlichkeit findet in einer geheimen Kammer dieses Hauses sein unreines Vergnügen an zwei armen Burschen, die er von der Straße gestohlen hat.«

Kostaki blickte auf den buckligen Bediensteten hinab. Unter dem Puder war seine Haut mit Pockennarben übersät.

»Sollten wir zu einem gütlichen Ausgleich gelangen, Herr, sähe ich mich womöglich in der Lage, Euch, Herr, bei der Erfüllung

Eurer, wenn ich so sagen darf, heiligen Pflicht gegenüber Seiner hochwohllöblichen Hoheit dem Prinzgemahl zu dienen, Gott segne ihn und behüte ihn in seinem Palast, Herr.«

Die Adern am Hals des warmblütigen jungen Mannes strotzten vor Blut. Kostaki hatte seine Gelüste heute Nacht noch nicht gestillt. Er packte Orlando bei der Kehle und drückte mit dem Daumen zu.

»Heraus damit, du Wurm!«

Er lockerte seinen Griff, damit der Bursche sprechen konnte.

»Hinter der Treppe, hoher Herr, befindet sich eine Geheimtür. Und ich bin der Einzige, der um dieses Geheimnis weiß.«

Kostaki ließ ihn los und stieß ihn quer über die Straße.

»Herr, der, den ich meine, ist von übermenschlicher Kraft, hoher Herr, und ich glaube, selbst Ihr wäret alleine nicht imstande, ihn zu überwältigen.«

Kostaki gab Gorcha und einem gedrungenen neugeborenen Polizei-Sergeant von dem Pfählungspeloton einen Wink. Schon wurden die nächsten Invertierten auf Pflöcke gehievt. Ihre Todesschreie gellten durch die ganze Stadt. Im Buckingham-Palast erhob Fürst Dracula gewiss einen Becher Jungfrauenweins auf die Durchsetzung seines Edikts.

Orlando eilte ihnen bei der Suche nach seiner Geheimtür voran wie eine Ratte. Kostaki kannte diese Sorte nur zu gut: Unter den Warmblütern gab es viele, die überaus begierig waren, den Untoten zu dienen, ebenso wie es Walachen gegeben hatte, die den Türken dienten.

»Bedenket, Herr, dass ich Euch das Geheimnis aus freien Stücken anvertraut habe.«

Orlando zog an einem Hebel, und ein Teil des Paneels sprang aus der Wand hervor. Der kupferige Geruch von Blut wehte sie aus der Öffnung an, versetzt mit Weihrauch und Parfüm. Kostaki trat als Erster durch die Tür. Der Raum, in den er nun gelangte, war geschmückt wie eine Gartenlaube; die Wände zierten gemalte Bäume, Laub aus Krepp hing von der Deckentäfelung, und trockene Blätter lagen überall verstreut. Hie und da bedeckten die zu Brei zerquetschten Überreste eines Korbes voller Früchte den gefirnissten Dielenboden. Neben der Tür lag in sich verkrümmt ein toter Knabe: Sein nackter Leib war mit klaffenden, ausgefransten Wunden übersät, sein Gesicht tiefblau verfärbt. Es war wohl möglich, dass er sich verwandelte, doch glaubte Kostaki, er sei wahrscheinlich zu sehr verstümmelt, um noch als Vampir zu taugen.

»Hier, hoher Herr, seht die brünstige Bestie, wie sie ihren widerwärtigen Gelüsten frönt!«

In der Mitte des Raumes, umringt von orientalischen Kissen, tummelte sich ein reptilienhaftes Wesen, das zwei Leiber zu besitzen schien. Unter einem sich windenden Vampir kauerte ein winselnder Knabe mit blutverschmiertem Rücken. Die wichtige Persönlichkeit nahm den Jungen, wie ein Mann eine Frau besitzt, während sie sich an großen Güssen Blutes labte, die aus den offenen Adern ihres Opfers hervorströmten. Es war Graf Vardalek, und sein Rückgrat war noch mal so lang wie sonst. Schlangenzähne sprossen aus der unteren Hälfte seines Gesichts. Kinn und Lippen waren gesprenkelt, und seine Fangzähne brachen durch das Fleisch. Seine grüngelben Augen waren verschwommen, die Pupillen auf die Größe eines Stecknadelkopfes geschrumpft.

Der Graf sah auf und spuckte Gift.

»Seht Ihr, Herr«, sagte Orlando grinsend, »wahrlich, eine überaus wichtige Persönlichkeit, hoher Herr.«

»Kostaki«, herrschte Vardalek ihn an, »was hat diese verfluchte Störung zu bedeuten?«

Seine Bewegungen glichen noch immer denen eines Reptils, sein Körper klatschte gegen den des Knaben wie der einer Schlange. Seine Flanken waren bedeckt mit zarten Schuppen, die das Licht bunt schillernd reflektierten.

»Hauptmann Kostaki«, sagte Gorcha, der mit seiner schweren Muskete in Habachtstellung ging, »was sollen wir tun?«

»Hinaus, ihr Narren«, brüllte Vardalek.

Kostaki fasste einen Entschluss. »Wir können keine Ausnahme machen.«

Vardalek schnappte geifernd nach Luft. Er ließ von dem erschöpften Knaben ab, stand auf und raffte einen wattierten Mantel um sich; sein Rückgrat gewann an Festigkeit, während er auf seine eigentliche Größe zusammenschrumpfte. Rasch fand sein Gesicht zu menschlicher Gestalt zurück. Mit spitzen Fingern setzte er sich die goldfarbige Perücke auf den schweißglänzenden Schädel.

»Kostaki, wir sind doch beide ...«

Kostaki wandte sich von seinem Kameraden fort und befahl: »Schafft ihn hinaus zu den anderen.«

Von Klatka machte große Augen, als er sah, dass man den Grafen zum Pfahl hinausführte.

Kostaki blickte gen Himmel. In den Bergen seiner Heimat war er die hellen Punkte der Sterne gewohnt. Hier beraubten ihn Gaslicht, Nebel und mächtige Regenwolken der tausend Augen der Nacht.

Gorcha und der Sergeant mussten Vardalek stützen. Kostaki und von Klatka bauten sich vor dem Gefangenen auf. Dieser lächelte, doch verrieten seine Augen nackte Furcht. Er war nicht dumm. Sein langes Leben war vorüber. Für Graf Vardalek war es mit gazellenschlanken Jünglingen ein für alle Mal vorbei.

»Uns bleibt keine andere Wahl«, erklärte Kostaki. »Vardalek, Sie kennen Fürst Dracula. Wenn wir Sie verschonen, werden wir gepfählt.«

»Kameraden, dies geht gegen jegliche Vernunft.«

Von Klatka trat von einem Fuß auf den anderen wie ein warmblütiger Narr. Er wollte einschreiten, doch er wusste, dass Kostaki Recht hatte. Der Fürst war stolz auf seinen Ruf, hart, aber gerecht zu sein. Sein Regiment musste seinen Geboten noch strenger gehorchen als irgendjemand sonst.

»Auf ein paar Knaben mehr oder weniger kommt es doch nicht an«, sagte Vardalek.

»Herr, hoher Herr ...«

Kostaki hob die Hand. Ein Gardist ergriff Orlando und brachte ihn zum Schweigen.

»Ich bedaure dies zutiefst«, erklärte er.

Vardalek zuckte mit den Achseln, in dem Bemühen, seine Würde zu bewahren. Kostaki kannte den Vampir seit dem 17. Jahrhundert. Er hatte den herablassenden Ungarn zwar nie recht leiden mögen, achtete ihn jedoch als einen beharrlichen und tapferen Mann. Dass Vardalek Knaben bevorzugte, schien ihm nicht weiter bemerkenswert, aber Fürst Dracula hegte nun einmal sonderbare Vorurteile.

»Eines sollen Sie wissen«, sagte der Graf. »Diese verhurte Älteste neulich nachts, diese Ausgeburt Dieudonné: Die Angelegenheit zwischen ihr und mir ist noch nicht bereinigt. Ich habe Schritte unternommen, die Rechnung auszugleichen.«

»Das war nicht anders zu erwarten.«

»Ich habe ihre Vernichtung angeordnet.«

Kostaki nickte. So viel gebot die Ehre.

»Hoher Herr«, winselte Orlando, »wo ich doch nun der Justiz des Prinzgemahls gedient habe, darf ich ...«

»Ihr Pfahl wird spitz sein, Vardalek«, versprach er. »Und er wird auf Ihr Herz gerichtet sein. Ein rascher Tod.«

»Danke, Hauptmann Kostaki.«

»Und auf einen kurzen Pfahl, so dass Sie auf ihn herabblicken können, werde ich jenen warmblütigen Wurm spießen lassen, der Sie verraten hat.«

»Hoher Herr«, kreischte Orlando, der seinen Mund aus der Hand des Gardisten befreit hatte. »Bitte, ich, Herr, ich ...«

Kostaki wandte sich zu dem Mann um und blickte ihn voller Abscheu an. Orlandos Gesicht war eine tränenüberströmte Fratze der Angst.

»Und der Pfahl, der seine Gedärme spießt, wird stumpf sein.«

16

Am Wendepunkt

27. SEPTEMBER

Auf meine Lucy folgte Mina. Sowie dem Grafen Dracula sein erster Spross genommen war, richtete er alle Aufmerksamkeit auf die Gemahlin seines Sachwalters. Ich bin der festen Überzeugung, dass er Mrs. Harker bereits ins Visier genommen hatte, als er noch Lucy seine Aufwartungen machte. Die beiden Frauen weilten gemeinsam in Whitby, als er ans Land stieg. Er betrachtete sie wie ein Schmauser zwei fette Pasteten. Ich habe versucht, jene Aufzeichnungen zu rekonstruieren, die in Purfleet den Flammen zum Opfer fielen, und muss mich nun zu guter Letzt dem Tagebucheintrag zuwenden, den vorzunehmen mir verwehrt war. In der Nacht des 2. Oktober 1885 wurde ein großer Fels in den Teich gestoßen; heute leben wir mit der Woge, die dieser Fels verursacht hat – allein, sie ist zur Flutwelle herangewachsen.

Während Van Helsing unserer kleinen Versammlung einen Vortrag über die Gewohnheiten des gemeinen Vampirs hielt, bestrebte sich der Graf, Mina Harker zu verführen. Wie vor ihr Lucy hatte er sie auserkoren, zweierlei Zwecken zu dienen: seinen Durst zu stillen und zu seinem neuen Spross zu werden. Seine Sendung war von Beginn an eine missionarische gewesen; er war begierig, so viele wie nur möglich zu verwandeln, Soldaten für sein

Heer zu rekrutieren. Wir machten die Irrenanstalt zu unserer Festung und verrammelten uns hinter dicken Mauern und Eisenstäben, als könnten diese den Vampir fernhalten. Überdies nahmen wir Mina und ihren Gatten bei uns auf. Van Helsing wusste wohl, dass der Graf die Frau verfolgen würde, und holte all den religiösen Klimbim wieder hervor, der uns schon in Lucys Fall von so geringem Nutzen gewesen war.

Einen ersten Hinweis auf das Eindringen des Grafen erhielt ich, als ein Wärter herbeigeeilt kam und mir berichtete, dass Renfield wohl einen Unfall erlitten habe. Ich stürzte in sein Zimmer und fand den Irren auf der linken Seite in einer glitzernden Blutlache liegend. Als ich ihn herumdrehen wollte, bemerkte ich, dass er schreckliche Verletzungen erlitten hatte; es herrschte keinerlei Harmonie mehr zwischen den einzelnen Körperteilen, wie sie selbst bei lethargischem Geisteszustand noch festzustellen ist. In Schlafrock und Pantoffeln versuchte Van Helsing, dem Patienten das Leben zu retten, doch es war hoffnungslos. Von seinem Herrn und Meister verraten, tobte und schäumte er. Quincey und Art kamen herbei, um ihn ruhigzustellen. Während Van Helsing eine Trepanation vorbereitete, versuchte ich ihm einen Schuss Morphium zu injizieren. Renfield schlug die Zähne tief in meine Hand. Nach all den Monaten, die er damit zugebracht hatte, Vögeln die Köpfe abzubeißen, waren seine Kiefer kräftig. Hätte ich sie damals sogleich behandelt, wäre meine Hand heute womöglich noch zu gebrauchen. Aber es war eine ereignisreiche Nacht, und als die Sonne aufging, hatte ich Purfleet verlassen, kaum gesünder, fürchte ich, als der arme tote Renfield.

Haspelnd berichtete er uns von dem Versuch, sich von seinem Herrn und Meister loszusagen. Er hatte sich wohl ein wenig in Mrs. Harker verliebt, und der Zorn infolge ihrer Behandlung durch den Grafen machte seine Loyalität gegenüber dem Vampir zunichte. Es lag eine Spur Eifersucht in seinem Widerstand, würde ich meinen, als neide er Dracula die Fähigkeit, Mina langsam das Leben auszusaugen. Sein Zustand wechselte zwischen manischer Raserei und erstaunlicher Gefälligkeit. Wie ich ihn Art und Quincey zeigte, entsann er sich sogleich, dass er Godalmings Vater für den Windham vorgeschlagen hatte, und nutzte die Gelegenheit, Quincey von den Schönheiten des Staates Texas zu berichten, doch wusste er von Harker nur Abschätziges zu sagen und war zudem von Eifersucht auf den Sachwalter nachgerade besessen. Uns allen – auch dem vermeintlich fachkundigen Van Helsing – zuvorkommend, stellte Renfield eine Diagnose über Minas Zustand. »Sie war nicht mehr sie selbst«, sagte er. »Sie kam mir vor wie Tee, den man verwässert hat. Ich mache mir nichts aus den Anämischen; ich mag sie mit viel Blut in den Adern, und das ihre schien zur Gänze ausgelaufen ... Er hatte ihr das Leben ausgesaugt.«

Am frühen Abend hatte Renfield vom Grafen, offenbar in entmaterialisierter, dunstähnlicher Gestalt, Besuch erhalten. Der Sklave hatte seinen Meister zu erdrosseln versucht und war mit unglaublicher Wucht gegen die Wand geschmettert worden. »Das Schlimmste wissen wir jetzt«, sagte Van Helsing. »Er ist hier, und wir kennen seine Absicht. Vielleicht ist es noch nicht zu spät.« Da wir ein wichtigeres Leben als das Renfields zu retten hatten – eine Ansicht, die vom Patienten selbst bekräftigt wurde –, verwarf Van Helsing sein Vorhaben, ihn zu operieren. Er bat uns, dieselben Waffen aufzunehmen, derer wir uns bereits gegen Lucy bedient hatten. Unsere kleine Versammlung schlich den Flur hinunter zum Schlafzimmer der Harkers, gerade so wie die Gefolgsleute des gehörnten Ehemannes in einer französischen Farce. »O weh, o weh, dass die liebe Madame Mina nun auch noch leiden muss«, klagte Van Helsing, während er sein Kruzifix wie einen heidnischen Fetisch von einer Hand zur anderen wandern ließ. Er wusste wohl, dass es ungleich schwerer werden würde, einem Ältesten bei Nacht gegenüberzutreten, wenn seine Kräfte ihren Höhepunkt erreichten, als eine geistesschwache Neugeborene bei Tage zu vernichten.

Vor der Tür der Harkers machten wir Halt. Quincey sagte: »Sollen wir sie wirklich stören?« Jener Quincey Morris, den ich von unserer Korea-Expedition her kannte, hätte nicht den geringsten Skrupel verspürt, in finsterer Nacht ins Zimmer einer jungen Dame zu platzen, wenngleich er wohl gezögert hätte, wäre er, wie jetzt, sich gewiss gewesen, dass der Gatte ebenjener Dame sich bei ihr befand. Die Tür war regelrecht verschlossen, und so stemmten wir alle unsere Schultern dagegen. Mit lautem Krachen flog sie auf, und wir stürzten beinahe kopfüber ins Zimmer. Der Professor schlug zu Boden, und ich schaute über ihn hinweg, während er sich auf Hände und Knie erhob. Der Anblick, welcher sich mir bot, ließ mich erstarren. Ich spürte, wie sich meine Nackenhaare sträubten.

Der Mond schien so hell, dass selbst durch den dicken gelben Vorhang noch ausreichend Licht ins Zimmer fiel. Auf dem Bett neben dem Fenster lag Jonathan Harker; sein Gesicht war gerötet, und sein Atem ging schwer. Auf der Vorderkante des zweiten Bettes kniete seine Frau. Neben ihr stand ein großer, hagerer Mann, in Schwarz gekleidet. Sein Gesicht war von uns abgewandt, doch im selben Augenblick, da wir ihn sahen, erkannten wir den Grafen. Mit der Linken hatte er Mrs. Harkers Hände umfasst und hielt sie mit ausgestrecktem Arm weit von sich; seine Rechte umgriff ihren Nacken und drückte sie mit dem Gesicht an seine Brust. Ihr weißes Nachtzeug war blutbefleckt, und ein schmales Rinnsal lief die nackte Brust des Mannes hinab, die unter seinem aufgeplatzten Hemd zum Vorschein kam. Minas Haltung gemahnte in grauenvoller Weise an die eines Kätzchens, dem ein Kind die Nase in die Milchschale stößt, um es zum Trinken zu zwingen.

Sowie wir ins Zimmer stürzten, wandte der Graf den Kopf, und ein diabolischer Ausdruck schien sich seiner zu bemächtigen. Mit einem heftigen Stoß warf er sein Opfer wie aus großer Höhe auf das Bett zurück, drehte sich um und sprang auf uns los. Unterdessen hatte sich der Professor aufgerafft und reckte ihm eine seiner Hostien entgegen. Der Graf hielt jäh inne, ebenso wie Lucy vor der Gruft. Immer und immer weiter wich er von uns, die wir mit hocherhobenen Kruzifixen auf ihn eindrangen. Auf solch rechtschaffene Christenmenschen, wie wir es waren, wäre John Jago wahrlich stolz gewesen. Wir hatten den Vampir in die Enge getrieben und hätten ihm womöglich den Garaus machen oder ihn in die Flucht schlagen können, wären wir nicht ins Schwanken geraten. Vor mir befand sich der Beweis, dass Dracula Van Helsings Vertrauen in die zerstörerische Kraft religiöser Symbole teilte, doch mein eigener Glaube schwand dahin. Lieber hätte ich eine Pistole in der Hand gehalten oder Quinceys Bowie-Messer oder gar eines meiner inzwischen versilberten Skalpelle. Dem Grafen mit billigem Kirchenschmuck und einer bröckligen Oblate gegenüberzutreten, erschien mir damals, und tut es auch heute noch, wie pure Narretei. Als sich mein Zweifel regte, ließ ich das Kruzifix zu Boden fallen. Und als eine mächtige schwarze Wolke den Mond verdunkelte, vernahm ich schreckliches Gelächter. Quincey entzündete das Gas mit einem Streichholz, und das Licht flammte auf. Nun, da alle Schatten gebannt waren, stand der Graf vor uns, und Blut sickerte aus der Wunde in seiner Brust. Ich hatte erwartet, Dracula das Blut von Mrs. Harker trinken zu sehen, nicht *vice versa.*

»Was sagt man dazu?«, sprach der Graf, wobei er sich gelassen das Hemd knöpfte und die Halsbinde zurechtzog. »Dr. Seward, wenn mich nicht alles täuscht. Und Lord Godalming. Mr. Morris aus Texas. Und Van Helsing. Natürlich, Van Helsing. Professor, nicht wahr, oder Doktor? Das scheint niemand recht zu wissen.«

Ich war erstaunt, dass er uns mit Namen ansprach, wenngleich er selbstverständlich viele Quellen kannte, Erkundigung über uns einzuziehen: Harker, Renfield, Lucy, Mina. Ich hatte erwartet, seiner Stimme sei das mit schwerem Akzent beladene Krächzen eines Attila zu eigen, der im Englischen nicht sehr gewandt ist. Stattdessen sprach er in kultivierter, recht angenehmer Manier. In der Tat überstieg seine Kenntnis unserer Sprache bei weitem die eines Abraham Van Helsing oder Quincey P. Morris, um nur zwei zu nennen.

»Ihr glaubt mich überlisten zu können, ihr mit euren bleichen Gesichtern, aufgereiht wie Schafe beim Schlächter. Das sollt ihr noch bereuen, jeder Einzelne von euch. Eure geliebten Frauen gehören mir schon jetzt; und durch sie und andere sollt auch ihr mir gehören. Als meine Kreaturen, die meinen Geboten folgen und mir zu Helfershelfern werden, wenn ich Nahrung suche.«

Mit wütendem Gebrüll stieß Van Helsing dem Grafen seine Hostie entgegen, doch Dracula tat unglaublich gewandt einen Schritt beiseite, so dass der Professor ein zweites Mal hinschlug. Wieder lachte der Graf, ein grausiges Glucksen, das tief aus seiner Kehle drang. Ich stand starr vor Schreck, und mein Herz pochte wie mit Skorpionen übersät. Auch Art regte sich nicht. Allein unserer Tatenlosigkeit haben wir es zu verdanken, dass wir drei Jahre später beide – gewissermaßen – noch am Leben sind.

Quincey, der wie eh und je die Tat vor den Gedanken setzte, stürzte sich auf Dracula und stach ihn ins Herz. Ich hörte das Bowie-Messer darin versinken, als dringe es in Kork. Wie der Graf rückwärts gegen die Wand taumelte, stieß Quincey siegesgewiss ein lautes Juchhe! hervor. Doch die Klinge war aus einfachem Stahl, weder aus Holz, das ihm das Herz hätte durchbohren können, noch aus Silber, welches ihn vergiftet hätte. Der Vampir nahm das Messer aus seiner Brust, als zöge er es aus einer Scheide. Der Hieb verblieb in seinem Hemd, schloss sich jedoch sogleich im Fleisch. Quincey sprach: »Da scheißt doch glatt der wilde Esel im Galopp«, als ihm Dracula zu Leibe rückte. Der Graf gab Quincey sein Messer zurück, stieß es ihm am Adamsapfel in die Kehle und sog flüchtig an der klaffenden Wunde.

Unser tapferer Freund war tot.

Dann hob der Graf den ohnmächtigen Harker auf, als sei er leicht wie eine Feder. Mina stand an seiner Seite, die Augen glasig, wie mit Arznei überfüllt, Kinn und Busen blutbefleckt. Dracula küsste die Stirn des Sachwalters und hinterließ ein blutiges Mal.

»Er war mein Gast«, erklärte er, »aber er hat meine Gastfreundschaft missbraucht.«

Er blickte auf Mina, als stünde er mit ihrem Geiste in Verbindung. Sie fauchte ihn an, ebenso erschreckend wie die neugeborene Lucy, und erteilte seinem Vorhaben ihren unheiligen Segen. Sie verwandelte sich schnell. Mit einem jähen Knacken brach er Harker das Genick, das in seinen mächtigen Händen ruhte. Er stach einen Daumennagel in die pulsierende Ader an Harkers Hals und bot sie dessen Gemahlin dar. Mina strich sich mit beiden Händen das Haar aus dem Gesicht, beugte sich vor und begann das Blut zu schlürfen.

Ich half dem Professor auf die Beine. Er bebte vor Zorn, sein Gesicht war rot von Blut, und Schaum stand ihm vor dem Mund. Er sah aus wie einer jener Wahnsinnigen im anderen Flügel des Hauses.

»Nun«, sagte der Graf, »lasst mir und den Meinen unseren Frieden.«

Art war bereits aus dem Türeingang zurückgetreten. Ich folgte ihm und zog Van Helsing mit mir. Er grollte halblaut vor sich hin. Mrs. Harker ließ den leblosen Körper ihres Gatten auf den Teppich fallen, er rollte gegen das Bett und starrte uns mit offenen Augen an. Vom Flur sahen wir, wie Dracula die arme Mina an sich zog und sein Gesicht an ihre Kehle presste; mit harten Fingernägeln zerrte er an ihrem Hemd, strich durch ihr langes, wirres Haar.

»Nein«, sagte Van Helsing, »nein.«

Art und ich mussten all unsere Kraft aufwenden, um den Gelehrten zurückzuhalten. Wir wandten uns ab, doch Van Helsing beobachtete gebannt, wie sich Dracula von Mina nährte. Was er dort im Zimmer der Harkers erblickte, war ein persönlicher *affront*.

Ein Mann in schmutzigem, gestreiftem Schlafanzug stürzte von einer Stiege in den Flur; er schleifte eine Frau bei den Haaren hinter sich her und schwang ein offenes Rasiermesser. Es war Louis Bauer, der Würger vom Pimlico Square. Ein Haufen anderer folgte, schleppte sich wankend durch die Dunkelheit. Jemand sang mit rauer und doch wohlklingender Stimme eine Hymne, alsbald von tierähnlichem Winseln begleitet. Eine bucklige Gestalt bahnte sich durch die Menge einen Weg nach vorn. Es war Renfield. Sein Rückgrat war gebrochen und verkrümmt, Gesicht und Rumpf eine blutige Masse.

»Herr und Meister«, kreischte er, »ich will büßen …«

Die wogenden Leiber drängten ihn vorwärts. Er hätte eigentlich längst tot sein müssen, doch ist der Wahnsinn wohl imstande, Menschen mit den schrecklichsten Verletzungen auf den Beinen zu erhalten, wenn auch nur für die Dauer eines Anfalls. Er hatte die Insassen befreit. Renfield sank auf die Knie und wurde von seinen irrsinnigen Genossen überrollt. Bauer gab ihm mit einem Tritt in sein kaputtes Kreuz den Rest. Irgendwo im Haus war ein Feuer ausgebrochen. Und ich vernahm grauenvolle Schreie, die entweder von umhertobenden Patienten stammten oder vom Personal, das ihren erhitzten Zorn zu spüren bekam.

Ich wandte mich nach Art um, doch er war verschwunden. Ich habe ihn seither nicht wiedergesehen. Ich schlang meinen gesunden Arm um Van Helsing und zog ihn von dem Pöbelhaufen fort.

Der Graf hatte von Mina abgelassen, trat aus dem Zimmer der Harkers und brachte die Insassen mit einem Blick zum Schweigen, ebenso wie er dem Rufe nach imstande war, sich Wölfe und anderes wildes Getier zu unterwerfen.

Ich zerrte Van Helsing zur Hintertreppe, die auch Art genommen haben musste. Er leistete Widerstand, murmelte noch immer von geweihten Hostien und untoten Blutsaugern vor sich hin. Ein anderer an meiner statt würde ihn vielleicht im Stich gelassen haben, doch trieb mich plötzlich eine Kraft, die mir zuvor besser angestanden hätte. Ich allein trug Schuld daran, dass Lucy zweifach vernichtet worden war, Quincey und Harker ihr Leben hatten lassen müssen, Mina dem Grafen nun als Sklavin diente. Selbst Renfield hatte ich auf dem Gewissen: Er war meiner Obhut anvertraut, und ich hatte ihn zu einem Experiment missbraucht, ebenso wie er es mit seinen Spinnen und Insekten getan hatte. Ich setzte all meine Hoffnung in Van Helsing, ganz so, als sei er meiner Seele Rettung, als könne sein Leben den Tod der anderen sühnen.

Mina, die nun neben den Grafen trat, befand sich auf dem Höhepunkt ihrer Verwandlung. Wie ich höre, ist dieser Prozess recht unbeständig, was die Dauer seiner Inkubation betrifft. Im Falle Mrs. Harkers ging er mit rasender Schnelligkeit vonstatten. Es fiel schwer, in dieser neugeborenen Buhlerin, der man das Nachtzeug vom wollüstigen weißen Leib gerissen hatte, die prüde, praktische Schullehrerin aus dem unteren Mittelstand zu erkennen, der ich kaum einen Tag zuvor das erste Mal begegnet war.

Mit gewaltiger Kraftanstrengung gelang es mir, den Professor zu überwältigen. Er erschlaffte, und ich brachte ihn zur Treppe. Dabei beeilte ich mich, als würden wir verfolgt, doch niemand war uns auf den Fersen. Art hatte allem Anschein nach eines der Pferde aus dem Stall genommen und es versäumt, die sprichwörtliche Türe hinter sich zu schließen, denn mehrere Tiere wanderten frei auf den Wiesen umher. Schon schlugen Flammen aus den Fenstern im Parterre der Irrenanstalt von Purfleet. Ich schmeckte den Rauch in der Luft. Wie entlaufene Geisteskranke flohen wir in die Wälder, ohne den wüsten schwarzen Schatten der Carfax-Kapelle eines weiteren Blickes zu würdigen. Wir hatten eine verheerende Niederlage erlitten. Das ganze Land lag vor Graf Dracula, reif zur blutigen Ernte.

Wir verbrachten Tage und Nächte in den Wäldern. Van Helsing hatte Herz und Verstand verloren, und meine Hand war nur mehr eine schmerzende Keule. Wir fanden ein Loch, das uns geringen Schutz vor den Elementen bot, und verbargen uns darin, schreckten bei jedem Laut zusammen. Selbst bei Tag war unsere Furcht so groß, dass wir uns nicht zu regen wagten. Der Hunger wurde zur Qual. Es kam so weit, dass Van Helsing Erde zu essen versuchte. Wenn ich denn in Schlaf sank, wurde ich von den immergleichen Träumen heimgesucht, Träumen von meiner geliebten Lucy.

Sie fanden uns vor Wochenfrist. Mina Harker führte sie an, in Hosen und eine meiner alten Tweedjacken gekleidet, das Haar unter eine Mütze hochgesteckt. Die kleine Rotte von Neugeborenen bestand aus verwandelten Patienten und einem Wärter. Sie hatten sich zu einer Suchmannschaft formiert, welche die Befehle des Grafen ausführte, während dieser sein Hauptquartier von Purfleet nach Piccadilly verlegte. Sie ergriffen Van Helsing, fesselten ihn und banden ihn auf ein Pferd, um ihn zu der Kapelle zu bringen. Sein Schicksal ist allzu bekannt, als dass man es abermals zu erzählen brauchte, und allzu schmerzvoll ist die Erinnerung daran.

Ich blieb allein mit Mina. Die Verwandlung hatte sich bei ihr auf andere Weise ausgewirkt als bei ihrer Freundin. Lucy war sinnlicher und halsstarriger geworden, Mina hingegen strenger und entschlossener. Sie schickte sich in ihr Los als verlorene Seele Draculas und empfand ihren neuen Zustand als Befreiung. Zu Lebzeiten war sie stärker gewesen als ihr Gatte, stärker als die meisten Männer. Die Verwandlung hatte sie noch stärker gemacht.

»Lord Godalming ist einer von uns«, sagte sie.

Ich glaubte, sie wollte mich auf der Stelle töten, wie sie es auch mit ihrem törichten Gatten getan hatte. Oder mich zu einem der Ihren machen. Ich stand auf, schob meine schmutzige, geschwollene Hand tief in meine Tasche, in der Hoffnung, alldem, was nun kommen mochte, mit Würde zu begegnen. Ich suchte nach angemessenen letzten Worten. Sie trat ganz nah an mich heran, ein Lächeln zerfurchte ihre Wangen, und ihre spitzen Zähne schimmerten hell und weiß im Mondlicht. Bald war meine Angst verflogen, und ich zupfte an meinem Kragen, spürte die Nachtluft an meinem bloßen Hals.

»Nein, Doktor«, sagte sie und ging in die Dunkelheit davon, ließ mich allein im Wald zurück. Ich zerrte an meinen Kleidern und weinte.

17

Silber

Vor einer Schenke an der Ecke Wardour Street boten sich diskret zwei Gassendirnen feil. Beauregard erkannte ihren stummen Beschützer als den Sportsmann aus Limehouse wieder, der seine Tätowierungen unter einem langen Samtmantel verborgen hielt. Wo auch immer er in dieser Stadt, in dieser Welt sich hinbegab, dem fein gesponnenen Netz der Schattenmenschen konnte er nicht entkommen. Zwar tat der Mann gerade so, als habe er ihn nicht bemerkt, doch wussten die Mädchen offenbar sofort, dass sie ihn nicht zu behelligen hatten.

Die Adresse befand sich in der D'Arblay Street: ein unscheinbares Lädchen zwischen der Werkstatt eines Kunsttischlers und dem Geschäft eines Juweliers. Im Schaufenster des Tischlers stand eine Auswahl von Totenkisten aufgereiht, die von einfachen Brettertruhen bis zu prachtvoll gearbeiteten Stücken reichte, welche selbst einem Pharao alle Ehre gemacht hätten. Ein Neugeborenen-Paar stand staunend vor einem besonders schönen Sarg, groß genug für eine ganze Familie und pomphaft genug, die Gattin eines Ratsherrn aus der Provinz vor Neid erblassen zu machen. In der Auslage des Juweliergeschäfts befand sich eine ganze Ansammlung von Edelsteinen und Ringen, die in Form und Zeichnung Fledermäusen, Totenköpfen, Skarabäen, Dolchen, Wolfsschädeln oder Spinnen nachempfunden waren; Flitterwerk, wie es jene Neugeborenen bevorzugten, die sich als Gruftikusse zu betiteln pflegten. Andere nannten sie auch Murgatroyds, nach der Familie aus der Oper *Ruddigore,* welche die Brut ein Jahr zuvor im Savoy Theatre mit beachtlichem Erfolg gegeben hatte.

Die Bewohner von Soho waren weitaus exzentrischer als ihre armseligen Verwandten in Whitechapel. Die Murgatroyds waren in der Hauptsache damit befasst, für ihren Schmuck Sorge zu tragen. Viele der Frauen, die nach Sonnenuntergang hervorkamen, stammten aus dem Ausland: aus Frankreich, Spanien oder gar China. Sie bevorzugten an Sterbehemden gemahnende Kleider, dicke Spinnwebschleier, scharlachrote Lippen und Nägel sowie hüftlange, schwarz glänzende Locken. Die Männer folgten der Mode, wie sie von Lord Ruthven vorgegeben wurde: hochtaillierte, unerhört knapp sitzende Kniehosen, schlotterige georgianische Manschetten, rüschenbesetzte scharlachrote oder schwarze Hemden, im Nacken bebänderter Kopfputz mit weiß gefärbten Strähnen darin. Nicht wenige Vampire, insbesondere die Ältesten, betrachteten jene, die mit Fledermausumhang und fingerlosen schwarzen Handschuhen im Dunkel eines Gottesackers umherkreuchten, wohl ebenso, wie ein Gentleman aus Edinburgh einen Yankee betrachten mochte, dessen Großvater mütterlicherseits aus Schottland gebürtig ist und der sich nun in Kilt und Tartanschärpe hüllt, einer jeden Bemerkung ein Zitat von Burns oder Scott voranschickt und eine Vorliebe für *haggis* und Dudelsäcke hegt. »Basingstoke«, murmelte Beauregard vor sich hin, jenes Gilbert'sche Zauberwort aussprechend, das dem Vernehmen nach selbst den von tiefster Trübsal befallenen Murgatroyd in die gelinde Mittelmäßigkeit der Vorstädte zurückzuholen vermochte.

Er betrat Fox Mallesons *établissement*. Der Laden war leer, Tische und Regale fortgeschafft. Das Fenster war mit grüner Farbe übertüncht. Ein raubeiniger Vampir saß wachsam neben der Tür zu den Werkstätten. Beauregard zeigte dem Neugeborenen seine Karte; dieser erhob sich, überlegte einen Augenblick, dann stieß er die Tür auf und bedeutete ihm mit einem Nicken, er solle eintreten. Der dahinterliegende Raum stand voller geöffneter Teekisten, in denen unter Mengen von Stroh ein ganzes Sortiment von Silberzeug lagerte: Tee- und Kaffeekannen, Tafelbestecke, Kricketpokale, Sahnekännchen. Auf Tabletts gehäuft erblickte er die Überbleibsel von Ringen und Halsbändern, denen man gewaltsam die Steine herausgebrochen hatte. Eine schwere Ringfassung erweckte seine Aufmerksamkeit; die ausgestochene Vertiefung in ihrer Mitte gähnte ihn an wie eine leere Augenhöhle. Er fragte sich, ob Fox Malleson mit dem benachbarten Juwelier in Verbindung stehen mochte.

»Willkommen, Mr. B.«, sagte der kleine alte Mann, der hinter einem Vorhang hervortrat. Gregory Fox Malleson hatte so viele Kinne, dass zwischen Mund und Kragen nichts als wabbelnder Pudding zu sehen war. Er wirkte aufgeräumt und freundlich und trug eine schmutzige Schürze, schwarze Samtschoner über den Ärmeln und eine Schutzbrille mit grün gefärbten Gläsern, die er auf die Stirn geschoben hatte.

»Es ist mir immer wieder eine Freude, einen Gentleman aus dem Diogenes-Club begrüßen zu dürfen.«

Er war Warmblüter. Als Silberschmied blieb ihm kaum etwas anderes übrig. Der Neugeborene vor der Tür hätte nicht gewagt, ins Innere von Fox Mallesons Fabrik vorzudringen. Die Silberteilchen in der Luft wären in seine Lunge gelangt und hätten ihn zu einem schleichenden Tod verurteilt.

»Ich glaube, was wir für Sie besorgt haben, wird Ihnen gefallen. Kommen Sie, kommen Sie, hier entlang, hier entlang ...«

Er zog den Vorhang beiseite und gewährte Beauregard Einlass in die Werkstätten. Über einer Lage glühender Schmiedekohlen standen Tiegel, angefüllt mit matt glänzendem Flüssigsilber. Ein linkischer Lehrjunge schmolz soeben die Amtskette eines Bürgermeisters ein, gab sie Glied um Glied in einen Tiegel.

»Verteufelt schwer, heutzutage Rohstoffe zu beschaffen. Bei all den neuen Vorschriften und Gesetzen. Aber wir machen das schon, Mr. B., o ja, wir machen das. Auf unsere Weise.«

Auf einer Werkbank kühlten Silberkugeln aus wie Mehlküchlein auf einem Backblech.

»Eine Bestellung des Palasts«, sagte Fox Malleson voller Stolz. Er nahm eine Kugel zwischen Daumen und Zeigefinger. Seine Fingerspitzen waren mit harten Brandschwielen bedeckt. »Für die Karpatische Garde des Prinzgemahls.«

Beauregard fragte sich, wie *nosferatu*-Soldaten ihre Pistolen laden mochten. Entweder hatten sie warmblütige Burschen oder aber dicke Handschuhe.

»Eigentlich taugt Silber für Pistolenkugeln nicht sehr viel. Zu weich. Die beste Wirkung erzielt man mit einem Kern aus Blei. Silbermantelgeschosse nennt man so etwas. Sie explodieren in der Wunde. Das pustet jedem das Licht aus, einerlei ob Warmblüter oder Vampir. Äußerst unangenehm.«

»Eine kostspielige Waffe, nehme ich an?«, fragte Beauregard.

»So ist es, Mr. B. Reid hat uns darauf gebracht. Ein amerikanischer Gentleman namens Reid ist der Ansicht, Kugeln müssten so teuer sein. Zur Erinnerung daran, dass das Leben ein Reichtum ist, den man nicht allzu leichtfertig verplempern sollte.«

»Ein bewunderswerter Gedanke. Erstaunlich für einen Amerikaner.«

Fox Malleson war dem Ruf nach der beste Silberschmied von ganz London. Da seine Profession eine Zeit lang überaus geringes Ansehen genoss, hatte man ihn in Pentonville eingesperrt. Doch sein Geschick war unverzichtbar. Macht beruht am Ende immer auf der Fähigkeit zu töten; demnach müssen die Mittel zu töten jederzeit bereitstehen, wenn auch nur wenigen Auserwählten.

»Schauen Sie sich diese Arbeit an«, sagte Fox Malleson und hob ein Kruzifix in die Höhe. Auch ohne die Juwelen ließ sich mit Leichtigkeit erkennen, dass ein Künstler diese Christusfigur erschaffen hatte. »Sein Martyrium spiegelt sich in den verrenkten Gliedern wider.«

Beauregard untersuchte das Bildnis. Einige – unter ihnen offenbar auch der Prinzgemahl – fürchteten das Kreuz wahrhaftig, doch die meisten Vampire waren gleichgültig gegen religiöse Artefakte. Manche Murgatroyds machten sich einen Spaß daraus, mit ihrer Immunität zu prunken, indem sie elfenbeinerne Kruzifixe als Ohrringe trugen.

»Papistische Albernheiten, natürlich«, sagte Fox Malleson mit einem Anflug von Trauer in der Stimme. Er reichte das Kruzifix seinem Lehrjungen, der es in den Tiegel gab. »Dennoch, manchmal fehlt mir das Kunsthandwerk. Kugeln und Klingen sind ja gut und schön, aber sie sind eben nur Funktion. Von Form keine Rede.«

Beauregard war im Zweifel. Die Kugeln sahen aus wie Reihen winziger Soldaten mit spitzen Helmen, glänzend und gefällig.

»Deshalb bereitet mir eine Bestellung wie die Ihre auch solche Freude, Mr. B. Solche Freude.«

Fox Malleson nahm ein langes, schmales Bündel von einem Gestell. Es war in grobes Tuch geschlagen und mit Schnur umwickelt. Der Silberschmied liebkoste es, als sei es Excalibur und er der Ritter, in dessen Obhut es sich bis zur Rückkehr von König Artus befinde.

»Möchten Sie es sich ansehen?«

Beauregard löste die Schnur und schlug das Tuch zurück. Sein Stockdegen war poliert und nachgebessert worden. Das Holz glänzte schwarz mit einem Stich ins Rötliche.

»Eine wunderbare Arbeit, Mr. B. Wer dieses Stück geschaffen hat, war ein Künstler.«

Beauregard drückte den Schnäpper und zog den Degen heraus. Er legte die hölzerne Scheide beiseite, hielt die Klinge in die Höhe und drehte sie, so dass sie den roten Schein der Glut zurückwarf. Es funkelte, blitzte und tanzte.

Das Gewicht war unverändert, die Balance perfekt. Der Degen war leicht wie eine Weidenrute, doch schon die leiseste Regung des Handgelenks wurde zu einem mächtigen Hieb. Beauregard ließ ihn pfeifend durch die Luft sausen und lächelte zufrieden.

»Wunderschön«, bemerkte er.

»O ja, Mr. B., wunderschön. Wie eine vornehme Dame, wunderschön und von allerfeinstem Schliff.«

Beauregard ließ den Daumen langsam über die glatte, kalte Fläche der Klinge gleiten.

»Ich möchte Sie um einen Gefallen bitten«, sagte der Silberschmied. »Benutzen Sie ihn nicht, um damit Wurst zu schneiden.«

Beauregard lachte. »Mein Wort darauf, Fox Malleson.«

Er nahm den Stock und schob den versilberten Degen mit einem Klicken in die Scheide. Nun, da er wusste, dass er es mit allem und jedem aufnehmen konnte, fühlte er sich sicherer in Whitechapel.

»Und jetzt, Mr. B., müssen Sie sich ins Giftregister eintragen.«

18

Monsieur le Vampire

»Kommen Sie schnell, Miss Dee«, sagte Rebecca Kosminski. »Lily geht es gar nicht gut.«

Das besonnene Vampirmädchen geleitete Geneviève durch die Straßen, fort von der Hall. Sie besorgte ihren Botengang mit peinlicher Sorgfalt. Unterwegs befragte Geneviève das Mädchen über sich und ihre Familie. Rebecca gab nur widerstrebend Antworten, welche den Schluss nahelegten, sie befände sich in Umständen, deretwegen sie zu bedauern sei. Die Neugeborene war schon jetzt von unabhängigem Charakter. Sie kleidete sich wie eine kleine Erwachsene und verweigerte die Auskunft, als Geneviève sich nach ihren Lieblingspuppen erkundigte. Sie war über ihren kindlichen Körper hinausgewachsen.

Die gemeinste Frage, die man ihr überhaupt stellen konnte, lautete: »Was würdest du gern werden, wenn du groß werden könntest?«

In den Minories bemerkte Geneviève erneut, dass ihr in einigem Abstand jemand folgte. Während der letzten Nächte hatte sie immer wieder die Anwesenheit von etwas gespürt, das sie nicht recht zu fassen vermochte. Etwas Gelbes, das hüpfte.

»Sind Sie schon sehr alt, Miss Dee?«, wollte Rebecca wissen.

»Ja. Sechzehn warmblütige Jahre und seit vierhundertundsechsundfünfzig Jahren in Finsternis.«

»Sind Sie eine Älteste?«

»Ich glaube schon. Mein erster Ball war 1429.«

»Werde ich eine Älteste?«

Das war nicht allzu wahrscheinlich. Nur wenige Vampire wurden älter als gewöhnliche Sterbliche. Falls Rebecca ihr erstes Jahrhundert überdauerte, würde sie höchstwahrscheinlich auch noch einige Hundert Jahre länger leben. Höchstwahrscheinlich.

»Wenn ich eine Älteste werde, will ich so sein wie Sie.«

»Das überlege dir genau, Rebecca.«

Sie kamen zur Eisenbahnbrücke, und unter den Bögen erblickte Geneviève einen wirren Haufen von Männern und Frauen. Das Ding außer Sehweite hat ebenfalls angehalten, dachte sie bei sich. Sie glaubte etwas Uraltes zu spüren, das jedoch nicht wirklich tot war.

»Hier, Miss Dee.«

Rebecca nahm ihre Hand und führte sie zu der Gruppe, die sich um Cathy Eddowes geschart hatte. Diese hockte in der Gosse und hielt Lilys Kopf auf ihren Schoß gebettet. Die beiden Neugeborenen sahen gar nicht gut aus. Cathy war noch magerer als einige Nächte zuvor. Ihr Hautausschlag bedeckte nun auch Wangen und Stirn. Der Schal, den sie um den Kopf gewickelt trug, konnte das Ausmaß ihrer Blessuren nicht verhehlen. Die Schaulustigen ließen Geneviève passieren, und Cathy lächelte zu ihr hinauf. Lily hatte einen Anfall erlitten, und nur das Weiße ihrer Augen war zu sehen.

»Beinah hättse ihrne Zunge verschluckt, die ahme Kleine«, sagte Cathy. »Da hab ich ihr 'n Daumen reingesteckt.«

»Was fehlt Lily denn?«, fragte Rebecca.

Geneviève legte dem Kind die Hand auf und spürte, dass es zitterte. Die Knochen regten sich unter der Haut, als wollte sein Gerippe eine neue Form annehmen, seinen Leib entstellen.

»Ich weiß nicht recht«, gestand Geneviève. »Sie versucht, ihre Gestalt zu wandeln, ist darin aber nicht allzu geschickt.«

»Ich würde auch gern die Gestalt wandeln, Miss Dee. Dann wäre ich ein Vogel oder eine große Katze …«

Geneviève sah Rebecca an und ließ die Neugeborene einen Blick auf Lily werfen. Rebecca verstand.

»Vielleicht sollte ich doch lieber warten, bis ich älter bin.«

»Ein kluger Gedanke, Rebecca.«

Ein Murgatroyd aus dem West End hatte sich einen Spaß daraus gemacht, Lily zu verwandeln. Geneviève beschloss, sich auf die Suche nach dem Neugeborenen zu begeben und ihm einzuschärfen, dass er die Verantwortung für sein alleingelassenes Fangkind zu tragen habe. Wenn er nicht gehorchen wollte, musste sie ihn anderweitig überzeugen, nie wieder Verschwendung zu betreiben mit seinem dunklen Kuss. Vorsicht, dachte sie bei sich. Derlei Gedanken hätten dem Alten Testament entstammen können.

Um Lilys Arm war es immer noch sehr schlecht bestellt. Er war zu einer vollkommenen Fledermausschwinge herangewachsen, welk und tot. Die Membrane spannte sich zwischen knöchernen Speichen. Eine winzige, nutzlose Hand spross aus einem Rippenknoten.

»Sie wird niemals fliegen können«, sagte Geneviève.

»Was sollen wir tun?«, fragte Rebecca.

»Ich bringe sie in die Hall. Vielleicht kann Dr. Seward ihr helfen.«

»Iss wohl nich mehr viel Hoffnung, hä?«

»Hoffnung gibt es immer, Cathy. Einerlei, wie sehr man leidet. Du solltest den Doktor ebenfalls aufsuchen. Das habe ich dir schon einmal gesagt.«

Cathy verzog das Gesicht. Sie fürchtete Ärzte und Spitäler, mehr noch als Polizisten und Gefängnisse.

»Sapperment«, fluchte jemand. »Was, in drei Teufels Namen, ist denn das?«

Geneviève wandte sich um. Die Menge verschwand im Nebel. Sie blieb mit Cathy, Lily und Rebecca allein. Etwas kam näher, aus dem trüben Dunst hervor.

Endlich würde sie jenem Ding gegenübertreten, das ihr all die Zeit gefolgt war. Sie stand auf und blickte um sich.

Der Brückenbogen war an die zwanzig Fuß hoch; ein schwer beladener Wagen passte mit Leichtigkeit hindurch. Das Ding kam denselben Weg, den auch sie genommen hatte, von Aldgate herunter. Zunächst hörte sie es nur, wie den langsamen Schlag einer Trommel. Das Ding sprang wie ein Gummiball, jedoch mit einer unnatürlichen Langsamkeit, als sei der Nebel eine Wand aus Wasser. Seine Umrisse wurden sichtbar. Es war groß und trug eine Mütze mit einer Quaste. Es war mit einem langen gelben Gewand angetan, dessen riesige Ärmel von seinen ausgestreckten Armen baumelten. Vor langer Zeit war es ein Chinese gewesen. Und es trug immer noch Pantoffeln an seinen kleinen Füßen.

Rebecca starrte auf das Vampirding.

»Das«, sagte Geneviève, »ist ein Ältester.«

Es hüpfte weiter vorwärts, als trüge es Sprungfedern unter den Sohlen. Geneviève erblickte ein Gesicht wie von einer ägyptischen Mumie mit hauerähnlichen Fangzähnen und langem Schnurrbart. Der Chinese landete einige Yards entfernt und ließ die Arme sinken. Seine messerbewehrten Hände klapperten wie Scheren. Er war der älteste Vampir, den Geneviève je zu Gesicht bekommen hatte; er musste seine Runzeln im Laufe unzähliger Jahrhunderte erworben haben.

»Was wollt Ihr von mir?«, fragte sie zunächst auf Mandarin, ehe sie ihre Worte auf Kantonesisch wiederholte. Zwar war sie gute zwölf Jahre lang in China umhergereist, aber seither waren ein-

einhalb Jahrhunderte vergangen. Sie hatte die meisten ihrer Sprachen verlernt.

»Cathy«, sagte sie, »bring Rebecca und Lily zur Hall. Hast du verstanden?«

»Ja, Ma'm«, sagte die Neugeborene. Sie war vor Schreck wie gelähmt.

»Jetzt gleich, wenn's beliebt.«

Cathy stand auf, drückte Lily an ihre Schulter und nahm Rebecca bei der Hand. Das Dreigespann trabte unter dem Bogen hindurch, lief um den Bahnhof Fenchurch Street herum und wieder hinauf nach Aldgate und Spitalfields.

Geneviève blickte den alten Vampir an. Sie verließ sich auf das Englische. Irgendwann kam der Zeitpunkt, da die Ältesten sich nicht mehr der Sprache zu bedienen brauchten, sondern einfach die Gedanken ihres Gegenübers lasen.

»Nun … jetzt sind wir allein.«

Es machte einen Satz und landete unmittelbar vor ihren Füßen. Es kehrte ihr das Gesicht zu, legte die Arme auf ihre Schultern. Muskeln wanden sich wie Würmer unter der dünnen, ledrigen Haut. Obgleich es die Augen geschlossen hielt, konnte es sehen.

Sie ballte die Hand zur Faust und versetzte ihm einen Schlag in die Herzgegend. Der Hieb hätte ihm eigentlich die Rippen zertrümmern müssen; stattdessen hatte sie ein Gefühl, als habe sie gegen einen gigantischen Granitdämon geschlagen. In China gab es sonderbare Blutsverwandtschaften. Sie verbiss sich den Schmerz, wand sich aus der Umklammerung des Vampirs, hob ein Bein, rammte ihren Absatz in seinen stahlharten Bauch, trat zu und stieß sich fort. Die Hände wie Sprungfedern von sich gestreckt, landete sie auf dem Pflaster jenseits der Brücke. Im Lichtkegel einer Straßenlaterne kauerte sie nieder, als könne der ihr Schutz bieten. Dann sprang sie auf und wandte sich um. Der chinesische Vampir war verschwunden. Entweder hatte er ihr eigentlich keinen Schaden tun wollen, oder er spielte nur mit seiner Beute. Sie wusste, was sie für wahrscheinlicher zu halten hatte.

19

Der Poseur

Lord Ruthven stand auf einem Podest. Eine Hand lag, zur Faust geballt, streng an seine von Rüschen überbordende Hemdbrust gepresst, während die andere auf einem imposanten Bücherstapel ruhte. Godalming bemerkte, dass der Carlyle des Premierministers noch nicht bis zum letzten Bogen aufgeschnitten war. Ruthven trug einen nachtschwarzen, an Kragen und Taschen mit Schnurbesatz versehenen Gehrock. Ein Zylinder mit geschwungener Krempe thronte auf seinem Kopf; seine Miene war nachdenklich. Das Porträt würde »Der Erhabene« heißen oder einen ähnlich Ehrfurcht heischenden Titel tragen. Mylord Ruthven, der Vampir-Staatsmann.

Ein jedes Mal, wenn Godalming einem Maler Modell stand, überkam ihn unversehens das dringende Bedürfnis, sich zu kratzen, zu blinzeln oder zu zucken. Ruthven hingegen besaß die seltene Gabe, einen ganzen Nachmittag lang reglos dazustehen, geduldig wie eine Eidechse, die auf einem Stein in der Sonne darauf wartet, dass ein fetter Happen sich in Reichweite ihrer hervorschnellenden Zunge begebe.

»Welch ein Jammer, dass uns das Wunder der Fotografie versagt bleibt«, erklärte er, scheinbar ohne die Lippen zu bewegen. Godalming hatte einige Versuche gesehen, das Abbild eines Vampirs auf fotografische Platten zu bannen. Die Resultate gerieten recht verschwommen, und das Objekt erschien, wenn überhaupt, als verwischte Silhouette mit leichenblassen Zügen. Die Spiegel betreffenden Gesetze der Physik standen in gewisser Weise auch dem fotografischen Prozess entgegen.

»Aber nur ein Maler vermag den inneren Menschen einzufangen«, sagte Ruthven. »Der menschliche Genius wird mechanisch-chemischen Gaunereien ewig überlegen sein.«

Bei dem zu Gebote stehenden Künstler handelte es sich um Basil Hallward, den Porträtmaler der vornehmen Gesellschaft. Mit geschickter Hand warf er eine Reihe von Skizzen aufs Papier, Vorstudien für das lebensgroße Bildnis. Wenngleich eher Modeheld denn begnadeter Künstler, hatte doch auch er seine Sternstunden. Selbst Whistler rang sich bisweilen ein paar freundliche Worte zu seinem Frühwerk ab.

»Godalming, wie viel wissen Sie über diese Silver-Knife-Sache?«, fragte Ruthven mit einem Mal.

»Die Whitechapel-Morde? Drei bislang, wenn mich nicht alles täuscht.«

»Gut, immer auf der Höhe. Exzellent, mein Junge.«

»Ich werfe lediglich hin und wieder einen Blick in die Zeitung.«

Hallward entließ den Premierminister, und Ruthven sprang – begierig, die Skizzen zu betrachten, welche der Maler an seine Brust drückte – von seinem Podest.

»Nun kommen Sie, nur einen klitzekleinen Blick«, beschwatzte ihn Ruthven mit nicht unbeträchtlichem Charme. Zuweilen konnte er ein rechter Spaßvogel sein.

Hallward zeigte ihm seinen Zeichenblock, und nachdem Ruthven diesen durchgeblättert hatte, bekundete er seine Zustimmung.

»Sehr schön, Hallward«, bemerkte er. »Ich glaube, Sie haben mich tatsächlich getroffen. Godalming, sehen Sie nur, sehen Sie sich diesen Ausdruck an. Ist er mir nicht wie aus dem Gesicht geschnitten?«

Godalming pflichtete Ruthven bei. Der Premierminister war entzückt.

»Sie sind viel zu neu geboren, um Ihr Gesicht schon jetzt vergessen zu haben, Godalming«, sagte Ruthven, indem er seine Wangen befingerte. »Als mein Blut, so wie das Ihre, kaum erkaltet war, da schwor ich mir, dass es so weit nie kommen würde. Aber ach, die Vorsätze der Jugend. Dahin, dahin, dahin!«

Von der Philosophie wechselte Ruthven unversehens zur Naturwissenschaft. »Es ist falsch, dass Vampire über kein Spiegelbild verfügen. Nun, der Spiegel möchte gleichsam beständig nicht *das* spiegeln, was hier draußen in der Welt ist.«

Godalming hatte wie alle Neugeborenen Stunden damit zugebracht, voller Verwunderung in einen Rasierspiegel zu starren. Die einen verschwanden gänzlich, die anderen erblickten eine allem Anschein nach leere Kleidergarnitur. Godalmings Abbildung war nichts weiter als ein schwarzer Klecks, wie die Fotografien, die Ruthven soeben erwähnt hatte. Die Spiegel-Frage wurde gemeinhin als das unergründlichste aller Geheimnisse erachtet, die sich um die Untoten rankten.

»Wie dem auch sei, Godalming ... Silver Knife? Diese blutgierige Bestie. Er geht allenfalls nach unsereins auf Raub aus, nicht wahr? Schlitzt Kehlen auf und durchbohrt Herzen?«

»So sagt man wenigstens.«

»Ein furchtloser Vampirmörder, wie unser alter Gefährte Van Helsing?«

Godalmings Gesicht brannte wie Feuer; wenn er noch erröten konnte, so geschah es in diesem Augenblick.

»Pardon«, sagte der Premierminister ohne jede Heuchelei. »Ich hatte keineswegs die Absicht, dieses Thema aufzuwerfen. Es muss sehr schmerzvoll für Sie sein.«

»Das Blatt hat sich gewendet, Mylord.«

Ruthven machte eine flatternde Handbewegung. »Sie haben Ihre Verlobte an Van Helsing verloren. Da Sie durch ihn mehr Leid erfahren mussten als selbst Fürst Dracula, sei Ihnen Ihre Ignoranz vergeben und vergessen.«

Godalming entsann sich, wie er auf den Pflock eingehämmert hatte, wie Lucy fauchend und blutspeiend gestorben war. Ein unnützer, sinnloser Tod. Lucy wäre eine der ersten Damen bei Hofe gewesen, wie Wilhelmina Harker oder die karpatischen Mätressen des Prinzgemahls. Er hätte sie ohnehin verloren.

»Sie haben allen Grund, das Andenken des Holländers zu verfluchen. Eben deshalb möchte ich, dass Sie meine Interessen im Falle Silver Knife vertreten.«

»Ich verstehe nicht recht.«

Ruthven war auf das Podest zurückgekehrt und hatte seine frühere Pose wieder eingenommen. Mit flinken Fingern führte Hallward die Einzelheiten einer großen Skizze aus.

»Der Palast hat Interesse an der Sache bekundet. Unsere werte Königin ist außer sich. Ich habe eine persönliche Mitteilung von Vicky erhalten. ›Der Mörder ist gewiss kein Engländer‹, lautet ihre Folgerung, ›und ist er es doch, so ist er gewiss kein Gentleman.‹ Überaus scharfsinnig.«

»Whitechapel ist eine berüchtigte Brutstätte für Ausländer, Mylord. Die Königin hat womöglich nicht ganz Unrecht.«

Ruthven lächelte spöttisch. »Blech, Godalming, Blech. Zwar würden wir alle uns nur zu gern davon überzeugen lassen, dass ein Engländer außerstande sei, solch abscheuliche Untaten zu vollbringen, doch ist dies beileibe nicht der Fall. Sir Francis Varney ist schließlich ebenso Engländer. Nur geht unser Mörder höchst wählerisch zu Werke, was seine nächtlichen Chirurgie-Experimente anbetrifft.«

»Sie meinen, der Täter ist Arzt?«

»Diese Theorie ist erstens nicht besonders neu und zweitens ohne jeden Belang. Nein, von Bedeutung ist einzig und allein, dass wir es mit einem Vampirmörder zu tun haben. Einem mörderischen Irren, wie wir wohl annehmen dürfen, der jedoch ausschließlich Vampire metzelt. Angesichts der delikaten Situation, in der wir uns befinden, wandelt er auf Messers Schneide. Das Volk mag seine Taten noch so sehr missbilligen und Zeter und Mordio schreien, gleichwohl gibt es welche, die Silver Knife als gesetzeslosen Helden feiern, als einen Robin Hood der Gosse.«

»Welcher Engländer wollte dem wohl Glauben schenken?«

»Haben Sie die Zeit vergessen, als Sie noch warmen Blutes waren? Wie es Ihnen erging, als Sie Van Helsing mit Hammer und Pflock über den Friedhof von Kingstead folgten?«

Godalming verstand.

»Das Beste wäre – obgleich ich eine solche Tat natürlich keineswegs gutheißen kann –, wenn unser Verrückter mit seinem Silbermesser einer warmblütigen Bordeliere zu Leibe rückte und somit den Beweis erbrächte, dass er vor nichts, aber auch gar nichts haltmacht. Gesetzt den Fall, er genießt die Sympathien der Leute, würden sich diese bei einem solchen Schritt auf einen Schlag verflüchtigen.«

»Wohl wahr.«

»Doch selbst dieses mein erhabenes Amt verleiht mir nicht die Macht, Einfluss auf den Geist eines schwachköpfigen Schlächters zu nehmen. Es ist ein Jammer.«

»Was schlagen Sie vor?«

»Tun Sie sich ein wenig um, Godalming. Wir haben bereits wertvolle Zeit verloren. Vielerlei interessierte Parteien haben sich auf die Fährte unseres Mannes gesetzt. Dem Vernehmen nach frequentieren die Karpater die gerichtlichen Untersuchungen der Morde und bummeln in üblen Spelunken umher. Und selbst einer Ihrer Bekannten, ein gewisser Charles Beauregard, ist im Auftrag unserer eher geheimen Dienste tätig geworden.«

»Beauregard? Er ist nichts weiter als ein Federfuchser …«

»Er ist Mitglied des Diogenes-Clubs, und der Diogenes-Club genießt hohes Ansehen.«

Godalming bemerkte, dass eine winzige Lippenfalte zwischen seinen Zähnen stak, biss zu und schlürfte begierig einen Tropfen seines eigenen Blutes. Dergleichen wurde ihm allmählich zur Gewohnheit.

»Beauregard wandelt neuerdings auf geheimnisvollen Abwegen. Ich bin seiner Verlobten das eine oder andere Mal begegnet. Seine Nachlässigkeit hat ihr einige Ungelegenheiten bereitet.«

Ruthven lachte. »Stets der lockenköpfige Wüstling, was, Godalming?«

»Ganz und gar nicht«, log Godalming.

»Wie dem auch sei, behalten Sie Beauregard im Auge. Was man mir von ihm berichtet, geht über Belanglosigkeiten nicht hinaus; was wiederum den Schluss nahelegt, dass es sich bei ihm um ein glänzendes kleines Werkzeug handelt, das Admiral Messervy und seine Mannen um keinen Preis aus der Hand zu geben bereit sind.«

Er konnte sich beim besten Willen nicht vorstellen, dass Beauregard überhaupt wusste, wo sich Whitechapel befand. Andererseits war er in Indien gewesen. Godalming hatte von Penelope bisweilen wunderliche Andeutungen zu hören bekommen, Andeutungen, die sich nunmehr zu dem unscharfen Bild eines Mannes formten, der so ganz anders war als jener fade Geselle, den er von Florence Stokers *soirées noires* her kannte.

»Wie dem auch sei, wir erwarten Sir Charles Warren binnen einer halben Stunde. Ich werde ihm die Hölle heißmachen und ihn von der Wichtigkeit zu überzeugen versuchen, diese Affäre zu einem raschen und befriedigenden Ende zu bringen. Danach beabsichtige ich, Sie dem Commissioner aufzubürden.«

Insgeheim war Godalming voller Stolz. Indem er seinem Premierminister einen solchen Dienst erwies, vermochte sich ein kluger Neugeborener womöglich schnell voranzubringen.

»Godalming, hiermit erhalten Sie Gelegenheit, das Fragezeichen hinter Ihrem Namen endgültig auszulöschen. Bringen Sie uns Silver Knife, und es wird sein, als hätten Sie Abraham Van Helsing nie gekannt. Wenigen wird die Möglichkeit zuteil, ihre Vergangenheit über Bord zu werfen.«

»Ich danke Ihnen, Herr Premierminister.«

»Und vergessen Sie nicht, unsere Interessen sind einzig in ihrer Art. Wird der Mörder zur Rechenschaft gezogen, so soll uns das nur recht und billig sein. Worauf es in diesem Falle jedoch ankommt, hat mit dem leidigen Schicksal einiger ausgeweideter *demi-mondaines* nicht das Geringste zu schaffen. Wenn diese Sache vorüber ist, möchten wir den Mörder geächtet sehen und nicht verehrt.«

»Ich glaube, ich verstehe nicht ganz.«

»Dann werde ich es Ihnen erklären. Vor zehn Jahren ließ in Neu-Mexiko ein Neugeborener der Leidenschaft die Zügel schießen und begann kopflos zu morden. Ein Warmblüter namens Patrick Garrett bestückte seine Schrotflinte mit sechzehn Silberdollars und pfefferte das Herz des Neugeborenen mit messerscharfen Splittern. Bei dem Opfer handelte es sich um einen gewissen Henry Antrim, auch bekannt als William Bonney, einen blödsinnigen Blutsauger, der sich sein Schicksal unredlich verdient hatte. Bald darauf gerieten allerhand Geschichten in Umlauf, und Schundromane verbreiteten sich über seine Jugend und seine romantische Anziehung. Billy the Kid, so nennen sie ihn heute, Billy Blood. Die garstigen Morde und erbarmungswürdigen Verbrechen sind vergessen, und der amerikanische Westen hat seinen Vampirhalbgott, der wacker die Prärie durchreitet. In den Scharteken steht zu lesen, wie er liebliche Jungfrauen rettete, die ihm zur Belohnung bereitwillig ihre Dienste antrugen, wie er arme Bauern gegen reiche Viehbarone verteidigte, wie er nur zum Mörder wurde, um den Tod seines Fangvaters zu rächen. Nichts als Humbug, Godalming, nichts als schöne Lügen für die Presse. Billy Bonney war eine solch niedere Kreatur, dass er sogar sein eigenes Pferd zur Ader ließ, doch heutzutage ist er ein wahrer Held. Das wird in diesem Falle nicht geschehen. Wenn Silver Knife auf seinen Pfahl gehievt wird, will ich einen toten Irren und keine unausrottbare Legende.«

Godalming hatte verstanden.

»Warren und die anderen möchten Silver Knife allein auf dieses Jahr hinaus unschädlich machen. Ich hingegen wünsche ihn auf alle Zeit vernichtet.«

20

New Grub Street

Der September neigte sich dem Ende zu. Es war der Morgen des 28. Seit Lulu Schön, am 17. des Monats, hatte Silver Knife nicht mehr gemordet. Whitechapel war indes so sehr von Polizisten und Reportern übervölkert, dass der Schlächter von Scheu befallen sein mochte. Es sei denn, wie manche spekulierten, er war entweder Polizist oder Reporter.

Die Sonne stand am Himmel, und die Straßen waren wie leergefegt. Der Nebel hatte sich einstweilen gelichtet und gewährte ihm einen kalten, klaren Blick auf jenen Ort, der ihm zum zweiten Zuhause geworden war. Beauregard musste gestehen, dass er kaum einen Pfifferling dafür gegeben hätte, weder tags noch nachts. Wieder lag eine fruchtlose Schicht in Begleitung zum Groll gereizter Kriminalbeamter hinter ihm, und er war zum Umfallen müde. Wollte man Fachleuten Glauben schenken, so war die heiße Spur recht bald erkaltet. Womöglich war der Mörder seinem eigenen Wahn erlegen und hatte das Messer gegen sich selbst gerichtet. Oder er befand sich mit dem Dampfschiff auf dem Weg nach Amerika oder Australien. Nicht mehr lange, und die ganze Welt würde nachgerade wimmeln von Vampiren.

»Vielleicht hat er ja einfach *aufgehört*«, hatte Sergeant Thick zu bedenken gegeben. »So was kommt vor. Und nun lacht er sich jedes Mal ins Fäustchen, wenn er irgendwo einen Gendarm stehen sieht. Vielleicht hat ihm das Messer kein rechtes Vergnügen mehr bereitet, vielleicht will er sein Geheimnis ganz für sich bewahren.«

Das schien Beauregard wenig plausibel. Den Obduktionen nach zu urteilen, bereitete es Silver Knife durchaus Vergnügen, Vampirfrauen zu verstümmeln. Wenngleich er seine Opfer nicht nach herkömmlicher Manier geschändet hatte, so handelte es sich dennoch um Verbrechen eindeutig geschlechtlicher Natur. Dr. Phillips, der Polizeiarzt von Abteilung H, neigte insgeheim zu der Vermutung, dass der Mörder am Ort seines Verbrechens die Sünde Onans praktiziere. Im Zusammenhang mit diesem Fall gab es nur wenig, was einem schicklichen Charakter nicht ausgesprochen ekelhaft erschienen wäre.

»Mr. Beauregard.« Eine Frauenstimme riss ihn aus seinen Gedanken. »Charles?«

Eine junge Person mit schwarzem Hut und Rauchglasbrille schritt quer über die Straße zu ihm hin. Obgleich es nicht regnete, reckte sie einen schwarzen Schirm, um sich zu beschatten. Ein Windstoß erfasste ihn, er kippte zur Seite, und die Sonne fiel auf ihr Gesicht.

»Nanu, Miss Reed!«, rief Beauregard verwundert aus. »Kate?«
Das Mädchen lächelte geschmeichelt.

»Was führt Sie in diese abscheuliche Gegend?«

»Der Journalismus, Charles. Wissen Sie nicht mehr? Ich schreibe.«

»Aber natürlich. Ihr Aufsatz über die Folgen des Streiks der Zündholzverkäuferinnen in ›Aus dem Nähkästchen‹ war beispielhaft. Radikal, wohlgemerkt, doch von außerordentlicher Vollendung.«

»Dies ist wahrscheinlich das erste und einzige Mal, dass ich die Worte ›von außerordentlicher Vollendung‹ im Zusammenhang mit meiner Wenigkeit zu hören bekommen werde. Dennoch danke ich Ihnen für das Kompliment.«

»Sie unterschätzen sich, Miss Reed.«

»Mag sein«, entgegnete sie nachdenklich, ehe sie auf ihre eigentliche Angelegenheit zu sprechen kam. »Ich bin auf der Suche nach meinem Onkel Diarmid. Sind Sie ihm vielleicht begegnet?«

Soviel Beauregard wusste, war Kates Onkel einer der führenden Köpfe der Central News Agency. Bei der Polizei genoss er hohes Ansehen, da man ihn für einen der wenigen gewissenhaften Journalisten hielt, die das weite Feld des Verbrechens beackerten.

»In letzter Zeit nicht. Ist er hier? Einer Geschichte wegen?«

»*Der* Geschichte wegen. Silver Knife.«

Kate war unruhig und nervös; sie hielt eine männlich anmutende Dokumentenmappe umklammert, deren Wert dem eines Totems gleichzukommen schien. Ihr Schirm war so groß, dass sie ihn kaum zu bändigen vermochte.

»Sie sehen so verändert aus, Miss Reed. Haben Sie etwas mit Ihrem Haar angestellt?«

»Nein, Mr. Beauregard.«

»Merkwürdig. Ich hätte schwören können …«

»Vielleicht haben wir uns seit meiner Verwandlung nicht gesehen.«

Schlagartig wurde ihm bewusst, dass sie ein *nosferatu* war. »Ich bitte um Vergebung.«

Sie zuckte mit den Achseln. »Keine Ursache. Viele meiner Freundinnen haben sich verwandelt, müssen Sie wissen. Mein – wie sagt man doch gleich? – Fangvater hat zahlreiche Nachkommen. Mr. Frank Harris, der Redakteur.«

»Ich habe von ihm gehört. Er ist ein Freund Florence Stokers, nicht wahr?«

»Das war einmal, wenn mich nicht alles täuscht.«

Ihr Gönner – ein Mann, der dafür berühmt war, mit denselben Menschen, die er zunächst vor aller Welt verteidigte, kurz darauf zu brechen – genoss einen Ruf als berüchtigter Schwerenöter. Kate war eine unbefangene junge Frau; Beauregard begriff sogleich, was Mr. Frank Harris, der Redakteur, an ihr so anziehend finden mochte.

Sie musste einen wichtigen Auftrag zu erfüllen haben, wenn sie sich schon bald nach ihrer Verwandlung bei Tage aus dem Hause wagte.

»Nicht weit von hier ist ein Café, in dem sich die Reporter treffen. Es ist womöglich nicht das angemessenste Lokal für eine junge Dame ohne Begleitung, aber …«

»Dann, Mr. Beauregard, müssen Sie mich begleiten, ich habe nämlich etwas bei mir, das ich Onkel Diarmid sofort übergeben muss. Ich hoffe, Sie halten mich nicht für vorlaut oder vermessen. Ich würde Sie nicht darum bitten, wenn es nicht so dringend wäre.«

Kate Reed war immer schon blass und dünn gewesen. Die Verwandlung hatte ihr einen gesünderen Teint verliehen. Beauregard spürte ihre Willensstärke und war nicht im mindesten geneigt, sich ihr zu widersetzen.

»Sehr wohl, Miss Reed. Hier entlang …«

»Nennen Sie mich Kate, Charles.«

»Aber gern, Kate.«

»Wie geht es Penny? Ich habe sie nicht mehr gesehen, seit …«

»Ich leider auch nicht. Sie ist vermutlich nicht sehr gut auf mich zu sprechen.«

»Das wäre nicht das erste Mal.«

Beauregard runzelte die Stirn.

»Oh bitte verzeihen Sie, Charles. Das wollte ich nicht sagen. Ich bin zuweilen ein schrecklicher Tölpel.«

Das entlockte ihm ein Lächeln.

»Hier«, sagte er.

Das *Café de Paris* befand sich in der Commercial Street, unweit der Polizeiwache. Einst hatte man hier Markthelfern und Constables Aalpasteten und riesige Kannen Tee aufgetragen, nun war es voller Männer mit gezwirbelten Schnurrbärten und karierten Anzügen, die um Schlag- und Verfasserzeilen stritten. Das Lokal war bei der Presse indes nur deshalb so beliebt, weil der Wirt eine jener neuartigen Telefonapparaturen hatte installieren lassen. Diese gestattete es den Reportern, um die Kleinigkeit von einem Penny mit ihrer Schriftleitung zu konferieren, ja sogar ganze Artikel per Draht zu übermitteln.

»Willkommen in der Zukunft«, sagte Beauregard und hielt Kate die Türe auf.

Sie sah, was er meinte. »O wie wunderbar.«

Ein zorniger kleiner Amerikaner im zerknitterten weißen Anzug und mit einem Strohhut, der noch aus dem vorigen Jahrhundert stammen mochte, hielt Hörer und Sprechmuschel des Gerätes in Händen und brüllte auf einen unsichtbaren Redakteur ein.

»Aber wenn ich's Ihnen doch sage«, schrie er laut genug, jenes Wunder der modernen Technik überflüssig zu machen, »ich habe ein Dutzend Zeugen, die Stein und Bein schwören, dass Silver Knife ein Werwolf ist.«

Der Mann am anderen Ende brüllte zurück, sodass der aufgebrachte Reporter Atem schöpfen konnte. »Anthony«, schallte es aus dem Hörer, »das ist doch keine *Nachricht*. Wir arbeiten für ein *Nachrichten*blatt, wir sollen *Nachrichten* bringen!«

Der Reporter rang mit der Apparatur, beendete das Gespräch und reichte sie an einen verschreckten Neugeborenen weiter, der die Schlange der Wartenden anführte.

»Jetzt sind Sie an der Reihe, LeQueux«, sagte der Amerikaner. »Vielleicht haben Sie mehr Glück mit Ihrer läppischen Theorie vom dampfgetriebenen Automaten.«

LeQueux, dessen Artikel Beauregard im *Globe* gelesen hatte, drehte die Kurbel des Telefons und sprach flüsternd mit dem Fräulein vom Amt.

In einer Ecke spielten ein paar zwielichtige Burschen Murmeln, während Diarmid Reed am offenen Feuer Hof hielt. Er sog an einer Pfeife und gab einem kleinen Kreis schwer arbeitender Grub-Street-Skribenten einige Weisheiten mit auf den Weg.

»Freunde, eine Geschichte ist wie eine Frau«, sagte er. »Man kann ihr nachstellen und ihrer habhaft werden, aber zum Bleiben zwingen kann man sie nicht. So manches Mal geht man auf ein Heringsfrühstück ins Speisezimmer hinunter, und sie hat sich aus dem Staub gemacht.«

Beauregard hustete, um Reeds Aufmerksamkeit auf sich zu lenken, aus Furcht, dass dieser sich vor seiner Nichte in Verlegenheit bringen könnte. Reed blickte auf und grinste.

»Katie«, sagte er ohne den geringsten Anflug von Bedauern angesichts seiner unschicklichen Metapher. »Setz dich her und trink ein Tässchen Tee mit mir. Und Beauregard, nicht wahr? Wo haben Sie meine nachtschwärmerische Nichte nur gefunden? Doch wohl hoffentlich in keinem der Bordelle dieser Gegend. Ihre arme

Mutter meinte immer schon, sie werde unsere Familie noch einmal ins Verderben stürzen.«

»Onkel, es ist wichtig.«

Er bedachte sie mit einem liebevollen, wenngleich zweifelnden Blick. »Ebenso wichtig wie deine Geschichte über das Frauenwahlrecht?«

»Onkel, selbst wenn du mit meinen Ansichten in dieser Frage nicht übereinstimmst, wirst du doch zugestehen müssen, dass es sehr wohl eine Nachricht ist, wenn Massen von Menschen, unter ihnen die größten und klügsten im Lande, für ebendiese Ansichten auf die Straße gehen. Insbesondere wenn der Premierminister sich ihrer nicht anders zu erwehren weiß als durch den Einsatz seiner Karpater.«

»Lass hören, Mädchen«, sagte der Mann mit dem Strohhut.

Kate reichte Beauregard den Schirm und öffnete die Schnalle ihrer Dokumentenmappe. Sie legte ein Papier auf den mit Teetassen und Aschbechern übersäten Tisch.

»Das ist gestern angekommen. Wohlgemerkt, du selbst hast mich dazu verdonnert, die Post zu öffnen.«

Reed studierte das Papier eingehend. Es war mit einer spinnenartigen roten Handschrift bedeckt.

»Hast du das schnurstracks zu mir gebracht?«

»Ich habe dich die ganze Nacht gesucht.«

»Braver kleiner Vampir«, sagte ein Neugeborener mit gestreiftem Hemd und gewichsten Schnurrbartspitzen.

»Halten Sie die Klappe, D'Onston«, sagte Reed. »Meine Nichte trinkt nicht Blut, sondern Druckerschwärze. Sie hat Nachrichten in den Adern, wo bei Ihnen warmes Wasser fließt.«

»Gibt's was Neues?«, unterbrach LeQueux sein Telefongespräch.

Reed ließ die Frage unbeantwortet. Er suchte in seinem Rock nach einem Penny und zitierte einen der Buben zu sich.

»Ned, geh zur Polizeiwache und suche jemanden über dem Rang eines Sergeants. Du weißt schon.«

Das scharfsichtige Kind setzte eine Miene auf, als sei es bestens im Bilde, was die unendliche Vielfalt und die Gewohnheiten von Polizisten anbetraf.

»Sag ihm, die Central News Agency habe einen Brief erhalten, der *anscheinend* von Silver Knife persönlich stammt. Halte dich genau an meine Worte.«

»Anschneidend?«

»*Anscheinend.*«

Der barfüßige Merkur fischte den aufschnellenden Penny aus der Luft und jagte davon.

»Ich sage euch«, begann Reed, »Knaben wie Ned gehört die Welt von morgen. Das zwanzigste Jahrhundert wird unsere wildesten Fantasien noch übersteigen.«

Niemand wollte jetzt Gesellschaftstheorien lauschen. Alle wollten nur den Brief sehen.

»Vorsicht«, mahnte Beauregard. »Ich vermute, dies ist ein Beweisstück.«

»Gut gebrüllt, Löwe. Also, zurück mit euch, Jungens, macht mir ein wenig Platz.«

Reed hielt den Brief mit spitzen Fingern und las ihn ein zweites Mal.

»Eines ist sicher«, sagte er, als er geendet hatte. »Mit Silver Knife ist es vorbei.«

»Was?«, rief LeQueux.

»*Es wird wohl recht sein, wenn ich Ihnen meinen Künstlernamen nenne*«, heißt es im Postskriptum.«

»Künstlername?«, fragte D'Onston.

»*Jack the Ripper*. Die Unterschrift lautet: ›*Ganz der Ihrige, Jack the Ripper*‹.«

D'Onston sagte den Namen halblaut vor sich hin, ließ ihn sich auf der Zunge zergehen. Andere fielen in den Chor mit ein. The Ripper, Jack the Ripper. Jack. The Ripper. Ein Schauer erfasste Beauregard.

Kate war's zufrieden und blickte bescheiden auf ihre Stiefelspitzen.

»Beauregard, hätten Sie wohl die Güte?«

Reed reichte ihm den Brief, was den konkurrierenden Zeitungsschreibern ein neidisches Brummen entlockte.

»Lesen Sie vor«, meinte der Amerikaner. In einem kleinen Anfall von Selbstgewissheit bemühte sich Beauregard, den Brief regelrecht vorzutragen.

»›*Werter Meister*‹«, begann er. »Die Handschrift ist flüchtig und spitz, deutet jedoch auf einen gebildeten Menschen hin, der das Schreiben gewohnt ist.«

»Schluss mit dem Redakteursgeplänkel«, meinte LeQueux, »geradeheraus damit.«

»›*Ich höre dauernd, die Polypen haben mich geschnappt, aber so leicht mach ichs*‹ – ohne Apostroph – ›*so leicht mach ichs denen nicht. Ich hab gelacht, wie sie so gescheite Mienen aufsetzen und erzählen, sie wären auf der rechten Spur* ...‹«

»Kluger Junge«, sagte D'Onston. »Da rückt er Lestrade und Abberline aber gehörig den Kopf zurecht.«

Alle gemahnten den Störenfried zur Ruhe.

»›*Der Witz von wegen Silver Knife hat mir einen wahrhaften Lachkrampf eingetragen. Ich geh auf Blutsauger los und werd so lang welche aufschlitzen, bis ich ins Kittchen wandere. Die Letzte ist mir wirklich prächtig geraten. Ich hab der Dame nicht mal Zeit zum Schreien gelassen. Wie könnten sie mich da schnappen. Ich tu meine Arbeit gern und will wieder damit anfangen. Sie werden bald mehr von mir und meinen drolligen Spielchen hören.*‹«

»Entarteter Abschaum«, platzte D'Onston heraus. Beauregard konnte nicht anders, als ihm beizupflichten.

»*Beim letzten Mal hab ich was von dem echten roten Zeug in einer Ingwerbierflasche aufgefangen, um damit zu schreiben, aber es wurde dick wie Leim und ich kanns nicht benutzen. Rote Tinte tuts hoffentlich auch. Haha. Beim nächsten Mal werd ich der Dame die Ohren abschneiden und sie den Polypen schicken, nur so aus Jux und Dollerei ...*‹«

»Nur so aus Jux und Dollerei? Soll das ein Witz sein?«

»Unser Mann ist ein Komiker«, sagte LeQueux. »Ein zweiter Grimaldi.«

»›*Halten Sie diesen Brief zurück, bis ich wieder an die Arbeit gehe, dann geben Sie ihn schnell heraus.*‹«

»Klingt ganz nach meinem Redakteur«, meinte der Amerikaner.

»›*Mein Messer ist so hübsch scharf und silbrig, dass ich gleich wieder an die Arbeit gehen will, wenn sich eine Gelegenheit bietet. Viel Glück.*‹ Und, wie Reed schon sagte: ›*Ganz der Ihrige, Jack the Ripper. Es wird wohl recht sein, wenn ich Ihnen meinen Künstlernamen nenne.*‹ Sowie ein zweites Postskriptum. ›*Ich konnte den Brief nicht eher zur Post geben, weil ich mir erst die ganze rote Tinte von den Händen waschen musste, zum Teufel damit. Bisher kein Glück. Jetzt heißt es plötzlich, ich wär Arzt, haha.*‹«

»Haha«, sagte ein zorniger alter Mann vom *Star*. »Von wegen haha. Dem gäbe ich ordentlich Haha, wenn er hier wäre.«

»Woher wissen wir eigentlich, dass er keiner von uns ist?«, fragte D'Onston augenrollend und wischte sich den Schnurrbart wie ein Schurke im Melodram.

Ned kehrte mit Lestrade und zwei Constables zurück, die schnauften, als sei statt einer bloßen Mitteilung der Mörder höchstpersönlich im *Café de Paris* eingetroffen.

Beauregard reichte dem Inspektor den Brief. Während er las und sich seine Lippen stumm bewegten, debattierten die Journalisten aufgeregt.

»Nichts weiter als ein schlechter Scherz«, meinte jemand. »Irgendein Possenreißer, der uns einen Streich zu spielen versucht.«

»Ich glaube, er ist echt«, hielt Kate dagegen. »Es ist etwas Schauriges daran, das mir authentisch zu sein scheint. All diese scheinheiligen Scherze. Er trieft nachgerade vor perverser Freude. Als ich ihn öffnete, ja noch bevor ich ihn gelesen hatte, verspürte ich ein dunkles Gefühl von Bosheit, Einsamkeit, ja Zielbewusstheit.«

»Wie dem auch sei«, sagte der Amerikaner. »Es ist eine Nachricht. Und niemand wird uns daran hindern können, sie zu drucken.«

Lestrade hob die Hand, als wolle er etwas einwenden, ließ sie jedoch wieder sinken, noch ehe er den Mund aufgetan hatte.

»Jack the Ripper, ha«, stieß Reed hervor. »Wir hätten es selbst nicht besser treffen können. Das alte Silver-Knife-Alias war ihm offenbar nicht gut genug. Endlich haben wir einen anständigen Namen für den Kerl.«

21

In memoriam

29. SEPTEMBER

Heute begab ich mich auf den Friedhof von Kingstead, um wie in jedem Jahr ein Blumengebinde niederzulegen. Lilien, was sonst? Seit Lucys Vernichtung sind auf den Tag genau drei Jahre vergangen. Das Grab trägt das Datum ihres ersten Todes, und ich allein – so glaubte ich wenigstens – entsinne mich des Tages, an dem Van Helsing seinen Kreuzzug antrat. Es steht schwerlich zu erwarten, dass der Prinzgemahl ihn zu einem staatlichen Feiertag ausrufen wird.

Als ich vor kaum drei Jahren aus den Wäldern kam, fand ich das Land verwandelt vor. Auf Monate hinaus, in deren Verlauf der Graf in seine gegenwärtige Position aufstieg, rechnete ich in jedem Augenblick damit, niedergestreckt zu werden. Zweifellos würde der Eindringling, der sich so sehr an der öffentlichen Hinrichtung Van Helsings hatte ergötzen können, nun auch seine Klaue nach mir ausstrecken und mich zerschmettern. Am Ende, als meine Furcht nur mehr ein dumpfes Pochen war, hatte ich mich, wie ich annahm, in den wimmelnden Massen verloren, die unseren neuen Herrn und Meister so sehr faszinierten. Vielleicht hatte er – in seiner teuflischen Grausamkeit, für die er ja berühmt ist – aber auch beschieden, dass es eine angemessenere Strafe sei, mir mein Leben zu lassen. Schließlich bin ich dem Prinzgemahl keine allzu große Bedrohung. Seit damals scheint mir das Leben wie ein Traum, ein Nachtschatten dessen, was eigentlich hätte sein sollen …

Noch immer träume ich von Lucy, träume viel zu oft von ihr. Von ihren Lippen, ihrer blassen Haut, ihrem Haar, ihren Augen. Häufig schon haben meine Träume von Lucy mir nächtliche Ergüsse eingetragen. Feuchte Lippen und feuchte Träume …

Ich habe mir Whitechapel für meine Arbeit ausgesucht, weil es der schäbigste Bezirk der Stadt ist. Von jenem falschen Schein, der nach Meinung vieler Draculas Herrschaft erst erträglich macht, ist hier nichts zu sehen. Wo Vampirschlampen an jeder Ecke um Blut betteln und die Straßen mit berauschten oder toten Männern übersät sind, zeigt sich die wahre, wurmzerfressene Visage all dessen, was er angerichtet hat. Zwar fällt es mir schwer, inmitten so vieler Blutsauger nicht die Beherrschung zu verlieren, doch ist mein Wille ungebrochen. Früher einmal war ich Arzt, Spezialist für die Verwirrungen des Geistes. Nun bin ich Vampirmörder. Meine Aufgabe ist es, das korrupte Herz der Stadt herauszuschneiden.

Das Morphium macht sich bemerkbar. Der Schmerz lässt nach, und meine Sehkraft wächst. Heute Nacht werde ich den Dunst mit scharfem Blick durchdringen. Ich werde den Vorhang zerfetzen und mich der Wahrheit stellen.

Der Nebel, der London im Herbst wie ein Leichentuch umhüllt, wird immer dichter. Wie ich höre, ist allerlei Ungeziefer – Ratten, wilde Hunde, Katzen – prächtig am Gedeihen. In einigen Vierteln sind selbst mittelalterliche Krankheiten wieder aufgekeimt. Ganz so, als sei der Prinzgemahl eine brodelnde Kloake, aus der sich immerzu Abschaum ergießt, als beobachte er mit wölfischem Grinsen, wie sein Reich von Siechtum überquillt. Der Nebel hilft, die Grenzen zwischen Tag und Nacht zu verwischen. In Whitechapel ist an vielen Tagen in der Tat kein Sonnenstrahl zu sehen. Wie oft schon haben wir mit ansehen müssen, wie ein Neugeborener bei Tage dem Wahnsinn verfiel, weil ihm das trübe Licht das Hirn versengte?

Heute war der Himmel erstaunlich klar. Ich verbrachte den Morgen damit, schwere Sonnenbrände zu behandeln. Geneviève nimmt sich der schlimmsten Fälle an, erklärt ihnen, dass es gemeinhin Jahre braucht, Widerstandskraft gegen das Sonnenlicht zu entwickeln. Es ist nicht leicht, Geneviève als das zu betrachten, was sie tatsächlich ist; doch bisweilen, wenn der Zorn in ihren Augen funkelt oder ihre Lippen unwissentlich spitze Zähne entblößen, geht der Schein der Menschlichkeit dahin.

Der Rest der Stadt mag ruhiger sein, ist jedoch kein bisschen besser. Ich kehrte auf eine Portion Schweinefleischpastete und einen Krug Bier im *Spaniards* ein. Hoch über der Stadt, mit Blick hinunter auf das nebelverhangene Londoner Becken, aus dem die eine oder andere Giebelspitze hervorragte, hoffte ich mir einbilden zu können, es sei alles wie zuvor. Wider die Kälte mit Schal und Handschuhen gewappnet, saß ich im Freien, nippte an meinem Ale und dachte an dieses und jenes. In der Düsterkeit des

Nachmittags paradierten vornehme Neugeborene mit rot glühenden Augen und blasser Haut über Hampstead Heath dahin. Es schickt sich unterdessen sehr, der Mode zu folgen, wie die Königin sie vorgibt, und der Vampirismus ist – nach einigen Jahren der Ächtung – auch in der besseren Gesellschaft höchst willkommen. Hübsch herausgeputzte Mädchen mit Hüten strömen, die elfenbeinernen Zahndolche hinter japanischen Fächern verborgen, an schattigen Nachmittagen zur Heath hinaus, die schwarzen Sonnenschirme hoch über den Kopf erhoben. Lucy wäre wohl eine von ihnen, hätten wir sie nicht vernichtet. Ich sah sie schwatzen wie aufgescheuchte Ratten, Kinder abküssen mit kaum verhohlenem Durst. Es ist wahrhaftig kein Unterschied zwischen ihnen und den blutsaugerischen Dirnen von Whitechapel.

Ich ließ meinen halbvollen Trinkkrug stehen und legte den Rest des Wegs nach Kingstead zu Fuß zurück, hielt den Kopf gesenkt und die Hände tief in den Manteltaschen vergraben. Das Tor stand offen, unbewacht. Seit das Sterben aus der Mode geraten ist, liegen die Kirchhöfe brach. Auch die Kirchen werden achtungslos behandelt, wenngleich es bei Hofe folgsame Erzbischöfe gibt, die verzweifelt bestrebt sind, Anglikanismus und Vampirismus in Einklang zu bringen. Zu Lebzeiten mordete der Prinzgemahl zur Verteidigung des Glaubens. Er wähnt sich auch jetzt noch einen Christenmenschen. Die königliche Hochzeit im vergangenen Jahr war eine pomphafte Schaustellung der Hochkirche, die Pusey und Keble gewiss in Entzücken versetzt hätte.

Als ich den Friedhof betrat, konnte ich mich der Erinnerung nicht erwehren, die so klar und schmerzvoll in mir aufstieg, als wäre es vergangene Woche erst geschehen. Ich redete mir ein, dass wir ein *Ding* vernichtet hatten, nicht das Mädchen, das ich liebte. Als ich ihr den Hals durchtrennte, fand ich meine Berufung. Meine Hand tat verteufelt weh. Ich habe versucht, meinen Gebrauch des Morphiums einzuschränken. Zwar weiß ich, dass ich mich in ordentliche Behandlung begeben sollte, doch bin ich der festen Überzeugung, dass ich die Schmerzen brauche. Ihnen verdanke ich meine Entschlossenheit.

Während die ersten Veränderungen vor sich gingen, begannen die Neugeborenen die Gräber von verstorbenen Verwandten zu öffnen, in der Hoffnung, sie mit Hilfe der Osmose ins Vampirleben zurückzuholen. Ich musste auf meine Schritte achten, den schlundartigen Löchern zu entgehen, die ihre fruchtlosen Bemühungen hinterlassen hatten. Hier heroben war der Nebel lichter, wie ein Schleier aus Musselin.

Es bereitete mir keinen geringen Schreck, vor der Gruft der Westenras eine Gestalt zu erblicken. Eine schlanke junge Frau im mit falschem Pelz besetzten Mantel und einem Strohhut mit einem roten Band, der auf ihrem festgesteckten Haar thronte. Als sie mich kommen hörte, wandte sie sich um. Ich erhaschte einen Blick aus ihren rot glühenden Augen. Im Gegenlicht besehen, hätte sie die dem Grab entstiegene Lucy sein können. Mein Herz machte einen Satz.

»Sir?«, sagte sie, erschrocken über mein Erscheinen. »Wer mag das sein?«

Die Stimme gehörte einer Irländerin, sie klang ungebildet, unbeschwert. Es war nicht Lucy. Ohne den Hut zu lüften, nickte ich ihr zu. Die Neugeborene hatte etwas Vertrautes an sich.

»Nanu«, sagte sie, »wenn das nicht Dr. Seward von der Hall ist.«

Ein später Sonnenstrahl spießte den Nebel, und die Vampirfrau wich zurück. Ich erkannte ihr Gesicht.

»Kelly, nicht wahr?«

»Marie Jeanette, Sir«, sagte sie. Allmählich gewann sie ihre Fassung wieder, und es gelang ihr, erst geziert, dann zögerlich zu lächeln, sich in meine Gunst zu setzen. »Wollen Sie den Toten die Ehre erweisen?«

Ich nickte und legte mein Blumengebinde nieder. Sie hatte das ihre an der Türe zur Gruft dargebracht, ein billiges Bouquet, das sich neben meiner kostspieligen Achtungserweisung winzig ausnahm.

»Kannten Sie das junge Fräulein?«

»Ja.«

»Sie war schön«, sagte die Kelly. »Bildschön.«

Ich konnte mir beim besten Willen keinen Begriff davon machen, in welcher Verbindung diese grobknochige Nutte zu meiner Lucy gestanden haben mochte. Sie war frischer als die anderen und doch nichts weiter als eine gemeine Hure. Wie die Nichols, die Chapman und die Schön ...

»Sie hat mich verwandelt«, erklärte die Kelly. »Sie hat mich eines Nachts, wie ich vom Besuch bei einem Herrn nach Hause ging, auf der Heath angetroffen und in ein neues Leben entlassen.«

Ich sah mir die Kelly etwas genauer an. Wenn sie tatsächlich Lucys Spross war, bestätigte sie eine Theorie, von der ich gehört hatte: dass die Nachkommen von Vampiren ihren Fangeltern mit der Zeit immer ähnlicher sehen. Ihr kleiner roter Mund und ihre kleinen weißen Zähne hatten durchaus etwas von Lucys Zartheit an sich.

»Sie hat mich verwandelt, wie der Prinzgemahl auch sie verwandelt hat. Ich gehöre also beinahe zur königlichen Familie. Die Königin ist meine Fangtante.«

Sie kicherte. Die Hand in meiner Tasche war wie in Feuer getaucht, eine geballte Faust, durchdrungen von geballtem Schmerz. Die Kelly kam mir nun so nahe, dass ich trotz ihres Parfüms die Fäulnis ihres Atems riechen konnte, und sie strich über meinen Mantelkragen.

»Das ist ein guter Stoff, Sir.«

Geschwind wie eine Schlange küsste sie meinen Hals, und mir

stockte das Herz. Auch jetzt noch finde ich keinerlei Erklärung oder Entschuldigung für die Gefühle, die mich dabei überkamen.

»Wenn ich Sie nur verwandeln dürfte, warmblütiger Herr, gehörten auch Sie zur königlichen Familie.«

Ich stand stocksteif, wie sie sich an mir rieb, ihre Hüfte an mich drückte, die Hände über meine Schultern, meinen Rücken gleiten ließ.

Ich schüttelte den Kopf.

»Ihr Pech, Sir.«

Sie trat zurück. In meinen Schläfen hämmerte das Blut, und mein Herz raste wie der Gewinner des Wessex Cup. Die Gegenwart dieser Kreatur verursachte mir Übelkeit. Hätte das Skalpell in meiner Tasche gesteckt, so hätte ich ihr gewiss das Herz aus der Brust gerissen. Doch andere Gefühle bemächtigten sich meiner. Sie sah so sehr wie jene Lucy aus, die mich in meinen Träumen heimsucht. Ich wollte etwas sagen, brachte aber nur ein Krächzen heraus. Die Kelly verstand. Sie hatte offenbar Erfahrung. Der Blutsauger wandte sich lächelnd um und schlich abermals an meine Seite.

»Darf es vielleicht was anderes sein, Sir?«

Auf mein Nicken begann sie, mir die Kleider zu lösen. Sie zog meine Hand aus der Tasche und bedauerte mich wegen meiner Wunde. Voller Zartgefühl kratzte sie den Schorf herunter und leckte mit wollüstigem Schaudern. Zitternd blickte ich mich um.

»Hier wird uns schon niemand stören, Doktor, Sir …«

»Jack«, stieß ich hervor.

»Jack«, sagte sie, vom Klang des Wortes angetan. »Ein schöner Name.«

Sie raffte ihre Röcke bis über die Strümpfe hoch, band sie um ihre Taille, sank auf die Erde nieder und brachte sich in Stellung, mich zu empfangen. Sie sah aus wie Lucy. Genau wie Lucy. Ich blickte eine kleine Ewigkeit auf sie hinab und hörte Lucys Stimme rufen. Das Herz wollte mir vor Schmerz zerspringen. Schließlich hielt ich es nicht mehr aus, stürzte mich auf die Dirne, öffnete meine Kleider und spießte sie regelrecht auf. In der Flur vor Lucys Grab begattete ich die Kreatur, das Gesicht mit Tränen überströmt, ein gräuliches Brennen im Leib. Ihr Fleisch war kalt und weiß. Sie drängte mich, mich zu verströmen, half mir beinahe wie eine säugende Mutter ihrem Kind. Nachher nahm sie mich nass in ihren Mund und ließ mich – mit exquisiter, peinigender Vorsicht – ein wenig zur Ader. Es war sonderbarer noch als Morphium, eine Ahnung von bunt schillerndem Tod. In Sekundenschnelle war es vorüber, doch schien der Akt der Vereinigung mit dem Vampir sich im Gedächtnis über Stunden hinzuziehen. Fast regte sich in mir der Wunsch, mit meinem Samen möge auch das Leben aus mir weichen.

Während ich meine Kleider zuknöpfte, wandte sie den Blick beinahe bescheiden ab. Ich spürte die Macht, die sie nun über mich besaß, die Macht der Bezauberung, die sich ein Vampir über sein Opfer verschafft. Ich bot ihr Geld, doch mein Blut war ihr genug. Sie sah mich zärtlich, mitleidsvoll beinahe an, ehe sie mich verließ. Ach, hätte ich doch das Skalpell bei mir gehabt.

Ehe ich daranging, diesen Eintrag vorzunehmen, besprach ich mich mit Geneviève und Druitt. Sie müssen die Nachtschicht übernehmen. Wir sind zu einem Privatlazarett geworden, und ich will, dass Geneviève – die eine bessere Ärztin ist, als ich sie mir jemals wünschen könnte, obgleich ihr zur Ausübung der Arzneikunst eigentlich die Befugnis fehlt – hier ist, wenn ich fort bin. Insbesondere die kleine Lily Mylett hat es ihr angetan. Ich fürchte, Lily wird das Wochenende nicht überstehen.

Die Fahrt zurück nach Kingstead ist nur mehr eine nebelhafte Erinnerung. Ich saß in einem Omnibus und schaukelte im Rhythmus des Fuhrwerks, während mir immer wieder alles vor den Augen verschwamm. In Korea beredete mich Quincey in Experimentierlaune, eine Opiumpfeife zu versuchen. Es war eine ähnliche, doch weitaus sinnlichere Empfindung. Eine jede Weibsperson, die ich erblickte, vom hüpfenden goldhaarigen Kind bis hin zur altersgrauen Krankenwärterin, begehrte ich auf vage, unbestimmte Weise. Zwar war ich gewiss zu erschöpft, meinem Begehren nachzugeben, dennoch quälte es mich, als krabbelten winzige, fressgierige Ameisen über meine Haut.

Nun bin ich zitterig, nervös. Das Morphium hat mir viel zu wenig Erleichterung verschafft. Seit der letzten Entbindung ist schon zu viel Zeit verstrichen. In Whitechapel ist es gefährlicher geworden. Allerorten kreuchen sie umher, wähnen Silver Knife in jedem Winkel. Mein Skalpell liegt auf dem Schreibtisch, schimmerndes Silber. Blank wie ein Spiegel. Man sagt, ich sei verrückt. Man begreift nicht, was meine Absicht ist.

Wie ich von Kingstead zurückkehrte, konnte ich in meinem Taumel nicht umhin, mir etwas einzugestehen. Wenn ich von Lucy träume, dann nicht von jenem warmblütigen Mädchen, das ich liebte. Wenn ich von Lucy träume, dann träume ich von Lucy, dem Vampir.

Es geht auf Mitternacht zu. Ich muss hinaus.

22

Leb wohl, kleiner Vogel mein

Der Direktor hatte ihr die Nachtschicht übertragen, was Druitt in finstere Laune versetzte. Als Geneviève an Lilys Bett zu wachen wünschte, begann Druitt zu murren und gab ihr unverhohlen zu verstehen, wenn sie sich mit diesem Fall befassen wolle, solle sie doch ihm die Oberaufsicht anvertrauen. In dem kleinen Raum im Erdgeschoss, wo sich die Schlafstatt des Kindes befand, erteilte Geneviève ihm Anweisungen. Druitt stand bequem und tat gerade so, als höre er nicht, wie Lilys Lunge schnarrte. Mit jedem Atemzug ertönte ein langgezogenes, qualvolles Röcheln. Schwester Amworth, die frisch angeworbene Krankenwärterin, umschwirrte die Patientin und brachte ihre Decken in Ordnung.

»Ich wünsche, dass entweder Sie oder Morrison sich ständig im Foyer aufhalten«, erklärte sie ihm. »In den vergangenen Nächten wurden wir von einer wahren Menschenflut überrollt, und ich will niemanden im Hause haben, der hier nichts zu schaffen hat.«

Druitt legte die Stirn in Falten. »Sie verblüffen mich. Wir sind doch wohl für alle ...«

»Selbstverständlich, Mr. Druitt. Dennoch sind immer einige darunter, die nichts weiter im Sinn haben, als uns zu schröpfen. Wir besitzen Arzneien, andere Dinge von Wert. Man hört immer wieder von Diebstählen. Und im Falle, dass ein hochgewachsener chinesischer Gentleman vorstellig wird, würde ich mich freuen, wenn Sie ihm den Zutritt verwehren könnten.«

Er begriff nicht; sie hoffte, man musste es ihm nicht begreiflich machen. Sie konnte sich eigentlich nicht recht vorstellen, dass der Mann die hüpfende Kreatur zu bändigen vermochte, wenn diese sich abermals auf ihre Fährte setzte. Der Älteste war nur ein weiteres sie bedrängendes Problem, das unbedingt der Lösung harrte.

»Sehr wohl«, sagte Druitt und ging. Sie bemerkte, dass sein einziger guter Rock entlang des Saumes ausfranste und an den Ellbogen beinahe durchgescheuert war. In diesen Kreisen kam gute Kleidung einer Rüstung gleich. Sie bewahrte den Ehrenmann vor einem Absturz in ungeahnte Tiefen. Montague John Druitt hatte mit den Abgründen des Lebens vermutlich mehr als nur flüchtige Bekanntschaft geschlossen. Zwar benahm er sich gegenüber Geneviève stets höflich, doch etwas hinter seiner Zurückhaltung machte ihr Angst. Er war Schullehrer gewesen und hatte dann halbherzig ins Fach des Sachwalters gewechselt, ehe er nach Toynbee Hall gekommen war. In keiner seiner selbst gewählten Professionen hatte er es zu höheren Weihen gebracht. Sein besonderes Interesse galt der Erhebung öffentlicher Subskriptionen zur Gründung des ersten Kricketclubs von Whitechapel. Er wollte eine Mannschaft bilden, indem er talentierte Spieler von der Straße aufsammelte und ihnen die Regeln und Finten jenes Sports beibrachte, dem er, wie so viele seiner Landsleute, mit fast religiöser Verehrung begegnete.

Lily begann eine rotschwarze Masse auszuhusten. Die neue Wärterin – ein Vampir mit einiger Erfahrung – wischte dem Kind über den Mund und drückte auf seine Brust.

»Mrs. Amworth? Was ist das?«

Die Wärterin schüttelte den Kopf. »Das kommt von ihrem Blut, Ma'm«, sagte sie. »Da können wir nicht viel machen.«

Lily lag im Sterben. Eine der warmblütigen Wärterinnen hatte ihr ein wenig Blut gespendet, doch es half alles nichts. Das Tier, zu dem sie hatte werden wollen, nahm von ihr Besitz, und dieses Tier war tot. Lebendes Gewebe verwandelte sich Zoll für Zoll in ledriges, lebloses Fleisch.

»Es braucht eine Menge geistiges Geschick«, sagte die Amworth, »um die Gestalt zu wandeln. Wenn man sich in etwas verwandeln will, muss man sich dieses Etwas in allen Einzelheiten *vorstellen* können. Es ist wie mit einer Zeichnung: Jede Kleinigkeit muss stimmen. Die Anlagen hat sie im Blut, aber den Kniff zu meistern ist nicht leicht.«

Geneviève war froh, dass diejenigen, die von Chandagnacs Geblüt waren, ihre Gestalt nicht wandeln konnten. Die Amworth strich Lilys Flügel glatt, als sei er eine Decke. Geneviève betrachtete den unförmigen Auswuchs wie die Pastellzeichnung eines Kindes; er war verkrümmt, wollte nicht recht zusammenpassen. Lily schrie, in ihrem Innern wüteten brennende Schmerzen. Sie war blindlings auf die Straße hinausgelaufen, und die Sonne hatte der Neugeborenen die Augen ausgebrannt. Der tote Flügel sog das Mark aus ihren Schenkelknochen, die, von Muskelfleisch umhüllt, knirschend zerbröckelten. Die Amworth hatte ihr Schienen angelegt, doch auch dies vermochte ihren Tod allenfalls hinauszuzögern.

»Es wäre eine Gnade«, sagte die Amworth, »ihr das Sterben zu erleichtern.«

Seufzend pflichtete Geneviève ihr bei. »Wenn wir doch nur auch ein Silbermesser hätten.«

»Silbermesser?«

»Wie der Mörder, Mrs. Amworth.«

»Ein Reporter hat mir heute Abend erst erzählt, dass der Mörder einen Brief an alle Zeitungen geschrieben hat. Er will, dass man ihn von nun an Jack the Ripper nennt.«

»Jack the Ripper?«

»Ja.«

»Was für ein alberner Name. Daran wird sich doch kein Mensch je erinnern. Er heißt nun einmal Silver Knife, und Silver Knife wird er auch bleiben.«

Die Amworth stand auf und strich über den Saum ihrer knielangen Schürze. Der Fußboden in dem kleinen Raum war nicht gekehrt. Sie führten einen ständigen Kampf, die Hall sauber zu halten. Sie war schließlich nicht als Spital gedacht.

»Mehr können wir nicht tun, Ma'm. Ich muss mich um die anderen kümmern. Mit ein wenig Glück können wir vielleicht das Auge des kleinen Chelvedale retten.«

»Gehen Sie nur, ich bleibe bei ihr. Jemand muss schließlich auf sie achtgeben.«

»Jawohl, Ma'm.«

Die Wärterin ging, und Geneviève kniete an ihrer statt neben dem Bettchen nieder. Sie ergriff Lilys menschliche Hand und drückte sie fest. Auch jetzt noch war untote Kraft in den Fingern des Kindes, und es reagierte. Geneviève redete sanft auf das Mädchen ein, in Zungen, die Lily unmöglich verstehen konnte. In einem düsteren Winkel ihres Schädels nistete der Geist einer Französin des Mittelalters, welcher bisweilen zum Vorschein kam.

Als sie mit ihrem leiblichen Vater umhergezogen war, hatte sie trotz ihrer kurzen Lebensspanne gelernt, die Sterbenden zu pflegen. Ihr Vater, der Feldscherer, versuchte selbst jene Männer noch zu retten, die ihr Kommandant ohne viel Federlesens bei lebendigem Leib begraben hätte, um sich ihrer zu entledigen. Der Schlachtfeldgestank von verfaultem Fleisch erfüllte nun auch dieses Zimmer. Sie besann sich auf die lateinischen Tiraden der Priester und überlegte, ob Lily einer Religion angehören mochte. Sie hatte nicht daran gedacht, einen Geistlichen an ihr Sterbebett zu rufen.

Von allen Geistlichen der nächste war zweifellos John Jago, doch der Kreuzfahrer Christi würde sich gewiss weigern, einem Vampir die Letzte Ölung zu erteilen. Dann war da noch Reverend Samuel Barnett, der Pfarrer von St. Jude's und Gründervater von Toynbee Hall, seines Zeichens Ausschussmitglied und Sozialreformer, der unermüdlich für die Räumung der Lasterhöhlen innerhalb der »sündhaften Viertelmeile« stritt. Sie entsann sich, wie er sprudelnd und mit zornesrotem Gesicht gegen den Weiberbrauch gewettert hatte, bei Raufereien den Oberkörper zu entblößen. Obgleich Barnett keineswegs die vernunftlosen Vorurteile eines John Jago hegte, stand er Geneviève überaus argwöhnisch gegenüber und hatte ihre Motive, sich der Wohlfahrtsbewegung des East End anzuschließen, sogar öffentlich infrage gestellt. Sie konnte es den Kriegern Gottes nicht verdenken, dass sie ihr misstrauten. Jahrhunderte, ehe Huxley den Begriff geprägt hatte, war sie bereits Agnostikerin gewesen. Als sie bei Dr. Seward wegen ihres derzeitigen Postens vorstellig geworden war, hatte er gefragt: »Sie sind weder Temperenzlerin noch Kirchenfrau, was sind Sie?« Schuldig, hatte Geneviève gedacht.

Sie sang die Lieder ihrer längst vergangenen Kindheit. Sie wusste nicht, ob Lily hören konnte. Der wächserne rote Ausfluss, der aus ihren Ohren trat, deutete darauf hin, dass sie ebenso taub war wie blind. Dennoch vermochte der Klang – vielleicht die Schwingungen der Luft oder der Hauch ihres Atems – die kleine Patientin zu besänftigen.

»*Toujours gai*«, sang Geneviève mit krächzender Stimme, und heiße, blutige Tränen strömten über ihre Wangen, »*toujours gai* ...«

Lily schwoll der Hals wie einer Kröte, und brackiges Blut von braunschlierigem Scharlachrot quoll aus ihrem Mund. Geneviève drückte auf die Schwellung und hielt den Atem an, um den Geruch des Todes abzuwehren. Sie drückte fester, und Lied, Erinnerung und Gebet gingen in ihrem Kopf wirr durcheinander und brachen schließlich über ihre Lippen aus ihr hervor. Obgleich sie wusste, dass sie nicht gewinnen konnte, begann sie zu kämpfen. Jahrhundertelang hatte sie dem Tod getrotzt; nun forderte die große Finsternis dafür ihren Tribut. Wie viele Lilys hatten eines frühen Todes sterben müssen, im Ausgleich für das lange Leben der Geneviève Dieudonné?

»Lily, mein Liebes«, suchte sie das Mädchen zu beschwören, »mein Kind, Lily, mein teurer Schatz, meine Lily, meine Lily ...«

Die geblendeten Augen des Kindes sprangen auf. Vom Licht getroffen, verschrumpfte eine milchige Pupille zu einem winzigen Punkt. Trotz ihrer Schmerzen brachte sie beinahe ein Lächeln zuwege.

»Ma-ma«, sagte sie, ihr erstes und letztes Wort. »Mma ...«

Rose Mylett, oder wer auch immer die Mutter des Kindes sein

mochte, war nicht auffindbar. Der Matrose oder Markthelfer, der seine vier Pence verschleudert hatte, um sie zu zeugen, wusste wahrscheinlich nicht einmal, dass es sie gab. Und der Murgatroyd aus dem West End – dem Geneviève nachspüren und *wehtun* wollte – frönte unterdessen anderen Gelüsten. Nur Geneviève war hier.

Lily wand sich in Zuckungen. Blutige Schweißperlen bedeckten ihr Gesicht.

»Mma ...«

»Ich bin es, deine Mutter, Kind«, sagte Geneviève. Sie hatte weder Kinder noch Nachkommen. Da sie bei ihrer Verwandlung jungfräulich gewesen war, hatte sie den dunklen Kuss niemals weitergegeben. Doch war sie diesem Kind eher noch eine Mutter als die warmblütige Rose, eher noch ein Fangvater als der Murgatroyd ...

»Ich bin es, Mama, Lily. Mama hat dich lieb. Bei mir bist du wohlaufgehoben ...«

Sie nahm Lily aus dem Bettchen und schloss sie in die Arme, drückte sie fest an sich. Die Knochen in der schmalen Brust des Mädchens regten sich. Geneviève presste den zerbrechlichen kleinen Kopf an ihren Busen.

»Da ...«

Geneviève zog ihr Hemd auseinander und ritzte sich mit dem Daumennagel leicht die Brust. Sie fuhr zusammen, als ihr Blut hervorsickerte.

»Trink, trink, mein Kind ...«

Genevièves Blut, von Chandagnacs reinem Geblüt, konnte Lily vielleicht heilen, wusch vielleicht das Erbübel von Draculas Grabesfäule heraus, machte sie vielleicht wieder gesund ...

Vielleicht, vielleicht, vielleicht.

Sie presste Lilys Kopf an ihre Brust und führte den Mund des Mädchens zu der Wunde. Es schmerzte, als bohrte ihr jemand eine eisige Silbernadel durch das Herz. Liebe und Schmerz waren eins. Ihr hellrotes Blut benetzte Lilys Lippen.

»*Ich lieb dich, kleiner Vogel mein ...*«, sang Geneviève.

Ein würgender Laut drang aus Lilys Kehle.

»*Leb wohl, kleiner Vogel mein, ich fliege wieder fort ...*«

Lilys Kopf glitt von Genevièves Brust. Das Gesicht des Mädchens war blutverschmiert.

»*... denn bleib ich hier ...*«

Der Flügel des Kindes flatterte, ein konvulsivisches Zucken, das Geneviève aus dem Gleichgewicht warf.

»*... wird zum Kerker mir ...*«

Das Gaslicht schimmerte wie ein blauer Mond durch die dünne Haut des Flügels und zeichnete die Silhouette eines Flechtwerks sich verlaufender Adern.

»*... der goldne ... Käfig ... dort.*«

Lily war tot. In einem Anfall von Verzweiflung warf Geneviève das Leichenbündel auf das Bett und heulte. Ihr Hemd war durchweicht von ihrem unnützen Blut. Das nasse Haar klebte ihr im Gesicht, geronnene Bluttränen in den Augen. Sie wollte, sie hätte an Gott geglaubt, und sei es, um ihn zu verfluchen.

Fröstelnd trat sie einen Schritt zurück. Sie rieb sich die Augen und strich ihr Haar in den Nacken. Auf einem Tischchen stand eine Wasserschüssel. Sie wusch sich das Gesicht, blickte auf die feine Maserung des Holzrahmens, in dem sich einst ein Spiegel befunden hatte. Als sie sich umwandte, bemerkte sie, dass Leute ins Zimmer gekommen waren. Ihre Schreie hatten offenbar beträchtliche Aufregung verursacht.

Arthur Morrison stand mit Mrs. Amworth in der offenen Tür. Andere warteten auf dem Flur. Leute von draußen, von der Straße, Warmblüter und *nosferatu*. Morrison war wie vom Donner gerührt. Sie wusste, dass sie scheußlich aussah. Im Zorn veränderte sich ihre Miene.

»Wir dachten, Sie sollten es sofort erfahren, Geneviève«, sagte Morrison. »Es hat wieder einen Mord gegeben. Wieder eine Neugeborene.«

»In Dutfield's Yard«, posaunte jemand die brühwarmen Nachrichten heraus, »gleich um de Ecke vonner Berner Street.«

»Lizzie Stride, dabei hatse sich man letzte Woche ers' verwandelt. Nichmals ihrne Zähne warn schon richtich raus, 'n aufgeschossenes Mädel, un' so was von fidel.«

»'n Hals hatter se durchgeschnitten, hä?«

»Der langen Liz.«

»Stride. Gustafsdotter. Elizabeth.«

»Von ei'm Ohr zum andern. *Ratsch!*«

»Die hat vielleich 'n Krach schlaang. Gescheuert hatse 'm eine.«

»Der Ripper is gestört worn, 'vor er feddich war.«

»So 'n Kerl mit 'm Gaul.«

»Der Ripper?«

»Louis Diemschütz, so eina von die Sozi-Schweine …«

»Jack the Ripper.«

»Louis is man zufällich vorbeigekomm'. Grad in dem Moment, wie Jack der Lizzie ihrne Kehle aufgeschlitzt hat. Der hat man hunnertprozentich dem seine mistige Visaasch gesehn. Aber hunnertprozentich.«

»Jack the Ripper nennt er sich ja jetz. Silver Knife is doud un' begrahm.«

»Wo ist Druitt?«

»Nix wie Zungdrescher, so 'ne Sozi-Schweine. Überall müssen-se ihrne dämliche Nase rinstecken.«

»Ich hab den Burschen heut Abend nicht gesehen, Miss.«

»Immer feste geeng 'ne Königin. Ich sach's euch, das sinn alles Juden. Un' 'nem Itzich trau ich kein Zoll übern Weech.«

»Wetten, der is *selbs'* 'ne Hakennase. Wollnwa wetten?«

»Der Ripper läuft man immer noch frei rum. Aber die Polypen sind 'm auf 'n Fersen. Bei Sonnenaufgang hamse seine Leiche.«
»Wenn's denn 'n Mensch is.«

23

Kopflose Hühner

Es war, als ob die Stadt in Flammen stünde!
Als der Aufschrei sich erhob, saß Beauregard im *Café de Paris*. Im Gefolge von Kate Reed und einigen anderen Reportern begab er sich eilends zur Polizeiwache. Die Straße war ein einziges Durcheinander von grölenden Gestalten. Ein vermummter Tölpel mit einem guten Dutzend Kruzifixe um den Hals zerschlug in trunkenem Taumel Fenster und brüllte, das göttliche Gericht sei nahe, und Vampire seien Dämonen aus dem Pfuhl der Hölle.

Sergeant Thick hielt die Stellung. Für den Kriminalbeamten zweifellos ein Abstieg, dennoch ein verantwortlicher Posten. Lestrade befand sich offenbar am Tatort, und Abberline stand außer Dienst. Kate stürzte zur Tür hinaus, nach Dutfield's Yard, Beauregard hingegen entschloss sich zum Bleiben.

»Noch können wir nichts unternehmen, Sir«, meinte der Sergeant. »Ich habe ein Dutzend Männer abbestellt, die jetzt blindlings durch den Nebel tappen.«

»Aber der Mörder ist doch gewiss voller Blut?«

Thick zuckte mit den Achseln. »Nicht, wenn er vorsichtig ist. Oder einen Wendemantel trägt.«

»Wie belieben?«

Thick öffnete seinen grauen Tweedmantel und gewährte Beauregard einen Blick auf das Innere aus kariertem Tuch. »Er lässt sich nach außen kehren. Man kann ihn auf beiden Seiten tragen.«

»Nicht dumm.«

»Ich kann Ihnen sagen, eine verfluchte Drecksarbeit ist das, Mr. Beauregard.«

Zwei uniformierte Constables schleiften den Fensterstürmer herein. Thick riss dem um sich schlagenden Mann die Mehlsackkapuze vom Kopf und erkannte einen von Jagos furchtlosen Rittern der Christenheit. Der Sergeant wich vor der Whiskyfahne des Kreuzfahrers zurück.

»Die gottlosen Blutsauger sollen …«

Thick knäulte die Kapuze zusammen und stopfte sie dem Vandalen in den Mund.

»Sperrt ihn ein, damit er seinen Rausch ausschlafen kann«, befahl er den Constables. »Über die Anklage unterhalten wir uns morgen, wenn die Krämer aus dem Bett sind und sehen, welchen Schaden er angerichtet hat.«

Zum ersten Mal befand Beauregard sich in unmittelbarer Nähe, wenn der Mörder sein blutiges Geschäft verrichtete, konnte jedoch ebenso wenig etwas dagegen ausrichten, als wenn er friedlich in Chelsea zu Bett gelegen hätte.

»Kopflose Hühner, Sir, das sind wir«, sagte Thick. »Rennen immerzu im Kreis.«

Beauregard hob seinen Stockdegen; er wollte, der Ripper wäre hervorgetreten und hätte sich dem Kampf gestellt.

»Ein Tässchen Tee, Sir?«, fragte Thick.

Noch ehe Beauregard dem Sergeant danken konnte, schob sich ein warmblütiger Constable atemlos zur Tür herein. Keuchend nahm er seinen Helm ab.

»Was ist denn nun schon wieder, Collins? Die nächste Katastrophe?«

»Er hat noch einmal zugeschlagen, Sarge«, platzte Collins heraus. »Zwei Fliegen mit einer Klappe. Zwei in einer Nacht.«

»Was?!«

»Zuerst Liz Stride bei der Berner Street, und nun eine Schwalbe namens Eddowes am Mitre Square.«

»Am Mitre Square. Das ist nicht unser Revier. Da sollen die Jungens von der City ran.«

Die Grenzlinie zwischen den Zuständigkeitsbereichen von Metropolitan und City Police verlief quer durch den Bezirk. Diese hatte der Mörder nach seinem ersten Verbrechen überschritten.

»Es hat ganz den Anschein, als wolle er uns regelrecht Hörner aufsetzen. Demnächst verstümmelt er sie gleich vor Scotland Yard und hinterlässt dem Commissioner ein Billett in Scharlachrot.«

Beauregard schüttelte den Kopf. Wieder ein Leben dahin. Hierbei ging es um mehr als einen Auftrag des Diogenes-Clubs. Unschuldige Menschen wurden ermordet. Er musste dringend etwas unternehmen.

»Constable Holland von der City hat's mir erzählt. Er meinte, diese Eddowes …

»Catherine mit Namen, schätze ich. Ein bekanntes Gesicht in dieser Gegend. Die hat mehr Zeit in unserer Ausnüchterungszelle verbracht als daheim, wo immer sie auch gehaust haben mag.«

»Ja, ich hab mir schon gedacht, dass es Cathy ist«, erwiderte Collins und hielt inne, um eine ärgerliche Miene aufzusetzen. »Jedenfalls, Holland sagt, diesmal hat das Schwein ganze Arbeit geleistet. Nicht wie bei Liz Stride, bloß schnell die Kehle aufgeschlitzt und dann ab durch die Mitte. Er ist wieder ganz der Alte und hat sie richtig ausgeweidet.«

Thick fluchte.

»Ach Gott, die Ärmste«, sagte Collins. »Sie war zwar eine schauderhafte alte Streune, aber sie hat doch keinem je was zuleide getan. Nichts Schlimmes wenigstens.«

»Ach Gott, wir Ärmsten, würde ich meinen«, entgegnete Thick. »Wenn wir ihn jetzt nicht schleunigst zu fassen kriegen, wird das Leben als Gendarm in dieser Gegend kein Zuckerschlecken.«

Beauregard wusste, dass Thick Recht hatte. Ruthven würde das Rücktrittsgesuch eines hohen Beamten, der wahrscheinlich Warren hieß, entgegennehmen; und der Prinzgemahl musste aller Voraussicht nach gewaltsam daran gehindert werden, ein paar untergeordnete Polizisten zu pfählen, *pour encourager les autres.*

Ein zweiter Bote erschien. Es war Ned, der kleine Sturmwind aus dem *Café de Paris*. Beauregard hatte ihm zuvor einen Shilling gegeben und ihn somit in den Dienst des Diogenes-Clubs gestellt.

Thick funkelte ihn an wie ein menschenfressender Riese, und das Kind kam ein gutes Stück von ihm entfernt zum Stehen. Der Junge war so begierig gewesen, Beauregard eine Nachricht zu überbringen, dass er es in seinem Überschwang gewagt hatte, den Fuß in eine Polizeiwache zu setzen. Nun machte sich seine Nervosität bemerkbar; er schlich ebenso behutsam daher wie eine Maus in einer Katzenzüchterei.

»Miss Reed hat gemeint, Sie solln sofort nach Toynbee Hall komm', 's is' dringend.«

24

Lebendig seziert

Mit verweinten Augen schlug sie Lily in ein Laken. Der Leichnam begann bereits zu faulen, die Gesichtshaut dorrte wie die Schale einer Orange, die zu lang in einem Korb gelegen hat. Das Mädchen musste mit Ätzkalk bedeckt und in ein Armengrab verbracht werden, ehe der Geruch vollends unerträglich wurde. Wenn das Tuch verschnürt war, würde Geneviève einen Totenschein ausstellen, ihn Jack Seward zur Unterschrift vorlegen und einen Akteneintrag über den Sterbefall anfertigen müssen. Für jeden Freund, den sie verlor, wuchs eine Eisperle an ihrem Herzen. Es war nicht schwer, sich in ein gleichgültiges Monstrum zu verwandeln. Noch ein paar Jahrhunderte, und sie könnte es leicht mit Vlad Tepes aufnehmen: getrieben allein von der Gier nach Macht und einem Schuss heißen Blutes in der Kehle.

Eine Stunde vor Tagesanbruch erreichte sie die Nachricht. Ein Pennbruder, dem man mit einem Rasiermesser den Arm bis auf die Knochen aufgeschnitten hatte, wurde eingeliefert; seine Begleiter wussten fünf verschiedene Versionen der Geschichte zu erzählen. Jack the Ripper sei gefasst und werde auf der Polizeiwache festgehalten, wenngleich man seine Identität geheimhalte, da er dem Königshaus angehöre. Jack habe vor aller Augen ein ganzes Dutzend ausgeweidet und sei seinen Verfolgern dank der Sprungfedern, die er an den Stiefeln trage, durch einen Satz über eine zwanzig Fuß hohe Mauer entkommen. Jacks Schädel sei aus reinem Silber, seine Arme blutbefleckte Sicheln, sein Atem verheerendes Feuer. Ein Constable setzte sie über die nackten Tatsachen in Kenntnis. Jack hatte – erneut – getötet. Erst Elizabeth Stride. Und nun Catherine Eddowes. *Cathy!* Sie war entsetzt. Die andere Frau war ihr, soweit sie sich erinnerte, nicht bekannt.

»Sie ist letzten Monat erst bei uns gewesen«, sagte Morrison. »Liz Stride. Sie war im Begriff, sich zu verwandeln, und brauchte Blut, um weiterleben zu können. Sie würden sich bestimmt an sie erinnern, wenn Sie sie gesehen hätten. Sie war groß und kam aus dem Ausland, aus Schweden, wenn mich nicht alles täuscht. Seinerzeit gewiss eine schöne Frau.«

»Jetzt metzelt er schon zwei auf einmal«, meinte der Constable. »Fast muss man ihn dafür bewundern, den Satansbraten.«

Zum zweiten oder dritten Mal strömten sie hinaus, und die Menge vor der Hall zerstreute sich. Geneviève war mit der Stille der Dämmerung allein. Nach einer Weile häuften sich die Schreckenstaten zu einem grauenvollen Einerlei. Lily hatte sie ausgeblutet. Sie fühlte nichts. Nicht einmal Trauer über den Tod von Liz Stride oder Cathy Eddowes.

Als die Sonne aufging, fiel sie in leichten Schlummer. Sie war es leid, für alles und jedes Sorge tragen zu müssen. Sie wusste, wie es kommen würde. Es war mit jedem Mord schlimmer geworden. Ein Trupp hysterischer, in Tränen aufgelöster Huren hatte in der Hall um Geld gebettelt, um der Todesfalle Whitechapel zu entfliehen. In Wahrheit war der Bezirk längst eine Todesfalle gewesen, ehe der Ripper seine Messer versilbert hatte.

In ihrem Halbtraum war Geneviève zurückgekehrt in ihre warmblütigen Jahre; das Herz brannte ihr vor Zorn und Schmerz, und ihre Augen quollen über vor bitteren, gerechten Tränen. Ein Jahr vor dem dunklen Kuss hatte sie sich über die Nachricht aus Rouen die Augen ausgeweint. Die Engländer hatten Jeanne d'Arc als Hexe verleumdet und verbrannt. Mit vierzehn Jahren verschwor sich Geneviève der Sache des Dauphin. Es war ein Krieg unter Kindern, den ihre Vormünder zu blutigen Exzessen trieben. Jeanne starb noch vor ihrem neunzehnten Geburtstag, Dauphin Karl war keine zwanzig; selbst Heinrich von England war ein Kind. Sie hätten ihren Streit mit Hilfe eines Kreisels beilegen sollen statt mit Armeen und Belagerungen. Nicht nur die Knabenkönige waren gefallen, sondern auch ihre Fürstenhäuser. Das heutige Frankreich, ein Land, welches ihr ebenso fremd war wie die Mongolei, hatte nicht einmal mehr einen Monarchen. Wenn in den deutschen Adern Königin Viktorias immer noch das englische Blut Heinrichs des Vierten strömte, war womöglich auch ein Gutteil der Welt davon befallen, bis hin zu Lily Mylett und Cathy Eddowes, John Jago und Arthur Morrison.

Aus der Aufnahme drang – *neuerlicher* – Lärm herauf. Geneviève rechnete fest damit, dass es im Verlauf des Tages weitere Verletzte geben würde. Infolge der Morde käme es zu Straßenschlachten, forderten die Bürgerwehren ihre Opfer, verlegte man sich am Ende gar auf die Lynchjustiz *à l'américaine* ...

Vier uniformierte Polizisten standen im Flur; sie trugen etwas Schweres, das in Wachsleinwand geschlagen war, in ihrer Mitte. Lestrade knabberte an seinen Schnurrbartspitzen. Die Constables hatten sich einen Weg durch die aufgebrachte Menge schlagen müssen. »Wie wenner sich über uns lustich machen wollte«, sagte einer von ihnen, »alle hetzter sie geeng uns auf.«

Im Schlepptau der Polizei befand sich ein neugeborenes Mädchen mit einer Rauchglasbrille auf der Nase, das in seiner schmucklosen Kleidung nachgerade ausgehungert wirkte. Geneviève hielt sie für eine Reporterin.

»Sie müssen sofort ein Zimmer räumen, Mademoiselle Dieudonné.«

»Inspektor ...«

»Reden Sie nicht lange, machen Sie. Eine der beiden lebt noch.«

Sie begann ihre Belegliste zu durchforsten, als ihr einfiel, welches Zimmer leerstand.

Ächzend unter ihrer grobschlächtigen Last, folgten sie ihr zu Lilys Zimmer, und Geneviève ließ sie ein. Sowie sie das kleine Bündel fortgenommen hatte, bugsierten die Beamten ihr Gepäck an seine Stelle und schlugen die Wachsleinwand zurück. Hagere Beine plumpsten über das Ende des Bettchens, und unter dem Rocksaum kamen löchrige Strümpfe zum Vorschein.

»Mademoiselle Dieudonné, darf ich Sie mit Liz Stride bekanntmachen?«

Die Neugeborene war groß und dünn, hatte hohle, mit *rouge* verschmierte Wangen und zerzaustes schwarzes Haar. Das Baumwollhemdchen unter ihrer offenen Jacke war vom Kragen bis zur Hüfte blutgetränkt. Der Ripper hatte ihr die Kehle von einem Ohr zum anderen aufgeschlitzt. Die klaffende Wunde reichte bis hinunter auf die Wirbelsäule und wirkte wie das breite Grinsen eines Clowns. Sie röchelte, während ihre durchtrennten Röhren zusammenzuwachsen versuchten.

»Der gute Jackie hatte wohl zu wenig Zeit«, erklärte Lestrade. »Da hat er sich dann Cathy Eddowes vorgeknöpft. Dieses warmblütige Schwein.«

Liz Stride versuchte zu schreien, bekam jedoch keine Luft aus der Lunge hinauf in ihre Kehle. Ein leiser Hauch wisperte aus ihrer Wunde. Bis auf ihre spitzen Schneidezähne war ihr Mund ein gähnendes Loch. Ihre Glieder zuckten wie galvanisierte Froschschenkel. Zwei Constables mussten ihre ganze Kraft aufbieten, sie niederzudrücken.

»Halten Sie sie fest, Watkins«, sagte Lestrade. »Halten Sie ihren Kopf still.«

Einer der Constables versuchte, Liz Strides Kopf zu fassen, doch sie schüttelte ihn so heftig, dass ihre noch kaum verheilte Wunde aufriss.

»Das übersteht sie nicht«, meinte Geneviève. »Sie ist so gut wie vom Platz.«

Ein älterer oder stärkerer Vampir hätte womöglich überlebt – Geneviève selbst hatte Schlimmeres erlitten –, doch Liz Stride war eine Neugeborene und viel zu spät verwandelt worden. Seit Jahren schon ging sie dem Tod entgegen, vergiftete sie ihren Leib mit schlechtem Gin.

»Sie soll es ja auch nicht überstehen, sie soll nur endlich eine Aussage machen.«

»Inspektor, ich weiß nicht, ob sie überhaupt sprechen *kann*. Ich glaube, ihre Stimmbänder sind durchtrennt.«

Lestrades Rattenaugen blitzten. Liz Stride war der erste Trumpf, den er gegen den Ripper ausgeteilt bekommen hatte, und den wollte er sich nicht nehmen lassen.

»Ihren Verstand hat sie wohl auch verloren, das arme Ding«, sagte Geneviève.

Nichts in den roten Augen deutete auf Intelligenz hin. Alles Menschliche, was diese Neugeborene besessen hatte, war fortgebrannt.

Die Tür wurde aufgestoßen, und Leute drängten ins Zimmer. Lestrade wandte sich um, um »Hinaus!« zu brüllen, doch der Befehl blieb ihm im Halse stecken.

»Mister Beauregard, Sir«, sagte er.

Der vornehm gekleidete Mann, den Geneviève bei der Untersuchung des Falles Lulu Schön gesehen hatte, betrat, gefolgt von Dr. Seward, den Raum. Im Flur standen noch mehr Menschen: Krankenwärterinnen und Pfleger. Die Amworth schob sich zur Tür herein und postierte sich an der Wand. Geneviève wollte, sie hätte einen Blick auf die Neugeborene geworfen.

»Inspektor«, sagte Beauregard. »Darf ich ...«

»Es ist mir immer wieder ein Vergnügen, dem Diogenes-Club behilflich zu sein«, erwiderte Lestrade. Sein Tonfall erweckte den Anschein, als bereite es ihm ungleich größeres Vergnügen, sich Ätznatron in die Augen zu streuen.

Der Mann grüßte das neugeborene Mädchen mit einem Nicken und nannte sie bei ihrem Namen: »Kate.« Mit gesenktem Blick trat sie beiseite. Geneviève wollte einen Besen fressen, wenn sie nicht in Beauregard verliebt war. Höflich, aber bestimmt drängte er sich mit einer eleganten Bewegung zwischen die Constables. Er schlug den Umhang über seine Schultern, um sich Bewegungsfreiheit zu verschaffen.

»Gütiger Himmel«, sagte er. »Kann man denn so gar nichts tun für dieses arme Ding?«

Geneviève war gegen alle Gewohnheit beeindruckt. Beauregard

war der Erste, der es offenbar für wert befand, etwas für statt gegen eine Person wie Liz Stride zu unternehmen.

»Zu spät«, erklärte Geneviève. »Sie versucht sich zu neuem Leben zu erwecken, aber ihre Verletzungen sind zu schwer, ihre Kraftreserven zu mager ...«

Das zerfetzte Fleisch rings um Liz Strides offene Kehle bebte, vermochte sich jedoch nicht recht zu schließen. Die Zuckungen kamen nun regelmäßig.

»Dr. Seward?«, bat Beauregard den Arzt um seine Meinung.

Der Direktor näherte sich der bockenden, mit Armen und Beinen schlegelnden Frau. Geneviève hatte seine Rückkehr nicht bemerkt, vermutete jedoch, dass ihn die Neuigkeiten zur Hall gelockt hatten. Abermals bemerkte Geneviève, welchen Ekel – den er zumeist im Zaum zu halten vermochte – er wider Vampire hegte.

»Ich fürchte, Geneviève hat ganz Recht. Das arme Geschöpf. Ich habe oben noch ein wenig Silbersalz. Damit könnten wir ihr das Sterben erleichtern. Das wäre die gnädigste Lösung.«

»Erst soll sie mir einige Fragen beantworten«, fuhr Lestrade dazwischen.

»Um Himmels willen, Mann«, entgegnete Beauregard. »Sie ist ein Mensch und kein Indiz.«

»Die Nächste wird wohl auch ein Mensch sein, Sir. Womöglich können wir die Nächste retten. Die Nächsten.«

Seward legte Liz Stride die Hand auf und blickte ihr in die Augen, die aussahen wie rote Murmeln. Er schüttelte den Kopf. Mit einem Mal war die verletzte Neugeborene von einer gewaltigen Kraft besessen. Sie schleuderte Constable Watkins fort und stürzte sich mit aufgerissenem Schlund auf den Direktor. Geneviève stieß Seward beiseite und duckte sich, um Liz Strides messerscharfen Krallen zu entgehen.

»Sie wandelt die Gestalt«, schrie Kate.

Liz Stride bäumte sich auf und zog mit gekrümmtem Rückgrat die Gliedmaßen ein. Ihr Gesicht wuchs aus zu einer wolfsartigen Schnauze, und Haarbüschel entsprossen ihrer nackten Haut.

Seward kroch im Krebsgang auf die Wand zu. Lestrade rief seine Männer zurück. Beauregard griff in seinen Umhang. Kate schob sich einen Fingerknöchel in den Mund.

Liz Stride versuchte, sich in einen Wolf oder Hund zu verwandeln. Wie Mrs. Amworth gesagt hatte, war es nicht leicht. Dazu bedurfte es enormer Konzentration und eines starken Selbstbewusstseins. Nicht eben die Mittel, über die ein mit Gin verhangener Geist oder eine Neugeborene im Todeskampf reichlich verfügte.

»Du meine Güte!«, rief Watkins aus.

Liz Strides Unterkiefer ragte hervor wie der eines Krokodils, zu groß, um eigentlich an ihren Schädel zu passen. Das rechte Bein und der rechte Arm schrumpften zusammen, während die linke Seite aufschwoll und sich rings um die Knochen Muskelstränge bildeten. Ihr blutgetränktes Kleid zerriss. Die Wunde an ihrer Kehle begann zu heilen, und frische gelbe Zähne schimmerten an den Rändern des Einschnitts. Ein klauenbewehrter Fuß schnellte hervor und fuhr in Watkins' uniformierte Brust. Belfernde Schreie drangen aus dem Loch im Hals des Zwitterwesens. Es machte einen Satz zwischen den Polizisten hindurch und vollführte eine unbeholfene Landung. Dann kroch es über den Boden und schlug mit mächtigen, messerscharfen Krallen nach Seward.

»Aus dem Weg«, befahl Bauregard.

Der Mann vom Diogenes-Club hielt einen Revolver in der Hand. Mit dem Daumen spannte er den Hahn und nahm sein Ziel sorgfältig aufs Korn. Liz Stride wandte sich um und blickte auf den Lauf der Waffe.

»Das hat doch keinen Sinn!«, rief die Amworth.

Liz Stride sprang auf. Beauregard drückte ab. Sein Schuss traf sie ins Herz und schleuderte sie rückwärts gegen die Wand. Leblos stürzte sie auf Dr. Seward, und allmählich gewann ihr Körper seine frühere Gestalt zurück.

Geneviève blickte Beauregard fragend an.

»Eine Silberkugel«, erklärte er gleichgültig.

»Charles«, hauchte Kate, von Ehrfurcht überwältigt. Geneviève glaubte, das Mädchen wolle jeden Augenblick in Ohnmacht fallen, doch das tat es keineswegs.

Seward stand auf und wischte sich das Blut aus dem Gesicht. Seine Lippen waren nur mehr ein weißer Strich, und er bebte vor kaum verhohlenem Abscheu.

»Nun, jetzt haben Sie das Werk des Rippers vollendet, so viel ist sicher«, murmelte Lestrade.

»Mir soll's recht sein«, sagte Watkins, auf dessen Brust eine blutende Wunde klaffte.

Geneviève beugte sich über den Leichnam, um Liz Strides Tod zu bestätigen. In einer letzten Zuckung schnellte – halb Mensch, halb Wolf – ein Arm hervor, und scharfe Klauen krallten sich in Sewards Hosenaufschlag.

25

Eine Wanderung in Whitechapel

Ich glaube, zum Schluss war sie frei vom Delirium«, sagte er. »Sie wollte uns etwas mitteilen.«

»Was denn?«, fragte Geneviève. »Dass der Mörder … Sydney Beinkleid heißt?«

Beauregard lachte. Nur wenige Untote besaßen Humor.

»Wohl kaum«, entgegnete er, »aber vielleicht lautet sein Name Stiefel.«

»Oder er ist Stiefelmacher.«

»Ich habe sicheren Grund zu der Annahme, dass John Pizer als Täter nicht infrage kommt.«

Die Tote war mit einem Karren zur Leichenhalle gebracht worden, wo die Geier von Medizin und Presse sie begierig erwarteten. Kate Reed befand sich im *Café de Paris* und gab per Telefon ihre Geschichte durch, nachdem Beauregard sie strikt angewiesen hatte, seinen Namen aus dem Spiel zu lassen. Es wäre schlimm genug, die Aufmerksamkeit auf den Diogenes-Club zu lenken, seine größte Sorge aber galt Penelope. Er konnte sich ihre Reaktion lebhaft vorstellen, wenn bekannt würde, welche Rolle er während der letzten Minuten von Liz Stride gespielt hatte. Dies war ein anderer Teil der Welt, ein anderer Teil der Stadt, ein anderer Teil seines Lebens. Penelope hatte hier keinen Platz und hätte es wahrscheinlich vorgezogen, seine Existenz zu ignorieren.

Er legte den Weg von der Berner Street zum Mitre Square zu Fuß zurück. Die Vampirfrau von Toynbee Hall schlenderte neben ihm dahin; die fahle Sonne machte ihr offenbar nicht annähernd so sehr zu schaffen wie am gestrigen Tage Kate. Bei Licht besehen, erschien ihm Geneviève Dieudonné als recht anziehendes Geschöpf. Sie war gekleidet wie eine »neue Frau«, trug eine eng anliegende Jacke, ein schmuckloses Kleid, feste, flache Stiefel, Baskenmütze und einen hüftlangen Umhang. Wenn Großbritannien im nächsten Jahr ein neues Parlament gewählt hätte, wäre sie gewiss für das Frauenwahlrecht eingetreten; und sie würde wohl nicht für Lord Ruthven gestimmt haben.

Sie erreichten den Schauplatz des Eddowes-Mordes. Der Mitre Square war ein eingegrenztes Areal an der Großen Synagoge, der nur über zwei schmale Wege zu erreichen war. Die Zugänge hatte man durch Seile abgesperrt, und ein warmblütiger Polizist bewachte den blutigen Ort des Verbrechens. Ein paar Schaulustige streiften umher und brannten offenbar darauf, auf die Liste der Verdächtigen gesetzt zu werden. Ein orthodoxer Jude mit Schläfenlocken und bauchlangem Bart versuchte einige dieser unerwünschten Subjekte vom Portal der Synagoge zu vertreiben.

Beauregard hob das Seil und ließ Geneviève passieren. Er zeigte dem Polizisten seine Karte, und dieser salutierte. Geneviève sah sich auf dem düsteren Platz um.

»Der Ripper ist offenbar recht gut zu Fuß«, sagte sie.

Beauregard warf einen Blick auf seine Savonnette. »Wir haben seine Zeit um fünf Minuten unterboten, aber wir wussten auch, wohin wir wollten. Er hat wahrscheinlich nicht eben die kürzeste Strecke genommen, insbesondere wenn es in seiner Absicht lag, die Hauptstraßen zu meiden. Er suchte vermutlich nur nach einem Mädchen.«

»Und einem ruhigen Plätzchen.«

»Sehr ruhig kann ich es hier nicht finden.«

Hinter den Fenstern zum Hof waren Gesichter zu erkennen. Man beobachtete, was unten vor sich ging.

»In Whitechapel sind die Leute recht bewandert in der Kunst, Dinge zu übersehen.«

Geneviève durchmaß den kleinen, eingefriedeten Hof, als wolle sie die Atmosphäre dieses Ortes in sich aufsaugen.

»Hier ist es perfekt; ruhig und doch nicht allzu abgeschieden. Ideal, will man in freier Luft der Hurerei nachgehen.«

»Sie sind nicht wie andere Vampire«, bemerkte er.

»Nein«, pflichtete sie bei. »Das will ich hoffen.«

»Gehören Sie zu denen, die man als Älteste bezeichnet?«

Sie klopfte auf ihr Herz. »Hier drinnen bin ich süße sechzehn, aber geboren bin ich 1416.«

Beauregard schien verwirrt. »Dann sind Sie also nicht …«

»Nicht vom Geblüt des Prinzgemahls? Allerdings. Mein Fangvater war Chandagnac, seine Fangmutter war Lady Melissa d'Acques und ...«

»Dann haben Sie mit alldem« – er breitete den Arm aus – »nichts zu schaffen?«

»Wir alle haben mit alldem zu schaffen, Mr. Beauregard. Vlad Tepes ist ein übles Monstrum, und seine Nachkommen verbreiten seine üble Krankheit. Die arme Frau, die Sie heute Morgen gesehen haben, war ein gutes Beispiel für all das, was von seinem Geblüt zu erwarten ist.«

»Sie arbeiten also als Ärztin?«

Sie zuckte mit den Achseln. »Im Laufe der Jahre habe ich mich in vielen Fächern versucht. Ich war Hure, Soldatin, Sängerin, Geografin und Ganovin. Was immer mir am gelegensten erschien. Derzeit kommt mir die Medizin sehr gelegen. Mein Vater, mein leiblicher Vater, war Arzt, und ich war sein Lehrling. Elizabeth Garrett Anderson und Sophia Jex-Blake sind nicht die ersten Frauen, die als Ärztinnen praktizieren, müssen Sie wissen.«

»Seit dem fünfzehnten Jahrhundert hat sich vieles geändert.«

»Das ist mir durchaus bekannt. Ich habe darüber im *Lancet* gelesen. Ich halte nicht sehr viel von Blutegeln, es sei denn in ausgesuchten Fällen.«

Beauregard fand Gefallen an diesem alten Mädchen. Geneviève war ganz anders als die – untoten wie warmblütigen – Frauen, die er kannte. Sei es aus Notwendigkeit oder aus freien Stücken, Frauen schienen immerzu abseits zu stehen und hinter vorgehaltener Hand zu tuscheln, schritten jedoch nie zur Tat. Er musste an Florence Stoker denken, die vorgab, all die gescheiten Leute, welche sie unentwegt bewirtete, auch zu begreifen, und ein jedes Mal ihren Verdruss bekundete, wenn etwas nicht nach ihrem Wunsch geriet. Und Penelope, die ihre Gleichgültigkeit zu einer heiligen Sache erhob und darauf beharrte, man möge ihren armen Kopf nicht mit unschönen Einzelheiten behelligen. Selbst Kate Reed, eine neugeborene neue Frau, gab sich damit zufrieden, das Leben aufzuschreiben, statt es zu leben. Geneviève Dieudonné hingegen war mehr als eine bloße Zuschauerin. Sie erinnerte ihn ein wenig an Pamela. Pamela war immer ganz erpicht, ja *begierig* gewesen, an allem teilzuhaben.

»Geht es bei dieser Angelegenheit um Politik?«

Beauregard dachte sorgfältig nach, ehe er ihr eine Antwort gab. Er wusste nicht, wie viel er ihr verraten sollte.

»Ich habe Erkundigungen über den Diogenes-Club eingezogen«, sagte sie. »Sie sind so etwas wie eine Regierungskanzlei, nicht wahr?«

»Ich diene der Krone.«

»Woher rührt Ihr Interesse an der Sache?«

Geneviève stand an der Stelle, wo Catherine Eddowes gestorben war. Der Polizist wandte den Blick fort. Den roten Striemen nach zu urteilen, die vom Kragen beinahe bis zum Ohr hinaufreichten, hatte sich ein Vampir an ihm gütlich getan.

»Die Königin persönlich hat ihrer Betroffenheit Ausdruck verliehen. Wenn sie anordnet, wir sollen einen Mörder fassen, dann …«

»Der Ripper könnte ein Anarchist gleich welcher Parteifarbe sein«, überlegte sie. »Oder aber ein verblendeter Vampirhasser.«

»Letzteres ist gewiss.«

»Warum ist sich alle Welt so sicher, dass der Ripper Warmblüter ist?«, fragte Geneviève.

»Die Opfer waren allesamt Vampire.«

»Das sind viele. Die Opfer waren ebenso allesamt Frauen, allesamt Prostituierte, allesamt arm und hilflos. Es ließen sich allerlei Verbindungen zwischen ihnen herstellen. Der Ripper geht ihnen immer an die Kehle; das ist typisch für einen *nosferatu*.«

Der Polizist wurde allmählich unruhig. Geneviève machte ihn

nervös. Beauregard vermutete, dass er nicht der Einzige war, auf den sie solch eine Wirkung ausübte.

Er widersprach ihrer Theorie. »Nach dem, was wir aus den Obduktionen ersehen konnten, wurden die toten Frauen weder gebissen noch zur Ader gelassen. Im Übrigen wirkt das Blut eines Vampirs auf einen anderen Vampir nicht eben anziehend.«

»Das stimmt nicht ganz, Mr. Beauregard. Wir werden zu dem, was wir sind, weil wir das Blut eines anderen Vampirs getrunken haben. Es geschieht zwar nicht allzu häufig, aber wir zapfen einander durchaus an. Manchmal beweist ein kleiner Tyrann seine Vormachtstellung innerhalb der Gruppe, indem er von seinen Anhängern den Blutzoll fordert. Manchmal ist Vampirblut das einzige Heilmittel für die von verdorbenem Geblüt. Und manchmal ist der wechselseitige Aderlass natürlich nichts weiter als ein Geschlechtsakt, wie bei gewöhnlichen Menschen auch …«

Beauregard errötete infolge ihrer Offenheit. Das Gesicht des Polizisten glühte, und er rieb seine brennenden Wunden.

»Vlad Tepes' Blut ist befleckt«, fuhr sie fort. »Nur ein rechter Dummkopf würde aus einer solchen Quelle trinken. Aber London ist voller kranker Vampire. Der Ripper könnte leicht einer von ihnen sein oder aber ein grollender Warmblüter.«

»Ebenso könnte er es jedoch auf das Blut der Frauen abgesehen haben, weil er selbst untot werden will. In ihren Adern strömt ein Jungbrunnen. Wenn es sich bei unserem Ripper um einen kranken Warmblüter handelt, ist er womöglich verzweifelt genug, derlei Maßnahmen zu ergreifen.«

»Es gibt weitaus bequemere Möglichkeiten, zum Vampir zu werden. Was natürlich viele mit nicht ungesundem Misstrauen erfüllt. Ihr Einwand hat durchaus seine Berechtigung. Aber warum so viele Opfer? *Eine* Fangmutter würde vollauf genügen. Und warum Mord? Jede dieser Frauen hätte ihn für einen Shilling bereitwillig verwandelt.«

Sie kehrten dem Platz den Rücken und ließen sich zur Commercial Street zurücktreiben. Der ganze Fall kreiste um diese Straße. Sowohl Annie Chapman als auch Lulu Schön waren in einer ihrer Seitengässchen ums Leben gekommen. Die Polizeiwache, von der aus die Ermittlungen geführt wurden, befand sich dort, das *Café de Paris* und nicht zuletzt auch Toynbee Hall. Irgendwann im Laufe der vergangenen Nacht musste der Ripper die Commercial Street überquert haben, ja, war auf seinem Weg nach Limehouse und den Docks womöglich gar mit einem blutverschmierten Messer in der Manteltasche ihre Verlängerung südlich der Whitechapel High Street, die Commercial Road, entlanggebummelt. Hartnäckig hielt sich das Gerücht, der Mörder sei ein Seemann.

»Vielleicht ist er auch nur ein einfacher Verrückter«, gab Beauregard zu bedenken, »der ebenso wenig über ein Anliegen verfügt wie ein Orang-Utan mit einem Rasiermesser.«

»Glaubt man Dr. Seward, so handelt es sich bei Geisteskranken keineswegs um einfache Gemüter. Obgleich ihre Taten sinnlos und willkürlich erscheinen mögen, unterliegen sie doch immer einem System. Betrachten Sie die Angelegenheit von einem Dutzend verschiedener Warten, und schließlich werden Sie beginnen zu verstehen, werden Sie die Welt mit den Augen eines Geisteskranken sehen.«

»Und dann können wir ihn fassen?«

»Oder wie Dr. Seward sagen würde, ›heilen‹.«

Sie passierten einen Anschlagzettel, auf dem die Namen all jener Angeklagten verzeichnet waren, die man neuerdings öffentlich auf Holzspiere gespießt hatte. Tyburn war ein einziger Wald von gepfählten Dieben, Stutzern und Meuterern.

Beauregard dachte nach. »Ich fürchte, für diesen Geisteskranken gibt es nur eine Heilmethode.«

An der Ecke Wentworth Street sahen sie, dass sich in der Goulston Street Polizisten und Beamte versammelt hatten, unter ihnen auch Lestrade und Abberline. Der Haufen drängte sich um einen hageren Mann mit jämmerlichem Schnurrbart und hohem Zylinder. Es war Sir Charles Warren, der Commissioner der Metropolitan Police, den man in einen verächtlichen Winkel seines Bezirks gezwungen hatte. Der Pulk stand im Eingang eines Blocks neu erbauter Musterwohnungen.

Mit dem Vampirmädchen im Schlepptau, begab sich Beauregard gemessenen Schrittes zu der Gruppe. Es schienen wichtige Dinge diskutiert zu werden. Lestrade machte ihnen Platz, damit sie hinzutreten konnten. Beauregard war erstaunt, Lord Godalming unter den zivilen Würdenträgern anzutreffen. Der Neugeborene trug einen großen Hut, der sein Gesicht in Schatten hüllte, und paffte an einer Zigarre.

»Wer ist dieser Mann?«, fragte Sir Charles mürrisch und deutete auf Beauregard, ohne Geneviève eines Blickes zu würdigen, als sei sie seiner Beachtung nicht wert. »Scheren Sie sich weg, Kamerad. Dies ist eine rein dienstliche Angelegenheit. Hopp, fort mit Ihnen!«

Sir Charles hatte sich seinen Ruf im Kaffern-Krieg erworben und war es daher gewohnt, jeden Menschen, der keinen ordentlichen Rang bekleidete, wie einen Eingeborenen zu behandeln.

Godalming erklärte: »Mr. Beauregard vertritt den Diogenes-Club.«

Die Morgensonne trieb dem Commissioner die Tränen in die Augen, und er unterdrückte seine Verärgerung. Beauregard begriff sogleich, weshalb die Polizisten seine Gegenwart übel aufnahmen, scheute sich jedoch nicht, Warrens Verlegenheit gehörig auszukosten.

»Nun gut«, meinte Sir Charles. »Ich brauche mich Ihrer Diskretion hoffentlich nicht eigens zu versichern?«

Hinter dem Rücken des Commissioners verzog Lestrade angewidert das Gesicht. Sir Charles verlor das Wohlwollen seiner eigenen Männer.

»Halse«, sagte Lestrade, »zeigen Sie uns, was Sie gefunden haben.« Am Türstock lehnte der Deckel einer Packkiste. Constable Halse nahm die provisorische Schutzverkleidung fort. Eine Ratte, die auf die Größe eines Rugby-Balles aufgeschwollen war, schnellte hervor und schoss zwischen den auf Hochglanz polierten Schuhen des Commissioners hindurch; ihr Quieken klang, als kraspelten rostige Nägel über eine Schiefertafel. Der Constable legte einen verschmierten Kreideschriftzug frei, der sich grauweiß von den schwarzen Mauersteinen abhob.

DEN VAMPYREN
WIRD KEINE SCHULD FÜR NICHTS
GEGEBEN WERDEN

»Also ist den Vampiren offenbar für irgendetwas die Schuld zu geben«, folgerte der Commissioner scharfsinnig.

Halse hielt ein blutverschmiertes, ehemals weißes Stück Stoff in die Höhe. »Das lag im Eingang, Sir. Es ist Teil einer Schürze.«

»Die Eddowes trägt die andere Hälfte«, sagte Abberline.

»Sind Sie sicher?«, fragte Sir Charles.

»Das wird noch überprüft. Aber ich komme geradewegs aus der Leichenhalle in der Golden Lane, und ich habe den Rest der Schürze gesehen. Dieselben Flecke, derselbe Riss. Sie passen zusammen wie die Teile eines Vexierspiels.«

Sir Charles knurrte wortlos vor sich hin.

»Könnte der Ripper nicht einer von uns sein?«, fragte Godalming, womit er Genevièves früheren Grübeleien Ausdruck verlieh.

»Einer von Ihnen«, murmelte Beauregard.

»Der Ripper versucht ganz offensichtlich, uns in die Irre zu führen«, warf Abberline ein. »Er ist ohne Zweifel ein gelehrter Mann, der uns glauben machen möchte, er sei völlig ungebildet. Nur ein Schreibfehler und dazu eine doppelte Verneinung, wie sie nicht einmal der blödsinnigste Höker gebrauchen würde.«

»Und der Brief von Jack the Ripper?«, fragte Geneviève.

Abberline dachte nach. »Ich schätze, das war ein gerissener Heißsporn vom *Whitechapel Star,* der uns diesen albernen Dummejungenstreich nur gespielt hat, um die Auflage zu steigern. Dies ist eine andere Handschrift, und sie stammt gewiss vom Ripper. Sie ist einfach zu nahe beim Tatort, als dass es sich um einen bloßen Zufall handeln könnte.«

»Die Kritzelei hat sich gestern also noch nicht hier befunden?«, wollte Beauregard wissen.

»Der Streifenbeamte kann das beschwören.«

Constable Halse pflichtete dem Inspektor bei.

»Wischen Sie es fort«, sagte Sir Charles.

Niemand rührte sich.

»Das wird zu Pöbeljustiz, Aufruhr und Straßentumulten führen. Wir sind immer noch nur wenige, die Warmblüter aber sind viele.«

Der Commissioner nahm sein Schnupftuch und scheuerte die Kreide fort. Niemand protestierte gegen die Vernichtung von Beweisen, wenngleich Beauregard keineswegs entging, dass die Kriminalbeamten verstohlene Blicke wechselten.

»Na bitte«, sagte Sir Charles. »Manchmal scheint es mir, als müsste ich alles selbst erledigen.«

Beauregard bemerkte eine engstirnige, leidenschaftliche Impulsivität, die in Lucknow oder Rorke's Drift als beherzte Kühnheit hätte durchgehen mögen, und plötzlich begriff er, weshalb Sir Charles Entscheidungen zu treffen vermochte, wie sie im Blutsonntag ihren Höhepunkt gefunden hatten.

Die Würdenträger zerstreuten sich, kehrten in die wohlige Wärme ihrer Wagen und Clubs zurück.

»Werde ich Sie und Penny bei den Stokers treffen?«, fragte Godalming.

»Wenn diese Sache beendet ist.«

»Empfehlen Sie mich Ihrer Penny.«

»Aber gewiss doch.«

Godalming folgte Sir Charles. Nur die Constables aus dem East End blieben zurück, um das Durcheinander zu beseitigen.

»Man hätte es fotografieren müssen«, meinte Halse. »Es war ein Indiz, verflucht, ein Indiz.«

»Ruhig Blut, mein Freund«, erwiderte Abberline.

»Also«, sagte Lestrade. »Bei Sonnenaufgang sollen die Zellen aus allen Nähten platzen. Schaffen Sie mir jede Stiefelnutte, jeden Louis, jeden Schläger, jeden Beutelschneider herbei. Unter welchem Vorwand auch immer. Irgendjemand weiß etwas, und früher oder später wird dieser Jemand reden.«

Das würde dem Limehouse-Ring gar nicht gefallen. Überdies befand Lestrade sich im Irrtum. Beauregard kannte das Londoner Verbrechergewerbe gut genug, um zu wissen, dass ein jeglicher Ganove ihm unverzüglich Mitteilung erstatten würde, wenn sich auch nur der geringste Hinweis auf die Identität des Rippers ergäbe. Er hatte verschiedene Telegramme erhalten, in denen man ihm bedeutete, welche Fährte sich als fruchtlos erweisen würde.

Das Schattenimperium hatte bereits mehrere Spuren verworfen, die Scotland Yard mit ungebrochenem Eifer verfolgte. Der Gedanke, dass die Verbrecher von Limehouse über einen höheren Prozentsatz hochrangiger Verstandeskünstler verfügten als jene, die sich soeben in der Goulston Street versammelt hatten, erfüllte ihn mit einer gewissen Beunruhigung.

Er ging mit Geneviève zur Commercial Street zurück. Es war schon spät am Nachmittag, und er hatte seit über sechsunddreißig Stunden kein Auge mehr zugetan. Zeitungsjungen riefen Extrablätter zum Verkauf aus. Nach dem Brief mit der Unterschrift des Mörders und zwei weiteren Morden hatte die Gier nach Neuigkeiten ihren Gipfelpunkt erreicht.

»Wie denken Sie über Warren?«, fragte Geneviève.

Beauregard hielt es für das Beste, ihr seine Meinung vorzuenthalten, doch sie hatte ihn in einem Nu gänzlich durchschaut. Sie gehörte also zu *jener* Spezies Vampir, und er würde achtgeben müssen, was er in ihrer Gesellschaft dachte.

»Ich auch«, sagte sie. »Zweifellos der falsche Mann für diesen Posten. Ruthven müsste das eigentlich wissen. Trotz alledem, immer noch besser als ein irrsinniger Karpater.«

Verwirrt äußerte er eine Vermutung. »Wenn man Sie so reden hört, könnte man meinen, Sie hegten gewisse Vorurteile gegen Vampire.«

»Mr. Beauregard, ich bin umringt von den Nachkommen des Prinzgemahls. Zwar ist es zu spät, mich zu beklagen, nur steht Vlad Tepes schwerlich für die Besten meines Schlages. Niemand bringt einem ausgearteten Juden oder Italiener größeres Missfallen entgegen als ein Jude oder Italiener.«

Als die Sonne unterging, bemerkte Beauregard, dass er mit Geneviève allein war. Sie nahm ihre Mütze ab.

»Ja«, sagte sie und schüttelte ihr honigfarbenes Haar, »so ist es besser.«

Geneviève schien sich wie eine Katze am Ofen zu recken. Er spürte förmlich, wie ihre Kraft wuchs. Ihre Augen funkelten ein wenig, und ihr Lächeln bekam etwas geradezu Verschlagenes.

»Übrigens, wer ist Penny?«, wollte sie wissen.

Beauregard fragte sich, was Penelope wohl treiben mochte. Seit ihrer Auseinandersetzung vor einigen Tagen hatte er sie nicht mehr zu Gesicht bekommen.

»Miss Penelope Churchward, meine Verlobte.«

Zwar vermochte er Genevièves Miene nicht recht zu deuten,

doch hatte er den Eindruck, als verengten sich ihre Augen um eine Nuance. Er versuchte an nichts zu denken.

»Ihre Verlobte? Das wird nicht von Dauer sein.«

Er war entsetzt über ihre Unverfrorenheit.

»Verzeihen Sie, Mr. Beauregard. Aber Sie dürfen mir glauben, ich weiß es genau. Nichts ist von Dauer.«

26

Grübeleien und Verstümmelungen

2. OKTOBER

Ich spüre ihren heißen Atem im Nacken. Hätte Beauregard ihr nicht den Garaus gemacht, so hätte mich die Stride identifiziert. Auch andere müssen mich gesehen haben, wie ich meinen nächtlichen Geschäften nachging: Zwischen der Stride und der Eddowes lief ich in panischem Schrecken durch die Straßen, blutbesudelt und mit einem Skalpell in der Faust. Beinahe wäre ich ihnen ins Netz gegangen. Ich hatte mir eben an der Stride zu schaffen gemacht, als ein Karren vorüberdonnerte. Das Pferd schnaubte wie der Teufel. Ich nahm Reißaus, in der Gewissheit, die Karpatische Garde sei mir auf den Fersen. Es grenzt an ein Wunder, aber der Fuhrmann hat mich nicht gesehen. Laut *Times* handelte es sich bei der »Person aus Porlock« um Louis Diemschütz, einen jener jüdischen Sozialisten, die im Internationalen Arbeiterbildungsverein zusammenkommen. Bei der Eddowes hatte ich mehr Glück. Ich hatte mich so weit beruhigt, dass ich mit ihr einen Handel anfangen konnte. Sie kannte mich und vertraute mir. Besser hätte ich es gar nicht treffen können. In ihrem Fall war die Entbindung ein Erfolg.

Wahrlich, ich halte die Entbindung der Eddowes für meine bis *dato* größte Tat. Nachdem ich sie vollbracht hatte, war ich die Ruhe selbst. Um meine Verfolger auf eine falsche Spur zu setzen, hinterließ ich an einer Mauer eine Mitteilung. Ich ging zur Hall zurück, wechselte in Windeseile meine Kleider, so dass ich dem Eintreffen der Polizei gefasst entgegensehen konnte. *In toto* habe ich gute Arbeit geleistet, was die Unannehmlichkeiten mit der Stride betrifft. Mit Augenmaß und Silberkugel hat Beauregard mein Werk vollendet. Ich habe mich schon seit Monaten nicht mehr so wohlgefühlt wie jetzt. Der Schmerz in meiner Hand hat nachgelassen. Ich frage mich, ob dies nicht auf den Aderlass zurückzuführen ist. Seit die Kelly sich von mir genährt hat, geht der Schmerz stetig zurück. Ich habe unsere Akten nach der Kelly durchforscht und eine Adresse unweit der Dorset Street entdeckt. Ich muss sie dringend ausfindig machen und noch einmal um ihre Gefälligkeit ansuchen.

Unterdessen kursieren so viele, von törichten Nachrichten an die Presse mit Feuerung versehene Märchen über den Ripper, dass ich mich dahinter unbemerkt verstecken kann, auch wenn bisweilen ein Gerücht der Wahrheit unerfreulich nahe kommt. Schließlich heiße ich *wahrhaftig* Jack.

Heute gestand mir ein Patient, ein ungebildeter Einwanderer namens David Cohen, dass er Jack the Ripper sei. Ich übergab ihn der Polizei, und er wurde in einer Zwangsjacke nach Colney Hatch verbracht. Lestrade zeigte mir einen Aktendeckel voll mit ähnlichen Geständnissen. Die Schwachsinnigen stehen Schlange, um sich meiner Entbindungen zu rühmen. Und irgendwo dort draußen sitzt auch der Briefschreiber glucksend über seiner törichten roten Tinte und seinen neckischen Späßen.

»Ganz der Ihrige, Jack the Ripper«? Ist der Briefschreiber womöglich jemand, den ich kenne? Weiß er vielleicht etwas von mir? Nein, er begreift sie nicht, meine Mission. Ich bin kein irrsinniger Possenreißer. Ich bin ein Chirurg, der krankhaftes Gewebe entfernt. Das hat mit »Jux und Dollerei« nicht das Geringste zu tun.

Geneviève bereitet mir große Sorgen. Bei anderen Vampiren ist das Gehirn in eine Art von rotem Nebel gehüllt, nicht jedoch bei ihr. In *The Lancet* las ich einen Artikel von Frederick Treves, in dem er über das Wesen des Geblütes spekuliert und sich mit allergrößter Diskretion in Andeutungen darüber ergeht, dass dem vom Prinzgemahl ins Land getragenen königlichen Geschlecht etwas Unreines anhaften möchte. Viele von Draculas Nachkommen sind verbogene, selbstzerstörerische Kreaturen, zerrüttet von ihren die Gestalt wandelnden Leibern und unbezähmbaren Begierden. Alle Welt weiß, wie schlecht es um das königliche Blut bestellt ist. Geneviève hingegen besitzt einen Verstand so scharf wie ein Skalpell. Manchmal weiß sie sogar, was Menschen denken. In ihrer Gegenwart versuche ich, mich auf meine Patienten, auf Listen und Stundenpläne zu besinnen. Doch hat jegliche Ideenassoziation ihre Tücken: Bei der Behandlung der Wunden einer Neugeborenen, die von einem Fuhrwerk überrollt worden war, kamen mir jene Wunden ins Gedächtnis, die ich anderen Neugeborenen beigebracht habe. Nein, nicht Wunden. Einschnitte. Chirurgische Einschnitte. Es liegt kein Hass, kein Groll in dem, was ich tue.

Bei Lucy beherrschte mich die Liebe. Dies hingegen ist beherrscht allein vom Kaltsinn einer medizinischen Operation. Van Helsing hätte das verstanden. Ich muss an die Kelly denken, an die bestialischen Augenblicke, die wir gemeinsam verbrachten. Sie ist meiner, der wahrhaften Lucy ja so ähnlich. Wenn ich mir die zärtlichen Empfindungen auf meiner Haut ins Gedächtnis rufe, bekomme ich einen trockenen Mund. Ich werde erregt. Die Bisse, welche die Kelly mir zugefügt hat, beginnen zu jucken. Das Jucken ist Schmerz und Lust zugleich. Mit dem Jucken rührt sich ein Verlangen, ein kompliziertes Verlangen. Es ist ganz anders als die simple Sucht nach Morphium, die mich befällt, wenn der Schmerz gar unerträglich wird. Es ist ein Verlangen nach den Küssen der Kelly. Doch dieses Verlangen birgt viel mehr, unzählige Begierden.

Ich weiß, dass ich das Rechte tue. Ich habe recht getan, Lucy zu retten, indem ich ihr den Kopf abtrennte, und ich habe recht getan, die anderen zu entbinden. Die Nichols, die Schön, die Stride, die Eddowes. Ich tue recht. Aber ich werde damit aufhören. Ich bin Nervenarzt, und die Kelly war mir Grund genug, den Blick erneut auf mich selbst zu richten. Ist mein Verhalten denn tatsächlich so anders als das Renfields, der kleine Tode sammelte, wie ein Geizhals Pennies hortet? Der Graf machte eine Abnormität aus ihm, wie er auch mich in ein Monstrum verwandelt hat. Und ich *bin* ein Monstrum. Jack the Ripper, Saucy Jack, Red Jack, Bloody Jack. Man wird mich in eine Reihe stellen mit Sweeney Todd, Sawney Bean, Mrs. Manning, dem »Gesicht am Fenster« und Jonathan Wild: endlos wiedergekäut in ›Famous Crimes: Past and Present‹. Schon jetzt gibt es Schauerromane; bald wird man mir Varieté-Nummern widmen, sensationelle Melodramen, ein Konterfei aus Wachs in der Schreckenskammer Mme. Tussauds. Dabei wollte ich ein Monstrum vernichten und nicht selbst zum Monstrum werden.

27

Dr. Jekyll und Dr. Moreau

»Meine liebe Mlle. Dieudonné«, begann die Nachricht, die der schätzenswerte Ned ihr überbracht hatte, »ich habe im Zusammenhang mit unseren Ermittlungen einen Besuch zu machen und wüsste gern einen Vampir bei mir. Könnten Sie sich den heutigen Abend zur Verfügung halten? Man wird Ihnen einen Wagen nach Whitechapel schicken. Später mehr. Beauregard.«

Wie es sich ergab, befand sich Charles Beauregard persönlich im Wagen, frisch rasiert und gekleidet, einen Hut auf dem Schoß und einen Stock an seiner Seite. Er schien sich allmählich die Gewohnheiten der Vampire zu eigen zu machen, die bei Tage schliefen und bei Nacht auf Raub ausgingen. Er nannte dem Kutscher eine Adresse in der Stadt. Vergnüglich schaukelnd ließ der Hansom das East End hinter sich.

»Nichts wirkt so beruhigend wie das Innere eines Hansom«, verkündete Charles. »Er ist wie eine Miniaturfestung auf Rädern, ein Hort des Trostes in der Finsternis.«

Da ihr Begleiter allem Anschein nach eine poetische Ader hatte, war Geneviève dankbar, bei der Auswahl ihrer Kleidung mit allergrößter Sorgfalt vorgegangen zu sein. Zwar würde man ihr schwerlich Einlass in den Palast gewähren, doch erregte ihr Aufzug wenigstens nicht den Verdacht, sie sei dem männlichen Geschlecht feindlich gesinnt. Sie hatte sich mit einem Samtumhang und dem dazu passenden Halsband abgeplagt und reichlich Zeit darauf verwendet, ihr Haar zu bürsten, das sie nun offen um die Schultern trug. Jack Seward fand das *arrangement* »entzückend«, und da ihr die Freuden eines Spiegels verwehrt blieben, musste sie sich auf sein Wort verlassen.

»Sie scheinen verändert heute Abend«, bemerkte Charles.

Sie lächelte, krampfhaft bemüht, ihre Zähne zu verbergen. »Ich fürchte, das liegt an diesem Kleid. Ich kann kaum atmen.«

»Ich dachte, Sie brauchten nicht zu atmen.«

»Das ist ein weit verbreiteter Irrtum. Auf gewisse Weise verstehen es die Ignoranten, gänzlich unvereinbare Ansichten aufrechtzuerhalten. Einerseits sind Vampire daran zu erkennen, dass sie nicht zu atmen brauchen. Andererseits verfügen Vampire über den widerlichsten Atem, den man sich nur vorstellen kann.«

»Sie haben selbstverständlich Recht. Daran habe ich noch nie gedacht.«

»Wir sind natürliche Lebewesen, wie alle anderen auch«, erklärte sie. »Mit Magie haben wir nichts zu schaffen.«

»Und was die Sache mit den Spiegeln anbetrifft?«

Auf diese Frage kam es ein jedes Mal heraus, die Sache mit den Spiegeln. Dafür hatte niemand eine Erklärung.

»Vielleicht ist doch ein klein wenig Magie dabei«, sagte sie, indem sie dies mit Daumen und Zeigefinger anschaulich zu machen suchte. »Nicht mehr als ein Hauch.«

Charles lächelte, was er nur selten tat. So sah er gleich viel besser aus. Charles Beauregard hielt sich verschlossen. Zwar konnte sie keineswegs Gedanken lesen, doch war sie überaus empfindsam. Charles schien immerzu darauf bedacht, seine Gedanken für sich zu behalten. Ein Kniff, der sich nicht von selbst erlernte; offenbar hatte sein Leben im Dienste des Diogenes-Clubs ihn diese Fähigkeit gelehrt. Sie hatte ganz den Eindruck, als sei der höfliche Gentleman an ihrer Seite ein alter Hase, was das Bewahren von Geheimnissen anging.

»Haben Sie schon die Zeitungen gelesen?«, fragte er. »Es hat eine neuerliche Mitteilung von Jack the Ripper gegeben. Eine Postkarte.«

»*Dieses Mal doppelter Erfolg*«, zitierte sie.

»Ganz recht. ›Hatte keine Zeit, der Polizei die Ohren mitzunehmen.‹«

»Hat er denn nicht versucht, Cathy ein Ohr abzuschneiden?«

Charles hatte sich Dr. Gordon Browns Bericht offenbar genauestens eingeprägt. »Es gab eine derartige Verletzung, aber sie ist vermutlich im Eifer des Gefechts entstanden. Ihr Gesicht war beträchtlich verstümmelt. Selbst wenn es sich bei unserem Briefschreiber nicht um den Mörder handelt, so verfügt er doch womöglich über eine eingeweihte Quelle.«

»Wie zum Beispiel einen Zeitungsschreiber?«

»Das wäre eine Möglichkeit. Dass die Briefe an die Central News Agency gesandt wurden und demzufolge allen Zeitungen zur Verfügung stehen, ist ungewöhnlich. Es gibt wohl kaum einen Menschen, der nicht unmittelbar mit der Presse assoziiert ist und dennoch weiß, was eine Nachrichtenagentur ist. Wären die Briefe an ein bestimmtes Journal gesandt worden, würden nur wenige Zeitungsschreiber aus diesem *coup* ihren Profit ziehen können.«

»Und ebenfalls unter Verdacht geraten?«

»Exakt.«

Unterdessen waren sie in der Stadt angekommen. Breite, hell erleuchtete Straßen; Häuser, zwischen denen sogar Bäume und Rasenflächen Platz fanden. Hier war alles sehr viel sauberer. Wenngleich Geneviève an einem Square drei auf Pfähle gespießte Leichname erblickte. Kinder spielten in den Büschen rings um die Gepfählten Verstecken, rotäugige kleine Vampire, die, sowie sie ihre feisten Spielgefährten ausfindig machten, einander mit spitzen Zähnen zärtliche Zwicke versetzten.

»Wen werden wir aufsuchen?«, fragte sie.

»Einen Mann, der Ihnen bestimmt gefallen wird. Dr. Henry Jekyll.«

»Der Naturforscher? Er war bei der Untersuchung des Falles Lulu Schön zugegen.«

»Ebender. Er kennt keine Götter außer Darwin und Huxley. Keinerlei Magie findet den Weg über seine Schwelle. Und wo wir schon einmal von Dr. Jekylls Schwelle sprechen, will ich hoffen, dass wir diese erreicht haben.«

Der Wagen hielt. Charles stieg aus und half ihr herunter. Sie vergaß nicht, dabei ihr Kleid zu raffen und sich aufzurichten. Er befahl dem Kutscher zu warten.

Sie befanden sich an einem Platz, der umringt war von hübschen alten Häusern, die jedoch überwiegend bessere Tage gesehen haben mochten und deren Räumlichkeiten nun an Leute von allerlei Rang und Stand vermietet waren: Landkartenstecher, Architekten, Karpater, Winkeladvokaten und die Kommissionäre obskurer Handelsunternehmungen. Das Gebäude gleich neben dem Eckhaus hingegen schien von nur einer Partei bewohnt. Als sie an der Eingangstüre angekommen waren, die einen stolzen Hauch von Reichtum und Luxus verströmte – wenngleich sie nun im Dunkeln lag und allein durch die Lünette erhellt wurde –, klopfte Charles. Ein ältlicher Diener öffnete. Charles präsentierte ihm seine Karte, die ihm freien Zugang zu jeglicher Behausung oder Institution des Landes zu gewähren schien.

»Und das ist Miss Dieudonné«, erklärte Charles, »die Älteste.«

Der Diener nickte und geleitete die Besucher in eine geräumige, komfortable Halle voller kostbarer Eichenschränke; sie war mit Steinplatten ausgelegt und wurde nach Landhausart von einem hellen, offenen Feuer beheizt.

»Dr. Jekyll befindet sich in Gesellschaft des anderen Gentleman im Laboratorium, Sir«, sagte der Diener. »Ich werde Sie melden.«

Er verschwand in einen anderen Flügel des Hauses und ließ Geneviève und Charles in der Halle zurück. Im Dunkeln konnte sie besser sehen. Seltsame Formen und Farben flackerten im Widerschein des Feuers über die polierten Eichenschränke und warfen unruhige Schatten an die niedrige Decke.

»Dr. Jekyll hält offenbar nicht allzu viel von elektrischem Licht«, bemerkte sie.

»Das Haus ist eben alt.«

»Ich hatte eigentlich erwartet, einen Mann der Wissenschaft inmitten schimmernder Zukunftsapparate vorzufinden und nicht im trüben Dunkel der Vergangenheit.«

Charles stützte sich achselzuckend auf seinen Stock. Der Diener kehrte zurück und führte sie in den hinteren Teil des Hauses. Sie durchquerten einen bedachten Innenhof und kamen zu einem hell erleuchteten Gebäude, das unmittelbar an die Rückseite von Dr. Jekylls Haus grenzte. Eine mit rotem Boi bezogene Tür stand offen, und Stimmen waren zu hören.

Charles trat beiseite und ließ ihr den Vortritt. Das Laboratorium war ein hoher, an einen Operationssaal gemahnender Raum; die Wände waren mit Büchergestellen und Karten bedeckt, und überall standen Tische und Bänke, auf denen sich ein kompliziertes Wirrwarr aus Retorten, Brennern und Reagenzgläsern befand.

Es roch stark nach Seife. Andere Gerüche waren wohl nicht einmal mehr durch fleißiges Scheuern zu beseitigen.

»Danke, Poole«, sagte Jekyll und entließ seinen Diener, der sich allem Anschein nach voller Erleichterung ins Haupthaus zurückzog. Sein Herr hatte sich bei ihrem Eintreten angeregt mit einem breitschultrigen, vorzeitig ergrauten Mann unterhalten.

»Willkommen, Mr. Beauregard«, sagte Jekyll. »Und Miss Dieudonné.«

Er machte eine leichte Verbeugung und wischte sich eine Substanz von den Händen, die sonderbare Schmierflecke an seiner Lederschürze hinterließ.

»Das ist mein Kollege, Dr. Moreau.«

Der weißhaarige Mann hob die Hand zum Gruß. Geneviève wusste sofort, dass sie Dr. Moreau nicht mögen würde.

»Wir haben soeben über das Blut gesprochen.«

»Ein hochinteressantes Thema«, wagte Charles sich vor.

»In der Tat. Überaus interessant. Dr. Moreau vertritt radikale Ansichten, was die Klassifizierung des Blutes betrifft.«

Die beiden Wissenschaftler hatten vor einer Bank gestanden, über die ein Stück Wachstuch ausgebreitet war. Auf dem Tuch verstreut lag ein Durcheinander aus Staub und Knochenfragmenten, die den schemenhaften Umriss eines Menschen bildeten: ein krummes Stück, das wohl eine Stirn gewesen sein mochte, einige gelbe Zähne, ein paar Stäbe, die an Rippen gemahnten, und eine große Menge bröckliger rotgrauer Materie, die Geneviève zu ihrem Bedauern nicht zum ersten Mal erblickte.

»Das war ein Vampir«, meinte sie. »Ein Ältester?«

Ein gewöhnlicher Neugeborener wäre nicht derart zerfallen. Chandagnac hatte sich in Asche wie diese verwandelt. Zum Zeitpunkt seiner Vernichtung war er über vierhundert Jahre alt gewesen.

»Wir hatten Glück«, erklärte Jekyll. »Graf Vardalek hatte sich eines Vergehens wider den Prinzgemahl schuldig gemacht und wurde hingerichtet. Sowie ich von der Sache erfuhr, suchte ich um seine sterblichen Überreste an. Diese Gelegenheit hat sich als unschätzbar erwiesen.«

»Vardalek?«

Jekyll machte eine wegwerfende Handbewegung. »Ein Karpater, wenn mich nicht alles täuscht.«

»Ich kannte ihn.«

Jekyll schien seinem wissenschaftlichen Enthusiasmus für einen Augenblick entrissen. »Ich bin zutiefst betrübt, bitte verzeihen Sie meinen Mangel an Schicklichkeitsgefühl ...«

»Keine Ursache«, erwiderte sie, während sie sich vorstellte, wie das grell geschminkte Gesicht des Ungarn sich über die Schädelreste spannte. »Wir waren nicht eben befreundet.«

»Wir müssen die Physis der Vampire studieren«, sagte Moreau. »Sie ist von außerordentlichem Interesse.«

Charles sah sich im Laboratorium um, warf hie und da einen Blick auf die im Gange befindlichen Experimente. Kotiger Schlamm tropfte in einen Becher unmittelbar vor seiner Nase und verzischte dort zu violettem Schaum.

»Sehen Sie«, wandte sich Jekyll an Moreau. »Das Präzipitat reagiert normal.«

Der weißhaarige Wissenschaftler gab keine Antwort. Offenbar hatte Jekyll eine seiner Theorien widerlegt.

»Unsere Angelegenheiten«, begann Charles, »sind nicht so sehr wissenschaftlicher als vielmehr kriminalistischer Natur. Wir verfolgen die Whitechapel-Morde. Die Sache Jack the Ripper.«

Jekyll schwieg.

»Haben Sie womöglich selbst Interesse an dem Fall genommen? Einer gerichtlichen Untersuchung beigewohnt oder dergleichen?«

Jekyll bejahte, sagte jedoch weiter nichts.

»Haben Sie bestimmte Schlüsse ziehen können?«

»Über den Mörder? Nicht sehr viele. Ich bin der festen Überzeugung, dass ein jeder von uns, befreit man ihn von den Zwängen zivilisierten Verhaltens, zu jeglicher Ausschweifung imstande ist.«

»In seinem tiefsten Innern ist der Mensch ein Tier«, sagte Moreau. »Darin liegt seine verborgene Kraft.« Er ballte die behaarten Hände zu Fäusten.

Geneviève war gewiss, dass der Wissenschaftler über enorme Körperkräfte verfügte. Es lag beinahe etwas Affenartiges in seiner Konstitution. Es wäre ihm ein Leichtes, jemandem die Kehle durchzuschneiden oder eine eilige Sektion vorzunehmen, eine Silberklinge in renitentes Fleisch zu treiben, Knochen entzweizusägen.

»Mein Interesse«, fuhr Jekyll fort, »gilt zuallererst den Opfern. Den Neugeborenen. Die meisten von ihnen gehen dem sicheren Tod entgegen, müssen Sie wissen.«

Derlei war Geneviève durchaus nicht neu.

»Vampire sind aller Möglichkeit nach unsterblich. Doch sind sie trotz ihrer Unsterblichkeit in höchstem Maße anfällig. Etwas in ihrem Innern treibt sie zur Selbstzerstörung.«

»Insbesondere jene, die ihre Gestalt zu wandeln in der Lage sind«, sagte Moreau. »Sie drehen die Uhr der Evolution zurück, sie sind ein Atavismus. Die Menschheit befindet sich am Scheitelpunkt der Parabel irdischen Lebens; der Vampir hingegen stellt gleichsam den Schritt hinaus über den Bug des Schiffes dar, den ersten Fehltritt auf dem Pfad der Rückkehr zur Barbarei.«

»Dr. Moreau«, erwiderte Geneviève, »wenn ich Sie recht verstehe, so könnte ich dies wohl als Beleidigung begreifen.«

Jekyll fuhr dazwischen. »Aber, aber, Miss Dieudonné, nicht doch. Sie sind der interessanteste Fall, den man sich nur vorstellen kann. Ihre fortwährende Existenz ist der beste Beweis dafür, dass Vampire keineswegs einen Rückschritt auf der Leiter der Evolution zu bedeuten brauchen. Ich würde Sie zu gern einmal umfassend untersuchen. Es ist durchaus denkbar, dass in Ihnen die Menschheit zur Perfektion gereift ist.«

»Mir ist ganz und gar nicht danach, jemandem zum Ideal zu dienen.«

»Und ebenso wird es auch bleiben, bis Sie in einer perfekten Welt Ihr Dasein führen. Wenn es uns gegeben wäre, jene Faktoren zu bestimmen, die einen Ältesten von einem Neugeborenen unterscheiden, könnten wir womöglich viele Leben retten.«

»Neugeborene sind wie junge Schildkröten«, sagte Moreau. »Zu Hunderten schlüpfen sie aus dem Ei, doch nur wenigen gelingt es, aus dem Sand ins Meer zu kriechen, ohne einem Seevogel zum Opfer zu fallen.«

Charles hörte aufmerksam zu, gestattete ihr, die Wissenschaftler auszufragen. Sie konnte sich beim besten Willen nicht vorstellen, was er von ihnen zu erfahren hoffte.

»Ohne Ihrer durchaus schmeichelhaften Vermutung widersprechen zu wollen, bei meiner Wenigkeit handele es sich um die Erfüllung eines göttlichen Plans, ist unter Wissenschaftlern doch zweifellos die Auffassung verbreitet, dass Vampire keineswegs eine abgesonderte Spezies der Menschheit darstellen, sondern vielmehr einen parasitären Auswuchs unseres Stammbaums, der allein kraft eines Lebensmittels zu existieren vermag, das er unseren warmblütigen Verwandten wegstiehlt?«

Von einem Augenblick zum anderen war der sanftmütige Jekyll beinahe rot vor Zorn. »Ich bin zutiefst enttäuscht, dass Sie solch antiquierte Ansichten hegen.«

»Ich hege sie lediglich, Doktor. Ich würde ihnen jedoch keinesfalls besondere Pflege angedeihen lassen.«

»Sie möchte Sie doch nur zu einem Disput herausfordern, Harry«, erklärte Moreau.

»Natürlich, verzeihen Sie. Um Ihnen eine einfache Antwort zu geben: Vampire sind ebenso wenig Parasiten, nur weil sie sich von Menschenblut ernähren, wie Menschen Parasiten sind, nur weil sie sich vom Fleisch des Rindviehs ernähren.«

Geneviève kitzelte der rote Durst in der Kehle. Sie hatte die letzten Tage verschlafen, und wenn sie nicht so bald wie möglich neue Nahrung fände, würde ihre Kraft dahinschwinden.

»Manche von uns pflegen Ihresgleichen als ›Vieh‹ zu bezeichnen. Jener staubige Herr dort drüben war dafür berühmt, sich dieses Wortes zu befleißigen.«

»Das ist durchaus verständlich.«

»Vardalek war ein überhebliches Karpaterschwein, Doktor. Ich kann Ihnen versichern, dass ich seine Verachtung für die Warmblüter keineswegs teile.«

»Freut mich zu hören«, warf Charles ein.

»Haben Sie eigentlich niemals versucht, den dunklen Kuss zu empfangen?«, fragte sie. »Im Namen der Forschung wäre dies gewiss ein logischer Schritt.«

Jekyll schüttelte den Kopf. »Wir möchten das Phänomen in größerem Maße untersuchen. Der Vampirismus mag ein geeignetes Mittel gegen den Tod darstellen, in neun von zehn Fällen ist er jedoch auch ein tödliches Gift.«

»In Anbetracht der lebenswichtigen Bedeutung dieses Forschungsgebietes hat man diesen Aspekt bislang sträflich vernachlässigt«, setzte Moreau hinzu. »Dom Augustin Calmet wird noch heute als mustergültiger Quellentext herangezogen.«

Calmet war der Verfasser einer *Abhandlung über die Vampire Ungarns und der umliegenden Gebiete,* die erstmals im Jahre 1746 erschienen war, einer Sammlung zweifelhafter Vorfälle und deftig ausgeschmückter Volkssagen.

»Selbst der selige, zu Unrecht in Verruf geratene Van Helsing war im Herzen ein Anhänger Calmets«, sagte Jekyll.

»Die Herren sind demnach bestrebt, zum Newton beziehungsweise Galileo des Vampirismus-Studiums aufzusteigen?«

»Ein guter Ruf hat nicht das Geringste zu bedeuten«, entgegnete Moreau. »Den kann sich jeder Narr erkaufen. Betrachten Sie doch nur einmal die Royal Society, und erkennen Sie ihre Mitglieder, Warmblüter wie Untote, als jenes lose Pack kahlköpfiger Paviane an, das sie tatsächlich sind. In der Wissenschaft zählt allein der Beweis. Und den werden wir schon bald erbracht haben.«

»Den Beweis wofür?«

»Für das Vermögen des Menschen, es zur Perfektion zu bringen, Miss Dieudonné«, sagte Jekyll. »Sie tragen einen angemessenen Namen. Womöglich sind Sie uns in der Tat von Gott gegeben. Wenn wir alle sein könnten wie Sie ...«

»Wenn wir alle Vampire wären, von wem sollten die Vampire sich ernähren?«

»Nun, wir würden Afrikaner und Südsee-Insulaner importieren«, meinte Moreau, als wollte er einen Dummkopf davon überzeugen, dass der Himmel blau sei. »Oder Tiere niederer Ordnung zu menschlicher Gestalt heranzüchten. Wenn Vampire imstande sind, ihre Gestalt zu wandeln, so vermögen dies zweifellos auch andere Kreaturen.«

»Es gibt Vampire in Afrika, Dr. Moreau. Fürst Mamuwalde ist dort durchaus hoch angesehen. Und selbst in der Südsee habe ich Brüder und Schwestern...«

Geneviève sah ein unheilvolles Licht in Dr. Jekylls Augen schimmern. Sein *pendant* spiegelte sich in den begierigen Blicken Dr. Moreaus: die Lust des Prometheus, das Verlangen nach einer alles verzehrenden Flamme des Wissens.

»Welch eine kalte, finstere Stille wäre doch die Perfektion«, sagte Geneviève. »Ich denke mir, eine allumfassende Vervollkommnung käme dem Tod recht nahe.«

28

Pamela

Es scheint, als hätte ich mit einem Mal ein warmherziges, ja beinahe zärtliches Gefühl für Dom Augustin Calmet entwickelt«, sagte Geneviève. Beauregard zeigte sich überaus belustigt.

Auf dem Weg zurück nach Whitechapel saß sie im Wagen dicht neben ihm. Clayton, den Beauregard für die ganze Nacht angeworben hatte, kannte ihr Ziel. Seit seinem unfreiwilligen Ausflug nach Limehouse zog Beauregard es vor, sich von einem Fuhrmann durch London kutschieren zu lassen, der, wie er wusste, dem Diogenes-Club zu Diensten stand.

»Viele brillante Männer wurden von ihren Zeitgenossen für geisteskrank gehalten.«

»Ich habe keine Zeitgenossen«, erwiderte sie. »Mit Ausnahme von Vlad Tepes, dem ich allerdings nie begegnet bin.«

»Können Sie mir trotzdem folgen?«

Genevièves Augen leuchteten. »Aber natürlich, Charles ...«

Sie hatte sich die Gewohnheit zu eigen gemacht, ihn beim Vornamen zu nennen. Unter anderen Umständen wäre ihm dies vielleicht unziemlich erschienen, doch war es widersinnig, bei einer Frau, die zehnmal seine Urgroßmutter hätte sein können, auf der von der Etikette vorgeschriebenen Anrede zu bestehen.

»Es wäre doch möglich, dass es sich bei den Morden um Experimente handelt«, fuhr sie fort. »Wenn Dr. Knox eine Leiche benötigte, scherte es ihn keinen grünen Heller, woher er sie bekam; Dr. Jekyll und Dr. Moreau benötigen die Leichname von Untoten, warum also sollten sie so sehr darüber erhaben sein, sie auf den Straßen Whitechapels zu ernten?«

»Vor einigen Jahren war Moreau in einen Vivisektionsskandal um einen gehäuteten Hund verwickelt. Eine überaus widerwärtige Geschichte.«

»Typisch. Unter seinem weißen Kittel steckt nichts weiter als ein Höhlenmensch.«

»Und er verfügt über nicht geringe Körperkraft. Und großes Geschick im Umgang mit dem Ochsenziemer, sagt man. Er hat sich reichlich durch die Welt geschlagen.«

»Aber dass er unser Mörder ist, glauben Sie nicht?«

Es erfüllte Beauregard mit gelindem Erstaunen, dass sie ihm derart zuvorgekommen war. »Nein. Schließlich genießt er einen Ruf als genialischer Chirurg.«

»Und Jack the Ripper weiß zwar um das Körperinnere, wühlt

sich aber mit der Finesse eines volltrunkenen Schweineschlächters durch die Eingeweide.«

»Genau.«

Er war es gewohnt, seine Gedankengänge erläutern zu müssen. Es war erfrischend, wenn nicht gar ein wenig beunruhigend, jemanden bei sich zu wissen, der mit ihm Schritt zu halten vermochte.

»Würde er absichtlich stümperhaft zu Werke gehen, um den Verdacht von sich abzulenken?«, fragte sie und gab sich sogleich eine Antwort: »Nein. Wenn Moreau verrückt genug wäre, zu Experimentierzwecken zu morden, würde er den Zustand seiner Beute nicht durch vorsätzliche Unachtsamkeit aufs Spiel setzen. Wenn er unser Ripper wäre, würde er seine Opfer entführen und an einen geheimen Ort verbringen, um sie in Muße operieren zu können.

Die Mädchen wurden alle dort getötet, wo man sie auch gefunden hat?«

Beauregard nickte. »Und zwar rasch, in Raserei. Nicht nach ›wissenschaftlicher Methode‹.«

Die Vampirfrau knabberte an ihrer Unterlippe und bot einen Augenblick lang das vollkommene Ebenbild eines ernsten sechzehnjährigen Mädchens in einem Kleid, das wie für eine ältere, leichtfertigere Schwester geschneidert war. Dann regte sich ihr uralter Verstand aufs Neue.

»Sie haben also Dr. Jekyll in Verdacht?«

»Er befasst sich mit der Chemie des Lebens, ist aber kein Anatom. Ich bin zwar nicht eben Fachmann auf diesem Gebiet, plage mich jedoch zuweilen mit seinen Artikeln ab. Er hegt mitunter sonderbare Ansichten. *Über die Zusammensetzung des Vampir-Gewebes* lautet der Titel seines neuesten Werkes.«

Geneviève sann über diese Möglichkeit nach. »Das ist allerdings kaum denkbar. Im Vergleich zu Moreau wirkt er so ... *harmlos*. Er erinnert mich an einen Geistlichen. Und er ist alt. Ich kann mir beim besten Willen nicht vorstellen, dass er bei Nacht durch die Straßen streicht; zudem verfügt er schwerlich über die enorme Kraft, die der Ripper besitzen muss.«

»Dennoch könnte etwas daran sein.«

Sie überlegte einen Augenblick. »Ja, Sie haben ganz Recht. Es könnte etwas daran sein. Ich glaube zwar nicht, dass Henry Jekyll der Ripper ist. Und doch haftet ihm etwas Merkwürdiges an.«

Beauregard war zutiefst erfreut, seinen Verdacht bestätigt zu finden. »Man wird ihn im Auge behalten müssen.«

»Charles, gebrauchen Sie mich als Bluthund?«

»Ich fürchte, ja. Haben Sie etwas dagegen?«

»Wuff wuff«, machte sie kichernd. Wenn sie lachte, entblößten ihre Lippen grauenhafte, spitze Zähne. »Sie dürfen mir keinesfalls vertrauen. Ich war einmal der festen Überzeugung, bis zum Winter sei der Krieg vorüber.«

»Welcher Krieg?«

»Der Hundertjährige.«

»Immerhin.« Er lachte.

»Eines Jahres schließlich hatte ich Recht. Aber da bekümmerte es mich schon nicht mehr. Wenn mich nicht alles täuscht, war ich damals in Spanien.«

»Sie stammen doch eigentlich aus Frankreich. Warum leben Sie dann nicht auch dort?«, fragte er.

»Damals gehörte Frankreich zu England. Darüber war es doch zum Krieg gekommen.«

»Also standen Sie auf unserer Seite?«

»Ganz und gar nicht. Aber das war vor langer Zeit, in einem anderen Land, und jenes Mädchen ist seit langem tot.«

»Whitechapel ist ein sonderbarer Ort, um auf jemanden wie Sie zu treffen.«

»Ich bin nicht die einzige Französin in Whitechapel. Die Hälfte aller *filles de joie* von der Straße nennt sich ›Fifi La Tour‹.«

Er lachte abermals.

»Ihre Familie stammt doch wohl ebenfalls aus Frankreich, *Monsieur Beauregard,* und Sie wohnen in Cheyne Walk.«

»Einem Carlyle war das gut genug.«

»Ich bin Carlyle einmal begegnet. Und nicht nur ihm. Den Großen und Guten, den Schlechten und Rechten. Früher habe ich befürchtet, jemand könnte mich aufspüren, indem er all die Memoiren, in denen ich über die Jahrhunderte Erwähnung fand, zueinander in Beziehung setzt. Aufspüren und vernichten. Früher schien mir dies das Schlimmste, was überhaupt geschehen konnte. Meine Freundin Carmilla wurde aufgespürt und dann vernichtet. Sie war ein recht rührseliges Mädchen, lebte in schrecklicher Abhängigkeit von ihren warmblütigen Liebhabern, dennoch verdiente sie es keineswegs, gespießt und enthauptet zu werden, um schließlich in einem Sarg voll mit ihrem eigenen Blut zu schwimmen. Aber ein so finsteres Schicksal brauche ich heutzutage wohl nicht mehr zu fürchten.«

»Was haben Sie in all den Jahren nur getrieben?«

Sie zuckte mit den Achseln. »Ich weiß nicht. Vielleicht habe ich mich auf der Flucht befunden? Vielleicht habe ich gewartet? Versucht, das Rechte zu tun? Was meinen Sie, bin ich ein guter Mensch? Oder ein schlechter?«

Sie erwartete keine Antwort. In ihrer Mischung aus Melancholie und Bitterkeit wirkte sie durchaus amüsant. Vielleicht war dies ihre Art, das Leben zu meistern. Wahrscheinlich zerrten die Jahrhunderte an ihr wie die Ketten an Jacob Marley.

»Kopf hoch, altes Mädchen«, sagte Beauregard. »Henry Jekyll hält Sie für geradezu perfekt.«

»Altes Mädchen?«

»Das sagt man so.«

»Hm«, erwiderte Geneviève traurig. »Aber trifft es nicht den Nagel auf den Kopf? Ich bin schließlich ein altes Mädchen.«

Welches Gefühl weckte sie in ihm? In ihrer Nähe war er nervös und auch erregt. Ihm war, als ob er sich in Gefahr befände, dabei hatte er sich jahrelang darin geübt, selbst unter Beschuss ruhig Blut zu bewahren. Wenn er mit Geneviève beisammen war, schien es, als teilten sie ein Geheimnis. Was hätte wohl Pamela von ihr gehalten? Sie hatte einen wachen Verstand besessen; selbst als der Tod sie zum Duell forderte, glaubte sie seinen Lügen nicht. Als es auf das Ende zuging, versuchte er ihr weiszumachen, sie werde gesunden und wohlbehalten heimkehren können. Pamela wies all seine Versicherungen zurück und verlangte, er solle ihr zuhören. Es fiel Pamela nicht leicht zu sterben: Sie war voller Zorn, nicht auf den törichten Arzt, sondern auf sich selbst, voller Zorn darüber, dass ihr Körper sie und ihrer beider Kind im Stich gelassen hatte. Ihre Wut brannte wie Feuer. Als er ihre Hand ergriff, konnte er sie spüren. Sie starb, noch ehe sie ihren Gedanken ausgesprochen hatte; seit jenem Tage quälte ihn die Frage, ob es etwas zu verstehen gab, die Frage, worum sich jener dringende Gedanke drehte, den Pamela zuletzt nicht mehr in Worte hatte pressen können.

»›Ich liebe dich.‹«

»Was?«

Genevièves Wangen waren mit Tränen benetzt. Zum ersten Mal schien sie jünger, als es ihr Gesicht vermuten ließ.

»Das wollte sie Ihnen sagen, Charles. ›Ich liebe dich.‹ Weiter nichts.«

Wutentbrannt ergriff er das Heft seines Stockdegens und schob mit dem Daumen den Haken beiseite. Ein Zoll schimmernden Silbers blitzte auf. Geneviève schnappte nach Luft.

»Es tut mir leid, es tut mir ja so leid«, sagte sie und schmiegte sich an ihn. »Ich tue so etwas sonst nicht, wirklich. Ich bin nicht neugierig. Aber ...« Sie weinte heiße Tränen, die ihren Samtkragen befleckten. »Es war so deutlich, Charles«, insistierte sie und schüttelte lächelnd den Kopf. »Ihre Gedanken wollten beinahe überfließen. Für gewöhnlich erhalte ich nur einen unbestimmten Eindruck. Eben jedoch habe ich zum ersten Mal ein vollkommenes Bild vor mir gesehen. Ich *wusste,* was Sie fühlten ... o Gott, Charles, es tut mir ja so leid, ich wusste nicht, was ich tat, bitte, verzeihen Sie mir ... und was *sie* fühlte. Ihre Stimme war scharf und schneidend wie ein Messer. Wie hieß sie?«

»Pen...« Er schluckte. »Pamela. Pamela, meine Frau.«

»Pamela. Ja, Pamela. Ich konnte ihre Stimme hören.«

Ihre kalten Finger klammerten sich um seine Hand, schlossen den Mechanismus seines Stockes. Genevièves Gesicht war seinem ganz nahe. In ihren Augenwinkeln schwammen rote Flecke.

»Nein, nein, nein. Sie haben all die Zeit an diesem Moment getragen und damit den Schmerz genährt. Er steckt in Ihnen, um gelesen zu werden.«

Er wusste, dass sie Recht hatte. Er hätte wissen müssen, was Pamela gesagt hatte. Er hatte es nicht hören wollen. Beauregard war mit Pamela nach Indien gereist. Er wusste um die Gefahr und hätte seine Frau heimschicken sollen, als man feststellte, dass sie ein Kind unter dem Herzen trug. Doch es kam zu einer Krise, und sie insistierte darauf zu bleiben. Sie insistierte, und er ließ sie insistieren; er zwang sie nicht, nach England zurückzukehren. Seiner Schwäche war es zu verdanken, dass sie blieb. Er verdiente es nicht, ihre letzten Worte zu verstehen. Er verdiente es nicht, geliebt zu werden.

Geneviève lächelte ihn durch einen Tränenschleier an. »Niemand trägt Schuld an ihrem Tod, Charles. Sie war zwar zornig. Aber nicht auf Sie.«

»Ich habe nie daran gedacht ...«

»Charles ...«

»Nun, ich habe nie *bewusst* daran gedacht ...«

Sie hob einen Finger und legte ihn an seine Wange. Sogleich

nahm sie ihn wieder fort und hielt ihn staunend in die Höhe. Eine Träne war daran. Er zog ein Schnupftuch hervor und wischte sich damit die Augen.

»Ich weiß, wogegen Ihr Zorn sich richtete. Gegen den Tod. Ausgerechnet ich kann das verstehen. Ich glaube, ich hätte Ihre Frau gemocht, nein, ich hätte sie geliebt.« Geneviève führte ihren Finger an die Zunge, und sie durchfuhr ein leiser Schauer. Vampire konnten Tränen trinken.

Was Pamela von Geneviève gehalten hätte, war schwerlich von Bedeutung. Durchaus von Belang hingegen war, so erkannte er mit einem flauen Gefühl im Magen, was Penelope von ihr halten würde ...

»Ich wollte wirklich nicht, dass es so weit kommt«, sagte sie. »Sie finden mich bestimmt schrecklich albern.«

Sie nahm sein Schnupftuch und tupfte sich damit die Augen. Sie blickte auf den feuchtgefleckten Stoff. »Nanu«, stieß sie hervor. »Salzwasser.«

Er war verwirrt.

»Für gewöhnlich weine ich Blut. Kein sehr erfreulicher Anblick. Nichts als Klauen und Zähne, wie ein rechter *nosferatu*.«

Nun nahm er ihre Hand. Allmählich verflog der Schmerz der Erinnerung; auf gewisse Art und Weise hatte er ihm Kraft gegeben.

»Geneviève, Sie unterschätzen sich. Ich weiß doch, dass Sie nicht wissen, wie Sie aussehen.«

»Ich entsinne mich eines Mädchens mit Entenfüßen und einem unförmigen Mund. Immerhin hatte sie hübsche Augen. Ich weiß nicht recht, aber ich glaube, sie war meine Schwester. Sie hieß Cirielle; sie ehelichte den Bruder eines französischen Feldmarschalls und starb als Großmutter.«

Ihre Geistesschärfe war zurückgekehrt, sie hatte sich wieder in der Gewalt. Allein die leichte Rötung ihres Halses verriet, dass sie etwas empfand, und die schwand dahin wie Eis in der Sonne.

»Inzwischen hat sich meine Familie bestimmt über den ganzen Erdball verbreitet wie das Christentum. Auf diese oder jene Weise sind wahrscheinlich alle Lebenden mit mir verwandt.«

Er versuchte zu lachen, doch was sie sagte, war ihr voller Ernst.

»Ich kann mich nicht ausstehen, wenn ich in Tränen ausbreche, Charles. Verzeihen Sie, dass ich Sie in solche Verlegenheit gebracht habe.«

Beauregard schüttelte den Kopf. Irgendetwas zwischen ihnen bestand nicht mehr, doch wusste er nicht, ob es ein Band oder eine Mauer gewesen war.

29

Monsieur le Vampire II

Charles' Träne prickelte ihr auf der Zunge. Sie hatte nicht von seinem Kummer kosten wollen, war jedoch unfähig gewesen, sich zu beherrschen. Infolge ihres hohen Alters wurde sie allmählich etwas wundersam und unergründlich. Die meisten Ältesten wurden verrückt. Wie Vlad Tepes. Von Charles hatte sie eine Perle der Erinnerung bekommen. Die Berührung einer zarten Hand, der Geruch des Blutes einer Sterbenden, Schmutz und Hitze eines fernen Landes, der wütende Kampf einer Frau um ihr Leben, um neues Leben in die Welt zu setzen. Fremde Gefühle, fremder Schmerz. Geneviève konnte nicht schwanger werden, konnte nicht gebären. Hieß das vielleicht, dass sie im Grunde gar nicht lebte? Dass sie gar keine Frau war? Man sagte, Vampire seien ungeschlechtlich und ihre Zeugungsorgane ebenso funktional wie die Augen auf den Federn eines Pfaus. Zwar fand sie am Liebesakt – auf gewisse Weise – durchaus Vergnügen, doch vermochte diese Empfindung dem Vergleich mit einem Liebesbiss keineswegs standzuhalten.

All dies wegen einer Träne. Sie schluckte und leckte ihren Gaumen, bis der Geschmack der Erinnerung verschwunden war.

»Gleich sind wir bei Toynbee Hall«, sagte Charles.

Sie befanden sich am Spitalfields Market, in der Lamb Street, um die Ecke von der Commercial Street. Der Markt, welcher bis weit nach Einbruch der Dämmerung geöffnet hatte, war hell erleuchtet und voller Menschen. Lärm und Geruch waren ihr wohlvertraut.

Der Wagen blieb schlagartig stehen. Geneviève wurde nach vorn geschleudert, gegen die hölzerne Blende, mit der die Front des Hansom verkleidet war. Charles bremste ihren Sturz und stützte sie, doch fand sie sich kniend in dem winzigen Fußraum wieder. Sie konnte nicht hinaussehen. Das Pferd wieherte hysterisch, während der Fuhrmann es mit einem »Ho!« und einem festen Ruck der Zügel im Zaum zu halten suchte.

Geneviève wusste sofort, dass etwas nicht stimmte.

Mit einem fürchterlichen Knacken fand das Wiehern jäh ein Ende. Der Kutscher fluchte, und den Umstehenden entfuhr ein Aufschrei des Entsetzens. Charles' Miene verriet keinerlei Empfindung. Er war ein Soldat, wenige Sekunden nur vor der Attacke. Seit Jahrhunderten schon beobachtete sie diesen Ausdruck in den Gesichtern todgeweihter Männer. Ihre Augenzähne glitten hervor, und sie erregte einen Speichelfluss, zum Angriff ebenso wie zur Verteidigung bereit.

Vom Dach des Wagens her ertönte ein dumpfer Schlag. Sie blickte hinauf. Fünf gelbe Finger mit Nägeln wie gebogene Messer ragten durch das Holz. Sie krümmten sich wie knochengliederige Würmer, und eine Faust riss rings um die Klappe einen Teil des Daches fort. Durch die splittrige Öffnung erblickte sie eine Falte gelber Seide. Ihr hüpfender Verfolger war zurückgekehrt. Ein runzliges Gesicht presste sich gegen das Loch und riss den Schlund auf, in dem sich mehrere Reihen von Lampretenzähnen verbargen. Er wurde größer und größer, bis die Wangen barsten und mit schimmernden Muskeln bewehrtes Zahnfleisch entblößten. Der Älteste schnatterte, seine Lippen schrumpften, und vereinzelte Barthaare entsprossen rohem, feucht glänzendem Fleisch.

Starke Klauen krallten sich in die Öffnung und brachen noch mehr Holz fort. Ganze Lagen gefirnissten Kutschholzes zerschellten jaulend wie eine gerissene Violinsaite.

Charles hatte den Stockdegen gezogen und suchte nach einer Gelegenheit, seinen Stoß anzubringen. Geneviève musste dem Feind entgegentreten, ehe Charles bei dem Versuch, sich als ihr Beschützer aufzuspielen, ums Leben kam.

Sie stieß sich mit aller Kraft vom Boden des Wagens in die Höhe, ergriff die Ränder des Lochs und zog sich hinauf. Sie brach durch den Spalt; die scharfen Kanten wurden stumpf an ihrer Haut und zerrissen ihr das gute Kleid. Der Wagen schaukelte unter dem Gewicht des Chinesen, der auf dem Kutschbock balancierte. Sie erblickte den Fuhrmann ein Dutzend Yards entfernt inmitten einer Ansammlung von Gaffern auf das Trottoir hingestreckt; er unternahm soeben einen halbherzigen Versuch, sich aufzurichten. Ein kalter Windstoß wehte ihr das Haar ins Gesicht und peitschte das Kleid um ihre Knie. Der Wagen krängte unter ihrer beider Last, nur das tote Pferd diente ihm als Anker.

»Herr«, richtete sie das Wort an den Vampir, »warum hadert Ihr mit mir?«

Der Chinese wandelte die Gestalt. Der Hals wurde ihm lang und länger, gliederte sich in stoppelbehaarte Insektenringe. Die

Arme, die aus seinen glockenförmigen Manschetten ragten, waren mehrfach gebeugt und hatten menschliche Hände, groß wie Paddel. Der Kopf auf seinem Schlangenhals pendelte hin und her, und ein meterlanger Ringelzopf schlang sich um seine Schultern. Der *queue* endete in einem mit dem Haarseil verwobenen Dornenknäuel.

Weich und stachelig in einem, streifte etwas ihre Wange. Ein spinnwebenes Geschling, das dem Gesicht des Vampirs entwucherte. Während sie auf seine Hände achtgegeben hatte, war er ihr mit seinen verwachsenen Augenbrauen zu Leibe gerückt. Haare wie Präriegras zerkratzen ihr die Haut. Ein Rinnsal tröpfelte über ihre Stirn. Das Wesen hatte es auf ihre Augen abgesehen. Sie ballte die Faust, holte mit dem Unterarm gegen die Brauenschlange aus und wickelte sie mehrmals um ihr Handgelenk. Sie zog fest daran; dünne Fäden durchschnitten ihre Ärmel und umfingen ihr Handgelenk, doch der Vampir war aus dem Gleichgewicht gebracht.

Während der Chinese vom Bock stürzte, riss er sie aus ihrer Hocke. Wie ein Fisch durchs Wasser glitt er durch die Luft und landete mühelos auf seinen gefederten Sohlen. Die Brauenschlange ließ von ihrem Arm ab. Mit den Füßen voran krachte Geneviève gegen eine Mauer. Dann stürzte sie aufs Pflaster. Der Aufprall hatte ihr die Knöchel gestaucht, und unter Schmerzen versuchte sie sich aufzurichten. Ihr Handballen versank in einer faulen Kohlkopfhälfte, sie glitschte aus und lag wiederum auf der Straße. Sie schmeckte Unrat. Vorsichtig erhob sie sich erst auf die Ellbogen, dann auf die Beine. Der Älteste hatte es mit einigem Geschick fertiggebracht, ihr wehzutun, was für gewöhnlich nicht ganz einfach war. Gegen seine Macht war sie schwach wie ein kleines Kind.

Sie stemmte den Rücken gegen die Mauer und sammelte ihre Kräfte. Ihre Haut spannte sich, und ihr Gesicht begann zu glühen.

Nägel und Zähne sprossen hervor, sprengten das Fleisch an Fingern und Kiefer. Sie schmeckte ihr eigenes Blut.

Sie befanden sich auf dem Markt, im schmutzigen Durchgang zwischen zwei Buden. Eine Reihe schwankender Rinderhälften säumte, an Eisenhaken baumelnd, den Fahrweg. Überall stank es nach dem Blut toter Tiere. Die Menge hatte einen Kreis gebildet, der den Ältesten zwar Platz zum Kämpfen einräumte, ihnen jedoch auch jeglichen Fluchtweg abschnitt.

Sie stieß sich von der Mauer fort und stürzte sich auf den Vampir. Ihre Hände streiften sein Gewand, als er, eine Viertelsekunde, ehe sie ihn erreichte, einen Schritt zur Seite tat. Als sie an ihm vorüberkam, stach er ihr die spitzen Finger in die Flanke. Ihr Kleid hing in Fetzen, ihre Haut war durchbohrt. Sie klatschte gegen eine kalte Rinderhälfte und kollidierte rückwärts taumelnd mit einigen Zuschauern. Diese fingen sie auf und stießen sie unter lauten Rufen erneut gegen den Chinesen hin. Es war wie ein Boxkampf mit bloßen Fäusten, bei dem die Menge die beiden Kontrahenten in einem fort gegeneinander aufhetzte. Bis entweder der eine oder der andere sich weigerte, noch einmal aufzustehen.

Sie hätte keinen roten Heller auf sich verwettet. Folgte man dem Aberglauben, so konnte sie dem Angriff des Vampirs Einhalt gebieten, indem sie ein Gebet an Buddha auf einen Zettel schrieb und die Zauberformel an die Stirne des Chinesen heftete. Oder indem sie ihm Klebreis vor die Füße streute, ihn auf diese Weise an die Erde bannte, den Atem anhielt, so dass sie allen Untoten als unsichtbar erschien, und ihn mit einem gesegneten, blutgetränkten Draht in Stücke schnitt. Nichts von alledem schien nun von großem Nutzen.

Der Älteste breitete die langen Arme aus wie ein Kranich seine riesenhaften Schwingen und versetzte ihr einen Tritt unter das Kinn. Mit der Sandalenspitze spießte er ihren Unterkiefer und hob sie in die Höhe. Die Landung war schmerzhaft: Sie stürzte schwerfällig auf ein Tischgestell, wo in Mehl auf Wachspapier gereihte Nieren ausgebreitet waren. Die Böcke brachen unter ihrer Last, und sie lag abermals am Boden, inmitten dunkelroter Fleischklumpen. Eine Lampe rollte über das Pflaster, und eine rußige Flamme schoss aus einem Luftloch an ihrer Seite, als sie neben einer Glaskugel mit veilchenfarbenem Paraffinöl liegen blieb.

Sie blickte auf und sah, wie der Chinese sich ihr gemächlichen Schrittes näherte. Grüne Augen glühten in seinem Gesicht, das einer verdorrten Ledermaske glich. Er platzierte seine Tritte präzise wie ein Tänzer. Für ihn war dies ein Schauspiel, eine Demonstration. Wie ein Stierkämpfer heischte er Beifall, indem er sein Opfer zur Strecke brachte.

Im Rücken des Wesens regte sich etwas, und es hielt inne, spitzte wollüstig die ohnehin spitzen Ohren. Charles machte sich an den Ältesten heran, sein Degen ein silberner Blitz. Wenn er ihm nur die Klinge in den Leib stoßen und das Herz durchbohren könnte ...

Der Vampir beugte den Arm dreifach nach hinten, schloss seine Klauen um Charles' Handgelenk und wehrte den Degenhieb auf diese Weise ab. Als er Charles den Arm verrenkte, drehte sich der Degen wie der Zeiger einer Uhr, ohne die Gewänder des Chinesen auch nur zu streifen. Klirrend fiel der Degen aufs Pflaster. Der Vampir ließ Charles einen Purzelbaum vollführen und stieß ihn dann samt seiner Waffe von sich. Ein mitleidvolles Raunen ging durch die Menge.

Geneviève versuchte sich aufzusetzen. Die Nieren waren wie nackte, tote Riesenschnecken: Sie barsten unter Genevièves Gewicht und befleckten sie mit ihrem Saft. Der Älteste wandte sich wieder zu ihr um und streckte einen knochigen Arm aus, dessen Ärmel wie von einer unmerklichen Brise gebläht schien. Aus den finstern Tiefen seines Gewandes brach eine flirrende Wolke hervor, die größer und größer wurde, wie die fantastisch sich bauschenden Tücher eines Zauberkünstlers. Schwirrend und zitternd schwärmte die Wolke zu ihr hin. Eine Million winziger Schmetterlinge, bunt schillernde Schönheiten, deren Flügel das Licht brachen wie eine Handvoll hingeworfener Diamantsplitter, fiel über sie her. Sie häuften sich auf den Nieren zusammen, verschlangen sie in einem Nu und machten sich über Genevièves Gesicht her, flatterten aufgeregt um die Fleischfetzen an ihrer Haut, zerrten an ihren Augenwinkeln.

Sie hielt den Mund fest geschlossen und schüttelte heftig den Kopf. Sie wischte sich mit den Handgelenken die Augen. Ein jedes Mal, wenn sie sich eines Schwungs entledigt hatte, sammelten sich die Schmetterlinge von neuem. Sie tastete nach der Lampe auf dem Pflaster und löschte mit Daumen und Zeigefinger die Flamme. Nachdem sie den zischenden Docht losgerissen hatte, leerte sie die Lampe über ihren Kopf aus. Die Schmetterlinge wurden fortgespült, und der stechende Geruch von Paraffinöl stieg ihr in die Nase. Ein Funke, und ihr Kopf würde zur Kerzenflamme werden. Sie strich tote Schmetterlinge aus ihrem Haar und warf die garstigen Dinger mit vollen Händen fort.

Der Älteste stand vor ihr. Er beugte sich zu ihr herab und hob sie an den Schultern in die Höhe. Sie baumelte von seiner Hand wie ein Stück Stoff. Sie erschlaffte. Ihre Zehen strichen über das Pflaster. Es mochte Belustigung sein, was sie dort im schmutzigen Smaragdgrün seiner uralten Augen erblickte. Sein nadelbewehrtes Maul näherte sich ihrem Gesicht, und sie roch seinen parfümierten Atem. Aus dem scharfzahnigen roten Schlund stach eine spitze, rohrförmige Zunge hervor wie der Rüssel einer Mücke. Er konnte sie aussaugen, sie als leere Hülle zurücklassen. Das Schlimmste jedoch wäre es, wenn sie am Leben bliebe.

Als sie wieder festen Boden unter den Füßen spürte, blickte sie zu dem Wesen hinauf. Sie warf den Kopf in den Nacken und entblößte demütig ihre Kehle. Die Zunge kam, sich wie eine Schlange windend, zu ihr hingekrochen; ihre mit Wurmzähnen besetzte Öffnung pulsierte. Geneviève gewährte ihm einige Sekunden, um seinen Sieg gehörig auszukosten, dann packte sie ihn unmittelbar unter den Achselgruben. Ihre Nägel bohrten sich durch sein Gewand, bis sie auf seine nackten Rippen stießen. Mit offenem Mund reckte sie sich nach seinem Gesicht und biss zu. Sie erhaschte seine Zunge und schloss ihre Kiefer fest um das zuckende Fleisch. Ein pfefferiger Geschmack überschwemmte ihren Mund und würgte sie im Hals. Die Zunge setzte sich, stärker noch als eine Schlange, gegen ihren Biss zur Wehr. Sie spürte, wie das widerliche Ding pochte. Der Vampir kreischte vor Zorn. Er litt fürchterliche Schmerzen. Ihre Zähne drangen wie eine Säge durch Knorpel und Muskeln und trafen schließlich klackend aufeinander. Die Zungenspitze wand und krümmte sich in ihrem Mund. Sie spuckte sie aus.

Der Vampir wirbelte herum, und ein ölig-schwarzer Sturzbach brach aus seinem Mundloch und ergoss sich über sein Gewand. Er kreischte noch immer, mit jedem Blutschwall sprudelten neue Schreie aus seiner Gurgel hervor. Dieses Wesen würde sich gewiss nicht von ihr nähren. Hustend und spuckend wischte sie sich mit ihrem zerfetzten Ärmel die Lippen, um sich des Geschmackes zu entledigen. Ihr ganzer Mund war wie betäubt, und ihre Kehle brannte. Der Älteste wirbelte zu ihr herum und drosch blindlings auf sie ein. Seine Schläge trieben sie gegen die Mauer, und er begann sie zu traktieren wie ein Boxer, mit Hieben in den Bauch und ins Genick. In seinem Zorn platzierte er seine Schläge nun nicht mehr allzu präzise. Er besaß zwar Kraft, doch kein Geschick. Schmerzen wüteten überall in ihrem Körper. Er packte sie beim Schopf, wie er auch das Pferd gepackt haben mochte, und riss ihren Kopf zur Seite. Ihre Nackenknochen brachen, und sie heulte auf in ihrer Qual. Der Vampir stieß sie zu Boden und trat ihr in die Flanke. Dann sprang er auf ihre Rippen. Sie hörte ihre Knochen splittern.

Sie öffnete die Augen. Der Vampir blickte sie höhnisch an, bellend wie ein verletzter Seehund. Die untere Hälfte seines Gesichts war eine dampfende Masse aus Fleisch und Zähnen, die sich wiederherzustellen suchte. Blut und Speichel troffen auf Geneviève herab. Dann war er verschwunden, und andere Gesichter scharten sich um sie.

»Aus dem Weg«, hörte sie jemanden rufen. »So machen Sie doch Platz, um Himmels willen …«

Sie hatte Schmerzen. Ihre Rippen fügten sich, und jeder neue Atemzug linderte die fürchterlichen Stiche. Doch um ihr Genick war es geschehen. Ihre Knochen waren müde, ihr Blick von Rot getrübt. Sie wusste um den Schmutz, in dem sie lag, ihr blutverkrustetes Gesicht. Nun besaß sie nicht einmal mehr ein gutes Kleid.

»Geneviève«, sagte eine Stimme, »sehen Sie mich an …«

Ein Gesicht, ganz nahe. Charles.

»Geneviève …«

30

Der Groschen fällt

Da Beauregard es für das Beste hielt, sie nicht zu bewegen, schickte er Clayton nach Toynbee Hall, um Dr. Seward zu verständigen. Unterdessen tat er, was in seiner Macht stand, um für ihr Wohlergehen zu sorgen. Man hatte einen Eimer mit leidlich sauberem Wasser aus einem Hydranten gefüllt; er nahm ein Tuch und reinigte ihr Gesicht von Schmutz und Blut.

Was es auch gewesen sein mochte, es war verschwunden, mit sonderbar hüpfenden Schritten davongetrabt. Beauregard wollte, sein Stockdegen hätte das Ding aufgespießt. Zwar revidierte er allmählich seine Ansichten über Vampire, doch solch ein Monstrum hatte das Leben nicht verdient.

Er betupfte ihr Gesicht, und sie umklammerte seine Hand. Sie stöhnte bei jeder Regung ihrer gebrochenen Knochen. All dies gemahnte ihn an die letzten Augenblicke im Leben von Liz Stride. Und an Pamela. Beide waren sie verloren, beide hatte gnädig der Tod ereilt. Er war entschlossen, um Geneviève Dieudonné zu kämpfen. Wenn er es nicht einmal vermochte, ein Leben zu erhalten, wozu war er dann noch gut? Sie versuchte zu sprechen, doch er hielt sie zum Schweigen an. Er pflückte einen zerquetschten Schmetterling aus ihrem Haar und schnippte ihn fort. Ihr Kopf saß schief auf ihrem abgeknickten Hals, ein Knochen ragte unter der Haut hervor. Eine warmblütige Frau wäre längst tot gewesen.

Der Pöbel, der sich an dem Duell erfreut hatte, machte sich daran, die Marktbuden wieder aufzubauen. Ein paar Strolche bummelten umher, in der Hoffnung, dass sie noch mehr Blut zu sehen bekämen. Beauregard hätte den einen oder anderen von ihnen am liebsten mit einem Kung-Fu-Tritt niedergestreckt, und sei es nur, um den Umstehenden ein Schauspiel zu bieten.

Clayton kehrte mit einer kleinen, dicken Frau zurück. Es war Mrs. Amworth, die neugeborene Krankenwärterin. Ein zweiter Mann von der Hall, Morrison, befand sich bei ihnen; er trug eine Arzttasche in der Hand.

»Dr. Seward ist ausgegangen«, erklärte Mrs. Amworth. »Sie werden mit mir vorliebnehmen müssen.«

Die Krankenwärterin schob ihn sanft beiseite und ging neben Geneviève auf die Knie. Er hielt noch immer ihre Hand, und sie fuhr zusammen, als sich ihr Arm bewegte.

»Sie müssen loslassen«, sagte Mrs. Amworth.

Er ließ ihre Hand sinken und legte den Arm an ihre Seite.

»Schön, schön, schön«, murmelte Mrs. Amworth vor sich hin, während sie Genevièves Rippen betastete. »Die Knochen wachsen ordentlich zusammen.«

Hustend versuchte Geneviève sich aufzusetzen, sank jedoch sogleich wieder zu Boden.

»Ja, das tut weh«, girrte Mrs. Amworth, »aber nur so werden Sie wieder gesund.«

Morrison öffnete die Tasche und stellte sie griffrecht neben Mrs. Amworth hin. Sie holte ein Skalpell daraus hervor.

»Sie wollen sie doch nicht etwa aufschneiden?«, fragte er.

»Nur ihr Kleid.«

Die Krankenwärterin schob Geneviève die Klinge an der Schulter in die *décolletage*, machte einen Schnitt den Arm entlang und nahm die Überreste ihres Ärmels fort. An Genevièves Oberarm waren violette Flecke, die Mrs. Amworth nun mit beiden Händen quetschte. Knackend sprang der Gelenkkopf in die Pfanne. Die schwarzblauen Quetschungen begannen zu verschwinden.

»Jetzt kommt das Schwerste«, sagte Mrs. Amworth. »Ihr Genick ist gebrochen. Wenn wir es nicht rasch wieder richten, wachsen die Knochen falsch zusammen, und wir müssen ihr noch einmal das Rückgrat brechen, damit sie in Ordnung kommt.«

»Kann ich behilflich sein?«

»Sie und Morrison nehmen sie bei den Schultern und packen aus Leibeskräften zu. Sie, Kutscher, setzen sich auf ihre Beine.«

Clayton war entsetzt.

»Nun haben Sie sich doch nicht so. Sie wird es Ihnen danken. Vielleicht bekommen Sie sogar einen Kuss dafür.«

Der Kutscher ließ sich schwerfällig auf Genevièves Knien nieder. Beauregard und Morrison umklammerten ihre Schultern. Nur ihr Kopf war jetzt noch frei. Beauregard schien es, als versuchte Geneviève zu lächeln. Sie entblößte ihre fürchterlichen Zähne.

»Gleich wird es ein wenig wehtun, meine Liebe«, warnte Mrs. Amworth.

Die neugeborene Krankenwärterin hob Genevièves Kopf und schob ihr die Hände unter die Ohren, bis sie festen Halt gefunden hatte. Zunächst bewegte sie den Kopf ein wenig hin und her und zog Geneviève den Hals lang. Diese schloss fest die Augen und sog die kalte Nachtluft durch die Zähne, welche wie die beiden Hälften eines Fallgatters ineinandergriffen.

»Versuchen Sie zu schreien, meine Liebe.«

Die Patientin nahm sich den Rat zu Herzen und stieß einen langgezogenen Schmerzensschrei hervor, als Mrs. Amworth Genevièves Schädel mit einem festen Ruck auf deren Wirbelsäule zurückbugsierte. Dann setzte sie sich rittlings auf die Patientin, nahm deren Hals in den Würgegriff und presste einen Wirbel nach dem anderen an seinen rechtmäßigen Platz. Beauregard sah, wie viel Kraft diese Behandlung die Wärterin kostete. Ihr sanftmütiges Gesicht war puterrot angelaufen, und die Fangzähne ragten ihr aus dem Mund. Trotz allem, was vorgefallen war, erregte die Verwandlung seinen Widerwillen.

Die vier erhoben sich, während Geneviève sich noch am Boden wand und krümmte. Ihr Geschrei war jetzt nur mehr ein schrilles Winseln. Sie schüttelte den Kopf, und ihr Haar peitschte ihr das Gesicht. Er glaubte Flüche in mittelalterlichem Französisch zu vernehmen. Sie rieb sich den Nacken und richtete sich auf.

»Nun, meine Liebe, brauchen Sie ein wenig Nahrung«, sagte Mrs. Amworth. Sie blickte sich um und nickte ihm zu.

Beauregard lockerte seine Halsbinde und knöpfte sich den Kragen auf. Dann erstarrte er. Er spürte seinen Puls bis in die Fingerspitzen. Ein Manschettenknopf löste sich und fiel zwischen Hemd und Gehrock. Den Rücken gegen eine Mauer gelehnt, setzte Geneviève sich auf. Ihre Miene wurde sanfter, der dämonisch gähnende Schlund verschwand, ihre Zähne aber blieben vergrößert, ragten hervor wie spitze Kieselsteine. Er stellte sich vor, wie sie den Mund an seine Halsschlagader setzte.

»Charles?«, sagte jemand.

Er wandte sich um. Neben einem Stapel Kohlkisten stand Penelope. In ihrem Reisemantel mit pelzbesetztem Kragen und dem geschleierten Hut wirkte sie ungefähr so fehl am Platze wie ein Indianer im Unterhaus.

»Was machst du da?«

Er war sofort versucht, seine Halsbinde zu richten, doch wie er so ungeschickt umhertastete, löste sich zu allem Überfluss auch noch sein Kragen.

»Wer sind diese Leute?«

»Sie braucht Nahrung«, insistierte Mrs. Amworth. »Sonst erleidet sie womöglich einen Zusammenbruch. Sie ist ja völlig erledigt, das arme Ding.«

Morrison hatte seinen Ärmel aufgekrempelt und bot Geneviève sein Handgelenk, an dem sich winzige verschorfte Wunden befanden. Sie strich ihr Haar aus dem Gesicht und saugte.

Angewidert die Nase rümpfend, wandte Penelope den Blick. »Charles, das ist höchst *unanständig!*«

Sie stieß mit der Stiefelspitze gegen einen Kohlkopf. Die Strolche, die sich hinter Penelope versammelt hatten, trieben halblaut ihre Scherze. Und obgleich bisweilen derbes Gelächter aufbrandete, schien es zu verhallen, ohne an ihr Ohr zu dringen.

»Penelope«, sagte er, »das ist Mademoiselle Dieudonné…«

Geneviève drehte die Augen gen Himmel und blickte Penelope an. Ein schmales Blutrinnsal trat aus ihrem Mundwinkel, rann Morrisons Handgelenk hinab und tröpfelte aufs Pflaster.

»Geneviève, das ist Miss Churchward, meine Verlobte…«

Penelope bemühte sich nach Kräften, nicht ein lautes »Arrgh!«

hervorzustoßen. Geneviève ließ von Morrisons Arm ab. Er band sich ein Schnupftuch um das Handgelenk und knöpfte seine Manschette zu. Mit blutverschmiertem Mund stand sie auf. Der zerrissene Ärmel hing in Fetzen von ihrer Schulter. Sie presste sich das Mieder an die Brust und vollführte mit schmerzverzerrtem Gesicht einen Knicks.

Indessen hatten sich Polizisten unter die Zuschauer gemischt, und die Strolche liefen auseinander. Mit einem Mal hatte das Marktvolk alle Hände voll zu tun, stemmte Kisten und feilschte um Preise.

Mrs. Amworth legte stützend einen Arm um Geneviève, doch diese wand sich mit sanfter Bestimmtheit aus der Umklammerung. Sie lächelte vor lauter Freude darüber, dass sie aufrecht stehen konnte. Beauregard hielt sie für leichtsinnig, sich nach solch schwerwiegenden Verletzungen sogleich zu nähren.

»Lord Godalming meinte, du seiest womöglich in der Nähe des *Café de Paris* in Whitechapel zu finden«, sagte Penelope. »Ich hatte gehofft, diese Auskunft würde sich als irreführend erweisen.«

Beauregard wusste, dass jeder Versuch einer Erklärung dem Eingeständnis einer Niederlage gleichkäme.

»Ich habe einen Wagen«, sagte sie. »Kommst du mit mir nach Chelsea zurück?«

»Ich habe dringende Geschäfte zu erledigen, Penelope.«

Sie bedachte ihn mit einem schiefen Lächeln, doch ihre Augen waren stahlblaue Punkte. »Ich werde mich nicht weiter nach deinen ›Geschäften‹ erkundigen, Charles. Ich weiß, was sich für mich geziemt.«

Geneviève wischte sich mit einem Zipfel ihres Kleides über den Mund. Gemeinsam mit Morrison und Mrs. Amworth zog sie sich diskret zurück. Clayton stand verwirrt umher, ein Kutscher ohne Kutsche. Er würde warten müssen, bis der Abdecker sich seines Pferdes angenommen hatte.

»Im Falle, dass du mich zu besuchen gedenkst«, fuhr Penelope fort und setzte ihm sogleich ein Ultimatum, »ich erwarte dich morgen Nachmittag im Hause meiner Mutter.«

Sie wandte sich um und ging. Ein Markthelfer stieß einen Pfiff aus, und sie drehte den Kopf und brachte ihn mit eisigem Blick zum Schweigen. Kleinlaut schlich der Mann in den Schatten hinter einer Reihe Rinderhälften. Mit winzigen Schritten trippelte Penelope davon, den Schleier tief vor das Gesicht gezogen.

Als sie verschwunden war, sagte Geneviève: »Das war also Penelope.«

Beauregard nickte.

»Sie hat einen schönen Hut«, bemerkte Geneviève. Einige der Umstehenden, unter ihnen auch Clayton und Mrs. Amworth, brachen in freudloses Gelächter aus.

»Nein, wirklich«, insistierte Geneviève, indem sie mit der Hand vor ihrem Gesicht herwedelte. »Der Schleier gibt ihm eine hübsche Note.«

Beauregard war wie ausgelaugt. Er versuchte zu lächeln, doch sein Gesicht schien tausend Jahre alt.

»Ihr Mantel ist auch nicht schlecht. All diese kleinen, glänzenden Knöpfe.«

31

Die berauschenden Rosen des Lasters

»Meinste, wir ham 'nen erledicht?«, fragte Nell. Sie hockte auf dem Bett und bohrte einen langen Finger in den nackten Leib des Mannes. Sein Gesicht lag in den Kissen vergraben, und Halstücher fesselten Knöchel und Handgelenke an bronzene

Bettpfosten. Die feinen, weißen Baumwolllaken waren mit Flecken übersät.

Gedankenverloren kleidete Mary Jane sich an. Es war nicht leicht, sich ohne Spiegel einen Hut aufzusetzen.

»Mary Jane?«

»Marie Jeanette«, verbesserte sie. Sie liebte den Klang des Namens, als wäre er Musik. Sie hatte alles darangesetzt, ihren irländischen Akzent abzulegen, bis sie bemerkte, dass er den Männern gefiel. »Das geht jetzt schon bald ein ganzes Jahr so. Ich heiße Marie Jeanette, Marie Jeanette Kelly.«

»Kelly passt aber nich besonders zu ›Marie Jeanette‹, Herzogin.«

»Ach was. Papperlapapp.«

»Der Kerl, der wo dir mit nach Parih genomm' hat, der hat uns kein' Gefalln getan.«

»*Dich* mitgenommen hat.«

»Soll nich' wieder vorkomm', Herzogin.«

»Und red bloß nicht schlecht von meinem ›Onkel Henry‹. Das war ein vornehmer Herr. Und ist wahrscheint's immer noch einer.«

»Wenner nich' grad an 'n Franzosen verreckt, die wo de ihm angehängt hast«, sagte Nell mit gespieltem Ernst.

»Halt gefälligst dein vorlautes Mundwerk.«

Endlich war Mary Jane mit ihrem Hut zufrieden. Sie bekümmerte sich sehr um ihr Äußeres. Zwar mochte sie eine Kokotte sein, die sich in einen Vampir verwandelt hatte, doch würde sie sich gewiss nicht gehenlassen und zu einem schauerlichen Fuchsgesicht werden wie Nell Coles.

Die andere Frau saß auf dem Bett und betastete den Hals des Dichters, der klebrig war von seinem Blut.

»Wir ham 'nen erledigt, Mary Jane. So mausetot als wie der is, tut er sich bestimmt bald verwandeln.«

»Marie Jeanette.«

»Ja, un' ich bin Comtessa Eleonora Francesca von un' zu Speck un' Siffel.«

Mary Jane blickte an Algernon hinunter. Sein Leib war mit winzigen alten und neuen Bissen nachgerade übersät. Purpurrote Striemen zierten Rücken und Gesäß. Er hatte seine eigenen Ruten mitgebracht und sie ermuntert, ihn aus Leibeskräften zu verprügeln.

»Der ist ein alter Hase, Nell. Da braucht's schon ein bisschen mehr als wie 'ne Peitsche und paar Liebesbisse, den ollen Hurenbeutel kleinzukriegen.«

Nell tauchte einen Finger in das Blut, das sich in Algernons Rücken sammelte, und führte ihn an ihre rauen Lippen. Mit jedem Mondaufgang wuchsen ihr neue Haare. Inzwischen musste sie selbst Stirn und Wangen bürsten und strich ihr dichtes rotes Haar zu einer flammenden Mähne zurück. Sie war anders als die anderen, was ihren Geschäften wohl bekam. Ihre Kunden hatten einen eigenartigen Geschmack. Sie rümpfte die breite Nase, als sie von Algernons Blut kostete. Nell war eines jener Mädchen, die beim Trinken von »Gefühlen« überwältigt wurden. Mary Jane war froh, dass es ihr nicht ebenso erging.

Nell verzog das Gesicht. »Schmeckt bitter«, sagte sie. »Was is 'n das überhaupt für 'n Kerl?«

»Sein Freund hat mir gesagt, er war Dichter.«

Ein vornehm gekleideter Herr hatte sie angeworben und ihnen den Wagen von Whitechapel nach Putney bezahlt. Das Haus lag fast schon auf dem Lande. Wie Mary Jane gehört hatte, war Algernon krank geworden und hatte sich nun zur Genesung an die frische Luft begeben.

»'n Haufen Bücher, was?«

Im Gegensatz zu Mary Jane konnte Nell weder lesen noch schreiben. Das kleine Schlafzimmer stand voller Büchergestelle.

»Ob er die alle selbs' geschrieben hat?«

Mary Jane nahm ein prachtvoll gebundenes Buch aus dem Gestell und schlug es auf.

»›O Sohn Galiläas, dir ist's zu danken: Die Welt, sie ist ergraut an deinem Atem‹«, las sie laut vor. »›Von den Wassern Lethes wir tranken, an der Fülle des Todes wir uns labten.‹«

»Hört sich hübsch an. Meinste, 's geht über uns?«

»Wohl kaum. Ich glaub, es geht über unsern Herrn Jesus.«

Nell verzog das Gesicht. Sie wand und krümmte sich vor dem Kruzifix und ertrug es nicht, wenn in ihrer Gegenwart der Name Christi fiel. Mary Jane hingegen ging zur Kirche, so oft sich die Gelegenheit ergab. Man hatte ihr erzählt, dass Gott alles verzieh. Schließlich war der Herr aus dem Grabe auferstanden und hatte die Menschen ermuntert, von seinem Blut zu trinken. Genau wie Miss Lucy.

Mary Jane stellte das Buch an seinen Platz zurück. Algernon begann zu schlucken, und Mary Jane hob seinen Kopf. Etwas steckte ihm im Hals. Sie half ihm aufzustoßen wie einem Säugling und ließ seinen Kopf wieder sinken. Ein rötlicher Fleck sickerte ins Kissen.

»Steig hernieder und erlöse uns von der Tugend, o Mutter der Pein«, sagte er deutlich vernehmbar. Dann verlor er wieder das Bewusstsein und begann zu schnarchen.

»Hört sich doch noch recht lebendig an, oder?«

Nell lachte. »Ach, geh mir doch fort, du irländische Kuh!«

»Silber und Sichel mir Wunden schlagen, doch böse Worte kann ich ertragen.«

Die andere Frau knöpfte sich das Hemd über ihren pelzbewachsenen Brüsten zu.

»Kitzeln die ganzen Haare denn nicht?«

»Bis jetz' hat sich jedenfalls noch keiner beschwert.«

Der Dichter hatte lediglich eine ordentliche Tracht Prügel verabreicht haben wollen. Als sein Rücken mit Blut überströmt war, hatte er sich von ihnen beißen lassen. Für jeden anderen hätte das den sicheren Tod bedeutet. Danach war er ruhig gewesen wie ein Säugling.

Seit ihrer Verwandlung machte Mary Jane nicht mehr allzu oft die Beine breit. Zwar wollten manche Männer es gern auf die altmodische Art, doch wollten die meisten nur gebissen und zur Ader gelassen werden. Schaudernd vor unsittlicher Lust dachte sie an das Gefühl zurück, als Miss Lucy sich an ihre Kehle gesetzt und mit winzigen Zähnen an ihrer Wunde genagt hatte. Dann der Geschmack von Lucys Blut, und das Feuer, das sie durchströmte, sie verwandelte.

»Peinsame Mütter, soso«, sagte Nell und gürtete ihr Kleid um die mit dichtem rotem Haar bewachsene Taille.

Mary Janes warmblütiges Dasein war ihr nur mehr nebelhaft im Gedächtnis. Sie war mit Henry Wilcox nach Paris gefahren; so viel wusste sie. An Irland und ihre Geschwister aber konnte sie sich beim besten Willen nicht entsinnen. Von ihren wenigen Bekannten hatte sie erfahren, dass sie von Wales nach England gekommen, in einem Freudenhaus im West End gehalten worden war und einen Ehemann begraben hatte. Dann und wann befiel sie eine flüchtige Erinnerung, wenn ihr ein vertrautes Gesicht begegnete oder sie ein altes Andenken entdeckte, doch ihr einstiges Leben war wie ein Kreidebild im Regen: verwischt und zerlaufen. Seit ihrer Verwandlung aber trübte nichts mehr ihren Blick, als ob ein schmutziges Fenster reingewaschen worden sei. Bisweilen, wenn ihr das von Gin geschwängerte Blut eines anderen in den Adern strömte, kam ihr altes Ich zum Vorschein, und sie fand sich kotzend in der Gosse wieder.

Nell beugte sich über Algernon, setzte die Lippen an einen Biss auf seiner Schulter und begann lautlos zu saugen. Mary Jane fragte sich, ob das Blut eines Dichters kräftiger sein mochte als das eines gewöhnlichen Menschen. Womöglich redete Nell demnächst nur noch in Versen und Reimen. Das wäre vielleicht ein Spaß.

»Nun lass ihn schon in Frieden«, sagte Mary Jane. »Der hat genug gehabt für seine Guinea.«

Lächelnd setzte Nell sich auf. Sie bekam allmählich gelbe Zähne, und ihr Zahnfleisch war ganz schwarz. Bald würde sie in den Dschungel von Afrika auswandern müssen.

»Dass der im Ernst 'ne Guinea blechen tut. So viel Moos kann's doch gar nich' geben inne Welt.«

»In unserer Welt jedenfalls nicht, Nell. Aber er ist nun mal ein feiner Herr.«

»Mit feine Herrn kenn ich mich aus, Mary Jane. Die meisten von den' sinn billich un' gemein, so wie 'ne Woche altes Schweineblut. Un' klamm wie 'n Rattenarsch dazu.«

Arm in Arm verließen sie das Zimmer und stiegen die Treppe hinab. Algernons Freund Theodore erwartete sie bereits. Er musste wohl ein guter Freund sein, wenn er Mary Jane und Nell bis heraus nach Putney brachte und obendrein auch noch die ganze Zeit lang achtgab. Viele Menschen hätten dies als widerwärtig angesehen, doch Theodore war neugeboren und demnach liberal gesinnt.

»Wie geht es Swinburne?«, fragte er.

»Er wird's überleben«, erwiderte Mary Jane. Die meisten Mädchen hatten für einen Kunden wie Algernon nichts als Verachtung übrig. Wenn sie einen makellos gekleideten Herrn erblickten, malten sie sich aus, wie er sich nackt vor Schmerzen wand und krümmte, und verlachten ihn, weil er eine ordentliche Tracht Prügel einer anständigen Partie vorzog. Mary Jane erging es anders. Vielleicht hatten sich mit ihrer Verwandlung auch ihre Empfindungen geändert, was die Dinge anbetraf, welche die Menschen miteinander trieben. Manchmal träumte sie davon, singenden

Engeln die Kehlen zu öffnen und sie zu besteigen, wenn sie mit dem Tode rangen.

»Wie sehr er euch Frauen doch liebt«, sagte Theodore. »Er schwärmt von euren ›kalten, unsterblichen Händen‹. Sonderbar.«

»Er weiß eben, was ihm gefällt«, entgegnete Mary Jane. »Es ist schließlich nichts Schändliches dabei, eine Vorliebe für das Außergewöhnliche zu hegen.«

»Nein«, pflichtete Theodore ihr zögernd bei. »Ganz und gar nichts Schändliches.«

Sie standen im Empfangszimmer. An den Wänden hingen die Porträts berühmter Männer, und alles war voller Bücher. Mary Jane hatte sich ein Bild von den Champs-Elysées aus einer illustrierten Zeitschrift herausgeschnitten und es an die Wand ihres Zimmers in Miller's Court geheftet. Einst, als sie noch warmblütig gewesen war, hatte sie gespart für einen Rahmen, doch Joe Barnett, ihr damaliger Freier, entdeckte die Pennies in einem Krug und vertrank sie. Für ihre Geheimniskrämerei hatte er ihr ein blaues Auge geschlagen. Nach ihrer Verwandlung hatte sie Joe hinausgeworfen, nicht jedoch ohne ihm das Veilchen mit Zinsen heimzuzahlen.

Theodore gab ihnen jeder eine Guinea und geleitete sie hinaus zum Wagen. Mary Jane verstaute die Guinea sicher in ihrem Beutel, Nell hingegen musste sie in die Höhe halten, so dass sich das Mondlicht in ihr spiegelte.

Mary Jane vergaß nicht, Theodore eine gute Nacht zu wünschen und zu knicksen, wie Onkel Henry es sie gelehrt hatte. Da manche Herren neugierige Nachbarn hatten, empfahl es sich, zu tun wie eine feine Dame. Ohne sie zu beachten, verschwand Theodore im Haus, noch ehe sie sich aufgerichtet hatte.

»Himmelarsch, 'ne ganze Guinea!«, rief Nell aus. »Für 'ne Guinea hätt ich ihm glatt in die Schellen gebissen.«

»In die Kutsche mit dir, du ordinäres Flittchen«, schimpfte Mary Jane. »Was bildest du dir eigentlich ein?«

»Das will ich dann wohl gerne tun, Herzogin«, sagte sie und quetschte sich durch die Tür, wobei sie ihr Hinterteil kräftig hin und her schwang.

Mary Jane folgte ihr in den Wagen und setzte sich.

»He, du«, brüllte Nell den Fuhrmann an, »na' Haus, un' mach den Gäulen bisschen Dampf.«

Mit einem Ruck setzte sich die Droschke in Bewegung. Nell spielte noch immer mit ihrer Goldmünze. Sie hatte versucht, sie durchzubeißen. Nun polierte sie das gute Stück mit ihrem Halstuch.

»Die nächsten vier Wochen bin ich runter vonne Straße«, sagte sie und leckte sich die Fangzähne. »Ich zieh rauf ins West End, such mir 'nen Gardisten mit 'nem Schwengel wie 'n Feuerwehrschlauch un' saug dem Burschen den Saft aus den Adern.«

»Und wenn das Geld alle ist, stehst du wieder in der Gosse und legst dich in den Dreck, damit irgendein schwabbeliger Suffkopp dich besteigen kann.«

Nell zuckte mit den Achseln. »Ich glaub kaum, dass ich 'n Prinzen heiraten werd. Genauso wenig wie du, Marie Jeanette de Kelly.«

»Ich stell mich nicht mehr auf die Straße.«

»Bloß weil über dem Bett, wo drin de vögeln tust, 'n Dach is, isses noch lang keine Kirche.«

»Keine Fremden mehr, so viel ist sicher. Nur noch Herren, die ich kenne.«

»Un' *wie* ich die kenne.«

»Du solltest auf mich hören. Wenn ich's dir doch sag, es ist nicht ungefährlich, dieser Nächte auf der Straße. Solang der Ripper unterwegs ist.«

Nell blieb ungerührt. »In Whitechapel müsster bis in alle

Ewichkeit jede Nacht 'ne Hur abmetzeln, bis er an mich kommt. Es gibt Tausende wie uns, un' die wird's auch noch geben, wenn der längst inner Hölle schmort.«

»Er metzelt sie jetzt zwei auf einmal.«

»Geh mir doch fort!«

»Du weißt genau, dass es stimmt, Nell, 's ist schon über eine Woche her, dass er sich an Cathy Eddowes und der Stride vergangen hat. Der kommt wieder.«

»Den will ich sehn, wenner so was bei mir probiern tut«, sagte Nell. Sie knurrte, und ihre Wolfszähne schimmerten. »Dem tät ich erst 's Herz rausreißen, un' dann tät ich das Scheißding fressen.«

Mary Jane musste lachen. Doch es war ihr voller Ernst. »Das einzig Sichere ist, nur noch bekannte Herren zu bedienen, Nell. Kunden, die du kennst und denen du vertraust. Das Beste wäre, einen Herrn zu finden, der dich aushält. Vorzugsweise außerhalb von Whitechapel.«

»Das Einzigste, wo se mich halten täten, is der Zoo.«

Mary Jane war schon einmal *ausgehalten* worden. In Paris, von Henry Wilcox. Er war Bankier, ein wahrhafter Finanzkoloss. Er war ohne seine Gattin ins Ausland gegangen, und statt ihrer hatte Mary Jane die Reise mit ihm angetreten. Obschon er den Leuten weiszumachen versuchte, dass sie seine Nichte sei, verstanden die Franzosen ihr kleines *arrangement* nur allzu gut. Als er weiterreiste, in die Schweiz, ließ er sie bei einem liederlichen alten Froschfresser zurück, an dem sie keinerlei Gefallen fand. Wie es sich ergab, hatte »Onkel Henry« sie beim Kartenspiel verloren. Paris hatte ihr wohl gefallen, und doch war sie zurückgekehrt nach London, wo sie verstand, was die Leute sprachen, und außer ihr selbst niemand mit ihrem Leben spielte.

Als sie Whitechapel erreichten, graute bereits der Morgen. Zunächst hatte sie nicht gewusst, dass es für ihresgleichen tunlich war, aus der Sonne fortzubleiben, und so hatte sie sich die Haut verbrannt, bis diese barst und platzte. Sie hatte Hunde gerissen, um sich an ihrem Lebenssaft zu laben. Es hatte Monate gedauert, bis sie mit anderen Neugeborenen Schritt zu halten vermochte.

Als sie dem warmblütigen Kutscher Anweisungen erteilte, stellte sie mit heißem Schaudern fest, dass der Mann sich vor seinen Vampirpassagieren zu Tode fürchtete. Für vier Shilling Sixpence hatte sie von dem Gewürzkrämer McCarthy ein Zimmer unweit der Dorset Street gemietet. Ein Gutteil der Guinea würde sie für den Mietrückstand aufwenden müssen, damit McCarthy ihr vom Leibe blieb. Doch der Rest gehörte ihr allein. Vielleicht fand sie ja einen Bilderrahmer?

Als sie aus der Kutsche gestiegen waren, rollte diese rasch davon und ließ sie am Bordstein zurück. Nell begleitete die Flucht des Fuhrmanns mit zotigen Gebärden und heulte wie ein drolliges Tier. Selbst um die Augen und hinter den spitzen Ohren wucherte ihr roter Pelz.

»Marie Jeanette«, krächzte eine Stimme im Schatten. Jemand stand im Bogengang von Miller's Court. Der Kleidung nach zu urteilen ein feiner Herr.

Sie lächelte, als sie die Stimme erkannte.

Dr. Seward trat aus dem Dunkel. »Ich habe die halbe Nacht auf dich gewartet«, sagte er. »Ich wollte ...«

»Sie weiß genau, was Sie wollten«, fuhr Nell dazwischen, »un' Sie sollten sich was schäm'.«

»Wirst du wohl still sein, Pelzgesicht«, sagte Mary Jane. »So spricht man nicht mit einem Gentleman.«

Nell reckte ihre Schnauze in die Luft, zerrte ihr Halstuch zurecht und trottete, übertrieben schnaubend wie ein Varieté-Sternchen, davon. Mary Jane bat an ihrer Stelle um Entschuldigung.

»Wollen Sie nicht hereinkommen, Dr. Seward?«, fragte sie. »Bald geht die Sonne auf. Ich brauche meinen Schönheitsschlaf.«

»Mit dem größten Vergnügen«, sagte er. Nervös reckte er den Hals. Das hatte sie bei ihren Kunden schon des Öfteren beobachtet. Wenn sie erst einmal gebissen waren, kamen sie immer wieder.

»Nun gut, dann folgen Sie mir.«

Sie führte ihn zu ihrem Zimmer und ließ ihn ein. Erste Sonnenstrahlen fielen durch das schmutzige Fenster auf die faltenlose Bettdecke. Sie schloss die Vorhänge.

32

Früchte des Zorns

Die Clique war erneut geschrumpft. Mr. Waverly fehlte, wenngleich niemand auch nur eine Silbe darüber verlor. Mycroft führte wiederum den Vorsitz. Sir Mandeville Messervy saß während der gesamten Befragung wortlos und mit eingefallenem Gesicht am Tisch. Auf welchen Pfaden Beauregard in Whitechapel auch wandeln mochte, er würde niemals von den geheimen Kampagnen erfahren, die seine Dienstherren in anderen Stadtvierteln verfolgten. In Limehouse hatte der Professor das Verbrechergewerbe als Schattengesellschaft bezeichnet; Beauregard wusste, dass es auf dieser Welt von Schattenimperien geradezu wimmelte. Er genoss das Privilegium, wenn auch nur gelegentlich, einen Blick hinter die Kulissen werfen zu dürfen.

Er erzählte von seinen Unternehmungen seit der Sache Lulu Schön, ohne dabei etwas Wichtiges auszulassen, fühlte sich jedoch keineswegs verpflichtet, von den Dingen zu berichten, die sich in Claytons Kutsche unmittelbar vor der Attacke des Vampirältesten zwischen ihm und Geneviève ereignet hatten. Insgeheim befand er sich nach wie vor im Zweifel darüber, was in jenem vertrauten Augenblick mit ihm vor sich gegangen war. Er konzentrierte sich auf die Tatsachen des Falles, behandelte ausführlich die Einzelheiten, die in der Presse Verbreitung gefunden hatten, und ergänzte diese durch eigene Anmerkungen und Eindrücke. Er sprach von Dr. Jekyll und Dr. Moreau, von Inspektor Lestrade und Inspektor Abberline, von Toynbee Hall und den Ten Bells, von der Polizeiwache Commercial Street und dem *Café de Paris*, von Silber und silbernen Messern, von Geneviève Dieudonné und Kate Reed. Mycroft lauschte aufmerksam seinen Ausführungen, nickte bedächtig, schürzte die fleischigen Lippen und stützte mit spitzen Fingern sein wabbeliges Kinn. Als Beauregard mit seinem Bericht zu Ende war, dankte ihm Mycroft und zeigte sich durchaus zufrieden mit dem Fortgang der Angelegenheit.

»Seit den Briefen ist der Mörder also unter dem Beinamen ›Jack the Ripper‹ bekannt?«, fragte der Vorsitzende.

»In der Tat. Mit ›Silver Knife‹ ist es vorbei. Wer auch immer diesen Namen ersonnen haben mag, verfügt über ein beachtliches Maß an Genius. Man stimmt darin überein, dass es sich um einen Journalisten handeln müsse. Diese Burschen sind geschickt, was derlei einprägsame Phrasen anbetrifft. Die guten wenigstens.«

»Exzellent.«

Beauregard war verwirrt. Soweit er sehen konnte, hatte er nicht das Geringste erreicht. Der Ripper hatte erneut gemordet. Zweimal, ungestraft. Seine Gegenwart hatte den Wahnsinnigen nicht im mindesten geschreckt, und die Bande, die er in Whitechapel knüpfte, hatten wenig mit den Ermittlungen zu schaffen.

»Sie müssen diesen Mann fassen«, sagte Messervy; es waren seine ersten Worte, seit Beauregard die Sternkammer betreten hatte.

»Beauregard genießt unser vollstes Vertrauen«, entgegnete Mycroft dem Admiral.

Ächzend sank Messervy in seinen Lehnstuhl zurück. Er rang mit einer Pillenschachtel und warf sich etwas in den Mund. Beauregard vermutete, dass der ehemalige Vorsitzende eine Unpässlichkeit erlitten hatte.

»Und nun«, sagte Beauregard mit einem Blick auf seine Savonnette, »möchte ich Sie bitten, mich zu entschuldigen. Ich muss in einer persönlichen Angelegenheit zurück nach Chelsea …«

Im Hause ihrer Mutter in der Caversham Street erwartete Penelope ihn bereits, erfüllt von kalter Wut. Sie wünschte eine Erklärung. Lieber hätte Beauregard sich ein zweites Mal dem chinesischen Ältesten gestellt, wenn nicht gar Jack the Ripper höchstpersönlich. Doch war er seiner Verlobten gegenüber eine ebenso feierliche Verpflichtung eingegangen wie gegenüber der Krone. Er hatte nicht die geringste Ahnung, wohin ihre Unterredung führen mochte.

Mycroft hob eine Augenbraue, als sei er überrascht, dass persönliche Angelegenheiten von solcher Bedeutung waren. Nicht zum ersten Mal fragte sich Beauregard, von welchem Schlag die Männer waren, die dem Diogenes-Club vorsaßen.

»Nun denn. Guten Tag, Beauregard.«

Sergeant Dravot befand sich nicht auf seinem Posten vor der Tür der Sternkammer. An seinem Platz stand ein warmblütiges Raubein mit wettergegerbtem Gesicht und den schwieligen Fingerknöcheln eines altmodischen Faustkämpfers. Beauregard stieg ins Foyer hinab und verließ den Diogenes-Club. Er trat auf die Mall hinaus und fand den Nachmittag kühl und bedeckt. Erneut zog dichter Nebel herauf.

Es sollte ihm keine allzu großen Schwierigkeiten bereiten, eine Droschke ausfindig zu machen, die ihn nach Chelsea bringen würde. Als er sich umblickte, bemerkte er, dass die Straßen voller Leute waren. Er hörte dumpfe, regelmäßige Schläge. Eine Marschtrommel. Dann setzten die Bläser ein. Eine Kapelle kam die Regent Street herunter. Er wusste von keiner ordentlich angekündigten Parade. Bis zum Lord Mayor's Day war es noch fast ein Monat. Verärgert wurde ihm bewusst, dass die Kapelle es nicht eben leichter machen würde, einen Hansom zu bekommen. Der Verkehr würde eine Zeit lang unterbrochen sein. Penelope hatte dafür gewiss kein Verständnis.

Die Kapelle kam um die Ecke und marschierte die Pall Mall hinab zur Marlborough Street. Vermutlich zogen sie kreuz und quer durch die Straßen, um Gefolgsleute zu gewinnen und sich schließlich im St.-James-Park zu versammeln. Der uniformierte Kapellmeister an der Spitze der Parade trug ein riesiges St.-Georgs-Kreuz, die Standarte der Kreuzfahrer Christi. Das schmale rote Kreuz auf weißem Grund bauschte sich im Wind.

Nach der Kapelle kam ein Chor, zumeist Frauen in mittleren Jahren. Sie alle trugen lange weiße, mit einem roten Kreuz bestickte Gewänder. Sie sangen erst einen neuen Text zur Melodie von »John Brown's Body« und gingen schließlich über zur »Schlachthymne der Republik«.

»*In weißer Lilien Glanz ward Christ geboren überm Meer,*
Vom Herrgott auserkoren, das Herz voll Stolz und Ehr';
Weil ER starb für unsere Sünden,
kämpfen wir in der Freiheit Heer,
Und Gott geht uns voran…«

Die Menschenmassen kamen nun von überall herbeigeströmt. Die meisten der Zuschauer und sämtliche Marschierer waren Warmblüter, doch, von der Düsterkeit des Spätnachmittags herausgelockt, standen ein paar spöttelnde Murgatroyds auf dem Trottoir, flatterten mit ihren Fledermausumhängen und fauchten hinter rot geschminkten Lippen. Sie waren in der Minderzahl und wurden von niemandem beachtet. Beauregard hielt ihr

Hohnlachen für unklug. Potenzielle Unsterblichkeit bedeutete nicht auch Unbesiegbarkeit.

Dem Chor folgte ein offener, sechsspänniger Wagen. In dessen Mitte, auf einem Podest, stand, umringt von ihm zutiefst ergebenen Anhängern, John Jago. Nach ihm kam ein regelrechter Pöbelhaufen mit Bannern, die heilige Sprüche zierten wie: »Du sollst keinem Vampir sein Leben lassen«, oder: »Heiliges Blut, heiliger Kreuzzug«. Inmitten der Marschierer plagten sich zwei kräftige Kreuzfahrer mit einem zwanzig Fuß langen Pfahl, auf den eine Puppe aus Pappmaschee gespießt war, ein neugeborener Guy Fawkes. Der Pfahl durchbohrte seine Brust, an der rings um die Wunde rote Farbe klebte. Er hatte rote Augen, übergroße Fangzähne und war in schwarze Lumpen gekleidet.

Die Murgatroyds verstummten. Beauregard wusste sofort, dass es zu einem Unglück kommen würde. Mit Ausnahme zweier berittener Polizisten war auf der Straße weit und breit kein Vertreter des Gesetzes zu entdecken. Eine Flut von Warmblütern erbrach sich auf die Straße. Ehe sich's Beauregard versah, wurde er von den Marschierern fortgerissen. Jago predigte wie üblich Hass und Höllenfeuer, und Beauregard wurde neben seinem Wagen hergestoßen. Sie trieben die Marlborough Street hinab zum Park. Auf offenem Gelände konnte er den Kreuzfahrern vielleicht entkommen.

Einer der Murgatroyds, ein blasser Adonis mit schwarzen Bändern im goldenen Haar, klaubte eine Handvoll Pferdemist aus der Gosse und warf sie mit beachtlicher Zielgenauigkeit, die einige Erfahrung als Ballmann beim Kricketspiel erkennen ließ, nach dem Prediger. Der Rossapfel zerplatzte in seinem Gesicht und färbte ihn braun wie einen Fakir. Einen Augenblick lang, zwischen zwei Tönen der Marschhymne, erstarrte die Menge wie auf einer Fotografie. Beauregard sah den Zorn in Jagos Augen lodern und eine Mischung aus Triumph und heraufdämmernder Furcht im Blick des Murgatroyd.

Mit einem Schrei, so laut wie die Posaunen des Jüngsten Gerichts, stürzten sich die Marschierer auf die Murgatroyds, eine Gruppe von vier oder fünf Neugeborenen. Geckenhaft in ihrer Kleidung, weibisch in ihren Bewegungen, kaltherzige Poseure von haltloser Lasterhaftigkeit: Sie vereinten all jene Makel in sich, die man dem Vampir gemeinhin zuschrieb. Beauregard verspürte einen dumpfen Schlag im Rücken, als weitere Protestierer sich nach vorn hindurch zu dem Getümmel drängten. Jago fuhr unbeirrt in seiner Predigt fort und befeuerte den Zorn der Gerechten.

Die Straße war voller Blut. Als man ihn auf die Knie stieß, wusste Beauregard mit einem Mal, dass er totgetrampelt werden würde, wenn er jetzt zu Boden schlüge. Hatte er so vielen Gefahren in so vielen Winkeln dieser Welt etwa nur widerstanden, um am Ende dem anonymen Londoner Pöbel zum Opfer zu fallen ...?

Eine starke Hand schloss sich um seinen Arm und hievte ihn wieder auf die Beine. Sein Retter war Dravot, der Vampir aus dem Diogenes-Club. Er sprach kein Wort.

»Da ist einer«, rief ein rothaariger Mann. Dravots Hand schnellte hervor und schlug dem Mann die Zähne ein, schleuderte ihn ins Gedränge zurück. Als er ausholte, klaffte Dravots Jacke auf. Beauregard erblickte eine Pistole, die in einem Halfter unter der Achselgrube stak.

Er wollte dem Sergeant danken. Doch seine Stimme verlor sich im Geschrei. Und Dravot war verschwunden. Ein Ellbogen traf ihn am Kinn. Er kämpfte gegen die Versuchung an, den Streich mit einem Stockhieb zu vergelten. Er musste um jeden Preis ruhig Blut bewahren. Es durfte nicht noch mehr Verletzte geben.

Die Menge teilte sich, und eine lärmende Gestalt mit Blut im Haar und im Gesicht taumelte durch das Spalier, geriet ins Straucheln und stürzte auf die Knie. Der Rock hing dem Murgatroyd in Fetzen vom Leib. Er riss den Mund auf, und unförmige Zahnstümpfe stachen daraus hervor. Es war derselbe Murgatroyd, der Jago mit Pferdemist beworfen hatte. Zwei Kreuzfahrer packten den Vampir bei den Schultern, und ein dritter stieß ihm eine abgebrochene Pfahlspitze in den Hals und rammte sie ihm bis hinunter durch die Brust. Die Menge wich zurück, als der Spieß ihn durchbohrt hatte. Vom Ende des Pfahls flatterte die Hälfte eines entzweigerissenen Banners. »Tod den ...« Die hölzerne Spiere hatte das Herz des Murgatroyd verfehlt. Sie hatte ihn verletzen, aber nicht töten können. Er ergriff den Pfahl mit beiden Händen und zog ihn sich knurrend und blutspeiend aus dem Leib.

Auf der gegenüberliegenden Straßenseite erblickte Beauregard den St.-James-Palast. Die Leute klammerten sich an die Geländer, stiegen immer höher hinauf, um besser sehen zu können. Dravot saß rittlings auf der Balustrade. Er vermittelte einen überaus entschlossenen Eindruck. Jemand schnappte nach seinem Bein, doch er stieß ihn von der Brüstung.

Der verwundete Murgatroyd lief kreischend wie eine Todesfee kreuz und quer durch die Menge und warf die Leute zu Boden, als seien sie nichts weiter als Kleiderpuppen eines Damenschneiders. Beauregard war dankbar, dass er dem Laffen nicht im Wege stand. Jago schrie indessen, heulte von Gier erfüllt nach Blut. Er klang viel mehr wie ein Vampir als all die Wesen, welche er verdammte. Der Prediger reckte den Arm, erhob die Faust gegen den St.-James-Palast und die kreidebleichen Kreaturen hinter den Geländern. Trotz des Lärms hörte Beauregard plötzlich das unverwechselbare Krachen einer Feuerwaffe. Eine blutrote Nelke explodierte an Jagos Revers. Er stürzte von seinem Wagen, und die Menge fing ihn auf.

Jemand hatte auf Jago geschossen. Als er abermals nach dem Geländer hinüberblickte, sah Beauregard, dass Dravot sich davongemacht hatte. Jago war blutüberströmt. Seine Anhänger pressten Lumpen gegen die Wunden in seiner Brust und an seinem Rücken. Die Kugel war offensichtlich glatt durch ihn hindurchgegangen, ohne größeren Schaden anzurichten.

»Meine Stimme werdet ihr nicht zum Schweigen bringen«, brüllte Jago. »Meine Sache werdet ihr nicht vom Erdboden tilgen.«

Dann stürzte die Menge in den Park und zerstreute sich, verlief sich wie ausgegossene Flüssigkeit nach Horse Guards Parade und Birdcage Walk. Beauregard konnte wieder atmen. Es wurde in die Luft geschossen. Überall waren Raufereien im Gange. Die Sonne sank.

Er begriff nicht, was er soeben mit angesehen hatte. Zwar glaubte er, Dravot habe auf Jago geschossen, konnte es jedoch nicht mit Bestimmtheit sagen. Wenn der Sergeant dem Kreuzfahrer hätte den Garaus machen wollen, wäre John Jago jetzt vermutlich tot, wäre Hirn und nicht nur Blut vergossen worden. Der Diogenes-Club beschäftigte gewiss keine tollpatschigen, mit Blindheit geschlagenen Pistolenschützen.

Der Vampire wurden mehr. Die Murgatroyds waren geflohen, und an ihrer statt betraten nun böse dreinblickende Neugeborene in Polizeiuniformen die Bühne. Ein karpatischer Constable ritt mit einem großen schwarzen Pferd eine Attacke quer durch die Menge und schwang seinen blutigen Säbel. Eine warmblütige Frau, in deren Schulter eine Wunde klaffte, lief mit gesenktem Kopf vorüber, einen Säugling an die Brust geschmiegt. Die Kreuzfahrer hatten ihre kurzzeitige Überlegenheit eingebüßt; nicht mehr lange, und sie wären in die Flucht geschlagen.

Beauregard hatte Jago und Dravot aus den Augen verloren. Ein Pferd raste vorbei und streckte ihn zu Boden. Als er sich wieder hochgerappelt hatte, fand er seine Uhr zertreten. Das tat nun auch nichts mehr. Der Nachmittag war vorüber, und Penelope würde nicht länger warten.

»Tod den Toten!«, schrie jemand.

33

Der dunkle Kuss

Als die Straßen schließlich geräumt waren, lagen erstaunlich wenige Verletzte umher. Im Vergleich zum Blutsonntag war es ein unbedeutendes Scharmützel gewesen. Godalming, der im Gefolge von Sir Charles dahinschlich, wäre nie und nimmer auf den Gedanken gekommen, dass sich im St.-James-Park ein Aufruhr ereignet hatte. Bei ihnen befand sich Inspektor Mackenzie, ein mürrischer Schotte, der eifrig bemüht schien, dem Commissioner nicht in die Quere zu geraten. In jener ereignisreichen Stunde nach Einbruch der Nacht war ihnen Sir Charles wie ausgewechselt vorgekommen. Der gepeinigte, verquälte Bürokrat, dessen törichte Subordinierte außerstande waren, Jack the Ripper zu ergreifen, verschwand; an seine Stelle trat der alte Heereskommandeur, der unter Beschuss blitzschnelle Entscheidungen zu treffen vermochte. »Hier geht es um englische Männer und Frauen«, hatte Mackenzie gemurrt, »und nicht um blödsinnige Hottentotten.«

Allem Anschein nach hatten die Kreuzfahrer Christi unerlaubterweise eine Kundgebung abgehalten, um dem Parlament eine Petition zu überreichen. Sie verlangten, dass es bei Todesstrafe verboten werden solle, einer Person ohne deren Einverständnis Blut zu entziehen. Einige Vampire hatten sich unter die Kreuzfahrer gemischt, und gewaltsame Tumulte waren entbrannt. Ein Unbekannter hatte einen Schuss auf John Jago abgefeuert, von dem sich dieser nun in einem Gefängnishospital erholte. Mehrere einflussreiche Neugeborene gaben an, sie seien von warmblütigem Pöbel überfallen worden, und ein Murgatroyd mit Namen Lioncourt war außer sich vor Zorn, weil man ihm eine entzweigebrochene Fahnenstange durch seinen besten Anzug gestoßen hatte.

General Iorga, ein Kommandant der Karpatischen Garde, war

in das Handgemenge geraten. Nun stand er neben Sir Charles und Godalming und betrachtete die Bescherung. Iorga war ein Ältester, der mit Kürass und langem schwarzem Umhang angetan umherstolzierte, als bewege er sich auf seinem eigenen Grund und Boden. Sein Adjutant war ein ruritanischer Lebemann mit jugendlichem Antlitz namens Rupert von Hentzau, der sich einiges auf seine goldbesetzte Uniform zugutehielt und im Speichellecken ebenso bewandert schien, wie er dem Ruf nach mit dem Rapier umzugehen verstand.

Grimmig lächelnd bedachte Sir Charles die Männer, die er als Soldaten zu bezeichnen pflegte, mit Komplimenten.

»Wir haben einen bedeutenden Sieg errungen«, erklärte er Iorga und Godalming. »Ohne einen einzigen Verlust zu erleiden, haben wir den Feind in die Flucht geschlagen.«

Von einem Augenblick auf den anderen war ein Sturm losgebrochen und hatte sich schon wieder gelegt, ehe der Vorfall Wellen schlagen konnte. Iorga war zu Pferde kreuz und quer durch die Menge geritten und hatte den einen oder anderen kleinen Schaden angerichtet, doch Hentzau und seine Kameraden waren zu spät am Ort des Geschehens eingetroffen, um aus einer Rauferei ein Massaker werden zu lassen.

»Die Rädelsführer müssen umgehend gefasst und gepfählt werden«, sagte Iorga. »Mitsamt ihren Familien.«

»So geht das nicht bei uns in England«, entgegnete Sir Charles, ohne nachzudenken.

In den Augen des Karpaters loderte hypnotischer Zorn. Was General Iorga anbetraf, so befanden sie sich nicht in England, sondern in einem Westentaschen-Königreich des Balkans.

»Jago wird wegen Sektierertums und Verstoßes gegen das Versammlungsverbot vor Gericht gestellt«, sagte Sir Charles. »Und seine Spießgesellen werden sich in Dartmoor wiederfinden und einige Jahre mit Steineklopfen zubringen müssen.«

»Jago hätte Devil's Dyke verdient«, warf Godalming ein.
»Zweifellos.«

Devil's Dyke war zu einem Gutteil die Erfindung von Sir Charles, welche auf der Idee beruhte, mit Hilfe eingeborener Kriegsgefangener die Zivilbevölkerung zusammenzutreiben, um zu verhindern, dass diese ihrem Kriegsvolk Unterstützung bot. Wie Godalming gehört hatte, schien, was man gemeinhin unter Zwangsarbeit verstand, im Vergleich zu den Gefangenenlagern wie eine sanfte Meeresbrise auf der Strandpromenade von Brighton.

»Was geschieht mit dem Burschen, der den Aufruhr angezettelt hat?«, fragte Mackenzie.

»Mit Jago? Das sagte ich doch gerade.«

»Nein, Sir. Ich spreche von dem törichten Narren mit der Pistole.«

»Geben Sie ihm einen Orden«, meinte Hentzau. »Und dann schneiden Sie ihm die Ohren ab, zur Strafe für seine jämmerliche Schützenkunst.«

»Er muss selbstredend gefunden werden«, erwiderte Sir Charles. »Schließlich können wir uns nicht von christlichen Märtyrern auf der Nase herumtanzen lassen.«

»Unsere Ehre ist herausgefordert«, sagte Iorga. »Wir müssen Repressalien ergreifen.«

Nicht einmal Sir Charles war solch ein Hitzkopf wie der General. Godalming zeigte sich erstaunt über den Unverstand des Ältesten. Mit der Anzahl der Lebensjahre stieg nicht unbedingt auch die Intelligenz. Inzwischen begriff er, weshalb Ruthven in solch verächtlichem Ton von der *entourage* des Prinzgemahls sprach. Iorga hatte einen Bauch wie eine Tonne und trug Schminke im Gesicht. Einmal, einen kleinen Augenblick nur, hatte Godalming das zornerfüllte Antlitz des Fürsten gesehen. Seit jenem Tag begegnete er den Karpatern mit unangemessener Ehrfurcht, erblickte er in jedem Einzelnen von ihnen Größe und Grausamkeit ihres Führers. Es war einfach lächerlich. Sosehr ein Rohling wie Iorga oder ein Haudegen wie Hentzau den Grafen Dracula auch nachzuahmen suchte, sie waren doch nie mehr als ein schwacher Abklatsch des großen Originals und im Grunde ebenso läppisch wie der schlotterigste Murgatroyd von ganz Soho.

Er verabschiedete sich und überließ es dem General und dem Commissioner, das Durcheinander zu beseitigen. Die beiden hegten offenbar die Absicht, dümmlich umherzustehen und Mackenzie widersprüchliche Befehle zu erteilen. Als er am Buckingham-Palast vorüberkam, grüßte er die Karpater vor den Toren mit zum Hut erhobener Hand. Die gehisste Flagge zeigte an, dass Ihre Majestät und Seine Königliche Hoheit in ihrer Residenz weilten. Godalming fragte sich, ob der Prinzgemahl jemals an Lucy denken mochte.

Wo der Park an die Victoria Station grenzte, standen ein paar Pferdewagen voller armseliger Kreuzfahrer, die sich in Polizeigewahrsam befanden. Was Tumulte anbetraf, so war das Treiben des heutigen Abends allenfalls drittrangig zu nennen, befand Godalming.

Er pfiff, obgleich der rote Durst ihm in der Kehle brannte. Es tat wohl, jung, reich und ein Vampir zu sein. Ganz London lag ihm zu Füßen, mehr noch als Ruthven oder Dracula. Zwar mochten sie Älteste sein, doch gab ihnen dies im Grunde das Nachsehen, wie Godalming mit einem Mal erkannte. Sosehr sie sich auch bemühten, sie würden immer hinter ihrer Zeit zurückbleiben. Sie waren historische Figuren, er hingegen war ein Mensch von heute.

Zu Anfang seiner Verwandlung hatte er sich unentwegt gefürchtet. Jede Nacht meinte er, der Prinzgemahl wolle ihn holen kommen und bestrafen wie Jonathan Harker und Van Helsing. Nun aber durfte er getrost darauf vertrauen, dass man ihm vergeben hatte. Er mochte Lucy Westenra vernichtet haben, doch hatte Dracula es auf weit wichtigere warmblütige Weiber abgesehen. Womöglich war er sogar dankbar, dass Godalming ihm den Spross seiner ersten Tändelei in England vom Halse geschafft hatte. Es wäre ihm vermutlich nicht sehr lieb gewesen, eine untote Lucy zur Brautjungfer zu haben, welche die strahlende Viktoria mit rotglühenden Blicken durchbohrte, während diese von ihrem ergebenen Premierminister durch den Mittelgang der Westminster-Abtei zum Altar geleitet wurde. In der königlichen Hochzeit hatten die Jubiläumsfeierlichkeiten des vergangenen Jahres ihren Höhepunkt gefunden. Die Verbindung der Witwe von Windsor mit dem Fürsten der Walachei einte eine von grundlegenden Veränderungen erschütterte Nation, die ebenso gut in tausend Stücke hätte zerspringen können.

Um zwei Uhr in der Früh erwartete man ihn in der Downing Street. Geschäfte wurden inzwischen nur noch nachts getätigt. Danach, vor Tagesanbruch, war er zu einem Empfang in das *Café Royal* geladen, wo Lady Adeline Ducayne vornehmen Besuch willkommen hieß, die Gräfin Elisabeth Bathory. Da es sich bei den Bathorys um entfernte Verwandte der Draculas handelte, hofierte Lady Adeline die Gräfin, wo sie nur konnte. Zwar nannte Ruthven die Gräfin Elisabeth eine »aufreizend degoutante Gossenkatze« und Lady Adeline ein »dürres Gerippe, das vor kaum einem Menschenalter dem Sumpf entstiegen ist«, und doch hatte er im Fall, dass wichtigere Dinge erörtert würden, auf Godalmings Anwesenheit bei der Gesellschaft insistiert.

Die nächsten sechs Stunden war er frei. Sein roter Durst wuchs von Minute zu Minute. Es war angenehm, seinen Bedürfnissen die Befriedigung zu verweigern, denn dies steigerte die Lust auf neue Nahrung. Nach einem kurzen Zwischenhalt in seinem Haus am Cadogan Square, um Abendgarderobe anzulegen, wollte sich Godalming auf die Pirsch begeben. Mit den Freuden der Jagd war er bestens vertraut. Er hatte bereits das eine oder andere Opfer ausersehen und war fest entschlossen, eine der fraglichen Damen heute Nacht zur Strecke zu bringen.

Seine Fangzähne bohrten sich in seine Unterlippe. Die Aussicht auf einen Beutezug setzte wohlvertraute leibliche Veränderungen in Gang. Sein Gaumen war feiner, sein Geschmack weiter gestreut. Seine vergrößerten Zähne taten seiner Pfeifkunst Abbruch. »Barbara Allen« wurde zu einer wunderlichen neuen Weise, die niemand mehr erkennen würde.

Am Cadogan Square näherte sich ihm eine Frau. Bei sich führte sie zwei kleine Mädchen, an Leinen wie Hunde. Sie dufteten nach warmem Blut.

»Gnädiger Herr«, sagte die Frau mit ausgestreckter Hand, »möchten Sie wohl …«

Godalming fand es widerwärtig, dass jemand so weit sinken konnte, das Blut seiner eigenen Kinder feilzubieten. Er hatte die Frau früher schon dabei beobachtet, wie sie unerfahrenen Neugeborenen die Münzen aus dem Beutel schnorrte, indem sie ihnen die verschorften Kehlen ihrer stinkenden Lumpenbälger bot. Unvorstellbar, dass ein Vampir, der älter war als eine Woche, an ihrem dünnen Blut Gefallen finden könnte.

»Scher dich weg, sonst rufe ich die Polizei.«

Krummbucklig schlich die Frau davon und zog ihre Kinder mit sich. Wie sie fortgezerrt wurden, wandten sich die beiden Mädchen nach ihm um und starrten ihn mit Tränen in den großen, hohlen Augen an. Ob die Frau sich frische Kinder suchen würde, wenn diese verbraucht waren? Einen Augenblick lang glaubte er, eines der Mädchen sei womöglich neu, und erwog die Möglichkeit, dass es sich bei dieser Frau nicht um ihre Mutter, sondern um eine neue, grauenvolle Sorte von Kupplerinnen handelte. Er musste sich einmal mit Ruthven über dieses Thema unterhalten. Der Premierminister war sehr beunruhigt, was die Ausbeutung von Kindern betraf.

Der Diener, den er vom Ring, dem Landsitz der Holmwoods, mitgebracht hatte, öffnete die Tür und nahm ihm Hut und Mantel ab.

»Eine Dame wartet im Salon auf Sie, Mylord«, meldete ihm der Lakai. »Eine Miss Churchward.«

»Penny? Was, um alles in der Welt, könnte sie von mir wollen?«

»Das hat sie nicht gesagt, Mylord.«

»Sehr schön. Vielen Dank. Ich werde mich ihrer annehmen.«

Er ließ den Mann in der Halle zurück und trat in den Salon. Penelope Churchward hockte artig in einem hohen Lehnsessel. Sie hatte zum Obst gegriffen – ein verstaubter alter Apfel, denn Speisen hielt er nur für seine seltenen warmblütigen Gäste bereit – und schälte es mit einem kleinen Messer.

»Penny«, rief er aus, »was für eine freudige Überraschung!«

Beim Sprechen hatte er sich mit einem scharfen Zahn versehentlich die Lippe geritzt. Wenn der rote Durst ihn überkam, musste er auf seine Worte achten. Sie legte Apfel und Messer beiseite und schickte sich an, ihn zu begrüßen.

»Arthur«, sagte sie, indem sie aufstand und den Arm ausstreckte.

Sanft küsste er ihr die Hand. Sofort erkannte er, dass sie heute Abend anders war als sonst. Etwas in ihrer Haltung ihm gegenüber trieb seit geraumer Zeit schon Knospen; nun stand es in voller Blüte. Seine Beute war zu ihm gekommen.

»Arthur, ich wünsche…«

Ihre Stimme verlor sich, ihr Wunsch jedoch war unmissverständlich. Ihr Kragen stand offen, ihre Kehle war entblößt. Er erblickte eine blaue Ader unter ihrer weißen Haut und glaubte, sie pochen zu sehen. Eine lose Haarsträhne fiel auf ihren Hals herab.

Mit wohlüberlegter Entschlossenheit gestattete sie ihm, sie zu umarmen. Sie neigte den Kopf zur Seite, und er küsste ihren Hals. Gewöhnlich stöhnte seine Beute auf, wenn er beim ersten Biss mit den Zähnen sachte ihre Haut durchbohrte. Penelope war willig und entspannt, gab aber keinen Laut von sich. Als ihr Blut in seinen Mund quoll, riss er sie an sich. In diesem Moment der Vereinigung schmeckte er nicht nur ihr Blut, sondern auch ihren Geist. Er verstand ihren maßvollen Zorn und spürte, wie ihre Gedanken in geordnete Bahnen zurückfanden.

Er schluckte gierig, entnahm ihr mehr als nötig. Es war nicht leicht, von der Quelle zu lassen. Wen wunderte es, dass so viele Neugeborene ihre erste Liebe töteten. Penelopes Blut war vom Feinsten. Ungetrübt und rein floss es seine Kehle hinab wie honigsüßer Likör.

Sie legte ihre Hand auf seine Wange und stieß ihn von sich. Der Fluss versiegte, und er sog eisige Luft durch die Zähne. Nun gab es kein Halten mehr. Er hob sie von den Füßen und warf sie auf das Kanapee. Knurrend drückte er sie nieder und zerrte an ihrem Kragen. Ihr Hemd zerriss. Er murmelte eine Entschuldigung und stürzte sich auf sie. Mit den Lippen bekam er eine Falte an ihrem Brustansatz zu fassen. Ihr Blut machte ihn erbeben. Seine Zähne tauchten in den Biss an ihrem Hals, und Blut sickerte daraus hervor, als er an der Wunde nagte. Sie leistete nicht den geringsten Widerstand. Blut sprudelte in seinen Mund, und vor seinen Augen ereigneten sich violette Sonnenexplosionen. Es gab keine vergleichbare warmblütige Empfindung. Es war mehr als bloße Nahrung, mehr als ein Rauschgift, mehr als Liebe. Niemals hatte er sich lebendiger gefühlt als in diesem Augenblick ...

... er fand sich lautlos schluchzend vor dem Kanapee kniend wieder, mit seinem Kopf an ihrer Brust. Die vergangenen Minuten waren wie aus seinem Gedächtnis gesengt. Kinn und Hemd waren blutverschmiert. Elektrische Entladungen durchzuckten seine Adern. Sein Herz begann zu brennen, als es sich nach und nach mit Penelopes Blut füllte. Einen Moment lang verlor er beinahe die Besinnung. Sie setzte sich auf und hob sein Kinn. Er starrte sie verwirrt an. Tiefrote Wunden befanden sich an ihrem Hals und ihrer Brust.

Penelope bedachte ihn mit einem knappen, ruhigen Lächeln. »Das war also das Geheimnis«, bemerkte sie.

Sie half ihm auf das Kanapee wie eine Mutter, die ihr Kind für eine Fotografie in Positur setzt. Er richtete sich auf, spürte noch immer ihren Geschmack im Kopf und auf der Zunge. Sein Zittern ließ nach. Sie tupfte ihre Bisswunden mit einem Schnupftuch sauber, erschauerte in leiser Erregung. Dann knöpfte sie die Jacke über ihrem zerrissenen Hemd. Ihr Haar hatte sich gelöst, und sie brauchte einen Augenblick, es wieder in Ordnung zu bringen.

»Nun gut, Arthur«, sagte sie. »Sie haben bei mir Ihre Befriedigung gefunden ...«

Er brachte kein Wort heraus. Er war übersättigt, hilflos wie eine Schlange, die einen Mungo verdaut.

»... also werde ich den Tausch nun besiegeln und meine Befriedigung bei Ihnen suchen.«

Schimmernd lag das Schälmesser in ihrer Hand.

»Wenn mich nicht alles täuscht, geht es eigentlich recht leicht«, sagte sie. »Seien Sie ein Schatz, und wehren Sie sich nicht.«

Sie setzte ihm das Messer an die Kehle. Es drang mit Leichtigkeit durch seine feste Haut, doch er verspürte keinen Schmerz. Die Klinge war nicht versilbert. Der Schnitt würde binnen kürzester Zeit wieder verheilen.

»Arrgh«, machte sie.

Penelope unterdrückte ihren Ekel und presste ihre winzigen Lippen auf die Öffnung an seinem Hals. Voller Entsetzen kam ihr zu Bewusstsein, was sie tat. Sie spreizte die Wundränder mit der Zunge und saugte ihm das Blut aus.

34

Vertrauensdinge

»Sie sollten sich oben ein wenig ausruhen«, sagte die Amworth. »Dann werden Ihre Knochen schneller wieder heil.«

»Warum sollte ich gesund werden?«, fragte Geneviève. »Damit dieses hüpfende Ekel mir endgültig den Garaus macht?«

»Wie kommen Sie denn darauf?«

»Nun ja. Ich weiß zwar nicht, weshalb es mich vernichten will, aber ich weiß mit Bestimmtheit, dass es sich so verhält. Glauben Sie mir, ich bin in China gewesen. Freiwillig geben sich diese Kreaturen nicht geschlagen. Sie lassen weder mit sich reden, noch lassen sie sich aufhalten. Ich könnte ebenso gut auf die Straße hinausgehen und warten, bis es mich holen kommt. Dann geriete uns wenigstens niemand in die Quere.«

Unwillig erwiderte die Amworth: »Sie haben ihm beim letzten Mal schwer zugesetzt.«

»Mir hat es weitaus übler mitgespielt.«

Es ging ihr kaum besser. Zuweilen ertappte sie sich dabei, wie sie den Kopf hin und her wandte, um ihr gebrochenes Genick zu überprüfen. Noch saß ihr der Kopf zwar auf den Schultern, doch überkam sie nicht selten das Gefühl, als wolle er jeden Augenblick herunterfallen.

Geneviève blickte sich im Vorlesungssaal um, der sich in ein Behelfslazarett verwandelt hatte. »Keine chinesischen Besucher?«

Die Krankenwärterin schüttelte den Kopf. Sie lauschte an der Brust eines kleinen neugeborenen Mädchens. Einen Moment lang glaubte Geneviève, es sei Lily. Dann fiel es ihr wieder ein. Die Patientin war Rebecca Kosminski.

»Ich wüsste zu gern, welcher der vielen Feinde, die ich mir gemacht habe, hinter alldem steckt.«

Der chinesische Vampir war ein Mietling. Im Fernen Osten wurden derlei Kreaturen gewöhnlich als Meuchelmörder gedungen.

»Ich nehme an, man wird es mir beizeiten verraten. Es wäre reine Verschwendung, mir zu verheimlichen, weshalb man mir den Kopf abreißen will.«

»Pssst«, machte die Amworth. »Sie machen dem Mädchen Angst.«

Reumütig sah sie ein, dass die Krankenwärterin Recht hatte. Rebecca blickte nachdenklich drein, doch ihre Augen waren zu winzigen Punkten zusammengeschrumpft.

»Es tut mir leid«, entschuldigte sie sich. »Ich habe nur Spaß gemacht, Rebecca, ein dummer Scherz.«

Rebecca lächelte. In ein paar Jahren würde sie einer solch plumpen Lüge kaum mehr Glauben schenken. Noch aber lebte das Kind in ihrem Innern fort.

Da man sie für die Zeit ihrer Genesung aller Pflichten entbunden hatte, kam Geneviève sich nutzlos vor. Sie bummelte noch ein wenig im Lazarett umher und schlenderte dann auf den Flur hinaus.

Das Direktorzimmer war verschlossen; Montague Druitt lauerte vor der Tür. Geneviève wünschte ihm einen guten Abend.

»Wo ist Dr. Seward?«, fragte sie.

Druitt ließ sich nur widerwillig zum Sprechen bewegen. »Er ist ausgegangen, ohne eine Nachricht zu hinterlassen. Und das zu äußerst ungelegener Zeit.«

»Kann ich vielleicht behilflich sein? Wie Sie wissen, genieße ich das Vertrauen des Direktors.«

Druitt presste die Lippen zusammen und schüttelte den Kopf. Er glaubte wohl, dafür kämen nur warmblütige Männer infrage. Geneviève hatte nicht die leiseste Ahnung, was der Mann im Schilde führte. Er war eine der vielen ausgedörrten Seelen in Toynbee Hall; sie machte sich keine allzu großen Hoffnungen, mit ihm an einem Strang ziehen, geschweige denn ihm helfen zu können.

Sie ließ ihn allein auf dem Flur zurück und trat in das Foyer hinaus, wo eine unwirsche Krankenwärterin einen unablässigen Strom von Simulanten in den Nebel zurückscheuchte, sich dann und wann jedoch erbarmte und jemanden mit einer augenscheinlich tödlichen Verletzung einließ.

Dr. Seward hatte sich in jüngster Zeit recht häufig außer Haus begeben. Vermutlich litt er großen Kummer. Wie sie alle. Trotz der Qualen, die ihre gebrochenen Knochen ihr bereiteten, ging Geneviève der Tod Pamela Beauregards nicht aus dem Sinn. Jedermann verlor mitunter liebe Menschen. Im Laufe der Jahrhunderte hatte sie viele liebe Menschen verloren. Doch Charles hatte seinen Verlust noch nicht verschmerzt.

»Miss Dieudonné?«

Es war eine neugeborene Frau. Sie war von draußen hereingekommen. Sie war vornehm, wenn auch nicht allzu teuer gekleidet.

»Erinnern Sie sich noch an mich? Kate Reed?«

»Miss Reed, die Journalistin?«

»Genau. Von der Central News Agency.« Sie streckte die Hand aus; Geneviève schüttelte sie kraftlos.

»Was können wir für Sie tun, Miss Reed?«

Die Neugeborene ließ Genevièves Hand los. »Ich hatte gehofft, mit Ihnen sprechen zu können. Es geht um neulich nachts. Dieses chinesische Wesen. Die Schmetterlinge.«

Geneviève zuckte mit den Achseln. »Ich weiß nicht, ob ich Ihnen irgendetwas sagen kann, was Sie nicht bereits wissen. Das war ein Ältester. Bei den Schmetterlingen handelt es sich offenbar um eine Grille seines Geblüts. Gewisse deutsche *nosferatu* bezeigen eine ähnliche Vorliebe für Ratten, und Sie haben bestimmt von den Karpatern und ihren geliebten Wölfen gehört.«

»Warum richten sich diese Attacken ausgerechnet gegen Sie?«

»Wenn ich das nur wüsste. Ich bin tadellos durchs Leben gewandelt, habe nichts als gute Taten vollbracht und genieße die Wertschätzung all jener, deren Pfade zu kreuzen ich das Vergnügen hatte. Es ist mir unvorstellbar, wie ein Mensch im Grunde seines Herzens feindselige Gefühle gegen mich hegen könnte.«

Miss Reed schien die Ironie in ihrer Stimme entgangen zu sein. »Glauben Sie, der Überfall hat mit Ihrem Interesse an den Whitechapel-Morden zu tun?«

Daran hatte Geneviève noch gar nicht gedacht. Sie überlegte einen Augenblick. »Das möchte ich bezweifeln. Auch wenn man Ihnen Gegenteiliges berichtet haben sollte, bin ich für die Ermittlungen wohl kaum von Bedeutung. Die Polizei hat mich zwar darüber befragt, welche Folgen die Morde für diese Gegend haben könnten, aber weiter geht meine Beteiligung nun wirklich nicht ...«

»Und hat nicht auch Charles ... Mr. Beauregard sich bei Ihnen Rat geholt? Neulich nachts ...«

»Auch er hat lediglich mit mir gesprochen, weiter nichts. Wenn mich nicht alles täuscht, so schulde ich ihm Dank für die Ablenkung des Ältesten.«

Miss Reed brannte darauf, ihr Neuigkeiten zu entlocken. Geneviève hatte den Eindruck, dass sich die Journalistin viel mehr für Charles als für den Ripper interessierte.

»Und inwieweit ist Mr. Beauregard in die Ermittlungen verwickelt?«

»Das müssen Sie ihn schon selbst fragen.«

»Das würde ich gerne tun«, erwiderte Miss Reed. »Wenn ich nur wüsste, wo er steckt.«

»Er steckt gleich hier, Kate«, sagte Charles.

Er stand bereits seit einer Weile schweigend in der Ecke. Geneviève hatte nicht bemerkt, dass er das Foyer betreten hatte. Blinzelnd schob sich Miss Reed eine Rauchglasbrille auf die Nase. Ihre Haut zeigte die Blässe einer Neugeborenen, und doch vermeinte Geneviève auf ihren Wangen einen Hauch von Schamesröte zu entdecken.

»Ähm«, machte Miss Reed. »Guten Abend, Charles.«

»Ich bin gekommen, einer Kranken einen Besuch abzustatten, und finde sie wider Erwarten recht wohlauf.«

Charles verbeugte sich vor Geneviève. Miss Reeds Wissbegier war offenbar erschöpft.

»Danke für Ihre Mühe, Miss Dieudonné«, sagte sie. »Ich will Sie nun Ihrem Besucher überlassen. Guten Abend, Charles.«

Die Neugeborene flatterte in die Nacht hinaus.

»Was hatte es denn damit auf sich?«

Sie zuckte mit den Achseln, und sogleich fuhr ihr der Schmerz ins Genick. »Ich weiß nicht, Charles. Sind Sie mit Miss Reed bekannt?«

»Kate ist eine Freundin meiner … eine Freundin von Penelope.« Bei der Erwähnung des Namens seiner Verlobten – an deren verschleiertes Gesicht und dennoch unverhohlen feindseligen Blick Geneviève sich noch sehr gut erinnerte – schüttelte Charles betrübt den Kopf. »Vielleicht hat sie mit Penelope gesprochen«, gab er zu bedenken. »Was mir bislang nicht vergönnt gewesen ist.«

Unwillkürlich regte sich Genevièves Interesse. Eigentlich hätte sie über diesen Dingen stehen müssen, doch machte ihre Mattigkeit sie zu einer törichten Klatschbase.

»Wenn mich nicht alles täuscht, sollten Sie Miss Churchward heute Nachmittag einen Besuch abstatten.«

Charles bedachte sie mit einem schiefen Lächeln. »Sie täuschen sich keineswegs, aber die Umstände haben mir kurzerhand einen Strich durch die Rechnung gemacht. Im St.-James-Park kam es zu einem Aufruhr.«

Sie bemerkte, dass Charles ihre Hände ergriffen hatte, wie um sie nach Knochenbrüchen abzutasten.

»Bitte verzeihen Sie meine übertriebene Neugier, aber Ihre häuslichen Verhältnisse verwirren mich ein wenig.«

»Ach, tatsächlich«, sagte er pikiert.

»Ja. Gehe ich recht in der Annahme, dass es sich bei Miss Penelope Churchward um eine Verwandte von Miss Pamela Churchward, Ihrer ersten Frau, handelt?«

Charles' Gesicht verriet nicht die leiseste Regung.

»Ich würde sie für Schwestern halten, wenn dem nicht entgegenstünde, dass in diesem Falle, wie durch Mr. Holman Hunt und seine Miss Waugh eindrücklich bewiesen, Ihre Verlobung nach englischem Gesetz dem Inzest gleichkäme.«

»Penelope ist Pamelas Cousine. Sie sind zusammen aufgewachsen. Wie Schwestern, wenn Sie so wollen.«

»Sie beabsichtigen also, die Nennschwester Ihrer verstorbenen Frau zu ehelichen?«

»Das war in der Tat meine Absicht.«

»Erscheint Ihnen das nicht ein wenig sonderbar?«

Charles ließ ihre Hände los und wandte sich mit verdächtig unbewegter Miene von ihr fort. »Gewiss nicht sonderbarer als jede andere Heiratsvereinbarung.«

»Charles, ich möchte Sie keineswegs in Verlegenheit bringen, aber bedenken Sie, dass ich … neulich nachts im Wagen … ohne bösen Vorsatz eine gewisse, äh, gewisse Einsicht in Ihre Gefühle für Pamela, für Penelope …«

Seufzend sagte Charles: »Geneviève, ich weiß Ihre Besorgnis durchaus zu schätzen, aber ich kann Ihnen versichern, dass dafür keinerlei Anlass besteht. Welche Motive mich auch zu dieser Verlobung bewogen haben mögen, sie sind bedeutungslos geworden. Wenn mich nicht alles täuscht, so bin ich ohne eigenes Zutun von meinem Versprechen an Penelope entbunden.«

»Mein aufrichtiges Beileid.« Sie legte ihm die Hand auf die Schulter und kehrte ihn herum, so dass sie ihm in die Augen sehen konnte.

»Ihr Beileid ist völlig fehl am Platz.«

»Ich war neulich nachts vielleicht ein wenig vorschnell in meinem Urteil über Penelope. Sie müssen verstehen, ich war nicht recht bei Sinnen. Nahe daran, hysterisch zu werden.«

»Sie waren nur knapp dem Tod entronnen«, sagte Charles mitfühlend. »Nicht mehr Herrin Ihrer selbst.«

»Dennoch bedauere ich meine Worte, meine Andeutungen ...«

»Nein«, erwiderte Charles und blickte sie unverwandt an. »Sie hatten vollkommen Recht. Ich habe mich unredlich gegen Penelope benommen. Ich empfinde nicht für sie, wie ein Mann für seine Ehefrau empfinden sollte. Ich habe sie lediglich benutzt, damit sie mir das Unersetzliche ersetzen möge. Bestimmt wird sie ohne mich glücklicher sein. Neulich erst verspürte ich so ein Gefühl ... ich weiß nicht recht, ein Gefühl, als ob ich einen Arm verloren hätte. Als wäre ich nicht ganz und gar ich ohne Pamela.«

»Sie meinen Penelope?«

»Ich meine *Pamela*, das ist ja das Fürchterliche.«

»Was haben Sie nun vor?«

»Irgendwann werde ich Penelope gegenübertreten und die Sache zwischen uns ins Reine bringen müssen. Sie wird eine weitaus bessere Partie machen als mich. Ich habe wichtigere Dinge zu bedenken.«

»Wie zum Beispiel?«

»Wie zum Beispiel die Whitechapel-Morde. Außerdem will ich sehen, was ich tun kann, um Ihr Leben zu retten.«

35

Knall und Fall

»Nun sieh sich einer die an«, sagte von Klatka und deutete zum Wagen hinüber. »Die haben eine Heidenangst vor uns. Nicht übel, was?«

Von Klatka war ein wenig zu wohl in seiner Haut. Die Karpatische Garde war so spät erst in den Park gerufen worden, dass nichts zu tun blieb, außer ein paar mahnende Blicke auf die Meuterer zu werfen. Einen besseren Sieg konnte man sich gar nicht wünschen, überlegte Kostaki. Sie hatten reiche Beute gemacht und dennoch keinerlei Verluste erlitten. Die Polizei hatte die meisten Unruhestifter längst festgenommen und eingesperrt.

Zwischen den gitterähnlichen Latten des ersten Wagens lugten verängstigte Gesichter hervor. Frauen. Die meisten von ihnen trugen weiße Gewänder mit aufgesticktem rotem Kreuz.

»Kreuzfahrer Christi!«, spöttelte von Klatka. »Narren!«

»Auch wir waren einmal Christen«, erwiderte Kostaki. »Als wir mit Fürst Dracula gegen den Türken zu Felde zogen.«

»Eine alte Schlacht, verehrter Kamerad. Jetzt gilt es, neue Feinde zu besiegen.«

Er näherte sich dem Wagen. Kläglich winselnd wichen die Gefangenen zurück. Von Klatka grinste und knurrte wie ein Hund. Eine Frau stieß erstickte Schreie aus, und von Klatka lachte. Besaßen diese Kreaturen denn gar keine Ehre?

Kostaki erblickte ein vertrautes Gesicht unter den umherlaufenden Polizisten. »Heil dir, Schotte«, rief er. »Freut mich, Sie hier zu treffen.«

Inspektor Mackenzie blickte von seiner Unterredung mit einem Schließer auf und sah Kostaki auf sich zukommen. »Hauptmann Kostaki«, erwiderte er den Gruß und hob salutierend die Hand an den Hut. »Ihnen ist ein rechter Spaß entgangen.«

Von Klatka stach mit dem Stock zwischen die Gitterstäbe des Wagens wie ein ungezogenes Kind im Zoo. Eine der Gefangenen sank in Ohnmacht, und ihre Genossinnen riefen Gott oder John Jago an, sie zu beschützen.

»Spaß?«

Mackenzie schnaubte verbittert. »So würden Sie es wohl nennen. Für Ihren Geschmack vielleicht zu wenig Blutvergießen, könnte ich mir denken. Keine Toten.«

»Ich habe keinen Zweifel, dass dieses Versäumnis beizeiten seine Wiedergutmachung erfahren wird. Es muss doch Rädelsführer geben.«

»Man wird bestimmt das eine oder andere Exempel statuieren, Hauptmann.«

Kostaki spürte das Unbehagen des Polizisten, seinen unterdrückten Zorn. Nur wenige Allianzen hatten tatsächlich Bestand. Es fiel diesem Mann gewiss nicht leicht, seine Pflicht mit seinem Gewissen in Einklang zu bringen. »Ich schätze Sie sehr, Inspektor.«

Der Schotte war erstaunt.

»Seien Sie auf der Hut«, fuhr Kostaki fort. »Wir leben in widrigen Zeiten. Niemand ist seines Postens sicher.«

Von Klatka steckte eine Hand in den Wagen und kitzelte ein verängstigtes Mädchen am Knöchel. Seine Faxen bereiteten ihm sichtliches Vergnügen. Er wandte sich zu Kostaki um und ersuchte grinsend um dessen Zustimmung.

Ein Vampir kam aus dem dunklen Park. General Iorga – ein Bramarbas *par excellence* – war versehentlich in den Aufruhr hineingeraten; nun stolzierte er einher, im Schlepptau jenen gönnerhaften Satansbraten Hentzau, als habe er soeben die Schlacht von Austerlitz gewonnen. Iorga grunzte, um von Klatkas Aufmerksamkeit auf sich zu lenken, und wurde mit einem Ehrengruß belohnt. Er gehörte zu jener Sorte Offizier, die seit unvordenklichen Zeiten in den Armeen der Lebenden wie auch Untoten anzutreffen ist und sich unablässig ihrer Wichtigkeit versichern muss. Wenn er nicht gerade seinen Vorgesetzten nach dem Munde redete, malträtierte er seine Subordinierten. Vierhundert Jahre war es her, dass er der Sache Draculas ewige Lehenstreue geschworen hatte, und ebenso lange schon hegte er die heimliche Hoffnung, dass jemand den Pfähler auf einen seiner eigenen Pflöcke hievte. Der General wähnte sich selbst den König der Vampire. Was dies betraf, war er jedoch allein: Gegen den Fürsten war General Iorga ein Federgewicht.

»Heute Nacht findet in der Kaserne eine Feier statt«, verkündete Iorga. »Die Garde hat erneut einen Triumph errungen.«

Angewidert zog Mackenzie sich den Hut tief ins Gesicht, wagte es aber nicht, dem General zu widersprechen, der sich offensichtlich das Verdienst um die Zerschlagung des Aufruhrs anheften wollte.

»Von Klatka«, sagte Iorga, »befreien Sie ein halbes Dutzend dieser warmblütigen Weiber, und schaffen Sie sie zur Kaserne.«

»Jawohl, *Sir*«, erwiderte von Klatka.

Die Gefangenen schrien und beteten. Von Klatka machte großes Aufhebens von seiner Schuldigkeit, indem er jede Frau lüstern beschielte und diese als zu alt und fett, jene als zu dünn und zäh befand. Er rief den Hauptmann zu sich, um dessen Meinung einzuholen, doch Kostaki tat, als habe er ihn nicht gehört.

Iorga und Hentzau gingen mit flatterndem Umhang davon. Der General ahmte den Stil des Fürsten nach, war jedoch zu fett, sich derart herauszuputzen.

»Er erinnert mich an Sir Charles Warren«, meinte Mackenzie. »Stolziert durch die Gegend und brüllt Befehle ohne die geringste Ahnung, wie es hier draußen an der Front tatsächlich zugeht.«

»Der General ist ein ausgemachter Narr. Wie die meisten über dem Rang eines Hauptmanns.«

Der Polizist gluckste. »Wie die meisten über dem Rang eines Inspektors.«

»Da sind wir uns einig.«

Von Klatka traf seine Wahl, und der Schließer half ihm, die – zumeist jungen – Mädchen aus dem Wagen zu zerren. Zitternd klammerten sie sich aneinander. Ihre Kleider taugten nicht für eine kühle Nacht.

»Anständige, feiste Blutzeugen werden sie uns sein«, sprach von Klatka und zwickte das erstbeste Mädchen in die Wange.

Der Schließer holte Handschellen und Ketten aus dem Wagen und begann die Auserwählten aneinanderzufesseln. Von Klatka versetzte einer von ihnen einen Klaps aufs Hinterteil und lachte wie ein ausgelassener Teufel. Das Mädchen fiel auf die Knie und betete um Erlösung. Von Klatka bückte sich und stieß ihr seine rote Zunge ins Ohr. Sie reagierte mit groteskem Ekel, und der Hauptmann schüttete sich aus vor Lachen.

»Sie, Sir«, wandte sich eine der Frauen an Mackenzie, »Sie sind doch warmblütig, helfen Sie uns, retten Sie uns ...«

Mackenzie war unbehaglich zumute. Er wandte den Blick ab, barg sein Gesicht erneut in Dunkelheit.

»Ich bitte um Verzeihung«, sagte Kostaki. »Dies geht gegen jegliche Vernunft. Azzo, schaffen Sie die Frauen zur Kaserne. Ich komme später nach.«

Von Klatka salutierte und zerrte die Mädchen von dannen. Er sang ein Hirtenlied, während er seine Herde davongeleitete. Das Quartier der Garde befand sich in der Nähe des Palastes.

»Sie sollten so etwas nicht mit ansehen müssen«, sagte Kostaki.

»Das sollte niemand«, entgegnete der Polizist.

»Da mögen Sie Recht haben.«

Die Wagen schaukelten davon, um die Gefangenen auf die Londoner Gefängnisse zu verteilen. Kostaki vermutete, dass die meisten auf einem Pfahl in Tyburn enden oder zur Zwangsarbeit nach Devil's Dyke verbracht würden.

Er war mit Mackenzie allein. »Sie müssen einer von uns werden, Schotte.«

»Ein widernatürliches Etwas?«

»Was ist denn widernatürlicher? Leben oder sterben?«

»Auf Kosten anderer zu leben.«

»Wer wollte sagen, ob nicht auch Sie auf Kosten anderer leben?«

Mackenzie zuckte mit den Achseln. Er zog eine Pfeife hervor und füllte sie mit Tabak.

»Sie und ich haben allerhand gemein«, sagte Kostaki. »Unser beider Länder haben ihre Unabhängigkeit verloren. Sie, ein Schotte, dienen der Königin von England, ich, ein Moldauer, folge einem walachischen Fürsten. Sie sind Polizist, ich bin Soldat.«

Mackenzie setzte seine Pfeife in Brand und schmauchte. »Sind Sie zuerst Soldat oder Vampir?«

Kostaki dachte nach. »Ich würde sagen, zuallererst bin ich Soldat. Und was sind Sie zuerst, Warmblüter oder Polizist?«

»Lebendig natürlich.« Sein Pfeifenkopf glühte.

»Sie fühlen sich Jack the Ripper also verwandter als, sagen wir, Inspektor Lestrade?«

Mackenzie seufzte. »*Touché,* Kostaki. Ich gestehe. Ich bin vor allem Gendarm und erst in zweiter Linie ein lebendiger Mensch.«

»Dann sage ich es noch einmal: Kommen Sie zu uns. Oder möchten Sie unsere Gabe allen Ernstes Prahlhänsen wie Iorga und Hentzau überlassen?«

Mackenzie überlegte. »Nein«, sagte er schließlich. »Tut mir leid. Vielleicht werde ich die Dinge anders sehen, wenn ich dem Tod nahe bin. Aber der Herrgott hat uns nicht als Vampire erschaffen.«

»Ich bin vom Gegenteil fest überzeugt.«

Nicht weit von ihnen erhob sich Geschrei. Männer brüllten, Frauen kreischten. Stahl traf klirrend auf Stahl. Etwas zerschellte. Kostaki nahm die Beine in die Hand. Mackenzie hatte Mühe, mit ihm Schritt zu halten. Der Lärm drang aus derselben Richtung, die von Klatka eingeschlagen hatte. Nach Atem ringend, fasste sich Mackenzie an die Brust. Kostaki ließ ihn hinter sich und hatte die Entfernung in Sekundenschnelle zurückgelegt.

Als er sich durch die Büsche geschlagen hatte, sah er, was geschehen war. Die Mädchen waren losgebunden, und von Klatka lag am Boden. Fünf oder sechs Männer mit schwarzen Mänteln und Halstüchern vor dem Gesicht hielten ihn fest, während ein Kerl mit weißer Kapuze von Klatka einen schimmernden Dolch in die Brust bohrte. Von Klatka schrie seine Verachtung heraus. Im Boden steckte eine Stange, an der das Banner der Kreuzfahrer Christi baumelte. Einer der maskierten Männer richtete eine Pistole auf Kostaki. Dieser sah das Mündungsfeuer und schickte sich an, ein weiteres Geschoss mit theatralischer Gebärde abzuwehren, als er einen gellenden Schmerz im Knie verspürte. Eine Silberkugel hatte ihn getroffen.

»Zurück, Vampir«, sagte der Schütze mit gedämpfter Stimme.

Mackenzie hatte sie erreicht. Kostaki wollte sich ins Getümmel stürzen, doch der Polizist hielt ihn zurück. Kostakis Bein war taub. Das giftige Geschoss stak fest in seinen Knochen.

Eine der befreiten Frauen trat gegen von Klatkas Kopf, ohne jedoch größeren Schaden anzurichten. Der Mann, der rittlings auf dem Vampir saß, hatte dessen Kürass losgerissen. Mit wenigen Schnitten seines Silbermessers legte er nun von Klatkas pochendes Herz frei. Einer seiner Kameraden reichte ihm etwas Ähnliches wie eine Kerze, die er von Klatka in die Brust rammte.

»Für Jago!«, rief der vermummte Kreuzfahrer aus.

Ein Zündholz flammte auf, und die Kreuzfahrer ließen von ihrem Opfer ab und sprangen auseinander. Von Klatka lag in einem Meer von Blut. Er presste seine Brust zusammen, und die Wunden schlossen sich. Die Kerze ragte zwischen seinen Rippen hervor, an ihrem Ende eine zischende Flamme.

»Dynamit!«, schrie Mackenzie.

Ezzelin von Klatka griff nach der brennenden Lunte. Aber zu spät. Seine Faust schloss sich um die Flamme, als diese sich auszudehnen begann. Ein greller Lichtblitz machte die Nacht zum Tag. Dann hoben ein starker Windstoß und ein lautes Krachen Kostaki und Mackenzie von den Füßen. Die Explosion schleuderte Klumpen von Vampirfleisch und Fetzen der Rüstung Ezzelin von Klatkas in die Luft.

Kostaki rappelte sich hoch. Als Erstes vergewisserte er sich, dass Mackenzie, der sich die sausenden Ohren hielt, keine ernsthaften Verletzungen erlitten hatte. Dann wandte er sich seinem gefallenen Kameraden zu. Von Klatkas Rumpf hatte es in tausend Stücke gerissen. Sein Kopf brannte, das Fleisch verfaulte schnell. Seine Überreste verströmten einen bestialischen Gestank, und Kostaki musste würgen.

Die Fahne der Kreuzfahrer Christi lag umgestürzt am Boden, mit brennenden Tupfen übersät.

»Die Vergeltung für den Anschlag auf Jago«, sagte Kostaki.

Mackenzie, der soeben den Kopf schüttelte, um seine Ohren von dem quälenden Klingeln zu befreien, merkte auf. »Höchstwahrscheinlich. Das Dynamit ist eine alte Lumperei der Fenier, und in Jagos Bande gibt es jede Menge Irländer. Dennoch …« Er brachte seinen Gedanken nicht zu Ende. Männer kamen im Laufschritt auf sie zu. Karpater mit eilig angelegten Harnischen und gezogenen Schwertern, von der Explosion ins Freie gelockt.

»Was dennoch, Schotte?«

Mackenzie schüttelte den Kopf. »Der Sprecher, der Bursche mit dem Dynamit ...«

»Was ist mit ihm?«

»Ich hätte schwören können, dass er ein Vampir war.«

36

Das Alte Jago

Es gibt Menschen auf dieser Welt, vor denen sich sogar Vampire fürchten«, sagte er, während sie die Brick Lane hinaufgingen.

»Ich weiß«, räumte sie ein.

Der Älteste verbarg sich im Nebel und wartete, bis seine Zunge nachgewachsen war. Dann würde er ihr ein drittes Mal zu Leibe rücken.

»Ich bin mit allen Teufeln in allen Kreisen der Hölle wohlvertraut, Geneviève«, sagte Charles. »Es geht lediglich darum, den rechten Dämon anzurufen.«

Sie hatte keinen Schimmer, wovon er sprach.

Er führte sie durch eines der schmalen, übelriechenden Gässchen im schlimmsten Elendsquartier von ganz London. Dann und wann löste sich ein Ziegelstein aus den windschiefen Mauern und fiel aufs Pflaster. An jeder Ecke standen übelgesinnte Neugeborene und steckten die Köpfe zusammen.

»Charles«, sagte sie. »Wir sind im Alten Jago.«

Er pflichtete ihr schmunzelnd bei.

Sie fragte sich, ob er verrückt geworden sein mochte. In ihrem Aufzug – wollte sagen, nicht in Lumpen gekleidet – hätten sie ebenso gut als wandelnde Plakate einherstolzieren können, welche die Aufschrift BERAUBT UND ERMORDET MICH trugen. Rote Augen glommen hinter zerbrochenen Fensterscheiben. Kinder mit Barthaaren wie eine Ratte kauerten in Türeingängen und warteten darauf, sich um den Abfall größerer Raubtiere schlagen zu können. Je tiefer sie in dieses verrufene Viertel vordrangen, desto dichter wurde das Menschengewühl. Unwillkürlich musste sie an Geier denken. Sie befanden sich nicht mehr in England, sondern in einem Dschungel. Doch nicht die Orte waren böse, versuchte sie sich einzureden: sondern was die Menschen daraus machten. Im Dunkel lachte etwas, und Geneviève schreckte zurück. Charles beruhigte sie und blickte sich, auf seinen Stock gestützt, um, als genieße er die frische Luft in Hampton Court.

Verkrümmte, bucklige Gestalten lauerten in Hinterhöfen. Man konnte ihren Hass förmlich spüren. Im Jago endeten die schlimmsten Fälle: Neugeborene, deren Gestalt so sehr verändert war, dass sie nichts Menschliches mehr an sich hatten, derart niederträchtige Verbrecher, dass selbst andere Übeltäter ihre Gegenwart nicht dulden mochten. Eine Fahne der Kreuzfahrer Christi, deren Kreuz wie mit Blut gefärbt schien, hing aus einem Fenster. John Jagos Mission befand sich in dieser Gegend, wohin kaum ein Polizist je seine Schritte setzte. Niemand kannte den wahren Namen des komischen Heiligen.

»Was suchen wir?«, fragte Geneviève halblaut.

»Einen Chinesen.«

Ihr Herz machte einen Satz.

»Nein«, besänftigte er sie, »nicht *den* Chinesen. In diesem Bezirk genügt vermutlich der erstbeste Chinese.«

Ein stämmiger Neugeborener, über dessen nackter Brust sich Hosenträger spannten, trat aus dem Schatten einer Mauer, baute sich vor ihnen auf und blickte auf Charles herab. Sein Grinsen entblößte gelbe Fangzähne. Seine Arme waren mit Totenschädeln und Fledermäusen tätowiert. Nachdem Charles es vor ihren eigenen Augen mit Liz Stride aufgenommen hatte, war Geneviève gewiss, dass er den Vampir mit silberner Klinge oder Kugel leicht zu bezwingen vermochte. Er würde sich jedoch nicht allzu lange halten können, wenn das gute Dutzend Kumpane des Raubeins, das indes umherstand und sich mit schmutzigen Fingernägeln in den Zähnen stocherte, ihm zu Hilfe eilte.

»Nun denn«, begann Charles, seine Worte in die Länge ziehend wie ein regelrechter Narr aus Mayfair, »führen Sie mich zur nächsten Opiumhöhle, guter Mann. Je übler, desto besser, wenn Sie verstehen, was ich meine.«

Zwischen Charles' Fingern blitzte etwas auf. Eine Münze. Sie verschwand erst in der Faust des Raubeins und dann in seinem Mund. Er biss den Shilling entzwei und spuckte die beiden Hälften aus. Sie waren kaum aufs Pflaster geklirrt, als sich auch schon ein Pulk von Kindern um sie prügelte. Der Mann blickte Charles unverwandt an, suchte seine neu gewonnene Macht der Bezauberung über ihn auszuüben. Nach einer kleinen Weile – Geneviève wurde immer mulmiger zumute – wandte er sich ächzend fort. Charles hatte seine Prüfung bestanden. Mit einem Nicken deutete das Raubein auf einen nahe gelegenen Türeingang und latschte davon.

Vor dem Bogen, durch den man auf einen geschlossenen Hinterhof gelangte, hing an einer Schnur eine schmierige graue Decke. Eine schlanke Hand zog den behelfsmäßigen Vorhang beiseite, und eine warme Wolke parfümierten Rauchs wehte sie aus der Öffnung an. Wie Glühwürmchen erhellten Opiumpfeifen hohlwangige Gesichter. Ein warmblütiger Matrose mit schorfbedecktem Hals und leerem Blick wankte auf die Straße hinaus; seine Heuer war in traumseligem Rauch aufgegangen. Er konnte von Glück sagen, wenn er das Jago mitsamt seinen Seemannsstiefeln verlassen durfte.

»Da wären wir«, sagte Charles.

»Was machen wir hier?«, fragte sie ihn.

»Am Netz rütteln, um die Aufmerksamkeit der Spinne auf uns zu lenken.«

»Wie schön.«

Eine junge Chinesin, zartgliedrig und neugeboren, kam aus dem Hof hervor. Die Raubeine hegten offenbar große Achtung vor ihr, was einiges besagen wollte. Sie trug einen blauen Pyjama und trippelte in Seidenpantoffeln über das schmutzige Pflaster. Ihre Haut schimmerte wie feines Porzellan. Ein fest geflochtener, schwarzglänzender Haarzopf reichte ihr bis zu den Knien. Charles verbeugte sich vor ihr, und sie erwiderte seinen Gruß, die Arme zum Willkommen ausgestreckt.

»Charles Beauregard vom Diogenes-Club lässt sich Eurem Gebieter, dem Herrn der seltsamen Tode, bestens empfehlen.«

Das Mädchen schwieg. Geneviève schien es, als hätten sich einige der Müßiggänger davongestohlen und wichtigeren Dingen zugewandt.

»Ich zeige hiermit an, dass diese Frau, Geneviève Dieudonné, unter meinem Schutz steht. Ich bitte, keine weiteren Schritte gegen sie zu unternehmen, damit die freundschaftlichen Bande zwischen Eurem Gebieter und mir keinen Schaden nehmen.«

Das Mädchen überlegte einen Augenblick und antwortete dann mit einem jähen Nicken. Sie verbeugte sich abermals und zog sich hinter den Vorhang zurück. Geneviève vermochte die wabernden roten Punkte der Pfeifen selbst durch die dünne Decke zu erkennen.

»Ich denke, das sollte genügen«, sagte Charles.

Geneviève schüttelte den Kopf. Sie begriff nicht recht, was zwischen Charles und der neugeborenen Asiatin vorgegangen war.

»Ich habe Freunde in den sonderbarsten Positionen«, gestand er.

Sie waren allein. Selbst die Kinder waren verschwunden. Nachdem Charles jenen »Herrn der seltsamen Tode« angerufen hatte, war die Straße wie leergefegt.

»Von nun an stehe ich also unter Ihrem Schutz, Charles?«

Er wirkte beinahe belustigt. »Ja.«

Sie wusste nicht, was sie davon halten sollte. Zwar fühlte sie sich auf gewisse Weise sicherer, und doch war sie ein wenig aufgebracht. »Ich glaube, ich habe Ihnen zu danken.«

»Keine schlechte Idee.«

Sie seufzte. »Das war alles? Kein Messen titanischer Kräfte, keine wundersame Vernichtung des Feindes, kein heroisches letztes Gefecht?«

»Nichts weiter als ein wenig Diplomatie. Das beste aller Mittel.«

»Und Ihr ›Freund‹ ist tatsächlich imstande, den Ältesten zurückzurufen, wie ein Jäger einen Hund bei Fuß ruft?«

»Zweifellos.«

Sie verließen das Jago, hin zu den »sichereren« Gefilden von Whitechapel. Das Elendsquartier wurde allein von den infernalisch glühenden Kohlenpfannen in den Hinterhöfen erhellt, die das Dunkel in schwelendes Rot tauchten. Nun aber gingen sie wieder im beruhigenden Schein der zischenden Straßenlaternen dahin. Hier schien der Nebel beinahe freundlich.

»Die Chinesen glauben, dass, wenn man einen Menschen vor dem Tod bewahrt hat, man bis an sein Lebensende für diesen Menschen Sorge trägt. Charles, sind Sie bereit, diese Bürde auf sich zu nehmen? Ich bin schon sehr alt und habe die Absicht, noch einiges älter zu werden.«

»Geneviève, ich halte es für äußerst unwahrscheinlich, dass Sie meinem Gewissen zu einer allzu großen Last werden könnten.«

Sie blieben stehen, und sie blickte ihn an. Er vermochte sein Amüsement kaum zu verbergen.

»Sie kennen mich bloß, wie ich jetzt bin«, sagte sie. »Ich bin nicht derselbe Mensch, der ich einmal gewesen bin oder der ich einmal sein werde. Der Zahn der Zeit kann uns äußerlich zwar nichts anhaben, aber innerlich … ist das etwas ganz anderes.«

»Dieser Gefahr will ich mich gern aussetzen.«

Bis Tagesanbruch blieb ihnen kaum mehr eine Stunde, und sie wurde müde. Sie war immer noch schwach und hätte eigentlich gar nicht aus dem Haus gehen dürfen. Der Schmerz im Genick war schlimmer als zuvor. Die Amworth meinte, es müsse wehtun, wenn es richtig heilen sollte.

»Ich habe den Ausdruck schon einmal gehört«, sagte Geneviève.

»Den Ausdruck?«

»›Herr der seltsamen Tode‹. Der Träger dieses Titels wird, wenn auch nur selten, mit einem verbrecherischen *tong* in Zusammenhang gebracht. Sein Ruf ist nicht der beste.«

»Wie ich schon sagte, er ist ein Dämon aus der Hölle. Aber wenn es um sein Wort geht, ist er ein wahrer Teufelskerl; er nimmt seine Verpflichtungen sehr ernst.«

»Er ist Ihnen verpflichtet?«

»So ist es.«

»Das heißt, Sie sind ihm verpflichtet?«

Charles schwieg. In seinem Kopf herrschte vollkommene Leere, bis auf das Bild eines Bahnhofsschildes.

»Sie tun das mit Absicht, nicht wahr?«

»Was?«

»An Basingstoke denken.«

Charles lachte. Und gleich darauf lachte auch sie.

37

Downing Street, hinter verschlossenen Türen

Godalming erschien verspätet zu seinem Termin. Seine sorgsam verbundene Wunde pochte, ein Schmerz, der anders war als alles, was ihm seit seiner Verwandlung widerfahren war. Sein Kopf war trunken von Penelope, der alten, warmblütigen Penelope, nicht von der Neugeborenen, die er am Cadogan Square zurückgelassen hatte. Im Wagen sank er in einen leichten Dämmer, in dem er die Weitergabe seines Geblüts ein zweites Mal durchlebte. Zugleich blutgebläht und ausgedörrt, erinnerte er sich an den dunklen Kuss. Als er selbst und als Penelope. Auch das würde vorübergehen.

In der Downing Street angekommen, wurde er wortlos ins Kabinett geleitet. Im Nu war er stocknüchtern. Der Raum war bis auf den letzten Platz gefüllt. Anstelle einer Privataudienz bei Lord Ruthven fand eine allem Anschein nach wichtige Versammlung statt. General Iorga und Sir Charles Warren waren anwesend. Ebenso der Minister des Innern Henry Matthews sowie einige andere, gleichermaßen handverlesene Vampire. Sir Danvers Carew kaute mit dem ihm eigenen finsteren Blick an einer kalten Zigarre.

»Godalming«, sagte Ruthven, »setzen Sie sich. Lady Ducayne wird auf Ihre Gesellschaft wohl verzichten müssen. Wir erörtern soeben die Abscheulichkeiten des heutigen Abends.«

Verwirrt suchte sich Godalming einen Platz. Er hatte den zweiten Akt versäumt und musste die losen Fäden nun wieder anknüpfen.

»Die Karpatische Garde wurde schmählich beleidigt«, sagte Iorga, »und verlangt nach Rache.«

»Na, na, na«, murmelte Matthews. Da man ihn gemeinhin nicht

zu den fähigsten Männern der Regierung rechnete, wurde er bisweilen ungnädigerweise mit einem »französischen Tanzmeister« verglichen. »Bei der gegenwärtigen, überaus heiklen Lage wäre es äußerst unklug, derart die Zügel schießen zu lassen.«

Mit gepanzerter Faust spaltete Iorga das Tischblatt. »Unser Geblüt schreit nach Blut!«

Angewidert blickte Ruthven auf den Schaden, den der Karpater angerichtet hatte. Das feine Furnier war ruiniert.

»Wir werden keinen Übeltäter ungestraft davonkommen lassen«, versprach der Premierminister dem General.

»Das will ich meinen«, warf Sir Charles ein. »Wir rechnen zuversichtlich mit Festnahmen binnen der nächsten vierundzwanzig Stunden.«

»Wie Sie bei jeder sich bietenden Gelegenheit im Falle Jack the Ripper während der vergangenen Monate mit Festnahmen gerechnet haben«, schnaubte Matthews.

Der Minister des Innern haderte nicht zum ersten Mal mit dem Commissioner; niemand hatte den bitteren Rechtsstreit hinsichtlich der endgültigen Verantwortung für das neu gegründete Criminal Investigation Department der Metropolitan Police vergessen. Zunächst hatten beide die dynamischen Kriminalbeamten für sich beansprucht, in jüngster Zeit jedoch hatte das Interesse der zwei Herren spürbar nachgelassen; insbesondere, da die Whitechapel-Morde weiterhin der Aufklärung harrten.

Sir Charles geriet über Matthews' Sticheleien in Rage. »Wie Sie wohl wissen, Herr Minister, ist das Versagen der Polizei in dieser Angelegenheit vor allem Ihrer Weigerung zu verdanken, uns adäquate Geldmittel zu bewilligen, und nicht etwa …«

»Meine Herren«, sagte Ruthven ruhig. »Das steht hier nicht zur Debatte.«

Der Minister des Innern und der Commissioner sackten in sich zusammen und funkelten einander bösartig an.

»Warren«, wandte sich Ruthven an Sir Charles, »Sie befinden sich am ehesten in der Lage, den Standpunkt der Polizei in dieser Sache darzulegen. Ich bitte darum.«

Godalming hörte aufmerksam zu. Vielleicht bekam er so heraus, worum es eigentlich ging.

Wie ein gemeiner Gendarm bei Gericht schlug Sir Charles sein Notizbuch auf und räusperte sich. »Gegen Mitternacht ereignete sich im St.-James-Park ein Vorfall …«

»Kaum einige Hundert Yards vom Palast entfernt!«, fuhr Matthews dazwischen.

»… so ist es, in unmittelbarer Nähe des Buckingham-Palastes, wenngleich die königliche Familie sich zu keiner Zeit in Gefahr befand. Ein Offizier der Karpatischen Garde eskortierte eine Gruppe von Rebellen, die wir zuvor, während des Aufruhrs, in Gewahrsam genommen hatten.«

»Gefährliche Verbrecher!«, platzte Iorga heraus.

»Das ist reine Vermutung. Die Berichte darüber gehen auseinander. Inspektor Mackenzie, ein Augenzeuge, bezeichnet die Gefangenen als ›eine Gruppe verängstigter junger Frauen‹.«

Iorga stöhnte.

»Eine Schar von Männern umzingelte den Offizier Ezzelin von Klatka und vernichtete ihn. Auf ganz besonders widerwärtige Weise.«

»Wie, wenn ich fragen darf?«, erkundigte sich Godalming fasziniert.

»Sie stießen ihm eine Dynamitstange ins Herz und brachten diese zur Explosion«, sagte Ruthven. »Immerhin eine Neuerung.«

»Eine unschöne Bescherung«, ergänzte Sir Charles.

»Oder, um eine neumodische Wendung zu gebrauchen: Hin und weg, dieser Karpater«, bemerkte Ruthven.

Iorga sah aus, als wolle ihm jeden Augenblick der Schädel platzen. Rings um seine Augen erschien eine zundelrote Schwellung. »Hauptmann von Klatka ist eines tapferen Todes gestorben«, knurrte er, »wie ein Held.«

»Kommen Sie, kommen Sie, Iorga«, meinte Ruthven. »Ein wenig Humor kann doch nicht schaden.«

»Wer waren die Übeltäter?«, fragte Carew.

»Maskierte Männer«, antwortete Matthews. »Sie haben ein St.-Georgs-Kreuz bei dem Leichnam zurückgelassen. Ganz offensichtlich waren Sir Charles' frühere Berichte über die Zerrüttung der Kreuzfahrer Christi in höchstem Maße fehlerhaft.«

»Manche betrachten diese Attacke als Vergeltung für den Anschlag auf John Jago«, erklärte Ruthven. »Unterdessen prangen an den Mauern der ganzen Stadt schmale rote Kreuze.«

»Mackenzie hält von Klatkas Mörder für einen Vampir«, sagte Sir Charles.

»Absurd«, rief Matthews. »Ihr steckt doch alle unter einer Decke, ihr Gendarmen, und bemäntelt eure Fehler mit einem Schleier von Lügen.«

»Halten Sie an sich, Matthews«, entgegnete Sir Charles. »Ich gebe lediglich die Aussage eines beobachtenden Beamten wieder. Ich für meinen Teil stimme durchaus mit Ihnen überein. Es ist höchst unwahrscheinlich, dass ein Vampir der Karpatischen Garde Böses wollte. Das hieße praktisch, die Hand gegen unseren geliebten Prinzgemahl zu erheben.«

»Ja«, sagte Ruthven. »Wohl wahr.«

»Was haben Sie bislang unternommen?«, fragte Carew, wobei sich sein finsterer Blick in eine zornesrote Miene verwandelte.

Sir Charles seufzte. »Ich habe Order erteilt, jene Rädelsführer festzunehmen, die sich nach den Unruhen heute Nachmittag immer noch auf freiem Fuß befinden.«

»Bei Sonnenaufgang sollen ihre Köpfe auf Pfählen stecken.«

»General Iorga, wir gehen nach rechtsstaatlichen Prinzipien

vor. Zunächst einmal müssen wir die Schuld der Angeklagten feststellen.«

Iorga wischte derlei Nichtigkeiten mit einer unwirschen Handbewegung beiseite. »Bestraft sie alle, und lasst Gott über ihre Schuld urteilen.«

Sir Charles fuhr fort: »Wir kennen die Kirchen und Kapellen, in denen sich Jagos Anhänger versammeln. Sie werden allesamt durchsucht. Bis morgen Nacht haben wir den Kreuzfahrern Christi das Handwerk gelegt.«

Ruthven dankte dem Commissioner. »Exzellent, Warren. Ich habe den Erzbischof persönlich ersucht, die Kreuzfahrer zu Ketzern zu erklären. Sie werden fortan nicht einmal mehr auf dem Papier die Unterstützung der Kirche genießen.«

»Wir müssen weitere Repressalien üben«, insistierte Iorga, »wenn wir der Fäulnis der Rebellion Einhalt gebieten wollen. Hundert sollen für von Klatka sterben.«

Ruthven erwog diese Möglichkeit, ehe er wiederum das Wort ergriff. »Wenden wir uns nun dem eigentlichen Anlass unseres Zusammentreffens zu. Selbst wenn es nicht zu neuerlichen Gewaltsamkeiten gekommen wäre, hätte ich Sie in einer der kommenden Nächte hierherzitiert. Es handelt sich nämlich keineswegs um einen Einzelfall. Wir haben es der Öffentlichkeit bislang vorenthalten können, doch vor einer Woche warf während eines ordentlichen Besuches in Lahore ein Attentäter eine Bombe auf Sir Francis Varney. Sie ist zwar nicht explodiert, doch konnte der Täter unerkannt in der Menschenmenge untertauchen. Zu allem Überfluss kam es heute Morgen zu einer organisierten Meuterei in Devil's Dyke. Obgleich sie niedergeschlagen werden konnte, verfolgen wir die Spuren mehrerer gefährlicher Empörer kreuz und quer über die Sussex Downs.«

Sir Charles vermittelte einen geschlagenen Eindruck. Dies warf ein schlechtes Licht auf Scotland Yard. Und auf sein Regiment.

Ruthven fuhr fort: »*Silent enim leges inter arma,* wie schon bei Cicero geschrieben steht. Wenn die Waffen sprechen, schweigen die Gesetze. Womöglich muss die Habeas-Corpus-Akte außer Kraft gesetzt werden. Der Prinzgemahl hat bereits den Titel eines Lordprotektors angenommen und sich somit die konstitutionelle Bürde aufgeladen, die ehedem auf den Schultern unserer werten Königin lastete. Gleichwohl mag es ihm sinnvoll erscheinen, seine persönlichen Befugnisse noch zu erweitern. In einem solchen Falle würden wir, die wir in diesem Raum versammelt sind, die gesamte Regierung Großbritanniens und seines Empires repräsentieren. Wir wären Minister des Königs.«

Matthews wollte protestieren, doch er verstummte jäh. Wie auch Sir Charles war er ein Neugeborener und wurde in diesen Räumlichkeiten lediglich geduldet. Auf ihren Plätzen hätten ebenso gut Vampirälteste sitzen können. Oder Untote vom neuen Schlag, deren Lebensgewohnheiten mit denen eines Warmblüters nichts mehr gemein hatten. Mit einem Mal begriff Godalming, wie nahe er der Macht gekommen war. Vielleicht würde er nun endgültig erfahren, zu welchem Zweck Lord Ruthven ihn herangezüchtet hatte.

Ein grimmig dreinblickender Vampir reichte dem Premierminister wortlos eine verschnürte Mappe. Godalming glaubte in ihm einen Angehörigen des Geheimdienstes zu erkennen.

»Vielen Dank, Mr. Croft«, sagte Ruthven und zerriss das Band. Mit Daumen und Zeigefinger zog er ein Papier hervor und schob es Sir Charles leichthin über den Tisch. »Dies ist eine Liste prominenter Persönlichkeiten, die im Verdacht stehen, wider die Krone zu konspirieren. Sie müssen noch vor Sonnenaufgang in Haft genommen werden.«

Stumm bewegten sich Warrens Lippen, während er die Liste überflog. Dann legte er sie vor sich hin, so dass Godalming Gelegenheit erhielt, einen flüchtigen Blick darauf zu werfen.

Die meisten Namen waren ihm bekannt: George Bernard Shaw, W. T. Stead, Cunninghame Graham, Annie Besant, Lord Tennyson. Andere wieder bedeuteten ihm wenig: Marie Spartali Stilman, Adam Adamant, Olive Schreiner, Alfred Waterhouse, Edward Carpenter, C. L. Dodgson. Es gab einige Überraschungen.

»Gilbert?«, fragte Sir Charles. »Weshalb? Der Mann ist ebenso ein Vampir wie Sie oder ich.«

»Wie Sie vielleicht. Er parodiert uns unentwegt. Viele müssen schon beim Anblick eines Vampirältesten unwillkürlich kichern. Meines Erachtens nicht eben eine Haltung, die es zu befördern gilt.«

Es war wohl kaum ein Zufall, dass der Name des bösen Baronets in der Oper *Ruddigore*, mit dem man eine bestimmte Spezies Vampir zu bezeichnen pflegte, Sir *Ruthven* Murgatroyd lautete.

Kopfschüttelnd studierte Matthews die Liste. »Und Gilbert ist beileibe nicht der einzige Vampir«, sagte er. »Sogar Soames Forsyte, mein Bankier, ist hier vertreten.«

Ruthven wirkte ausnahmsweise einmal nicht töricht und tändelhaft. Godalming erblickte kalte Stahlklauen im Samthandschuh des Murgatroyd.

»Ein Vampir ist ebenso des Verrates fähig wie ein Warmblüter«, erklärte Ruthven. »Jeder Mann und jede Frau auf dieser Liste hat sich einen Platz in Devil's Dyke redlich verdient.«

Sir Charles zeigte sich betroffen. »Devil's Dyke wurde nicht für Vampire erbaut.«

»Dann seien wir doch dankbar, dass uns der Tower von London zur Verfügung steht. Er wird in ein Vampirgefängnis umgewandelt werden. General Iorga, steht unter Ihrem Befehl ein Offizier, bei dem Sie sich gezwungen sahen, ihn gelegentlich seines grausamen Vorgehens gegen Untergebene wegen zur Rechenschaft zu ziehen?«

317

Iorgas Grinsen entblößte eine Reihe schimmernder, scharf gezackter Raubtierzähne. »Da fallen mir verschiedene ein. Graf Orlok ist für seine Ausschweifungen nachgerade berühmt.«

»Exzellent. Orlok wird zum Governor des Tower von London ernannt.«

»Aber der Mann ist eine tollwütige Bestie«, widersprach Matthews. »Er ist bei der Hälfte der Londoner Gesellschaft *persona non grata*. An ihm ist kaum mehr etwas Menschliches.«

»Genau der richtige Vampir für diesen Posten«, bemerkte Ruthven. »Darin besteht die Kunst des Regierens. Es findet sich für jeden eine Stellung. Es gilt allein, Position und Charakter in Einklang zu bringen.«

Mr. Croft fertigte eine Notiz, entweder über die Ernennung des Grafen oder über den Widerspruch des Ministers. Godalming verspürte nicht das geringste Interesse, in Mr. Crofts Notizbuch Erwähnung zu finden.

»Und nun zu anderen Dingen. Warren, hier haben Sie einen Neuentwurf Ihrer Beförderungspolitik.«

Sir Charles schnappte nach Luft, als er das Papier gereicht bekam.

»Ab sofort werden ausschließlich Vampire in ein höheres Amt versetzt«, sagte Ruthven. »Diese Vorschrift besitzt in allen Bereichen des Staats- und Militärdienstes seine Gültigkeit. Ob die Warmblüter sich verwandeln oder bleiben, wo sie sind, tut nichts zur Sache. Wohlgemerkt, Warren, allein die *rechten* Vampire sind zu befördern. Ich erwarte von Ihnen, dass Sie Ihr Haus einer gründlichen Säuberung unterziehen.«

Ruthven wandte sich an den Minister des Innern und reichte auch ihm ein Dokument. »Matthews, dies ist ein Entwurf der Notstandsgesetze, die das Unterhaus am morgigen Abend verabschieden wird. Ich halte es für unverantwortlich, dem chaotischen Treiben während des Tages weiterhin mit einer solchen

Laxheit zu begegnen, wie wir es bis *dato* praktiziert haben. Versammlungs-, Reise- und Handelsfreiheit werden eingeschränkt. Die Wirtshäuser werden nur mehr während der Nachtstunden geöffnet sein. Es ist an der Zeit, die Uhr und den Kalender unseren Bedürfnissen entsprechend einzurichten, statt uns den Wünschen der Warmblüter zu beugen.«

Matthews schickte sich schweigend in sein Los. Sir Danvers Carew brummte, beinahe zufrieden. Es war an ihm, in Matthews' Fußstapfen zu treten, wenn Ruthven diesen zum Rücktritt nötigte.

»Wir sind gezwungen, rasch zu handeln«, verkündete Ruthven den Anwesenden. »Doch das hat durchaus sein Gutes. Wir müssen unseren entschiedenen Kurs beibehalten, einerlei, auf welchen Widerstand wir treffen werden. Aufregende Nächte liegen vor uns, und wir besitzen die einmalige Gelegenheit, uns die Welt zu unterwerfen. Wir sind der Wind aus dem Osten. Wir sind ein wütender Orkan. Nach uns wird dieses Land nicht mehr wiederzuerkennen sein. Wer da noch einhält oder zögert, den wird der Strom schnell mit sich reißen. Wie der Prinzgemahl gedenke ich, standhaft zu bleiben. Viele werden ausgelöscht sein, wenn über unserem neuen Reich der Mond aufgeht. Mr. Darwin hatte völlig Recht: Nur die Tüchtigen werden überleben. Wir müssen sicherstellen, dass wir uns unter den Tüchtigsten der Tüchtigen befinden.«

38

Neugeboren

Art hatte Penelope im Salon zurückgelassen. Sie befand sich gleichsam in einer Ohnmacht, als er ihr erklärte, weshalb er so eilig fortmüsse. Es hatte mit dem Premierminister zu tun. Angelegenheiten von allergrößter Bedeutung und Dringlichkeit. Männersachen, so vermutete sie, die sie nicht zu scheren brauchten. Es schien, als spräche Art vom Ende eines langen Tunnels zu ihr, während ein starker Wind ihn anblies und seine Stimme davontrug. Dann war er verschwunden, und sie war mit sich allein …

… sie verwandelte sich. Es war ganz anders, als sie erwartet hatte. Man hatte ihr erzählt, es ginge schnell: ein rascher Schmerz, als würde ihr ein Zahn gezogen, gefolgt von einer Dämmerperiode, die der Verpuppungsphase eines Insekts vergleichbar sei, und schließlich ein neues Erwachen als Vampir.

Der glühende Schmerz, der überall in ihrem Körper wütete, war furchtbar. Mit einem Mal brach heiß der Monatsfluss aus ihr hervor. Ihre Unterkleider waren blutgetränkt. Kate hatte sie eindringlich davor gewarnt, doch sie hatte es vergessen. Im Augenblick bot ihr die Aussicht, dass dies das letzte Mal sei, da derlei weibliche Unannehmlichkeiten sie heimsuchten, wenig Trost. Sie wusste, dass Vampirfrauen nicht menstruierten. Dieser Fluch war nun auf alle Zeit gebannt. Als Frau war sie tot …

… auf dem Diwan, wo Art sie genommen, wo sie ihn zur Ader gelassen hatte. Sie presste sich ein Polsterkissen auf den Bauch. Noch den letzten Brocken Nahrung hatte sie aus ihrem Magen auf Arts Perserteppich befördert. Dann, als es ihr ein wenig besser ging, hatte sie Darm und Blase entleert. Nun wusste sie, warum

Godalming es trotz aller Eile unternommen hatte, ihr zu zeigen, wo sein verschwiegenes Örtchen sich befand. Während der Verwandlung gab ihr Körper alles Überflüssige von sich.

Sie fühlte sich fiebrig und leer, als hätte man ihr Innerstes nach außen gestülpt. Ihr Kiefer schmerzte, als die Zahnknospen sich öffneten und raue, kraspelnde Emaille zum Vorschein kam. Sie hatte die großen, spitzen Zähne des typischen Vampirs. Sie wusste, dass dieser Zustand nicht von Dauer war. Ihre Zähne würden sich verändern, wenn sie in Zorn oder Leidenschaft entbrannte. Oder, wie jetzt, peinigende Qualen litt. Um sich ihrer neuen Art der Nahrungsaufnahme anzupassen, wurden ihre Augenzähne zu Hauern.

Wie war sie nur auf diese aberwitzige Idee verfallen? Sie konnte sich kaum mehr erinnern.

Sie betrachtete ihre Hand. Sie sah die Sehnen und Adern unter ihrer Haut sich wie Würmer krümmen und winden. Ihre manikürten Nägel glichen rautenförmigen Dolchen. Hie und da wuchsen ihr borstige schwarze Haare. Ihre Finger waren geschwollen, und der Verlobungsring schnitt ihr ins Fleisch.

Sie versuchte sich zu konzentrieren.

Ihre Hand kam zur Ruhe und gewann ihre vertraute Gestalt zurück. Sie ließ die Zunge prüfend über ihre Zähne gleiten. Sie waren wieder klein, und das Gefühl, ihr Mund sei ein einziger Wald spitzer Pfähle, war verschwunden.

Sie lag auf dem Rücken, und ihr Kopf baumelte über die Diwankante. Sie sah das Oberste zuunterst. Das lebensgroße Porträt von Arts Vater stand auf dem Kopf. Eine blaue Vase, aus der spitze Wedel weißen Präriegrases zu stürzen drohten, hing von der mit teurem Teppich ausstaffierten Zimmerdecke. Ein mit zaghaft verkehrten Blumen geschmücktes Fries zierte die Wände. Aus der Scheuerleiste ragten kopfüber Gaslampen hervor, deren bläuliche Flammen gegen den getünchten Fußboden hin schossen.

Die Flammen wuchsen, bis sie nichts anderes mehr sehen konnte. Das Fieber hatte ihr Gehirn befallen. In den Flammen erblickte sie einen Mann und eine Frau in inniger Umarmung. Er trug Abendgarderobe, sie hingegen war nackt und blutverschmiert. Die Gesichter gehörten Charles und Pamela. Dann verwandelte sich das Gesicht ihrer Cousine in das ihre, und Charles wurde zu Art. Sie waren in Flammen gehüllt. Das Bild verweilte einen Augenblick, dann verschwamm es, bis die Gesichter nicht mehr zu erkennen waren. Sie brannten und verschmolzen miteinander, bildeten ein einziges pelzbewachsenes Antlitz mit vier Augen und zwei Mündern. Das geballte Feuergesicht wuchs und verzehrte sie mit Haut und Haaren.

»Penny bis in alle Ewigkeit«, hatte sie als Kind oftmals gerufen. »Lang lebe Penelope.«

Die Flamme war überall ...

... unter jähem Schaudern erwachte sie. Ihr ganzer Körper kribbelte, und die Kleider zerkratzten ihr die empfindliche Haut.

Sie setzte sich auf und brachte ihr Aussehen in Ordnung. Die Erinnerung an die Verwandlung verblasste schnell. Vorsichtig betastete sie Hals und Brust, konnte jedoch nicht die geringste Spur der Wunden entdecken, die Art ihr beigebracht hatte.

Der Raum war heller als zuvor, und sie richtete den Blick in einen schattigen Winkel. Sie sah die Dinge mit anderen Augen. Sie erkannte feinere Farbnuancen. Und konnte mehr Gerüche unterscheiden. Das *odeur* ihrer körperlichen Ausscheidungen war ihr deutlich wahrnehmbar, aber nicht unangenehm. Sie hatte den Eindruck, als seien all ihre Sinne geschärft. Ihre Zunge sehnte sich danach, Neues zu schmecken. Sie verlangte nach Experimenten.

Penelope erhob sich und tappelte auf bestrumpften Füßchen ins Badezimmer. Einen Spiegel gab es hier natürlich nicht. Sie legte ihre besudelten Kleider ab und säuberte sich mit dem zerknäulten Unterrock. Dann wusch sie sich von Kopf bis Fuß. In ihrem früheren Leben war sie nur selten gänzlich nackt gewesen. Ihr altes Ich schien wie ein Traum. Sie war neugeboren. Als sie sauber war wie nur je eine Katze, verließ sie zufrieden das Badezimmer. Sie brauchte Kleider. Der Anzug ihrer warmblütigen Vergangenheit war nun nutzlos, von nutzlosem Blut durchweicht.

In einem der anderen am Flur gelegenen Räume regte sich etwas, und mit einem Mal war sie hellwach. Sie ließ die Zunge über ihre spitzen Zähne gleiten. Eine Tür öffnete sich, und ein schmales Gesicht lugte daraus hervor. Entsetzt wegen ihrer Nacktheit schluckte Arts Diener, zog den Kopf wieder zurück und verriegelte die Tür. Lachend krümmte sie die Finger und überlegte, ob sie die Tür aufsprengen sollte, um an das Mannsbild zu gelangen. Sie roch sein warmes Blut. »*Fee, fi, fo, fum*«, flüsterte sie, und ihre Stimme dröhnte laut in ihrem Kopf.

Hinter einer der Türen fand sie Arts Ankleidezimmer. Seine Morgengarderobe lag schon für ihn bereit. Früher war ihr Wuchs zumeist ein Hindernis gewesen. Ihre Mutter hatte sie angehalten, sich so oft wie möglich zu setzen und, ohne sich gebückt zu halten, ihre Erscheinung so zu ordnen, dass sie einen Mann nicht überragte. Nun jedoch kam ihre Größe ihr zustatten.

Sie schlüpfte in Arts Hemd und knöpfte es zu. Sie meisterte die Verzwacktheiten von Kragen und Manschetten ohne Mühe. Ihre Finger waren jetzt geschickter und vermochten jede Aufgabe mit Leichtigkeit zu lösen. Sie warf Arts Unterkleider beiseite, stieg in seine Hosen und machte sich so lange an den ungewohnten Trägern zu schaffen, bis sie die grotesken Gebilde auf ihre Schultern bugsiert hatte. Das Beinkleid schlabberte um ihre Hüften, und sie zog daran, bis es im Schritt behaglich saß, dann verkürzte sie die Hosenträger auf bequeme Länge. Sie fand eine Halsbinde und schlang sie um den viel zu weiten Kragen. Wams und Gehrock komplettierten das *ensemble*. Barfuß kehrte sie in den Salon zurück, wo sie sich verwandelt hatte. Ihre Schuhe lagen unter dem Diwan und passten ihr wie eh und je. Sie machte gewiss eine stattliche Figur. Was wohl ihr Verlobter davon halten mochte?

Während sie sich mit den Fingern durch das Haar strich, überlegte sie, ob sie etwas unternehmen sollte, das sie nicht allzu furchterregend aussehen ließ. Eigentlich jedoch scherte sie ihr Äußeres kein bisschen. Die tote Penelope wäre vor lauter Schreck in Ohnmacht gesunken. Doch mit der toten Penelope hatte sie nichts mehr gemein.

Sie verspürte brennenden Durst. Der Geschmack von Arts Blut erfüllte ihren Mund. Vergangene Nacht hatte sie ihn bitter und salzig gefunden. Nun aber war er süß und köstlich. Und brotnötig. Was nun? Was tun?

Sie wusste nicht, ob sie es fürchterlich geschickt anfing. Doch wenn selbst Kate Reed, die kaum imstande war, Tee aus einer Kanne zu gießen, ohne zuvor Mrs. Beeton zu befragen, es zum erfolgreichen Vampir zu bringen vermochte, würde sich Penelope, die Eroberin, von den Verwicklungen erst recht nicht entmutigen lassen.

In der Halle entdeckte sie einen Theatermantel mit rotem Seidenfutter. Er schien ihr nicht allzu schwer. Sie versuchte, einen von Arts Zylinderhüten aufzusetzen, doch er rutschte ihr bis auf die Ohren und nahm ihr die Sicht. Die einzige Kopfbedeckung an Arts Kleiderständer, die ihren Zwecken diente, war eine karierte Stoffmütze mit Ohrenklappen. Zwar passte sie wohl kaum zu der Ausstattung, die sie sich angeeignet hatte, würde jedoch fürs Erste genügen müssen. Wenigstens konnte sie auf diese Weise ihr Haar unter der Mütze verstecken. Manche Vampirmädchen schnitten sich das Haar kurz wie ein Mann. Was ihr durchaus bedenkenswert erschien ...

... draußen ging die Sonne auf. Sie hielt es für das Beste, den Heimweg anzutreten und sich tags im Haus zur Ruhe zu legen. Kate hatte ihr erzählt, die Sonne könne einem Neugeborenen schweres Leid zufügen. Vermutlich würde sie sich in die ärgerliche und überaus erniedrigende Position begeben müssen, Kate aufzusuchen und sie um Rat in allerlei unvorhersehbaren Angelegenheiten zu bitten.

Als sie das Haus verließ, herrschte dichter Frühnebel. Gestern noch hätte sie die andere Seite des Cadogan Square beim besten Willen nicht erspähen können. Nun vermochte sie alles etwas leichter zu erkennen, obschon sie im Dunkeln besser sehen konnte als im Nebel. Wenn sie zu den dunstigen Wolken hinaufblickte, welche die Sonne verfinsterten, taten ihr die Augen weh. Sie zog sich die Mütze in die Stirn, damit der Schirm ihr Gesicht beschattete.

»Missy, Missy«, ertönte eine Stimme. Eine Frau mit zwei kleinen Kindern im Schlepptau kam aus dem Nebel auf sie zu.

Wieder verspürte sie den Durst – den roten Durst, wie man ihn gemeinhin nannte –, ihr Mund war wie ausgetrocknet, und ihre Zähne prickelten. Ein Gefühl, das sich in nichts mit jenen Bedürfnissen vergleichen ließ, die sie als warmblütige Frau empfunden hatte. Ein überwältigendes Verlangen, das dem Bedürfnis zu atmen gleichkam.

»Missy ...«

Vor ihr stand eine alte Frau mit ausgestreckter Hand. Sie trug einen schäbigen Kiepenhut und ein zerlumptes Halstuch. »Haben Sie Durst, Missy?« Die Frau grinste. Ein stinkender Pesthauch wehte aus ihrem zahnlückigen Schlund. Penelope roch die dicke Dreckkruste, mit der sie überzogen war. Wenn Fagin eine Witwe hatte, so stand diese nun vor ihr.

»Für einen Sixpence können Sie sich nach Herzenslust betrinken. An einer von meinen beiden Hübschen.«

Die Frau hob ein Bündel auf. Es war ein kleines Mädchen, Gesicht und Haar starrten vor Schmutz. Das Mädchen war blass und, gleich einer Mumie, in einen langen Schal gewickelt. Als die Frau den Schal fortnahm, kam ein dünner, über und über mit Schorf bedeckter Hals zum Vorschein. »Nur einen Sixpence, Missy.«

Mit scharfen Krallen klaubte die Frau den Schorf vom Hals des Mädchens. Winzige Blutstropfen quollen hervor. Das Kind gab keinen Laut von sich. Der Blutgeruch stieg Penelope in die Nase. Es war ein pikanter, durchdringender Duft. Sie *dürstete*.

Die Frau reichte ihr das kleine Mädchen. Penelope zögerte einen Moment. Zu Lebzeiten war sie jeder vertraulichen Berührung aus dem Weg gegangen, ganz besonders der Berührung durch Kinder. Nach Pamelas Tod hatte sie geschworen, sich niemals der Wollust eines Mannes hinzugeben, niemals Kinder zu gebären. Obgleich selbst ihr das schließlich etwas einfältig vorkam, bereitete der Gedanke an die Hochzeitsnacht ihr wenig Freude. Ihre Verlobung hatte mit derlei Dingen nichts zu schaffen. Was sie jedoch mit Art getrieben hatte, war mehr als nur ein Aderlass, mehr als nur ein wirksames Mittel zur Verwandlung. Es hatte etwas Fleischliches an sich, abstoßend und aufregend in einem. Nun war es ihr angenehm, ja wünschenswert sogar.

»Ein Sixpence«, wiederholte die Frau, und ihre Stimme verhallte, während Penelope gebannt auf den Hals des Kindes starrte.

Art ihr Blut trinken zu lassen, war ihr zunächst wie eine missfällige Notwendigkeit erschienen. Bei seinem Biss hatte sie eine merkwürdige Erregung verspürt, die von einem Schmerz nur schwer zu unterscheiden war. Ihn zur Ader zu lassen, war eine anekelnde, wenngleich unumgängliche Obliegenheit gewesen; dieses Verlangen nun war anders. Die Verwandlung hatte etwas wachgerufen in Penelope. Als sie ihre Zunge in die offene Wunde legte, war ihr altes Ich vergessen, wirklich tot. Als das Blut in ihren Mund floss, erwachte die Neugeborene, zu der sie geworden war.

Sie hatte beschlossen, zum Vampir zu werden, weil sie es für angemessen hielt. Sie war auf Charles böse gewesen wegen seiner Tändelei mit jener schauderhaften Ältesten und weil er es versäumt hatte, bei ihr zu erscheinen und sie ordentlich um Verzeihung zu bitten. Schändlich hatte er die warmblütige Penelope behandelt; vielleicht würde er seine Haltung ändern, wenn sie sich verwandelte. All dies war selbstverständlich völlig widersinnig.

Sie schluckte begierig, spürte, wie das Blut durch ihren Körper strömte. Es rann ihr nicht allein die Kehle hinab, sondern durchflutete ihr Zahnfleisch, ihr Gesicht. Sie spürte, wie es ihre Wangen aufschwellen ließ, in den Adern unter den Ohren pochte, ihre Augen ausfüllte.

»Genug jetzt, Missy. Sie murksen mir die Kleine ja gleich ab. Vorsicht.«

Die Frau wollte ihr das Kind entreißen, doch Penelope schüttelte sie ab. Ihr Durst war noch nicht gestillt. Das Wimmern des Kindes klang ihr in den Ohren; es lag etwas Forderndes in seinem schwachen Winseln. Das Mädchen wollte ausgesaugt werden, ebenso wie Penelope ihr Blut benötigte ...

... endlich war es vorbei. Das Herz des Kindes schlug noch. Penelope ließ es auf das Trottoir hinunter. Das andere Mädchen – seine Schwester? – wickelte es rasch wieder ein.

»Einen Shilling«, sagte die Frau. »So viel kostet Sie einen Shilling.«

Penelope fauchte die kupplerische Schlampe an, spuckte durch ihre Fangzähne. Es würde ihr ein Leichtes sein, sie vom Bauch bis zur Kehle aufzuschlitzen. Ihre Krallen waren lang genug.

»Einen Shilling.«

Die Frau blieb standhaft. Penelope erkannte eine Verwandte in ihr. Sie beide lebten mit einem Verlangen, das alle Bedenken zunichte werden ließ.

In ihrer Westentasche fand sie eine Uhr an einer Kette. Sie löste sie von ihrem Wams und warf sie nach der Kupplerin. Mit gekrümmten Fingern fischte die Frau ihren Lohn aus der Luft. Ihr Mund verzerrte sich zu einem ungläubigen Grinsen.

»Dank Ihnen vieltausendmal, Missy. Danke. Meine Mädchen stehen Ihnen jederzeit zu Diensten, Missy. Jederzeit.«

Penelope ließ die Frau am Cadogan Square zurück und ging in den Nebel davon, erfüllt von neu gefundener Lebenskraft. Innerlich war sie so stark wie nie zuvor ...

... trotz des Nebels fand sie sich mühelos zurecht. Das Haus der Churchwards lag nicht allzu weit entfernt, in der Caversham Street. Wie sie so dahinging, schien es ihr, als wisse in der ganzen Stadt nur sie allein, wohin ihr Weg sie führte. Sie hätte selbst mit geschlossenen Augen heimgefunden.

Das Blut des Mädchens machte sie benommen. Obschon sie selten mehr als ein Glas Wein zum Diner getrunken hatte, wusste sie, dass ihr jetziger Zustand einem Rausch recht nahe kam. Einmal hatten sie und Kate gemeinsam mit einem anderen Mädchen vier erstklassige Flaschen aus dem Keller ihres verstorbenen Vaters geleert. Nur Kate war nachher nicht von Übelkeit betroffen worden, ein Umstand, den mit stolzer Stimme zu betonen sie nicht müde wurde. Nun war ihr ebenso wie damals, wenngleich es diesmal nicht im Bauch rumorte.

Hier und da spürten es die Leute, wenn sie sich ihnen näherte, und beeilten sich, ihr aus dem Weg zu gehen. Niemand verwandte auch nur einen Blick oder eine unlautere Bemerkung auf ihren sonderbaren Aufzug. Die Männer hüllten sich in Schweigen, was die Bequemlichkeit ihrer Kleidung anbetraf. Sie wähnte sich nachgerade seeräuberisch, wie Anne Bonney. Gewiss hatte nicht einmal Pam je ein derart erheiterndes Gefühl verspürt. Endlich war es Penelope gelungen, ihre Cousine an Glanz zu übertreffen.

Der Nebel wurde lichter, und der Mantel lastete schwer auf ihren Schultern. Schwindelnd blieb sie stehen. Ob das Mädchen ihr eine Krankheit übertragen hatte? Wie ein volltrunkener Stutzer klammerte sie sich an einen Laternenpfahl. Der Nebel hing in dünnen Fetzen. Eine Brise wehte vom Fluss herauf. Der Wind brachte den Geschmack der Themse mit sich. Alles ringsum schien sich zu drehen, als sich der Frühnebel langsam verzog. Am Himmel schwoll mitleidslos ein Feuerball, der seine Lichtfühler nach ihr streckte. Sie schlug sich eine Hand vor das Gesicht und spürte, wie ihr das helle Licht die Haut versengte. Ihr war, als schwebe ein riesiges Vergrößerungsglas über ihrem Kopf, das die Sonnenstrahlen bündelte, um sie zu verbrennen, wie ein kleiner Junge es mit einer Ameise tun würde.

Ihre Hand schmerzte. Sie war tiefrot, wie ein gesottener Hummer. Die Haut juckte fürchterlich und barst. Eine dunkle Rauchfahne stieg aus dem Riss hervor. Sie stieß sich fort von dem Laternenpfahl und lief über unsicheres Gelände davon. Ihr Mantel flatterte im Wind. Die Luft zerrte an ihren Fesseln wie sumpfiges Wasser. Sie hustete und spuckte Blut. Sie hatte dem Mädchen zu viel entnommen und bezahlte nun den Preis für ihre Gier.

Die Sonne brannte lichterloh aufs Pflaster und tauchte alles in grell schimmerndes Knochenweiß. Selbst wenn sie die Augen fest geschlossen hielt, wollte ihr peinigendes Licht den Schädel sprengen. Schon glaubte sie, dass sie die Caversham Street nie und nimmer sicher erreichen werde. Sie würde ins Straucheln geraten, auf die Straße stürzen und sich in ein qualmendes Aschehäuflein verwandeln, begraben unter Arts faltenreichem Mantel.

Ihr Gesicht war angespannt, als klebe es an ihrem Schädel. Niemals hätte sie sich am ersten Tag, den sie als Neugeborene verbrachte, hinaus in die Sonne wagen dürfen. Jemand versperrte ihr den Weg, und sie stieß ihn grob beiseite. Sie war trotz allem stark und schnell. Sie lief gebeugt, die Sonne versengte ihr den

Rücken, erhitzte ihren Leib selbst durch Mantel, Rock und Hemd. Steif und verschrumpft, entblößten ihre Lippen spitze Zähne. Jeder Schritt schmerzte, als hüpfe sie über einen Wald aus Rasierklingen dahin. Nichts dergleichen hatte sie erwartet …

… allein ihrem Instinkt war es zu danken, dass sie zu ihrer Straße, ihrer Haustüre gefunden hatte. Sie tastete ungeschickt nach dem Glockenzug und stemmte einen Fuß unter den Stiefelknecht, damit sie nicht aus dem Gleichgewicht geriet und rückwärts die Stufen hinunterstürzte. Wenn sie nicht sofort in den kühlenden Schatten des Hauses gelangte, musste sie sterben. Sie lehnte sich gegen die Tür und hieb mit geballten Fäusten gegen das Holz.

»Mutter, Mutter«, krächzte sie. Sie hörte sich an wie ein steinaltes Weib.

Die Tür ging auf, und sie sank in die Arme von Mrs. Yeovil, ihrer Haushälterin. Doch die Bedienstete erkannte Penelope nicht und wollte sie gleich wieder ins grausame Tageslicht hinausstoßen.

»Nein«, sagte ihre Mutter. »Das ist Penny. Sehen Sie nur …«

Mrs. Yeovil riss die Augen auf; in ihrem Schrecken erblickte Penelope ihr Abbild deutlicher als in nur je einem Spiegel.

»Grundgütiger«, rief die Bedienstete aus.

Mutter und Mrs. Yeovil halfen ihr in den Flur, und die Tür fiel krachend ins Schloss. Noch immer sickerte stechender Schmerz durch die buntfarbige Lünette, doch das Schlimmste lag nun hinter ihr. Träge hing sie in den Armen der beiden Frauen. Eine dritte Person befand sich auf dem Flur, sie stand in der Tür zum Gesellschaftszimmer.

»Penelope? Mein Gott, Penelope!« Es war Charles. »Sie ist verwandelt, Mrs. Churchward«, sagte er.

Einen kleinen Augenblick lang wusste sie, warum, wofür sie all das unternommen hatte. Sie wollte es ihm sagen, brachte jedoch nur einen Zischlaut über ihre Lippen.

»Nicht sprechen, Liebes«, sagte ihre Mutter. »Es wird alles wieder gut.«

»Schaffen Sie sie an einen dunklen Ort«, meinte Charles.

»In den Keller?«

»Ja, in den Keller.«

Er zog die Tür unter der Treppe auf, und die Frauen trugen sie hinab in den Weinkeller ihres Vaters. Hier war es stockfinster, und plötzlich spürte sie am ganzen Leib lindernde Kühle. Das Brennen ließ nach. Zwar litt sie noch immer Schmerzen, doch hatte sie nun nicht mehr das Gefühl, sogleich explodieren zu müssen.

»O Penny, meine arme Kleine«, sagte ihre Mutter und legte ihr eine Hand auf die Stirn. »Du siehst so …«

Der Satz verhallte, und sie betteten Penelope auf den blitzblanken, kalten Stein. Sie wollte sich aufsetzen und Charles verfluchen.

»Ruh dich aus«, sagte er.

Sie pressten Penelope zu Boden, und sie schloss die Augen. Die Dunkelheit in ihrem Kopf war berstend rot.

39

Aus der Hölle

17. OKTOBER

Ich halte Mary Kelly aus. Sie ist meiner Lucy, der verwandelten Lucy, ja so ähnlich. Ich habe ihren Mietzins bis Monatsfrist bezahlt. Ich besuche sie, wann immer mir die Arbeit es gestattet, und dann frönen wir unserem absonderlichen Austausch von Körpersäften. Zwar erleide ich bisweilen Anfälle der Raserei, doch versuche ich mein Bestes, mich im Zaum zu halten.

George Lusk, der Vorsitzende des Sicherheitsausschusses, kam gestern zu mir in die Hall. Man hatte ihm eine halbe Niere übersandt, der eine Nachricht mit der Überschrift AUS DER HÖLLE beigefügt war, deren Verfasser behauptet, die Einlage entstamme einer der toten Frauen, vermutlich der Eddowes. »*Das andre Stück hab ich gebraten und gegessen, es war sehr lecker.*« Welch entsetzliche Ironie, dass Lusk sogleich darauf verfiel, mir jene grausige Trophäe zu überbringen, da er das Fleisch von einem Kalb oder einem Hund wähnte und sich selbst das Opfer eines Schabernacks. Die Scherze über »Jack the Ripper« geraten allmählich zur Epidemie, und seit die *Times* einen von Lusk verfassten Brief über die Morde zum Druck befördert hat, ist er einer ganzen Anzahl derartiger Possen zum Opfer gefallen. Während Lusk und Lestrade mir über die Schulter blickten, wühlte und stocherte ich in der Niere. Das Organ stammte zweifellos von einem Menschen und hatte in Alkohol verwahrt gelegen. Ich sagte Lusk, die Schelmerei sei aller Voraussicht nach das Werk eines Studenten der Medizin. Aus meiner Zeit im Bart's entsinne ich mich durchaus einiger Narren, die sich voller Begeisterung derlei infantilen und makabren Praktiken hingaben. Jedes Mal, wenn ich über die Harley Street flaniere, muss ich daran denken, wie der eine oder andere Arzt der feineren Gesellschaft, der damals seines Quartiers verwiesen wurde, einen zerstückelten Torso in seinem Bett zurückließ, damit die Wirtin ihn entdecke. Eine Besonderheit, die ich sogleich bemerkte, war der Umstand, dass die Niere in der Tat mit ziemlicher Gewissheit einem Vampir entnommen war. Sie befand sich im fortgeschrittenen Zustand jener charakteristischen Austrocknung, von der ein Vampir nach dem wirklichen Tod befallen wird. Ich sah mich jedoch keineswegs genötigt, meine Vertrautheit mit den Innereien der Untoten näher zu erläutern.

Lestrade stimmte mit mir überein, und Lusk – meines Wissens ein rechter Quälgeist – war besänftigt. Wie mir Lestrade berichtet, werden die Ermittlungen in einem fort von derlei falschen Fährten behindert, als ob Jack the Ripper sich der Unterstützung einer ganzen Schar tapferer Soldaten versichert habe, welche bestrebt sind, ihn in einen schützenden Nebel der Verwirrung zu hüllen. Auch mir will es bisweilen scheinen, als sei ich durchaus nicht ohne Freunde, als wache eine unbekannte Macht über meine ureigenen Interessen. Nichtsdestoweniger bin ich der festen Überzeugung, dass mein Blatt fürs Erste ausgereizt ist. Der »doppelte Erfolg« – ein scheußlicher Ausdruck, den wir allein jenem lästigen Briefschreiber zu verdanken haben – hat mich einige Kraft gekostet, so dass ich meine nächtlichen Geschäfte eine Zeit lang ruhen lassen werde. Zwar tun sie immer noch not, doch ist es auf den Straßen zu gefährlich. Die Polizei ist gegen mich, und allerorten wimmelt es von Vampiren. Ich hoffe inständig, dass andere meine Arbeit fortführen werden. Einen Tag, nachdem John Jago verwundet wurde, fand ein Vampirgeck in Soho den Tod, indem man ihm einen Pfahl durchs Herz stieß und ihm ein St.-Georgs-Kreuz in die Stirne ritzte. Die *Pall Mall Gazette* brachte einen Kommentar, dessen Schreiber die Vermutung äußert, der Whitechapel-Mörder sei in den Westen Londons fortgezogen.

Ich lerne viel von Mary Kelly. Auch über mich selbst. Wenn wir in ihrem Bett liegen, sucht sie mir mit lieblichem Stimmchen weiszumachen, dass sie die Pirsch aufgegeben hat und sich nicht mehr mit anderen Männern trifft. Ich weiß, dass sie lügt, mache ihr deswegen jedoch keine Vorhaltungen. Ich öffne ihr rosiges Fleisch und verströme mich in ihr, und sie gleitet mit spitzen Zähnen in mich und lässt mich sanft zur Ader. Mein Leib ist mit Narben übersät, Narben, die jucken wie die Wunde, die Renfield mir in Purfleet beigebracht hat. Ich bin fest entschlossen, mich nicht zu verwandeln, nicht schwach zu werden.

Geld spielt keine Rolle. Die Kelly soll haben, was mir von meinem Vermögen noch geblieben ist. Seit ich nach Toynbee Hall gekommen bin, habe ich keinerlei Salär mehr erhalten und bin zudem in erheblichem Maße für die Anschaffung medizinischer Geräte und anderer Notwendigkeiten aufgekommen. Meine Familie hat immer reichlich Geld besessen. Keinen Titel zwar, doch immer Geld.

Ich habe die Kelly gebeten, mir von Lucy zu erzählen. Die Geschichte – und ich schäme mich dieser Erkenntnis keineswegs – erregt mich. Wenn ich mir aus der Kelly auch nichts mache, so muss ich doch Lucy zuliebe für sie sorgen. Die Stimme der Kelly ändert sich, der walisisch-irländische Singsang und die merkwürdig gouvernantenhafte Ausdrucksweise verschwinden, und Lucy, die weitaus weniger als ihr verhurter Spross darauf bedacht war, was und wie sie etwas sagte, scheint zu sprechen. Die Lucy, an die ich mich erinnere, ist sauber, adrett und eigentlich ein kokettes Wesen. Irgendwo zwischen diesem verwirrenden, aber betörenden Mädchen und dem kreischenden Blutsauger, dem ich den Kopf absägte, stand die Neugeborene, welche die Kelly verwandelt hat. Draculas Spross. Jedem weiteren Bericht von ihrer nächtlichen Begegnung auf der Heath fügt die Kelly neue Einzelheiten hinzu. Entweder wird ihr die Vergangenheit von Mal zu Mal lebendiger, oder sie erfindet sie mir zuliebe. Ich weiß nicht, welche der beiden Möglichkeiten mir aufreizender erscheinen möchte. Manchmal sind Lucys Avancen der Kelly gegenüber nichts weiter als zärtliche, verführerische, geheimnisvolle, leidenschaftliche Liebkosungen vor dem dunklen Kuss. Dann wieder wird sie von Lucy brutal geschändet, zerfetzen nadelspitze Zähne Fleisch und Muskeln. Mit dem Spiel unserer Leiber illustrieren wir Kellys Erzählungen.

Ich habe die Gesichter der toten Frauen vergessen. Ich kenne nur noch das Gesicht der Kelly, und dies wird Lucy von Nacht zu Nacht ähnlicher. Ich habe der Kelly Kleider gekauft, wie Lucy sie besaß. Das Nachtgewand, welches sie anlegt, ehe wir uns paaren, ähnelt sehr dem Sterbehemd, in dem Lucy begraben wurde. Unterdessen trägt die Kelly das Haar, wie Lucy es zu tun pflegte. Bald, so wage ich zu hoffen, wird die Kelly zu Lucy geworden sein.

40

Die Rückkehr des Hansom

Seit dem ›doppelten Erfolg‹ ist beinahe ein Monat vergangen, Charles«, überlegte Geneviève. »Vielleicht ist es ja vorbei?«

Beauregard schüttelte den Kopf. Ihre Bemerkung hatte ihn aus seinen Grübeleien gerissen. Er musste immerzu an Penelope denken.

»Nein«, erwiderte er. »Nur das Gute findet von selbst ein Ende; dem Bösen muss man ein Ende setzen.«

»Da haben Sie natürlich Recht.«

Die Dunkelheit war längst hereingebrochen, und sie befanden sich in den Ten Bells. Allmählich war ihm Whitechapel ebenso vertraut wie all die anderen Winkel dieser Erde, in die der Diogenes-Club ihn entsandt hatte. Seine Tage brachte er unruhig schlafend in Chelsea zu, und des Nachts begab er sich mit Geneviève im East End auf die Jagd nach Jack the Ripper. Ohne Erfolg.

Langsam beruhigten sich die Gemüter. Die Bürgerwehren, die noch zwei Wochen zuvor unheilstiftend und arglose Passanten behelligend durch die Straßen gezogen waren, hatten Schärpe und Knüppel zwar nicht abgelegt, brachten unterdessen jedoch mehr Zeit in Wirtshäusern zu als im Nebel. Nachdem sie einen Monat lang doppelt und dreifach hatten Dienst tun müssen, kehrten die Gendarmen allmählich zu ihren gewohnten Pflichten zurück. Schließlich hatten die Taten des Rippers nichts und niemanden daran gehindert, anderswo in der Stadt Verbrechen zu begehen. In Sehweite des Buckingham-Palastes war es gar zu einer regelrechten Revolte gekommen.

Letzte Nacht hatte jemand einen Krug Schweineblut über das Porträt der königlichen Familie neben dem Tresen ausgegossen. Woodbridge, der Aufwärter, hatte den vaterlandslosen Trunkenbold hinausgeworfen, die Flecke an der Wand und dem Gemälde jedoch blieben. Das Gesicht des Prinzgemahls war eine verzerrte, rottriefende Fratze.

Die Kreuzfahrer gaben keine Ruhe. Da Jago im Gefängnis saß und die meisten seiner Anhänger sich entweder in Gewahrsam befanden oder aber im Untergrund verschwunden waren, hatte Scotland Yard geglaubt, die Bewegung werde verkümmern und dahingehen, doch erwies sie sich als ebenso widerspenstig wie seinerzeit die wahren christlichen Märtyrer. An den Mauern der ganzen Stadt prangten schmale rote Kreuze, die nicht nur Christus beschworen, sondern auch England. Beauregard waren Gerüchte zu Ohren gekommen, denen zufolge die Raben den Tower am Abend von Graf Orloks Amtsantritt verlassen hatten und das Königreich als besiegt gelten durfte. Wenn das Land jemals eine Stunde höchster Not durchleiden musste, so mochte diese nun gekommen sein. Die Artuslegende erlebte eine Renaissance, welche durch die Missbilligung seitens der Regierung eher befördert denn behindert wurde. In den Reihen der Rebellen, die sich bislang allein aus Sozialisten, Anarchisten oder Protestanten rekrutierten, befanden sich nun auch allerhand britische Mystiker und Heiden. Lord Ruthven verbot die Werke Tennysons, allem voran seine *Königsidyllen,* und auch ehemals harmlose Schriften wie Bulwer-Lyttons *König Artus* oder *Die Verteidigung der Guinevere* von William Morris zierten den Index der verpönten Bücher. Mit jeder Proklamation rückte das neunzehnte Jahrhundert dem fünfzehnten ein wenig näher. Ruthven versprach allen Dienern der Krone neue Uniformen; Beauregard befürchtete, die Entwürfe könnten wie eine Livree geraten, so dass die Polizei bald Sturmhauben und Strumpfhosen sowie emblembesetzte Heroldsröcke über Lederkollern tragen würde.

Weder Geneviève – immerhin ein Mädchen aus dem fünfzehnten Jahrhundert – noch Beauregard tranken etwas, sondern begnügten sich damit, die anderen Gäste zu beobachten. Neben den benebelten Bürgergardisten war die Schenke voller Frauen, bei denen es sich entweder um echte Prostituierte oder aber verkleidete Polizeibeamte handelte. Dies war nur eine unter vielen albernen Strategien, die man zunächst belächelt, schließlich jedoch allen Widrigkeiten zum Trotz in die Tat umgesetzt hatte. Wenn man sie danach fragte, rangen Lestrade und Abberline verzweifelt die Hände und wechselten schleunigst das Thema. Gegenwärtig fand sich Scotland Yard durch einen gewissen Inspektor Mackenzie in große Verlegenheit gesetzt, der sich am Schauplatz des Verbrechens befunden und es dennoch nicht vermocht hatte, die Ermordung eines Angehörigen der Karpatischen Garde mittels einer Dynamitstange zu vereiteln, und folglich – kaum überraschend – zur langen Liste derer gehörte, die unter rätselhaften Umständen verschwunden waren. Ein Rinnsal der Missbilligung entsprudelte dem Urquell des Palastes, begoss den Premierminister und das Kabinett, überschwemmte mit wachsender Gewalt die unteren Schichten der Gesellschaft und schwoll auf den Straßen Whitechapels schließlich zu einem reißenden Strom heran.

Der chinesische Älteste hatte sich nicht wieder blicken lassen, und so konnte Beauregard wenigstens zufrieden damit sein, dass er an des Teufelsdoktors Netz gerüttelt hatte. Er hatte angenommen, dass alles aus Asien stammende Böse dem Herrn der seltsamen Tode zu Diensten stand. Die Bestätigung dieser Vermutung gehörte zu den wenigen Erfolgen, die er in dieser Angelegenheit errungen hatte, was ihn jedoch keineswegs mit Stolz erfüllte. Ihm war nicht im mindesten daran gelegen, dem Limehouse-Ring einen über die bereits bestehende Verbindung hinausgehenden Gefallen zu schulden.

Innerhalb der herrschenden Clique des Diogenes-Clubs war die Rede von offener Rebellion in Indien und im Fernen Osten. Ein Reporter der *Civil and Military Gazette* hatte versucht, den Generalgouverneur zu ermorden. Varney war unter der einheimischen Bevölkerung wie auch unter seinen eigenen Soldaten und Beamten ebenso beliebt wie Kaiser Caligula. Nicht wenige Bewohner ihres Reiches stellten das Herrschaftsrecht der Königin infrage, weil sie sehr wohl spürten, dass sie mit ihrer Wiedergeburt ihrem Gemahl die Krone übergeben hatte. Von Woche zu Woche wuchs die Anzahl der Gesandten, die sich vom britischen Königshof lossagten. Die Türken, deren Gedächtnis länger zurückreichte als gemeinhin angenommen, verlangten wütend nach Entschädigung für jene Kriegsverbrechen, die Vlad Tepes zu Lebzeiten begangen hatte.

Beauregard versuchte Geneviève anzublicken, so dass sie es nicht bemerkte, damit sie nicht in seine Gedanken zu dringen vermochte. Im Dämmerlicht wirkte sie geradezu lächerlich jung. Ob Penelope – deren Haut immer noch verbrannt war und die wie ein Säugling mit kleinen Schüssen Ziegenblutes ernährt werden musste – je wieder in solcher Blüte stehen würde? Ob sie, selbst wenn sie vollkommen gesundete, wie Dr. Ravna ihm versichert hatte, je wieder sein würde wie früher? Penelope war zum Vampir geworden, und der neue Geist, welcher in luziferen Augenblicken durchzuschimmern pflegte, war ihm fremd. Doch auch vor Geneviève musste er auf der Hut sein. Es war schon nicht ganz leicht, seine Gedanken im Zaum zu halten, es war jedoch unmöglich, einem Vampir volles Vertrauen zu schenken.

»Sie haben Recht«, sagte sie. »Er spukt immer noch dort draußen herum. Er hat nicht aufgegeben.«

»Vielleicht ist der Ripper ja auf Urlaub?«

»Oder anderweitig verhindert.«

»Manche sagen, er sei Schiffskapitän. Er könnte sich auf einer Seereise befinden.«

Geneviève dachte angestrengt nach und schüttelte dann den Kopf. »Nein. Er ist noch hier. Das spüre ich.«

»Sie klingen ganz wie dieser Hellseher, Lees.«

»Auch das ist Teil meiner Persönlichkeit«, erklärte sie. »Der Prinzgemahl wandelt die Gestalt, und ich ahne gewisse Dinge. Das hat mit unserem Geblüt zu tun. Über allem liegt ein Nebel, und dennoch spüre ich, dass der Ripper irgendwo dort draußen lauert. Er ist noch nicht am Ende.«

»Dieses Lokal behagt mir nicht«, sagte er. »Lassen Sie uns gehen und sehen, ob wir uns nützlich machen können.«

Sie erhoben sich, und er legte ihr den Umhang um die Schultern. Woodbridges Sohn stieß einen Pfiff aus, und Geneviève, die ebenso galant zu tändeln vermochte wie Penelope, wenn die Laune sie befiel, warf ihm über die Schulter ein kokettes Lächeln zu. In ihren Augen war ein seltsames Funkeln.

Sie waren wie Polizisten durch Whitechapel patrouilliert und hatten jedermann befragt, der auch nur in entferntester Verbindung zu den Opfern oder deren Umgang gestanden haben mochte. Beauregard wusste mehr über Catherine Eddowes oder Lulu Schön als über seine eigene Familie. Während er die Bruchstücke ihres Lebens durchforstete, wurden sie ihm immer greifbarer. Waren sie zunächst nichts als Namen im Polizeibericht gewesen, so schienen sie ihm jetzt beinahe wie alte Freunde. Die Presse bezeichnete die Opfer als »Straßendirnen der niedrigsten Sorte«, und die *Police Gazette* schilderte sie als blutgierige alte Vetteln, die ihr Schicksal nachgerade herausgefordert hatten. Wenn er sich jedoch mit Geneviève, Georgie Woodbridge oder Sergeant Thick besprach, erwachten die Frauen zum Leben. Wie elend und hilflos auch immer sie gewesen sein mochten, sie waren trotz alledem empfindsame Kreaturen, welche die harsche Behandlung, die sie bis über den Tod hinaus erleiden mussten, keineswegs verdienten.

Von Zeit zu Zeit flüsterte er den Namen »Liz Stride« vor sich hin. Niemand sonst – schon gar nicht Geneviève – brachte das Thema je zur Sprache, doch war er sich durchaus bewusst, dass er das Werk des Rippers an ihr vollendet hatte. Er hatte sie von ihrem Elend befreit wie einen Hund. Aber vielleicht wollte ein Vampir seine Seele ja gar nicht auf diese Weise geläutert sehen. Die epochale Frage lautete: Wie sehr muss ein Mensch sich verändern, bis er kein Mensch mehr ist? So sehr wie Liz Stride? Oder Penelope? Oder gar Geneviève?

Wenn sie nicht gerade eine der unzähligen falschen Fährten verfolgten, die sich Nacht für Nacht auftaten, wanderten sie ziellos umher, in der Hoffnung, auf einen Mann mit einem großen Sack voller Messer und Finsternis im Herzen zu stoßen. Wenn man es recht bedachte, war es widersinnig und absurd. Doch hatte diese Prozedur durchaus ihr Gutes. Sie hielt ihn fern von der Caversham Street, wo Penelope mit allerlei wunderlichen Leiden kämpfte. Er befand sich immer noch im Ungewissen, was seine Verpflichtungen ihr gegenüber betraf. Mrs. Churchward hatte erstaunliches Rückgrat bewiesen, indem sie ihr neugeborenes Mädchen pflegte. Nachdem ihr bereits eine Nichte genommen worden war, die sie wie eine Tochter großgezogen hatte, war sie nun fest entschlossen, ihrem leiblichen Kind alles erdenklich Gute angedeihen zu lassen. Beauregard konnte sich des Eindrucks nicht erwehren, dass seine Verbindung mit den Churchward-Mädchen nicht gerade zu deren Vorteil geraten war.

»Machen Sie sich keine Vorwürfe«, sagte Geneviève. Allmählich gewöhnte er sich an ihre unberufenen Einmischungen. »Lord Godalming ist es, den man mit Silberketten durchprügeln sollte.«

Soviel Beauregard wusste, hatte Godalming die arme Penelope verwandelt und hernach sich selbst überlassen, woraufsie durch ein gröbliches Versehen sich der mörderischen Sonne ausgesetzt und beflecktes Blut getrunken hatte.

»Was mich betrifft, so halte ich Ihren adeligen Freund für ein ausgesprochenes Schwein.«

Beauregard hatte Godalming, der mit dem Premierminister auf sehr vertrautem Fuße stand, seither nicht gesehen. Wenn diese Angelegenheit beendet war, würde er seinen Streit mit Arthur Holmwood ausfechten. Wie Geneviève ihm erklärte, gebot schon der Anstand einem treusorgenden Fangvater, bei seinem Spross zu bleiben und dem Neugeborenen während der Verwandlung zur Seite zu stehen. Obgleich die Etikette dies von alters her vorschrieb, hatte Godalming sich moralisch dazu offenbar keineswegs verpflichtet gefühlt.

Sie stießen die Flügel der ornamentverglasten Tür auf und traten hinaus. Beauregard fröstelte in der Kälte, doch Geneviève wehte durch den eisigen Nebel dahin, als handele es sich um die heitere Frühlingssonne. Er musste sich unentwegt ins Gedächtnis rufen, dass dieses aufgeweckte Mädchen kein Mensch war. Sie befanden sich in der Commercial Street, unweit von Toynbee Hall.

»Ich würde gern auf einen Sprung hineinschauen«, sagte Geneviève. »Seit Jack Seward ein neues Liebchen hat, vernachlässigt er seine Pflichten.«

»Liederlicher Bursche«, bemerkte er.

»Ganz und gar nicht. Er ist bloß rastlos, ja besessen. Ich bin froh, dass er ein wenig Ablenkung gefunden hat. Er befindet sich seit Jahren am Rande eines Nervenzusammenbruchs. Es hat ihm arg zugesetzt, wie Vlad Tepes seinerzeit in England eintraf. Er spricht zwar nicht gern darüber – schon gar nicht mit mir –, aber man hat mir die eine oder andere Geschichte über ihn erzählt.«

Auch Beauregard waren verschiedene Gerüchte zu Ohren gekommen. Vonseiten Lord Godalmings, so seltsam es auch scheinen mochte, wie auch seitens des Diogenes-Clubs. Sewards Name hatte in Verbindung mit dem Abraham Van Helsings Erwähnung gefunden.

Ein Stück die Straße hinab stand ein vierräderiger Wagen; das Pferd stieß schnaubend Dampf durch die Nüstern. Beauregard erkannte den Kutscher sogleich wieder. Zwischen Schal und Mützenschirm leuchteten dunkle Mandelaugen.

»Was ist?«, fragte Geneviève, als sie seine plötzliche Anspannung bemerkte. Sie befürchtete immer noch, dass der chinesische Älteste sie unvermittelt anspringen und ihr die Luftröhre herausreißen könnte.

»Flüchtige Bekannte«, erwiderte Beauregard.

Der sanfte Schwung, mit dem der Schlag geöffnet wurde, kräuselte den Nebel. Beauregard wusste, dass sie umzingelt waren: der Landstreicher, der in einem Durchgang auf der anderen Straßenseite kauerte; der Faulenzer, der wegen der Kälte die Arme um sich schlang; ein Dritter, der kaum sichtbar im Schatten des Tabakladens lauerte; ja vielleicht sogar die hochmütige Vampirfrau, die in viel zu guten Kleidern *en route* zu einem Stelldichein an ihnen vorüberparadierte. Mit dem Daumen öffnete er den Haken am Heft seines Stockdegens, obschon er bezweifelte, dass er es mit allen zugleich aufnehmen konnte. Geneviève brauchte seine Hilfe nicht, wenngleich es ihm unrecht erschien, sie noch tiefer in die Sache hineinzuziehen.

Man würde vermutlich Rechenschaft von ihm verlangen wegen des schleppenden Fortgangs seiner Ermittlungen. Vom Standpunkt des Limehouse-Ringes aus besehen, verschlimmerte sich die Lage mit jeder neuerlichen Polizeirazzia und »Notstandsverordnung«.

Jemand beugte sich aus dem Fuhrwerk und winkte sie zu sich heran. Zögernden Schrittes trat Beauregard näher.

41

Lucy macht einen Besuch

Sie machte winzige Schritte, damit ihre Röcke nicht über den Boden schleiften. Wie jede Dame war sie von peinlicher Genauigkeit, was die Wahrung der Etikette anbetraf. Ihre neuen Kleider, die sie mit Johns Geld erworben hatte, waren noch ein wenig steif und kratzig. Kaum ein Passant, der ihr auf ihrem abendlichen Spaziergang begegnete, hätte wohl jene Mary Jane Kelly wiederzuerkennen vermocht, die ihm so vertraut war. Sie fühlte sich beinahe wie damals in Paris, frisch wie eine junge Rose, befreit von ihrer traurigen Geschichte.

In der Commercial Street half ein feiner Herr einer hübschen Vampirfrau in eine Kutsche. Mary Jane blieb stehen und bewunderte das Pärchen. Es bereitete dem Herrn nicht die geringste Mühe, der Frau nach Hofmanier beizustehen, eine jede seiner Gesten war präzise und perfekt; selbst der männliche Aufzug, den dieser Nächte viele Neugeborene favorisierten, konnte die Schönheit des Mädchens nicht verhehlen. Ihre Haut schimmerte strahlend weiß, ihr Haar war honigfarbene Seide.

Der Kutscher gab seinem Gaul die Peitsche, und der Wagen klapperte davon. Nicht lange, dann würde auch sie nur noch mit der Kutsche reisen. Die Fuhrleute würden den Hut vor ihr ziehen. Feine Herren sprängen herbei, um ihr den Schlag zu öffnen.

Sie stand vor der Tür von Toynbee Hall. Als sie sich zuletzt hierherbegeben hatte, war ihr Gesicht von einem unglücklichen Stich Sonnenlichts kohlrabenschwarz verbrannt gewesen. Dr. Seward – seinerzeit noch nicht *ihr* John – hatte sie zwar sorgfältig, doch ohne übermäßiges Interesse untersucht, als prüfe er ein angehendes Rennpferd auf seine Tauglichkeit. Er hatte ihr einen

Schleier und Bettruhe verordnet. Heute kam sie nicht als Bittstellerin, sondern um einen Besuch zu machen.

Als sie es müde geworden war, dass ihr niemand öffnete, stieß sie zaghaft die Türe auf. Sie trat ins Foyer und blickte sich um. Eine Oberin sauste im Laufschritt an ihr vorüber, eine Rolle Bettzeug an die Brust gepresst. Mary Jane machte »Hm«, um ihre Aufmerksamkeit auf sich zu lenken. Ihr Hüsteln, das zu einem leisen, damenhaften Laut bestimmt gewesen war, kam hervor als kehliges, beinahe vulgäres Räuspern. Sie hätte vor Scham im Erdboden versinken mögen. Die Oberin blickte ihr ins Gesicht und schürzte die Lippen, als wüsste sie augenblicklich um all den nichtswürdigen Schmutz aus Mary Jane Kellys Vergangenheit.

»Ich möchte zu Dr. Seward«, sagte Mary Jane, indem sie auf jedes Wort, auf jede Silbe allergrößte Mühe verwandte.

Die Oberin setzte ein missfälliges Lächeln auf. »Und wen darf ich melden?«

Mary Jane hielt inne und erwiderte: »Miss Lucy.«

»Lucy, nichts weiter?«

Mary Jane zuckte mit den Achseln, als sei ihr Name ohne jeden Belang. Sie scherte sich keinen Deut um das Gehabe der Oberin und hielt es nur für ziemlich, sie in ihre Schranken zu verweisen. Schließlich war sie nichts weiter als eine gewöhnliche Bedienstete.

»Miss Lucy, wenn Sie mir folgen möchten …«

Die Oberin schob sich durch eine Innentür und hielt sie mit ihrem fettgepolsterten Steiß geöffnet. Mary Jane gelangte auf einen nach Seife duftenden Korridor und wurde eine nicht allzu reinliche Stiege hinaufgeführt. Auf dem Treppenabsatz im ersten Stockwerk angekommen, deutete die Oberin kopfnickend auf eine Tür.

»Dr. Seward ist dort drinnen, Miss Lucy.«

»Tausend Dank.«

Trotz ihrer Fleischesfülle versuchte die Oberin einen unbeholfenen, impertinenten Knicks. Ein garstiges Lachen unterdrückend, ging sie davon, schleppte sich eine zweite Treppe hinauf und ließ die Besucherin allein zurück. Mary Jane hatte gehofft, sie würde angemeldet, begnügte sich nun jedoch damit, eine Hand aus ihrem Muff zu ziehen und an die Tür der Amtsstube zu klopfen. Eine polternde Stimme rief etwas Unverständliches, und Mary Jane trat ein. John stand, vertieft in einen Stapel von Papieren, neben einem anderen Mann an seinem Schreibtisch. John würdigte sie keines Blickes, der zweite Mann hingegen – ein wohlgekleideter junger Bursche, bei dem es sich jedoch keineswegs um einen Gentleman handelte – sah auf und schien enttäuscht.

»Nein«, sagte er, »Druitt ist es nicht. Wohin mag es Monty bloß verschlagen haben?«

John ließ den Finger an einer Tabelle von Ziffern hinabgleiten, die er im Kopf zusammenrechnete. Zwar vermochte Mary Jane durchaus mit Zahlen umzugehen, konnte sie jedoch nie recht addieren: daher auch ihre Schwierigkeiten, was den Mietzins anbetraf. Schließlich hatte John seine Rechnung beendet, kritzelte etwas auf ein Blatt Papier und sah auf. Als er sie erblickte, vermittelte er den Eindruck, als habe man ihm hinterrücks das stumpfe Ende eines Treibhammers über den Schädel gezogen. Es schien ihr unerklärlich, und doch traten ihr brennende Tränen in die Augen, die sie krampfhaft zurückzuhalten suchte.

»Lucy«, sagte er tonlos.

Der junge Mann richtete sich auf, strich abwartend mit den Fingerknöcheln über sein Revers und machte sich bereit, der Dame vorgestellt zu werden. John schüttelte den Kopf, als wolle er die beiden Hälften eines zerbrochenen Ornaments zusammenfügen, die jedoch um keinen Preis aneinanderpassen wollten. Mary Jane fragte sich, ob sie nicht einen fürchterlichen Fehler begangen haben mochte.

»Lucy«, sagte er ein zweites Mal.

»Dr. Seward«, begann der junge Mann, »Sie sind überaus nachlässig.«

Unvermittelt gewann John die Fassung zurück und tat nun so, als sei ihr Besuch etwas Alltägliches. »Ich bitte um Verzeihung«, sagte er. »Morrison, das ist Lucy. Meine ... äh, eine Freundin der Familie.«

Mr. Morrison bedachte sie mit einem hintergründigen Lächeln, wie um ihr zu bedeuten, dass er durchaus im Bilde sei. Mary Jane glaubte ihn bereits zu kennen; womöglich wusste der junge Mann am Ende gar um ihre wahre Identität. Sie ließ ihn ihre Hand ergreifen und neigte verschämt den Kopf. Ein Fehler, wie sie sogleich bemerkte; sie war eine Dame und kein Küchenmädchen. Sie hätte einen Handkuss Mr. Morrisons mit widerstrebendem Lächeln entgegennehmen müssen, gerade so, als sei er das niedrigste Lebewesen auf Erden und sie Prinzessin Alexandra. Für solch einen Fehltritt hätte Onkel Henry sie den Rohrstock spüren lassen.

»Ich fürchte, ich bin schrecklich beschäftigt«, sagte John.

»Einer unserer treuen Gehilfen ist verschollen«, erklärte Mr. Morrison. »Sie sind auf Ihren Wegen nicht zufällig einem gewissen Montague Druitt begegnet?«

Der Name bedeutete ihr nichts.

»Das hatte ich befürchtet. Ich möchte ohnehin bezweifeln, dass Druitt allzu sehr in Ihr Fach schlägt.«

Mary Jane tat, als habe sie keinen Schimmer, was Mr. Morrison meinte. John spielte geistesabwesend mit einem chirurgischen Instrument. In ihr keimte der Verdacht, dass es sich bei diesem Gesellschaftsbesuch um kein sehr wohlbedachtes Unterfangen handelte.

»Wenn Sie mich entschuldigen möchten«, sagte Mr. Morrison. »Sie haben gewiss einiges zu besprechen. Gute Nacht, Miss Lucy. Dr. Seward, wir unterhalten uns später.«

Mr. Morrison zog sich zurück und ließ sie mit John allein. Sowie die Tür ins Schloss gefallen war, trat sie ganz nahe an ihn heran, presste ihre Hände gegen seine Brust, ihr Gesicht an seinen Kragen, die Wange an den weichen Stoff seiner Weste.

»Lucy.« Es war ihm zur Gewohnheit geworden, den Namen laut vor sich hin zu sagen. Er blickte Mary Jane an und sah das zweifach gestorbene Mädchen auf dem Friedhof von Kingstead.

Seine Hände klammerten sich um ihre Taille, wanderten dann den Rücken hinauf und umfassten schließlich ihren Hals. Er drückte zu und stieß sie auf Armeslänge von sich. Seine Daumen gruben sich in das Fleisch unter ihrem Kinn. Wäre sie warmblütig gewesen, hätte es ihr wehgetan. Ihre Zähne wurden spitz. John Sewards Blick war finster, seine Miene war ihr wohlvertraut. Dieses Aussehen hatte er oftmals schon angenommen, wenn sie beieinander waren. Es war Ausdruck seines viehischen inneren Triebes, der wilden Bestie, die in jedem Manne wütete. Da blitzte ein sanftmütiger Funke auf in seinen Augen, und er ließ von ihr ab. Er zitterte. Er wandte sich um und stützte sich auf seinen Schreibtisch. Sie strich ein paar lose Haarsträhnen zurück und ordnete ihren Kragen. Seine grobe Umklammerung hatte ihren roten Durst erregt.

»Lucy, du darfst nicht ...«

Er winkte ab, doch sie ergriff ihn von hinten, weitete ihm den Kragen und löste seine Halsbinde.

»... hierherkommen. Dies ist ...«

Sie befeuchtete seine alten Wunden mit der Zunge und öffnete sie dann mit einem sachten Biss.

»... ein anderer Teil ...«

Sie saugte begierig. Ihre Kehle brannte. Sie schloss die Augen und sah nichts als rote Finsternis.

»... meines Lebens.«

Sie ließ einen Augenblick von seinem Hals ab, biss in ihren Handschuh und öffnete die winzigen Schildpattknöpfe an ihrer

Manschette mit den Zähnen. Sie befreite ihre rechte Hand und spie den hauchdünnen Stoff aus. Ihre Finger waren nun so lang, dass ihre Nägel die Nähte auftrennten. Knöpfe sprangen ab, als sie die Hand unter seine Kleider gleiten ließ. Eifrig darauf bedacht, ihn nicht zu schneiden, liebkoste sie sein warmes Fleisch. John stöhnte leise, traumverloren.

»Lucy.«

Der Name spornte sie an, erfüllte ihr Verlangen mit Zorn. Sie zerrte an seinen Kleidern und biss erneut zu, tiefer diesmal.

»Lucy.«

Nein, dachte sie und umklammerte ihn fester, Mary Jane.

Ihr Kinn und ihr Hemd waren feucht von seinem Blut. Sie vernahm ein heiseres Würgen und spürte, wie er einen Schrei zu unterdrücken suchte. Immer und immer wieder wollte er Lucys Namen über die Lippen bringen, doch sie schnürte ihm die Kehle ab, brachte ihn mit Gewalt zum Schweigen. In diesem Augenblick, in dieser unbändigen Leidenschaft war er *ihr* John. Nachher würde sie sich den Mund abtupfen und wieder zu der Lucy seiner Träume werden. Er würde seine Kleider ordnen und sich in Dr. Seward zurückverwandeln. Jetzt jedoch waren sie beide ganz sie selbst; Mary Jane und John, vereint in Fleisch und Blut.

42

Das gefährlichste Wild

»Geneviève Dieudonné«, stellte Beauregard sie vor, »Colonel Sebastian Moran, ehemals bei den Ersten Bangalore-Pionieren, Verfasser von *Großwild im westlichen Himalaja* und unverändert einer der größten Schurken weit und breit...«

Der Neugeborene in der Kutsche war ein grimmig dreinblickender Rohling mit wild gesträubtem Schnurrbart, der sich in seinem Gesellschaftsanzug offenbar nicht allzu behaglich fühlte. Zu Lebzeiten hatte er gewiss über die frische Sonnenbräune eines »alten Indienkenners« verfügt, dank der Hautsäcke jedoch, die sich wie Giftdrüsen unter seinem Kinn blähten, ähnelte er nunmehr einer Viper.

Moran brummte etwas, das als Begrüßung gelten mochte, und befahl ihnen, in die Kutsche zu steigen. Beauregard zögerte zunächst, dann tat er einen Schritt zurück, um Geneviève den Vortritt zu lassen. Kein ungeschickter Zug, befand sie. Wenn der Colonel Böses im Schilde führte, würde er zuallererst den Mann im Auge behalten, den er als Bedrohung erachtete. Der Neugeborene hielt es wohl kaum für möglich, dass sie um viereinhalb Jahrhunderte stärker war als er. Wenn es zum Schlimmsten kam, konnte sie ihn mit Leichtigkeit in Stücke reißen.

Geneviève setzte sich Moran gegenüber, und Beauregard nahm neben ihr Platz. Moran klopfte gegen das Dach. Als sich der Wagen in Bewegung setzte, kippte das schwarz vermummte Bündel neben dem Colonel nach vorn, so dass er es aufrichten und in das Polster drücken musste.

»Ein Freund?«, erkundigte sich Beauregard.

Moran schnaubte. Unter dem schwarzen Tuch verbarg sich ein Mensch, der entweder tot oder bewusstlos war. »Was würden Sie davon halten, wenn ich Ihnen sagte, dass dies der echte Jack the Ripper ist?«

»Ich würde Ihnen vermutlich glauben müssen. Wenn mich nicht alles täuscht, jagen Sie seit jeher ausschließlich das gefährlichste Wild.«

Morans Grinsen entblößte Reißzähne wie die eines Tigers. »Die Jagd nach Jägern. Der einzig nennenswerte Sport.«

»Man sagt, Sie könnten Quatermain und Roxton mit der Flinte

nicht das Wasser reichen, und niemand sei ein besserer Jäger als der Russe mit dem Mongolenbogen.«

Der Colonel wischte diese Vergleiche unwirsch beiseite. »Alles Warmblüter.«

Mit steif ausgestrecktem Arm suchte Moran das ungelenke Bündel am Vornüberfallen zu hindern. »Wir unternehmen diesen Jagdausflug auf eigene Faust«, sagte er. »Der Ring hat damit nichts zu schaffen.«

Beauregard dachte nach.

»Seit dem letzten Vorfall ist beinahe ein Monat vergangen«, meinte der Colonel. »Saucy Jack ist am Ende. Wahrscheinlich hat er sich mit einem seiner eigenen Messer die Kehle durchgeschnitten. Aber damit geben wir uns nicht zufrieden, hab ich Recht? Damit die Dinge ihren gewohnten Gang gehen können, müssen wir den Leuten zeigen, dass Jack ein für alle Mal am Ende ist.«

Sie befanden sich unweit des Flusses. Die Themse verströmte einen beißenden, fauligen Gestank. Der gesamte Schmutz und Kot der Stadt gelangte in den Fluss und wurde von dort über die sieben Weltmeere verbreitet. Der Unrat aus Rotherhithe und Stepney trieb nach Schanghai und Madagaskar.

Moran ergriff das schwarze Grabtuch und riss es fort. Darunter kam ein fahles, blutverschmiertes Gesicht zum Vorschein.

»Druitt«, entfuhr es Geneviève.

»Montague John Druitt, wenn ich mich nicht irre«, sagte der Colonel. »Ein Kollege von Ihnen, der äußerst sonderbaren nächtlichen Gewohnheiten frönt.«

Das entsprach nicht ganz der Wahrheit. Druitts blutverkrustetes linkes Auge öffnete sich. Er hatte eine gehörige Tracht Prügel bezogen.

»Die Polizei hatte ihn bereits zu Beginn der Ermittlungen unter Verdacht«, sagte Beauregard zu Genevièves Erstaunen, »gelangte aber zu dem Schluss, dass er als Täter nicht infrage kommt.«

»Er hatte leichten Zugang«, wandte Moran ein. »Toynbee Hall liegt fast genau im Mittelpunkt der geometrischen Figur, die sich aus den Schauplätzen der Morde ergibt. Er passt hervorragend in das Bild, das sich das Volk vom Täter macht: ein spinnerter Geck mit bizarren Wahnideen. Ich bitte vielmals um Vergebung, Ma'am, aber niemand glaubt im Ernst, dass ein gebildeter Mensch sich allein aus christlicher Nächstenliebe unter Huren und Bettler begibt. Und niemand wird etwas dagegen haben, wenn Druitt die Schuld für die Metzelei einer Handvoll Huren auf sich nimmt. Er gehört ja nun nicht eben zur königlichen Familie, hab ich Recht? Zudem besitzt er für keinen der Morde ein Alibi.«

»Sie pflegen offensichtlich gute Beziehungen zum Yard?«

Moran verzog den Mund erneut zu einem wilden Grinsen. »Dann darf ich Ihnen und Ihrer Freundin also meine allerherzlichsten Glückwünsche aussprechen?«, fragte er. »Haben Sie Jack the Ripper gefasst?«

Beauregard hielt inne und dachte lange nach. Geneviève war verwirrt; allmählich wurde ihr bewusst, wie viel man ihr verheimlicht hatte. Druitt versuchte zu sprechen, brachte jedoch kein Wort über seine zerschlagenen Lippen. Die Kutsche war von kupferigem Blutgeruch erfüllt, und Genevièves Mund war wie ausgedörrt. Sie hatte schon viel zu lange keine Nahrung mehr zu sich genommen.

»Nein«, sagte Beauregard schließlich. »Druitt kommt nicht infrage. Er spielt Kricket.«

»Ich kenne so manchen Strolch, der Kricket spielt. Das spricht keineswegs gegen die Tatsache, dass er ein dreckiger Mörder ist.«

»In diesem Fall schon. Am Morgen nach dem zweiten, vierten und fünften Mord befand sich Druitt jeweils auf dem Spielfeld. Am Morgen nach dem ›doppelten Erfolg‹ gewann er fünfzig Läufe. Ich kann mir kaum vorstellen, wie er das hätte schaffen können, wenn er die ganze Nacht lang auf den Beinen gewesen wäre, um Frauen zu ermorden.«

Moran zeigte sich unbeeindruckt. »Sie reden schon genauso schlau daher wie dieser verdammte Detektiv, den man nach Devil's Dyke verbracht hat. Nichts als Indizien, Beweise und Folgerungen. Der gute Druitt wird heute Abend Selbstmord begehen, wird sich die Taschen mit Steinen füllen und ein Bad in der Themse nehmen. Sein Leichnam wird wohl den einen oder anderen Kratzer abbekommen haben, ehe er gefunden wird. Aber bevor er zur Tat schreitet, wird er ein Geständnis hinterlassen. Und seine Handschrift wird der jener verfluchten, schwachsinnigen Briefe verteufelt ähnlich sehen.«

Moran versetzte Druitt einen Hieb, so dass dieser mit dem Kopf nickte.

»Das wird nicht viel wert sein, Colonel. Was ist, wenn der echte Ripper von neuem zu morden beginnt?«

»Huren gehen nun mal vor die Hunde, Beauregard. Dergleichen kommt recht häufig vor. Und wo wir einen Ripper gefunden haben, werden wir auch einen zweiten finden.«

»Lassen Sie mich raten. Pedachenko vielleicht, den russischen Agenten? Die Polizei hat ihn ja durchaus eine Weile als Täter in Betracht gezogen. Oder Sir William Gull, den Leibarzt der Königin? Dr. Barnardo? Prinz Albert Viktor? Walter Sickert? Oder vielleicht einen portugiesischen Seemann? Es ist ein Leichtes, jemandem ein Skalpell in die Hand zu drücken und ihn die Rolle des Mörders spielen zu lassen. Aber dem Morden wird man auf diese Weise kaum Einhalt gebieten können …«

»Ich hatte Sie nicht für so wählerisch gehalten, Beauregard. Es bereitet Ihnen offenbar Freude, Vampiren zu dienen oder …« – er bedachte Geneviève mit einem jähen Nicken – »… den Umgang mit ihnen zu pflegen. Noch mögen Sie warmblütig sein, aber Ihr

Blut wird von Stunde zu Stunde kälter. Ihr Gewissen scheint Sie nicht daran zu hindern, dem Prinzgemahl zu dienen.«

»Ich diene der Königin, Moran.«

Der Colonel lachte auf, verstummte jedoch sofort, als ein rasiermesserscharfer Lichtblitz das Innere der Kutsche erhellte und er Beauregards Stockdegen an der Kehle spürte.

»Auch ich kenne einen Silberschmied«, sagte Beauregard. »Genau wie Jack.«

Druitt stürzte von der Sitzbank, und Geneviève fing ihn auf. Aus seinem Stöhnen schloss sie, dass er innere Verletzungen erlitten hatte.

Morans Augen glommen rot im Dunkel. Die versilberte Stahlschneide lag kalt an seiner Kehle, ihre Spitze bohrte sich in seinen Adamsapfel.

»Ich werde Druitt verwandeln«, sagte Geneviève. »Anders ist er nicht zu retten, dazu sind seine Verletzungen zu schwer.«

Beauregard nickte ihr zu; seine Hand war eisern. Sie biss in ihr Handgelenk und wartete, bis Blut aus der winzigen Wunde quoll. Wenn Druitt ausreichend von ihrem Blut trank, während sie ihn zur Ader ließ, konnte die Verwandlung beginnen.

Sie war ohne Nachkommen geblieben. Ihr Fangvater hatte ihr einen guten Dienst erwiesen, und sie wollte nicht zu einem liederlichen Narren werden wie Lilys Murgatroyd oder Lord Godalming.

»Noch ein Neugeborener«, schnaubte Moran. »Wir hätten von Anfang an wählerischer zu Werke gehen sollen. Das werden mir allmählich zu viele Vampire.«

»Trinken Sie«, girrte Geneviève.

Was wusste sie eigentlich von Montague John Druitt? Wie sie selbst war auch er kein studierter Arzt, sondern ein in der Arzneikunst recht und schlecht bewanderter Amateur. Sie hatte nicht den leisesten Schimmer, weshalb ein Mann von Rang, der zudem über ein nicht unbeträchtliches Einkommen verfügte, Toynbee Hall seine Dienste antrug. Er war weder ein besessener Philanthrop wie Seward noch ein Mann der Religion wie Booth. Geneviève hatte seine helfende Hand als selbstverständlich angenommen; nun musste sie die Verantwortung für ihn übernehmen, vielleicht sogar auf alle Zeit. Wenn er zu einem Monstrum würde wie Vlad Tepes oder Colonel Sebastian Moran, so trüge sie die Schuld daran. Wie auch am Tod all jener Menschen, die Druitt töten würde. Er hatte zu den Verdächtigen gehört: Selbst wenn Druitt in der Tat unschuldig war, so hatte er doch etwas an sich, das durchaus dafür sprach, dass er der Ripper war.

»Trinken Sie.« Mit Mühe brachte Geneviève die Worte über ihre Lippen. Es tropfte rot von ihrem Handgelenk.

Sie hob die Hand an Druitts Mund. Ihre Augenzähne glitten aus den Kieferscheiden, und sie senkte den Kopf. Der beißende Geruch von Druitts Blut stieg ihr in die Nase. Er wurde von einem Krampf geschüttelt; die Zeit drängte. Wenn er nicht sofort von ihrem Blut trank, musste er sterben. Sie legte ihr Handgelenk sanft an seine zerquetschten Lippen. Er wich zitternd zurück.

»Nein«, lehnte er ihr Geschenk röchelnd ab, »nein ...«

Ein Schauer des Abscheus packte ihn. Dann starb er.

»Nicht jeder möchte ewig leben«, bemerkte Moran. »Welch eine Verschwendung.«

Geneviève beugte sich blitzschnell nach vorn und versetzte dem Colonel eine schallende Ohrfeige, mit der sie Beauregards Stock beiseitefegte. Als sie sah, wie Morans glutrote Pupillen zusammenschrumpften, wusste sie, dass er sich vor ihr fürchtete. Sie war noch immer voller Begierde, verspürte qualvollen roten Durst. Das befleckte Blut des toten Druitt konnte sie nicht trinken. Nicht einmal Morans Blut, das aus zweiter oder dritter Hand stammen mochte, konnte sie trinken. Doch sie konnte ihren Zorn lindern, indem sie ihm das Fleisch in Fetzen vom Gesicht riss.

»Rufen Sie sie zurück«, plapperte Moran.

Mit einer Hand packte sie seine Kehle, die andere schwebte drohend in der Luft. Sie hielt ihre mit scharfen Krallen bewehrten Finger zu einer Pfeilspitze gebündelt, die Morans Gesicht mit Leichtigkeit hätte durchbohren können.

»Das lohnt nicht«, sagte Beauregard. Seine Worte löschten die Weißglut ihrer Wut, und sie hielt inne. »Er ist vielleicht nichts weiter als ein Wurm, aber er hat Freunde, Geneviève. Freunde, die Sie sich nicht zum Feind machen sollten. Freunde, die Ihnen bereits hinreichend zugesetzt haben.«

Ihre Zähne glitten ins Zahnfleisch zurück, und ihre scharfen Fingernägel nahmen ihre frühere Gestalt an. Zwar gelüstete es sie immer noch nach Blut, aber sie hatte sich wieder in der Gewalt.

Beauregard hob seinen Degen, und Moran befahl dem Kutscher anzuhalten. Das Selbstvertrauen des neugeborenen Colonels war dahin, und er zitterte, als sie aus dem Wagen stiegen. Ein blutiges Rinnsal lief seine Wange hinab. Beauregard schob den Degen in die Scheide, und Moran schlang sich einen Schal um den geschundenen Hals.

»Quatermain hätte nicht mit der Wimper gezuckt, Colonel«, sagte Beauregard. »Gute Nacht, und empfehlen Sie mich dem Professor.«

Morans Gesicht verschwand im Dunkeln. Dann setzte sich die Kutsche in Bewegung und sauste in den Nebel davon. Geneviève schwirrte der Kopf. Sie waren an den Ausgangspunkt ihrer kleinen Reise zurückgekehrt und befanden sich nun ganz in der Nähe der Ten Bells. In der Schenke war es keineswegs ruhiger geworden, seit Beauregard und Geneviève sie verlassen hatten. Vor der Tür stolzierten Frauen auf und ab und boten sich den Passanten feil.

Genevièves Mund schmerzte, und ihr Herz pochte. Sie ballte die Hände zu Fäusten und versuchte die Augen zu schließen.

Beauregard hob sein Handgelenk an ihren Mund. »Hier, nehmen Sie sich, was Sie brauchen.«

Vor lauter Dankbarkeit schlotterten ihr die Knie. Sie wäre beinahe in Ohnmacht gesunken, doch in einem Nu war der Nebel in ihrem Kopf verflogen, und sie konzentrierte sich auf ihr Verlangen.

»Danke.«

»Nicht von Bedeutung.«

»Da wäre ich mir nicht so sicher.«

Sie biss ihn sachte und entnahm ihm eben genug, um den roten Durst zu stillen. Sein Blut rann ihre Kehle hinab, besänftigte sie, verlieh ihr neue Kraft. Als es vorüber war, fragte sie, ob es für ihn das erste Mal gewesen sei, und er nickte.

»Nicht unangenehm«, bemerkte er gleichgültig.

»Es braucht durchaus nicht so formell zu sein«, erwiderte sie. »Beim nächsten Mal.«

»Gute Nacht, Geneviève«, sagte er und wandte sich um. Er ging in den Nebel davon und ließ sie allein zurück, mit seinem Blut an ihren Lippen.

Sie wusste ebenso wenig über Charles Beauregard, wie sie über Druitt gewusst hatte. Er hatte ihr nie anvertraut, aus welchem Grunde er sich so sehr für den Ripper interessierte. Oder weshalb er weiterhin seiner Vampirkönigin diente. Mit einem Mal befiel sie leichtes Unbehagen. Jeder schien eine Maske zu tragen, eine Maske, hinter der sich alles Mögliche verbergen konnte …

Alles.

43

Des Fuchses Loch

Der Wundarzt hatte es nicht vermocht, sämtliche Silbersplitter aus seinem Knie zu schneiden. Bei jedem Schritt verspürte er brennende Schmerzen. Manche Vampire waren imstande, verlorene Glieder neu zu bilden, ebenso wie einer Eidechse der Schwanz nachwuchs. Kostaki gehörte nicht zu ihnen. Seit geraumer Zeit schon lebte er verborgen hinter einer toten Maske; bald mochte er zu allem Überfluss auch noch gezwungen sein, wie ein Pirat auf einem Holzbein einherzustapfen.

Zwei blutige Gelbschnäbel, scharfsichtige, neugeborene Rabauken, traten schwankend aus dem Schatten einer morschen, feuchten Mauer und versperrten den Ausgang des winzigen Hofes. Er blickte sie funkelnden Auges an und fletschte die Zähne, suchte sie durch Anstarren aus der Fassung zu bringen. Ohne ein Wort zogen sie sich ins Halbdunkel zurück und ließen ihn passieren.

Er trug keine Uniform. Mit großem Hut und weitem Umhang humpelte er verstohlen durch den nächtlichen Nebel. Die Nachricht hatte auf eine Adresse im Alten Jago gelautet, ein Bezirk, der sich zu Whitechapel verhielt wie Whitechapel zu Mayfair.

»Moldauer«, ertönte eine leise Stimme. »Hier drüben.«

In der lichtlosen Mündung eines Gässchens erblickte Kostaki den Inspektor. »Freut mich, dass wir uns treffen, Schotte.«

»Wenn Sie es sagen.«

Mackenzies Mantel war ein einziges Sammelsurium aus Löchern und Flicken, und seine Wangen waren mit wochenalten Bartstoppeln bedeckt. Soviel Kostaki wusste, hatte den Inspektor in neuerer Zeit niemand mehr zu Gesicht bekommen. Seine Kumpane waren sehr um seine Sicherheit besorgt. Man nahm an, dass er infolge einer undiplomatischen Äußerung nach Devil's Dyke verbracht worden war.

»Ein hübsches Bettlerpaar geben wir ab«, sagte Mackenzie, indem er den schmutzigen weiten Mantel enger um seine Schultern zog.

Kostaki grinste. Es freute ihn, dass sich der Warmblüter nicht in einem Konzentrationslager befand. »Wo haben Sie gesteckt?«

»Hauptsächlich in dieser Gegend«, erwiderte Mackenzie. »Und in Whitechapel. Die Fährte führt hier herum in sein Loch.«

»Welche Fährte?«

»Die unseres maskierten Fuchses mit dem Dynamit. Ich verfolge seine Spur seit jener Nacht im Park.«

Kostaki dachte an den blitzhellen Pistolenschuss und die dunklen Augen unter der Kapuze. Die zischende Dynamitstange in von Klatkas Brust, einen Augenblick nur vor der Explosion. Den klumpigen, roten Regenguss. »Sie haben den Mörder ausfindig gemacht?«

Mackenzie nickte.

»Wie ich sehe, hat sich Scotland Yard seinen Ruf wohlverdient.«

Mackenzies Miene war bitter. »Scotland Yard hat damit nichts zu schaffen. Weder Warren noch Anderson oder Lestrade. Sie waren mir im Wege. Also habe ich auf eigene Faust ein wenig nachgeforscht.«

»Der einsame Jäger?«

»Ganz recht. Warren hat zwar darauf bestanden, nach einem Kreuzfahrer Christi Ausschau zu halten, aber so dumm bin ich nicht. Sie waren doch dabei, Kostaki. Sie müssen sich erinnern. Der Mann mit der Kapuze. Er war ein Vampir.«

Die dunklen Augen. Womöglich rot gerändert. Kostaki hatte sie nicht vergessen.

»Und besagter Vampir hält sich hier, in dieser Absteige, versteckt.« Mackenzie blickte auf. In dem Logierhaus, das dem Gässchen gegenüberlag, brannte ein Licht. Ein Zimmer im dritten Stockwerk. Schatten huschten über den verschossenen Musselinvorhang. »Ich habe ihn Tag und Nacht beobachtet. Man nennt ihn ›Danny‹ oder den ›Sergeant‹. Ein überaus interessanter Bursche, unser Fuchs. Er pflegt erstaunlichen Umgang.«

Mackenzies Augen leuchteten. Kostaki erkannte den Stolz des siegreichen Jägers.

»Sind Sie sicher, dass er unser Mann ist?«

»So sicher, wie zwei mal zwei vier ist. Und Ihnen wird es nicht anders ergehen. Wenn Sie ihn sehen, seine Stimme hören.«

»Wie haben Sie ihn aufgespürt?«

Mackenzie lächelte erneut und legte einen Finger an die Nase. »Ich habe seine Fährte aufgenommen. Dynamit und Silber sind nicht leicht zu beschaffen. Es gibt nur wenige nennenswerte Quellen. Ich habe auf Trumpf gesetzt und mich in den irländischen Schenken umgehört. Ohne Zweifel hat er seine Finsterlinge unter den Feniern angeworben. Wenn es darangeht, reinen Tisch zu machen: Ich kenne die meisten mit Namen. Binnen achtundvierzig Stunden hatte ich eine Beschreibung des Sergeants. Dann stieß ich auf ein paar unanfechtbare Tatsachen, die wie Brotkrumen verstreut lagen.«

Das Licht wurde gelöscht. Kostaki wich tiefer in die Gasse zurück und zog Mackenzie mit sich.

»Gleich werden Sie sehen«, sagte der Schotte. »Gleich werden Sie ihn sehen.«

Eine windschiefe Tür wurde aufgezogen, und ein Vampir trat aus dem Haus. Es war der Mann, den Kostaki im Park gesehen hatte. Sein aufrechter Gang war unverkennbar. Ebenso die Augen. Obschon er alte Kleider und eine zerbeulte Schiebermütze trug, ließen seine stocksteife Haltung und der gewichste Schnurrbart den ehemaligen Soldaten der Britischen Armee erahnen. Der

Vampir blickte sich um und starrte einen furchterregenden Lidschlag lang in die finstere Gasse. Dann sah er auf seine Taschenuhr. Schnellen Schrittes marschierte der Sergeant von dannen.

Mackenzie atmete erleichtert auf.

Als die Schritte des Vampirs verhallt waren, sagte Kostaki: »Das war er.«

»Ich habe keinen Augenblick daran gezweifelt.«

»Weshalb haben Sie mich dann hierherzitiert?«

»Weil ich Ihnen voll und ganz vertrauen kann. Wir haben schließlich eine Übereinkunft, Sie und ich.«

Kostaki wusste, wovon Mackenzie sprach.

»Wir müssen dem Sergeant folgen, seine Verbündeten ausmachen und dieser Verschwörung ein für alle Mal ein Ende setzen.«

»Und da bekommt die Sache auch schon einen Haken. Männer wie Sir Charles Warren oder Ihr General Iorga verabscheuen Überraschungen. Ihnen ist es lieber, wenn der Übeltäter aus den Reihen ihrer Verdächtigen stammt. Nicht selten verwerfen sie eindeutige Beweise, weil diese einer fixen Idee zuwiderlaufen, die sie irrtümlich zu der ihrigen gemacht haben. Sir Charles hat bestimmt, dass der Dynamitverschwörer einer von Jagos Kreuzfahrern sein müsse und kein Vampir.«

»Aber unter Vampiren hat es immer schon Verräter gegeben.«

»Unser Sergeant ist ein Sonderfall, davon bin ich fest überzeugt. Noch tappe ich im Dunkeln, was das Ausmaß seiner Umtriebe betrifft. Und doch bin ich gewiss, dass er als bloßes Werkzeug weitaus größerer Mächte fungiert. Mächte, die womöglich größer sind als alles, was ein einfacher Polizist und ein Soldat zu bezwingen in der Lage sind.«

Sie verließen ihr Versteck und traten vor das Haus des Sergeants. Es bedurfte keiner großen Worte. Sie wollten nun die Tür aufbrechen und die Räumlichkeiten des Mörders einer Durchsuchung unterziehen.

Während Mackenzie die Straße im Auge behielt, sprengte Kostaki mit festem Griff das Schloss. Im Alten Jago war derlei weder ungewöhnlich noch verdächtig. Ein Seemann mit ausgestülpten Taschen torkelte im Zickzack an ihnen vorüber, den Blick von Gin oder Opium vernebelt.

Sie schlüpften in das Logierhaus und erklommen drei schmale, steile Treppenfluchten. Neugierige Augen lauerten im Dunkel hinter Türspionen, dennoch blieben sie unbehelligt. Sie gelangten zu dem Zimmer, wo das Licht gebrannt hatte. Kostaki brach ein zweites Schloss auf, das ein gutes Stück solider war, als er es in einem solchen Loch vermutet hätte, und sie befanden sich im Innern.

Mackenzie entzündete einen Kerzenstummel. Der Raum war blitzsauber, von beinahe soldatischer Ordnung. Das Betttuch über der schmalen Pritsche war stramm wie die Bauchmuskeln eines Ringers. Auf einem Pult lag Schreibwerkzeug, sorgfältig aufgereiht wie für eine militärische Inspektion.

»Ich habe berechtigten Grund zu der Annahme, dass unser Fuchs nicht nur der Mörder Ezzelin von Klatkas ist«, verkündete Mackenzie, »sondern auch der scheinbare Attentäter, der John Jago eine Kugel auf den Pelz gebrannt hat.«

»Das leuchtet nicht recht ein.«

»Einem Soldaten vielleicht nicht. Für einen Gendarmen aber ist das ein alter Hut. Sie hetzen beide Parteien gegeneinander auf, setzen sie aufeinander an wie Hunde. Dann lehnen Sie sich bequem zurück und genießen das Schauspiel.«

Mackenzie durchforstete die Papiere auf dem Pult. Neben dem Löschhorn standen ein frisches Fass roter Tinte und ein kleiner Krug voller Schreibfedern.

»Haben wir es etwa mit einer Anarchistenrotte zu tun?«

»Ganz im Gegenteil, würde ich meinen. Sergeants haben nicht das Zeug zum Anarchisten. Dazu fehlt es ihnen an Fantasie. Sergeants dienen. Auf den Schultern von Sergeants lässt sich ein Weltreich errichten.«

»Dann befolgt er also lediglich Befehle.«

»Selbstverständlich. Die ganze Angelegenheit verströmt ein wenig den *haut-goût* des *ancien régime*, finden Sie nicht auch?«

Kostaki hatte eine Eingebung. »Sie hegen offenbar Bewunderung für diesen Mann. Oder doch zumindest für seine Sache?«

»Das wäre dieser Nächte reichlich unklug.«

»Dennoch ...«

Mackenzie lächelte. »Ich wäre ein Heuchler, wollte ich von Klatka betrauern oder gar Mitleid für John Jago empfinden.«

»Und wenn nun nicht von Klatka das Opfer gewesen wäre, sondern ...«

»Sie? Dann verhielte sich die Sache vielleicht etwas anders. Wohlgemerkt, vielleicht. Der Sergeant hätte zwischen Ihnen und Ihrem Kameraden wohl kaum einen Unterschied gemacht. Weiter vermag ich den Gedanken seiner Brotherren nicht zu folgen.«

Kostaki dachte einen Augenblick nach. »Ich werde wahrscheinlich mein Bein verlieren.«

»Das tut mir ausgesprochen leid.«

»Was gedenken Sie gegen den Sergeant zu unternehmen? Oder wollen Sie ihn weiterhin seiner geheimnisvollen Sache dienen lassen?«

»Ich sagte Ihnen doch bereits, ich bin Gendarm mit Leib und Seele. Sowie ich über Beweise verfüge, die Warren unter keinen Umständen leugnen kann, werde ich sie ihm vorlegen.«

»Danke, Schotte.«

»Wofür?«

»Für Ihr Vertrauen.«

Auf dem Pult befand sich eine große Anzahl loser Blätter, die mit einer Hieroglyphen ähnelnden Kurz- oder Geheimschrift bedeckt waren.

»Nanu«, rief Mackenzie aus, »was haben wir denn da?« Er hielt den mit Bleistift verfassten Entwurf eines Briefes in die Höhe. Er war unverschlüsselt. »Lestrade wird krank werden vor Neid«, sagte er. »Und Fred Abberline erst. Kostaki, sehen Sie nur ...«

Kostaki warf einen Blick auf den Brief. Er hub an mit den Worten »*Werter Meister*« und schloss: »*Ganz der Ihrige, Jack the Ripper.*«

44

Am Hafen

Der Leichnam war bei Cuckold's Point, in der Flussbiegung von Limehouse Reach, ans Ufer gespült worden. Drei Männer waren vonnöten gewesen, ihn aus dem quatschenden Schlamm zu ziehen und auf dem erstbesten Kai niederzulegen. Noch ehe Geneviève und Morrison eintrafen, hatte jemand sich die Mühe genommen, dem leblosen Körper einen Anschein von Würde zu verleihen, indem er seine schlaffen Glieder entwirrte und die tropfnassen, schmutzstarrenden Kleider notdürftig in Ordnung brachte. Um das Zartgefühl der Werftarbeiter und Dockbummler nicht zu beleidigen, wurde eine Segeltuchbahn über den Toten ausgebreitet.

Anhand der Gravur im Deckel seiner Taschenuhr und, erstaunlich genug, einer auf seinen Namen ausgeschriebenen Bankanweisung hatte man ihn bereits identifiziert. Dennoch kamen sie nicht umhin, die Identität des Leichnams formell zu bestätigen. Als der Constable das Segeltuch lüftete, stießen vereinzelte Zuschauer übertriebene Ekellaute aus. Erschrocken wich Morrison zurück und wandte sich ab. Die Fische hatten Druitts Gesicht angefressen; trotz der leeren Augenhöhlen und des teuflischen

Grinsens seiner bloßen Zähne erkannte Geneviève ihn sogleich an Haaransatz und Kinn.

»Er ist es«, sagte sie.

Der Constable ließ das Tuch sinken und dankte ihnen. Morrison bestätigte Genevièves Aussage. Ein Wagen stand bereit, um den Leichnam fortzubringen.

»Ich glaube, er hatte Familie in Bournemouth«, erklärte Morrison dem Polizisten. Pflichtschuldig machte sich der Constable eine Notiz.

Der Colonel hatte Wort gehalten. Druitts Taschen waren mit Steinen vollgestopft; zwar hatte man ihm keinen Abschiedsbrief untergeschoben, die Folgerung jedoch war unausweichlich. Ein zweiter Mörder trieb fröhlich sein Unwesen: Diesmal allerdings würde die Polizei keinen Feldzug gegen ihn eröffnen, setzte der Diogenes-Club gewiss keinen seiner Spürhunde auf ihn an. Was war am Ripper schon Besonderes? Fünfzig Yards im Umkreis des Flusses gab es wenigstens ein Dutzend gleichermaßen grausamer, ruchloser Gesellen. Der Whitechapel-Mörder war aller Voraussicht nach ein Irrer; Moran und seinesgleichen konnten nicht einmal dies als Entschuldigung anführen. Mord gehörte schlechtweg zu ihrem *répertoire*.

Als man Druitt auf den Wagen hievte, hatte das Schauspiel ein Ende. Die Bummler und Müßiggänger machten sich auf zum nächsten Spektakel, und die Polizisten widmeten sich wieder ihren Pflichten. Geneviève und Morrison blieben an der Kaimauer zurück. Sie gingen zur Rotherhithe Street, wo sich Reepschlägerwerkstätten, Schenken, Seemannsunterkünfte, Speditionsbüros und Bordelle aneinanderreihten. Dieses Viertel Londons schien wie aus Tausendundeiner Nacht, wie ein Basar im lichten Nebel. Hundert verschiedene Sprachen gingen wirr durcheinander. Überall wimmelte es von Chinesen, und ein jedes Seidenrascheln erfüllte Geneviève mit Grauen.

Plötzlich stand eine verschleierte Gestalt vor ihr. Eine Vampirfrau im schwarzen Pyjama. Sie machte eine reumütige Verbeugung, und ihr Schleier teilte sich. Geneviève erkannte das chinesische Mädchen aus dem Alten Jago, das für den Herrn der seltsamen Tode gesprochen hatte.

»Dieses Unrecht wird nicht ungesühnt bleiben«, sagte sie. »Sie haben das Wort meines Herrn.«

Dann war das Mädchen verschwunden.

»Was hatte es denn damit auf sich?«, fragte Morrison.

Geneviève zuckte mit den Achseln. Das Mädchen hatte Mandarin gesprochen. Wenn man Charles Glauben schenken wollte, so gab es keinen Zweifel, dass Colonel Moran die Folgen seiner Taten zu spüren bekommen würde. Wenn er jedoch büßen musste, dann nicht für einen brutalen Mord, sondern für einen *unnötigen* brutalen Mord.

Das Mädchen war im Getümmel untergetaucht.

Geneviève hegte keineswegs die Absicht, sogleich zur Hall zurückzukehren. Sie wollte Charles ausfindig machen, weniger jedoch um seinetwillen als vielmehr, um sich nach dem Wohlergehen seiner glücklosen Verlobten zu erkundigen. Penelope Churchward, deren Bekanntschaft gemacht zu haben sie sich nicht recht freuen konnte, hatte ihre Besorgnis erweckt. Unzählige wurden in den feurigen Schlund der Hölle geworfen. Wie viele würde sie vor ihrem Schicksal bewahren können? Druitt nicht, so viel stand fest. Ebenso wenig Lily Mylett. Oder Cathy Eddowes.

Morrison redete vertraulich auf sie ein. Sie hatte ihm nicht zugehört und bat ihn um Verzeihung.

»Es geht um Dr. Seward«, wiederholte er. »Ich habe Angst, dass er sich vollends zum Narren macht mit seiner Lucy.«

»Lucy?«

»So nennt sie sich wenigstens.« Morrison gehörte zu der Handvoll Menschen, die Jack Sewards geheimnisumwobener Geliebten begegnet waren. Sie hatte ihn nicht zu beeindrucken vermocht. »Wenn mich nicht alles täuscht, so ist sie uns durchaus bekannt. Wenn auch unter anderem Namen und in abgerissenen Kleidern.«

»Jack ist seit jeher viel zu unnachgiebig gegen sich selbst. Vielleicht vermag diese *amour* ihn ja von seiner permanenten Erschöpfung zu kurieren.«

Morrison schüttelte den Kopf. Es bereitete ihm sichtlich Mühe, seinen Gedanken Ausdruck zu verleihen.

»Sie haben doch gewiss keine gesellschaftlichen Einwände gegen das Mädchen? Ich hatte eigentlich angenommen, derlei Dinge hätten wir hinter uns gelassen«, sagte Geneviève.

Morrison schaute verdutzt drein. Da er selbst aus bescheidenem Hause stammte, hätte seine Arbeit ihn Verständnis für die Lage noch der Niedrigsten und Schandbarsten unter seinen Mitmenschen gelehrt haben müssen. »Mit Dr. Seward stimmt etwas nicht«, insistierte er. »Äußerlich erscheint er ruhiger und gelassener denn je. Innerlich aber hat er sich nicht mehr in der Gewalt. Manchmal vergisst er sogar unsere Namen. Oder weiß nicht, in welchem Jahr wir uns befinden. Ich glaube, er träumt sich gleichsam in eine arkadische Zeit zurück, vor der Ankunft unseres Prinzgemahls.«

Geneviève sann darüber nach. Sie fand Jack neuerdings verschlossener als sonst. Zwar war er ihr gegenüber nie so offenherzig gewesen wie zum Beispiel gegenüber Charles oder Arthur Morrison, aber in den vergangenen Wochen hatte er kaum noch etwas von sich preisgegeben, als sei sein Herz mit Bleiplatten verrammelt, die ebenso solide waren wie der Schrank, in dem er seine kostbaren Wachszylinder aufbewahrte.

Sie blieben stehen, und Geneviève ergriff Morrisons Hand. Bei der Berührung seiner Haut explodierten winzige Erinnerungen. Noch floss ein wenig von Charles' Blut in ihren Adern, und im Geiste sah sie nebelhafte Bilder ferner Länder. Wie durch ein Fliegenfenster erblickte sie ein schmerzverzerrtes Antlitz, das seiner verstorbenen Gattin zu gehören schien.

»Arthur«, sagte Geneviève, »der Wahnsinn ist wie eine Seuche. Wie das Böse ist er überall. Da uns nicht allzu viele Mittel in die Hand gegeben sind, dem Abhilfe zu schaffen, müssen wir lernen, mit ihm zu leben, ihn uns zunutze zu machen. Die Liebe ist immer auch eine Art von Wahnsinn. Und wenn Jack in dieser verdrehten Welt sein Plätzchen findet, wem soll es schaden?«

»Sie heißt nicht Lucy. Ich glaube, sie hatte einen irländischen Namen … Mary Jean, Mary Jane?«

»Schwerlich ein Beweis niederträchtiger Perfidie.«

»Sie ist ein Vampir.« Als ihm schwante, was er soeben gesagt hatte, hielt Morrison inne. Beschämt versuchte er, den Schaden wiedergutzumachen. »Ich meinte … Sie verstehen …«

»Ich weiß Ihre Besorgnis durchaus zu schätzen«, erwiderte sie, »und in gewissem Maße teile ich Ihre Befürchtungen. Aber ich weiß wirklich nicht, was wir in dieser Sache unternehmen könnten.«

Morrison war innerlich zerrissen. »Dennoch«, sagte er, »mit Dr. Seward stimmt etwas nicht. Wir müssen etwas unternehmen. Irgendetwas.«

45

Trink, trink, mein liebliches Geschöpf

Seit ihrer Berührung war Beauregard wie ausgewechselt. Zwei Tage nun schon quälten ihn die fürchterlichsten Träume. Träume, in denen Geneviève, bisweilen in Gestalt einer mit nadelspitzen Fangzähnen bewehrten Katze, gierig von seinem Blut schlürfte. So stand es wohl in seinen Sternen. Nach Lage der Dinge wäre er früher oder später ohnehin von einem Vampir angezapft worden. Allein der Güte des Geschicks war es zu danken, dass er freiwillig von seinem Blut gespendet hatte, statt mit Gewalt zum Aderlass gezwungen zu werden. Wenigstens war ihm größeres Glück beschieden als Penelope.

»Charles«, sagte Florence Stoker, »ich rede nun seit beinahe einer Stunde auf Sie ein, und ich behaupte, Sie haben nicht ein Wort verstanden. Es ist Ihnen deutlich anzusehen, dass Sie in Gedanken im Krankenzimmer sind. Bei Penelope.«

Bösen Gewissens beließ er Florence in ihrem Glauben. Eigentlich hätte er an seine Verlobte denken *müssen*. Wie sie so im Salon saßen und warteten, kamen sie sich töricht und unnütz vor. Florence stürzte eine winzige Tasse Tee nach der anderen hinunter. Dann und wann platzte Mrs. Churchward mit nichtssagenden Neuigkeiten ins Zimmer, und Mrs. Yeovil, die Haushälterin, brachte immer wieder frischen Tee. In seine Gedanken vertieft, schenkte Beauregard ihnen keinerlei Beachtung. Zwar hatte Geneviève ihm Blut entnommen, nicht jedoch ohne dafür ihrerseits etwas zu geben. Vor seinem inneren Auge zerfloss und verlief ihr Bild wie Quecksilber.

Penelope stand in der Obhut Dr. Ravnas, des berühmten Spezialisten für Nervenleiden. Als Vampir hatte er sich auf dem Gebiet der Untoten-Medizin einen beträchtlichen Ruf erworben. In diesem Augenblick war er bei der Kranken und probierte es mit einer neuen Behandlungsmethode.

Da Beauregard sich seit der vorvergangenen Nacht nur mehr in einem Dämmer befand, hatte er seine Pflichten in Whitechapel vernachlässigt. Penelopes Gebrechlichkeit bot ihm eine ebenso willkommene wie fadenscheinige Entschuldigung. In Gedanken war er unentwegt bei Geneviève. Zu seinem Entsetzen verspürte er den Wunsch, sie möge ihn abermals zur Ader lassen. Nicht allein um ihren Durst an seinem offenen Handgelenk zu stillen, sondern zur vollkommenen Vereinigung im dunklen Kuss. Geneviève hätte zu allen Zeiten als außerordentliche Frau gegolten. Gemeinsam vermochten sie Jahrhunderte zu überdauern. Die Verlockung war beträchtlich.

»Die Hochzeit werden wir dann wohl absagen müssen«, meinte Florence. »Jammerschade.«

Obschon sie keine Gelegenheit zu einer Aussprache gefunden hatten, nahm Beauregard an, dass seine Verlobung mit Penelope nicht mehr bestand. Er hielt es für das Beste, die Sache auf privatem Wege auszufechten. Zwar hatte sich, so hoffte er, im Grunde niemand eines Vergehens schuldig gemacht, doch waren weder er noch Penelope dieselben als zu jener Zeit, da sie ihr Übereinkommen getroffen hatten. Er steckte ohnehin in Schwierigkeiten, und eine Klage wegen Bruchs des Eheversprechens konnte er am allerwenigsten gebrauchen. Zwar stand dergleichen kaum zu erwarten, doch war Mrs. Churchward eine altmodische Frau, die durchaus dem Irrglauben erliegen mochte, dass ihre Tochter beleidigt worden sei.

Genevièves Lippen waren kühl, ihre Berührungen sacht, ihre Zunge wie die einer Katze, lieblich und rau zugleich. So zärtlich, so behutsam hatte sie von seinem Blut getrunken, dass eine betörende Empfindung ihn durchströmte, die ihn von einem Augenblick zum anderen süchtig werden ließ. Er fragte sich, was sie gerade treiben mochte.

»Ich verstehe nicht, was Lord Godalming sich dabei gedacht hat«, fuhr Florence fort. »Sein Benehmen ist höchst sonderbar.«

»Das sieht Art aber gar nicht ähnlich.«

Ein beinahe unmenschlicher Schrei drang durch die Zimmerdecke, gefolgt von einem Wimmern. Florence verzog das Gesicht, und Beauregard stockte das Herz. Penelope litt Schmerzen.

Der Fall Jack the Ripper schleppte sich ergebnislos dahin. Das

Vertrauen, welches sowohl der Diogenes-Club wie auch der Limehouse-Ring in seine Fähigkeiten als Agent und Detektiv gesetzt hatten, war offenbar unangebracht. Schließlich hatte er nicht eben viel erreicht.

Er hatte ein persönliches Entschuldigungsschreiben des Professors erhalten, in welchem dieser ihm versicherte, dass Colonel Moran für seine Einmischung zur Rechenschaft gezogen worden sei. Zudem hatte ihn ein eigentümliches Billett aus dünnem, mit grüner Tinte beschriebenem Pergament erreicht, dessen Verfasser ihm versprach, dass Mr. Yam, den Beauregard sogleich als den chinesischen Ältesten ausmachte, Mlle. Dieudonné nicht weiter belästigen werde. Allem Anschein nach hatte man eine Vereinbarung getroffen, die zu erfüllen sich der Herr der seltsamen Tode jedoch nicht länger genötigt sah. Beauregard musste an eine Meldung denken, auf die er beim Durchblättern der *Times* gestoßen war. Im Hause Dr. Jekylls hatte ein sonderbarer Überfall, ein quasi umgekehrter Einbruch stattgefunden. Offenbar hatte eine unbekannte Person sich Zutritt zu seinem Laboratorium verschafft und fünfzig goldene Sovereigns über der Asche des Vampirältesten verstreut, die der Wissenschaftler untersuchte.

»Manchmal wäre es mir lieber, ich hätte noch nie von Vampiren gehört«, meinte Florence. »Das habe ich Bram auch immer gesagt.«

Beauregard pflichtete ihr unwillig bei. Es läutete an der Tür, und er hörte Mrs. Yeovil am Salon vorübertrippeln, um den Besucher einzulassen.

»Noch eine mitfühlende Seele, nehme ich an.«

Gestern war Kate Reed, Penelopes neugeborene Skribentenfreundin, hereingeschneit und hatte eine halbe Stunde lang hilflos und verschämt umhergestanden, murmelnd ihr Mitgefühl bekundet und sich dann unter einem Vorwand eilig davongestohlen. Sie hatte Penelope schwerlich ein gutes Beispiel gegeben.

Die Haustür wurde aufgezogen, und eine wohlvertraute Stimme erklärte: »Es tut mir leid, aber ich habe keine Karte.«

Geneviève. Ehe er sich's versah, war er auch schon auf den Beinen und im Flur; Florence folgte auf dem Fuße. Geneviève stand auf der Schwelle.

»Charles«, sagte sie. »Ich dachte mir, dass ich Sie hier finden würde.«

Sie trat vor Mrs. Yeovil hin und streifte ihren grünen Umhang ab. Die Haushälterin hängte ihn auf.

»Charles«, stieß Florence hervor. »Sie sind überaus nachlässig.«

Er entschuldigte sich und machte sie miteinander bekannt. Geneviève stellte ihr bestes Benehmen vor, indem sie Florence' Hand ergriff und einen passablen Knicks vollführte. Mrs. Churchward war heruntergekommen, um den Neuankömmling in Augenschein zu nehmen. Beauregard machte auch sie bekannt.

»Wie ich höre, benötigen Sie einen Arzt, der mit den Schwächen der Untoten vertraut ist«, wandte sich Geneviève ohne Umschweife an Penelopes Mutter. »Ich verfüge über einige Erfahrung auf diesem Gebiet.«

»Dr. Ravna von der Harley Street ist bei uns, Miss Dieudonné. Ich halte seine Dienste für durchaus angemessen.«

»Ravna?« Ihr Unmut war ihr deutlich anzusehen.

»Geneviève!«, bat Beauregard.

»Es lässt sich nicht höflicher ausdrücken, Charles. Ravna ist ein Aufschneider und Scharlatan. Er ist seit kaum einem halben Jahr Vampir, und schon spielt er sich wie der Calmet unserer Epoche auf. Mit Jekyll oder Moreau wären Sie wahrhaftig besser bedient, obgleich ich mir von ihnen nicht einmal eine Eiterbeule öffnen lassen wollte.«

»Dr. Ravna kommt mit den allerbesten Empfehlungen«, hielt Mrs. Churchward dagegen. »Er verkehrt in den vornehmsten Häusern.«

Geneviève machte eine wegwerfende Geste. »Auch die feinste Gesellschaft kann sich irren.«

»Ich glaube kaum …«

»Mrs. Churchward, Sie müssen mich zu Ihrer Tochter lassen.«

Sie starrte Penelopes Mutter unverwandt an. Beauregard spürte die ungeheure Überzeugungskraft ihres Blickes. Die Wunde an seinem Handgelenk juckte. Gewiss hatte jedermann bemerkt, wie oft er sich an seiner Manschette zu schaffen machte.

»Nun gut«, lenkte Mrs. Churchward ein.

»Betrachten Sie es als freundschaftliches Angebot«, sagte Geneviève.

Sie ließ Florence und Mrs. Yeovil zurück und folgte Mrs. Churchward in Beauregards Begleitung die Treppe hinauf. Als Mrs. Churchward die Tür zum Krankenzimmer öffnete, wehte ein grauenhafter Gestank auf den Flur hinaus. Der Geruch des Todes und Vergessens. Das Zimmer war mit schweren Vorhängen verdunkelt, allein ein Fischschwanzbrenner tauchte das Bett in fahles Licht.

Dr. Ravna stand hemdsärmelig über die Patientin gebeugt und setzte ihr mit einer Zange ein sich windendes schwarzes Etwas an die Brust. Das Bettzeug war zurückgeschlagen, und Penelopes Hemd stand offen. An Bauch und Busen klebte ein halbes Dutzend schwarzer Stummel.

»Blutegel!«, stieß Geneviève entsetzt hervor.

Beauregard suchte seinen Ekel zu unterdrücken.

»Verfluchter Narr!« Geneviève stieß den Spezialisten beiseite und legte Penelope eine Hand auf die Stirn.

Die Haut der Patientin glänzte gelblich. Sie hatte rote Ringe um die Augen, und ihr nackter Leib war mit brennenden Malen übersät.

»Das unreine Blut muss geschröpft werden«, erklärte Dr. Ravna. »Sie hat von einer giftigen Quelle getrunken.«

Geneviève zog ihre Handschuhe aus. Sie pflückte einen Egel von Penelopes Brust und warf ihn in eine Schale. Systematisch und ohne die geringste Spur von Abscheu entfernte sie das schneckenähnliche Getier. Blutstropfen quollen aus den Wunden, welche die Sauger in die Haut geschnitten hatten. Dr. Ravna begann zu protestieren, doch Geneviève brachte ihn mit starrem Blick zum Schweigen. Als sie fertig war, breitete sie die Bettdecke über Penelope und steckte sie fest.

»Narren wie Sie haben genug Unheil angerichtet«, fuhr sie Dr. Ravna an.

»Meine Referenzen sind vom Feinsten, junge Dame.«

»Ich bin nicht jung«, gab sie zurück.

Penelope war bei Bewusstsein, konnte jedoch allem Anschein nach nicht sprechen. Ihre Augen schnellten hin und her, und sie ergriff Genevièves Hand. Ungeachtet der offensichtlichen Symptome ihrer Krankheit war mit Penelope ein Wandel vor sich gegangen. Ihre Züge hatten sich um eine Nuance verändert, ihr Haaransatz ging leicht zurück. Sie sah aus wie Pamela.

»Ich hoffe nur, Ihre Blutegel haben nicht auch den letzten Rest ihres Verstandes zunichtegemacht«, wandte sich Geneviève an Dr. Ravna. »Sie war bereits krank, und Sie haben sie bedrohlich geschwächt.«

»Können wir denn gar nichts tun?«, fragte Mrs. Churchward.

»Sie braucht Blut«, sagte Geneviève. »Wenn sie verdorbenes Blut getrunken hat, braucht sie reines Blut als Gegenmittel. Der Aderlass war nicht nur nutzlos, sondern verheerend. Ohne Blut verkümmert ihr Gehirn. Ein Schaden, der womöglich nicht mehr wiedergutzumachen ist.«

Beauregard knöpfte seine Manschette auf.

»Nein«, wies Geneviève sein unausgesprochenes Angebot zurück. »Ihr Blut wird ihr nichts helfen.«

Was dies betraf, ließ sie sich nicht beirren. Beauregard fragte sich, ob ihre Motive ausschließlich medizinischer Natur sein mochten.

»Sie braucht eigenes oder aber anverwandtes Blut. Moreau hat vollkommen Recht. Es gibt verschiedene Blutgruppen. Unter uns Vampiren ist das seit Jahrhunderten bekannt.«

»Eigenes Blut?«, fragte Mrs. Churchward. »Ich verstehe nicht ganz.«

»Oder aber das Blut eines Verwandten. Mrs. Churchward, wären Sie wohl damit einverstanden …«

Mrs. Churchward vermochte ihren Ekel nicht zu verbergen.

»Sie haben sie schon einmal gesäugt«, erklärte Geneviève. »Nichts anderes verlange ich von Ihnen.«

Penelopes Mutter war von Grausen ergriffen. Sie hielt die Hände gekreuzt an ihre Brust gepresst.

»Wäre Lord Godalming ein echter Gentleman, hätte er uns dies erspart«, sagte Geneviève an Beauregard gewandt.

Penelope fletschte die Fangzähne und fauchte. Mit baumelnder Zunge schnappte sie blutlechzend nach Luft.

»Ihre Tochter wird es überleben«, redete Geneviève auf Mrs. Churchward ein. »Aber alles, was sie einzig macht, würde womöglich ausgelöscht, und Ihnen bliebe nichts als eine leere Hülle, ein Wesen voller Begierde, doch ohne jeden Verstand.«

»Sie sieht aus wie Pamela«, sagte Beauregard.

Geneviève schaute besorgt drein. »Teufel noch mal! Penelope schrumpft innerlich, wandelt ihre Gestalt, richtet sich zugrunde.«

Penelope wimmerte, und Beauregard verdrückte eine Träne. Der Geruch, die erstickende Hitze im Zimmer, der verzagte Arzt, die siechende Patientin. All dies war ihm wohlvertraut.

Mrs. Churchward näherte sich dem Bett. Geneviève nickte ihr aufmunternd zu und ergriff ihre Hand. Sowie sie Mutter und Tochter zusammengeführt hatte, trat sie einen Schritt zurück. Penelope streckte die Hände aus und umarmte ihre Mutter. Schaudernd vor Ekel löste Mrs. Churchward ihren Kragen. Die Patientin setzte sich im Bett auf und presste die Lippen auf den Hals ihrer Mutter.

Mrs. Churchward erstarrte vor Schreck. Ein rotes Rinnsal lief Penelopes Kinn hinab und befleckte ihr Nachtzeug. Geneviève setzte sich auf das Bett, strich Penelope über das Haar und sprach ihr mit ruhiger Stimme Mut zu.

»Vorsicht«, sagte sie. »Nicht so viel.«

Dr. Ravna ließ seine Blutegel zurück und stahl sich heimlich davon. Beauregard hingegen blieb, obgleich er sich wie ein Eindringling vorkam. Mrs. Churchwards Miene entspannte sich, und ihr Blick bekam nachgerade etwas Traumverlorenes. Beauregard wusste nur zu gut, wie sie empfand. Er umklammerte mit festem Griff sein Handgelenk und schob die steifleinene Manschette über seine Bisswunden hinunter. Geneviève machte Penelope von der Kehle ihrer Mutter los und drückte sie sacht in die Kissen zurück. Ihre Lippen waren scharlachrot, und ihr Teint schimmerte rosig. Ihr Gesicht schien voller, beinahe ebenso lebendig wie zuvor.

»Charles«, befahl Geneviève mit schneidender Stimme. »Hören Sie auf zu träumen.«

Mrs. Churchward schwankte am Rande einer Ohnmacht. Beauregard stützte sie und half ihr in einen Sessel.

»Nie hätte ich ... gedacht ...«, stammelte sie. »Meine arme, arme Penny.«

Beauregard war gewiss, dass sie ihre Tochter nun ein wenig besser verstand.

»Penelope«, versuchte Geneviève die Aufmerksamkeit der Kranken zu gewinnen. Penelopes Blick wanderte ziellos umher, und ihre Lippen bebten. Sie leckte den letzten Rest des Blutes fort. »Miss Churchward, hören Sie mich?«

Penelope antwortete mit einem behaglichen Schnurren.

»Sie brauchen jetzt Ruhe«, sagte Geneviève.

Penelope nickte, lächelte und ließ flatternd die Lider sinken.

Geneviève wandte sich zu Mrs. Churchward um und schnippte mit den Fingern. Penelopes Mutter schreckte aus ihrem Tagtraum hoch. »In zwei Tagen machen Sie das noch einmal, haben Sie verstanden? Unter Aufsicht. Sie dürfen sich von Ihrer Tochter nicht zu viel Blut entnehmen lassen. Und damit hat es dann auch schon ein Ende. Sie darf keinesfalls abhängig von Ihnen werden. Wenn sie sich ein zweites Mal von Ihnen nährt, wird ihr das wieder auf die Beine helfen. Danach muss sie allein für sich sorgen.«

»Wird sie es überleben?«, fragte Mrs. Churchward.

»Die Ewigkeit kann ich ihr zwar nicht versprechen, aber wenn sie sich vorsieht, wird sie unser Jahrhundert wohl überdauern können. Vielleicht sogar unser Jahrtausend.«

46

Kaffernkrieg

Nacht für Nacht schickte Sir Charles Constables mit Farbtöpfen aus, um die am Tage durch Jagos Krieger Christi angebrachten Kreuze von allen in Sehweite des Yard gelegenen Mauern zu tilgen. Bei Sonnenaufgang aber erschienen die schmalen roten Zeichen von neuem, war eine jede hinlänglich weiße Wand zwischen Whitehall Place und Northumberland Avenue damit beschmiert. Godalming beobachtete, wie der Commissioner seiner jüngsten Abordnung von Amateuranstreichern Befehle zubellte.

Muntere Müßiggänger standen, in dicke Mäntel und Schals

gehüllt, umher: feindliche Eingeborene, im Begriff, das Fort zu attackieren. Es gehörte zweifellos zu den klügeren Maßnahmen Warrens, den Yard gegen eine etwaige Bestürmung zu wappnen, indem er für eine ausreichende Anzahl von Gewehren sorgte und Türen und Fenster verstärken ließ. Sowie die Sache sich vom Polizeilichen ins Militärische verschob, hatte der Commissioner Anwandlungen von wahrhafter Tüchtigkeit, die bisweilen herzerquickend wirken konnten. Ein guter Soldat, doch jämmerlicher Polizist; so lautete das Urteil über Sir Charles Warren.

Der Nebel war, dichter denn je, zurückgekehrt. Selbst Vampire fanden ihn undurchdringlich. Obgleich sie im Dunkeln sehen konnten, befähigte sie das keineswegs, sich auch in dieser schwefelgelben Suppe zurechtzufinden. Godalming wachte im Auftrag des Premierministers über Sir Charles. Der Commissioner verlor zusehends den Halt. Bei seinem nächsten Zusammentreffen mit Ruthven beabsichtigte Godalming, Warrens Entlassung vorzuschlagen. Da Matthews bereits seit Monaten den Kopf von Sir Charles forderte, wäre der Minister des Innern – dessen Stuhl ebenfalls beträchtlich wankte – fürs Erste besänftigt.

Irgendwie war es Jagos Leuten gelungen, ihr Kreuz an das Hauptportal des Yard zu malen. Godalming hegte den Verdacht, dass Jago unter den warmblütigen Gendarmen einige Anhänger gefunden hatte. Wer auch immer Sir Charles im Amt nachfolgen mochte, würde zunächst eine Säuberung in den Reihen des Fußvolks unternehmen müssen, ehe er die Ordnung wiederherstellen konnte.

Das St.-Georgs-Kreuz schien ein naheliegendes Symbol für die Rebellen, war es doch gleichzeitig das Kruzifix, dem ein Vampir der Sage nach nicht die Stirne bieten konnte, sowie die Fahne jenes neuen England, dessen Zügel der Prinzgemahl in Händen hielt.

»Es ist unerträglich.« Sir Charles tobte. »Ich bin von Strolchen und Stümpern umgeben.«

Godalming schwieg. Die Strafe für das unbefugte Bemalen von Wänden und Schmieren von Parolen lag dieser Nächte bei fünf Peitschenhieben, die *coram publico* verabreicht wurden. Wenn es so weiterging, dauerte es nicht mehr lange, und derlei mindere Vergehen würden mit sofortiger Pfählung oder dem Abhauen der schuldbeladenen Hand geahndet.

»Matthews, dieser Tölpel, mit seiner Pfennigfuchserei«, fuhr Sir Charles fort. »Wir brauchen mehr Männer auf der Straße. Soldaten.«

Niemand außer Godalming schenkte dem Commissioner Beachtung. Dessen Untergebene gingen ungerührt ihren Geschäften nach und scherten sich nicht weiter um die Zornesausbrüche ihres Kommandeurs. Der stellvertretende Commissioner Dr. Anderson hatte seinen Wanderurlaub in der Schweiz verlängert, während Chefinspektor Swanson sich in der Kunst der Mimikry übte und den Kopf aus der Schusslinie zu befördern suchte, bis die Schlacht geschlagen war.

Ein schäbig gekleideter Mann trat zu Sir Charles und begann auf ihn einzureden. Sogleich war Godalmings Interesse geweckt. Er schlenderte bis auf Hörweite heran. Der Zerlumpte hatte einen hinkenden Gefährten, der in einem guten Dutzend Yards Entfernung stehen blieb. Bei besagtem Gefährten handelte es sich um einen älteren Vampir, dem jeden Augenblick das Fleisch vom Schädel zu fallen drohte. Godalming vermutete, dass er der Karpatischen Garde angehörte. Er war jedenfalls kein Engländer.

»Mackenzie!«, schrie Sir Charles. »Was hat das alles zu bedeuten? Wo sind Sie gewesen?«

»Auf Fährtensuche, Sir.«

»Sie haben Ihre Pflichten vernachlässigt. Sie sind Ihres Ranges enthoben und werden mit strengen Strafmaßnahmen rechnen müssen.«

»Sir, so hören Sie …«

»Und wie Sie aussehen, Sie sind eine Schande für die ganze Mannschaft! Eine verfluchte Schande!«

»Sir, schauen Sie sich das an ...« Mackenzie, der den Rang eines Inspektors zu bekleiden schien, reichte dem Commissioner ein Blatt Papier.

»Schon wieder so ein verflixter schwachsinniger Brief!«, stieß Sir Charles wütend hervor.

»Allerdings, doch unvollendet und nicht abgeschickt. Ich kenne den Verfasser.«

Nun gab es für Godalming keinen Zweifel mehr, dass es sich um eine wichtige Sache handelte. Sir Charles' Augen bekamen einen unheilverkündenden Glanz. »Sie wissen, wer Jack the Ripper ist?«

Mackenzie lächelte verschlagen. »Das habe ich nicht gesagt. Aber ich weiß, wer unter diesem ›Künstlernamen‹ Briefe fabriziert.«

»Dann suchen Sie Lestrade. Es ist sein Fall. Er wird Ihnen gewiss dankbar sein, dass Sie einen weiteren irrsinnigen Quälgeist eliminieren konnten.«

»Dies ist von überragender Bedeutung. Es betrifft die Sache neulich nachts im Park. Es betrifft eigentlich alles. John Jago, die Dynamitverschwörer, den Ripper ...«

»Mackenzie, Sie reden wirr!«

Was Godalming anbetraf, befanden sich beide Polizisten am Rande des Wahnsinns. Dieses Blatt Papier jedoch war womöglich Gold wert. Er trat hinzu und warf einen Blick darauf.

»›*Ganz der Ihrige, Jack the Ripper*‹«, las er laut vor. »Ist das dieselbe Handschrift wie bei den anderen?«

»Darauf wette ich zehn Guineas«, sagte Mackenzie. »Und ich bin Schotte.«

Eine kleine Menge hatte sich um sie versammelt. Uniformierte und auch einige der Müßiggänger drängten neugierig heran. Selbst Mackenzies Vampirältester gesellte sich zu ihnen. Ein neugeborener Constable war hinter Mackenzie in Habtachtstellung gegangen.

»Sir Charles«, sagte Mackenzie, »es ist ein Vampir. Hier geht es um eine Verschwörung. Eine Dynamitverschwörung. Ich habe guten Grund zu der Annahme, dass wir vom ersten Tag an genasführt wurden. Höchste Stellen nehmen großes Interesse an dem Fall.«

»Ein Vampir! Unsinn. Machen Sie den Kreuzfahrern die Hölle heiß, dann werden Sie Ihren Mann schon finden. Und ich verspreche Ihnen, er ist ein warmblütiger Wicht.«

Mackenzie rang verzweifelt die Hände. Ihm war, als wäre er mit dem Kopf gegen eine Mauer des Starrsinns gerannt.

»Sir, haben Sie schon einmal vom Diogenes-Club gehört?«

Sir Charles wurde leichenblass. »Wollen Sie mich zum Narren halten, Mann?«

Godalming war fasziniert. Der Diogenes-Club war Charles Beauregards Geschäftsadresse, und Beauregard hatte in dieser Angelegenheit überall die Hand im Spiel. Es war durchaus möglich, dass der Schotte eine echte Spur gefunden und seinen Fang bis in den Bau hinein verfolgt hatte.

»Sir Charles«, sagte er. »Ich denke, wir sollten Inspektor Mackenzies Bericht *in camera* hören. Womöglich stehen wir kurz vor der Lösung mehrerer Rätsel.«

Er blickte erst dem Commissioner, dann dem Inspektor ins Gesicht. Beide schienen wild entschlossen, sich keinesfalls dem Willen des anderen zu beugen. Neben Mackenzie befand sich der Karpater, die roten Augen auf Sir Charles geheftet. Hinter ihnen stand, dunkeläugig und mit dichtem Schnurrbart, der kampfbereite Constable.

Eine seiner »Einsichten« machte Godalming schwindlig, und mit einem Mal wusste er, dass der Constable ebenso falsch war wie eine Sieben-Pfund-Note.

Mit lautem Getöse explodierte ein Feuerball. Die Leute liefen schreiend auseinander. Farbbeutel zerplatzten an aus Portlandstein gehauenem Simswerk. Wohlgezielte Wurfgeschosse schlugen Fensterscheiben in Stücke. Schüsse knallten, und eine Frau kreischte. Alle versuchten sogleich, sich zu Boden zu werfen. Der Karpater stieß mit Godalming zusammen, und dieser schwankte unter dem Gewicht, in dem Bemühen, sich auf den Beinen zu halten. Der falsche Polizist ließ eine Hand hinter den Rücken wandern. Etwas blitzte auf. Godalming brach zusammen und sank auf das schmutzige Pflaster. Der Karpater wälzte sich von ihm herunter. Mächtig fluchend schwenkte Sir Charles einen Revolver.

Mackenzie holte tief Luft und hielt den Atem an. Er fiel auf die Knie, öffnete den Mund und verdrehte die Augen. Der Brief des Rippers wurde von einem Windstoß erfasst und wirbelte einige Yards weit durch die Luft, bis er mit der beschriebenen Seite wie ein Plakat an einer nassen Mauer kleben blieb. Mackenzie keuchte, und aus seinem Mund floss Blut. Der Karpater wollte ihm aufhelfen. Als er die Hand vom Rücken des Inspektors nahm, war sie blutverschmiert.

Jemand versetzte Godalming einen Tritt gegen den Kopf. Polizeipfeifen schrillten. Sir Charles, der sich im dichten Kampfgewühl von Afrika zu wähnen schien, hatte das Heft wieder fest in der Hand, erteilte Befehle und ließ seine Constables strammstehen, indem er wild mit dem Revolver fuchtelte.

Von der Aufregung angelockt, strömten Hilfstruppen aus dem Portal des Yard. Viele von ihnen schwenkten Gewehre: Sir Charles sah seine Männer gern bewaffnet, auch wenn die Vorschriften dies nicht erlaubten. Der Commissioner gab Anweisung, den Aufstand des Pöbels niederzuschlagen. Knüttelschwingend prügelte ein Peloton von Polizisten auf die verbliebenen Müßiggänger ein und trieb sie gegen das Themseufer hin. Unter den Constables erblickte Godalming den Neugeborenen, der Mackenzie erstochen hatte; soeben ließ er seinen Knüppel auf den Kopf eines Geistlichen herniedersausen. Die Gendarmen trieben den lärmenden Haufen in den Nebel. Der Attentäter war entwischt.

Mackenzie lag bäuchlings auf das Pflaster hingestreckt und regte sich nicht mehr. Der dunkle Fleck an seinem Rücken war ein deutliches Indiz dafür, dass man ihn mit einem treffsicheren Hieb ins Herz getötet hatte. Der Karpater stand mit blutbeflecktem Messer und versteinerter, lebloser Miene über ihn gebeugt.

»Nehmen Sie diesen Mörder fest«, befahl Sir Charles den umstehenden Constables.

Die drei neugeborenen Gendarmen zögerten. Godalming fragte sich, ob sie den Ältesten bezwingen konnten. Der Karpater warf verächtlich das Messer fort und streckte die Hände aus. Einer der Polizisten gehorchte und schloss der Ordnung halber Handschellen um die Gelenke des Ältesten. Der hätte sie mit Leichtigkeit zu sprengen vermocht, ließ sich jedoch gefügig in Gewahrsam nehmen.

»Sie schulden uns eine Erklärung«, sagte Sir Charles und reckte einen Finger, als wolle er den Vampir dazu herausfordern, ihn abzubeißen.

Die Constables schafften den Karpater fort.

»So ist's recht«, sagte der Commissioner und ließ den Blick über das verlassene Schlachtfeld wandern. Die Straßen waren geräumt. Farbe rann die Mauern hinab. Überall lagen Wurfprojektile und die eine oder andere Haube eines Constables über das Pflaster verstreut, doch der Friede war wiederhergestellt. »So schmeckt mir das. Disziplin und Ordnung, Godalming. Nichts anderes brauchen wir. Nur nicht die Zügel schleifen lassen.«

Sir Charles ging, gefolgt von einigen seiner Männer, gemessenen Schrittes in seine Amtsstube zurück. Zwar waren die Eingeborenen fürs Erste abgewehrt, doch hörte Godalming jetzt schon, wie die Urwaldtrommeln von neuem Kannibalen zusammenriefen. Er verweilte einen Augenblick im Nebel, und die Gedanken überschlugen sich in seinem Kopf. Von allen Anwesenden wusste nur er – und der Attentäter –, was tatsächlich vorgefallen war. Seine Fähigkeiten erreichten allmählich ihr volles Ausmaß und gewährten ihm die Einsichten und Empfindungen eines Vampirs, den man noch nicht als Ältesten bezeichnen mochte, der jedoch gewiss kein Neugeborener mehr war. Er vermochte das Chaos unter der ruhigen Oberfläche zu sehen. Lord Ruthven hatte ihm bedeutet, nach einem Vorteil Ausschau zu halten und diesen erbarmungslos zu nutzen. Wenn er es geschickt anstellte, konnte er aus seinem Wissen einen ungeheuren Vorteil ziehen.

47

Mr. Beauregard und die Liebe

Er stand mit hinter dem Rücken verschränkten Händen am offenen Kamin und genoss die wohltuende Wärme. Nach dem kurzen Spaziergang von der Caversham Street heim nach Cheyne Walk war er durchgefroren bis auf die Knochen. Bairstow hatte frühzeitig ein Feuer angefacht, und im Salon herrschte eine anheimelnde Atmosphäre.

Geneviève wanderte im Zimmer umher wie eine Katze, die sich mit ihrem neuen Heim vertraut zu machen sucht, wollte einen jeden Gegenstand, auf den sie bei ihrem Rundgang stieß, prüfen, betasten, schmecken beinahe, ehe sie ihn wieder an seinen Platz legte und zurechtrückte.

»Ist das Pamela?«, fragte sie, indem sie die letzte Fotografie in die Höhe hielt. »Sie war bildschön.«

Beauregard stimmte ihr zu.

»Die meisten Frauen würden sich wohl nicht gern fotografieren lassen, wenn sie guter Hoffnung sind. Sie fänden das womöglich unanständig«, sagte sie.

»Pamela war anders als die meisten Frauen.«

»Zweifelsohne, dem Einfluss nach zu urteilen, den sie auf ihre Hinterbliebenen ausübt.«

Beauregard hatte den Zwischenfall keineswegs vergessen.

»Sie wollte allerdings nicht, dass Sie Ihr Leben unnütz vertun«, sagte sie und stellte die Fotografie zurück. »Und sie hätte gewiss auch nicht gewollt, dass ihre Cousine ihre Gestalt annimmt.«

Beauregard wusste keine Antwort. Geneviève ließ seine Verlobung in einem ungünstigen Licht erscheinen. Penelope und er hatten sowohl sich selbst als auch einander betrogen. Dennoch verspürte er gegen Penelope, Mrs. Churchward oder Florence Stoker nicht den geringsten Groll. Die Schuld lag ganz allein bei ihm.

»Hin ist hin«, fuhr Geneviève fort. »Niemand weiß das besser als ich. Ich habe Jahrhunderte der Vergessenheit übergeben.«

Sie krümmte rasch den Rücken und parodierte eine tattrige alte Schachtel. Dann richtete sie sich wieder auf und strich sich eine Haarsträhne aus der Stirn.

»Wie geht es weiter mit Penelope?«, fragte er.

Sie zuckte mit den Achseln. »Das lässt sich nicht mit Gewissheit sagen. Ich glaube, sie wird es überleben, und ich vermute, sie wird wieder ganz sie selbst. Vielleicht sogar zum ersten Mal sie selbst.«

»Sie mögen sie nicht besonders, nicht wahr?«

Sie unterbrach ihre Wanderung und legte nachdenklich den Kopf schief. »Ich bin wohl eifersüchtig.« Sie ließ die Zunge über ihre hell schimmernden Zähne gleiten. Plötzlich bemerkte sie, dass sie ihm näher gekommen war, als die Etikette es erlaubte. »Andererseits ist sie wohl keine allzu liebenswürdige Person. In jener Nacht in Whitechapel, nach meinem Kampf gegen den Ältesten, schien sie mir nicht eben freundlich. Diese schmalen Lippen, dieser stechende Blick.«

»Ist Ihnen eigentlich bewusst, welche Überwindung es sie gekostet haben muss, sich in solch ein Viertel zu begeben? Um mich ausfindig zu machen? Es ging gegen alles, was man sie gelehrt hat, alles, woran sie jemals glaubte.«

Er vermochte es noch immer kaum zu fassen, dass die alte Penelope sich tatsächlich auf eigene Faust aus dem Haus gewagt hatte und noch dazu an einen Ort gefahren war, den sie gleichsam auf einer Stufe mit den Abgründen der Hölle wähnte.

»Sie hat mit Ihnen abgeschlossen«, sagte sie unumwunden.

»Ich weiß.«

»Nun, da sie neugeboren ist, wird sie Ihnen schwerlich eine brave kleine Ehefrau sein können. Sie wird sich allein in der Nacht zurechtfinden müssen. Vielleicht hat sie sogar das Zeug zu einem vortrefflichen Vampir, was auch immer das bedeuten mag.« Sie legte ihre Hand an sein Revers, und ihre spitzen Nägel bohrten sich in den Stoff. Die Hitze des Kaminfeuers wurde ihm beinahe unangenehm. »Komm, küss mich, Charles.«

Er zögerte.

Sie lächelte, und ihre ebenmäßigen Zähne schienen fast normal. »Keine Sorge«, sagte sie. »Ich beiße nicht.«

»Lügnerin.«

Sie kicherte, und er küsste sie sanft auf den Mund. Sie schlang ihre Arme um ihn und glitt mit der Zunge über seine Lippen. Sie kehrten dem Kaminfeuer den Rücken und ließen sich, ein wenig unbeholfen, auf dem Diwan nieder. Er fuhr mit den Fingern durch ihr Haar.

»Verführst du mich, oder verführe ich dich?«, fragte sie. »Ich weiß nicht recht.«

Bisweilen trat in den unpassendsten Augenblicken ihr Humor

zum Vorschein. Er streichelte ihre Wange mit dem Daumen. Sie küsste sein Handgelenk, berührte die verschorften Wunden mit der Zunge. Ein Schlag durchzuckte ihn. Er spürte ihn bis hinunter in die Fußsohlen.

»Spielt das eine Rolle?«, entgegnete er.

Sie presste seinen Kopf in ein Kissen, so dass er zur Decke blickte, und küsste seinen Hals.

»Ich kann dir wahrscheinlich nicht die Art von Liebe bieten, die du gewohnt bist«, sagte sie. Ihre Zähne waren unterdessen spitzer und länger geworden.

Das Hemd war ihr aus dem Rock gerutscht und stand nun offen. Sie war von hübschem, schlankem Wuchs. Auch seine Kleider hatten sich gelöst.

»Dasselbe könnte ich dir sagen.«

Sie lachte, ein kehliges Männerlachen, und schnappte sacht nach seinem Hals. Das Haar fiel ihr ins Gesicht, strich über seinen Mund und kitzelte ihn in der Nase. Seine Hände glitten unter ihr Hemd und liebkosten ihr den Rücken und die Schultern. Er spürte die vampirische Kraft der Muskeln unter ihrer Haut. Mit den Zähnen pflückte sie die Knöpfe aus Kragen und Hemd und spie sie quer durch das Zimmer. Er versuchte sich auszumalen, wie Bairstow sie im Verlauf der nächsten Wochen einen nach dem anderen finden würde, und lachte.

»Was ist so komisch?«

Er schüttelte den Kopf, und sie küsste ihn abermals, auf Mund, Augen und Hals. Er fühlte, wie sein Blut pulsierte. Nach und nach, unter allerlei Liebkosungen, entledigten sie einander der vier oder fünf Kleiderschichten, die man gemeinhin für ziemlich hielt.

»Wenn du glaubst, du verrichtest hier eine Herkulesarbeit«, sagte sie, als er an ihrem Unterzeug erneut auf eine Reihe von Haken gestoßen war, »hättest du einmal versuchen sollen, um eine hochwohlgeborene Dame des ausgehenden fünfzehnten Jahrhunderts zu freien. Es grenzt beinahe an ein Wunder, dass meine Generation überhaupt Nachkommen zuwege gebracht hat.«

»In heißerem Klima bereitet all das weniger Schwierigkeiten.«

»Weniger Schwierigkeiten bedeuten aber noch lange nicht größeres Vergnügen.«

Sie legten sich nieder und wärmten einander.

»Du hast ja lauter Narben«, sagte sie und zeichnete den Schmiss unterhalb seiner Rippen mit dem Fingernagel nach.

»Im Dienst der Königin erworben.«

Sie entdeckte zwei Schusswunden in seiner rechten Schulter, wo die Kugel ein- und ausgetreten war, und leckte die längst verheilte Wunde unter seinem Schlüsselbein.

»Was machst du eigentlich genau für Ihre Majestät?«

»Auf halbem Weg zwischen Diplomatie und Krieg liegt der Diogenes-Club.«

Er küsste ihre Brüste, grub die Zähne zärtlich in ihr Fleisch.

»Du hast überhaupt keine Narben. Nicht einmal ein Muttermal.«

»Äußerlich bleibe ich unversehrt.«

Ihre Haut war blass und rein, beinahe haarlos. Sie legte sich zurecht, um ihm das Eindringen zu erleichtern, und biss auf ihre schwellende Unterlippe, während er sich behutsam über sie schob.

»Na also«, sagte sie. »Endlich.«

Er glitt in sie und seufzte erleichtert auf. Ihn mit Armen und Beinen umklammernd, reckte sie den Kopf und hieb die Zähne sanft in seinen Hals.

Ihm war, als ob eisige Nadeln ihn durchbohrten, und einen Lidschlag lang befand er sich in ihrem Geist. Sie war unermesslich. Die Spur ihrer Erinnerung verlor sich in der trüben Ferne wie die Bahn eines Sterns in einer entlegenen Galaxie. Er spürte, wie er sich in ihr bewegte, schmeckte sein Blut auf ihrer Zunge. Dann war er wieder ganz er selbst. Ihn schauderte.

»Sag halt, Charles«, flüsterte sie, und Blutstropfen schimmerten zwischen ihren Zähnen. »Wenn es wehtut, sag halt.«

Er schüttelte den Kopf.

48

Der Tower von London

Ein Brief unter dem Siegel Lord Ruthvens genügte, ihm eine Audienz zu verschaffen. Der Abstieg über die steingewandete Treppe schien dem neugeborenen Yeoman Warder beträchtliche Mühe zu bereiten, während Godalming ihm federleichten Schrittes folgte. Es fiel ihm schwer, seine Energien im Zaum zu halten. Er hätte platzen können vor lauter Aufregung. Die Wache war ihm geistig wie auch körperlich unterlegen. Allmählich erst begriff er das ganze Ausmaß seiner neuen Fähigkeiten. Er war noch nicht an seine Grenzen gestoßen.

Bald nach Einbruch der Dunkelheit war er auf einem Spaziergang durch den Hyde Park einer ihm flüchtig bekannten jungen Dame begegnet. Sie hieß Helena Soundso und hatte bisweilen Florence' *soirées noires* besucht, zumeist in Begleitung eines jener dümmlichen Schauspielerfreunde Mrs. Stokers. Zunächst bannte er sie mit seinem Blick. Dann geleitete er sie zu einem bequem gelegenen Aussichtshäuschen und zwang sie, ihre Gewänder abzustreifen. Hernach öffnete er ihr die Halsschlagader und saugte sie fast aus. Als er sie verließ, war sie am Leben – noch.

Nun war er erfüllt von Helenas köstlichem Geschmack. Mit jeder neuen Explosion in seinem Schädel erfuhr er mehr über das warmblütige Mädchen. Ihr armseliges Leben gehörte ihm. Jeder Schuss Blut machte ihn stärker.

Über ihnen befand sich der White Tower, der älteste Teil der Festung. Ganz in der Nähe lag die Cell of Little Ease, eine Kammer von vier Fuß Größe im Quadrat, die dergestalt beschaffen war, dass ein Gefangener weder stehen noch liegen konnte. In ihr hatten Gegner der Krone wie Guy Fawkes auf ihre Hinrichtung gewartet. Selbst die weniger unangenehmen Räumlichkeiten waren nichts weiter als Käfige aus Stein, die eine Flucht unmöglich machten. Die massiven Holztüren waren mit winzigen Gittern versehen. Aus so mancher bewohnten Zelle drang das Stöhnen und Ächzen der Verdammten an Godalmings Ohr. Die Gefangenen waren dem Verhungern nahe. Viele unter ihnen hatten ihre Adern angebissen und sich schlimme Wunden zugefügt. Graf Orlok war dafür berüchtigt, dass er gegen seinesgleichen mit äußerster Härte vorging und ihren Verrat mit einer Gefangenschaft bestrafte, die nichts anderes bedeutete als einen langen, langsamen Tod.

Kostaki saß in einer dieser Zellen hinter Schloss und Riegel. Godalming hatte Erkundigungen über den Gardisten eingezogen. Er war ein Ältester und hatte Dracula bereits zu Lebzeiten gedient. Seit seiner Verhaftung war kein Wort mehr über seine Lippen gekommen.

»Hier, Sir.«

Der Yeoman Warder, der in seiner buffonesken Uniform ein wenig albern wirkte, zog seinen Schlüsselring hervor und öffnete die drei soliden Schlösser. Als er seine Laterne absetzte, um die schwere Tür in Angriff zu nehmen, tanzte sein riesiger Schatten über die Steinquader hinter ihm.

»Das genügt«, wandte sich Godalming an die Wache, indem er die Zelle betrat. »Ich werde rufen, wenn ich fertig bin.«

In der Düsternis erblickte Godalming brennende rote Augen. Weder der Gefangene noch er selbst benötigten eine Laterne.

Kostaki hob den Kopf und sah seinen Besucher an. Godalming vermochte in seinem zerfurchten Gesicht beim besten Willen keinen Ausdruck zu entdecken. Zwar war es keineswegs von Fäulnis befallen, doch haftetete es an seinem Schädel wie altes Leinen, steif und modrig. Nur seine Augen ließen auf einen Funken Leben schließen. Der Karpater lag an eine strohgedeckte Feldbettstelle gebunden. Eine ledergepolsterte Silberschelle umschloss seinen gesunden Knöchel, und eine massive Kette aus Silber und Eisen fesselte ihn an einen in die Mauer eingelassenen Ring. Ein Bein des Ältesten war zu nichts mehr zu gebrauchen, und ein Wulst aus besudelten Bandagen lag um sein zerschmettertes Knie. Der Gestank von verdorbenem Fleisch erfüllte die Zelle. Eine Silberkugel hatte den Ältesten getroffen. Kostaki hustete. Das Gift strömte in seinen Adern, breitete sich aus. Ihm blieb nicht mehr viel Zeit.

»Ich war dort«, verkündete Godalming. »Ich habe gesehen, wie der scheinbare Polizist Inspektor Mackenzie umgebracht hat.«

Kostakis rote Augen blieben starr.

»Ich weiß, dass man Sie fälschlich des Mordes bezichtigt. Sie haben es allein Ihren Feinden zu verdanken, dass Sie in diesem Dreckloch sitzen.« Mit ausgestrecktem Arm wies er in der niedrigen, fensterlosen Zelle um sich. Sie hätte ebenso gut ein Totengrab sein mögen.

»Ich habe sechs Jahrzehnte im Château d'If verbracht«, erwiderte Kostaki. »Im Vergleich dazu ist dieses Quartier recht komfortabel.«

Seine Stimme war unverändert kräftig und erstaunlich laut in dem beengten Raum.

»Wollen Sie mit mir sprechen?«

»Das habe ich doch soeben getan.«

»Wer war er? Der Polizist?«

Kostaki hüllte sich in Schweigen.

»Bedenken Sie, dass ich Ihnen helfen kann. Ich stehe in der Gunst des Premierministers.«

»Mir kann niemand mehr helfen.«

Durch die Fugen zwischen den Steinplatten sickerte Wasser herauf. Hier und da war der Boden mit grünweißem Moos bewachsen. An Kostakis Bandagen befanden sich ähnliche Schimmelflecke.

»Nein«, erklärte Godalming dem Ältesten, »die Lage ist zwar sehr ernst, aber noch ist die Schlacht nicht verloren. Wenn wir die Pläne unserer Widersacher durchkreuzen könnten, ließe sich daraus nicht geringer Vorteil ziehen.«

»Vorteil? Ihr Engländer habt nichts anderes im Kopf als euren Vorteil.«

Godalming war stärker als diese fremdländische Bestie, von schärferem Verstand. Er vermochte das Blatt so zu wenden, dass er als unbestrittener Sieger aus ihrem Duell hervorging. »Wenn ich den Polizisten finde, kann ich eine Verschwörung gegen den Prinzgemahl aufdecken.«

»Das hat der Schotte auch gesagt.«

»Steckt der Diogenes-Club dahinter?«

»Ich weiß nicht, wovon Sie sprechen.«

»Mackenzie hat so etwas erwähnt. Kurz vor seinem Tod.«

»Der Schotte machte nicht allzu viele Worte.«

Kostaki würde ihm verraten, was er wusste. Dessen war Godalming sicher. Er konnte förmlich mit ansehen, wie sich die Zahnräder im Kopf des Ältesten zu drehen begannen. Er wusste, wo er den Hebel anzusetzen hatte.

»Mackenzie hätte bestimmt gewollt, dass die Sache aufgeklärt wird.«

Zustimmend senkte Kostaki den wuchtigen Schädel. »Der Schotte hat mich zu einem Haus in Whitechapel geführt. Er war einem Neugeborenen auf den Fersen, den sie den ›Sergeant‹ oder

›Danny‹ nennen. Am Ende hat ihn sein eigener Fuchs zur Strecke gebracht.«

»Also ist dieser Mann Mackenzies Mörder?«

Kostaki nickte und deutete auf seine Wunde. »Jawohl, derselbe, dem ich dieses zu verdanken habe.«

»Wo in Whitechapel?«

»Die Gegend heißt das Alte Jago.«

Er hatte davon gehört. Alle Spuren in dieser Angelegenheit schienen nach Whitechapel zu führen: wo Jack the Ripper mordete, wo John Jago seine Reden schwang, wo nicht selten Agenten des Diogenes-Clubs auftauchten. Morgen Nacht wollte Godalming sich aufmachen, den finstersten Teil Londons zu erkunden. Er war gewiss, dass dieser Sergeant dem Vampir, in den Arthur Holmwood sich verwandelt hatte, nicht das Wasser reichen konnte.

»Nur Mut, alter Knabe«, sprach Godalming dem Ältesten zu. »Wir werden Sie auf schnellstem Wege hier herausholen.«

Er trat auf den Korridor und rief den Yeoman Warder herbei, die Zellentür zu verriegeln. Durch die Gitterstäbe sah er, wie Kostaki die roten Augen schloss und sich auf seiner Pritsche niederlegte.

Unter einem Bogen am Ende des Flurs stand ein hochgewachsener, buckliger *nosferatu* im langen, abgerissenen Gehrock. Mit seinem aufgeschwollenen Schädel, den spitzen Ohren und hervorstehenden Hauern gemahnte er Godalming an ein Nagetier. Seine tränenden Augen saßen in schwarzen Höhlen, die Schatten auf seine Wangen warfen, und schnellten unentwegt hin und her. Selbst seinen Mitältesten war die Gegenwart des Grafen Orlok, eines entfernten Verwandten des Prinzgemahls, nicht recht geheuer. Seine grausige Gestalt erinnerte sie fortwährend daran, wie wenig sie noch mit den Warmblütern gemein hatten.

Orlok trippelte den Korridor entlang. Nur seine Füße schienen sich zu bewegen. Sein Körper hingegen war steif wie eine Wachsfigur. Als er bei Godalming angekommen war, sträubten sich seine geschwungenen Augenbrauen wie die Barthaare einer Ratte. Er verströmte einen weniger strengen, dafür aber umso fauligeren Geruch als Kostakis Zelle.

Godalming grüßte den Governor, ohne Orloks welke Klaue zu schütteln. Orlok spähte in Kostakis Zelle, indem er, die Hände links und rechts der Tür gegen den kalten Stein gepresst, sein Gesicht nah an das Gitter drückte. Der Yeoman Warder wich vor seinem Kommandeur zurück. Orlok stellte nur selten Fragen, stand jedoch in dem Ruf, mühelos Antworten zu erhalten. Er wandte sich von der Zelle fort und blickte Godalming aus lodernden Augen an.

»Er schweigt beharrlich«, erklärte Godalming dem *nosferatu*. »Hartnäckiger Bursche. Er wird vermutlich hier verrotten.«

Orloks Hai-Ratten-Hasen-Zähne schabten über seine Unterlippe, was bei ihm bereits als Lächeln gelten mochte. Godalming beneidete keinen der Gefangenen, die der Obhut dieser Kreatur anvertraut waren.

Der Yeoman Warder geleitete ihn zum Hauptportal hinauf. Über dem Tower graute der Morgen. Noch immer zitterte Godalming von dem Blut, welches er Helena entnommen hatte. Er verspürte den Drang, den Heimweg im Laufschritt zurückzulegen oder unter dem Traitor's Gate hindurchzutauchen und ein Bad in der Themse zu nehmen.

»Wo sind denn die Raben?«, fragte er.

Der Yeoman Warder zuckte mit den Achseln. »Fort, Sir. So sagt man.«

49

Paarungsgewohnheiten des gemeinen Vampirs

Sein Haus war faszinierend, und seine Bücher und Bilder bestätigten ihre Vermutungen. In der Bibliothek entdeckte Geneviève ein Pult, auf dem sich mit Lesezeichen versehene Bände türmten. Charles hegte mannigfaltige Interessen; gegenwärtig beschäftigte er sich mit *Ein moderner Apostel und andere Gedichte* von Constance Naden, *Nach London* von Richard Jefferies, *Die wahre Geschichte der Welt* von Lucian de Terre, *Versuche über den Nutzen von Bildung und Erziehung* von Mark Pettison, *Die Wissenschaft von der Ethik* von Leslie Stephen und *Das unbekannte Universum* von Peter Guthrie Tait. Zwischen seinen Büchern fand Geneviève gerahmte Fotografien von Pamela, einer Frau mit markanten Zügen und einer präraffaelitischen Haarmähne. Sämtliche Bilder zeigten Charles' Gattin im Sonnenschein, zufrieden in sich ruhend, während alle anderen steif posierten.

Auf einem Regal fand sie Feder und Tinte und überlegte, ob sie eine Nachricht hinterlassen sollte. Sie nahm die Feder zur Hand, aber ihr fiel nichts ein, was der Mitteilung wert gewesen wäre. Wenn Charles aufwachte, würde sie fort sein, doch das bedurfte keiner Entschuldigung. Er wusste, was es hieß, seinen Pflichten nachzukommen. Schließlich schrieb sie nichts weiter, als dass sie abends in der Hall zu finden sei. Vermutlich würde er nach Whitechapel zurückkehren und ihr einen Besuch abstatten wollen. Es gab immerhin einiges zu besprechen. Nach kurzem Zögern setzte sie die Worte »In Liebe, Geneviève« unter das Briefchen, der Akzent ein winziger Schnörkel über ihrer schwungvollen Signatur. Die Liebe selbst bereitete ihr kein allzu großes Kopfzerbrechen; das Reden darüber indes zehrte an ihren Nerven.

Nach zwei vergeblichen Versuchen gelang es Geneviève zu guter Letzt, einen Droschkenkutscher zu finden, der bereit war, ein Vampirmädchen ohne Begleitung von Chelsea nach Whitechapel zu befördern. Obgleich ihr Ziel sich keineswegs außerhalb des recht willkürlich festgelegten Viermeilenradius befand, den kein Hansom je verlassen durfte, verlangten die Kutscher oftmals ein zusätzliches Entgelt, wenn sie eine Fuhre machen sollten, deren Bestimmungsort in jener östlichen Richtung lag.

En route versuchte sie, schläfrig gemacht vom sanften Schlingern der Räder und einem Gefühl satter Zufriedenheit, nicht über Charles und die Zukunft nachzudenken. Im Laufe ihres langen Lebens hatte sie so viele Liebschaften durchlitten, dass sie genau wusste, was sie von einem gemeinsamen Dasein zu erwarten hatten. Charles war Mitte dreißig. Sie würde unverändert sechzehn bleiben. In fünf oder zehn Jahren würde alle Welt sie für seine Tochter halten. In dreißig oder vierzig Jahren wäre er tot; insbesondere wenn sie sich weiter von ihm nährte. Wie so viele Vampire hatte sie, unter tätiger Mithilfe ihrer Opfer, all jene zugrunde gerichtet, die ihr ans Herz gewachsen waren. Der einzige Ausweg blieb, ihn zu verwandeln; als seine Fangmutter würde sie ihm ein neues Leben schenken und ihn schließlich an die weite Welt verlieren wie alle Eltern ihre Kinder.

Sie überquerten den Fluss. Und die Stadt wurde lauter, enger, voller.

Zwar gab es Vampirpaare, ja sogar Vampirfamilien, doch hielt sie derlei für äußerst unklug. Nach einigen Jahrhunderten strebten sie danach, zu einem Wesen mit zwei, wenn nicht mehreren Leibern zu verschmelzen, die einander die Lebenskraft aussaugten, bis sie ihre Individualität verloren. Sie standen in dem Ruf, noch grausamer und ruchloser zu sein als selbst die Grausamsten und Ruchlosesten unter den untoten Räubern und Banditen.

Es war ein kalter, grauer Morgen. Der November hatte Einzug gehalten, und Halloween und Guy Fawkes' Night waren ohne größere Feierlichkeiten vorübergegangen. Der Nebel war so dicht, dass kein Sonnenstrahl die Straßen erhellte. Die Droschke kam nur langsam voran.

Dieses Mal hatte sich die Welt tatsächlich verändert. Die Vampire lebten nicht länger im Verborgenen. Sie und Charles würden keineswegs einzig sein in ihrer Art, ja nicht einmal etwas Besonderes. Ihre kleine Tändelei wiederholte sich gewiss in tausend Spielarten im ganzen Land. Vlad Tepes hatte nicht bedacht, welche Verwicklungen sein Aufstieg zur Macht nach sich ziehen würde. Wie ein zweiter Alexander hatte er den Knoten zerschlagen; nun lagen die losen Enden verstreut am Boden, ohne Sinn und Zweck.

Letzte Nacht, mit Charles, das war kein bloßer Aderlass gewesen. Trotz ihres Kummers berauschte sie sein Blut. Sie konnte ihn noch immer schmecken, noch immer in sich spüren.

Der Kutscher öffnete die Klappe und sagte ihr, dies sei die Commercial Street.

50

Vita brevis

Er hegte keineswegs die Absicht, in einem Hansom vorzufahren und im abscheulichsten Winkel Londons umherzubummeln, als unternähme er einen Spaziergang über Piccadilly. Es gab ohnehin kaum einen Kutscher, der eine Fahrt ins Alte Jago wagte, aus Angst, sein Messing könne den Glanz verlieren, sein Fuhrlohn gestohlen und sein Zugpferd ausgeblutet werden. Schon bei seinem letzten Besuch in Whitechapel, im Gefolge von Sir Charles, hatte Godalming bemerkt, wie übervölkert dieses

Viertel war. Es bedurfte womöglich wochenlanger harter Arbeit, seinen Sergeant ausfindig zu machen, finden aber würde er den Mann gewiss. Nun, da Mackenzie tot war und Kostaki im Gefängnis saß, hatte er bei seiner Jagd keine Rivalen mehr zu fürchten. Er allein wusste um die Identität der Beute.

Während er über die Commercial Street dahinschlenderte, pfiff Godalming die Arie »Geisterstund' hat Gold im Mund« aus der Oper *Ruddigore*. Es bereitete ihm einige Mühe, die für einen Intimus Lord Ruthvens politisch nicht eben geschickt gewählte Melodie aus dem Gedächtnis zu rekonstruieren. Überdies würde man ihm, wenn er erst einmal unumstößliche Beweise für eine Verschwörung des Diogenes-Clubs gegen den Prinzgemahl besaß, solcherlei Fehltritte zweifellos nachsehen. Seine einstige Verbindung zu Van Helsing würde aus seiner Akte getilgt. Er könnte sich sein Amt aussuchen. Arthur Holmwood befand sich auf dem Weg nach oben.

Sein nächtliches Sehvermögen hatte sich merklich verbessert. Seine Fähigkeit zur Wahrnehmung stieg von Nacht zu Nacht. Der Nebel, der die Leute auf der Straße umhüllte, war für ihn nichts als ein schwacher Schleier. Er konnte eine unendliche Anzahl winziger Geräusche, Geschmäcker und Gerüche unterscheiden.

Selbst wenn Ruthven ewig lebte, schien es unwahrscheinlich, dass er sich für alle Zeit die Gunst des Prinzgemahls bewahren konnte. Er war einfach zu launenhaft für einen Mann in seiner Position. Eines Tages würde er in Ungnade fallen. Wenn jener Tag gekommen war, würde dies Godalming in die Position versetzen, sich von seinem Gönner loszusagen. Wenn nicht gar dessen Amt zu übernehmen.

Früher oder später benötigte er frisches Blut. Seine Begierde wuchs mit der Wachheit seiner Sinne. Hatte er es einst linkisch und tölpelhaft angestellt und die warmblütigen Bordellieren erst überrumpeln müssen, ehe er seine aufgeschwollenen, peinigenden Zähne in sie schlagen konnte, war es ihm nun fast ein Leichtes, Warmblütern seinen Willen aufzuzwingen. Er brauchte seine Auserwählte nur noch kraft seiner Gedanken zu sich zu befehlen, und schon kam sie herbei und entblößte ihm zum Vergnügen ihren Hals. Es lief wie am Schnürchen und erfüllte ihn mit außerordentlichem Entzücken. Er verfeinerte seine Methode, so dass er die Wonnen des Aderlasses nach Herzenslust genießen konnte.

Es war an der Zeit, weitere Frauen zu verwandeln, wie Penelope Churchward. Er würde Konkubinen, Stubenhilfen, Dienstmädchen benötigen. Jeder Älteste von Rang und Ansehen hatte Gefolge, willfährige Nachkommen, die den Interessen ihres Herrn und Meisters dienten. Zum ersten Mal fragte er sich, wie es der neugeborenen Penny wohl ergangen sein mochte. Sie hatte ihm einen Anzug gestohlen. Er musste sie ausfindig und sich gefügig machen.

»Art?«, ertönte die Stimme eines gebildeten Mädchens. »Nanu, das ist doch Lord Godalming, oder?«

Beim Anblick des Mädchens fiel er aus allen Wolken. Ihm war, als würde er von einem Berggipfel in einen schlammigen Graben hinabgezerrt; es schmerzte, sich nach solch kolossalen Aussichten mit derlei lachhaften Lappalien abgeben zu müssen.

»Miss Reed«, schnurrte er, »was für eine freudige Überraschung.«

Kate Reed blickte ihn verwundert, ja beinahe entsetzt an. Er erwog, sie zur Ader zu lassen, war dafür aber noch nicht bereit. Vampirblut wirkte berauschend. Nur wahrhafte Älteste konnten sich allein von diesem Saft ernähren, indem sie von ihren Vasallen den Blutzoll forderten. Noch mangelte es ihm an Kraft, doch Kate hatte gewiss das Zeug zu einer passablen Vasallin. Zweifellos von schwachem Charakter, ließe sie sich im kommenden Jahrhundert mit Leichtigkeit zu einer fügsamen Anhängerin formen.

Das Mädchen schaute verwundert drein; der Kopf wollte ihr

vor Abscheu überquellen. »Pardon«, sagte sie, »da habe ich mich wohl geirrt.«

Sie hatte sich verändert seit ihrer Verwandlung. Godalming hatte Kate Reed gefährlich unterschätzt. Sie hatte ihn mühelos durchschaut. Seine Gedanken standen ihm gleichsam ins Gesicht geschrieben oder beherrschten ihn so sehr, dass selbst eine armselige Neugeborene sie mit Leichtigkeit entziffern konnte. Er musste sich in Acht nehmen. Das Mädchen ging rasch davon, lief beinahe. Sie würde sich seinen Gefälligkeiten in naher Zukunft nicht sehr aufgeschlossen zeigen. Und wenn schon, er hatte Zeit. Eines Tages würde er sie besitzen. So viel stand fest.

Er begann von neuem zu pfeifen, doch die Melodie klang schrill und falsch in seinen Ohren. Zornig musste er sich eingestehen, dass Kate Reed ihn aus der Fassung gebracht hatte. Er war so sehr mit seinen neuen Fähigkeiten und Empfindungen beschäftigt, dass er die Maske abgeworfen hatte, die er nicht erst seit seiner Verwandlung trug. Er hatte sein wahres Gesicht preisgegeben, und das war unverzeihlich. Sein Vater, sein leiblicher Vater, hätte ihm eine ordentliche Tracht Prügel dafür verabreicht, dass er sich auf derart eklatante Weise in die Karten hatte sehen lassen.

Er wollte Menschen um sich haben, in der Menge untertauchen. Gegenüber befand sich ein Pub, die *Ten Bells*. Vielleicht ließe sich dort ein Frauenzimmer finden. Er ging quer über die Straße, wich einem Karren aus und zwängte sich durch die Wirtshaustür ...

... obgleich sich der eine oder andere Warmblüter unter den Gästen befand, wurden die *Ten Bells* vorwiegend von Vampiren frequentiert. Godalming widerstand den dürftigen Verlockungen eines Humpens Schweineblut und schloss stattdessen Bekanntschaft mit zwei neugeborenen Huren. Abgesehen von seiner Beute würde ihn jedermann für einen sensationslüsternen Murgatroyd aus dem West End halten. Angetan mit seinem üppigsten Rüschenhemd und einer überaus knapp sitzenden Jacke, erweckte er den Anschein eines blutgierigen, hohlköpfigen Poseurs.

Die Huren hießen Nell und Marie Jeanette; sie waren von Gin und Schweineblut ordentlich benebelt. Nell schien am ganzen Leib mit Haaren bewachsen, selbst ihr Gesicht war mit ruppigen roten Borsten überwuchert. Bei Marie Jeanette handelte es sich um eine Irländerin mit vernunftwidrigen Ansprüchen und neuen Kleidern. Sie war beinahe hübsch zu nennen und hatte für den späteren Abend eine Verabredung getroffen, vermutlich mit einem begüterten Verehrer. Während sie sich lediglich die Zeit vertrieb, befand Nell sich offenkundig auf der Pirsch und gab sich allergrößte Mühe, ihr Interesse zu bekunden, indem sie dann und wann seine imposante Erscheinung und ausnehmende Geistesschärfe lobte. Er tat sein Bestes, den Eindruck eines volltrunkenen, affektierten Idioten zu vermitteln.

Nell entwarf die scheinbar verlockende Aussicht auf ein fideles Dreigespann. Sie schlug vor, sich gemeinsam in ihr nahe gelegenes Zimmer zu begeben, wo er sich mit beiden Huren zugleich vergnügen und all seine Wünsche in einem Bette befriedigen könne. Unentwegt strich ihre zottige Wange wie ein Pinsel über sein Gesicht, und ihr animalischer Moschusgeruch stieg ihm in die Nase.

»Du muss' mich bloß richtich pinseln, Artie«, sagte sie, indem sie mit der Hand über den Pelz an ihrem Arm fuhr, der sich jedoch sogleich von neuem sträubte. »Je nachdem, wie de's am liebsten magst.«

Er blickte sich im Pub um und sah einen Mann am Tresen stehen, der dem Schankraum den Rücken zukehrte. In einer Woge der Erregung überfiel Godalming die Erkenntnis. Er schmiegte sich so dicht an Nells Hals, dass sein Gesicht im Schatten lag. Mit einem Humpen Schweineblut in der Hand wandte der Mann sich um, stemmte einen Absatz hinter die Fußleiste und ließ forschende Blicke durch den Schankraum streifen. Es war der Sergeant. Er nahm einen tiefen Schluck aus seinem Glas, worauf er sich die blutigen Reste mit dem Handrücken aus dem Schnurrbart wischte. Zwar trug er anstelle seiner Polizeiuniform einen karierten Anzug, dennoch gab es nicht den geringsten Zweifel.

»Der Mann dort am Tresen«, sagte Godalming, »mit dem albernen Schnurrbart. Hast du den schon mal gesehen? Sieh nicht so auffällig hin.«

Wenn Nell bemerkt hatte, dass er mit einem Mal doppelt so intelligent war wie zuvor, jedoch allenfalls halb so viel Interesse an ihr zeigte, so nahm sie diesen Wandel ohne Murren hin. Sie wusste um die besonderen Bedürfnisse ihrer Freier. Wie eine brave kleine Spionin warf sie einen bemerkenswert verstohlenen Blick auf den Sergeant und flüsterte Godalming zu: »Der is hier Stammgast. Danny Dravot.«

Obschon ihm der Name nichts bedeutete, verspürte er ein erregendes Kribbeln im Bauch. Seine Beute hatte ein Gesicht und einen Namen. Godalming hatte Dravot so gut wie im Sack.

»Ich dachte, ich kenne ihn aus der Armee«, sagte er.

»Soviel ich weiß, war er in Indien. Oder Afghanistan?«

»Ein Sergeant, möchte ich wetten.«

»So nennse 'n manchmal.«

Marie Jeanette hörte aufmerksam zu. Sie fühlte sich womöglich wie das fünfte Rad am Wagen, während sie ihren saumseligen Liebhaber erwartete.

»Soll ich 'n rüberholen?«, fragte Nell.

Godalming betrachtete Dravots rot funkelnde Augen. Obgleich sie scharfsinnig und verschlagen wirkten, schien er ihn nicht zu bemerken. »Nein«, antwortete er der Hure. »Ich habe ihn mit jemandem verwechselt.«

Dravot leerte seinen Humpen und verließ die *Ten Bells*.

Godalming wartete einen Augenblick, bis auch er sich erhob und die beiden Huren ihrem Schicksal überließ. Sie wären gewiss verwirrt, würden sich früher oder später jedoch dem nächsten Kunden zuwenden. Huren stellten keinerlei Bedrohung dar.

»He, wo willste 'n hin?«, protestierte Nell.

Den Betrunkenen vorspielend, schwankte er von dannen.

»Komischer Kauz«, meinte Nell zu Marie Jeanette.

Gerade als er die Tür erreicht hatte, wurde sie aufgezogen. Godalming stieß den Neuankömmling beiseite und schlüpfte auf die Straße hinaus. Dravot marschierte mit flinken Schritten davon, zum Alten Jago hin. Godalming wollte soeben die Verfolgung aufnehmen, als sich eine Hand auf seine Schulter legte.

»Art?«

… ausgerechnet ihm, ausgerechnet Jack Seward musste er begegnen! Der Doktor hatte sich sehr verändert. Obgleich warmen Blutes, wirkte er zehn Jahre älter mit seinem verwitterten Gesicht, dem grausträhnigen Haar und der blassen Haut. Seine Kleider waren einst vornehm gewesen, doch fehlten unterdessen ein paar Knöpfe, und die Schmutzflecke machten sie nicht eben besser.

»Um Gottes willen, Art, was …?«

Dravot blieb stehen und begann ein Gespräch mit einem Messerschleifer. Godalming dankte der göttlichen Vorsehung und überlegte, wie er seinen lästigen alten Freund so schnell wie möglich wieder loswerden könnte.

»Sie sehen …« Außerstande, einen Satz zu Ende zu bringen, schüttelte Seward den Kopf und grinste. »Mir fehlen die Worte.«

Godalming erkannte sofort, dass Seward nicht bei Sinnen war. Als er ihn zuletzt gesehen hatte – in Purfleet, wie er als warmblütiger Narr Dracula keck herausgefordert und schließlich um sein Leben hatte fliehen müssen, während seine Gefährten zurückblieben, sich wider den Grafen zu behaupten –, war Seward zwar nervös, doch durchaus bei Verstand gewesen. Nun war er ein gebrochener Mann, der nicht mehr richtig tickte, wie eine Uhr, die ganze Stunden übersprang und bisweilen für einige Minuten rückwärts lief.

Dravot war in seine Unterhaltung mit dem Messerschleifer vertieft. Der Mann gehörte gewiss zu den Verschwörern.

»Sie sind ein Vampir!«, rief Seward aus.

»Offensichtlich.«

»Wie *er*. Wie Lucy.«

Godalming musste an Lucys Schreie denken, als er den Pflock in ihren Leib getrieben hatte. An das grausige Knirschen des Nackenknochens, während ihr Van Helsing und Seward den mit Knoblauch gefüllten Kopf absägten. Sein alter Zorn kehrte zurück. »Nein, nicht wie Lucy.«

Dravot setzte seinen Weg fort. Godalming schob sich zögernd an Seward vorbei. Wenn er sich ihm im Laufschritt näherte, würde der Sergeant bemerken, dass man ihn verfolgte, und die nötigen Maßnahmen ergreifen, sich seinem Jäger zu entziehen. Ohne Seward noch eines Blickes zu würdigen, setzte er sich in Bewegung. Obgleich er tat, als schlendere er dahin, schlug er einen gemessenen Gang an, den Blick fest auf Dravot geheftet. In einem Nu hatte der Doktor ihn eingeholt und trippelte jetzt neben ihm über die Straße, wobei er spitze Schreie ausstieß, um seine Aufmerksamkeit auf sich zu lenken, wie ein zudringlicher Bettelmönch. Hinter ihnen war noch jemand aus den *Ten Bells* gekommen und rief nach Seward. Es war Marie Jeanette. Seward hatte seit ihrer letzten Begegnung wahrhaftig seine Gewohnheiten geändert.

»Art, warum haben Sie sich verwandelt? Nach allem, was er uns angetan hat, warum …?«

Dravot stahl sich in eine Seitenstraße. Wahrscheinlich hatte der Aufruhr den Argwohn des Sergeants erweckt.

»Art, warum ...?«

Seward war der Hysterie nahe. Godalming stieß ihn fauchend beiseite. Er musste diesen Quälgeist loswerden. Der Doktor stürzte rückwärts gegen einen Laternenpfahl und sank angstvoll und entsetzt zu Boden.

»Lassen Sie mich in Frieden, Jack.«

Der Doktor bebte, alte Ängste kehrten zurück. Godalming hörte, wie Marie Jeanettes Stiefel über das Pflaster klapperten. Gut. Die Hure würde ihm Seward vom Leibe halten. Er wandte sich fort und folgte Dravot. Der Sergeant hatte kehrtgemacht und verließ das Jago quer über den Marktplatz in Richtung Aldgate. Verdammt. Sie befanden sich auf offenem Gelände. Er würde den Neugeborenen überholen müssen, um ihn zu bezwingen. Godalming hatte einen mit Silber geladenen Revolver. Er brauchte Dravot lebend, und doch war er bereit, den Sergeant nötigenfalls zum Krüppel zu schießen, um ihn dingfest zu machen. Je schwerwiegender seine Verletzungen, desto begieriger würde er seine Spießgesellen preisgeben. Dravot hielt den Schlüssel in der Hand. Wenn es ihm gelänge, ihn dem Sergeant zu entreißen, läge eine glänzende Zukunft vor Godalming. Er war sich seiner Fähigkeiten, seiner Stärke sicher. Seine krummen Fangzähne ruhten bequem in den Furchen, die sie in seinen Mund gegraben hatten. Fortan würde er sich keine Bisswunden mehr zufügen.

Godalming jagte Sergeant Danny Dravot durch das labyrinthische Straßengewirr rings um den Marktplatz. Selbst wenn er seine Beute aus den Augen verlor, schien es ihm, als habe sie eine glühende Fährte im Nebel hinterlassen. Godalming vernahm das durchdringende Donnern seiner Stiefeltritte selbst einige Straßen entfernt. Dies war nicht ganz ungefährlich. Der Sergeant hatte bei der Ermordung Inspektor Mackenzies bemerkenswerte Kälte an die Nacht gelegt. Er dachte an Kate Reed und prüfte sein Selbstvertrauen. Ein zweites Mal würde er sich nicht demütigen lassen, nur weil er seine eigenen Kräfte überschätzte.

Vorsichtig folgte er Dravot. Sie hatten den Marktplatz hinter sich gelassen und wanderten nun zur Commercial Street zurück. Godalming bog in die Dorset Street, doch der Sergeant war verschwunden. Von dieser Straße zweigte eine Reihe winziger Gässchen ab. Der Fuchs hielt sich aller Voraussicht nach in einer von ihnen versteckt. Unter einem Bogengang kräuselte sich der Nebel. Godalming war gewiss, dass er den Burschen in die Enge getrieben hatte. Der einzige Fluchtweg aus dem Gässchen führte durch eines der Logierhäuser.

Pfeifend und von seinem bevorstehenden Sieg berauscht, spazierte er auf die Gasse zu. Er war bereit, seine großartige Kraft unter Beweis zu stellen. Er wollte den Neugeborenen mit Fäusten traktieren und nur zum Revolver greifen, um die Sache zu einem gütlichen Abschluss zu bringen. Er musste um jeden Preis zeigen, dass er dem geringeren Vampir weit überlegen war.

Am Ende der Dorset Street erschien ein Paar und kam eilends näher. Seward und seine Hure. Sie spielten keine Rolle. Es wäre sogar von Nutzen, diese Angelegenheit unter Zeugen zu erledigen. Jack Seward würde zu guter Letzt doch noch Arthur Holmwoods Zwecken dienen.

»Jack«, sagte er. »Ich habe einen Verbrecher gefasst. Bleiben Sie hier stehen und halten Sie den erstbesten Polizisten an, der Ihnen begegnet.«

»Ein Verbrecher!«, stieß Marie Jeanette hervor. »Grundgütiger, in Miller's Court?«

»Ein rücksichtsloser Mensch«, erklärte er ihnen. »Ich bin ein Agent des Premierministers, unterwegs in einer dringenden Regierungsangelegenheit.«

Sewards Miene war finster. Marie Jeanette vermochte mit der Entwicklung nicht recht Schritt zu halten.

»Ich wohne in Miller's Court«, sagte die Hure.

»Wer ist der Mann?«, wollte Seward wissen.

Godalming spähte angestrengt in den Nebel. Er vermeinte den Sergeant sehen zu können, der im Hof auf ihn wartete.

»Was hat er getan?«

Godalming wusste, wie man diese Narren am leichtesten beeindrucken konnte. »Er ist der Ripper.«

Marie Jeanette schnappte nach Luft und schlug sich die Hand vor den Mund. Seward sah aus, als habe ihm jemand einen Schlag in die Magengrube versetzt.

»Lucy«, sagte der Doktor, indem er eine Hand in seinen Mantel schob, »tritt zurück.«

Godalmings Selbstvertrauen bekam einen Riss. Dravot besaß die Stirn, ihn in Miller's Court zu locken. Seward und Marie Jeanette waren nichts als Schmeißfliegen, die es zu vertreiben galt. Er hatte ein Schicksal zu besiegeln. Doch irgendetwas war faul.

»Sie haben sie Lucy genannt«, sagte er. »Sie heißt nicht Lucy.«

Er wandte sich zu Seward um, der blitzschnell den Arm hob und sich auf ihn stürzte. Godalming verspürte einen heftigen Silberstoß in seiner Brust. Etwas Scharfes drang in seinen Körper, glitt rasch und leicht zwischen die Rippen.

»Und der Mann dort drinnen«, sagte Seward und deutete mit einem Nicken in den Hof …

Rasende Schmerzen sprengten Godalming die Brust. Er war in Eis gepackt und doch durchbohrt von einer weißglühenden Nadel. Alles verschwamm vor seinen Augen, ein wirres Kreischen klang ihm in den Ohren, und langsam schwanden ihm die Sinne.

»… er heißt nicht Jack.«

51

Im Herzen der Finsternis

Mitternacht war lange vorbei. Geneviève ließ sich in Jacks Sessel nieder und betrachtete das Durcheinander von Papieren, mit denen sein Schreibtisch übersät war. Bei ihrer Rückkehr hatte Morrison ihr von fünf Krisenfällen berichtet, welche sich seit ihrem Fortgang am gestrigen Nachmittag ereignet hatten. So taktvoll wie möglich hatte der junge Mann ihr zu verstehen gegeben, sie vernachlässige ihre Pflichten ebenso sehr, wie der Direktor dies in jüngster Zeit getan habe. Das hatte sie zutiefst getroffen. Sie musste dringend etwas unternehmen. Jack war mit seinem Vampirliebchen auf und davon, während sie sich mit Charles herumgetrieben hatte.

Die Hall veränderte sich zusehends. Mit Druitts Tod waren die Stundenpläne hinfällig geworden. Hatte das Institut einst pädagogischen Zwecken dienen sollen, so war davon nun nicht mehr viel zu spüren. Da die Infirmary aus allen Nähten platzte, geriet die Hall allmählich zum Spital. Aus Vorlesungssälen wurden Krankenzimmer. Nachdem man Jacks Aufmerksamkeit von seinen persönlichen Interessen auf andere Dinge hatte lenken können, genehmigte er die Einstellung weiterer Sanitäter. Nun standen sie vor dem Problem, aus qualifizierten Leuten einen Ausschuss zur Prüfung neuer Bediensteter bilden zu müssen. Wie immer fehlte es an Geld. Wer sich zuvor als großherzig erwiesen hatte, schien sich nun anderen Dingen zu widmen. Oder hatte sich verwandelt. Vampire waren für ihre Herzlosigkeit berühmt.

Geneviève war hin- und hergerissen zwischen der rasch nachlassenden Erregung, die Charles' Blut in ihr wachgerufen hatte, und den tausend brennenden Problemen von Toynbee Hall. Neuerdings nahm ihr Leben viel zu verschlungene Wege, nahmen

Nichtigkeiten ihre Zeit viel zu sehr in Anspruch. Wichtige Dinge hingegen hatte sie versäumt.

Sie erhob sich und wanderte im Zimmer umher. An einer Wand standen Jacks medizinische Lehrbücher und Akten aufgereiht. In der Ecke, unter einer Glasglocke, befand sich sein geschätzter Phonograph. Als amtierende Direktorin hätte dies ihr Zuhause sein müssen. Stattdessen hatte sie sich nach Chelsea und ins Alte Jago fortgestohlen. Nun überlegte sie, wen sie eigentlich gejagt hatte, den Ripper oder Charles Beauregard.

Sie stand an dem winzigen Fenster, das auf die Commercial Street hinausging. Dichter Nebel lag tief über der Straße, ein schäumender, fahlgelber Ozean, der plätschernd gegen die Häuser schlug. Für einen Warmblüter war die Novemberkälte schneidend wie ein Rasiermesser. Oder ein Skalpell.

Der Ripper hatte seit dem letzten Septemberwochenende nicht mehr gemordet. Sie hoffte inständig, dass er endgültig untergetaucht war. Vielleicht hatte Colonel Moran ja Recht gehabt, vielleicht war Montague Druitt tatsächlich Silver Knife gewesen? Nein. Ausgeschlossen. Und doch hatte Moran in jener Nacht etwas gesagt, das sie nicht vergessen konnte.

Gegenüber der Hall stand, gehüllt in einen schwarzen Umhang, ein Mann allein im wallenden Nebel. Ebenso wie sie kämpfte er offenbar mit inneren Zweifeln. Es war Charles.

Moran hatte gesagt, die Hall befände sich inmitten einer geometrischen Figur, einer Figur, die sich aus den Schauplätzen der Morde leicht ersehen ließe.

Mit unvermittelter Entschlossenheit überquerte Charles die Straße, und vor ihm teilte sich der Nebelvorhang.

52
Lucy zum Letzten

Verdammt noch mal, sie war, wer sie sein wollte. Wie auch immer die *Männer* sie haben wollten. Mary Jane Kelly. Marie Jeanette. Onkel Henrys Nichte. Miss Lucy. Wenn es sein musste, sogar Ellen Terry.

John saß an ihrem Bett. Sie erzählte ihm wieder einmal, wie sie verwandelt worden war. Von jener Nacht in Hampstead Heath, als seine teure Lucy ihr den dunklen Kuss gegeben hatte. Nun aber erzählte sie ihm die Geschichte, als ob sie Lucy sei und Mary Jane ein anderer Mensch, eine nichtswürdige Hure ...

»Mir war so kalt, John, mich dürstete so sehr, ich fühlte mich so *neu* ...«

Es fiel ihr nicht allzu schwer, ihm Lucys Empfindungen zu schildern. Auch sie hatte jene blindwütige Angst verspürt, als sie aus dem Totenschlaf erwachte. Jenen ungeheuren, grenzenlosen Durst. Nur war Lucy, pietätvoll aufgebahrt und betrauert, in einer Gruft erwacht. Mary Jane hingegen hatte auf einem Karren gelegen, um wenige Minuten später zusammen mit anderen Leichen, für deren Bestattung niemand Sorge tragen wollte, in eine Kalkgrube geworfen zu werden.

»Sie war nichts als eine irländische Hure. Eine unbedeutende Person, John. Aber ihr Leib war warm und weich, voller Leben. In ihrem zarten Hals hämmerte das Blut.«

Mit hängendem Kopf hörte er ihr zu. Sie hielt ihn für wahnsinnig. Doch er war ein Gentleman. Und er war gut zu ihr, gut für sie. Immerhin hatte er sie vor jenem sonderbaren Gecken beschützt. Der Wahnsinnige mit seinem Gerede über Jack the Ripper hatte sie bedroht, und John Seward war ihm in den Weg getreten. Nie hätte sie damit gerechnet, dass er sie so kühn verteidigen würde.

»Das Blut der Kinder hatte nicht genügt, John. Mein Durst war fürchterlich, zehrte mich auf.«

Ihre neuen Begierden hatten Mary Jane verwirrt. Es vergingen Wochen, bis sie sich damit zurechtgefunden hatte. Aber all das erschien ihr nur mehr wie ein Traum. Nach und nach vergaß sie Mary Janes Erinnerungen. Sie war Lucy.

Mit geschickter Hand strich John das Hemd über ihrer Brust zurecht. Er war ganz der umsichtige Liebhaber. Zuvor, als er dem Gecken mit dem Messer zu Leibe gerückt war, hatte sie eine neue Seite an ihm entdeckt. Als er zugestochen hatte, hatte seine Miene sich verändert. Als er ihr erklärt hatte, nun sei sie gerächt, hatte sie gewusst, dass er von Lucy sprach. Der Geck hatte Lucy vernichtet. Doch mit seinem Tod war jener Teil der Geschichte aus Johns Gedächtnis getilgt. Vielleicht würde sie mehr darüber erfahren, je weiter Mary Jane verschwand und sich in Lucy verwandelte. Während Lucys Erinnerungen von ihr Besitz ergriffen, versank Mary Jane langsam in einem dunklen Ozean.

Da Mary Jane ohnedies völlig unbedeutend war, durfte sie sich glücklich schätzen, auf diese Weise zu ertrinken. In der kalten, dunklen Tiefe wäre es ihr ein Leichtes, als Mary Jane einzuschlafen und als Lucy wieder zu erwachen.

Doch im Grunde ihres Herzens ...

Obgleich es ihr schwerfiel, mit der Entwicklung Schritt zu halten, versuchte sie ihr Bestes. John war ihre einzige Hoffnung, diesem ärmlichen Zimmer, diesem Hexenkessel zu entfliehen. Irgendwann würde sie ihn überreden, sie in einem besseren Viertel der Stadt unterzubringen. Sie würde vornehme Kleider und Bedienstete haben. Und beredte Kinder mit reinem, süßem Blut.

Für sie gab es nicht den geringsten Zweifel, dass der Geck den Tod verdient hatte. Er war wahnsinnig gewesen. Niemand hatte sich in Miller's Court versteckt gehalten und auf ihn gewartet. Danny Dravot war nicht der Ripper. Er war nichts als ein gewöhnlicher Soldat, der unentwegt Lügengeschichten erzählte über all die Heiden, die er erschlagen hatte, und all die Negerhuren, mit denen er ins Bett gegangen war.

Als Lucy dachte sie daran zurück, wie Mary Jane angsterfüllt ihren Hals umklammert hielt. Lucy entschlüpfte ihrer Gruft.

»Ich brauchte sie, John«, fuhr sie fort. »Ich brauchte ihr Blut.«

Gelehrtenhaft und reserviert saß er an ihrem Bett. Nachher wollte sie ihm Befriedigung verschaffen. Und sie wollte von ihm trinken. Mit jedem Tropfen, den sie von ihm trank, löste Mary Jane sich weiter auf und wurde zu Lucy. Es musste an seinem Blut liegen.

»Das Verlangen war ein Schmerz, ein Schmerz, wie ich ihn nie zuvor verspürt hatte. Er nagte an meinem Leib, erfüllte mein armes Hirn mit rotem Fieber ...«

Seit ihrer Wiedergeburt fand sie für den Spiegel in ihrem Zimmer keinerlei Verwendung mehr. Und da sich niemand je die Mühe machte, ihr Porträt zu zeichnen, geschah es leicht, dass sie ihr Gesicht vergaß. John hatte ihr Bilder von Lucy gezeigt, auf denen sie aussah wie ein kleines Mädchen in den Kleidern seiner Mutter. Wenn sie sich ihr Gesicht vor Augen rief, sah sie nur noch Lucy.

»Ich bedeutete ihr, den Weg zu verlassen«, sagte sie, indem sie den Kopf von den Kissen erhob und ihr Gesicht nah an das seine brachte. »Ich sang halblaut vor mich hin und winkte ihr zu. Ich *wünschte* sie zu mir, und sie kam ...«

Sie streichelte seine Wange und legte ihren Kopf an seine Brust. Sowie sie sich auf die Melodie besonnen hatte, fiel ihr auch der Text wieder ein. »*»Nur ein Veilchen pflückte ich von meiner Mutter Grab.*«« John hielt den Atem an; er schwitzte leicht. Eine jede Faser seines Körpers war bis zum Äußersten gespannt. Je weiter sie in ihrer Erzählung fortfuhr, desto mehr dürstete es sie nach ihm.

»Ich sah rote Augen vor mir und hörte eine Stimme nach mir

rufen. Ich verließ den Weg, sie erwartete mich schon. Die Nacht war furchtbar kalt, und doch trug sie nur ein weißes Hemd. Ihre Haut schimmerte weiß im Mondlicht. Ihr …«

Sie stockte. Sie sprach wie Mary Jane und nicht wie Lucy. Mary Jane, mahnte sie eine innere Stimme, sei vorsichtig …

John stand auf, stieß sie sanft von sich und durchquerte das Zimmer. Er stützte sich auf ihren Waschtisch und sah in den Spiegel, als glaubte er dort etwas Verborgenes zu entdecken.

Mary Jane war verwirrt. Ein Leben lang hatte sie den Männern gegeben, was sie von ihr verlangten. Nun war sie tot, und nichts hatte sich geändert. Sie trat hinter John und schlang die Arme um ihn. Bei ihrer Berührung fuhr er überrascht zusammen. Er hatte sie nicht kommen sehen.

»John«, girrte sie, »komm ins Bett, John. Wärme mich.«

Anders als zuvor stieß er sie grob von sich. Sie war sich ihrer vampirischen Kräfte nicht bewusst. Da sie noch immer ein schwaches Mädchen zu sein glaubte, war sie tatsächlich schwach.

»Lucy«, sagte er tonlos, nicht an sie gewandt …

Sie spürte Zorn in sich aufkeimen. Der jämmerliche Rest von Mary Jane, die sich in jenem dunklen Ozean verzweifelt über Wasser zu halten suchte, explodierte. »Ich bin nicht deine verfluchte Lucy Westenra«, schrie sie. »Ich bin Mary Jane Kelly, und dafür brauche ich mich nicht zu schämen.«

»Nein«, sagte er, fasste in seine Jacke und griff fest zu, als er gefunden hatte, was er suchte, »du bist nicht Lucy …«

Das Silbermesser steckte noch in seiner Tasche, als sie erkannte, wie töricht sie gewesen war, dies nicht früher schon bemerkt zu haben. Ihre Kehle schmerzte leicht. Wo er sie durchgeschnitten hatte.

53

Jack ex machina

Am Pult im Foyer saß eine warmblütige Oberin und verschlang begierig *Thelma*, das neueste Werk der Marie Corelli. Soviel Beauregard wusste, war die Prosa der gefeierten Schriftstellerin seit ihrer Verwandlung noch schlechter geworden. Nur wenige Vampire besaßen schöpferische Fähigkeiten, da sie all ihre Energie darauf verwandten, ihr untotes Leben zu verlängern.

»Wo ist Mademoiselle Dieudonné?«

»Sie vertritt den Direktor, Sir. Sie wird in Dr. Sewards Dienstzimmer sein. Soll ich Sie melden?«

»Danke, nicht nötig.«

Stirnrunzelnd fügte die Oberin der heimlichen Beschwerdeliste, auf der sie notierte, »Was mit dem Vampirmädchen alles nicht stimmt«, einen weiteren Punkt hinzu. Beauregard war einen Moment lang überrascht, Zeuge ihrer unverblümten, sauertöpfischen Gedanken geworden zu sein, stieß diese Überlegungen jedoch beiseite, als er die Treppe zum Direktorzimmer hinaufstieg. Die Tür stand offen. Geneviève war keineswegs erstaunt, ihn zu sehen. Sein Herz machte einen Satz, als er daran dachte, wie sie ganz nahe bei ihm gewesen war, an ihre weiße Haut und ihren roten Mund.

»Charles«, sagte sie.

Sie stand inmitten eines Durcheinanders von Papieren an Sewards Schreibtisch. Ihm war ein wenig unbehaglich zumute. Nach allem, was zwischen ihnen beiden vorgefallen war, wusste er nicht, wie er sich in ihrer Gegenwart verhalten sollte. Sollte er sie küssen? Da sie hinter dem Schreibtisch stand, konnte die Umarmung leicht linkisch ausfallen, es sei denn, sie käme ihm entgegen. Unstet sah er sich im Zimmer um, als eine Apparatur, die sich zum Schutz vor Staub unter einer Glasglocke befand, seinen Blick fesselte. Sie bestand aus mehreren Messinggehäusen, an denen ein großes, trompetenähnliches Rohr befestigt war.

»Das ist ein Edison-Bell-Phonograph, nicht wahr?«

»Jack benutzt ihn für medizinische Aufzeichnungen. Er hat ein Faible für solch versponnene Spielereien.«

Er wandte sich um. »Geneviève ...«

Plötzlich war sie nahe bei ihm. Er hatte nicht bemerkt, dass sie hinter dem Schreibtisch hervorgekommen war. Sie küsste ihn flüchtig auf die Lippen, und wieder spürte er sie in sich, in seinem Geist. Ihm zitterten die Knie. Vermutlich der Blutverlust.

»Keine Sorge, Charles«, sagte sie lächelnd. »Ich wollte dich nicht behexen. In ein bis zwei Wochen werden die Symptome nachlassen. Glaub mir, ich habe meine Erfahrungen mit dem Zustand, in dem du dich befindest.«

»*Nunc scio quid sit amor!*«, zitierte er Vergil. Jetzt begreife ich, was Liebe ist. Er vermochte keinen klaren Gedanken zu fassen. Allerlei Einsichten flatterten wie Schmetterlinge in seinem Kopf umher, waren jedoch beim besten Willen nicht zu packen.

»Charles, mir ist da etwas eingefallen«, sagte sie. »Eine Bemerkung von Colonel Moran über den Ripper.«

Nur mit allergrößter Willensanstrengung gelang es ihm, sich auf diese dringliche Angelegenheit zu konzentrieren.

»Warum ausgerechnet in Whitechapel?«, fragte sie. »Warum nicht in Soho oder im Hyde Park oder wo auch immer? Weder Vampirismus noch Prostitution sind auf diesen Bezirk beschränkt. Der Ripper geht hier auf die Jagd, weil es für ihn am bequemsten ist, weil er hier *lebt*. Irgendwo ganz in der Nähe ...«

Er begriff sofort. Seine Verwirrung war wie weggeblasen.

»Ich habe unsere Unterlagen durchgesehen«, sagte sie, indem sie auf einen der Aktenstapel klopfte, die sich auf dem Schreibtisch türmten. »Alle Opfer sind irgendwann einmal hier eingeliefert worden.«

Er hatte Morans Überlegung nicht vergessen.

»Alle Spuren führen nach Toynbee Hall«, erwiderte er. »Druitt hat hier gearbeitet, du tust es noch, die Stride wurde hierhergebracht, alle Morde ereigneten sich im unmittelbaren Umkreis dieses Hauses. Du hast gesagt, alle toten Frauen seien hier gewesen ...«

»Ja, im Lauf des letzten Jahres. Vielleicht hatte Moran wirklich Recht. Vielleicht war Druitt wirklich der Täter. Seit seinem Tod hat es keine Morde mehr gegeben.«

Beauregard schüttelte den Kopf. »Es ist noch nicht vorbei.«

»Wenn Jack doch nur hier wäre.«

Er ballte eine Hand zur Faust. »Dann hätten wir den Mörder.«

»Nein, ich meine Jack Seward. Er hat die Frauen allesamt behandelt. Er könnte wissen, ob sie irgendetwas gemein hatten.«

Als er der vollen Bedeutung ihrer Worte gewahr wurde, blitzte ein Funke in seinen Augen auf. Mit einem Mal *wusste* er die Lösung ...

»Sie hatten Seward gemein.«

»Aber ...«

»*Jack* Seward.«

Obschon sie den Kopf schüttelte, sah er, dass sie sogleich begriffen hatte, dass sie derselben Überzeugung war wie er. Sie dachten angestrengt nach. Er kannte ihre Gedanken, sie kannte seine. Beiden fiel ein, wie Elizabeth Stride ihre Klauen in Sewards Knöchel geschlagen hatte. Sie hatte in der Tat versucht, ihnen etwas mitzuteilen. Sie hatte die Krallen ausgestreckt, um ihren Mörder zu identifizieren.

»Ein Arzt«, sagte Geneviève. »Einem Arzt vertrauten sie. Nur so konnte er sich mühelos an sie heranmachen, selbst als die Panik überhandzunehmen drohte ...«

Indem sie das Vergangene Revue passieren ließ, kamen ihr tausend winzige Einzelheiten in den Sinn. Unzählige kleine Rätsel waren mit einem Mal gelöst. Zahllose Dinge, die Seward gesagt oder getan hatte. Seine Ansichten, seine Abwesenheit. Für alles gab es eine Erklärung.

»Dabei hat man es mir klipp und klar gesagt: ›Mit Dr. Seward stimmt etwas nicht‹«, fuhr sie fort. »Schimpf und Schande über mich, dass ich nicht darauf gehört habe, Schimpf und Schande, Schande, Schande …« Sie schlug sich die Fäuste vor die Stirn. »Da kann ich nun in Herz und Seele anderer Menschen blicken und ignoriere selbst Arthur Morrison. Ich bin die schlimmste Närrin, die je auf Gottes Erdboden wandelte.«

»Gibt es hier Tagebücher?«, fragte Beauregard, um ihrem Anfall von Selbstbezichtigung ein Ende zu setzen. »Persönliche Aufzeichnungen, Notizen, irgendetwas dieser Art? Wahnsinnige wie Seward verspüren häufig das zwanghafte Bedürfnis, Andenken, Erinnerungsstücke aufzubewahren.«

»Seine Akten habe ich durchgesehen. Sie enthalten nur das Übliche.«

»Verschlossene Schubladen?«

»Nein. Nur das Phonographen-Schränkchen. Die Wachswalzen sind sehr staubempfindlich.«

Beauregard packte kräftig zu und riss mit einem Ruck den Deckel von der Apparatur. Er zerrte an der verriegelten Schublade in der Konsole. Das fragile Schloss brach. Die Walzen lagen in wohlgeordnet aufgereihten Metallhülsen, deren Etiketten säuberlich mit Tinte beschriftet waren.

»*Chapman*«, las er laut vor, »*Nichols, Schön, Stride/Eddowes, Kelly, Kelly, Kelly, Lucy* …«

Geneviève trat neben ihn und entnahm der Lade weitere Walzen. »Und hier … *Lucy, Van Helsing, Renfield, Lucys Grab.*«

Van Helsing war jedermann ein Begriff; Beauregard wusste sogar, dass es sich bei Renfield um den ersten Jünger handelte, den der Prinzgemahl in London hatte an sich binden können. Aber ...

»Kelly und Lucy. Wer sind die beiden? Bislang unbekannte Opfer?«

Während Geneviève abermals die Papiere auf dem Schreibtisch durchsah, beantwortete sie Beauregards Frage. »Mit Lucy ist vermutlich Lucy Westenra gemeint, der erste englische Spross von Vlad Tepes. Dr. Van Helsing hat sie vernichtet, und Jack Seward steckte mit Van Helsing unter einer Decke. Er hatte immerfort Angst, die Karpatische Garde könnte ihn holen kommen. Es scheint fast so, als ob er sich hier verborgen gehalten hätte.«

Beauregard schnippte mit den Fingern. »Art war mit von der Partie. Lord Godalming. Er wird uns dazu gewiss Näheres verraten können. Jetzt fällt es mir wieder ein. Lucy Westenra. Als sie noch warmblütig war, bin ich ihr einmal begegnet, bei den Stokers. Sie verkehrte auch in dieser Gesellschaft.«

Ein hübsches, wenngleich recht albernes Mädchen, das ihn an Florence in jungen Jahren erinnerte. Alle Männer verzehrten sich nach ihr. Pamela hatte sie nicht leiden mögen, Penelope hingegen – damals noch ein Kind – war ganz vernarrt gewesen in das Mädchen. Plötzlich wurde ihm bewusst, dass seine frühere Verlobte ihr Haar wie Lucy frisierte, wohl damit sie ihrer Cousine nicht allzu ähnlich sah.

»Jack hat sie geliebt«, sagte Geneviève. »Deshalb hat er sich dem Zirkel um Van Helsing angeschlossen. Was damals passiert ist, hat ihn offenbar um den Verstand gebracht. Ich hätte es wissen müssen. Er nennt *sie* Lucy.«

»Sie?«

»Seine Vampirmätresse. Eigentlich hat sie einen anderen Namen, aber so nennt er sie.«

Geneviève stöberte im Schubfach eines massiven Aktenschranks, blätterte die Aktendeckel mit flinken Fingern durch.

»Was diese Kelly anbetrifft«, sagte sie, »nun, wir führen in unseren Büchern jede Menge Frauen namens Kelly. Aber nur eine davon entspricht den Anforderungen unseres Freundes Jack.«

Sie reichte ihm ein Blatt Papier mit der ausführlichen Krankengeschichte einer Patientin. Kelly, Mary Jane. 13 Miller's Court.

Geneviève war aschfahl. »Genau so heißt sie«, sagte sie. »Mary Jane Kelly.«

54

Bindegewebe

Geneviève Dieudonné und Charles Beauregard verließen Toynbee Hall am 9. November des Jahres 1888 gegen vier Uhr *ante meridiem*. Es würde Stunden dauern, bis die Sonne aufging, und der Mond verbarg sich hinter Wolken. Obgleich der Nebel sich etwas gelichtet hatte, war er dicht genug, selbst einen Vampir in seiner Nachtsicht zu behindern. Dennoch gelangten sie rasch an ihr Ziel.

Geneviève und Beauregard gingen die Commercial Street hinab, bogen bei der *Britannia,* einer Schankwirtschaft, nach Westen in die Dorset Street und suchten die Adresse, unter der sie Mary Jane Kelly anzutreffen hofften. In Miller's Court gelangte man durch einen engen, gemauerten Bogengang auf der Nordseite der Dorset Street zwischen Nummer 26 und einem Kramladen.

Da sie das zerlumpte Subjekt, das in der Mündung des Gässchens kauerte, für einen Vagabunden hielten, schenkte keiner der beiden ihm besondere Beachtung. Die Dorset Street wurde hier herum gemeinhin »Dosset Street« genannt, wegen der Logierhäuser oder *doss houses,* die viele Landstreicher und Bettler in diese Gegend lockten. Es war durchaus nicht ungewöhnlich, dass, wer die vier Pence für ein Bett nicht aufzubringen vermochte, im Freien nächtigte. In Wirklichkeit handelte es sich bei dem Subjekt um Arthur Holmwood – Lord Godalming –, und der schlief keineswegs.

Es dauerte ein Weilchen, bis Geneviève und Beauregard herausgefunden hatten, welche Tür ihnen Zutritt zu Nummer 13 gewährte, einem im Parterre gelegenen Zimmer an der Rückseite von Nummer 26. Ein schmaler, rotglühender Lichtstreifen auf der Schwelle wies ihnen den Weg.

Die Viertelstunde hatte noch nicht geschlagen. Zum Zeitpunkt ihrer Ankunft war Dr. John Seward bereits seit über zwei Stunden am Werk. Die Tür von 13 Miller's Court war unverschlossen.

55

Hölle, Tod und Teufel!

»Hölle, Tod und Teufel!«, fluchte Charles, nach Atem ringend. Andernfalls wäre Geneviève über sein erstaunliches Vokabular gewiss empört gewesen, nun aber konnte sie nicht umhin, ihm beizupflichten.

Der ölige Geruch des Blutes einer Toten traf sie wie eine Pistolenkugel in den Magen. Sie musste sich am Türrahmen festhalten, damit sie nicht in Ohnmacht fiel. Dies war beileibe nicht der erste Schauplatz eines Mordes, den sie zu Gesicht bekam; sie hatte blutgetränkte Schlachtfelder gesehen, Pesthäuser, Folterkammern, Hinrichtungsstätten. Doch nichts von alledem war so abscheulich wie Miller's Court Nummer 13.

Jack Seward kniete inmitten eines Trümmerhaufens, der kaum noch als menschliches Wesen zu erkennen war. Er arbeitete emsig vor sich hin; Schürze und Hemdsärmel des Doktors waren rot gefärbt. Sein Silberskalpell schimmerte im Flammenschein.

Mary Kellys Zimmer war winzig: ein Bett, ein Stuhl und ein Kamin. Es gab kaum Platz, sich ungehindert darin zu bewegen. Jack hatte das Mädchen wüst seziert. Fleischfetzen lagen über Bett und Fußboden verstreut, und die Wände waren bis zu einer Höhe von drei Fuß mit Blut beschmiert. Die billigen Musselinvorhänge waren über und über mit Flecken von der Größe eines Halfpennys gesprenkelt. An der schmutzfleckigen Spiegelfläche klebten karmesinrote Spritzer. Auf dem Feuerrost brannte ein Kleiderbündel, und die rote Glut der Flammen versengte die nachtempfindlichen Augen Genevièves.

Jack schien nicht allzu beunruhigt wegen ihres Eindringens.

»Bin gleich fertig«, sagte er, während er aus den formlosen Überresten eines Gesichts vorsichtig etwas hervorzog. »Ich muss sichergehen, dass Lucy tot ist. Van Helsing meint, sie müsse wirklich tot sein, damit ihre Seele Ruhe finden kann.«

Er sprach keineswegs hochfahrend, sondern vollkommen ruhig. Er verrichtete sein grausiges Geschäft mit chirurgischer Präzision. Er schien an nichts anderes zu denken.

»So«, sagte Jack. »Sie ist entbunden. Gott hat Erbarmen.«

Charles zog seinen Revolver hervor und legte an. Seine Hand zitterte. »Lassen Sie das Messer fallen, und treten Sie zurück«, befahl er.

Jack legte das Messer auf die Bettdecke, stand auf und wischte sich die Hände an einem blutgetränkten Zipfel seiner Schürze ab.

»Sehen Sie nur, wie friedlich sie daliegt«, sagte Jack. »Schlaf wohl, meine geliebte Lucy.«

Mary Jane Kelly war wirklich tot, daran gab es für Geneviève nicht den geringsten Zweifel.

»Es ist vorbei«, sagte Jack. »Wir haben ihn geschlagen. Wir haben den Grafen besiegt. Nun kann sich die Seuche nicht weiter ausbreiten.«

Geneviève brachte kein Wort heraus. Ihr Magen ballte sich wie eine Faust. Jack blickte sie an, als sähe er sie zum ersten Mal.

»Lucy«, stieß er erschrocken hervor. Er sah nicht sie, nicht dieses Zimmer. »Lucy, ich habe es allein für dich getan …«

Als er sich bückte, um sein Skalpell vom Boden aufzuheben, schoss Charles ihm in die Schulter. Jack wirbelte herum, griff mit den Fingern ins Leere und prallte gegen den Kaminsims. Er stemmte seine behandschuhte Hand gegen die Wand und sank mit eingeknickten Knien und geducktem Kopf zu Boden. An den Kamin gekauert, presste er die Finger auf seine Wunde. Die Kugel hatte seine Schulter glatt durchschlagen und ihm jegliche Mordlust geraubt.

Geneviève nahm hastig das Skalpell vom Bett. Da die Silberklinge ihr Juckreiz verursachte, hielt sie es an dem emaillierten Griff. Unglaublich, wie viel Unheil ein solch winziges Messer anzurichten vermochte.

»Wir müssen ihn von hier fortschaffen«, sagte Charles. »Der Pöbel würde ihn in Stücke reißen.«

Geneviève half Jack auf die Beine. Sie und Charles nahmen ihn in ihre Mitte, und mit vereinten Kräften schleppten sie ihn zur Tür hinaus. Seine Kleider waren speckig von geronnenem Blut.

Der Morgen nahte, und mit einem Mal überfiel Geneviève die Müdigkeit. Selbst die kalte Luft vermochte das Pochen in ihrem Kopf nicht zu vertreiben. Das Bild, das sich ihr in Miller's Court Nummer 13 geboten hatte, war auf ihre Netzhaut gebannt wie eine Fotografie auf Papier. Sie würde den Anblick niemals mehr vergessen können, dessen war sie gewiss.

Jack leistete keinen Widerstand. Er würde mit ihnen bis zur nächsten Polizeiwache kommen, wenn nicht gar bis in die Hölle.

56

Lord Jack

In Mary Jane Kellys Zimmer war es drückend heiß gewesen; die Kühle des Gässchens wirkte ernüchternd. Sowie sie das Schlachthaus verlassen hatten, wurde Beauregard bewusst, dass, obgleich des Rätsels Lösung nun gefunden war, er sich in einem Dilemma befand. Die Frauen waren tot, Seward rettungslos dem Wahnsinn verfallen. Welcher Gerechtigkeit wäre gedient, wenn man ihn Inspektor Lestrade übergab? Wessen Interessen sollte Beauregard weiter vertreten? Die Sir Charles Warrens vielleicht, indem er der Polizei das Verdienst an der Verhaftung zukommen ließ? Oder die des Prinzgemahls, indem er neuerlich einen bezwungenen Feind den Pfählen vor dem Palast überantwortete?

»Er hat mich gebissen«, rief sich der Ripper einen unbedeutenden Zwischenfall ins Gedächtnis, »der Wahnsinnige hat mich gebissen.« Seward streckte seine geschwollene, behandschuhte Hand aus. Blut sickerte durch das Leder.

»Vlad Tepes wird ihn unsterblich machen, damit er ihn auf immer und ewig foltern kann«, meinte Geneviève.

Jemand kam aus dem Kramladen und blieb im Bogengang stehen. Beauregard erblickte rote Augen im Dunkel, und er erkannte die Silhouette eines vierschrötigen Mannes im karierten Ulster mit einem Bowler auf dem Kopf. Wie viel hatte dieser Vampir gesehen? Er trat in das Gässchen.

»Nicht schlecht, Sir. Sie haben Jack the Ripper ein Ende bereitet.«

Sergeant Dravot aus dem Diogenes-Club.

»Es waren von Anfang an zwei Mörder, die gemeinsame Sache machten, Sir«, sagte Dravot. »Wir hätten es wissen müssen.«

Die Welt begann sich abermals zu drehen, und die Pflastersteine unter seinen Füßen stürzten ins Leere. Beauregard hatte keinen Schimmer, wo das alles enden sollte.

Dravot bückte sich und riss eine zerlumpte Decke von einem Menschenbündel, das in einem Winkel kauerte. Ein totes, weißes Antlitz starrte zu ihnen herauf, die Lippen wie zu einem letzten Knurren verzerrt.

»Godalming!«, stieß Beauregard hervor.

»Lord Godalming, Sir«, ergänzte Dravot. »Er steckte mit Dr. Seward unter einer Decke. Letzte Nacht sind sie in Streit geraten.«

Beauregard vermochte die Stücke dieses Vexierspiels noch nicht recht aneinanderzufügen. Er ging neben der Leiche in die Knie. An Godalmings Hemdbrust befand sich ein großer schwarzer Blutfleck. Inmitten dieses Flecks erblickte Beauregard eine ausgefranste Wunde, unmittelbar über dem Herzen.

»Seit wann wissen Sie von alldem, Dravot?«

»Sie haben die beiden Ripper gefasst, Sir. Ich habe lediglich für Ihr Wohlergehen gesorgt. Die Clique hat mir den Posten Ihres Schutzengels übertragen.«

Geneviève stand ein wenig abseits und umklammerte Jack Sewards Arm. Ihr Gesicht lag im Schatten.

»Und Jago? Waren Sie das?«, fragte Beauregard.

Dravot zuckte mit den Achseln. »Das ist eine andere Geschichte, Sir.«

Beauregard erhob sich, indem er seinen Stock zwischen die Pflastersteine stieß, und wischte sich die Knie sauber. »Es wird einen fürchterlichen Skandal geben. Godalming war hoch angesehen. Er genoss einen Ruf als Mann mit Zukunft.«

»Sein Name wird vollständig ausgelöscht werden, Sir.«

»Und er war ein Vampir. Das wird einige Aufregung verursachen. Es wurde allgemein angenommen, der Ripper sei Warmblüter.«

Dravot nickte.

»Die Clique wird bestimmt entzückt sein«, fuhr Beauregard fort. »Dies wird eine Menge Leute in Verlegenheit bringen. Die Sache wird Folgen haben. Da werden einige ihren guten Ruf verlieren und den Hut nehmen müssen. Der Premierminister wird ziemlich töricht aussehen.«

Genevièves Stimme klang bitter. »Das ist ja alles recht schön, meine Herren. Aber was machen wir mit Jack?«

Dravot und Beauregard sahen erst sie an, dann Seward. Der Ripper lehnte an der Gassenmauer. Seine Miene war von ermüdender Ausdruckslosigkeit. Blut tröpfelte aus seiner Schulterwunde.

»Er hat völlig den Verstand verloren«, sagte Geneviève. »Was auch immer ihm Leib und Seele zusammengehalten haben mag, es ist nicht mehr.«

»Vielleicht wäre es das Beste, wir überließen Mr. Beauregard die Ehre.«

Geneviève blickte Dravot mit kaum verhohlenem Abscheu an. Beauregard blieb keine Wahl. Seine Geschicke hatten andere geführt. Er stand kurz vor der Erfüllung seiner Pflicht. Voller Verdruss erkannte er, dass er wenig mehr getan hatte, als Hürden auf einer ihm vorgegebenen Bahn zu überspringen.

»Hoch mit ihm«, sagte Beauregard. »An die Wand.«

Genevièves Hand lag an Sewards Kehle, und sie fuhr die Krallen aus. »Charles«, erwiderte sie. »Du brauchst es nicht zu tun. Wenn es denn sein muss, kann ich …«

Er schüttelte den Kopf. Sie konnte ihm nicht helfen. Bei Liz Stride war es ebenso gewesen. Er hatte sie vor weiterem Leid bewahren wollen. »Lass nur, Geneviève«, sagte er. »Halt ihn fest.«

Sie wusste, was er vorhatte, und willigte ein. Sie nahm ihre Hand von Sewards Hals. »Leben Sie wohl, Jack«, sagte sie. Er machte nicht den Anschein, als ob er begriffen hätte.

Beauregard zog seinen Stockdegen. Der klirrende Laut ließ die leisen Nachtgeräusche schlagartig verstummen. Auf Genevièves Nicken bohrte Beauregard die Klinge geradewegs durch Sewards Herz, bis ihre Spitze kraspelnd gegen die Ziegelmauer stieß. Beauregard zog den Degen heraus und schob ihn wieder in die Scheide. Seward brach leblos zusammen. Er sank neben Godalming zu Boden. Zwei Ungeheuer auf einen Streich.

»Gute Arbeit, Sir«, meinte Dravot. »Sie haben die Mörder in die Enge getrieben, und Dr. Seward ist in Raserei verfallen. Er hat seinen Verbündeten vernichtet, und Sie haben ihn im Zweikampf bezwungen.«

Es erzürnte Beauregard, wie ein Schuljunge behandelt zu werden, der von seinen Kameraden eine Ausflucht eingetrichtert bekommt.

»Und was ist mit mir?«

Beauregard und Dravot blickten auf Geneviève.

»Bin ich vielleicht ein ›loses Ende‹? Wie Jack, wie Godalming? Wie das arme Mädchen dort drinnen?« Mit einem Kopfnicken deutete sie auf Mary Jane Kellys Tür. »Sie haben tatenlos mit angesehen, wie er sie hingemetzelt hat, nicht wahr?«

Dravot schwieg.

»Entweder Sie oder Jack haben Godalming umgebracht. Dann, als Sie um die wahre Identität des Rippers wussten, hielten Sie sich im Verborgenen und überließen das Mädchen seinem Schicksal. Eine saubere Sache. Auf diese Weise brauchten Sie sich nicht die Finger schmutzig zu machen.«

Dravot zögerte. Beauregard war gewiss, dass der Sergeant eine mit Silberkugeln bestückte Pistole bei sich trug.

»Wir sind gerade zur rechten Zeit gekommen«, fuhr sie fort, »um einen Schlussstrich unter die Angelegenheit zu ziehen.« Geneviève hielt Sewards Skalpell in ihrer ausgestreckten Hand. »Wollen Sie es vielleicht hiermit versuchen? Das wäre doch nur recht und billig.«

»Geneviève«, sagte Beauregard. »Ich verstehe nicht ganz …«

»Nein, wie solltest du auch. Armer Charles. Unter Blutsaugern wie Godalming und Kreaturen wie Dravot bist du nichts als ein verirrtes Lamm. Wie auch Jack Seward eines war.«

Beauregard starrte Geneviève lange an, ehe er sich zu Dravot umwandte. Nötigenfalls würde er sie mit seinem Leben verteidigen. Seine Loyalität an den Diogenes-Club hatte durchaus ihre Grenzen.

Der Sergeant war verschwunden. Jenseits des Bogenganges teilte sich der Nebel. Bald würde die Sonne aufgehen. Geneviève trat vor ihn hin, und er schlang die Arme um sie. Die Welt war wieder im Lot. Gemeinsam waren sie der Fixpunkt.

»Was hat sich hier zugetragen«, fragte sie, »was hat sich hier wirklich zugetragen?«

Er wusste es noch nicht.

Ermattet verließen sie Miller's Court und traten auf die Dorset Street hinaus. Gegenüber machten zwei Constables schwatzend ihre Runde. Geneviève stieß einen Pfiff aus, um ihre Aufmerksamkeit auf sich zu lenken. Das ohrenbetäubende Trillern war kein menschlicher Laut. Es durchbohrte sein Trommelfell wie eine Nadel. Die Gendarmen eilten mit gezücktem Knüttel herbei.

»Der Held bist du«, flüsterte sie ihm zu.

»Weshalb?«

»Du hast keine andere Wahl.«

Die Polizisten standen vor ihnen. Sie sahen schrecklich jung aus. Einer der beiden war Collins, den Beauregard bei seiner Unterredung mit Sergeant Thick kennengelernt hatte. Collins erkannte Beauregard und salutierte halbherzig.

»In dieser Gasse liegt eine tote Frau«, erklärte Beauregard. »Und zwei ebenso tote Mörder. Jack the Ripper ist nicht mehr.«

Collins blickte erschrocken drein. Dann grinste er. »Ist es vorbei?«

»Es ist vorbei«, antwortete Beauregard voller Überzeugungskraft, doch ohne jede Überzeugung.

Die beiden Constables stürzten in Miller's Court. Kurz darauf kamen sie wieder hervor und bliesen kräftig in ihre Pfeifen. Bald würde es in dieser Gegend von Polizisten, Journalisten und Sensationssüchtigen nur so wimmeln. Beauregard und Geneviève würden ihre Geschichte bis zur Erschöpfung wiederholen müssen.

Vor seinem geistigen Auge sah Beauregard den Ripper in dem kleinen Hinterzimmer neben den blutigen Überresten Mary Jane Kellys knien. Geneviève schauderte ebenso wie er. An dieses Bild würden sie sich ein Leben lang erinnern.

»Er war wahnsinnig«, sagte sie, »und für seine Taten nicht verantwortlich.«

»Aber«, fragte er, »wer ist denn dann verantwortlich?«

»Das Wesen, das ihn in den Wahnsinn getrieben hat.«

Beauregard richtete den Blick gen Himmel. Die letzten Mondstrahlen schienen durch den lichten Nebel auf sie herab. Ihm war, als habe er eine riesenhafte schwarze Fledermaus über das Angesicht des Mondes flattern sehen.

57

Daheim bei unserer werten Königin

Netley ließ das Gespann die Peitsche spüren. Der imposante Wagen hatte die schmalen Sträßchen Whitechapels durchstreift wie ein Panther das Labyrinth von Hampton Court, anstatt wie sonst geschwind und elegant dahinzufliegen. Auf den breiteren Hauptstraßen der Stadt kam er rasch voran. Die tadellose Federung des Fuhrwerks wiegte Geneviève ohne das leiseste Knarren von Holz und Eisen in einen sanften Dämmer. Das vergoldete Wappenschild, das wie eine rotgoldene Narbe an dem polierten schwarzen Schlag prangte, zog feindselige Blicke auf sich. Trotz des verschwenderischen *intérieurs* fand Geneviève keine Ruhe. Mit ihren schwarzen Lederpolstern und dezenten Messinglampen gemahnte die königliche Kutsche sie allzu sehr an einen Leichenwagen.

Sie fuhren über die Fleet Street, vorbei an den ausgebrannten und mit Brettern vernagelten Geschäftsräumen der größten Periodika des Landes. Heute Nacht herrschte kein Nebel, gleichwohl blies ein scharfer Wind. Zwar gab es unverändert Zeitungen, doch hatte Ruthven sämtliche Redakteursposten mit willfährigen Vampiren besetzt. Selbst glühende Royalisten bekamen die schnöde Bekräftigung der neuesten Gesetze oder die endlosen Lobgesänge auf die königliche Familie allmählich über. Selten nur wurde ein Artikel abgedruckt, der, in Verbindung mit gewissen intimen Kenntnissen, tatsächlich das Zeug zu einer Nachricht hatte, wie beispielsweise eine kürzlich in der *Times* erschienene Notiz über Colonel Sebastian Moran und dessen Ausschluss aus dem Bagatelle-Club aufgrund seiner übernatürlichen, insbesondere die einigermaßen unorthodoxe Manipulation der Karten betreffenden Fähigkeiten am Whist-Spieltisch, welche durch den rätselhaften Verlust seiner beiden kleinen Finger nunmehr stark beeinträchtigt schienen.

Als sie an den Gerichtshöfen vorüberkamen, wehte eine Wolke von Flugblättern über die finsteren Trottoirs des Strand. Passanten – selbst jene, die anhand ihrer Kleidung unschwer als Angehörige der höheren Stände zu erkennen waren – hoben die Papiere eilends auf und stopften sie in ihre Manteltaschen. Ein Constable tat sein Bestes, so viele Zettel wie nur möglich aufzusammeln, doch sie regneten aus einer nächtlichen Mansarde herab wie Herbstlaub. Da sie von Hand in Kellerlöchern gefertigt wurden, waren sie unmöglich auszumerzen: Wie viele Häuser auch geräumt, wie viele Schmierer auch verhaftet wurden, der vielköpfige Geist des Widerstands blieb ungebrochen. Kate Reed, eine Verehrerin Charles Beauregards, war zu einer der glühendsten Leuchten der oppositionellen Presse aufgestiegen. Versteckt im Untergrund, hatte sie sich einen Ruf als »Engel der Rebellion« erworben.

In Pall Mall angekommen, brachte Netley – der Geneviève ein recht fahriger Bursche zu sein schien – den Wagen vor dem Diogenes-Club zum Stehen. Kurz darauf wurde der Schlag geöffnet, und Charles stieg zu ihr in die Kutsche. Nachdem er sie mit kalten Lippen auf die Wange geküsst hatte, nahm er ihr gegenüber Platz, als verbiete er sich weitere Vertraulichkeiten. Er trug einen makellosen Abendanzug mit einer blühenden weißen Rose im Knopfloch, und das scharlachrote Futter seines Umhangs floss über das schwarze Polster wie vergossenes Blut. Als der Schlag geschlossen wurde, blickte sie aus dem Fenster und sah die verstockte Miene des schnurrbärtigen Vampirs von Miller's Court.

»Gute Nacht, Dravot«, wünschte Charles dem Bediensteten des Diogenes-Clubs.

»Gute Nacht, Sir.«

Dravot stand in Habtachtstellung am Bordstein und unterdrückte mühsam einen Ehrengruß. Die Kutsche musste einen Umweg nehmen, um zum Palast zu gelangen. Seit nahezu einer Woche blockierten Kreuzfahrer die Mall; die Reste der Barrikaden versperrten den Fahrweg, und große Teile der St.-James-Street waren aufgerissen, die Pflastersteine als Wurfgeschosse verwendet worden.

Charles' Stimmung war gedämpft. Seit der Nacht des 9. November hatte Geneviève ihn mehrmals getroffen und war sogar in die geheiligte Sternkammer des Diogenes-Clubs vorgelassen worden, um bei einer geheimen Anhörung der herrschenden Clique ihre

Aussage zu machen. Charles hatte man vorgeladen, damit er über den Tod von Dr. Seward, Lord Godalming und nicht zuletzt auch Mary Jane Kelly berichte. Das Tribunal tat sich schwer bei dem Beschluss, welche Wahrheiten der breiten Öffentlichkeit vorenthalten und welche ihr preisgegeben werden sollten. Der Vorsitzende, ein warmblütiger Diplomat, der allen Veränderungen trotzig die Stirn geboten hatte, hörte sie geduldig an, fällte aber kein Urteil, da jedes bisschen Erkenntnis entscheidenden Einfluss hatte auf die Taktik des Clubs, der oftmals mehr war als ein Club. Geneviève fragte sich, ob es sich bei diesen Räumlichkeiten um ein Refugium für die Pfeiler des *ancien régime* oder eine Brutstätte der Aufrührer handeln mochte. Neben Dravot fanden sich nur wenige Vampire unter den Mitgliedern des Diogenes-Clubs. Sie wusste, dass Charles für ihre Diskretion hatte bürgen müssen. Andernfalls hätte ihr der Sergeant vermutlich einen Besuch abgestattet, mit einer Garotte aus Silberdraht bewaffnet.

Sowie sich der Wagen in Bewegung setzte, beugte sich Charles nach vorn und ergriff ihre Hände. Er fixierte sie mit todernstem Blick. Er und sie waren vor zwei Nächten erst beisammen gewesen, privatim. Sein Kragen verbarg die Spuren ihres Stelldicheins.

»Gené, ich flehe dich an«, sagte er, »erlaube mir, die Kutsche vor dem Palast anzuhalten, damit du aussteigen kannst.« Seine Finger bohrten sich in ihre Handflächen.

»Das ist doch Unsinn, Liebling. Ich fürchte mich nicht vor Vlad Tepes.«

Er ließ von ihr ab und lehnte sich zurück; sein Kummer war ihm deutlich anzusehen. Früher oder später würde er sich ihr anvertrauen. Sie hatte lernen müssen, dass Charles' Begierden vielfach im Widerspruch zu seinen Pflichten standen. Eben jetzt galt seine Begierde ihr. In welcher Richtung seine Pflichten lagen, vermochte sie noch nicht recht zu erkennen.

»Darum geht es nicht. Es ...«

... die Unordnung, in der er Mycroft vorfand, erweckte in Beauregard den Eindruck, als habe der Schlussakt des Schauspiels nun begonnen. Bei ihrer diesmaligen Zusammenkunft bestand die Clique allein aus Mycroft.

Der Vorsitzende spielte mit dem Skalpell. »Das berühmte Silbermesser«, sagte er nachdenklich, während er mit dem Daumen über die Klinge fuhr. »So scharf.«

Er legte das Messer beiseite und stieß einen Seufzer aus, der seine wabbeligen Wangen erzittern ließ. Er hatte einiges von seinem erstaunlichen Gewicht verloren, und obgleich seine Haut allmählich erschlaffte, waren seine Augen scharf wie eh und je.

»Man hat Sie in den Palast geladen. Erweisen Sie unserem Freund im Dienst der Königin die Ehre. Sie brauchen sich nicht vor ihm zu fürchten. Er ist der freundlichste Bursche, den man sich nur vorstellen kann. Eine Spur *zu* freundlich, um ehrlich zu sein.«

»Ich habe allerhand Gutes über ihn gehört.«

»Prinzessin Alexandra selig war ihm seinerzeit sehr zugeneigt. Arme Alex.« Mycroft türmte seine fetten Finger übereinander und bettete sein Kinn darauf. »Wir verlangen einiges von unseren Leuten. Es gibt verteufelt wenig Lorbeeren zu ernten in dieser heillosen Angelegenheit, aber wir müssen sie zu einem Ende bringen.«

Beauregard blickte auf das schimmernde Messer.

»Wir dürfen kein Opfer scheuen«, setzte Mycroft hinzu.

Beauregard dachte an Mary Jane Kelly. Und all jene, die in diesem Fall ihr Leben hatten lassen müssen, die einen nichts als Namen in der Zeitung, die anderen erstarrte Gesichter: Seward, Jago, Godalming, Kostaki, Mackenzie, von Klatka.

»Wir alle würden tun, worum wir Sie bitten«, insistierte Mycroft.

Beauregard wusste, dass er die Wahrheit sprach.

»Leider gibt es nicht mehr viele von uns.«

Sir Mandeville Messervy wartete auf seine Hinrichtung wegen Hochverrats, ebenso andere Würdenträger, unter ihnen der Dramatiker Gilbert, der Finanzkoloss Wilcox, die Erzreformerin Beatrice Potter und der radikale Redakteur Henry Labouchère.

»Eines will mir dennoch nicht einleuchten, Herr Vorsitzender. Wie sind Sie auf mich verfallen? Was habe ich getan, was nicht auch Dravot hätte tun können? Sie haben mich durch das Labyrinth irren lassen, obgleich er sich immerzu in meiner Nähe aufhielt. Er hätte all das auf eigene Rechnung zuwege bringen können.«

Mycroft schüttelte den Kopf. »Dravot ist ein guter Mann, Beauregard. Wir haben es vorgezogen, Sie in Unkenntnis darüber zu belassen, welche Rolle er bei unseren Plänen spielt, es sei denn ...«

Beauregard schluckte die bittere Pille ohne Murren.

»Aber Dravot ist eben nicht wie Sie. Er ist kein *Gentleman*. Was er auch tut, er würde niemals, *niemals* zur königlichen Audienz geladen werden.«

Endlich hatte Beauregard begriffen ...

... zwei karpatische Gardisten in vollem Ornat hatten Geneviève die gravierte Einladung in den Palast persönlich überbracht: Martin Cuda, der den Kopf gesenkt hielt und vorgab, sie nicht wiederzuerkennen, sowie Rupert von Hentzau, ein ruritanischer Lebemann, dessen gesucht sardonisches Lächeln sich fortwährend in ein grausiges Lachen zu verwandeln drohte. Obgleich sie als mehr oder minder dauerhaft amtierende Direktorin von Toynbee Hall nun alle Hände voll zu tun hatte, konnte sie die Einladung der Königin unmöglich ignorieren. Vermutlich wollte man sie für ihren Beitrag zur Beendigung der Laufbahn Jack the Rippers loben. Eine private Ehrung zwar, aber dennoch eine Ehrung.

Man hatte ihre Namen aus dem Spiel gelassen. Charles hatte darauf beharrt, dass die Polizei den Ruhm für sich in Anspruch nehmen solle. Die Öffentlichkeit lebte in dem Glauben, dass Constable Collins auf Seward und Godalming gestoßen sei, als diese das Zimmer verließen, wo sie Mary Jane Kelly gemeinschaftlich verstümmelt hatten. Eilends herbeigerufene Hilfstruppen hatten Miller's Court abgeriegelt, und in dem Durcheinander waren die beiden Mörder ums Leben gekommen. Entweder hatten sie einander den Garaus gemacht, um dem Pfahl zu entgehen, oder aber die entsetzten, aufgebrachten Polizisten hatten sie auf der Stelle vernichtet. Da sie wussten, wie die Gesetze in London neuerdings gehandhabt wurden, gaben die meisten letzterer Erklärung den Vorzug, wenngleich Mme. Tussauds Schreckenskammer ihren Besuchern eine bis hin zu den Kleidern lebensechte Nachbildung der beiden Ripper offerierte, die einander ausweideten.

Sir Charles Warren hatte sein Amt bei Scotland Yard mit einem Posten in Übersee vertauscht, und Caleb Croft, ein Ältester und dem Ruf nach ein Leuteschinder, hatte seinen Platz eingenommen. Lestrade und Abberline wandten sich anderen Fällen zu. Die Stadt machte Jagd auf einen neuen Wahnsinnigen, einen warmblütigen Mörder von barbarischer Gemütsart und Erscheinung namens Edward Hyde. Er hatte zunächst ein kleines Kind zu Tode getreten und hernach ein ehrgeizigeres Ziel in Angriff genommen, indem er einen entzweigebrochenen Spazierstock ins Herz des neugeborenen Parlamentsabgeordneten Sir Danvers Carew stieß. Doch auch wenn Hyde gefasst wäre, ließe der nächste Mörder nicht lange auf sich warten, und der nächste, und der nächste …

Als sie den Trafalgar Square passierten, war das Innere des Wagens mit einem Mal von rot flirrendem Flammenschein erfüllt. Obgleich die Polizei alles tat, die Freudenfeuer zu löschen, gelang es den Aufrührern immer wieder, sie von neuem zu entzünden. Heimlich wurden Holzabfälle herbeigeschafft, und selbst Kleidungsstücke dienten als Brennstoff. Da die Neugeborenen unter einer geradezu abergläubischen Angst vor Feuer litten, schlugen sie einen weiten Bogen um die Brände. Die Aufständischen prügelten sich mit der Polizei, während die Löschmannschaften einen halbherzigen Versuch unternahmen, ihre Wasserschläuche auf die Flammen zu richten. Captain Eyre Massey Shaw, der beliebte Leiter der Londoner Feuerwehr, war kürzlich aus dem Amt entfernt worden, weil er sich angeblich geweigert hatte, etwas gegen die Feuersbrunst am Trafalgar Square zu unternehmen. Dr. Callistratus, ein finsterer Transsylvanier ohne bemerkenswerte Erfahrung und bar jeglichen Interesses, was die Brandbekämpfung anbetraf, wurde als sein Nachfolger benannt, war dem Vernehmen nach allerdings außerstande, seine Amtsstube zu betreten, da Berge von Rücktrittsgesuchen ihm den Zutritt versperrten. Geneviève blickte hinaus auf die Berge lodernder Holzscheite rings um die Bronzelöwen; die Flammen schlugen an der Nelson Column hinauf und schwärzten diese bis zu einem Drittel ihrer Höhe mit Ruß. Dereinst zum Gedenken an die Opfer des Blutsonntags entfacht, hatten die Feuer unterdessen eine andere Bedeutung. Aus Indien wurden Gerüchte laut, denen zufolge sich eine neuerliche Meuterei ereignet hatte. Sir Francis Varney war von Sepoys aus der Roten Festung von Delhi geschleift und vor die Mündung eines seiner Geschütze gebunden worden. Nachdem sie ihm eine Mixtur aus Alteisen und Silbersalzen durch die Brust geschossen hatten, verbrannten sie Varney auf dem Scheiterhaufen, bis nichts weiter von ihm übrigblieb als ein Häuflein Asche und Knochen. Zahlreiche britische Soldaten und Beamte hatten sich den einheimischen Rebellen angeschlossen.

Wollte man den Flugblättern Glauben schenken, deren Quellen zweifellos in höchsten Positionen zu suchen waren, so erlebte Indien eine offene Revolte, und auch in Afrika und Asien machte sich Unruhe breit.

Es wurden Plakate geschwenkt und Parolen geschrien. Der Ripper schlitzt weiter, lautete eine Wandschmiererei. Auch jetzt noch erhielten Presse, Polizei und Prominenz mit roter Tinte verfasste Briefe, deren Unterzeichner sich »Jack the Ripper« nannte. Anders als zuvor riefen sie die Warmblüter auf, sich gegen ihre Vampirherren zu verbünden, oder bedrängten britische Neugeborene, sich fremdländischen Ältesten zu widersetzen. Wenn ein Vampir ermordet wurde, bekannte sich »Jack the Ripper« zu der Tat. Da Charles sich in Schweigen hüllte, hegte Geneviève den Verdacht, dass viele der Briefe aus dem Diogenes-Club stammten. In den heiligen Hallen der Schattenregierung spielte man ein gefährliches Spiel. Selbst wenn ein Wahnsinniger zum Helden aufstieg, hatte das seinen Zweck. Wem Jack the Ripper als Märtyrer galt, der verehrte Jack Seward, welcher mit dem Silbermesser gegen die übermächtigen Vampire zu Felde zog. Wem Jack the Ripper als Monstrum galt, der verschmähte Lord Godalming, jenen hochmütigen Untoten, welcher sich gemeiner Frauen entledigte, die er für Abschaum hielt. Mit jeder Wiederholung bekam die Geschichte eine neue Bedeutung und der Ripper ein anderes Gesicht. Was Geneviève betraf, so gehörte dieses Gesicht Danny Dravot, der, die Finger mit blutroter Tinte befleckt, tatenlos zusah, wie Mary Jane Kelly hingemetzelt wurde.

Die öffentliche Ordnung in der Stadt stand kurz vor dem Zusammenbruch. Und das nicht nur in Whitechapel und Limehouse, sondern auch in Whitehall und Mayfair. Je schwerer der Druck der Behörden auf den Leuten lastete, desto größer wurde ihr Widerstand. Einer neuen Mode folgend, schwärzten sich warmblütige Londoner aller Klassen nunmehr wie Bänkelsänger das Gesicht und nannten sich »Eingeborene«. Fünf Heeresoffiziere waren von einem Kriegsgericht zum gemeinschaftlichen Tode durch den Pfahl verurteilt worden, weil sie sich geweigert hatten, ihren Männern zu befehlen, das Feuer auf eine friedliche Versammlung falscher Mohren zu eröffnen.

Nach einigen Unterhandlungen und den lauten Pöbeleien einer schwarzgesichtigen Matrone durfte Netley den Wagen durch den Admiralty Arch chauffieren. Der Kutscher wünschte sich gewiss, er hätte das Emblem, welches den Schlag seines Gefährtes schmückte, übertünchen können.

Als Vampir vom reinen Geblüt Chandagnacs betrachtete Geneviève das Geschehen, wie immer, aus einer gewissen Distanz. Zwar war es ihr, nach Jahrhunderten der Heuchelei, zunächst eine Erleichterung gewesen, sich nicht mehr als Warmblüter ausgeben zu müssen, doch hatte der Prinzgemahl den meisten Untoten das Dasein ebenso erschwert wie jenen Lebenden, die er als Vieh zu titulieren pflegte. Auf jeden adeligen Murgatroyd, der in einem Palais residierte und über einen Harem willfähriger Blutsklavinnen verfügte, kamen zwanzig wie Mary Jane Kelly, Lily Mylett oder Cathy Eddowes, die wie zu allen Zeiten elendiglich vegetierten und denen ihre Vampirattribute Sucht und Siechtum eintrugen statt Macht und neue Möglichkeiten …

… er hatte den Churchwards mit Geneviève einen Besuch abgestattet. Penelope war nicht mehr bettlägerig. Sie saß im verdunkelten Salon in einem Rollstuhl, eine bunt karierte Wolldecke über die Knie ausgebreitet. Wo sich zuvor der Bauerntisch befunden hatte, stand nun, auf Rüstböcke gelagert, ein neuer, mit weißem Atlas ausgeschlagener Sarg.

Penelope wurde von Tag zu Tag kräftiger. Ihr Blick war ungetrübt. Sie sprach kaum ein Wort.

Auf dem Kaminsims bemerkte Beauregard eine Fotografie

Godalmings, der neben einer Topfpflanze vor Atelierkulissen steif posierte, umrahmt von schwarzem Crêpe.

»Er war in gewisser Weise mein Vater«, erklärte Penelope.

Geneviève verstand, wie Beauregard nie würde verstehen können.

»War er wirklich solch ein Monstrum?«, fragte Penelope.

Beauregard sagte ihr die Wahrheit. »Ich fürchte, ja.«

Penelope lächelte beinahe. »Gut. Das freut mich. Dann werde auch ich zum Monstrum werden.«

Sie saßen beisammen, ohne ihre Tassen auf dem kleinen Tischchen auch nur anzurühren, während allmählich die Dunkelheit hereinbrach ...

... das Fuhrwerk rollte flugs den Bird Cage Walk hinunter zum Buckingham-Palast. Entlang der Straße hingen Aufständische an kreuzförmige Käfige gekettet; die meisten von ihnen waren tot. Während der letzten drei Nächte hatte im St.-James-Park ein offener Kampf zwischen Warmblütern und Untoten getobt.

»Schau«, sagte Charles betreten, »dort ist Van Helsings Kopf.«

Geneviève reckte den Hals und erblickte den kümmerlichen Klumpen auf der Spitze einer Pike. Hier und da wurde gemunkelt, Abraham Van Helsing sei am Leben, befände sich in der Gewalt des Prinzgemahls, hoch über der Stadt, wo er die Herrschaft Draculas über London mit ansehen müsse. Das war eine Lüge; von Van Helsing war nichts übriggeblieben als ein mit Fliegendreck beschmutzter Schädel.

Das Haupttor ragte drohend in die Finsternis empor, die Eisenstäbe waren mit neumodischem Stacheldraht umwickelt. Karpater in nachtschwarzen, rot geschlitzten Uniformen zogen die riesigen Gatter auf wie einen leichten Seidenvorhang, und die Kutsche schlüpfte hindurch. Geneviève fühlte mit Netley, der zweifellos schwitzte wie ein verschrecktes Schwein auf einem Ball der Indien-Beamten. Der Palast sandte, von Wachtfeuern und elektrischen Glühlampen erhellt, schwarze Rauchschwaden gen Himmel, seine Fassade wie ein Ebenbild von Moloch dem Verschlinger.

Charles' Miene verriet nicht die leiseste Regung, doch in seinem Kopf überschlugen sich die Gedanken. »Du kannst im Wagen bleiben«, beschwor er sie. »Hier bist du sicher. Ich komme gut allein zurecht. Es wird bestimmt nicht lange dauern.«

Geneviève schüttelte den Kopf. Nachdem sie Vlad Tepes über Jahrhunderte gemieden hatte, wollte sie sich nun dem stellen, was sich hinter den Palastmauern verbarg.

»Gené, ich bitte dich.« Ihm brach beinahe die Stimme.

Zwei Nächte zuvor war sie mit Charles zusammen gewesen, hatte mit sanfter Zunge Blut aus den Wunden an seiner Brust geleckt. Unterdessen kannte und verstand sie seinen Körper. Sie hatten sich geliebt. Sie kannte und verstand ihn.

»Worüber machst du dir solche Sorgen, Charles? Wir sind Helden, wir haben von Fürst Dracula nichts zu befürchten. Ich bin älter als er.«

Der Wagen hielt vor dem maulähnlichen Portikus, und ein Lakai mit Perücke öffnete den Schlag. Geneviève stieg zuerst aus; das leise Knirschen der glatten Kieselsteine unter ihren Schuhen gab ihr ein behagliches Gefühl. Charles folgte; nervös und angespannt wie eine Bogensehne, raffte er sich den Umhang um die Schultern. Sie ergriff seinen Arm und schmiegte sich an ihn, doch er fand keine Ruhe. Voller Ungeduld harrte er der Dinge, die er im Palast vorfinden würde, doch hinter seiner Ungeduld verbarg sich abgrundtiefes Grauen.

Jenseits des Palastzauns hatte sich eine Menschenmenge versammelt. Schaulustige spähten in Erwartung der Wachablösung verdrossen durch die Gitterstäbe. Unweit des Tors erblickte Geneviève ein bekanntes Gesicht, die Chinesin aus dem Alten Jago.

Sie stand neben einem großen, betagten Asiaten, der etwas Heimtückisches an sich hatte. Hinter ihnen, im Schatten, stand eine noch größere, noch betagtere asiatische Gestalt, und unvermittelt spürte Geneviève, wie die Schrecken der Vergangenheit erneut von ihr Besitz ergriffen. Als sie abermals hinsah, waren die Chinesen verschwunden, doch das Herz schlug ihr bis zum Hals. Charles hatte ihr noch immer nicht erzählt, was hinter seinem Handel mit dem mörderischen Ältesten steckte.

Der Lakai, ein Vampirjüngling mit goldfarbenem Gesicht, geleitete sie die breite Treppe hinauf und stieß mit seinem langen Stab an die Flügeltüren. Sie öffneten sich wie von einem stummen Mechanismus angetrieben und gaben den Blick frei auf das Marmorgewölbe einer weitläufigen Empfangshalle.

Da das einzige gute Gewand, das sie besaß, zuschanden war, hatte sie ein neues schneidern lassen müssen. Heute trug sie es zum ersten Mal, ein schlichtes Ballkleid ohne Tournüren, Flitter oder Falbeln. Obschon sie bezweifelte, dass Vlad Tepes allzu sehr auf äußeren Schein bedacht war, glaubte sie, bei der Königin Eindruck machen zu müssen. Sie kannte die Familie noch aus deren Zeit als Kurfürsten von Hannover. Aus ihren warmblütigen Tagen war ihr nur ein kleines goldenes Kruzifix geblieben, das sie, anders als sonst, an der letzten einer langen Reihe immer neuer Ketten um den Hals trug. Ihr leiblicher Vater hatte es ihr zum Geschenk gemacht, da es, wie er meinte, von der *Pucelle* gesegnet worden sei. Obgleich sie dies bezweifelte, hatte sie es über die Zeit gerettet. Oftmals schon hatte sie ein ganzes Leben – Haus, Hof, Garderobe, Grundbesitz, Vermögen – hinter sich gelassen und nur das Kreuz behalten, welches die Jungfrau von Orleans vermutlich nie zu Gesicht bekommen hatte.

Ein Windstoß teilte einen dreißig Fuß hohen, durchscheinenden Seidenvorhang, und sie trat mit Charles durch die Öffnung. Ihr war, als entfalte sich ein riesenhaftes Spinnennetz, die ahnungslose Fliege anzulocken. Diener erschienen im Gefolge einer Vampirhofdame, und Charles und Geneviève wurden ihrer Umhänge entledigt. Ein Karpater, dessen maskenhaftes Gesicht mit rauen Haarborsten bewachsen war, wachte darüber, dass Charles seinen Stock aushändigte. Silber war bei Hof nicht geduldet. Sie trug keine Waffe bei sich, die sie hätte herausgeben können ...

... er hatte alles versucht, sie davon abzubringen, ihn zu begleiten, ohne ihr jedoch zu verraten, welche Pflicht er zu erfüllen hatte. Beauregard wusste, dass er sterben würde. Sein Tod diente einem hohen Zweck, und er verspürte keine Furcht. Doch es zerriss ihm fast das Herz, wenn er darüber nachsann, was aus Geneviève werden mochte. Dies war schließlich nicht ihr Kreuzzug. Wenn sich eine Gelegenheit ergäbe, wollte er ihr zur Flucht verhelfen, und wenn es ihn das Leben kostete. Doch seine Pflicht wog mehr als ihrer beider Schicksal.

Als sie, von der Wollust ihrer Vereinigung erhitzt, beisammenlagen, sagte er ihr, was er seit Pamela keiner Frau mehr gesagt hatte.

»Gené, ich liebe dich.«
»Und ich dich, Charles.«
»Ich dich, was hat das zu bedeuten?«
»Liebe, Charles. Ich liebe dich.«

Und wieder spürte er ihre Lippen, und sie wälzten sich in wohligem Behagen ...

... ein Armadill, dessen Hinterteil mit seinem eigenen Dreck verkrustet war, watschelte um ihre Füße. Vlad Tepes hatte den Regent's Park Zoo geplündert und ließ exotische Spezies ungehindert den Palast durchstreifen. Dieses arme, zahnlose Geschöpf zählte zweifellos zu seinen ungefährlicheren Schoßtieren.

Die Hofdame, die sie durch die weite, kathedralenhafte Empfangshalle geleitete, trug eine schwarze Samtlivree mit dem königlichen Wappen über der Brust. In ihren eng anliegenden karierten Beinkleidern und den kniehohen, mit Goldschnallen versehenen Stiefeln sah sie aus, als spiele sie die Hosenrolle in einem weihnachtlichen Feenstück. Obgleich niedlich anzuschauen, hatte ihr Gesicht jede Spur weiblicher Sanftheit verloren, die es zu ihren Lebzeiten besessen haben mochte.

»Sie haben mich offenbar vergessen, Mr. Beauregard«, sagte sie.

Charles erwachte verwirrt aus seinen Gedanken. Er betrachtete die Hofdame genauer.

»Wir sind uns vor einigen Jahren bei den Stokers begegnet«, erklärte sie. »Vor der Wende.«

»Miss Murray?«

»Die Witwe Harker. Wilhelmina. Mina.«

Geneviève wusste, wer diese Frau war: ein Spross des Fürsten. Nach Jack Sewards Lucy die zweite britische Eroberung des Prinzgemahls. Wie auch Jack und Godalming hatte sie zu Van Helsings Gruppe gehört.

»Der grauenvolle Mörder war also niemand anders als Dr. Seward«, sagte Mina Harker nachdenklich. »Wie auch Lord Godalming wurde er verschont, nur um zu leiden und andere leiden zu lassen. Wie wäre Lucy von ihren Bewerbern doch enttäuscht gewesen.«

Geneviève blickte hinein in Mina Harker und erkannte, dass die Frau dazu verurteilt war – sich selbst dazu verurteilt hatte –, mit den Folgen ihres Unvermögens zu leben. Ihr Unvermögen, Vlad Tepes zu widerstehen, das Unvermögen ihres Zirkels, den Eindringling in eine Falle zu locken und zu vernichten.

»Ich hatte nicht damit gerechnet, Sie hier anzutreffen«, platzte Charles heraus.

»Als Bedienstete in der Hölle?«

Sie waren am Ende der Halle angekommen. Vor ihnen befanden sich weitere Türen. Mina Harker sah die beiden an, ihre Augen waren wie glühendes Eis. Sie klopfte gegen ein Paneel, und das Pochen ihrer Fingerknöchel hallte laut wie ein Revolverschuss durch den riesigen Saal …

… Beauregard entsann sich der warmblütigen Mina Harker, die an der Seite von Florence, Penelope oder Lucy so offenherzig und natürlich wirkte und wie Kate Reed dem Glauben anhing, dass eine Frau einen Beruf ergreifen solle, mehr sein müsse als die bloße Zierde ihres Mannes. Doch jene Frau lebte nicht mehr, und diese blassgesichtige Hofschranze war nichts weiter als ein fahler Schatten ihrer selbst. Ebenso ein Schatten wie Seward und nicht zuletzt auch Lord Godalming. Sie beide, der Prinzgemahl und jener Totenschädel auf der Pike, hatten eine Vielzahl zerstörter Existenzen auf dem Gewissen.

Die Flügeltüren öffneten sich mit lautem Knarren, und ein furchteinflößender Bediener gewährte ihnen Einlass in ein hell erleuchtetes Vorzimmer. Der bunte Aufzug des Lakaien hob die zahlreichen grotesken Missbildungen seines Körpers nachdrücklich hervor. Doch war er keineswegs das neugeborene Opfer eines tragischen Versuchs, die Gestalt zu wandeln, sondern ein warmblütiger Mann, der seit seiner Geburt unter abscheulichen Gebrechen litt. Seine Wirbelsäule war immens verkrümmt, und seinem Rücken entsprossen Auswüchse von der Größe eines Brotlaibes. Bis auf den linken Arm waren seine Glieder gedunsen und verdreht. Sein aufgeschwollener Schädel war mit knöchernen Knollen bedeckt, aus denen Haarbüschel hervorsprossen, und sein Gesicht lag fast gänzlich hinter warzigen Wucherungen versteckt. Obgleich Mycroft ihn darauf vorbereitet hatte, gab sein jammervoller Anblick Beauregard einen Stich ins Herz.

»Guten Abend«, sagte er. »Merrick, nicht wahr?«

Irgendwo in den verborgenen Tiefen von Merricks teigigem Gesicht bildete sich ein Lächeln. Er erwiderte den Gruß, was dank der Fleischwülste rings um seinen Mund jedoch kaum zu verstehen war.

»Wie geht es Ihrer Majestät heute Abend?«

Obgleich Merrick keine Antwort gab, vermeinte Beauregard in den unergründlichen Massen seines Gesichts eine Regung zu erkennen. Eine Spur von Traurigkeit lag in seinem einäugigen Blick, und ein grimmiger Zug spielte um seine verwachsenen Lippen.

Beauregard reichte Merrick eine Karte und sagte: »Mit den besten Empfehlungen des Diogenes-Clubs.« Der Mann hatte verstanden und neigte zustimmend den massigen Schädel. Auch er diente der herrschenden Clique.

Merrick geleitete sie über den Korridor. Krummbucklig wie ein Gorilla trieb er seinen Körper mit kraftvollen Bewegungen seines überlangen, in einer klumpigen Faust endenden Arms voran. Dem Prinzgemahl bereitete es offenbar Vergnügen, diese armselige Kreatur bei Hof zu halten. Beauregard empfand wachsenden Abscheu vor dem Vampir. Merrick klopfte an eine Tür, die ihn doppelt und dreifach überragte …

… lächerlich spät erst erkannte sie, dass Charles nicht im Geringsten fürchtete, was auch immer er im Palast vorfinden mochte. Er fürchtete um sie, fürchtete um die Folgen dessen, was binnen kurzem geschehen würde. Er drückte ihre Hand.

»Gené«, sagte er, und seine Stimme war kaum mehr als ein Flüstern, »wenn dir meinetwegen etwas zustößt, so tut es mir aufrichtig leid.«

Sie verstand nicht, was er damit meinte. Während sie sich noch bemühte, ihm zu folgen, beugte er sich zu ihr herab und küsste sie auf den Mund, wie es sonst nur Warmblüter taten. Sie spürte seinen Geschmack auf ihrer Zunge, und die Erinnerung kehrte zurück ...

... in der Dunkelheit klang ihre Stimme kühl.
»Dies könnte ewig währen, Charles. Ewig.«
Er musste an seine Zusammenkunft mit Mycroft denken.
»Nichts währt ewig, mein Liebling ...«

... er ließ den Kuss enden und trat einen Schritt zurück; Geneviève war verwirrt. Dann ging die Tür auf, und sie wurden zur königlichen Audienz vorgelassen.

Von zerbeulten Leuchtern und Lüstern spärlich erhellt, hatte sich der Thronsaal in einen wahrhaften Schweinestall verwandelt, wo es von Menschen und Tieren nur so wimmelte. Die ehemals eleganten Wandbehänge waren fleckig und zerrissen. Beschmutzte und geschändete Gemälde hingen merkwürdig schief oder lagen achtlos hinter Möbelstücken aufgestapelt. Lachende, schluchzende, grunzende, wimmernde und kreischende Kreaturen saßen über Diwans und Teppiche verstreut. Ein nahezu unbekleideter Karpater rang mit einem riesenhaften Affen; ihre Füße scharrten und schlitterten über die kotverschmierten Marmorfliesen. Der Gestank nach geronnenem Blut und Exkrementen war ebenso streng wie in Miller's Court Nummer 13.

Merrick meldete sie der Gesellschaft; es bereitete ihm sichtlich Mühe, ihre Namen herauszubringen. Jemand ließ auf Deutsch eine schändliche Bemerkung über sein Leiden fallen. Grausige Lachsalven übertönten den Lärm, der auf den Wink einer tellergroßen Hand jäh verstummte. Die Geste gebot der Versammlung Einhalt; der Karpater stieß das Gesicht des Affen zu Boden und machte dem Muskelwettstreit ein frühzeitiges Ende, indem er dem Tier kurzweg das Rückgrat brach.

An der erhobenen Hand steckte ein gewaltiger Diamantring,

der den glühenden Schimmer von sieben Feuern in sich barg. Geneviève hatte den Kohinoor sofort erkannt, den »Berg des Lichts«, den größten Edelstein auf Erden und zugleich das Herzstück jener Sammlung, welche als die Kronjuwelen bekannt war. Ihr Blick war wie gebannt von seinem hellen Schein und dem Vampir, dessen Finger er schmückte. Fürst Dracula saß, wuchtig wie ein aus Stein gehauenes Standbild, auf dem Thron, und sein monströs gedunsenes Gesicht war eine tiefrote, mit welkem Grau bekrönte Maske. Die blutverklebten Schnurrbartspitzen reichten ihm bis auf die Brust, das dichte Haar wallte ihm über die Schultern, und von seinem mit schwarzen Bartstoppeln besäten Kinn troff der Lebenssaft seines letzten Opfers. Er wog den Reichsapfel in der linken Hand, als sei dieser nicht größer als ein Tennisball.

Charles geriet beim Anblick seines Widersachers ins Wanken, der Gestank traf ihn wie ein Faustschlag in den Magen. Geneviève stützte ihn und sah sich um.

»Nie hätte ich mir träumen lassen …«, murmelte er, »niemals …«

Ein abgerissener, hermelinbesetzter schwarzer Samtumhang spannte sich um Draculas Schultern wie die Schwingen einer riesenhaften Fledermaus. Darunter kam sein nackter, über und über mit verfilzten Haaren bewachsener Leib zum Vorschein; eine dicke Kruste aus Schmutz und Blut bedeckte seine Brust und seine Glieder. Sein weißes Geschlecht mit einer Spitze rot wie eine Natternzunge lag schlaff in seinem Schoß. Sein Leib war blutgebläht, und die pulsierenden seildicken Adern am Hals und an den Armen traten deutlich hervor. Zu Lebzeiten war Vlad Tepes allenfalls von mittlerer Größe gewesen; nun jedoch war er ein Riese.

Ein rotgesichtiger Karpater in zerlumpter Uniform jagte ein warmblütiges Mädchen quer durch den Saal. Es war Rupert von Hentzau. Während er ihr ungelenk folgte, verschoben sich seine Schädelbeine und verzerrten sein Gesicht zu einer furchterregenden Fratze. Er brachte das Mädchen mit einem weit ausholenden Klauenhieb zu Fall und riss ihr Hemd und Haut vom Leib. Dann schlug er ihr seine dreigelenkigen Kiefer in Rücken und Flanken, fraß von ihrem Fleisch und trank von ihrem Blut. Noch während er sich an ihr labte, wurde er zur wölfischen Bestie, streifte er Hosen und Stiefel ab, wurde sein Gelächter zu Geheul. Das Mädchen war sofort tot.

Draculas Lächeln entblößte gelbe Zähne, lang und dick wie zugespitzte Daumen. Geneviève blickte dem König der Vampire geradewegs ins Gesicht.

Die Königin kniete neben dem Thron; um ihren Hals lag ein nagelbesetztes Eisen, das durch eine massive Kette mit einem weiten Armband um Draculas Handgelenk verbunden war. Sie trug nichts als Hemd und Strümpfe; das braune Haar fiel ihr offen auf die Schultern, ihr Gesicht war blutverschmiert. Es war unmöglich, in dieser missbrauchten, erbarmungswürdigen Gestalt die rundliche alte Frau wiederzuerkennen, die sie einst gewesen war. Geneviève hoffte inständig, dass die Königin den Verstand verloren hatte, befürchtete jedoch, dass sie wohl wusste, was rings um sie vorging. Viktoria wandte den Blick vom Opfer des Karpaters.

»Königliche Hoheiten«, sagte Charles, indem er sich verbeugte.

Ein enormer Furz räudigen Gelächters brach aus Draculas mit scharf gezackten Fangzähnen bewehrtem Maul. Der Pesthauch seines Atems erfüllte den Saal. Er roch nach Tod und Verwesung.

»Ich bin Dracula«, sagte er in erstaunlich akzentfreiem, flüssigem Englisch. »Und wer sind unsere hochwillkommenen Gäste, wenn ich fragen darf?«

… er befand sich im Auge eines Alptraumorkans. Doch sein Wille war eisern. Dieser Anblick machte ihn zu einem *iustum et tenacem propositi virum*, zu einem rechten Mann, der fest am Entschlusse hält. Später, wenn er dann noch lebte, würde er seiner Übelkeit vielleicht nachgeben. Nun aber, in diesem entscheidenden Moment, musste er sich völlig in der Gewalt haben.

Obgleich er nie ein richtiger Soldat gewesen war, hatte er auf der Militärakademie wie auch im Felde die Kunst der Strategie erlernt. Ein Blick verriet ihm, wo im Thronsaal sich wer befand. Die meisten brauchten ihn nicht zu kümmern, doch Geneviève, Merrick und, aus unerfindlichen Gründen, Mina Harker bereiteten ihm Sorge. Sie alle standen hinter ihm.

Der Mann und die Frau auf der Estrade nahmen seine ganze Aufmerksamkeit gefangen: die Königin, deren unübersehbare Qualen ihm das Herz zerreißen wollten, und der Fürst, der wohlgefällig auf dem Thron saß und sich an dem wüsten Chaos rings um ihn herum ergötzte. Draculas Gesicht schien wie auf Wasser gemalt; bisweilen gefror es zu spiegelblankem Eis, zumeist aber war es im Fluss, in unablässiger Bewegung. Beauregard erblickte immer neue Gesichter unter der Oberfläche. Die roten Augen und die Wolfszähne blieben unverändert, während rings um die schroffen Wangen alles unaufhörlich die Gestalt veränderte und sich mal in eine haarige, nasse Schnauze, mal in einen knochigen, kahlen Totenschädel verwandelte.

Ein edel gekleideter Vampirjüngling, aus dessen Kragen ein wahrhafter Strauß von Spitze hervorbrach, erklomm die Estrade.

»Dies sind die Helden von Whitechapel«, erklärte er, wobei er sich mit einem Schnupftuch Luft zufächelte. Beauregard hatte den Premierminister sogleich erkannt.

»Ihnen allein haben wir die Vernichtung jener rücksichtslosen Mörder zu verdanken, welche als Jack the Ripper bekannt sind«, fuhr Lord Ruthven fort. »Dr. John Seward von schändlichem Angedenken und, äh, Arthur Holmwood, der furchtbare Verräter ...«

Der Fürst verzog das Gesicht zu einem grimmigen Lächeln, seine Schnurrbartspitzen knarrten wie Lederriemen. Ruthven, Godalmings Fangvater, war sichtlich verstimmt wegen der Erinnerung an jene Schreckenstaten, deren sich sein Zögling in den Augen des Volkes mitschuldig gemacht hatte.

»Ihr habt uns brav und treu gedient, meine lieben Untertanen«, sagte Dracula, doch das Lob klang ganz wie eine Drohung …

… indem Ruthven neben Fürst Dracula hintrat, machte er das Herrschertriumvirat komplett: die beiden Vampirältesten und die neugeborene Königin. Vlad Tepes ließ nicht den geringsten Zweifel daran, wer an der Spitze dieser Dreieinigkeit der Macht stand.

Geneviève war Ruthven ein knappes Jahrhundert zuvor auf einer Reise durch Griechenland begegnet. Damals war er ihr wie ein Dilettant erschienen, der sich mit romantischen Tändeleien verzweifelt bei Laune zu halten suchte, weil die Ödnis eines langen Lebens ihn so sehr bedrückte. Als Premierminister nun hatte er seinen *ennui* gegen die Ungewissheit eingetauscht, da er wohl wusste, dass mit jeder neuen Beförderung auch die Wahrscheinlichkeit wuchs, dereinst in ungeahnte Tiefen hinabgestürzt zu werden. Sie fragte sich, ob denn niemand außer ihr die Furcht zu sehen imstande war, die sich wie eine Ratte an Lord Ruthvens Busen nährte.

Dracula musterte Charles eindringlich, wohlwollend beinahe. Geneviève spürte, wie das Blut ihres Geliebten in Wallung geriet, und bemerkte, dass sie die Zähne gefletscht und die Finger zu Klauen verkrümmt hatte. Sie zwang sich, vor dem Thron eine demütige Haltung anzunehmen.

Der Fürst wandte ihr seine Aufmerksamkeit zu und hob eine buschige Augenbraue. Eine Fülle verkrusteter Narben verzerrte seine sanften Züge.

»Geneviève Dieudonné«, sagte er und ließ sich den Namen auf der Zunge zerfließen, als wolle er den Silben dadurch neuen Sinn abringen. »Ich habe früher schon von Euch vernommen.«

Sie streckte ihre leeren Hände aus.

»Als ich diesen Ehrenplatz einnahm«, fuhr er, von ausladenden Gebärden begleitet, fort, »war Euer Name vielgerühmt. Es bedeutet Mühsal, mit den Wanderungen von unsereins Schritt zu halten. Hier und da empfing ich Nachricht über Euch.«

Der Fürst schien mit jedem seiner Worte weiter aufzuschwellen. Vermutlich blieb er nicht nur unbekleidet, weil er es so wollte, sondern weil Kleider seinem fortwährenden Wandel der Gestalt nicht standzuhalten vermochten.

»Wenn mich nicht alles täuscht, so zählet Ihr eine entfernte Verwandte meiner Familie zu Euren Freundinnen.«

»Carmilla? In der Tat«, entgegnete Geneviève.

»Eine zarte Blume, die wir schmerzlich vermissen.«

Geneviève nickte zustimmend. Die zuckersüße Besorgtheit dieses Monstrums verursachte ihr Übelkeit, schnürte ihr die Kehle zu. Ebenso zärtlich und gedankenlos wie ein Herr seinen alten Jagdhund tätschelt, streckte der Fürst die Hand aus und strich über das wirre Haar der Königin. Furcht loderte in ihrem Blick. Am Fuß der Thronestrade kauerte ein Häuflein mit Leichentüchern angetaner *nosferatu*-Weiber, die von Dracula verschmähten Ehefrauen. Allesamt Schönheiten, zerfetzten sie schamlos ihre Gewänder, so dass Glieder, Brüste und Lenden zum Vorschein kamen. Sie fauchten und gierten wie Katzen. Die Königin hatte offensichtlich schreckliche Angst vor ihnen. Dracula schloss seine gewaltigen Finger um Viktorias zerbrechlichen Schädel und drückte behutsam zu.

»Mylady«, fuhr er fort, »warum seid Ihr nicht schon früher an meinen Hof gekommen? Wir hätten Euch mit Freuden auf unserem schmerzlich vermissten Schloss Dracula in Transsylvanien oder diesem etwas moderneren Anwesen empfangen. Alle Ältesten sind uns willkommen.«

Draculas Lächeln war durchaus überzeugend, vermochte seine spitzen Zähne jedoch nicht zu verbergen.

»Bin ich Euch so zuwider, Mylady? Über Jahrhunderte seid Ihr von einem Ort zum anderen gezogen, in ewiger Furcht vor Euren warmblütigen Neidern. Wie alle Untoten wandeltet Ihr als Ausgestoßene auf dem Antlitz dieser Erde. Nennt Ihr das Recht? Geplagt von niederen Kreaturen, verweigerte man uns den Beistand der Kirche und den Schutz des Gesetzes. Ihr habt ebenso wie ich ein Mädchen, das Ihr liebtet, an Bauern mit gespitzten Pfählen und silbernen Sicheln verloren. Wahrhaftig, Tepes werde ich geheißen, und doch war es nicht Dracula, der das Herz der Carmilla Karnstein oder das der Lucy Westenra durchbohrte. Mit meinem dunklen Kuss schenke ich ewiges, süßes Leben; die Silbermesser aber sind es, die den leeren, kalten Tod uns bringen, auf alle Zeit und immerdar. Doch die finsteren Nächte liegen hinter uns, und wir sind in die uns gebührende Stellung erhoben. Ich habe dies zum Wohle aller *nosferatu* getan. Vorbei die Zeit, da wir den Warmblütern unsere Natur verhehlten, vorbei die Zeit, da uns der rote Durst das Hirn versengte. Fangtochter des Chandagnac, auch Ihr zieht daraus Euren Nutzen; und doch empfindet Ihr keine Liebe für Dracula. Ist das nicht überaus betrüblich? Verrät das nicht die Haltung einer überaus einfältigen und undankbaren Frau?«

Draculas Hand lag um Viktorias Hals, und mit dem Daumen streichelte er ihre Kehle. Die Königin blickte zu Boden.

»Wart Ihr nicht einsam, Geneviève Dieudonné? Und seid Ihr nun nicht unter Freunden? Unter Euresgleichen?«

Sie war fünfzig Jahre länger untot als Vlad Tepes. Als sie sich verwandelt hatte, war der Fürst ein Wickelkind gewesen, das bald darauf in ein Leben der Gefangenschaft entlassen werden sollte.

»Pfähler«, verkündete sie, »ich kenne nicht meinesgleichen.«

... während der Fürst noch funkelnden Auges auf Geneviève herabsah, trat Beauregard vor.

»Ich habe Euch ein Geschenk mitgebracht«, sagte er und griff in die Brust seines Fracks, »ein Andenken an unsere Tätigkeit im East End.«

Draculas Blick verriet die philiströse Besitzgier eines wahrhaften Barbaren. Trotz seiner hochtrabenden Titel war er kaum eine Generation von jenen tyrannischen Bergtölpeln entfernt, die er seine Vorfahren schimpfte. Nichts erfreute sein Fürstenherz so sehr wie hübsche Dinge. Grell schimmerndes Spielzeug. Beauregard zog ein Stoffbündel aus seiner Innentasche und schlug das Tuch zurück.

Silber flammte auf.

Eben noch hatten sich Vampire in düsteren Winkeln laut schmatzend am Fleisch von Knaben und Mädchen gütlich getan, nun aber war alles ruhig. Es war gewiss eine Illusion, doch die winzige Klinge strahlte, erhellte wie Excalibur *en miniature* den ganzen Saal. Wutentbrannt legte Dracula die Stirn in Falten, doch dann verwandelten Hohn und Belustigung sein Gesicht in eine breit grinsende Maske. Beauregard hielt Jack Sewards Silberskalpell in die Höhe.

»Bildet Ihr Euch etwa ein, mich mit diesem Nädelchen bezwingen zu können, Engländer?«

»Es ist ein Geschenk«, erwiderte Beauregard. »Doch es ist nicht für Euch bestimmt.«

Geneviève trat verwundert beiseite. Merrick und Mina Harker standen zu weit entfernt, um ihm gefährlich werden zu können. Die Karpater ließen von ihren Vergnügungen ab und bildeten einen Halbkreis um den Thron. Einige der Haremsfrauen erhoben sich, ihre lechzenden Mäuler troffen vor feucht glänzendem Blut. Zwar befand sich niemand zwischen Beauregard und der Estrade, doch wenn er auch nur einen Schritt zu Dracula hin täte, würde er auf eine massive Mauer aus Knochen und Vampirfleisch stoßen.

»Sondern für meine Königin«, sagte Beauregard und warf ihr das Messer zu.

Die dahinschwirrende Silberklinge spiegelte sich in Draculas Augen, und in seinen Pupillen explodierte finsterer Zorn. Viktoria fischte das Skalpell aus der Luft ...

... alles hatte nur dem einen Zweck gedient, Charles Zutritt zum Palast zu verschaffen, um hier und jetzt seine Pflicht erfüllen zu können. Geneviève spürte seinen Geschmack auf ihrer Zunge und verstand ...

... die Königin stieß sich die Klinge in die Brust, heftete sich das Hemd an die Rippen und durchstach ihr Herz. Es war rasch vorbei. Aus ihrer tödlichen Wunde schoss Blut. Mit einem Seufzer der Erleichterung stürzte sie von der Estrade und rollte, ihre rasselnde Kette hinter sich herziehend, die Stufen hinab. *Sic transit Victoria Regina.*

Der Premierminister bahnte sich einen Weg zwischen den Haremsfrauen hindurch, indem er die Harpyien grob beiseitestieß, und umklammerte den Leib der Königin. Ihr Kopf sank nach hinten, als er das Skalpell mit einem heftigen Ruck herauszog. Ruthven presste eine Hand auf ihre Wunde, als könne er sie allein kraft seines Willens ins Leben zurückbefördern. Es war zwecklos. Mit dem Silbermesser in der Hand erhob er sich. Als seine Finger zu qualmen begannen, schrie er auf vor Schmerz und schleuderte das Skalpell weit von sich. Umringt von Draculas Ehefrauen, deren Gesichter sich in rachgierige Fratzen verwandelt hatten, fing der wie ein Murgatroyd herausgeputzte Premierminister mit einem Mal zu schlottern an.

Beauregard wartete auf die Sündflut.

Der Prinz, der nun kein Gemahl mehr war, sprang auf; sein Umhang bauschte sich wie eine Gewitterwolke. Riesige Hauer brachen aus seinem Mund, und seine Hände wurden zu Bündeln scharf geschliffener Speere. Seine Macht hatte einen Schlag erlitten, von der sie sich nie wieder erholen würde. Albert Edward, Prinz von Wales, war jetzt König; und sein Stiefvater, der ihn nach Paris in ein zwar angenehmes, doch gänzlich unsinniges Exil hatte verbringen lassen, hatte auf ihn keinen allzu großen Einfluss. Das Empire, das Dracula an sich gerissen hatte, würde sich gegen ihn erheben.

Wenn Beauregard jetzt starb, hatte er genug getan.

Dracula hob eine Hand, die nutzlose Kette baumelte von seinem Handgelenk, und deutete auf Beauregard. Unfähig zu sprechen, versprühte er Gift und Galle.

Mit der Königin war auch die Großmutter Europas gestorben. Sieben ihrer Kinder waren noch am Leben, vier von ihnen Warmblüter. Dank Heirat und Sukzession verbanden sie die übrigen Königshäuser Europas. Selbst wenn man Bertie beseitigen ließe, gab es hinreichend Anwärter auf den Thron. Welch feine Ironie des Schicksals, dass der König der Vampire von einem schnatternden Haufen gekrönter Bluter gestürzt werden konnte.

Beauregard trat den Rückzug an. Plötzlich stocknüchtern, versammelten sich die Vampire. Die Haremsfrauen und Gardeoffiziere. Die Frauen fielen als Erste über ihn her, rissen ihn zu Boden und schlugen ihm die Krallen in den Leib …

… obschon Charles bemüht gewesen war, Schaden von ihr abzuwenden, indem er ihr die Pläne des Diogenes-Clubs verheimlichte, hatte sie trotzköpfig darauf beharrt, Dracula in seinem Drachennest aufzusuchen. Nun würden sie wahrscheinlich beide sterben müssen.

Draculas Frauen stießen sie beiseite. Mit blutverschmierten

Klauen und Mäulern machten sie sich an Charles zu schaffen. Sie konnte die messerscharfen Küsse, mit denen die Frauen ihm Hände und Gesicht zerfetzten, förmlich spüren. Sie zerrte eine von ihnen – eine steirische Schlampe namens Gräfin Barbara de Cilly zu Graz, wenn Geneviève nicht alles täuschte – aus dem Getümmel hervor und schleuderte die kreischende Kreatur quer durch den Saal. Geneviève fletschte die Zähne und fauchte das gefallene Mädchen wütend an.

Ihr Zorn verlieh ihr neue Kraft.

Sie schritt zu dem tobenden Haufen hin, unter dem Charles begraben lag, und kämpfte ihn frei, indem sie wild auf die Weiber einhieb und ihre Nägel in sie bohrte. In ihrem Nest waren die Höflinge schwach und bis zum Rande voll mit Blut. Es bereitete ihr keine allzu große Mühe, Draculas Frauen beizukommen. Wie die anderen Furien schrie und spuckte Geneviève, riss büschelweise Haare aus und hackte nach roten Augen. Charles war blutüberströmt, aber er lebte. Sie kämpfte um ihn wie eine Wolfsmutter um ihr Junges.

Die Höllenhexen taumelten rückwärts, fort von Geneviève, was ihr ein wenig Luft verschaffte. Charles befand sich, nach wie vor benommen, an ihrer Seite. Hentzau, der Hauptkämpe Draculas, ging vor ihnen in Stellung. Obgleich die untere Hälfte seines Körpers menschlich war, hatte er die Zähne und Klauen eines Tieres. Er ballte eine Hand zur Faust, und ein Knochenende glitt aus seinem Fingerknöchel hervor. Es wurde lang, starr und spitz.

Sie tat einen Schritt nach hinten, begab sich außer Reichweite des knöchernen Rapiers. Die Höflinge wichen zurück und bildeten, wie die Zuschauer bei einem Boxkampf, einen Kreis. An seine tote Königin gefesselt, verfolgte Dracula das ungleiche Duell. Hentzau wirbelte herum und ließ seinen Degen, beinahe zu schnell fürs bloße Auge, durch die Luft sirren. Sie vernahm das Flüstern der Klinge und bemerkte kurz darauf, dass in ihrer

Schulter eine Wunde klaffte und ein rotes Rinnsal ihre *décolletage* befleckte. Sie ergriff einen Fußschemel, hob ihn sich zum Schutz vor das Gesicht und parierte damit den nächsten Ausfall. Hentzau durchschnitt Bezug und Polsterung und trieb die Spitze seines Degens in das Holz. Als er sie wieder herauszog, quoll Rosshaar aus dem Riss hervor.

»Duell mit möblierter Dame, hä?«, spöttelte Hentzau.

Er hieb nach Genevièves Gesicht, und etliche ihrer Locken schwebten zu Boden. Von der Tür her kam ein Aufschrei, und irgendetwas landete vor Charles' Füßen auf den Marmorfliesen ...

... die erstickte Stimme gehörte John Merrick. Der Stockdegen lag zum Greifen nahe. Die arme Kreatur hatte ihn einem Lakai entrissen. Beauregard konnte es kaum fassen, dass er seine Königin tatsächlich überdauert hatte. Ihm war, als lebte er ein Leben nach dem Tode.

Der Gardist, aus dessen Gerippe ein Rapier hervorgesprossen war, rückte Geneviève zu Leibe. Hentzau schien als warmblütiger Mann keinen Schuss Pulver wert. Er war flink auf den Beinen, hatte Muskeln wie ein Springpferd und verfügte über einen Armdegen, mit dem er seiner Widersacherin mühelos den Kopf hätte abtrennen können.

Beauregard nahm seinen Stock, zog die versilberte Klinge aus dem Schaft und wog die Waffe in der Hand. Plötzlich begriff er, wie dem Ruritanier zumute war.

Mit einem gelinden Schlag fegte Hentzau der Vampirfrau den Schemel aus der Hand. Grinsend tat er einen Schritt zurück, um ihr mit einem letzten Hieb das Herz zu durchbohren. Beauregard ließ seinen Degen auf Hentzaus Arm herniedersausen, schob die Spitze seiner Klinge unter den Kiefer des Gardisten, stach sie durch dessen rauen Pelz und ritzte die Haut unter dem Kinn bis auf den nackten Knochen.

Der Ruritanier heulte auf in seiner Silberqual und wendete sich gegen Beauregard. Er holte zum Angriff aus; seine Degenspitze stieß herab wie eine Wasserjungfer. Obschon er fürchterliche Schmerzen leiden musste, ging er überaus behände zu Werke. Beauregard parierte eine rasche Folge von Attacken. Er sah den Hieb kommen. Plötzlich war ihm, als ob ein Angelhaken zwischen seinen Rippen steckte. Wie er – Bruchteile von Sekunden, ehe die messerscharfe Klinge ihm den Garaus machen konnte – zurückzuweichen suchte, rutschte er auf dem glatten Marmorboden aus. Er schlug der Länge nach hin, in der *Gewissheit,* dass Hentzau sich auf ihn stürzen und ihm die Schlagader durchtrennen würde, damit die Haremsfrauen aus seinen sprudelnden Wunden trinken konnten.

Hentzau hob seinen Armdegen wie eine Sichel; die Klinge sauste schwirrend herab. Beauregard wusste, dass sie ihm den Hals durchschneiden würde. Er dachte an Geneviève. Und Pamela. Mit letzter Kraft gelang es ihm, den Arm zu heben, um den tödlichen Hieb abzuwehren. Seine schweißnasse Hand umklammerte das schlüpfrige Heft seines Degens.

Ein schwerer Stoß ließ ihn am ganzen Leib erzittern. Hentzaus Arm traf auf Beauregards Silber. Der Gardist taumelte rückwärts. Sein Armdegen fiel als lebloser Klumpen zu Boden, säuberlich unterhalb des Ellbogens abgetrennt. Eine Blutfontäne schoss hervor, und Beauregard wälzte sich zur Seite.

Er sprang auf die Beine. Der Gardist packte seinen Armstumpf und geriet ins Straucheln. Sein Gesicht nahm menschliche Züge an, verlor von einem Augenblick zum anderen alle Haare. Sowie Hentzaus Geheul sich in ein ersticktes Schluchzen verwandelt hatte, hallte ein lautes Klirren durch den Saal. Beauregard und Geneviève wandten sich in die Richtung, aus der es gekommen war.

Prinz Dracula stand auf der Estrade. Er hatte sich die Kette der Königin vom Arm gerissen und sie zu Boden geworfen …

... als er von seinem Podest herabstieg, trat Dampf aus seinen Nasenlöchern. Über Jahrhunderte hinweg hatte er sich als höheres, der Menschheit überlegenes Wesen begriffen; nicht wie er von selbstsüchtigen Fantasien geblendet, wusste Geneviève, dass sie nichts weiter war als eine Zecke im Pelz der Warmblüter. In seinem aufgeblähten Zustand schien der Prinz beinahe lethargisch.

Geneviève drückte Charles an sich und wandte sich zur Tür. Vor ihnen stand der Premierminister. In dieser Gesellschaft wirkte er zivilisiert, ja blutleer.

»Aus dem Weg, Ruthven«, fauchte sie.

Ruthven überlegte, was er tun sollte. Da die Königin nun wirklich tot war, würde manches anders werden. In ihrer Verzweiflung ergriff Geneviève ihr Kruzifix. Sichtlich erstaunt, suchte Ruthven ein Lachen zu unterdrücken. Er hätte sie am Verlassen des Palastes hindern können, doch – ganz der Staatsmann – zögerte er einen Augenblick, ehe er schließlich beiseitetrat.

»Sehr klug, Mylord«, raunte sie ihm zu.

Ruthven zuckte mit den Achseln. Er wusste, dass das Empire am Boden lag. Vermutlich würde er sich fortan auf sein Überleben konzentrieren. Die Ältesten waren in der Überlebenskunst bewandert.

Merrick hielt ihnen die Tür auf. Im Vorzimmer trafen sie auf eine bestürzte Mina Harker, starr vor Schreck. Alles war eifrig bemüht, mit den raschen Veränderungen Schritt zu halten. Einige Höflinge hatten es aufgegeben und wandten sich wieder ihren Vergnügungen zu.

Draculas Schatten wuchs, sein Zorn umfing sie wie ein Nebel.

Geneviève half Charles aus dem Thronsaal. Sie leckte ihm das Blut vom Gesicht und tastete nach seinem Herzschlag. Gemeinsam würden sie mächtig einherreiten auf diesem Sturm.

»Ich konnte es dir nicht sagen«, versuchte er ihr zu erklären.

Sie brachte ihn zum Schweigen.

Merrick verriegelte die Tür und stemmte seinen gewaltigen Rücken dagegen. Er stieß ein langgezogenes Heulen aus, das sie als »Fort hier!« deutete. Von innen donnerte etwas gegen die Tür, und eine klauenbewehrte Hand schlug oberhalb von Merricks Kopf, zwölf Fuß hoch über dem Boden, ein Loch in das Paneel. Die Hand ballte sich zur Faust und vergrößerte die Öffnung. Die Tür erbebte, als werfe ein Nashorn sich dagegen. Eine der Angeln platzte krachend aus dem Holz.

Sie grüßte Merrick zum Abschied und humpelte mit Charles davon ...

... er zwang sich, nicht zurückzublicken.

Im Laufen hörte Beauregard, wie die Türe hinter ihnen barst und Merrick von herabstürzendem Holz und stampfenden Fußtritten zermalmt wurde. Einer unter vielen malträtierten Helden, deren schnelles Schicksal keine Zeit zur Trauer ließ.

Sie schleppten sich vorbei an Mina Harker und gelangten in den Empfangssaal, der von Vampiren in Livree bevölkert war. Ein Dutzend verschiedener Gerüchte machte hier die Runde.

Geneviève zog ihn mit sich fort.

Er hörte die donnernden Schritte ihres Verfolgers. Trotz des Stiefelgeklappers vernahm er deutlich einen Flügelschlag. Eine Bö von riesenhaften Schwingen streifte ihn.

Verwirrte Wachen ließen sie durch das Palastportal ...

... ihr Herz raste. Die Kutsche war selbstredend verschwunden. Sie würden sich zu Fuß durchschlagen und in der Menge untertauchen müssen. In der bevölkerungsreichsten Stadt der Welt konnte es nicht allzu schwierig sein, sich zu verstecken.

Während sie noch die breite Treppe hinunterstolperten, näherte sich im Eilschritt ein Kader von Karpatern; ihre Säbel klirrten.

Ihr Anführer war der General, hinter dessen Rücken man sich nichts als Witze über ihn erzählte: Iorga.

»Schnell«, rief Geneviève, »der Prinzgemahl, die Königin! Sonst ist alles verloren!«

Iorga schien gar nicht erfreut über die Nachricht, dass ein Unbekannter seinem Generalissimus ans Leder wollte, und suchte eine entschlossene Miene aufzusetzen. Der Kader stürmte im Laufschritt durch das Portal, als Draculas Gefolgschaft hinaus ins Freie drängte. Bis die Karpater wussten, wie ihnen geschah, wären sie längst durch das Tor.

Charles, dessen Kraft allmählich schwand, wischte sich mit dem Ärmel das Gesicht. Sie nahm seinen Arm, und hinkend rannten sie fort von dem lärmenden Gewimmel.

»Gené, Gené, Gené«, murmelte er, den Mund voller Blut.

»Schsch«, machte sie und zerrte ihn vorwärts. »Wir müssen uns beeilen.«

… Warmblüter wie Untote strömten aus allen Himmelsrichtungen herbei. Der Palast wurde gleichzeitig verteidigt und gestürmt. Im Park sang ein Chor von Protestierern Hymnen und versperrte einer Feuerspritze den Weg. Überall in den Anlagen liefen Pferde frei umher und wirbelten Kieselwolken auf.

Er musste Atem schöpfen. Seinen Arm fest umklammernd, ließ Geneviève ihn innehalten. Als er stehen blieb, spürte er, welch eine derbe Tracht Prügel er bezogen hatte. Er stützte sich auf seinen bloßen Degen und sog gierig kalte Luft in seine Lungen. Er litt an Geist und Körper. Ihm war, als sei er im Thronsaal gestorben und nun als ektoplasmische Form zurückgekehrt, befreit von der Last irdischen Fleisches.

Vor ihnen erklommen Menschen die Tore des Palastes. Unter dem Gewicht der Massen schwangen sie auf und schlugen zwei Gardisten zu Boden. Dieser Aufruhr konnte kaum gelegener kommen. Der Diogenes-Club trug Sorge für die Seinen. Oder der Limehouse-Ring hatte sich für Beauregard ins Zeug gelegt. Oder aber er wurde getragen von den Fluten der Geschichte, und dies war nichts weiter als ein glücklicher Zufall.

Fackeln und hölzerne Kruzifixe schwenkend, drängte eine Schar raubeiniger Gesellen in den Hof, die Gesichter mit verkohltem Kork bemalt. An ihrer Spitze marschierte eine Nonne von winziger, biegsamer Gestalt, unter deren Schleier ein Antlitz wie eine chinesische Kamee zum Vorschein kam. Sie rief ihre Anhänger herbei und deutete gen Himmel.

Eine Dunkelheit, finsterer als die schwärzeste Nacht, senkte sich über die Menge. Auf allem lastete ein gigantischer Schatten. Ein rotes Mondenpaar schien aus der Düsternis herab. Schleppende Flügelschläge ließen die Luft erzittern und zwangen die Menschen zu Boden. Die Fledermausgestalt füllte den Himmel über dem Palast.

Einen Augenblick lang herrschte völlige Stille. Dann erhob jemand die Stimme gegen die Gestalt. Andere stimmten ein. Fackeln und Kieselsteine wurden in die Höhe geschleudert, doch ohne Erfolg. Schüsse wurden abgegeben. Der riesige Schatten schwang sich auf.

Iorgas Männer, die sich nach ihrem würdelosen Sturz neu formiert hatten, fielen nun über die Menge her und hauten wild mit ihren Säbeln um sich. Sie schlugen den Pöbel ohne Mühe zurück. Beauregard und Geneviève wurden mit dem Strom durch das Haupttor gerissen. Trotz des großen Krawalls war der Schaden gering. Die chinesische Nonne verschwand als Erste in der Nacht, dann zerstreuten sich auch ihre Anhänger.

Als sie das Tor passiert hatten, gestattete Beauregard sich einen Blick zurück. Der Schatten hatte sich auf dem Dach des Buckingham-Palastes niedergelassen. Eine dämonische Gestalt blickte vom First herab und raffte ihre Schwingen um sich wie einen Mantel. Beauregard fragte sich, wie lange der Prinz sich wohl noch auf seiner Stange halten mochte.

Große Feuer loderten in den Nachthimmel empor. Die Nachricht würde sich rasch verbreiten, sie war der Funke, der das Pulverfass zur Explosion zu bringen vermochte. In Chelsea, Whitechapel und Kingstead; in Exeter, Purfleet und Whitby; in Paris, Moskau und New York: In ihrer Folge würde sich die Welt verändern. Aus dem Park drang lautes Geschrei herüber. Düstere Gestalten tanzten und rangen miteinander …

… sie verspürte einen Anflug von Bedauern: Ihre Stellung war verloren. Da sie nicht nach Toynbee Hall zurückkehren konnte, würden andere ihre Arbeit fortführen müssen. Ob mit oder ohne Charles, ob hier oder im Ausland, ob vor aller Augen oder im Verborgenen, sie wollte noch einmal von vorn anfangen, sich ein neues Leben aufbauen. Nichts mit sich nehmen außer dem Kruzifix ihres Vaters. Und einem guten, wenn auch leicht beschmutzten Kleid.

Sie war überzeugt, dass die Kreatur auf dem Palastdach sie und Charles trotz ihrer Nachtaugen und ihres erhabenen Ausgucks nicht sehen konnte. Je weiter sie sich von ihr entfernten, desto kleiner wurde sie. Sowie sie den aufgespießten Kopf Abraham Van Helsings hinter sich gelassen hatten, blickte Geneviève zurück und sah nichts als Finsternis.

Zweites Buch

DER ROTE BARON

»Mechanischen Erfindungen wird im Vergleich zur Infanterie viel zu große Bedeutung beigemessen. Ohne Artillerie und Kavallerie geht es nicht! … Jeder Krieg hat seine ureigenen Bedingungen, denen wir unseren Apparat anpassen müssen, und wenn wir dabei nach vernünftigen Prinzipien vorgehen, werden nur wenige geringfügige Änderungen nötig sein. Je länger dieser Krieg andauert, als umso tauglicher werden sich unsere Ausbildungsprinzipien erweisen.«
Field Marshal Sir Douglas Haig, 1918

»Vorliegendes Bändchen gewährt einen nützlichen Einblick in die Methoden des Feindes und nötigt dem Leser überdies ein gerüttelt Maß an Hochachtung für viele derer ab, denen wir gegenwärtig nach dem Leben trachten.«
C. G. Grey, Vorwort zur britischen Erstausgabe
von Manfred von Richthofens Der rote Kampfflieger, 1918

I

IM WESTEN NICHTS NEUES

1

Geschwader Condor

Vier Meilen hinter den Linien hörte man in einem fort das Donnern schwerer Geschütze. Harschklumpen schimmerten matt auf dem finsteren, zernarbten Feldweg. Der Schnee war bereits mehrere Tage alt. Lieutenant Edwin Winthrop saß in seinen Trenchcoat und eine nutzlose Tartandecke gehüllt im Fond; insektengroße Hagelsplitter spickten sein Gesicht. Er hatte Angst, seine gefrorenen Schnurrbartspitzen könnten abbrechen. Der offene Daimler taugte nicht für eine eisige französische Winternacht wie diese. Sergeant Dravot war, wie alle Toten, unempfindlich gegen die Kälte. Den Nachtaugen des Fahrers entging nichts.

In Maranique kam es zu einer Verzögerung. Während Winthrop allmählich zu einem Eiszapfen gefror, überflog ein Corporal mit skeptischem Blick seine Papiere.

»Wir hatten eigentlich Captain Spenser erwartet, Sir«, erläuterte die Wache. Der Mann war doppelt so alt wie Winthrop.

»Captain Spenser ist von seinem Posten entbunden worden«, sagte Winthrop. Jede weitere Erklärung war überflüssig. Der Corporal hatte den Fehler begangen, sich an Spenser zu gewöhnen. In diesem Gewerbe ein unverzeihlicher Fauxpas. »Wir befinden uns im Krieg. Falls Ihnen das entgangen sein sollte.«

Blutrotes Mündungsfeuer färbte die tief hängenden Wolken über dem nahen Horizont. Wenn eine Granate in einem bestimmten Winkel durch die Luft schnitt, so übertönte sie mit ihrem Pfeifen selbst das babylonischste Bombardement. Es hieß, wer dieses Schrillen im Schützengraben höre, dem brachte das Geschoss den sicheren Tod.

Der Corporal salutierte und winkte den Stabswagen durch. Als Flugplatz diente ein umgebauter Bauernhof. Tiefe Fahrspuren wiesen den Weg zu einem Haus.

Das Geschwader Condor war bis zum heutigen Nachmittag Spensers Truppe gewesen. Und obschon er über eine Stunde gebüffelt hatte, war es Winthrop nicht gelungen, ihr Geheimnis zu ergründen. Zwar hatte man ihn über die bevorstehende Aufgabe in groben Zügen unterrichtet, die Einzelheiten lagen jedoch nach wie vor im Dunkeln.

»Viel Glück, junger Mann«, hatte Beauregard gesagt. »Sie können sich einen Stern damit verdienen.«

Er begriff nicht, wie ein Zivilist, obgleich er auf mysteriöse Weise eng mit dem Wing verbunden schien, ihm eine Beförderung in Aussicht stellen konnte, doch Charles Beauregard flößte ihm Vertrauen ein. Winthrop fragte sich, wie viel Vertrauen er dem bedauernswerten Captain Eliot Spenser hatte einflößen können.

Da Winthrop bereits seit einiger Zeit in Frankreich weilte, wusste er, dass er, um nicht zu zittern, nur die Muskeln anzuspannen brauchte. Doch die Erinnerung an Spenser, der ihn mit blutüberströmtem Gesicht anlächelte, raubte ihm jegliche Beherrschung. Seine schmerzenden Wangenmuskeln erschlafften, und er klapperte mit den Zähnen wie eine Marionette.

Obgleich das Bauernhaus verdunkelt war, ließen schwache Lichtstreifen die Umrisse der Fenster sichtbar werden. Dravot öffnete den Wagenschlag. Winthrop stieg aus; überfrorener Rasen knirschte unter seinen Sohlen, und feuchter Atemdunst benetzte seinen Schal. Dravot nahm Haltung an. Sein Blick war starr und unerschrocken, und unter seinem Schnurrbart ragten spitze Fangzähne hervor. Kein Wölkchen strömte ihm aus Mund und Nase. Der Sergeant brauchte nicht zu atmen. Er wäre selbst gegen eine Horde wilder Barbaren standhaft geblieben. Falls Dravot persönliche Ansichten und Gefühle hegte, so waren sie unergründlich.

Eine Tür ging auf. Rauchschwangeres Licht und gedämpftes Stimmengewirr drangen ins Freie.

»Hallo, Spenser«, rief jemand, »kommen Sie rein und trinken Sie einen Schluck mit uns.«

Als Winthrop das Quartier betrat, erstarben die Gespräche. Ein Grammophon kam jaulend zum Stillstand und erlöste die »Arme Butterfly« von ihrer Qual. Der niedrige Raum diente als provisorische Messe. Die Piloten spielten Karten, schrieben Briefe oder lasen.

Ihm wurde mulmig zumute. Rote Augen nahmen ihn ins Visier. Die Soldaten waren ausnahmslos Vampire.

»Ich bin Lieutenant Winthrop. Ich habe Captain Spenser abgelöst.«

»Ach nein«, meinte ein finster dreinblickender Bursche in einer hinteren Ecke, »was Sie nicht sagen!«

Der Mann bekleidete den höchsten Rang im Raum. Major Tom Cundall. Zunächst konnte Winthrop nicht erkennen, ob der Geschwaderkommandeur warmen oder kalten Blutes war. Nach Einbruch der Dunkelheit bekamen die meisten Kriegsteilnehmer diesen raubgierigen, gehetzten Blick, den man gemeinhin mit den Untoten in Verbindung brachte.

»Ein warmblütiger Kamerad«, bemerkte Cundall und verzog höhnisch den Mund. Ein Vampir. Sein Lächeln hatte ihn verraten. »Wie ich sehe, bleibt der Diogenes-Club seinen Prinzipien treu.«

Spenser war ein lebendiger Mensch. Wenigstens war er es noch gewesen, als Winthrop ihn zuletzt gesehen hatte. Gleiches galt für Beauregard. Doch das beruhte nicht auf einem strikten Reglement, sondern verdankte sich einzig und allein dem Zufall. Warmblüter wurden nicht bevorzugt. Im Gegenteil.

»Hat ein Schlitzohr heimlich ein Bombenattentat auf den Diogenes-Club verübt?«, fragte ein Pilot mit verstohlenem Grinsen.

»Sachte, Courtney«, sagte jemand.

Hunnen, die rückwärtige Stellungen attackierten, galten bei den Frontsoldaten als Helden. Die roten Sterne eines Stabsoffiziers kamen einem Kainsmal gleich. Die scharlachroten Flecken auf seinen Rangabzeichen riefen Spott und Hohn hervor. Winthrop hatte weder um einen sicheren Posten noch um seine Aufnahme in den Diogenes-Club gebeten. Auch dies verdankte sich dem puren Zufall.

»Captain Spenser hat einen Nervenzusammenbruch erlitten«, sagte Winthrop mit geheuchelter Teilnahmslosigkeit. »Er hat sich schwere Wunden zugefügt.«

»Grundgütiger!«, stieß ein Mann mit rotem Haar hervor.

»Ein Revolver ist eben kein Spielzeug«, spöttelte Courtney. Er hatte brennende, verwegene Augen, ein australisches Näseln in der Stimme und einen wie mit spitzer Feder hingetupften Schnurrbart. »Er sollte sich was schämen!«

»Captain Spenser hat sich vier Dreizollnägel in den Schädel getrieben«, erklärte Winthrop. »Er ist auf unbestimmte Zeit beurlaubt.«

»Ich wusste gleich, dass mit dem Burschen was nicht stimmt«, sagte ein Amerikaner mit hohler Stimme und blickte von seiner Pariser Zeitung auf.

»Wer dabei erwischt wird, wie er sich den Heimatschuss verpassen will, endet für gewöhnlich vor einem Exekutionskommando«, meinte Courtney.

»Captain Spenser war großen Belastungen ausgesetzt.«

»Damit steht er nicht allein«, bemerkte der Amerikaner. Ein schwarzer Hut beschattete sein hageres Gesicht, doch seine Augen glommen im Dunkeln.

»Lass Winthrop in Frieden, Allard«, insistierte Cundall. »Er ist nur ein unschuldiger Bote.«

Allard steckte seine vorspringende Nase wieder in die Zeitung. Er verfolgte die Heldentaten von Judex, dem Rächer der Enterbten. Presseberichten zufolge war auch Judex ein Vampir.

Der rothaarige Blutsauger wollte noch mehr über Spenser wissen, doch Winthrop hatte nichts weiter zu berichten. Er hatte den Offizier nur flüchtig zu Gesicht bekommen, als dieser in den Krankenwagen verladen worden war. Er war ins Kriegslazarett von Craiglockart bei Edinburgh gebracht worden, das gemeinhin als »Dottyville« bekannt war.

Es entbrannte eine hitzige Debatte über die einzigartige Methode, mittels derer Spenser sich zum Invaliden befördert hatte. Allard meinte, in manchen Regionen Russlands gebe es Vampirmörder, die den Blutsaugern seit alters lieber Eisendorne in den Schädel trieben, statt ihnen Holzpflöcke ins Herz zu schlagen.

»Woher kennst du eigentlich all diese Schauergeschichten?«, fragte Courtney.

»Das Böse ist nun mal mein Steckenpferd«, antwortete Allard, und seine Augen brannten wie glühende Kohlen. Plötzlich fing der Amerikaner grundlos an zu kichern. Sein düsteres, kehliges Glucksen wuchs an zu freudlosem Gelächter. Nicht nur Winthrop sträubten sich die Haare.

»Reißen Sie sich zusammen, Allard«, sagte Cundall. »Da gerinnt einem ja das Blut in den Adern.«

Die Piloten waren, selbst für Vampire, furchteinflößend. Wie die französische *Groupe des Cigognes* bestand das Geschwader Condor fast ausschließlich aus Überlebenden, oftmals den einzigen Überlebenden ihrer früheren Staffel. Um hier aufgenommen zu werden, musste man unzählige Tode gestorben sein. Unter den Männern waren einige der berühmtesten, erfolgreichsten Asse der Alliierten. Winthrop fragte sich, ob sie auch einen Einsatz fliegen würden, bei dem sich nur wenige Einzelsiege erringen ließen. Im Wing wurden Cundall's Condors als ruhmsüchtige, ordensgeschmückte Mörder verachtet. Beauregard hatte ihn ermahnt, sich von den Piloten nicht auf der Nase herumtanzen zu lassen.

Ein junger Vampir schleppte sich mit wuchtigen Tritten eine Wendeltreppe herab. Trotz seiner verrenkten Gliedmaßen wirkten seine Bewegungen wendig und geschickt. Er wischte sich den roten Mund mit einem weißen Schal. Seine rosige Gesichtsfarbe verriet, dass er sich soeben genährt hatte. Hinter der Front gab es ungewöhnlich dienstbare, wenn auch kostspielige französische Mädchen. Andernfalls blieb immer noch das liebe Vieh.

»Spenser hat versucht, seinen Kopfschmerz à la Moldau zu kurieren«, erklärte Courtney dem Krüppel. »Nägel ins Gehirn.«

Ball schwang sich an in die Balken eingelassenen Griffen wie ein Affe durch den Raum. Schließlich machte er es sich in einem Sessel neben dem Grammophon bequem, seine Augen schwammen in Blut. Wenn sie satt waren, dösten manche Vampire träge vor sich hin wie Schlangen. In früheren Zeiten, als man *nosferatu* jagte wie pestverseuchte Ratten, waren sie am schwächsten, wenn sie Nahrung aufgenommen hatten, und versteckten sich in Särgen oder Gräbern. Ball sank mit halb offenem Mund in sich zusammen, sein Kinn war blutbesudelt.

»Ich brauche einen Piloten«, sagte Winthrop leiser als geplant.

»Da sind Sie bei uns goldrichtig«, meinte Cundall.

Niemand meldete sich freiwillig.

»Nehmen Sie Bigglesworth«, sagte Courtney. »Die *Daily Mail* nennt ihn einen ›Ritter der Lüfte‹.«

Ein junger Lieutenant errötete leicht; kirschrote Flecken erschienen auf seinen kreideweißen Wangen. Courtney war offensichtlich Cundalls Zweitbesetzung für die Rolle des Stubenzynikers.

»Lass gut sein, alter Knabe.«

Unter missbilligendem Knurren bekundeten seine Genossen ihre Unterstützung für den Lieutenant. Die Bande von Schuljungen schien Courtney kein allzu großes Kopfzerbrechen zu bereiten.

Major Cundall dachte nach und sagte: »Reichlich trübes Wetter zum Fliegen, meinen Sie nicht auch?«

Winthrop rief sich Beauregards Unterweisung ins Gedächtnis und erklärte: »Der Diogenes-Club möchte einen Blick auf etwas Bestimmtes werfen. Ein einzelner Aufklärer könnte über den Wolken hinter die feindlichen Linien gelangen und dann hinabstoßen und Fotos schießen.«

»Das reinste Kinderspiel«, meinte Cundall. »Mit der Nummer werden wir am Ende noch den Krieg gewinnen.«

Winthrop ärgerte sich über den Geschwaderkommandeur. Nichts gegen ein wenig Schabernack, aber die Form musste gewahrt bleiben. Der Diogenes-Club pflegte seine Zeit nicht nutzlos zu vertändeln.

Er requirierte einen Spieltisch und breitete die Karte darauf aus.

»Das ist unser Ziel«, sagte er und deutete mit dem Finger darauf. »Uns sind seltsame Gerüchte zu Ohren gekommen.«

Hellhörig geworden, traten die Piloten näher. Ball krabbelte seitwärts aus seinem Sessel und humpelte herbei. Um das Gleichgewicht nicht zu verlieren, klammerte er sich mit kalter Hand an Winthrops Schulter. Am Boden war Albert Ball ein untüchtiger

Krüppel, in der Luft jedoch war er flink und behände wie kein Zweiter, das As der Alliierten-Asse.

»Das Château du Malinbois«, sagte der errötende Lieutenant. »Eine Hunnenstellung.«

»Das erste Jagdgeschwader«, setzte einer seiner Kameraden hinzu, der fast ebenso rotes Haar hatte wie Albright.

»Ganz recht, Ginger. Das gute alte JG1. Wir sind die besten Freunde.«

»Richthofens Zirkus«, sagte Allard mit düsterer Stimme. Als er den berühmten Namen hörte, spuckte Ball verächtlich aus. Die blutige Schliere verfehlte die Karte und versickerte im Fries.

»Kümmern Sie sich nicht um Ball«, bemerkte Ginger. »Seit der lumpige Lothar, der teuflische Bruder des Roten Barons, ihn vom Himmel geholt hat, liegt er mit ihm in Fehde. Familienehre und so weiter.«

»Unseren Erkenntnissen zufolge ist das Château mehr als nur ein Quartier für deutsche Flieger«, sagte Winthrop. »Nachts gehen dort sonderbare Dinge vor. Es herrscht ein reges Kommen und Gehen von, ähem, *ungewöhnlichen* Gestalten.«

»Und der Diogenes-Club will Fotos? Wir haben letzte Woche einen ganzen Schlag davon geschossen.«

»Bei Tage, Sir.«

Winthrop nahm die Hände von der Karte, die sich daraufhin zu einem Rohr zusammenrollte, und legte Fotografien des Château du Malinbois auf den Tisch. Flugabwehrfeuer, sogenanntes Archie, hing in schwarzen Wolken zwischen Schloss und Kamera.

Winthrop tippte auf eines der Bilder. »Diese Türme sind mit Tarnnetzen umhüllt. Als wolle uns der Boche verheimlichen, was er im Schilde führt. *Camouflage,* wie unsere französischen Verbündeten wohl sagen würden.«

»Das macht neugierig«, meinte Ginger.

Cundall runzelte die Stirn. »Reichlich dunkel zum Fotografieren, wenn Sie mich fragen. Ich glaube kaum, dass die Bilder etwas werden würden.«

»Sie wären erstaunt, wenn Sie wüssten, was wir aus einem dunklen Bild ersehen können, Sir.«

»Mag sein.«

Cundall nahm die Fotografien in Augenschein. Er legte die Hand auf den Tisch und trommelte mit seinen dicken, spitzen Fingernägeln.

»Der Pilot hat eine Signalpistole. Er kann eine Leuchtrakete abfeuern, um etwas Licht auf die Sache zu werfen.«

»›Eine Leuchtrakete abfeuern‹. Gar nicht dumm, bei Licht besehen«, sagte Cundall. »Ein schlechter Scherz, verzeihen Sie.«

»Das JG1 wird über unseren Besuch entzückt sein«, meinte Courtney. »Womöglich rollt es sogar den roten Teppich für uns aus.«

Das Archie auf den Bildern schien den Streben der Maschine des Fotografen bedrohlich nah.

»Die Zirkusleute werden sich mit Rheinwein und Jungfernblut zuprosten«, sagte Cundall, »und mit der Anzahl von Engländern prahlen, die sie vom Himmel geholt haben. Nur wir sind dumm genug, bei diesem Sauwetter einen Mann in die Luft zu schicken.«

»Sehr unsportlich, diese Hunnen«, bemerkte Ginger. »Sitzen hinter dem warmen Ofen.«

»Die Leuchtrakete wird sie ins Freie locken«, sagte Albright. »Mit Archie ist zu rechnen. Vielleicht steigt sogar ein Albatros auf.«

»Flügellahme Vögel, diese Albatrosse«, meinte Courtney.

Cundall schien von den Bildern wie hypnotisiert. Obgleich die Zinnen unter dem Beschuss etwas gelitten hatten, war das Schloss bei weitem imposanter (und vermutlich auch bequemer) als das

Bauernhaus. Wie alle Kampftruppen war auch das Royal Flying Corps davon überzeugt, dass der Feind es besser hatte.

»Na gut, Winthrop«, sagte Cundall. »Suchen Sie sich einen aus.«

Damit hatte er nicht gerechnet. Er blickte in die Runde. Ein oder zwei Piloten wandten sich ab. Cundalls diebisches Grinsen entblößte die scharfen Spitzen seiner Zähne.

Winthrop kam sich vor wie eine Maus in einer Katzenzucht. Er dachte an die blutigen Nagelköpfe in Spensers Schädel.

»Am geeignetsten wäre wohl der Mann, der diese Bilder geschossen hat.«

Cundall inspizierte die Seriennummer, die an den Rand der Fotografie gekritzelt war.

»Rhys Davids. Keine gute Idee. Der ist in den Dutt gegangen. Vorgestern Nacht.«

»Das ist bislang nicht bestätigt«, sagte Bigglesworth. »Er könnte auch dem Feind in die Hände gefallen sein.«

»Für uns ist er auf jeden Fall verloren.«

Winthrop blickte erneut in die Runde. Niemand trat vor. Obwohl er wusste, dass der Krieg in Frankreich mit anderen Mitteln geführt wurde als in der regierungstreuen Presse, hatte er mit einem edlen Wettstreit von Freiwilligen gerechnet.

»Hier ist eine Aufstellung aller Namen, Sie haben die Wahl.«

Cundall reichte ihm ein Schreibbrett. Winthrop warf einen Blick auf die Dienstliste des Geschwaders Condor. Mehrere Namen waren durchgestrichen, unter ihnen auch »Rhys Davids, A.«

»Albright, J.«, wählte er den ersten Namen.

»Na schön«, sagte der rothaarige Captain. Obgleich er die Uniform des RFC trug, war auch er Amerikaner. Cundalls kundiges Geschwader war ein Sammelbecken für Ausländer jeglicher Couleur.

»Wie geht's Ihrer Kiste, Red?«, fragte Cundall.

Albright zuckte die Achseln. »Besser denn je. Die Kamera ist noch installiert.«

»Wie praktisch.«

Albright wirkte ruhig und gesetzt. Für einen Vampir war er von ungewöhnlich stämmiger Statur, mit kantigem Schädel und kräftigem Kiefer, wie aus massivem Stein gehauen. Er würde standhaft bleiben, komme, was da wolle.

»Ball, dann bist du unser vierter Mann beim Bridge«, rief Courtney. »Red hat versprochen, mit Brown gegen mich und Williamson anzutreten.«

Albright zuckte resigniert die Achseln, während Ball sich zu den Kartenspielern gesellte.

»Ich bin gegen Mitternacht zurück«, sagte Albright.

Alle stöhnten über diesen alten Witz.

Winthrop fühlte sich verpflichtet, eine Laterne unter die Flügel der Royal Aircraft Factory SE5a zu halten und die Kameras zu inspizieren, die anstelle von Cooper-Bombenträgern dort installiert waren. Sie wurden, wie Bomben, mit Hilfe einer Abzugsleine im Cockpit ausgelöst. Die Platten wurden eingelegt. Dies gehörte zu Dravots Aufgaben.

Mit dem unbehaglichen Gefühl, dass er der Einzige war, der nicht im Dunkeln sehen konnte, löschte Winthrop das Licht.

Albright hievte sich ins Cockpit und überprüfte seine Geschütze, ein starr montiertes Vickers, das durch den sich drehenden Propeller feuerte, und ein auf der oberen Tragfläche angebrachtes schwenkbares Lewis. Auch wenn es bei Ausflügen wie diesem nur selten zu Schussgefechten kam. Zweck der Übung war es, unbemerkt hinter die Linien zu gelangen und Fotos zu schießen, bevor der Feind zum Gegenschlag ausholen konnte. Deshalb war dies eine Einmannmission: Zu viele Flugzeuge hätten Malinbois in Unruhe versetzt. Der Boche stieg nur in Notfällen auf. Die Alliierten flogen unablässig Angriffsstreifen, um die Mittelmächte daran zu erinnern, wer der Herr am Himmel war.

Cundall und seine Kameraden waren aus dem Haus gekommen, um Albright starten zu sehen. Die Piloten warfen einen fachmännischen Blick auf die SE5a und inspizierten den mit geflickten Einschusslöchern übersäten Rumpf. Sie kamen überein, dass die verhältnismäßig neue Maschine in annehmbarem Zustand sei. Obgleich der Diogenes-Club dem Geschwader Condor jedes gewünschte Flugzeug beschaffen konnte, hingen die Piloten sehr an ihren Mühlen.

Um Gefühl in seine tauben Zehen zu befördern, stampfte Winthrop mit den Füßen. Es war stockdunkel. Das Flugzeug war ein riesiges Schattenskelett. Vampire fühlten sich bei Nacht so wohl wie er zur Mittagszeit auf der Pier in Brighton. Aufgrund ihrer angepassten Augen eigneten sich die Untoten zum Nachtflug, zum Nachtkampf. Ihretwegen war dies der erste Tag-und-Nacht-Krieg der Geschichte.

Ginger versetzte dem Propeller der SE5a einen kräftigen Schwung. Doch der Hispano-Suiza-Motor sprang beim ersten Mal nicht an.

»Ein bisschen mehr Schmackes«, sagte Bertie, einer der Kameraden.

Wären die Vampire nicht gewesen (insbesondere der Rohling, der sich inzwischen Graf *von* Dracula zu nennen pflegte), so wäre es natürlich gar nicht erst zum Krieg gekommen. Der jüngste Versuch des Grafen, die Macht über Europa an sich zu reißen, hatte zu einem Konflikt geführt, der sämtliche Nationen auf dem Erdball in sich zu verwickeln schien. Selbst die Amerikaner waren eingetreten. Der Kaiser meinte, der moderne Deutsche verkörpere den Geist der alten Hunnen, doch tatsächlich war es Dracula, der, voller Stolz auf seine Blutsverwandtschaft mit dem Hunnenkönig Attila, den Inbegriff der Barbarei des zwanzigsten Jahrhunderts darstellte.

Ginger drehte ein zweites Mal an dem Propeller. Der Motor knurrte, und erstickte Beifallsrufe waren zu hören. Albright salutierte und sagte: »Bis Mitternacht.« Die Maschine rollte über holprigen Rasen, tauchte in den Schatten der Bäume und schwang sich in die Luft. Als ein Windstoß sie erfasste, wackelte sie leicht.

»Wieso Mitternacht?«, erkundigte sich Winthrop.

»Weil Red immer um Mitternacht zurückkommt«, sagte Bertie. »Er macht seine Sache schnell und gründlich und kehrt dann ins Quartier zurück. Deshalb nennen wir ihn Captain Midnight.«

»Captain Midnight?«

»Ja. Klingt albern, nicht?« Der Pilot grinste. »Bisher hat es ihm Glück gebracht. Red ist ein erstklassiger Pilot. Bis sie aufgelöst wurde, war er bei der *Escadrille Lafayette*. Er ist zu uns gekommen, weil die Yankees ihn als untauglich befunden haben. Das American Air Corps ist ausschließlich warmblütigen Männern vorbehalten.«

Albrights Mühle verschwand in einer tief hängenden Wolkenbank. Das Brummen des Motors verschmolz mit dem Pfeifen des Windes und Musikfetzen aus dem Grammophon in der Bauernstube. Die »Arme Butterfly« wartete von neuem. Sergeant Dravot starrte gebannt in den Nachthimmel.

Major Cundall sah nach seiner Uhr (einer jener neumodischen Apparate, die am Handgelenk getragen wurden, damit sie im Schützengraben nicht verlorengingen) und vermerkte die Startzeit in einem Logbuch. Winthrop warf einen Blick auf seine Taschenuhr. Halb elf am Abend des 14. Februar 1918. Valentinstag. Daheim würde Catriona zu Recht voller Sorge an ihn denken.

»Jetzt können wir nur noch warten«, sagte Cundall. »Kommen Sie rein und wärmen Sie sich auf.«

Winthrop hatte gar nicht bemerkt, wie durchgefroren er war. Er schob die Uhr in seine Westentasche und folgte den Piloten zum Bauernhaus zurück.

2

Der Alte

Während der gesamten Überfahrt sah Beauregard mit Unbehagen zu dem Verwundeten hinüber, der in einer Ecke der Kabine lag. Angesichts seiner Verfassung verhielt sich Captain Spenser ungewöhnlich ruhig.

Als ein Bursche ihn gefunden hatte, war er eben im Begriff gewesen, sich einen fünften Nagel in den Kopf zu treiben. Offenbar hatte er seinen ganzen Schädel mit Eisendornen spicken wollen. Die Diagnose lautete auf nervliches Versagen, und Beauregard schoss der Gedanke durch den Kopf, dass es vermutlich einer ruhigen Hand bedurfte, um sich solch einer Operation zu unterziehen.

Beauregard machte sich Vorwürfe, weil er die Belastungen verkannt hatte, denen Spenser auf Geheiß des Diogenes-Clubs ausgesetzt gewesen war. Ein Mensch konnte durchaus zu viel wissen. Bisweilen wünschte Beauregard, auch sein Schädel würde sich öffnen und seine Geheimnisse entweichen lassen. Es wäre eine Wonne, unschuldig und unwissend zu sein.

Nach vielen Jahren im Dienste des Diogenes-Clubs gehörte Beauregard nun, wie der ehrwürdige Mycroft und der exzentrische Smith-Cumming, der herrschenden Clique, dem höchsten Stab des Secret Service, an. Er hatte sein ganzes Leben im Verborgenen verbracht.

Das Wasser des Kanals war ruhig. Beauregard plauderte mit Godfrey, einem Krankenträger, der den Quäkern angehörte. Er hatte den Sanitätsdienst dem Gefängnis vorgezogen und war für seine Tapferkeit in der Schlacht um den Vimy-Rücken mit einem Orden ausgezeichnet worden. In Beauregards Augen war ein Mann, der bereit war, für sein Vaterland zu sterben, nicht aber für es zu töten, ein besserer Mensch. Er trauerte um jeden, den er getötet hatte; und er trauerte um jenen kurzen Augenblick, in dem er sein Opfer hatte entkommen lassen. Um den Preis seines eigenen Lebens hätte er Graf Dracula ein Ende machen können. Je älter er wurde, desto öfter dachte er an jene qualvollen Sekunden.

Am Newhaven Quay wurde die kleine Schar toll gewordener Offiziere bereits von Krankenschwestern erwartet. In der Gruppe waren die Männer ruhig und fügsam. Die Schwestern trieben sie sanft, aber bestimmt zusammen. Noch vor vier Jahren hatte die Armee hinter jedem Fall von Frontneurose einen erbärmlichen Feigling vermutet. Doch nach unzähligen mörderischen Kampfeinsätzen waren Zusammenbrüche in den Reihen der höheren Offiziere nachgerade *de rigeur*. Selbst der zweite Sohn des Herzogs von Denver befand sich unter dem heutigen Haufen von Dottyville-Patienten.

Das Dock lag im Dunkeln. Deutsche U-Boote wurden im Kanal vermutet. Beauregard wünschte dem teilnahmslosen Spenser alles Gute, gab Godfrey seine Karte und überquerte dann den finsteren Bahnsteig, um den Schnellzug nach London zu nehmen.

An der Victoria Station wurde er von Ashenden, einem jungen Burschen, der sich in der Schweiz als äußerst kaltblütig erwiesen hatte, in Empfang genommen und durch die dunkle Stadt chauffiert. Obgleich es regnete und kein Laternenschein die Straßen erhellte, waren allenthalben tatendurstige Nachtschwärmer zu sehen. Selbst im Herzen des Empires, das nur wenige Luftangriffe erlitten hatte, war der Krieg allgegenwärtig. Theater, Restaurants und Kneipen (und zweifellos auch Lasterhöhlen und Bordelle) wimmelten von Soldaten, die verzweifelt zu vergessen suchten. Um jeden Uniformierten drängten sich Scharen begeisterter Männer, die danach gierten, »unseren Jungs« eine Lage auszugeben, und Trauben heißblütiger junger Frauen, die den verehrten Helden ihre Liebesgunst bezeigen wollten. Plakate drohten Drückebergern mit drakonischen Strafen. Glutäugige Vampirmädchen durchstreiften Piccadilly und Shaftesbury Avenue mit weißen Federn, um sie an ihre untoten Brüder zu verteilen, die nicht im Dienst des Königs standen. Im Hyde Park hatte man den originalgetreuen Nachbau eines Schützengrabens errichtet, um der Zivilbevölkerung einen Eindruck von den Bedingungen in Frankreich zu vermitteln; seine Reinlichkeit und die zahlreichen Vergünstigungen der Heimat entlockten den beurlaubten Frontkämpfern bestenfalls ein müdes Lächeln. In der Queen's Hall dirigierte Thomas Beecham ein *No German Concert*. Bei der Auswahl von Stücken englischer, französischer und belgischer Komponisten hatte man auf die diabolische Kultur von Beethoven, Bach und Wagner ausdrücklich verzichtet. Das Scala Cinema zeigte Wochenschauen mit (größtenteils in den Shire Counties nachgestellten) Frontaufnahmen und Mary Pickford in *Die kleine Fledermaus*.

Wären auf den Straßen Londons Lichtspiele gedreht worden, so hätten Tausende und Abertausende von Einzelheiten eine Stadt im Kriegszustand erkennen lassen, von der Verkehrspolizistin bis hin zur bewaffneten Schutzwache vor einem Fleischerladen. Einen Mann im vorgerückten Alter wie Beauregard gemahnten viele dieser Dinge an die Zeit des Schreckens vor dreißig Jahren, als Britannien unter dem Joch des damaligen Prinzgemahls gelitten hatte. Kommentatoren wie H. G. Wells und Edmund Gosse vertraten die Ansicht, der Weltkrieg sei die logische Folge einer versäumten Pflicht. Denn statt den Dämonenfürsten auf einen seiner Pfähle zu hieven, hatten die Revolutionäre der neunziger Jahre Dracula gnädig des Landes verwiesen. Als König Victor im Jahre 1897 zum zweiten Mal den Thron bestieg, machte Lord Ruthven dem Blutvergießen ein Ende. Der Premierminister konnte das Parlament dazu bewegen, die Erbfolge zu bestätigen, was seinem früheren Gönner Dracula das Recht zu regieren versagte und einen neuerlichen Bürgerkrieg verhindern half.

Der junge Ashenden zeigte sich nachsichtig gegen die Menschenmassen auf der Fahrbahn. Während sie bei laufendem Motor darauf warteten, dass eine Kapelle der Heilsarmee den Weg frei machte, klopfte es plötzlich an die Fensterscheibe. Der Chauffeur hob den Blick und sah mit der seinem Berufsstand angemessenen Nervosität hinaus. Eine weiße Feder schwebte durch den Fensterspalt und flatterte zu Boden.

»Das kommt davon, wenn man im Geheimen seinen Dienst verrichtet«, sagte Beauregard.

Ashenden legte die Feder in eine Blechbüchse neben den Schaltknüppel, in der sich ein Revolver sowie drei oder vier weitere Schandzeichen befanden.

»Sie werden es noch zu einem prächtigen Gefieder bringen.«

»Es gibt nicht mehr viele Burschen meines Alters in Zivil. Manchmal stürzen sich die Weiber auf mich wie die Fliegen, um mir ihre Federn anzuheften.«

»Ich will sehen, ob ich Ihnen nicht ein Ordensband besorgen kann.«

»Nicht nötig, Sir.«

Die Zeit des Schreckens hatte Beauregard die aufregendsten Momente seines Lebens beschert. Die Nächte der Gefahr waren ihm in guter Erinnerung geblieben. Die längst verheilten Bisswunden an seinem Hals verursachten ihm Schmerzen. Er dachte an seine Gefährtin in jenen Nächten, eine Älteste namens Geneviève. Inzwischen war er in Gedanken jedoch immer häufiger bei seiner Gattin Pamela, die gestorben war, noch bevor Dracula seine transsylvanische Festung überhaupt verlassen hatte. Pamela war die Welt seiner Jugend, die ihm nun sonnenhell und liebreizend erschien. Eine Welt ohne Vampire. Geneviève hingegen war das Zwielicht, erregend, doch gefährlich. Sie hatte ihre Spuren bei ihm hinterlassen. Bisweilen wurde er von plötzlichen Eingebungen überfallen und *wusste*, was sie fühlte, was sie tat.

Soldaten hoben die Schranke und winkten sie in die Downing Street. Die Leibwachen des Premierministers waren Älteste, Karpater, die sich im Zuge von Ruthvens Revolte gegen den Pfähler gewandt hatten. Sie trugen mittelalterliche Helme und Kürasse und waren mit Säbeln und Karabinern ausgerüstet. Sowie Dracula zum Angriff gegen Ruthven überging, würden diese Vampire ihrem einstigen Generalissimus mutig die Stirne bieten. Es blieb ihnen auch gar nichts anderes übrig, denn Dracula würde versuchen, sie auf der Stelle zu töten. Er kannte kein Erbarmen, wie dieser Krieg eindrucksvoll bewies.

Dracula hatte England verlassen, wie er hergekommen war, als Treibgut. Als das Land sich gegen ihn stellte, gab sich der Prinzgemahl gefangen und wurde in den Tower von London gesperrt. Es war eine List: Der spinnenartige Gebieter über den Tower, Graf von Orlok, seinem Genossen Ältesten treu zu Diensten, verhalf ihm zu einer waghalsigen Flucht. Dracula trieb in einem Sarg durch das Traitor's Gate und erreichte erst die Themse, dann die offene See.

Nachdem Dracula entkommen war, bestand Geneviève darauf, an Beauregards Bett zu wachen. Sie befürchtete, der Graf könne die Gelegenheit beim Schopf packen und sich an ihnen rächen. Sie hatten seiner Schreckensherrschaft ein Ende gesetzt. Doch der Graf hatte offensichtlich dringendere Geschäfte zu erledigen und verzichtete darauf, es ihnen heimzuzahlen. Diese Missachtung ärgerte Geneviève. Schließlich hatten sie den Gang der Geschichte verändert. So glaubten sie zumindest. Vielleicht hatten Einzelne auf die Zeitläufe doch nur geringen Einfluss.

Der Wagen hielt vor Nummer zehn. Ein Vampir-Bediensteter in Livree stürzte aus der Tür. Zum Schutz gegen den Nieselregen hielt er eine *Daily Mail* über seine Perücke gebreitet. Beauregard wurde die Treppe zur Amtswohnung des Premierministers hinaufgeführt.

In Europa wanderte Dracula wie dereinst König Lear von Hof zu Hof, wobei er sich das Missfallen seiner Gastgeber über Parlamente zunutze machte, die ihre Monarchen in die Wüste schickten. Sein Geblüt erstreckte sich auf Häuser, mit denen er durch seine Vermählung mit der hochseligen Königin Viktoria und seine weit verstreuten sterblichen Nachkommen verbunden war. Nach Jahrhunderten zählten sämtliche gekrönten Häupter Europas Vlad Tepes zu ihren bemerkenswerten Vorfahren.

Als er dem Bediensteten seinen Überzieher reichte, bemerkte Beauregard, dass noch immer reichlich französischer Schlamm an seinen Stiefeln klebte. Dass Kriege so nah der Heimat ausgefochten wurden, war ein Wunder der Moderne. Obschon seine alten Knochen sich dem mit aller Macht zu widersetzen schienen, ließ er Männer wie Ashenden und Edwin Winthrop hin- und herfliegen.

In Russland verwandelte Dracula dünnblütige Romanows, deren Gestalt sich daraufhin katastrophal veränderte. Rasputin gelangte durch die Behauptung an die Macht, die rasende Werwolfswut, die den Zarewitsch befallen habe, lasse sich nur durch Zauberei kurieren. Doch der heilige Scharlatan war tot, von einem *upyr*-Fürsten in Stücke gerissen. Der Zar war von den *bolsheviki* eingekerkert worden. Erkenntnissen des Diogenes-Clubs zufolge, hatte Dracula höchstselbst dafür gesorgt, dass Lenin in seinem berühmten versiegelten Zug nach Russland hineingeschmuggelt werden konnte.

Nummer zehn war erneut umgestaltet worden. Die Empfangshalle beherbergte eine Galerie von Porträts, die von den bedeutendsten Künstlern der letzten drei Jahrzehnte stammten: Whistler, Hallward, Sickert, Jimson. Zum Leidwesen seiner Kabinettskollegen, denen alles suspekt erschien, was über ein idyllisches Landschaftsbild von Constable hinausging, bekannte Ruthven sich inzwischen voller Leidenschaft zum Vortizismus. Beauregard hielt vergeblich nach Gemälden Ausschau, die etwas anderes zum Thema hatten als den derzeitigen Premierminister. Das graue, sardonische Gesicht blickte mit kalten Augen von einem guten Dutzend Leinwänden herab. Ruthvens Selbstverliebtheit machte nicht einmal vor Werken halt, die ihn alles andere als vorteilhaft erscheinen ließen, wie Wyndham Lewis' Schilderung seiner Besuche an der Front.

Im Juli des Jahres 1905 brachte die Romanow-Yacht *Stella Polaris* Dracula in die Bucht von Björkö vor der finnischen Küste. Per Ruderboot wurde er zur *Hohenzollern,* der eleganten weiß-goldenen Jacht eines seiner zahlreichen angeheirateten Großneffen, Kaiser Wilhelms II., weiterbefördert. Dem Diogenes-Club war es seinerzeit gelungen, die in der für Europas Königshäuser typischen, mit verwandtschaftlich-diplomatischem Schmelz überzuckerten Sprache gegenseitigen Misstrauens abgefassten Communiqués des Fürsten von Bülow, dem damaligen Reichskanzler des Kaisers, an Konstantin Pobedonoszew, einem engen Berater des Zaren, auf halbem Wege abzufangen. Der Kaiser war von dem Irrglauben beseelt, der dunkle Kuss werde seinen verwelkten Arm wieder erblühen lassen. Die Russen rührten die Trommel für Draculas Geblüt und verheimlichten den Zustand des dahinsiechenden Zarewitsch, um Willi dazu zu bewegen, die Last des früheren Prinzgemahls auf sich zu nehmen.

Beauregard trug sich in die Besucherliste ein und eilte über einen Korridor zum Kabinett. Mit silberbewehrten Piken bewaffnete Karpater säumten den Flur. Kostaki, ein rehabilitierter Ältester, dessen Sturz während der Zeit des Schreckens mit einem vertrauensvollen Posten belohnt worden war, hob die Hand an seinen Helm, als Beauregard an ihm vorüberhastete.

Der Fürst, der sich nun Graf *von* Dracula zu nennen pflegte, hatte sich zu einer Zierde des kaiserlichen Hofes in Berlin gemausert. Mit großem Prunk und Pomp verwandelte er Wilhelm. Endlich konnte der Kaiser seinen verhassten Arm strecken und eine ordentliche Faust machen. Nichts hatte Willi sich sehnlicher gewünscht, als seine neu gewonnenen Finger in das Fleisch seiner monarchischen Widersacher zu bohren, sie ihrer Herrschaft über die Ozeane und diverser Gebiete im Osten und in Afrika, im Pazifik und in Asien zu berauben. Deutschland, sagte er, müsse ein einig Volk von Vampiren werden und seinen Platz im Mondschein finden.

Britische und französische Schriftsteller verfassten Romane nach dem Vorbild der *Schlacht von Dorking* und prophezeiten einen Krieg zwischen dem Deutschland Draculas und der zivilisierten Welt. In Vicomte Northcliffes *Daily Mail* erschienen derlei Räuberpistolen in Serie, und *Die Invasion von 1910* bescherte ihrem Verfasser William Le Queux beachtlichen Erfolg. Bezahlte Strategen vertraten die Ansicht, die neuen Hunnen würden Blitzattacken auf isolierte Außenposten vorziehen. Da wenig Aussicht bestand, die Auflage der *Mail* in der Provinz zu erhöhen, verlangte Northcliffe, dass in der Geschichte die Invasion jeder größeren englischen Stadt vorkommen müsse. Die Einwohner von Norwich und Manchester verschlangen die schauerlichen Schilderungen ihres Schicksals unter der Belagerung untoter Ulanen. Beauregard dachte an die Plakatträger der *Mail,* die als Vorgeschmack auf die fiktive Besatzung in deutscher Uniform durch die Stadt stolziert waren.

Der Diogenes-Club erfuhr von den Bemühungen des Kaisers

auf dem Gebiet der Industrialisierung und Erweiterung der Seestreitkräfte, doch hatte diese Nachricht bedauerlicherweise wenig Einfluss auf Ruthvens Bemühungen um Galerie-Eröffnungen und Gesellschaftsbälle. Deutsche Eisenbahngleise schlängelten sich quer über den Kontinent, wodurch eine rasche Mobilmachung ermöglicht wurde. Während Britanniens Dreadnoughts die Meereswellen regierten, beherrschten Willis U-Boote die Tiefen. Als der geniale englische Ingenieur Heath Robinson sich an die Entwicklung von Luftfahrzeugen machte, versicherte sich Dracula der Dienste des Holländers Anthony Fokker, der immer neue Bomber und Jagdflugzeuge konstruierte.

Der Vampirismus verbreitete sich über das gesamte Territorium der Mittelmächte. Älteste wagten sich nach Jahrhunderten des unwürdigen Nomadisierens in die Öffentlichkeit zurück und lebten auf Besitzungen in Deutschland und Österreich-Ungarn. In Britannien hatte sich der Vampirismus bislang ungehemmt ausbreiten können, doch nun bestand Dracula darauf, die Verwandlung Neugeborener zu regulieren. Ein Gesetz schloss bestimmte Klassen und Rassen von Männern und Frauen von der Verwandlung aus. Wilhelm machte sich darüber lustig, dass Britannien und Frankreich Dichter und Ballerinen in den Stand der Unsterblichkeit erhoben; unter seiner Herrschaft war dieses Vorrecht jenen vorbehalten, die bereit waren, für ihr Vaterland zu kämpfen und ihre menschliche Beute selbst zu reißen.

Nachdem er eine ganze Reihe militärischer und politischer Stellungen bekleidet hatte, übernahm Dracula im Jahre 1914 den Posten des Kanzlers und Oberbefehlshabers der Streitkräfte des Deutschen Reiches. Beauregard fragte sich, wie der frühere Vlad Tepes Bündnisse unterstützen konnte, die ihn gegen Rumänien – das Land, für das er einst in den Kampf gezogen war – und an die Seite der Türkei stellten, des Imperiums, dem er um den Preis seines warmen Blutes widerstanden hatte.

Vor dem Kabinett wurde Beauregard von Mansfield Smith-Cumming in Empfang genommen, dem monokeltragenden Meisterspion, der wie er der herrschenden Clique angehörte. Gerüchten zufolge hatte sich der Vampir mit einem Federmesser ein Bein amputiert, um sich aus den Trümmern eines Autounfalls befreien und seinen Mantel über seinen sterbenden Sohn breiten zu können, der sich über die Kälte beklagte. Sein Bein war bis zum Kniegelenk nachgewachsen; unter einem dicken Bündel von Verbänden bildete sich ein neuer Fuß.

»Beauregard«, sagte Smith-Cumming breit grinsend, »was halten Sie von der Verkleidung?«

Smith-Cumming freute sich wie ein kleines Kind, dass sein Beruf es ihm erlaubte, sich zu verkleiden. Er trug einen übergroßen, offenkundig falschen Bart. Er verdrehte die Augen und ließ seinen Rosshaarschnauzer tanzen wie ein Komödiant der Fred-Karno-Truppe.

»Sehe ich nicht aus wie ein leibhaftiger Hunne? Können Sie sich vorstellen, wie ich einer belgischen Nonne an die Gurgel gehe?«

Er entblößte riesige falsche Hauer, dann spuckte er sie aus, und darunter kamen seine zierlichen Fangzähne zum Vorschein.

»Wo ist Mycroft?«, fragte Beauregard.

Smith-Cumming blickte so ernst drein, wie es ihm in seiner Verkleidung möglich war. »Böse Neuigkeiten, fürchte ich. Ein neuerlicher Anfall.«

Mycroft Holmes hatte der herrschenden Clique des Diogenes-Clubs schon angehört, als Beauregard Mitglied geworden war. Seine Pläne hatten die Nation während der Zeit des Schreckens zusammengehalten. Seither hatte er alles darangesetzt, den neuen König und seinen ewigen Premierminister Ruthven in ihrer wunderlichen Schwärmerei zu mäßigen.

»Wir stehen unter Druck. Ich nehme an, Sie haben von Spenser gehört.«

Smith-Cumming nickte angewidert.

»Ich habe ihn durch Winthrop ersetzt. Er kommt zügig voran. Ich bin äußerst zuversichtlich, dass er rasch aufholen wird.«

»Gräuliche Nächte, Beauregard«, meinte Smith-Cumming.

Alles hatte am Sonntag, dem 28. Juni 1914, in Sarajewo begonnen, fern der Grenzen, wo die Mächte Europas sich ankläfften wie durch einen Zaun getrennte Hunde.

Erzherzog Franz Ferdinand, der Neffe von Kaiser Franz Joseph, reiste mit seiner morganatischen Gemahlin Sophie Fürstin Hohenberg durch Bosnien. Seit dem Zusammenbruch des Osmanischen Reiches im Jahre 1877 auf sich selbst gestellt, war Bosnien schwerlich als das reizvollste Fleckchen Europas zu bezeichnen, dennoch betrachtete Österreich-Ungarn es als natürliche Ergänzung seines ohnehin aufgeblähten und unregierbaren Herrschaftsgebietes. Franz Joseph hatte die Provinz im Jahre 1908 auf geradezu betrügerische Art und Weise annektiert. Das nicht ganz zu Unrecht als Werkzeug Russlands verschriene Serbien führte ebenfalls etwas gegen Bosnien und seine Schwesterprovinz, die Herzegowina, im Schilde.

Der Erzherzog war ein *nosferatu,* eine Provokation. Die Slawen und Muselmanen duldeten keine Vampire, schon gar nicht als Herrscher. Serbische Irredentisten machten die zahlenmäßige Überlegenheit der Untoten am kaiserlichen Hofe mit Trompetenschall bekannt, um jene aufzurühren, die Bosnien-Herzegowina von blutsaugenden Habsburgern befreien wollten. Um den schönen Schein zu wahren, entsandten die untoten Berater des Zaren (ausnahmsweise ohne den fanatischen Warmblüter Rasputin) Agenten nach Sarajewo, um fackelschwingende Rotten von christlich-orthodoxen Vampirgegnern, serbischen Nationalisten und Kaffeehaus-Revoluzzern aufzuwiegeln. Pamphlete mit obszönen Darstellungen der ehelichen Beziehungen zwischen dem Erzherzog und seiner augenscheinlich warmblütigen

Sophie, einer als Blutmilchkuh karikierten Tschechin, gerieten in Umlauf.

Die Mittelmächte hegten die felsenfeste Überzeugung, Zar Nikolaus höchstselbst habe einen jüngeren Van Helsing namens Gavrilo Princip beauftragt, Franz Ferdinand mit Kugeln zu durchsieben, das Vampirherz der Habsburger mit Silber zu spicken und bei dieser Gelegenheit auch gleich die schorfhalsige Sophie zu ermorden. Zudem sollten alle Anhänger der Sache der Verbündeten Princip für einen Irren halten, der unabhängig von den Großmächten gehandelt hatte, wenn nicht gar für einen Agenten des kriegslüsternen Kaisers.

Beauregard hatte Mycroft einmal gefragt, ob Russland seine Finger im Spiel habe. Der große alte Mann räumte ein, dass dies niemand so recht sagen könne. Einerseits versorge die Ochrana Princips Gesinnungsgenossen zweifellos mit barem Geld (und wahrscheinlich auch mit Silberkugeln); andererseits wisse nicht einmal Artamanov, der Finanzattaché der Russen, ob der mysteriöse Attentäter zu seinen Kontakten zählte.

Der Kaiser witterte eine Chance, die Grenzen Europas neu zu ziehen, und drängte den asketischen Bürokraten Franz Ferdinand dazu, ein Communiqué an Serbien zu richten, das einer Kriegserklärung gleichkam. Russland war gezwungen, Serbien gegen Österreich-Ungarn zu verteidigen; Deutschland musste Kaiser Franz Joseph im Krieg gegen die Russen unterstützen; Frankreich war vertraglich gehalten, jegliche Nation zu attackieren, die sich mit den Romanows anlegte; Deutschland musste erst durch Belgien marschieren, um zum Schlag gegen Frankreich ausholen zu können; und Großbritannien hatte sich verpflichtet, die Neutralität Belgiens zu bewahren. Nachdem Princips Silberkugel den Erzherzog durchbohrte, fiel das Kartenhaus in sich zusammen.

In jenem Sommer hatte Beauregard, der seinem fünfundsechzigsten Lebensjahr entgegensah, mit dem Gedanken gespielt, in den Ruhestand zu treten. Als jedoch eine Allianz nach der anderen eingefordert wurde, als ein Land nach dem anderen mobilmachte, erkannte er, dass er seinen Posten unmöglich verlassen konnte. Widerstrebend sah er ein, dass es zum Krieg kommen würde.

Im Jahre 1918 war die Frage, wer Bosnien beherrschte, nebensächlich. Die Romanows blickten dem Tod durch Holzpflock und Sichel ins Auge. Franz Joseph hatte den Verstand verloren, und sein Reich wurde von einem zänkischen Pöbelhaufen österreichischer und magyarischer Ältester regiert. Der Kaiser hatte die Kriegsführung längst Graf von Dracula und seinen neugeborenen Adepten Hindenburg und Ludendorff überlassen.

Die Tür des Kabinetts ging auf, und die beiden treuen Mitglieder der herrschenden Clique wurden zu dem Ältesten geführt, der Großbritannien unter dem Banner König Victors regiert.

»Gentlemen«, sagte Lord Ruthven, »kommen Sie herein und nehmen Sie Platz.«

Der Premierminister war von Kopf bis Fuß in Taubengrau gekleidet, von Schlafrock und Gamaschen bis hin zu gekräuselter Halsbinde und elegant geschwungenem Zylinder. Er saß an seinem nackten Schreibtisch, neckisch unter einem seiner unzähligen Porträts posierend, einer martialischen Studie Elizabeth Asquiths. Das mittelmäßige Gemälde würde es vermutlich zu einiger Berühmtheit bringen, da der Vater der Künstlerin in Ruthvens Regierung der nationalen Einheit den Posten des Innenministers bekleidete.

Andere saßen in tiefen Lehnsesseln im Raum verstreut. Lord Asquith studierte mit säuerlicher Miene Frontberichte. Field Marshal Sir Douglas Haig weilte in Frankreich, doch General Sir William Robertson und General Sir Henry Williams vom Generalstab Seiner Majestät waren zugegen; beide trugen erste Garnitur. Churchill, der milchgesichtige Rüstungsminister, hatte seinen beträchtlichen Wanst unter einem hemdähnlichen Rock versteckt und sich einen amerikanischen Gürtel mit in Holstern steckenden Pistolen um die Hüften geschnallt. Lloyd George, der Kriegsminister, stand am Fenster und kaute auf einer kalten Pfeife. Neben dem Premierminister saß kleinlaut der geheimnisvolle Caleb Croft aus dem Innenministerium, seine blutigen Klauen steckten in wollenen Fäustlingen. Croft befasste sich mit Dingen von unvorstellbarer Grausamkeit.

Beauregard und Smith-Cumming nahmen inmitten des kleinen Kreises Platz.

»Sagen Sie«, säuselte Ruthven, »was macht der geheime Krieg?«

3

Nach Mitternacht

Courtney zog das Grammophon auf und setzte die Nadel wieder an den Anfang. »Arme Butterfly« war die einzige Platte im Quartier. Winthrop fragte sich, ob den anderen die Arie ebenso unpassend erschien wie ihm. Die Butterfly wartete, doch Pinkerton, das Schwein, kam nicht zurück. Alle drei Minuten schwand die unglückliche Cho-Cho-San dahin, von ihrem Vampir-Liebsten ausgeblutet und verlassen. Winthrop fand die Geschichte seit jeher enervierend, und diese auf wenige Verse eingedampfte Fassung war in höchstem Maße enervierend.

»Früher hatten wir eine tolle Sammlung«, behauptete Williamson, als Winthrop seinen Unmut über das begrenzte Repertoire Ausdruck verlieh. »*La Bohème, Chu Chin Chow*, ›Nimm ein rotes Augenpaar‹ …«

»Bei einem Saufgelage sind sie dann allesamt zu Bruch gegangen«, sagte Bertie.

»*Die Vampyre von Venedig* fehlen mir«, meinte Ginger.

»Aber was für ein grandioses Saufgelage«, schwärmte Courtney. »Das beste Saufgelage aller Zeiten. Die *demoiselles* spüren ihre Bisswunden noch heute.«

Die Platte war zu Ende, und das Grammophon begann zischend zu stottern. Courtney hob den Trichter, und die »Arme Butterfly« begann von vorn.

Die Bridge-Partie hatte sich zerschlagen. Die Piloten lungerten in der Messe herum, ohne ein Wort über Red Albright zu verlieren, und beobachteten Winthrop mit einer Mischung aus Neugier und Argwohn. Er bildete sich ein, dass ihm einige Vampire hungrige Blicke zuwarfen.

»Ist Ihr Posten hier von Dauer?«, fragte Bigglesworth.

»Nichts ist von Dauer«, fuhr Courtney dazwischen. »Nicht mal die Unsterblichkeit.«

»Man hat mir gesagt, ich sei von nun an Ihre einzige Verbindung zum Diogenes-Club, als Ersatz für Captain Spenser.«

»Wie schön«, sagte Brown, ein sauertöpfischer Kanadier.

»Dann passen Sie auf Ihren Kopf auf«, riet Williamson.

»Ich werde mich bemühen.«

»Der Diogenes-Club ist mir vollkommen rätselhaft«, meinte Courtney. »Ich kann hinter unseren Befehlen beim besten Willen kein System erkennen. Hier eine Straße fotografieren, dort eine Brücke bombardieren, einen Ballon vom Himmel holen, einen stummen Passagier hinter die feindlichen Linien befördern ...«

»›Fragt nicht die Gründe‹«, zitierte Bertie.

Courtney brummte mürrisch.

»Ich weiß auch nicht mehr als Sie«, sagte Winthrop pflichtschuldig. »Geheimdienste sind von Natur aus rätselhaft.«

»Manchmal habe ich das Gefühl, dass wir uns hier dummdreist in Gefahr begeben, nur um den Hunnen zu verwirren«, sagte Courtney, »ihm einen komplizierten Streich zu spielen.«

»Wenn es denn wenigstens komisch wäre«, meinte Williamson.

Winthrop blickte drei- oder viermal in der Minute auf seine Taschenuhr. Mitternacht schien keine Sekunde näher zu rücken. Er widerstand dem Drang, sich den Zeitmesser ans Ohr zu halten, um sich zu vergewissern, dass er noch tickte.

Die Schallplatte begann von vorn. Lacey kehrte von seinem Besuch bei »Mademoiselle« im ersten Stock zurück. Der Engländer aus dem Kreis um Bigglesworth wirkte von dem Blut des Mädchens wie beseelt, seine Augen schossen hin und her, und seine spitzen Finger fanden keine Ruhe.

Allards neuerliches Lachen klang, als würde man mit einer Scherbe einen Knochen schaben.

»Der erste Name auf der Liste«, grübelte er vor sich hin. »Letzte Woche noch hätte es mich getroffen. Und ich wäre zum Château hinausgeflogen.«

»Sie haben recht daran getan, sich zu beschweren«, sagte Cundall.

Allard schwieg. Er wankte in eine Ecke und verschwand im Schatten.

»Man hatte Allards Namen falsch geschrieben«, erklärte Cundall. »Es fehlte ein L, und so hieß er A-L-A-R-D. Deshalb stand er vor Albright auf der Liste. Er beklagte sich bei Lieutenant-Colonel Raymond, und der erteilte den törichten Tippsen im Wing einen strengen Verweis. Seitdem schreiben sie seinen Namen richtig.«

»Vielleicht stehst du bald wieder an erster Stelle«, meinte Courtney. Keiner lachte.

»Sie hätten Pilot werden sollen«, sagte Cundall zu Winthrop.

»Ihr Name fängt mit W an. Sie brauchten nie und nimmer aufzusteigen. Selbst Williamson müsste noch vor Ihnen in die Luft.«

Den ersten Namen auf der Liste zu wählen, war eine schwachköpfige Idee gewesen. Doch jede andere Entscheidung wäre ebenso willkürlich ausgefallen. Cundalls Sticheleien kränkten Winthrop. Der Geschwaderkommandeur trug die alleinige Verantwortung für den Entschluss, auch wenn er ihn einem anderen überlassen hatte.

Selbst die Vampire waren unruhig und nervös. Das Gespräch nahm eine lächerliche Wendung. Bertie und Lacey prahlten mit ihren exzentrischen, verrückten Tanten.

Winthrop dachte an Spenser und fragte sich, was einen Mann dazu bewegen mochte, sich Nägel ins Gehirn zu treiben. Als er fortgetragen worden war, hatte Spenser gelächelt. Er schien keine Schmerzen zu leiden.

In einer Ecke befand sich eine alte Standuhr mit gesprungenem Zifferblatt, sie war um zehn vor sieben stehengeblieben. Winthrops Blick wanderte zwischen dem zerbrochenen Zeitanzeiger und seinem Taschenchronometer hin und her. Noch zwanzig Minuten bis Mitternacht.

Das Château du Malinbois lag etwa vierzig Meilen entfernt. Eine SE5a schaffte 120 Meilen in der Stunde, doch über den Wolken, wo er sich nur nach den Sternen richten konnte, würde Albright langsamer fliegen. Womöglich musste er mehrmals in die Tiefe stoßen, um einen Blick auf das Gelände werfen zu können, ehe er sein Ziel gefunden hatte. Wie alle Vampire war auch Captain Midnight nur ein Mensch.

Wenn Albright bis zwölf Uhr nicht zurück war, hieß das nicht, dass er nicht kommen würde.

Die »Arme Butterfly« verlor an Tempo, und Courtney zog sie wieder auf. Nach einem drolligen, überdrehten Quieken fand sie in ihren alten Trott zurück.

Hangen und Bangen. Bangen und Hangen.

Winthrop dachte an Catriona. Er musste ihr schreiben, dass er einen neuen Posten innehatte. Den Diogenes-Club durfte er dabei natürlich nicht erwähnen. Auch würden die Zensoren jedes Wort über Spenser tilgen. Kein Wunder, dass die Armee vorgedruckte Feldpostkarten bereithielt: Fehlendes ergänzen, Unzutreffendes streichen und bitte unterschreiben. Er wollte, er hätte sich mit Cat beraten können. Sie hatte einen scharfen Verstand und die seltene Gabe, die Dinge aus einem anderen Blickwinkel zu betrachten.

»Noch zwei Minuten«, sagte Williamson.

Winthrop sah auf seine Uhr. Die Zeit war im Nu vergangen. Nachdem eine Sekunde zunächst eine Viertelstunde gedauert hatte, war die letzte Viertelstunde in Sekundenschnelle verstrichen.

»Ich glaube, ich höre ihn«, sagte Bertie.

Blitzschnell hob Courtney die Nadel von der Platte und bewahrte die »Arme Butterfly« so vor dem sicheren Tod. Bis auf das Rauschen in seinem Kopf und das unablässige Bombardement hörte Winthrop nichts. Oder doch?

Cundall schlenderte übertrieben lässig zur Tür und riss sie auf. In der Ferne war ohne Zweifel ein Geräusch zu hören, ein Surren oder Knattern.

»Pünktlich auf die Minute«, sagte Courtney. »Captain Midnight kehrt zurück.«

Cundall trat ins Freie, und die anderen folgten ihm, freudig erregt. Durch die offene Tür fiel Licht auf das Rollfeld. Eine hünenhafte Gestalt starrte in den Himmel. Dravot war die ganze Zeit über auf seinem Posten geblieben. Es hätte Winthrop nicht gewundert, wenn an der Nase des Sergeants ein Eiszapfen gehangen hätte.

Da keiner der Piloten den Verdacht geäußert hatte, Albright

werde nicht zurückkehren, durften sie sich nun auch nicht erleichtert zeigen.

»Keine Frage, eine SE5a«, sagte Williamson. »Unverkennbar, dieses Husten.«

Winthrop sah die schwarzen Umrisse der geballten Wolken. Er machte einen langen Hals.

»Da, seht«, rief Ball und reckte einen an Ellbogen und Handgelenk geknickten Arm.

Plötzlich brach etwas durch die Wolken. Winthrop konnte den Motor deutlich hören. Als er merkte, dass er den Atem anhielt, stieß er eine Dunstfahne hervor.

»Kann er den Flugplatz sehen?«, fragte er.

»Sicher doch«, gab Cundall barsch zurück. »Er hat Augen wie ein Luchs. Trotzdem kann es nicht schaden, ihm ein wenig heimzuleuchten. Ach, Allard, seien Sie doch so gut und schießen Sie eine Leuchtrakete ab.«

Der Amerikaner zog eine Signalpistole aus seinem Umhang, hob sie über den Kopf und feuerte. Eine purpurfarbene Rakete explodierte hoch am Himmel, färbte die Wolkenbank von innen und tauchte den Platz in violettes Licht.

Die SE5a wendete und begann mit dem Anflug auf das Feld. Winthrop hatte Piloten Kunststücke vollführen sehen, um bei ihren Kameraden am Boden Eindruck zu schinden (so mancher Sieger eines Hahnenkampfes hatte sich bei dem törichten Versuch, vor hübschen Krankenschwestern den Helden zu markieren, den Hals gebrochen), doch Albright wusste es besser. Cundall's Condors waren durch Kunststücke nicht zu beeindrucken.

Plötzlich wusste Winthrop, warum die Presse sich so sehr für Flieger interessierte. Sie waren einsame Adler, keine anonyme Masse. Die einzigen ritterlichen Helden in der klaffenden Wunde aus blutgetränktem Schlamm, die sich von Belgien nach Norditalien quer durch Europa zog.

Das violette Licht erlosch, als die Rakete zu Boden stürzte. Allard schoss eine zweite in den Himmel.

»Was ist denn das?«, fragte Winthrop.

Über der SE5a war, undeutlich in der purpurroten Wolke, ein geflügelter Schatten zu erkennen. Winthrop hörte nur Albrights Maschine. Der Schatten stieß herab, eher ein riesenhafter Vogel denn ein Flugzeug. Albright feuerte ihm von unten eine Salve in den Bauch. Vom Boden aus war das Mündungsfeuer nur eine Garbe winziger Funken. Der Schatten klammerte sich an die SE5a und riss sie mit sich in die Höhe. Eng umschlungen verschwanden sie in den Wolken. Allard schoss zwei weitere Leuchtraketen ab, eine nach der anderen.

Major Cundalls von violetter Glut zerfurchte Miene war wie versteinert.

Nach wenigen Sekunden fing der Motor an zu stottern, und das Brummen verstummte. Die Wolken schienen sich zu teilen. Jaulend fiel etwas vom Himmel. Albrights Maschine trudelte mit rasender Geschwindigkeit dem Erdboden entgegen, der Wind pfiff laut durch die Verspannung. Ein Flügel riss sich los. Die SE5a bohrte sich mit der Schnauze voran in den Acker und brach in sich zusammen wie ein Kastendrachen. Winthrop wartete auf eine Explosion.

Die Piloten liefen auf das Wrack zu. Der Flackerschein der Leuchtraketen tauchte alles in ein violettes Licht. Das Leitwerk war abgebrochen, die Flügel hingen in Fetzen. Die gleichlaufenden Schlitze in der Bespannung sahen aus wie Klauenhiebe.

Winthrop erreichte die SE5a kurz nach Cundall. Ein paar Yards entfernt kamen sie schlitternd, vorsichtig, zum Stehen. Der Treibstofftank konnte jede Sekunde explodieren. Brennendes Benzin bescherte einem Vampir einen ebenso üblen Tod wie einem warmblütigen Menschen.

Die Piloten scharten sich um das zerschmetterte Flugzeug. Der qualmende Lauf der Lewis ragte zwischen verbogenem Metall und Stoff ins Leere. Dravot drängte sich vor, riss die Überreste der Maschine auseinander und durchwühlte das Wrack. Er fand eine der Kameras und inspizierte die Platte. Sie war zerbrochen.

»Wo ist er?«, fragte Bigglesworth.

Das Cockpit war unbesetzt. Niemand hatte den Piloten zu Boden stürzen sehen.

Hatte Albright einen Fallschirm mitgenommen? Wenn ja, hatte er damit gegen die Vorschriften verstoßen. Es hieß, dass Fallschirme der Feigheit Vorschub leisteten. Sie wurden ausschließlich an Ballonbeobachter ausgegeben.

»Seht nur!«, rief Allard.

Winthrop folgte dem Blick des Amerikaners himmelwärts. Die letzten purpurroten Funken verglommen in den Wolken. Der fliegende Schatten war nach wie vor undeutlich zu erkennen, vom Luftstrom getragen, drehte er gemächlich seine Runden. Er sah aus wie ein merkwürdiger Fledermausdrachen. Dann plötzlich war er verschwunden.

»Da fällt etwas vom Himmel«, sagte Ginger.

Ein schrilles Pfeifen war zu hören, und sie stoben auseinander. So kurz vor seiner Beförderung im Bombenhagel zu sterben, konnte auch nur ihm passieren. Winthrop warf sich in das kalte Gras, schlug die Arme über dem Kopf zusammen und dachte kurz an Catriona.

Etwa ein Dutzend Yards vom Wrack entfernt fiel mit einem dumpfen Schlag etwas zu Boden, explodierte jedoch nicht. Winthrop nahm all seinen Mut zusammen, stand auf und wischte Gras und Eissplitter von seinem Mantel.

»Grundgütiger«, sagte Cundall. »Das ist Red.«

Die Vampire umringten den gefallenen Piloten. Winthrop schlug sich nach vorn durch.

Die nachtschwarze Fliegerkluft des verrenkten Etwas war von

oben bis unten aufgerissen. Die verschrumpelte Gesichtshaut klebte am Schädel, die Augen quollen lidlos aus den Höhlen. Was sie da sahen, war eine ausgeblutete Karikatur von Albrights scharf geschnittenen Zügen. Am Hals befand sich eine ledrige Wunde von der Größe einer Orange, die den Blick freigab auf Wirbel, blasses Muskelfleisch und die Unterseite des Kieferknochens. Der Körper war verdörrt, eine klapprige, in Stofffetzen gehüllte Vogelscheuche. Albright war ausgesaugt, jeglicher Substanz beraubt worden.

Cundall und die anderen blickten in den stockfinsteren Himmel. Winthrop zerrte die Uhr aus seiner Tasche. Sie musste kaputtgegangen sein, als er sich zu Boden geworfen hatte, denn sie war um Punkt Mitternacht stehengeblieben.

4

Graue Eminenzen

Ich würde es außerordentlich begrüßen, wenn Sie uns über das Château du Malinbois in Kenntnis setzen könnten«, sagte Lord Ruthven und bewunderte seine rautenförmigen Fingernägel. Immer wenn er Ruthvens monotone, ausdruckslose Stimme hörte, musste Beauregard unwillkürlich mit den Zähnen knirschen.

Smith-Cumming, der seine Verkleidung abgelegt hatte, wies auf Beauregard.

Der räusperte sich und begann: »Es hat zweifellos etwas Mysteriöses an sich, Herr Premierminister. Wir haben das Geschwader Condor auf die Sache angesetzt. Zunächst dachten wir, der Wirbel um das Schloss verdanke sich dem einfachen Umstand, dass es sich bei Richthofens Zirkus, dem Ihnen allen wohlbekannten

JG1, um eine hochgeschätzte Einheit handelt. Die Deutschen lieben ihre Flieger.«

»Nicht mehr und nicht weniger als wir die unseren, Sir«, verkündete Lloyd George. »Sie sind die Ritter dieses Krieges, ohne Furcht und ohne Tadel. Sie haben die ruhmreiche Zeit der Chevalerie wiederauferstehen lassen, nicht allein durch ihre kühnen Taten, sondern auch durch ihr edles Gemüt.«

»Ganz recht«, pflichtete Beauregard bei, in der sicheren Annahme, dass der Minister aus einer seiner Reden zitierte. »Aber unsere Helden sind, im Ganzen, bescheidene Männer. Wir brauchen keine Batterie von Reklameagenten und Porträtfotografen, wie sie das Kriegspresseamt unterhält, um für Leute wie Max Immelmann, Oswald Boelcke und Manfred von Richthofen die Trommel zu rühren.«

Der Name des Roten Barons hing in der Luft.

»Es wäre äußerst vorteilhaft, wenn wir diesen Richthofen vom Himmel holen könnten«, meinte Sir William Robertson. Der warmblütige General hielt nichts von neumodischen Erfindungen wie Flugzeugen und Panzern. »Damit wäre der Beweis erbracht, dass es im Krieg keine Richtwege gibt. Keinen Ersatz für ein gutes Pferd und einen besseren Mann.«

»Es spricht ohne Frage einiges für diesen Standpunkt«, sagte Beauregard, ohne näher zu erläutern, was tatsächlich dafür sprach. »Aber was dem Diogenes-Club Sorge bereitet, ist der Umstand, dass es um den Zirkus ungewöhnlich ruhig geworden ist, seit er in Malinbois die Zelte aufgeschlagen hat. Zwar verzeichnen die Deutschen nach wie vor mit schöner Regelmäßigkeit einen Luftsieg nach dem anderen, aber die bei der Presse und in der Öffentlichkeit so beliebten sensationellen Einzelheiten sind rar geworden. Das JG1 hat ungewöhnliche Unterstützung bekommen.«

»Ungewöhnlich?«, bohrte Ruthven.

»Das Château steht unter dem Befehl von General Karnstein, einem österreichischen Ältesten, der unseren Erkenntnissen zufolge zu den engsten Vertrauten des Grafen von Dracula gehört.«

Die kalten Augen Ruthvens verrieten Interesse. Der Premierminister verfolgte die Machenschaften seiner Genossen voller Neugier. Unter den Ältesten war er ein Ausgestoßener; seine Haltung gegenüber den bekannteren Blutgeschlechtern war von Neid nicht unbefleckt.

»Ich kenne den Vampir. Er ist das Oberhaupt einer weit verzweigten Sippe. Seit seine grauenhafte Tochter den wirklichen Tod gefunden hat, ist er nicht mehr der Alte.«

Verstohlen zog der Rüstungsminister ein großes, bewusstloses Kaninchen aus der Tasche. Churchill war ein großer Freund des Alkohols. Seine besondere Vorliebe bestand darin, das Blut von Tieren mit Madeira anzureichern. Er setzte seine wulstigen Lippen an die Kehle des Kaninchens und begann dezent zu saugen.

»Hmmm … lecker«, murmelte er. Die übrigen Anwesenden enthielten sich wohlweislich eines Kommentars. Asquith, auch kein Kostverächter, sah durstig aus.

»General Karnstein gibt unweit der Front Gesellschaften und Konferenzen«, sagte Beauregard. »Neben den üblichen Namen, wie Anthony Fokker, ist uns zu Ohren gekommen, dass auch der eine oder andere Vampirälteste zugegen war. Sowie einige ungewöhnliche Neugeborene. Unter ihnen auch Geertruida Zelle.«

»Ihre große Versuchung, Beauregard«, sagte Ruthven. »Die gefährliche und geheimnisvolle Mata Hari.«

»Meine? Wohl kaum.«

»Ohne Ihre Mithilfe hätten wir sie nie gefasst.«

Beauregard kehrte bescheiden die Handflächen nach oben. Obgleich die Presse sie groß herausgestellt hatte, war Geertruida Zelle nicht die Spionin, als die sie ausgegeben wurde. Dennoch hatte man sie gefasst, und nun sah sie ihrer Hinrichtung entgegen. Ihre

»Opfer« waren in der Hauptsache hochrangige französische Offiziere, unter ihnen auch der unselige General Mireau. Pétain bestand auf ihrer zeremoniellen Vernichtung, während Beauregard den Premierminister ersucht hatte, sie zu begnadigen. Doch das war unwahrscheinlich: Da die Deutschen Schwester Edith Clavell auf dem Scheiterhaufen verbrannt hatten, glaubte Ruthven, um die Rechnung auszugleichen, kämen die Alliierten nicht umhin, Mata Hari zu erschießen.

»Wir alle sind doch Männer von Welt«, meinte der Premierminister. »Ich für meinen Teil kann mir durchaus vorstellen, weshalb das deutsche Oberkommando die Künste einer Mata Hari auf Malinbois zum Einsatz bringt. Der Graf pflegt seine unerschrockenen Krieger reichlich zu belohnen.«

Churchill steckte das blutbesudelte Kaninchen in seine Jagdtasche zurück und brach in gurgelndes Gelächter aus. Er hatte Madeira in den Adern, und seine Augen röteten sich in den Winkeln. Bis auf das Karminrot seiner schlaffen Lippen war sein volles Gesicht puderweiß.

»Hier geht es um mehr als bloße Unzucht oder Schwelgerei«, sagte Beauregard zurückhaltend. »Wenn sie es hoch hergehen lassen wollten, würden die Deutschen daraus kein Geheimnis machen. Im Gegenteil, sie tun ihr Bestes, um den amourösen Ruhm der Flieger-Asse noch zu mehren, indem sie Romanzen mit berühmten Schönheiten erfinden, die kaum länger dauern als eine Pose für die Pressefotografen.«

Ruthven blickte in die Runde seiner Berater und tippte sich mit dem Fingernagel gegen einen Vorderzahn. Er dachte demonstrativ nach.

»Smith-Cumming«, sagte er. »Was macht unser alter Freund Graf von Dracula?«

Der Meisterspion zog ein Büchlein voller in einer persönlichen Chiffre verfasster Notizen zu Rate.

»Er ist in Berlin gesehen worden. Er wird kommenden Monat in Brest-Litowsk mit den *bolsheviki* zusammentreffen, wo sich der Iwan aller Voraussicht nach zur Demobilisierung bereiterklären wird.«

»Jammerschade. Schließlich bin ich stets dafür gewesen, das Britische Empire bis auf den letzten Tropfen Russenblutes zu verteidigen.«

Die Generale und Minister lachten verhalten über Ruthvens Scherz. Selbst der maskenhafte Mr. Croft setzte ein gequältes Lächeln auf.

Smith-Cumming blätterte um. »Unter unseren Berliner Agenten herrscht bemerkenswerte Einigkeit darüber, dass der Graf keineswegs die Absicht hat, dem Château du Malinbois kommenden Monat einen Besuch abzustatten. In diesem Falle scheint es höchst sonderbar, dass uns diese Nachricht derart aufgedrängt wird. Schließlich macht sich auch niemand die Mühe, uns davon zu unterrichten, dass der Kaiser *keineswegs* die Absicht hat, seinem Barbier einen Besuch abzustatten, um sich die Schnurrbartspitzen wichsen zu lassen.«

»Kommenden Monat?«, brummte Churchill.

»Wird der Graf sich nicht in Malinbois aufhalten«, bekräftigte Smith-Cumming.

»Wann hat Dracula das Château zum letzten Mal besucht?«

»Vor etwa hundert Jahren, Herr Premierminister.«

»Was schließen wir daraus?«

Smith-Cumming zuckte die Achseln. »Eine raffinierte Intrige ist im Gange, keine Frage. Wir messen uns mit Meistern ihres Faches.«

»Wenn die Russen erst einmal aus dem Spiel sind, wird der Hunne einen Großangriff auf die Westfront ansetzen«, sagte Churchill. »Graf Dragulya ist berühmt für diese Vernichtungstaktik.«

Churchill bevorzugte eine wunderliche Aussprache von »Dracula«. Doch das war nur eine seiner unzähligen Schrullen.

»Das ist doch lachhaft«, polterte General Sir Henry Wilson. »Dazu fehlen dem Kaiser die Männer und die Mittel, der Schliff und der Schneid. Haig wird Ihnen bestätigen, dass Deutschland ein ausgemachter Popanz ist. Der Hunne ist schwer getroffen, er hat den Kopf verloren. Er kann nur mehr im Staube kriechen und verbluten.«

»Es wäre mir ein Vergnügen, Ihnen zuzustimmen«, sagte Ruthven, »doch den Wilden Willi zu bekämpfen, wollen wir anderen überlassen. Winston hat ganz Recht. Uns steht ein Generalangriff bevor. Ich bin mit dem transsylvanischen Rohling seit alters bekannt. Er ist so falsch wie Katzengold, er sagt Gott und meint Kattun. Er wird erst einhalten, wenn wir ihm Einhalt gebieten. Selbst dann muss er vernichtet werden. Wir dürfen Dracula kein zweites Mal das Leben schenken.«

»Ich teile die Ansicht des Premierministers«, sagte Lloyd George. »Dracula kommandiert die Mittelmächte. Wir müssen seinen Willen brechen.«

Beauregard räumte verdrossen ein, dass auch er an eine Großoffensive glaube. »Wenn die Feindseligkeiten an der Ostfront erst beendet sind, steht uns für den Kampf im Westen ein Millionenheer zur Verfügung. Im Feuer der Schlacht gehärteter Stahl, keine milchbärtigen Rekruten.«

»Und Malinbois?«, fragte Ruthven. »Ob das Château Draculas Vorposten ist? Er wird gewiss ins Feld ziehen wollen. In dieser Hinsicht ist er ein eitler Barbar. Noch hat er es nicht getan, aber es wird ihn zweifellos danach gelüsten.«

»Das Schloss wäre ein vorzügliches Hauptquartier«, meinte Beauregard. »Um eine Bodenoffensive zum Erfolg zu führen, muss er uns in der Luft den Schneid abkaufen. Dazu braucht er das JG1 an seiner Seite.«

Erregt ließ Ruthven die Hand auf seinen Schreibtisch niedersausen. Seine monotone Stimme schwoll an zu einem ohrenbetäubenden Kreischen.

»Ich hab's! Er will seine schwarzen Schwingen ausbreiten und fliegen. Er wird mit seinem Luftschiff, der *Attila,* aufsteigen. In diesem Krieg geht es allein um ihn und mich. Wir sitzen uns am Schachbrett Europa gegenüber. Für ihn bin ich das Großbritannien, das ihn erniedrigt und verspottet hat. Für mich ist er der Vampir der Vergangenheit, die es zu überwinden gilt. Es ist ein Kampf um Philosophie und Ästhetik ...«

In Churchills Bauch rumorte es, und Lloyd George inspizierte die Aufschläge seiner gestreiften Hosen. Beauregard fragte sich, ob Millionen wirklich Toter glaubten, sie seien für Philosophie und Ästhetik in den Krieg gezogen.

»Dies ist unser Duell. Mein Verstand gegen den seinen. Er ist gerissen, das muss man ihm lassen. Und mutig, zu allem bereit. Wie er sein Spielzeug liebt: seine Züge, seine Flugmaschinen, seine schweren Geschütze. Er ist wie ein monströses Kind. Wenn er seinen Willen nicht bekommt, wird er die Welt verwüsten.«

Ruthven stand auf und vollführte dramatische Gebärden, als posiere er für ein Porträt: Der Premierminister in seiner ganzen Pracht.

»Doch ich weiß, wie wir unseren bösen Feind zu Fall bringen werden. Beauregard, behalten Sie Schloss Malinbois im Auge. Ich wünsche Einzelheiten, Fakten, Zahlen. Mr. Croft, dies scheint mir ein Projekt so recht nach Ihrem Geschmack zu sein. Sie werden Beauregards Berichte entgegennehmen und in eine Ordnung bringen.«

Der Mordagent runzelte die Augenbrauen.

Ruthven fuhr fort: »Wir können Draculas Kinderstuben-Schwärmereien gegen ihn benutzen, ihn in unsere Falle locken und unsere Hände um seine vermaledeite Kehle schließen.«

5

Der Prophet von Prag

Lichtdolche stachen durch die Ritzen zwischen den scharf gezackten Ziegeln, die das niedrige, abschüssige Dach bedeckten. Die kletternde Sonne raubte ihm die Kraft, doch in ihm wütete der rote Durst. Er hungerte nach Menschenblut. Edgar Poe wähnte sich, wie immer, einen armen Hund.

Er saß auf seiner Pritsche, hatte die Ellbogen auf die Knie gestützt und hielt den Kopf gesenkt, damit er nicht gegen die Decke stieß. An der gegenüberliegenden Wand ragten, zwei oder drei Reihen tief, massive Büchersäulen in die Höhe. Die dicksten, nur selten benutzten Bände bildeten einen literarischen Sims, der ihm als Tisch diente. Ein halbvoller Humpen seimigen Saftes stand in einer kreisförmigen Vertiefung im Leineneinband seines Schiller. Der Gestank von tagealtem Tierblut stach ihm in Mund und Nase. Sein Magen setzte sich zur Wehr, doch bald schon würde er trinken müssen.

Dies war nicht die erste Durststrecke seit seiner Verwandlung. Warmblütigen Menschen fraß der Hunger Löcher in den Bauch; der *nosferatu*-Schmerz hingegen war ein pulsierendes Feuer im Herzen, verbunden mit einem quälenden Verlangen im Hals und auf der Zunge. Die Nährkraft des Blutes lag im Geschmack und der Substanz sowie der geistigen Verschmelzung bei der Vampir-Kommunion.

Ihn ins Ghetto, Prags uraltes Repositorium für Ausländer und Ungeliebte, zu sperren, war von erlesener Grausamkeit. Dem von Franz Joseph und Kaiser Wilhelm erlassenen Grazer Edikt zufolge war es einem Hebräer verboten, sich zu verwandeln. Daher betrachteten die Juden den Vampir als Raubtier und hielten ihre Frauen von ihm fern. Wie bei den meisten unter dem Diktat des

Grafen von Dracula erlassenen Edikten wurde jeglicher Verstoß mit standrechtlicher Pfählung geahndet.

Es war nicht leicht, seinen inneren Vampir zu nähren. Er war gezwungen, sich bei einem koscheren Fleischer Tierblut zu verschaffen. Der Israelit war ein verfluchter Halsabschneider. Der Preis für ein paar ranzige Tropfen Rinderblutes war in drei Jahren um das Zehnfache gestiegen. Manchmal trieb ihn das Verlangen nach dem süßen, wohlriechenden Blut junger Frauen an den Rand des Wahnsinns. Stark und schwach zugleich, blickte er in einen Mahlstrom. Mit einer Mischung aus Grausen und Entzücken gedachte er der Nacht, da ihn das Verlangen überkommen würde. Mit scharfen Klauenhieben würde er in eine nahe gelegene Bodenkammer dringen und eine fette Ehefrau oder Tochter zwingen, sich ihm hinzugeben. Dann, gesättigt, würde er seinen poetischen Träumereien nachhängen, und die Worte würden ihm aus der Feder sprudeln wie Wasser aus einer Quelle. Die Juden würden seiner unglücklichen Laufbahn mit einem Pflock ein blutiges Ende bereiten.

Eines Abends im Mai 1917 war Poe aus seiner Lethargie erwacht und musste feststellen, dass der kurzsichtige Feigling Wilson die Vereinigten Staaten von Amerika in den europäischen Konflikt verwickelt hatte. Mit einem Federstrich hatte Wilson aus Edgar Poe einen Feind der Mittelmächte gemacht. Damals hatte er in einem halbwegs behaglichen Logierhaus am Sladkowskyplatz gewohnt und sich als Dozent ein kümmerliches Einkommen verdient. Obgleich der Ruhm der *Schlacht von St. Petersburg* recht schnell wieder verblasst war, hatte sein Name etwas von seinem alten Glanz behalten. Wenn alle Stricke rissen, konnte er immer noch den »Raben« rezitieren, die einzige Konstante seines Lebens, seines Ruhms. Er betrachtete das Gedicht schon lange nicht mehr als sein Werk und verabscheute das »Nimmermehr«-Geplärr von ganzem Herzen.

Heute, acht Monate später, hauste er auf einem Dachboden, kaum größer als ein Sarg. Das Ghetto war ein schmutziges Labyrinth aus engen, überdachten Gässchen, eher Tunnel denn Straßen. Ein verseuchter Bienenstock aus Holz und Mörtel. Jedes Zimmer beherbergte unglaubliche Mengen schnatternder, schwatzender Hebräer. Europa wimmelte von Untermenschen. Wenn er sich über die Salniter Gasse hinauswagte, musste Poe eine Armbinde tragen, die ihn als feindlichen Ausländer kenntlich machte.

Er war mit großen Erwartungen von den finsteren und chaotischen Gestaden seines vaterländischen Philistia in eine alte Welt der Kultur aufgebrochen. Doch statt der gesuchten Freiheit hatte er nur alte Feinde vorgefunden, den Neid der Geringeren und die Versuchung der Verzweiflung. Die wenigen, die sich bereitgefunden hatten, seinen Fall zu überdenken, behandelten ihn wie ein Rätsel im Gewand eines Plagegeistes, einen wundersamen Kauz, dessen nähere Betrachtung sich nicht lohnte.

Sein Zahnfleisch wich zurück, und seine spitzen Zähne schmerzten. Eine eiserne Faust schloss sich um sein Herz. Er konnte es nicht mehr ertragen. Seine Schwäche verfluchend, ergriff er den Humpen und kippte sich die klumpigen Reste in die brennende Kehle.

Unbeschreibliche Fäulnis überschwemmte seinen Mund, und schwarzer Schmerz sprengte ihm den Schädel. Es war rasch vorbei. Der rote Durst war, fürs Erste wenigstens, gestillt. Es blieb ein widerlicher Nachgeschmack, als sei das Blut mit Maschinenöl versetzt gewesen.

Das Blut trübte seinen Verstand. Er dachte an blasshäutige Frauen mit lebhaften Augen, strahlendem Lächeln und langem feinem Haar. Ligeia, Morella, Berenice, Lenore, Madeline. Ihre Gesichter verschmolzen in eins. Virginia. Seine Gemahlin war mit Blut im Mund entschlafen, ihre Kinderstimme im Gesang erstickt. Später kehrte sie zurück aus ihrem Grab und bedeckte ihn mit langzähnigen Küssen. Sie säugte ihn mit ihrem Blut und verwandelte ihn. Inzwischen war Virginia wirklich tot, mit Atlanta verbrannt, und doch war sie ihm Frau, Tochter, Schwester und Mutter zugleich. Er lebte mit ihrem Geschmack auf der Zunge und ihrem Blut in seinem unsterblichen Körper.

Plötzlich hämmerte es gegen die Tür. Erschrocken sprang er von der Pritsche. Sein schwindelnder Schädel prallte gegen einen Balken, und er stöhnte. Er riss die Tür auf, schälte den Teppich von den nackten Bodendielen. Draußen, auf dem obersten Treppenabsatz, stand ein Vampir in Uniform und funkelte ihn unter dem adlerbewehrten Schirm seines Tschakos wütend an. Seine Schnurrbartspitzen waren gezwirbelt und gewichst. Poe erkannte den Boten der Kommission für feindliche Ausländer.

»Guten Morgen, Herr Unteroffizier Paulier«, sagte Poe auf Deutsch. Deutsch war die Amtssprache Österreich-Ungarns. Es gab Tschechen und Polen, die kein Wort in ihrer eigenen Zunge über die Lippen brachten. »Was verschafft Prags gefährlichstem Angehörigen einer feindlichen Macht die Ehre Ihres Besuches?«

Statt einer Antwort streckte Paulier einen hölzernen Arm aus. Ein Umschlag war mit einer Nadel an seinem Handschuh befestigt. Wie so viele Funktionäre war der Bote ein Wechselbalg des Krieges. Sein Blut war nicht kräftig genug, um ein verlorenes Glied neu zu bilden. Poe löste den Brief und schlitzte ihn mit spitzem Fingernagel auf. Paulier machte wortlos kehrt und stieg die vielen Treppen wieder hinab, seine falsche Hand klapperte gegen die Geländerstäbe.

Eine der gegenüberliegenden Türen öffnete sich einen Spaltbreit, und etwa drei Fuß über dem Boden glänzten große, feuchte Augen. Das ganze Haus schwärmte von Ratten und semitischen Kindern. Degenerierte Rassen konnten sich ungehemmmt vermehren. Dracula tat recht daran, ihnen zu verbieten, sich in Vampire zu verwandeln. Poe fletschte die Fangzähne und fauchte. Die Tür fiel ins Schloss. Er las die Nachricht von der Kommission. Man zitierte ihn erneut vor das Gericht am Hradschiner Platz.

Der Nachmittag schleppte sich dahin. Poe saß allein in einem kathedralenhaften Wartesaal und horchte, wie die Zeit verrann. Seit seiner Verwandlung besaß er ein so scharfes Gehör, dass er selbst das Räderwerk einer Uhr deutlich wahrzunehmen vermochte. Ein durch Mark und Bein gehendes Knirschen und Klicken begleitete jede Sekunde. Noch das winzigste Geräusch hallte in seinem Schädel wider wie Regentropfen auf einem Trommelfell. Insgeheim pflegte er das Amt, in dessen Räumlichkeiten man ihn nicht zum ersten Mal zitierte, als den Palast von Vondervotteimittiss zu bezeichnen. Seine staubigen Winkel und kalten, harten Bänke waren vom Gang der Geschichte unberührt geblieben.
Vor vier Jahren, bei Kriegsausbruch, standen dem Kaiserreich genügend Mittel und Wege zur Verfügung, gegen feindliche Ausländer vorzugehen, die innerhalb seiner Grenzen gefangen waren. Es gab Internierungslager und Rückführungsprogramme. Doch die Bürokraten und Diplomaten, die sich mit derlei Feinheiten befassten, waren in der Armee untergetaucht und aller Voraussicht nach nicht mehr am Leben. Seit dem späten Kriegseintritt der Vereinigten Staaten verschlug es nur noch wenige ihrer Bürger hinter die feindlichen Linien. Poe, der sich längst nicht mehr als Amerikaner fühlte, befand sich in einer äußerst sonderbaren Lage. Kaum einer der Passanten wusste um die tatsächliche Bedeutung seiner lachhaften Armbinde. Er wurde weitaus häufiger von vornehmen Damen angegangen, die ihm nahelegten, er möge seine Pflicht in Uniform erfüllen, als von patriotischen Seelen, die in ihm einen Todfeind der Habsburger erkannten.
Das Zifferblatt der Uhr, groß wie ein Wagenrad, war in eine klassizistische Orgie aus schmuddeligem Marmor eingelassen,

welche über einer Tür befestigt hing, die selbst einen Hünen doppelt und dreifach überragte. Bei ihr dauerte die Sekunde eineinhalbmal länger als bei Poes Taschenuhr. Er verglich sein Chronometer mit der Uhr, und es schien, als hätten sich die beiden Zeitanzeiger verschworen, mit derselben Geschwindigkeit zu laufen. Als er die Uhr schließlich in seine Westentasche zurückschob, wurde der Wandzeitmesser wieder langsamer. Quälende Pausen dehnten jedes Ticken.

Er hatte keine Heimat mehr, doch was seinen Fall noch komplizierte, war *Die Schlacht von St. Petersburg*. Obgleich es allenthalben in den Schmutz gezogen wurde, bewahrte ihn das Buch vor dem leidigen Schicksal, in ein Kriegsgefangenenlager verbracht zu werden. Im Falle einer Rückführung wäre ihm in seinem Geburtsland gewiss kein freundlicher Empfang zuteilgeworden. Da er im Sezessionskrieg für die Sache der Rebellen gefochten hatte, weigerte er sich, die Vereinigten Staaten mit ihrer jetzigen Verfassung anzuerkennen. Während Wilson heuchlerisch Neutralität gepredigt hatte, war er heimlich der Triple Entente zu Hilfe geeilt; Poe trat bekanntermaßen offen für den gerechten und unausweichlichen Triumph der Mittelmächte ein.

Zu Beginn des Krieges hatte er versucht, ein Offizierspatent in den Armeen Österreich-Ungarns zu erwerben. Von Neidern und Narren am Fronteinsatz gehindert, hatte er seine längst verstummte Muse zu neuen Höhenflügen angespornt. Verfasst in einem einwöchigen, fiebrigen Anfall von Schaffenskraft, beschrieb *Die Schlacht von St. Petersburg*, wie Wilhelm und Franz Joseph binnen eines Monats Frankreich in die Knie zwangen und sich sodann der feierlichen Pflicht zuwandten, Russland zu erobern. Eine Geschichte von wagemutigen Dampfrossattacken und kühnen, blaublütigen Helden, die den Kampfgeist großer Tage mit den Wundern der modernen Wissenschaft verband. Ganz Europa stand im Banne seiner Schilderung des von Zeppelinflotten belagerten St. Petersburg und der völligen Unterwerfung der Kosaken durch motorisierte Ulanen. Dracula zeigte sich so fasziniert von der Vorstellung eines selbst getriebenen Molochs, der sich Schienen legte, um darauf ins Herz des Zarenreiches vorzustoßen, dass er eine Prüfung über die Möglichkeit verlangte, ein solches Gefährt nachzubauen. Dies fand die Unterstützung des Ingenieurs Robur, dem unentwegten Streiter für den Einsatz von Luftkriegsschiffen. In England und Amerika erschienen Raubdrucke »vom berühmten Verfasser des ›Raben‹«. Ein gewissenloser Belgier, der sich J. H. Rosny aîné nannte, kopierte das Buch Kapitel für Kapitel unter dem Titel *La bataille de Vienne,* wobei er aus den deutschen Figuren Franzosen machte und russische Ortsnamen durch Schauplätze in Deutschland und Österreich-Ungarn ersetzte. Poe gewann seinen Ruf als Visionär zurück, den er in seinen warmblütigen Tagen errungen hatte, und war als Redner sehr begehrt. Er besuchte Turnanstalten und teilte seine Vision mit markigen, frisch uniformierten jungen Männern, die sie in die Tat umsetzen würden. Es schien, als könne er solch infantile Plagiatoren wie Monsieur Verne und Mister Wells auf alle Zeit vergessen machen.

Ein alter Mann trappelte durch den Wartesaal. Er zog einen Schubkarren mit prall geschnürten Bündeln vergilbten Papiers hinter sich her. Obgleich er warmen Blutes war, roch er saftlos und dürr. Ohne Poe eines Blickes zu würdigen, verschwand der Schreiber durch eine Seitentür in einem labyrinthischen Archiv. Das Hohe Gericht des Amtes war eine Festung des vergessenen Wissens, eine Alexandrinische Bibliothek der Nichtigkeiten.

Obschon die »Prophezeiungen« der *Schlacht von St. Petersburg* nunmehr von denselben Kritikern verdammt wurden, die sie einst als vorbildlich gepriesen hatten, hielt Poe seine Vision für wahrhaftiger als die der Kriegsberichterstatter. Seine Welt hätte Wirklichkeit sein sollen; nicht das schlammige, retranchierte, todbringende Patt, das ganz Europa lähmte. Die Briten hätten entweder neutral bleiben oder gegen ihren Erbfeind, den Franzosen, zu Felde ziehen müssen. Wahrlich, was scherte sich ein Brite um das kleine, rotznäsige Belgien? Zeppeline würden majestätisch über den versklavten Horden der Steppe schweben. Die Großen Kaiserreiche würden sich alles Unreinen entledigen und die Geschicke des Planeten lenken.

Edgar Poe wäre der größte Prophet seiner Zeit. Es hieß, dass kein Vampir ein Werk von bleibendem ästhetischem oder intellektuellem Wert erschaffen könne. Poe gierte danach, dieses Diktum zu entkräften. Doch die Welt von Glanz und Gloria, die kurz vor der Geburt zu stehen schien, verwandelte sich mit einem Mal in einen Alb der Langeweile und des Hungers.

Die Aufschläge seiner Hosen waren ausgefranst, und er trug einen Zelluloidkragen, der mit Federharz gesäubert werden musste. Es war eine Gnade Gottes, dass Virginia nicht mehr zu erleben brauchte, in welch jämmerlichem Zustand ihr Eddy sich befand.

Ein Bediensteter trat ein. Er trug eine bodenlange Schürze und eine übergroße Mütze mit grüner Augenblende. Er hielt ein Glöckchen in die Höhe und ließ es schellen. Das Klingeling war eine wahre Folter für Poes Ohren.

»Herr Poe, wenn Sie mir folgen möchten«, sagte der Bedienstete in schlechtem Deutsch.

Die Unterredung fand nicht in einer Stube, sondern in einem hohen Flur statt. Durch schmale Fenster fiel schmutziges Licht. Amtsdiener schoben schwere Karren über den Korridor. Poe musste sich gegen die Wand drücken, um sie passieren zu lassen.

Poe traf nicht zum ersten Mal auf Kafka, einen scharfsinnigen Juden mit wunderlichen Segelohren und durchdringendem Blick. Da dem Schreiber die Vorstellung, dass ein Amerikaner sich im Ghetto aufhielt, nicht recht zu behagen schien, legte er bei der Lösung des Falles schwunghaften Eifer an den Tag. Bislang hatten seine Bemühungen jedoch nur zu einer wachsenden Flut von widersprüchlichen Notizen seiner Vorgesetzten geführt. Trotzdem hatte Poe ihn in sein Herz geschlossen. Er war die einzige Seele in ganz Prag, die Poe nicht allein der *Schlacht von St. Petersburg* und des »Raben« wegen kannte, und hatte ihn sogar gebeten, eine billige Ausgabe der *Tales of Mystery and Imagination* mit einer Widmung zu versehen. Zwar hatte Kafka beiläufig erwähnt, dass auch er gelegentlich zur Feder greife, doch da Poe keine nähere Bekanntschaft mit dem Juden schließen mochte, gab er sich betont gleichgültig. Poe wurde einem gewissen Hanns Heinz Ewers vorgestellt, einem überaus vornehm gekleideten Vampir, der sich offenbar auf vielerlei Gebieten für bewandert hielt. Anders als die meisten Deutschen trug er keine Uniform, sondern einen Anzug.

»Welche Ironie, Herr Poe«, sagte Ewers, »wir sind wahrhaftig Zwillinge, Spiegelbilder, Doppelgänger. Als der Krieg ausbrach, war ich in Ihrem Vaterland, in New York City…«

»Ich betrachte das föderalistische Amerika schon seit langem nicht mehr als *mein* Vaterland. Ich habe mein Nationalgefühl bei Appomattox verloren.«

»Wie Sie meinen. Auch ich war verzweifelt, wie Sie es jetzt sind. Auch ich war Dichter, Philosoph und Visionär, schrieb Aufsätze, Abhandlungen und Sensationsromane. Ich habe neue Gebiete der Kunst für mich erobert, einschließlich des Kinematographen. Als Vorhallen-Agitator stand ich in den Diensten meines Kaisers, aber leider reichten meine Bemühungen nicht aus, das Missverständnis zwischen der Neuen und der Alten Welt zu klären. Ich wurde interniert und deportiert. Ich wollte Sie schon lange einmal kennenlernen, Herr Poe.«

Poe blickte Ewers in die Augen und sah, dass etwas fehlte. Ewers war eine halbfertige Imitation, die ihre inwendigen Mängel durch Übertreibung wettzumachen versuchte.

»Ich habe kurzzeitig erwogen, Sie zu verklagen, Herr Ewers«, sagte Poe geradeheraus. »*Der Student von Prag*, ein Lichtspiel, für das Sie verantwortlich zeichnen, ist ein schmähliches Plagiat meiner Erzählung ›William Wilson‹.«

Die Beschuldigung traf Ewers wie eine Ohrfeige ins Gesicht, doch er hatte sich im Nu gefasst. »Gewiss nicht mehr und nicht weniger, als Ihr ›William Wilson‹ ein Plagiat E.T.A. Hoffmanns ist.«

»Kein Vergleich«, erwiderte Poe ungerührt.

Ewers lächelte. Der Mann erfüllte Poe mit Abscheu. Sein Betragen war ebenso töricht, ungeschlacht und fadenscheinig wie seine Romane und Erzählungen. Dass er beim Film arbeitete, stand ihm bestens zu Gesicht. Den Grimassen, Verrenkungen und Narreteien des *kinema* war eine Vulgarität zu eigen, die an Ewers haftete wie nasser Kot.

»Der Fall Edgar Poe wäre zu prüfen«, erinnerte Kafka und hielt einen dicken Ordner voller Papiere in die Höhe.

»Nein«, sagte Ewers und ergriff den Ordner mit der ganzen Kraft eines Untoten. »Was Sie betrifft, so ist der Fall Edgar Poe hiermit erledigt. Deutschland benötigt seine Dienste, und Prag wird ihn mir als Repräsentanten von Kaiser und Krone übergeben.«

Kafka zauderte, und seine Augen flackerten. Poe war ungewiss, doch es schien, als zaudere der Schreiber aus Sorge um ihn.

Ein einbeiniger Mann mit verhülltem Gesicht humpelte vorüber. Auf dem Rücken trug er einen Korb wie eine Winzerkiepe, halbvoll mit stehengebliebenen Taschenuhren.

»Herr Poe«, sagte Ewers, »man hat Sie für eine gewisse Aufgabe von größter nationaler Bedeutung auserwählt ...«

»Der Wind hat sich gedreht, Herr Ewers. Ich blicke auf eine hervorragende Militärlaufbahn in meinem früheren Vaterland zurück, einschließlich eines Studiums an der Akademie von West

Point, und doch wurden all meine Bemühungen, als Freiwilliger in die Armeen der Kaiserreiche einzutreten, schroff und verächtlich abgewiesen. Obwohl ich eine international anerkannte Autorität auf dem Gebiet der modernen Kriegsführung bin, habe ich auf meine zahlreichen brieflichen Vorschläge an die Herren Generale Moltke, Falkenhayn, Ludendorff und Hindenburg keinerlei Antwort erhalten …«

»Im Namen des Kaisers und des Grafen von Dracula möchte ich Ihnen das Bedauern einer ganzen Nation aussprechen«, verkündete Ewers und streckte die Hand aus, als wolle er den Segen spenden.

Kafkas Blick schnellte zwischen Poe und Ewers hin und her. Poe hatte den Eindruck, dass der Jude seine Ansichten über den Deutschen teilte, wenngleich er über einen weitaus größeren Erfahrungsschatz verfügte, um seinen Widerwillen zu rechtfertigen.

»Worauf warten Sie?«, schnauzte Ewers den Schreiber an. »Herr Poe ist ein wichtiger Mann. Händigen Sie ihm seine Reisepapiere aus. Wir werden morgen in Berlin erwartet.«

Kafka schlug seinen Aktenordner auf und reichte Poe ein Dokument.

»Die benötigen Sie jetzt nicht mehr«, sagte Ewers, zerrte mit scharfen Krallen an Poes Ärmel und riss die Armbinde herunter. »Von nun an sind Sie in den Kaiserreichen so sicher, als wären Sie ein reinblütiger Deutscher.«

Mit einem Schlag fühlte sich Poe ein zweites Mal verwandelt.

6

Mata Hari

Die Gefangene war Beauregards Bitte um einen Besuch mit Freuden nachgekommen. Auch wenn er nicht in Sachen Malinbois hätte ermitteln müssen, hätte er sie vermutlich aufgesucht. Obgleich er bei ihrem Prozess ausgesagt hatte, waren sie einander nie begegnet.

Als er den Verschlag des Stabswagens öffnete und auf den Exerzierplatz trat, war ihm, als setze er den Fuß auf einen Friedhof. Die Verurteilte wurde in einer Kaserne bei Paris gefangen gehalten, die schon lange nicht mehr ihren ursprünglichen Zwecken diente, da die Bewohner fort, vom Krieg verschlungen waren. Die leeren Fenster der langen Gänge wirkten staubig und verschmutzt. Nur ein Schlafsaal war bewohnt. Acht Männer, die von der Front abgezogen worden waren, um als Erschießungskommando zu dienen, schliefen in seliger Ruhe. Für sie war dies gewiss eine Erleichterung.

Die Nacht war pechschwarz. Die Gefangene sollte, wie ein warmblütiger Verbrecher, bei Morgengrauen erschossen werden. Der Sonnenuntergang wäre ein weitaus günstigerer Zeitpunkt zur Hinrichtung eines Vampirs gewesen.

In einer Stube brannte ein einsames Licht. Beauregard klopfte an die Tür. Lantier, ein Veteran, dem eine Gesichtshälfte fehlte, öffnete und bat ihn herein. Der Schließer gab ihm höflich, aber unmissverständlich zu verstehen, dass er sich von Besuchern, die den Gelüsten einer Feindin Frankreichs Vorschub leisteten, nur ungern in seiner Nachtruhe stören ließ.

Lantier überflog Beauregards Besuchserlaubnis und schnalzte bei jeder hochrangigen Unterschrift laut mit der Zunge. Schließlich entschied er zu Beauregards Gunsten und ließ den Engländer in Mata Haris Zelle geleiten, nachdem er ihn in rasendem Französisch über die Verhaltensmaßregeln unterrichtet hatte, die es der Dame gegenüber zu beachten galt. Berührungen und der Austausch von Gegenständen waren strengstens untersagt.

Der Ruhm der Vampirfrau würde ihren Tod vermutlich überdauern. Solcherlei Theater befeuerte die übertriebenen Geschichten, die man sich von ihr erzählte. Die »Opfer« von Madame zeichneten sie als unwiderstehliche Verführerin, damit sie nicht in den Verdacht gerieten, an den Erfolgen der Spionin in gewissem Maße mitschuldig zu sein. Eine gewöhnliche Frau war unmöglich imstande, so vielen Großen und Guten Geheimnisse zu entlocken. Dies war ein extremes Beispiel für die Art der Bezauberung, die Vampire dem Volksglauben entsprechend über ihre wehrlose Beute auszuüben pflegten.

Die meisten der Offiziere, deren Namen im Zusammenhang mit ihrem Fall, der unter Ausschluss der Öffentlichkeit verhandelt worden war, Erwähnung gefunden hatten, standen nach wie vor im aktiven Dienst. Lediglich einige kleine Lieutenants waren mit ihr untergegangen. Der abscheuliche General Mireau plante soeben seine nächste Offensive.

Man hatte ernsthaft vorgeschlagen, diesem Kommando sollten ausschließlich im Krieg entmannte Veteranen zugeteilt werden. Während er Lantier langsam zu den Zellen folgte, fragte sich Beauregard, ob man diese schwachköpfige Idee tatsächlich verwirklicht hatte. Wenn ja, deutete dies auf eine erschreckende Unkenntnis über den physischen Akt zwischen einem Vampir und seinem Opfer hin.

Lantier öffnete eine stabile Tür und ließ ihn in die Zelle. Der kleine Raum war ungetüncht und verströmte die Atmosphäre eines Kleiderschranks.

Die Gefangene saß an einem kleinen Fenster und betrachtete den Untergang des Mondes. Mit ihrem kurzgeschnittenen

Haar und dem formlosen Baumwollkleid ähnelte sie in nichts der diamantgeschmückten Verführerin, die ganz Paris verzaubert hatte.

Sie wandte sich um und war in der Tat wunderschön. Sie gab sich als Halb-Javanerin aus, doch Beauregard wusste, dass sie die Tochter eines holländischen Hutmachers aus der Provinz war. Nach der Verwandlung hatten ihre Augen sich verändert. Sie hatte geschlitzte Pupillen, wie eine Katze. Die Wirkung war überaus bemerkenswert.

»Madame Zelle?«, fragte er höflich, doch ohne besonderen Nachdruck.

Anmutig stand sie auf und erwiderte seinen Gruß. »Mr. Beauregard.«

Achselzuckend betrachtete er ihre blasse, ausgestreckte Hand.

»Vorschriften«, erklärte er mit matter Stimme.

Die Gefangene versuchte ein Lächeln. »Natürlich. Wenn Sie mich berühren würden, wären Sie mein Sklave. Sie würden die Wachen überwältigen und bis aufs Messer kämpfen, um mir zur Flucht zu verhelfen.«

»So ungefähr.«

»Wie albern.«

Der Schließer brachte ihm einen Stuhl. Sie nahm wieder Platz, und er setzte sich.

»Sie sind also der raffinierte Engländer, der mich gefasst hat?«

»Bedauerlicherweise ja.«

»Da gibt es nicht das Geringste zu bedauern. Sie haben nur Ihre Pflicht erfüllt.«

Vor dem Krieg hatte er sie ihren berühmten javanischen Todestanz tanzen sehen. Zwar war sie keine Isadora und ihr unbekannter Lehrer kein Diaghilew, doch der gewaltige Eindruck, den sie bei ihrem Publikum – ob öffentlich oder privat, ob Fähnrich oder General – hinterlassen hatte, war nicht zu leugnen.

»Sie sind ein ehrbarer englischer Patriot, und ich bin eine prinzipienlose holländische Abenteurerin. Nicht wahr?«

»Dazu möchte ich mich nicht äußern, Madame.«

Ihre Augen wurden größer. In ihrem Blick lag kalte, planlose Wut. Doch das war noch nicht alles.

»Sie sind Warmblüter, nicht wahr?«

Hatte sie ihn für einen Vampir gehalten? Manche *nosferatu* glaubten, dass nur ein Blutsauger es an Verstandeskraft mit ihnen aufnehmen könne.

»Wie alt sind Sie, Mr. Beauregard?«

Eine ungewöhnliche Frage. »Vierundsechzig.«

»Ich hätte Sie für fünf oder zehn Jahre jünger gehalten. Vampirgift hat Ihr Blut befleckt und den Alterungsprozess verzögert. Aber das spielt keine Rolle. Es ist noch nicht zu spät, sich zu verwandeln. Sie könnten ewig leben, wieder jung werden.«

»Ist das eine so angenehme Aussicht?«

Ihr Lächeln wirkte echt, nicht aufgesetzt. Ein winziger funkelnder Fangzahn lugte zwischen ihren roten Lippen hervor.

»Zum gegenwärtigen Zeitpunkt kaum, das gebe ich gern zu. Anders als Sie bin ich unsterblich, aber im Gegensatz zu mir werden Sie den morgigen Sonnenaufgang noch erleben.«

Er versuchte einen verstohlenen Blick auf seine Armbanduhr zu werfen. Noch zwei Stunden bis Tagesanbruch.

»Das Todesurteil kann immer noch aufgeschoben werden.«

»Haben Sie Dank für Ihr Mitgefühl, Engländer. Wie ich höre, sind Sie persönlich für mein Leben eingetreten. Damit haben Sie Ihren Ruf aufs Spiel gesetzt.«

Wenn sie nicht tatsächlich imstande war, ihrem Gegenüber mit einem einzigen Blick wohlgehütete Geheimnisse zu entlocken, konnte sie unmöglich wissen, dass er ihre Begnadigung empfohlen hatte.

Ihr Lächeln wurde breiter und entblößte einen Fangzahn. »Ich habe meine Quellen. Geheimnisse lassen sich leicht entschlüsseln.«

»Wie Sie eindrucksvoll bewiesen haben.«

»Sie sollten Ihr Licht nicht unter den Scheffel stellen. Sie haben meine armseligen Geheimnisse ergründet wie ich die vieler berühmter Männer. Allein durch konzentriertes Nachdenken ist es Ihnen gelungen, meine Schleier und Intrigen zu durchschauen. Kompliment.«

Er versuchte sich ihrer Schmeicheleien zu erwehren. Sie zählten zu ihren stärksten Waffen. Alternde Offiziere waren ihre bevorzugte Beute gewesen.

»Ich habe die Kunst der Enthüllung bei Meistern ihres Faches erlernt«, erklärte Beauregard.

»Sie sind ein ranghohes Mitglied der herrschenden Clique des Diogenes-Clubs, der zweit- oder drittwichtigste Mann des britischen Geheimdienstes.«

Sie wusste mehr, als bei ihrem Prozess ans Licht gekommen war.

»Keine Sorge, Charles. Ich werde Ihre wenigen mir bekannten Geheimnisse mit in mein armseliges Grab nehmen.«

Plötzlich gebrauchte sie seinen Vornamen.

»Es tut mir aufrichtig leid, Geertruida«, erwiderte er ihre Vertraulichkeit.

»Geertruida?«, sagte sie und ließ sich den ungewohnten Namen auf der spitzen Zunge zergehen. »Geertruida«, bekannte sie schließlich. Enttäuscht ließ sie die schmalen Schultern sinken. »Wie hässlich, wie erbärmlich, wie plump. Beinahe *deutsch*. Aber es ist nun einmal der Name, mit dem ich geboren wurde, der Name, unter dem ich sterben werde.«

»Aber nicht der Name Ihrer Unsterblichkeit«, meinte er.

Mit langen Fingern umrahmte sie ihr hübsches Gesicht und ließ im Mondlicht dramatisch ihre Nägel flattern. »Nein, ich werde auf ewig *Mata Hari* sein.«

Sie parodierte die Amerikanerin Theda Bara. Falls es je einen Film über Mata Hari geben würde (und es würde gewiss viele geben), dann war Theda Bara, eine berufsmäßige Vampirfrau, deren Name ein Anagramm von »Arab Death« war, die einzige Schauspielerin für diese Rolle. Sie gehörte einem Blutgeschlecht an, das sich ohne weiteres im Bild festhalten ließ. Viele Vampire erschienen auf Zelluloid als eine Art verwischter Klecks.

»Man wird mich doch nicht vergessen, oder?«, fragte sie, plötzlich verwundbar geworden. »Mein Stern wird nicht verblassen und von dem einer neuen Verführerin überstrahlt.«

Womöglich hatte diese Frau ihr Leben lang eine Rolle gespielt; ihre Schleier bargen keinerlei Realität. Oder vielleicht gab es ein geheimes Ich, das sie in ihren wirklichen Tod mitnehmen würde.

»Man wird mir kein Pardon gewähren, Charles. Keine Begnadigung in letzter Sekunde. Nicht wahr? Man wird mich töten.«

»Ich fürchte, eine gewisse Person hat darauf bestanden«, gab er traurig zu.

»General Mireau«, stieß sie wütend hervor. »Sein Blut war dünn, müssen Sie wissen. Wie englische Suppe. Nichts für ungut. Aber wissen Sie, wie viele Menschen durch ihn ums Leben gekommen sind? Er hat seinen Leuten allein mehr Schaden zugefügt als unter meinem Einfluss.«

Unter den Truppen des Generals war eine Meuterei ausgebrochen. Mireau zählte zu den schlimmsten jener uniformierten Narren, die den Krieg für eine Feuergrube hielten, die mit lebenden Männern aufgeschüttet werden musste, um die Flammen zum Erlöschen zu bringen. Der General glaubte, dass der Tod dieser Frau das Blut von seinen Händen waschen würde.

»Die andere Seite ist keinen Deut besser«, sagte sie. »Es war ebenso leicht, die Deutschen zu übertölpeln.«

Zu Beginn des Krieges hatte Geertruida Zelle für den französischen Geheimdienst gearbeitet. Obgleich es dafür keinerlei Beweise gab, wusste er, dass sie auch für die Russen, die Ungarn, die Türken und die Italiener tätig gewesen war. Sogar für die Briten.

»Bei Hofe wurde ich dem Kaiser vorgestellt. Graf von Dracula hat mich verwandelt.«

In diesem neuen, kalten Jahrhundert war der Graf um sein Geblüt besorgt wie nie zuvor. Er trug, mehr als jeder andere Vampirälteste, die Verantwortung dafür, dass die Seuche sich über ganz Europa ausgebreitet hatte. Nun wachte er mit strenger Hand über die Auswahl derer, die er zu verwandeln trachtete. Geertruida Zelle war auch warmen Blutes eine bemerkenswerte Frau gewesen.

»Wie ich sehe, sind Sie nicht erstaunt.«

Sie hob die Hand. Im Mondschein schimmerte sie fahl, die blauen Adern waren deutlich zu erkennen. Im Nu hatte sie sich in eine mit Flughäuten versehene Monsterklaue verwandelt, Daumen und Finger bewehrt mit dorngespickten Widerhaken. Dann war sie wieder menschlich.

»Kolossal«, sagte er. »Nur ein direkter Abkömmling seines Geblüts könnte diesen Trick vollführen.«

»Nicht unbedingt«, erwiderte sie, neckisch und geheimnisvoll. »Aber was mich betrifft, haben Sie durchaus Recht. Man hat mir ebenso übel mitgespielt wie ich den Generälen Europas.«

Beauregard kam der Gedanke, dass sie sich vollkommen verwandeln konnte. Sie besaß genügend Kraft, die Mauern ihrer Zelle zu durchbrechen. Doch irgendetwas hielt sie davon ab.

»Endlich werde ich von ihm befreit.«

Das also war des Rätsels Lösung. Beauregard verspürte einen Anflug von Enttäuschung.

»Ich habe mich nicht freiwillig gestellt. Ihr Sieg gilt als veritable Heldentat. Dennoch bin ich keineswegs verzweifelt. Es gibt Schlimmeres als den Tod, so lautet eine Binsenwahrheit.«

Beauregard wusste aus Erfahrung, dass diese Ansicht unter Draculas Nachkommen weit verbreitet war.

»Er ist ein Ungeheuer. Dracula.«

Beauregard nickte. »Wir sind uns begegnet.«

»Ihr Briten«, fuhr sie fort, »ihr habt recht daran getan, ihn des Landes zu verweisen.«

»Ganz so einfach war das nicht.«

»Mag sein. Und doch hat Britannien Dracula nicht gewähren lassen, und Deutschland ist sein Paradies geworden.«

»Der Graf versteht es, sich bei Hofe Einfluss zu verschaffen. Darin übt er sich seit bald fünfhundert Jahren.«

Geertruida Zelle beugte sich vor und streckte den Arm aus. Der Schließer schrie. Die Pistole an seinem Gürtel war mit Silber geladen. Die Hand der Gefangenen erstarrte in der Luft, Zentimeter von Beauregards Arm entfernt. Sie sah ihm in die Augen.

»Er wird dieses Jahrhundert in ein Schlachtfeld verwandeln«, sagte sie mit ernster Stimme. »In seinen warmblütigen Tagen hat er ein Drittel seiner Untertanen umgebracht. Stellen Sie sich vor, was er erst denen antun wird, die er als seine Feinde betrachtet.«

»Deutschland steht kurz vor der Kapitulation«, zitierte er die amtlichen Verlautbarungen und wünschte, er wüsste es nicht besser.

»Es ist nicht leicht, einen Betrüger hinters Licht zu führen, Charles.«

Sie lehnte sich zurück und richtete sich auf. Ein frühmorgendlicher Lichtstrahl bekränzte ihren kurzgeschorenen Kopf mit einem Glorienschein. Sie wirkte eher wie Jeanne d'Arc denn wie eine Vampir-Spionin.

»Ihr Krieg ist vorbei«, sagte er so freundlich wie möglich.

»Sie wissen viel über uns Vampire, Charles. Sie müssen einen bemerkenswerten Lehrer gehabt haben.«

Er spürte, wie er errötete, und rückte nervös seinen Kragen zurecht.

»Wer war sie?«

»Sie haben vermutlich nie von ihr gehört.«

»War sie alt? Eine Älteste?«

Beauregard nickte. Geneviève Dieudonné war sogar noch älter als der Graf. Ein Mädchen aus dem fünfzehnten Jahrhundert.

»Lebt sie noch?«

»Soviel ich weiß, ist sie wohlauf. In Amerika, wenn mich nicht alles täuscht.«

»Keine Ausflüchte, Charles. Sie wissen genau, wo sie steckt. Schließlich ist es Ihr Beruf, den Dingen auf der Spur zu bleiben.«

Geertruida Zelle hatte ihn ertappt. Geneviève war in Kalifornien und züchtete Blutorangen.

»Es war dumm von ihr, Sie altern und sterben zu lassen, Charles. Nein, das nehme ich zurück. Das war Ihre persönliche Entscheidung. Ich an ihrer Stelle hätte dafür gesorgt, dass Sie sich danach *verzehren*, sich zu verwandeln. Ich hätte meine Kräfte benutzt.«

»Ihre ›Kräfte‹? Madame Zelle, mir scheint, Sie haben zu viel Zeitung gelesen.«

»Nein, wir besitzen durchaus gewisse Kräfte. Es ist nicht alles nur Fantasterei.«

Die Dämmerung färbte den Himmel rosa. Ihr Gesicht war blasser denn je. Ihre Schergen hatten sie ausgehungert. Sie musste beträchtliche Qualen leiden. Viele Neugeborene hätte der rote Durst längst in den Wahnsinn getrieben.

»Dass sie es unterlassen hat, einen Mann durch Hinterlist von seinem Entschluss abzubringen, obgleich es zu seinem Besten wäre, stellt sie vermutlich über mich.«

»Ich kann Ihnen versichern, dass Geneviève sich über niemanden stellen würde.«

»Geneviève? Ein hübscher Name. Ich hasse sie schon jetzt.«

Beauregard rief sich die Schmerzen ins Gedächtnis. Und erfreulichere Dinge. Ein roter Fächer stand am Himmel.

»Uns bleibt nicht mehr viel Zeit«, sagte Geertruida Zelle nüchtern.

»Das ist bedauerlich«, räumte er ein.

»Nun gut. Ihrer Vampirdame zuliebe werde ich Ihnen verraten, wie es mir gelungen ist zu überleben. Sie haben sich als äußerst großzügig erwiesen, obwohl Sie es nicht nötig hatten, und dies ist mein Geschenk an Sie. Verfahren Sie nach Belieben damit. Gewinnen Sie den Krieg, wenn er gewonnen werden kann.«

War dies ein Trick?

»Nein, Charles«, sagte sie. Entweder hatte sie seine Gedanken gelesen, oder sein Misstrauen war ihm deutlich anzusehen. »Ich bin nicht die Scheherazade des zwanzigsten Jahrhunderts. Ich habe keineswegs die Absicht, mein Stelldichein mit dem Tod hinauszuschieben.«

Er versuchte diesen Gedanken zu verdrängen.

»Überzeugen Sie mich, Geertruida. Überzeugen Sie mich davon, dass ich nicht Ihr letztes Opfer werden soll.«

»Ein gerechter Einwand, Charles. Ich werde Ihnen einen Ort und einen Namen nennen. Und wenn Sie interessiert sind, werde ich fortfahren.«

Beauregard nickte. Geertruida Zelle lächelte ein zweites Mal, als würde sie ein Blatt von Figurenkarten ablegen.

»Château du Malinbois«, sagte sie. »Professor ten Brincken.«

Darauf hatte er gehofft. Ein weiterer Strang des Spinnennetzes.

»Ich bin überzeugt«, sagte er und versuchte krampfhaft, seine Wissbegierde zu verbergen.

»Sehen Sie«, fuhr sie fort, und ihr Fangzahn schimmerte, »ein Vampir weiß alles. Ich will mich kurz fassen. Sie können mitschreiben, wenn Sie möchten. Die Welt hat ihr Urteil über mich gefällt, und ich will mich nicht rechtfertigen. Ich bin dem Rat meines Herzens gefolgt, selbst wenn die Richtung, die ich einschlug, oftmals die falsche war ...«

Auf dem Exerzierplatz drängte sich eine kleine Schar von Zeitungsschreibern und anderweitig Interessierten um einen Bunkerofen. Der letzte Schnee war geschmolzen, wenngleich die kiesigen Eispfützen hier und da das Exerzieren zu einem Wagnis hätten werden lassen. Beauregard blickte in die Runde. Keiner von Geertruida Zelles »Verehrern« hatte es für nötig befunden, diesem Schauspiel beizuwohnen.

Ob ihre Geschichte nur eine Abschiedsvorstellung war? Vielleicht wollte sie ihn so kurz vor ihrem Tode mit einer letzten Lüge täuschen, die ihn vom eigentlichen Vorhaben der Deutschen in Malinbois ablenkte. Doch er war geneigt, ihr Glauben zu schenken. Der Graf von Dracula war ein romantischer Denker, und ihre Geschichte war ein romantisches Schauermärchen mitsamt Schlössern, Grüften, Blut und dem Untergang geweihten Edelleuten. Er hatte die verbleibenden Seiten seines Notizbuchs mit Kurzschrift gefüllt.

Die Soldaten des Erschießungskommandos traten an wie zum Appell. Knaben mit uralten Augen. Nach vier Jahren sahen nicht nur die Untoten älter aus, als sie tatsächlich waren. Beauregard fragte sich, ob diese *poilus* glücklicher gewesen wären, wenn statt der Zelle Mireau am Pfahl gestanden hätte. Den gemeinen Soldaten war der General verhasster als der Kaiser.

»Charles«, riss ihn eine Frauenstimme aus seinen Gedanken. »Wir begegnen uns an den merkwürdigsten Orten.«

Die kleine Vampirfrau trug Reithosen und eine gegürtete Jacke. Ihr rötliches Haar steckte unter einer übergroßen Stoffmütze, und ihre Augen waren hinter dicken, blau getönten Gläsern verborgen. Die helle Stimme verriet ihre irische Herkunft.

»Kate«, sagte er, überrascht und erfreut. »Guten Morgen.«

Sie setzte ihre Brille ab und blinzelte in das verblichene Zartrot des bedeckten Himmels.

»Den Morgen will ich Ihnen zugestehen.«

Kate Reed war zehn Jahre jünger als er und hatte sich mit fünfundzwanzig verwandelt. In den dreißig Jahren ihres Vampirlebens waren ihre Augen nicht gealtert.

Die Journalistin war während der Zeit des Schreckens zur leidlichen Heldin aufgestiegen. Der Karpatischen Garde immer zwei Schritte voraus, hatte sie eine Untergrundzeitschrift herausgegeben. Auch während der Regentschaft König Victors war sie der Obrigkeit mit kritischer Strenge begegnet. Als fabianische Sozialistin und Verfechterin der Autonomie Irlands schrieb sie für den *New Statesman* und das *Cambridge Magazine*. Seit dem Beginn der Auseinandersetzungen hatte man sie zweimal aus Frankreich ausgewiesen und einmal in Irland festgesetzt.

»Ich dachte, Sie seien nach London abberufen worden«, sagte er.

Sie schenkte ihm ein knappes, verschmitztes Lächeln, und ihre Augen funkelten. »Ich habe mich von der Grub Street zurückgezogen und als Freiwillige einen Sanitätswagen chauffiert. Unsere alte Freundin Mina Harker gehört dem Auswahlkomitee an; sie ist nach wie vor darum bemüht, ihren Fehler wiedergutzumachen. Ich wurde mit dem nächsten Schiff zurückgeschafft.«

»Dann sind Sie also gar keine Reporterin?«

»Ich bin Beobachterin, wie immer. Eines der wenigen Metiers, die wir Vampire wirklich beherrschen. Kein Wunder, wir haben ein langes Leben und zu viel freie Zeit.«

Die ersten Sonnenstrahlen spießten die Wolken, und sie setzte ihre Brille wieder auf.

Er und Kate Reed hatten eine gemeinsame Vergangenheit. Sie beide waren Kinder eines anderen Jahrhunderts. Doch im Gegensatz zu ihm besaß sie das Rüstzeug, diese neue Ära zu meistern und zu überdauern.

»Ich habe Sie immer schon bewundert«, sagte er.

»Sie reden, als wollte man *Sie* erschießen.«

»Das wäre vielleicht sogar das Beste. Ich bin alt und müde, Kate.«

Sie nahm seine Hand und drückte sie. Er versuchte sich nicht anmerken zu lassen, dass sie ihm wehtat. Wie viele Vampire vergleichsweise jüngerer Herkunft wusste sie ihre Kräfte nicht recht zu dosieren.

»Charles, Sie sind wahrscheinlich der letzte anständige Mensch in ganz Europa. Sie dürfen sich unter keinen Umständen entmutigen lassen. So blödsinnig Ihnen das Gerede vom ›Krieg zur Beendigung des Krieges‹ auch erscheinen mag, wir können es in die Tat umsetzen. Diese Welt gehört uns ebenso wie Ruthven oder Dracula.«

»Und ihr?«

Er wandte den Kopf und reckte das Kinn. Während die Sonne die Kaserne erhellte, wurde Geertruida Zelle vom Schließer und zwei Wachposten ins Freie geführt. Auf eigenen Wunsch trug sie einen Schleier, um ihr empfindliches Gesicht gegen das Licht zu schützen. Sie hatte die Augenbinde verweigert und auf geistigen Beistand verzichtet.

»Madame Mata Hari hat sich töricht verhalten«, sagte sie höhnisch. »Ich kann nicht allzu viel Mitleid für sie aufbringen. Mit ihren Ränken hat sie brave Männer *en gros* in den Tod getrieben.«

»Sie sind eine fabianische Patriotin.«

»In Britannien gibt es nichts, was sich durch die Pfählung des Premierministers nicht beheben ließe.«

»Jetzt klingen Sie wie Vlad Tepes.«

»Noch ein Gentleman, dem es sehr zum Vorteil gereichen würde, wenn man ihm ein gutes Stück stabilen Hagedorns hintansetzte.«

»Ich habe Ihren Artikel über den Prozess gelesen, Kate.«

Ihre Stimme zitterte leicht, weil sie versuchte, ihre Eitelkeit zu unterdrücken. »Und …?«

»Sie haben gesagt, was gesagt werden musste.«

»Aber der warmblütige, kaltherzige General Mireau stolziert immer noch einher wie ein narbengesichtiger Pfau, klirrt bei jungen Vampiren mit seinen Orden und kniet zur Messe nieder mit einem Gewissen, so rein wie das Wasser von Vichy.«

»Sie müssten eigentlich wissen, dass die Oberbefehlshaber der Streitkräfte es als Ehrensache betrachten, nicht auf den Rat einfacher Journalisten zu hören. General Pétain hat Ihre Artikel sicher mit Interesse gelesen.«

»Ich habe noch mehr zu schreiben. Mireau muss zur Rechenschaft gezogen werden.«

»Und Sir Douglas Haig?«

»Er auch, die ganze verfluchte Mischpoke.«

Geertruida Zelle wurde an den Pfahl gestellt, und ein Wachposten fesselte ihr die Hände. Sie hielt ihren verschleierten Kopf hoch erhoben, unerschrocken.

»Die Maikönigin«, bemerkte Kate.

Der Sergeant des Exekutionspelotons verlas den Richterspruch. Seine dünne Stimme verlor sich im bitterkalten Wind. Mindestens zehn Klagepunkte wurden mit dem Tod geahndet. Als er das Urteil verlesen hatte, rollte der Sergeant das Papier zusammen und steckte es in seinen Gürtel. Er zog und hob sein Schwert; acht Soldaten legten an und zielten. Sieben Kugeln aus Silber, eine aus Blei. Da niemand wusste, in wessen Lauf der Blindgänger steckte, konnte sich jeder von ihnen einreden, den tödlichen Schuss nicht abgegeben zu haben. Das Schwert schwankte und fiel. Schüsse durchsiebten den Rumpf der Gefangenen. Eine verirrte Kugel zernarbte den Boden ein Dutzend Yards hinter dem Pfahl. Geertruida Zelles Kopf sank auf die Brust, und der Schleier glitt ihr wie ein Umhang von den Schultern und wehte mit dem Wind davon. Die Morgensonne fiel auf ihr Gesicht und bräunte es in Sekundenschnelle. Rauch strömte ihr aus Mund und Augen.

»Damit wäre der Fall erledigt«, sagte Kate. »Grausige Geschichte.«

Beauregard wusste, dass es noch nicht vorbei war. Der Sergeant schritt über den Exerzierplatz, ging neben der toten Frau in Stellung und packte das Schwert wie eine Sense.

»Grundgütiger«, stieß Kate hervor.

Mit einem Hieb versenkte der Sergeant sein Schwert in Geertruida Zelles Hals. Die Klinge blieb im Knochen stecken. Mit behandschuhten Händen umfasste er Heft und Spitze und presste die versilberte Stahlklinge hindurch, bis sie in das Holz des Pfahls drang. Geertruida Zelles Kopf fiel zu Boden, und der Sergeant riss ihn an den Haaren in die Höhe, damit ihn jeder sehen konnte. Das Gesicht war bis zur Unkenntlichkeit versengt, die Katzenaugen geschrumpft wie Erbsen.

7

Kate

Das Gerücht, das Kate in Paris zu Ohren gekommen war, hatte sich bestätigt: Mata Hari lehnte es ab, sich von einem Priester die letzte Beichte abnehmen zu lassen, war jedoch durchaus bereit, die Nacht vor ihrer Hinrichtung mit Charles Beauregard vom Diogenes-Club zu verbringen.

Zu Beginn ihrer Journalistenlaufbahn hatte sie erkannt, dass sie Charles nur auf Schritt und Tritt zu folgen brauchte, um eine Geschichte an Land zu ziehen. Wo immer man ihn antraf, war er der stille Mittelpunkt eines Mahlstroms von Intrigen. Würde er sich jemals entschließen, sein Wissen preiszugeben, würde die Geschichte umgeschrieben werden müssen. Regierungen würden stürzen, Kolonien revoltieren, Duelle würden ausgefochten, Ehen geschieden werden. Charles war der Achsnagel Großbritanniens; oftmals schon hatte Kate das heftige Verlangen verspürt, ihn mit einem Ruck herauszuziehen.

Was für einen Vampir hätte er abgegeben.

Sie bemühte sich, Charles nicht allzu sehr zu löchern. Er war ein zu gewiefter Kunde, um sich wie ein kleiner Beamter von einem mädchenhaften Grinsen und einer beiläufigen Frage übertölpeln zu lassen. Zudem kannte er sie seit vielen Jahren. Die Masche der wirrköpfigen Närrin, ihr verlässlichstes Handwerkszeug auf dem Gebiet der Täuschung, hätte sich bei ihm nicht verfangen.

Der Sergeant des Exekutionspelotons füllte einen Sack mit der Asche des Kopfes der Spionin und posierte damit für die Fotografen. Das Erschießungskommando nahm Haltung an und präsentierte das Gewehr. Bei jeder zischenden Blitzpulverexplosion schreckten die jungen Veteranen, von Erinnerungen überwältigt, zusammen.

Kate beobachtete Charles, der die Fotografen beobachtete. Sein hochgeschlossener Kragen war kein Ausdruck altmodischen Temperaments, sondern diente allein dazu, die purpurrote Färbung seines Halses zu verbergen. Eine feine weinfarbene Linie umsäumte seinen Kragen. Er wirkte im Alter weitaus stattlicher als in der Jugend, sein Haar war weiß, das Kinn fest. Er stand aufrecht, und die Jahre hatten sein Gesicht eher geglättet denn zerfurcht.

Die Älteste Geneviève Dieudonné war während der Zeit des Schreckens Charles' Geliebte gewesen. Gewiss floss etwas von ihrem Blut in seinen Adern. Zwar hatte er sich dem dunklen Kuss verweigert, doch war es unmöglich, längere Zeit mit einer Vampirfrau zu verbringen, ohne von ihrem Blut zu kosten, und sei es nur ein kleines bisschen. So mancher warmblütige Mann erkaufte sich winzige Transfusionen, um seine Haarpracht zu behalten und seinen Bauchumfang zu schmälern. Das war eine wirksamere Verjüngungskur als Affendrüsen. Die Pharmazeuten ließen verlauten, Vampirblut sei eine geheime Ingredienz ihrer Arzneien.

Das Erschießungskommando wurde entlassen. Reporter bedrängten die Soldaten mit Fragen. Unter ihnen war auch Sydney Horler, der Gassenprediger der *Mail*.

»Sie lieben den Krieg«, sagte Kate. »Er liefert ihnen schmackhaftere Geschichten als Mörder aus der Kleinstadt und Ehebrecher vom Dorf.«

»Sie haben keine allzu hohe Meinung von Ihren Kollegen.«

»Mit diesen Geiern und Schmierfinken habe ich nichts gemein.«

»Was ist es für ein Gefühl«, brüllte Horler, »eine Frau zu erschießen?«

Falls sie die Frage überhaupt verstanden hatten, enthielten sich die Soldaten einer Antwort.

»Noch dazu eine *schöne*, wollüstige Frau?«, betonte der Engländer. »Würden Sie sagen, sie war ein Teufel in Menschengestalt, der nicht mehr Gnade verdiente als eine tödliche Kobra?«

Die Soldaten wandten sich um und gingen davon.

»Na gut, dann will ich das notieren. Teufel in Menschengestalt. Nicht mehr Gnade. Tödliche Kobra.«

Horler begann aufgeregt zu kritzeln.

»Ich glaube, wir haben soeben der Geburt einer Schlagzeile der heutigen Abendausgabe beigewohnt«, sagte Kate.

Charles war zu erschöpft, um ihr eine Antwort zu geben. Er sah auf seine Taschenuhr, legte den Finger an die Krempe seines Hutes und machte sich bereit zum Aufbruch.

»Seltsam. Ein warmblütiger Mann, der beim ersten Hahnenschrei ins Bett eilt. Sind Sie sicher, dass Sie sich nicht verwandelt haben?«

Charles rang sich ein Lächeln ab. »Kate, ich lebe seit vielen Jahren wie ein Vampir.«

Er ging einem nächtlichen Gewerbe nach, selbst in diesem verdrehten Jahrhundert, wo nach Einbruch der Dunkelheit Kriege ausgefochten und Friedensabkommen getroffen wurden.

»Nun, da Mata Hari nicht mehr ist, können Sie sich getrost zur Ruhe legen. Ihr Krieg ist gewonnen.«

»Sehr witzig, Kate.«

Sie stieg auf die Zehenspitzen und hauchte ihm einen Kuss auf die Wange. Sein Gesicht war eiskalt. Sie zügelte sich in ihrer Umarmung, um ihm nicht die Rippen zu brechen.

»Auf Wiedersehen, Charles.«

»Guten Tag, Kate.«

Er ging zu seinem Wagen. Sie leckte sich die Lippen und konnte ihn schmecken. Sein Blut war scharf. Die leiseste Berührung seiner Haut genügte, um ihr einen Eindruck seiner Stimmung zu vermitteln. Sie war erregt, weil sie *wusste*, dass auch Charles erregt war. Zwischen ihm und Mata Hari war etwas Wichtiges vorgefallen. Weiter konnte sie nichts erkennen, nichts Genaues wenigstens. Jammerschade. Wäre sie eine Älteste gewesen, wie Geneviève, hätte sie ihm den Verstand aussaugen können wie eine Orange und erfahren, was es zu erfahren gab.

Hätte sie diesen Kniff beherrscht, wäre sie der Versuchung zweifellos erlegen. Vampire gewannen von Jahrhundert zu Jahrhundert an Kraft und Macht. Viele Älteste wurden zu Ungeheuern. Sie konnten nach Gutdünken schalten und walten, ohne die Folgen fürchten zu müssen. Charles' Geschmack verflog, und in ihrem Herzen pochte roter Durst.

In den ersten Jahren nach ihrer Verwandlung hatte sie in einem fort ihre Grenzen ausgelotet. Unterdessen erkannte sie diese, ebenso wie ihre Untoten-Bedürfnisse, als einen Teil ihres allnächtlichen Daseins. Merkwürdigerweise brauchte sie noch immer eine Brille, um die schreckliche Kurzsichtigkeit zu korrigieren, die sie in ihren warmblütigen Tagen so sehr gequält hatte. Die meisten Vampire überwanden ihre Gebrechlichkeiten mit der Verwandlung, doch bei ihr war das anders.

Als sie ihren Durst zu unterdrücken versuchte, verschwamm ihr alles vor den Augen. Das war ihre eigene Schuld. Hätte sie nicht von Charles gekostet, würde sie nun nicht solche Schmerzen leiden.

Sie zog es vor, sich nicht als Tote zu betrachten, obgleich sie wusste, dass sie sich der Selbsttäuschung hingab. Manche verwandelten sich, wie Geneviève, ohne den wirklichen Tod zu erleiden. Kate hingegen war durchaus gestorben. Mr. Frank Harris, ihr Fangvater, hatte es vorgezogen, seine Nachkommen auszusaugen, ehe er ihnen lebenspendendes Blut einflößte. Sie erinnerte sich an das Stocken ihres Herzens, die seltsame Stille in ihrem Kopf. Das war der Tod gewesen.

Ihr Herzklopfen ließ nach, und ihre Sehkraft kehrte zurück. Der Himmel war bedeckt, das spärliche Sonnenlicht konnte ihr nichts anhaben. Sie gehörte nicht zu jener Spezies von Vampiren, die bei Tagesanbruch schmorten und verdorrten. Sie war vom Geblüt der Marya Zaleska, einer aristokratischen Parasitin, die sich als uneheliche Tochter des Grafen Dracula ausgab. In Kate mischte sich der verwelkte Stammbaum der Zaleska mit Frank Harris' überaus potentem Geist. Im Jahre 1888 hatte ihr der berühmte Redakteur versichert, die körperliche Liebe sei das Tor zum Erwachsenwerden, und sie daraufhin, auf einem Diwan im Séparée des Restaurants *Kettner*, voller Enthusiasmus durch dieses Tor geleitet. Nachdem er sie zur Frau gemacht hatte, hatte er sich verpflichtet gefühlt, sie auch zum Vampir zu machen.

Obgleich viele junge Frauen Harris' Überredungskünsten erlegen waren, hatten, außer ihr, all seine Nachkommen den Tod gefunden. Sie hatten sich als zu schwach für ein so starkes Geschlecht erwiesen. Auch Harris war nicht mehr, in der Zeit des Schreckens hatten Karpater ihn ermordet. Sie war betrübt; zwar hatte sich der liederliche Harris um seine Fangkinder wenig geschert, doch war er ein guter Zeitungsmann gewesen. Sie hatte sich nicht geschämt, ihn in der Welt der Nacht zum Gönner zu haben.

Charles' Wagen fuhr davon, seine Geheimnisse waren tief in der Polsterung der Limousine versunken. Das Erschießungskommando zerstreute sich, und die anderen Journalisten machten sich eilig daran, die Lücken in ihren bereits geschriebenen Geschichten zu füllen. Jed Leland vom *New York Inquirer,* einer der wenigen kompetenten Amerikaner, hob einen Bleistift an die Krempe seines Strohhuts. Sie erwiderte den Gruß, in der sicheren Annahme, er wolle sie in ein lästiges Gespräch verwickeln. Doch Leland trottete mit den anderen davon und begab sich auf die Suche nach einem *estaminet,* wo sie zwischen *anis* und Katzenblut ihren Zeitungstext zusammenschmieren konnten.

Kurz nach ihrer Verwandlung waren ihre durchstochenen Ohren verheilt, und sie hatte zu ihrem Schrecken festgestellt, dass sie wieder Jungfrau war. Doch dieser Zustand war rasch und mit bleibender Wirkung behoben worden. Damals war es eine größere Schmach, »entehrt« zu werden, als sich in einen Vampir zu verwandeln.

Der Prozess der Anpassung, des Lernens war noch lange nicht beendet. Es war schwer zu sagen, was aus ihr werden würde. Sie hatte feierlich geschworen, sich nicht in ein Monstrum zu verwandeln.

Allein auf dem Exerzierplatz, marschierte sie zum Wachthaus, ihre scharfen Sinne waren hellwach. Sie wollte ihre Spur auf eigene Faust verfolgen. Und sie wollte sich mit niemandem über dem Rang eines Corporals einlassen. Mit ihrer Verurteilung von General Mireau hatte sie sich in der französischen Armee zahlreiche Freunde gemacht, wenn auch nur wenige unter den Offizieren. Ihre Artikel über die Affäre Dreyfus hatten die Franzosen verstimmt, und ihre jüngsten Schriften waren nicht geeignet, ihre Zuneigung zurückzugewinnen.

Durch eine kahle Hecke sah sie, dass auf der Straße ein französischer Stabswagen parkte. Seine Fenster waren verdunkelt. War eine von Mata Haris Eroberungen gekommen, um ihr heimlich Lebewohl zu sagen? Oder um sich zu vergewissern, dass sie auch wirklich tot war?

Corporal Jacques Lantier erwartete sie in seiner armseligen Stube. Sein Gesicht war ein finsterer Wirrwarr tiefer Narben. Als dem Feind binnen zwei Tagen achtzig Prozent der entblößten Franzosen anheimgefallen waren, hatte der klägliche Rest von General Mireaus Kommando seinen Befehl »bis zum letzten Mann« verweigert und den Rückzug über die hundert Yards morastigen Geländes angetreten, den sie zwar erobert, aber nicht hatten halten können. Der verstümmelte Lantier hatte Glück gehabt. Gesund und munter wäre er womöglich unter dem Dutzend Männer gewesen, die Mireau wegen Feigheit hatte erschießen lassen. So qualifizierte er sich für einen Platz im inoffiziellen Veteranenbund aller Entstellten, der *Union des Gueules Cassées,* der Bruderschaft der Matschgesichter.

Mit der Spitze seines kleinen Fingers öffnete Lantier ein Loch in seiner unteren Gesichtshälfte und schob einen Glimmstängel hinein. Kate nahm die ihr angebotene Zigarette dankend an, und Lantier gab ihr mit einem Zündholz Feuer.

Der Corporal hustete, und Rauchwolken umhüllten sein Gesicht. Einerseits war er der Journalistin selbstverständlich dankbar, dass sie General Mireau verurteilt hatte, doch es gab triftigere Gründe. Vor dem Krieg hätte man für zwanzig Francs ein ganzes Pferd bekommen. Jetzt war dafür allenfalls ein Stückchen Pferdefleisch zu haben.

»Die beiden haben sehr leise gesprochen, Mademoiselle«, entschuldigte sich Lantier, »und ich höre nicht mehr so gut …«

Eines seiner Ohren fehlte ganz, das andere war ein eitriger Klumpen.

»Aber Sie haben etwas gehört.«

Sie fügte dem Geldbündel in seiner Hand immer neue Noten hinzu.

»Ein Wörtchen hier und da … ein paar Namen … Château du Malinbois, Professor ten Brincken, Baron von Richthofen, General Karnstein …«

Für jeden Namen gab es weitere zehn Francs.

»Das reicht«, entschied sie. »Sagen Sie mir, was Sie gehört haben.«

Lantier zuckte die Achseln und begann …

Als Corporal Lantier geendet hatte, war es fast Mittag. Kate hatte ein ganzes Notizbuch vollgeschrieben, wusste jedoch nicht recht, was sie von seiner Geschichte halten sollte. Sie hatte gehörige Lücken. Mit etwas Scharfsinn würde sie die eine oder andere füllen können, die meisten aber nicht.

Zwar hatte sie mit Neuigkeiten über die Perfidien General Mireaus gerechnet, doch dies ließ die ganze Sache in einem völlig anderen Licht erscheinen. Sie würde dringend Informationen über Richthofens Monstrositätenkabinett einholen müssen. Dass Charles eigens nach Paris gereist war, um Mata Hari anzuhören, deutete darauf hin, dass hier eine Geschichte verborgen lag.

Lantier geleitete sie hinaus. Ohne ihre einzige Gefangene war die Kaserne tot. Das Erschießungskommando befand sich auf Urlaub in Paris und würde bei Sonnenuntergang in die Schützengräben zurückkehren.

Sie gingen über den Exerzierplatz. Kate blieb stehen und untersuchte den Pfahl, an dem Mata Hari gestorben war.

»Nach der Enthauptung«, sagte Lantier, »standen junge Männer Schlange, um ihre Taschentücher in das Blut zu tauchen. Als Andenken.«

»Oder um davon zu kosten. Es wirkt gewiss berauschend. Das Blut von Mata Hari.«

Lantier spuckte aus und verfehlte den Pfahl.

»Vampirblut könnte helfen …«, begann sie und deutete auf Lantiers Gesicht.

Er schüttelte den Kopf und spuckte ein zweites Mal aus. »Der Teufel soll euch holen, ihr verfluchten Blutsauger! Wozu seid ihr schon gut?«

Sie wusste keine Antwort. Viele Franzosen, besonders die aus der Provinz, dachten wie Lantier. Der Vampirismus hatte hier nicht Fuß gefasst wie in Britannien, Deutschland und Österreich-Ungarn. Zwar hatte auch Frankreich seine Ältesten – wie zum Beispiel Geneviève – und eine wachsende Schar von Neugeborenen, häufig selbst ernannte »Symbolisten« und »Moderne«, doch in den besten Kreisen waren Vampire noch immer nicht gänzlich willkommen.

Alfred Dreyfus war zum Sündenbock geworden, weil er zugleich Jude und Vampir gewesen war.

Sie sagte Lantier Lebewohl und verließ den Exerzierplatz. Ihr getreues Hoopdriver-Fahrrad lehnte an einem alten Anbindepfosten der Kavallerie neben dem Haupteingang. Der Stabswagen stand noch immer auf der Straße.

Kate wusste, dass sie in Gefahr war. Diesen Spürsinn hatte sie während der Zeit des Schreckens entwickelt. Ihre Nägel schossen hervor wie Katzenkrallen.

Sie trat um die Hecke herum auf die Straße und nahm den Wagen in Augenschein. Auf dem Vordersitz saß ein Chauffeur, und der Fond stand einen Spaltbreit offen. Jemand blickte sie aus Schweinsäuglein an.

»*Ego te exorcisat*«, kreischte eine Stimme. »Leide, du gemeine Hure, leide die Qualen der Verdammten!«

Ein schwarz gekleideter Mann sprang hinter einem Zaun hervor und stürzte auf sie zu. Der wildäugige, weißhaarige Priester hatte in seinem Versteck auf sie gelauert. Sie erkannte ihn sofort, doch sie hatte keine Zeit, sich seinen Namen ins Gedächtnis zu rufen. Unter lauten Flüchen in schlechtem Latein und Gossen-Französisch schleuderte ihr der Priester eine Flüssigkeit ins Gesicht. Ihre Brille war mit trüben Tropfen übersät.

Im ersten Moment glaubte sie, der Wahnsinnige habe sie mit Vitriolöl übergossen. Säure zerfraß das Fleisch eines Vampirs bis auf die Knochen. Auch wenn sie sich davon erholte, würde sie die nächsten fünfzig Jahre aussehen wie Lantier. Doch kein Brennen war zu spüren, kein Zischen zu vernehmen.

Der Priester schwenkte seine Flasche. Ein zweiter Spritzer traf ihre Stirn und rann ihr übers Gesicht. Sie schmeckte klares Wasser. Nein, erkannte sie, nicht klares Wasser. Weihwasser.

Verblüfft lachte sie auf. Einige katholische Vampire waren durchaus empfindlich gegen derlei Dinge, doch sie war eine alte Anglikanerin. Ihre Familie war protestantisch bis ins Mark; als er von Kates Verwandlung erfuhr, meinte ihr Vater: »Wenigstens hat die kleine Närrin nicht den abscheulichen römischen Antichristen in die Arme geschlossen.«

Der Priester trat kokett zurück, um sich an der Vernichtung der verderbten Höllenkreatur zu ergötzen. Er presste ein großes, grob geschnitztes Kruzifix an seine Brust und reckte eine Handvoll Hostien in die Höhe.

Ihre Mütze hatte sich selbstständig gemacht, und ihr Haar wehte im Wind. Sie hob die Kopfbedeckung auf und tupfte sich damit das Gesicht.

»Ich bin ganz nass, Sie Idiot«, stieß sie hervor.

Der Priester warf eine Hostie nach ihr. Er schien zu hoffen, dass sie sich in ihren Schädel bohren würde wie ein japanisches *shuriken*. Die Oblate blieb an ihrer feuchten Stirne kleben.

Erbost zermalmte sie die Hostie mit den Zähnen und spuckte die Krümel aus.

»Wo ist der Wein? In mir wütet der rote Durst. Verwandeln Sie ein Fläschchen, dann habe ich ausreichend Blut zu trinken.«

Die Attacke hatte ihre Blutgier geweckt. Sie würde schon bald frische Nahrung brauchen.

Der Priester schwenkte das Kreuz und überschüttete sie mit den Verwünschungen des Himmels. Ein Gesicht verschwand blitzschnell im Wageninnern. Sie glaubte ein französisches Képi mit einer Menge Eichenlaub daran erkannt zu haben.

»Sie sind Pater Pitaval. Sie waren bei Mata Haris Verhandlung.«

Pitaval, ein abtrünniger Jesuit, war der Beichtvater Mireaus. Und, so schien es, sein getreuer Vampirmörder.

»Eine lächerliche Vorstellung, Pater. Kaum der Rede wert.«

Er hielt ihr das Kruzifix vor die Nase, und sie stieß es von sich.

»Befragen Sie Ihr Gewissen«, rief sie, sowohl an Mireau als auch an den Priester gewandt.

Er hob das Kruzifix wie einen Dolch und stach damit nach ihrer Brust. Die Spitze war scharf genug, um als der sprichwörtliche Pflock zu dienen, doch sie wehrte den Hieb ohne Mühe ab. Ihre Rauchglasbrille fiel herunter, und die Welt verschwamm ihr vor den Augen. Sie sah eine schwarze Gestalt auf sich zukommen und trat beiseite. Sie nahm alle Kraft zusammen, ergriff den Priester und schleuderte ihn gegen den Wagen.

Sie tastete im Kies umher, fand ihre Brille und setzte sie wieder auf. Pitaval kroch auf den Wagen zu. Die Tür knallte ins Schloss, noch ehe er ihn erreicht hatte. Rasch wurde das dunkle Fenster hochgekurbelt. Mit der Schnelligkeit eines Vampirs sprang sie über den Priester hinweg und umfasste den Türgriff mit eiserner

Faust. Sie sprengte das Schloss und freute sich, als sie den Mechanismus brechen hörte.

General Mireau saß steif im finsteren Wageninnern und starrte sie aus hasserfüllten Augen an. Er hatte eine Begleiterin, eine kleine Neugeborene im durchsichtigen weißen Leichenhemd. Sie hatte sich die Handgelenke mit *rouge* gefärbt, wo Mireau sie mit einem Rosenkranz gefesselt hatte, um ihn zu täuschen, was die Wirkung religiöser Artefakte auf Vampirfleisch anbetraf. Dass der General eine Vorliebe für untote Mädchen hegte, hatte Kate bereits geahnt. Sie hoffte, dass die Neugeborene schlau genug war, ihn nach Strich und Faden auszusaugen und zu plündern.

Sie schüttelte den Kopf. Mireau versteckte sich hinter seiner Begleiterin.

»Schwester«, sagte Kate, »dein Blutgeschmack lässt sehr zu wünschen übrig.«

Das Vampirmädchen wand und krümmte sich. Sie war vermutlich Tänzerin oder Schauspielerin. Wenn nicht gar eine Spionin.

Kate bückte sich und steckte den Kopf in den Wagen. In Mireaus kalten Augen loderten Flammen der Furcht. Er schob die Neugeborene vor, als wolle er einen sich sträubenden Hund zum Kampfe hetzen. Die Vampir-Pudeldame öffnete den Mund und entblößte zögernd ihre Hauer. Sie versuchte zu fauchen.

Kate spielte mit dem Gedanken, das närrische Mädchen ins Freie zu zerren und ihrem Hinterteil eine ordentliche Tracht Prügel zu verpassen. Eine grausame Strafe: An der Sonne würde sie zu Staub zerfallen.

Pater Pitaval war wieder auf den Beinen, er wirkte verängstigt. Der General bekam nicht allzu viel für seine Patronage.

»Mireau, haben Sie eigentlich kein Schamgefühl im Leib?«, fragte Kate.

Sie drehte sich um und ging davon. Sie hörte, wie der General mit seinen Untergebenen schimpfte. Ein winziger Funke der Genugtuung wärmte ihr das Herz. Zwar hatte sie nicht viel erreicht, aber Mireau war so sehr getroffen, dass er gewiss zurückschlagen würde. Wenn sie sich in Trab hielt, konnte sie ihn besiegen.

Doch es gab wichtigere Dinge zu bedenken. Zum Beispiel das Château du Malinbois.

Sie stieg auf ihr Fahrrad und strampelte davon. Auf dem Weg zum Bahnhof pfiff sie die »Barcarole« aus *Hoffmanns Erzählungen* und dachte an Flieger und Tänzerinnen.

8

Die Festung

Im Château du Malinbois herrschte ewige Nacht. Bei Tage waren die mittelalterlichen Fensterschlitze verrammelt, die steinernen Gänge von wenigen Kerzen spärlich erhellt. Selbst ein Vampir spürte die Kälte im feuchten Bauch des Schlosses. Das Geräusch herabtropfenden Wassers war ebenso allgegenwärtig wie das granitgedämpfte Donnern der Geschütze. Nur im Arbeitsbereich der Wissenschaftler bediente man sich der Elektrizität. Im Untersuchungsraum gab es nicht einen finsteren Winkel. Alles war in grelles Licht getaucht. Man brauchte sich nur auf den Tisch zu betten, und schon lag das ganze Innenleben bloß.

Leutnant Erich von Stalhein fragte sich, ob General Karnstein Malinbois gewählt hatte, um den Fliegern das Gefühl zu geben, lebendig begraben worden zu sein, um ihren Wunsch zu fliegen anzufachen. Hoch am Himmel, beflügelt von den ungezügelten Luftströmen und der Kraft des Mondes, ließen sie die Fesseln der Erde hinter sich.

Stalhein wälzte sich auf den Bauch, während ten Brincken weitere Messergebnisse überprüfte. Der Direktor war ein mürrischer Bär mit buschigen grauen Augenbrauen und ähnelte eher einem Hafenboxer denn einem Wissenschaftler. Womöglich rührte seine Vorliebe für die physische Vervollkommnung des Menschen von dem Wissen um sein bärenhaftes Aussehen her.

Über dem Tisch war eine Reihe drehbarer Leuchten angebracht. Stalheins Stammesgenossen erblühten im Mondschein, mit Glühdrähten in Glasbirnen wussten sie nichts anzufangen. Kaltes Kunstlicht verschaffte ihnen keinerlei Befriedigung.

Dr. Caligari, der Nervenarzt vom ersten Jagdgeschwader, war eingetreten. Stalhein hörte sein unbeholfenes Watscheln, roch seine stinkenden Kleider. Insgeheim hielt er Caligari für einen Quacksalber. Wie ten Brincken war er vom Vampirismus fasziniert. Bei ihren Zusammenkünften versuchte er Stalhein jedes Mal auszuhorchen und stellte ihm Fragen über Fragen zur Blutsaugerei.

»Hals- und Brustmuskulatur sind hervorragend entwickelt«, erklärte ten Brincken dem Arzt. »Sie sind derart ausgeprägt, dass man sie mit einer Gradeinteilung versehen könnte. Es scheint eine umfassende Veränderung einzutreten. Eine Evolution.«

Die Wissenschaftler sprachen über ihn, als sei er ein Leichnam, den sie zum Vergnügen sezierten. Stalhein war diese Art der Behandlung gewohnt. Seine Ehrerbietung gegen den Kaiser zwang ihn, solche Untersuchungen über sich ergehen zu lassen. Kein Flieger des JG1 wurde von dieser Pflicht befreit, nicht einmal der Baron.

Ten Brincken beendete die Untersuchung und schaltete die Deckenleuchten aus. Mit der Schnelligkeit eines Vampirs glitt Stalhein vom Tisch und stand auf. Caligari fuhr erschrocken zusammen, er trug einen altmodischen Frack. Stalhein kleidete sich an, stieg in Reithosen und Stiefel und schlüpfte in ein frisches Hemd. Ten Brincken, plötzlich ölig wie ein Kammerdiener, half ihm in seinen Waffenrock. Er schob die Arme hinein und knöpfte ihn von unten nach oben zu.

»Schön, schön, Herr Leutnant«, flötete ten Brincken. »Ganz vortrefflich.«

Nackt war Stalhein nichts weiter als ein Studienobjekt. In Uniform gemahnte er an einen Dämonenfürsten.

Ten Brinckens Domizil war eine Mischung aus Altem und Modernem. Die steinernen Mauern datierten aus dem vierzehnten Jahrhundert und waren mit allerlei wissenschaftlichen Urkunden geschmückt. Der Direktor kritzelte Hieroglyphen in einen messinggebundenen Band, der einem Kloster zu entstammen schien, doch eine Reihe chirurgischer Hilfsmittel in einem Gestell aus Stahl und Glas fesselten den Blick. Ten Brincken, Caligari und die anderen – Dr. Krueger, Ingenieur Rotwang, Dr. Orlof und Professor Hansen – bezeichneten sich als Wissenschaftler, wenngleich sich bisweilen mittelalterliches Alchemie-Gefasel in ihr Kauderwelsch von Evolution und Vererbung schlich.

Für die Angehörigen der Generation von Stalheins Vater war der Vampir ein Fabeltier. Binnen weniger Jahrzehnte hatte sich die altertümliche Magie zu einem respektablen Gebiet der modernen Wissenschaft gemausert. Verständlicherweise bestand zwischen den beiden eine tiefe Kluft. General Karnstein, der Bevollmächtigte des Grafen von Dracula, war ein Ältester; da er sich für eine Kreatur der Finsternis erachtete, hatte er ein Zentennium der Verfolgung hinter sich, nur um im zwanzigsten Jahrhundert ans Licht gezerrt und in seinen alten Stand zurückversetzt zu werden.

Stalhein salutierte und verließ das Laboratorium. Im Halbdunkel des schmalen Korridors, der an der Treppe zur Großen Halle endete, fand er sich besser zurecht. Musik wehte die Stufen herab. Ein Strauß-Walzer.

Mit einem dunklen Gefühl der Beunruhigung stieg er in die

Halle hinauf. Obgleich ten Brinckens Untersuchungen nur selten schmerzhaft waren, stürzten sie Stalhein immer wieder in Verwirrung. Ihr geheimer Zweck wurde ihm vorenthalten. Er redete sich ein, dass seine Pflicht darin bestand, zu handeln und nicht zu verstehen. Jeder Abschuss war ein kleiner Schritt auf dem Weg zum großen Sieg. Er hätte Mitleid für die kurzlebigen Warmblüter empfinden müssen; sie würden nie erfahren, was es hieß, die Lüfte zu beherrschen, das Blut eines Gegners zu kosten, das Licht des Mondes zu trinken.

Er wollte fliegen, sich auf seine Beute stürzen. Der Rückstoß sich entladender Gewehre, das Pfeifen des Windes in der Verspannung, der Anblick eines brennenden Flugzeugs, das dem Erdboden entgegentrudelte: All das gab ihm das Gefühl, am Leben zu sein. Seine Abschussbilanz lag bei respektablen neunzehn Siegen. In einer gewöhnlichen Jasta wäre dies eine beachtliche Leistung gewesen; in diesem Zirkus jedoch gehörte er zu den unbedeutenderen Jägern. Er hoffte dies zu ändern, so ihm dafür genügend Zeit blieb. Der Richtwert war Baron von Richthofens Bilanz; sie lag derzeit bei einundsiebzig Siegen.

Die verblichenen Porträts und modrigen Jagdtrophäen, mit denen die Halle einst geschmückt gewesen war, hatten Siegeszeichen des zwanzigsten Jahrhunderts Platz gemacht. Über einem Kamin von der Größe eines Eisenbahntunnels prangte wie an einem Kreuz der dreiundvierzig Fuß breite, mit Einschusslöchern gespickte Oberflügel einer RE8. Im Kamin, mit einer Ankerkette am Sims befestigt, baumelte das zum Kronleuchter umfunktionierte Vorderteil eines Motors: Die Zylinderköpfe waren mit brennenden Kerzen bestückt. Das Kurbelgehäuse bildete den Mittelpunkt eines wirren Mosaiks von Seriennummern aus der Leinwand alliierter Flugzeuge, viele von ihnen löchrig oder halb verkohlt. Das JG1 hatte Souvenirs von Bristol Fighter, Dolphin, Spad, Vickers, Tabloid, Nieuport-Delage, Bantam, Kangaroo und

Caproni gesammelt. Dazu kamen erbeutete Gewehre, Kompasse und Höhenmesser, menschliche Schädel, Fliegerhauben, einzelne Stiefel, zerbrochene Kameras, Knochen, Synchronisationsvorrichtungen der Marke Constantinesco und Propeller.

Eine *Fledermaus*-Arie drang aus dem prachtvollen Trichter des nagelneuen Grammophons. Hammer, der den Pour le Mérite, den man ihm zu seinem vierzigsten Sieg verliehen hatte, an der stolzgeschwellten Brust trug, spielte Karten mit Kretschmar-Schuldorff, dem Geheimdienstoffizier, und Ernst Udet, einem hoffnungsvollen Flieger, der beinahe ebenso viele Abschüsse erzielt hatte wie Stalhein. Um eine Öllampe geschart, wirkten sie wie Zwerge in dem riesigen Gewölbe. Hammer war in einen übergroßen Kalmuckmantel gehüllt, der ihn wie einen Troll aussehen ließ. Theo paffte an einer Zigarette, deren Rauchwolke immer weiter in die Höhe stieg, die ferne Decke jedoch nie erreichen würde. Und Udet hatte sich, der neuesten Vampirmode folgend, vor kurzem ein Geweih stehen lassen. Mit Samtfetzen behängt, spross es aus schwärenden Wunden an seiner Stirn.

Die Dunkelheit ließ auf sich warten. Stalhein war für die Nachtstreife eingeteilt. Er versuchte seine Ungeduld zu zügeln.

Die anderen Flieger im Halbdunkel der Großen Halle waren auf die Jagd nach Sonnenuntergang ebenso erpicht wie Stalhein. Zarte Sauggeräusche drangen aus einem mit Vorhängen versehenen Séparée. Der unersättliche Bruno Stachel labte sich an dem Saft einer seiner französischen Geliebten. Stalhein vertrat die Ansicht, ein *nosferatu* solle sich nicht bei Tage nähren; es mache ihn zu benommen, um auf die Jagd zu gehen. Als einer der wenigen Flieger des JG1 ohne ein »von« vor seinem Namen stand Stachel abseits von den anderen; in einem Kader von Jägern war er nichts weiter als ein Mörder. Seine Bilanz zählte einunddreißig Siege.

»Sei gegrüßt, Erich«, rief ein junger blonder Vampir und hob eine feiste Hand an den Mützenschirm. »General Karnstein lässt seinen Glückwunsch übermitteln. Wir haben Meldung erhalten, dass dein Abschuss vorgestern Nacht bestätigt worden ist.«

Göring war der Registrator von Richthofens Zirkus. Er verzeichnete die Einzelsiege in einer Tabelle.

Zwei Nächte zuvor war Stalhein niedrig gekreuzt, im Schutz der Wolken, und hatte auf das Brummen von Motoren gelauscht. Unter einer Avro 504J hatte er steil nach oben gezogen und den Rumpf der Maschine mit Kugeln durchsiebt. Die Avro war ins Trudeln geraten, mit von Flammenzungen beleckten Flügeln. Er war ihr nach unten gefolgt, um neben dem Wrack zu landen und den Piloten auszusaugen, doch die Avro hatte sich mit Müh und Not hinter die Linien gerettet und war im Niemandsland zu Boden gegangen. Britisches Flugabwehrfeuer hatte ihn daran gehindert, zu landen und sein blutiges Werk zu vollenden. Laut Heeresverordnung durfte er auf keinen Fall vom Feind gesichtet werden; zumindest nicht von einem Feind, der danach noch in der Lage war, einen Bericht zu übermitteln.

»Der Engländer hieß Mosley. Offenbar aus guter Familie. Seine Laufbahn war zu Ende, bevor sie richtig begonnen hat.«

Stalhein dachte an die gefletschten Fangzähne unter einem lächerlich schmalen britischen Schnurrbart, der Rest des Gesichts war hinter Haube und Schutzbrille verborgen. Ein mittelprächtiger Sieg.

»Freust du dich nicht, Erich?«, fragte Göring. »Jetzt hast du die zwanzig voll.«

»Ich habe kein Blut getrunken«, gestand Stalhein.

»Aber du hast einen abgeschossen. Und nur darauf kommt es an.«

»Mir nicht.«

Die Enttäuschung über seinen unblutigen Sieg war fast noch größer, als wenn Mosley die Flucht gelungen wäre. Am Ende der Jagd musste er seinen Blutdurst stillen.

Göring klopfte ihm trotzdem auf den Rücken. Er hatte den geweihtragenden Udet überholt. Zu Beginn des Krieges hätte er für zwanzig Siege automatisch den Pour le Mérite bekommen; angesichts der großen Konkurrenz jedoch war die erforderliche Anzahl zur Erringung eines Blauen Max verdoppelt worden.

»Der Sieg des Barons ist ebenfalls bestätigt worden«, verriet Göring. »Ein Abschuss unter den Augen der Engländer. Captain James Albright, achtundzwanzig Siege. Ein echter Yankee.«

Mosley hatte vermutlich einer zweit- oder drittrangigen Streife angehört. Ein erfahrener Flieger hätte sich nicht so ohne weiteres vom Himmel holen lassen. Und doch zählte sein kümmerlicher Leichnam ebenso viel wie Richthofens Triumph über einen ruhmreichen Ritter der Lüfte. Göring, der wie ten Brincken ein enervierendes Faible für die Statistik besaß, führte eine zweite Tabelle, welche die Flieger nicht nach Einzelsiegen, sondern nach der Anzahl der Siege ihrer Opfer auflistete. Nach dieser Rechnung besaß der Baron einen uneinholbaren Vorsprung. Zu Beginn des Krieges, vor dem Tod des großen Boelcke, hatte Richthofen hauptsächlich langsame Aufklärer und Versprengte vom Himmel geholt; nun, da sein Blut in Wallung war, war er auf edlere Beute aus.

Stalhein war schon einmal abgeschossen worden, von dem bescheidenen britischen Ass James Bigglesworth, lange bevor er genügend Flugerfahrung besessen hatte, um sich für das JG1 zu qualifizieren. Es vergingen Monate, bis die Narben im Gesicht und auf dem Rücken verheilt waren. Er hatte nur überlebt, weil er aus seiner brennenden Fokker geschleudert worden war. Wenn er diese Schuld begleichen konnte, waren ihm Ruhm und Ehre gewiss. Mit seinen zweiundzwanzig Siegen war Bigglesworth das Wagnis wert. Kretschmar-Schuldorff zufolge war der Pilot in Maranique stationiert, in derselben Einheit wie der verstorbene Captain Albright.

Ein lebendes Geschoss riss den Vorhang aus der Schiene und

schleifte ihn über den Steinfußboden. Ein fassförmiges Etwas von der Größe eines Kindes hatte sich in der Stoffbahn verfangen. Es quiekte und hinterließ eine Reihe blutiger Pfützen. Lothar von Richthofen trat, mit einem Kandelaber in der Hand, aus der leeren Maueröffnung. Er grinste wie ein Hund, Gesicht und Brust waren blutverschmiert.

Wenn Lothar der Hund war, war sein Bruder der Herr.

»Manfred frönt wieder einmal den Sünden seiner Jugend«, bemerkte Göring.

Der Blutgestank brannte Stalhein in der Nase und den Augen. Alle Vampire in der Halle waren mit einem Mal hellwach. Das Quieken klang, als würden scharfe Klauen über eine Schiefertafel kratzen. Das Bündel kämpfte mit dem schweren Vorhang und schüttelte ihn ab. Verängstigte Tieraugen glänzten.

Lothar trat zur Seite und ließ seinen Bruder vorbei. Rittmeister Manfred Freiherr von Richthofens Oberkörper war nackt, sein rötliches Fell schimmerte feucht. Er war der beste Gestaltwandler des JG1, die Hauptattraktion dieses fliegenden Monstrositätenkabinetts. Richthofen wirkte für gewöhnlich reserviert, um nicht zu sagen katatonisch, doch jetzt hatte ihn die Leidenschaft gepackt. Des Nachts Engländer zu töten, genügte ihm nicht; er musste tagsüber Wildschweine jagen, wie er es als Kind auf den schlesischen Ländereien seiner Familie getan hatte.

Der weiß Gott wie und um welchen Preis eingeschleuste Keiler drehte sich knurrend im Kreis, und Schaum tropfte ihm vom Maul. Richthofen pirschte sich an das Tier heran. Obgleich er barfuß ging, klickten seine spitzen Dornenklauen auf den Fliesen. Der Eber wich erschrocken zurück.

Emmelmans riesige Gestalt löste sich aus dem Schatten der Mauer, stürzte sich auf den Keiler und versuchte ihm die Krallen in den Rücken zu bohren. Doch das glitschige Biest entwand sich seinen Armen, und der Flieger klatschte zu Boden und schloss seine moosbewachsene Faust um den schmierigen Schwanz des Tieres. Auf ewig zwischen Koboldform und menschlicher Gestalt gefangen, versuchte der kolossale Emmelman den Eber an sich zu ziehen, doch der Schwanz glitt ihm durch die Finger. Richthofen sprang über seinen gestürzten Kameraden hinweg und brüllte seine Beute an.

Lothar jagte Richthofen hinterdrein, auch er wollte ein Stück vom großen Kuchen. Stalhein und Göring schlossen sich den Brüdern an. Obgleich das Blut des Schweins einen fauligen Gestank verströmte, regte sich Stalheins Vampirinstinkt. Spitze Fangzähne sprossen aus seinem Oberkiefer. Dichtes Fell kroch seinen Rücken hinauf. Das Dunkel lichtete sich.

Der Keiler rammte das Grammophon-Gestell, stürzte es um und bereitete dem Strauß-Walzer ein schnelles Ende. Das Vieh schüttelte seinen Kopf und zerstreute die Einzelteile des zerbrochenen Apparates in alle Himmelsrichtungen. Das war eine unerträgliche Beleidigung. Diese Schuld würde der Eber bitter büßen.

Untröstlich über den Verlust der Musik und vom Geruch des Blutes angelockt, kamen die Flieger aus dem Halbdunkel hervor. Wütende rote Augen folgten dem Schwanz des Keilers, während das Tier nach einem Ausweg suchte. Die Vampire rückten ihrer Beute auf den Leib. Stalhein war Teil einer perfekten Angriffsformation. Richthofen bildete, wie in der Luft, die Pfeilspitze. Stalhein befand sich außen rechts, am Sporn des Widerhakens, während der kleine Eduard Schleich die linke Außenposition besetzte. Emmelman bildete das Schlusslicht und humpelte den anderen hinterdrein, als wate er durch dicken Matsch.

Sie trieben den Eber auf eine offene Tür zu. Der dahinter liegende Gang führte ins Freie. Richthofen war ein Sportsmann. Wenn das Wild durch das Schlossportal gelangte, war es den Spielregeln entsprechend frei und hatte den Sieg errungen.

Schritt für Schritt rückte die Formation vor. Der Eber wich zurück, seine Hufe klapperten über die Fliesen. Richthofen blickte dem Tier fest in die Augen. Er legte größten Wert darauf, dass seine Beute ihn persönlich kennenlernte, ihm mit Respekt begegnete. Während er sich langsam vorwärtsschob, verlängerten sich seine Arme, und darunter kamen die Rudimente schlaffer Hautsäcke zum Vorschein. Die Finger seiner rechten Hand verwuchsen miteinander, die Nägel bildeten eine spitze Pyramide.

Der Keiler nahm Reißaus und lief davon. Die Flieger rannten hinterdrein, fädelten sich ohne zu drängeln durch das Nadelöhr der Tür und schwärmten wieder aus, um auf dem Gang beschleunigen zu können.

Eine Seitentür ging auf. Caligari kam auf den Korridor getrappelt, sein zerbeulter Hut wackelte bei jedem Schritt. Das Tier verfing sich zwischen seinen Beinen, und er wandte sich um. Vor Schreck wäre ihm beinahe der Zwicker von der Nase gefallen, als er sah, wie sich die Jagdgesellschaft auf ihn stürzte. Richthofen stieß den Nervenarzt beiseite, doch es schien, als ob das Schwein den Sieg davontragen würde. Die Tür am Ende des Ganges stand einen Spaltbreit offen, und ein Sonnenstrahl fiel herein. Das Licht streifte den Rücken des Keilers. Das Tier witterte die kalte Luft der Freiheit.

Manfred von Richthofen nahm all seine Kräfte zusammen und ging zum Angriff über. Er sprang wohl an die sechs oder sieben Meter, die Arme ausgestreckt wie Flügelschwingen. Eine Hand krallte sich in die stacheligen Nackenhaare des Keilers. Richthofen ließ sich mit voller Wucht auf den Eber fallen. Blut rann ledrige Haut hinab. Der Jäger zerrte seine Beute in die Dunkelheit zurück, fort von der Tür.

Stalhein war von dem Tierblut wie berauscht. Er kämpfte gegen seine niederen Instinkte an. Zwar gab es selbstverständlich reinere Beute. Aber Sieg war Sieg.

Göring quittierte die Großtat des Barons mit begeistertem Applaus. Der dicke Hermann war ein geborener Speichellecker, ein langzüngiger Stellvertreter.

Richthofen rang mit dem Eber, dann stemmte er ihn über seinen Kopf. Einen Augenblick lang war er Herkules, der Proteus in den Himmel hob. Sein Gesicht war das eines roten Löwen, die Nase glühend, die Mähne von der Jagd zerzaust, das fangzahnbewehrte Maul weit aufgerissen. Er schleuderte das Schwein zu Boden, wo es benommen liegen blieb. Eine Steinfliese barst mit lautem Krachen. Das Tier wand sich wie ein Wurm, leistete kaum noch Gegenwehr. Wie ein geübter Matador ging Richthofen in Tötungsposition, krümmte seinen langen rechten Arm wie einen Säbel und zog die dornbeschlagene Hand zurück. Mit lautem Triumphgeheul stieß er unterhalb des Schwanzes zu und stach das Schwein regelrecht ab. Dann rammte er den Arm tief in die Eingeweide seiner Beute. Ihre Augen erloschen, und der Kopf des Ebers schnellte hoch, als eine blutige Faust durch seine Kehle brach. Das Schwein steckte an Richthofens ausgestrecktem Arm wie an einem Spieß.

Der Baron machte sich los und bewunderte den rot glänzenden Ärmel, der seinen Arm umhüllte. Dann ging er neben dem toten Tier in die Knie und tauchte, sein gutes Recht in Anspruch nehmend, die Zunge zärtlich in die triefende Halswunde. Er trank nur wenig; nicht der Blutdurst, sondern die Jagdlust hatte ihn getrieben. Als er fertig war, erhob er sich und ließ seine Kameraden das Schwein in Stücke reißen. Er stand daneben wie ein Herr, der seinen Hunden dabei zusieht, wie sie über ihre Belohnung herfallen. Caligari, der noch immer zitterte, warf einen Blick auf das Gelage und watschelte davon mit den Worten, die Jäger hätten offensichtlich den Verstand verloren.

Im Gedränge erkämpfte sich Stalhein ein zerfetztes Schweineohr. Um diesen grandiosen Preis zu erringen, schlitzte er sich an Udets Geweih den Arm auf und renkte sich bei dem Versuch, Emmelman beiseitezudrängen, zu allem Überfluss auch noch die Schulter aus. Er hütete seinen Leckerbissen, kehrte den anderen Vampiren den Rücken und saugte an dem abgerissenen Hörorgan. Die Flieger ringsum schmatzten, schlangen, schlürften, würgten. Es schmeckte widerlich, doch es versetzte ihn in einen wahren Freudentaumel.

9

La morte parisienne

Als die Sonne unterging, kehrte er in einem Straßencafé am Montmartre ein. Selbst an einem eisigen Wintertag wie diesem saßen zumeist untote *habitués* an den Tischen auf dem Trottoir. Sie schwatzten und flirteten, lasen und tranken. Todgeweihte Schneeflocken schmolzen auf Hüten, Händen und Gesichtern. Winthrop entschied sich für einen Tisch am Ofen im Innern des Cafés und bat den *patron* um eine Kanne englischen Tees. Da er im Umgang mit britischen Offizieren durchaus bewandert war, wusste der Franzose, was man von ihm verlangte, und so ließ er Gewürze, Kaffee und Likör links liegen und nahm traurig und verschämt ein ordinäres Päckchen Lipton's von einem verborgenen Regal.

Binnen weniger Minuten, in denen der Tee auf Trinktemperatur abkühlte, erhielt er unsittliche Anträge von zwei *filles de joie* und einem krausköpfigen Jüngling; ein fangzahnbewehrter Zwerg erklärte sich bereit, um den Preis eines Laibes Brot sein Porträt zu zeichnen; das Gerücht, der verwegene Dieb Fantomas habe in einer nahe gelegenen Straße eine reiche Witwe um ihr Smaragdcollier erleichtert, machte die Runde; ein zweiter notleidender Künstler versuchte, Karikaturen des Kaisers und des Grafen von Dracula unters Volk zu bringen; ein gutgläubiger Australier ließ sich für einen zehn Centimes teuren *anis* ganze zehn Francs abknöpfen; und es kam zu einer Messerstecherei zwischen einem untoten Apachen und einem einarmigen, warmblütigen Veteranen, der den Unversehrten wider Erwarten zur Strecke brachte. Dies war vermutlich das vielgerühmte *vie parisienne*; es erschien ihm reichlich albern. Ein Haufen ungezogener Kinder.

Als es dunkel war, beglich er seine Rechnung und bahnte sich einen Weg zwischen den dicht besetzten Tischen hindurch zum Ausgang des *estaminet*. Amerikaner, Neulinge im Krieg und in Europa, waren besonders reich vertreten. Da sie alles und jeden bestaunten und bestarrten, waren sie unter den Pariser Taschendieben überaus beliebt. James Gatz, ein »Lootenant«, den Winthrop flüchtig kannte, grüßte ihn mit einem schnarrenden »alter Knabe«. Winthrop eilte davon, bevor Gatz ihn einholen konnte; es war Nacht, er war im Dienst. Er winkte dem Amerikaner zum Abschied und hoffte, dass der junge Mann den Abend unversehrt an Herz, Hals und Börse überstehen würde.

An der Place Pigalle wurde er von Kindern umringt, die ihn um *cadeaux* angingen. Bei näherer Betrachtung erwiesen sich die meisten dieser Kreaturen als Vampire, vermutlich älter als er. Ein goldhaariger Knabe krümmte seine Finger zu Klauen und klammerte sich an Winthrops Rock. Das seelenalte Kind versuchte ihn gurrend und fauchend zu hypnotisieren.

Sergeant Dravot, Winthrops Schatten, löste sich aus einem finsteren Winkel, befreite ihn von dem lästigen Schmarotzer und schleuderte ihn zu seinen Kameraden zurück. Die verwahrlosten Kinder liefen davon und umschwärmten die Beine erschrockener Soldaten und ihrer Liebchen.

Zum Dank nickte er Dravot zu und überprüfte die Knöpfe an

seinem Rock. Noch immer spürte er die Fingerspitzen des wilden Knaben auf seiner Brust. Der Sergeant verschwand wieder in der Menge; notfalls hätte er selbst Fantomas das Lebenslicht ausgeblasen. Obgleich es ihn mit Trost erfüllte, einen Schutzengel zu haben, ärgerte es Winthrop, dass man ihm nicht zutraute, seine Geschäfte allein zu erledigen. Dravot hatte bisweilen etwas Gouvernantenhaftes.

Scheinbar ziellos mischte er sich unter das Theaterpublikum. Das Grand Guignol brachte André de Lordes berüchtigtes *Maldurêve,* das Théâtre des Vampires hingegen spielte Offenbachs Operette *La morte amoureuse* mit dem berühmten Cancan »Clarimonde«. Im Robert-Houdin bot der warmblütige Illusionist Georges Méliès sensationelle Taschenspielereien dar, von denen er behauptete, nicht einmal ein Vampir mit seinen übernatürlichen Kräften könne dergleichen vollbringen. In einer der zahlreichen Aufführungen rein weiblicher Ensembles, die gegenwärtig die Pariser Bühnen zierten, gab die Bernhardt ihren blutigen *Macbeth.* Da die meisten Mimen in den Krieg gezogen waren, verhielt es sich genau umgekehrt wie zu Shakespeares Zeiten, und viele Männerrollen wurden von Frauen *en travestie* gespielt. Falls der Krieg jemals ein Ende fand, würde eine zweite Revolution vonnöten sein, um die göttliche Sarah in einen Rock zurückzuzwingen.

Das in einer namenlosen Seitenstraße fernab der großen Häuser gelegene Théâtre Raoul Privache war weder prächtig noch berühmt. Vor Erhalt des mit »Diogenes« unterzeichneten Billets mit den Einzelheiten dieser Zusammenkunft hatte er noch nie von dem *établissement* gehört. Ein Plakat zeigte eine hagere Frau mit großen Augen in einem knapp sitzenden Trikot. Die Ankündigung lautete schlicht: *Isolde – Les frissons des vampires.* Eine kleine Schar von Fanatikern forderte wütend Einlass. Sie waren fast ausschließlich männlichen Geschlechts, trugen größtenteils Uniform und boten denselben gierigen, hohläugigen Anblick wie die Frau auf dem Plakat.

Winthrop gesellte sich unter das ins Foyer strömende Publikum und hielt nach Dravot Ausschau. Mitunter glich es einem Spiel, den Sergeant ausfindig zu machen. Obgleich er breitschultrig war und die meisten Menschen um Haupteslänge überragte, bereitete es dem Vampir keine allzu große Mühe, sich zu tarnen, da er die seltene Fähigkeit besaß, sich völlig an seine Umgebung anzupassen.

Als Winthrop dem *caissier* seinen Namen nannte, führte der ihn einen schmalen, dunklen Korridor hinab zu einer privaten Loge. Dravot folgte ihm und ging an der Tür in Stellung. Er würde auf den Genuss der Aufführung verzichten müssen. Der blättrigen Tapete und dem schwachen Modergeruch nach zu urteilen, würde der Sergeant nicht allzu viel verpassen.

Winthrop öffnete die Tür und betrat die Loge. Ein Mann saß in einem bequemen Sessel und paffte an einer Zigarre.

»Edwin! Pünktlich auf die Minute. Nehmen Sie Platz.«

Sie tauschten einen festen Händedruck, und Winthrop setzte sich. Charles Beauregard hatte volles weißes Haar und einen gestutzten grauen Schnurrbart. Sein Gesicht war faltenlos, und er wirkte hellwach und agil. Soviel Winthrop wusste, hatte Beauregard sich während der Zeit des Schreckens ausgezeichnet und einmal sogar die Ritterwürde abgelehnt.

Jenseits des Balkons begaben sich die murmelnden Zuschauer eilig auf ihre Plätze. Ein Pianist versuchte einem altersschwachen Instrument wohlklingende Laute zu entlocken.

Beauregard offerierte ihm eine Zigarre, doch Winthrop rauchte lieber seine eigene Marke. Er zündete sich eine Zigarette an und löschte die Streichholzflamme.

»Ich habe Ihren Bericht gelesen«, sagte Beauregard. »Schlimme Geschichte, neulich nachts. Sie trifft keine Schuld.«

»Ich habe Albright ausgesucht und ihn in den Tod geschickt.«

»Und ich habe Sie ausgesucht, wie auch mich jemand ausgesucht hat. Ich habe mir Albrights Akte angesehen, und ich muss sagen, Sie hätten keine bessere Wahl treffen können.«

Ein geflügelter Schatten flatterte an Winthrops geistigem Auge vorüber.

»Die Deutschen haben den Sieg Manfred von Richthofen zuerkannt«, sagte Beauregard. »Wenn ein Flieger des Geschwaders Condor gegen den Roten Baron eine Chance hatte, dann war es Captain Albright.«

Demnach handelte es sich bei dem geheimnisvollen Schatten also um den Roten Baron höchstpersönlich. Winthrop überlegte, was für eine Mühle Richthofen wohl flog. Ein neues, tödliches Modell.

»Das deutsche Oberkommando stellt seine Mordbuben in der Presse groß heraus. Wir besitzen keineswegs das Monopol auf säbelrasselnden Chauvinismus. Wenn zwanzig Fokker ein alliiertes Flugzeug abschießen, wird das Verdienst in aller Regel denen zugesprochen, die in der Publikumsgunst am höchsten stehen.«

»Es war nur eine Maschine mit Albright am Himmel.«

»Ich habe nicht behauptet, Richthofen sei ein Engel.«

Eine Untersuchung hatte ergeben, dass Albright völlig ausgetrocknet war. Thorndyke, der Spezialist, der die Autopsie vorgenommen hatte, war zu dem Schluss gelangt, der Leichnam sei nicht nur seines Blutes, sondern jeglicher Flüssigkeit beraubt worden.

»Captain Albright wurde aus seiner SE5a gezerrt und in der Luft getötet. So etwas habe ich noch nie erlebt.«

»Es geschieht nichts Neues unter dem Mond, mein lieber Edwin. Nicht einmal in diesem modernen Mörderspiel.«

Das Saallicht erlosch, und der Pianist hieb in die Tasten und schändete eine Melodie aus *Schwanensee*. Der Vorhang ging auf. Abgesehen von einem Rohrstuhl und einem offenen Schiffskoffer war die Bühne leer.

Eine Vampirfrau betrat die Szene, der durchsichtige Umhang, der in Falten über ihr Trikot fiel, gemahnte an die Schwingen einer Motte. Sie war die Isolde von den Plakaten. Ihr Gesicht war streng, wenig anziehend. An Wangen und Schläfen traten die Schädelknochen hervor. Die Fangzähne, die ihr aus dem Mund ragten, schnitten tiefe Kerben in Kinn und Unterlippe.

Isolde schritt zu den Klängen der Musik auf der winzigen Bühne auf und ab. Das Publikum war mucksmäuschenstill.

»Unser Interesse am Château du Malinbois wächst von Tag zu Tag«, sagte Beauregard mit einem Seitenblick auf Isolde. »Seltsame Geschichten sind im Umlauf.«

Mit schwarzen Krallen teilte Isolde ihr langes, glattes Haar. Ihr Hals war schrecklich dünn, die Adern waren deutlich zu erkennen.

»Sämtliche Piloten kannten das Schloss«, sagte Winthrop. »Sie sind von Richthofen geradezu besessen. Er ist ihr ärgster Feind.«

»Über siebzig Siege.«

»Sein Tod wäre für uns alle eine Erleichterung.«

»Seltsam: Ein Soldat, der die Abzugsleine einer Haubitze zieht oder ein Maschinengewehr bedient, tötet in wenigen Sekunden oftmals genauso viele Gegner wie unser Roter Baron während des gesamten Krieges. Und doch erscheint nur der Flieger in der Presse. Rittmeister Manfred Freiherr von Richthofen. Er hat den Pour le Mérite, den Blauen Max. Das Victoria-Kreuz der Hunnen. Und so viele geringere Ehrenzeichen, dass man sie kaum zählen kann.«

Isolde löste den Kragen ihres Umhangs und ließ ihn zu Boden gleiten. Sie war furchtbar dürr. Ihre Rippen traten wie Zaunlatten hervor.

»Geben Sie gut Obacht, Edwin. Es ist ein hässliches, aber überaus lehrreiches Schauspiel.«

Der Vampir nahm feierlich ein Messer aus dem Koffer und hielt es in die Höhe. Es schien nichts Ungewöhnliches daran zu sein. Isolde bohrte die Spitze in die Vertiefung unterhalb des Adamsapfels, ritzte die Haut, ohne dass Blut floss, und schnitt ihr Trikot entzwei. Der Stoff löste sich von ihrer Haut. Ihre Brüste waren nicht weiter bemerkenswert, doch ihre Warzen waren groß und dunkel.

Winthrop hatte zwar nur wenig Erfahrung mit dem frivolen Treiben von Paris, aber die farblose Isolde schien ihm zu unterentwickelt, um wahrhaftig Anerkennung finden zu können. Die beliebten Mädchen der Folies-Bergère waren wesentlich üppiger ausgestattet als diese armselige Kreatur, fette Tauben im Vergleich zu diesem mageren Spatz.

Sie zuckte die Achseln, und die obere Hälfte ihres Hemdes glitt ihr über die Schultern auf die Hüfte. Ihre Haut war makellos bis auf die grünliche Färbung. Isolde setzte sich das Messer noch einmal an die Kehle und führte einen zweiten Schnitt vom Brustbein bis hinab zum Bauch. Es floss nur wenig Blut.

»Sie ist keine Neugeborene«, sagte Beauregard. »Isolde ist bereits seit über tausend Jahren ein Vampir.«

Winthrop sah etwas genauer hin, vermochte jedoch keinerlei Anhaltspunkt für die sagenhafte Kraft und Macht der Ältesten zu erkennen. Mit ihren starren Fangzähnen wirkte Isolde hilflos und verloren, beinahe lächerlich.

»Sie ist schon einmal guillotiniert worden.«

Isolde klemmte sich die Klinge zwischen die Lippen und nahm beide Hände zu Hilfe. Sie schob die Fingernägel unter die Ränder ihrer selbst beigebrachten Wunde und schälte die Haut von ihrer rechten Brust. Bei jeder Bewegung spannten und entspannten sich ihre freiliegenden Muskeln. Sie glitt mit der ganzen Hand unter die Haut, lockerte die Umhüllung ihrer Schulter und streifte sie ab wie ein Hemd.

Das Publikum war hingerissen. Winthrop war angewidert, von den Zuschauern wie von der Künstlerin.

»Wir begreifen unsere Grenzen nicht«, meinte Beauregard. »Wenn wir zum Vampir werden, sind wir der Möglichkeit nach imstande, die natürliche Gestalt des menschlichen Körpers zu verändern.«

Als Isolde sich umwandte, riss die Haut an ihrem Rücken. Rotrandige Lappen hingen schlaff herunter. Allein mit den Fingernägeln und ein paar Schnitten ihres Messers zog sie sich systematisch die Haut ab.

Eine Gruppe von Amerikanern, die irrtümlich angenommen hatten, Isolde werde sich auf andere Art entblättern, stürmte unter lautem Protestgeschrei hinaus. »Ihr habt doch nicht mehr alle Tassen im Schrank«, brüllte einer.

Isolde blickte ihnen nach und zog die Haut wie einen schulterlangen *gant glacé* von ihrem rechten Arm.

»Manche Vampire, Edwin, sind ebenso wenig imstande, ihre Gestalt zu wandeln wie Sie oder ich. Insbesondere die vom Geblüt Ruthvens und Chandagnacs. Andere wieder, unter ihnen die vom Geschlecht der Dracula, besitzen Fähigkeiten, die noch nicht einmal annähernd erforscht sind.«

Isolde verstümmelte sich mit steinerner Miene und wilden Gebärden. Ihre Haut hing in schlotterigen Fetzen. Winthrop wollte sich der Magen umdrehen, doch es gelang ihm, seine Übelkeit im Zaum zu halten. Das ganze Theater stank nach Blut. Ein wahrer Segen, dass nur wenige Vampire sich im Raum befanden; sie hätten vermutlich den Verstand verloren. Die Künstlerin riss ihre weiße Haut in Streifen und warf sie in die Menge.

»Sie hat treue Anhänger«, sagte Beauregard. »Des Esseintes, der Dichter, hat ihr einige Sonette gewidmet.«

»Es ist ein Jammer, dass de Sade sich nicht verwandelt hat. Er hätte an diesem Schauspiel seine helle Freude gehabt.«

»Vielleicht hat er sie zu seiner Zeit gesehen. Sie tritt seit einer Ewigkeit mit dieser Nummer auf.«

Ihr schimmernder Torso glich einem anatomischen Präparat, fahle Knochen in feuchtem Fleisch. Sie hob ihren gehäuteten rechten Arm und leckte ihn vom Ellbogen bis zum Handgelenk, tauchte ihre Zunge in das rote Nass. Ihre Arterien waren deutlich zu erkennen, durchsichtige Röhren, in denen das Blut pochte und pulsierte.

Zahlreiche Zuschauer waren aufgesprungen und drängten sich am Bühnenrand. In den Folies hätten sie alle fünfe gerade sein lassen und lauthals geschrien und gejohlt. Hier waren sie still und leise, starrten mit angehaltenem Atem auf die Bühne und versperrten ihren Kameraden die Sicht.

Wie viele dieser Männer hätten zugegeben, dass sie das Raoul Privache besuchten?

»Hat man ihr nach der Enthauptung den Kopf wieder angenäht?«

Sie bohrte die Zähne in ihr Handgelenk, nagte die Arterie durch und begann zu saugen. Blut schoss aus der Röhre, und sie schluckte gierig.

»Nein, man hat sie begraben«, erklärte Beauregard. »Ihr Leib verfaulte, aber ihrem Kopf wuchs ein neuer Körper. Das dauerte zehn Jahre.«

Sie holte Atem und grinste mit bluttriefendem Kinn ins Publikum, dann wiederholte sie ihre Attacke. Während sie saugte, krümmten sich ihre ausgestreckten Finger zu einer nutzlosen Faust.

»Es heißt, seitdem sei sie nicht mehr dieselbe.«

»Wie weit kann sie gehen?«

»Sie meinen, ob sie sich mit Haut und Haar verschlingen kann, so dass nichts mehr übrig ist? Ich weiß es nicht. Bislang hat sie darauf verzichtet.«

Isoldes rohes Fleisch welkte und wechselte die Farbe, während sie sich das Blut aussaugte, ihr Gesicht hingegen schwoll auf und erblühte.

»Ich glaube, wir haben genug gesehen«, sagte Beauregard und erhob sich.

Winthrop war erleichtert. Er würde niemals zu Isoldes Anhängern gehören.

Sie traten auf den Korridor hinaus. Dravot stand neben der Tür und las die neueste Ausgabe von *Comic Cuts*. Beauregard und der Sergeant waren alte Kameraden.

»Danny, kümmern Sie sich brav um unseren jungen Lieutenant?«

»Ich tue, was in meiner Macht steht, Sir.«

Beauregard lachte. »Das freut mich. Das Schicksal des Empire ruht auf seinen Schultern.«

Winthrop wurde den Gedanken an Isolde nicht los.

»Was halten Sie von einem Spaziergang, Edwin?«

Sie verließen das Theater. Die klare, kalte Luft war eine Wohltat. Der Schnee blieb nicht liegen, sondern überzog den Gehsteig mit schmutzig braunem Matsch. Winthrop und Beauregard schlenderten dahin, Dravot folgte ihnen im Abstand von etwa zwanzig Schritten.

»Als ich in Ihrem Alter war«, sagte Beauregard, »glaubte ich, in einer anderen Welt als dieser alt werden zu können.«

Winthrop war im Jahre 1896, nach der Zeit des Schreckens, zur Welt gekommen. Vampire waren ihm ebenso selbstverständlich wie Hochwild oder Holländer. Von seinem Vater wusste er, was die Briten von Beauregards Generation durchgemacht hatten, all die Veränderungen, an die sie sich während der Zeit des Schreckens hatten gewöhnen müssen.

»Ich erinnere mich an die Jahre, als Ruthven noch nicht Premierminister und Edward Albert Victor noch nicht König war. Da offensichtlich keiner der beiden Herren die Absicht hegt, das Zeitliche zu segnen, ist es gut möglich, dass sie ihr Amt selbst dann noch ausüben werden, wenn ich längst zu Staub zerfallen bin. Dasselbe gilt für Sie, es sei denn, Sie fassen die Gelegenheit beim Schopfe und verwandeln sich.«

»Ich? Mich verwandeln? In ein solches *Monstrum?*«

Winthrop deutete zum Raoul Privache und dachte an Isoldes rot unterlaufene Augen, während sie sich bis zur Besinnungslosigkeit an ihrem eigenen Blut berauschte.

»Nicht alle Vampire sind von ihrem Geblüt. Sie sind keine besondere Spezies, Edwin. Keine Ungeheuer und Dämonen. Sie sind nichts als eine Erweiterung unserer selbst. Von Geburt an verwandeln wir uns auf millionenfache Weise. Warum also nicht auch in einen Vampir?«

Winthrop hatte natürlich schon einmal daran gedacht, sich zu verwandeln. Kurz nach dem Tod seines Vaters hatte seine Mutter ihn beredet, doch den dunklen Kuss zu suchen, sich gegen die Sterblichkeit zu wappnen. Mit siebzehn war er dazu noch nicht bereit gewesen. Heute erging es ihm kaum besser. Zudem wusste er, dass dieser Entschluss wohlüberlegt sein wollte: Die Frage des Geblüts war von entscheidender Bedeutung.

»Die beste Freundin, die ich jemals hatte, war ebenso ein Vampir«, sagte Beauregard, »wie mein ärgster Feind.«

Einige Meilen entfernt ereignete sich eine Explosion. Flammen loderten gen Himmel und ließen die fischbäuchige Silhouette eines Zeppelins sichtbar werden. Seit etwa einem Monat häuften sich die Luftangriffe. Die Pariser nannten die deutschen Brandgeschosse inzwischen »Liebesgrüße des Kaisers«. Zeppeline flogen so hoch, dass sie ihre Bomben unmöglich gezielt abwerfen konnten, deshalb konnte es alles und jeden treffen. Die Angriffe erfolgten nicht aus militärischen Gründen; Dracula hatte eine Politik des »Terrors« verfügt, um die Moral der Alliierten zu brechen.

»Vor unserer nächsten Unterredung möchte ich, dass Sie dies lesen«, sagte Beauregard und reichte Winthrop einen Umschlag. »Man könnte es eine Lebensbeichte nennen. Eine Frau, die heute Morgen erschossen wurde, hat mir ihre Geschichte erzählt, und ich habe mein Möglichstes getan, sie in ihren Worten wiederzugeben. Sich genauestens einzuprägen, was die Leute sagen, ist eine Kunst, in der Sie sich beizeiten üben sollten. Häufig werden Sie feststellen, dass sie Ihnen Dinge verraten haben, von denen sie selbst nichts wussten.«

Winthrop schob sich den Umschlag in die Tasche. In der Ferne klangen Brandglocken. Die Reichweite des französischen Flugabwehrfeuers war zu gering, um dem Luftschiff etwas anhaben zu können. Der Zeppelin gewann an Höhe und verschwand in den Wolken. Eine Angriffsformation bestand für gewöhnlich aus fünf oder sechs Schiffen. Wenn der Hunne etwas Bestimmtes zerstören wollte, schickte er einen seiner großen Gotha-Langstreckenbomber.

»Wie gern würde ich eines dieser Biester in Flammen aufgehen sehen«, meinte Winthrop.

Beauregard richtete den Blick gen Himmel, und Schneeflocken benetzten wie Tränen seine Wimpern.

»Ich bin müde und muss gehen. Lesen Sie Madame Zelles Geständnis so aufmerksam wie irgend möglich. Vielleicht entdecken Sie etwas, das *mir* entgangen ist.«

Der Alte wandte sich um und marschierte davon, sein Stock klapperte über das Pflaster. Eine Horde betrunkener Amerikaner machte ihm höflich Platz. Zu seiner Zeit hatte Charles Beauregard gewiss eine stattliche Figur abgegeben. Auch jetzt noch war er der bei weitem beeindruckendste Mann im Dienst des Königs, dem Winthrop je begegnet war.

Winthrop hielt nach Dravot Ausschau und hatte ihn sogleich entdeckt. Der Sergeant stand regungslos im Schatten eines Baldachins. Es bereitete ihm von Mal zu Mal weniger Schwierigkeiten, Dravot ausfindig zu machen. Allmählich hatte er den Bogen heraus.

10

In gehobenen Kreisen

Trotz der prachtvoll bemalten Decken und lederbezogenen Chaiselongues war auch dies nichts weiter als ein Wartesaal. Er würde den Rest seines Lebens in derlei Räumlichkeiten verbringen, in der Hoffnung, gleichgültige Würdenträger mögen ihre geschätzten Tätigkeiten unterbrechen und sich Edgar Poes Belangen widmen. Aus seiner Zeit bei der Armee und in West Point war er mit der Parole »Gut Ding will Weile haben« wohlvertraut. Der Welt größte Militärmacht hatte dieses Diktum im Staatsrecht verankert. Prag war nichts weiter als ein Lehngut Berlins, die Hauptstadt der Wartezimmer, die *metropolis* der Pflichtvergessenheit. In Böhmen war Poe nur einer unter vielen gewesen, ein unscheinbares Gesicht in der Menge. Hier war er ein kleiner Schatten in einer Welt der Finsternis.

Die Halle wimmelte von Männern, deren Aufmachung auf Einfluss und Ansehen schließen ließ. Mit den befiederten Helmen, goldenen Quasten, schimmernden Schulterstücken, polierten Knöpfen, funkelnden Orden, weißen Umhängen, gewichsten Stiefeln, brokatbesetzten Westen und gestreiften Hosen, die sich vor Poes Augen tummelten, hätte man das komplette Ensemble einer komischen Oper ausstaffieren können. Trotzdem durchmaßen die Bittsteller gereizt den Saal oder sanken müde in sich zusammen und demonstrierten Ohnmacht und Bedeutungslosigkeit. Poe fiel unter letztere, Ewers unter erstere Kategorie. Er lief auf und ab wie ein Wachposten, die Hände hinter dem Rücken gefaltet, der Hals so steif, als habe er einen Ladestock verschluckt.

Sie hatten eine Unterredung mit Dr. Mabuse, dem Leiter des Kriegspresseamtes. Obgleich es auf Mitternacht zuging, herrschte im ganzen Haus rege Betriebsamkeit. Poe hatte bislang nichts weiter herausbekommen, als dass man ihn bitten würde, ein Buch zu schreiben. Er hatte vorsorglich verschwiegen, dass ihm in den vergangenen drei Jahren nicht einmal ein humoristisches Couplet gelungen war.

Hauptleute und Unterführer umklammerten Aktenbündel, in der Hoffnung, die schlechten Nachrichten, die sie im Gepäck hatten, so schnell wie möglich loszuwerden. Die unendlich lange Wartezeit machte die Rangunterschiede zwischen Oberst, General und Feldmarschall vergessen.

Bisweilen schoss ein Schreiber mit einem zottigen Haarnest auf dem Kopf aus einer winzigen Tür wie aus einer Kuckucksuhr und rief einen Namen auf.

»Von Bayern«, bellte er. »Hauptmann Gregor von Bayern.«

Ein Ältester in einer schmucklosen, aber adretten Uniform erhob sich, als er seinen Namen hörte, und wurde aus dem Saal geleitet. Ewers' neidischer Blick bohrte sich in von Bayerns Rücken, als dieser forschen Schrittes hinter einer Flügeltür verschwand, an der ein vergoldetes Basrelief des deutschen Kaiseradlers prangte.

»Älteste werden immer und überall bevorzugt«, sagte Ewers halblaut. »Diese jahrhundertealten Narren wissen zwar nicht, welches Jahr wir haben, dafür verfügen sie über ein Offizierspatent und die Möglichkeiten, einem tüchtigen Neugeborenen die Zukunft zu verdunkeln.«

Ewers schien von Missgunst geradezu zerfressen. Poe lernte immer wieder etwas Neues über seinen »Doppelgänger«.

In dem Eisenbahnwaggon erster Klasse hatte Poe, ganz benommen von Ewers' endlosen Reminiszenzen, seinen Reisebegleiter nur ertragen, weil dessen Position ihm Patronage, Aufstieg oder Degradierung garantierte. Ewers' Geschichten über das Leben im Dienste des Kaisers waren gespickt mit den verdienten Niederlagen derer, die ihn enttäuscht oder betrogen hatten. Jedes Juwel der Wahrheit, mit dem er seinen autobiografischen Monolog verzierte, wurde erst auf Hochglanz poliert und dann in ein Flechtwerk heilloser Fiktion gefasst.

Es war eine unangenehme Reise, und die zerfurchten Mienen der Soldaten, die aus dem Urlaub zurückkehrten, lauerten vor dem Abteil und in den Schatten zwischen den Waggons. Das Grau ihrer Uniformen färbte auf ihre Gesichter ab, und nur das Rot rings um die Augen verlieh ihnen einen Hauch von Frische.

Poe wurde nach wie vor von Geistern und Gespenstern heimgesucht. Auf einer Chaiselongue ganz in der Nähe saß, eingeklemmt zwischen einem aufgeblasenen Diplomaten und einem General mit Backenbart, ein Mann von der Front, ein wandelndes, wildäugiges Gerippe in einer übergroßen Uniform. Eine verschmutzte Depesche klemmte unter seinem Arm, und bei jedem Stiefeltritt, der über den marmornen Fußboden hallte, zuckte er vor Schreck zusammen. Er war ein lebender Toter, ein Warmblüter, der weitaus lebloser schien als die Vampire links und rechts von ihm. Sein zerbeulter Helm war mit französischem Schlamm besudelt. Die Vorderseite seines Rocks war von seinem Blut rosig verfärbt. Falls er jemals irgendwelche Rangabzeichen getragen hatte, waren sie entweder bis zur Unkenntlichkeit befleckt oder aber abgerissen. Sein müdes Gesicht war eine Maske des Schmerzes.

Der General aß geräuschvoll lebende Mäuse aus einer braunen

Papiertüte und tat, als nehme er den Zustand seines Kameraden gar nicht wahr. Er rückte von ihm ab, um jegliche Berührung mit diesem widerwärtigen Wrack zu vermeiden. Auch der Diplomat starrte stumpfäugig ins Leere, damit er den Soldaten nicht ansehen musste. Die Würdenträger, neugeborene Vampire höchsten Ranges, unterhielten sich über den Kopf des Schlammfritzen hinweg über den Fortgang des Krieges. Da der Deutsche der Welt bester Kämpfer sei, waren sie sich einig, dass der Sieg unmittelbar bevorstehe. Nach der Kapitulation der Russkis gab es keinen Grund, Paris nicht noch vor der Schneeschmelze einzunehmen.

Der Soldat hielt sich den Bauch, als verdaue er gerade eine Sterndistel, und warf Poe einen vernichtenden Blick zu. Einen Augenblick lang glaubte er, der Mann habe ihn als den Verfasser der *Schlacht von St. Petersburg* identifiziert, und nun müsse er sich für sein Scheitern als Prophet der modernen Kriegsführung rechtfertigen. Der Gedanke verflog, doch er kochte vor Wut über den Diplomaten und den General. Sie und nicht Edgar Poe trugen die Verantwortung dafür, dass der Krieg einen anderen Verlauf genommen hatte als in seiner Vision.

»Poelzig«, verkündete der Schreiber. »Herr Oberst Hjalmar Poelzig.«

Ein blässlicher Offizier erhob sich und schlenderte gemächlich durch die Flügeltür. Poe vermutete, dass er Aktien einer Munitionsfabrik besaß. Nur jemand, der viel Geld verdiente, konnte derart blasiert und zufrieden wirken.

Ewers lief noch immer auf und ab; er schäumte vor Zorn. Er hatte dem Fahrer des Automobils, das sie von der Eisenbahn-Station zur Hofkanzlei befördert hatte, die Dringlichkeit ihrer Mission erklärt. Der Name Mabuse war bekannt genug, um den Mann zu einem waghalsigen Manöver anzuspornen. Ein heftiger Druck auf die Hupe hatte ein Pferd scheu gemacht. Kichernd hatte Ewers zugesehen, wie zwei Soldaten das Tier zu bändigen versucht hatten, und der Wagen war mit flatternden Adlerwimpeln vorbeigerast. In diesem riesenhaften Saal nun sah er sich auf sein wahres Format zurechtgestutzt, als die falkenäugigen Schreiber seine devoten Bitten entweder geflissentlich ignorierten oder unwirsch beiseitewischten. Wäre er nicht so müde und durstig gewesen, und hätte er sich seiner armseligen Kleidung nicht so sehr geschämt, hätte Poe es zweifellos genossen, wie der Prahlhans von Minute zu Minute kleiner wurde.

Ein junger Veteran, dessen zu einer Schnauze ausgestülptes Gesicht mit wundroten Narben übersät war, während sein verbrannter, zu einer Fledermausschwinge verkrümmter Arm nutzlos herunterbaumelte, kam mit einem Wagen voller Zeitungen herein, die er zum Verkauf anbot. Ein Oberst musste von der Titelseite erfahren, dass die geheimen Informationen, die er dem Oberkommando übermitteln sollte, inzwischen allgemein bekannt waren. Poe spielte mit dem Gedanken, sich eine Zeitung zu kaufen, als er bemerkte, dass er keinen Pfennig bei sich hatte.

Ewers versuchte einen Schreiber davon zu überzeugen, dass seine Laufbahn eine fürchterliche Wende nehmen werde, wenn Dr. Mabuse erführe, dass man ihn, den großen Hanns Heinz Ewers, habe warten lassen. Er bedeutete dem Schreiber, auf ein Wort von ihm werde er unverzüglich an die Westfront abbestellt. Der Schreiber ließ ihn gewähren, doch es passierte nichts.

Ewers war merkwürdigerweise der Einzige im Saal, der sich beschwerte. Der Feldmarschall wartete geduldig. Sehr deutsch. Jeder fügte sich in seinen Rang und seine Stellung. Alles überaus beruhigend, vorausgesetzt, man hatte einen Platz in der Pyramide. Wessen Stand sich nicht auf den ersten Blick an einem Schulterstück ablesen ließ, kam einem »unberührbaren« Inder gleich und wurde aus dem Kastensystem ausgeschlossen.

Der Soldat unterdrückte ein Stöhnen und hielt sich mit beiden Händen den Bauch, als bahnte sich ein Granatsplitter einen Weg durch seinen Leib. Poe hatte den Eindruck, dass ein schmales Blutrinnsal durch den Rock des Soldaten sickerte. Sein roter Durst erwachte, doch der abgelebte, schmutzige Soldat beleidigte sein Zartgefühl. Poe hätte wirklich ausgedörrt sein müssen, um sich von solch ärmlichem Fleisch zu nähren.

Plötzlich war die Stimmung im Saal wie ausgewechselt, als habe jemand Rauch bemerkt. Die Bittsteller waren wie eine äsende Rotwildherde, die auf die Schritte eines Jägers lauscht. Säuselndes Geflüster wehte wie ein Windhauch durch den Raum, und Poe hörte nur einen Namen, immer wieder.

»Dracula ...«

Zwei Wärter hielten die Haupttür auf. Eine üble Gesellschaft kam herein. Selbst Ewers blieb stehen und nahm Haltung an.

»Dracula ...«

Graf von Dracula war der älteste Vampir Europas, ein meisterhafter Stratege und großer Visionär, Architekt des Sieges und Verteidiger der Rasse. Allein seinen kolossalen Ränken und Intrigen war es zu verdanken, dass sich die Seuche auf der ganzen Welt hatte ausbreiten können. Als angeheirateter Onkel Kaiser Wilhelms II. hatte er auf die Kriegsführung angeblich größeren Einfluss als Hindenburg oder Ludendorff.

»Dracula ...«

Soldaten kamen mit klappernden Stiefeln und Brustharnischen in den Saal marschiert. Es waren Älteste, die der Karpatischen Garde des Grafen angehörten und seit Jahrhunderten an seiner Seite fochten. Sie brachten einen eisigen Gestank nach geronnenem Blut und Schießpulver mit sich.

»Dracula ...«

Ermutigt durch die Billigung der *Schlacht von St. Petersburg* seitens des Grafen, die dieser zwar nie zurückgezogen hatte, von der heutzutage jedoch auch niemand mehr sprach, hatte Poe dem

Ältesten zu Beginn des Krieges mehrfach geschrieben. Eine Antwort war ihm nicht vergönnt gewesen.

»Dracula ...«

Die Wiederholung des Namens glich einem Schrei, einem Gebet. Ein Adjutant wurde von einem Paar wütend knurrender Wölfe in den Saal gezerrt. Beim Anblick der Tiere fuhr Ewers erschrocken zusammen. Poe hatte gehört, bei den Wölfen handele es sich um Stellvertreter Draculas aus dessen warmblütigen Tagen, die er mittels seiner ungeheuren Kraft in treue Schutzgenossen verwandelt hatte.

Ein hochgewachsener Vampir kam mit weiten Schritten durch die Flügeltür. Über seiner schlichten Uniform trug er einen grauen Mantel. Poe betrachtete das Lederholster an seinem Gürtel, die schwarze Mütze mit matt schimmerndem Schirm, die spitzen Enden seines Schnurrbarts. Während die meisten seiner Mitältesten ihrer Zeit verhaftet blieben, wandelte sich Dracula von Krieg zu Krieg. Während seine Generale die Strategie von Waterloo und Borodino empfohlen, setzte der Graf Maschinengewehre gegen Kavallerieattacken ein und befahl, Europa kreuz und quer mit Schützengräben zu durchziehen. Er war ein wahrhaftes Chamäleon, ein ausgezeichneter Pragmatiker.

Eine Witwe fiel vor dem Grafen auf die Knie und küsste ihm die Hand, presste ihre Lippen auf seine schaufelförmigen Nägel. Er ließ sich ihre Aufmerksamkeit gefallen, war jedoch in größter Eile.

Obwohl er nicht eben dazu neigte, sich vor den Großen und Vornehmen zu beugen und zu buckeln, nahm auch Poe Haltung an. Ein Wort von Dracula würde genügen, um ihn von dem schauderhaften Ewers zu befreien und ihm eine angemessene Stellung zu verschaffen. Schon sein Großvater, General David Poe, war ein Kriegsherr gewesen, im Unabhängigkeitskrieg.

Eine Menschentraube versperrte Dracula den Weg. Der Graf konnte sich nicht unter die Leute wagen, ohne von Danksagern,

Bittstellern und Opportunisten umringt zu werden. Poe besann sich auf seine Verdienste und drängte sich nach vorn hindurch. Das Gespräch zwischen Poe und Dracula. Ein Meilenstein in der Geschichte der Imagination. Je näher er der *entourage* des Grafen kam, desto dicker wurde die Luft, schwer und gesättigt. Als Poe den Kriegsherrn fast erreicht hatte, verlangsamten sich seine Schritte wie im Traum. Die Hintergrundgeräusche erstarben, und Poe hörte das Pochen eines ungeheuren Herzens, einen Trommelschlag des Lebens, der alles andere zum Verstummen brachte.

Im Vorübergehen wandte der Graf den Kopf. Er ließ den Blick über die Menge schweifen, erkannte Poe jedoch nicht wieder. Poe kam schlitternd zum Stehen und gaffte den Ältesten fassungslos an. Dracula eilte weiter. Zwei gefiederte Karpater, eine von ihnen eine Kriegerin mit tätowiertem Gesicht, hielten ihm den Rücken frei. Ihr feindseliger Blick nahm Poe den Mut. Der Älteste schritt unbehelligt durch den Saal und ließ die Bittsteller allein zurück. Die weinende Witwe suchte in den Armen eines konsternierten Unterführers Trost.

Poe spürte, wie die außerordentlichen Bedingungen, die in unmittelbarer Umgebung des Grafen herrschten, allmählich nachließen. Die gewöhnlichen Geräusche und Gerüche kehrten zurück und betörten seine Sinne.

Die Präsenz des Kriegsherrn war überwältigend und von nachhaltiger Wirkung. Ewers war wie elektrisiert und vermochte seine nervösen Energien kaum zu bändigen. Die Zeitungen voller schlechter Neuigkeiten von der Front waren vergessen. Die Offiziere steckten die Köpfe zusammen und besprachen neue Wege zum ruhmreichen Sieg. Sie waren sich einig, dass der große Durchbruch kurz bevorstand, ein vernichtender Schlag gegen Paris, ehe die Amerikaner in großer Zahl ins Kriegsgeschehen eingriffen.

Poe konnte Draculas Augen nicht vergessen.

Die adlergeschmückte Flügeltür öffnete sich wie von Geisterhand für die *entourage* des Grafen. Die Soldaten marschierten in die Halle und erklommen eine breite Treppe. Selbst durch die geschlossene Tür hörte Poe den Klang ihrer Stiefel auf den Marmorstufen. Der Herzschlag pulsierte in seinem Hirn, gab den Takt an für die Ausweitung des Reiches.

Über drei Viertel der anwesenden Vampire waren von Draculas Geblüt. Poe kam sich fehl am Platze vor: Virginia hatte den Namen ihres Fangvaters niemals erfahren, obgleich sie die Vermutung hegte, es könne sich um einen Spanier handeln. Er nannte sich Sebastian Newcastle. Der Vampir hatte den Dichter des Unheimlichen aufsuchen wollen, jedoch nur Mrs. Poe zu Hause angetroffen und sie daraufhin aus einer jähen Laune heraus verwandelt. Da weder Poe noch Virginia ihre Gestalt zu wandeln vermochten, stand fest, dass Newcastle nicht von Draculas Geblüt war. Dann und wann befiel Poe das heftige Verlangen, den Vampir aufzuspüren, der seine Virginia verwandelt hatte, doch seine Nachforschungen verliefen jedes Mal im Sande.

Im Wartesaal kehrte wieder Ruhe ein. Selbst das Herz des Grafen, das im Einklang mit Poes Puls geschlagen hatte, war nicht mehr zu hören.

Sein Blick fiel auf den Frontsoldaten, der allein auf seiner Chaiselongue saß. Anders als der General und der Diplomat hatte er sich beim Eintreten des Grafen nicht erhoben. Sein Schoß war rot gefleckt. Blut rann seine Kniehosen hinab in seine Stiefel. Eine frische Wunde hatte sich geöffnet. Womöglich würde er hier sterben.

Sein hohler Blick war den Karpatern gefolgt und klebte nun an der adlergeschmückten Flügeltür. Mit saurer Miene wandte der Soldat sich ab und spuckte auf den Boden. Als er sich vorbeugte, um zu husten, zitterte er am ganzen Körper. Nachdem er Kehle und Nase entleert hatte, sank er langsam in die Chaiselongue zurück.

»Unverschämtheit«, sagte Ewers. »Diese Posse wird nicht ohne Folgen bleiben. Das kann ich Ihnen ...«

Da erschien der Schreiber und blickte sie an.

»Ach«, Ewers war erfreut, »endlich.«

»*Baumer*«, sagte der Schreiber, und seine helle Stimme hallte von den Wänden wider. »Feldwebel Paul Baumer.«

Ewers war außer sich, weil man ihn erneut übergangen hatte. Er hielt nach dem bedauernswerten Feldwebel Ausschau, um ihm ordentlich die Meinung zu geigen.

»Paul *Baumer*«, rief der Schreiber ein zweites Mal.

Niemand trat vor. Poe blickte den Soldaten an und sah das letzte Flattern seiner bleischweren Lider.

»Ich glaube, das ist Baumer«, sagte er und blickte auf.

Mürrisch murmelnd wandte sich der Schreiber dem Boten von der Front zu.

»Feldwebel Baumer«, sagte er. »Sie können jetzt hineingehen.«

Baumer bewegte die Schultern, doch es gelang ihm nicht, sich zu erheben. Die Depesche glitt aus seiner Achselhöhle und plumpste auf den marmornen Fußboden.

»Unverschämtheit«, sagte Ewers, als verstelle Baumer persönlich ihm den Weg in Dr. Mabuses Stube.

Am veränderten Geruch von Baumers Blut erkannte Poe, dass der Mann tot war. Die Hände, mit denen er sich den Bauch gehalten hatte, erschlafften und gaben den Blick auf seine feuchte Magengrube frei. Ein Insekt landete auf seiner Hand und breitete die Schwingen aus – ein Schmetterling. Der Schreiber wischte ihn weg und fühlte dem toten Mann den Puls. Er rief die Wärter herbei und trug ihnen auf, den Leichnam fortzuschaffen. In den Vertiefungen, die Baumer in der Chaiselongue hinterlassen hatte, sammelte sich Blut. Ohne den Toten eines Blickes zu würdigen, fing der Diplomat den Schmetterling in seiner Hand, betrachtete erst seine Flügelzeichnung und schob ihn sich dann in den Mund.

Der Schreibtisch schien sich über die Breite eines Tennisplatzes zu erstrecken. Dr. Mabuses Sessel stand erhöht, so dass er über die riesige, polierte Holzfläche auf sein Gegenüber hinabblicken konnte. Der Leiter des Kriegspresseamtes legte augenscheinlich großen Wert darauf, dass andere zu ihm aufsahen. Poe bemerkte, dass der Doktor von eher schmächtiger Statur war.

Mabuse hatte wirres weißes Haar und die roten Augen eines trunksüchtigen Neugeborenen. Er trug einen weißen Chirurgenkittel und um den Hals ein Eisernes Kreuz an einem schwarzen Band. Zu Ewers' offenkundigem Verdruss zeigte sich der Chef begeistert, Herrn Edgar Allan Poe kennenzulernen.

»Ich habe den Namen meines Stiefvaters längst abgelegt, Herr Doktor. Als Edgar Poe bin ich zur Welt gekommen, und als Edgar Poe werde ich sie verlassen. Das Andenken John Allans braucht uns nimmermehr zu kümmern.«

Dr. Mabuses Augen leuchteten. »Sie haben mich ungeheuer inspiriert, Herr Poe. Ihre Geschichten ›Die Tatsachen im Falle Valdemar‹ und ›Mesmerische Offenbarung‹ haben meine Faszination für die Kunst der Hypnose geweckt.«

Vor dem Krieg, vor seiner Verwandlung war Mabuse eine Autorität auf dem Gebiet des Mesmerismus gewesen und hatte sich zu öffentlichen Schaustellungen hinreißen lassen. Kein Wunder, dass ein Mann von seinem Ansehen und Talent nun für die Propaganda zuständig war.

»Jeder Krieg braucht seine Helden, Herr Poe. Ganz besonders dieser Krieg. Da sie von Natur aus zurückhaltend sind, muss man für die meisten Helden die Trommel rühren.«

Dr. Mabuse sprach, als hielte er eine Rede. Die Lampen auf

dem Schreibtisch verschatteten sein Gesicht zu einer Maske und brachten seine Augen zum Glühen. Zu Beginn des Krieges hatte Mabuse Turnanstalten besucht und Schülern und Studenten Vorträge gehalten. Die Zuhörer hatten sich nach seinen Vorlesungen nicht selten massenhaft freiwillig gemeldet.

»Ich nehme an, Manfred von Richthofen ist Ihnen bekannt.«

»Der Flieger?«

»*Der* Flieger. Unser wichtigster Krieger der Lüfte. Zweiundsiebzig Siege.«

Auch Poe hatte den Menschheitstraum vom Fliegen geträumt. In seinen warmblütigen Tagen hatte er den *Ballon-Jux* verfasst, und in der *Schlacht von St. Petersburg* hatte er den Kriegseinsatz von Luftschiffen und Kampfflugzeugen vorhergesagt.

»Die Alliierten brüsten sich, sie seien uns im Luftkampf an der Westfront überlegen«, sagte Dr. Mabuse und verzog die Lippen zu einem schiefen Lächeln. »Das wird sich noch vor Frühlingsanfang ändern.«

»Deutschland hat die besseren Flugzeuge«, brummte Ewers.

»Deutschland hat die besseren *Männer*. Das ist das Geheimnis unseres Sieges. Welche mechanischen Erfindungen man auch gegen uns richtet, wir Deutschen werden allein dank unseres Kampfgeistes die Oberhand gewinnen.«

Dr. Mabuse zog ein Dokument aus der Schublade und schob es Poe über den Tisch. Der betrachtete es aufmerksam.

Es war die Kopie eines Buchumschlags. *Der rote Kampfflieger* von Rittmeister Manfred Freiherr von Richthofen. Die krude Illustration zeigte einen geflügelten roten Schatten über einem abstürzenden feindlichen Flugzeug.

»Richthofen hat seine Autobiografie verfasst?«

»Der Freiherr ist ein Krieger und kein Mann des Wortes. Seine Geschichte bedarf der Bearbeitung durch einen Meister der Erzählkunst. Durch Sie, Herr Poe.«

Allmählich begriff er, was man von ihm erwartete.

»Sie wollen, dass ich ihm anonym die Feder führe?«

»›Anonym‹? Genau. Sie werden Richthofens Anonymus.«

Ewers kauerte im Schatten. Poe fragte sich, was er in dieser Angelegenheit für eine Rolle spielen mochte. Wenn H. H. Ewers tatsächlich ein so großer Schriftsteller war, weshalb verlangte dann nicht er nach dieser Ehre?

»Da er der deutschen Sprache mächtig ist, wird Ihnen Herr Ewers als Lektor zur Seite stehen.«

Ewers' Miene verdüsterte sich zusehends. Seine vorgespiegelte Berühmtheit schwand von Sekunde zu Sekunde weiter dahin. Er glich weniger einem Doppelgänger als einem Botenjungen.

»Sie werden unverzüglich zum Château du Malinbois aufbrechen, wo Richthofen mit seinem ersten Jagdgeschwader stationiert ist. Unser bescheidener Held hat sich zu einer ausführlichen Unterredung bereiterklärt. Verwenden Sie, wenn möglich, seine Worte, aber machen Sie mehr daraus als eine Sammlung dröger Kriegsgeschichten. Ich spreche aus Erfahrung, wenn ich Ihnen sage, dass die meisten Helden langweilige Burschen sind. Fangen Sie die Wahrheit ein, Herr Poe, aber polieren Sie sie ein wenig auf. Hauchen Sie ihr den Geist Ihrer Erzählungen ein. Aufregende Schlachten, außergewöhnliche Figuren, die ihrem Schicksal nur mit knapper Not entrinnen. Ein Buch ist überflüssig, wenn es niemand lesen möchte.«

Die Anonymität bereitete Poe keinerlei Kopfzerbrechen. Angesichts seiner derzeitigen Zweifel war es vermutlich sogar besser, wenn seine Urheberschaft geheim blieb. Er wusste nicht recht, ob er für derlei niedrige Skribententätigkeiten überhaupt geeignet war. Andererseits war er seit jeher nicht nur Dichter, sondern auch Journalist. Vielleicht ließen sich die kläglichen Überreste seiner verhärmten Muse zu diesem Zweck wiederbeleben.

»Sie müssen rasch arbeiten. Die Ereignisse überstürzen sich, wie Sie schnell feststellen werden, wenn Sie erst einmal an der Front sind …«

Die Front! Das Château du Malinbois lag im Brennpunkt des Krieges. Er würde ruhmreiche Schlachten schlagen. Nicht als Soldat, sondern als Dichter würde er in den Krieg ziehen. Er bekam die einmalige Gelegenheit, das Unrecht der *Schlacht von St. Petersburg* wiedergutzumachen. Wenn die Welt ihn enttäuschte, so musste er die Welt nach seinem Gusto umgestalten.

»Sie dürfen über Richthofens Vergangenheit jedoch keinesfalls die Gegenwart vergessen. Wenn Deutschland die Luftherrschaft zurückerobert, werden Sie zugegen sein, um die Siege für die Nachwelt festzuhalten.«

Die Stimme des Direktors klang besänftigend und überzeugend. Poe schwoll die Brust. Eine Pforte öffnete sich in seinem Geist: Bald würden die Worte wieder fließen. Er nahm Haltung an und salutierte.

»Dr. Mabuse, ich werde die mir auferlegte Pflicht nach bestem Wissen und Gewissen erfüllen, zum Ruhme des Kaisers und um die Sache der Mittelmächte zu befördern.«

»Herr Poe, mehr können wir von Ihnen nicht verlangen.«

11

Quo vadis, Kate?

Obgleich sie den warmblütigen Männern keinen Anlass gab, sie zu beachten, vibrierten ihre *nosferatu*-Sinne. Der Luftangriff nahm ihre Aufmerksamkeit so sehr gefangen, dass Charles und sein Gefährte Edwin Winthrop sie schwerlich ertappen würden. Der hochgewachsene Vampir mit dem mächtigen Schnurrbart jedoch, der über die beiden wachte, bereitete ihr Unbehagen. Es war nicht leicht, ihrer Spur zu folgen, ohne Dravot ins Gehege zu geraten. Der Sergeant hielt sich seit jeher oftmals in Charles' Nähe auf. Nun galt sein Interesse dem jüngeren Offizier. Allein dies gab Anlass zu allerlei Vermutungen.

Kate hatte Charles den ganzen Abend schon beschattet. Er zählte zu den aufmerksamsten Vertretern seines rauen Gewerbes, doch ihre Nachtsinne wurden von Jahr zu Jahr feiner und schärfer. Das rege Treiben von Paris erlaubte es, bequem in der Menge unterzutauchen. Ihre geringe Körpergröße tat ein Übriges. Wenn sie sich unter größere Menschen mischte, war sie wie eine Maus: Ein Schal verhüllte die untere Hälfte ihres Gesichts, ihre Hände steckten in ihren Mantelärmeln, und eine Strickmütze verbarg die Spitzen ihrer Ohren.

Alle anderen blickten auf, doch sie betrachtete das Pflaster, tastete sich eher hörend denn sehend voran, ganz auf Charles' Stimme konzentriert. Im Lärm des Luftangriffs gingen die meisten Worte unter, doch Charles' Timbre war leicht zu erkennen. Die Angehörigen ihres Geblüts besaßen ein ausgezeichnetes Gehör, was ihr als Reporterin nur zustatten kam.

Die Zeppeline befanden sich auf der anderen Seite des Flusses. Da sie über den Wolken schwebten, waren sie zwar nicht zu sehen, doch das fortwährende Dröhnen der Motoren war deutlich zu hören. Bombenexplosionen in der Ferne wurden von Schmährufen und Flüchen übertönt. Ziellose Schüsse verpufften am Himmel. Bei jeder Detonation bebte die Erde. Brände breiteten sich ungehindert aus.

Im Vorübergehen schlug ihr jemand die Brille von der Nase und entschuldigte sich flüchtig auf Französisch. Blitzschnell fischte sie die Augengläser aus der Luft und setzte sie sich blinzelnd wieder auf. Mit flatterndem, rot gesäumtem Umhang verschwand das Raubein im Gedränge. Einen Moment lang glaub-

ihn. Ihre Fähigkeiten wurden von neuem auf die Probe gestellt. Auf sprichwörtlichen Samtpfoten flitzte sie von einem finsteren Hauseingang zum nächsten. Sie lauschte den zahllosen Geräuschen der Nacht und konzentrierte sich auf die schweren, unverwechselbaren Schritte des Sergeants.

Als er aus dem Theater kam, wirkte Edwin fassungslos und aufgebracht, als habe ihn das Gesehene zutiefst verstört. Es hieß, Isolde habe einst ihren ganzen Leib regeneriert, wie ein Salamander, dem der Schwanz nachwächst. Über die Zähigkeit der Abkömmlinge von Draculas Geblüt erzählte man sich ähnliche Geschichten. Angesichts Isoldes bedauernswerter Lage schien es Kate, als sei die völlige Unzerstörbarkeit des Körpers keineswegs ein Garant für ewige Glückseligkeit. Charles hatte ihm Isolde aus guten Gründen vorgeführt. Doch was hatte dieses sich häutende Monstrum mit Mata Hari zu schaffen? Und, Corporal Lantiers Schilderung ihres Geständnisses in Ehren, mit dem Château du Malinbois?

Da sie gescheiterte Gestaltwandler gesehen hatte, hegte Kate in dieser Richtung keine Ambitionen. Zwar kamen Zähne und Klauen ihr mitunter recht zupass, doch verspürte sie nicht den geringsten Ehrgeiz, ihr Repertoire zu erweitern. Als sie ein warmblütiges Kind gewesen war, hatte ihre Mama sie oft ermahnt, keine Grimassen zu ziehen, denn »wenn der Wind dreht, wirst du auf alle Zeit damit geschlagen bleiben«; nun streunten gar zu viele Pseudo-Werwölfe umher, die »auf alle Zeit damit geschlagen« waren.

Edwin und Dravot steuerten auf einen von Brandbomben verwüsteten Platz zu. Eine Markthalle stand in Flammen, umringt von eimerschwingenden Löschmannschaften und wenig hilfsbereiten Gaffern. Das gusseiserne Skelett hob sich schwarz gegen die emporschlagenden Lohen ab, ächzte und quietschte in der Hitze. Der beißende Geruch von zerkochtem Gemüse stieg ihr in die

Nase und verätzte ihr empfindliches Organ. Nicht weit von ihr wieherte in panischem Schmerz ein Pferd. Kate sah das Tier mit der Gabel eines Spritzenwagens ringen. Ein Mann mit einer abgetragenen Mütze auf dem Kopf versuchte die hartnäckig das Fell entlangzüngelnden Flammen mit bloßen Händen zu ersticken.

Dravot blieb stehen und hob den Blick. Kate tat es ihm nach. Die Zeppeline schwebten über ihnen und vergossen ungerührt den Feuertod. Kate hörte Motoren brummen. Französische Flieger waren gestartet, um die Hauptstadt zu verteidigen. Ein Luftschiff konnte höher steigen als alle Flugmaschinen der Alliierten. Geflügelte Schatten kreisten am Himmel. Die Alliierten hielten große Stücke auf ihre vielgerühmte »Luftherrschaft« über die Mittelmächte, doch Dracula und der Kaiser gaben keine Ruhe. Der wahnsinnige Robur kämpfte unbeirrt für den Einsatz seiner »Schlachtschiffe der Lüfte«.

Die Nägel ihrer rechten Hand wurden erneut zu Klauen und durchstachen ihren wollenen Fäustling. Manchmal spürte ihr Körper die Gefahr bereits, bevor sie etwas davon ahnte. Dravot war verschwunden. Es war an der Zeit, den Rückzug anzutreten. Sie hatte andere Methoden, ihre Geschichte zu verfolgen. Trotz seiner unerschütterlichen Loyalität seinen Dienstherren gegenüber war Dravot ebenso ein Mörder wie die Männer in den Zeppelinen.

Frank Harris hatte sie gelehrt, dass ein Journalist zuerst und vor allem der Wahrheit verpflichtet sei und nicht dem Patriotismus oder der Propaganda. Leider fand diese Haltung in Kriegszeiten nicht allzu viele Anhänger.

Eine Mauer stürzte ein, und glühende Ziegel purzelten über das Pflaster und drängten die Gaffer in die Gassen und Nebenstraßen zurück. Ein Schwall heißer Luft fegte über sie hinweg.

Kate erspähte Dravot hinter einem Flammenvorhang. Zum Glück waren sie durch eine Feuerschranke getrennt.

»Sie da, Miss Maus, kommen Sie her ...«

Die Stimme gehörte einem Engländer, sein Tonfall war gebieterisch. Es war Lieutenant Winthrop. Sie tat wie geheißen.

Ein dicker Brei aus brennendem Gemüse kroch auf ihre Schuhe zu wie geschmolzene Lava. Mit festem Griff umklammerte ein Warmblüter ihren Arm und zerrte sie in eine schmale Seitenstraße. Hätte sie sich zur Wehr gesetzt, sie hätte Edwin ohne weiteres in Stücke reißen können. Doch dann würde sie Dravot die Stirn bieten müssen, der ihr zweifellos denselben Dienst erweisen würde.

»Mir immer hübsch dicht auf den Fersen, was? Wie es scheint, habe ich mir eine kleine Spionin geangelt. Eine Westentaschen-Mata-Hari.«

Während sie ihre Aufmerksamkeit auf Dravot gerichtet hatte, war Edwin ein Stück zurückgeblieben, um ihr hinterrücks aufzulauern. Sie war blindlings in die Falle getappt. Es war zwecklos, sich zur Wehr zu setzen. Schließlich standen sie auf derselben Seite.

»Ich habe nicht die leisssessste Ahnung, wovon Ssie sprechen, Sssir«, fauchte sie zaghaft durch scharf gezackte Zähne.

Dies war nicht der Zeitpunkt, ihren erregten Sinnen nachzugeben. Sie hörte den schwachen Puls an seinem Hals, in seinem Herzen. Er bedachte sie mit einem Lächeln, und die blaue Vene an seiner Schläfe tickte leise.

Plötzlich lachte Edwin. »Verzeihen Sie, aber Sie hören sich schrecklich albern an.«

Sie zwang ihre Fangzähne in die Kieferscheiden zurück. Die Nägel in ihren fest geballten Fäusten schrumpften.

»Mein Name ist Kate Reed, und ich habe mich freiwillig als Fahrerin zum Sanitätsdienst gemeldet. Sie können sich bei Lady Buckingham oder Mrs. Harker nach meinen Referenzen erkundigen.«

Er schien nicht sonderlich beeindruckt.

»Ich nehme an, Sie sind mir nur gefolgt, weil Sie die Eingebung hatten, dass mir gar Schreckliches zustoßen werde und ich Ihrer engelsgleichen Zuwendung bedarf?«

Um noch dümmer zu erscheinen, als sie es ohnehin schon tat, stellte sie sich fromm wie das sprichwörtliche Lamm. Er ließ von ihr ab und musterte sie von oben bis unten. Sie wusste, wie seltsam sie in ihrer Verkleidung auf ihn wirken musste.

»Ich wollte nur ein wenig bummeln«, behauptete sie und schlang mit erhabener Miene den Schal um ihre Schultern.

»Während eines Luftangriffs?«

Die Markthalle war ausgebrannt. Dravot war um das Feuer herumgeschlichen. Er stand am Ende der Straße, ein gutes Stück entfernt. Sie versuchte krampfhaft, ihre Krallen einzuziehen. Der Sergeant durfte keinesfalls annehmen, dass sie seinen Schützling bedrohte.

»Ihr Gesicht ist völlig rußverschmiert«, sagte Edwin wenig charmant.

Sie rieb sich mit den Fäustlingen die Wangen. Er tippte sich auf die Stirn, und sie konzentrierte ihre Bemühungen auf diese Stelle.

»Sie machen alles nur noch schlimmer. Mit dieser Brille sehen Sie aus wie ein Maulwurf.«

Als Kind hatte man sie »Maulwürfchen« gerufen. Penelope Churchward, das Prinzesschen ihres kleinen Kreises, hatte diesen Spitznamen sehr amüsant gefunden. Penny hatte lange nichts mehr von sich hören lassen.

»Sie sind überaus galant, Herr Stabsoffizier.«

»Lieutenant Winthrop, zu Ihren Diensten.«

Er hielt ihr die Hand hin wie eine Visitenkarte. Sie nahm seine Finger und drückte sie sanft, aber bestimmt. Er biss trotzig die Zähne zusammen und überspielte den Schmerz mit einem Lächeln.

»Sehr erfreut.« Sie machte einen Knicks und ließ ihn los.

Er krümmte die Finger, um sich zu vergewissern, dass sie noch zu gebrauchen waren.

»Sie sind die Katherine Reed, die so geistreiche Artikel für das *Cambridge Magazine* verfasst, nicht wahr? Die unerschrockene Journalistin, die verlangte, Field Marshal Haig wegen fahrlässigen Verhaltens vor Gericht zu stellen?«

Kate rutschte das Herz in die Hose. Wenn Edwin wusste, wer sie war, würde er vermutlich darauf dringen, ihr dieselbe Behandlung angedeihen zu lassen wie Mata Hari. Sie malte sich aus, wie Dravot ihr mit stiller Befriedigung den Kopf von den Schultern riss.

»Ich hatte die Ehre, für diese Zeitschrift schreiben zu dürfen«, erwiderte sie unverbindlich.

»Wie ich höre, verehren Sie die Frontsoldaten, denen es gelungen ist, das *Cambridge* an der Zensur vorbeizuschmuggeln, wie eine Heldin.«

Seine Worte klangen wie ein Kompliment.

»Und wurden Sie nach dem Osteraufstand nicht verhaftet? Ich scheine Sie mit den Gore-Booths und den Spring-Rices dieser Welt in einen Topf geworfen zu haben. Fabianerin und Fenierin.«

»Ich schreibe nur, was ich sehe.«

»Ich bin erstaunt, dass Sie durch diese Brille überhaupt etwas sehen.«

Diesmal klangen seine Worte wie ein Scherz.

»Ist Ihnen je der Gedanke gekommen, dass es als unhöflich empfunden werden könnte, andere Menschen in einem fort auf ihre Schwächen hinzuweisen?«

Edwin grinste, doch so leicht war er nicht hinters Licht zu führen. Er hatte Mumm in den Knochen. Er war kein dahergelaufener, törichter Stabsoffizier. Aber das hatte sie bereits geahnt.

Der Lieutenant vertändelte seine Zeit nicht mit dem Zählen von Rinderpökelfleischkonserven. Er bewegte sich im Dunstkreis des Diogenes-Clubs.

Sie beschloss, die Reporterin zu spielen.

»Wie beurteilen Sie den derzeitigen Verlauf des Krieges? Ist die alliierte Luftherrschaft bedroht?«

Die Art, wie er die Achseln zuckte, war nicht zitierfähig.

»Da Sie zu diesem Thema nichts zu sagen haben, wird es Sie gewiss nicht stören, wenn ich Ihnen eine gute Nacht wünsche und meiner Wege gehe? Ich habe dringende Geschäfte zu erledigen.«

Er trat zurück und breitete die Arme aus.

»Ganz und gar nicht. Gute Nacht, Katherine.«

»Das ist nur mein *nom de plume*. Man nennt mich Kate.«

»Na denn. Gute Nacht, Kate.«

Sie nickte artig. »Danke, gleichfalls, Edwin.«

Er ging ihr nicht auf den Leim. »Ich habe Ihnen meinen Namen nicht verraten.«

Sie berührte ihre Nasenspitze. »Ich habe meine Quellen, Lieutenant.«

Bevor er weiter in sie dringen konnte, machte sie sich aus dem Staub. Als sie davonging, hörte sie, wie Dravot neben Winthrop trat, um sich mit ihm zu beraten. Zu ihrer Erleichterung setzte sich der Sergeant nicht auf ihre Fährte. Mit jedem Schritt wurde ihr wohler ums Herz.

Die Zeppeline hatten sich offenbar nach Deutschland fortgestohlen. Die Leute an der Wasserspritze bekamen die Brände nach und nach unter Kontrolle. Es hatte wieder zu schneien angefangen, und matschiger Schlamm schwappte im Rinnstein. Binnen Stunden würde alles Löschwasser gefrieren und das *quartier* in eine Schlittschuhbahn verwandeln.

Sie dachte nach. Nie wieder würde sie unbemerkt auf hundert Yards an Edwin Winthrop herankommen. Und er würde Charles

Bericht erstatten, worauf ihr Name *erneut* die Liste unerwünschter Kriegsberichterstatter zieren würde. Sie musste die Affäre Malinbois ganz anders angehen. Mehr denn je war sie überzeugt, dass an der Sache etwas faul war.

12

Blutgeschlechter

Die Welt hat ihr Urteil über mich gefällt, und ich will mich nicht rechtfertigen. Ich bin dem Rat meines Herzens gefolgt, selbst wenn die Richtung, die ich einschlug, oftmals die falsche war. Obgleich man mich wegen Spionage hinrichten wird, bin ich in Wahrheit eine recht armselige Spionin. Wer wüsste das besser als Sie, mein lieber Charles? Ich bin nur eine Kurtisane. Man nennt mich nicht zu Unrecht die Letzte der *grandes horizontales*. In diesem schrecklichen Jahrhundert muss ich wohl für eine Prostituierte angesehen werden, nichts weiter ...«

Bei dem Manuskript handelte es sich um das quasi mit eigener Hand verfasste Geständnis der Geertruida Zelle, die man aus der Tagespresse nur unter ihrem Künstlernamen Mata Hari kannte. Winthrop hatte die Lektüre eigentlich verschieben wollen, doch nun saß er im Zug nach Amiens, in einem Coupé zusammengepfercht mit einem gewissen Captain Drummond, dessen Durchhalteparolen ihm die Galle schwellen ließen. Der feiste, rotgesichtige Vampir hätte eine erstklassige Bulldogge abgegeben, mit anderen Worten, er war ein hundsgemeiner Irrer. Als eifriger Verfechter der »Großoffensive« war Drummond der festen Überzeugung, der einzig sichere Weg zum Sieg führe über einen gemeinsamen Angriff aller alliierten Heere.

»Da werden die Wurstfresser die Beine in die Hand nehmen und das Weite suchen«, sagte Drummond. Sein breites Grinsen entblößte zwei Reihen ineinandergreifender Fangzähne. »Zu einer ordentlichen Klopperei fehlt dem verfluchten Hunnen doch der Schneid.«

Angesichts vier Jahre mörderischer, verlustreicher Kämpfe um ein paar Meilen morastigen Geländes hielt er Drummond für verrückt. Zwei kaum der Akademie entwachsene Lieutenants teilten die Ansichten des Captains. Winthrop bezweifelte, dass sie an der Front auch nur eine Woche überleben würden. Der Hunne mochte dem Tommy nicht den Schneid abkaufen können, doch verfügte er zweifellos über befestigte MG-Stellungen.

»Das ist verdammt noch mal unsere einzige Chance«, meinte Drummond, ebenso dickköpfig wie ein Politiker im Wahlkampf. »Durch eine Großoffensive zum Sieg.«

Die beiden Lieutenants pflichteten ihm begeistert bei und schworen Stein und Bein, in vorderster Front kämpfen zu wollen. Drummond hatte sie und alle ihnen unterstellten Männer soeben über die Klinge springen lassen.

»Wenn diese dämlichen Politiker uns aus den Schützengräben kommen ließen, würden wir den sächsischen Schweinen und preußischen Pantoffelhelden die Tracht Prügel verabreichen, die sie redlich verdienen. Ist der Kaiser erst einmal auf einen starken Pfahl gehievt, werden wir nach Russland vorstoßen und die verflixten *bolsheviki* das Fürchten lehren.«

Winthrop malte sich aus, wie die Wogen des Krieges um den Erdball brausten, ganze Kontinente heimsuchten wie ein strenger Winter.

»Lassen Sie es sich gesagt sein, der wahre Feind ist jene mordgierige Bande ausländischer Juden, die schon die dünnblütigen Romanows zugrunde gerichtet hat.«

Drummond beendete seine Suada und erzählte blutrünstige

Geschichten von Deutschen, die er mit bloßen Zähnen und Klauen erledigt hatte. Winthrop schob dringende Geschäfte vor und las weiter.

»Ich bin ein direkter Abkömmling Draculas. Als der Graf sich am kaiserlichen Hofe niederließ, verwandelte er die eine oder andere von uns. Zu Lebzeiten war er ein orientalischer Potentat und unterhält seit jeher einen Harem. Obgleich er es hartnäckig leugnen würde, sind seine Gewohnheiten durch und durch osmanisch. Zum Glück war ich für ihn nur eine flüchtige Zerstreuung. Da wir uns nicht widerspruchslos seinem Willen beugen, sind ihm die Frauen dieses Jahrhunderts unheimlich. Er bevorzugt die fügsamen, abergläubischen Närrinnen seiner Epoche. Seine Liebsten, die er Ehefrauen nennt, sind ihm seit Jahrhunderten ergeben. Sie haben das Gemüt von Kindern und den Appetit raubgieriger Bestien, kreischen immerfort ›ich will‹, ›sofort‹ und ›her damit‹. Ich selbst bin von ganz anderem Schlag, und doch befürchte ich, dass eine Entartung unvermeidlich ist. Nun werde ich nie erfahren, ob auch mein Geblüt dieses Übel in sich trägt.

Nachdem er mich verwandelt hatte, war ich sein Eigentum. Seine Sklavin, mit der er nach Belieben umspringen konnte. Auch jetzt noch gehöre ich ganz Dracula. Die Dämmerung wird mich von ihm erlösen. Nach ein paar endlosen Monaten im Sommer 1910 lockerte der Graf die Schlinge. Zunächst trat er seine ausschließlichen Rechte ab. Fortan war ich verpflichtet, die Gelüste seiner karpatischen Kumpane zu befriedigen. Viele Älteste trinken nichts als Neugeborenenblut. Sie betrachten die Warmblüter mit Abscheu. Ich war die Gefährtin Armand Teslas. Vor seinem Tod war Dr. Tesla der Chef von Draculas Geheimpolizei. Er war für seine Grausamkeit berühmt und fand besonderes Vergnügen daran, das Fleisch von Neugeborenen mit Weihwasser zu beträufeln, was bei den Angehörigen mancher Blutgeschlechter schreckliche Entstellungen hervorruft, auch wenn es dafür keine wissenschaftliche Erklärung gibt. Es ist zwar unmodern, dies zuzugeben, doch wir sind keine Geschöpfe der Natur. Vampire sind *Ausgeburten der Hölle*. Wenn er in Wut geriet, drohte Tesla, mein Gesicht zu verstümmeln. Selbst wenn ich dies überlebt hätte, wäre mein Kurtisanendasein beendet gewesen. Aber ich errang die Wertschätzung des Doktors, und so wurde ich verschont.

Tesla bildete mich zur Spionin aus und verschaffte mir Zugang zu den diplomatischen Kreisen von London, Paris und Berlin. Nur der Graf war mächtiger und einflussreicher als er, und deshalb brachte Dracula ihn um. Sie wussten das bereits, nicht wahr? Das sehe ich Ihnen deutlich an. Eine Frau braucht keine Gedanken lesen zu können, auch wenn manche Vampire dazu durchaus in der Lage sind.

Das ist seine größte Schwäche, Charles. Wer sich als zu tüchtig erweist, erregt sein Misstrauen. Und wird von ihm vernichtet. Er ist ein stolzer Sprössling Attilas, doch ein Volk lässt sich nicht mehr regieren wie ein Barbarenstamm. Deutschland und Österreich-Ungarn *brauchen* die tüchtigen Männer, die Dracula ermordet hat. Nur Narren und die tückischsten Verräter überleben. Kein Mann allein, nicht einmal Dracula, kann dieses Reich zusammenhalten. Er ist in Großbritannien gescheitert, und er wird in Deutschland scheitern. Sie tragen die Verantwortung dafür, dass von Europa nach seinem Sturz noch genug übrig ist, um einen Neuanfang zu wagen.«

Captain Drummond kicherte noch immer über seine persönlichen Pläne für »Lenin, Trotzki und ihr ungewaschenes Pack«. Winthrop schauderte. Dracula war bei weitem nicht das letzte Monstrum in Europa.

»Nach Teslas Tod ernannte man mich zur *persona non grata,* und ich wurde nach Paris beordert. Man besorgte mir eine Wohnung, und ich arbeitete wieder als Tänzerin wie früher. Mabuse, Teslas Nachfolger, befahl mir, so viele Würdenträger zu umgarnen, wie ich nur konnte.«

Der Frau wurde zur Last gelegt, General Mireau, einem weiteren Verfechter der Drummond'schen Methode zum Massenselbstmord, die Pläne für eine Offensive der Franzosen entlockt zu haben. Aufgrund dieser Anklage sollte sie hingerichtet werden.

»In Wahrheit wurde ich aufgehalten, so dass ich die Nachricht erst wenige Minuten vor dem Angriff weitergeben konnte. Falls mein Bericht das deutsche Oberkommando überhaupt erreicht hat, haben diese Narren vor lauter Freude über die Verluste der Franzosen wahrscheinlich nichts davon bemerkt. Mireaus kolossaler Plan bestand darin, bei Morgengrauen zu attackieren. Das war alles. Er befahl ein zwanzigminütiges Bombardement, um den Stacheldraht zu beseitigen und die deutschen Kanoniere aus dem Schlaf zu reißen, bevor er sich mit einer Flasche Cognac im sicheren Stabsquartier zum Frühstück niedersetzte, während hunderttausend tapfere *poilus* aus den Schützengräben kletterten, um von geballtem Mörser- und MG-Feuer in Stücke gerissen zu werden.

Ich bin nur eine Hure, die in der Kriegskunst ebenso bewandert ist wie eine Gans, aber selbst mir blieb nicht verborgen, dass dieser Plan leicht zu durchschauen war. Bei Morgengrauen attackieren, ich bitte Sie! Warum nicht ein markierter Scheinangriff, um den Feind aus der Reserve zu locken und seine Batterien auszukundschaften, dann gezieltes Bombardement, um die Abwehrstellungen auszuradieren, und *dann* der große Vernichtungsschlag? Ist es nicht sonderbar, dass selbst *ich* einen vernünftigeren Plan aushecken kann als der sagenhafte General Mireau? Wen wundert's, dass der Esel stur auf meiner Hinrichtung beharrt (bei Morgengrauen, versteht sich), aus Angst, Hindenburg könne meine Dienste als Strategin in Anspruch nehmen. Andererseits habe ich nicht den geringsten Zweifel, dass Deutschland über ein Heer von Abc-Schützen verfügt, die Schlachtpläne entwerfen könnten, durch die der gute General mit Leichtigkeit zu täuschen und zu übertölpeln wäre.«

Demselben Gedanken hatte Kate Reed bereits in ihren Artikeln über die *affaire Mireau* Ausdruck verliehen.

»Immer feste drauf«, rief Drummond, »bei Morgengrauen! Lasst uns die Kerls mit kaltem Silber munter machen!«

Dieser Krieg wurde von wild gewordenen Idioten geführt.

»Charles, Sie haben mich nach dem Château du Malinbois gefragt. Nun gut. Es ist das derzeitige Hauptquartier des ersten Jagdgeschwaders, das vom Baron von Richthofen befehligt wird. Die Zeitungen sind voll von seinen Heldentaten. Wegen ihrer ungeheuren Wendigkeit wird die Einheit auch ›Fliegender Zirkus‹ genannt. Die Burschen haben den Kniff raus, alles im Nu auf einen Zug zu laden und zu einer neuen Stellung zu verbringen. Bei Kriegsbeginn widersetzte sich der Baron dem Befehl, sein Flugzeug *en Camouflage* zu streichen, und bestand darauf, dass die Maschine grellrot anzumalen sei. Wie Ihnen jedermann, der schon einmal versucht hat, einen roten Ball auf einer grünen Wiese ausfindig zu machen, bestätigen wird, passt sich die Farbe Rot erstaunlich gut in die Landschaft ein. Und nachts ist rot – sogar für Vampiraugen – schwarz. Sie werden überrascht sein, doch Deutschlands himmlische Helden sind bei ihren im Schlamm kriechenden Kameraden nicht allzu beliebt. Die Presse wird nicht müde, die fliegerischen Kraftakte von Richthofens Zirkus in die

Welt hinauszuplärren, während das Geschwader bei den Bodentruppen und selbst bei den Piloten anderer Staffeln nur als ›das fliegende Monstrositätenkabinett‹ bekannt ist. Eine durchaus passende Bezeichnung, wie ich finde. Malinbois ist überdies ein Forschungszentrum, unter dem Direktorat von Professor ten Brincken. Aus meinen Nächten als Braut Draculas entsinne ich mich dieses Mannes nur als eines demütigen Bittstellers bei Hofe. Der Palast wimmelte von Spinnern jeglicher Couleur. Der Graf ist ein fanatischer Bewunderer des Modernen und von Zügen und Flugmaschinen geblendet wie ein kleiner Junge, und so lud er den Professor, eines von unzähligen Genies, zur Privataudienz. Dort sah ich ihn, einen heldenhaften, warmblütigen Rohling, mit finsterem Blick vor Draculas Amtsstube auf und ab stolzieren. Soviel ich wusste, war er kein Erfinder, sondern Naturforscher. Er war mir auf den ersten Blick zuwider. Gewitterwolken verdüsterten seine Stirn, und er hatte etwas Schauriges an sich. Damals war es unter Lebenden der letzte Modeschrei, sich extrem verdünnte Dosen Silbersalz zu injizieren. Nachdem sie auf diese Art ihr Blut besudelt hatten, wähnten sie sich vor den durstigen Untoten sicher. Selbst wenn ten Brincken keine derartigen Vorkehrungen getroffen hätte, bezweifle ich, dass ich von seinem öligen Blut auch nur einen Tropfen hätte kosten mögen.

Als ich nach Malinbois beordert wurde, nahm ich an, ich solle lediglich als Zierde dienen. Flieger sind für ihre ausschweifenden Gesellschaften berühmt. Deutschland labte sich an seinen Helden, und welche Labsal könnte größer sein als Mata Hari?

Ich traf am frühen Abend ein und wurde von ten Brincken in Empfang genommen, der mich in sein Operationszimmer führte und mir befahl, mich zu entkleiden. Er unterzog mich einer gründlichen Untersuchung, wie einen Gaul, der zur Versteigerung steht. Ja, er schaute mir sogar ins Maul. Mit allerlei Greifzirkeln und Sonden vermerkte er noch die geringsten Messungen.

Eigentlich habe ich keine Skrupel, nackt in der Öffentlichkeit aufzutreten, doch die neugierigen Finger des Professors verursachten mir Unbehagen. Er entnahm mir eine Blutprobe und stellte die Phiole in einen Kühlschrank voll mit anderen etikettierten Fläschchen. Er bat mich, meine Gestalt in einen Wolf oder eine Fledermaus zu verwandeln. Ich weigerte mich. Ich führe keine Zauberkunststücke vor. Er insistierte. Bei uns im Untersuchungszimmer befand sich ein Offizier in Uniform, ein gewisser General Karnstein. Er bedeutete mir freundlich, aber bestimmt, ten Brinckens Bitte nachzukommen.«

Das aus der Steiermark stammende Geschlecht der Karnsteins zählte zu den vornehmsten Europas. Der General, einer von Draculas treu ergebenen Verbündeten in Österreich-Ungarn, war das hoch geachtete Haupt seiner Fangfamilie. Seine Beteiligung wies darauf hin, dass die Mittelmächte Malinbois für eine große Sache hielten.

»Ich verwandelte mich, ganz und gar. Ich kann Ihnen das nicht *erklären*. Ich *denke* einfach an eine meiner zahlreichen Gestalten, und mein Körper wird dehnbar und geschmeidig. Ich zerfließe und nehme neue Form an. Wie die meisten von Draculas Nachkommen werde ich zu einem Riesenwolf, dem prähistorischen Schrecken Europas. Auf Java erlernte ich den Schlangentanz. Ich war die Geliebte eines malaiischen Ältesten, eines *pontianak*. Sein Blut fließt in meinen Adern. Das unterscheidet mich vom gemeinen *nosferatu*. Für ten Brincken und den General nahm ich erst Schlangengestalt an und warf die neue Haut dann ab. Ten Brincken liebkoste und streichelte den Balg, als bereite es ihm sinnliches Vergnügen, hielt ihn ans Licht und bewunderte die Schuppen, die in allen Regenbogenfarben schillerten. Man sagt, die Männer seien Wachs in meinen diamantgeschmückten Händen, Charles.«

Winthrop versuchte, sich Mata Hari als Schlange vorzustellen. Er hatte ihren berühmten javanischen Schlangentanz zwar nie gesehen, aber liebestrunkene Verehrer hatten ihm davon berichtet.

»Karnstein sagte, ich erinnere ihn an eine verlorene Fangtochter, die sich in eine große, schwarze Katze verwandeln konnte. Der Bursche hat eine Vorliebe für neugeborene Mädchen. Ich wusste, dass ich bloß meine ganze Aufmerksamkeit auf den General zu richten brauchte, um ihn zu meinem Sklaven zu machen. Die meisten Ältesten sind leicht gewonnen. Sie mögen Kraft und Macht besitzen, doch Spitzfindigkeit und Scharfsinn zählen nicht zu ihren Stärken. Ten Brincken füllte seine Tabellen aus, und ich wurde entlassen.

Ein Flügel des Schlosses war zur Gänze mir und meinesgleichen vorbehalten – Kurtisanen. In den Zimmern gab es Salben und Schminkfarben *en masse*. Überall standen Koffer und Truhen voller Trachten und Kostüme. Ein Gutteil der prachtvollen Gewänder war brüchig und vermodert. Ich wusste sofort, dass diese Orgie von Männern geplant worden war, die wenig Ahnung von, geschweige denn Interesse an Schwelgerei und Ausschweifung hatten.

Ich war nicht der einzige Glanzpunkt des Banketts. Mehrere Frauen und ein Jüngling, allesamt Vampire, waren zugegen. Im Ankleidezimmer traf ich auf Lady Marikowa, eine der monströsen Ehefrauen, die Dracula in seinem transsylvanischen Exil zu Diensten standen. Sie wurde von Lola-Lola – einer durchtriebenen neugeborenen Vettel – bewacht, damit sie nicht im blinden Rausch der Sinne einen Verehrer niedermachte. Alte Vampirschlampen wie sie sind leidenschaftlich, aber grausam. Des Weiteren standen auf der Gästeliste: Sadie Thompson, eine amerikanische Abenteurerin mit toten schwarzen Augen; der Baron

Meinster, ein goldhaariger, mädchenhafter Lebemann; Faustina, die größte Zierde eines venezianischen Bordells; sowie eine elegante Älteste namens Lemora. Wir waren recht gewandte und erfahrene Huren, aber wir hatten noch etwas gemein. Wir alle waren Abkömmlinge Draculas.«

Draußen brach die Dämmerung herein. Bäume säumten die Eisenbahngeleise, viele von ihnen verkrüppelt und zerschossen. Die Felder waren grau, eine dünne Schneeschicht überlagerte den Schlamm. Der Zug näherte sich Amiens. Winthrop hörte das ununterbrochene Stottern der Geschütze. Im Zwielicht zuckte Drummond kaum merklich zusammen und zog das Rouleau herunter.

Jedes Schulkind wusste, dass die Verbreitung des Vampirismus in der zivilisierten Welt fast ausschließlich auf Dracula zurückging. Bis in die achtziger Jahre hinein hatten nur ein paar versprengte, abergläubische Seelen tatsächlich an die Existenz der Untoten *geglaubt*. Dracula hatte die Karten neu gemischt. Obgleich er der Urvater des Vampirismus war, hatte er weitaus weniger direkte Nachkommen, als die meisten Leute annahmen. Während seiner Zeit in England hatte er lediglich drei Frauen verwandelt: Lucy Westenra, Wilhelmina Harker und Königin Viktoria. Die inzwischen rehabilitierte, reuige Mrs. Harker hatte er zu seinem verlängerten Zahn gemacht, um seinen Stammbaum *en gros* zu erweitern.

Viele gaben sich als Draculas Nachkommen aus, obschon sie allenfalls seinem Geblüt angehörten und nur um sieben Ecken mit ihm verwandt waren. Wenn sich so viele seines Schlages an einem Ort zusammenfanden, war da bestimmt etwas im Busch.

»Baron Meinster und Lady Lemora befanden sich gegen ihren Willen im Château. Nur einer konnte solche Macht über die Ältesten besitzen. Wie ich schon sagte, entlässt unser Fangvater seine Nachkommen nicht in die Freiheit. Wir werden auf ewig seine Sklaven sein.

Es kam mir seltsam vor, dass man uns hier versammelt hatte. Ich hatte den Eindruck, dass die meisten, wenn auch nicht alle Flieger, selbst Vampire waren. Ein Viehwagen voller beherzter Huren mit warmem Blut von lieblichem Aroma wäre gewiss ein angemessenerer Lohn gewesen für ihre kühnen Taten. Derlei Dirnen sind leicht zu finden. Die Alliierten nähren ihre Helden zweifelsohne nach derselben Methode ...«

Soviel Winthrop wusste, entsprach dies nicht der Wahrheit.

»Schlag Mitternacht – eine gebührend melodramatische Note – wurden wir von livrierten Dienern in die Große Halle geleitet. Die Männer des JG1 hatten in vollem Ornat vor dem riesigen Kamin Aufstellung genommen. Im Gegenlicht der bloßen Flammen wirkten die Flieger wie Halbgötter, genau wie die Presse sie beschrieb. Manch eine breite Brust bot kaum ausreichend Platz für die ungeheure Ansammlung von Ehrenzeichen. Hier waren Pour le Mérites ebenso häufig anzutreffen wie Messingknöpfe. Merkwürdig nur, dass der Zirkus ausstaffiert war, als ginge es zur Musterung, und nicht, wie ich, offen gesagt, erwartet hatte, zu einer Orgie.

General Karnstein stellte uns der Gesellschaft einen nach dem anderen vor. Dann trat ten Brincken zwischen uns, in der Hand ein Schreibbrett mit einer seiner infernalischen Listen. Wie ein Tanzmeister stellte er uns paarweise zusammen. Die Thompson wurde einem Gierschlund namens Bruno Stachel zugeteilt; Faustina gesellte sich zu Erich von Stalhein, Meinster zu einem schwerblütigen Flieger namens Friedrich Murnau, der die Gesellschaft von Knaben vorzog, und Lemora zu von Emmelman.

Ten Brincken ging zu Werke wie ein Schweinemäster, der über ein Zuchtexperiment die Aufsicht führt.

Als ich an die Reihe kam, wurde ich Manfred von Richthofen dargeboten. Ich vermute, dies bestätigt meinen Rang als Deutschlands erste Dirne. Aber der Baron fand die Aussicht auf meine Dienste nicht sonderlich verlockend. Die anderen Piloten machten bewundernde Bemerkungen oder stießen Laute der Begeisterung hervor, als man ihnen ihre Tanzpartner zuwies. Ein oder zwei Paare – unter ihnen Meinster und sein flatterhafter Flieger – umarmten sich bereits und ließen einander sanft zur Ader. Diese unverschämte Zügellosigkeit brachte ten Brinckens Blut in Wallung, wenn auch nicht so sehr wie die kühle Abweisung des Barons. Ich muss gestehen, ich war etwas erstaunt, um nicht zu sagen gekränkt. Manch einer dieser Piloten würde den neuen Tag vielleicht nicht mehr erleben. Unter solchen Umständen hat ein Mann das Recht auf jede Vergnügung im Bereich seiner Gewalt.«

Winthrop dachte an Cundall's Condors und »Mademoiselle«.

»Lothar von Richthofen, der Bruder des Barons, war entzückt, als er Lady Marikowa *und* ihre Zofe Lola-Lola zugeteilt bekam, kehrte ihnen aber gleich den Rücken und versuchte den Baron durch Schmeicheleien dazu zu bewegen, doch mit mir zu kommen. Während Lothar ihm so um den Bart ging, nahm ich den Baron von Richthofen in Augenschein. Ich hatte einen Hünen erwartet, dabei ist er allenfalls von mäßiger Statur. Seine Augen sind eisblau, und sein Blick ist leer. Wie ich höre, ist er ein begeisterter Jäger und interessiert sich kaum für andere Dinge. Die Halle ist geschmückt mit den Trophäen seiner Siege, und doch ist er längst nicht so ruhmselig wie andere mit weitaus schwächeren Bilanzen. Wie mir scheint, ist er nicht einmal ein großer Patriot, sondern lediglich ein reinrassiger Jagdhund.«

Winthrop musste an Albrights ausgedörrten Leichnam denken und versuchte, sich das Wesen vorzustellen, das den Piloten in der Luft ausgeblutet hatte.

»Ten Brincken war ganz aufgebracht, als ihn einer seiner Mitarbeiter, ein gewisser Dr. Krueger, darauf hinwies, dass einige der Flieger überstürzt zur Tat geschritten waren. Stalhein hatte den Kopf in den Nacken geworfen und blickte mit glänzenden Augen zur Decke, während Faustina an ihm knabberte. Ein Diener zerrte das Mädchen von ihm fort und hielt es fest. Ihre Augen glommen rot, und spitze Fangzähne ragten aus ihrem Mund. Sie fauchte wie eine Katze, und ein schmales Blutrinnsal lief ihr übers Kinn.

›Ihr sollt nicht von diesen Männern trinken‹, rief ten Brincken, ›ihr sollt sie von euch trinken lassen. Das ist von entscheidender Bedeutung. Wer nicht gehorcht, wird streng bestraft.‹

Das Gewicht, das der Professor auf das Wort ›bestraft‹ legte, verursachte mir Übelkeit. Ich wollte gar nicht wissen, welche Strafe er für uns Unsterbliche ersonnen hatte.

Stalhein brachte seinen Kragen in Ordnung und schüttelte den Kopf. Lothar versuchte nach wie vor, den Baron zu beschwatzen, doch der stand unbeweglich und mit resolut verschränkten Armen da, an seiner Brust glänzte der Blaue Max.

Wie ich schon sagte, trinken viele Älteste ausschließlich das Blut anderer Vampire. Auf diese Art und Weise nehmen sie die Kraft neuer Geblüte in sich auf. Doch diese Kost bekommt den meisten Neugeborenen schlecht. Der Zirkus besteht in der Hauptsache aus Fangjünglingen, die vor kaum ein oder zwei Jahren aus dem Grab geschlüpft sind. In Deutschland und Österreich-Ungarn werden die Söhne der Aristokratie für gewöhnlich in ihrem achtzehnten oder neunzehnten Lebensjahr verwandelt. Das Blut der direkten Nachkommen Draculas wirkt schon in geringsten

Dosen. Der kleinste Nadelstich, ein Tropfen nur auf Ihrer Zunge, würde ausreichen, Sie zu verwandeln ...«

Winthrop konnte sich des Eindrucks nicht erwehren, dass Mata Hari mit Beauregard flirtete. Er wollte, er wäre bei dem Verhör dabei gewesen; auf dem Papier stellte sich vieles anders dar.

»... und ein Schlückchen nur würde genügen, die meisten Neugeborenen zur Raserei zu treiben. Wenn *nosferatu* den Verstand verlieren, haben sie keine Gewalt mehr über ihre gestaltwandlerischen Fähigkeiten. Und das ist wahrlich keine angenehme Art zu sterben. Ten Brincken spielte ein gewagtes Spiel. Entweder war ihm am Überleben dieser Helden nicht gelegen, oder aber er vertraute ganz auf ihre Zähigkeit. Ich habe nicht den geringsten Zweifel, dass Ersteres in gewissem Sinne zutrifft; ten Brincken scheint mir ein Warmblüter zu sein, der von Vampiren gleichermaßen angezogen wie abgestoßen wird. Ich halte es jedoch für ebenso wahrscheinlich, dass ein Flieger, der sich einen Platz im JG1 errungen hat, das rechte Zeug besitzt, das Blut von Dracula und seinen Nachkommen zu schmecken und aus der Infusion Nutzen zu ziehen.

›Trinkt ihr Blut‹, befahl ten Brincken, ›es muss sein.‹

Lothar öffnete den Mund, stülpte ihn zu einer zahnstrotzenden Schnauze aus und setzte sich an den Schwanenhals der Marikowa, kaute ihr Fleisch und schlürfte mit langer Zunge ihr hervorsprudelndes Blut. Die Wunden der Ältesten heilten im Nu, und so fiel Lothar ein zweites Mal über sie her und tauchte sein Gesicht in das köstliche Rot.

›Siehst du, Manfred‹, drang eine erstaunlich menschliche Stimme zwischen seinen Wolfslippen hervor, ›es ist gar nicht so schwer.‹

Mit scharfen Klauen zerfetzte Lothar Lady Marikowas Ballkleid und grub ihr seine Hauer in Brust und Bauch. Er stieß die Älteste auf einen Diwan und leckte ihre offenen Wunden. Lola-Lola presste ihre Geliebte in die Kissen, flüsterte ihr besänftigende Worte ins Ohr und umfasste ihre Hand wie eine Hebamme in der Stunde der Geburt. Das Gesicht der Marikowa war eine steinerne Maske der Entrüstung, aber sie hatte die Kraft von Jahrhunderten in sich. Ich bin mir nicht sicher, ob ich die unwürdige Behandlung, die Lothar von Richthofen Draculas Ehefrau angedeihen ließ, würde überleben können.

›Baron von Richthofen‹, wandte sich General Karnstein an den Flieger, ›es ist unumgänglich. Für den Sieg.‹

Der Baron sah mich an. Sein Blick war ohne Leidenschaft, ohne Verachtung, ohne Interesse. Mir fehlen die Worte, die Leere seiner Augen zu beschreiben. Manche *nosferatu* tragen eine Leblosigkeit im Herzen, die mit dem wirklichen Tod nicht das mindeste zu tun hat. Die Eigenschaften unserer warmblütigen Tage dauern in gesteigerter Form in uns Vampiren fort. Sie können sich gewiss vorstellen, welche Wesenszüge ich aus dem Leben in den Tod herübergebracht habe. Richthofen musste eine Eiseskälte in sich tragen, die ihn vor körperlichen und das Gemüt erregenden Berührungen zurückschrecken ließ. Für einen Mann wie ihn kam das Dasein als Vampir, das immerwährende Verlangen nach derlei Berührungen, ohne Zweifel einer ewigen Verdammnis gleich.«

Winthrop konnte beim besten Willen kein Mitleid für den roten Baron empfinden.

»›Nun denn‹, sagte Manfred, ganz der brave, gehorsame Soldat, und trat vor mich hin. Ich bemerkte verheilte Narben in seinem kantigen und doch recht hübschen Gesicht. Eine kahle Stelle in seinem kurzgeschnittenen Haar entblößte eine kleine, blassrote Schwiele. Er hatte unlängst einen Kopfschuss erlitten.

›Madame.‹ Er streckte die Hand aus. Ich ergriff sie. Ein eigentümlich jungenhafter Blick glitt über sein Gesicht, als wüsste er nicht, was tun. Ich glaube, er hatte mit Frauen keinerlei Erfahrung.

Ten Brincken nickte einem der Diener zu, der mir das Negligé von den Schultern streifte.

›Sie erfreuen sich allem Anschein nach bester Gesundheit‹, bemerkte er.

Die anderen Piloten folgten Lothars Beispiel. Stalhein hatte Faustina zu Boden gepresst und labte sich an ihrer Pulsader wie an einem Brunnen. Meinster breitete seinen Schlafrock aus wie die Schwingen einer Fledermaus und stöhnte auf in sichtlicher Erregung, während Murnau vor ihm kniete und an intimen Wunden saugte.

Manfred senkte den Kopf und leckte mir mit spitzer Zunge den Hals. Und wenn ich spitz sage, meine ich das durchaus wörtlich. Manche Vampire haben mit Widerhaken versehene Dornen in der Zunge, mit denen sie die Haut ihrer Gefährten ritzen. Der Baron setzte den Mund an meine Wunde und begann gierig zu saugen. Ich fühlte Stacheln des Schmerzes und versank in einem Ozean der Lust. Ich war einer Ohnmacht nahe. Eine solch heftige Empfindung hatte ich nicht mehr verspürt, seit mich der Graf das erste Mal genommen hatte. Ich war wieder warmblütig, lebendig.

›Nicht so viel, Herr Baron‹, sagte ten Brincken und tippte Manfred auf die Schulter. ›Das kann gefährlich werden.‹

Obwohl ich ihn von mir stoßen wollte, musste ich ihn an mich pressen. Ich fühlte, wie mir die Sinne schwanden.

›Herr Baron‹, brüllte ten Brincken. Seine Hingabe an die Wissenschaft hatte ihn alle Furcht vergessen lassen. ›Genug!‹

Ich zitterte am ganzen Leibe. Mir wurde rot vor Augen. Ich starb einen neuerlichen Tod. Wir können einander durchaus töten, Charles. Ich habe mit eigenen Augen gesehen, wie Dracula das Blut, das er eben erst getrunken hatte, voller Verachtung und in mächtigem Strahl wieder ausspie. Auf diese Weise hat er Armand Tesla ermordet. Das ist der wirkliche Tod, aus dem es kein Zurück gibt. Das ist der Tod, den ich bei Morgengrauen finden werde.

Zwei Diener packten Manfred an den Armen und zerrten ihn gewaltsam von mir fort. Seine Lippen klebten noch an meinem Hals, wie die Leimrute einer fleischfressenden Pflanze. Sie lösten sich mit einem feuchten Quatschen. Manfred schüttelte den Kopf, mein Blut tropfte von seinen Lippen. Ich brach zusammen. Ten Brincken kletterte über mich hinweg, um den Baron zu untersuchen. Da wusste ich, wie tief ich in seiner Gunst stand.

Der Professor klatschte in die Hände und befahl den Fliegern, ihr Saufgelage zu beenden. Zur Zähmung der Piloten, die jegliche Beherrschung vermissen ließen, hielten die Diener Zungenspatel mit Holzgriffen bereit. Die Berührung mit dem Silberblatt ist so schmerzhaft, dass sie einem Vampir den roten Durst schlagartig austreibt.

Kräftige Hände richteten mich auf. Ich war fügsam wie eine zerbrochene Puppe. General Karnstein hatte mich bemerkt. Mit spitzem Finger ritzte er sein Handgelenk und hob sein Blut an meine Lippen wie Wasser an den Mund eines Verwundeten. Da ich nicht schlucken konnte, flößte er mir seinen Saft behutsam ein. Sein Geblüt ist rein und stark, und doch vergingen Stunden, bis ich wieder ganz bei Kräften war.

Ich hob den Blick und betrachtete den Baron. Er kehrte mir den Rücken zu, und ich sah die Rötung meines Blutes in seinem ausrasierten Nacken. Dann verlor ich die Besinnung.

In jener Nacht fand Meinsters Flieger den Tod. Murnaus Kopf verwandelte sich in einen riesenhaften Rattenschädel. Knochen brachen durch seine Haut. Tags darauf wurden wir aus dem Château entlassen, wir hatten unsere Schuldigkeit getan. Mehr kann ich Ihnen nicht sagen. Eines dürfen Sie niemals vergessen, denn es ist der eigentliche Kern meiner Geschichte: *Er* hat sie geformt, *er* hat ihnen sein Blut vererbt, *er* hat sie zu dem gemacht, was sie sind.«

Beauregard musste sie gebeten haben, sich präziser auszudrücken.

»Ich spreche von Dracula. Er ist der Direktor des Fliegenden Zirkus, und der Rrote Baron ist seine Hauptattraktion.«

13

Dr. Moreau und Mr. West

Obgleich die Grabenroste verbogen und verzogen waren, lief es sich auf ihnen besser als im Schlamm. Die oberste Schicht war gefroren, doch tiefe Fußstapfen ließen erkennen, dass andere bis zu den Knien im zähen Matsch versunken waren.

»Wir bekommen hier nicht allzu viele Zivilisten zu Gesicht«, sagte Lieutenant Templar, ein ansehnlicher Neugeborener, mit spöttisch hochgezogener Augenbraue. »Die Blaublüter ziehen es vor, ihre Kriege von bequemen Lehnsesseln im *Boodle's* aus zu führen.«

»Ich verkehre nicht im *Boodle's Club*«, gab Beauregard zurück, während er auf seine Schritte achtete.

»Nichts für ungut. Es braucht Mumm, sich aus freien Stücken so weit vorzuwagen.«

»Da haben Sie Recht. Aber ich fürchte, ich muss Sie enttäuschen. Ich bin nämlich *keineswegs* aus freien Stücken hier.«

»Umso schlimmer.«

Der Versorgungsgraben war zehn Fuß tief. Die Fugen zwischen den zur Befestigung der Wände dienenden Sandsäcken waren mit gefrorenem Schlamm verputzt.

Ein Geschoss verfehlte die Linie, segelte in ziemlicher Höhe über sie hinweg und detonierte etwa hundert Yards entfernt auf einem mit Harschklumpen übersäten Feld. Erde regnete zu Boden. Templar schüttelte sich wie ein Hund und stand in eine Staubwolke gehüllt. Beauregard wischte über die Schultern seines Astrachan-Mantels.

»Ein Ratsch-Bumm«, meinte der Lieutenant. »Tückische Biester. Der Fritz deckt uns schon seit einer ganzen Woche mit den kleinen Teufeln ein. Vermutlich will er den Graben einebnen und uns so den Weg abschneiden.«

Durch den Versorgungsgraben gelangten Material und Männer an die Front. Wenn er eingeschossen wurde, musste die Blockierung umgehend beseitigt werden.

Eine zweite Granate ratschte vorüber und riss mit lautem Bumm ein Loch in das geschundene Feld.

»Dem Fritz scheint das Zielwasser ausgegangen zu sein. Zweimal geschossen, zweimal daneben.«

Beauregard hob den Blick. Der frühabendliche Himmel war grau und mit windgepeitschten Erdkrumen gefleckt, die mit dem Rauch herübertrieben. In den tief hängenden Wolken erkannte er die undeutlichen Umrisse eines Flugzeugschwarms.

»Wenn diese Flattermaxen dem Hunnen Meldung machen, werden uns die deutschen Kanoniere im Handumdrehen mit ihren Granaten den Kopf rasieren. Das wird alles andere als angenehm.«

Zu Beginn des Krieges hatte ein Reporter in der *Times* eine ähnliche Situation beschrieben und die Moral an der Heimatfront mit einem Bild putzmunterer Tommies aufgebessert, die, in der Gewissheit, dass die feindlichen Kanonen durchweg ihre Stellungen verfehlten, fröhlich Kapriolen schlugen. Eifrige Leser in Berlin setzten die deutsche Artillerie davon in Kenntnis, die daraufhin ihre Zielvorrichtungen justierte – mit verheerendem Ergebnis. Inzwischen war der Journalismus strengen Regeln unterworfen. Wohlmeinende Tölpel richteten mit ihren chauvinistischen Windbeuteleien weitaus größeren Schaden an als Bilderstürmer wie Kate Reed mit ihrer schneidenden Kritik. Beauregard wäre es lieber gewesen, Kate hätte die weißen Klippen von Dover verteidigt als ein Regiment von Northcliffes fahnenschwenkenden Schmieranten.

»Hurra«, rief Templar, »die Camels kommen.«

Ein geflügelter Feuerball brach jaulend durch die Wolken und steuerte, stetig und unaufhaltsam, ins Niemandsland. Krachend bohrte sich das Flugzeug in den Boden.

Luftherrschaft bedeutete, den Feind daran zu hindern, mit seinen Flugzeugen Bildaufklärung zu betreiben und strategische Erkenntnisse zu sammeln. Die Deutschen, und bis zu einem gewissen Grade auch die Alliierten, verschwendeten tonnenweise Druckerschwärze auf die Heldentaten ihrer Ritter der Lüfte, doch es war ein schmutziges, blutiges Geschäft. Wie die Dinge lagen, besaß ein britischer Beobachter, sofern er nicht auf Richthofen stieß, bessere Chancen als sein Gegner, Einzelheiten über Truppenverteilung und Geschützstände in Erfahrung zu bringen.

Ein zweiter Deutscher ging nieder, langsam, wie im Anflug auf ein Rollfeld. Die Maschine geriet ins Trudeln und zerschellte in der Luft, als sei sie gegen eine unsichtbare Wand geprallt. Der Pilot im Cockpit war vermutlich bereits tot gewesen.

»Der Versorgungsgraben wird auch morgen noch seinen Dienst erfüllen.«

Wenn man sich umsah, so schien dies kaum der Rede wert.

Es war ein recht ruhiger Nachmittag an der Front. Zwar feuerten die beiden Parteien halbherzig aufeinander, doch ein Großangriff blieb aus. Es ging das Gerücht, dass feindliche Divisionen von der Ostfront, durch den Friedensvertrag mit dem neuen Russland entbunden, langsam nach Europa vordrangen. Und das war keineswegs aus der Luft gegriffen. Den Berichten zufolge, die Beauregard von den Berliner Agenten des Diogenes-Clubs erhalten hatte, rüsteten sich Hindenburg und Dracula für die Kaiserschlacht. Sie planten, die verbleibenden Truppen der Mittelmächte in einen verlustreichen Angriff auf Paris zu werfen und durch eine letzte große Offensive zum Sieg zu gelangen. Doch wenn Leute wie Mireau und Haig diese sorgfältig zusammengetragenen Informationen unbeachtet ließen, reichte selbst das aller Voraussicht nach nicht aus, dem Morden Einhalt zu gebieten.

Sie befanden sich in unmittelbarer Nähe der Front. In einem fort erschütterten Granateinschläge die Erde. Alles bebte oder klapperte: Stahlhelme, Grabenroste, Kochgeschirr, Ausrüstungsgegenstände, berstendes Eis, Zähne. Beauregards Interesse galt jedoch nicht den vorgeschobenen Stellungen, sondern einem seltsamen unterirdischen Stand direkt hinter den Linien.

Vor einigen Monaten hatte er erfahren, dass Dr. Moreau ein Frontlazarett leitete, in dem vor allem Schwerverwundete behandelt wurden. Dies war derselbe Naturforscher, der seiner Vivisektionen wegen wiederholt aus akademischen Zirkeln ausgeschlossen und von der Tagespresse angefeindet worden war. Beauregard war dem Wissenschaftler schon einmal begegnet, in den Wirren eines anderen blutigen Krieges. Er hielt es für unwahrscheinlich, dass Moreau auch nur die leiseste patriotische oder philanthropische Regung verspürte. Und doch war er hier, am schlimmsten Ort der Welt, und riskierte allem Anschein nach die eigene Haut, um fürchterliches Leid zu lindern.

Beauregard wollte Dr. Moreau in Sachen Geertruida Zelle konsultieren. Wenn jemand diesseits der Linien Licht in das Dunkel des Château du Malinbois zu bringen vermochte, dann er.

Zur Front hin verengte sich der Graben. Sandsäcke explodierten. Wo man Breschen unterstützt und aufgeschüttet hatte, waren große Feldschanzen entstanden. Templar pfiff seltsam zwitschernd eine kleine Melodie. Beauregard hatte gehört, der Neugeborene sei ein braver Offizier, der um das Wohl seiner Leute sehr besorgt sei.

Drei Tommies saßen rauchend um einen wackeligen Tisch und spielten Karten. Eine Hand ragte aus der gefrorenen Wand, zwischen den starren weißen Fingern steckte ein Kartenfächer. Beauregard war so oft an der Front gewesen, dass ihn derlei schwarzer Humor nicht mehr schrecken konnte. Der unbekannte Soldat lag zu tief verschüttet, um ihn auszugraben, ohne einen Einsturz zu verursachen. Seine Befreiung würde bis Kriegsende warten müssen.

Beauregard dachte an die Karikatur zweier britischer Soldaten, die in einem Granattrichter saßen und sich unterhielten. »Ich habe mich auf fünfundzwanzig Jahre dienstverpflichtet«, sagte der eine. »Du Glückspilz«, erwiderte sein Kamerad. »Ich auf Kriegsdauer.«

»Moreau ist dort unten, Sir«, sagte Templar und hob eine steife Zelttuchklappe.

Der Eingang glich dem eines Bergwerks. Ein mit Sandsäcken versteifter Tunnel führte nach unten, der Boden war mit Brettern ausgelegt, die Decke mit Wellblech verkleidet. In etwa zwanzig Fuß Entfernung baumelte eine Glühbirne von einem Balken, jenseits davon war nichts zu sehen. Seimiger Schlamm sickerte vom Graben in den Tunnel und wurde über Rinnen abgeleitet. Beauregard überlegte, wo sich der zähflüssige Unflat sammeln mochte.

Ein schriller Schrei drang aus dem Tunnel, gefolgt von ersticktem Stöhnen und Ächzen. Die Laute schienen eher von einem Tier zu stammen denn von einem Menschen.

»So geht es tagaus, tagein«, sagte Templar stirnrunzelnd. »Dr. Moreau vertritt die Ansicht, dass körperlicher Schmerz gesund und heilsam sei. Wer Schmerzen hat, der fühlt noch etwas. Erst wenn man nichts mehr fühlt, wird es gefährlich.«

Ein zweiter Schrei wurde, wie mit einer Garotte, abgewürgt.

»Eine Klinik so nahe an der Front, ist das nicht ungewöhnlich?«

Templar nickte. »Doch. Aber praktisch. Wenn auch nicht besonders gut für die Moral der Truppe. Die Lage ist schon schlimm genug. Manchen Männern ist der gedämpfte Lärm unheimlich. Sie haben größere Angst davor, in dieses Loch hinabzuwandern, als im Kampf verwundet zu werden. Alberne Geschichten sind im Umlauf. Man erzählt sich, dass der Doktor die Verwundeten zu Experimentierzwecken missbraucht.«

Beauregard konnte es den Soldaten nicht verdenken. Im Hinblick auf Dr. Moreaus Vergangenheit erschienen die Geschichten nicht mehr ganz so albern.

»Als ob sich aus der Folter von Verwundeten Erkenntnisse ziehen ließen. Lächerlich.«

Für einen Vampir war Templar ein anständiger Bursche; vielleicht zu anständig. Solch heilige Einfalt trübte den Blick für die oft sinnlose Grausamkeit des Menschen.

Beauregard trat in den Tunnel. Eine seltsamer Gestank erfüllte die enge Röhre, ein durchdringender Schwefelgeruch. Der Flackerschein der Lampe tünchte die Wände rot.

Der Lieutenant blieb am Eingang stehen, wie ein Vampir des Altertums an der Schwelle zu geweihtem Boden.

»Gehen Sie ruhig ohne mich weiter, Sir. Sie können es gar nicht verfehlen.«

Beauregard fragte sich, ob Templar tatsächlich so frei von Aberglaube war, wie er behauptete. Er drückte die ruhige Hand des jungen Mannes und verschwand in der Dunkelheit jenseits des Lichts.

Der Tunnel endete an einer massiven Eisentür. Sie hier herunterzuschaffen und in die steinige Erde einzupassen, musste eine Herkulesarbeit gewesen sein. Ein ungewöhnlicher Soldat stand Wache. In seiner gebückten Haltung reichte er Beauregard kaum bis zur Hüfte. Seine Arme waren sechs Zoll zu lang für seine Ärmel, der größte Teil seines bräunlichen Gesichts war dicht mit Haaren bewachsen, riesige Zähne stülpten die Lippen aus zu einem äffischen Grinsen, und rote Male, wie verheilte Wunden, bedeckten die schlaffen Hautfalten am Hals und an den Handgelenken. An manchen Stellen beulte sich seine Uniform, an anderen wieder spannte sie.

Beauregard hielt den Wachposten für einen Wilden, vermutlich aus einem in der Südsee gelegenen Winkel des Empire. Vielleicht ein vom Riesenwuchs befallener Pygmäe. In Kriegszeiten konnte König Victor keinen Mann entbehren.

Als er Beauregard näher kommen sah, umschloss der Posten mit langen Fingern sein Gewehr und richtete sich auf. Er entblößte bemerkenswerte Zähne, gelbliche Knochendornen, die aus einem Meer von scharlachfarbenem Zahnfleisch ragten.

»Ich möchte zu Dr. Moreau«, sagte Beauregard.

Die Knopfaugen des Wachpostens funkelten. Er schnaubte, und seine Nase wackelte, als führte sie ein Eigenleben. Hinter der Tür waren von neuem Schreie zu hören. Die Wache, die solches Getöse eigentlich hätte gewohnt sein müssen, wich erschrocken zurück und kauerte sich in eine Nische.

»Dr. Moreau«, sagte Beauregard ein zweites Mal.

Der Wachposten zog seine buschigen Brauen hoch und runzelte in äußerster Konzentration die Stirn. Er stellte sein Gewehr beiseite, ergriff einen in die Tür eingelassenen Ring und zerrte mit aller Macht daran. Ruckend und quietschend öffnete sich das eiserne Portal.

Ein Schwall blutigen Gestanks wehte in den Gang hinaus. Beauregard betrat eine aus Erde und Stein gehauene Kammer. Eine Reihe von Pritschen nahm gut die Hälfte des Gemachs in Anspruch. Auf den meisten lagen Patienten mit fürchterlichen Wunden, an blutigen Matratzen festgeschnallt. Manche starrten stumm durch den Augenspalt ihrer Gesichtsverbände, andere wanden sich schreiend im Schmerzenswahn. Eine Kiste quoll über von zerschnittenen Uniformen und zersägten Stiefeln. Elektrische Lampen pulsierten im Takt mit einem launenhaften Generator, der in einem Nebenraum vor sich hin brummte. An den Wänden glänzte frisches Blut. Alles war damit besudelt. Selbst an den Glühbirnen klebten zu braunen Malen geronnene Flecken.

Er erkannte Dr. Moreau sofort: ein alter Mann von kräftiger Statur in einem blutgetränkten Kittel, der Kopf umrahmt von einer weißen Löwenmähne. Der Arzt beugte sich über die sterblichen Überreste eines Soldaten und spreizte die freiliegenden Rippen mit einem stählernen Instrument. Der Patient war ein Skelett, umhüllt von feuchten Fleisch- und Muskelfetzen. In der roten Gesichtsruine schimmerten gebrochene Augen. Die entblößten Fangzähne krachten splitternd aufeinander und fügten sich zu einer grinsenden Teufelsfratze. Neben Moreau stand ein kleinerer Mann, der die Schultern des Patienten auf die Pritsche presste. Als die Knochen brachen, stieß Moreau einen Triumphschrei aus. Ein Schuss purpurroten Blutes spritzte dem Assistenten ins Gesicht und befleckte seine dicke Brille.

»Sehen Sie, West«, sagte Moreau. »Das Herz schlägt noch.«

West, der Assistent, suchte nach einem sauberen Stückchen Ärmel, um seine Augengläser abzuwischen.

»Ich habe wieder einmal Recht behalten, und Sie schulden mir eine halbe Krone.«

»Freilich, Doktor«, sagte West. Er sprach mit leichtem amerikanischem oder kanadischem Akzent. »Ich werde es auf die Rechnung setzen.«

»Sie sind mein Zeuge«, wandte sich Moreau an Beauregard, das erste Mal, dass er sein Eindringen zur Kenntnis nahm. »Mr. West hat gewettet, dass das Herz unter diesen Umständen unmöglich weiterschlagen könne, und doch verrichtet das tapfere Organ noch immer eifrig seinen Dienst.«

Moreau hob den Arm, damit Beauregard einen Blick auf das Herz werfen konnte. Obgleich die meisten Gefäße durchtrennt waren, pumpte es wie eine geballte Faust.

»Dieser Mann könnte leben«, verkündete Moreau.

»Ausgeschlossen«, entgegnete West.

»Ihre Schulden steigen ins Unermessliche, mein Freund. Schauen Sie nur, als wie zählebig sich diese kleinen Schlangen erweisen …«

Die durchtrennten Gefäße wanden und krümmten sich. Eine Arterie tastete sich vorwärts wie ein blinder Wurm, wuchs wieder an, Blut floss hindurch, und der Schnitt heilte im Nu. Wucherndes Gewebe drängte sich rings um das Herz, umschloss, umhüllte es. Die aufgestemmten Rippen klappten zu wie eine Falle und fügten sich in ihre frühere Ordnung. Eine Flut von Muskelfleisch begrub die Knochen unter sich.

»Die Zähigkeit des Vampir-*corpus* ist aller Voraussicht nach unendlich«, sagte Moreau. »Allein die menschliche Verzweiflung ermöglicht den Tod, und ein Mann, der nur noch über ein halbes Hirn verfügt, kennt keine Verzweiflung mehr. Der Instinkt ergreift von dem Tier Besitz.«

Der Hinterkopf des Patienten war nur mehr eine formlose Masse. Schwärendes Fleisch ballte sich rings um die Augen. Jede

Faser des Soldaten hielt hartnäckig am Leben fest. Beauregard musste an Isoldes traurige Vorstellung denken. In dreißig Jahren Forschungsarbeit war es Moreau und seinesgleichen nicht gelungen, die Vampire ihrer regenerativen Fähigkeiten zu berauben.

»Aber ohne das Gehirn«, sagte West und legte den Finger in die feuchte Wunde, »hat dieses Wesen weder Willen noch Zusammenhalt …«

Muskelstränge zerrten gierig an Wests Fingerspitze. Sofort zog er die Hand zurück und beobachtete mit ausdrucksloser Miene, wie sich ein wangengroßer Fetzen Fleisch *über* ein erschrockenes Auge legte.

»Dies ist kein lebendiger Mensch«, meinte West, »sondern nichts weiter als eine Ansammlung disparater, autonomer Gliedmaßen und Organe. Die Schablone der menschlichen Gestalt befindet sich im Gehirn. Ohne diese Schablone gleitet eine vernunftlose Kreatur wie diese orientierungslos dahin und nimmt dabei beliebige groteske Formen an.«

Über dem Mund des Patienten bildete sich Haut, die an den Zähnen in Fetzen ging und wieder heilte.

Moreaus breites Gesicht wurde rot vor Zorn. »Diesem Mann fehlt schlicht der rechte Wille, *das* ist seine Schuld. Er hat den Glauben an die menschliche Gestalt verloren.«

Enttäuscht und wütend wandte Moreau sich von der Pritsche ab. Der Kiefer des Patienten klappte herunter, seine Fangzähne stachen wie Dolchspitzen hervor und rissen die neue Haut in Stücke. Dem blutigen Loch entwich ein leises Krächzen.

»Die Stimme ist komplett dahin«, sagte Moreau. »Dies ist nichts weiter als ein Tier. Jeder Rettungsversuch wäre zwecklos.«

Er holte ein Skalpell aus seiner Kitteltasche. Die Klinge schimmerte silbern.

»Treten Sie zurück, West. Das kann blutig werden.«

Moreau kniete sich auf den Bauch des Patienten, ließ das Skalpell niedersausen und durchschnitt mit Warzen übersäte, aufgeschwollene Haut. Er vergrößerte den Schnitt, stieß das Messer zwischen die frisch verwachsenen Rippen und bohrte es ins Herz. Ein letztes Zucken ging durch den Körper des Patienten, dann war er tot. Moreaus Faust war zur Gänze in der Brusthöhle verschwunden. Er befreite seine blutverschmierte Hand und wischte sie am Bettzeug des Patienten ab.

»Es war eine Gnade«, lautete sein nichtssagender Kommentar. »Nun, Sir, mit wem habe ich das Vergnügen, und was führt Sie in mein Reich?«

Mit Mühe gelang es Beauregard, den Blick von dem zerfetzten Leichnam abzuwenden. Er verweste schnell, zerfloss zu einer zähflüssigen Masse und tropfte von der Pritsche. Die Ältesten wurden zu Staub. Der Patient war nicht einmal ein Menschenleben lang Vampir gewesen.

»Dr. Moreau, Sie werden sich vermutlich nicht an mich erinnern. Mein Name ist Charles Beauregard. Wir sind uns schon einmal begegnet, vor vielen Jahren, im Laboratorium von Dr. Henry Jekyll.«

Moreau wurde nur ungern an seinen verstorbenen Kollegen erinnert. In seinen tiefliegenden Augen kochte die Wut.

»Ich habe Verbindungen zum Geheimdienst«, sagte Beauregard.

»›Verbindungen‹? Mehr nicht?«

»Ganz recht.«

»Gratuliere.«

West durchforstete die Überreste des Patienten, förderte Kugeln und Granatsplitter zutage. Er trug schwarze Gummihandschuhe.

»Ich bin noch nicht so weit, meine Erkenntnisse der Öffentlichkeit präsentieren zu können«, sagte Moreau und wies auf seine kleine Schar gefesselter Patienten. »Ich hatte nicht genügend Vampire zur Verfügung.«

»Sie missverstehen mich, Herr Doktor. Ich bin nicht wegen Ihrer derzeitigen Arbeit hier …« (worum auch immer es sich dabei handeln mochte), »… sondern um Informationen zu übermitteln, die eventuell von Nutzen sind. Sie betreffen einen anderen Forscher auf Ihrem Gebiet, Professor ten Brincken.«

Als er den Namen hörte, hob Moreau wachsam den Blick.

»Ein Scharlatan«, stieß er verächtlich hervor. »Praktisch ein Alchemist.«

Beauregards Quellen zufolge waren Moreau und ten Brincken auf einem Kongress an der Universität von Ingolstadt im Jahre 1906 handgemein geworden. Das ließ vermuten, dass der Professor ein Mann von nicht geringer Größe war.

»Wir glauben, dass ten Brincken ein Geheimprojekt leitet, dem der Feind höchste Priorität einräumt.«

»Die Deutschen lieben den Mystizismus. Romantische Schauerfantasien haben ihren Verstand verwirrt. Ich bestreite nicht, dass ten Brincken ein kühner Denker ist. Aber keines seiner Ergebnisse lässt sich beweisen. Er schwelgt in germanischen Blutritualen. Keine Kontrollgruppe, keine Hygiene, keine ordentlichen Aufzeichnungen.«

Dieser Klinik nach zu urteilen, hegte Moreau eine höchst sonderbare Vorstellung von »Hygiene«.

»Nein«, sagte Moreau mit Nachdruck. »Woran ten Brincken auch arbeiten mag, es wird sich als wertlos erweisen.«

Der Assistent lief unruhig hin und her, fand jedoch nicht den Mut, den großen Forscher zu unterbrechen.

»Worüber hat er geforscht?«, fragte Beauregard.

»Vor dem Krieg? Versponnene Studien der Lykanthropie. Ausgemachter Unsinn. Das alte Ammenmärchen, dass Werwölfe umkehrbare Haut besitzen, mit dem Fell auf der Innenseite. Seichtes

Gewäsch über Tiergeister, die sich mit denen der Menschen paaren. Er schien zu glauben, Gestaltwandler seien Opfer einer Art von dämonischer Besessenheit. Das alles im Zusammenhang mit Blutgeschlechtern. Die Deutschen sind fasziniert von Blut, von der Reinheit der Rassen, von der Kraft alter Vampirgeblüte.«

»Wie dem des Grafen Dracula?«

Moreau schnaubte. »Ein Ältester, der nichts unversucht gelassen hat, um äußerste Verwirrung zu stiften. In seinem Aberglauben ermutigt er die Narren, Vampire für übernatürliche Geschöpfe zu halten. So wiegt er sich in Finsternis.«

West beendete seine Untersuchung und streifte die feuchten Handschuhe ab.

»1909 habe ich an der Miskatonic University eine Vorlesung von Professor ten Brincken gehört«, sagte er. Hinter seiner Brille tanzten wässrige, nervöse Augen.

»Das ist Mr. Herbert West aus Massachusetts«, stellte Moreau seinen Kollegen vor. »Er hat mir den einen oder anderen kleinen Dienst erwiesen. Mit ein wenig Glück wird noch ein richtiger Wissenschaftler aus ihm.«

»Über welches Thema hat der Professor damals referiert?«

»Die Kreuzung verschiedener Blutlinien. Wie die Viehzucht zum Ertrag von schierem, magerem Fleisch. Er behauptete, er könne selbst jene Vampire zum Gestaltwandel bewegen, die dazu von Natur aus nicht imstande sind. Außerdem deutetete er an, seine Methoden seien geeignet, viele Krankheiten und Schwächen der Untoten zu ›heilen‹.«

»Krankheiten und Schwächen?«

»Die extreme Empfindlichkeit gegen das Sonnenlicht. Die Angst vor religiösen Artefakten. Allergische Reaktionen gegen Knoblauch und andere Liliengewächse. Selbst die generelle Verwundbarkeit durch Silber.«

»Pah«, stieß Moreau verächtlich hervor. »Blut, Blut, Blut. Für die Deutschen ist das Blut der Ursprung aller Dinge. Als ob der *corpus* einzig und allein aus Blut bestünde.«

»Ist es dem Professor denn gelungen, ein solches verbessertes Exemplar zu züchten?«, fragte Beauregard. »Zum Beispiel einen Vampir, der einen Silberpfeil im Herzen überleben könnte?«

West starrte achselzuckend auf das leblose Häuflein auf der Pritsche. »Es war alles reine Theorie.«

»Es ›Theorie‹ zu nennen, hieße einen Wirrkopf zum Genie zu adeln«, fuhr Moreau wütend dazwischen. »Niemand außer mir hat auf diesem Gebiet je wirklich etwas geleistet. Ten Brincken ist ein Schwätzer und Einfaltspinsel.«

»Langstrom von der Gotham University soll mit ten Brinckens Methoden glänzende Resultate erzielt haben«, gab West zu bedenken, »aber seine Experimente nahmen ein schlimmes Ende. Er ist immer noch auf freiem Fuß.«

»Jetzt weiß ich wieder, wer Sie sind«, wandte Moreau sich an Beauregard. »Hatten Sie nicht diese Älteste bei sich?«

»Danke für die Auskunft«, sagte Beauregard. »Sie haben mir sehr geholfen.«

Einen Moment lang befürchtete er, Moreau könne sich nach Geneviève erkundigen. Vor dreißig Jahren hatte er wissenschaftliches Interesse an ihr genommen. Und seine wissenschaftlichen Interessen schienen sich darin zu erschöpfen, mit dem Skalpell auf seine Patienten loszugehen, um das Räderwerk des Lebens zu studieren.

»Sollten sie Ihnen in die Hände fallen, würde ich gern einen Blick auf seine Versuchsnotizen werfen«, sagte Moreau mit übertriebener Lässigkeit, die Beauregard verriet, wie ernst er die Arbeit seines Widersachers wirklich nahm. »Schwachsinniges Geschwätz, da bin ich sicher, aber ein blindes Huhn findet auch mal ein Korn. In Deutschland gibt es nicht so viele Gesetze, die uns an unserer Forschungsarbeit hindern.«

Beauregard wandte sich zum Gehen. Der Wachposten lauerte hinter der offenen Tür, sein verzerrter Schatten fiel über die Bodendielen.

»Ouran tut niemandem etwas zuleide«, sagte Moreau. »Er ist seit vielen Jahren bei mir. Ein braver, treuer Diener.«

Beauregard fragte sich, ob es sich bei den roten Malen an Ourans Hals um Operationsnarben handeln mochte.

Vor dem Krieg hatte Dr. Moreau aus England fliehen und seine Arbeit anderswo fortsetzen müssen. Doch hier, in unmittelbarer Nähe des Schlachtfelds, hatten die »Gesetze« ihre Gültigkeit verloren. In Kriegszeiten war für Menschlichkeit kein Platz.

Auf halbem Weg nach oben setzten die Schreie wieder ein; offenbar widmeten Dr. Moreau und Mr. West sich bereits dem nächsten verwundeten Vampir. Nach diesen wenigen Minuten in der Klinik hätte Beauregard sich am liebsten alle Kleider vom Leib gerissen, um sie gründlich reinigen oder, besser noch, verbrennen zu lassen.

Lieutenant Templar wartete am Tunneleingang. Er hielt eine Zigarette in der Hand und sah einem frischen Rauchring nach, der langsam in die Luft stieg, bis er schließlich zerstob. Der Abend kroch näher. Gegen den fauligen Gestank in Moreaus Sektionssaal wirkte der üble Geruch des Grabens wie eine frische Brise. Das Stakkato der MGs übertönte das dumpfe Donnern des Mörserfeuers.

»Gleich geht es los«, bemerkte Templar. »Was halten Sie von unserem Doc?«

Beauregard gab keine Antwort, doch der Lieutenant war im Bilde.

»Ich sage Ihnen, ich gebe nicht viel auf Gerüchte, aber wenn einer meiner Jungs sich eine Kugel einfängt, werde ich ihn lieber durch den Drahtverhau schleppen und in einem klapprigen Lastwagen nach Amiens schaffen lassen, als ihn in dieses Loch hinunterzubringen.«

14

Kate und Edwin

Gegenüber dem Wing-Hauptquartier in Amiens befand sich ein kleines Café, wo Kate auf ihre Beute wartete. Zufällig gab es gegenüber jedem Gebäude von militärischer Bedeutung in Frankreich solch ein kleines Café. Und Kate kannte sie alle.

Sie trank *anis* mit einem Spritzer Tierblut von ungewisser Herkunft und beobachtete das Kommen und Gehen auf der anderen Straßenseite. Es herrschte hektische Betriebsamkeit; nach Einbruch der Dunkelheit war im Wing noch regerer Andrang zu verzeichnen als am Nachmittag. Das Hauptquartier war ein massiver Bau, ein zweckentfremdetes Amtsgebäude.

Die Spur hatte sie hierhergeführt.

»Bone jaw, mamsel«, sagte ein Amerikaner. »*Je m'apple Eddie Bartlett. Private, First-Class.*«

Sie blickte den Infanteristen über den Rand ihrer blau getönten Brille hinweg an. Der kleine, grinsende, unglaublich junge Warmblüter rechnete offenbar mit einem überschwänglichen Empfang. Die Erkenntlichkeit der Mesdemoiselles war ein nicht zu unterschätzender Anreiz für die amerikanischen Rekruten.

»Jungejunge, Mr. Yank, Ihr *parley-voo* ist nicht von schlechten Eltern.«

Private Bartlett war enttäuscht. Wahrscheinlich übte er dieses Sprüchlein schon, seit sein Truppentransporter den Hafen von

New York verlassen hatte. Seine Kameraden brüllten vor Lachen. Sie lächelte, und ihre Fangzähne lugten hervor. Bartlett stotterte eine Entschuldigung und kehrte an den Tisch seiner Freunde zurück. Sie hoffte, er möge eine willige Französin treffen, bevor ihn eine Kugel traf. Er sah eigentlich recht nett aus, und sie bereute ihre kühle Abweisung. Es kam nicht oft vor, dass man sie für eine verlockende französische Sirene hielt. Sie mochte den Geschmack von Amerikanern. Auch Mr. Frank Harris war Amerikaner gewesen, ein früherer Cowboy. Da sie historisch unbelastet waren, war ihrem Blut eine gewisse Leichtigkeit zu eigen.

Sie verspürte quälenden Durst. *Anis* mit Blut tat wenig mehr, als ihren Appetit zu reizen. Bisweilen vergaß sie über ihren Kreuzzügen, ihre Bedürfnisse zu stillen. Sie ließ die Zunge über ihre spitzen Zähne gleiten. Die Front war so nah, dass ganz Amiens in einem fort zu beben schien. Der Inhalt ihres Glases drohte überzuschwappen, und sie spürte jeden Bombeneinschlag bis ins Mark.

Edwin Winthrop kam aus dem Wing-Quartier geschlendert und blieb auf der Treppe stehen, um den Gruß eines staubbedeckten Sergeants zu erwidern. Kate tat, als habe sie ihn nicht bemerkt, obgleich sie mit Bedacht einen Platz gewählt hatte, an dem Edwin sie sofort entdecken musste. Sie hielt diese Vorgehensweise für subtiler als ihre vergeblichen Versuche, sich vor ihm zu verstecken. Von seinem eigenen Scharfsinn geblendet, würde ihm, in einem Anfall männlichen Stolzes, vielleicht ein Lapsus unterlaufen, und er würde sich verplappern. Einen Augenblick lang glaubte sie, er werde ihre Anwesenheit in seinem Bericht an Charles vermerken und dann weiter seinen Geschäften nachgehen. Also versuchte sie ihn telepathisch zu bezaubern. Das war, zumindest was ihr Geblüt betraf, kompletter Unsinn, aber es konnte immerhin nicht schaden.

Edwin fasste einen Entschluss. Er überquerte die Straße, wobei er einem Kradmelder auswich, und steuerte auf sie zu. Sie verzog keine Miene und unterdrückte ein blasiertes, siegesgewisses Lächeln.

»Miss Maus, nicht wahr?«

Sie machte sich einen Spaß daraus, so zu tun, als habe sie ihn gerade erst bemerkt.

»Guten Abend, Edwin. Wo haben Sie denn Ihren Wachhund gelassen?«

Er blickte sich um. Dravot war nirgends zu sehen. Selbst Edwin wusste mitunter nicht, ob sein Beschützer in der Nähe war.

»Vermutlich hat sich der Sergeant in einem nahe gelegenen Heuhaufen versteckt. Verkleidet, natürlich.«

»Das sollte mich nicht wundern.«

»Wie ich höre, sind Sie und er alte Freunde.«

Kate dachte an die Zeit des Schreckens. Es kursierten *Geschichten* über Daniel Dravots Rolle in Belangen von allergrößter Wichtigkeit. Geschichten, die sie nie auf ihren Wahrheitsgehalt überprüft hatte. Der Sergeant stand auf der rechten Seite, zögerte jedoch keine Sekunde, sich die Finger schmutzig zu machen, wenn es darum ging, den Karren aus dem Dreck zu ziehen.

»Ich habe außerdem gehört, dass Sie keineswegs so dumm sind, wie Sie scheinen.«

Sie überspielte ihren Ärger mit einem glockenhellen Lachen. »Niemand könnte so dumm sein, wie ich scheine, nicht wahr?«

Edwins Lachen war nicht gespielt. Sie hatte ihn verwirrt. Und das war gut so. Denn wenn er verwirrt war, war er auch interessiert. Während er versuchte, ihr Geheimnis zu ergründen, hoffte sie mehr über ihn zu erfahren.

»Verfolgen Sie einen armen General? Um den Ruf eines weiteren verdienten Soldaten in den Schmutz zu ziehen?«

»Im Gegenteil. Ich verfasse eine Lobrede auf die Standhaftigkeit unserer tapferen Offiziere.«

Er setzte sich ihr gegenüber. Die Männer an Private Bartletts Tisch machten hämische Bemerkungen.

»Pass auf, Sportsfreund«, rief Bartlett. »Sie beißt.«

»Sie haben sich eine *claque* zugelegt?«

Kate rümpfte die Nase.

»Sie erröten. Das bringt Ihre Sommersprossen zur Geltung.«

Das Bombardement kam ihr erstaunlich regelmäßig vor, bis sie bemerkte, dass sie Edwins Herzschlag lauschte und sich von seinem kräftigen Puls hatte einlullen lassen. Ihr Glas war leer.

»Darf ich Ihnen etwas zu trinken bestellen, Kate?«

»Nein, danke. Ich habe keinen Durst.«

»Ich dachte, Sie hätten immer Durst.«

Es ging ihr wie ein Stich durchs Herz. Sie hätte gern etwas getrunken, nur leider nicht das, was Edwin ihr bestellen würde.

»Auch mein Kollege Charles Beauregard spricht in den höchsten Tönen von Ihnen. Wobei er mich daran erinnerte, dass Sie alt genug sind, um meine Mutter zu sein.«

»Ich bin kaum der Wiege entwachsen«, wiegelte sie ab.

Er würde sie fragen, wie es war. Früher oder später taten das alle jungen Männer. Eigentlich waren es zwei Fragen: Wie ist es, ein Vampir zu sein, und wie ist es, von einem Vampir gebissen zu werden?

Der *patron* trat an ihren Tisch. Edwin bestellte Brandy und gab ihr Gelegenheit, sein Angebot zu überdenken.

»Danke für Backobst«, sagte sie, wie ein albernes Gör in einem Pariser Straßencafé. Edwin hatte diesen Ausdruck noch nie gehört. Dann besann sie sich eines Besseren und bestellte einen zweiten *anis* mit Blut.

Nach dem ersten Schluck aus seinem Glas sah er sie an und sagte: »Kate …«

»Wie ist das eigentlich?‹«

Sein Erstaunen verriet ihr, dass er von ihren übernatürlichen

Kräften überzeugt war. Sie war belustigt und auch ein wenig siegesfreudig.

»Das ist schwer zu erklären. Man muss es selbst erleben, wie die Liebe und den Krieg.«

Edwin dachte über ihre Antwort nach und sah ihr direkt ins Gesicht. Ihre getönte Brille bot keinen Schutz vor seinem Blick.

»Sie verfolgen mich, Kate Reed. Ich weiß zwar nicht, zu welchem Zweck, aber Sie verfolgen mich.«

Sie zuckte die Achseln. »Haben Sie eine Liebste zu Hause?«

Er wog das Für und Wider sorgsam ab und nickte. »Catriona Kaye. Wir sind verlobt. Sie ist sehr modern.«

»Im Gegensatz zu mir, einem verstaubten Relikt aus grauer Vorzeit.«

»Sie ist so alt wie das Jahrhundert. Ich nenne sie Cat.«

»Dann will auch ich sie eine Katze nennen.«

Der beißende Geruch von Edwins Brandy stach ihr in die Nase. Der *anis*-Geschmack auf ihrer Zunge konnte ihr Gefühl für ihn nicht dämpfen.

»Möchte Ihre Verlobte, dass Sie sich verwandeln?«

»Über dieses Thema haben wir noch nicht gesprochen.«

»Es wird Ihnen kaum etwas anderes übrigbleiben.«

»Mein warmes Blut ist mir sehr lieb.«

»Kein dummer Gedanke.«

»Dann sind Sie also keine bekehrungssüchtige Verfechterin des Untoten-Daseins?«

Edwins Atem kräuselte sich in der Luft. Es war ein kühler Februarabend. Die Warmblüter trugen Schal und Handschuhe.

»Danke für Backobst.«

»Wie bitte?«

»Ich habe als Einzige meiner Fangschwestern überlebt. Das Untoten-Dasein ist eine heikle Sache, gänzlich unberechenbar. Dreißig Jahre sind vergangen, und noch immer steht die Ärzteschaft vor einem Rätsel. Wer sich verwandelt, setzt all seine Stärken aufs Spiel. Die meisten Neugeborenen sterben auf garstige, unschöne Weise.«

Sie hatte keinen Zweifel, dass Edwin sich prächtig verwandeln würde. Obgleich er warmen Blutes war, besaß er den Scharfsinn eines Vampirs.

»Catriona. Das ist mein Name auf Schottisch. Katherine. Sind wir uns ähnlich?«

Die Frage überraschte ihn.

»Sie müssen etwas gemeinsam haben. Sie möchte Journalistin werden.«

»Werden Sie ihr denn erlauben, einen Beruf zu ergreifen?«

»Ich bestehe sogar darauf. Ihr Vater ist da anderer Ansicht. Er ist Geistlicher, sie Agnostikerin. Sie zanken sich in einem fort.«

Zu ihrem Verdruss empfand Kate Sympathie für Edwins unbequeme Liebschaft. Catriona Kaye war allem Anschein nach eine exakte Kopie ihres jüngeren, warmblütigen Ichs. Nur schöner. Kate würde ihn der anderen Frau nicht abgewinnen und ihn zu einem fügsamen Gewährsmann machen können. Ihre Karriere als zweite Mata Hari war beendet, noch ehe sie richtig begonnen hatte.

»Woher dieses Interesse an meinen persönlichen Verhältnissen? Ich dachte, Sie befassen sich eher mit Politik und anderen wichtigen Belangen?«

»Der Journalismus braucht eine menschliche Note. Kleine Einsichten zur Erhellung trockener Fakten.«

Edwin leerte sein Glas. Der Brandy hatte sein Blut erwärmt und ihm einen kräftigen Geschmack verliehen. Die Kante eines Briefumschlags lugte aus seiner Jackentasche. Mit spitzen Fingern ließ er sie darin verschwinden.

»Versiegelte Order?«

Er grinste. »Das darf ich Ihnen nicht verraten.«

»Ich gehe jede Wette ein«, sagte sie, »dass ich weiß, wohin man Sie schicken wird.«

»Wenn das stimmt, wären Sie tatsächlich eine Hexe. Ich habe keinen Schimmer, was in dieser Order steht.«

Sein Herzschlag verriet ihr, dass er log, doch sie ließ ihn gewähren.

»Worum möchten Sie wetten?«

Sie zuckte die Achseln.

»Einen Kuss?«, schlug er vor.

Ihre Augenzähne verlängerten sich um eine Winzigkeit. Sie verspürte einen leisen, nicht unangenehmen Schmerz in den Nerven ihrer Hauer.

»Nun gut«, sagte sie. »Sie werden nach London abberufen.«

Er holte den Umschlag hervor und öffnete ihn. Er las die Order, drückte sie an seine Brust und kicherte.

»Sie haben Ihre Wette verloren.«

»Muss ich mich auf Ihr Wort verlassen?«

»Als Offizier und leidlicher Gentleman?«

»Offiziere und Gentlemen geben die besten Lügner ab. Insbesondere Geheimdienstoffiziere. Ihr Beruf verpflichtet Sie zur Lüge wie der meine mich zur Wahrheit.«

»Ich könnte Ihnen durchaus den einen oder anderen Journalisten nennen, dem die Fabelei nicht fremd ist.«

»*Touché.*«

»Sie gestehen mir also zu, dass Sie verloren haben?«

»Bleibt mir etwas anderes übrig?«

Sie standen linkisch auf und sahen sich an. Er war von mittlerer Statur, nur wenig größer als sie. Er küsste sie auf den Mund. Seine Wärme versetzte ihr einen Schock, und Feuer schoss durch ihre Adern. Obgleich kein Blut floss, war der Kontakt derselbe wie beim Aderlass. Es war kein langer Kuss. Bartletts Tisch johlte und schrie. Edwins Gedanken waren nicht allzu ergiebig. Nur ein

Tropfen Blut, und sie hätte erfahren, was sie wissen wollte. Edwin machte sich von ihr los. Seine Order glitt ihm durch die Finger, verfehlte den Tisch und fiel zu Boden.

»Da stehen einem ja die Haare zu Berge«, sagte er mit großen Augen.

Mit der Schnelligkeit der Untoten bückte sie sich, schnappte sich das Blatt Papier und hielt es Edwin hin. Der war in einem kurzen Traum versunken, wie betäubt von der Berührung ihrer Lippen. Bei einem flüchtigen Blick auf das Papier hatte sie gesehen, dass Edwin nach Maranique zurückbeordert wurde, um eine zweite Streife zum Château du Malinbois zu schicken.

»Damit hatten Sie wohl nicht gerechnet?«, fragte Kate.

»Das will ich meinen. Sie sind elektrisierend. Wie ein Zitteraal.«

II

NIEMANDSLAND

15

Ader um Ader, Zahn um Zahn

»Da hört sich doch alles auf!«, schimpfte Ewers. »Wir sollten am Bahnhof abgeholt werden. Es sollte ein Wagen für uns bereitstehen. Diese Verzögerung ist unverzeihlich.«

Poe stellte seine Reisetasche auf den Bahnsteig, während sich düster dreinblickende Soldaten um ihn scharten. Es war kurz nach Sonnenuntergang. Sein roter Durst war geweckt, eine unerträgliche Tortur.

»Diese Sache wird ein Nachspiel haben«, gelobte Ewers. »Und wenn ich eigenhändig einen Pfahl errichte, um die Gedärme des Verantwortlichen daraufzuspießen!«

Kleine Ungelegenheiten machten Hanns Heinz Ewers maßlos wütend. Ebenso übertrieben wie seine Eingebildetheit war sein Zorn, wenn andere sich weigerten, die Autorität anzuerkennen, die er für sich in Anspruch nahm. Wäre er ein Verfechter der Theorien Sigmund Freuds gewesen, so hätte Poe vermutlich folgern müssen, dass Ewers' Phallus ungewöhnlich klein geraten war.

Dabei hatte der Wiener Jude ein paar recht interessante Dinge geschrieben und sich seinen Platz in der Geschichte redlich verdient. Franz Joseph war eben im Begriff gewesen, einer vom

Hause Rothschild unterzeichneten Petition zuzustimmen und das Grazer Edikt aufzuheben, als Freud *Der oral-sadistische Antrieb* veröffentlichte. Am Beispiel der Untoten lieferte das Buch einen derart erschütternden Beweis für die moralische Verkommenheit und das gefährliche subversive Potenzial der hebräischen Rasse, dass das Edikt nicht nur in Kraft bleiben, sondern erheblich verschärft werden sollte.

»In der deutschen Seele ist kein Platz für Schlendrian und Hudelei«, fuhr Ewers fort. »Unzulänglichkeit und Schwäche müssen mit Blut und Eisen ausgemerzt werden.«

Sie standen am Bahnhof von Péronne bei Cappy an der Somme, nur wenige Meilen von den feindlichen Linien entfernt. In Berlin hatte Poe das Bombardement als leises Echo wahrgenommen. Je weiter sich der Zug dem Kriegsschauplatz genähert hatte, desto lauter war es geworden. Selbst Ewers hatte es noch vor der französischen Grenze gehört. Der Krach zerrte an Poes schwachen Nerven; wenn er sich zu lange in Frontnähe aufhielt, würde er vermutlich den Verstand verlieren.

»Soll ich vielleicht zu Fuß gehen?«

In Ewers' Tirade war aus »wir« längst »ich« geworden. Man brauchte wahrhaftig kein Detektiv zu sein, um zu ermitteln, dass Ewers glaubte, er leite die Operation Château du Malinbois, und Edgar Poe sei nichts weiter als ein Schlachtenbummler. Warum hatte man, wenn er denn tatsächlich solch ein Großmeister der spitzen Feder war, nicht gleich Ewers angeworben, dieses wunderbare Buch zu schreiben?

Im Gegensatz zu Poe, der sich mit einer kümmerlichen Leinentasche begnügte, reiste Ewers mit zwei schweren Koffern und war es nicht gewohnt, am Bahnhof einzutreffen, ohne eine Schar bunt herausgeputzter Träger aufzuscheuchen, die bereit waren, bis zum Ende seinen Zwecken zu genügen. Péronne befand sich ganz in der Hand des Militärs. Alle Franzosen, die hier als Wärter ihren Dienst verrichtet hatten, waren entweder tot oder lagen ein paar Meilen weiter im Schützengraben und richteten ihre Gewehre auf die deutschen Linien.

Die Lokomotive hatte eine neuerliche Ladung grau uniformierter Männer zum Altar des Krieges geführt und schnaubte wütend wie ein Feuerdrache. Der Schornstein der gewaltigen schwarzen Maschine hätte einem Raddampfer zur Ehre gereicht. Auf dem Langkessel prangte das goldene, mit Schlamm und Ruß befleckte Wappen Draculas.

Schon bald nach dessen Ankunft hatte der Kaiser den Grafen zum Chef der Deutschen Reichsbahnen ernannt. Für Fahrplanabweichungen von über fünf Minuten gab es drei Hiebe mit einer glühenden Schwertklinge auf den bloßen Rücken. Machte sich ein ruchloser Maschinist eines weiteren Vergehens schuldig, so wurde er bei lebendigem Leib in seinen Kessel geworfen. Die weise Voraussicht des Grafen machte sich schon in den ersten Kriegstagen bezahlt: Elftausend Züge wurden aus dem Zivilbetrieb entfernt und verbrachten mehrere Millionen Reservisten in Rekrutendepots und von dort aus weiter an die Front. Der unter der Schirmherrschaft des Grafen entworfene Schlieffen-Plan war keine Feldzugsstrategie im Sinne des neunzehnten Jahrhunderts, sondern vielmehr ein gigantischer Eisenbahnfahrplan.

»He«, rief Ewers, »mein Gepäck!«

Der Zug machte sich zur Weiterfahrt bereit, und die riesigen Räder fingen an zu mahlen. Ewers rannte auf und ab, seine Rockschöße flatterten im siedend heißen Dampf. Aus einer Waggontür flogen messingbeschlagene Koffer auf den Bahnsteig. Es ging doch nichts über gute deutsche Wertarbeit. Die stabilen Kisten bogen und verformten sich, brachen aber nicht entzwei. Ewers schrie dem abfahrenden Zug wüste Drohungen hinterher: Er habe Namen und Dienstnummern notiert und werde für prompte Entlassung und Bestrafung sorgen.

Ein übler Gestank hing in der Luft. Poe kannte ihn noch aus seinem letzten Krieg. Dem Krieg um die Unabhängigkeit der Südstaaten. Dem Krieg, den sie verloren hatten. Der Geruch stach ihm noch immer in die Nase. Schlamm, Schießpulver, menschliche Exkremente, Feuer und Blut. Zwar waren zwei neue Ingredienzen beigemischt, Petroleum und Kordit, doch der eigentliche Gestank war an der Somme derselbe wie am Antietam. Einen Augenblick lang war er überwältigt. Der Tod drängte sich in sein Gehirn, eine schwarze Flagge legte sich um seinen Kopf, blendete, erstickte, würgte ihn.

»Was stehen Sie denn da herum?«, bellte Ewers. »Sie sehen aus wie eine Vogelscheuche.«

Poe spürte nichts. Das ließ tief blicken.

»Pah«, stieß Ewers verächtlich hervor und machte eine wegwerfende Handbewegung.

Poe beruhigte sich. Er würde bald neue Nahrung brauchen. Wie immer, wenn er am Rande von Hunger und Erschöpfung stand, waren seine Sinne bis zum Äußersten geschärft. Wer zu viel wahrnimmt, wird verrückt.

Es war ein kleines Wunder, dass kein Wagen auf sie wartete. Jenseits des geschlossenen Fahrkartenschalters und des ausgebombten Wartesaals herrschte militärisches Chaos. In die Quartiere oder an die Front einrückende Soldaten wurden in Divisionen eingeteilt und kletterten auf Karren und Laster, die sie ins Kampfgebiet kutschierten. Unteroffiziere brüllten wie alle Unteroffiziere seit Anbeginn der Welt. Die Männer setzten sich in Bewegung, ein Knäuel aus Kluften und Gewehren.

Widerwillig entließ Ewers seine Koffer in die Obhut eines glutäugigen kleinen Gefreiten mit hauchdünnem Schnurrbart und steifarmigem Gruß. Poe erkannte auf den ersten Blick, dass der Mann das Zeug zum Zuchtmeister und Leuteschinder hatte. Sie traten auf den Bahnhofsvorplatz.

Die Wand des Fahrkartenschalters war in Brusthöhe mit Einschusslöchern gespickt. Daneben türmten sich grob behauene Holzsärge, hoch wie ein Telegrafenmast. Am Fuß des Stapels lag eine offene Totenkiste, die fast bis zum Rand mit jungfräulichem Schnee gefüllt war, als erwartete sie einen Eskimovampir, der auf einer Scholle seines Heimateises schlief. Péronne war mehrmals heftig bombardiert worden, und nur wenige Gebäude waren unversehrt. Leere Fenster, löchrige Dächer, rußgeschwärzte Türen, eingestürzte Schornsteine.

»Sie da«, herrschte Ewers einen Unteroffizier an, »wo geht es zum Château du Malinbois?«

Als er den Namen hörte, zuckte der Unteroffizier, ein stämmiger, schnauzbärtiger Warmblüter, erschrocken zusammen und schüttelte leise murmelnd den Kopf.

»Sie sollten lieber nicht zum Schloss hinausfahren, Sir«, sagte er.

»Im Gegenteil. Wir sind im Auftrag des Kaisers unterwegs.«

Ewers war erbost, Poe hingegen zeigte sich erstaunt über die Furcht und den Abscheu des Unteroffiziers. Malinbois stand offenbar in keinem guten Ruf.

»Auf dem Schloss geht es nicht mit rechten Dingen zu«, erklärte der Unteroffizier. »Es ist von toten Kreaturen bevölkert. Kreaturen, die man am besten einmauern und vergessen sollte.«

Knurrend entblößte Ewers seine Hauer. Die Schaustellung des Deutschen ließ den Soldaten kalt. Im Château erwartete sie demnach weitaus Schlimmeres. Der Unteroffizier trottete davon und ließ Ewers schnaubend wie eine Lokomotive zurück.

»Abergläubischer Bauer«, stieß Ewers verächtlich hervor.

Poes Fangzähne schmerzten, und sein Herz stand in Flammen. Er brauchte dringend Nahrung. Ewers hatte von Ausschweifung und Schwelgerei auf Malinbois geschwärmt, doch das sagenhafte Schloss schien in immer weitere Ferne zu rücken. Amtliche Plakate warnten vor Krankheit und Verbrüderung. Es war bei Strafe verboten, das Blut französischer Zivilisten zu trinken. Ebenso gut hätte man verbieten können, französische Luft zu atmen.

Unter einer Laterne stand ein Mädchen von elf oder zwölf Jahren und beobachtete die Soldaten. Sie trug eine saubere Kinderschürze, und ihre schneeweiße Haut schimmerte im trüben Licht. Sie war warmen Blutes. Poe hörte ihren Herzschlag, hörte noch das leiseste Rascheln ihrer Kleider. Trotz des üblen Kriegsgestanks roch er den süßen Duft ihres Atems.

Sie blickte ihn aus alten Augen an. Einen Lidschlag lang war sie Virginia. Sie alle waren wie Virginia, ungeachtet ihrer Augenfarbe oder Frisur. Sie alle umwehte ein Hauch von Virginia. Sie schien Poe magisch anzuziehen, quer über die zerbombte Straße hinweg. Schon herrschte Einverständnis zwischen ihnen.

»Herr Poe«, rief Ewers gereizt und wie aus weiter Ferne.

Als er die Lichtinsel erreicht hatte, blieb Poe zögernd stehen. Im Gesicht des Mädchens loderte das Feuer des Lebens. Er fragte sich, ob er sie würde berühren können, ohne sich die Finger zu verbrennen. Die Vorsicht zügelte seine Begierde. Sie war nicht Virginia, sondern eine geübte französische Kokette. Er sah den Schorf an ihrem Hals, eine Reihe verheilter Bisswunden, die sich von unterhalb ihres winzigen Ohrs bis zu ihrem Kragen zog. Ihr Lächeln entblößte schlechte Zähne.

Ewers hatte Poe eingeholt und verlieh seinem Unmut wortreich Ausdruck, ging jedoch nicht dazwischen. Er wusste, welche Not Poe litt.

»Wenn es denn sein muss«, sagte Ewers. »Aber machen Sie schnell. Wir werden im Château erwartet.«

Poe stellte sich vor, Ewers befände sich in einem anderen Land. Seine Stimme war schwach, der Herzschlag des Mädchens laut. Mit routinierter Lässigkeit nahm sie seine Hand und zog ihn an der Laterne vorbei in eine Seitengasse.

»Auf dieses Delikt steht eine hohe Strafe«, klagte Ewers.

Doch Poe ließ sich nicht beirren. Es war längst Liebe. Er bekam den Mund nicht zu, seine Schneidezähne waren ihm im Weg. Gurrend versuchte er das Mädchen zu besänftigen. Seine wilde Miene schien ihr keine Angst zu machen.

»Beeilen Sie sich, Poe. Beißen Sie die Hure, und damit Schluss.«

Poe brachte Ewers mit einer unwirschen Handbewegung zum Schweigen. Es zog ihn in die Dunkelheit, auf die Knie. Durch seine dünnen Hosen spürte er das Pflaster. In den Fugen hatten sich harte Eiskrusten gebildet. Das Mädchen sank in seine Arme und küsste ihn sanft auf Wange und Mund. Sie schmeckte wie Feuer. Von seinen Gefühlen übermannt, zerrte er ihren Kopf in den Nacken und setzte seine Lippen an ihren pulsierenden Hals. Alte Wunden rissen auf, als seine Fangzähne ihre zarte Haut durchdrangen. Süßes Blut sickerte in seinen Mund, umspülte seine Zunge.

Er trank, begierig und erregt. Das Kind wand sich in seiner Umarmung. Während er saugte, erkannte er sie. Sie hieß Gilberte, doch ihre Familie nannte sie nur Gigi. Er sah, wie man ihren Vater erschossen hatte, wie ihre Mutter davongelaufen war. Er sah sie in den Armen anderer, sah sie andere Vampire säugen. Ihr kurzes Leben war eine herrliche Tragödie. Ihr Blut war die reinste Poesie.

»Vorsicht, sonst bringen Sie das kleine Biest noch um«, warnte Ewers, legte Poe eine Hand auf die Schulter und zog ihn von ihr fort.

Widerstrebend ließ Poe von der quellenden Wunde ab. Obgleich das Blut des Kindes ihn noch immer wärmte und ergötzte, war er von Scham und Reue überwältigt. Sein Gesicht war tränenüberströmt.

»Wenn sie stirbt, ist hier der Teufel los«, sagte Ewers.

Poe blickte in das Gesicht des Mädchens. Ihre Miene war ausdruckslos und leer, doch er spürte ihren Hass, ihre Verachtung. Gigi lag kalt in seinen Armen. Sie war nicht tot, doch ihr Verstand hatte sich vorübergehend verflüchtigt, in den Tiefen ihres Körpers verkrochen, während sie die unwürdige Behandlung über sich ergehen ließ.

»Verflucht«, keuchte Ewers. »Das ist Ihre Schuld, Poe.«

Plötzlich packte Ewers die Blutgier. Poe hatte vergessen, dass auch der Deutsche ein Vampir war. Seine Augen waren blutunterlaufen, seine Züge vergröberten sich. Stumpfe Fangzähne sprossen aus seinem ernsten Gesicht.

»Sie könnten wenigstens achtgeben, ob jemand kommt«, kommandierte Ewers.

Gigi hatte keine Angst. Nur seine immense Willenskraft und Ewers' unablässiges Genörgel hatten Poe davor bewahrt, die Hure völlig auszubluten. Er fragte sich, ob Ewers sich ebenso gut würde beherrschen können wie er. Auch in Poes Vergangenheit war es zu ungewollten Tragödien gekommen. Mit der Zeit wurden alle Vampire zu Mördern, und Poe befürchtete, dass sie früher oder später sogar Gefallen am Morden finden würden.

Ewers stürzte sich auf das entsetzte Kind und riss den Kragen von ihrem blutüberströmten Hals. Er war ein Barbar, der sie mit Gewalt herauszugeben zwang, was Poe ihr sanft entlockt hatte.

Der Deutsche trank von dem sich windenden Mädchen. Er lag mit seinem ganzen Gewicht auf ihr. Sein Rücken hob und senkte sich. Ein verirrter Lichtstrahl erfasste zwei Knöpfe über seinen Rockschößen, und sie blitzten auf wie blinde Augen. Poe spielte mit dem Gedanken, Ewers einen gespitzten Holzpflock in den Rücken zu stoßen und sein totes Herz zu spießen.

Dieses Mädchen würde überleben, heute Nacht. Dafür würde Poe schon sorgen. Andere Mädchen, in anderen Nächten, würden sterben.

Während er so fraß und prasste, machte Ewers Geräusche wie ein Schwein. Sein Gesicht war blutverschmiert. In der Dunkelheit wurde das Rot zu Schwarz. Zum Glück war Gigi ohnmächtig geworden. Aus den klaffenden Wunden an Hals und Brust rann Blut.

Poe fasste Ewers an den Armen und zerrte ihn von ihr fort. Ein Krampf durchzuckte Ewers' Körper, und er verlor das Bewusstsein. Poe wälzte ihn von ihr herunter. Er ließ ihn links liegen und kümmerte sich um die Kleine. Ihr Herzschlag ging schwach, aber regelmäßig. Sie würde wieder zu Kräften kommen. Er wiegte das Mädchen, sein Durst war gelöscht. Ihre Verbindung löste sich, Erinnerungen verschwanden im Nichts, trotzdem wollte er sie noch ein wenig hüten. Nur in diesen kurzen Augenblicken fand er Ruhe, inneren Frieden.

Kalte Zweifel nagten an seiner flüchtigen Zufriedenheit. Ewers wischte sich das Gesicht ab und stand auf. Schnaubend und polternd brachte er seine Kleider in Ordnung, mit pointierten kleinen Gesten. Trotz seines Zorns war er selbstgefällig und blasiert wie immer.

»Sie sind wie ich, Poe. In uns wütet ein unstillbares Verlangen, aus dem wir unsere schöpferische Kraft gewinnen.«

Das Kind stöhnte, während es aus den Tiefen des Schlafes an die Oberfläche des Bewusstseins trieb.

»Sie und ich haben nichts gemein«, erwiderte Poe ungerührt.

Ewers verstieß diesen Gedanken und versuchte sich zu konzentrieren. Er war noch etwas wacklig auf den Beinen. Gigis Blut war schwer und satt. Auch Poe bestürmten bislang ungekannte Gefühle, eine gefährliche Heiterkeit, gepaart mit der Angst vor einem gähnenden Abgrund des Grauens. Scharlachrote Funken tanzten an den Rändern seines Blickfelds.

»Wir werden im Château erwartet«, insistierte Ewers. »Wir müssen schnellstens ein Fahrzeug requirieren.«

Poe ließ Gigi zu Boden sinken. Sie rollte sich zusammen wie eine Katze. Er brachte ihren Kragen in Ordnung. Ewers war so stürmisch zu Werke gegangen, dass sich ihr Hemd und ihre Kinderschürze nicht mehr knöpfen ließen, doch Poe sorgte dafür, dass sie züchtig bedeckt war.

»Wir stehen in der Schuld dieses Kindes, Ewers.«

Ewers fischte aufgebracht in seiner Westentasche und warf eine Münze aufs Pflaster. Poe hob sie auf und schob sie dem Mädchen in die Hand. Im Halbschlaf schloss sie die Finger um den Schatz.

Sie überließen Gigi ihrem Schicksal und kehrten zum Bahnhof zurück. Vor dem Eingang wartete ein Wagen, der Fahrer saß hinter dem Lenkrad, und ein Offizier hielt sich bereit. Als er Poe und Ewers erblickte, schlug er die Hacken zusammen und salutierte schneidig.

»Ich bin Oberst Theo von Kretschmar-Schuldorff. Es ist mir eine außerordentliche Ehre, den berühmten Schriftsteller Mr. Edgar Allan Poe kennenzulernen.«

Der Offizier sprach akzentfrei Englisch. Ein scharfsinniger Neugeborener.

»Nun, er steht vor Ihnen«, sagte Ewers auf Deutsch.

Poe schüttelte dem Offizier die Hand. Kretschmar-Schuldorff ließ den Blick zur Seite schnellen, um die Neuankömmlinge in Augenschein zu nehmen. Poe hatte sich mit einem Taschentuch gesäubert, doch Ewers war über und über mit geronnenem Blut befleckt. Der Offizier hatte sich bereits eine Meinung gebildet, behielt sie jedoch pflichtgemäß für sich.

Ewers stürmte davon, um seine Koffer von dem zukünftigen Zuchtmeister zurückzufordern. Kretschmar-Schuldorff half Poe in den Wagen. Der Oberst brachte ihm dieselbe Ehrerbietung entgegen wie einer alten Dame, über deren grauenhaften Gestank man Stillschweigen bewahrt.

Die Wirkung von Gigis Blut war verflogen. Poes roter Durst

war gelöscht, und langsam kehrte die graue Wirklichkeit zurück. Das Donnern der Artilleriegeschütze und der Pesthauch des Todes waren überwältigend.

»Ich habe den Namen meines Stiefvaters abgelegt«, erklärte Poe dem Offizier, »und nenne mich nur noch Edgar Poe.«

Kretschmar-Schuldorff nahm sich vor, daran zu denken. Für ihn und seinesgleichen waren Namen und Dienstgrade ebenso wichtig wie Orden und Uniformen. Er war ein Ulane im Dienst der Luftwaffe. Viele tapfere Kavalleristen hatten in diesem Krieg das Ross gegen das Flugzeug eingetauscht.

Ewers kehrte mit seinem Lakaien zurück, jeder von ihnen schleifte einen Koffer hinter sich her. In den schwarzen Augen des Gefreiten spiegelte sich dumpfer Groll.

»Wir hatten schon geglaubt, Sie hätten uns vergessen«, sagte Ewers schroff. »Was hat Sie so lange aufgehalten?«

Oberst von Kretschmar-Schuldorff unterdrückte ein Achselzucken, doch seine Augen verengten sich zu schmalen Schlitzen. Hanns Heinz Ewers machte sich den Deutschen nicht zum Freund.

»Der Krieg«, sagte er. Damit war alles erklärt.

16
—
Gebissene Kinder

»Die Wendung ›Gebissenes Kind scheut die Hauer‹ ist Ihnen offensichtlich unbekannt«, sagte Major Cundall.

»Unter den gegebenen Umständen hieße ›gebissen‹, dass wir auf etwas gestoßen sind.«

Cundall seufzte, doch sein Blut war in Wallung. Winthrop hatte den Geschwaderkommandeur durchschaut. Hinter der Maske des Zynikers verbarg sich ein wilder Kämpfer. Cundall hatte sich DSO und Ordensspangen gewiss nicht durch beißende Geistreicheleien verdient.

»Der Diogenes-Club besteht also darauf, dass wir es ein zweites Mal mit Malinbois versuchen?«

»Sie haben es erfasst«, erklärte Winthrop.

Wie durch ein Wunder war es gelungen, Albrights zerbrochene Platten zu entwickeln. Obgleich gezackte weiße Linien und blinde Flecken die Fotografien verdunkelten, war das Schloss deutlich zu erkennen. Winthrop breitete die Bilder auf dem Bauerntisch aus. Die Vampir-Piloten scharten sich um ihn.

»Wir interessieren uns für diesen Turm«, sagte er.

Cundall warf einen Blick auf die fragliche Stelle. »Sieht aus wie ein Sprungbrett. Lassen die Luftpiraten des JG1 ihre Gefangenen etwa über die Planke gehen?«

Die Turmspitze war abgeschnitten. Ein Brett ragte daraus hervor. Ausgerechnet an dieser Stelle hatte die Platte den größten Schaden erlitten.

»Was ist denn das für ein Schatten?«, fragte Bigglesworth. »Da unter dem Fleck. Ein Beobachter? Eine Geschützstellung?«

Auch der Diogenes-Club hatte vor einem Rätsel gestanden. Winthrop tippte auf die Skala am Rand der Fotografie.

»Wenn es ein Beobachter ist, dann muss er ein Riese sein«, sagte er. »Fünfzehn Fuß groß.«

»Ach was, das ist ein Wasserspeier, eine Chimäre«, meinte Courtney. »Der Hunne ist ganz wild auf Wasserspeier.«

»Bis das JG1 es mit Beschlag belegt hat, war Malinbois französisch.«

»*Plus de* Chimären auch *en France*«, versetzte Courtney. »Sie hätten mal die Mademoiselle aus Armentières sehen sollen, die ich bei meinem letzten Fronturlaub aufs Kreuz gelegt habe.«

Die Piloten brachen in bitteres Gelächter aus. Diesmal musste Winthrop weniger Schabernack über sich ergehen lassen. Niemand verlor auch nur ein Wort über Spenser oder Albright. Er bemerkte das eine oder andere neue Gesicht und versuchte nicht daran zu denken, welche alten Gesichter fehlten. Die Alliierten zogen ihre Truppen zusammen und rüsteten sich für die Offensive des Feindes, die noch vor dem Frühling erwartet wurde. Cundall's Condors hatten die letzten Tage damit zugebracht, Beobachter vom Himmel zu holen.

»Ich fürchte, da werden wir bei Morgengrauen ein wenig Aufklärung betreiben müssen«, sagte Lacey voller Tatendrang. »Wenn wir *en masse* hinüberflögen, würde sich dem roten Kampfadler glatt das Gefieder sträuben.«

»Baron von Richthofen«, stöhnte Roy Brown. »Wir müssen ihn vom Himmel holen.«

»Wir müssen sie alle vom Himmel holen«, sagte Cundall nachdenklich. Im Grunde seines Herzens war er ein vorsichtiger Bursche. Vermutlich hatte er nur deshalb so lange überlebt.

»Der Diogenes-Club besteht auf einer vollzähligen Streife«, sagte Winthrop. Es hätte ihn nicht gewundert, wenn der Kommandeur gegen diese neue Strategie gewesen wäre.

»Meinetwegen«, lenkte Cundall ein. »Courtney, suchen Sie sich einen Beobachter aus und nehmen Sie die Harry Tate.«

Der Pilot – ein Tasmanier, wie Winthrop inzwischen wusste – seufzte. Die RE8 war keine allzu beliebte Mühle. Man nannte sie auch »lahme Ente«, weil sie eine nahezu perfekte Zielscheibe abgab.

»Ich fliege an der Spitze des Verbandes. Nun haben Sie sich doch nicht so, Courtney. Ich werde das Kind schon schaukeln.«

Courtney fasste sich theatralisch an die Brust. Winthrop war froh, dass der Geschwaderkommandeur die Leute für seine Streife selbst aussuchte, statt diese Aufgabe an ihn zu delegieren.

»Da wir mit den A beim letzten Mal so wenig Glück hatten«, sagte Cundall ungerührt, »werden wir es diesmal mit den B versuchen. Bigglesworth, Ball, Brown, ihr seid dabei. Und zum Ausgleich und damit unser Buchstabensüppchen nicht so fade schmeckt, geben wir etwas Williamson dazu.«

Die Piloten stiegen in ihre Uniformen und mit Schaffell gefütterten Stiefel. Albert Ball, der Krüppel, schlängelte sich auf höchst unorthodoxe, aber effiziente Weise in seine Fliegerkluft. Roy Brown, der sauertöpfische kleine Kanadier, nahm einen kräftigen Schluck aus einem Krug Milch mit Rinderblut.

»Magenbeschwerden«, erklärte Ginger. »Er besänftigt sein Geschwür.«

Brown trank mit schmerzverzerrter Miene. Kein Wunder, dachte Winthrop, dass man in diesem Gewerbe Magengeschwüre bekam.

»Entschuldigung«, sagte Courtney, »aber mein fester Tanzpartner in der Harry Tate ist Curtiss Stryker, und der ist krank. Ich fürchte, er hat sich an jemandem gütlich getan, der damit nicht ganz einverstanden war.«

Allard schaute düster drein, in der angstvollen Erwartung, als Ersatz herangezogen zu werden. Stattdessen wandte sich Cundall diabolisch grinsend an Winthrop.

»Winthrop, mein edler Prinz, haben Sie schon mal im Zorn ein Lewis abgefeuert?«

»Ich weiß, an welchem Ende ich mich festhalten muss.«

»Das genügt.« Er deutete mit dem Daumen zur Decke. »Schon mal in der Luft gewesen?«

»Ich bin ein paarmal mit über den Kanal geflogen. Ich kann sogar ohne abzustürzen den Steuerknüppel halten.«

»Ein echter Veteran«, spöttelte Courtney.

»Prima«, sagte Cundall, »dann kotzen Sie uns wenigstens nicht alles voll. Möchten Sie uns auf dieser Tour begleiten? Schließlich veranstaltet der Diogenes-Club den ganzen Zauber. Dass wir uns recht verstehen, Sie sind zu nichts verpflichtet. Ich dachte nur, der kleine Ausflug könnte Ihnen gefallen. Die Landschaft wirkt bei Sonnenuntergang sehr malerisch.«

»Mit dem größten Vergnügen«, sagte Winthrop mit fester Stimme. Er durfte seine Angst nicht zeigen.

»Braver Bursche«, befand Cundall. »Ginger, seien Sie doch so gut und besorgen Sie unserem Freund eine Kluft. Sein Blut ist warm, und so soll es auch bleiben.«

Kein Patrouillenflug konnte so schlimm sein wie das Warten auf die Rückkehr der Piloten. Wenn sie denn überhaupt zurückkehrten. Er verspürte den Drang, ein paar Zeilen aufs Papier zu werfen. Er zog sein Notizbuch und einen Bleistiftstummel hervor.

»Ihr Testament?«, fragte Courtney.

»Nein, nur ein paar Notizen. Ohne Notizen lassen sich keine Erkenntnisse sammeln.«

»Wie Sie meinen, alter Knabe. Ich denke immer an die Leute, denen ich noch Geld schulde. Das hebt die Laune. Wenn ich in den Dutt gehe, werden einige dumm aus der Wäsche kucken.«

Winthrop dachte gründlich nach und schrieb: »Meine liebe Cat, wenn du dies bekommst, stecke ich in ernsten Schwierigkeiten. Lass dich nicht unterkriegen. Ich liebe dich über alles. Edwin.«

Das war zwar schwach, aber es musste reichen. Er bat Algy Lissie um einen Umschlag und verschloss den Brief darin. Das war erledigt.

Ginger kehrte mit einer kompletten Fliegerkluft zurück. Winthrop fragte nicht, wer sie zuletzt getragen hatte. Wie ein diskreter Kammerdiener half ihm der Vampir beim Anziehen. Zunächst musste er alle Dokumente aus seinen Taschen entfernen, für die sich der Boche im Falle seiner Gefangennahme interessieren könnte. Zwei enigmatische Depeschen vom Diogenes-Club wanderten in einen Schuhkarton. Er behielt nur seine Zündhölzer, sein Zigarettenetui und ein Bild von Catriona.

»Hübsches Mädchen«, meinte Ginger. »Ein Hals wie ein Schwan.«

Mit leisem Schaudern unterschrieb Winthrop das Formular, das auf dem Kartondeckel klebte. »Ich schwöre bei meiner Ehre, dass sich weder an meinem Körper noch in meiner Maschine Briefe oder Papiere befinden, die dem Feind dienlich sein könnten.«

Winthrop zog zwei zerlumpte Wollpullover und ein wattiertes Pyjamaunterteil über Hemd und Hose. Dann kletterte er in seine Fliegeruniform, einen weiteren, mit Lammwolle gefütterten Einteiler aus Gabardine. Mit äußerster Sorgfalt machte Ginger sich daran, Winthrops Kopf zu mumifizieren: Erst ein Seidenschal um den Hals, dann eine großzügige Portion kalten Walfischtrans auf Stirn und Wangen, eine dicke Balaklavamütze, ein wasserdichter, hundslederner Nuchwang-Kopfschutz und schließlich eine Nachtflugbrille aus splittersicherem Glas. Schenkelhohe Stiefel und Stulpenhandschuhe aus Bisam komplettierten das Ensemble. Als Ginger sein Werk vollendet hatte, war Winthrop von Kopf bis Fuß umwickelt, ein dickbäuchiger Schneemann mit ausgestreckten Armen, der eher watschelte als ging.

»Es ist ziemlich heiß hier drin«, sagte er.

»Und da oben ist's arschkalt«, erwiderte Ginger. »Jetzt setzen Sie Ihr Kreuz hier drunter.«

Ginger legte ihm ein FS20 zur Unterschrift vor. Winthrop überflog das Formular und unterschrieb. Unter einer Auflistung der Gegenstände, die man ihm ausgehändigt hatte, stand: »Dieses Material ist Eigentum des British Commonwealth. Jeder durch Kampfeinsatz bedingte Verlust muss vom befehlshabenden Offizier beglaubigt werden.«

»Großartig«, meinte Ginger. »Wenn Sie abgeschossen werden, wird das RFC Ihre Witwen und Waisen um die Kosten Ihrer Unterwäsche angehen.«

»Ich bin nicht verheiratet«, sagte Winthrop und dachte an Catriona.

»Umso besser.«

»Gute alte Harry Tate«, sagte Courtney und tätschelte den Rumpf der RE8. Der zweisitzige Beobachtungsflieger machte in der Luft angeblich nicht viel her, deshalb hatte Cundall ihm fünf Sopwith Snipes als Wachhunde zur Seite gestellt.

Winthrop gab Dravot den Brief mit der Bitte, ihn an die Adressatin weiterzuleiten, falls es zu unvorhergesehenen Zwischenfällen kommen sollte. Der Sergeant nickte verständnisvoll und verkniff sich die Bemerkung, es werde schon alles gutgehen.

Courtney half Winthrop in die Beobachterkanzel. Es war nicht leicht, seinen dick vermummten Leib an dem schwenkbaren Lewis vorbei in den Korbsitz zu zwängen. Als er endlich saß, bohrten sich die Griffe des MGs schmerzhaft in seine Brust.

Der Pilot zog sich an der Maschine hoch und spähte in Winthrops Kanzel. Er zeigte ihm, wie man den Sutton-Sicherheitsgurt anlegte: vier Riemen für Schultern und Schenkel, die in der Mitte verbunden waren und von einer Federklemme zusammengehalten wurden. Wenn man auf die richtige Stelle schlug, ging die ganze Konstruktion entzwei und ermöglichte die rasche Flucht. Auch wenn es in einer Höhe von 6500 Fuß kaum sichere Zufluchtsorte gab. »Ein guter Rat noch, alter Freund. Wenn Sie eine Maschine mit Malteserkreuzen unter den Tragflächen vorbeifliegen sehen, halten Sie fünfzig Yards vor. Schießen Sie nämlich auf den Rumpf, ist der Boche längst weg, wenn die Kugeln ihr Ziel erreichen.«

»Und wenn er direkt auf mich zukommt?«, fragte Winthrop.

»Dann stopfen Sie ihm die Schnauze mit Blei und beten Sie.

Der Hunne hinter seinen beiden Spandaus hat nämlich genau dasselbe vor.«

»Wo ist der Kamerahebel?«

Courtney deutete auf einen Knebel.

»Ich sage Ihnen, wenn ich ein Foto mache, damit Sie die Maschine ruhig halten können.«

»Sie können mir sagen, was Sie wollen, aber ich bezweifle, dass ich sehr viel hören werde. Es ist verdammt laut da oben.«

Winthrop rief sich seine Kanalflüge ins Gedächtnis. Selbst an einem stillen Tag war das Tosen des Windes ohrenbetäubend. Und selbst im Hochsommer fiel das Thermometer rasch unter den Gefrierpunkt. Als er an die kolikartigen Magenstiche dachte, die seinen ersten Flug zu einem bitteren Elend hatten werden lassen, entfuhr ihm ein mächtiger Rülps. In der Luft blähten sich die Darmgase auf das Doppelte ihres gewöhnlichen Volumens. Courtney überging Winthrops Ungehörigkeit mit Stillschweigen, machte sich jedoch keine allzu großen Sorgen mehr um seinen Passagier.

»Na, wie geht es unserem neuen Ass?«, erkundigte sich Cundall. Mit der Fliegermütze in der Hand inspizierte der Geschwaderkommandeur die RE8.

»Er wird der Hawker des Jahres 1918.«

Der Pilot wollte ihn necken. Im November 1916 war der mit VC und DSO hochdekorierte Major Lanoe Hawker der erfolgreichste britische Flieger gewesen. Manfred von Richthofen hatte ihn abgeschossen – das elfte Opfer des Roten Barons.

»Passen Sie gut auf ihn auf, Courtney.«

»Ihm wird kein Haar gekrümmt werden. Das gelobe ich bei der Ehre von Cundall's Condors.«

»Dann ist ja alles in Butter.«

Winthrop besaß ebenso wenig Schneid wie Courtney. Doch die Flieger spielten ihre Rolle, so gut es eben ging.

Courtney duckte sich unter den Flügel, schwang sich ins Cockpit und zerrte am Knüppel. Die Schlagkraft von Winthrops schwenkbarem Lewis wurde durch das starr montierte Vickers des Piloten noch verstärkt.

Winthrop saß verkehrt herum, und so wandte er den Kopf, um Courtney bei seinen Vorbereitungen zuzuschauen. Der Pilot überprüfte Visier und Instrumente, wobei er »Up in a Balloon, Boys« summte. Nachdem er auf den Kompass geklopft hatte, um zu sehen, ob die Nadel sich bewegte, vergewisserte er sich, dass der Höhenmesser auf null stand und die Luftblase sich in der Mitte der Wasserwaage befand, die anzeigte, ob die Maschine ruhig in der Luft lag. Als Courtney sich die Schutzbrille anzog, tat Winthrop es ihm nach.

Die Snipes rollten, mit Cundall an der Spitze, in Pfeilformation über den Platz. Um ihn auf seine Lufttüchtigkeit zu prüfen, ließ Courtney den Motor mehrmals rotieren und öffnete dann erst den Benzinhahn. Die meisten Maschinenausfälle während des Fluges kamen durch eine Unterbrechung der Treibstoffzufuhr zustande. Ein Bodenmechaniker drehte an dem klappernden Propeller der RE8.

»Kontakt, Sir?«, fragte er.

»Kontakt, Jiggs«, antwortete Courtney und betätigte mehrere Schalter, während der Mechaniker dem Propeller einen Stoß versetzte. Der luftgekühlte Daimler-Motor sprang sofort an, spie schwarzen Qualm und entfachte einen Wirbelwind, der an Jiggs' Haaren zerrte und im Umkreis von fünfzig Yards alles und jeden wie mit Peitschenschlägen traktierte. Der Pilot gab zwei Minuten Gas und erhöhte die Drehzahl, während Mechaniker die Seile ergriffen, die an den hölzernen Hemmkeilen unter den Rädern der RE8 befestigt waren.

Als Courtney mit dem Klang des Motors zufrieden war, gab er den Mechanikern ein Zeichen. Sie zogen die Hemmkeile heraus, und Jiggs salutierte forsch. Courtney erwiderte den Gruß mit einem Winken und manövrierte das ungeschlachte Flugzeug zu der Formation von Jagdmaschinen, die im Minutenabstand starteten. Als die RE8 sich schließlich in Bewegung setzte, waren die Snipes längst in der Luft.

Es gab einen Ruck, und ein heftiger Windstoß zwang Winthrop, sich umzudrehen. Ein Schwall eisiger Luft traf ihn ins Genick und blähte seine Fliegerkluft. Sein Blick wanderte das Rollfeld entlang zu den langen Schatten von Dravot und dem Bodenpersonal. Da fiel ihm ein, dass er den Mund geschlossen halten sollte, damit er sich nicht auf die Zunge biss. Die RE8 holperte ein paarmal auf dem eisenharten Feld, dann hob sie ab.

Das Rütteln hörte auf, und er war erstaunt, wie ruhig es jetzt dahinging. In der Luft gab es keine Schlaglöcher. Ein Schauder erfasste ihn, als Courtney den Motor auf Touren brachte und die Maschine an Geschwindigkeit und Höhe gewann.

Das Bauernhaus und die Leute auf dem Feld verschwanden. Die Sonne war noch nicht untergegangen, und hier und da schimmerte gräulich harscher Schnee. Flaches Ödland raste unter ihnen dahin. Winthrop war trotz seiner Verkleidung durchgefroren bis auf die Knochen. Wenn er seine Kiefermuskeln auch nur ein klein wenig entspannte, würde er mit den Zähnen klappern bis in alle Ewigkeit.

Er war unablässig in Bewegung, drehte sich in seiner Kanzel, riss das Lewis mit herum. Das Gewehr steckte in einem Laufkranz, einer Schiene, die das Loch im Rumpf umrandete. Er wollte sehen, wohin sie flogen. Cundalls Snipe stand vor ihnen am Himmel wie ein Fixstern; die Wimpel an den Flügelstreben wiesen ihn als Staffelführer aus. Die anderen Maschinen, links und rechts von ihm, flogen in perfekter Formation. Ball und Bigglesworth bildeten die äußeren Enden der Pfeilspitze und waren Courtney nur ein kurzes Stück voraus. Es musste eine Plage sein, die fixen kleinen Kampfflugzeuge dem Tempo der trägen Harry Tate unterzuordnen.

Allmählich gewöhnte er sich an die Kälte. Vampiren fiel das Fliegen leichter, doch auch als Warmblüter ließ es sich ertragen. Es hatte zweifellos etwas Erheiterndes. In diesem Jahrhundert würde der Himmel die Abenteurer locken wie seinerzeit die See. Es war ein Jammer, dass der Krieg diesen wunderbaren Zauber zunichtemachte.

Unter ihnen, auf einer verwüsteten Landstraße, stand eine geschlechtslose Gestalt auf ein Fahrrad gestützt und winkte. Ein unbekannter, aber vertrauter Freund. Da Winthrop sich dem anonymen Menschlein irgendwie verbunden fühlte, versuchte er den Arm aus dem Cockpit zu strecken und zurückzuwinken. Die Wucht des Windes wirkte wie ein Hammerschlag.

Sie passierten eine tiefe Narbe in der Landschaft. Ihm wurde klar, dass es sich um die alliierten Linien handelte. Sie flogen über Niemandsland. Die Erde war geschunden und zernarbt wie nach Dutzenden von Erdbeben, als ob hundert Vulkane ausgebrochen und Tausende von Meteoren eingeschlagen wären. Yard für Yard waren tonnenweise Granaten niedergegangen. Sie passierten eine zweite Narbe, die deutschen Schützengräben, und befanden sich auf feindlichem Gebiet, im Land der Hunnen.

17

Die einsame Radfahrerin

Sie musste fest in die Pedale treten, damit die Schöße ihres Überziehers sich nicht in den Speichen verfingen. Dank des jämmerlichen Zustands der Straßen an der Front fiel sie mindestens ein- oder zweimal in der Stunde vom Rad. Doch als zähe Vampirfrau spürte sie die Stürze kaum. Die meisten blauen Flecken verblassten binnen einer Minute. Kate hätte die Fahrt gewiss genossen, wäre der Geruch nach Tod und Asche nicht gewesen. Wenn das Leben zu Ende ging, verdarb das Blut im Nu wie Kuhmilch an der Sonne. Der Gestank von ranzigem Blut hing in der Luft wie ein Miasma.

Die Wege waren schmal und mit Granattrichtern gepflastert. Sie schlängelte sich im Zickzack zwischen den Schlaglöchern hindurch. Von den alten Wegweisern waren zumeist nur noch Splitter übrig, und an ihrer Stelle befanden sich nun mit Draht im Gebüsch befestigte, bemalte Bleche. Wenn Bomben das Gebüsch beharkten, zeigten die behelfsmäßigen Schilder häufig in die falsche Richtung. Die Vorkriegskarten hatten mit der Wirklichkeit nichts mehr gemein. Alte Straßen lagen unter Schutt begraben, neue führten durch vereiste Felder. Millionen Tonnen von Granaten hatten den Verlauf vieler Flüsse aufs Geratewohl verändert.

Sie war auf der Suche nach Edwin und nach Maranique. Ihr journalistischer Spürsinn, oftmals feiner als ihre Vampirsinne, war geweckt.

Bei Sonnenuntergang brummte ein Schwarm Flugzeuge über sie hinweg. Die Maschinen kamen aus der Richtung, in der sie den Flugplatz vermutet hatte.

Der Luftkrieg wurde inzwischen auf andere Art geführt. Hier lag die Geschichte, die sie gewittert hatte. Der Fall Mata Hari hatte sie bewogen, den Himmel im Auge zu behalten. Edwin hatte sie darin bestätigt.

Sie bremste und stemmte einen Stiefelabsatz in den Boden. Dann blickte sie durch ihre dicke Brille gen Himmel, in der bangen Erwartung, schwarze Kreuze an der Unterseite der Flügel zu entdecken. Die blau-weiß-roten Zielscheiben des Royal Flying Corps, das demnächst mit dem Royal Naval Air Service zur Royal

Air Force vereinigt werden sollte, verrieten ihr, dass sie auf dem rechten Weg war.

Die Piloten nannten ihre Maschinen »Kisten« oder »Mühlen«. Die komplizierten Konstruktionen aus Draht und Zelttuch waren so zerbrechlich, dass sie manchmal schon bei steifem Seitenwind in Stücke gingen, von schwerem Feuer ganz zu schweigen. Vermutlich waren sie nicht einmal in Friedenszeiten sicher. Die Zöglinge der Fliegerschulen des RFC wurden »Hunnen« genannt, weil sie mehr Flugzeuge zugrunde richteten als der Feind. Bei Übungsflügen kamen halb so viele Piloten ums Leben wie im Kampf. Die Erfindung der Gebrüder Wright war nicht der Weisheit letzter Schluss. Andererseits hatte ihr Vater geglaubt, das Fahrradfahren werde sie ins Grab bringen.

Sie winkte, konnte jedoch nicht sehen, ob einer der Piloten ihren Gruß erwiderte. Womöglich hatte diese Streife etwas mit ihrer Recherche zu tun. Wenn sie einmal Witterung aufgenommen hatte, schien plötzlich alles zusammenzupassen, und ein Dutzend beiläufige Bemerkungen und Zwischenfälle fügten sich zu einem Muster.

Die durch dickköpfige Esel wie Horatio Bottomley und seine blutdurstigen patriotischen Salbadereien in ›John Bull‹ verkörperte Tagespresse, in der Kate Reed *nicht* publizierte, bezeichnete die alliierten Flieger durchweg als »tapfer« und »unerschrocken«. Wenn man sie so in den Tod davonschweben sah, konnte man dem schwerlich widersprechen. Die Männer waren von unbändigem Kampfgeist erfüllt. Es war ein Jammer, dass Planer und Propagandisten so begierig waren, ihn durch Gemetzel und Blutvergießen zu brechen.

Die Streife passierte in Pfeilformation die Front, wie ein Gänseschwarm, der zum Überwintern gen Süden fliegt.

Kates Mission barg ein gewisses Risiko. Ein Reporter auf der Suche nach der Wahrheit konnte leicht mit einem Spion verwechselt werden. Das Oberkommando hielt seine Fehler vor Presse und Öffentlichkeit ebenso gründlich geheim wie seine Kriegslist vor dem Feind. Wie Mata Hari war Kate gezwungen, ihre Verführungskünste zu benutzen, sich wohlgesinnte Offiziere warmzuhalten, zu suchen, wo sie nichts zu suchen hatte, die Spreu vom Weizen zu trennen. General Mireau, zum Beispiel, hätte sie mit Freuden pfählen lassen. Sie fragte sich, ob sein Jesuit sie immer noch verfolgte. Sie musste auf der Hut sein: Weihwasser und klirrende Rosenkränze waren ein Witz, Silberkugeln hingegen ließen sich unmöglich mit einem Scherz abtun.

Sie trug die Armbinde einer Krankenschwester, die ihr Zutritt zu den meisten Militäreinrichtungen verschaffte. Hier, an der Front, freuten sich die Männer so sehr über den Anblick einer Frau, selbst wenn sie, wie Kate, mit ihren mageren Reizen geizte, dass sie unbehelligt ein Kasino oder Feldlazarett betreten konnte.

Im Osten explodierten Leuchtgranaten und warfen scharf gezackte Schatten. In den letzten Wochen war es vermehrt zu nächtlichen Kampfhandlungen gekommen. Die Deutschen gönnten den Alliierten keine Pause. Die Streife befand sich über Niemandsland. Kate wünschte den Fliegern alles Gute und trat in die Pedale.

In Maranique war das Geschwader Condor stationiert, ein Werkzeug des Diogenes-Clubs. So viel hatte sie amtlichen Verlautbarungen entnommen, noch bevor sie einen Blick auf Edwins Order hatte werfen können. Sie hatte einen Abend im Pariser Hauptquartier der Generalintendantur verbracht, Requisitionen und Marschbefehle zurückverfolgt und aus der Verteilung von *matériel* und Männern die Geschichte des Geschwaders rekonstruiert. Der Name Charles Beauregard zog sich wie ein roter Faden durch die Papiere. Sie war nicht im mindesten erstaunt, wie oft seinen Wünschen stattgegeben wurde, selbst gegen den Willen hochrangiger Offiziere.

Die Straße war völlig verwüstet, Baum- und Rainhecken versengt, Felder durchackert und durchpflügt. Man hatte Bretterroste gelegt, doch auch die waren längst in tausend Stücken. Sie stieg ab und hievte sich das Fahrrad mühelos auf die Schulter. Sie konnte sich kaum entsinnen, jemals warmblütig und schwach gewesen zu sein, wenngleich sie es im Allgemeinen vermied, ihre Vampirkräfte *coram publico* zur Schau zu stellen. Sie betrat den schlammigen Boden und watete weiter. Schon nach wenigen Schritten war sie bis über die Gamaschen im steinigen Morast versunken und zog ihre Füße mit obszönen Schmatzgeräuschen wieder heraus.

Obgleich alle Asse dem Geschwader Condor beigetreten waren, bedeutete dies für viele einen Karriereknick. Zählte man ihre vor dieser Operation erzielten Abschüsse zusammen, so hatten Cundall's Condors verhältnismäßig wenige Einzelsiege errungen. Für Ordensjäger – es war naiv zu glauben, die alliierten Piloten hätten nicht alle eine Bilanz wie der Baron vorweisen mögen – war dies gewiss frustrierend. Das Geschwader musste eine Aufgabe von so großer militärischer Bedeutung zugeteilt bekommen haben, dass die propagandistische Wirkung messinggeschmückten Heldenmutes einstweilen keine Rolle spielte.

Bald fand sie so etwas wie eine Straße und stieg wieder auf ihr altes Hoopdriver. Das Herrenrad war angeblich zu groß für sie, doch sie kam gut damit zurecht. Ihre ersten Artikel waren – noch in den achtziger Jahren, in Zweiradzeitschriften erschienen. Manchmal sehnte sie sich zurück nach ihren warmblütigen Tagen, als das Recht der Frau, bei Radausflügen Pumphosen zu tragen, heftig umstritten war. Obgleich es ihr lächerlich erschien, die Jahre vor der Zeit des Schreckens zum sonnigen Idyll zu verklären, musste sie sich eingestehen, dass ihr derlei vergessene Trivialitäten so etwas wie Trost geboten hatten.

Sie stieß auf ein Schild, das alle, denen die entsprechenden Papiere fehlten, zur Umkehr mahnte. Das einzige Papier in ihrer voluminösen Tasche war um eine Flasche Blutsorbet gewickelt. Sie behielt ihre Notizen im Kopf, wo sie ihr niemand nehmen konnte.

Die Straße war mit Pfosten markiert, die sie an Draculas geliebte Pfähle denken ließ. Die meisten waren nicht mit Totenköpfen, sondern zerbeulten Stahlhelmen bekrönt. Auf einem zweiten Schild stand, auf Englisch und Französisch (jedoch nicht auf Deutsch): »Unbefugte werden als Spione betrachtet und erschossen.« Daran hatte Kate nicht den geringsten Zweifel. Bottomley vertrat die Ansicht, dass alle Kritiker des Krieges als Verräter hingerichtet werden sollten.

Eine von Kates Quellen, Colonel Nicholson, hatte den großen Blutsauger Bottomley im vergangenen September zu einer Frontbesichtigung begleiten müssen. Er meinte, die Versuchung, den Redakteur auf die Grabenstufe zu setzen und seinen Kopf mit einer Silberkugel zu durchlöchern, sei nahezu unwiderstehlich gewesen. Nachdem er bis auf viertausend Yards an die Front herangekommen war, hatte Bottomley die Rückreise ins gemütliche London angetreten, wo er sich damit brüstete, er habe »unseren glorreichen Jungs« im Schützengraben tapfer zur Seite gestanden. Der Gedanke an seinen Artikel verursachte ihr Übelkeit: »MEINE ZEIT IN DER HÖLLE! Ich war dabei – Uns gehört der Sieg – Ich schwör's bei Gott – Aus ist der Krieg!« Die meisten »glorreichen Jungs« hätten ihm mit Freuden ein Bajonett in den Bauch gestoßen, statt Artikel voller Sentimentalitäten wie: »Vom Generalfeldmarschall bis hinunter zum milchbärtigen Tommy im Schützengraben herrscht nur ein Geist – der Geist des unbedingten Optimismus und der Zuversicht« lesen zu müssen. »Wir haben ihm eine Gasmaske aufgesetzt, um ihn damit zu fotografieren«, hatte Nicholson ihr erzählt, »und einen Augenblick lang wünschte ich, der Schlag möge ihn treffen.«

Nicht nur zwischen den Mittelmächten und den Alliierten herrschte Krieg, auch Alt und Jung, Politiker, Gassenprediger und todgeweihte Soldaten lagen in Fehde. Kate hatte allen Grund, Dracula zu verabscheuen, und erkannte die Notwendigkeit, seinen Ehrgeiz zu zügeln, doch auch in Britannien bekleideten finstere Gestalten hohe Ämter.

Dass Männer wie Charles Beauregard und Edwin Winthrop nach wie vor im Dienste König Victors standen, bot wenig Anlass zur Hoffnung.

Seit ihrer Wette hatte sie oft an Edwin denken müssen. Sie waren eine Verbindung eingegangen, die sie noch immer nicht durchschaute. Sie fragte sich, ob Edwin jemals an sie dachte.

Als sie auf einen erschöpften Wachposten traf, sagte sie schüchtern »Rotes Kreuz«, als handele es sich um die Tageslosung. Er salutierte und ließ sie passieren, ohne um ihre nicht vorhandenen Papiere zu bitten. Wenn die Geschichten über die Vergnügungssucht der Flieger stimmten, verkehrten hier vermutlich Frauen mit weitaus fragwürdigerem Ruf als sie.

Sie lehnte ihr Fahrrad gegen einen Schuppen. Sie war von Kopf bis Fuß mit Schlamm besudelt, und eine zolldicke Kruste bedeckte ihre Stiefelstulpen. Selbst ihre Brille war mit braunen Tupfen gesprenkelt. Schwerlich das geeignete Kostüm, um verschwiegenen Helden wohlgehütete Geheimnisse zu entlocken.

Der Flugplatz sah aus wie ein Bauernhof. Mit Wellblech verstärkte Scheunen dienten als Flugzeughallen. Obgleich die Dunkelheit noch kaum hereingebrochen war, wimmelte es geradezu von Militärbediensteten. Auf einem ehemaligen Viehhof machten sich zwei Mechaniker an einer Sopwith Pup zu schaffen, die unablässig Öl verlor.

Kate marschierte zielstrebig vorbei, als habe sie dringende Geschäfte zu erledigen. Einer der beiden Männer pfiff ihr hinterher, ein sicherer Beweis dafür, dass er von seiner Liebsten seit langer

Zeit getrennt war. Sie lächelte zurück, ohne die Zähne zu entblößen.

Da entdeckte sie das eigentliche Rollfeld. Die Streife, die sie gesehen hatte, musste hier gestartet sein. Eine Handvoll Männer stand in der Nähe eines Bauernhauses – vermutlich ihr Quartier – versammelt und beobachtete den Nachthimmel.

Ihr schoss der Gedanke durch den Kopf, dass es fürchterlich sein musste, auf die Rückkehr der Piloten zu warten, obgleich die Chancen eins zu hundert standen. Angeblich gewöhnte man sich nach einer Weile daran, dass die Kameraden im Kampf ihr Leben ließen. Diese zermürbende Ungewissheit konnte selbst die stabilsten Gemüter um den Verstand bringen.

Nach und nach zerstreute sich die Gruppe. Erst ging ein Mann davon, dann ein zweiter, dann der Rest. Sie blickten unsicher zu Boden und kämpften mit dem Drang, bis in alle Ewigkeit in den Himmel zu starren. Verlegen mit den Füßen scharrend, versuchten sie sich gegenseitig aufzumuntern und verschwanden wieder im Haus. Ein Grammophon krächzte »Arme Butterfly«.

Da sie sich ausnahmsweise wie ein Eindringling vorkam, überlegte sie, ob sie nicht lieber zu ihrer Sanitätseinheit zurückkehren sollte. Wenn sie sich nicht gerade als Schnüfflerin betätigte, half sie den Verwundeten. Die ernüchternde Arbeit rief ihr immer wieder ins Gedächtnis, weshalb sie die Wahrheit ans Licht bringen musste.

»Miss«, sagte eine tiefe Stimme. »Darf ich fragen, was Sie hier zu suchen haben?«

Er hatte sich so leise angeschlichen, dass sie ihn trotz ihres feinen Fledermausgehörs nicht wahrgenommen hatte. Das wies ihn als berufsmäßigen Spion aus. Es war Sergeant Dravot, der Mordagent des Diogenes-Clubs.

Sie breitete unterwürfig die Arme aus und versuchte ein spitzmäusiges Lächeln.

»Ich warte auf die Rückkehr meines tapferen Soldaten«, erwiderte sie im Tonfall einer Dirne.

Dravot richtete den Blick gen Himmel und sagte mit ausdrucksloser Stimme: »Ich auch.«

18

Höllische Heerscharen

Ganz in der Nähe explodierte etwas. Winthrop spürte einen heftigen Schwall heißer Luft. Die RE8 überflog quellende schwarze Wolken. Archie. Der Aufklärer zog steil nach oben, zu schnell für Winthrops Magen. Tief unter ihnen lag ein schwarzer Qualmteppich. Die Druckwellen der Explosionen trieben die RE8 in immer luftigere Höhen. Trotz des Flugabwehrfeuers hielt Courtney die Maschine ruhig.

Die mögliche Steighöhe der RE8 lag bei 6500 Fuß, wenngleich sie unter besonderen Bedingungen eine Gipfelhöhe von 13 500 Fuß erreichen konnte. Archie brachte es nur selten auf über 4000. Dafür waren die Granaten Gott sei Dank zu schwer.

Plötzlich kam Winthrop der Gedanke, dass sie womöglich nicht allein am Himmel waren. In diesem Falle war er schlecht beraten, nach unten zu schauen. Die meisten Flieger wurden hinterrücks oder von oben abgeschossen. Er wirbelte herum, machte eine Dreivierteldrehung. Die Luft schien rein.

Sie flogen nach Osten, fort vom Sonnenuntergang. Der Abendhimmel war brandgerötet, ringsum brach die Dunkelheit herein.

Die RE8 legte sich in die Kurve, und Courtney folgte Cundalls Beispiel und vollführte eine Kehre wie im Bilderbuch. Sie nahmen Kurs auf Malinbois.

Der Flugwind peitschte sie mit Nadelstichen. Als Winthrop das Lewis loslassen wollte, stellte er fest, dass er die Hände nicht bewegen konnte. Er biss die Zähne zusammen und zwang sich zur Beherrschung.

Mit steifen Fingern tastete er nach dem Kamerahebel. Er musste den Apparat genau justieren und gleichzeitig nach feindlichen Fliegern Ausschau halten. Selbst bei Tage wirkte ein gegnerisches Flugzeug in den endlosen Weiten des Himmels zuweilen wie eine winzige Mücke, bis es, Sekunden später, nahe genug herangekommen war, um einen tödlichen Schuss abzufeuern. Was ihm fehlte, waren Insektenaugen. Er fragte sich, ob es Vampire mit Rundumsicht gab.

Er wandte sich nach rechts und sah die Rückseite von Courtneys Fliegerhaube. Der Pilot hob die Hand und streckte den Daumen nach oben.

Hinter Courtney waren die Snipes zu sehen. Dahinter nichts als Finsternis. Langsam sank die Formation durch dünne Wolken. Der Schatten eines Turms ragte über der Landschaft auf. Winthrop kannte ihn von Zeichnungen und Fotografien. Das Château du Malinbois.

Winthrops Arm versteifte sich. Er wusste nicht, ob er genügend Kraft besaß, den Kamerahebel zu ziehen.

Plötzlich schoss ein geflügelter Schatten an ihnen vorüber. Die RE8 ging in die Schräge und wich aus. Trotz des Lärms hörte Winthrop das Stottern von MGs. Er versuchte sich zu orientieren. Es war leichter, wenn er sich alles in Richtung seiner Füße als unten vorstellte, auch wenn die RE8 fast auf der Seite lag. Die Landschaft nahm etwa sechzig Prozent seines Gesichtsfelds ein. Äcker und Straßen schienen in der Luft zu hängen.

Er konzentrierte sich auf einen mit jungfräulichem Schnee bedeckten Acker, eine weiße Insel in einem schlammgrauen Meer. Ein schwarzer Fleck schnellte darüber hinweg, und Winthrop richtete den Lauf des Lewis auf einen Punkt in seiner Flugbahn. Als er abdrückte, traf ihn der Rückstoß wie ein Eselshuf. Er zog es vor, eine kurze Salve abzufeuern, statt nutzlos Munition zu verpulvern. Er wusste nicht, ob er etwas getroffen hatte.

Die Harry Tate zog steil nach oben und fand wieder in die Waagerechte. Zu seiner Überraschung war die Formation intakt. Dunkle Silhouetten näherten sich von unten und flatterten um die Enden der Pfeilspitze. Eine Reihe greller Lichtblitze zuckte vorüber. Leuchtspurgeschosse.

Die RE8 flog eine Schleife um das Schloss. Winthrop zog den Kamerahebel, wartete ein paar Sekunden und zog dann ein zweites Mal. Schatten glitten über den Aufklärer hinweg. Winthrop belichtete die letzten beiden Platten, vergaß die Kamera und ballte die Fäuste um die Griffe des MG.

Sie steckten mitten in einem Hahnenkampf, einem veritablen Luftgefecht. Weiß Gott, wie viele Flieger am Himmel kreuzten, halblaut fluchend um die Wette ballerten, ihre Mühlen durch widrige Winde manövrierten und um den Sieg oder eine weitere Nacht auf Erden beteten.

Sein letzter Brief war gänzlich unzureichend. Catriona hatte Besseres verdient als ein paar flüchtig hingeworfene Zeilen.

Ein Feuerball stach jaulend in die Tiefe. Er konnte das Emblem des Flugzeugs nicht erkennen. Unzählige Schatten bevölkerten den Himmel.

Verflucht noch mal, er würde sterben! Und zwar nicht in ferner Zukunft, als weißhaariger Greis im Kreise seiner Enkelkinder, sondern hier und jetzt. Er hätte sich verwandeln sollen. Doch auch Courtney würde sterben, obgleich er ein Vampir war. Bei einem Abschuss hatte selbst ein Untoter nicht die geringste Chance.

Sie pendelten hin und her, auf und ab. Nach allem, was er aus der armen, alten Harry Tate herauszuholen vermochte, musste Courtney ein Genie sein. Er entwischte den erfahrensten Piloten, die der Boche zu bieten hatte. Cundall's Condors kämpften mit dem ersten Jagdgeschwader. Irgendwo dort draußen in der Dunkelheit war auch der rote Baron.

Die Deutschen waren wendiger und schneller als die Snipes und erschienen dem bloßen Auge wie ein böser schwarzer Fleck. Je dunkler es wurde, desto mehr verschmolzen sie mit der Nacht. Winthrop bildete sich ein, die Snipes seien hell erleuchtet und zögen das Feuer des Feindes magisch an.

Unter ihnen war der Himmel, über ihnen war das Schloss. Courtney hatte die Maschine auf den Rücken gedreht. Winthrop saß verkehrt herum, und sein Lewis deutete schräg nach unten. Irgendetwas raste blitzschnell auf sie zu, wie ein mörderischer Fisch aus finsterer Tiefe, mit rotglühenden Augen. Mit seinen Flügelschlägen bewegte es gewaltige Luftmassen.

Leuchtspurgeschosse leckten am Heck der RE8. Winthrop erwiderte das Feuer, löste eine Salve nach der anderen aus. Angeblich bestand jede zehnte Kugel aus Silber. Da erkannte er, dass er nicht auf ein Flugzeug, sondern auf einen Gestaltwandler feuerte, ein Wesen mit mehreren Paar Fledermausschwingen.

Ein Wesen mit MGs.

Er dachte an den dunklen Schatten, der Albright aus seiner SE5a gerissen und getötet hatte.

Ein riesiger Schädel schoss, blutig grinsend und von Winthrops MG-Feuer unbeeindruckt, auf ihn zu. Das Fledermausgeschöpf flößte ihm solches Entsetzen ein, dass ihm vor Schreck das Herz versagte. Steif wie ein Stock hing er kopfüber in der Kanzel, unfähig, den Abzug zu betätigen.

Cat!

Er wusste nicht, ob er geschrien oder gebetet hatte. Mit einem Ruck drehte die Harry Tate sich wieder auf den Bauch. Winthrop sah zwei Snipes, die, Leuchtspurgeschosse spuckend, auf den Boche hinunterstießen.

Um dem Gefecht zu entgehen, zog Courtney steil nach oben. Winthrop richtete den Blick nach unten und sah auf und ab wogende Punkte. Die Unterseite der Maschine war von Einschusslöchern durchsiebt. Sein linker Fuß tat weh; ob er einen Treffer abbekommen hatte?

Er hatte seit seiner Militärausbildung keine Waffe mehr bedient. Als Stabsoffizier hatte er den Krieg in Konferenzen und vom Schreibtisch aus geführt. Mord und Totschlag waren ihm fremd.

Courtney trat den Rückflug an. Obgleich er es nicht wissen konnte, ging er vermutlich davon aus, dass Winthrop seine Fotografien im Kasten hatte. Nun, da ihre Mission erfüllt war, lag es an ihm, sie heil nach Hause zu bringen.

Auch Red Albright hatte seine Fotografien im Kasten gehabt.

Das Problem war, dass die deutschen Kreaturen, obgleich die Kampfflugzeuge eine größere Herausforderung und somit eine ausgezeichnete Gelegenheit zum ehrenhaften Sieg darstellten, nun die nichtswürdige Harry Tate vom Himmel holen mussten, damit die gesammelten Erkenntnisse nicht in die Hände der Alliierten gelangten.

Winthrop hörte noch immer Schüsse. Das Lewis war bedrohlich laut gewesen, und das Echo der Feuersalven hallte in seinem Schädel nach. Seine Finger waren völlig taub, trotzdem gelang es ihm, das leere Trommelmagazin vom Drehzapfen zu hieven und es durch das volle unter seinem Sitz zu ersetzen. Um sich zu vergewissern, dass der Gewehrlauf frei war, gab er ein paar Schüsse ab. Mit etwas Glück traf er vielleicht sogar eine flatternde Fledermausschwinge.

Kleine Risse in der oberen Rumpfbespannung knatterten im Flugwind. Das Fledermausgeschöpf hatte sie mit einem Kugelhagel eingedeckt. Das klebrige Zeug in Winthrops Stiefel musste Blut sein. Wie lange es wohl dauerte, bis die Schmerzen unerträglich wurden?

Er blickte über den Heckflügel hinweg auf das Château du Malinbois. Der berühmte Turm war oben offen, und riesige Fledermäuse umkreisten die Spitze. Mit Schrecken erkannte Winthrop, wozu das ominöse Sprungbrett diente. Die fliegenden Gestaltwandler nutzten es zum Start, um Auftrieb zu bekommen.

Es befanden sich noch mindestens drei Snipes in der Luft. Der abgestürzte Feuerball war also einer seiner Kameraden gewesen. Unweit des Schlosses, wo die Maschine aufgeschlagen war, loderte ein helles Feuer.

Die Wesen waren ebenso schnell wie eine Snipe, doch weitaus wendiger. Als das Ding die RE8 von unten angegriffen hatte, war Winthrop von dem Anblick wie hypnotisiert gewesen. Jetzt erst kamen ihm die Einzelheiten zu Bewusstsein. Ein Zwillings-MG baumelte unterhalb des messerscharfen Brustbeins an einem Harnisch, den sich das Monstrum um den Hals geschlungen hatte. Mit seinen großen roten Augen konnte es im Dunkeln sehen. Menschliche Bosheit und Intelligenz ließen das Vampirwesen wie aus Füesslis ›Nachtmahr‹ erscheinen. Mit seiner Vermutung, bei dem Schatten auf Albrights Fotografie handele es sich um eine Chimäre, hatte Courtney gar nicht so falsch gelegen.

Winthrop schlotterte vor Angst, und seine Augen weiteten sich in der Kälte. Er konnte keinen klaren Gedanken fassen. Er durfte nicht sterben, ehe er dem Diogenes-Club den Stand der Dinge übermittelt hatte. Er durfte nicht sterben.

Albright war den ganzen Weg zurückverfolgt und erst über Maranique getötet worden. Das zeugte von gesundem Sportsgeist. Den Abschuss hatte der Baron für sich verbucht. War das Fledermausgeschöpf, das den Angriff auf die RE8 geflogen hatte, womöglich Richthofen gewesen? Winthrop bezweifelte, dass er dann noch am Leben gewesen wäre. Sich einen lohnenden Sieg entgehen zu lassen, gehörte nicht zu den Gepflogenheiten des Barons. Jemand wie er verspeiste Harry Tates zum Frühstück.

Bislang war das Glück oder die Vorsehung auf ihrer Seite. Winthrop schwor sich, nicht zu sterben. Er konnte unmöglich zulassen, dass Catriona seinen Brief bekam. Er musste Beauregard Bericht erstatten. Und er wollte die Sache mit Kate Reed ins Reine bringen.

Über dem Schloss explodierte etwas. Ein zweiter Komet raste zur Erde. Eine Snipe war abgestürzt. In der Formation war eine Lücke entstanden, wenngleich die anderen Maschinen schnell zur RE8 aufschlossen. Snipes brachten es auf eine Geschwindigkeit von 120 Meilen in der Stunde. Nichts, das auch nur im Entferntesten menschliche Züge trug, hielt dieses Tempo über längere Strecken durch.

Leuchtspurfeuer schreckte ihn aus seinen Gedanken, und er wandte sich nach rechts und riss die Waffe mit herum. Allmählich ging ihm die Munition aus. MGs verbrauchten Unmengen von Patronen, und in der Maschine war kein Platz für mehrere Ersatzmagazine.

Eine riesige Fledermaus stieß mit starren Schwingen auf sie herab. Der deutsche Vampir hatte drei Flügelpaare, die durch eine Art Segelgarn zusammengehalten wurden. Ein menschlicher Dreidecker. Winthrop brachte das Lewis in Anschlag und leerte das Magazin. Pfeilschnelle Lichtfinger streckten sich nach dem Vampir, der ihnen jedoch spielend auswich. Die Leuchtspur erhellte seinen Bauch, und unter einem rötlichen Pelz kamen Gewehre zum Vorschein, die Läufe bodenwärts gerichtet. War das der Rote Baron? Er hielt die Arme wie ein Kunstspringer gestreckt, die ausgefahrenen Klauen liefen zu Speerspitzen zusammen. Einen Augenblick lang glaubte Winthrop, der Vampir wolle Holz und Bespannung der RE8 durchschneiden wie ein lebendes Messer.

Er hielt die Augen offen und dachte an Catriona, an ihren Duft und ihre Augen. Sie behauptete, ihr Haar sei hellbraun, doch er hielt es für rot. Er mochte rotes Haar. Meine Güte, wie absurd. Hier und jetzt den Löffel abzugeben.

Die Maschine machte einen Satz und wirbelte herum. Die Bespannung riss, und Streben knickten. Der Flugwind schlug ihm ins Gesicht. Das leere Trommelmagazin traf ihn am Kinn und stürzte himmelwärts. Da bemerkte er, dass das Flugzeug wieder auf dem Rücken lag. Er *roch* den tierischen Gestank der Fledermaus und umklammerte krampfhaft die Griffe des Gewehrs. Er drückte den Abzug, und das leere Lewis klickte. Etwas Langes, Ledriges, wie eine Peitsche, streifte seine Wange und ritzte ihm die Haut. Der Vampir hatte einen Schwanz. Das verfluchte Ding war eine Ratte mit Flügeln. Und dem Pour le Mérite, kein Zweifel. Dann war der Vampir verschwunden.

Plötzlich war er die Ruhe selbst. Die RE8 glitt sanft dahin, und der Wind war nur mehr eine kühle Brise. Sein Magen entkrampfte sich, und er schöpfte gierig süße Luft. Er konnte noch atmen. Er fühlte nichts. Selbst sein Fuß tat nicht mehr weh. War er tot? Und wenn nicht, warum nicht? Hatte der Boche die Harry Tate verschont? Wenn ja, warum?

Er wirbelte herum, um nach Courtney zu sehen. Seine Ruhe verwandelte sich in eisiges Entsetzen. Der Horizont verlief jenseits des oberen Flügels, ein winziges Stückchen Himmel über einer schwarzen Wüste. Mündungsblitze durchlöcherten die Finsternis jenseits des sich drehenden Propellers. Das Cockpit war leer, und Gurte und Leinwandfetzen flatterten im Flugwind.

Da sich mit dem Verlust des Piloten der Schwerpunkt der Maschine verlagert hatte, gewann die RE8 an Höhe. Hier oben war es ruhig und friedlich. Zwar dröhnte Winthrop nach wie vor der Schädel, doch das Tosen des Windes hatte sich gelegt. Es wurde immer noch geschossen, ein leises Stottern in der Ferne. Die Kämpfe fanden weiter unten statt. Die Harry Tate war außer Schussweite. Sofern der Motor nicht aussetzte, würde die Maschine immer weiter steigen, bis Winthrop die Atemluft ausging. Wenn sie abstürzte, würde er leblos in der Kanzel hängen und nicht das Geringste spüren, nicht einmal den todbringenden Feuerball.

Einen Moment lang war er ganz entspannt. Seine Hände glitten von den Griffen des MGs und sanken schlaff in seinen Schoß. Die Angst und die Aufregung, die jeden Muskel, jede Sehne seines Körpers in stählernen Draht verwandelt hatten, verebbten. Das Brummen des Motors wiegte ihn in einen Traum.

Er dachte an den Duft von Catrionas regenfeuchtem Haar. Damit war es ein für alle Mal vorbei.

Ein Schatten fiel über die RE8. Eine riesenhafte Fledermaus hatte sich zwischen die Maschine und den Mond geschoben. Die Kreatur, die sich Courtney geholt hatte, war immer noch dort oben. Der Deutsche schlug gemächlich mit den Flügeln. Machte sich das Ungeheuer etwa über ihn lustig?

Die RE8 legte sich schräg, eine Tragfläche kippte nach oben. Ein paar Hundert Fuß unter ihm zeichnete das Leuchtspurfeuer Zickzackmuster. Eine Snipe explodierte in einer orangefarbenen Flammenkugel. Die brennenden Trümmer flatterten zum Château du Malinbois hinunter, Glühwürmchen, die ein Märchenschloss umschwärmten.

Ein Schrei schwoll, quälend schrill, in seinem Kopf, gellte ihm in den Ohren, ließ seine Augen aus den Höhlen treten. Seine Lungen schmerzten, und er hatte einen Kloß im Hals. Da erst merkte er, dass er aus Leibeskräften schrie. Sein feuchter, warmer Atem beschlug die Innenseite seines Kopfschutzes und gefror in seinem Bart zu Eis.

Der Deutsche drehte ab und flog davon, überließ ihn seinem Schicksal. Hätte man Winthrop vor die Wahl gestellt, in einem Feuerball zur Erde zu stürzen oder ausgesaugt zu werden wie Red Albright, wäre ihm die Entscheidung schwergefallen.

Die RE8 besaß, anders als die Schulungsmaschinen, mit denen er den Kanal überquert hatte, nur einen Steuerknüppel, und der befand sich im Pilotencockpit, ein gutes Yard entfernt. Wäre das nutzlos gewordene Lewis nicht im Weg gewesen, hätte er höchstens neun Zoll überwinden müssen. Der Wind strich über die Querruder, und der Knüppel zitterte. Obgleich Courtney verschwunden war, hielt die Harry Tate den letzten Kurs des tapferen Piloten. Es grenzte an ein Wunder, dass die Maschine nicht sofort ins Trudeln geraten war. Dieses Wunder konnte nicht ewig währen. Ihm blieben allenfalls Minuten. Vielleicht auch nur Sekunden.

Er versuchte den Laufkranz zu umfassen, doch seine steifgefrorenen Handschuhe setzten sich zur Wehr. Er nahm all seine Kräfte zusammen und krümmte die Finger, bis er Halt gefunden hatte. Dann stützte er sich mit den Armen ab, hievte seinen Hintern aus dem Sitz und stemmte die Füße gegen den Innenrahmen, bis er aufrecht stand. Wenn er ausglitt, würde sein Stiefel die Bespannung durchstoßen, und er wäre gefangen wie ein Fuchs in der Schlinge.

Als er aufstand, verlagerte sich der Schwerpunkt der Maschine. Er beugte sich vor, und die Rumpfnase senkte sich. Seine Beine wurden schwerer, zogen ihn in die Kanzel zurück. Der Wind brandete gegen seine Brust, als stünde er bis zum Hals in stürmischer See. Die Ränder seiner Flugbrille bohrten sich wie Ausstechformen in das Fleisch rings um die Augen.

Eisige Luft zerrte erbarmungslos an seinem Agnostizismus, zerfetzte ihn wie hauchdünnes Packpapier. *Lieber Gott, so es denn einen Gott gibt, ich bitte dich, rette das Leben dieses deines Dieners…*

Eine Eisenstange traf ihn mitten ins Gesicht. Nein, keine Eisenstange, sondern der Lauf des Lewis. Blut strömte ihm aus Mund und Nase. Ein Brillenglas verwandelte sich in ein weißes Spinnennetz. Wäre sein Kopf nicht doppelt und dreifach vermummt gewesen, hätte ihn der Schlag womöglich bewusstlos gemacht und aus der Maschine geschleudert.

Er betete stumm und fluchte laut.

Die Harry Tate war kopflastig. Er sah die sirrenden Flügel des Propellers. Die Drehzahl des Motors sank beständig. Er konnte jeden Moment absaufen.

Winthrop umklammerte die Polsterung und zog die Beine aus der Kanzel. Die Tragflächen bebten. Ein dreieckiger Riss im oberen Flügel vergrößerte sich von Sekunde zu Sekunde. Schnee und Matsch peitschten vorüber.

Je tiefer die Maschine sank, desto mehr wurde sich Winthrop der Geschwindigkeit bewusst. In der Höhe waren die Instrumente die einzige Orientierungshilfe gewesen. Hier ließ sich das halsbrecherische Tempo danach einschätzen, wie schnell die Landschaft unter ihm dahinraste.

Er ritt die Maschine wie ein Pferd und stieß ihr die Knie in die Flanken. Catriona, die im Sattel groß geworden war, fand, er habe einen guten Sitz. Das Lewis war ihm im Weg. Fürchterliche Pausen unterbrachen das Brummen des Motors.

Hol's der Teufel, Edwin Winthrop wollte noch nicht sterben.

Er würde den segensreichen Knüppel zu fassen bekommen, die verflixte Harry Tate sicher nach Hause bringen, die anbetungswürdige Catriona ehelichen, ein verdammter Vampir werden, nach dem grauenhaften Hunnenland zurückkehren, das ekelhafte Fledermausgeschöpf zur Strecke bringen, das Courtney auf dem Gewissen hatte, und das widerliche Blut des Kaisers trinken, aus der verfluchten Hirnschale des Grafen von Dracula.

Sein linkes Knie rutschte ab. Er verdrehte den Oberkörper. Seine Beine flogen nach hinten. Er krallte die Finger in gefirnisstes Leinen. Der Propeller drehte sich so langsam wie ein Windmühlenflügel. Blut wehte ihm aus Mund und Nase. Er hatte seinen

Schal verloren. Seine Fliegerkluft füllte sich mit kalter Luft, er war ein menschlicher Ballon. Ob er sicher zu Boden schweben würde, wenn er losließ? Nein, wenn er losließ, würde er in der Finsternis in Fetzen gerissen. Der Himmel wimmelte von Ungeheuern. Der Rote Baron war ihm noch immer auf den Fersen.

Mit der rechten Hand ließ er die Polsterung des Cockpits los und versuchte die Lehne des Pilotensitzes zu fassen. Beim ersten Versuch rutschte er an dem speckigen Leder ab, doch dann fanden seine Finger festen Halt. Die achtzehn Zoll bis zum Cockpit kamen ihm vor wie eine Meile. Schließlich hing er über dem Pilotensitz. Der Knüppel war zum Greifen nahe.

Noch durfte er ihn nicht berühren.

Sein Rücken vibrierte vor Schmerzen. Wahrscheinlich waren ihm die Trommelfelle geplatzt. Aus dem Blut an seinem Kinn war Eis geworden. Er hatte kein Gefühl mehr in den Beinen.

Die Erde unter der Harry Tate rückte beständig näher. Der Himmel war nicht mehr zu sehen.

Er hatte einen Stiefel unter den Rand des Cockpits geklemmt. Nun kauerte er über Courtneys Sitz – der Wind fuhr ihm durch die Beine – und blickte nach unten. Im Boden der Maschine klaffte ein langer Riss. Um ins Cockpit zu gelangen, musste er das Unmögliche vollbringen. Er musste loslassen und sein ganzes Vertrauen in die Schwerkraft setzen. Er wusste, dass er von der Harry Tate hinunter in den sicheren Tod gerissen würde.

Er dachte an Gott, Cat, Rache und das Vaterland. Und ließ los.

Die Lehne des Pilotensitzes traf ihn mit voller Wucht ins Kreuz. Er biss sich auf die Zunge und prellte sich die Ellbogen an der Einfassung des Cockpits. Seine Arme erschlafften, und er stieß versehentlich gegen den Steuerknüppel. Die treue Harry Tate ließ ihn im Stich und ging in eine scharfe Kurve. Quälend langsam, Naht um Naht, platzte die Bespannung von der oberen Tragfläche.

Er umklammerte den Knüppel wie König Artus das Heft von Excalibur und zog ihn nach hinten. Ein Fuß fand das Pedal unter dem Seitensteuerhebel, und er drückte es herunter und stellte die Querruder gerade.

Einmal hatte er bei ruhigem Wetter fünf Minuten lang eine Schulungsmaschine gesteuert. Doch hierauf war er nicht vorbereitet. Er hatte noch nie ein Flugzeug gelandet.

Er zerrte am Steuerknüppel, drückte das Ruder herunter und betete, die RE8 möge nach oben ziehen. Er konzentrierte sich auf die Wasserwaage und versuchte die Luftblase durch Willenskraft in Position zu zwingen. Ein Windstoß brachte den siechenden Propeller in Schwung, und der Motor räusperte sich hüstelnd. Er schien auf dem Wege der Genesung. Eine Bö trieb die Harry Tate nach oben.

Die Erde unter ihm bedeutete den sicheren Tod. Damit musste Winthrop sich abfinden. Der Aufwärtsdrall war nur eine vorübergehende Laune der Natur. Ohne den oberen Flügel würde die Maschine früher oder später vornüberkippen und den Piloten unter sich begraben.

»Der Teufel soll dich holen, du verfluchter Roter Baron von Richthofen, dich und deine verfluchten Fledermauskumpane.«

Das Problem war, zur Erde zu gelangen, ohne dass der Benzintank explodierte. Wider besseres Wissen lockerte er den Griff um den Knüppel und ließ das Ruderpedal kommen. Sein Fahrtmesser war kaputt, doch er spürte, dass er an Geschwindigkeit verlor.

Er musste langsam, zugleich jedoch mit so viel Fahrt aufsetzen, dass die Maschine sich nicht überschlug. Die Aussichten, unweit der Front ein flaches, sicheres Fleckchen Erde zu finden – vorausgesetzt, er befand sich noch nicht über Niemandsland –, waren gleich null.

Wie durch ein Wunder war er am Leben geblieben. Wie viele Snipes wohl noch am Himmel kreisten? Die Überlebenden des Kampfes mussten längst den Heimflug angetreten haben. Obgleich er insgeheim bezweifelte, dass Richthofens fliegendes Monstrositätenkabinett – welch eine passende Bezeichnung! – seine Beute hatte entkommen lassen. Die Deutschen waren dreist genug, ihn dieser Folter auszusetzen. Sie fanden es gewiss entsetzlich komisch, den Piloten aus einem Zweisitzer zu reißen.

Eine Geschossgarbe verfehlte die Maschine nur knapp, und Winthrop lachte, während die RE8 sich schwankend und torkelnd fortbewegte. Er war hinter den Linien. Jenseits des Propellers lag die Heimat.

Er flog so langsam und so tief, dass man vom Boden auf ihn schießen konnte. Die Männer in den Schützengräben hatten nur ein paar Sekunden Zeit, auf ihn zu zielen. Die Sekunden verstrichen, er war noch am Leben und schnappte gierig nach Luft, die wie mit Glassplittern versetztes Eiswasser schmeckte.

Sein Lachen hallte durch die Nacht. Er versuchte es zu unterdrücken und dachte an zu Hause.

God Save the Queen ... Britannia Rules the Waves ... Dieu et mon droit ... Ich liebe dich, Cat ...

Die Räder schwebten nur noch wenige Fuß über dem Boden. Bombenexplosionen und Feuersäulen erhellten eine Landschaft, die wie der Mond mit Kratern und Löchern übersät war. Schon von oben hatte es übel ausgesehen, aus der Nähe aber wirkte es beängstigend. Wenn die RE8 hier landete, würde sie in Stücke gerissen, und der Aufklärer läge im Umkreis von hundert Yards über das Niemandsland verstreut. Was von ihm übrig bleiben würde, fände vermutlich bequem in einer Zündholzschachtel Platz.

Er richtete den Blick gen Himmel und sah dunkle Schatten kreisen. Ob der Baron ihn verfolgt hatte, um zu sehen, wie sein kleiner Scherz ausgehen würde? Winthrop hörte einen zweiten Motor. Es war also noch mindestens eine Snipe dort oben. Die Schlacht war noch nicht vorbei.

Er hatte keinen Zweifel, dass es sich bei dem Gestaltwandler, der Courtney getötet hatte, um Manfred von Richthofen handelte. Alles sprach dafür. Das rote Fell, der kalte, böse Blick. Kein anderer Boche konnte ein solches Monstrum sein.

Es war so weit. Seine letzten Augenblicke. Wenn er schon kein Vampir sein konnte, würde er seinen Mörder eben als *Gespenst* heimsuchen müssen.

Als er sich nur noch wenige Zoll über dem Boden wähnte, zerrte er am Steuerknüppel und zog die Rumpfnase nach oben. Die Räder berührten den Boden, doch das Heck bohrte sich in die Erde und wirkte wie ein Anker. Er wurde wie von der Hand eines Riesen in den Sitz geschmettert und durch das Cockpit geschleudert. Er glaubte, seine eigenen Knochen brechen zu hören. Mit lautem Kreischen ging die Harry Tate in Fetzen.

Erde spritzte ihm ins Gesicht. Die RE8 pflügte durch Niemandsland. Gerissene Seile peitschten jaulend durch die Luft. Ein Holm schlitzte den Rumpf. Die untere Tragfläche knickte und riss ab. Winthrop schlug die Arme über dem Kopf zusammen und wartete auf den Todesstoß.

19

Schlacht in den Wolken

Unter ihnen rissen die Männer des JG1 die britischen Snipes in Stücke. Stalhein und Stachel waren zur Beobachtung des Hahnenkampfes eingeteilt.

Sie hatten sich, unmittelbar nach dem Sprung vom Turm des Château du Malinbois, in luftige Höhen aufgeschwungen und schwebten nun über der Schlacht. Falls ein Brite zu entkommen versuchte, stießen Stalhein und Stachel in die Tiefe, um der Flucht ein schnelles Ende zu bereiten. Eine wichtige und ehrenhafte Stellung, doch außerordentlich frustrierend für von unstillbarer Blutgier besessene Flieger.

Da Stalhein in dieser Höhe segeln konnte, nahm er nur hin und wieder seine Schwingen zu Hilfe, um die Position zu halten. Die Spannweite seiner oberen Flügel betrug etwa zehn Meter: die doppelte Länge seines Körpers, seinen Peitschenschwanz nicht mitgerechnet. Diese Spanne, die tragkräftige Stütze seiner verwandelten Gestalt, entsprach den Schultern und Armen seines Menschenkörpers. Zwischen Hüften und Handgelenken hatte er Membranen, die sich blähten und bauschten wie die Segel eines Schiffes. Die Muskeln, die sich um sein Brustbeinruder ballten, ermöglichten präzise Steuerung.

Die unteren Flügel bestanden aus verwandelten, mit Segeltuch verstärkten externen Rippen. Die kurzen, überaus praktischen Arme, die aus seinem Rumpf ragten und die an einem Harnisch um seinen Hals befestigte Parabellum-MGs bedienten, waren aus Fleisch und Knochen, die er nach Belieben wachsen lassen konnte. In dieser Gestalt zu fliegen, war zwar tückischer als eine von Tony Fokkers Jagdmaschinen zu steuern, doch Stalhein war wendiger und schneller als jedes Flugzeug.

Seine ledrige, mit dichtem Pelz bewachsene Haut schützte seinen Fledermausleib gegen die bittere Kälte. Siebenmeilenstiefel, so hoch wie seine Menschenbeine, waren an Knöcheln und Knien verhakt. Darüber hinaus trug er nichts als die Apparatur, die ihn zu einer fliegenden Waffe werden ließ. Verkeilte Hüftgelenke und verwachsene Wirbel schließlich machten sein Rückgrat unzerbrechlich.

Der Gestank von Schießpulver und brennendem Benzin, der mit dem Luftstrom herauftrieb, stach ihm in die großen, weiten Nüstern. Seine Ohren, riesige, mit einem wirren Adergeflecht überzogene Schneckenmuscheln, registrierten das Stottern der Maschinengewehre, das stockende Jaulen der würgenden Motoren, ja selbst die Rufe der Piloten.

Eine Snipe explodierte. Er sah, wie der siegreiche Udet auf dem Schwall heißer Luft nach oben segelte, auf samtenen Schwingen sanft dahinglitt. Stalhein hörte den erstickten Schrei eines britischen Piloten. Udet war mit Stalhein gleichgezogen.

Als die Beobachter gemeldet hatten, in Maranique sei ein Schwarm Flugzeuge gestartet und halte Kurs auf Malinbois, hatte Stalhein angenommen, Karnstein werde wieder eine ruhige Nacht anordnen. Das JG1 hatte den Kampf bislang gemieden, weil es noch nicht an der Zeit war, die Karten auf den Tisch zu legen. Kretschmar-Schuldorff, ein berufsmäßiger Geheimniskrämer, warnte in einem fort vor verfrühter Entfaltung zum Gefecht. Die Männer unter dem Kommando des Barons wären mit Freuden in die Schlacht gezogen, doch sie kannten ihre Pflicht. Wenn die Zeit gekommen war, würden sie dem Kaiser dienen, wie es sich für sie geziemte.

Die brennende Snipe verglomm noch in der Luft zu Asche. Udet vollführte eine Siegesrolle und wich mühelos einer Feuersalve aus. Noch zogen mehrere Briten ihre Kreise. Das JG1 spielte mit ihnen.

Nach reiflicher Überlegung war Karnstein zu dem Schluss gelangt, dass es nunmehr an der Zeit sei, die kriegerischen Fledermäuse aus dem Sack zu lassen. Er befahl Baron von Richthofen, mit acht Fliegern aufzusteigen und die Streife zu vernichten.

»Lasst uns den Feind das Fürchten lehren«, hatte der Vampirälteste erklärt.

Richthofen hatte den Befehl gelassen aufgenommen, Stalhein und die anderen hingegen waren vor Begeisterung ganz aus dem Häuschen. Noch ehe er wusste, ob er zu den Auserwählten gehören würde, begann Stalhein die Gestalt zu wandeln und schwoll und dehnte sich in seinem Waffenrock, bis die Messingknöpfe absprangen.

»Nehmt euren Mann ins Visier«, instruierte Richthofen die Flieger, »und tötet ihn.«

Aus luftiger Höhe beobachtete Stalhein, wie das JG1 seinen Befehl ausführte. Richthofen hatte seinen Bruder auf das Flugzeug an der Spitze des Verbandes angesetzt und sich den Aufklärer reserviert. Ein Außenstehender hätte dies für Feigheit halten können, doch Stalhein verstand Richthofens Entscheidung. Für sich genommen, war die RE8 leichte Beute, zugleich jedoch war sie das wichtigste Ziel. Die Snipes hatten die Aufgabe, den Aufklärer zu decken, und das würden sie auch tun. Indem er die RE8 angriff, bot Richthofen sich auf dem Präsentierteller dar. Er musste darauf vertrauen, dass seine Männer ihre Aufgabe erfüllten und ihm den Rücken freihielten.

Lothar von Richthofen schnappte sich seine Snipe, ohne zu schießen, sondern näherte sich dem Geschwaderkommandeur von hinten, riss ihm den oberen Flügel ab und wirbelte das Flugzeug durch die Luft. Wild um sich feuernd, trudelte die Snipe dem Erdboden entgegen. Lothar folgte dem abstürzenden Briten und zerrte den Piloten aus dem Cockpit. Stalhein hörte einen Schrei, als Lothars Kiefer den Schädel des Geschwaderkommandeurs zermalmten.

Der zur Untätigkeit verdammte Stachel heulte verzweifelt auf. Seildicke Speichelfäden wehten aus seinem Haifischmaul. Seine irren Augen leuchteten wie flammende Sterne. Stalhein wusste, dass sein Kamerad sich nicht würde beherrschen können. Er dachte einzig und allein an Bruno Stachel, nie an das JG1, den Kaiser oder die Ehre seines Vaterlandes.

Groß und träge wie ein fliegender Pfannkuchen plumpste Emmelman auf seine Snipe. Er rammte seine Hauer in das Flugzeug und zerfetzte mit Zähnen und Klauen Leinwand und Metall. Für ihn war die Maschine die harte Schale einer Nuss und der Pilot ihr zarter, weicher Kern. Er pflegte unbewaffnet aufzusteigen. Sein riesiger, massiver Leib war nahezu unverwundbar und schwitzte verbrauchte Kugeln aus wie Blut und Wasser.

Das Gefecht würde vorbei sein, noch bevor Stalhein eingreifen konnte. Er war enttäuscht, doch seine Pflicht verlangte es, mit derlei Enttäuschungen zu leben. Dies war ein Gemeinschaftssieg.

Manfred von Richthofen machte die zweisitzige RE8 auf elegante Art und Weise kampfunfähig, indem er den Piloten aus dem Cockpit riss und den Beobachter seinem tödlichen Schicksal überließ. Es war eine nahezu künstlerische Geste und ein sicherer Beweis dafür, dass sich auch im eisigen Gemüt des roten Kampffliegers ästhetische Impulse regten. Träge über dem verlorenen Aufklärer schwebend, blickte Richthofen auf den entsetzten Beobachter hinab. Der Arme kam vor Angst fast um.

Schleichs Snipe war dem Baron dicht auf den Fersen und versuchte ihn mit einem Kugelhagel einzudecken. Wer auch immer diese Maschine flog, war ein Meister seines Fachs. Obgleich er seine Menschengestalt hinter sich gelassen hatte, wusste Stalhein um das stählerne Nervenkostüm, dessen es bedurfte, angesichts der unerwarteten Konfrontation mit den Fliegern des JG1 die Ruhe zu bewahren. Schleichs Snipe hatte sich von dem Schock erholt und kämpfte wie ein Löwe. Schleich flatterte einsam und mit zerfetzter Schwinge am Himmel und versuchte verzweifelt, zu seinem Gegner aufzuschließen.

Zum Eingreifen war es noch zu früh, befand Stalhein. Sein Befehl lautete, sich aus dem Gefecht herauszuhalten, bis ein Brite Anstalten zur Flucht machte. Schleichs Snipe sackte erst ein wenig herab und zog dann steil nach oben, mit stotternden MGs. Richthofen tänzelte aus der Gefahrenzone. Zu Stalheins Erstaunen war die RE8 noch immer in der Luft. Der Beobachter hatte aufgehört zu schreien.

Stachel senkte den Blick und nickte grimmig. Seine pelzige Halskrause sträubte sich. Er sah aus wie ein riesiger Brüllaffe. Die Blutgier des braven Bruno war so groß, dass er die Befehle des Barons glatt in den Wind geschlagen hätte.

»Reiß dich zusammen, sonst kannst du deine Uniform an den Nagel hängen«, sagte Stalhein. In diesem Körper war seine Stimme so laut, dass sie alles andere übertönte. Obgleich es ihn nach Blut und einem Blauen Max gelüstete, schüttelte Stachel seinen kolossalen Kopf, blieb jedoch in Formation. Die Angst, seine Stellung zu verlieren, war größer als der rote Durst. Kein Flieger des JG1 hatte jemals seinen Abschied nehmen müssen. Stalhein konnte sich des Eindrucks nicht erwehren, dass General Karnstein auf einer dauerhaften Versetzung in den Hades bestehen würde. Durch Furcht und Pflichtgefühl, Blutgier und Ehre gebunden, waren die Flieger des JG1 Sklaven und Herren zugleich. Sie waren nicht nur Ritter der Lüfte, sondern auch Gladiatoren.

»Welch eine Verschwendung!«, brüllte Stachel.

Görings Snipe heftete sich an das Heck der RE8, und der dicke Hermann schnaufte ihr mühsam hinterdrein. Unter der Last des Walspecks ächzend, der seinen verwandelten Wanst beschwerte, war Göring der langsamste Flieger des Geschwaders. Dennoch war er ein tödlicher Schütze, der seine Beute mit kurzen Salven und der Präzision eines Großwildjägers zur Strecke brachte.

Der Kampf verlagerte sich weiter nach oben und trieb Stachel und Stalhein durch dünne Wolken in immer luftigere Höhen. Als Mondlicht auf Stalheins Schwingen fiel, prickelte sein ganzer Körper. Neue Kraft schoss wie Elektrizität durch Nerven und Venen. Das war typisch für diejenigen, die vom Geblüt des englischen Vampirs Lord Ruthven waren, dem einstigen Freund und jetzigen Feind des Grafen, und Stalhein hatte keine Ahnung, weshalb auch er davon betroffen war. Es war bereits ein Teil seines *nosferatu*-Naturells gewesen, bevor Karnstein ihn der lieblichen Faustina vorgestellt und diese ihm etwas von Draculas Geblüt weitergegeben hatte.

Das Licht erfüllte ihn mit unbändiger Kraft. Die Kälte um die Augen und in den Ohren zerstreute sich. Der Mondschein stärkte ihn fast ebenso sehr wie Blut. Wenn Wolken ihn des Lichts beraubten, wurde er teilnahmslos und träge. Seine Kraft wuchs und verging, wie die des sprichwörtlichen Werwolfs, mit der Lichtgestalt des Mondes.

Obgleich Stalhein das stotternde Motorengeräusch noch immer deutlich wahrnahm, war die RE8 nicht mehr zu sehen. Hätte er sich an der Stelle des Beobachters befunden, wäre er gewiss verrückt geworden, noch ehe die Maschine unten aufschlug. Görings Snipe folgte dem Aufklärer, der dicke Hermann rückte auf.

Nur Schleichs Snipe kämpfte unverdrossen weiter. Schleich lahmte im Flug; der Riss in seiner Schwinge vertiefte sich mit jedem Flügelschlag, er war zu groß, um sofort wieder zu verheilen. Der Rest des Schwarms flog im Windschatten der Snipe.

Schleichs Snipe steuerte auf Stalhein und Stachel zu. Stalhein sah das winzige, weiße Gesicht des britischen Piloten. Es war Bigglesworth, das Ass, das auch Erich von Stalhein zu seinen Siegen zählte. Dass am Ende seines Steigflugs Stalhein auf ihn wartete, war die Rache des Schicksals.

Stalhein winkte Stachel zurück. Diese Beute gehörte ihm. Da Stachel sich davon nicht beirren ließ, drängte Stalhein ihn mit der Schulter beiseite und ignorierte Stachels Wutausbruch.

Der sirrende Propeller von Schleichs Snipe zog steil nach oben. Bigglesworth feuerte aus seinem Zwillings-Vickers. Stalhein sah die Leuchtspur silbrig blitzen und stahl sich aus der Schussbahn. Stachel versuchte auszuweichen, doch eine der letzten Kugeln streifte seine Flügelspitze. Rasend vor Zorn, stürzte er sich auf den Briten. In seinem Schmerz schoss er übers Ziel hinaus, verschwand in den Wolken, fiel mehrere Hundert Fuß.

Nun waren Stalhein und Bigglesworth allein. Seelenruhig umkreiste er die Snipe und warf einen Blick ins Cockpit. Der Kopf des Piloten schnellte herum, und das kraftspendende Mondlicht spiegelte sich in seiner Brille. Bevor er ihm den Garaus machte, wollte Stalhein seinem tapferen Widersacher Anerkennung zollen. Dies war ein lohnenswerter Sieg.

Die anderen Flieger hatten eine vage Formation gebildet und würden jeden Moment bei ihm sein. Er hatte keine Zeit, den Kampf gebührend zu genießen. Er nahm den Heckflügel der Snipe zwischen die Kiefer und schlug die Zähne in Holz und Stoff. Dann warf er den Kopf in den Nacken und riss dem Kampfflugzeug das hintere Ende ab. Er spuckte das trockene Zeug aus und bahnte sich, nach englischem Vampirblut dürstend, mit spitzen Klauen einen Weg zum Cockpit. Mit diesem Sieg würde er sich die Tapferkeit seines Rivalen zu eigen machen. Mit jedem Sieg gewann er neue Kraft. Dies war die Macht, die Faustina ihm durch Draculas geweihtes Blut verliehen hatte.

Mit erstaunlicher Gelassenheit wandte Bigglesworth sich um und richtete eine Faustfeuerwaffe mit großem Lauf auf ihn, eine Signalpistole. Stalhein lachte. Bigglesworth grinste. Die anderen Flieger waren überall. Bigglesworth schoss Stalhein in den Mund. Feuer explodierte auf seiner Zunge, und Flammen loderten um seine Schnauze, versengten ihm das borstige Gesichtsfell und verbrannten ihm die Augen. Der Gestank war schlimmer als der Schmerz. Er spie die brennende Patrone aus, doch die zerfetzte Snipe war ihm entglitten. Sein Körper lechzte nach Blut. Sein Mund brannte noch immer, und vor Begierde schlug sein Herz wie eine Kriegstrommel. Er hatte den Sieg errungen, und nun *musste* er sich nähren. Mehr noch als den Triumph, mehr noch als einen Orden, mehr noch als den Kampf brauchte er *Blut!*

Die Snipe geriet ins Trudeln und sank wie ein Bleigewicht. Sie hatte ihre Flügel verloren. Der Pilot wurde aus dem Cockpit geschleudert und stürzte in freiem Fall zur Erde. Bei einem Sturz aus dieser Höhe würde er in tausend Stücke gerissen und sein süßes Blut über einen Quadratkilometer verteilt.

Nur noch von einem Gedanken besessen, ging Stalhein in den Sturzflug und stach mit scharfen Krallen in die Tiefe. Um den Widerstand zu verringern, legte er die unteren Flügel an und durchschnitt die Luft wie eine Lanze. Der Flugwind pfiff um seine Schwingen. Vor seinen Augen tanzten Explosionen, während er sich auf den fallenden Piloten konzentrierte. Es hatte keinen Zweck. Bigglesworth war ihm entwischt.

Wenn er nicht rasch etwas unternahm, würde er sich mit dem Kopf voran in den gefrorenen Boden bohren und, wie sein Opfer, in Stücke gerissen. Er bemühte sich nach Kräften, die Herrschaft über die Luft wiederzugewinnen. Schließlich bremste er seinen Sturz, indem er die Flügel spreizte wie Segel. Es war, als würden ihm die Arme ausgekugelt. Sein Schwanz peitschte gegen seinen Bauch, während er in die Waagerechte zu finden versuchte. Endlich gelang es ihm, den Sinkflug zu beenden. Er ließ sich mit dem Luftstrom aufwärts treiben und suchte die schwarze Landschaft nach Lichtpunkten ab. Da er sich diesseits der Linien befand, war kein Feuerschein zu sehen. Er spitzte die Ohren, hörte jedoch keinen Aufprall. Sein Rivale lag irgendwo dort unten, mit zerbrochenen Knochen. Die Schlacht war vorbei, und Erich von Stalhein war enttäuscht. Er begann grollend zu knurren.

20

Wanderer zwischen beiden Welten

Der Knüppel glitt ihm aus der Hand. Ein Windstoß schüttelte ihn durch. Das gesamte Vorderteil der RE8 war abgerissen, weggebrochen. Ihm blieben nur noch wenige Sekunden. Der glühend heiße Motor war keine drei Fuß mehr entfernt. Wenn sich die Verkleidung löste, würde er ins Cockpit krachen und sein weiches Fleisch durchschlagen wie ein riesiges Geschoss.

Die Wucht des Aufpralls schleuderte Winthrop erst in seinen Sitz und dann Hals über Kopf in die Dunkelheit hinaus. Gefrorene Erdklumpen peitschten seine Brust und sein Gesicht. Er krallte reflexartig die Finger in den Boden wie in Eiderdaunen.

Das Tosen des Windes und das Knirschen der entzweigehenden Maschine gellten ihm noch immer in den Ohren. Irgendetwas fiel ihm auf den Rücken und presste ihn noch tiefer in die Erde.

Die Flugbrille bewahrte seine Augen davor, in den Schädel getrieben zu werden, doch sein Kopfschutz ging in Fetzen. Erde überschwemmte Mund und Nase. Ein spitzer Holm bohrte sich durch die Fliegerkluft in seine Seite. Sämtliche Glieder schmerzten, als habe man ihn in den Bauch, die Nieren und die Weichen getreten. Der Tod war einen Herzschlag, einen Atemzug entfernt.

Cat, dachte er. *Bitte verzeih mir meinen dummen Brief ...*

Er hob den Kopf und befreite Mund und Nase hustend von Dreck und Erde. Er atmete wieder. Einmal. Zweimal. Sein Herz schlug noch. Vielleicht würde er ja doch nicht sterben? Oder war er etwa schon tot?

All dies erinnerte ihn an die Schlachtfelder der Hölle, von denen Catrionas Vater, Reverend Kaye, immer gepredigt hatte, als Winthrop noch ein Kind gewesen war. Erstickte Schreie, Feuersäulen und rabenschwarze Nacht.

Er ruckte und zuckte mit den Schultern und stieß den abgebrochenen Flügelrahmen von sich, der auf seinem Rücken lastete. Seine Fliegerkluft zerriss, als er das pfeilspitze Ende einer geknickten Strebe herauszog.

Frierend richtete er sich auf und spürte nichts als Schmerzen. Seine klappernden Zähne waren mit einer Kruste aus Blut und Unrat überzogen. Er hustete und spuckte aus. Plötzlich drehte sich ihm der Magen um, und er musste sich übergeben. Endlich konnte er wieder richtig atmen. Er hatte keine Ahnung, welche Knochen gebrochen waren und welche nur schmerzten. Es ließ sich vermutlich leichter feststellen, welche Knochen *nicht* gebrochen waren.

Ein greller Lichtblitz flammte auf und versengte ihm die Augen. Heiße Glut schien sein Gesicht zu streifen und sich im Nu wieder zu verflüchtigen. Der Motor war explodiert, doch für ein rechtes Feuer reichte der geringe Treibstoffrest nicht aus. Flammen züngelten über die dunkle Silhouette, die sich als Rumpfnase der guten alten Harry Tate entpuppte. Die Maschine hatte sich gewissermaßen geopfert, um ihn heil zur Erde zu bringen.

Er musste so schnell wie möglich fort, bevor es zu einer zweiten Explosion kam, doch er konnte sich nicht rühren. Obgleich er kniete, schien es, als seien seine Beine fest im Boden verankert. Sein hämmernder Puls beruhigte sich allmählich. Er betastete sein rußiges Gesicht und zerrte sich die Überreste seiner Brille herunter. Es war, als hätten die Wolken sich geteilt. Mattes Mondlicht senkte sich auf ihn herab. Er zog sich Fliegerhaube und Balaklavamütze vom Kopf und wischte sich mit dem wolligen Lappen das Gesicht. Dann setzte er die Haube wieder auf.

Das Niemandsland bot einen wahnwitzigen Anblick. Vor dem Krieg hatte Winthrop diese Gegend bereist. Damals hatte hier ein tiefer, kühler Wald gestanden. Nun waren die Bäume verschwunden. Der Boden war mit Kratern und Bombentrichtern gespickt und, bis auf zählebiges Gestrüpp, jeglicher Vegetation beraubt. Stacheldrahtrollen lagen wild verstreut. Die RE8 hatte das rostige Gewirr mit sich geschleift, und die Dornen hatten tiefe Furchen in den Boden gezogen.

Die Schlammwüste wimmelte von schmutzig grauen Leichen. Nur wenige Fuß entfernt lag ein mit Fangzähnen bewehrter Totenschädel unter einer Pickelhaube. Da der Boche inzwischen andere Helme trug, musste er sich seit der ersten Offensive hier befinden. Winthrop gab sich alle Mühe, Leichenteile, Uniformfetzen und freiliegende Knochen zu ignorieren. Diese seit vier Jahren hart umkämpften Felder waren mit Millionen von Toten besät.

Er tastete Arme und Beine ab, und obschon er schwere Prellungen *en masse* davongetragen hatte, schienen die meisten Knochen intakt. Eine Kugel hatte sich wie ein Wurm in seine Stiefelsohle eingegraben. Seine Socke stand vor Blut, doch der Schuss hatte ihn nur gestreift.

Als er aufstand, durchzuckte ein höllischer Schmerz sein rechtes Knie. Seine Kluft war aufgerissen, und das Pyjamaunterteil darunter hing in Fetzen, die Kniehosen hingegen klebten wie Pech an seinen Schenkeln. Er war noch ein wenig wacklig auf den Beinen, als ob er nach einem Monat auf See erstmals wieder Land betreten hätte. Er hatte sich rasch daran gewöhnt, dass er in der Luft nichts unter den Füßen hatte. Schwankend versuchte er ins Gleichgewicht zurückzufinden. Ihm schwirrte der Kopf, und er blinzelte und gähnte, um den Druck von seinen Ohren zu nehmen. Er bemühte sich nach Kräften, seinen Bezug zur Erde, zur Schwerkraft wiederherzustellen.

Eine Leuchtkugel explodierte über seinem Kopf. Das grelle Licht blendete ihn. Weiße Fühler streckten sich zur Erde wie die Tentakel einer Qualle. Höllenmaschinen wie diese dienten Nachtjägern zur Erhellung ihrer Ziele. Mit schleppenden Schritten suchte er Schutz im Schatten des zerbrochenen Rumpfs der

RE8. Da ihm nach wie vor die Ohren brausten, konnte er nicht hören, ob geschossen wurde. Die Leuchtspur zischte zu Boden, und er war noch am Leben.

Er suchte den Nachthimmel nach Fledermäusen ab. Ob der Boche die Wrackteile nach Überlebenden durchkämmen würde? Ein absurder Gedanke. Da es äußerst unwahrscheinlich war, dass er noch lebte und die Landung im Niemandsland tödliche Gefahren barg, würde ihn selbst Richthofen in Ruhe lassen. Andererseits wusste er aus seiner Erfahrung mit Vampiren, dass der rote Durst der fliegenden Gestaltwandler geweckt war.

Er war nicht taub. Trotz des Brausens und Klingelns in seinen Ohren hörte er Motorengeräusche. Kein Zweifel, es war noch eine Maschine in der Luft. Eine Snipe. Er zerrte sich die Fliegerhaube vom Kopf und schüttelte den Schweiß aus seinem Haar.

Schüsse. Winzige Lichtpunkte am Himmel. In derselben Richtung, aus der das Motorengeräusch kam.

Obgleich er nicht viel sehen konnte, glaubte er eine tieffliegende Snipe zu erkennen, verfolgt von einer Kreatur aus Richthofens Fledermausstaffel.

Neuerliche Schüsse. Näher. Eine Maschine flog über ihn hinweg. Der flüchtige Umriss herabstoßender Flügel und Räder, eine matt im Mondlicht schimmernde Snipe. Er wandte den Kopf, um der Flugbahn des Kampffliegers zu folgen.

Ein stummer Schatten glitt vorüber und verbreitete lähmende Kälte. Wie ein Bewohner des Meeresgrundes beim Anblick eines Teufelsrochens zuckte Winthrop zusammen, als der Boche, auf seine Beute konzentriert, über ihn hinwegflog. Die Snipe steuerte mit zitternden Flügeln auf die britischen Linien zu. Sie gewann an Vorsprung, ließ den Deutschen hinter sich zurück. Der Gestaltwandler richtete sich in der Luft auf wie ein Falke und ließ Feuer vom Himmel regnen.

Winthrop konnte den Blick nicht von dem Schauspiel wenden.

Die Geschossgarbe streifte das Heck des Fliegers. Sofort geriet die Snipe ins Trudeln. Der Feuerball versengte ihm die Augen, noch bevor der Knall der Explosion sein Ohr traf.

Der Boche schwebte über der Absturzstelle, der Schein der Flammen färbte seinen Bauch blutrot. Ein grotesk geblähter weißer Wanst ragte unter den Rippen hervor, und ein wimmelndes Geflecht aus roten und blauen Adern durchzog den Membranbaldachin der Flügel. Winthrop hatte noch nie einen Vampir gesehen, der sich so weit von der menschlichen Gestalt entfernt hatte. Nicht einmal Isolde konnte sich mit diesem Scheusal messen. Richthofens fliegende Monstrositäten hatten Draculas Blut getrunken. Jetzt erst begriff er, was es mit Mata Haris Beichte auf sich hatte. Die Deutschen züchteten diese Ungeheuer systematisch heran.

Der Boche ließ sich auf der warmen Luft nach oben treiben und schwang sich in den dunklen Himmel auf. Langsam, mit mächtigen Flügelschlägen, kreiste der Vampir davon, zurück hinter die deutschen Linien.

Winthrop verwünschte den Mörder. Beim Absturz war ein Teil von ihm gestorben. Allmählich verebbte seine Panik und machte fischblütigem Kaltsinn Platz. So war das also, wenn man als Raubtier wiedergeboren wurde. Seine Prioritäten hatten sich verschoben. Ab sofort war es das Wichtigste, die Nacht zu überleben und unversehrt hinter die alliierten Linien zu gelangen. Beauregard musste vom JG1 erfahren.

Ein schmerzhafter Schritt rief ihm seine Knieverletzung ins Gedächtnis. Er brauchte eine Krücke. Ein zerbrochener Propellerflügel der Harry Tate steckte im Boden. Er würde seinen Zweck erfüllen. Im Notfall war er spitz genug, ein Vampirherz damit zu durchbohren. Er polsterte die Bruchstelle mit seiner zerfetzten Fliegerhaube und schob ihn sich unter den Arm.

Die Snipe hatte sich auf dem Heimweg befunden. Nun zeigte

ihm die brennende Maschine wie ein Leuchtturm die Richtung, die er einschlagen musste. Er bezweifelte, dass der Pilot Verständnis für die Art und Weise haben würde, wie er sich seinen Flammentod zunutze machte, doch Schuldgefühle konnte er sich jetzt nicht leisten.

Es hatte keinen Sinn, nach den Kameras der RE8 zu suchen. Sie waren gewiss zu Bruch gegangen. Gegebenenfalls würde er Zeichnungen anfertigen müssen. Jedes Detail hatte sich in sein Gedächtnis eingebrannt.

Er stapfte los, schnurstracks auf das Feuer zu.

Alder, wo er aufgewachsen war, lag in der Tiefebene von Somerset. In den Feuchtgebieten teilten zumeist Gräben und nicht Hecken die Felder. Fremde, welche die kurze Strecke vom Dorfanger zur Kirche, wo Catrionas Vater als Vikar in Diensten stand, zu einem Spaziergang nutzen wollten, waren erstaunt, wenn die »Abkürzung«, die sie der kurvenreichen Straße vorgezogen hatten, in einem sumpfigen Irrgarten endete und sie gezwungen waren, ganze Felder zu umgehen, bis sie einen Brettersteg gefunden hatten, der sie trockenen Fußes über einen Graben führte. Es konnte über eine Stunde dauern, die Strecke zu bewältigen, für die eine Krähe kaum eine Minute brauchte. Im nächtlichen Niemandsland gab es ähnlich viele Fallen, Schlingen und Sackgassen.

Winthrop marschierte zielstrebig auf die ausgebrannte Snipe zu. Wenn die Dämmerung hereinbrach, würde er für jeden schießwütigen Scharfschützen der Deutschen eine erstklassige Zielscheibe abgeben. Seine ausgebeulte Fliegerkluft war so verdreckt, dass man sie leicht mit der grauen Uniform des Boche verwechseln konnte, was ihm am Ende womöglich die Kugel eines übereifrigen, törichten Tommys eintrug.

Selbst wenn undurchdringliches Drahtgewirr oder Granattrichter voller Wasser ihn am Fortkommen hinderten, bewahrte er ruhig Blut und fluchte nicht. Geduldig ging er den Weg zurück, den er gekommen war, und suchte sich einen anderen Durchschlupf.

Seine frisch reparierte Armbanduhr war schon wieder kaputt und zeigte drei viertel acht. Es war vermutlich noch nicht einmal zehn. Luftkämpfe dauerten nur selten länger als ein paar Minuten, auch wenn die Überlebenden oftmals schworen, sie hätten über eine Stunde gekämpft. Es würde Stunden dauern, bis der Morgen graute.

Knirschend gab der Boden unter seinen Stiefeln nach. Er stand auf einem plattgewalzten Pferd, das vor ihm lag wie ausgerollter Kuchenteig. Vögel hatten ihm die Augen ausgepickt. Das tote Tier wimmelte von Ungeziefer. Ratten wanden sich unter ihrer Decke aus Pferdehaut und stoben quiekend auseinander. Er machte sich gar nicht erst die Mühe, die Ratten zu hassen oder zu erlegen. Sie waren schließlich auch nicht schlimmer als die menschlichen Aasfresser, die dieses Land unsicher machten.

Sein Knie tat höllisch weh. Die anderen Schmerzen waren vergleichsweise gering. Die Spitze der behelfsmäßigen Krücke bohrte sich in seine Achselhöhle. Er hatte kein Gefühl mehr in den Zehen und hoffte, die Kälte werde früher oder später auch sein Knie betäuben.

Granaten fielen, Gott sei Dank nicht allzu nah. Um die Deutschen von unerwünschten Ausflügen abzuhalten, deckten die Alliierten das Niemandsland bei Nacht mit einem Bombenhagel ein. Angesichts der derzeitigen Lage hielt Winthrop die Logik dieser Strategie für äußerst zweifelhaft, obgleich er dankbar war, dass er keine Angst zu haben brauchte, hier draußen einem verirrten Späher zu begegnen. Selbst der verlottertste Boche trug Gewehr und Bajonett, und die einzige Waffe, über die Winthrop verfügte, war sein kostbarer Propeller. Sie waren so unvermittelt aufgebrochen, dass er vergessen hatte, seinen Revolver einzustecken.

Die Snipe lag vor ihm, die Bespannung war zu Asche verbrannt. Rotglühende Metallteile glommen in der Finsternis. Es war nicht mehr zu erkennen, um wessen Maschine es sich handelte.

Der verwegene Courtney war tot. Vom roten Baron geraubt und ausgesaugt. Auch Cundall war mit ziemlicher Gewissheit in den Dutt gegangen. Von den B gar nicht zu reden: Ball, Bigglesworth, Brown. Und, damit das Buchstabensüppchen nicht so fade schmeckte, Bill Williamson. Das Geschwader Condor war so gut wie kampfunfähig.

Ein Granate pfiff vorüber und krepierte keine hundert Yards entfernt. Erde prasselte zu Boden und spickte sein Gesicht. Die brennende Snipe war eine Flammeninsel in der Finsternis. Ob ein Kanonier sie ins Visier genommen hatte?

Nach seiner Rückkehr würde Winthrop Vorschläge zu machen haben, die den Verlauf des Krieges, wie er glaubte, maßgeblich verändern würden. Mt diesem Ausflug hatte er das Recht erworben, von Sir Douglas Haig gehört zu werden. Er würde die Reporterin Kate Reed aufsuchen. Um die Wahrheit zu sagen, er hätte sie ohnehin aufgesucht. Er hatte eine Idee, und Kate Reed stand im Zentrum dieser Gedanken.

Mit ihrem roten Haar und ihrer scharfen Zunge war Kate der Vampir, in den sich Catriona einst verwandeln würde. Zierliche kleine Fangzähne in einem aufreizenden Überbiss. Die Augen hinter ihrer Brille zeugten von Intelligenz und Zähigkeit. Von all seinen Bekannten kam sie einem Vampirältesten am nächsten. Und er brauchte einen Ältesten. Daran gab es keinen Zweifel. Ein Neugeborener würde seinen Zwecken nicht genügen. Die Kraft eines Vampirs war eine Frage des Geblüts. Der Rote Baron und seine mörderischen Kameraden waren der lebende Beweis dafür.

Eine Fußangel schloss sich um seinen Knöchel, und spitze Dornen bohrten sich in seinen Stiefelschaft. Er wirbelte herum, riss seine Propellerkrücke in die Höhe und richtete sie auf das Ding, das ihn umklammert hielt.

Im Dunkeln hörte er einen Menschen krächzen. Winthrop sah große Augen in einem kohlschwarzen Gesicht. Und schimmernde weiße Zähne, ausgefahrene Vampirhauer, die unter den verschmorten Lippen zum Vorschein kamen.

Es wäre ein Gnade, mit dem Propeller zuzustechen.

Ein heiseres Röcheln drang aus dem versengten Schlund. Winthrop spürte eine zweite Hand an seinem Knie. Die Kreatur versuchte, sich an ihm hochzuziehen, sich aufzurichten.

Es war der Pilot. Winthrop konnte das Gesicht beim besten Willen nicht erkennen. Das Röcheln erstarb, und der Pilot tätschelte ihm beinahe entschuldigend das Knie und ließ sein Bein dann los. Der Lumpenkerl rappelte sich mühsam hoch. Anhand seiner verkrüppelten Gestalt identifizierte Winthrop den Vampir als Albert Ball. Der Pilot hatte seinen zweiten Zusammenstoß mit Richthofens fliegendem Monstrositätenkabinett tatsächlich überlebt, wenn auch nur knapp. Die Fliegerkluft war mit seinem Fleisch verschmolzen und hatte sich in seine Knochen eingebrannt.

»Gütiger Himmel«, sagte Winthrop.

Ball verzog sein lädiertes, ledriges Gesicht zu einem Lächeln und streckte eine verrenkte Klaue aus. Winthrop ergriff die zarte Hand und drückte sie so vorsichtig wie möglich, um dem Piloten nicht die Finger abzubrechen. Trotz des Stulphandschuhs, der ihn davor bewahrte, Balls ölig schillernde Haut berühren zu müssen, spürte er die glühende Hitze in den Gliedern des Piloten.

»Wir müssen Sie nach Hause schaffen«, sagte Winthrop.

Zustimmend senkte Ball den kahlen Kopf. Die Fliegerhaube war an seinem Schädel festgeschmolzen. Eine Wolkenbank verdunkelte den Mond. Es herrschte tiefe Finsternis.

Schon allein hatte er kaum eine Chance gehabt. Nun musste

Winthrop versuchen, mit dem schwer verwundeten Ball hinter die Linien zu gelangen.

Das Schicksal meinte es nicht gut mit ihm.

»Kommen Sie, alter Knabe«, sagte er zu Ball. »Ich glaube, es geht hier entlang.«

Sie marschierten in die Richtung, aus der das Donnern britischer Geschütze drang.

21

Das Schloss

Mit preußischer Gelassenheit ließ Oberst Kretschmar-Schuldorff eine türkische Zigarette von seiner Unterlippe baumeln. Der Rauch, der das Coupé erfüllte, begann zu wabern, als sie die Straße zum Château hinauffuhren. Der Offizier saß Poe und Ewers gegenüber, und unter seinem Mützenschirm leuchteten scharfe Augen, aus denen vage Belustigung zu sprechen schien. Keiner der drei spiegelte sich in den dunklen Wagenfenstern. Trotz der schlechten Straße fand sich der Fahrer auch bei Nacht spielend zurecht. Poe bangte um Ewers' Gepäck, das auf dem Dach festgezurrt war.

»Wir bekommen nur selten Besuch auf Malinbois«, bekannte Kretschmar-Schuldorff. »Unsere Räumlichkeiten sind recht primitiv.«

Poe war gnädig gestimmt. Schlimmer als im Ghetto konnte es kaum kommen. Ewers hingegen, dessen Reizbarkeit beständig zunahm, schien nicht geneigt, eventuelle Ungelegenheiten klaglos hinzunehmen.

»Das Château ist sehr alt«, sagte der Offizier. »Als Cäsar Gallien eroberte, stand an seiner Stelle eine Festung. Teile des Gebäudes wurden bereits um die Jahrtausendwende errichtet. Für Vampire ist es von großem historischem Interesse. Es ist nämlich nach dem Sieur du Malinbois benannt, einem Ältesten, der im dreizehnten Jahrhundert vernichtet wurde.«

»Ein Unteroffizier am Bahnhof meinte, auf dem Schloss gehe es nicht mit rechten Dingen zu«, sagte Poe. »Es sei ein böser Ort.«

Kretschmar-Schuldorff zuckte die Achseln, ohne den Tabakrauch aufzuwirbeln. Ein sardonisches Lächeln begleitete seine scheinbar souveräne Geste.

»Wie Ihr berühmtes Haus Usher, meinen Sie? Wer wollte sagen, was böse ist? Die alten Vorurteile sitzen tief.«

»Der Bauer war kein echter Patriot«, schnaubte Ewers. »Man sollte ihn melden und unverzüglich degradieren.«

»Es gibt durchaus Patrioten, die für das Château du Malinbois nur wenig übrig haben«, sagte Kretschmar-Schuldorff. »Wer weiß, Herr Ewers? Womöglich werden auch Sie an unserem Schloss keinen Gefallen finden.«

Durchs Fenster sah Poe die Umrisse hoher, zerschossener Bäume am Straßenrand. Die Landschaft war unwirtlich und trostlos. Sie verströmte eine tausendjährige Atmosphäre der Einsamkeit und Ödnis, die durch die Zerstörung der vergangenen Jahre noch verstärkt wurde.

»In der Nähe des Schlosses liegt ein See«, sagte Kretschmar-Schuldorff, »der allerdings in nichts dem Pfuhl von Usher ähnelt. Ich halte es für äußerst unwahrscheinlich, dass unser Quartier einstürzen und uns in stinkenden Fluten ertränken wird.«

»Welch ein erhebender Gedanke«, kommentierte Ewers, doch sein Sarkasmus wirkte aufgesetzt.

»Als Geheimdienstoffizier bin ich zu erhebenden Gedanken geradezu verpflichtet. Schließlich kämpfen wir zuallererst für die Moral.«

Ewers sah aus, als habe seine Moral soeben ihren Tiefpunkt erreicht. Poe verspürte, gegen seinen Willen, Mitleid für den Deutschen. Er fragte sich, ob seine relative Heiterkeit vom Lebenssaft des warmblütigen Mädchens herrühren mochte, der seinen untoten Leib durchströmte.

»Geben Sie gut acht, Herr Poe. Hinter der nächsten Ecke kommt das Château in Sicht.«

Der Wagen legte sich in die Kurve. Poe sah das Schloss mit dem Mond dahinter: eine schwarze Silhouette mit Türmen und Zinnen. Bis auf ein Licht, hoch droben im höchsten Turm, war alles finster.

»Ist das für uns?«, erkundigte er sich.

Der Oberst schüttelte den Kopf. »Nein, für die Flieger.«

Sie fuhren am Ufer eines spiegelglatten Sees entlang. Daneben lag eine gerodete Fläche, die Poe für das Rollfeld hielt.

»Krachen sie mit ihren Flugzeugen denn nicht häufig gegen den Turm?«

Kretschmar-Schuldorffs Lachen klang melodisch. »Herr Poe, Sie werden außerordentlich überrascht sein.«

Er hatte die dunkle Ahnung, dass man ihm ein Geheimnis vorenthielt, und sein Durst war geweckt. Nur dass es ihn diesmal nicht nach Blut, sondern nach Wissen dürstete. Er hatte sich schon immer gern mit Rätseln, Chiffren und Mysterien beschäftigt. Zwar war er Journalist und Detektiv, doch ging er einem Geheimnis am liebsten in seiner Eigenschaft als Dichter auf den Grund. Hier waren seine deduktiven Fähigkeiten gefordert.

Ein Schloss, ein Geheimnis, Blut und Ehre. Alle Ingredienzen für eine fantastische Groteske oder Arabeske waren vorhanden.

»Sehen Sie da«, sagte Ewers und zeigte mit dem Finger.

Am dunklen Himmel waren noch dunklere Silhouetten zu erkennen, flügelschlagende Kreaturen, die sich fahl gegen den Mond abzeichneten.

»Fledermäuse?«

»Nein, Herr Poe. Keine Fledermäuse.«

Die Kreaturen flogen in Formation. Poe schätzte sie viel größer als gemeine Fledermäuse.

»Vampire?«

Kretschmar-Schuldorff nickte und steckte sich eine frische Zigarette an. Die Zündholzflamme spiegelte sich funkelnd in seinen amüsierten Augen.

Plötzlich wusste Poe, worum es sich bei diesen Wesen handelte.

»Gestaltwandler«, sagte er stolz. »Das sind Baron von Richthofens Flieger. Sie steuern keine Flugmaschinen. Sie lassen sich Flügel wachsen.«

»Genau.«

Ewers war erstaunt und wütend, weil man ihn nicht einweihen wollte. Poe erfasste ein Gefühl von Glück und Begeisterung.

»Es ist ein Wunder«, sagte er. »Sie haben sich in Engel verwandelt.«

»Engel der Hölle, vielleicht. Noch bevor der Krieg zu Ende ist, könnten sie zu gefallenen Engeln werden.«

Die Formation flog eine Schleife um das Licht im Turm. Sie mussten riesig sein, mindestens zwei- oder dreimal so groß wie ein Mensch. Langsam mit den Flügeln schlagend, schienen sie eher zu segeln denn zu fliegen. Poe hätte es nicht für möglich gehalten, doch das Wunder offenbarte sich vor seinen Augen.

»Und all das durch die Weiterentwicklung angeborener Vampireigenschaften?«

Kretschmar-Schuldorff nickte. »Tony Fokker hat der Natur ein wenig auf die Sprünge geholfen und eine Apparatur konstruiert, die ihre Lufttauglichkeit erhöht. Und Harnische für die MGs. Noch ist es keinem Vampir gelungen, sich Spandau-Zitzen wachsen zu lassen, um den Feind mit Blei zu säugen.«

»Noch?«

Kretschmar-Schuldorff zuckte die Achseln. Offensichtlich würde es früher oder später so weit sein.

Der erste Flieger vollführte eine Kehre, breitete die Schwingen aus wie Segel und setzte zum Anflug an. Er landete weich auf dem Turm und raffte die Schwingen wie einen Mantel um sich. Einer nach dem anderen gingen die Flieger nieder. Kleinere Gestalten umschwärmten die Vampire und bestätigten Poes Schätzung ihrer Größe.

»Wer wollte dem Glauben schenken? Und wenn er es mit eigenen Augen gesehen hätte, wer wollte dem Glauben schenken?«

»Dazu bedurfte es des Auges eines Dichters, Herr Poe. Aus diesem Grunde haben wir nach einem Dichter schicken lassen. Nun, da Sie es gesehen haben, ist es an Ihnen, den Rest der Welt zu überzeugen.«

Ein einzelner Flieger hinkte den anderen hinterdrein. Ein großer Riss klaffte in einer seiner Lederschwingen, und er hatte alle Mühe, sich in der Luft zu halten. Der lädierte finstere Engel verfehlte den Landeplatz, klatschte gegen den Turm und klammerte sich mit Haken und Klauen an das uralte Gemäuer. Mit baumelndem Schwanz und angelegten Flügeln kletterte der verletzte Flieger hinauf zu seinen Kameraden. Poe teilte seinen Schmerz, fragte sich, wie er sich fühlen mochte …

»Ich will mehr sehen«, sagte Poe. »Bringen Sie mich auf der Stelle dort hinauf.«

Kretschmar-Schuldorff winkte eifrige Wächter und verblüffte Posten beiseite und verschaffte ihnen freie Bahn durch das Château. Schneidige Ehrengrüße wurden entboten und Papiere vorgelegt.

Mit Poe an der Spitze stiegen sie die Turmtreppe hinauf. Ungeduldig erklomm er die steinerne Spirale. Der konsternierte Ewers folgte wortlos, wie eine Gouvernante, welche die übergroße Freiheit, die nachsichtige Eltern ihren Schützlingen gewähren, stillschweigend missbilligt. Poe wollte die wunderbaren Geschöpfe sehen. Alles andere war unwichtig geworden.

Die Treppe wurde breiter und mündete in eine große, mit Steinplatten gefliese Kammer. Mondlicht stach durch pfeilförmige Fensterschlitze. An den Wänden hingen Leuchter mit brennenden Fackeln. Ein Vorhang bauschte sich leicht, und kalte Luft wehte herein. Ein strenger Tiergeruch durchzog den Raum.

Im Fledermausschatten eines Hünen kam er schlitternd zum Stehen. Der Flieger war noch größer, als er angenommen hatte. Poes Augen befanden sich auf gleicher Höhe mit den Stulpen eines Paars riesiger, gewichster Stiefel.

Er hob den Blick und sah einen mit lichtem Fell bewachsenen Körper, dessen menschlicher Ursprung deutlich zu erkennen war. Die angelegten Schwingen glichen einem bodenlangen Umhang aus lebendigem, beseeltem Samt. Vor der Brust hing eine Art Koller aus Segeltuch und Leder, an dem ein Zwillings-MG befestigt war. Aber das war noch nicht alles: Gurte zur Versteifung spitzer Stacheln, Seile zur Verspannung der Flügel. Aus den Achselhöhlen sprossen – praktisch, aber wenig elegant – muskulöse Arme mit dreifingrigen Händen zur Bedienung der MGs.

Als der Schädel sich verkleinerte, wurde aus einer eng anliegenden Fliegerhaube eine weite Kapuze; auf erhöhten Plattformen bereitstehende Ordonnanzen zogen sie der Kreatur vom Kopf. Die feurigen Augen schrumpften, die Ohren zogen sich zusammen, ganze Zahnreihen glitten in Kieferscheiden zurück. Der gähnende rote Schlund ging zu, und es bildeten sich menschliche Lippen. Das Fell verschwand wie ein sich auflösender Schleier.

»Herr Poe«, sagte Kretschmar-Schuldorff, »das ist Manfred, der Baron von Richthofen.«

Poe war sprachlos.

Der Rote Baron nahm wieder menschliche Gestalt an. Ordonnanzen umschwärmten ihn wie Domestiken, befreiten ihn von Stiefeln, Gurtwerk und Gewehren. Jetzt, da er schrumpfte, drohte sein Fliegerzeug ihn zu erdrücken und musste vorsichtig entfernt werden. Die Ausrüstung wurde in Regalen verstaut.

Die beiden Burschen des Barons gingen zügig und geschickt zu Werke. Sie waren, erstaunlicherweise, warmen Blutes.

»Diese Männer dienen dem Baron bereits seit Kriegsbeginn«, erklärte Kretschmar-Schuldorff. »Feldwebel Fritz Haarmann und Korporal Peter Kürten. Sie sind die Knappen unseres Ritters der Lüfte.«

Haarmann und Kürten versahen schweigend ihren Dienst. Sie hatten vermutlich Angst vor ihrem Herrn und Meister. Hinter der Fledermausmaske kam Richthofens kantiges, blauäugiges Gesicht zum Vorschein. Poe kannte es von den Sahnke-Sammelkarten, die an deutschen Bahnhöfen verkauft wurden.

Die anderen Flieger strömten in die Kammer, ihre spitzen Schädel und bucklichten Rücken streiften die steinerne Decke. Dutzende von Männern standen bereit, um ihnen bei der Verwandlung behilflich zu sein. Es herrschte so rege Betriebsamkeit, dass nur Poe Zeit zum Nachdenken fand.

»Das ist Professor ten Brincken. Der Direktor unserer Forschungsabteilung.«

Kretschmar-Schuldorff deutete auf einen graugesichtigen, breitschultrigen Mann im schmuddeligen weißen Kittel. Knurrend verglich der Professor Messungen mit einer Zahlentabelle.

»Und das ist General Karnstein, der Kommandant des Schlosses.«

Ein vornehmer Ältester mit grauem Haar und pechschwarzem Bart überwachte die Arbeiten mit stolzgeschwellter Brust. Der Façon nach zu urteilen, musste seine Uniform aus dem achtzehnten Jahrhundert stammen.

Richthofens Gesicht hatte seine menschliche Gestalt zurückgewonnen. Er war um die Hälfte geschrumpft und maß etwa acht Fuß. Skelett und Muskeln fügten sich in eine neue Ordnung. Während der Baron sich noch verwandelte, wischten Haarmann und Kürten mit großen, weichen Bürsten das abgestoßene Fell von seiner Haut. Der Flieger nahm eine rasche Umverteilung von Knochen und Gewebe vor und zog seine rudimentären Arme in den Rumpf zurück. Der Gestaltwandel ging fließend und schmerzfrei, scheinbar mühelos vonstatten.

Es war die reinste Zauberei. Gespreizte Schwingen wurden zu Armen, das Leder faltete sich wie ein Fächer und streckte sich zu heller, glatter Haut. Richthofen verzog keine Miene, während die anderen Flieger das Knacken der Gelenke und die Neuordnung der Knochen mit Ach- und Wehgeschrei begleiteten. Ten Brincken – ein strenger, aber stolzer Vater – war sichtlich zufrieden.

Sanitäter umringten die Männer wie die Trainer eines Boxers, setzten ihnen Stethoskope an die Brust, studierten den Wundheilungsprozess und machten sich Notizen. Ordonnanzen wie Haarmann und Kürten halfen den Fliegern in bequeme Kleidung. Die Männer krümmten sich zusammen, schrumpften auf normale Größe und fanden in ihre gewöhnliche Gestalt zurück.

Jetzt sahen sie alle menschlich aus. Wie Vampire zwar, doch durchaus menschlich. Dabei waren diese Männer, diese Flieger, Götter, Engel und Dämonen. Poe begriff, weshalb er hier gebraucht wurde. Weshalb ein unbedeutender Schmierant wie Hanns Heinz Ewers für diesen Zweck nicht taugt. Nur ein Genie wie Edgar Poe war in der Lage, diesem fantastischen Sujet gerecht zu werden.

In menschlicher Gestalt war Richthofen ein Mann von mittlerer Größe, mit einem blassen, aber hübsch geschnittenen Gesicht und kalten, ausdruckslosen Augen. Er schlüpfte in einen Schlafrock mit pelzbesetztem Kragen. Es war nicht zu übersehen, dass er große Kraft und ein noch größeres Geheimnis hatte, dessen wahres Ausmaß sich nicht einmal erahnen ließ.

»Manfred«, sagte Kretschmar-Schuldorff, »das ist Edgar Poe. Er wird mit dir an deinem Buch arbeiten.«

Poe streckte die Hand aus. Der Baron weigerte sich, sie zu schütteln, weniger aus Arroganz denn aus Verlegenheit. Der Held gebärdete sich wie ein zimperlicher Sängerknabe. Als Mann der Tat teilte er Hotspurs Verachtung für die Freuden und Vergnügungen des Lebens. Für einen Dichter war in seiner Welt kein Platz.

»Herr Baron«, stammelte Poe. »Nicht im Traum ...«

»Ich pflege nicht zu träumen«, sagte Richthofen und wandte sich ab. »Wenn Sie mich entschuldigen möchten, ich habe einen Bericht zu schreiben. Es gibt Leute, denen die Worte nicht so einfach aus der Feder fließen.«

22

Les Troglodytes

Im Niemandsland war es unmöglich, den Lauf der Zeit oder Entfernungen präzise zu bestimmen. Als Mündungsblitze die ausgebrannte Snipe erhellten, wurde das jämmerliche Ausmaß ihres Fortkommens sichtbar. Obgleich Stunden vergangen zu sein schienen, hatten sie nur kümmerliche hundert Yards zurückgelegt.

Er hatte befürchtet, Ball auf dem Rücken tragen zu müssen, doch trotz seiner schrecklichen Verletzungen kam der Pilot besser voran als er. Ball überwand Hindernisse, die Winthrop zu Umwegen zwangen. Der Lebenswille des Vampirs schien übermächtig.

Es war, als ob die Flammen des Aufpralls alles bis auf das Wesentliche verschlungen hätten. Er kroch seitwärts wie eine Krabbe, wobei er die Hände ebenso geschickt benutzte wie die Füße, und wand sich über den Boden, als sei er dafür geboren. Durch Risse in seinem schwarzen Rückenpanzer aus verbranntem Fleisch und Stoff schimmerten Sehnen und Muskelstränge, die mahlten wie geölte Kolben.

Winthrop nahm sich vor, es Albert Ball gleichzutun, allen geistigen Ballast über Bord zu werfen und sich auf seine unmittelbaren Bedürfnisse zu konzentrieren. Er dachte zu viel an Catriona, an Beauregard, an Richthofen. Er durfte nur noch an Edwin Winthrop denken.

Lichtfinger streckten sich hinter ihnen in den Himmel. Wenn das die Dämmerung war, bewegten sie sich in die falsche Richtung, auf die deutschen Linien zu. Es musste Mündungsfeuer sein. Kurz darauf waren Explosionen zu hören, in sicherer Entfernung.

Winthrop entdeckte einen französischen Helm, für den der rechtmäßige Besitzer bestimmt keine Verwendung mehr hatte, und löste ihn gleichgültig von einem formlosen Höcker im Schlamm. Der Adrian-Helm bot nicht nur Schutz, sondern ließ ihn im Dunkeln wie einen Soldaten der Alliierten erscheinen. Das verringerte die Gefahr, von den eigenen Leuten umgebracht zu werden. Dennoch würde ihn jeder brave Deutsche, der ihnen über den Weg lief, selbstverständlich ohne Warnung niederschießen.

Er bezweifelte, dass der Boche regelmäßig Nachtstreifen ins tiefste Niemandsland entsandte, doch wenn die erwartete Großoffensive tatsächlich bevorstand, gab es womöglich Schleichspähtrupps, die Karten und Pfade anlegten. Und nicht zuletzt etliche Deutsche, die ebenso umherirrten wie er, in blinder, schießwütiger Panik.

»Und da sind wir wie auf düst'rer Flur, hinweggetrieben in banger Ahnung vor Kampf und Flucht«, rief er sich einen Vers aus dem »Gestade in Dover« ins Gedächtnis, »da wo unkund'ge Heeresscharen tosen in der Nacht.« Matthew Arnold war einer der Propheten seiner Zeit.

Während Winthrop durch Leichenfledderei zu neuen Kleidern zu gelangen versuchte, krabbelte Ball in einen Bombentrichter. Winthrop kletterte über eine zerschossene Lafette, stützte sich auf seinen Propeller und suchte in der Dunkelheit nach Ball. Unter anderen Umständen hätte er einen Vampir wie Albert Ball als beunruhigend empfunden.

Ein Schauer lief ihm über den – dem Land der Hunnen zugekehrten – Rücken, und er rechnete damit, jeden Augenblick von einem Kugelhagel zersiebt zu werden, der dieser alptraumhaften Exkursion ein Ende machte. Plötzlich hellwach, sprang er in den Krater und folgte Balls Spuren den Abhang hinab. Seine Panik verflog. Er hatte keine Ahnung, was ihm einen solchen Schrecken eingejagt hatte.

Der Sprung belastete sein schlimmes Knie, und beinahe hätte er den Propeller verloren. Er fluchte laut und ausgiebig. Unklug für einen jungen Offizier, der auf eine Beförderung hoffte.

Der Trichter war tiefer als alle, an denen sie bislang vorbeigekommen waren. Unmittelbar unter dem Rand war es stockfinster, doch die schlammige Sohle schimmerte sanft im hellen Mondlicht. Eine zweite Leuchtgranate flammte auf. Zumindest konnten sie von hier aus das verfluchte Snipe-Skelett nicht sehen.

Ball hatte die Kratersohle erreicht und wartete auf Winthrop. Der Pilot stand auf und entwirrte seine Glieder wie der falsche Krüppel in *Der Wunderheiler*. Seine ausgestreckten Arme waren an Ellbogen und Handgelenken geknickt.

Da er außerhalb der Schusslinie beider Fronten lag, war der Trichter eine Oase der Sicherheit in einer Wüste der Gefahr. Als

Winthrop schließlich neben ihm stand, holte Ball ein kupfernes Zigarettenetui aus einer Tasche seiner Flieguniform oder, besser, seiner Haut.

»Auch 'ne Kippe?«

Ball klemmte sich eine Virginia-Zigarette zwischen die bloßen Zähne und durchwühlte auf der Suche nach einer Zündholzschachtel seine Taschen. Winthrop nahm den ihm angebotenen Glimmstängel und zog seine Streichhölzer hervor.

»Danke, alter Freund«, sagte Ball, als Winthrop ein Zündholz anriss. »Meine sind bei dem Bruch verbrannt.«

Seiner verschmorten Lippen wegen verschluckte Ball fast jeden Konsonanten. Es fiel ihm nicht leicht, den Tabak in Brand zu setzen, doch nach ein paar kräftigen Zügen war es geschafft. Als er den Rauch ausatmete, sprangen seine verschmolzenen Nasenlöcher auf.

Winthrop sog den Rauch tief ein. Er schmeckte nach Leben.

Der Krater war voller vergessener Kriegstoter, die wild verstreut im Schlamm begraben lagen. Leichen aller Nationaliäten knirschten unter ihren Stiefeln. Der Trichter war ein Massengrab, das darauf wartete, mit Erde aufgeschüttet zu werden.

»Das ist dann wohl das sprichwörtliche dicke Ende.«

Ball blickte sich in dem Erdloch um. Die Flammen hatten seine Lider zerfressen. Winthrop sah die schwärmenden roten Muskelstränge rings um seine Augäpfel. Der Krater hatte einen Durchmesser von etwa dreißig Yards.

»Ich habe schon Schlimmeres erlebt. Letztes Mal bin ich über dem Gebiet der Hunnen abgeschossen worden und musste mich durch ihre Schützengräben schlagen. Das war eine erheblich blutigere Angelegenheit als dieser kleine Ausflug.«

»Aber letztes Mal sind Sie doch von einem Flugzeug abgeschossen worden.«

»Freilich, aber Flieger ist Flieger.«

Winthrop schüttelte den Kopf. Es half nichts, darüber nachzudenken, was in der Luft geschehen war. Noch nicht.

»Wir müssen weiter«, sagte Ball und drückte seine Zigarette an der steilen Wand des Trichters aus.

Sie durchquerten die Kratersohle. Wenn er sich aufrichtete, schmerzte Winthrops Rücken. Seit Stunden ging er gebückt, um möglichst nicht aufzufallen.

Ball blieb stehen, reckte den Kopf und spitzte die Ohren wie ein Gefahr witternder Hund. Noch bevor Winthrop ihn fragen konnte, was los war, erhob sich ringsum tiefste Finsternis.

Sie waren von einem Wald lebender Vogelscheuchen umzingelt. Jäh elektrisierte Leichen stiegen aus ihren Gräbern oder lösten sich aus wirren Haufen. Waffen wurden auf sie gerichtet, und sie spürten die Berührung kalter Hände. Winthrop fühlte eine schmerzhafte Klaue an seiner Kehle und eine Bajonettspitze zwischen den Rippen.

Wieder wusste er, dass nur Sekunden ihn vom Tode trennten. Fauliger Atem wehte ihm ins Gesicht. Hätte der Würgegriff um seine Kehle sich gelockert, wäre ihm wahrscheinlich schlecht geworden.

Er konnte die Uniform des Soldaten, der ihn festhielt, nicht sofort identifizieren. Schlammstarrende Lumpen klebten ihm am Körper, als sei der Mann ein Wilder aus den Dschungeln Afrikas. Um seine Schultern lag ein Umhang aus einem mit Zweigen und Laub besetzten Tarnnetz. Ein Halsband aus Patronenhülsen und Fingerknochen baumelte auf seiner Brust.

Ein Zündholz flammte auf, und Winthrop blickte in ein bärtiges Gesicht. Rote Augen glommen in einer Maske aus Schmutz und Kot. Scharf gezackte Vampirzähne knirschten, benetzt mit blutigem Speichel.

»Wer da? Freund oder Feind?«

Die Stimme gehörte einem Briten, jedoch keinem Offizier.

Winthrop hätte schwören können, dass er aus dem Norden Englands stammte. Seine Angst ließ nach.

»Lieutenant Winthrop«, sagte er mit zugeschnürter Kehle. »Geheimdienst.«

Das Wesen lachte, und Winthrops Angst kehrte zurück. Der Würgegriff lockerte sich nicht. In den roten Augen brannten Bosheit und Hunger.

»Du kannst mir nichts vormachen«, sagte der tote Brite. »Du bist ein Wilddieb.«

Winthrop drohte langsam zu ersticken.

»Das Recht, auf diesem Anwesen zu jagen, ist ausschließlich der Herrschaft vorbehalten«, sagte der Soldat und wies in die mit Toten übersäte Wildnis. »Ich bin als ihr Vertreter eingesetzt.«

Ein zweiter auferstandener Toter trat hinzu, um den Fang zu inspizieren. Er befand sich außerhalb seines Reviers: Die Überreste einer österreichischen Uniform deuteten darauf hin, dass er von der Ostfront desertiert war, um hierherzugelangen. Eine Gasmaske ohne Augengläser gab seinem Kopf das Aussehen einer großen Zwiebelknolle. Runenzeichen waren in das Leder geritzt, und über dem Filterrüssel prangte ein aufgemalter Schnurrbart.

»Ha, Schwejk«, rief Winthrops Peiniger, »uns ist ein Beamter des Geheimdienstes ins Netz gegangen.«

Schwejk lachte, dumpf und höhnisch. Unter der Maske blickten seine Augen verärgert hervor.

»Gut gemacht, Mellors. Vielleicht kann er uns einen geheimen Dienst erweisen.«

Schwejk sprach mit starkem ausländischem Akzent.

Die Meute trug nicht nur britische und österreichische, sondern auch deutsche, französische und amerikanische Uniformen. Zudem sah Winthrop manche Kluft, die die Ausrüstung verschiedener Kriegsparteien in sich vereinte. Ein goldhaariger Junge mit scharlachrot bemaltem oder verfärbtem Gesicht hatte einen französischen Waffenrock am Leib, einen deutschen Stahlhelm auf dem Kopf und einen amerikanischen Karabiner über der Schulter.

Winthrop und Ball wurden quer durch den Granattrichter gezerrt. Winthrops Propeller knickte weg. Er unterdrückte einen Schrei, als der Schmerz in seinem Knie von neuem explodierte. Er durfte sich nicht die geringste Blöße geben.

In der Wand des Kraters befand sich eine mit Netzen und Schutt getarnte Öffnung. Ein schmutziger Vorhang glitt beiseite. Sie wurden in einen Tunnel gestoßen.

»Das hier war früher ein Franzmanngraben«, erklärte Mellors, Winthrops Peiniger. »Dann war es ein Hunnengraben. Jetzt ist es unser Reich.«

»Wer sind Sie?«, fragte Winthrop.

»*Nous sommes les troglodytes*«, antwortete ein Franzose.

»Ganz recht, Jim«, bellte ein Österreicher. »Wir sind Höhlenmenschen, Primitive ...«

»Für dich immer noch Jules«, sagte der Franzose. »Dass ich dir das jedes Mal erklären muss. Ich schreibe die Gedichte, er fügt die Fußnoten hinzu.«

»Wir haben uns einen Bau gegraben«, erklärte Mellors. »Hier unten gibt es keinen Krieg.«

Nach ein paar Yards war der abschüssige Lehmboden mit Brettern ausgelegt, und die Decke wurde von stabilen Grubenstempeln gestützt.

»Deutsche Wertarbeit«, sagte Mellors. »Immer um die Bequemlichkeit der Streitkräfte besorgt.«

Auf diese Bemerkung brachen die Männer in schallendes Gelächter aus. Insbesondere die Deutschen.

Sie waren Abtrünnige, Deserteure sämtlicher Parteien. Offenbar alles *nosferatu*. Winthrop hatte von solch degenerierten Kreaturen gehört, die sich, durch fortwährenden Fronteinsatz verrückt geworden, mitten im Kriegsgebiet verschanzten und wie Tiere um das nackte Überleben kämpften. Bislang hatte er diese Geschichte als Kriegslegende abgetan, wie die der Gespenster-Bogenschützen von Mons, der gekreuzigten Kanadier und der Russen mit Schnee an den Stiefeln.

»Wir bekommen nur selten warmblütigen Besuch«, sagte Mellors mit leicht spöttischem Unterton. »Es ist uns eine große Ehre.«

Winthrop glaubte den Singsang von Derbyshire in Mellors' Stimme zu vernehmen. Der Soldat war offenbar nicht ungelehrt, schien sich jedoch nicht anmerken lassen zu wollen, dass er eine Schulbildung genossen hatte. Auf seinen Schultern prangten schlampig angenähte Sterne. Womöglich war er wegen Tapferkeit im Felde vom Gemeinen zum Lieutenant befördert worden. Er durfte diesen unseligen Spitzbuben nicht unterschätzen.

Eingekeilt zwischen Jules und Jim, leistete Ball keinerlei Widerstand. Er sammelte seine Kräfte und suchte im Stillen nach einem Ausweg. Winthrop wusste, dass er sich auf ihn verlassen konnte.

Der Gang wurde breiter und mündete in einen Unterstand, der einer steinzeitlichen Höhle ähnelte. In Ölfässern brannten Feuer, welche die tiefliegende Decke mit einer dicken Rußschicht überzogen. Derbe, aber eindrucksvolle Bilder von Raub, Mord und Vergewaltigung waren mit Stiefelwichse, Blut und Erde an die Wand geschmiert. Zu der *collage* gehörten Porträts von Kaiser und König, Abbildungen von Generälen und Politikern, Reklame aus der Berliner und Pariser Presse sowie persönliche Fotografien verschollener Soldaten. Geliebte, Ehefrauen und Familien komplettierten das Inferno in Rot und Schwarz. Das Ganze wurde von einem vieläugigen, vielmäuligen Ungeheuer verschlungen, das den Krieg symbolisierte.

Ein scheußlicher Gestank von Verwesung, Blut und Exkrementen hing in der Luft. Selbst gezimmerte, mit den Habseligkeiten ihrer Bewohner geschmückte Särge standen an den Wänden aufgereiht. Erbeutete Waffen und Kleider lagen in losen Haufen überall verstreut. Vereinzelt waren auch Menschenknochen zu sehen, manche alt, manche bedrohlich frisch. Die Troglodyten vegetierten tagsüber in diesem Senkloch und kamen nur bei Nacht hervor, um sich von den Toten und Sterbenden zu nähren.

»Willkommen in unserem trauten Heim«, sagte Mellors, von überschwänglichen Gesten begleitet. »Wie Sie sehen, haben wir uns ein Utopia fernab des Wahnsinns an der Oberfläche geschaffen. Wir haben unsere Streitigkeiten beigelegt.«

»Hier gibt es weder Deutsche noch Franzosen, weder Briten noch Österreicher«, setzte Schwejk hinzu. »Alles Verbündete, alles Kameraden.«

Mellors ließ Winthrops Hals los. Als er sich vorbeugte, um würgend nach Luft zu schnappen, wurde er geschickt herumgewirbelt. Seine Hände wurden mit Stacheldraht gefesselt. Die Dornen bohrten sich in seine Haut und machten jede Gegenwehr zur Höllenqual.

»Und die Rangordnung ist aufgehoben«, sagte Mellors.

»Sie tragen aber noch immer Ihre Sterne«, wandte Winthrop ein.

Mellors grinste hämisch.

»Und deshalb, *Sir,* bin ich in Ihren Augen wohl schon ein *Offizier.* Und nicht etwa ein Emporkömmling mit Stipendium.«

»Ich hätte es wissen müssen«, stieß der klägliche Rest von Albert Ball zwischen den blanken Zähnen hervor. »Ein bürgerlicher Gymnasiastenlümmel.«

Mellors brach in bitteres Gelächter aus. Balls Hohn und Spott setzten Winthrop in Verlegenheit. Er hatte Greyfriars besucht, hielt sich deshalb jedoch nicht für einen besseren Menschen. Gute Schulen brachten ebenso viele Schurken und Schwindler wie Missionare und Märtyrer hervor. Selbst Harry Flashman war ein Absolvent der Rugby School.

Nach allem, was geschehen war, schien es absurd, dem Wortstreit zweier grotesker Vampire über die Vorzüge ihrer alten Schulen lauschen zu müssen. Der in Nottingham geborene Ball unterschied sich seiner Herkunft nach nicht allzu sehr von Mellors.

»Der wahre Feind des Soldaten ist nicht der Soldat auf der anderen Seite des Schützengrabens«, sagte Mellors, »sondern der aufgeblasene Lamettahengst, der ihn in die Schlacht und in den Tod schickt. Ob König oder Kaiser, ob Ruthven oder Dracula. Nichts als Schweine, einer wie der andere.«

»Wir sind brave Soldaten«, brüllte Schwejk. »Wir sind die Troglodyten!«

Mellors nahm seinen Tarnumhang ab und drapierte ihn über einen Sarg. Die längliche Brettertruhe war aus alten Munitionskisten zusammengezimmert.

»Sie sind nicht unser Feind«, sagte Mellors freundlich.

»Das freut mich. Dann können Sie uns ja weiterziehen lassen …«

»Sie sind warmen Blutes und können uns nichts anhaben. Nur die toten Hände der alten Männer fügen uns Leid und Schaden zu. Diese verkalkten Narren mit ihren Titeln und Ehrenämtern, ihren Stammbäumen und Blutgeschlechtern, sie sind die Ungeheuer, die uns zu dem gemacht haben, was Sie vor sich sehen.«

Ball verdrehte die Augen. Auch er war gefesselt und wurde von zwei Höhlenmenschen hochgehievt. Dicht unter der Decke waren, farblich auf das fürchterliche Fresko abgestimmt, Eisenhaken in die Betonwand eingelassen. Ball baumelte, mit den Armen hinter dem Rücken, von einem der beiden Haken, seine Schultergelenke knackten. Er fauchte durch hervorsprießende Zähne.

»Dieser Mann hat gelitten«, sagte Mellors. »Das ist nicht zu übersehen. Aber warum musste er leiden? Was braucht es ihn zu kümmern, welcher dünnblütige Schmarotzer über ein paar Yards morastigen Geländes herrscht?«

Ball demonstrierte echten Korpsgeist und schrie auf wie ein tollgewordenes Tier. Mit wütendem Knurren verfluchte er seine Peiniger.

Winthrops Hände wurden in die Höhe gerissen. Die Stacheln rissen sein Fleisch in Fetzen. Brennender Schmerz durchzuckte seine Schultern.

»Nein, mein Lieber, Sie sind nicht unser Feind, aber Sie könnten unsere Rettung sein. Wie Sie sehen, gehen unsere Vorräte zur Neige.«

Schwejks Kopf blähte sich hinter der Maske. Seine Augen traten, von Wolfshaar umwuchert, durch die Löcher.

Zwei Troglodyten hoben Winthrop hoch. Er ritzte sich die Handgelenke, als sie ihn auf den Haken hievten. Seine Peiniger ließen ihn los, und er scharrte mit den Fersen an der Wand. Sein Gewicht zog ihn nach unten, doch seine Füße reichten nicht bis zum Boden. Ein höllischer Schmerz traf ihn wie ein Peitschenhieb zwischen die Schulterblätter.

Ein Troglodyt, ein Schotte im Kilt, beschnüffelte sein geschwollenes Knie. Er zog ihm den Stiefel aus, riss Winthrops Beinkleider entzwei und ließ seine lange, sandpapierne Zunge über die Wunde gleiten. Winthrop hatte alle Mühe, seine Übelkeit zu unterdrücken.

Mellors streckte die Hand aus und kniff ihn in die Wange.

»Mit etwas Glück halten Sie sich ein paar Wochen«, sagte er.

23

Vermisst

Es war vielleicht das Beste, wenn sie versuchte, so klein und harmlos wie ein Maulwurf zu erscheinen. Also spielte sie das Dummchen und klimperte hinter ihren Augengläsern kokett mit den Wimpern. So hatte sie schon ihre Kindheit überstanden. Dennoch konnte sie sich nicht recht vorstellen, dass Dravot auf diesen Trick hereinfallen würde. Wenigstens hatte man sie nicht verhaftet und in eine Zelle geworfen. Zwar hätte Dravot sie mit Freuden in den derzeit ungenutzten Schweinestall gesperrt, doch besaß er, ohne einen Offizier im Rücken, nur beschränkte Handlungsvollmacht.

In der Pilotenmesse war Kate der *dernier cri*. Zu einem anderen Zeitpunkt hätte sie dies gewiss zu ihrem Vorteil nutzen können. Piloten waren nervöse, schwatzhafte und ruhmredige Burschen. Wenn sie die Ohren offenhielt, ließen sich vielleicht neue Erkenntnisse gewinnen.

Dravot stand mit gesenktem Kopf im Schatten der niedrigen Decke und ließ Kate nicht aus den Augen. Doch selbst er hielt es für unwahrscheinlich, dass sie einen verräterischen Sabotageakt begehen könnte.

Da Major Cundall, der Geschwaderkommandeur, sich auf Streife befand, hatte ein krummnasiger Amerikaner namens Captain Allard das Kommando. Nachdem er mit stechenden Augen in Kates Herz gesehen hatte, überließ er sie den Fliegern als Maskottchen, während er überlegte, ob sie sofort oder erst bei Morgengrauen gepfählt werden sollte.

Kate stand in der Obhut dreier lächerlich junger Briten: Bertie, Algy und Ginger. Sie boten ihr Tierblut an, das sie dankend zurückwies. Sie kannte diese Sorte Männer. Sie scherzten ohne

Unterlass, wetteiferten gutmütig um ihre Gunst und markierten knabenhaften Schneid, indem sie ihre Rede mit allzu beiläufigen Bemerkungen über ihre Streiche und Heldentaten würzten. Als Kate sich nach ihren Ansichten über den Krieg erkundigte, wurden sie verlegen, faselten etwas von »Pflichterfüllung, meine Liebe«, und sahen britische Institutionen wie Gurken-Sandwiches, Kricketpartien und den Linksverkehr bedroht, wenn man dem Kaiser und Dracula nicht umgehend das Handwerk legte.

Kate wusste nicht, wozu das alles gut sein sollte in der Welt, die sie sich wünschte, nach dem Krieg. Falls es ein »nach dem Krieg« je geben würde.

»Sagen Sie«, begann Algy, »sind Sie eine dieser netten Suffragetten?«

»Frauenwahlrecht und so'n Quatsch?«, setzte Bertie hinzu.

»Das Wahlrecht gebührt jedermann. Aber wann hat Großbritannien das letzte Mal gewählt?«

Lord Ruthven hatte alle Wahlen auf unbestimmte Zeit verschoben, eine Regierung der nationalen Einheit eingesetzt und den nominellen Oppositionsführer Lloyd George zum Kriegsminister ernannt. Der Premierminister begründete sein Verbleiben im Amt damit, dass er das Land vor zwanzig Jahren sicher durch die Zeit des Schreckens geleitet habe. Seine Regierung mochte töricht, brutal und tyrannisch sein, dennoch war sie aus dem blutigen Alptraum des Dracula-Regimes hervorgegangen. Im Vergleich dazu war Ruthven eigentlich gar nicht so übel. Zumindest war er ein *britisches* blutgieriges Monstrum, und neben der feurigen, herrschsüchtigen Grausamkeit des früheren Prinzgemahls verblasste er zu einem bescheidenen, unscheinbaren Männlein. Der Premierminister hatte während seiner gesamten Amtszeit kaum je eine klare Entscheidung getroffen. Seine Politik wurde vom Gebot der Unverbindlichkeit bestimmt. Ruthven wies jede Verantwortung von sich.

»Früher oder später wird sich die Lage normalisieren, meine Beste«, meinte Bertie. »Wir kämpfen auf der rechten Seite.«

Die gleichgültige Selbstzufriedenheit dieser tapferen Kinder erschien Kate geradezu tragisch. Es war kaum damit zu rechnen, dass sie den Krieg, geschweige denn den Frieden, überleben würden. Die durchschnittliche Lebenserwartung eines Fliegers an der Westfront betrug etwa drei Wochen.

»Keine Bange«, fuhr Bertie fort, »alles wird sich zum Besten wenden.«

Eine Sopwith Snipe hielt sich höchstens drei Stunden in der Luft. Dieser leidige Umstand bereitete den Männern von Maranique weitaus größere Sorgen als die Anwesenheit einer verirrten, verwirrten kleinen Journalistin.

Kate wusste, dass nur selten eine ganze Streife dem Feind zum Opfer fiel. Ein paar versprengte Überlebende kamen immer durch und hinkten mit qualmenden Motoren und versengten Flügeln heimwärts.

Da sie für Zerstreuung sorgte, war sie auf dem Flugplatz verhältnismäßig freundlich aufgenommen worden. Wären ihre Gefangennahme und die zwanglose Vernehmung nicht gewesen, hätten die Flieger immer wieder ihrer »Armen Butterfly« gelauscht, mit zum Zerreißen gespannten Nerven.

»Meine Tante Augusta war auch eine Suffragette«, sagte Algy. »Sie kettete sich an den Zaun vor den Houses of Parliament. Es goss wie aus Kübeln, und sie holte sich eine tödliche Erkältung. Wenn sie sich nicht verwandelt hätte, wäre sie daran gestorben. Sie wurde wieder jung, ließ den alten Onkel sausen und begann eine Laufbahn als Primaballerina. Das Thema Wahlrecht ist für sie endgültig passé. Jetzt will sie im Sadler's Wells *Das Frühlingsopfer* tanzen. Wenn mich nicht alles täuscht, hat sie was mit diesem Nijinsky. Sie wissen schon, der Lump, der beim *pas de deux* seine Gestalt zu wandeln pflegt.«

»Drei Stunden«, verkündete Allard mit eisigem Blick. »Die Streife ist verloren.«

Eine Zeit lang herrschte eisiges Schweigen. Das Grammophon wartete klickend darauf, aufgezogen zu werden.

»Gemach«, sagte Bertie schließlich. »Geben wir ihnen noch ein paar Minuten Zeit. Der alte Tom und die anderen haben schon so manches Spiel in der Verlängerung gewonnen und sind mit Ach und Krach und Gottes Segen heil nach Hause zurückgekehrt. Kein Grund, im guten alten Wing Aufruhr zu stiften.«

»Die drei Stunden sind um. Wie gut die Männer auch sein mögen, ihre Mühlen machen das nicht mit.«

Allard war Amerikaner und gehörte offensichtlich nicht zum Club. Er hatte, selbst für einen Vampir, seltsame Augen. Plötzlich wurde Kate von neuem bewusst, dass sie dringend Nahrung brauchte. Ihr Herz war schwer wie ein Betonklotz.

Als der Captain den Telefonhörer abhob, sagte Algy: »Ich bitte Sie, das ist doch wirklich nicht nötig.«

Allard ignorierte ihn.

»Wing, Allard, Maranique«, sagte er, kein Wort zu viel. »Cund alls Streife wird vermisst. Wir müssen davon ausgehen, dass die Männer verloren sind.«

Am anderen Ende knarzte eine Stimme.

»Ja«, sagte Allard. »Alle.«

Ginger, Algy und Bertie waren angewidert. Es gehörte sich nicht, so etwas zu sagen, denn wenn man es laut aussprach, redete man das Unheil nur herbei. Wäre Allards rücksichtslose Offenheit nicht gewesen, hätten sie vergnügt und munter auf die Rückkehr ihrer Freunde gewartet, mit ein paar blauen Flecken und spannenden Geschichten von schwer erkämpften Siegen und tollkühnen Flugkunststückchen.

Allard legte den Hörer auf. An einer Schiefertafel waren die Seriennummern der Maschinen, die Namen der Piloten und die

Anzahl ihrer Triumphe aufgelistet. Schon jetzt stand unter mehreren Spalten mit weißer Kreide das Wort »vermisst«. Eine Spalte wurde erst gelöscht, wenn der Verlust bestätigt war. Allard setzte »vermisst« unter die mit »Ball«, »Bigglesworth«, »Brown«, »Courtney«, »Cundall« und »Williamson« überschriebenen Spalten. Das Kratzgeräusch der Kreide fuhr Kate durch Mark und Bein.

»Vergessen Sie Courtneys Superkargo nicht«, sagte Ginger mit düsterer Stimme.

Mit einem Nicken gestand Allard sein Versäumnis ein, gab dem Piloten jedoch zugleich zu verstehen, dass er bereits daran gedacht hatte. Er schrieb einen neuen Namen an die Tafel. »Winthrop«.

»Irgend so ein Knabe vom Diogenes-Club«, erklärte Bertie. »Armer Bursche. Gleich beim ersten Mal vom Himmel geholt zu werden.«

Kate wollte etwas sagen, besann sich jedoch eines Besseren. Dravot verzog keine Miene. Sie wusste, dass der Sergeant das Gefühl hatte – sofern er überhaupt etwas zu fühlen vermochte –, seine Pflicht vernachlässigt zu haben. Er sollte Charles' Protegé beschützen und hatte kläglich versagt. Dravot musste bis ins Innerste getroffen sein.

Nun würde sich die Sache zwischen ihr und Edwin, die in Amiens begonnen hatte, nicht mehr ins Reine bringen lassen. Was hatte er auch in der Luft verloren? Er war Stabsoffizier, einer jener Schreibtischhengste, die Blut und Feuer nur vom Hörensagen kannten.

»Es wird eine Heidenarbeit, die Bande zu ersetzen«, sagte Ginger und betrachtete die Tafel. Die Anzahl der »Vermissten« überstieg die der aktiven Piloten. »Wir werden vermutlich einen ganzen Schwarm Yanks anfordern müssen. Nichts für ungut, Allard. Aber mit der Gemütlichkeit ist es vorbei.«

»Merken Sie sich ihre Namen am besten gar nicht erst«, riet Allard.

Ginger war am Boden zerstört.

Kate hatte so viele sterben sehen, in der Zeit des Schreckens wie auch jetzt im Krieg, dass es ihr nicht zustand, ausgerechnet diesen Verlust zu beklagen. Doch obgleich sie kein Recht dazu hatte, trauerte sie. Aus tiefstem, nach Blut lechzendem Herzen.

24

Stacheldraht und Fersengeld

Zu erschöpft, um wach zu bleiben, und zu schwer verletzt, um Schlaf zu finden, hing Winthrop wie ein Sonntagsbraten an der Wand. Bis auf den stechenden Schmerz in Schultern, Hals und Knien war sein Körper gänzlich taub. Seine Wahrnehmung war getrübt, und seine Gedanken wanderten.

Ball und er sollten wohl doch nicht gleich tranchiert und aufgefressen werden. Die Troglodyten saßen auf ihren Särgen und unterhielten sich. Jeder von ihnen trug seine Geschichte vor wie ein Lehrer, der seine Klasse mit ihrem Lieblingsmärchen belohnt. Jules, ein Österreicher, berichtete, wie er von seiner Einheit getrennt worden war.

Er hatte zahlreiche Gefahren überstanden, bevor er sich der Gruppe angeschlossen hatte. Jim, der Franzose, erzählte, wie er desertiert war, um dem Pfahl zu entrinnen, nachdem er eine Meuterei gegen General Mireau angezettelt hatte. Jim erinnerte sich voller Bitterkeit daran, wie sein patriotischer Eifer mit jeder neuen Ungerechtigkeit, Unterlassungssünde und Entgleisung nachgelassen hatte.

Winthrop verlagerte sein Gewicht. Messerscharfe Schmerzen spießten seine Schultern. Er unterdrückte ein Wimmern.

Er konnte den Deserteuren nicht folgen. Ihre langweiligen Geschichten von Entbehrung, Einsamkeit und Schrecken wurden immer wirrer. Vielleicht schmückten sie ihre Erzählungen von Mal zu Mal weiter aus, mit den beliebtesten Episoden aus den Geschichten der Gefallenen.

Obgleich es sich um eine Horde wilder Sozialisten handelte, herrschte in dieser Vampirgesellschaft eine strenge Hierarchie. Dafür, dass es laut Mellors keine Rangordnung mehr gab, fügten sich die anderen erstaunlich oft seinem Urteil. Es war an ihm, in Streitigkeiten zu vermitteln, die Vorgehensweise festzulegen oder die Glaubwürdigkeit einer bestimmten Anekdote zu beurteilen. Wäre Mellors nicht gewesen, hätten die Troglodyten Winthrop auf der Stelle in Stücke gerissen, statt ihn sich ordentlich einzuteilen.

Mellors war ihr Anführer und Schwejk sein heiliger Narr. Nachdem alle etwas zum Besten gegeben hatten, stand Schwejk auf und spielte eine Geschichte vor, die seine Zuhörer schon kannten, die Sage von der Gefangennahme der beiden verbrannten Männer, die vom Himmel gefallen waren, dem buckligen Ball und dem aufrechten Winthrop. Er äffte die beiden nach, und seine ausgezeichnete Imitation von Balls undeutlicher Stimme rief brüllendes Gelächter hervor.

In Balls schwarzem, versteinertem Gesicht glommen rote, wache Augen.

Als Schwejk seine Vorstellung beendet hatte, stand Mellors auf, ging zu den Gefangenen und inspizierte Winthrops geschwollenes Knie.

»Üble Verstauchung«, sagte er ohne eine Spur von Schadenfreude. »Aber es ist nichts gebrochen.«

Er löste den Schnürsenkel von Winthrops verbleibendem Stiefel und zerrte ihn herunter, dann zog er ihm die dicken, steifen Socken aus. Seit er an dem Haken hing, spürte Winthrop seine Füße nicht mehr, sondern sah sie nur noch als dicke, rote Klumpen.

»Das Blut ist in Ihre Füße geströmt«, sagte Mellors und stieß nach einem prallen Zeh. »Perfekt.«

Mellors ließ einen Dorn aus seinem Daumen sprießen und ritzte Winthrops Fuß. Der verspürte ein Kribbeln, als ein schmales Blutrinnsal hervorquoll.

»Freunde, es gibt für alle genug zu trinken. Stellt euch auf.«

Schwejk war als Erster an der Reihe; er hob seine Gasmaske und nahm gierig einen kleinen Schluck. Winthrop fühlte etwas Warmes, Feuchtes an seinem Fuß. Und winzige, spitze Stacheln. Einer nach dem anderen traten die Troglodyten vor, um sich an seinem Blut zu laben.

Zwar war er mit Vampiren vertraut, doch hatte er nie Blut gespendet. So hatte er sich das nicht vorgestellt. Dies war kein gemeinschaftliches Lusterlebnis. Insgeheim hatte er gehofft, die Aufmerksamkeit einer Ältesten auf sich lenken und ihr seinen Hals darbieten zu können. Kate Reed schien eine aussichtsreiche Kandidatin. Oder er und Catriona würden sich gleichzeitig verwandeln, in blutroter Umarmung voneinander trinken. Er dachte an Vorhänge, die sich sanft im Mondlicht bauschten, und winzige Nadelstiche in einem Meer lustvoller Unterwerfung.

Münder setzten sich an seine Füße, Zähne bohrten sich in seine Haut, und sein Lebenssaft sprudelte hervor. Je mehr Blut er verlor, desto erträglicher wurden die Schmerzen. Seine Arme waren eiskalt, seine Hände nutzlose Steingewichte.

Während sich die Troglodyten nährten, sah Mellors zu ihm hoch.

»Die Natur verlangt ihr Recht«, erklärte der Vampir. »Da hilft kein Jammern und kein Klagen.«

Wenn eine der Kreaturen Gefahr lief, einen über den Durst zu trinken, schritt Mellors ein und stieß sie zu den anderen zurück.

»Immer sachte, Raleigh. Nicht so gierig. Lass Voerman auch noch etwas übrig.«

Ein wildäugiger subalterner Brite machte einem jungen, langzüngigen Deutschen Platz. Der Meute war eine gewisse hündische Geschmeidigkeit zu eigen. Sie waren vermutlich tapfere Kämpfer. Winthrop hatte ein Gefühl, als hätten eisige Rasiermesser seinen Fuß bis auf die Knochen freigelegt. Endlich war es vorbei.

Winthrop hing ausgedörrt und kalt an seinem Haken. Einer der Troglodyten holte einen Verbandstornister hervor und bandagierte Winthrops Füße. Danach nahm er sein Knie unter die Lupe, pulte Kies und Sand heraus und umwickelte es mit einem festen Feldverband. Als der Medikus sein Werk vollendet hatte, waren Mellors und er die Einzigen, die noch nicht in ihren Särgen lagen. Die anderen hatten sich – gestärkt, doch nicht gesättigt – unter Brettern oder Decken verkrochen.

Mellors entließ den Arzt und überprüfte Winthrops Handgelenke. Da sein ganzes Gewicht auf dem Haken lastete, konnte er sich weder hochhieven noch auf andere Art befreien. Ball baumelte wie Dörrfleisch an der Wand; Rücken und Arme waren so verkrümmt, dass er aussah, als hinge er an einem unsichtbaren Kreuz. Seine freiliegenden Augen starrten ins Leere. Mellors zog sich zufrieden in seinen Sarg zurück und raffte seinen Tarnumhang um sich. Im Handumdrehen schlief er wie ein Toter. Winthrop kämpfte verzweifelt gegen seine Erschöpfung an. Sein Leib wog mehrere Tonnen und zog seine Seele mit hinab.

Ein scharfer Schmerz riss ihn aus seinem Halbschlaf. Ein Dorn stach in sein Handgelenk. Die Feuer waren heruntergebrannt und tauchten die Höhle der Troglodyten in höllisches, rotglühendes Licht. Die Kreaturen lagen reglos in ihren Särgen. Winthrop hatte keine Ahnung, wie spät und welcher Tag es war.

Irgendwo bewegte sich etwas. Da er den Kopf nicht wenden konnte, verdrehte er die Augen so weit wie möglich nach links und rechts. Hier oben konnten ihm die Ratten nichts anhaben.

Ball krümmte sich an seinem Haken. Winthrop sah die aufgerissenen Augen des Piloten und seinen roten Mund. Ball hatte sich hochgezogen, seine ohnehin verrenkten Arme noch weiter verrenkt, und presste die Hüfte gegen die Wand. Er nagte an dem Seil um seine Handgelenke. Dann nagte er an seinen Handgelenken.

Als Ball sah, dass Winthrop wach war, nickte er ihm schweigend zu. Mit spitzen Zähnen zerrte er an seinem Handgelenk, bis unter der verbrannten Haut blutrotes Fleisch zum Vorschein kam. Er kaute an weißen Sehnen und blanken Knochen. Je tiefer seine Hauer drangen, desto mehr Vampirblut tropfte zu Boden. Schwejk schnaubte im Schlaf. Aus Angst vor einem Angriff hielt Ball einen Moment lang inne, dann setzte er seine Bemühungen fort.

Winthrop kam sich nutzlos vor. Er wusste nicht, was tun. Ball hatte sich alles Fleisch vom Handgelenk genagt. Seine skelettierte, von blasser Haut umhüllte Hand ballte sich zur Faust. Die Schlinge hatte sich gelockert, aber nicht gelöst. Silber schimmerte zwischen den Litzen. Dies war der erste Krieg, in dem Reepschläger Seile fabrizierten, die ausschließlich zur Fesselung von *nosferatu* dienten.

Ball umklammerte den Haken mit der rechten Hand. Seine rot gefärbten Zähne verkeilten sich zu einem schiefen Grinsen, seine Wangenmuskeln mahlten angestrengt, während der Pilot all seinen Mut zusammennahm und aus Leibeskräften zog. Er unterdrückte ein Stöhnen, als sich das Seil zwischen den Knochen seines linken Handgelenks verfing. Die Faust öffnete sich wie ein Seestern und streckte ihre toten Finger von sich. Eine Arterie platzte. Ball zog ein zweites Mal, die Knochen brachen, und die Hand fiel mit einem feuchten Klatsch zu Boden. Aus dem Stumpf quoll Blut. Endlich frei, baumelte Ball am Haken und verknotete vor lauter Schmerz die Beine.

Selbst Winthrop roch das satte Vampirblut. Die schlafenden Troglodyten wurden unruhig, ihre Nüstern zuckten, das Wasser lief ihnen im Mund zusammen, und sie kratzten mit scharfen Klauen an den Deckeln ihrer Särge. Als Ball den Haken losließ, stürzte er nicht etwa mit einem Rumms zu Boden, sondern rutschte leise an der Wand hinab. Einen Augenblick lang befürchtete Winthrop, sein Kamerad habe sich so sehr verausgabt, dass er beim Aufprall das Bewusstsein verloren hatte.

Ball hielt sich mit der gesunden Hand den Stumpf. Blut sickerte zwischen seinen Fingern hervor. Schamhaft senkte er den Schädel und leckte sich die Wunde, trank von seinem eigenen Saft, wie Isolde im Théâtre Raoul Privache. Obgleich dies unter Vampiren als pervers galt, verschaffte ihm sein Blut sichtlich Erleichterung.

Ein Troglodyt setzte sich kerzengerade auf, und pfahldicke Fangzähne sprossen ihm aus dem Maul. Es war Plumpick, ein irrer Schotte mit sanften Augen. Geschmeidig wie ein Panther ließ Ball seinen Stumpf vorschnellen und stieß ihn Plumpick in die Brust. Der scharf gezackte Knochen drang zwischen die Rippen und bohrte sich ins Herz. Die Augen des Deserteurs erloschen, und seine Zähne zerbröckelten wie Zuckerwerk. Das Gewicht des toten Blutsaugers ließ Ball vornüberkippen, so dass er auf Plumpicks Sarg zu liegen kam.

Kurz entschlossen ballte Ball die rechte Faust um seinen linken Arm, brach ihn am Ellbogen entzwei, machte sich los und ließ seine Unterarmknochen in Plumpicks Herz zurück. Der Schotte zerfiel schneller, als er erwartet hatte.

Winthrop krümmte sich an seinem Haken und versuchte, sich

rücklings an der Wand hinaufzuschieben. Er wusste, es war hoffnungslos, Balls Bravourstück wiederholen zu wollen.

Ball schlich still und leise durch die Höhle, schlängelte sich zwischen den Särgen hindurch und baute sich vor Winthrop auf. Ein Untoter wie er, der über ungeheure Kraft verfügte, hätte Winthrop ohne weiteres bei den Hüften packen und ihn von seinem Haken befreien können. Wenn er beide Arme gehabt hätte.

Es war ein kompliziertes Unterfangen. Ball ließ seinen Arm zwischen Winthrops Beine gleiten, schob ihm den Handteller unter den Hintern und stemmte ihn hoch. Dann richtete sich der kleine Krüppel mühsam auf, bis Rückgrat und Arm eine stabile Stütze bildeten.

Endlich gab der Haken Winthrops gefesselte Gelenke frei. Die Arme fielen ihm auf den Rücken, und er fiel mit voller Wucht auf Ball, der unter seinem Gewicht zusammensackte und vorwärtstaumelte. Winthrop landete Hals über Kopf im Dreck. Seine Hände brannten wie Feuer, und seine bandagierten Füße schmerzten.

Inzwischen regten sich auch andere Troglodyten. Unerschrocken schaufelte Ball eine Handvoll rotglühender Asche aus einer Feuertonne und warf sie in Schwejks Sarg. Das Nest aus Stroh brannte im Nu. Der Böhme bäumte sich japsend auf und atmete beißenden Rauch.

Winthrop wand sich wie ein Wurm und verdrehte die Handgelenke, um sich von dem Stacheldraht zu befreien. Das verfluchte Zeug löste sich in Form einer Spirale und hinterließ schorfige Stigmata an den Gelenken. Er suchte seine Stiefel, zog einen von ihnen an, sprang dann, ohne auf den Schmerz in seinem Knie zu achten, auf und schlüpfte in den anderen.

Ball hielt die Troglodyten mit einem brennenden Holzscheit in Schach. Auch Mellors war jetzt auf den Beinen, seine Miene verriet Unwillen und Belustigung.

Winthrop und Ball standen mit dem Rücken zu dem Tunnel, durch den sie gekommen waren. Wenn sie kehrtmachten und das Weite suchten, würden sich die Troglodyten auf sie stürzen und sie in Stücke reißen. Doch wenn sie blieben, wo sie waren, würde Balls Fackel bald verlöschen.

Mellors fauchte Flüche im Dialekt von Derbyshire. Zu Winthrops Überraschung zahlte Ball es ihm mit gleicher Münze heim. Schwejk wälzte sich im Staub und versuchte die Flammen zu ersticken, die seinen Wanst beleckten. Seine Totenkiste brannte noch immer.

Winthrop fasste die Gelegenheit beim Schopf. Er rammte den erstaunten Ball von hinten mit der Schulter und stieß den Troglodyten Vampir und Fackel vor die Füße. Die Höhlenmenschen wichen erschrocken zurück. Winthrop drängte sich an ihnen vorbei, ergriff den brennenden Sarg, schleuderte ihn in die Luft und ließ feuriges Stroh zu Boden regnen.

Ball hatte sofort begriffen und legte die Fackel an den erstbesten Troglodyten, Raleigh. Im Nu stand seine schmutzstarrende Uniform in Flammen, und lodernde Zungen leckten an seinem struppigen Bart und seinen langen, wirren Zotteln. Der Vampir stieß einen schrillen Schrei aus. In blinder Qual kollidierte er mit seinen Kumpanen, stolperte über Särge und trug das Feuer weiter.

Das Netz unter der Höhlendecke ging in Flammen auf. Lohen züngelten über das Fresko. Die papiernen Bestandteile der *collage* verpufften blitzartig zu Asche. In einer Ecke explodierte eine Kiste, die darin verstauten Patronen platzten. Winthrop gab Fersengeld und zerrte Ball hinter sich her. Sie liefen ins Freie.

25

Schimpf und Schande

»Ihnen ist hoffentlich klar, dass ich Sie nach dem DORA standrechtlich erschießen lassen könnte«, sagte Beauregard zu Kate, und es war ihm durchaus ernst. Nach dem Defence of the Realm Act besaß jeder ordentlich eingesetzte Günstling Ruthvens das verbriefte Recht, über Leben und Tod eines Zivilisten zu entscheiden. »Wirklich, was *haben* Sie sich nur dabei gedacht? Falls Sie sich überhaupt etwas gedacht haben.«

Obwohl es in dieser Jahrmarktsbude wahrhaftig wichtigere Dinge zu erörtern gab, vertat er seine Zeit damit, zu hofmeistern wie ein beleidigter Oberlehrer. Kate blickte zu Boden und rümpfte ihr winziges Näschen.

»Als büßende Magdalena können Sie bei mir keinen Blumentopf gewinnen, Miss Reed. Schließlich *kenne* ich Sie seit der Zeit, als Sie so grün hinter den Ohren waren, wie Sie die Warmblüter glauben machen wollen. Sie werden dieses Jahr fünfundfünfzig, mein totes Mädchen.«

Sie setzte ein schüchternes Lächeln auf, das die Spitzen ihrer Fangzähne entblößte.

»Für Ihr Verhalten gibt es keine Entschuldigung«, schloss Beauregard.

Während er der Reporterin eine Gardinenpredigt hielt, spürte er Dravots kalten, tiefsitzenden Zorn. Der Sergeant hätte Kate mit Freuden den Hals durchgeschnitten und ihren Kopf als Fußball zweckentfremdet.

Die Messe in Maranique war leer. Die restlichen Piloten hatten sich bei Tagesanbruch in ihre Särge verkrochen. Nur Allard, der stellvertretende Geschwaderkommandeur, war geblieben, um sich Beauregards Fragen zu stellen. Auf einer Schiefertafel stand unter den Namen der Piloten, die ausgerückt und nicht zurückgekommen waren, das Wort »vermisst«.

So wütend Beauregard auf Kate auch war, sein Zorn auf Winthrop kannte keine Grenzen. Wie konnte er es wagen, aufzusteigen und abgeschossen zu werden? Mit ihm verzeichnete der Diogenes-Club, nach Spenser, bereits den zweiten Verlust in diesem noch jungen Jahr. Dieser Einsatz schien den Männern den Verstand zu rauben.

Allard hatte sich zum Schutz gegen die Sonne, die durchs Fenster fiel, einen Schal um den Kopf geschlungen und seinen breitkrempigen Hut tief ins Gesicht gezogen. Nur seine stechenden Augen und die vorspringende Nase waren zu sehen.

»Und es gibt wirklich keine Hoffnung?«, fragte Beauregard.

»Ich habe mit allen Stellungen entlang der Linien telefoniert«, sagte Allard. »Ich dachte, die eine oder andere Maschine sei vielleicht weiter westlich abgestürzt. Aber dem war leider nicht so. Major Cundalls Streife ist verloren.«

Beauregard schüttelte den Kopf und schalt sich einen Narren. Er allein trug die Schuld am Tod der Männer.

»Vielleicht sind sie gefangengenommen worden?«, wandte Kate ein.

»Die Deutschen haben die Siege für sich reklamiert«, sagte Allard. »Sie haben die Seriennummern. Also werden sie vermutlich auch bestätigt. Sie reklamieren Abschüsse, keine Gefangenen.«

»Geht das immer so schnell?«

»Nein, normalerweise dauert es einen Tag, aber in diesem Fall besteht nicht der geringste Zweifel. Die RE8 hat Manfred von Richthofen für sich verbucht. Bei Morgengrauen haben die Deutschen ein Paket mit persönlichen Gegenständen abgeworfen. Courtneys Uhr und Zigarettenetui.«

Eine düstere Stimmung machte sich breit.

»Von Winthrop war nichts dabei?«

Allard schüttelte den Kopf.

»Dann ist wohl nicht mehr sehr viel übrig von dem Burschen.«

Sein totgeborener Sohn wäre vermutlich zu einem Mann wie Edwin herangewachsen. Und hätte er gelebt, so wäre er jetzt wahrscheinlich tot, wie Edwin dem Krieg anheimgefallen. Beauregard dachte an Pamela, die bei der Niederkunft gestorben war und nicht hatte mit ansehen müssen, wie die Welt zugrunde ging. Und er dachte an Geneviève, die, auf ewig zwischen Leben und Tod gefangen, möglicherweise zu viel wusste.

Kate war außer sich. Wenn die Namen der Toten ausgestrichen wurden, war die Schnüffelei kein Spiel mehr. Es war merkwürdig: Sie entrüstete sich seit so langer Zeit über das sinnlose Sterben, dass dies unmöglich ihre erste Begegnung mit dem Tod sein konnte. Sie hatte die Zeit des Schreckens miterlebt. Sie arbeitete als Krankenschwester. Sie hatte Dutzende sterben sehen.

»Ich werde mit Mrs. Harker sprechen. Sie können von Glück sagen, wenn Sie auf den Hebriden Armeedecken zählen dürfen.«

»Ich habe es nicht besser verdient«, gestand Kate.

Beauregard war enttäuscht. Er hatte nicht damit gerechnet, dass sie nachgeben würde. Für gewöhnlich konnte man sich auf ihre Streitbarkeit verlassen. Wie so oft in letzter Zeit war er müde und erschöpft. In seinem Alter hätte er diesem grausamen Spiel ein für alle Mal den Rücken kehren sollen. Doch wie üblich setzte England sein Vertrauen in ihn ...

Sofern man den spärlichen Berichten und den deutschen Siegesmeldungen Glauben schenken durfte, hatten Cundalls Leute das Château du Malinbois erreicht und waren vom fliegenden Monstrositätenkabinett überrascht worden. Es war zu einem Massaker gekommen. Sechs neuerliche Siege für Richthofens Mörderschwadron.

»Aber Charles, ich dachte, wir seien im Besitz der Luftherrschaft?«

Commander Hugh Trenchard vom Royal Flying Corps verfolgte die Strategie der bewaffneten Luftaufklärung. Theoretisch war der Himmel über Frankreich für den gemeinen deutschen Flieger so gefährlich, dass die kaiserliche Luftwaffe als Beobachtungsinstrument untauglich war.

»Ja, Kate. Im Großen und Ganzen schon. Trotzdem haben wir im Kampf zwischen Cundall's Condors und dem ersten Jagdgeschwader den Kürzeren gezogen.«

»Dem Feind ist gelungen, was Sie seit Kriegsbeginn versuchen, nämlich seine besten Flieger, seine übelsten Mörder, in einer Einheit zusammenzufassen.«

»Sie sind anscheinend bestens informiert«, sagte er.

»Hatte das Geschwader Condor nicht den Auftrag, Erkenntnisse über die Frühlingsoffensive zu sammeln?«

»Was Sie nicht sagen, eine Frühlingsoffensive! Womöglich können Sie mir sogar das genaue Datum nennen, an dem Dracula und Hindenburg ihren Angriff ansetzen wollen?«

»Seien Sie doch nicht kindisch, Charles. Es weiß schließlich jeder, dass der Feind demnächst eine Offensive startet. Selbst Bottomley, und der ist davon überzeugt, der Krieg sei längst gewonnen und über Berlin flattere der Union Jack.«

»Ich bitte um Verzeihung. Sie müssen mich entschuldigen, aber ich bin schrecklich müde…«

Kate ignorierte seinen Sarkasmus und fuhr fort. »Wenn das Geschwader Condor Erkenntnisse gewinnen soll, dann dient das JG1 ganz offensichtlich dazu, diese Informationen geheimzuhalten.«

Allard brach in bitteres Gelächter aus. »Nicht unbedingt. Richthofen befehligt einen Zirkus. Eine Varietétruppe, ein Tingeltangel. Ein Kampfflieger hat auf den Krieg nur wenig Einfluss, ganz gleich, wie viele Siege er erringt. Ein unbewaffneter Aufklärer hingegen, dem eine scharfe Aufnahme der feindlichen Abwehrstellungen gelingt, kann eine ganze Schlacht entscheiden. Ein Flieger-Ass ist viel zu sehr damit beschäftigt, seine Abschussbilanz zu verbessern, um einen Blick nach unten zu werfen.«

Kate verzog nachdenklich das Gesicht und machte eine wegwerfende Geste. Wenn sie die Gewalt über ihr Mienenspiel verlor, wirkte sie trotz ihrer Brille überaus anziehend. In ihren warmblütigen Tagen war sie Pamelas beste Freundin gewesen. Manchmal gebrauchte Kate eine Formulierung seiner verstorbenen Frau, und das verwirrte ihn. Es war, als ob die tote Pamela durch ihre untote Freundin zu ihm spräche.

»Bei allem Respekt, Captain, aber es kann doch nicht allein um Schlagzeilen gehen. Dafür ist das alles viel zu kompliziert. Das JG1 verfolgt ein geheimes Ziel, ebenso wie das Geschwader Condor.«

Allard schwieg.

»Ich finde, Sie sollten jetzt Ihre Sachen packen«, sagte Beauregard.

Kates Wangen röteten sich. »Ich bin nicht verhaftet? Und werde nicht gepfählt?«

»Sie würden gern als Märtyrerin sterben, nicht wahr?«, fragte Beauregard. »Für welche Sache? Das Banner Draculas?«

Das war nicht nett: Im Lauf der Jahre hatte sie sich oft genug in Gefahr begeben, um ihre Opposition gegen Dracula unter Beweis zu stellen. Und doch ärgerte er sich über sie.

»Gewiss nicht für Lord Ruthven und seine Freunde und Genossen. Für die Wahrheit, vielleicht. Sie wäre es womöglich wert, dieses mein Vampirblut zu vergießen.«

»Ach, lassen Sie mich doch in Frieden, Kate. Nach solchem Theater steht mir wahrhaftig nicht der Sinn.«

Plötzlich schlang Kate zu seinem Erstaunen die Arme um ihn

und presste ihr Gesicht an seine Brust. Sie hielt ihn fest umklammert, ohne ihn jedoch zu erdrücken. Manchmal wusste sie ihre Kraft wohl zu dosieren.

»Es tut mir leid, Charles«, sprach sie in seinen Kragen, so leise, dass Allard und Dravot sie nicht hören konnten.

Seine Bisswunden brannten. Er drückte Kate an sich. Er musste an die Arme einer anderen Vampirfrau denken: Bisweilen erinnerte Kate ihn auch an *sie*. Ihm war, als gäbe es auf der ganzen Welt nur eine Frau mit einem Dutzend Masken, die ihn immerzu anlachte.

Dravot war aufgesprungen, um die Reporterin von Beauregard zu trennen und ihr die Arme auszureißen wie einem Brathähnchen die Flügel. Beauregard bedeutete dem Sergeant, sich nicht vom Fleck zu rühren.

»Dennoch werde ich Mina Harker veranlassen, Sie zu versetzen.«

»Ich weiß«, sagte sie und tätschelte ihm die Brust, »denn das ist Ihre Pflicht. Sie müssen Ihre Pflicht erfüllen und ich die meine. Pflichterfüllung. Der Fluch unserer Generation. Schließlich sind wir die letzten Viktorianer.«

Ihm war nicht nach Lachen zumute. Die Verluste der vergangenen Nacht waren zu schrecklich, um sie mit einem Achselzucken abzutun.

»Captain Allard, würden Sie Miss Reed zu ihrer Sanitätseinheit zurückbringen lassen? Auf möglichst unbequeme, unwürdige Weise?«

Allard meinte, er könne einen Karren besorgen.

»Wir stellen ihr am besten einen Wachposten zur Seite. Falls sie auf die Idee kommt, einen Fluchtversuch zu unternehmen.«

Allard nickte. Er hatte einen guten Mann in petto.

»Ich erweise Ihnen einen großen Gefallen, Kate. In etwa einer Stunde werden wir Mr. Caleb Croft aus Downing Street Nummer zehn Bericht erstatten. Da er in den achtziger Jahren Preise auf Ihren Kopf auszusetzen pflegte, werden Sie sich an diesen Gentleman gewiss erinnern. Hat man Sie eigentlich von *allen* Vorwürfen der Anstiftung zum Aufruhr freigesprochen?«

Kate machte große Augen, die durch ihre Brille noch größer wirkten, und ein schelmisches Grübchen erschien auf ihrer Wange.

»Ich kann mich gut an Mr. Croft erinnern. Leitet er eigentlich immer noch die britische Ochrana?«

»In Großbritannien gibt es keine Geheimpolizei«, erklärte Beauregard. »Offiziell.«

»Auf Wiedersehen, Charles. So entgeht uns beiden etwas.«

Kate verließ die Messe. Dravots Blick folgte ihr.

»Sie dürfen sie nicht aus den Augen lassen«, wandte sich Beauregard an Allard. »Sie ist intelligenter, als sie aussieht.«

Allard nickte. Er hatte die Andeutung verstanden.

»Der Wachposten darf auf keinen Fall Warmblüter sein. Stellen Sie ihr am besten einen Homosexuellen oder einen Mönch zur Seite. Wenn ich es recht bedenke, würde ich Kate Reed nicht einmal einem Mönch anvertrauen.«

Die Müdigkeit lastete auf Beauregards Schultern wie ein schwerer Mantel. Er hatte keine Ahnung, was Croft von ihm verlangte, doch es war gewiss nichts Angenehmes. Sie waren sich seit der Zeit des Schreckens spinnefeind. Crofts Abteilung hätte den Diogenes-Club am liebsten aufgelöst. In gewissen Regierungskreisen hielt man das Treiben von Smith, Cumming, Beauregard & Co. für die anachronistischen Lausbubenstreiche großmäuliger Knaben, die den harten und grausamen geheimen Kriegen des zwanzigsten Jahrhunderts nicht gewachsen waren. Diese Narren hatten keinen Schimmer, wie hart und grausam die geheimen Kriege des neunzehnten Jahrhunderts gewesen waren.

Er hatte Spensers Angehörigen noch nicht geschrieben. Nun

würde er einen Beileidsbrief an Winthrops Familie aufsetzen müssen.

»Sir«, sagte Dravot.

Obgleich der Sergeant keine Miene verzog, wusste Beauregard, dass er eine schlimme Niederlage zu verkraften hatte. Dravot pflegte keine Offiziere zu verlieren.

»Die Schuld liegt nicht bei Ihnen, Danny. Wenn überhaupt, dann liegt sie bei den Toten. Major Cundall hat Winthrop gefragt, ob er mitkommen wolle. Und der Bursche hat Ja gesagt.«

Dravot quittierte Beauregards Ausführungen mit einem knappen Nicken. Dann holte er zögernd einen Brief hervor.

»Lieutenant Winthrop hat mir das gegeben.«

Beauregard nahm den Brief an sich. Die Adresse lautete: Catriona Kaye, Altes Pfarrhaus, Alder, Somerset. Ihm blutete das Herz, wenn er sich Catriona Kaye vorstellte. Und wenn er sich vorstellte, was in dem Brief stand.

Er war von Hass erfüllt. Von diffusem, allumfassendem Hass. Es genügte nicht, den Krieg zu hassen; er musste jede Schraube, jedes Zahnrad der Maschine hassen, die Winthrop und eine Million anderer junger Männer verschlungen hatte. Und nicht zuletzt auch ihn selbst.

»Ich werde dafür sorgen, dass der Brief seine Empfängerin erreicht«, versicherte er Dravot.

26

Ein Platz an der Sonne

In den Tunnels herrschte Dunkelheit, doch an ihrem Ende war Licht. Die Sonne stand am Himmel. Er preschte auf den schwachen Schimmer zu. Ball stolperte ihm hinterdrein, machte unermüdlich Boden wett. Die Troglodyten waren zu sehr mit dem Feuer beschäftigt, um die Verfolgung aufzunehmen.

Winthrop spürte sein schlimmes Knie. Der Notverband, den man ihm angelegt hatte, war erstaunlich fest. Auch in seine Füße kehrte nach und nach Gefühl zurück. Er ignorierte den Schmerz.

Er hörte Schüsse, konnte sich jedoch nicht vorstellen, dass sie ihnen galten. Eine zweite Munitionskiste war explodiert. Irgendetwas heulte wie ein Tier.

Die Tunnelöffnung war nur noch wenige Yards entfernt. Winzige Lichtdolche durchlöcherten den Tarnnetzvorhang. An der Sonne wären sie sicher. Die Troglodyten waren Neugeborene, zu schwach, um bei Tageslicht zu überleben.

Genau wie Albert Ball. Das fiel ihm ein, als er den Netzvorhang beiseitestieß. Doch für einen Kurswechsel war es zu spät. Winthrop wankte mit letzter Kraft ins Freie, stolperte und stürzte in seiner ganzen Länge auf den zernarbten Boden des Bombentrichters. Nach all der Dunkelheit drohte ihm das sanfte, milchige Licht die Augen zu versengen. Er blinzelte, und bald ging es ihm besser.

Es war ein schöner, ruhiger Tag. Kaum Bombardement. Zwar herrschte nach wie vor schneidende Februarkälte, doch die Wolken hatten sich verzogen, und die Sonne strahlte.

Ball schoss aus der Tunnelöffnung und fiel wie erschlagen in den Schlamm. Seine Glieder krümmten sich, weil die Sehnen sich verkürzten, so dass er wie ein verknöcherter Pompejaner aussah. Rauchfetzen stiegen von seinem Körper auf. Seine Züge verzerrten sich und erstarrten in einem Schrei, der zu einem röchelnden Seufzer verkümmerte. Er schlug sich schützend die Hand vor das Gesicht.

Winthrop rappelte sich hoch und riss den Vorhang von der Tunnelöffnung. Er breitete ihn über Ball, hüllte den Vampir in kühlen Schatten. Sofort beruhigte sich der Flieger. Balls Überlebenschancen waren gering. Winthrop hatte selbst an trüben Tagen schon Menschen in Flammen aufgehen sehen. Vampire waren zwar unsterblich, aber von gebrechlicher Konstitution. Man musste schon ziemlich viele Jahre auf dem Buckel haben, bevor man an der Sonne spazieren gehen konnte.

Im Dunkel des Tunneleingangs glommen rote Augenpaare. Ein grausiges Lachen wehte über das Niemandsland. Als Winthrop seinem Kameraden auf die Beine half, spürte er die Hitze im Körper des Vampirs.

»Herrlicher Tag«, sagte Mellors. Er stand im Dunkeln und verfolgte den Todeskampf seiner Beute. »Perfektes Wetterchen, um ein paar Waldhühner zu schießen.«

Der Rauch biss Winthrop in der Kehle. Er musste Ball in den Schatten bringen.

Im Tunneleingang brachte Mellors einen Revolver in Anschlag. Winthrop stieß Ball beiseite und sprang ihm hinterdrein, um aus der Schussbahn zu gelangen. Mellors feuerte, und ein knappes Dutzend Yards entfernt spritzten Staub und Erde auf. Er konnte nicht auf sie zielen, ohne ins todbringende Sonnenlicht hinauszutreten.

Vor Einbruch der Nacht würden sich die Troglodyten nicht ins Freie wagen. Doch bei Tage würde Ball nicht sehr weit kommen. Er biss zitternd die Zähne zusammen, um nicht zu explodieren. Winthrop malte sich aus, was geschehen würde, wenn es den Vampir zerfetzte. Er war Ball so nahe, dass er von Kopf bis Fuß mit Knochensplittern gespickt würde. Auf diese Weise würde ihm wenigstens die Gnade eines raschen Todes zuteil.

Ganz in der Nähe stand ein Mauerrest, Überbleibsel eines nicht zu identifizierenden Gebäudes. Im Schatten der Mauer herrschte tiefe, kühle Dunkelheit. Winthrop konzentrierte sich, nahm seinen ganzen Mut zusammen und zerrte Ball über den Boden. Obwohl Ball nicht stehen konnte, wurde er ihm nicht zur Last.

Die Mauer würde ihnen Schutz vor den Schüssen aus der Tunnelöffnung bieten, doch um dorthin zu gelangen, mussten sie offenes Gelände überqueren. Mellors feuerte ein zweites Mal, mit der Präzision eines geübten Jägers. Das Geschoss riss einen Fetzen Fleisch aus Balls verkohlter Hüfte. Die Kugel musste aus Blei gewesen sein, da die Wunde den Piloten nicht weiter zu behindern schien.

Bevor der Anführer der Troglodyten auf ihn zielen konnte, war Winthrop hinter die Mauer gehechtet und prallte mit dem Rücken gegen bröckelnde Ziegel. Dunkelheit umhüllte sie, und Ball brach zusammen. Er streckte die verbliebene Hand nach seiner Wunde aus, doch sein Arm wollte sich nicht beugen wie gewünscht. Winthrop inspizierte den klaffenden, rot gähnenden Spalt. Fleisch und Haut ballten sich über gebrochenen Rippen. Ein winziger Trieb, der aus dem Stumpf von Balls verlorenem Arm hervorspross, endete in einer Knospe, die mit der Zeit zu einer neuen Hand erblühen würde. Er bot seine ganze Heilkraft auf, doch seine Wunden waren zu zahlreich und zu tief.

Obgleich sie sicher hinter die Mauer gelangt waren, hatte sich ihre Lage um keinen Deut verbessert. Vor Einbruch der Dunkelheit konnten sie nicht weiterziehen. Und dann würden die Troglodyten keine Sekunde zögern, sich auf sie zu stürzen. Doch Ball allein zurückzulassen, erschien Winthrop undenkbar.

Querschläger knallten gegen die Mauer und zerrten an den lockeren Ziegeln. Ein paar gezielte Schüsse, und die Mauer würde sie unter sich begraben. Winthrop kramte sein Zigarettenetui hervor. Er steckte sich zwei Glimmstängel in den Mund, zündete sie mit seinem vorletzten Streichholz an und schob Ball eine davon zwischen die zerschlagenen Zähne. Kopfschüttelnd sogen sie den Rauch in ihre Lungen.

»Das ist doch kompletter Wahnsinn. Verschwinden Sie und holen Sie Hilfe.«

Winthrop hustete.

»Andererseits würde die Rettungsmannschaft es wohl kaum rechtzeitig schaffen«, sagte Ball. Sein verbranntes Gesicht hatte zu bröckeln begonnen, und darunter kam sein rußgeschwärzter Schädel zum Vorschein. Ein Auge war zerplatzt und geronnen.

Von Erschöpfung übermannt, sackte Winthrop zusammen. Er rutschte an der Wand hinab und ließ den Kopf hängen. Er war am Ende seiner Kräfte. Er hatte Blut verloren und war übel zugerichtet. Und abgesehen von der kurzen Zeit, die er wie ein zum Trocknen aufgehängtes Kleidungsstück bewusstlos an einem Haken baumelnd verbracht hatte, war ihm seit fast zwei Tagen kein Schlaf vergönnt gewesen. Außerdem hatte er seit über vierundzwanzig Stunden nichts gegessen.

»Ich habe mir immer Fangkinder gewünscht. Ich wollte die Gabe weiterreichen.«

In seinem derzeitigen Zustand war Ball schwerlich eine gute Reklame für die Gabe des Vampirismus. Sein linkes Bein war abgestorben, mehrfach gebrochen, und zerfiel langsam zu Hautflocken, Fleischstaub und Knochensplittern.

»Wenn ich den dunklen Kuss nicht empfangen hätte, wäre es aus mit mir gewesen, als Lothar von Richthofen mich vom Himmel schoss. Ich bin meiner Zeit vorausgeeilt. Und jetzt hat sie mich eingeholt.«

Winthrop wollte dem Flieger widersprechen.

»Nein, alter Freund. Ich weiß, dass es mit mir zu Ende geht. Ich werde von Minute zu Minute weniger, und den kläglichen Rest von Albert Ball zu retten, ist die Mühe nicht wert.«

»Ich kann auch nicht mehr. Ich bin erledigt.«

Eine Kugel prallte von den Ziegeln ab und pfiff jaulend durch den Bombentrichter.

Der Pilot legte eine Hand auf seinen Schenkel, der unter seinen Fingern zerbröckelte. Die Haut löste sich auf wie verbranntes Papier, die Muskeln zerfielen zu Asche, und die Knochen zerkrümelten wie ein Stück Kreide. Ein leichter Windstoß verwehte den Staub.

»Ich bin am Ende, Winthrop.«

Sein Kiefer hing schief in den Gelenken. Aus seinem Mund trat Blut.

»Wer hat Sie verwandelt?«

Die Muskeln über seinen Wangenknochen zuckten wie Mollusken. Sein lippenloses, fleischloses Gesicht verzerrte sich zu einem schwachen Lächeln.

»Ein Mädchen auf der Pier von Brighton.«

»Eine Älteste?«

Winthrop dachte an die tausendjährige Isolde.

Ball schüttelte den Kopf. Kopfhaut und Fliegerhaube waren zu einer morschen, brüchigen Masse verschmolzen. »Nur eine Neugeborene. Ein ›Künstlermodell‹. Sie nannte sich Mildred.«

Winthrop konnte sich Mildred lebhaft vorstellen.

»Es gibt Vampire, die sich selbst nach einer Enthauptung gänzlich regenerieren können.«

Balls Kehlkopf schnarrte bei dem Versuch zu lachen.

»Es steht Ihnen frei, es zu probieren, aber ich bezweifle, dass Sie daran große Freude hätten. Ich glaube, ich bin von mäßigem Geblüt.«

Der sterbende Vampir setzte sich auf, und sein Bauch legte sich in Falten. Winthrop neigte den Kopf, um besser hören zu können. Ball streckte die Hand aus und krallte die Finger in Winthrops Schulter.

»Es gibt nur eine Möglichkeit, wie ich weiterleben kann«, flüsterte Ball.

Winthrop glaubte zu verstehen und löste seinen Kragen. Er hatte nichts dagegen, Ball von seinem Blut trinken zu lassen.

»Dafür ist es längst zu spät.«

Balls Zähne wackelten. Einen oder zwei hatte er bereits verloren. Seine violett verfärbte Zunge war geschwollen. Er ließ Winthrops Schulter los, ritzte sich mit einem dicken, spitzen Fingernagel die Kehle und durchtrennte die Halsschlagader. Seimiges Blut quoll aus der Wunde. Es ähnelte eher einem Gelee denn einer Flüssigkeit.

»Zehren Sie von meiner Kraft, Winthrop. Von dem lächerlichen Rest, der mir geblieben ist.«

Sein Magen sträubte sich bei dem Gedanken. Das Vampirblut verströmte einen strengen Geruch. Ein verirrter Sonnenstrahl ließ es in pulsierendem Violett erstrahlen.

»Es wird Ihnen neue Kraft verleihen. Sie werden einen Teil von mir mit sich nehmen.«

Eine Wolke schob sich vor die Sonne.

»Die Nacht rückt näher, Freunde«, brüllte Mellors.

Das Auge des Fliegers leuchtete. »Machen Sie schnell, Winthrop.«

Die Entscheidung war getroffen. Winthrop zog Ball oder das, was von ihm übrig war, an sich. Als er spürte, wie die letzten Knochen des Piloten brachen, tauchte er die Zunge in das mäandernde Rinnsal. Was er da schmeckte, war nicht das salzige Aroma, das er kannte. Was er da schmeckte, war kein Menschenblut. Ein liebliches Prickeln, wie von Sorbet, betäubte seine Zunge, und er leckte gierig an der Wunde, schlürfte zähes, süßes Nass.

Ball schauderte in Winthrops Armen, doch sein klebriges Blut hörte nicht auf zu fließen. Da plötzlich zerfiel Ball zu Staub. Ein übler Geschmack überschwemmte Winthrops Mund, als der wirkliche Tod eintrat. Balls Asche sank zu Boden.

Hustend versuchte Winthrop, den klumpigen Sirup bei sich zu behalten. Sein Verstand war klar und ungetrübt wie von einer Gabe Riechsalz. Seine Sehschärfe wuchs ins Unermessliche, und er nahm Dutzende winziger Bewegungen wahr. Es war ein Gefühl wie der leichte Rausch nach ein oder zwei Gläsern Champagner.

Ball sah aus, als sei er bereits seit Jahren tot. Er verdorrte. Sein Kopf schrumpfte zu einem mit dünnem Pergament umhüllten Totenschädel und löste sich vom Rumpf.

Zum Vampir konnte nur werden, wer Vampirblut trank, während ein Vampir sich an ihm labte. Was er mit Ball getrieben hatte, reichte nicht aus, um ihn zum Neugeborenen zu machen. Er unterschied sich in nichts von jenen alten Narren, die Vampirblutsalze zu sich nahmen, um ihre Zeugungskraft wiederherzustellen. Dennoch fühlte er sich wie verwandelt. Der Schmerz in seinem Knie verschwand, und die Schrunden an seinen Handgelenken heilten. Seine Erschöpfung war wie weggeblasen, und sein Hunger war gestillt.

»›Komm, ernste Nacht, du züchtig stille Frau, ganz angetan mit Schwarz‹«, zitierte Mellors.

»*Romeo und Julia,* nicht schlecht für einen bürgerlichen Gymnasiastenlümmel.«

»Wer von euch hat das gesagt?«

Es war merkwürdig: als hätte Albert Ball durch Edwin Winthrop gesprochen. Winthrop dachte an den Flug zurück. Doch es waren nicht seine Erinnerungen, sondern die des Vampirs.

»Wir beide, Mellors, und einen schönen Tag noch.«

Winthrop stand auf und trat in die Sonne, die Mauer zwischen sich und der Tunnelöffnung. Das grelle Licht tat zwar nicht weh, doch seine Gesichtshaut spannte wie bei einem leichten Sonnenbrand.

»Ach, es ist Winthrop, der Beobachter. Haben Sie etwa vor, sich aus dem Staub zu machen und Ihren Kameraden im Stich zu lassen? Da sieht man, wes Geistes Kind er ist, der lautere Herr Offizier.«

»Ball ist tot«, sagte Winthrop zweifelnd.

Keine Antwort. Dann sprengte ein Schuss einige Ziegel aus der Mauer.

Winthrop nahm Albert Balls Schädel und wickelte ihn vorsichtig in das Tarnnetz. Das Bündel hatte die Größe eines Fußballs. Er wollte es mit sich nehmen, so weit ihn seine Füße trugen. Das war er dem Vampir schuldig.

Winthrop klemmte sich das Bündel unter den Arm, hastete zur Trichterwand und kletterte nach oben. Links und rechts von ihm bohrten sich Pistolenkugeln in die Erde. Da bekam er einen heftigen Stoß in die Seite.

»Ein sauberer Treffer«, brüllte Mellors.

Winthrop wälzte sich über den Rand des Kraters, rollte auf der anderen Seite hinunter und blieb in der wüsten Ebene liegen. Als er seine Hüfte untersuchte, stellte er fest, dass der Schuss des Anführers der Troglodyten seine weite Fliegerkluft durchschlagen hatte, ohne seine Haut auch nur zu streifen.

»Das war wohl nichts«, brüllte er zum Abschied.

Mehr noch als im Krater musste Winthrop auf der Hut sein. Nun war er den Scharfschützen beider Parteien ausgeliefert. Im Niemandsland war alles, was sich bewegte, zum Abschuss freigegeben. Ein Bombenangriff war im Gange. Winthrop hatte Glück: Die Briten bearbeiteten den Boche. Granaten sirrten in ziemlicher Höhe über ihn hinweg und gingen unweit der Hunnengräben nieder. Das würde die deutschen Schützen eine Weile auf Trab halten.

Er fühlte einen Steuerknüppel in der Hand, Wind im Gesicht, den Nervenkitzel eines Sturzflugs. Einen Augenblick lang sah er einen blauen Sommerhimmel, durchkreuzt von flammenden Leuchtspurgeschossen. Er roch brennendes Kastoröl, das aus dem Motor einer Sopwith Camel wehte. Winthrop schüttelte Balls Erinnerungen ab und ging in die Hocke. Nachdem er einige Sekunden so verharrt hatte, rappelte er sich mühsam hoch.

Niemand schoss auf ihn. Alles war seltsam ruhig. Er war ein winziger, unbedeutender Punkt auf dem Schlachtfeld namens Europa. Niemand würde ihn bemerken.

Er ließ den Bombentrichter und die Troglodyten hinter sich. Bei Tage waren die Pfade zwischen Drahtverhau und Schottergruben gangbarer als bei Nacht. Er flitzte von Deckung zu Deckung, lief im Zickzack auf die Linien zu.

Seit die Richthofen-Kreatur auf die Harry Tate herabgestoßen war, hatte Winthrop zum ersten Mal das Gefühl, dass er die nächsten Minuten unbeschadet überstehen würde. Womöglich hatte er sogar ein langes, wenn auch nicht allzu glückliches Leben vor sich. Doch zunächst musste er Beauregard von der Fledermausstaffel berichten. Und dann musste er noch einmal in die Luft.

Er rannte, schmeckte die pulverschwangere Brise und stellte sich vor, wie er abhob und in die Wolken aufstieg, um sich mit den schwarzen Himmelsrittern zu duellieren.

Er sah eine Mauer aus gesprenkelten, mit Stacheldraht bekrönten Sandsäcken. Die Schützengräben waren zum Greifen nahe.

Er dachte an die Rechnung, die er zu begleichen hatte.

Mit neu gefundener Behändigkeit sprang er in die Höhe, segelte über den Rand des Grabens und stürzte krachend zu Boden. Er zog die Beine an, landete auf allen vieren wie eine Katze und stand auf.

»Heiliges Kanonenrohr«, sagte ein erschrockener Tommy.

Winthrop reichte dem Soldaten das Bündel und bat ihn, darauf achtzugeben.

»Wenn Sie die Güte hätten, mich zu einem Feldtelefon zu bringen, ich muss dringend Meldung machen.«

Der Infanterist blickte auf das Bündel, das sich langsam löste. Ein knochiger Schädel kam zum Vorschein.

»Heiliges Kanonenrohr«, sagte der Tommy immer wieder. »Heiliges Kanonenrohr.«

III
JÄGERLATEIN

27

Der rote Kampfflieger

Richthofen empfing ihn erst am späten Nachmittag. Es gab keinen Grund für diesen Aufschub. Der Junker hatte es sich einfach zur Gewohnheit gemacht, Vasallen warten zu lassen. Poe nahm an, dass der Pilot sich keinen Pfifferling um ihre Zusammenarbeit scherte. Er machte nur mit, weil General Karnstein es befohlen hatte. Für Kaiser und Vaterland war Manfred von Richthofen bereit, sich von Edgar Poe verewigen zu lassen. Auch wenn diese Aussicht einem Unsterblichen wahrscheinlich wenig Reiz bot.

Das Privatquartier des Barons war zwar nicht eben spartanisch eingerichtet, hätte jedoch kaum vermuten lassen, dass hier ein großer Krieger hauste. In der Mitte stand ein aufgeräumter Schreibtisch, an dem Richthofen knappe, präzise und ermüdende Berichte über seine fliegerischen Großtaten verfasste. Nach der Lektüre zahlloser derartiger Dokumente wusste Poe, weshalb man den Baron nicht mit der Abfassung seiner Memoiren betrauen konnte.

Da niemand ihn aufgefordert hatte, sich zu setzen, durchstreifte er das Zimmer. Über dem Kamin stand eine Reihe funkelnder

Pokale. Die blankpolierten Dinger zogen Poe in ihren Bann. Jede Trophäe trug eine winzige Plakette mit einer formelhaften Inschrift: eine Zahl, der Name eines alliierten Flugzeugs, noch eine Zahl, ein Datum. *11. VICKERS. 1. 23.11.16.* Die erste Zahl stand für die Gesamtzahl seiner Siege, die zweite zeigte an, wie viele Opfer der Abschuss gefordert hatte. Jeder zwanzigste Pokal war doppelt so groß wie die anderen.

Es waren an die sechzig Stück. Das konnte nicht stimmen. Richthofen hatte um die achtzig Abschüsse erzielt.

»Die Silberknappheit. Anfangs hatte der Fabrikant noch eine Sondergenehmigung, aber dann wurden die Bestimmungen verschärft.«

Richthofen war hereingekommen, ohne dass Poe etwas gehört hatte, keine geringe Leistung. Er stand in menschlicher Gestalt vor ihm, ruhig und gedrungen. Nichts an diesem ganz und gar gewöhnlichen Soldaten erinnerte an einen Gott, und doch konnte Poe das, was er im Turm gesehen hatte, nicht vergessen. Im Innern des Barons nistete ein himmlischer Lederengel, der vollkommene Vampir.

»Der Händler bot mir Hartzinn als Ersatz, aber ich beschloss, auf protzige Souvenirs zur Erinnerung an meine Siege fortan zu verzichten. Ich weiß, was ich wert bin. Trophäen sind banal und ordinär.«

Poe berührte einen der Pokale. Seine Finger brannten.

»Echtes Silber?«

»Ich hätte diesen unnützen Tinnef längst zum alten Eisen geben sollen. Silberkugeln in meinen MGs wären mir entschieden lieber als die Silberbecher in meiner Stube.«

Nur wenige Vampire umgaben sich mit echtem Silber. Das zeugte von Tollkühnheit und Wagemut. Hätte Poe eine dieser Trophäen in die Hand genommen, so wären seine Finger auf der Stelle zu Staub zerfallen.

Richthofen trat neben ihn und betrachtete die Becher. Jeder von ihnen stand für einen oder mehrere Tote. Göring, der Registrator von Richthofens Zirkus, hatte Poe das Zustandekommen der »Bilanz« erläutert. Es zählten ausschließlich die Siege über gegnerische Flugzeuge, nicht die Anzahl der toten oder abgeschossenen Piloten. Ein Flieger konnte auch einen Sieg erringen, indem er sein Opfer in ein Kriegsgefangenenlager schickte. Nur wenige von Richthofens Silberbechern trugen eine Null. Seine Siege endeten für den Gegner in den meisten Fällen tödlich. Oswald Boelcke, der die Kampfregeln für Jagdflieger formuliert hatte, zog es vor, auf den Motor des Feindes zu zielen und den Piloten lebend davonkommen zu lassen. Richthofen ging dem Gegner immer an die Gurgel. Ein Sieg ohne Blutvergießen war für ihn kein Sieg. Nur ein tödlicher Abschuss zählte.

»Ich habe nichts vergessen. Ich erinnere mich noch an die kleinste Einzelheit. Schließlich habe ich zu jedem Sieg einen Bericht geschrieben.«

Boelcke hatte den wirklichen Tod gefunden, wenn auch nicht im Kampf: Sein Flugzeug war in der Luft mit der Maschine eines Kameraden kollidiert.

Der Baron ließ sich an seinem Schreibtisch nieder, nahm selbst im Sitzen Haltung an und wies auf einen Sessel. Poe sank hinein. Angesichts der Korrektheit des Barons kam er sich doppelt schäbig vor. Richthofens Uniform war makellos geplättet und mit ihren messerscharfen Bügelfalten und der knappsitzenden Jacke jederzeit zur Musterung bereit. Poes Hosen waren an den Knien nahezu durchgescheuert. Die Knöpfe an seinem Rock passten nicht zusammen.

»Na, dann wollen wir mal, Herr Poe. Fangen Sie an. Mit Ihrem Buch.«

»Mit *unserem* Buch, Herr Baron.«

Richthofen machte eine wegwerfende Handbewegung. Er hatte die kurzen Nägel und dicken Finger eines Cowboys, nicht die schlaffen, schwächlichen Extremitäten eines aristokratischen Faulenzers und Müßiggängers.

»Ich mache mir nicht allzu viel aus Literatur. Und Literaten. Eine Cousine von mir ist eine unziemliche Bindung mit einem englischen Schriftsteller von widerlichem Ruf eingegangen. Ein gewisser Mr. Lawrence. Haben Sie von ihm gehört?«

Poe verneinte.

»Dem Vernehmen nach ist er ein schrecklicher Bursche, verroht und vertiert.«

Wo anfangen? Vielleicht war jetzt die passende Gelegenheit, den wunderlichen Juden Freud zu bemühen. »Erzählen Sie mir von Ihrer Kindheit, Herr Baron.«

Richthofen hob zu einem Vortrag an. »Ich wurde am 2. Mai des Jahres 1892 geboren. Mein Vater war mit seinem Kavallerieregiment in Breslau stationiert. Unser Familiensitz war ein großes Gut in Schweidnitz. Ich wurde benannt nach meinem Onkel Manfred Albrecht, einem Offizier der kaiserlichen Garde. Mein Vater war Major Albrecht Freiherr von Richthofen. Meine Mutter Kunigunde war eine geborene von Schickfuß und Neudorff. Ich habe zwei Brüder, Lothar und Karl Bolko, sowie eine Schwester, Ilse ...«

Poe fuhr schüchtern dazwischen. »Ich habe Ihre Personalakte gelesen. Erzählen Sie mir etwas *über* ihre Kindheit.«

Richthofen wusste offensichtlich nichts zu sagen. In den verschwommenen Tiefen seiner Augen spiegelte sich abgründige Verwirrung.

»Ich verstehe nicht recht, was Sie von mir wollen, Herr Poe.«

Poe empfand unwillkürlich Mitleid für den mitleidslosen Helden. Der Baron war, auch wenn er es niemals zugegeben hätte, ratlos. Ihm schien etwas Entscheidendes zu fehlen.

»Woran erinnern Sie sich? An einen Ort, ein Spielzeug, einen Zeitvertreib ...?«

»Mein Vater schärfte mir ein, dass ich anders sei als die Söhne der Bauern, die das Land bestellten. Sie seien Slawen und für einen Preußen somit Menschen zweiten Ranges. Unsere Familie war germanischer Herkunft, eine der ersten, die sich in Schlesien ansiedelte.«

»Hatten Sie selbst auch das Gefühl, anders zu sein?«

Poe dachte an seine eigene Kindheit, die Entfremdung von seinen Mitmenschen als Amerikaner in England.

Richthofen schüttelte den Kopf. »Nein. Ich hatte dasselbe Gefühl wie heute. Ich bin ich. Und daran gab und gibt es keinen Zweifel.«

Er saß da, als hätte er einen Ladestock verschluckt.

»Was war Ihre erste Leidenschaft?«

»Die eines jeden Knaben. Die hohe Jagd.«

Richthofen war immer noch ein Jäger. Ob es zu einfach war, ihn als Jäger abzutun, dessen Seele weder Licht noch Schatten kannte?

»Mit meiner Flinte schoss ich drei der zahmen Enten meiner Großmutter. Als Trophäe rupfte ich jeder eine Feder aus. Damit lief ich zu meiner Mutter, und die schalt mich gehörig aus. Meine Großmutter hingegen zeigte Verständnis und belohnte mich.«

»Sie konnten also, wie George Washington, nicht lügen?«

»Wieso hätte ich lügen sollen? Ich wollte meine Beute präsentieren.«

»Sie fanden nichts dabei zu töten?«

»Nein. Sie?«

Die Augen des Barons waren glasklar. Blauer Frost glänzte in seinem Blick. Poe dachte an Eissplitter in den Gewässern des Richthofen-Gutes in Schlesien.

»Sie sind in Berlin zur Schule gegangen, auf eine Kadettenanstalt?«

Richthofen nickte knapp. »Wahlstatt. Ihr Motto lautete: ›Lerne erst zu gehorchen und dann zu befehlen.‹«

»Sehr deutsch.«

Nicht einmal der Anflug eines Lächelns.

In West Point war Poe todunglücklich gewesen, weil sein Stiefvater ihm die Barschaft vorenthalten hatte, die er brauchte, um es seinen Kameraden gleichzutun.

»Sie haben Wahlstatt sicherlich geliebt?«

»Im Gegenteil, ich habe die Schule gehasst. Sie war eine Kreuzung aus Kloster und Gefängnis. Da mich der Unterricht nicht interessierte, tat ich nicht mehr als nötig. Jede Anstrengung erschien mir sinnlos, und so lernte ich nur wenig. Infolgedessen war ich bei meinen Lehrern nicht allzu beliebt.«

»Aber Sie haben gelernt zu befehlen?«

»Ich habe gelernt zu gehorchen.«

»Sie kommandieren dieses Jagdgeschwader.«

»Ich gebe nur Befehle weiter. Karnstein ist der Kommandant.«

Es war wie die Vernehmung eines Kriegsgefangenen. Richthofen gab nicht mehr als nötig preis. Eine Lektion, die er in Wahlstatt gelernt hatte.

»Wollten Sie sich schon als Kind verwandeln?«

»Ich wuchs auf in der Gewissheit, dass ich in meinem achtzehnten Lebensjahr verwandelt würde. So ist es Sitte. Lothar hat sich ebenfalls in diesem Alter verwandelt. Und wenn er das Mannesalter erreicht hat, wird auch Karl Bolko sich verwandeln.«

»Wie ging die Verwandlung vor sich?«

»Auf die übliche Art und Weise«, erwiderte Richthofen schroff.

»Verzeihen Sie, Herr Baron, aber ich bitte meine Ignoranz mit Nachsicht zu betrachten«, schmeichelte Poe und bändigte seinen Zorn, indem er sich das Flügelwesen ins Gedächtnis rief, das im Innern dieses kalten Fisches lauerte. »Ich habe mich zu einer Zeit verwandelt, da der Übergang vom Mensch zum Vampir selten und schmerzhaft war. Ich habe Bekanntschaft mit dem Grab geschlossen und wurde als Geschöpf der Nacht geächtet.«

»Ich bin nicht gestorben. Meine Verwandlung ging unter hygienischen Umständen vonstatten. Das Ergebnis war zufriedenstellend.«

Die meisten neugeborenen Vampire schilderten ihre Transformation in demselben halb stolzen, halb verschämten, doch immer gänzlich aufgeregten Ton, in dem die jungen Burschen aus Poes warmblütigen Tagen von ihrem ersten Bordellbesuch berichteten. Richthofen hingegen schien diese wunderbare Metamorphose nicht mehr zu bedeuten als ein gewöhnlicher Zahnarztbesuch.

»Sie haben sich 1910 verwandelt. Von welchem Geblüt sind Sie?«

»Vom allerfeinsten. Meine Familie hält eine Älteste in Diensten, Perle von Mauren. Sie hat uns ihr Geblüt vererbt.«

Dies war durchaus nicht ungewöhnlich. Seit Dracula in Deutschland weilte, war die Ausbreitung des Vampirismus streng reglementiert. Theoretisch stand jeder Vampir innerhalb der Monarchie unter der Schirmherrschaft des Grafen. Ohne Draculas Erlaubnis konnte niemand neu geboren werden. Nur der Hochadel hatte von Geburt ein Anrecht auf Verwandlung. Viele aristokratische Familien pflegten enge Beziehungen mit von Dracula persönlich anerkannten Ältesten. Frauen wie Perle von Mauren waren Beraterinnen, Mätressen oder Gouvernanten.

»Welche Gefühle hegen Sie für Ihre Fangmutter?«

»Gefühle? Weshalb sollte ich Gefühle für sie hegen?«

»Schließlich entstammen Sie einem bedeutenden Blutgeschlecht.«

»Nein, eigentlich gehöre ich zwei Geschlechtern an. Professor ten Brincken hat mir zu einem Blutpaten verholfen. Ich bin auch von Draculas Geblüt.«

Es war keine Prahlerei, sondern eine nüchterne Feststellung.

»Haben Sie sich sehr verändert?«

»Ich bin trotz allem Manfred von Richthofen geblieben. Die meisten dieser Pokale habe ich gewonnen, bevor ich zum Gestaltwandler wurde.«

»Das heißt, Sie haben ein Kampfflugzeug gesteuert?«

»Ein Kampfflugzeug ist im Grunde doch nichts weiter als ein MG mit Flügeln. Jetzt bin ich meine eigene Waffe, meine eigene Maschine. Wie ein Jäger aus der Vorzeit.«

»Haben Sie manchmal das Gefühl, zu früh gestorben zu sein?«

»Ich bin nie gestorben.«

»Nein, aber das warmblütige Dasein birgt Annehmlichkeiten, die uns verwehrt sind. Sie haben sie aufgegeben, noch ehe Sie wirklich Gelegenheit erhielten, sich mit ihnen vertraut zu machen.«

»Der Krieg stand bevor. Es war meine Pflicht, mich zu verwandeln. Deutschland brauchte Vampire von auserlesenem Geblüt.«

Vielleicht war diese gefühllose Gestalt nur eine Maske, und der Hüne, den Poe gesehen hatte, war der *echte* rote Kampfflieger. Dieses Interview glich dem Versuch, mit dicken Handschuhen Stecknadeln von einem Marmorfußboden zu picken. Sobald man glaubte, man habe es geschafft, verschwanden sie unter einer Kommode.

»Nach Ihrer Verwandlung haben Sie sich den Lanzenreitern angeschlossen.«

»Dem Ersten Ulanen-Regiment. 1914 zog ich an die Front, aber mit den Lanzenreitern war es aus. In diesem Krieg ist kein Platz mehr für die Kavallerie.«

»Also haben Sie Ihr Pferd gegen ein Flugzeug eingetauscht?«

»Ich ließ mich zur Nachrichtentruppe versetzen und trat als Beobachter in die deutschen Luftstreitkräfte ein. Ich beschloss,

Pilot zu werden. Diese Position bietet eine bessere Chance, sich auszuzeichnen.«

»Und Sportsgeist zu beweisen?«

Richthofen dachte einen Augenblick nach und nickte dann. In wenigen Minuten hatte er mit monotoner Stimme sein ganzes Leben ausgebreitet, bis zu dem Punkt, an dem er die Berufung gefunden hatte, der er seinen Ruhm verdankte. Poe hielt nichts als die nackten Tatsachen in Händen, die er ebenso gut den offiziellen Unterlagen hätte entnehmen können, sowie ein paar winzige Einblicke in Richthofens Biografie, die auf ein wunderliches Menschenschicksal deuteten. Aus dem Leben des Barons ließe sich eine treffliche Tragödie machen. Doch Dr. Mabuse hatte ein ganz anderes Buch im Sinn.

»Sie haben vom Sterben gesprochen, Herr Poe. Wie ich bereits sagte, bin ich niemals wirklich tot gewesen. Aber rückblickend habe ich den Eindruck, dass ich nicht in dem Moment wirklich geboren wurde, als ich den Mutterleib verließ oder Perles Vampirblut trank, sondern als ich meinen ersten Sieg errang. Das war als Beobachter. Ich schoss einen Franzosen ab.«

Poe sah auf die Trophäen.

»Nach diesem Pokal werden Sie vergeblich suchen. Das Flugzeug ging auf der falschen Seite der Linien nieder. Der Abschuss wurde nicht bestätigt.«

»Macht Ihnen das zu schaffen?«

Richthofen zuckte die Achseln. »Ich sage immer: Ehre, wem Ehre gebührt. Schließlich ist ein Offizier ein Mann von Wort.«

»Weshalb sind Sie Pilot geworden?«

»Um unabhängig zu sein. Mir gingen immer wieder Abschüsse durch die Lappen, weil mein Pilot zu ungeschickt war, um mich in eine günstige Schussposition zu bringen.«

Zu Beginn des Krieges waren die – für die Bordgeschütze verantwortlichen – Beobachter die eigentlichen Jäger gewesen. Piloten bekleideten den Rang eines Chauffeurs oder Treibers. Erst nachdem Boelcke seine berühmten Dikta niedergelegt hatte, fand die Kunst des Luftkriegers allgemeine Anerkennung.

»Der Traum vom Fliegen ist so alt wie die Menschheit.«

Richthofen zeigte sich wiederum unbeeindruckt. »Wie ich, glaube ich, bereits bemerkte, pflege ich nicht zu träumen.«

»Für einen Mann, der mit dem Wunderbaren auf so vertrautem Fuße steht, machen Sie einen erstaunlich besonnenen Eindruck.«

Der Baron wusste keine Antwort.

»Die Welt, in die Sie hineingeboren wurden, hat sich bis zur Unkenntlichkeit verändert. Erst Dracula. Dann der Krieg …«

»Ich habe keinen Einfluss auf den Lauf der Welt. Ich habe nur mich selbst. Und ich habe mich nicht verändert. Im Gegenteil. Ich bin meinem wahren Ich sogar noch näher gekommen.«

28

Der Mond ist aufgegangen

»Sie sind ein Engel, Miss Reed«, sagte Dr. Arrowsmith, während er mit sanftem Druck die Handpumpe betätigte. »Ich wollte, wir hätten Dutzende von Ihrer Sorte.«

Sie war benommen, als falle sie in Vampirschlaf. Die Hohlnadel in ihrer Armbeuge war eine eisige Zecke. Ein grauer Nebelschleier trübte ihren Blick, und sie hatte schwarze Flecken vor den Augen. Sie hatte kein Gefühl mehr in den Zehen, und ihre Finger kribbelten. Ihr Blut schoss durch einen Gummischlauch, füllte die Ventile der pulsierenden Pumpe und verschwand durch einen zweiten Schlauch im Arm des Patienten.

Spendervampire wurden im Militärhospital von Amiens hoch geschätzt. Die stärkende Wirkung ihres Blutes war beachtlich.

Arrowsmith, ein warmblütiger Amerikaner, dessen vorzeitig gealtertes Gesicht von Sorgenfalten gezeichnet war, strich Kate sanft übers Haar. Obgleich er sich nichts anmerken ließ, konnte ihm ihr Frösteln unmöglich entgangen sein.

»Wir haben Sie genug geschröpft«, sagte er und ließ die Pumpe ruhen. »Der Krug geht so lange zum Brunnen, bis er bricht.«

Kate wollte ihm sagen, er solle weitermachen. Sie war ja noch nicht einmal bewusstlos. Ihr Körper konnte das Blut binnen einer Stunde regenerieren, insbesondere wenn sie frische Nahrung zu sich nahm.

Der Patient auf der anderen Liege – ein amerikanischer Captain namens Jake Barnes – war, wie eine Mumie, von Kopf bis Fuß mit Binden umwickelt, bis auf einen Zoll entblößter Haut, in der eine Transfusionsnadel steckte. Barnes war ein Neugeborener, dessen regenerative Fähigkeiten noch nicht weit genug entwickelt waren, um die Wunden heilen zu lassen, die er erlitten hatte. Während eines Bombenangriffs war er im Drahtverhau stecken geblieben und in einen Hagel von Blei- und Silberkugeln geraten. Es war kaum noch etwas von ihm übrig.

Ihr Blutstrom verband sich mit dem seinen und quälte sie mit Momentaufnahmen aus seinem Leben. Sie spürte das Brennen der Silberkugeln in den Eingeweiden, eine ganze lange Nacht hindurch. Erst nach Stunden hatten seine Kameraden ihn geborgen. Die Hoffnungslosigkeit hatte ihm den Verstand geraubt. Seine Verzweiflung durchströmte ihren Körper wie ein Gift.

Arrowsmith zog ihr vorsichtig die Nadel aus dem Arm und presste den Daumen auf die offene Vene. Die winzige Wunde verheilte im Nu. Der Arzt inspizierte die Stelle.

»Nichts mehr zu sehen. Ein kleines Wunder.«

Arrowsmith hatte nur wenig Erfahrung mit Vampiren. In Amerika gab es verhältnismäßig wenige Untote. Barnes war während der Überfahrt noch Warmblüter gewesen und hatte sich erst in Paris verwandelt. Er hatte geglaubt, als Vampir hätte er bessere Chancen, den Krieg zu überleben. Kate dachte voller Abscheu an die geistlose Cancan-Nymphe, die ihn verwandelt hatte. Sein neues Leben hatte sich Barnes vermutlich anders vorgestellt. Sein Kiefer war zerschmettert, von silbernen Granatsplittern durchlöchert, der Wundbrand breitete sich aus. Er würde sich in naher Zukunft kaum selbst ernähren können, sondern war auf Bluttransfusionen angewiesen. In vielerlei Hinsicht war er kein Mensch mehr.

Der Doktor versorgte seinen Patienten. Barnes konnte nicht sprechen. Seine Augen funkelten zornig und gequält durch die Schlitze in seiner steifen weißen Maske. Seit ihrer Bluthochzeit wusste Kate, dass Barnes den wirklichen Tod herbeisehnte. Ob sie seinen Wunsch den Ärzten übermitteln sollte, die erbittert um sein Leben kämpften?

Sie versuchte sich aufzusetzen. Ihr Kopf, ein zentnerschweres Bleigewicht, zwang sie in die Kissen zurück. Sie war schwächer, als sie angenommen hatte. Sie schob die Füße über den Rand der viel zu kurzen Zelttuchliege und versuchte sich hochzurappeln.

Arrowsmith war besorgt. »Seien Sie vorsichtig, Miss Reed. Sie sind noch nicht so weit. Versuchen Sie, nicht zu sprechen. Ruhen Sie sich aus. Für heute haben Sie genug geleistet. Sie haben diesem Mann das Leben gerettet.«

Sie öffnete den Mund, brachte jedoch kein Wort heraus. Das war im Wesentlichen ihr Problem. Der Krieg machte sie sprachlos.

Sie wusste, dass sie nicht so denken durfte, doch mit Edwin Winthrops Tod hatte ein verheißungsvoller Anfang ein abruptes Ende gefunden. Aus ihrem kleinen Tête-à-tête hätte durchaus etwas werden können. Und jetzt hatten sie nicht nur keine Vergangenheit, sondern auch keine Zukunft mehr, und das stimmte sie traurig.

Enttäuscht und erschöpft hatte sie sich dem Roten Kreuz zur Verfügung gestellt. Als Blutmilchkuh konnte sie Gutes tun, ohne handeln, ohne denken, ohne Anteil nehmen zu müssen.

Bei Kriegsbeginn, als auf beiden Seiten unzählige Vampire kämpften, galten untote Soldaten noch als siegreich und unverwundbar. In Fortsetzungsromanen fielen *nosferatu*-Horden über Europa her und errichteten Tyranneien mit tausendjährigen Ältesten an der Spitze. Während im Sommer 1914 Armeen mobilmachten und Diplomaten taktierten, fand *Als Vlad kam,* Sakis fiktive Schilderung der Rückeroberung Britanniens durch Draculas blutsaugerische Ritter, in Bahnhofsbuchhandlungen reißenden Absatz. Inzwischen war Hector Hugh Munro alias »Saki« wirklich tot, ein deutscher Scharfschütze hatte den Royal Fusilier erschossen.

Kate sah an die schmutzig graue, blutbespritzte Decke. Sie war zu hoch, um die Flecken fortzuwischen. Zischende Glühbirnen baumelten an Messinglüstern, die Kabel rankten sich um wachsbedeckte Kerzenhalter. Vor dem Krieg war das Hospital ein Amtsgebäude gewesen.

Im europäischen Patt, als sich der Bewegungskrieg in einen Stellungskampf verwandelt hatte, erwies sich, dass Vampire weder siegreich noch unbezwingbar waren. Dennoch überlebten sie Verletzungen, an denen jeder warmblütige Soldat gestorben wäre. Für die Untoten war dies ein fürchterlicher Fluch. Denn selbst mit einem »Heimatschuss« gelang es nur wenigen Vampiren, sich eine Verletzung beizubringen, die nicht tödlich, aber doch so schwer war, dass sie ihnen eine ehrenhafte Entlassung mit anschließender Heimreise bescherte. Abgesehen von dem einen oder anderen Jake Barnes wurde ein Vampir, der von seinen Verletzungen genesen war, reaktiviert und an die Front zurückgeschickt. Viele zogen es vor, warmblütig zu bleiben und ihr Glück zu versuchen. Der Krieg war eine Pest, die das Land mit Feuer und Silber überschwemmte und der Hunderttausende von Neugeborenen und Warmblütern zum Opfer fielen.

Mit Kates Blut in den Adern würde selbst Jake Barnes in hundert Jahren wieder in die Schlacht ziehen können.

Sie wurde im Rollstuhl in den Wintergarten geschoben. Sanftes Mondlicht fiel auf eine Reihe von Krankenbetten. Der matte Schein galt als bewährtes Stärkungsmittel für schwer verwundete Vampire. Kate spürte nichts davon.

Sie hätte mit Freuden weiter Blut gespendet, doch Arrowsmith hatte es ihr verboten. Sie wollte nicht alleingelassen werden, mit sich und ihren Gedanken. Sie wollte sich nützlich machen.

Neben Barnes' mumifizierter Gestalt saß Lieutenant Chatterley, der Kates Blut bereits am Vorabend bekommen hatte. Auch er war ein seltener Fall von Heimatschuss: Seine untere Körperhälfte fehlte. Obgleich frische Knochentriebe aus den Stümpfen seiner Beine sprossen, waren sie tot. Zwar würde sein Körper *peu à peu* nachwachsen, doch würde er ihn nie wieder gebrauchen können. Er suchte in den mondhellen Fensterscheiben des Wintergartens nach seinem nicht vorhandenen Spiegelbild.

»Guten Abend, Clifford«, begrüßte sie den Engländer.

Er sah sie fragend an. »Kennen wir uns? Waren Sie eine der Schwestern?«

Sie schüttelte den Kopf.

Ein nervöses Zucken zerrte an Chatterleys Mundwinkel. »Dann sind Sie … *die Älteste?*«

»Ich? Eine Älteste? Mitnichten. Wäre ich am Leben geblieben, wäre ich jetzt vermutlich noch nicht einmal tot.«

Chatterley würde ihr sein Leben und seine toten Beine nicht danken. Wie Barnes war er von Bitterkeit erfüllt. Er wandte sich ab und kehrte das Gesicht dem Mond zu. Bruchstücke seiner Erinnerungen spukten ihr im Kopf herum. Von Barnes hatte sie nur Eindrücke aus jüngster Zeit erhalten, von seiner Verwandlung und Paris. Chatterley hingegen hatte ihr lebhafte Bilder hinterlassen; ein Förderturm, der sich über einem kleinen Wald erhob, ein prächtiges Landhaus und riesige Felder.

Kate war so müde, dass sie seine Ablehnung kaum wahrnahm. Sie konnte es niemandem recht machen.

Eine hübsche, warmblütige Krankenschwester schwirrte um Barnes und Chatterley herum. Keiner der beiden zeigte Interesse.

»Wir haben Ihnen eine Katze besorgt«, wandte die Schwester sich an Kate.

Kate war zu erschöpft, um Dankbarkeit zu heucheln. Eine Katze würde ihren roten Durst zwar lindern, aber nicht löschen. Andererseits führte eine Katze ein Leben ohne Schmerz und Leid. Sie würde trinken können, ohne Höllenqualen zu schmecken.

»Danke.«

»Gern geschehen, Miss.«

Die Schwester machte einen kleinen, aber tadellosen Knicks. Bestimmt war sie in Friedenszeiten Dienstmädchen gewesen. Kate sah die verheilten Bisswunden an ihrem Hals.

Vor ihrer Verwandlung hatte Kate nur Mr. Frank Harris gestattet, sich von ihr zu nähren, und daran war sie gestorben. Was sie anging, so hatte sie damals den dunklen Kuss empfangen und Harris nicht allein als Speis und Trank gedient. Nun glaubte sie, sich ebenso zu fühlen wie die kleine Krankenschwester, wenn ihre Vampirliebhaber sie zur Ader ließen. Ausgedörrt und leer.

»Besuch für Sie, Miss …«

Kate war in Wachträumen versunken. Im dichten Nebel der achtziger Jahre, wo sie Karpatischen Gardisten eine lange Nase zeigte und Flugblätter verteilte …

Sie bewegte sich wie ein altes Weib, mit morschen Knochen und steifen Gliedern. Da sie sich nicht umdrehen konnte, sah sie nur ein schemenhaftes Spiegelbild in den mondhellen Fensterscheiben. Neben der Schwester stand ein Mann in Uniform, der sich auf eine Krücke stützte.

Die Schwester wendete den Rollstuhl. Der Besucher trat ins fahle Licht. Sein Anblick ging ihr wie ein Silberstich durchs Herz.

»Miss Maus«, sagte Edwin, »Sie machen ein Gesicht, als ob Sie ein Gespenst gesehen hätten.«

29

Der Flug des Falken

»Gewäsch«, schimpfte Ewers und tippte auf den Aktendeckel mit Notizen. »Nichts als hohles, leeres Gewäsch.«

Man hatte ihm auf Malinbois ein Zimmer zur Verfügung gestellt, einen winzigen, aus Granit gehauenen Würfel. Er hatte Schreibtisch und Stuhl, Bleistift und Papier bekommen. Jeden Abend musste er ein Antragsformular ausfüllen und einen abgebrannten Stummel vorweisen, ehe ihm eine frische Kerze ausgehändigt wurde.

Poe saß mit gelöstem Kragen. Ewers stand mit gesenktem Kopf im Schatten der niedrigen Decke.

»Ich hatte mir ein erstes Kapitel erhofft«, sagte Ewers naserümpfend, »und einen Entwurf zu dem gesamten Buch.«

Poe hatte sich weitaus mehr erhofft. Eigentlich hätte der schmale Band, den Dr. Mabuse von ihm haben wollte, bereits zur Hälfte vorliegen müssen.

»Hatten Sie Gelegenheit, sich mit dem Baron zu unterhalten?«

Die Frage überraschte Ewers. Da ihm die Flieger Angst einflößten, ging er ihnen aus dem Weg.

»Er ist nicht sehr gesprächig«, sagte Poe.

Ewers konnte seinen Zorn nur mit Mühe unterdrücken.

»Hat Ihnen Richthofen die Mithilfe verweigert? Hat er Ihnen ein Interview verwehrt?«

»Nein, aber ... wie Sie bereits sagten, er ist hohl und leer. Da ist beim besten Willen nichts zu holen.«

Immer wenn er vor einem weißen Blatt Papier saß, blickte Poe in die graublauen Augen des Barons.

»Sie sind doch angeblich berühmt für Ihre Fantasie. Wo es nichts zu holen gibt, müssen Sie eben etwas erfinden.«

Dieser Auftrag wurde allmählich zur Plage. Wunder und Mirakel waren in unerreichbare Ferne gerückt.

»Richthofen ist ein seelenloser Mensch, wenn Sie so wollen«, meinte Poe. »Seine Zurückhaltung hindert mich am Fortkommen.«

»Ich werde Karnstein davon unterrichten. Er wird Richthofen befehlen, Ihnen Rede und Antwort zu stehen.«

»Ich bezweifle, dass Befehle etwas nützen werden. Das Problem ist nicht, dass mir der Baron nicht helfen will, sondern dass er mir nicht helfen *kann*. Das Denken liegt ihm nicht. Ich habe das Gefühl, dass er die dunklen Seiten seiner Existenz verdrängt hat. Anders hätte er vermutlich gar nicht überleben können. Er leidet unter der unausgesprochenen Angst, dass er abstürzen wird, wenn er nach unten blickt ...«

»Das ist doch küchenpsychologisches Gefasel, Poe. Der Mann ist ein Held. Jeder Held hat eine Geschichte. Sie müssen Sie nur finden.«

Ewers richtete sich zu voller Größe auf, um auf Poe herabzublicken. Beim Hinausgehen stieß er sich den Kopf am Türsturz.

Da Poe inzwischen zum festen Inventar des Schlosses gehörte, konnte er sich unbemerkt unter die Flieger mischen, die in der Halle ihren Tag verbrachten. Vielleicht würde er von seinen Kameraden etwas über das Leben des Barons erfahren. Bestimmt kannte jeder von ihnen Anekdoten, die seiner Geschichte etwas Farbe gaben.

»Als Registrator muss ich gegen mich selbst besonders streng sein«, erklärte Hermann Göring. »Mein Sieg ist zwar bestätigt worden, aber ich darf keinen Abschuss für mich reklamieren. Ball ist nicht beim Absturz umgekommen, sondern erst bei Morgengrauen gestorben. Was die Einzelheiten angeht, halten die Briten sich bedeckt. Wie es scheint, war er verwundet. Die Sonne hat ihm den Rest gegeben.«

»Eigentlich habe ich ein Anrecht auf den Abschuss«, forderte Lothar von Richthofen. »Wenn ich ihn damals nicht zum Krüppel geschossen hätte, wäre er bei Sonnenaufgang längst in Sicherheit gewesen.«

»Seid doch froh, dass Ball hinüber ist«, sagte Erich von Stalhein. »Er war ein gefährlicher Bursche. Ohne ihn ist es am Himmel sicherer.«

Poe hielt es für unvorstellbar, dass diesen Wesen am Himmel überhaupt etwas gefährlich werden konnte. In ihrer verwandelten Gestalt waren sie die unangefochtenen Herrscher des Urwalds der Lüfte.

»Ich fürchte, dein Abschuss ist auch noch nicht bestätigt worden«, wandte sich Göring an Stalhein. »Die Snipe haben wir entdeckt, aber der Leichnam des Piloten war nicht aufzufinden.«

»Bigglesworth ist ohne seine Maschine abgestürzt. Es freut mich, dass unsere Schuld endlich beglichen ist.«

Auf beiden Seiten entschied die Anzahl der gewonnenen Luftgefechte über Rangfolge und Ansehen der Piloten. Obwohl sich manche Flieger betont gleichgültig gaben, richteten sich aller Augen auf Görings Schiefertafel mit der Tabelle ihrer Kämpfe, Abschüsse und Siege. Die Bilanzen der Flieger des JG1 waren beachtlich, wenngleich keiner von ihnen auch nur annähernd so viele Silberpokale errungen hatte wie der Baron.

»Manfred war erneut erfolgreich«, verkündete Göring, was niemanden erstaunte. »Ein nützlicher Sieg. Captain Courtney.«

»Was ist mit dem Beobachter?«, fragte Theo von Kretschmar-Schuldorff.

»Die Briten haben ihn nicht als vermisst gemeldet.«

Der Geheimdienstoffizier war beunruhigt. Aus Theos Sicht hatte der Hahnenkampf nur stattgefunden, um zu verhindern, dass den Alliierten geheime Informationen in die Hände fielen.

»Er kann das Niemandsland unmöglich überlebt haben. Er muss tot sein. Wie Albert Ball.«

»Da kennst du die Briten aber schlecht, mein lieber Hermann. Der Anstand erlaubt es ihnen nicht zu lügen, deshalb enthalten sie uns gewisse Dinge vor. Wer war dieser Beobachter?«

Göring zuckte die Achseln. »Da er nicht als vermisst gemeldet wurde, ist sein Name nirgends verzeichnet.«

»Wenn er entwischt ist, wissen die Briten alles über euch.«

»Niemand weiß *alles* über uns«, bemerkte Lothar.

Theo zog nervös an seiner Zigarette und dachte nach. »Da sie ihn nicht als Überlebenden gemeldet haben, möchten die Briten uns womöglich glauben machen, dass er seine Informationen weitergegeben hat, damit wir unsere Karten offenlegen.«

»Es wird Zeit«, mahnte Stalhein. »Wir müssen los.«

»Gleich, gleich …«, widersprach Theo. »Dies ist ein raffiniertes Spiel und erfordert eine ruhige Hand.«

»Ich habe das Wrack der RE8 überflogen«, sagte Göring. »Es hat bestimmt keine Überlebenden gegeben. Die Briten versuchen uns vorzugaukeln, sie wüssten um unser Geheimnis. Typisch Tommy.«

Poe entdeckte seltsame Umrisse in den Rauchwolken, die Theos Kopf umhüllten. Der Offizier verlor sich buchstäblich in einem Nebel von Gedanken. Poe versuchte seinen Überlegungen zu folgen. Er war froh, dass seine deduktiven Fähigkeiten ihn nicht verlassen hatten, und kam hinter das Geheimnis, gerade als Theo zu der zwangsläufigen Folgerung gelangte.

»Nein«, entschied Theo. »Der Beobachter hat den Absturz überlebt und ist mit heiler Haut davongekommen. Die Tatsachen lassen gar keinen anderen Schluss zu.«

Die Flieger waren verblüfft.

»Da komme ich nicht mehr mit, Theo«, sagte Lothar.

»Der Beobachter ist ohne jeden Zweifel tot«, beharrte Göring.

Theo entließ lächelnd einen Rauchring in die Luft. »Poe, hätten Sie die Güte, diesen Abc-Schützen unseren Gedankengang kurz zu erläutern?«

Es war Theo also nicht entgangen, dass auch er die Lösung gefunden hatte. Poe war erstaunt. Die Flieger stellten ihre Stühle im Halbkreis auf, wie Kinder in Erwartung einer spannenden Geschichte.

»Der Schlüssel ist das Schicksal Albert Balls«, erklärte Poe. »Die Briten behaupten, dass er erst lange nach dem Absturz gestorben sei, bei Sonnenaufgang, ein ganzes Stück vom Wrack entfernt. Im Niemandsland, zwischen den Fronten, während eines Bombenangriffs.«

Göring schnaubte. »Das habe ich Ihnen doch gesagt. So steht es im Protokoll.«

»Wer hat den Absturz beobachtet?«

»Nur ich, sonst niemand. Ich hätte Ball zu gern den Rest gegeben und ihm das Blut ausgesaugt. Aber da die Maschine brannte, hielt ich es für unklug, eine Landung zu versuchen.«

»Standen Sie nicht kürzlich erst in Verbindung mit dem britischen Geheimdienst?«

Göring fletschte die Zähne, und seine spitzen Wildschweinhauer kamen zum Vorschein. »Du emporgekommener Hund, ich werde dich auspeitschen lassen ...«

»Er hat Recht, Hermann«, versuchte Theo den Registrator zu besänftigen. »Irgendjemand hat den Briten einen detaillierten Bericht deines Sieges über Albert Ball gegeben. Das kann nur der Beobachter aus der RE8 des Barons gewesen sein.«

Poe sprang ihm bei. »Er hat den Bericht an seine Vorgesetzten übermittelt, ergo muss er überlebt haben und hinter die britischen Linien zurückgekehrt sein.«

Des Rätsels Lösung stand im Raum. Theo wedelte mit seiner Zigarettenspitze, und die Rauchwolke zerstob.

Lothar stieß einen Pfiff aus. »Das wird Manfred aber *gar* nicht freuen. Seine kleinen Scherze gehen nur selten nach hinten los.«

Dass der Baron einen Fehler begangen hatte, bereitete den Fliegern sichtliches Vergnügen. Sie schienen dies zum Beweis dafür zu nehmen, dass der rote Kampfflieger aus dem gleichen Holz geschnitzt war wie sie selbst. Letztlich war auch Manfred nur ein Mensch.

»Der Baron hätte Pilot *und* Beobachter töten müssen«, bestätigte Theo. »Das könnte weitreichende Konsequenzen haben.«

»Trotzdem gibt es keinen Beweis dafür, dass der Beobachter noch lebt«, sagte Göring. »Ich halte das für äußerst unwahrscheinlich.«

»Es gibt zwar keinen Beweis, aber ich bin davon überzeugt. Genau wie Herr Poe.«

Die Flieger betrachteten ihn mit einer Mischung aus Verachtung und Bewunderung.

»Wie ich höre, finden Sie meinen Bruder unzugänglich und verschlossen. Können Sie sich vorstellen, was es bedeutet, ein Leben lang an Manfreds Leistungen gemessen zu werden?«

Lothar von Richthofen lehnte sich gegen eine Zinne. Ein leichter Wind verwehte seinen Fliegerschal, so dass sein lässig getragener Blauer Max zum Vorschein kam. Mit seinem strahlend weißen Gebiss, seiner matt schimmernden Mütze, den schwarzen Kniehosen und Lederstiefeln und der weiten, karminroten Uniformjacke im russischen Stil kam er dem Bild eines verwegenen Helden entschieden näher als sein Bruder.

»Selbst wenn die Götter der Schlacht es so wollen und Manfred fällt, werde ich nie der Rote Baron sein. Ich werde auf ewig der Bruder des Roten Barons bleiben. Zwar habe auch ich meine Orden und meine Abschussbilanz. Trotzdem fliege ich nur in seinem Schatten.«

Obgleich der Nachmittag bewölkt war, trug Poe eine getönte Brille mit Bügelklappen. Ein winziger Vogelschrei in der Ferne erschien ihm lauter als das nahe Tosen des Krieges. Für seine Ohren war das Schloss ein lebendiges Wesen aus ächzendem Stein und atmendem Holz.

»Er und ich sind grundverschieden«, sagte Lothar. »Auch als noch warmes Blut in seinen Adern floss, war Manfred kalt und gefühllos wie ein Fisch. Da ich mein – aller Voraussicht nach recht kurzes – Leben in den Dienst meines Vaterlandes gestellt habe, halte ich es für mein gutes Recht, meinen Gelüsten nachzugeben und meinen Trieben freien Lauf zu lassen. Als Dichter werden Sie verstehen, was ich meine. Aber ich bezweifle, dass Manfred je bei einer Frau gelegen hat, es sei denn, um sich von ihr zu nähren. Aber selbst zu diesem Zweck zieht er seine geliebten Hunde vor. Und seine gefallenen Widersacher.«

Lothar war das genaue Gegenteil seines Bruders. Er schilderte seine Heldentaten in bunten Farben und machte noch aus dem langweiligsten Aufklärungsflug eine der sieben Reisen Sindbads. Eher spielend als erzählend gab er in der Großen Halle packende Berichte seiner Luftgefechte zum Besten. Die anderen Flieger hingen an seinen Lippen und verschlangen gierig jedes Wort, jede Wende seines Kampfes. Lothar von Richthofens Erinnerungen hätten sich ohne weiteres zu einer heroischen Autobiografie zusammenfügen lassen.

»Er ist ein guter Soldat«, gab Poe zu bedenken. »Er fliegt nach Vorschrift, kämpft nach Vorschrift ...«

»Sie meinen die heiligen Dikta Oswald Boelckes?«, fragte Lothar stirnrunzelnd. »Manfred betrachtet sie als seine Bibel, als Anleitung zum Überleben, zum Sieg. Was seine soldatischen Fähigkeiten betrifft, da bin ich mir nicht so sicher. Ich fliege hart am Wind. Während ich mich immer wieder in die Nesseln setze, erfüllt Manfred seine Pflicht und tut nicht mehr als nötig. Aber ob er tatsächlich der bessere Soldat ist, wage ich zu bezweifeln.«

»Ich verstehe nicht recht.«

Lothar beobachtete einen Falken, der über einem Taubenschwarm seine Kreise zog. Ob er die Taktik des räuberischen Fliegers studierte?

»Fragen Sie Theo, ob Manfred ein guter Soldat ist. Diese Sache mit der RE8. Wissen Sie, was er getan hat?«

»Er hat den Piloten in der Luft aus der Maschine gerissen und ausgeblutet.«

»Und den Beobachter allein zurückgelassen. Der Mann hatte nicht die geringste Chance, das Flugzeug in seine Gewalt zu bekommen. Stellen Sie sich seine Panik, seine Angst vor, als die RE8 ins Trudeln geriet. Versuchen Sie seine Ohnmacht, seine Hilflosigkeit nachzuempfinden.«

Ein Gefühl, als ob man lebendig begraben worden sei. Poe hatte den Zustand längst beschrieben, als er ihn bei seiner Verwandlung erstmals am eigenen Leib erfahren hatte.

Die stinkende, qualvolle Enge ging ihm nicht mehr aus dem Sinn. Nein, das war ein weitaus langsamerer Tod. Mit dem Flugzeug abzustürzen war wie in einer Totenkiste zu erwachen, die in den Ofen eines Krematoriums geschoben wird.

»Auf Manfred hatte die Angst dieses Mannes eine fast ebenso belebende Wirkung wie das Blut des Piloten. Er *labt* sich daran wie an den kriecherischen Schmeicheleien seiner Bewunderer. Insgeheim ist er entzückt, dass Sie seine Memoiren schreiben.«

»Ich hatte nicht den Eindruck.«

Lothar verzog den Mund zu einem wölfischen Grinsen. »Sie täuschen sich. Er kennt Sie, Poe. Wenn auch nur wegen der *Schlacht von St. Petersburg*. Die Wahl ist nicht umsonst auf Sie gefallen.«

Der Falke schlug eine der Tauben. Poe hörte das kleine Genick deutlich knacken. Eine Flut von Eindrücken brach über ihn herein. Leise Geräusche aus der ganzen Umgebung. Die Wellen, die ans Seeufer plätscherten. Schritte auf überfrorenem Rasen.

»Ja, der britische Beobachter kann unmöglich überlebt haben, aber im Krieg ist das Unmögliche an der Tagesordnung. Aus Sicherheitsgründen sollte man versuchen, seinen Gegner so oft wie möglich umzubringen. Es war seine *Pflicht*, den Beobachter zu töten. Es war der *Hauptzweck* dieser Mission. Doch statt ihn mit einem sauberen Schuss vom Himmel zu holen, machte Manfred sich einen Spaß daraus, ihn zu foltern. Sein Vergnügen, seine Befriedigung, seine Bilanz ... all das war ihm wichtiger, als seinen Auftrag zu erfüllen. In diesem Fall könnte das für uns alle bittere Konsequenzen haben.«

»Das wird Helden sicher häufig vorgeworfen.«

»Auch ich bin ein Held, mein lieber Poe«, sagte Lothar und stemmte die Hände in die Hüften, ein tödlicher Adonis. »Aber ich muss Ihnen Recht geben. Wir alle tragen diesen unmenschlichen Zug in uns. Zumindest wir vom ersten Jagdgeschwader. Aber Manfred ist anders. Er ist kein Mensch mehr, er ist eine Waffe. Ich liebe ihn, weil er mein Bruder ist, aber ich würde niemals mit ihm tauschen, nicht um seine Bilanz und nicht um seinen Ruhm.«

Der Falke schwang sich in immer luftigere Höhen empor. Poe und Lothar folgten seiner Bahn und wandten den Kopf, um den Vogel nicht aus den Augen zu verlieren.

»Manfred *mordet*, Poe. Das ist sein Beruf. Das ist sein *Leben*.«

30

Auferstanden von den Toten

Trotz des Widerspruchs der Schwester unternahm Kate mit Edwin einen Spaziergang über das Krankenhausgelände. Es war kurz nach Tagesanbruch, und der Mond stand noch am Himmel. Da sie getönte Augengläser trug, konnte ihr die Sonne nur an strahlenden Sommertagen etwas anhaben. Das wässrigblaue Dämmerlicht des französischen Winters war kühl wie eine Neumondnacht.

Edwin hielt ihre schlaffe Hand mit festem Griff umklammert. Er hatte sich verändert. Und sie wahrscheinlich nicht minder.

Er hatte ihr nicht allzu viel von den Geschehnissen in Malinbois erzählt, nur dass er als Beobachter aufgestiegen war und sich nach dem Abschuss durch einen feindlichen Flieger zu den britischen Linien durchgekämpft hatte. Obgleich seine zögerliche Preisgabe der Einzelheiten zu einem Gutteil auf den Diogenes-Club zurückging, der seine Geheimnisse sorgsam zu hüten pflegte, erschien Edwin ihr fremd. Als ob auch er ein Geheimnis hütete. Dies war nicht der Edwin Winthrop, den sie kannte.

»Ich besuche die Fliegerschule. Der Diogenes-Club hat mich an die neue Truppe ausgeliehen. Geschulte Geheimdienstleute werden dringend gebraucht.«

Das Royal Flying Corps wurde vom Heer abgekoppelt und zu

einem eigenständigen Verband, der Royal Air Force, umgestaltet. Edwin hatte seine Offizierssterne abgelegt.

»Ich hatte angenommen, dass Sie nach Ihrer letzten Tour nie mehr in ein Flugzeug steigen würden.«

Seine Miene war wie versteinert, und seine Gedanken blieben ihr verschlossen. »Ich habe dort oben noch etwas zu erledigen, Kate. Ich muss noch einmal in die Luft.«

Als die Sonne durch die Wolken brach, zuckte Edwin merklich zusammen, und seine Augen verengten sich zu schmalen Schlitzen. Sie wusste sofort, weshalb.

»Ich muss einen Dämon vom Himmel holen.«

Sie traten in den Halbschatten eines kahlen Baumes.

»In Ihren Adern fließt Vampirblut«, sagte sie.

Er nickte. »Es stammt von dem Piloten, mit dem ich abgeschossen wurde. Albert Ball.«

Sie hatte von Ball, einem hochdekorierten Flieger-Ass, gehört.

»Hat er Sie auch zur Ader gelassen?«

Er schüttelte den Kopf. »Ball starb, bevor ich ihm helfen konnte. Ich erfüllte ihm seinen letzten Wunsch und trank von seinem Blut. Er glaubte wohl, auf diese Weise durch mich weiterleben zu können.«

»Und jetzt werden Sie Pilot?«

Sein Blick war durchdringend. Obgleich er sich nicht verwandelt hatte, keimte die Macht der Bezauberung in ihm.

»In der Luft weiß ich genau, was ich zu tun habe. Ich weiß nicht, ob ich ein Naturtalent bin oder ob Ball mir diese Fähigkeit vererbt hat, aber meine Lehrer halten mich für einen wahren Wunderknaben. Das habe ich bestimmt von Ball. Oder die Flammen haben mir die Furcht aus dem Leib gebrannt.«

Kate wusste nicht, was sie von diesem neuen Edwin halten sollte.

Am frühen Vormittag hatten sie sich in Edwins Quartier in einem kleinen, ausschließlich von Briten bewohnten Hotel zurückgezogen. Sein winziges Zimmer lag im vierten Stock, unmittelbar unter dem Dach. Die Decke war so steil, dass Kate sich vorkam wie in einem Zelt. Schwere Schutzvorhänge verdunkelten ein Giebelfenster. Durch die Ritzen sickerte Tageslicht herein.

Kate saß mit einem Kissenstapel im Rücken auf dem schmalen Bett. Edwin stand mit gesenktem Kopf im Schatten der niedrigen Decke.

Sie war schwächer, als sie angenommen hatte. Die Wanderung im Morgengrauen hatte sie so viel Kraft gekostet, dass sie sich kaum rühren konnte. Edwin hingegen wirkte wie elektrisiert, seine Gedanken und Bewegungen waren schneller als die ihren, als sei sie die träge, gefügige, warmblütige Närrin und er der raubgierige Vampir, der ihre Abwehr zu durchbrechen versuchte. Vielleicht war das der Albert Ball in ihm. Und das verzweifelte, geschundene Heimatschuss-Opfer in ihr.

Edwin kniete nieder und nahm ihre Hand. Etwas von seiner Lebenskraft ging auf sie über. Zu den zahlreichen Eigenschaften ihres Geblüts gehörte auch eine leichte Veranlagung zum psychischen Vampirismus, der Fähigkeit, Energie zu schröpfen, ohne Blut zu trinken. Sämtliche Bekannten von Frank Harris hatten ihn, lange vor seiner Verwandlung, für einen ermüdenden Gesellen gehalten.

»Edwin, ich möchte keineswegs impertinent erscheinen, aber Sie sind mit einer Frau allein in Ihrem Zimmer.«

Er wich ihrem Blick aus.

»Ich dachte, Sie seien verlobt?«

Auf dem winzigen Nachttisch lag ein nach unten gekehrter Bilderrahmen mit einer Armbanduhr darauf.

»Für Catriona bin ich tot. Der Krieg hat uns in lebende Tote verwandelt. Und das werden wir auch bleiben, bis er zu Ende ist.«

Ohne ihre Hände loszulassen, stand er auf und setzte sich neben sie. Sie hörte das mächtige Schlagen seines Herzens. Ihr schwindelte der Kopf, und sie musste daran denken, wie sie dem Zauber ihres Fangvaters erlegen war. Die Küsse von Frank Harris waren süßsauer. Ein neuer Geschmack verdrängte die Erinnerung.

Edwin küsste sie schüchtern und nahm ihr die Brille ab. Sie entwand sie seinen Fingern, legte sie neben seine Uhr und glitt mit den Nägeln über die Rückseite des Passepartouts der unsichtbaren Fotografie. Sein großes Auge war ganz nah, ein verschwommener, feucht glänzender Fleck. Edwin presste den Mund auf ihre Lippen.

Ohne dass ein Tropfen Blut vergossen wurde, trank jeder aus dem Mund des anderen. Seine Zielbewusstheit traf sie wie ein Windstoß ins Gesicht und fuhr ihr durch das Haar.

Ein Teil von ihr floss in ihn zurück. Es war, als ob ein Stromstoß sie durchzuckte. Mit einem Hauch von Schuldbewusstsein sah sie das Bild eines Mädchens vor sich, das sie für Catriona hielt. Eine große, grauäugige Grazie mit weißem Kleid und Strohhut auf dem Kopf. Das Bild verblasste. Ein glühender Pfeil traf sie ins Herz. Ihre Vampirkraft kehrte zurück, und sie schloss Edwin so fest in die Arme, dass er kaum noch Luft bekam.

Sie lösten sich voneinander und entledigten sich ihrer Kleider. In den vergangenen dreißig Jahren hatte sich die Mode Gott sei Dank geändert. In ihren warmblütigen Tagen war das Ausziehen – selbst wenn man seine ganze Konzentration auf diese leidige Pflicht verwandte – ebenso kompliziert gewesen wie das Zerlegen eines Gewehrs.

Edwins nackter Körper sah aus wie eine Karte: Ozeane aus blasser Haut, Kontinente aus bläulich-schwarzen Flecken, Atolle aus Schwielen, Inseln aus Striemen, begrenzt von rot glänzenden Narben. Ein Weltreich der Blessuren. Als sie seine Wundmale mit Zunge und Fingerspitzen berührte, schauderte er.

Er streichelte ihre Schultern, ihre Brüste, ihren Bauch, bedeckte sie mit Küssen. Seine Schnurrbartspitzen kitzelten. Zwar waren die winzigen, von Kinderspielen oder Fahrradstürzen herrührenden Wunden ihrer warmblütigen Tage schon bald nach ihrer Verwandlung verschwunden, doch war sie immer noch mit Sommersprossen gesprenkelt wie ein Ei.

Unbeholfen rutschten sie auf der Matratze hin und her, bis sie schließlich nebeneinanderlagen. Kate kauerte mit dem Rücken zur Wand, und Edwins Hüfte ruhte auf der Bettkante. Sie rückten immer näher zusammen. Sie spürte seine Wärme vom Scheitel bis zur Sohle. Ihr Herz lechzte nach seinem Blut.

Sie unterdrückte ihren triebhaften Instinkt und umfasste mit sanften Fingern sein Geschlecht. Die Hitze seines drängenden Blutes pulsierte in ihrer Hand. Plötzlich schob er sich auf sie und drang unvermittelt in sie ein. Sie streckte die Arme über den Kopf und umklammerte das Bettgestell. Obgleich sie die Lider geschlossen hielt, hatte sie die Bilder, die Edwins Erinnerung entsprangen, deutlich vor Augen. Gesichter und Befürchtungen.

Ihre Erregung wuchs. Ihre Fingernägel wurden zu Klauen, die sich um die Messingpfosten krümmten. Ihre Hauer sprossen aus den Kieferscheiden und pressten ihre Lippen auseinander. Sämtliche Zähne waren nadelspitz. Es war nicht ungefährlich, sie zu küssen.

»Vorsichtig«, sagte sie.

Ihre Zungenspitzen berührten sich flüchtig. Ihre Arme schienen sich in Flügel zu verwandeln, von kühlen Luftströmen getragen. Ein tiefer Abgrund tat sich unter ihnen auf, doch sie segelten sicher dahin. Ein Tropfen seines Blutes hätte genügt, um ihr Gehirn zur Explosion zu bringen. Sie wäre in einem Feuerball zur Erde gestürzt. Sie versuchte den Mund zu schließen, und unterdrückte einen Schrei.

Edwin nahm ihr rechtes Handgelenk und löste ihre Finger

vom Kopfende des Bettes. Ihre Klauen kreischten über das Messing.

»Ganz vorsichtig.«

Er küsste ihre Finger, berührte ihre Dornenklauen mit der Zunge. Ebenso sanft, wie sie seinen Penis genommen hatte, nahm er nun ihren Zeigefinger und führte die Spitze an ihre Kehle. Sie erlebte einen unglaublichen Höhepunkt. Ihre freie Hand ballte sich zur Faust und zerquetschte eine Messingstange.

Edwin ritzte ihr mit ihrem eigenen Fingernagel die Haut und stach in eine der verästelten blauen Adern an ihrer Brust. Scharlachrotes Blut quoll hervor, und er schloss die Lippen um die Wunde und saugte wie ein kleines Kind. Warme Schmerzenswogen umspülten sie. Sie war hilflos, spürte ihn von Kopf bis Fuß. Sie versuchte ihn vor ihrem Blut zu warnen. Doch er trank ohne Rücksicht. Er ließ sie mit beängstigender Entschlossenheit zur Ader. Sie hatte sich von ihm verführen lassen. Das hatte sie nicht gewollt.

Edwin verschlang ihr Blut in großen Schlucken, als er sich nicht länger zurückhalten konnte. Er presste sie an sich und verströmte sich in ihr. Die sich ausbreitende Wärme genügte nicht, um ihren roten Durst zu stillen.

Da sie tot war, konnte Kate auf diese Art kein Kind empfangen. Nur indem sie ihr Geblüt vererbte, konnte sie Nachkommen zeugen. Vielleicht würde es ihr dennoch gelingen, zur Mutter ihres Liebhabers zu werden.

Fleischlich vereint lagen sie beieinander und tauschten Körperflüssigkeiten aus. Panik verfinsterte Kates Gedanken. Edwin wurde ihr von Sekunde zu Sekunde schwerer. Der Schlaf drohte ihn zu übermannen.

Sie befreite sich von seinem drückenden Gewicht. Die Wunde in ihrer Brust schloss sich im Nu, und alles, was zurückblieb, war ein Blutstropfen an ihrem Busen. Keine Narbe. Edwins Lippen waren rot von ihrem Vampirsaft.

Sie schüttelte ihn. »Edwin, wenn du dich verwandeln willst, muss ich dein Blut trinken, um die Vereinigung zu vollziehen.«

Er stöhnte und legte sich schützend die Hände um den Hals. In seinem Brusthaar klebte Blut. »So ist es zu gefährlich.«

Sie hatte keine Fangkinder. Sie war noch nicht lange genug untot, um solch eine Verantwortung auf sich zu nehmen. Dafür wusste sie noch viel zu wenig über ihren Zustand. Trotzdem hatte sie sich wie ein dummes, warmblütiges Gör von ihrer Leidenschaft fortreißen lassen, mit dem Erfolg, dass sie sich jetzt, in diesem ungünstigen Augenblick, für oder gegen die Mutterschaft entscheiden musste.

Edwin schlug die Augen auf.

Sie wollte ihn zur Ader lassen bis zum letzten Tropfen, ihn trinken, bis sein Herz versagte, über seinen Leichnam wachen und ihn neugeboren ins Mondlicht locken.

»Bitte verzeih mir, Edwin, aber du lässt mir keine Wahl.«

Ihre Kieferknochen sprangen aus den Gelenken, und sie riss den Mund weit auf wie eine Schlange. Rings um die Sporne ihrer Schneidezähne sprossen ihr neue Hauer aus dem Maul. Sie schmeckte ihren blutgesalzenen Speichel.

Edwin streckte die Hand aus und versuchte Kate mit gespreizten Fingern abzuwehren.

»Nein«, sagte er mit schwacher Stimme, »nein, Miss Maus.«

Sie war hin- und hergerissen zwischen Vernunft und Verlangen, gefangen zwischen ihrem Blutdurst und Edwins zurückkehrender Kraft. »Du wirst dich nicht verwandeln«, nuschelte sie durch ihre Hauer.

Er schüttelte den Kopf. »Du darfst mich nicht zum Vampir machen. Ich will mein eigener Herr sein. Bitte, Kate ...«

Er fiel in Ohnmacht. Das Blut pochte in seinen Adern, sein Herz schlug laut und regelmäßig. Sie wollte aufheulen vor Verzweiflung. Er hatte den Wolf in ihr geweckt, und doch verbot er ihr, von seinem Blut zu trinken. Das Zimmer verschwamm ihr vor den Augen wie ein Spiegelbild in einem aufgewühlten Teich. Seine Erinnerungen an Fliegerei und Feuersbrünste machten ihr nach wie vor zu schaffen. Sie setzte ihre Brille auf und versuchte den Wolf aus ihrem Herzen zu verbannen.

Sie erhob sich von dem schmalen Bett. Edwin streckte sich lächelnd aus. Sie zitterte, schwach und frierend, als habe sie einem Patienten Blut gespendet. Doch dieser Fall lag weitaus komplizierter. Er würde bestimmt Verständnis dafür haben, wenn sie im Schlaf über ihn herfiel. Wenn er sich erst einmal verwandelt hatte, würde er ihr vermutlich sogar danken. Doch sein entschiedenes »Nein« stand dem im Wege.

Ihre Knie gaben nach. Sie sank in eine Ecke, zog die dünnen Beine an die Brust und raffte ihre Kleider um sich. Sie baute sich ein Nest und versetzte sich in Schlaf. Eisenbänder schlossen sich fest um ihr durstendes Herz.

31

Dichterhelden

Ein Flüstern erfüllte das Château du Malinbois, ein Raunen und Tuscheln hallte durch die Gänge und Gemächer, stach durch die Ritzen zwischen den gewaltigen Steinquadern. Poes Sinne vibrierten vom Gemurmel der Lebenden und Toten, dem Scharren und Schnattern der Ratten im Gemäuer. Er versuchte sie zu überhören, diese unentwegte Flut von Worten, Worten, Worten …

Theo von Kretschmar-Schuldorff brachte ihm einen Überrock aufs Zimmer.

»Die Kälte in dieser Festung spüren selbst die Toten«, erklärte der Offizier.

Poe nahm das Geschenk dankend an. Der Überzieher war zwar einige Zoll zu lang, aber von guter Qualität, mit zwei Reihen goldglänzender Knöpfe. Die Rangabzeichen hatte man entfernt.

»So, Eddy. Jetzt sind Sie zur Musterung bereit.«

»Ich war ein guter Soldat, Theo. Ich bin schon in den Krieg gezogen, als Sie noch nicht geboren waren. Vor meiner Verwandlung wurde ich, zum Lohn für meine Leistung, vom Gemeinen zum Sergeant befördert. Als Neugeborener war ich Offizier der Konföderierten.«

»Ich wusste gar nicht, dass auch Dichter gute Soldaten abgeben können. All die Vorschriften und Verordnungen …«

»Ich trat in die Armee ein, um mich vom Schreiben zu erholen. Und der Krieg um die Unabhängigkeit der Südstaaten war ein Krieg der Dichter, in dem Träumer und Idealisten gegen Puritaner und Manufakturbesitzer kämpften. Genau wie dieser Krieg ein Krieg der Dichter ist.«

Theo zeigte sich erstaunt über Poes Bemerkung.

»Wir kämpfen für die Zukunft, Theo. Graf von Dracula verkörpert Glanz und Gloria der Vergangenheit, ohne sich davon blenden zu lassen. Unter seinem Banner wird sich die Welt verändern. Die Verwandlung in einen Vampir ist der Inbegriff der Modernität.«

Der Offizier zuckte die Achseln. »Sie sind ein echter Patriot.«

»Einem Ehrenmann bleibt gar nichts anderes übrig.«

Theo schlenderte durchs Zimmer und versuchte einen Blick auf die Papiere auf dem Schreibtisch zu erhaschen. Poe beugte sich instinktiv nach vorn, wie ein Schuljunge, der seine Kameraden bei einer Prüfung am Abschreiben zu hindern sucht. Der Offizier musste unwillkürlich lachen. Poe richtete sich auf und lehnte sich zurück.

»Dann haben Sie also angefangen? Ewers hat sich schon beschwert, Sie ließen sich gar recht viel Zeit.«

Ewers war in Theos Achtung nicht gestiegen.

»Ich habe angefangen«, erklärte Poe.

»Und? Wird es eine spannende Geschichte von Blut und Ehre?«

»Wir werden sehen.«

»Unser Held ist eine wunderliche Kreatur, nicht wahr?«

»Wir alle sind wunderliche Kreaturen.«

»Sie würden einen hervorragenden Geheimdienstoffizier abgeben, Eddy. Sie sind so verschwiegen. Genau wie unser roter Baron.«

Nach tausend fehlgeschlagenen Versuchen war es Poe schließlich gelungen, einen wirren Wust von Worten zu einem ersten Kapitel zu ordnen. Da er über die eigenen Aussagen des Helden keinen Zugang zu Richthofen hatte finden können, hatte er auf persönliche Eindrücke und Erinnerungen zurückgegriffen und zunächst seine Ankunft im Château du Malinbois geschildert, sein erstes Zusammentreffen mit den wunderbaren Wesen des Himmels und der Finsternis.

»Bald werden Sie von neuen Ruhmestaten zu berichten haben. Die anderen haben mich überstimmt.«

Theo hatte sich dafür starkgemacht, das JG1 sporadisch ausschwärmen zu lassen, weil es den Alliierten mehr Angst machte, wenn sich das Gerücht langsam verbreitete. Er hielt die Gestaltwandler für eine ähnlich verheerende Waffe wie Giftgas und vertrat die Ansicht, dass das Geschwader dem Feind moralisch weitaus größeren Schaden zufügen könne als im Felde.

»Nicht mehr lange, und wir werden unsere Karten offenlegen müssen.«

»Eine Frühlingsoffensive?«

Theo zuckte die Achseln. »Das am schlechtesten gehütete Geheimnis in der Militärgeschichte. Wie tarnt man eine Million Soldaten? Die Briten und Franzosen werden entlang ihrer Linien fünf Meter dicke Wälle errichten und jede Menge Yankees in ihre Stellungen werfen.«

»Wälle kann man überfliegen.«

Das Flüstern klang ihm noch immer in den Ohren. In jedem Winkel waren Verschwörungen im Gange. Jeder plante ein Komplott, gegen alle anderen. Allianzen wurden geschlossen und gelöst, Pläne ausgetüftelt und verworfen, Treueschwüre geleistet und verletzt. Wenn die Kaiserschlacht zum Sieg führen sollte, mussten die Mittelmächte zu einem eisernen Hammer geschmiedet werden. Die Bewohner dieses Schlosses waren instabile Atome, die unablässig durcheinanderwirbelten und kollidierten.

»Wie ich höre, werden wir hohen Besuch bekommen. Und Sie werden sich im Zentrum des Geschehens befinden.«

Es war ein erhebender Moment. Poe tat einen schwindelerregenden Blick in den Mahlstrom der Geschichte.

»Heute Abend müssen Sie auf den Turm kommen. Der Baron geht auf Beute aus.«

»Da sind Sie ja«, rief ten Brincken, als Poe das Gewölbe betrat. »Gut.«

Der Professor hatte sein Misstrauen abgelegt und sich davon überzeugen lassen, dass Poes Buch seinen Ruf befördern werde. Er hatte die Angewohnheit, sich mit druckreifen Sentenzen an den Dichter zu wenden.

Trotz Theos Überrock (der, wie er inzwischen wusste, der Garderobe eines toten Offiziers entstammte) war Poe durchgefroren bis auf die Knochen. Da er unausgesetzt von mörderischen Winden gepeitscht wurde, war der Turm eine arktische Falle. Die Fugen zwischen den Steinquadern waren vereist. Jeden Morgen kletterten mit Vorschlaghämmern bewaffnete Soldaten ein eigens zu diesem Zweck errichtetes Gerüst hinauf und schlugen die Eiszapfen herunter, die sich über Nacht gebildet hatten.

Baron von Richthofen stand, in Habtachtstellung und menschlicher Gestalt, in der Mitte der steingefliesten Kammer. Poe entbot ihm einen Ehrengruß, der jedoch unerwidert blieb. Der Flieger trug einen langen, wattierten Morgenmantel. Es wimmelte von Wissenschaftlern. Ten Brincken bellte Anweisungen wie ein abtrünniger Priester, der die Messe so schnell wie möglich hinter sich zu bringen versucht. Die Kollegen des Professors waren ein halb der mittelalterlichen Mystik, halb der Moderne verhafteter Haufen. Dr. Caligari, der Nervenarzt, war ein Born absonderlicher Praktiken und geheimnisvoller Theorien. Schäbig gekleidet lauerte er im dunklen Schatten und machte sich in runenhafter Schrift Notizen.

»Wenn Sie die Güte hätten«, wandte sich ten Brincken an Richthofen, »sich zu verwandeln.«

Richthofen nickte knapp, zog den Morgenmantel aus und stand da wie ein nackter Siegfried. Er schloss die Augen und konzentrierte sich. Seine Ordonnanzen gingen mit der Ausrüstung des Nachtkriegers in Stellung. Kürten ächzte unter dem Gewicht der Gewehre des Barons.

Richthofen begann zu wachsen. Seine Schultern wurden breiter, seine Wirbelsäule länger. Muskeln schwollen wie nasse Schwämme. Adern blähten sich wie Feuerschläuche unter Druck. Fell bedeckte seinen Körper und überzog die ledrige Haut mit einem dichten Pelz. Knochen dehnten, streckten sich und fügten sich in eine neue Ordnung. Sein Gesicht verfinsterte sich. Rings um die Augen und den Unterkiefer sprossen Hornstacheln aus seinem Schädel. Fledermausohren schossen hervor. Der Baron schlug die Augen auf, seine Pupillen waren groß wie Fäuste. Das kühle Blau war unverkennbar, die Verbindung zwischen Mensch und Übermensch. Richthofen streckte die Arme aus. Die Gelenke wurden dürr und sehnig, und Vorhänge aus Leder fielen und wuchsen zu Schwingen zusammen.

Ten Brincken sah auf seine Taschenuhr. Sein strubbelköpfiger Gehilfe Rotwang vermerkte eine Ziffer auf einem Formular.

»Der Prozess geht von Mal zu Mal schneller vonstatten, Herr Poe. Bald wird es nur noch einen Lidschlag dauern.«

Kürten und Haarmann halfen Richthofen in seine Stiefel, erklommen eine Leiter und hängten ihm seine Gewehre um den Hals. Da seine Arme zu Schwingen geworden waren, ließ der Baron sich neue Arme wachsen. Sie wirkten weitaus weniger rudimentär als bei der letzten Verwandlung des Fliegers, sondern sahen wie die von Leder umhüllten Arme eines Menschen aus. Die beweglichen, vierfingrigen Hände umfassten die Griffe der Gewehre. Die Läufe ragten senkrecht in die Höhe.

»Seine Gestalt entwickelt sich mit jeder neuen Verwandlung«, erklärte ten Brincken. »Das Ideal, nach dem wir streben, ist in greifbare Nähe gerückt.«

Poe hörte das vergrößerte Herz Richthofens schlagen, ein mächtiger Puls.

»Früher oder später wird dies der wahre Manfred von Richthofen sein. Seine menschliche Gestalt ist dann nur mehr eine Maske, eine Verkleidung, in die er nach Belieben schlüpfen kann.«

»Könnte er sich denn nicht dauerhaft verwandeln?«

Ten Brincken schüttelte den Kopf und grinste wie ein Gorilla. »Nichts ist von Dauer, Herr Poe. Die Gestalt dieser Geschöpfe wird immer fließend bleiben. Sie werden sich den Bedingungen der Umgebung anpassen, in der sie kämpfen werden.«

Der Baron legte, noch immer in Habtachtstellung, die Flügel an und blickte durch die Öffnung in der Turmspitze. Die Sterne am Himmel funkelten wie Rasierklingen. Das Tarnnetz wehte herein. Ein starker Wind fegte über den Fußboden des Turmzimmers. Die Wissenschaftler umklammerten widerspenstige Notizen. Poe schauderte in seinem Überzieher.

Ten Brincken und Rotwang umkreisten den Flieger, Beschwörungen murmelnd. Außerstande, sich der Anziehung der Kreatur zu widersetzen, trottete Poe den beiden hinterdrein. Manfred von Richthofen war kein Mensch mehr. Er verströmte einen strengen Tiergestank, der Poe in die Nase stach und ihm die Tränen in die Augen trieb. Der starke Moschusgeruch brannte wie Pfeffer auf der Zunge.

Poe suchte krampfhaft nach Vergleichen: eine gigantische Chimäre, eine kriegerische Bestie, ein mörderischer Engel, ein germanischer Halbgott. Nichts von alledem traf zu. Wie hatte der Baron sich ausgedrückt? »Ich bin ich und weiter nichts.«

Die Wissenschaftler wichen zurück, und Poe stand allein zu Füßen des Giganten und hob den Blick. Das Tarnnetz vor der Öffnung wurde beiseitegeschoben, und Richthofen marschierte zur Absprungrampe. Seine Schritte ließen die Steinfliesen erzittern. Poe hielt sich im Schatten seiner Schwingen.

Richthofen zog Kopf und Schultern ein, zwängte sich durch den Mauerspalt und ging auf der Rampe in Stellung. Seine Brust schwoll, und die kühle Nachtluft blähte seine Flügel.

Poe scherte sich nicht um den Wind und folgte dem Baron. Die Rampe ragte ins Leere. Unter ihnen lag ein Meer von Finsternis. Nur die sich im See spiegelnden Sterne ließen erkennen, wie hoch sie über der Erde waren. Mündungsblitze markierten die wenige Meilen entfernten Schützengräben. Trotz des donnernden Bombardements waren immer wieder spitze Schreie zu hören.

Richthofen trat an die Kante der Absprungrampe und breitete die Schwingen aus wie schwarze Segel. Kürten, der durch ein Seil um die Hüfte mit Haarmann verbunden war, damit er nicht von der Rampe geweht wurde, verriegelte die Haken an den Stiefeln des Barons und kettete die Beine bis zum Knie zusammen. In großen, an den Schenkeln des Fliegers befestigten Ledertaschen steckten zusätzliche Trommelmagazine. Auf dem Kopf hatte er einen Panzerhelm mit Aussparungen für die abstehenden Ohren. Die meisten Kameraden des Barons trugen Schutzbrillen, wenn sie die Gestalt gewandelt hatten, doch Richthofen verachtete derlei Bequemlichkeiten. Seine Augenhöhlen hatten sich halbkugelförmig vorgewölbt und boten ihm natürlichen Schutz.

Poe stemmte sich gegen den Wind und näherte sich dem Baron. Theo mahnte ihn zur Vorsicht. Ewers betete, dass Poe vom Sturm davongetragen und im Wald verschüttgehen möge.

Der Baron wandte sich um, öffnete den Mund und entblößte seine ellenlangen Hauer. Sein Schlund war eine rote Wunde in dem mit schwarzem Pelz bewachsenen Gesicht.

»Ich habe Hunger, Dichter«, sagte er. »Wie geht gleich dieser Kinderreim: ›*I smell the blood of an Englishman*‹?«

Poe war perplex. Er hatte nicht damit gerechnet, dass der verwandelte Baron noch sprechen konnte. Seine Stimme hatte sich kaum verändert.

»Im Falle eines Falles schreiben Sie meinen Nachruf.«

Als er die Schwingen spreizte, drehten sich Richthofens Schultergelenke. Er kippte vornüber und ließ sich stocksteif von der Rampe fallen. Der Rückstoß zwang Poe in die Knie.

Der Baron tauchte in die Tiefe und schraubte sich dann langsam zu den Sternen empor. Er ließ sich reglos auf dem Luftstrom treiben, schwang sich allein durch Willenskraft in immer größere Höhen auf. Ein gelegentlicher Flügelschlag genügte.

Als Poe sich aufzurichten versuchte, traf ihn ein eisiger Windstoß. Zitternd glitt er aus, fiel hin und rutschte auf die Kante zu. Der Baron hatte ihm Windschatten geboten. Nun war Poe allein auf der Rampe, und der Sturm drohte ihn fortzureißen. Vorsichtig stand er auf und fand festen Halt. Richthofen hatte die Schützengräben fast erreicht. Feuerschein färbte seinen Bauch fahlrot. Er segelte rasch und elegant dahin.

Theo zog Poe in den Turm zurück.

»Sie müssen vorsichtiger sein, Eddy. Ich hätte allergrößte Schwierigkeiten, Mabuse Ihren Verlust zu erklären.«

Poe zitterte immer noch.

Die Wissenschaftler steckten die Köpfe zusammen, füllten Formulare aus und erörterten unwichtige Dinge. Die Ordonnanzen schafften Ordnung. General Karnstein stand an der Stelle, wo sich der Baron verwandelt hatte, und blickte auf Richthofens Morgenmantel hinunter. Kürten fischte das Kleidungsstück wie ein Kammerdiener vom Boden und klopfte es ab.

Theo schlug die Hacken zusammen und salutierte. Karnstein erwiderte den Ehrengruß.

»Manfred ist ein tapferer Bursche«, sagte der Älteste. »Lassen Sie uns beten, dass er wohlbehalten zurückkehrt.«

»Wollte ich mir Sorgen machen, so würde ich um Baron von Richthofens Opfer bangen. Er ist schließlich unbesiegbar.«

Karnsteins Gesicht war eine graue Maske, hinter der sein wahres Alter zum Vorschein kam.

»Kretschmar-Schuldorff«, sagte er mit matter Stimme, »niemand ist unbesiegbar.«

32

Wege zu Kraft und Schönheit

Kate erwachte in der dröhnenden Finsternis ihres Schädels. Wie immer, wenn sie zwei oder drei Tage durchgeschlafen hatte, waren ihre Augen mit einer dicken Kruste überzogen. Der Faden, der sie an einen ewig jungen Leichnam kettete, war seit ihrem Tod beständig dünner geworden. Ihr Körper war ein Hotel, das sich wegen eines unvorhergesehenen Wettereinbruchs oder einer internationalen Krise urplötzlich geleert hatte. Und nicht mehr ihr Zuhause.

Heftiges Sodbrennen verriet ihr, dass sie dringend Nahrung brauchte. Sehr dringend sogar. Ihre geschwollenen, scharf gezackten Hauer fühlten sich an wie zerbrochene Murmeln. Geifer floss ihr aus dem Mund, lebensnotwendige Flüssigkeit. Sie schluckte würgend Speichel.

Ihre Augenkruste barst. Es war Nacht, und sie befand sich nach wie vor in Edwins Zimmer. Sie war nur mit ihrem Kleid und einem Leintuch bedeckt. Die behelfsmäßigen Schlafgewänder verströmten einen strengen Geruch. Sie hatte keine Brille auf.

Ein Mann saß auf dem Bett. Seine brennende Zigarrenspitze glomm in der Dunkelheit wie eine ferne Sonne. Seine Silhouette war in sich zusammengesunken.

»Edwin«, krächzte sie. Ihre trockene Kehle schmerzte.

Die Silhouette drehte eine Lampe hoch. Es war Charles. Im harten Schatten des grellen Lichts wirkte sein Gesicht furchtbar gealtert.

»Ach, Kate, was haben Sie bloß wieder angestellt?«

Ein stechender Schmerz durchbohrte ihr das Herz, als ob ein eingefleischter Anhänger Van Helsings sie mit einem glühenden Eisenpflock aus ihrer Mattigkeit gerissen hätte.

»Edwin ...«

Charles schüttelte den Kopf.

»Winthrop ist nicht mehr der Alte. Er hat sich verändert. Er hat sich sogar *sehr* verändert, wenn auch vielleicht nicht, wie Sie es sich erhofften.«

Das war nicht nett! Charles traf mutwillige Unterstellungen und zog falsche Schlüsse. Die Schuld wurde ungerecht verteilt. Die Stimme wollte ihr nicht gehorchen. Sie konnte sich nicht rechtfertigen.

»Ich dachte, wir waren uns einig, dass Sie Frankreich ein für alle Mal verlassen würden?«

Kate trommelte sich mit den Fäusten auf die Brust. Es war ihr peinlich, dass Charles sie in diesem Zustand sah. Denn sie war nicht nur schwach, sondern auch nackt.

»Sie sind eine jämmerliche Kreatur«, sagte er.

Charles drückte seine Zigarre in einer Untertasse aus und stand auf. Seine Gelenke krachten wie bei einem alten Mann, und er zog den Kopf ein, damit er sich nicht an der Decke stieß. Er hockte sich neben sie und ächzte leise, als seine Knie den Fußboden berührten. Unter dem Nachttisch stand eine Emailleschüssel. Charles fand einen feuchten Waschlappen und säuberte ihr damit das Gesicht, wischte ihr den getrockneten Speichel aus den Mundwinkeln und den Schlaf aus den Augen. Als er zufrieden war, nahm er ihre Brille vom Tisch, klappte sie auf und setzte sie ihr auf die Nase.

Plötzlich konnte sie alles im Zimmer klar erkennen, und sie befiel ein leichter Schwindel. Aus der Nähe betrachtet, waren die winzigen Falten um Charles' Augen tiefe Furchen.

»Durst«, sagte sie zögernd. Das Wort war selbst ihr unverständlich. Sie hätte sich ohrfeigen können. Sie musste sich in die Gewalt bekommen. »Durst«, sagte sie noch einmal, klar und deutlich.

Endlich hatte Charles verstanden und griff nach dem Wasserkrug neben der Schüssel.

Sie schüttelte den Kopf. »*Durst.*«

»Kate, Sie stellen unsere Freundschaft auf eine harte Probe.«

Sie konnte ihm nicht sagen, was sie meinte. Sie konnte nicht erklären, weshalb ihr roter Durst sie so sehr quälte. Sie hatte zu viel Blut verloren, an Arrowsmiths Heimatschuss-Patienten, an Edwin ...

Er berührte sie am Hals. Ein Funke sprang über. Charles begriff. Das hatte er von Geneviève gelernt.

»Sie sind ja halb verhungert. Völlig ausgeblutet.«

Er hielt ihr die Lampe vors Gesicht. Sie blinzelte, während er sie interessiert betrachtete.

»Was erblicken meine trüben Augen? Eine graue Strähne, Kate«, sagte er mit gespielter Schadenfreude. »Sie sehen aus, als hätten Sie sich nie verwandelt. Jammerschade, dass Sie sich nicht selbst betrachten können.«

Kate hatte kein Spiegelbild. Auf Fotografien war sie nicht zu erkennen. Die wenigen Porträtskizzen, die es von ihr gab, hätten eine Fremde darstellen können. Vor ihrer Verwandlung war sie für ihre Schönheit nicht eben berühmt gewesen.

»Wenn Sie sich nicht verwandelt hätten, wäre eine bezaubernde Frau aus Ihnen geworden«, schmeichelte Charles.

»Ich sehe aus wie ein Maulwurf, Charles. Mit zerzaustem Haar und Sommersprossen.«

Er lachte, denn er hatte nicht damit gerechnet, dass sie einen vollständigen Satz herausbringen konnte.

»Sie sind zu bescheiden. Mädchen, die man seinerzeit für weitaus hübscher hielt als Sie, sind zu fetten, missgelaunten Frauenzimmern herangewachsen. Sie hingegen wären mit dreißig erst erblüht. Ihr Gesicht hätte an Ausdruck nur gewonnen.«

»Unsinn.«

»Woher wollen Sie das wissen, Kate?«

»Als wir alle noch am Leben waren, haben Sie um die Hand der reizenden Penelope angehalten und das hässliche Maulwurfsgesicht Kate gar nicht beachtet.«

Ein alter Schmerz zerfurchte seine Stirn. »Junge Männer irren sich gelegentlich.«

»Ich war bis über beide Ohren in Sie verliebt, Charles. Nachdem Sie Ihre Verlobung mit Penny bekanntgegeben hatten, habe ich tagelang geweint. Das trieb mich in die Arme von Frank Harris. Und Sie sehen ja, was er aus mir gemacht hat.«

Sie fuhr sich mit den Fingern durch das strähnige Haar und kämmte Staub und Dreck heraus.

»Ich wollte, ich könnte Ihnen länger als ein paar Minuten böse sein, Kate.«

Mit durchgedrückten Knien stand er auf und setzte sich auf einen Hocker. Sie wich erschrocken zurück, presste sich das Leintuch an die Brust und stemmte den Rücken gegen die Wand.

»Was ist hier passiert?«, wollte er wissen.

»Wie geht es Edwin?«

Als gewohnheitsmäßiger Geheimniskrämer zögerte er mit der Antwort.

»Sie zuerst.«

»Er hat mein Blut getrunken.«

Er nickte.

»Aber ich habe ihn nicht angerührt.«

Er schüttelte den Kopf.

»Er hoffte wohl, sich die Kraft eines Vampirs aneignen zu können, ohne sich verwandeln zu müssen.«

»Ist so etwas möglich?«

»Ich weiß nicht. Fragen Sie einen Wissenschaftler oder Ältesten. Oder befragen Sie Ihr Herz.«

Charles stellte sich nicht dümmer, als er war. Geneviève hatte ihm einen Teil ihrer Kraft vererbt. Durch Liebe, dachte Kate. Oder Osmose.

»Was ist … aus ihm geworden?«

Charles machte sich Sorgen um seinen Protegé. Nur deshalb hatte er bei ihr gewacht.

»Er erfreut sich bester Gesundheit. Er hat seine Flugprüfung bestanden und wird fortan als Vertreter des Diogenes-Clubs mit dem Geschwader Condor fliegen. Er hat sich eine einzigartige Position geschaffen und alles unternommen, ihr gerecht zu werden.«

»Aber Sie machen sich dennoch Sorgen?«

»Wie ich Ihnen bereits sagte, hat er sich verändert. Ich gestehe das nur ungern, aber er macht mir Angst. Er erinnert mich an Caleb Croft.«

Wieder zerriss ein wilder Schmerz ihr fast die Brust. Rippenspeere umschlossen ihr Herz wie eine Knochenfaust. Sie schlang die Arme um sich und versuchte ihre zuckenden Glieder zu beruhigen.

Charles löste seinen rechten Manschettenknopf, schob sich den Rockärmel über den Ellbogen und krempelte sein Hemd auf. Sie schloss die Lippen über ihren schmerzenden, vorspringenden Hauern und schüttelte den Kopf. Ihr Herz lechzte nach Blut.

»Bin ich Ihnen womöglich ein zu alter Jahrgang, Mademoiselle Connaisseuse? Am Ende gar schon sauer geworden?«

Seit seiner Zeit mit Geneviève hatte Charles niemandem mehr sein Blut geopfert. Das wusste Kate mit Sicherheit.

Er setzte sich auf den Boden und zog sie auf seinen Schoß. Als sie seine Wärme spürte, erkannte sie mit Schrecken, wie kalt sie war, wie nah am Tod.

»Es geht nicht anders, Kate.«

Er bot ihr die Innenseite seines Handgelenks. Winzige, längst verheilte Male ließen erkennen, wo Geneviève ihn einst gebissen hatte.

Für eine Vereinigung, wie Kate sie sich in ihren Kindertagen gewünscht hatte, war es ein für alle Mal zu spät, doch sein Blut würde ihr Überleben sichern. Und Überleben hieß neue, ungeahnte Perspektiven.

»Danke für Backobst«, sagte sie. Er lächelte.

Sie nahm seine Hand und leckte ihm mit langer, rauer Zunge das Handgelenk. Ein heilender Wirkstoff in ihrem Speichel sorgte dafür, dass die Wunde binnen einer Stunde wieder verschwand. Charles' Lächeln wurde breiter. Er wusste, was nun kommen würde.

»Nur zu, mein liebliches Geschöpf«, sagte er mit sanfter Stimme. »Trink.«

Sie nahm eine Hautfalte zwischen die oberen und unteren Schneidezähne. Ihre Hauer trafen krachend aufeinander. Blut überschwemmte ihren Mund.

Der Geschmack des roten Saftes war wie eine Explosion. Stromstöße durchzuckten ihren Körper, stärker als beim herkömmlichen Liebesakt. Die Zeit schien außer Kraft gesetzt: Charles' Blut prickelte ihr auf der Zunge, kitzelte ihren Gaumen, rann ihr durch die ausgedörrte Kehle und löschte ihren brennenden Durst.

Kate unterdrückte einen wollüstigen Schauer und mahnte sich zur Selbstbeherrschung. Hätte sie von seinem Hals getrunken, hätte sie mehr über Charles erfahren. Das Handgelenk war so weit von Herz, Seele und Kopf entfernt, dass nur Gefühle zu ihr durchdrangen. Seine Gedanken und Geheimnisse hingegen blieben ihr verborgen.

Sie löste die Lippen von der frischen Wunde und sah ihm ins Gesicht. Er lächelte gequält. Unterhalb des Kinns pochte ein Puls, ein lockender blauer Finger. Sie krallte die Hände in seinen Rock. Wenn sie auf ihn kletterte, konnte sie vielleicht von seiner Quelle trinken.

Der Geruch des Blutes stach ihr in die Nase. Das schmale Rinnsal, das sein Handgelenk befleckte, zog sie magisch an. Sie trank und ließ sich fallen ...

... sie war in einem Traum versunken, Blut wärmte ihr die Kehle, verklebte ihr den Mund.

»Danke, Charles«, keuchte sie und leckte weiter.

Er strich ihr zärtlich übers Haar. Als sie das Gesicht an sein Handgelenk presste, verrutschte ihre Brille. Er rückte sie wieder gerade.

Sie hatte ihm zwar nicht sehr viel entnommen, doch die Kraft seines Geistes hatte sie gestärkt. Sie fühlte sich nicht länger fremd in ihrem Körper. Die Schmerzen hatten nachgelassen. Sie hatte ihre Gliedmaßen in der Gewalt. Ihre Muskeln waren erfreulich biegsam und elastisch.

Sie schmiegte sich an Charles, während er sein Hemd herunterkrempelte und den Manschettenknopf aus seiner Westentasche fischte.

Er hielt die Lampe in die Höhe und betrachtete ihr Haar.

»Die grauen Strähnen sind verschwunden. Rostrot.«

Um ein Mindestmaß an Anstand zu wahren, presste sie sich ihr Kleid an die Brust und stand auf.

»Jammerschade«, sagte Charles. »Älter haben Sie mir besser gefallen.«

Sie ohrfeigte ihn mit ihrem Ärmel.

»Solche Frechheiten muss ich mir nicht bieten lassen, Mr. Beauregard.«

»Wenn Sie wütend werden, merkt man, dass Sie Irin sind.«

Sie errötete. Wenn sie frische Nahrung zu sich genommen hatte, wurde sie rot wie ein Landarbeiter.

Charles wollte aufstehen, doch es ging nicht. Sie hatte vergessen, dass er nach dem Aderlass vorübergehend geschwächt sein würde. Sie half ihm auf.

»Na bitte, Väterchen«, neckte sie. »Sie sollten sich nicht so verausgaben. In Ihrem Alter.«

Sie hauchte ihm einen Kuss auf die Wange, warf alles Schamgefühl über Bord, schlängelte sich in ihr schmuddeliges Kleid und raffte es um ihre Hüften. An der Rückseite befanden sich Haken und Ösen.

»Würden Sie mir behilflich sein, Charles? Diese Knöpfe bringen mich noch um.«

»Ich bezweifle, dass es etwas gibt, das Sie umbringen könnte, Kate.«

33

Der Mörder

Mein Vater unterscheidet zwischen Sportsmännern und Schützen. Der Schütze jagt ausschließlich zum Vergnügen. Mein Bruder ist im Grunde seines Herzens ein Schütze. Lothar liebt die Fliegerei und die Gefahr. Der Sportsmann hingegen jagt ausschließlich, um zu töten. Wenn ich meine Beute aufgespürt habe, bringe ich sie umgehend zur Strecke, jeder Abschuss macht mich stärker.«

Wider seine Natur bemühte Baron von Richthofen sich aufrichtig um eine Erklärung. Theo trottete ihnen schweigend hinterdrein. Poe wusste, dass er daran dachte, wie der Baron mit seiner Beute gespielt hatte, statt sie umgehend zur Strecke zu bringen.

Der Tod von Albert Balls Beobachter nagte nach wie vor an Theos Herz.

»Wenn ich einen Engländer abgeschossen habe«, fuhr Richthofen fort, »ist mein Jagdeifer etwa eine Viertelstunde lang gestillt. Dann kehrt der Drang sofort zurück...«

Sie gingen am Seeufer entlang. Der Himmel war bedeckt. Alle drei Vampire trugen große Schirmmützen und dunkle Brillen. Von seinem nächtlichen Beutezug gestärkt, war der Baron mitteilsamer als bei früheren Interviews. Theo hatte Poe auf die Idee gebracht, dass Richthofen sich außerhalb des Schlosses womöglich als gesprächiger erweisen würde. Zwischen vier Wänden eingesperrt zu sein war für einen Jäger wie ein vorzeitiges Begräbnis.

Ein Tier spürte ihnen nach. Poe hörte es im hohen Gras leise rascheln. Es war ein kleiner Hund. Der Baron hatte ihren Verfolger ebenfalls bemerkt und warf alle paar Schritte einen gierigen Blick in seine Richtung.

Während seines dreistündigen Fluges in der vergangenen Nacht hatte Richthofen viermal zugeschlagen und einen RE8-Aufklärer, eine französische Spad, eine Sopwith Camel und einen britischen Beobachtungsballon erbeutet. Sechs Männer, darunter vier Vampire, hatten den Tod gefunden, und die Abschussbilanz des Barons hatte sich um drei Siege erhöht. Ballons wurden getrennt gezählt. Der Franzose, Nungesser, hatte eine hohe Abschussbilanz gehabt. Dieser Sieg, den der Baron in seinem offiziellen Bericht über Gebühr gewürdigt hatte, sollte als einer seiner größten in die Geschichte eingehen.

»Wie würden Sie Ihre nächtlichen Leistungen beurteilen?«

»Die Jagd hat sich gelohnt. Ich habe mit einer Ausnahme von allen meinen Opfern getrunken.«

»Was ist Ihnen wichtiger, der Aderlass oder das Töten?«

Poe bereute seine Frage sofort. Sie erregte das Misstrauen des Barons. Zunächst hatte Poe angenommen, Richthofen mit solchen Vorstößen tatsächlich verblüffen zu können; nun wurde ihm klar, dass Richthofen lediglich seine Worte abwog, um die Aufmerksamkeit der Luftwaffen-Zensoren nicht zu erregen.

Der Hund, ein triefäugiger weißer Beagle, kam zwischen den Grashalmen hervor und tappte auf sie zu. Der Köter war bestimmt ein Leichenfledderer.

»Nur der Sieg zählt«, antwortete Richthofen nach einer Weile.

»Und was verstehen Sie unter einem Sieg?«

Der Baron wandte sich ab und ließ den Blick über das spiegelglatte Wasser schweifen.

»Und was verstehen Sie unter einem See, Herr Dichter?«

Es war ein unscheinbarer See. Trübe, aber nicht versumpft, nicht schön, aber auch nicht hässlich. In der Nacht, als Richthofen Balls Beobachter hatte davonkommen lassen, war hier ein britischer Kampfpilot niedergegangen. Die Flieger hatten die Wrackteile mit einem Netz herausgefischt und an der Trophäenwand im Schloss befestigt. Der Leichnam des Piloten war verschollen geblieben.

»Das kann ich Ihnen nicht sagen, aber ich kann Ihnen sagen, was mir der Aderlass, das Blut einer schönen Frau bedeutet ...«

»Frauen«, schnaubte der Baron.

Theo unterdrückte ein Grinsen und blickte auf.

»Ich will mich nicht rechtfertigen«, sagte Poe. »Auch wenn ich, der Not gehorchend, in den Krieg zog, so bin ich doch kein Mörder aus Passion.«

»Mein Bruder behauptet, die Liebe sei ihm wichtiger als der Kampf. Aber er macht sich etwas vor.«

»Für mich ist der Akt des Vampirismus eine zärtliche Vereinigung, ein Ausweg aus der Einsamkeit, eine Bekräftigung des Lebens im Tode ...«

»Das ist mir zu hoch, Herr Dichter. Haben Sie etwa noch nie getötet?«

Poe schämte sich. Bleiche, tote Frauen spukten ihm im Kopf herum. Zähne, Augen und unendlich langes Haar.

»Doch«, gestand er, »ich habe getötet. Insbesondere als Neugeborener. Damals wusste ich noch nicht, was mit mir geschehen war.«

»Ich bin ein Neugeborener. Ich bin erst seit acht Jahren ein Vampir. Professor ten Brincken hat mir versichert, dass ich mich fortlaufend verändern werde.«

»Aber werden Sie auch immer mehr zum Mörder?«

Richthofen nickte knapp. Er zog eine Pistole aus einem Lederhalfter und gab einen wohlgezielten Schuss ab. Die Kugel durchbohrte den Schädel des verdutzten Beagle. Er bäumte sich auf, dann schoss Blut aus seinen Ohren, und er brach tot zusammen.

»Lächerliches Vieh«, stieß Richthofen schaudernd hervor. Aus irgendeinem unerfindlichen Grund war ihm das harmlose Tier ebenso widerlich wie eine pestverseuchte Ratte.

Die beiläufige Tötung erfüllte Theo mit Schrecken. Der Schuss hallte von allen Seiten wider, ein Generalangriff auf Poes empfindliche Trommelfelle. Ein Entenschwarm brach aus dem Schilf. Der Geruch des Hundeblutes kitzelte Poes roten Durst. Obgleich er das Tier widerwärtig fand, erinnerte es ihn an Gigis süßen Duft. Auf Malinbois wurden den Fliegern manchmal warmblütige Frauen zur Verfügung gestellt. Poe lechzte nach Blut.

»Ich töte für mein Vaterland«, sagte Richthofen. »Ich erfülle meine Pflicht.«

»Wer weiß, welche Veränderungen Sie in den kommenden Jahrhunderten durchmachen werden? Vielleicht wird Ihr Vaterland Sie irgendwann von Ihrer Pflicht entbinden. Und auch Sie werden lernen zu lieben.«

Traurig, kalt und kreidebleich sah Richthofen ihm in die Augen. »Für mich gibt es keine kommenden Jahrhunderte. Ich bin ein toter Mann.«

Poe blickte verwirrt zu Theo.

»Wenn mich nicht alles täuscht, haben Sie sich verwandelt, ohne gestorben zu sein. Haben Sie mir das nicht selbst erzählt?«

Der Baron verzog angewidert das Gesicht. »Davon spreche ich nicht, Herr Dichter. Ich bin wirklich und wahrhaftig tot. Alle Angehörigen des JG1 sind tot und machen lediglich vorübergehenden Gebrauch von ihrem Leichnam. Ich halte es für äußerst unwahrscheinlich, dass wir den Krieg überleben werden.«

Theos Lippen wurden zu einem schmalen Strich. Er stieß Rauch durch die Nase und warf den Zigarettenstummel in den See.

»Nungesser. Du hast sein Blut getrunken. Du denkst seine Gedanken.«

Die winzige Glut der Zigarette zischte.

»Ich kann durchaus selbstständig denken, Kretschmar-Schuldorff. Aber du hast recht. Der Franzose war wie ich. Er wusste, dass er tot war. Für ihn war jeder Abschuss eine Gnadenfrist. Als ich ihn tötete, war er nicht im mindesten erstaunt. Er hatte keinen Zweifel, dass ihn früher oder später der Tod ereilen würde. Das wusste ich in dem Moment, als ich ihm die Gurgel durchbiss und sein Blut trank.«

»Betrachten Sie Ihre Opfer als Kameraden?«, fragte Poe.

»Das Tragische am Krieg ist, dass er unter Gleichen ausgetragen wird. Wir Flieger haben mehr gemein mit denen, die wir bekämpfen, als mit denen, für die wir kämpfen. Ich werde aller Voraussicht nach in der Luft sterben. Mein Lehrer Oswald Boelcke ist durch einen albernen Unfall ums Leben gekommen. Wir alle, die man uns Helden schimpft, wir alle werden sterben. Wir werden brennend vom Himmel stürzen. Nur die Etappenschweine werden überleben.«

Poe dachte an Göring, der die Abschussbilanzen aufstellte, an Ewers, der seine Vorgesetzten um eine Beförderung anging, an ten Brincken, der Messungen durchführte, an Kürten und Haarmann, die die Geschütze ihres Herrn und Meisters pflegten. Und er dachte an Edgar Poe, der sich dazu herabließ, Propaganda zu verfassen.

»Professor ten Brincken behauptet, er könne Sie unbesiegbar machen.«

»Er läuft uns mit Greifzirkel und Stoppuhr hinterher und schwatzt dummes Zeug von Messungen und Wissenschaft. Er ist nie in der Luft gewesen. Er hat nicht die geringste *Ahnung*. Dort oben gibt es keine Wissenschaft.«

»Sondern?«

»Sie sind der Dichter. Verraten Sie es mir.«

»Ich kann nicht über etwas schreiben, das ich nicht kenne.«

Richthofen nahm die dunkle Brille ab. Trotz der Sonne schrumpften seine Pupillen nicht. Sein Gesicht war wie in Marmor gehauen.

»Dort oben, am Nachthimmel, führen wir Krieg. Ewigen Krieg. Und zwar nicht nur gegen die Briten und Franzosen, sondern gegen die Luft. Am Himmel sind wir unerwünscht. Er tötet Vermessene wie uns. Er packt die Boelckes und die Immelmanns, die Balls und die Nungessers und schleudert sie zur Erde. Der Himmel wird nie unsere Heimat sein.«

Er sprach, ohne aufzublicken.

»Und nach dem Krieg?«

Zum ersten Mal, seit Poe ihn kannte, lachte der Baron. Es war ein kurzes Bellen, wie das Brechen eines Zweiges.

»›Nach dem Krieg?‹ Es gibt kein ›nach dem Krieg‹.«

34

Eine Immelmann-Kehre

Zwischen ihnen herrschte eine unausgesprochene Waffenruhe: Kate von der Front fernzuhalten, stand nicht mehr zur Debatte.

Charles wollte sie in seiner Nähe haben, weil er großen Wert auf ihre Meinung legte. Dank ihrer Verbindung, die immer schwächer wurde, je mehr ihr Blut das seine absorbierte, wusste Kate, dass sie ihm Trost bot. Es betrübte sie, dass er sie nicht ihrer Verdienste wegen in die Pläne des Diogenes-Clubs einweihte, sondern weil sie diesen mutigen alten Mann an andere Frauen erinnerte, die Frauen seiner Jugend: seine verstorbene Gattin Pamela, die anbetungswürdige Geneviève.

Während sie im offenen Wagen nach Maranique gefahren wurden, döste Charles, entkräftet und erschöpft. Sie hatte eine Decke über seine Knie gebreitet und versucht, ihn aufrecht zu halten. Im Schlaf hatte er einen Arm um sie gelegt.

Wer war sie in seinen Träumen? Da sie Frank Harris, die Zeit des Schreckens und dreißig Vampirjahre überdauert hatte, wusste sie, dass sie einen festen Charakter besaß. Doch Charles' Geisterfrauen waren bedrohlich. Sie lief Gefahr, zu einer der Phantomschwestern zu werden, die ihn heimsuchten. Dazu zählten, neben Pamela und Geneviève, Penelope, Mrs. Harker, Mary Kelly, die alte Königin und Mata Hari. Außer Pamela, die schon vor der Ankunft Draculas gestorben war, allesamt Vampire.

Die Persönlichkeit eines Vampirs war von Natur aus instabil und wandelbar. Da er sich in einem fort von anderen ernährte, wurde er zu einer Melange der Wesenszüge seiner Opfer und verlor seinen eigentlichen Charakter. Kates Fangschwestern verdorrten im Geiste, bevor sie körperlich verfielen.

Seit ihrer Verwandlung war Penelope, Charles' Verlobte, wie ausgewechselt. Inzwischen lebte sie völlig zurückgezogen, empfing junge, warmblütige Besucher, und klammerte sich aus Leibeskräften an ein Leben im Tod, das sie von ganzem Herzen hasste.

Kate wusste, dass sie stark war. Nach all den Jahren war sie immer noch untot, immer noch sie selbst, immer noch bei Sinnen. Wahrscheinlich sogar mehr denn je. Wenn sie sich nicht verwandelt hätte, wäre sie heute, anders als Charles vermutet hatte, eine verrückte alte Jungfer, eine wunderliche Tante in Hosen.

Sie fuhren auf der Straße, die sie in der Nacht von Edwins Verschwinden entlanggeradelt war. Wieder war der Himmel milchig weiß. Doch diesmal ging die Sonne auf, nicht unter. Wieder waren Flugzeuge in der Luft. Drei Camels auf dem Weg zurück zum Rollfeld. Da sie nicht von der Front kamen, hatten sie auch keine Angriffsstreife geflogen. Sie vollführten Flugkunststückchen, was nicht gern gesehen wurde, schlugen Purzelbäume in der Luft, wobei einer den Kreis noch enger zu ziehen versuchte als der andere. Auf zwei Piloten, die der Feind vom Himmel holte, kam ein dritter, der bei Schulungs- oder Vergnügungsflügen sein Leben ließ. Zwei Camels verfolgten die dritte und versuchten sie, wie Falken, die sich ihrer Beute näherten, zur Landung zu zwingen.

Einige wenige Vampire konnten sich Schwingen wachsen lassen und fliegen. Kate gehörte leider nicht zu ihnen. Als sie nach oben blickte, spürte sie den Ruf des Himmels. Wie gern hätte sie eine dieser Maschinen geflogen. In ihren Kindertagen war sie von derselben grässlichen Penelope, der Charles die Ehe versprochen hatte, erbarmungslos gepiesackt worden, als sie gestand, sie wolle sich wie ein Knabe kleiden und zur See fahren. Nun verspürte sie erneut den kindlichen Impuls, den sie dank ihrer Verwandlung im Herzen bewahrt hatte.

Um ihre Verfolger abzuschütteln, ging die Camel in den Sturzflug über und trudelte auf eine Gruppe knorriger Bäume zu. Kate glaubte, der Pilot habe die Kontrolle über seine Maschine verloren. In ihrer Angst rüttelte sie Charles wach und deutete gen Himmel.

»Verdammter Narr«, sagte er.

Es war kaum zu glauben, aber das Kampfflugzeug streifte die Baumwipfel (Kate hörte Zweige brechen, sah sie zu Boden fallen) und zog dann steil nach oben. Kate pfiff. Der Pilot fasste seine Kameraden von hinten und roch ihnen an der Hose. Wenn er aus dieser Position gefeuert hätte, wäre es aus mit ihnen gewesen.

»Das muss Edwin sein«, sagte Charles.

»Aber das sieht nach einem erfahrenen Flieger aus. Und Edwin ist Anfänger.«

»Ein erfahrener Flieger wüsste, wann er Angst zu haben hat.«

Um aus einem Luftkampf als Sieger hervorzugehen, musste man den Gegner von schräg unten attackieren, aus derselben Position, die Edwin gegen seine falschen Feinde eingenommen hatte. Selbst ein Zweisitzer mit schwenkbarem Heckgeschütz war machtlos gegen einen Angreifer, der von schräg unten kam. Die Taktik des Hahnenkampfes, die sich in den vergangenen drei Jahren entwickelt hatte, lief darauf hinaus, sich hinter das Zielobjekt zu setzen.

»Fliegt wie ein Hunne, der Bursche«, sagte der Fahrer mit einem Hauch von Verachtung in der Stimme. »Ein neuer Stern am Fliegerhimmel. In zwei Wochen bekommt er das Victoria-Kreuz, und in vier Wochen ist er tot.«

Edwins Beute flog in entgegengesetzte Richtungen davon: Während der eine Edwins Manöver imitierte und seine Maschine trudeln ließ, hielt der andere auf die Wolken zu.

»Bei einem echten Hahnenkampf wären sie ihm trotz seines sagenhaften Sturzfluges entwischt.«

Charles schüttelte den Kopf. »Bei einem echten Hahnenkampf hätte er sie abgeschossen, bevor sie ihm entkommen wären.«

Plötzlich war ein leises, stotterndes Geräusch zu hören.

»Himmel, Arsch und Wolkenbruch«, fluchte der Fahrer. »Der Bursche hat auf seinen Kameraden geschossen.«

Die Camel, die auf die Wolkenbank zuhielt, war jedoch offensichtlich nicht getroffen.

»Das wird irgendein Knallkörper gewesen sein«, meinte Kate.

»Wohl kaum, Miss.«

Die andere Maschine bremste ihren Sturzflug und zog wackelig und unsicher nach oben, doch Edwin war ihr noch immer auf den Fersen. Wieder war ein stotterndes Geräusch zu hören.

Winzige Stichflammen schlugen aus dem Höhenleitwerk der Camel.

»Diesmal hat er ihn getroffen«, sagte der Fahrer.

Sie hielten vor dem Haupttor von Maranique. Der Wachposten ließ Charles' Wagen passieren, ohne zu salutieren. Zwar war er ein hochrangiger Beamter der Regierung, aber er trug Zivil. Bei der Wache handelte es sich um denselben Corporal, der Kate beim letzten Mal hereingelassen hatte.

Der Wagen erreichte das Bauernhaus, just als die Camels sich dem Rollfeld näherten. Captain Allard stand, mit langem schwarzem Mantel und breitkrempigem Hut, vor der Tür und blickte in den Himmel, umringt von einem Kader von Piloten, unter ihnen ihre alten Freunde Bertie und Ginger. Allard schwieg verbissen, während die anderen hitzig debattierten. Kate konnte sich denken, worum es ging. Vor dem Bauernhaus stand ein zweiter Stabswagen mit Chauffeur. Sie witterte hochgestellte Persönlichkeiten und überlegte, was es damit auf sich haben mochte.

Als die Sonne aufging, landeten die Camels. Edwin setzte als Erster auf und rollte schnurstracks auf die Flugzeughallen zu. Obwohl Haube und Brille sein Gesicht verhüllten, wusste sie sofort, dass dies der Mann war, der von ihrem Blut getrunken hatte.

Eine heiße Nadel durchbohrte ihr das Herz und rief ihr ins Gedächtnis, dass sie mit ihm noch nicht fertig war.

Die zweite Maschine plumpste mit qualmendem Höhenleitwerk zu Boden. Ein Rad verfing sich in einer Ackerfurche, und das Flugzeug drehte sich unbeholfen um die eigene Achse, bis es hinkend zum Stillstand kam. Der erzürnte Pilot sprang aus dem Cockpit, riss sich Haube und Handschuhe herunter und rannte über das Feld. Da seine großen Stiefel zwar die Füße wärmten, ihn jedoch am Laufen hinderten, wirkte er so tapsig und tollpatschig wie ein Kintopp-Komiker.

Während die dritte Camel zu einer weichen Landung ansetzte, stürzte der wütende Pilot der zweiten Maschine unter einem schier endlosen Schwall von Flüchen auf Edwin zu, der sich seelenruhig die Brille auf die Stirn schob.

Kate half Charles über das Feld. Allard und die anderen Piloten mischten sich ein.

»Du hast mich angeschossen, du kaltschnäuziger Schweinehund! Was, zum Teufel, hast du vor? Den Krieg für die Hunnen gewinnen?«

»Sachte, Rutledge«, sagte Ginger. »Lass Winthrop doch erst einmal erklären.«

Rutledge, ein Vampir mit kleinen Hörnern und wildem Schnurrbart, war ein neues Gesicht.

»Ich höre …?«

Rutledge sah zu Edwin hoch. Der Pilot löste seinen Schal und nahm Kopfschutz und Brille ab. Schwarze Rußringe zeichneten die Konturen kalter Augen.

»Er hätte den Sieg davongetragen«, wandte sich Edwin an Allard. »Deshalb habe ich es vorgezogen, ihn ins Visier zu nehmen.«

»Du verfluchter Tölpel, du hättest mich umbringen können!«

»Ich habe dich lediglich markiert. Ich habe dich nicht abgeschossen.«

Der zum Richter bestellte Allard dachte nach.

»Allard, wenn ich Rutledge hätte abschießen wollen, dann hätte ich ihn abgeschossen.«

Allards brennende Augen schienen direkt in Edwins Herz zu blicken.

»Stimmt«, sagte Allard.

Rutledge wollte widersprechen. Er hieb mit der Faust gegen den Rumpf von Edwins Flugzeug. Die Bespannung bebte. Der Pilot war der Hysterie nahe.

»Captain, er hat auf mich geschossen! Ein Engländer hat auf mich geschossen!«

»Er sagt die Wahrheit. Er wusste, dass er Sie nicht töten würde.«

»Er hat Staatseigentum beschädigt.«

»Das kostet ihn einen Tageslohn.«

Edwin nahm Allards Urteil an. Zwischen dem stellvertretenden Geschwaderkommandeur und dem neuen Piloten herrschte stillschweigendes Einvernehmen.

Rutledge stürmte davon. Edwin hievte sich aus dem Cockpit und baumelte wie ein Affe an der Querstrebe des oberen Flügels.

»Eine bockige Kiste, diese Camel. Ganz anders als die Pups, auf denen wir gelernt haben. Der Vogel muss erst eingeflogen werden. Aber die Steuerung ist traumhaft.«

Allard nickte.

Der dritte Pilot, ein amerikanischer Vampir, war gelandet und gesellte sich zu ihnen. Er war vor Aufregung ganz blass, wirkte jedoch eher erschöpft als aufgebracht.

»Lockwood, es tut dir hoffentlich leid, dass du mit einem Kameraden wie Rutledge auf mich losgegangen bist«, sagte Edwin.

Lockwood zuckte die Achseln. »Ich fand die Idee nicht schlecht.«

Der Amerikaner ging davon. Edwin nahm seine Haube ab.

»Hallo, Beauregard«, begrüßte er die Neuankömmlinge. »Miss Reed.«

Miss Reed!

Kates irisches Blut geriet in Wallung, doch sie war vermutlich nicht die Einzige, die der neue, bessere Edwin Winthrop pausenlos zur Weißglut trieb.

»Wie hat Ihnen die Vorstellung gefallen?«

»Sie fliegen, als seien Sie dafür geboren.«

»Ich *bin* wie neugeboren, Beauregard.«

Edwin ließ sich wie ein Zirkusakrobat zu Boden fallen und richtete sich auf. Er war noch immer warmen Blutes, und doch lag der Scharfsinn des Vampirs in seinem Lächeln, sprach kaum verhohlene Kälte aus seinen Augen.

Sie kannte diesen Blick: von den warmblütigen Domestiken, die manche Älteste zum Frondienst pressten, indem sie ihnen Blutstropfen zu trinken gaben und die Verwandlung in einen Vampir in Aussicht stellten. Doch Edwin war kein Vampirsklave. Und ihrer schon gleich gar nicht.

»Du fliegst wie Ball«, sagte Bertie. Es war eher eine nüchterne Betrachtung als ein Kompliment. Der neue Pilot nahm es widerspruchslos hin. Er hatte etwas von Albert Ball, und er hatte etwas von Kate Reed. Dennoch war er ganz Herr seiner Sinne. Er hegte die felsenfeste Überzeugung, dass letztlich alles einzig und allein an Edwin Winthrop lag.

»Trotzdem hättest du lieber nicht auf den guten Rutledge schießen sollen«, meinte Ginger. »Solche Spielchen drücken die Moral der Truppe. Wer weiß, vielleicht riecht dir eines Tages ein Hunne an der Hose, und Rutledge ist weit und breit der Einzige, der den Knilch vom Himmel holen kann.«

»Das halte ich für äußerst unwahrscheinlich.«

Obgleich Bertie und die anderen Edwin bewunderten, akzeptierten sie ihn nicht als ihresgleichen. Sie trauten ihm nicht über den Weg. Womöglich stellte er seine eigenen, unergründlichen Interessen über die des Geschwaders. Kate konnte es ihnen nicht verdenken.

»Ich würde es begrüßen, wenn wir uns kurz besprechen könnten, Winthrop«, sagte Beauregard. »Sie, ich und Kate. Ich möchte etwas klären.«

»Geht es um etwas Persönliches?«

»Wenn Sie so wollen.«

Jiggs, der Mechaniker, öffnete die Motorverkleidung von Edwins Maschine und fluchte, als ihn ein Schwall öliger Hitze anwehte.

»Ich muss in einer Stunde Streife fliegen. Ich bin der einzige Warmblüter im Geschwader. Wir haben zu wenig Leute für Tagesflüge.«

Kate fragte sich, wie warm Edwins Blut tatsächlich war.

»Es dauert bestimmt nicht lange.«

»Einverstanden.«

35

Hoher Besuch

Im Schlosshof stand ein langes, schwarzes Auto. Sechs Motorräder mit uniformierten Kradbegleitern bildeten einen zinnenbewehrten Schutzwall um den Wagen.

»Hoher Besuch«, sagte Theo.

Die Morgensonne machte Poe benommen, und es kostete ihn einige Mühe, sein Entsetzen zu verbergen. Er wusste aus Erfahrung, dass hoher Besuch zumeist nichts Gutes zu bedeuten hatte. Seine Geschäfte mit amerikanischen und europäischen Verlegern endeten jedes Mal mit Streit, Vertragsbruch und Ranküne, während seine derzeitigen Gastgeber vermutlich dazu neigten, mit Holzpflöcken und Silberkugeln Kritik an seinem Werk zu üben.

Adlerwimpel schmückten das Verdeck des Wagens. Die Kradbegleiter waren elegante junge Neugeborene. Ihre schwarzledernen, zweifellos militärischen Uniformen sah Poe zum ersten Mal. Wahrscheinlich gehörten sie zu einer neuen Einheit, einer Unterabteilung von Kaiser Wilhelms Luftstreitkräften oder Dr. Mabuses Geheimpolizei.

In einem deutschen Utopia würden alle Untertanen prachtvolle Uniformen tragen. Latrinenwärter würden aussehen wie Feldmarschälle. Feldmarschälle würden unter dem Gewicht von Messing und Medaillen stöhnen.

Poe war sich schmerzlich bewusst, dass er der einzige Zivilist auf Malinbois war. Selbst Ewers trug die schmucke Uniform eines Kavallerieoffiziers, die ihm als Reservist einer obskuren Truppe zustand.

Poe hätte sich am liebsten hinter Richthofen versteckt.

Den Arm zum Gruß erhoben, öffnete einer der Kradfahrer den Fond der Staatskarosse. Ein insektoider Ältester kroch aus dem finsteren Wageninnern. Mit ihm entwich ein übelkeiterregendes Miasma. Ordonnanzen beschirmten die dürre Kreatur mit einem schwarzen Baldachin. Ihr Rattengesicht lag im Schatten, und ihre schmutzig weißen Augen schnellten hin und her, während sie sich steif aufrichtete.

»Das ist Graf von Orlok«, erklärte Theo. »Er zählt zu Draculas engsten Beratern.«

Nur die ältesten der Ältesten sahen derart grässlich aus. Orlok trug einen mottenzerfressenen Überzieher, der von zahllosen Knöpfen, Haken und Ösen zusammengehalten wurde. Er hatte einen Buckel, Spinnenfinger, Nagezähne und eingefallene Wangen; eine Pelzmütze bekrönte seinen kahlen, aufgeschwollenen Schädel, und seine Hände waren zu Gichtklauen verkrümmt. Poe hatte noch nie einen so abstoßenden Vampir gesehen. Ein Exemplar wie dieses würde selbst ten Brincken nicht vermessen und klassifizieren können. Orlok war ein Dämon aus der Hölle, kein Geschöpf der Wissenschaft.

»Ich dachte, wir hätten noch ein wenig Zeit«, murmelte Theo.

Poe wollte seinen Freund um eine Erklärung bitten, doch Theo verstummte jäh. Er hatte schon zu viel gesagt.

Im Schutze seines Sonnenbaldachins sah Orlok sich um. Seine Augen wanden sich in ihren Höhlen. Poe versuchte gerade zu stehen. Richthofen nahm unwillkürlich Haltung an, zur Musterung bereit.

General Karnstein kam, flankiert von Dr. Caligari und ten Brincken, durch das Portal. Im Gefolge des Generals tummelten sich mehrere Flieger, die sich hastig in erste Garnitur gezwängt hatten. Das den Helden üblicherweise zugestandene Recht auf Individualität war vorübergehend außer Kraft gesetzt.

Der General grüßte den Grafen, der knurrend mit der Klaue winkte. Der Älteste zog es offensichtlich vor zu schweigen.

Die kleine Ausflugsgesellschaft, die sich am Seeufer ergangen hatte, schloss sich Karnsteins Kader an. Baron von Richthofen nahm seine standesgemäße Position an der Spitze des Geschwaders ein. Theo setzte sich links von ihm hinter den General. Poe hatte sich eben neben Theo gestellt, als jemand – Hanns Heinz Ewers, wer sonst? – vor ihn trat und ihm die Sicht nahm.

Der größte Kradbegleiter erwiderte Karnsteins Gruß und schob sich die Motorradbrille auf die Stirn. Er war ein stattlicher neugeborener Preuße mit gestutztem Schnurrbart, starrem Lächeln und Schmissen im Gesicht.

»Hardt vom Generalstab«, stellte er sich vor.

Der Neugeborene war Orloks Sprachrohr. Er trug einen langen

Mantel und eine Schutzhaube aus schwarzem Leder. Hardt sah sich im Schlosshof um, dann richtete er den Blick gen Himmel.

»Das also ist der Schlupfwinkel unserer Ritter der Lüfte. Ich bin bei der Marine. U-Boot-Flotte.«

Karnstein nickte.

»Sie haben ein beeindruckendes Quartier, Herr General. Und eine ebenso beeindruckende Bilanz. Welcher von Ihren Männern ist unser roter Kampfadler?«

Karnstein wies auf den Baron. Der trat vor und salutierte. Hardt erwiderte den Gruß und schüttelte Richthofen die Hand.

»Es ist mir eine Ehre«, sagte Hardt. »Sie sind ein Held.«

»Ich erfülle nur meine Pflicht.«

Poe konnte die Augen nicht von Orlok lassen. Der Älteste wirkte nachgerade zerbrechlich, als ob seine langen Finger jeden Moment knicken und zerbröckeln könnten. Wenn ihn ein Sonnenstrahl getroffen hätte, so wäre er im Nu zu Staub zerfallen. Dennoch steckte eine Kraft in ihm, die über Jahrhunderte gewachsen war. Die Verzweiflung, mit der er sich ans Leben klammerte, musste unfassbar groß sein. Die Uralten waren unergründlich.

Ewers wandte sich an Hardt. »Darf ich fragen, ob Dr. Mabuse Zeit gefunden hat, sich mit meinem Bericht zu beschäftigen?«

»Sie sind …?«

»Hanns Heinz Ewers.«

»Der Doktor wird Ihre Beschwerde mit der gebührenden Sorgfalt erwägen, Herr Ewers. Aber Sie haben sicherlich Verständnis dafür, dass dringendere Angelegenheiten seine Zeit in Anspruch nehmen.«

Ewers senkte den Kopf und knabberte wütend an seiner Unterlippe.

»Haben Sie seinetwegen solche Schwierigkeiten, Herr Edgar Allan Poe?«

Poe konnte sich die heimtückischen Verleumdungen, die Ewers dem Doktor übermittelt hatte, lebhaft vorstellen. Der Deutsche setzte offenbar alles daran, sein Ansehen zu untergraben. Poe zuckte hilflos mit den Schultern. Hardt musterte ihn von oben bis unten.

»Herr Ewers behauptet, Ihr guter Ruf sei gänzlich unverdient«, sagte Hardt mit einem süffisanten Lächeln.

Poe versuchte den festen Blick des Neugeborenen zu erwidern.

»Ganz im Gegenteil«, widersprach er, in der Hoffnung, sein Unbehagen hinter markiertem Schneid verbergen zu können, »und er wäre noch viel besser, würde ich nicht fortwährend von abgefeimten Plagiatoren geplagt. Wenn meine Werke tatsächlich so überschätzt sind, weshalb lassen sich dann so viele Schmierfinken dazu herab, sie nachzuahmen?«

Ewers funkelte ihn böse an. Poe hatte nicht gewusst, wie sehr der Deutsche ihn beneidete.

»Wir sind mit Herrn Poes Arbeit hochzufrieden«, fuhr Richthofen dazwischen.

Hardt runzelte sardonisch die Augenbrauen. Auch Poe war überrascht.

»Sie glauben also, Ihr Mitverfasser sei seiner Aufgabe gewachsen?«

»Ohne den geringsten Zweifel.«

Hardt bedachte Ewers mit einem abschätzigen Lächeln und einem kaum merklichen Achselzucken.

»Tja, mein lieber Ewers, damit ist das Thema wohl vom Tisch. Unser Kampfadler muss es schließlich am besten wissen. Ich danke Ihnen, dass Sie uns von dem Vorgang unterrichtet haben, aber Ihre Sorge ist ganz offensichtlich völlig unbegründet.«

Ewers wurde rot vor ohnmächtigem Zorn. Die Adern an seinen Schläfen weiteten sich und pulsierten. Baron von Richthofen hatte Poe soeben vor dem sicheren Tod bewahrt. Oder doch zumindest vor dem Verlust seiner Stellung. Ewers hatte versucht, ihn zu eliminieren.

»Wollen wir nicht hineingehen?«, schlug Hardt vor. »Graf von Orlok hält sich nach Sonnenaufgang nur ungern im Freien auf.«

Karnstein trat beiseite. Die Flieger standen vor dem Eingang zur Großen Halle Spalier. Von seinen motorisierten Leibwächtern flankiert, schleppte Orlok sich im Schatten des Baldachins über das Kopfsteinpflaster. Hardt nahm den spitzen Ellbogen des Grafen und half ihm auf die erste der drei Stufen zum Portal.

Plötzlich blieb Orlok stehen. Der stumme Vampir hielt an alten Traditionen fest. Er trat nur über eine Schwelle, wenn man ihn dazu aufgefordert hatte.

»Graf von Orlok«, sagte Karnstein, »willkommen im Château du Malinbois. Bitte fühlen Sie sich wie zu Hause.«

Orlok rieb die Fingernägel aneinander wie eine Zikade ihre Beine. Hardt half ihm die Treppe hinauf. Im Halbdunkel des Schlossportals schüttelte der Älteste die Kradbegleiter ab. Der Verwesungsgeruch von Orloks alten Kleidern war so stark, dass Poe in dem schmalen Flur, der in die Große Halle führte, fast erstickte.

Karnstein folgte Hardt und Orlok die Treppe hinauf und wies den Weg in die Halle. Poe hielt sich dicht hinter ihnen, gefolgt von Theo und Ewers. Bei der Vorstellung, dass Ewers daran dachte, ihn meuchlings zu erdolchen, lief ihm ein Schauder über den Rücken.

Richthofen ließ den Ältesten den Vortritt und drängte sich zwischen Poe und Theo. In der Tür wandte er sich noch einmal um und warf Ewers, der auf der untersten Stufe stehen geblieben war, um seinen Ärger zu verdauen, einen hasserfüllten Blick zu.

»Ewers«, sagte Richthofen, »ich wäre Ihnen äußerst dankbar, wenn Sie sich um Ihre eigenen Angelegenheiten kümmern und meinen Biografen künftig in Frieden lassen würden.«

»Aber Herr Baron, ich …«

Poe stand hinter dem Baron und sah nur dessen ordentlich ausrasierten Nacken. Ewers befiel lähmendes Entsetzen. Plötzlich hatte Richthofen spitze Ohren, und seine Kieferknochen verformten sich. Als er sich kurz darauf umdrehte, wirkte er ebenso kühl und gleichgültig wie sonst. Poe dankte Gott, dass er dem Baron während der vergangenen Sekunden nicht hatte ins Gesicht sehen müssen. Eine blutige Träne rollte Ewers über die Wange. Die Angst saß ihm noch in den Gliedern.

Sie ließen Ewers im Schlosshof zurück und gesellten sich zu Orloks Abteilung, die soeben die Wand voller Trophäen bestaunte, während General Karnstein die Siege der einzelnen Flieger aufzählte.

»Höchst eindrucksvoll«, rief Hardt. »Graf von Orlok bewundert die Verdienste des JG1. Ebenso wie sein schätzenswerter Vetter Graf von Dracula.«

»Es wird meinen Männern eine große Ehre sein«, sagte Karnstein. »Sie sind Neugeborene. Nur wenige ihrer Art sind auserwählt, eine so hehre Mission zu erfüllen.«

Poe schien etwas Wichtiges versäumt zu haben. Von welcher Mission sprach der General?

»In Anbetracht der Bedeutung dieser Stellung«, sagte Hardt, »hat Berlin beschlossen, sie offiziell umzubenennen. ›Château du Malinbois‹ klingt für unseren Geschmack ein wenig zu ... *französisch*. Ab sofort soll sie, zu Ehren der Helden des JG1, Schloss Adler heißen.«

Orlok strich an der Trophäenwand entlang und kratzte sich mit seinen Spinnenklauen das Kinn, während er die Andenken betrachtete. Obgleich er mit seinen riesenhaften Rattenohren selbst die winzigen Geräusche hören musste, die Poe den Verstand zu rauben drohten, tat er, als würde er kein Wort verstehen. Hardt war lediglich eine grinsende Maske, eine tanzende Marionette. Orlok hielt die Fäden in der Hand.

»Nun, sofern Ihr Geheimdienstoffizier abkömmlich ist...«

Theo trat forsch und schneidig vor. Mit einem Mal war seine Unbekümmertheit verflogen. *Dieser* Oberst Kretschmar-Schuldorff würde seinen Posten bis zum Jüngsten Tag verteidigen.

»... lassen Sie uns über die Sicherheitsvorkehrungen sprechen, die getroffen werden müssen, damit unser Oberbefehlshaber seinen besten Männern einen Besuch abstatten kann.«

General Karnstein weinte helle, heiße Freudentränen. Die Flieger waren, mit Ausnahme des stoischen Richthofen, bestürzt, verwirrt, entzückt. Selbst diese Kreaturen empfanden Rührung. Der große Kommandeur besuchte Malinbois. Nein, Schloss Adler. Manchmal wagte Poe den Namen kaum zu denken.

Dracula.

36

Die im Dunkeln

»Man könnte meinen, mir stünde eine elterliche Standpauke bevor. Sie schauen so ernst, so böse.«

»Sie haben es vielleicht noch nicht verstanden, aber ich bin gewissermaßen Ihre Mutter«, sagte Kate, »und Charles ist Ihr Vater. Er hat Sie in diese geheime Welt gebracht. Und es ist Ihre verdammte Pflicht, sich dessen würdig zu erweisen.«

Edwin grinste verständnislos. Sein stahlharter Blick wollte nicht zu seinem unbeschwerten Lächeln passen. Er hatte seine Gedanken mit einer Mauer umgeben; in Anbetracht ihrer Vereinigung fiel es ihm bestimmt nicht leicht, so unergründlich zu erscheinen.

»Auch wenn ich Rutledges Hintern nicht mit Kugeln hätte spicken dürfen, habe ich ihm höchstwahrscheinlich das Leben gerettet. Er war nachlässig dort oben, unvorsichtig. Das wird ihm kein zweites Mal passieren. Die nächste Kiste, die ihm an der Hose riecht, ist keine Camel. Lockwood hat das sofort begriffen.«

Sie standen im Flugzeugschuppen, zwischen zwei Reihen von Maschinen. Charles stützte sich schwerfällig auf seinen Stock. Ein paar Yards weiter flickte Jiggs das Heck der Camel, die Edwin »markiert« hatte. Ein strenger, öliger Motorengeruch hing in der Luft.

Zwischen zwei Flugzeugen eingekeilt, sah Kate, dass Edwin begonnen hatte, sich zu verwandeln. Seine Bewegungen wirkten geschmeidiger. Seine Miene wirkte kälter. Seine Zunge stieß bei jedem Zischlaut gegen spitze Zähne und verursachte ein leichtes Lispeln.

»Sie haben Kate geschröpft«, sagte Charles.

Edwin starrte leicht verschämt auf den harten Lehmboden des Schuppens. Dann hob er erbost den Blick und sah den beiden ins Gesicht.

»Ich habe auch Sie geschröpft, Beauregard. Und Albert Ball. Und viele mehr. Wir alle schröpfen andere. Nur so können wir wachsen, reifen.«

Er würde nahezu rohes Fleisch verschlingen und in rotem Saft ertrinken. Und er würde einen unstillbaren Appetit entwickeln, Energie verbrennen wie ein Rotationsmotor. Er würde ewig Hunger leiden.

»Ist Ihnen denn nicht klar, in welche Gefahr Sie sich begeben, Edwin?«, fragte Kate.

»Mit Verlaub, Miss Reed, aber Sie sind ein *Vampir*. Da steht es Ihnen schwerlich zu, mir eine Strafpredigt zu halten, weil ich andere schröpfe.«

Der mit eigener Klaue beigebrachte Schnitt an ihrem Hals begann zu schmerzen. Obgleich sie gänzlich verheilt war, pochte die Phantomwunde, prall vor Blut.

»Edwin, Sie wissen nicht, wovon Sie sprechen. Sie sind kein Vampir.«

»Ich möchte mich auch nicht verwandeln, Kate. Ich möchte nicht sterben. Ich muss meine Pflicht erfüllen, und das kann ich am besten, wenn Ihr Blut in meinen Adern fließt. Es tut mir leid, wenn ich Sie verletzt oder verärgert habe, aber es gibt Wichtigeres als uns beide.«

Er sah durch das offene Tor des Flugzeugschuppens in den Himmel.

»Dort oben haust ein Ungeheuer. Ich habe geschworen, es zu vernichten. Das bin ich Ball schuldig.«

»Sie müssen sich entweder läutern oder aber vollständig verwandeln. Ich weiß, wie es jemandem ergeht, der zwischen Leben und Nicht-Tod gefangen ist. Sie verkennen die Risiken für Leib und Seele.«

Edwin appellierte an Charles. »Beauregard, Sie wissen, dass die Risiken nebensächlich sind. Auf uns kommt es nicht an. Was zählt, ist einzig und allein die Pflicht.«

Kate wand sich innerlich. Ihre Blutsverbindung zu Edwin und Charles erwachte. Sie spürte die unterschwellige Rivalität zwischen den beiden Männern.

»Ihnen geht es nicht um Pflichterfüllung, Edwin. Ihnen geht es um Rache.«

Mit einem Mal war Edwins Miene wie versteinert.

»Mein Blut in Ihren Adern hat Ihren Verstand verwirrt und Ihre guten Absichten zunichtegemacht.«

»Richthofen muss fallen.«

»Richthofen wird fallen. Früher oder später. *Dracula* wird fallen. Aber das liegt nicht allein an Ihnen. Das müssen wir gemeinsam unternehmen. Sie werden Ihren ärgsten Feinden immer ähnlicher. In diesem Spiel geht es nicht um ein paar edle Springer und Millionen entbehrlicher Bauern. Hier geht es um unzählige Menschen, sowohl Warmblüter als auch Vampire.«

»Das klingt wie ein Zitat aus einem Ihrer Leitartikel, Miss Maus.«

Sie war wütend. »Ich versuche Sie vor einem großen Irrtum zu bewahren. Wahrscheinlich sogar vor Wahnsinn und wirklichem Tod. Sie sind durch die Hölle gegangen und schieben die Schuld nun einem jungen Hunnen in die Schuhe, statt sie den alten Männern beider Parteien zuzuschreiben, die Millionen Unschuldiger abgeschlachtet haben, weil es ihnen einfacher erschien, als das friedliche Zusammenleben zu sichern. Der Machtwille einer kleinen Minderheit hat uns alle ans Messer geliefert und tut es noch.«

»Sie reden wie ein Bolschewik.«

»Das soll mir recht sein. Ich kämpfe für die Revolution, und das Gleiche gilt für Charles.«

»Ich verstehe nicht, was das mit mir zu tun hat.«

»Das ist es ja gerade. Es betrifft uns alle. Sie hingegen denken nur an sich.«

Einen Augenblick lang herrschte eisiges Schweigen. Kate war vor Zorn rot angelaufen. Edwin, den sie fast gewonnen hatte, zog sich in den Schutzpanzer zurück, der seinen Schädel umhüllte.

»Wollten Sie nicht etwas Wichtiges mit mir besprechen, Beauregard? Ich habe nämlich eine Angriffsstreife zu fliegen.«

Charles – der jetzt älter, grauer und gebeugter wirkte, als er tatsächlich war – dachte nach und sagte: »Ich glaube, Sie sind nach Ihrer Verwundung zu früh in den aktiven Dienst zurückgekehrt.«

»Ich bin gesund. Mehr als gesund.«

Edwin beugte die Knie und sprang. Er flog zwanzig Fuß weit durch die Luft und umfasste einen Querbalken. Seine Stiefel baumelten über ihren Köpfen. Diese Art der Prahlerei hätte Kate eher bei kaltherzigen Neugeborenen vermutet, die mit Warmblütern nichts zu schaffen haben wollten und sie am liebsten wie Vieh gehalten hätten. Die davon überzeugt waren, ihr Vampirismus mache sie zu darwinistischen Aristokraten, Herrschern der Erde. Den Ungeheuern. Edwin ließ sich fallen wie eine Katze und richtete sich kühl und gelassen auf. Aus seinen Augen sprühte knabenhafter Stolz über sein gelungenes Bravourstück.

»Anfangs ist es wie ein Rausch«, erklärte Kate. »Man neigt zu Euphorie und Übermut.«

»Das stimmt nicht, Beauregard. Ich war vorsichtig. Ich habe eine lebende Waffe aus mir gemacht.«

Kate wusste, dass Charles geneigt war, ihm zu glauben. Der Diogenes-Club durfte sich glücklich schätzen, eine grausame, behände Kreatur wie diese zu seinen Mitgliedern zu zählen. Doch Charles war redlich und anständig genug, diese Überlegung außer Acht zu lassen.

»Ich kann es mir nicht leisten, Sie zu verlieren, mein Junge. Kate ist seit über dreißig Jahren ein Vampir. Ich muss auf sie hören.«

»Aber das ist doch *lachhaft*«, sagte Edwin und wandte sich ab. Sein breites Grinsen wirkte nahezu hysterisch. »Ich kann dem Spuk ein Ende machen. Wir müssen das JG1 vernichten. Wir müssen den Boche daran hindern, noch mehr dieser Kreaturen zu züchten.«

Kate spitzte die Ohren. Noch mehr dieser Kreaturen zu *züchten*?

»Ich hatte Recht. Sie werden unvorsichtig. Sie haben sich verplappert.«

Edwin rollte wütend mit den Augen.

»Weshalb streiten wir uns eigentlich? Kämpfen wir nicht alle für dasselbe Ziel?«

Charles dachte nach. »Kate, Sie müssen mir versprechen, dass Sie ohne meine Zustimmung kein Wort über das JG1 verlauten lassen. Andernfalls könnten Sie in größte Schwierigkeiten geraten.«

Kate hatte angebissen. »Einverstanden, aber worum geht es überhaupt?«

»Das sind Gestaltwandler«, sagte er. »Richthofen und seine Kampfgenossen. Sie steuern keine Flugmaschinen. Sie lassen sich Flügel wachsen.«

»Grundgütiger!«

»Sie sind Nachkommen Draculas. Er ist ihr Blutpate. Sein Lebenssaft hat sie zu Ungeheuern gemacht.«

Nun war es an Kate, ein Geheimnis zu bewahren. Endlich begriff sie, was es mit Mata Haris Lebensbeichte auf sich hatte.

Edwin entschuldigte sich nicht dafür, dass er die Wildkatze aus dem Sack gelassen hatte.

»Ich werde anregen, Sie einstweilen von Ihren Pflichten zu entbinden, Edwin. Sie brauchen dringend ärztliche Betreuung«, sagte Charles.

Edwin widersprach nicht.

»Er will doch nur Ihr Bestes, Edwin.«

Er sah sie an und behielt seine Gedanken für sich.

»Nicht schlecht«, meinte Kate. »Es hat mich Jahre gekostet, diesen Kniff zu meistern.«

»Sie sind eine schlechte Lügnerin. Sie werden rot wie Lackmuspapier.«

Das klang fast wie der alte Edwin.

»Ich habe dennoch vollstes Vertrauen zu Ihnen«, sagte Charles. »Sie werden einer unserer besten Männer sein. Wenn Sie sich von dieser Infektion erholt haben.«

Sie ließen ihn im Flugzeugschuppen zurück. Während Kate dem armen Charles ins Freie half, gesellte Edwin sich zu Jiggs, der lustlos im Motor einer Camel stocherte, um mechanische Probleme zu erörtern.

Edwin hatte seinen Standpunkt nicht halb so energisch verteidigt, wie sie es erwartet hatte, und das bereitete ihr Sorgen. Vampirblut war zäh und widerspenstig. Insbesondere das ihre. Ob die Wirkung langsam nachließ?

An der Sonne fuhr Charles zusammen wie ein Vampir. Hoffentlich hatte sie ihn nicht zum Invaliden befördert.

»Lassen Sie sich von mir verwandeln, Charles. Das ist das mindeste, was ich für Sie tun kann.«

Er schüttelte den Kopf. »Jetzt nicht, Kate.«

»Aber Sie sind ganz anders als Edwin. Sie haben Rückgrat und Charakter. Sie könnten einer von uns werden, ohne dem Wahnsinn anheimzufallen. Wenn Menschen wie Sie sich nicht verwandeln, werden die Ungeheuer die Oberhand gewinnen.«

»Sie verwirren mich, Kate. Erst behaupten Sie, Ihr Blut sei giftig, und nun wollen Sie mich dazu überreden, es zu trinken.«

»Und Sie sind doch wie Edwin. Wenn Sie sich einmal etwas in den Kopf gesetzt haben, kann nichts auf der Welt Sie davon abbringen.«

»Ein ... Esel ... schilt ... den ... anderen ... Langohr ...«

Jedes Wort bereitete ihm Mühe.

»Schwachköpfe seid ihr, allesamt.«

»Wer? Wir Warmblüter?«

»Nein. Ihr Männer.«

Charles lachte.

Sie standen vor dem Bauernhaus. Charles stieß mit seinem Stock die Tür auf und ließ Kate den Vortritt. Dann trat auch er ein.

Captain Allard saß mit einem breitkrempigen Hut, der sein Gesicht beschirmte, an seinem Schreibtisch und wühlte in Papieren. In dem Lehnsessel zu seiner Linken hockte ein fischäugiger Zivilist in grauem Anzug. Mit eisigem Schaudern erkannte Kate Mr. Caleb Croft.

»Sie müssen Winthrop von der Liste streichen, Captain Allard«, sagte Charles. »Er ist noch nicht wieder bei Kräften.«

Allard sah Croft von der Seite an.

»Der Diogenes-Club wird Ihnen bestimmt einen geeigneten Ersatz zur Verfügung stellen.«

Crofts Augen schnellten hin und her, ein angedeutetes Kopfschütteln.

»Wir können auf Winthrop unmöglich verzichten, Mr. Beauregard.«

Die Ablehnung verblüffte Charles. Es fehlte nicht viel, und ihm wäre der Kragen geplatzt.

»Das ist zu riskant, Croft. Der Bursche ist eine Gefahr für sich und seine Kameraden.«

Croft schwieg. Er hatte die Haut einer Echse und verströmte eine animalische Brutalität.

»Es steht zu viel auf dem Spiel, um ein solches Wagnis einzugehen.«

Zwei Egos prallten aufeinander. Croft, der seinem Gegenüber durch bloßes Einatmen die Energie entziehen konnte, stieß eine feuchte, unsichtbare Wolke aus. Er stammte aus dem späten achtzehnten Jahrhundert. Man munkelte, dass er damals zum Tode durch den Strang verurteilt worden sei. Die Narbe, die der Strick zurückgelassen hatte, verbarg er hinter einem hohen Kragen. Nun war er Lord Ruthvens eiserne rechte Hand. »Ich fürchte, ich habe Ihnen eine traurige Mitteilung zu machen, Mr. Beauregard«, sagte Croft, jede Silbe ein hohles Krächzen. »Mycroft Holmes ist tot. Damit hat die herrschende Clique ihre Beschlussfähigkeit verloren.«

Charles war wie vor den Kopf geschlagen. Mycroft war sein Gönner gewesen.

»Infolgedessen ist Ihre Arbeit hier vorläufig beendet.«

Croft zog ein Schreiben aus seiner Innentasche.

»Der Premierminister hat mich ermächtigt, Sie abzulösen. Sie haben sich einen Urlaub redlich verdient.«

Charles' Gesicht war so grau wie Crofts Jackett. Ihm stockte das Herz. Einen Augenblick lang fürchtete Kate ernstlich um sein Leben.

»Hören Sie sich doch wenigstens an, was ich über Winthrop zu sagen habe«, bat er.

»Er ist ein wertvoller Soldat. Ohne ihn hätte Captain Allard größte Mühe, seine Mission zu erfüllen. Ihre Besorgnis in Ehren, aber der Lieutenant wird im aktiven Dienst verbleiben.«

»Er wird sogar befördert«, sagte Allard.

»Auf Ihre Empfehlung, wenn mich nicht alles täuscht«, setzte Croft hinzu.

Charles war am Boden zerstört. Kate überlegte, ob sie ihn stützen sollte, damit er nicht stürzte. Nein. Er würde es ihr schwerlich danken.

»Noch etwas, Beauregard«, sagte Croft. »Es würde Ihrem makellosen Führungszeugnis gut zu Gesicht stehen, wenn Sie den Flugplatz von Maranique als letzte Amtshandlung vor Ihrer Enthebung zum Sperrgebiet für Journalisten erklären ließen.«

Croft blickte Kate aus tiefen, toten Augen an und verzog die Lippen zu einem unheimlichen Lächeln, das seine grünbemoosten Fangzähne entblößte. Während der Zeit des Schreckens, als der Premierminister zwischen den Revolutionären und dem Banner Draculas geschwankt hatte, hatte Croft befohlen, sie bei Ergreifung unverzüglich hinzurichten. Aufgrund einer Verwechslung hatte die Karpatische Garde in der Great Portland Street eine andere Frau gepfählt.

»Was halten Sie davon, Miss ... Reed – nicht wahr? – persönlich nach Amiens zu begleiten, Beauregard?«

Charles ballte hilflos die Fäuste um seinen Stock und machte auf dem Absatz kehrt. Kate hatte ein deutliches Bild vor Augen:

Charles stellte sich vor, wie er seine Silberklinge zog und damit Crofts Herz durchbohrte.

»Guten Tag, Miss Reed«, krächzte Croft. »Und auf Wiedersehen, Mr. Beauregard.«

Gemeinsam verließen sie das Bauernhaus. Die Morgenluft war eisig. Wolken dräuten. Lärmend jagte ein Schwarm Camels vorüber und stieg auf in einen Himmel voller Gefahren.

37

Herr der Welt

Graf von Dracula hatte, in Absprache mit Hindenburg und Ludendorff und unter der direkten Schirmherrschaft von Kaiser Wilhelm und Kaiser Franz Joseph, den großen Sieg der Mittelmächte geplant. Bald würde die Kaiserschlacht beginnen, der kompromisslose Vorstoß der deutschen Heere, verstärkt durch eine Million von der Ostfront abgezogener Männer, gegen die alliierten Linien und dann, nach dem großen Durchbruch, weiter nach Paris. Wenn Paris fiel, wäre Frankreich vernichtet, Großbritannien überrascht und Amerika verschreckt. Die alliierten Feiglinge würden auf der Stelle kapitulieren. Dann würde sich der Graf vermutlich den arrivierten Bauernherrschern des neuen Russland widmen und sich für kommende Kriege rüsten.

Das frisch getaufte Schloss Adler sollte Dracula bei diesem kühnen Unterfangen als Gefechtsstand dienen. Von seiner Brut fliegender Halbgötter flankiert, würde der Vater des europäischen Vampirismus den Triumph seiner Armeen vom höchsten Turm des Schlosses aus verfolgen.

Poe stand ganz im Banne dieses feierlichen Augenblicks. Bei

Sonnenuntergang stieg er aufs Dach und lauschte dem Lärm, der durch die Gänge und Gemächer hallte, als bislang unbewohnte Kammern geöffnet wurden. Ein Konvoi von Lastwagen war eingetroffen, ihre mächtigen Räder hatten die Straße zum Schloss breit- und plattgewalzt. Tüchtige Ingenieure spannten Telefon- und Telegrafenleitungen.

Eine Gruppe Uniformierter errichtete mühsam eine Funkantenne. Schon erhob sich eine neue Stahlkonstruktion auf dem uralten Gemäuer, bekrönt mit einem umgekehrten Haken.

Die Uniformen erinnerten ihn an andere Soldaten in Grau, an eine andere gerechte Sache. Als er vor über fünfzig Jahren an der Spitze seiner Kompanie in Gettysburg einmarschiert war, hatte Poe dieselbe Erregung verspürt. Auch dies ein kompromissloser Vorstoß, auch dies ein Wendepunkt. Damals hatte die Geschichte eine falsche Richtung eingeschlagen. Diesmal würde es anders kommen. Mit Männern und Munition beladene Züge rasten quer durch Europa. Von seinem Ausguck sah er segmentierte schwarze Schlangen sich winden übers weite, in Dämmerrot getauchte Land, hörte er das Rattern der Räder auf den Gleisen. Deutschland wurde von Minute zu Minute stärker.

Die letzten Tage hatte er mit Schreiben verbracht. *Der rote Kampfflieger* war nicht die anonym verfasste Autobiografie, die Mabuse in Auftrag gegeben hatte (Edgar Poe konnte seine Stimme nicht an eine andere fesseln, nicht einmal an die Manfred von Richthofens), sondern eine biografische Skizze, die allmählich auszuufern drohte, sich in Ideen und Philosophien verzettelte und die Politik von Staaten und Nationen mit der Beschaffenheit des Universums in Verbindung brachte. Seit *Heureka* hatte er kein so weites Feld mehr beackert.

Er musste seine ganze Konzentration aufbieten, um das Thema seines Buches nicht aus den Augen zu verlieren. Bei der Arbeit wurde ihm klar, dass dies die letzte Möglichkeit war, seinen durch den naiven Dogmatismus der *Schlacht von St. Petersburg* ruinierten Ruf wiederherzustellen. Seine Finger waren voller dunkler Tintenflecken. Seine Manschetten waren schwarz gesprenkelt. Indem er über eine bessere Welt und bessere Menschen schrieb, indem er sie bis in die kleinsten Einzelheiten schilderte, konnte er die Wirklichkeit seiner Vision einen Schritt näher bringen. Sein bis an den Rand des Wahnsinns getriebener Verstand musste sich dieser Anforderung gewachsen zeigen.

»Eddy?« Theo trat ins Freie und stellte zum Schutz gegen den Wind, den Poe gar nicht bemerkt hatte, den Kragen hoch. »Haben Sie einen Augenblick Zeit? Ich habe etwas Dringendes mit Ihnen zu besprechen.«

Seit Orloks Ankunft hatte Theo tausend Pflichten. Mit Hilfe des ewig grinsenden Hardt wachte der Älteste über alle geheimdienstlichen und sicherheitstechnischen Belange. Es konnte gar nicht genug Inspektionen und Kontrollen geben. Nachdem man in den Akten einiger Männer, von Karnsteins persönlichem Adjutanten bis hinunter zur Putzkolonne des Schlosses, winzige Verfehlungen entdeckt hatte, waren die Schuldigen auf der Stelle entlassen worden.

Theo gab sich in letzter Zeit, wie alle, übertrieben förmlich. Die Flieger trugen Paradeuniform, schmückten sich mit ihren Orden und mussten dicke Bücher mit militärischen Verhaltensregeln auswendig lernen. Theo trug einen Überzieher mit Pelzkragen über seiner makellosen Garnitur. An seinem Waffenrock hing ein Eisernes Kreuz, das er im aktiven Dienst in Belgien errungen hatte. Er hielt eine große, flache Schachtel unter dem Arm.

»Um es gleich vorwegzunehmen, von Ewers haben Sie nichts mehr zu befürchten.«

Seit seinem Auftritt vor Orlok hackte Ewers missgelaunt »Berichte« in die Schreibmaschine und betrieb seine Beförderung.

»Der Baron hat die Angelegenheit persönlich bereinigt.«

Poe wagte nicht, sich auszumalen, was das zu bedeuten hatte.

»Nun, wie Sie wissen, wird unser kleines Nest in Kürze einem hochfliegenden Vogel Unterkunft bieten. Aufgrund seiner Erfolge waren dem JG1 bislang gewisse Freiheiten vergönnt, die nunmehr als unpassend empfunden werden.«

Theo hatte ihm offenbar eine unangenehme Mitteilung zu machen.

»Wenn ich recht verstehe, so haben Sie in der Armee der Konföderierten den Rang eines Colonels bekleidet?«

»Ich habe mich vom Gemeinen hochgedient. Unter dem Namen Perry.«

Theo hielt die Schachtel wie ein Tablett. Als er sie öffnete, verwehte eine Bö dünnes Papier.

»Obgleich der leidige Umstand, dass unser erklärter Feind, die Vereinigten Staaten von Amerika, sich die Konföderation zur Gänze einverleibt hat, die Sache, wie Sie sicher verstehen werden, erheblich kompliziert, sind Sie allem Anschein nach durchaus berechtigt, dies zu tragen.«

In der Schachtel lag, ordentlich gefaltet, die Uniform eines Obersturmbannführers der Ulanen. Poe nahm die Ulanka an sich. Sie war von feinster Qualität, mit zwei Reihen goldschimmernder Knöpfe. Theo salutierte.

»Jetzt haben wir den gleichen Rang, Oberst Poe.«

Er versuchte, sich an das unentwegte Salutieren zu gewöhnen. Seit er seinen Rang zurückerhalten hatte, mussten ihn die meisten Bewohner von Schloss Adler grüßen, und er war verpflichtet, die Geste forsch und schneidig zu erwidern.

»Als wir den Westturm öffneten, wurde der Schmutz von Jahrhunderten aufgewirbelt«, sagte Göring. »Wir mussten Emmelman hineinschicken. Er hat alles gefressen, was dort kreuchte und fleuchte, und den Dreck zu einem großen Teil gleich mit.«

Emmelman war der Kobold des Geschwaders, der keine menschliche Gestalt mehr annehmen konnte, eine unförmige Masse aus wimmelnden Wurmfortsätzen, die sich bedrohlich durch die schmalen Gänge schleppte. Selbst diese Kreatur steckte in einer makellosen Uniform.

Die Große Halle wurde renoviert. Die Trophäenwand blieb unberührt, dafür hatte man überall elektrische Lampen installiert, die den Schatten aus dem Gewölbe vertrieben. Jahrhundertealte Spinnweben wurden rücksichtslos verbrannt. Die Putzkolonne mästete sich an den Arachniden, die sie als Zubrot zu ihrem mageren Sold betrachtete.

»Haben Sie das Ungetüm im Hof gesehen?«, erkundigte sich Göring bei Poe. »Ihr Lauf ist größer als ein Fabrikschornstein. Die Ingenieure behaupten, damit könne man ohne weiteres Paris treffen.«

Rings um das Schloss waren Batterien aus dem Boden gewachsen. Hauptsächlich Flugabwehrkanonen. Das JG1 rüstete sich für Luftgefechte nahe der Heimat. Albert Balls glücklichem Beobachter sei Dank, wussten die Alliierten jetzt, womit sie es zu tun hatten. Es wurde mit schweren Angriffen gerechnet.

»Sie müssen alles aufschreiben. Dies ist die vorderste Front der Geschichte.«

Poe stand rangmäßig über Rittmeister von Richthofen. Er hatte Angst, dass dies den Flieger dazu bewegen könnte, sich ihm gegenüber gänzlich zu verschließen. Während der letzten Wochen war es ihm erstmals gelungen, dem Helden Gedanken und Gefühle zu entlocken. Nun würde er sich womöglich wieder in sein Schneckenhaus zurückziehen. Notfalls würde er den Baron eben per *Befehl* zum Reden zwingen müssen.

In den vergangenen Tagen hatte Richthofen, an der Spitze seines Rudels, fortwährend Nachteinsätze geflogen und seine beispiellose Bilanz auf nahezu hundert Siege erhöht. Laut Tagesbefehl durfte kein alliiertes Flugzeug, das Erkenntnisse über die Truppenbewegungen in Verbindung mit der Kaiserschlacht gesammelt hatte, hinter die feindlichen Linien zurückkehren. Zudem holte das JG1 Dutzende von Ballons vom Himmel, was die Zahl der alliierten Beobachter erheblich dezimierte. Doch die Strapazen schienen dem Baron nichts auszumachen. Im Gegenteil, das Übermaß an Feindesblut ließ ihn derart aufschwellen, dass er allmählich Fett ansetzte. Er dachte schneller und war mitteilsamer als sonst.

»Ballons interessieren mich nicht«, sagte er.

»Weil sie nicht als Siege zählen?«

Zu Beginn ihrer Zusammenarbeit hätte Poe es nicht gewagt, diese Vermutung auszusprechen. Inzwischen jedoch kannte er den Freiherrn gut genug, um sich einen Spaß mit ihm erlauben zu können.

»Die Ballonjagd ist unsportlich. Und gefährlich. Wie Sie wissen.«

Das JG1 hatte seinen ersten Verlust erlitten, durch Flugabwehrfeuer. Ernst Udet war beim Angriff auf einen Ballon von einer verirrten Silberkugel getroffen worden, hatte menschliche Gestalt angenommen und war leblos vom Himmel gefallen.

»Ihr Fangvater wird bald hier eintreffen.«

»Ich kenne Dracula bereits.«

Das Zusammentreffen von Graf und Baron war auf einer millionenfach verkauften Sahnke-Karte für die Nachwelt festgehalten. Im Gegensatz zu Richthofen hatte Dracula kein Spiegelbild und erschien auf Fotografien als leere Uniform. Auf der Karte schüttelte ein steif posierender Baron einer Gestalt die Hand, deren Kopf, ein majestätisches Profil, nachträglich eingezeichnet worden war.

»An meinem fünfundzwanzigsten Geburtstag, kurz nach meinem fünfzigsten Sieg, wurde ich nach Berlin zitiert. Dort lernte ich Hindenburg, Ludendorff, den Kaiser, seine Gemahlin und Graf von Dracula kennen. Die Kaiserin ist eine nette alte Dame, sehr großmütterlich.«

»Und die anderen?«

Richthofen zögerte. Er wusste, dass es seine Pflicht und Schuldigkeit war, seine Vorgesetzten zu loben.

»Unser Kaiser überreichte mir ein Geburtstagsgeschenk, eine lebensgroße Büste von sich selbst, aus Bronze und Marmor. Eine überaus typische Geste, wie ich finde.«

Bei dieser Untertreibung musste Poe unwillkürlich grinsen. Es erstaunte ihn, dass der Baron überhaupt Kritik zu äußern wagte.

»Was haben Sie damit gemacht?«

»Ich habe sie meiner Mutter nach Schweidnitz geschickt, für meine Trophäensammlung. Beim Transport brach eine Schnurrbartspitze ab. Ich könnte niemals etwas Unvollkommenes ausstellen.«

»Und die anderen?«

»Hindenburg und Ludendorff hielten Vorträge und bestürmten mich mit technischen Fragen, deren Beantwortung mir in vielen Fällen schwerfiel. Als Hindenburg erfuhr, dass wir in Wahlstatt denselben Schlafsaal hatten, geriet er in nostalgische Schwärmerei. In all der Zeit hatte sich wohl kaum etwas verändert, auch wenn er mit der Schule weitaus glücklichere Erinnerungen zu verbinden schien als ich.«

Hindenburg musste Wahlstatt besucht haben, kurz nachdem Poe in West Point gelitten hatte.

»Meine Erinnerungen an die Kadettenanstalt sind mit den Jahren keineswegs rosiger geworden.«

»Das wundert mich nicht.«

»Und Dracula?«

Poe rief sich seine kurze Begegnung mit dem Grafen ins Gedächtnis. Und wie beeindruckend er sie gefunden hatte.

»Er ist von gewaltiger Statur und besitzt eine enorme Anziehungskraft. Seine geistige Präsenz ist überwältigend, er regiert mit unsichtbarer Faust. Er hat seine Nachkommen zu Sklaven gemacht.«

»Neugeborene, die von Ältesten verwandelt wurden, sind ihnen häufig eng verbunden.«

»Bei ›Tantchen‹ Perle war das anders. Sie ist fromm und bescheiden und weiß, was sich für sie geziemt. Aber da Draculas Blut in meinen Adern fließt, bin ich an ihn gekettet. Seine Gegenwart ist wie ein Sturmwind, der an den Gliedern zerrt und den Verstand in Stücke zu reißen droht. Er kann nichts dafür, so ist er nun einmal. Aber wie soll ich ihm nach Kräften dienen, wenn ich werde wie die Kreaturen, die ihm seit Jahrhunderten zur Seite stehen? Seine Frauen und Lakaien.«

»Ist einer Ihrer Kameraden ...«

»... ihm jemals begegnet? Ich hoffe, dass wir uns als so stark erweisen werden, ihn lang genug zu überdauern, um seinen Willen zu erfüllen.«

Abends wurde ihm eine warmblütige Frau namens Marianne vorgestellt. Ein Zug hatte eine ganze Anzahl von ihnen nach Schloss Adler verbracht, um jene Flieger, die keinen aktiven Gefechtsdienst leisteten, zu nähren und die anderen zu belohnen. Der Hals der Frau war nicht allzu verschorft, wenngleich sie ihr fortgeschrittenes Alter mit *rouge* zu übertünchen versuchte und sich so gefügig leiten ließ, dass sie Vampiren bereits seit geraumer Zeit zu Diensten stehen musste.

In ihrem Blut fanden sich Spuren der anderen, die sie zur Ader gelassen hatten. Poe spürte kaum etwas von ihrem Leben. Ihr Gedächtnis war nahezu aufgezehrt, verbraucht. Dennoch linderte sie seinen roten Durst.

Als sie in Schlaf gesunken war, trank er ein zweites Mal aus den quellenden Wunden an ihrem Hals und ihrer Brust. Ihr Blut schärfte seinen Verstand und vertrieb die innere Unruhe, die er ebenso wie die anderen Schlossbewohner seit Orloks Ankunft verspürte.

Plötzlich riss jemand die Tür auf. Poe zog Marianne ein Leintuch über das Gesicht.

»Westturm«, sagte Theo. »Paradeuniform. In einer Viertelstunde.«

Frühnebel und dichte Wolken ließen die Landschaft wie den Meeresgrund aussehen. Poe und Theo gesellten sich zu General Karnstein. Die Flieger waren ausgezogen, Engländer zu töten, während das übrige Schlosspersonal in Reih und Glied, wie zur Parade, angetreten war. *Alle* trugen Uniform: Ten Brincken, Caligari und die anderen Wissenschaftler hatten ihre Reservekluft hervorgekramt, und selbst Graf von Orlok trug Pickelhaube und einen tressenbesetzten Frack.

Im Westen kamen die Flieger des JG1 in Sicht, eine Flucht riesenhafter Fledermäuse in perfekter Formation. Richthofen bildete die Speerspitze, mit gespreizten Flügeln. Der Anblick der Kreaturen flößte Poe noch immer Ehrfurcht ein.

Mit scharfen Schwingen rissen die Flieger die dünne Wolkendecke in Fetzen und setzten zum Anflug auf Schloss Adler an. Der Baron ging auf einer steinernen Plattform nieder, beugte die Knie und nahm dann Haltung an. Seine Männer taten es ihm schneidig nach.

Die Ingenieure machten sich an dem in Stein eingelassenen Himmelshaken zu schaffen. Plötzlich senkte sich ein Schatten über das Schloss, und alle richteten den Blick gen Himmel. Ein riesiges, walförmiges Etwas sank langsam durch die Wolken. Eine fix zusammengetrommelte Kapelle stimmte den »Walkürenritt« aus Wagners *Ring des Nibelungen* an.

Hardt bellte Befehle, und Drahtseile fielen vom Himmel. Die Ingenieure hatten alle Mühe, die stählernen Peitschenriemen zu fassen. Ein Luftschiff hing bedrohlich tief über dem Schloss. Eines der Seile wurde an dem Haken befestigt, und eine Motorwinde sirrte.

In Frontnähe waren Zeppeline eine Seltenheit. Insbesondere ein Prachtexemplar wie dieses. Am Bug des pechschwarzen Rumpfes, unmittelbar vor der Führergondel, prangte das scharlachrote Wappen Draculas.

Alle reckten die Hälse. Alle bestaunten diese wundersame Flugmaschine, diesen Schlachtkreuzer der Wolken. Es war die *Attila*, das Flaggschiff der deutschen Luftflotte.

An der Unterseite öffnete sich eine Klappe. Eine Gestalt im Fledermausumhang trat aus der Gondel und schwebte sanft zur Erde. Sie trug einen mit Hörnern bekrönten Helm, der ihr Gesicht gänzlich verhüllte, und eine blankpolierte Rüstung. Dracula landete auf dem Turm, und alle salutierten.

IV

DAS ENDE EINER LANGEN REISE

38

Angriffsstreife

Winthrop erwachte gegen zwei Uhr morgens. Er zog den Eimer unter seiner Pritsche hervor und erbrach sich. Seit Beginn seiner Verwandlung hatte er Schwierigkeiten, Essen und Trinken bei sich zu behalten. In fünf Minuten würde sein Wecker gehen. Trotz der Dunkelheit konnte er die Umrisse der Gegenstände deutlich erkennen. Alles schien tiefschwarz zu glühen. Wie eine Fledermaus spürte er es im Innenohr, wenn andere Kreaturen am Himmel kreisten.

Er schwang die Beine über die Pritschenkante, zog Fliegerkluft und Stiefel an und versuchte seine Angst zu unterdrücken. Dies war seine erste Nachtstreife seit ... seit dem ersten Mal.

Da er keine Nachteule war, brauchte Winthrop ein paar Stunden Schlaf. Die Vampire saßen unten und zechten. Die *anderen* Vampire? Ein heftiger Krampf durchzuckte ihn. Das flaue Gefühl im Magen verriet ihm, dass er noch immer warmen Blutes war. Die spitzen Zähne in seinem Mund verrieten ihm, dass auch er bald zu den Untoten gehören würde. Doch für derlei Bedenken war jetzt keine Zeit. Er musste sich auf Pflicht und Vergeltung konzentrieren.

Das Ankleiden ging automatisch. Er knöpfte und verschnürte sich und stapfte dann nach unten, was der dicken Gelenkschoner und der schweren Stiefel wegen nicht ganz einfach war. Am Boden war er steif und unbeweglich. In der Luft hingegen war er flink und behände wie seine Camel. Die Kälte drang selbst durch den dicksten Stoff.

»Hallo«, sagte Bertie. Für ihn war der Krieg ein einziger Witz. Wer in den Dutt ging, war nur schnell auf eine Kippe vor die Tür verschwunden und würde jeden Moment wiederkommen. »Warm eingepackt?«

»Du hast deine Kluft geschnürt wie Ball«, bemerkte Ginger.

Winthrop hatte die Messe durch die niedrige Tür betreten und sich instinktiv an Balls Handgriffe geklammert, damit er nicht umfiel wie ein Klotz. Er bekam in einem fort zu hören, er täte dies und jenes wie Albert Ball: fliegen, schießen, kriechen, kämpfen.

Die für die heutige Spritztour eingeteilten Flieger waren bereits in ihre Monturen geschlüpft. Zwar befand sich auch der eine oder andere Veteran des alten Geschwaders Condor unter den Auserwählten, doch die meisten waren, wie Winthrop, Neuzugänge, hauptsächlich amerikanische Vampire, Einzelkämpfer, die nur ein Ziel vor Augen hatten.

»Mach's gut, alter Knabe«, rief Bertie, als Winthrop die Messe verließ. »Wir sehen uns bei Sonnenaufgang.«

Winthrop nickte vielsagend. Es hatte keinen Sinn zu leugnen, dass jeder Einsatz tödlich enden konnte. Er plante nie über den nächsten Flug hinaus.

Allard ließ die Männer wie zur Musterung antreten, um ein letztes Mal die Einzelheiten durchzugehen. Winthrop stellte sich neben Dandridge, einen Yank, der zwar ein unerfahrener Krieger, doch ein geschickter Jäger war. Der Älteste hatte jahrhundertelang unter Warmblütern gehaust und die Städte der Lebenden nach Beute durchstreift. Auch andere Neuzugänge – wie der tollkühne Severin, der unersättliche Brandberg und der idealistische Knight – waren alt, hatten sich bereits vor 1880 verwandelt. Mr. Croft war davon überzeugt, dass jeder, der so lange Zeit Verfolgungen erlitten hatte, den Instinkt zu töten und zu überleben in sich trug. Zwischen den Ältesten-Assen und Cundalls Zeitgenossen kam es immer wieder zu Spannungen. Keine offenen Auseinandersetzungen, nur kleinere Reibereien.

Da Winthrop kein Vampir war, saß er zwischen allen Stühlen. Von Allard wusste er, dass Croft ihn akzeptierte. Er war bereits mit Ältesten geflogen. Sie eigneten sich besser für Tagesflüge als die zarthäutigen Neugeborenen.

Allard löste sich aus dem Schatten und baute sich vor seinen Leuten auf.

»Ich habe neue Anweisungen erhalten«, sagte Allard. Hinter ihm stand Caleb Croft, schwach schimmerndes Grau in schwarzem Samt. »Heute Nacht statten wir dem Château du Malinbois einen Besuch ab.«

Eiseskälte durchströmte Winthrops Adern. Erregung oder Angst konnte er sich jetzt nicht leisten. Er hatte gewusst, dass es so kommen würde.

»Oder, wie das deutsche Oberkommando es inzwischen nennt, Schloss Adler.«

Die Neuzugänge waren über Malinbois in groben Zügen unterrichtet. Winthrops Bericht über seinen Flug mit Courtney war die einzige verlässliche Information über die Gestaltwandler des JG1. Während Winthrop im Lazarett gelegen hatte, war Richthofens Fledermausstaffel wiederholt dabei gesehen worden, wie sie Beobachter und Späher jagte, Ballonfahrer abschoss und die Linien in geringer Höhe überflog. Nur Winthrop hatte den Kampf mit den geheimnisvollen Kreaturen überlebt.

Allard fuhr fort: »Richthofens Brut hat uns daran gehindert, gesicherte Erkenntnisse über die nächtlichen Truppenbewegungen der Deutschen zu gewinnen. Der Hunne bereitet eine Offensive vor und verstärkt seine Linien im Schutz der Dunkelheit mit Unmengen von Männern und Material. In diesem Sektor ist es bislang keinem einzigen Flugzeug gelungen, mit militärischen Informationen in seinen Heimathafen zurückzukehren. Uns sind weder Ballons noch Beobachter geblieben, die wir aufsteigen lassen könnten. Die Herrschaft des JG1 muss unter allen Umständen gebrochen werden. Zu diesem Zweck werden wir die deutschen Flieger in ein Gefecht verwickeln und beweisen, dass sie nicht unbesiegbar sind.«

Beim Anblick der betretenen Gesichter selbst der ältesten der Alten fing Allard urplötzlich, aus heiterem Himmel, an zu lachen. Es war kein aufmunterndes Lachen, sondern ein finsteres, unheimliches Kichern, das zu einem ebenso qualvollen wie gequälten Kreischen anwuchs. Winthrop bemerkte zum wiederholten Mal, dass Allard, selbst für einen verhältnismäßig jungen Neugeborenen, eine äußerst seltsame Figur abgab.

Die Piloten eilten zu ihren wartenden Flugzeugen. Winthrop saß in seinem Cockpit, noch bevor Allards Gelächter verklungen war.

Das Geschwader Condor war mit neuen Camels ausgestattet worden. Kaum zu bändigende Vögel, die es jedoch mühelos mit jeglicher *Maschine* aufnehmen konnten, die der Boche zu bieten hatte.

Allard bevorzugte eine sogenannte Vierfingerformation: Er selbst übernahm die Spitze, während die anderen links und rechts, über und unter ihm zurückblieben. Winthrop flog schräg über dem Geschwaderkommandeur, und Dandridge, in der Position des *high man,* hielt sich schräg über ihm.

Da der Boche keinen Treibstoff benötigte, war er gegen den gemeinen Todesschuss der Kampfflieger immun. Die Deutschen konnten nicht in einem Feuerball zur Erde stürzen. Dafür waren sie Vampire: Eine Silberkugel in den Kopf oder ins Herz erfüllte ihren Zweck. Jede zweite Patrone in den Trommelmagazinen seines Zwillings-Vickers war aus Silber. Ein zwanzigsekündiger Feuerstoß kostete hundert Guineas. Beide Kriegsparteien waren gezwungen, das Silber aus den amputierten Gliedmaßen und zerfetzten Leichen der Gefallenen zu bergen.

Winthrop ritzte Kreuze in die Spitzen all seiner Patronen. Was nichts mit der vermeintlichen Abneigung eines Vampirs gegen Kruzifixe zu tun hatte, sondern dafür sorgte, dass die Kugeln beim Aufprall zersplitterten und in der Wunde explodierten. Bei einem Dutzend Tagesflügen in nur einer Woche hatte er sechs feindliche Maschinen abgeschossen und war damit zum Ass avanciert. Es freute ihn am meisten, wenn sie in einem Feuerball zur Erde stürzten. Er fand Geschmack am Kampfgetümmel und besaß Albert Balls sicheren Instinkt. Jetzt wollte er bei Nacht auf Raub ausgehen. Er wollte Richthofen zur Strecke bringen. Vielleicht würde das Balls Gier befriedigen.

Sein Magen verkrampfte sich von neuem. Er hatte gelernt, mit seinen Schmerzen zu leben, sie sich nicht anmerken zu lassen. Kate hatte ihn vor den Gefahren seines Tuns gewarnt. Wenn alles vorbei war, wollte er mit Kate ins Reine kommen. Nein, er durfte nicht an Kate, Catriona oder Beauregard denken. Nur an das Hier und Jetzt.

Er umfasste den Steuerknüppel und hielt die Maschine in der Waagerechten. Der Schmerz ließ nach. Der Nachthimmel war dicht bevölkert. Er brauchte sich nicht umzudrehen, denn er wusste, wo die anderen Camels waren. Das Bild der Vierfingerformation hatte sich in sein Gedächtnis eingebrannt.

Am Boden schlängelte sich eine Fahrzeugkolonne über das Niemandsland, die Männer und *matériel* hinter die deutschen Linien brachte. Er ignorierte sie. Dies war keine Aufklärungsstaffel. Dies war eine Angriffsstreife, eine Jagdgesellschaft.

Ein winziges Geräusch. Ein einsamer Hunne schoss auf gut Glück in den Himmel, auf die Camels. Winthrops Daumen lagen auf den MG-Knöpfen. Albert Ball riet ihm, ruhig Blut zu bewahren. Winthrop war hin- und hergerissen zwischen Ball und Kate. Kein angenehmes Gefühl.

Die Streife nahm dieselbe Strecke, die Winthrop mit Courtney geflogen war. Vor ihnen lag das frisch getaufte Schloss Adler. Der Schlupfwinkel des Roten Barons.

Den letzten Frontberichten zufolge war das JG1 in Richtung Amiens ausgeflogen und hatte eine Reihe geflickter Ballons attackiert, mit denen man allenfalls Strohpuppen aufsteigen lassen konnte. Bei ihrer Rückkehr würden sie sich unversehens in ein Luftgefecht verwickelt finden. Die Gestaltwandler waren noch nie *angegriffen* worden. Das war ein leichter, doch nicht zu unterschätzender Vorteil.

Er *spürte* sie, noch ehe er sie sah. Er spitzte die Ohren. Ein Verband kehrte lautlos ins Schloss zurück. Sie segelten wie Fledermäuse, schlugen nur hin und wieder mit den Flügeln, glitten auf unbekannten Luftströmen dahin.

Auch Allard hatte den Boche gesehen. Er hob die Hand. Die vierfingrige Pfeilspitze wurde stumpf. Der Abstand zwischen den Camels wuchs, doch die Piloten blieben in Formation.

Nicht vergessen, *kurze* Stöße. Genau zielen, nicht wild durch die Gegend ballern.

Mit einem Mal war sein Verstand glasklar, und alle überflüssigen Gefühle und Gedanken fielen von ihm ab. Er war ein neuer Mensch, befreit von inneren Zwängen. Eins mit seinem Zwillings-Vickers.

Da sahen *sie* die Camels.

Allard näherte sich der Flanke des feindlichen Verbandes und schoss. Flammendes Silber explodierte in den Schwingen einer Kreatur. Der entsetzlich menschliche Schrei war lauter als das

Trompeten eines Elefanten. Das verletzte Ungeheuer verließ die Formation. Seine Schwingen hingen in Fetzen, doch die Kugeln gingen ungehindert hindurch. Nur ein Treffer in Rumpf oder Kopf konnte ihm ernstlichen Schaden zufügen.

Winthrop sah, wie der Flieger in die Tiefe stürzte, die Schwingen umgestülpt wie ein vom Wind gepeitschter Schirm. Severin war dem verwundeten Vampir dicht auf den Fersen, juchzend und um sich schießend wie Bronco Billy. Der Älteste litt tödlichen Durst und scherte sich einen Teufel um die vorgegebene Taktik. Wenn seine Magazine leer waren, würde sich der Gegner fangen und auf ihn stürzen.

Die beiden Verbände kreuzten sich. Winthrop witterte den Moschusgeruch der Gestaltwandler und spürte den Eishauch ihrer Schwingen. Im Zickzackflug versuchte er, einen vorbeihuschenden Schatten ins Visier zu nehmen. Fast hätte er gefeuert, ließ es dann aber doch bleiben, um die wertvolle Munition nicht zu vergeuden.

Auch die Deutschen schossen nicht. Vermutlich hatten sie ein Gutteil ihrer Feuerkraft an die Ballonattrappen verschwendet. Viele Flieger hatten die Angewohnheit, ihre Magazine auf dem Rückflug in die feindlichen Schützengräben zu entleeren, um sich von dem Ballast der Restmunition zu befreien.

Eine Schwinge nahm sein gesamtes Blickfeld ein, und er drückte die MG-Knöpfe. Grelle Blitze versengten ihm die Augen, als das Vickers losging. Die Schwinge verschwand, und er nahm die Daumen wieder von den Knöpfen.

Die Salve, nur wenige Augenblicke lang, hatte ihm fast das Trommelfell zerrissen. Instinktiv schoss er ein zweites Mal, Sekundenbruchteile *bevor* von neuem eine Schwinge an seinem Propeller vorüberflatterte. Diesmal flog der Gestaltwandler direkt in seine Schussbahn und wurde kreischend durch die Luft gewirbelt. Eine Reihe von Löchern erschien in seinem Schwingenvorhang. Er hatte dem Flieger ohne Zweifel ordentlich eins auf den Pelz gebrannt.

Er schmeckte Blut. Es war sein eigenes, vermischt mit dem von Ball und Kate. Seine Zähne waren korallenspitz. Ein Vorgeschmack auf das Vampirdasein, der ihm nicht recht gefallen wollte.

Wieder eine Salve. Wieder daneben. Das Fledermausgeschöpf vollführte einen perfekten Immelmann und schwang sich zur Mondsichel empor. Dandridge war ihm dicht auf den Fersen und traktierte es mit wohlgezielten Feuerstößen. Der Boche beendete die Kehre und spreizte die Schwingen. Dandridge hatte ihn erwischt. Rote Rinnsale sickerten in schwarzen Pelz.

Der Gestaltwandler ließ sich ein wenig sinken, fasste Dandridge von unten, heftete sich wie ein Neunauge an den Bauch der Camel und schlang, den Schwanz wie eine Peitsche schwingend, die Flügel um den Rumpf. Der Rahmen der Maschine brach, und der Motor geriet ins Stottern. Der Propeller bohrte sich in das Gesicht des Deutschen und blieb stecken.

Winthrop war entsetzt.

Die Camel ging entzwei. Dandridges oberer Tragflügel brach ab und wurde fortgerissen wie ein Papierdrachen im Sturm. Der Gestaltwandler ließ das Flugzeug los. Das zerdrückte Wrack der Camel stürzte zur Erde, der Wind pfiff laut durch die Verspannung. Im freien Fall entleerte Dandridge sein MG.

Die Kreatur, die Dandridge getötet hatte, hielt sich nur mit Mühe in der Luft. Sie hatte zahlreiche Treffer abbekommen, und die Schrunde, die der Propeller geschlagen hatte, war tief. Ihre Schwingen hingen in Fetzen. Aus ihren Wunden wehten dunkle Blutgirlanden.

War das der Rote Baron?

Winthrop hatte das verstümmelte Monstrum im Visier. Er feuerte, ließ Blei und Silber vom Himmel regnen. Dann stieß er hinab und fasste die Kreatur von oben. Einen Augenblick lang befürchtete er, sie könne sich an die Unterseite seiner Camel heften und das Manöver wiederholen, mit dem sie Dandridge zur Strecke gebracht hatte.

Das Blut kochte ihm in den Adern. Die Stunde der Wahrheit war gekommen. Als er zu einer Kehre ansetzte, um einen erneuten Angriff zu wagen, sah er, dass Allard sich auf seine Beute stürzte. Das Ungeheuer nahm seine ganze Kraft zusammen und flog Allard entgegen. Mit einem einzigen Schuss jagte der Geschwaderkommandeur dem Monstrum einen Klumpen Silber in den Schädel. Der Flieger war sofort tot. Er schrumpfte auf menschliche Größe und stürzte, von schweren MGs hinabgezogen, in freiem Fall zur dunklen Erde.

Die Kreaturen ließen sich also doch vernichten.

Allard hatte ihm den Sieg entrissen, und Winthrop streifte suchend umher. Er befand sich im Herzen des Hahnenkampfes. Camels und Gestaltwandler bevölkerten den Himmel, feuerten aus allen Rohren, zerfetzten Tragflächen und Lederschwingen. Eine Camel (Rutledge, dachte Winthrop) explodierte in einem Feuerball. Ein heftiger Schwall heißer Luft erfasste seine Flügel und drängte ihn zurück.

Unter ihnen lag das Schloss. Und darüber hing ein riesenhaftes Etwas, das einen dunklen Schatten auf das Land warf.

Rutledge war keinem Flieger des JG1 zum Opfer gefallen. Flaksperrfeuer pfiff ihnen um die Ohren. Schloss Adler war von Geschützen umringt. Archie explodierte unter Winthrop, ein Feuerteppich in der Nacht. Rauch trübte die Gläser seiner Brille und biss ihn in den Augen.

Eine Fledermaus kam auf ihn zu, und Winthrop drehte ab. Er nahm eine Hand vom Steuerknüppel, zerrte sich die rußverschmierte Brille herunter und ließ sich den eisigen Flugwind ins Gesicht wehen.

Er hob den Blick und erkannte, dass ein Zeppelin über dem Schloss stand wie ein gigantischer Ballon. Er schwebte in dünner Luft über der möglichen Steighöhe jeglicher Schwerer-als-Luft-Maschinen. Nur echte Ungeheuer konnten in dieser Höhe überleben, wo die Kälte das Blut in den Adern stocken ließ und aus wollenen Fliegerkluften eisklirrende Kettenpanzer machte.

Allard gab das Signal zum Rückzug. Die Gestaltwandler landeten auf ihrem Turm und verschwanden hinter dicken Mauern.

Winthrop war um seinen Abschuss betrogen worden. Womöglich war der Rote Baron längst tot. Allards Sieg. Halb wahnsinnig vor Wut, hielt Winthrop auf Schloss Adler zu. Ein Vampir ging auf der Landeplattform nieder, zog den Kopf ein und zwängte sich ins Schloss.

Um sich einzuschießen, feuerte Winthrop eine Salve ab. Die Kugeln prallten jaulend gegen harten Stein. Von den Schüssen aufgeschreckt, wirbelte der zwischen Menschen- und Fledermausgestalt gefangene Flieger herum und stellte die Ohren auf. Winthrops nächste Salve traf ihn in die Brust und schleuderte ihn rückwärts gegen die Schlossmauer. Scharlachfarbene Fontänen brachen durch sein lichtes Fell. Ein sauberer Treffer. Mitten ins Herz.

Sein siebter Sieg. Ein Sieg, der zählte. Ein Ungeheuer.

Nein, offiziell würde er doch nicht zählen. Als seine Mordgier gestillt war, fiel Winthrop ein, dass er Allards Rückzugsbefehl missachtet hatte. Sein Abschuss würde unter keinen Umständen bestätigt werden. Zudem hatte er den Gegner am Boden beschossen und nicht in der Luft. Er hatte seinen Vorteil schamlos ausgenutzt.

Dennoch, für ihn zählte der Sieg. Eines der Ungeheuer war tot.

Das Ganze hatte nur wenige Sekunden gedauert. Er fügte sich

wieder in die Formation, schräg über Allard. Zwischen Brandberg, Lockwood, Knight und Lacey.

Sie jagten davon. Das Archie war jetzt zu weit entfernt, um ihnen noch etwas anhaben zu können. Die Gestaltwandler hatten sich zurückgezogen. Das Luftschiff flog zu hoch, um seine Geschütze auf sie zu richten.

Vierzehn hatten das Schloss angesteuert. Fünf kehrten zurück.

Winthrop hatte Dandridge und Rutledge sterben sehen und geahnt, dass Severin sein Duell verlieren würde. Nun fiel ihm auch der Gestaltwandler mit dem Stück Menschenfleisch zwischen den Zähnen wieder ein, der den Kopf geschüttelt hatte, so dass das Blut nach allen Seiten spritzte. Auch dies musste ein Pilot gewesen sein.

Die anderen waren gestorben, ohne dass er es überhaupt bemerkt hatte. Neun Männer für zwei Ungeheuer. Der Luftkampf hatte höchstens zwei oder drei Minuten gedauert.

Die fünf Camels hatten die aufgehende Sonne im Rücken. Die hereinbrechende Dämmerung senkte sich über Winthrop wie eine schwere Decke, besänftigte sein Blut und verzehrte seine Kräfte. Sie überflogen die Linien.

39

In vorderster Front

»Ihre Kiste pfeift ja aus dem letzten Loch«, sagte Colonel Wynne-Candy. »Mein Fahrer wird sich darum kümmern.«

Kate, die mit den Eigenheiten eines Verbrennungsmotors nicht vertraut war, dankte dem Offizier, dessen Stabswagen im Schlamm am Straßenrand feststeckte. Er hatte gehalten, um ihre

Ambulanz vorbeizulassen, und litt nun an den Folgen seiner Galanterie.

Seit dem frühen Morgen fielen fast unablässig Bomben. Der Feind hatte schwere Geschütze aufgefahren und beharkte die alliierten Schützengräben. Die Parole an der Front lautete: Kopf einziehen!

Sie blickte in den bedeckten, schiefergrauen Himmel. Im Osten färbte Mündungsfeuer die düsteren Wolken rot.

»Es ist doch nicht etwa jemand in der Luft?«

Der pausbäckige Colonel, der diesen Rang zu seiner großen Freude auch nach seiner Verabschiedung am Ende des Burenkrieges hatte behalten dürfen, war beileibe nicht der unbedarfte Schwachkopf, für den er sich ausgab. Kate zuckte schaudernd die Achseln. Für gewöhnlich bereitete es ihr keine Schwierigkeiten, ihre Gedanken in Worte zu fassen, doch die Geschichte mit Edwin ging ihr viel zu nahe, um sich verständlich zu erklären.

»Jetzt, wo Richthofen nicht mehr ist, wird der Bursche da oben sehr viel sicherer sein.«

»Der Rote Baron ist tot?«

»Das wurde heute Morgen über Fernsprecher durchgegeben. Es ist aber noch nicht offiziell. Bislang hält sich der Boche bedeckt, aber unsere Lauscher im Hunnenland haben so etwas flüstern hören. Wie es scheint, ist die alliierte Luftherrschaft wiederhergestellt.«

Kate fragte sich, ob Edwin enttäuscht war. Er hatte eine lebende Waffe aus sich gemacht, um die Kreatur zur Strecke zu bringen, die seinen Kameraden getötet hatte. Oder war es ihm am Ende vielleicht doch gelungen, den Roten Baron zu bezwingen? Nein, *das* hätte sie im Blut gehabt.

»Eigentlich jammerschade, finden Sie nicht auch?«, meinte Wynne-Candy. »Mit seinem Tod ist der Krieg ein wenig farbloser geworden. Richthofen war etwas, für das es sich zu schießen lohnte.«

Auf das es sich zu schießen lohnte, dachte sie.

Ein paar Hundert Yards entfernt schlug jaulend ein Geschoss ein und krepierte. Kate und Wynne-Candy duckten sich, als feuchter Dreck zu Boden regnete.

»Der ging übers Ziel hinaus«, sagte der Colonel. »Vollkommen harmlos.«

Ein qualmender Krater markierte den Aufschlagpunkt. Hinter den Linien gab es mehr Bombentrichter als sonst.

»Wenn es so weitergeht, könnte das unsere Versorgungslinien gefährden.«

»Ganz recht, Miss.«

Wynne-Candys Fahrer, ein schmuddeliger Cockney, raunte dem Colonel leise etwas zu.

»Das darf doch wohl nicht wahr sein!«

Wynne-Candy war entsetzt.

»Es tut mir außerordentlich leid, Miss, aber ein überaus unsportlicher Hunne hat offenbar auf Ihren Wagen geschossen.«

Der Fahrer steckte den Finger durch ein Loch in der Motorhaube.

»Vermutlich ein Versehen. Jeder anständige deutsche Offizier, der einen seiner Männer dabei erwischt, wie er aus dem Hinterhalt auf einen Krankenwagen ballert, würde den Kerl sofort erschießen lassen.«

Der Fahrer meinte, der Motor sei unversehrt. Man müsse die Ambulanz nur einmal gründlich waschen, dann werde sie laufen wie geschmiert.

»Nicht leicht, in dieser Gegend seine Siebensachen sauber zu halten«, sagte Wynne-Candy und ließ seinen Blick über die morastige Ebene schweifen. »Und nun fahren Sie, Miss. Die Jungs an der Front erwarten Sie bereits.«

Ihr drei Nummern zu großer Khakimantel, ihre zerzauste, schlammstarrende Frisur und die tiefe Verwirrung, in der sie sich befand, würden sie schwerlich als Engel durchgehen lassen.

Sie wünschte dem Colonel Lebewohl und stieg wieder in den Krankenwagen. Als die Armee diese Vehikel bestellt hatte, war man davon ausgegangen, dass sie von sechs Fuß langen Kerls gefahren würden. Damals hatte sich noch niemand vorstellen können, dass man eines Tages alle verfügbaren Kräfte an die Front beordern und eine zierliche Vampirfrau den Posten des Chauffeurs ausfüllen würde. Sie hatte drei Kissen unterm Hinterteil und musste sich nach vorne beugen, um an das Lenkrad zu gelangen, das unermesslich weit entfernt schien. An den Fußpedalen befestigte Holzklötze brachten jene in Reichweite ihrer zu kurzen Beine.

Alles an dem Krankenwagen klapperte. Sie sah durch die verschmierte Windschutzscheibe in den Himmel. Selbst wenn der Rote Baron gefallen war, zogen dort oben noch immer wilde Ungeheuer ihre Kreise. Edwin zerrte an ihr wie ein Zahnschmerz. Es würden Monate vergehen, bis sie ihre alte Kraft zurückgewonnen hatte. Sie hatte das Gefühl, nur noch ein halber Mensch, ein Schatten ihrer selbst zu sein.

Wie jeder anständige Viktorianer warf sie sich in die Pflicht. Wenn möglich, hätte sie sogar zur Waffe gegriffen und wäre in die Schlacht gezogen. Geneviève hatte sich im Laufe ihres langen Lebens des Öfteren als Knabe ausgegeben und sich als Soldat verdingt: mit der heiligen Johanna gegen England, mit Drake gegen die Spanier, mit Bonaparte gegen die Russen. Geneviève hatte einfach *alles* gemacht. Ohne es zu wollen, gab sie anderen Frauen unablässig das Gefühl, minderwertig zu sein. Mit »anderen Frauen« meinte Kate sich selbst.

Heute, 1918, durfte Kate, obgleich sie stärker war als viele Männer, nur einen Krankenwagen fahren. Den nächsten Krieg würden

Männer *und* Frauen, Vampire *und* Warmblüter führen. Wenn sie überlebte, würde Kate auch an diesem Krieg teilnehmen. Und am nächsten. Und am übernächsten.

Richthofen tot. Sie wollte der Geschichte auf den Grund gehen. Das wäre eine fantastische Nachricht.

Die Straße senkte sich, und links und rechts erhoben sich Erdwälle. Sie hatte das Labyrinth der Schützengräben erreicht. Wellblech klapperte unter dem Gewicht des Krankenwagens. Die Hauptstraße war gerade breit genug. Da fortwährend alte Zufahrten verschüttet und neue gesprengt wurden, musste sie jedes Mal, wenn sie hierherfuhr, eine andere Strecke nehmen.

Eine weitere Granate explodierte, außer Sicht und doch ganz nahe. Kleine Klumpen prasselten auf das Dach des Führerhäuschens. Nur Erde, kein Schrapnell.

Trotz aller Rückschläge war sie immer noch Reporterin. Sie wollte versuchen, mehr über den Roten Baron zu erfahren. Sie dachte an die Musketiere von Maranique: Bertie, Algy und Ginger. Die drei würden ihr Rede und Antwort stehen. Sie waren so naiv, dass sie dem Kaiser während des Waffenstillstands 1914 vermutlich Weihnachtskarten geschrieben hatten.

Sie war fast am Ziel. In der Nähe befand sich eine Sammelstelle für Verwundete, die man auf Tragen gebettet hatte. In letzter Zeit hatte es keine nennenswerten Verluste mehr gegeben. Die Deutschen bereiteten ihre Offensive vor, ein veritables Stahlgewitter. Die rückwärtigen Stellungen waren wie ausgestorben, da die Alliierten sämtliche in Frankreich stationierten Männer und Geschütze an die Front beordert hatten. Das heutige Bombardement diente vermutlich einzig und allein dem Zweck, die Alliierten zu zermürben. Die Offensive – die sogenannte Kaiserschlacht – rückte beständig näher.

Sie zerrte an der Bremse, und die Ambulanz kam ruckartig zum Stehen. Auf alles gefasst, sprang sie aus dem Wagen und versank bis über die Gamaschen im quatschenden Morast. Die unter einem Zeltdach aufgebauten Tragen waren vollständig belegt. Sie hatte Platz für fünf Patienten, während nicht weniger als fünfzehn Männer darauf warteten, nach Amiens verbracht zu werden.

Der befehlshabende Offizier war Captain Tietjens, ein anständiger Kerl, den Jahre im Schlamm gezeichnet hatten. Trotz der dicken Schmutzschicht erkannte er Kate sofort und erbot sich, ihr eine Tasse Tee zu holen. Die Vampire an der Front pflegten das Gebräu mit einem Schuss Rattenblut zu süßen.

»Nein, danke«, sagte sie, um die mageren Vorräte nicht weiter aufzuzehren. »Ich habe ein Paket mit Schleichware unter dem Sitz. Etwas Tee, ein halbwegs genießbares Stück Brot, eine Tüte Pfefferminzbonbons. Und ein paar andere Sachen.«

Sie reichte ihm die Kostbarkeiten, für die sie ihr letztes Geld gegeben hatte. Sie war ein Vampir, sie konnte sich selbst versorgen. Tietjens ließ das Paket verschwinden: Er würde es an die verteilen, die es nötig hatten.

Ein Großteil der Verwundeten war Amerikaner. Immer neue Yanks wurden herbeigeschafft, um der Offensive Einhalt zu gebieten. Die meisten waren bereits im Einsatz.

Neben einer Trage kniete, bucklig wie ein altes Weib, ein Infanterist und hielt die Hand eines verwundeten Kameraden. Der Junge auf der Trage war allem Anschein nach nur noch ein Torso: Unterhalb der Hüfte war die Decke glatt, von süßem Blut durchtränkt. Zu ihrer großen Verlegenheit sprossen ihre Fangzähne hervor.

Der Freund des Verwundeten blickte sie an. Er schien viel zu benommen, um sich vor ihr zu fürchten. Es war Bartlett, der Soldat, der in Amiens mit ihr angebändelt hatte. Er hatte sich verändert. Seine brennende Begierde war wie weggeblasen: Er war zugleich ein hilfloses Kind und ein verrückter alter Mann. Sie las seine Erinnerungen. Sie wollte, sie hätte sich dem entziehen können.

»Verflucht«, stieß sie hervor.

Eddie Bartlett hatte binnen weniger Wochen einen tausendjährigen Krieg durchlebt. Abgesehen von dem Halbmenschen auf der Trage war Eddie der einzige Überlebende der Kameraden aus dem Café in Amiens. Er war praktisch der Letzte der Gruppe, die zusammen nach Europa gekommen war.

Sie wollte Bartlett ihre Hilfe anbieten. Er konnte alles von ihr haben, ihren Körper, ihren Saft, wonach auch immer ihm der Sinn stand. Sie wollte Gutes tun.

Tietjens und sie mussten die Tragen allein in den Krankenwagen hieven. Bartlett ließ die bleiche Hand seines Freundes nur widerstrebend los, um ihnen zu helfen.

»Halt durch, Apperson«, flehte er ihn an. »Immer feste *parlayvoo*, Sportsfreund.«

Vorsichtig schoben die drei den ersten Verwundeten – einen amerikanischen Sergeant mit einem Verband aus Lumpen um die Augen – in die Ambulanz. Als Private Apperson an die Reihe kam, war der Junge tot. Tietjens sah Kate achselzuckend an.

Ein ohrenbetäubendes Pfeifen erfüllte die Luft. Zu ihrem Erstaunen streckte Tietjens die Hand aus und berührte ihr Haar. Sie wollte sich eben dafür entschuldigen, dass sie ihren besten Hut zu Hause gelassen hatte, als das Pfeifen explodierte. Die Druckwelle brachte Tietjens aus dem Gleichgewicht und riss ihn von den Füßen. Sie wurden gegen den Krankenwagen geschleudert. Auf die Detonation folgte Hitze. Und Unmengen von Erde. Ganz in der Nähe war eine Bombe eingeschlagen. Sie sah, wie langsam eine Grabenwand einstürzte und die verbleibenden Tragen mit den Verwundeten unter sich begrub. Tietjens zog etwas aus Appersons Bettzeug hervor, beraubte den Toten.

Kate wankte in Richtung der Verwundeten. Die nächste Granate explodierte, und sie wurde erneut zu Boden gerissen. Ihr Rücken schmerzte, und sie wusste, dass sie getroffen war. Tietjens war dicht hinter ihr.

Der Offizier stülpte ihr Appersons Stahlhelm über den Kopf. Sie hatte begriffen und zurrte den Kinnriemen fest. Der Rand ruhte auf ihrer Brille und drückte sie auf ihre Nase.

Sie wühlte mit den Händen wie ein Tier und versuchte die lockere Erde vom Gesicht eines hustenden, warmblütigen Infanteristen zu schaufeln. Je mehr Dreck sie beiseiteschaffte, desto mehr sackte nach. Es war kein Platz, ihn aus dem Erdrutsch zu befreien.

Während sie noch grub, sprossen ihre Klauen hervor. Sie krallte sie tief in die Erde. Ihre Fangzähne schnitten ihr schmerzhafte Kerben in die Lippen. Sie war zu einem gemeinen Ungeheuer verkommen. Der Junge sah sie panisch an und setzte sich verzweifelt zur Wehr, weil er glaubte, sie wolle ihm ans Leder. Als er den Mund aufriss, fiel Erde hinein und erstickte seinen stummen Schrei. Sie versuchte ihm zu sagen, dass sie ihm bloß helfen wolle, brachte jedoch außer Knurren und Fauchen nichts heraus.

Plötzlich begann es von neuem zu pfeifen, lauter und konzentriert. Sie blickte zu dem schmalen Himmelsstreifen über dem Graben empor und sah Dutzende funkensprühender Rauchfahnen.

Die Wucht der Explosion schleuderte sie in die Höhe. Die Ambulanz war voll getroffen worden. Kate schmeckte Blut. Der Wagen wurde in die Luft katapultiert und sprang in tausend Stücke, ließ kreischendes Metall und Leichenteile vom Himmel regnen. Hundert Tonnen Schlamm spritzten auf und prasselten hernieder. Kate kniff die Augen zu und schloss den Mund, als kühle Grabeserde sie verschüttete und zu Boden presste. Urplötzlich war es totenstill.

40

Drachentöter

Winthrop saß auf Albert Balls Stuhl und starrte ins Leere. In der Messe war es voll, aber ruhig. Cundalls neugeborene Männer spielten Karten. Mehrere Älteste tollten mit einer pummeligen kleinen Französin und entlockten ihr spitze Schreie. Sie nannte sich Cigarette und wanderte, wie ein Glimmstängel im Schützengraben, von Mund zu Mund.

Seit Ginger das Gerücht verbreitet hatte, Richthofen sei wirklich tot, fühlte sich Winthrop wie ein exorzierter Geist. Es gab keinen Grund mehr, beim Geschwader Condor zu verbleiben, und doch er war hier festgenagelt. Noch floss das Blut von Ball und Kate in seinen Adern, und sein roter Durst – schlimmer, sein roter *Hunger* – wuchs von Minute zu Minute, er lechzte geradezu nach rohem Fleisch.

Sein Magen war immer noch empfindlich. Er konnte nur wenige Bissen Kurzgebratenes bei sich behalten, und auch das nur, wenn es in Blut schwamm. Wenn ihm übel wurde, erbrach er beängstigende Mengen roten Hackepeters.

Obgleich er die verschorften Hälse von *filles de joie* wie Cigarette äußerst verlockend fand, hätte er es niemals über sich gebracht, warmes Menschenblut zu trinken. Er wünschte, er hätte sich von dem bewusstseinstrübenden Infekt befreien können, der in seinem Körper tobte und seinen Geist in einem Meer von Rot versinken ließ.

Wenn er Kate doch nur noch einmal küssen und alles ins Reine bringen könnte.

Ein Schatten fiel auf ihn. Allard war eingetreten.

»Unser Sieg ist bestätigt worden. Die Deutschen haben ihn offiziell bekanntgegeben.«

»Ihr Sieg«, widersprach Winthrop. »Sie haben den Boche erledigt.«

»Es war ein Richthofen, aber nicht *der* Richthofen.«

Ein Stromstoß durchzuckte Winthrops Adern.

»Wir haben Manfred von Richthofens Bruder Lothar abgeschossen. Auch kein Kostverächter. Vierzig Siege.«

Der Rote Baron war noch am Leben. Der Zweck, zu dem Winthrop sich verwandelt hatte, war noch nicht erreicht.

»Ich weiß, was in Ihnen vorgeht, Edwin. Sie freuen sich. Sie wollen sich diesen Fang nicht entgehen lassen.«

Winthrop versuchte gar nicht erst, den Amerikaner mit Parolen wie »Einer für alle, alle für einen!«, »Kämpfen bis zum letzten Mann!« oder »Der Sieg ist unser!« hinters Licht zu führen.

»Sie werden den Adler noch früh genug vor die Flinte bekommen«, sagte Allard. »Wenn nicht sogar weitaus fettere Beute.«

Winthrop schauderte.

Cigarette schrie kichernd auf. Allard warf dem Mädchen einen missbilligenden Blick zu. Sie saß auf Alex Brandbergs Schoß. Seine Lippen klebten an ihrer Brust.

Winthrop entschuldigte sich, ergriff die Steigbügel, die man für Albert Ball an den Balken befestigt hatte, und stand auf.

»Ich brauche frische Luft«, sagte er.

Es war der 20. März, laut Kalender Frühlingsanfang. In Frankreich herrschte trübes Winterwetter. Winthrop stand vor dem Bauernhaus, sog gierig kalte Luft in seine Lungen und versuchte sich zu konzentrieren. Sein Vampirblut war also doch zu etwas nütze. Seine Entschlusskraft kehrte zurück. Dennoch fühlte er sich geschwächt. Immer wenn er sich zu geistigen Höhenflügen aufschwingen wollte, um Klarheit über Ball und Kate *et cetera* zu gewinnen, war er wie gelähmt. Seine Gedanken kreisten nur mehr um Mord und Rache. Alles andere verschwand in einem roten Nebel. Was unterschied ihn von den Troglodyten? Oder von gemeinen Schlächtern in Uniform?

Zwei Burschen zwängten sich mit einem langen Bündel durch die Küchentür. Winthrop witterte Blut. Das Bündel war die ohnmächtige Cigarette. Die Männer lehnten sie neben ihrem Fahrrad gegen einen Zaun.

Winthrop trat näher. Die Burschen wischten sich angewidert die Hände ab und zogen sich zurück. Das Mädchen trug einen Schal um die Schultern. Zwischen seinen Brüsten steckte eine Rolle Banknoten, so dünn wie eine Zigarette. Der Regen benetzte sein Gesicht mit einem Tränenschleier. Seine blutunterlaufenen Augen sprangen auf. Cigarette griff nach dem Geld und schob es tiefer in ihr Mieder.

Er machte keine Anstalten, ihr zu helfen. Sie würde es ihm ohnehin nicht danken. Mit geübten Fingern inspizierte Cigarette die Bissspuren an Hals und Brust. Als sie die ausgefransten Wundränder betastete, zuckte sie zusammen. Dann legte sie sich den Schal um wie einen Notverband. Die Wolle war mit geronnenem Blut besudelt. Cigarette rappelte sich mühsam und mit gemessener Würde hoch, wie ein Betrunkener, der so tut, als sei er nüchtern. Sie hielt sich mit einer Hand am Zaun fest, bis sie gerade stehen konnte, und bedachte Winthrop, das Bauernhaus und den Flugplatz mit einem verächtlichen Blick. Dieses Mädchen hasste den Boche kaum mehr als die alliierten Flieger, die es für Geld zur Ader ließen.

Der Regen schmeckte nach Blut.

Cigarette stieg auf ihr Fahrrad und strampelte davon. Sie brachte ihre Röcke außer Reichweite der Speichen und beugte sich tief über den Lenker. Ob sie eine Familie zu ernähren hatte? Einen Mann? Kinder? Oder war sie nichts weiter als eine Schlachtenbummlerin, die den Soldaten überallhin folgte?

Sein plötzliches Interesse für das Mädchen bereitete ihm Unbehagen. Da wurde ihm klar, dass dies die Kate in ihm sein musste. Der Regen spülte all seine Bedenken fort. Nur ein Narr blieb freiwillig im Regen stehen.

Bei Sonnenuntergang rief Allard zur Einsatzbesprechung. Winthrop wusste sofort, dass es um etwas Ernstes ging. Die Tafel mit dem Dienstplan des Geschwaders war leer. An der Wand hing eine große Karte der Umgebung. Und neben dem Captain hockte Mr. Caleb Croft. Seine Miene war unergründlich.

Winthrop saß auf Balls Stuhl, zwischen Bertie und Ginger.

»Mr. Croft hat Ihnen etwas mitzuteilen«, sagte Allard.

Das war ungewöhnlich. Winthrop konnte sich nicht entsinnen, dass der Geheimagent jemals ein Wort gesprochen hatte.

Croft stand auf, beugte sich ein wenig vor und sagte: »Gentlemen, Konflikte, von denen Sie bislang nichts wussten, sind im Gange. Ein geheimer Krieg, wenn Sie so wollen. Wir haben den Feind übertölpelt. Wir haben seine Luftritter gewähren lassen. Wir haben Männer wie Richthofen zu Legenden stilisiert, haben den Feind ermutigt, sein Vertrauen in sie zu setzen, ihren Wert zu überschätzen. Eine verlustreiche, aber – wie Sie gleich sehen werden – entscheidende Strategie.«

Croft krächzte, Winthrop schäumte. Man konnte diesen Mann beim besten Willen nicht sympathisch finden. Er schien andeuten zu wollen, dass die Alliierten wackere Männer wie Albert Ball und Tom Cundall geopfert hatten, nur um den Boche in dem Glauben zu belassen, seine mordenden Gestaltwandler seien unbesiegbar.

»Wie Sie wissen, ist das JG1 auf Schloss Adler stationiert. Bei Ihrer letzten Streife haben Sie entdeckt, dass ein Luftschiff über dem Schloss vertäut liegt.«

Um diese Neuigkeit hatte es großes Aufhebens gegeben.

»Solche Maschinen wagen sich nur selten an die Front. Es handelt sich um das Flaggschiff der feindlichen Luftflotte, die *Attila*. Von dieser Stellung aus wird ihr Oberbefehlshaber den Verlauf ihrer geplanten Offensive beobachten.«

Winthrop musste an den schwarzen Rumpf des Schiffes denken.

»Sie meinen, Dracula ist in dem Zeppelin?«, fragte Lacey.

Croft fuhr, sichtlich verärgert über die abrupte Unterbrechung, fort. »Auf dieses Endspiel haben wir spekuliert. Wir haben Dracula aus seinem Schlupfwinkel gelockt. Wir haben ihn in unsere Reichweite gebracht.«

Plötzlich begriff Winthrop, was Allard mit »fettere Beute« gemeint hatte. Es waren fast so viele Adler am Himmel wie Spatzen. Und über ihnen schwebte ein Drache, der *dracul*.

»Wenn der Feind zum Angriff übergeht, ist es Aufgabe dieses Geschwaders, den Zeppelin abzuschießen. Wenn wir der Bestie erst einmal den Kopf abgeschlagen haben, wird ihr Körper rasch verfaulen. Diese Mission bedeutet den Sieg der Alliierten.«

»Alles schön und gut, mein Bester«, sagte Algy, »aber mit unseren Kisten können wir dem verfluchten Zeppelin noch nicht mal an der Hose riechen. In der Höhe gefrieren uns die Augäpfel zu Eis.«

»Er wird zu uns herunterkommen. Lord Ruthven weiß um seine Arroganz. Graf von Dracula liebt dieses Spielzeug, diese Flugmaschine. Er wird es aus der Nähe sehen wollen, wenn seine Truppen die Linien durchbrechen. Inmitten seiner Leibgardisten, seiner gestaltwandlerischen Asse, fühlt er sich sicher. Diese kindische Überheblichkeit ist sein Ende und sein Untergang. Und ihr, Männer, werdet Dracula den Garaus machen.«

»Ich wollte schon immer mal 'nen Zeppelin vom Himmel holen«, sagte Bertie. »Verdammt unsportliche Mühlen, diese Zeppeline. Bombardieren Zivilisten und so 'n Mist.«

»Hier geht es nicht um Sport«, widersprach Croft. »Hier geht es um den Krieg. In diesem Fall sogar um Mord. Täuschen Sie sich nicht.«

»Und was ist mit unseren Freunden vom JG1?«

»Bringen Sie sie um, wenn es die Umstände erfordern und erlauben, aber führen Sie um Himmels willen keinen Privatfeldzug gegen sie.«

»Und nach Draculas Tod ist alles vorbei?«

»Dies ist sein Krieg. Ohne ihn werden die Mittelmächte zusammenbrechen.«

»Und wer soll dann kapitulieren?«

Croft zuckte die Achseln. »Der Kaiser. Ohne Dracula ist er ein hilfloses Kind.«

Ruthvens Intimus klang durchaus überzeugend, doch seine Stimme war hohl, sein Horizont begrenzt. Croft hatte gesagt, es gehe nicht um Sport, andererseits sprach er von Endspielen, als sei die Welt ein Schachbrett. Aus der Luft, in der Luft wusste Winthrop, dass es keine Ordnung gab. Ohne Kopf würde die Bestie womöglich wüten, bis alles Leben im Dschungel ausgerottet war. Und die Schlammwüste Europa würde ein Kontinent der Troglodyten, der Höhlenmenschen werden. Doch daran durfte Winthrop jetzt nicht denken. Er dachte nur noch an die Jagd, die Jagd auf Flugdrachen und Adler.

Das Telefon klingelte, und Allard presste sich den Hörer ans Ohr. Der Captain lauschte, nickte, legte auf.

»Es ist so weit«, verkündete er.

41

Kaiserschlacht

Sie bekam keine Luft. Dabei atmete sie nur aus Gewohnheit und nicht aus Notwendigkeit. Ein harter, schwerer Gegenstand lastete auf ihrer Brust. Sie hatte kein Gefühl mehr in den Gliedern. Stechende Schmerzen in der Schulter deuteten auf Silber hin.

Kate blinzelte im Dunkeln. Zum Glück schützte die Brille ihre Augen vor dem Dreck. Seit ihrer Verwandlung, der sie die Fähigkeit zur Nachtsicht verdankte, hatte sie keine so tiefe Finsternis mehr erlebt. Leise, kaum hörbare Geräusche zerfraßen die Grabesstille. Schreie, Explosionen, Motoren, Schüsse, MG-Salven.

Sie war seit Jahren tot, und an ihrem Zustand hatte sich nichts geändert.

Ein Schmerz durchzuckte ihre Schulter und ihren rechten Arm hinab in ihre Hand. Sie ballte ihre Klauen zur Faust und bohrte die Fingernägel ins weiche Fleisch des Daumenballens. Es war nicht leicht, sich durch die Erde zu boxen. Sie konnte nicht zum Schlag ausholen. Ihr ganzer Arm tat weh. Ihre verletzte Schulter sprang aus dem Gelenk. Sie musste die Lippen fest zusammenpressen, um einen Schmerzensschrei zu unterdrücken.

Ihr Erdsarg bekam einen Riss, so dass sie den Arm bewegen konnte. Sie streckte die Hand aus und krallte die Finger in den Dreck. Ihre Klauen stießen gegen einen Toten, und sie packte einen Arm des Leichnams, zog aus Leibeskräften daran und versuchte ihren Körper hochzustemmen. Die Schmerzen waren schier unerträglich, doch das Ding auf ihrer Brust wollte sich nicht von der Stelle rühren.

Wenn sie jetzt in Schlaf fiel, konnte sie Jahre, wenn nicht sogar Jahrhunderte bewusstlos überdauern. Vielleicht würde sie in einem Utopia erwachen, in dem die Menschheit Kriege nicht mehr nötig hatte. Oder in einer Zukunft, in der Dracula als Autokrat über eine wüste Erde herrschte. Doch Schlafen hieß, sich vor der Verantwortung für die Gegenwart zu drücken.

Ihre Faust brach durch die Oberfläche. Sie spürte kühle Luft und streckte die Finger.

Der Gegenstand auf ihrer Brust war ein Balken oder ein schweres Trümmerteil des Krankenwagens. Aber was es auch war, es ließ sich nicht bewegen. Sie presste sich noch tiefer in die Erde, um sich losstrampeln und wie ein Wurm nach oben wühlen zu können.

Ach, wenn ihr Vater das noch hätte erleben dürfen!

Mit gekrümmten Schultern grub sie eine Mulde in den weichen Boden unter ihrem Rücken. Alles war klatschnass. Durch ihre Anstrengungen wurde aus fester Erde lockerer Schlamm.

Plötzlich packte jemand ihren Arm. Sie ergriff die Männerhand und zog die Fingernägel ein, um ihren Retter nicht zu stechen. Sie versuchte, ihn sich vorzustellen. Ein höllischer Schmerz betäubte ihre Hand, als ihr eine Metallspitze – kein Silber – durch die Haut ins Fleisch getrieben wurde. Ihr Retter stieß ihr ein Bajonett in den Leib. Ein durstiger Mund schlürfte mit rauer Katzenzunge Blut aus ihrer Hand.

Sie schnappte nach einem Gesicht, bekam einen Schnurrbart zu fassen, versuchte ihre Nägel in einen Schädel zu krallen. Der Mann, der ihr das Blut stahl, richtete sich auf, und sie wurde aus dem Dreck ans Licht gezerrt. Der schwere Gegenstand rutschte von ihrer Brust und stieß gegen ihre Hüfte. Dann steckte sie wieder fest. Ihre Schulter tat so weh, dass sie glaubte, er wolle ihr den Arm ausreißen. Schließlich lag auch ihr Gesicht frei, und sie schrie.

Ihre dreckverschmierte Brille war wie durch ein Wunder heil geblieben, und es dämmerte bereits. Trotzdem schien das Licht entsetzlich grell. Ihre Augen brannten. Und in ihren Ohren gellte ungeheurer Lärm.

Den Leichenfledderer fest umklammernd, stand sie auf und schüttelte sich, um ihre Kleider von Erdklumpen zu befreien. Schlamm und Stoff bildeten eine dicke, kalte Lehmschicht.

Sie ließ ihren Gefangenen los. Ihre Hand war knorrig und geschwollen, pralles Fleisch über wuchernden Knochen. Ihre Finger hatten sich zu sechs Zoll langen Ruten mit drei Zoll langen Klingen ausgewachsen. Bei dem Gedanken daran schrumpfte die Hand wieder zusammen. Die bittere Not hatte ungeahnte gestaltwandlerische Fähigkeiten zum Vorschein kommen lassen.

Hätte der neugeborene Soldat eine deutsche Uniform getragen, so hätte sie ihn auf der Stelle umgebracht und sein Herz verspeist. Doch es war nur ein verwirrter Tommy, der aus einem Dutzend Wunden blutete und mit ihrem Saft besudelt war. Der Soldat wich zurück, stürzte davon und ließ Kate allein auf einem Schlammhügel zurück. Sie war noch immer aufgebracht und kämpfte mit dem roten Durst, den das Blutbad geweckt hatte.

Langsam gewöhnten sich ihre Augen an das Licht, und sie erkannte Teile ihres Krankenwagens und die einstige Befestigung des Grabens. Alles war mit Leichenteilen übersät. Vermutlich befanden sich auch Tietjens und Bartlett unter den Toten. Der Schützengraben war nicht mehr. Die Wucht der Explosionen hatte ihn zum Einsturz gebracht. Sie stand ungeschützt zu ebener Erde und sah die Abzugsgräben nahe gelegener Stellungen. Ein Großteil des Systems war noch intakt. Es wimmelte von Männern, die in die Quartiere oder an die Front einrückten.

Ein Granatsplitter steckte in ihrer Schulter, und sie zog ihn heraus. Sofort ließen die Schmerzen nach.

Ringsum schlugen Bomben ein. Da ihr der Schreck noch immer in den Gliedern saß, konnten die Explosionen sie nicht weiter erschüttern. Sie drehte sich um und nahm die Front in Augenschein. Zwar gab sie eine perfekte Zielscheibe ab, dafür aber hatte sie einen bemerkenswerten Blick. Von ihrem Hügel aus sah sie die von hektischer Betriebsamkeit erfüllten Schützengräben der Alliierten, das Drahtgewirr im Niemandsland und das Mündungsfeuer der deutschen Geschütze. Selbst die Befestigungsanlagen der feindlichen Stellungen waren deutlich zu erkennen. Schaurige Musik – Wagner? – rieselte vom Himmel. Stählerne Ungeheuer krochen durch das Niemandsland. Darüber schwebte ein Leviathan der Lüfte.

Stalhein war erneut als Beobachter abkommandiert. Diesmal wurde er, in menschlicher Gestalt, zum Dienst an Bord der *Attila* bestellt.

Die gepanzerte Gondel war ein Kommandeurskonklave, ein Kabinett der hohen Tiere, die ihre Untergebenen zu einer wahren Grußorgie animierten. Der Kapitän des Zeppelins war Peter Strasser, ein fanatischer Anhänger der Schwerer-als-Luft-Luftfahrt, der zu Beginn des Krieges Bombenangriffe auf London geflogen hatte. Über Strasser stand Ingenieur Robur, der Leiter der Marine-Luftschiffer-Abteilung und große Architekt und Propagandist dieser Maschinen. Und über ihnen allen stand Graf von Dracula, der, ein Stück abseits von seinen schwarzledernen Gardisten, in der Führergondel wachte und die Schlammschlacht durch die Sichtluken verfolgte. Zum Glück war für Graf von Zeppelin, Feldmarschall Hindenburg und den Kaiser kein Platz mehr gewesen. Ihre Orden wogen so schwer, dass die *Attila* Mühe gehabt hätte, Einsatzflughöhe zu erreichen.

Mit Ausnahme von Stalhein und Dracula hatten alle Mann an Bord fest umrissene Aufgabenbereiche. Stalhein, der die Eiseskälte in seiner menschlichen Gestalt am ganzen Körper spürte, hatte das Gefühl, zurückgehalten zu werden. Das JG1 würde schon bald zum Einsatz kommen.

Strasser saß in seinem Sessel und bellte Befehle in ein Sprachrohr. Seine tüchtige Mannschaft hastete wie eine Horde uniformierter Affen durch das verwirrende Durcheinander von Hebeln und Verstrebungen.

Ein langer Schatten fiel auf das in Dämmerrot getauchte Land.

Wie es sich für ein so großes und erhabenes Schiff geziemte, war die *Attila* mit einer Orgel ausgestattet. Robur saß am Manual und suchte sich Melodien aus *Lohengrin* zusammen. Die Musik wurde durch am Schiffsrumpf befestigte Schalltrichter verstärkt.

Mit ungewohnter Zurückhaltung näherte sich Stalhein der Sichtluke, einem kreisrunden, etwa drei Meter breiten, in den Boden der Gondel eingelassenen Fenster. Sie war das Auge der *Attila*. Der Oberbefehlshaber der deutschen Streitkräfte wachte, die Pranken auf ein Messinggeländer gestützt, über den Verlauf der Schlacht. Im Kunstlicht wirkte sein trauriges Gesicht fahlgrau und leicht geschwollen. Stalhein hatte erwartet, Dracula, der unsterbliche Kriegsfürst, werde angesichts des Blutbades frohlocken.

Er hatte erwartet, die Gegenwart des Grafen werde sein Blut in Wallung bringen. Dracula war Stalheins Fangvater. Sein durch die Älteste Faustina vererbtes Geblüt hatte ihn zum Gestaltwandler werden lassen. Er war einer der unzähligen Nachkommen des Grafen. Doch Stalhein bewahrte ruhiges Blut. Er fühlte sich auch nicht genötigt, vor seinem Herrn und Meister auf die Knie zu fallen. Er trat neben Dracula und blickte durch die Luke in die Tiefe.

Die sinkende Sonne bot genügend Licht, um deutlich sehen zu können. Panzerverbände krochen durch den Schlamm, die erste Welle hatte die Schützengräben der Entente schon fast erreicht. In den tiefen Furchen, die ihre Ketten hinterließen, rückten Männer vor. Von hier oben wirkten die Soldaten wie Ameisen. Die Panzer sahen aus wie große Käfer, die sich mühsam einen Weg über winzige Hindernisse bahnten. Im ganzen Niemandsland explodierten Feuerbälle. Dies würde unzählige Menschenleben kosten.

Die erste Panzerreihe spie Feuer, und mächtige Flammenstrahlen spritzten in die gegnerischen Gräben. Obgleich er gegen den Feuertod immun war, befiel Stalhein ein kalter Schauder. Dieser Krieg hatte findige Köpfe wie Robur dazu getrieben, Waffen zu entwickeln, mit denen man einen Vampir ebenso mühelos auslöschen konnte wie einen Warmblüter mit Pistole oder Schwert. Teile des gegnerischen Grabensystems wurden zu reißenden Feuerströmen, die neue Grenzen in die rußgeschwärzte Landkarte Europas brannten.

Die *Attila* schwebte über feindlichem Gebiet, außer Reichweite der Flugabwehrkanonen. Alle noch intakten schweren Geschütze wurden zur Abwehr der Bodenoffensive gebraucht. Die wertvollen Granaten waren zu schade für nutzlose Schüsse ins Blaue.

Ein Steuermann reichte dem Grafen, furchtsam und von Scheu ergriffen, eine Nachricht. Der dachte gründlich nach und nickte dann. Der Unterführer salutierte zur Bestätigung, und Strasser brüllte neue Befehle in sein Rohr.

Dunkle, rundliche Gegenstände fielen aus Klappen an der Unterseite der Gondel und stürzten zur Erde. Sich pilzförmig ausbreitende Flammenteppiche ließen erkennen, wo die Bomben eingeschlagen hatten. Die Augen des Grafen waren rote Kugeln, blind vor Blut. Sein aufgedunsenes Gesicht glühte im Feuerschein. Er wandte sich an Stalhein.

»Gott ist mit uns«, sagte Dracula.

Ringsum schossen Feuersäulen in die Höhe. Kate wurde klar, dass sie auf ihrem Hügel ein leichtes Ziel bot. Dennoch war sie so fasziniert, dass sie sich nicht vom Fleck rühren konnte. Außerdem erachtete sie es als ihre Pflicht, die Stellung zu halten, zu berichten, was sie gesehen hatte. Sie musste einfach hinschauen.

Dies war die deutsche Frühlingsoffensive, die Kaiserschlacht.

Obgleich von Haig bis hinab zum Karrengaul niemand bezweifelt hatte, dass sie kommen würde, hatte sie die Alliierten überrascht.

Als die Nacht hereinbrach, explodierten Leuchtgranaten über den Schützengräben. Das grelle Magnesiumlicht blendete sie. Die Panzer hatten die Wüste aus Stacheldraht und Leichenteilen umgepflügt und eine Schneise für die Infanterie geschlagen.

»Was ist denn das für ein Vollidiot da oben?«, rief jemand. Kate wurde klar, dass sie gemeint war. »Sofort hier runter mit dem Trottel, bevor wir ihn in Einzelteilen aufsammeln müssen!«

Ein Mann, dem der Gestank von Jahren im Schützengraben anhaftete, riss sie von den Füßen und zerrte sie in ein Loch, halb voll mit lockerer Erde.

»Ich werd verrückt! Ein Weibsbild«, sagte der Soldat.

Sein Zugführer fluchte. Kates Rot-Kreuz-Armbinde war schlammbedeckt. Sie rieb sie mit dem Ärmel sauber.

»Sie ist Krankenschwester, Sir.«

»Na bravo.«

»Ich glaube, sie ist tot.«

Die Fangzähne ragten ihr aus dem Mund. Sie spürte, wie ihr Kiefer sich zu einem Haifischmaul verzerrte.

»Jammerschade«, meinte der Zugführer.

»Nein, Sir«, erwiderte der Soldat. »Nicht tot, *tot*. Sie wissen schon, ein Vampir.«

Der ganze Zug war warmen Blutes. Manche Regimenter bestanden auf lebendem Kanonenfutter.

»He, Miss Blutsauger«, sagte der Zugführer und gab ihr einen Stupser. Er war fortgeschrittenen Alters, um die dreißig. »Noch alle Knochen beisammen?«

»Mein Name ist Kate Reed. Ja, ich bin unverletzt.«

»Captain Penderei, zu Ihren Diensten. Betrachten Sie sich als zwangsrekrutiert.«

Jemand reichte ihr einen Spaten mit blutigen Handabdrücken darauf.

»Sehen Sie den Dreck da? Hauen Sie nur tüchtig rein.«

Pendereis Männer griffen zu den Schaufeln und legten sich ins Zeug. Der Graben war eingestürzt, und ein großer Haufen Erde blockierte den Durchgang. Aus rückwärtigen Stellungen herbeigeschaffte Verstärkung staute sich im Flaschenhals. Sie konnten sich erst ins Kampfgetümmel stürzen, wenn eine Bresche in das Hindernis geschlagen war. Kate salutierte und fing an zu graben. Dass sie Reporterin geworden war, hatte ihrer Familie schon genug Schande bereitet; dass sie nun auch noch als Erdarbeiterin schuften musste, durften ihre Eltern nie erfahren.

Sie schleuderte eine Schaufel Dreck über die Grabenböschung und rammte den Spaten wieder in die harte, versengte Erde. Plötzlich drang das Blatt in etwas Weiches. Ein Stück Fleisch brach aus einem im Todesschrei erstarrten Gesicht. Sie schrak zurück. Tommies sprangen herbei, suchten nach den Armen des Leichnams und zogen ihn aus der Wand. Der Tote war aus einem Stück. Mit einem kräftigen Hauruck warfen ihn die Tommies in die Höhe, aus dem Weg.

Mit der Beseitigung der Leiche war das Hindernis so gut wie überwunden. Ein Soldat konnte es auf allen vieren bequem passieren, ohne dass sein Stahlhelm über die Böschung ragte. Penderei lobte seine Leute und befahl ihnen, vorzurücken. Als er an Kate vorbeikam, salutierte er. Sie blieb mit der Schaufel in der Hand zurück.

»Der Hunne hat die Linien durchbrochen«, sagte Ginger. Er war der Telegrafist des Geschwaders. »Die ganze Sache ist ein ziemlich böser Reinfall.«

Die Schlacht war in vollem Gange. Der Himmel über den Schützengräben brannte. Winthrop konnte das Donnern der Geschütze und die massenhaften Schreie der sterbenden Soldaten selbst hier, auf dem meilenweit entfernten Flugplatz, deutlich hören.

Sämtliche Piloten des Geschwaders Condor trugen Fliegerkluft. Sämtliche Maschinen waren aufgetankt und standen auf dem Rollfeld.

Über dem Kampfgelände hing ein dunkler Schatten mit rotglühendem Bauch. Die *Attila*.

»Die Gaszellen sind riesig«, sagte Bertie. »Ein paar Brandbomben, und das Schiffchen geht in Flammen auf. Wie ein Ballon.«

»Es ist hundertmal größer als ein Ballon«, mahnte Allard den Piloten. »Um einen solchen Knallfrosch zu entzünden, braucht es einen großen Funken.«

»Ob er wirklich da oben ist?«

Winthrop hatte geglaubt, Dracula würde eine verräterische Aura von Unheil und Verzweiflung verströmen.

»Der Geheimdienst hat bestätigt, dass sich Graf von Dracula an Bord der *Attila* befindet«, wandte sich die graue Eminenz an Captain Allard. »Ihre Stunde ist gekommen.«

»Sollten wir nicht lieber die Bodentruppen bombardieren?«, gab Algy zu bedenken. »Unsere Jungs beziehen bestimmt eine gehörige Tracht Prügel.«

Croft warf dem jungen Flieger einen vernichtenden Blick zu. »Für uns zählt nur die *Attila*.«

Winthrop hatte erstmals das Gefühl, dass Allard schwankte. Im Zweifel würde er seinen Befehlen Folge leisten.

Wenn Dracula dort oben war, konnte Richthofen nicht weit sein. Winthrop vibrierte bis in die letzten Fasern seines Körpers. So musste es einem Vampir zumute sein. Sein Blut pochte, lechzte nach dem Sieg. Heute Nacht, so viel stand fest, würde es zur Entscheidung kommen.

Die Piloten scharten sich um Jiggs, reichten ihm Briefe und Souvenirs. Winthrop stand mit leeren Händen da. Er hatte Catriona nicht geschrieben, dass er noch lebte. Bei Morgengrauen würde das vielleicht auch nicht mehr nötig sein. Letztlich war dies wahrscheinlich die menschlichere Lösung.

Die erste Camel kreiste bereits über dem Feld und wartete darauf, dass der Verband sich formierte.

Ausrüstungsgegenstände wurden auf Lastwagen verladen. In ganz Maranique war niemand ohne Arbeit. Wenn diese Mission beendet war, befand sich der Flugplatz womöglich schon in Feindeshand. Falls dann noch Treibstoff übrig war, würde das Geschwader nach Amiens ausweichen. Es würde kein Tropfen Treibstoff übrigbleiben. Das Geschwader Condor würde kämpfen, bis es nicht mehr kämpfen konnte.

Winthrop hievte sich in seine Maschine und machte es sich hinter dem Steuerknüppel bequem.

»Kontakt«, brüllte er.

Jiggs warf den Propeller an. Die Camel setzte sich langsam in Bewegung und schwang sich in die Luft. Obgleich die Sonne längst versunken war, stand das Land in hellen Flammen.

Kate hetzte Pendereis Leuten hinterdrein. Weitere Verstärkung war ihr dicht auf den Fersen. Sie brauchte nur dem Klappern des Feldgeschirrs zu folgen, um den Weg zur Front zu finden. Die Gräben waren teilweise überdacht und wurden zu Tunnels, spärlich erhellt von Kerzenstummeln in Blechnäpfen.

Sie benutzte den Spaten als Sense, um Hindernisse aus dem Weg zu räumen. Sie war nur noch ein Tier, das sich von seinem Instinkt leiten ließ. Sie wollte sich ins dichte Kampfgetümmel stürzen.

Als sie aus einem Tunnel in den Hauptgraben einbog, stand sie plötzlich vor einer fünfzehn Fuß hohen Wand aus durchweichten Sandsäcken. Männer stemmten Leitern dagegen, doch die oberen Sprossen waren gebrochen.

Ein ohrenbetäubendes Knirschen peinigte sie bis ins Mark. Mahlende Panzerketten rissen erste Sandsäcke in Fetzen. Der motorisierte Moloch steckte fest in Schlamm und Stacheldraht. Die Soldaten feuerten aus allen Rohren auf den walzeisernen Rumpf des Panzers. Die Kugeln spickten das Metall mit Dellen. Der Panzer schleppte sich schlingernd ein Yard weiter, bis die große flache Nase über die Böschung ragte und einen Schatten auf die sich windenden Soldaten an der Grabensohle warf.

Aus dem Innern des Ungetüms drang Rauch. Kate hustete, fürchtete Gas. Die Kanone des kriegerischen Monstrums schwenkte herum. Kate stürzte sich in den morastigen Abgrund des Grabens. Eine Granate schoss über die Bresche hinweg und krepierte in der Tunnelöffnung. Der Schütze hatte auf die Stelle gezielt, wo sie eben noch gestanden hatte.

Der Blitz erhellte den Panzer, ließ jeden Bolzen, jede Schraube sichtbar werden. Der Panzer glich einer Festung, mit Schießscharten und Zinnen. Granatsplitter und Feuer spritzten nach allen Seiten. Die Getroffenen sanken schreiend zu Boden und wälzten sich in ihrem Blut.

Kate wollte töten.

Der Schwerpunkt des Tanks verlagerte sich über die Grabenböschung hinaus. Die Nase kippte nach vorn, drohte die Männer, die im Matsch umherkrochen, zu erdrücken. Die Ketten fraßen sich in die rückwärtige Wand, fanden mahlend Halt und zogen die Maschine in die Waagerechte. Nun konnte sie über den Graben hinwegrollen wie über einen Riss im Asphalt. Die Männer feuerten auf ihren eisengrauen Bauch, als sie den Schlammpfuhl überquerte.

Kate ging in die Hocke wie ein Frosch, stieß sich mit all ihrer Vampirkraft vom Boden ab und sprang mit ausgefahrenen Klauen in die Höhe. Sie landete neben dem Panzer und streckte die Hand nach der laufenden Kette. Ein Zipfel ihres Mantels verfing sich in den surrenden Rädern, und das Monstrum riss sie an sich. Sie würde zermalmt werden wie in einer Mühle, doch ihr zerschundener Körper würde dieses Ding zum Stillstand bringen. Was als Schlachtruf in ihrer Brust begonnen hatte, endete als Todesschrei.

Poe hatte Theo heute Abend mit seinem Manuskript beehren wollen, doch die Ereignisse hatten sie überholt. Es begann damit, dass die *Attila* vom Schloss ablegte, das Signal zum Start der Offensive. Entlang der Linien rollten Panzer aus getarnten Stellungen, und Männer pflanzten Bajonette auf, um zum Angriff aufzubrechen. Die Mittelmächte stießen mit aller Kraft nach vorn und überrollten die Entente. Dies würde den Sieg bedeuten.

Sie standen auf dem Turm und verfolgten die Vorbereitungen der Flieger auf die Schlacht, die ringsumher zu hören und in einiger Entfernung auch zu sehen war. Obgleich sie ihnen inzwischen fast vertraut vorkam, bot die Verwandlung der Flieger noch immer einen überwältigenden Anblick.

Poe und Theo sahen zu, wie Richthofen die Gestalt wandelte. Der Tod seines Bruders hatte in ihm anscheinend weder Zorn noch Rührung wachgerufen. Sein Panzer, den Poe durch geschicktes Fragen ansatzweise aufgebrochen hatte, war wieder hermetisch verschlossen und ließ keinerlei Gemütsregung nach außen dringen.

Richthofens ernstes Gesicht verschwand unter dichtem Fell. Poe hatte geglaubt, der Flieger habe sie gar nicht bemerkt, doch als Haarmann und Kürten beiseitetraten, verbeugte er sich vor seinem Biografen und schwang eine Flügelspitze wie ein Höfling seinen Umhang. Poe sagte Richthofen Lebewohl. Der Baron sprang, gefolgt von seinen Kameraden, vom Turm. Die Flieger umschwärmten die *Attila*.

Theo sah zu, wie seine Kampfgenossen in der Nacht entschwanden. Seine Augen funkelten im Schatten seines Mützenschirms.

»Es sieht so aus, als ob unsere Arbeit hier beendet wäre«, sagte er schließlich. »Ab morgen werden wir nicht mehr gebraucht.«

Ten Brinckens Jünger hatten ihre Akten eingepackt und bereiteten sich auf den Rückzug vor. Karnstein war an die italienische Front versetzt worden. Und Schloss Adler wurde zum Hauptquartier des Grafen umgebaut. In dem Maße, wie das Schloss an militärischer Bedeutung gewann, verlor es an wissenschaftlichem Wert. Berichte wurden geschrieben und verschickt. Das Experiment war beendet.

»Morgen werden sie den Krieg gewonnen haben, Theo.«

Theo zuckte die Achseln. »Zu diesem Zweck hat Dracula sie schließlich erschaffen. Aber wie Manfred schon sagte: Es gibt kein ›nach dem Krieg‹. Sie sind Werkzeuge der Eroberung und nicht der Herrschaft.«

»Eroberungen wird es immer geben.«

»Mein lieber Eddy, für einen Mann von so bemerkenswerter Weitsicht sind Sie bisweilen erschreckend blind.«

Poe war schockiert.

Obwohl nicht nur das Bodenpersonal, sondern auch einige Wissenschaftler zurückgeblieben waren und Orlok durch die leeren Gänge schlich, wirkte das Schloss nun, da das JG1 verschwunden war, wie ausgestorben. Die Flieger umschwirrten die *Attila* wie Motten das Licht. Dank seiner scharfen Augen konnte Poe ihre winzigen Gestalten selbst im Labyrinth der Nacht deutlich erkennen.

Im Schlusskapitel hatte er Richthofens Reaktion auf den Verlust seines Bruders beschrieben. Es war, als ob beide Richthofens den Tod gefunden hätten und er verflucht sei, weiter über Gottes Erdboden zu wandeln.

»Armer Manfred«, sprach Theo Poes Gedanken aus. »Er ist trotz allem treu wie ein Hund.«

»Ich gäbe viel darum, wenn ich bei ihnen sein könnte, Theo.«

Theo sah ihn an und verzog den Mund zu einem schiefen Lächeln. »Da sich jetzt ohnehin niemand mehr um uns kümmert, können wir tun und lassen, was wir wollen. Unten steht eine Junkers J1 mit vollem Tank. Was halten Sie von einer kleinen Spritztour?«

»Sie können fliegen?«

»Nur mit einem Flugzeug.«

In der Ferne stiegen Feuersäulen auf. Poe dachte an den Himmel über der Entscheidungsschlacht.

»Ich bin noch nie mit einem …«

»Ein schweres Versäumnis für einen Propheten der Zukunft.«

»Wie Sie meinen.«

Theo grinste, sein lebhaftes Temperament kehrte zurück. »Der Rabe hat Flügel.«

In ihren letzten Augenblicken hätte Kate am liebsten ihren Frieden mit Gott und der Welt gemacht. Doch das blieb ein frommer Wunsch.

Da immer mehr Stoff in die Panzerkette gezogen wurde, schloss sich ihr Mantel wie eine Zwangsjacke um ihren Körper. Je näher sie den todbringenden Zahnrädern kam, desto stärker wurde der Gestank von Schweröl und Wagenschmiere. Plötzlich blieb der Motor im Innern der Maschine stehen, und sie hing an der Außenseite des Panzers wie am Kreuz. Ein mechanisches Versagen, eine verirrte Kugel oder die Hand Gottes hatte sie gerettet. Fürs Erste.

Sie konnte eine Hand bewegen. Sie ballte die Finger und formte die Nägel zu einer Messerspitze, stieß ein Loch in das straffe Schulterstück des Mantels und riss. Nähte platzten, sie war frei. Sie stürzte und bekam im letzten Augenblick die Felge eines blockierten Rades zu fassen. Ihre mit Widerhaken bewehrten Fingernägel kratzten über öliges Metall, doch sie verbiss sich ihren

Schmerz. Hand über Hand zog sie sich hoch und kletterte auf den Tank. Der eben noch von Flammenzungen beleckte Stahl war heiß.

In dem rollenden Käfig steckten Feinde. Ob Warmblüter oder Vampire, sie waren voll von pulsierendem Blut, das sie zum Leben brauchte. Ein Gewehrlauf schob sich durch einen Schlitz und zielte in ihre Richtung. Sie wirbelte herum, um aus der Schussbahn zu gelangen, und packte die Waffe. Mit einem Ruck zog sie das Ding heraus – worauf eine Lawine deutscher Flüche aus dem Bauch des Molochs drang – und warf es hinter sich.

Sie blickte durch den Schlitz und knurrte wie ein Tier. Sie witterte die Angst der Panzerfahrer, hörte die im Innern ihrer wirkungslosen Wunderwaffe gefangenen Männer panisch scharren. Sie würden im Feuer geröstet werden.

Plötzlich hatte sie ein Paar Stiefel vor der Nase. Vermutlich das einzige Paar gewichster, musterungsbereiter Stiefel in ganz Europa. Sie sah zu dem Soldaten hoch, der ruhig und gelassen auf dem Panzer stand und keine Miene verzog, als seien die Blei- und Silberkugeln, die ihm um die Ohren pfiffen, nichts weiter als Hagelkörner. Er trug die Uniform der Vereinigten Staaten, doch dieser Vampir war älter als die Neue Welt.

Seine Stiefel lösten sich auf, zerflossen zu weißlichem Nebel. Sie hatte von dem Kniff zwar schon gehört, ihn aber nie gesehen. Der Vampir verwandelte sich in ein schwach leuchtendes Gespenst. Mit seinem Körper verschwanden auch Ausrüstung und Kleider, sie waren ebenso ein Teil von ihm wie sein ergrautes Haar. Ein Querschläger streifte den Panzer. Kate wollte in Deckung gehen, doch der Anblick des Ältesten ließ sie erstarren. Eine menschenförmige Wolke schwebte über dem Schlitz. Sie wurde lang und schmal und stieß wie durch einen Schornstein ins Innere des Panzers.

Markerschütternde Schreie drangen durch die dicken Stahl-

und Eisenplatten. Eine Pistole wurde abgefeuert, und die Kugel prallte jaulend durch den engen Raum. Aus der Schießscharte platzte ein roter Regen, der ihr Gesicht mit einem warmen Blutschleier benetzte. Der Saft erregte ihre Sinne, und sie leckte sich gierig das Gesicht und verschlang das Grauen, das darin brannte.

Ohne auf die Wiederkehr des Ältesten zu warten, sprang sie vom Rücken des kriegerischen Ungeheuers und spürte festen Boden unter den Füßen. Als sie sich umdrehte, sah sie, dass das Niemandsland kein Niemandsland mehr war. Endlose Ketten grauer Uniformen marschierten in Reih und Glied durch die stockfinstere Nacht und kletterten über ihre gefallenen Kameraden hinweg, eine Flut von Menschen, die auf die alliierten Schützengräben zuhielt.

Etwa dreißig Yards entfernt ging ein Maschinengewehr los und mähte eine erste Garbe von vorrückenden Truppen nieder. Sofort schloss sich die Lücke. Der zweite Feuerstoß tötete noch mehr Männer. Dann wurden die Artilleristen überwältigt und zum Schweigen gebracht. Die untoten Soldaten rissen die Schützen in Stücke, Blut spritzte nach allen Seiten. Die Münder der Deutschen troffen rot.

Der Älteste schwebte über dem Panzer und nahm wieder menschliche Gestalt an, sein hübsches Gesicht strotzte vor Blut.

Ein Schuss traf Kate, doch es war nur ein Bleigeschoss. Die Kugel durchschlug ihre Wade. Die Wunde verheilte in Sekundenschnelle. Der Knall gellte ihr noch in den Ohren, als der Schmerz längst abgeklungen war.

Ein zweiter Tank spie einen brennenden Benzinstrahl nach den Alliierten und ließ Feuer zu Boden regnen. Die Männer ringsumher räumten das Feld, fielen zurück, fielen.

Der Älteste trieb auf den zweiten Panzer zu. Da er seine Gestalt völlig in der Gewalt zu haben schien, musste er uralt sein. Älter als Dracula oder Geneviève. Älter als das Mittelalter. Womöglich sogar älter als das Christentum. Wie es ihm wohl gelungen war, so lange unentdeckt zu bleiben? Er musste zahllose Namen haben.

Der Flammenwerfer richtete sich auf und spie von neuem helles Feuer. Der Strahl traf den Ältesten mitten in die Brust. Er brannte wie ein Schmetterling. Jahrhunderte auf ewig unbekannten Lebens wurden in einer achtlosen Sekunde ausgelöscht, von einer grausamen Errungenschaft der modernen Welt in funkensprühende Fetzen gerissen.

Jemand packte ihren Arm und rettete ihr jämmerliches Leben, indem er sie mit sich zerrte, einer von unzähligen Männern, die der Front den Rücken kehrten.

»Nimm die Beine in die Hand, Kamerad«, riet jemand.

42

Die Nacht der Generäle

Im Hauptquartier in Amiens schrien alle durcheinander. Zwei Dutzend Telefone waren besetzt, und die Stabsoffiziere beeilten sich, wichtige Neuigkeiten von den Stellungen entlang der Front weiterzugeben. Mit Rateaus bewaffnete Lieutenants schoben Modelle über einen Kartentisch von der Größe eines Tennisplatzes. Unablässiges Bombardement ließ die massiven Mauern erzittern. Die halbe Stadt stand in Flammen. In den Außenbezirken fielen in einem fort Granaten. Die Bereitschaftsstellungen entlang der Ausfallstraßen wurden in Windeseile besetzt. Dies war die große Offensive, auf die alle gewartet hatten.

Erschöpft von einer weiteren stürmischen Fahrt über den Kanal und betrübt über Mycrofts Begräbnis, wurde Beauregard von kopflosen Strategen in eine Ecke abgeschoben. Es war reiner Zufall, dass er sich so nah am Geschehen befand. Man hatte ihn ins Hauptquartier bestellt, um Mr. Caleb Croft eine Liste der Agenten des Diogenes-Clubs zu überreichen, die hinter den feindlichen Linien operierten. Es war seine wahrscheinlich letzte Amtshandlung in diesem Krieg. Danach durfte er in sein Haus im Cheyne Walk zurückkehren und seine Memoiren schreiben.

Croft wurde direkt aus Maranique erwartet. Das Geschwader Condor war am Himmel, ein rot bemalter Holzpfeil auf dem Kartentisch. Ein Rateau schob den Pfeil in Richtung des schwarzen Ovals, das die *Attila* darstellte. Die Klötzchen, die die alliierten Truppen symbolisierten, bildeten ein wirres Durcheinander, das vermutlich ihre tatsächliche Postierung widerspiegelte. Die Mittelmächte hatten so viele Männer in die Attacke geworfen, dass dem Hauptquartier die dafür vorgesehenen schwarzen Klötzchen ausgegangen waren. Um den Mangel auszugleichen, malte ein subalterner Offizier mit schwarzer Stiefelwichse Malteserkreuze auf Papierstreifen.

Beauregard rieb sich die müden Augen. Der Pulverdampf von hundert Zigaretten hing in dichten Schwaden über der Karte. Die Luft im Kommandoraum war zum Schneiden.

Field Marshal Sir Douglas Haig telefonierte mit Lord Ruthven und presste sich den Hörer an die Brust, während er einem Kurier Befehle zubellte, der sie einem Telefonisten übermittelte, welcher den Offizieren im Felde Bescheid gab, die ihren Leuten sagten, was sie tun sollten. Haig hatte einen vagen Plan. Er ließ sich von dem Vorstoß nicht entmutigen. Seine roten Augen leuchteten wie Glühbirnen. Seine nadelspitzen, scharf gezackten Zähne ritzten seine Unterlippe und besudelten sein Kinn mit seinem Blut. Schäumend vor Begeisterung erteilte er Befehle.

Winston Churchill, der aus London entsandt worden war, um dem Blutvergießen beizuwohnen, stürzte sich in Hemdsärmeln, mit gelöstem Kragen und in den Nacken geschobenem Zylinder in den Trubel. Einen brennenden Zigarrenstummel im Mundwinkel, brüllte er Zahlen und Fakten durch den Raum. Er musste sich vor kurzem erst genährt haben, denn er war aufgebläht wie ein Ballon, seine Finger glänzten wie rote Würste, und die Adern an seinen Schläfen pochten wild.

General Jack »Blackjack« Pershing, der Kommandeur des amerikanischen Expeditionskorps, konnte es kaum erwarten, endlich mitspielen zu dürfen. Er stand mit einer Anzahl amerikanischer Truppenklötzchen in jeder Faust an einem Ende der Karte wie ein besessener Spieler, der soeben mit Taschen voller Jetons an den Roulettetisch getreten ist. Neben ihm stand »Monk« Mayfair, ein fleischfressender Affenmensch, der aussah, als habe man einem von Moreaus Versuchskaninchen eine Generalsuniform angezogen und einen Cowboyhut aufgesetzt.

Beauregard konnte sich des Eindrucks nicht erwehren, dass es Vampiren wie Haig, Churchill und Pershing Vergnügen bereitete, den langweiligen und zermürbenden Grabenkrieg auf diese Art und Weise zu beenden. Sie waren trunken vor Erregung. Berichten zufolge waren die Linien an über einem Dutzend Stellen durchbrochen. Deutsche Kavallerieeinheiten galoppierten im Gefolge der Panzer ins Getümmel.

Eine Gestalt in Grau trat ein. Croft überflog die Karte mit einem süffisanten Lächeln. Infolge eines aktuellen Berichts näherte sich der Pfeil des Geschwaders Condor dem Oval der *Attila*.

Croft ignorierte Beauregard. Seit seiner Beförderung existierte der Diogenes-Club für ihn nicht mehr. Beauregard spürte die Namensliste in der Innentasche seines Jacketts. Er hatte das ungute Gefühl, dass die Agenten, die er und Smith-Cumming so sorgfältig eingeschleust und aufgebaut hatten, von ihrem neuen, weitaus rücksichtsloseren Brotherrn buchstäblich preisgegeben werden würden.

Haig ließ den Premierminister warten und brüllte: »Der verdammte Narr soll sich zurückziehen«, in ein anderes Telefon.

»Es ist unglaublich«, verkündete der Field Marshal den Anwesenden und Lord Ruthven. »Der verfluchte Froschfresser weigert sich, den Rückzug anzutreten. Mireau lässt seine Leute von Panzerketten zermalmen, während wir über völlig intakte Auffangstellungen verfügen. *Le Rückzug, ce n'est pas français.* Kein Wunder, dass seine Leute ihn am liebsten pfählen würden.«

Ein blaues Klötzchen, das Mireaus Divisionen symbolisierte, wurde von der Karte gewischt und flog in eine Ecke. Ein schwarzes Klötzchen trat an seine Stelle.

»Es sieht so aus, als wäre das Problem Mireau gelöst, Herr Premierminister. *C'est la guerre.*«

Ein Schauder ergriff Beauregard. In diesem Raum konnte man leicht den Eindruck gewinnen, der Krieg werde mit Karten, Spielzeug, Klötzchen und Rateaus geführt. Der Fußboden war mit ausrangierten Klötzchen übersät, die von den Offizieren achtlos zertrampelt wurden. Jedes von ihnen stand für hundert oder mehr Verluste.

Der Feind hatte offenbar die Absicht, von drei Seiten vorzurücken, mit Paris als Angriffsziel. Mit Panzern, Flugzeugen und Langstreckenbombardements wollten Draculas Streitkräfte die Alliierten daran hindern, in Auffangstellungen zurückzuweichen, und die Mannschaften und Unteroffiziere so sehr in Panik versetzen, dass sich der strategische Rückzug in eine kopflose Flucht verwandelte.

»Am Ende entscheidet die Truppenstärke«, sagte Haig. »Und in dieser Hinsicht ist uns der Feind eindeutig unterlegen.«

Wenn sich die Alliierten erst einmal zurückgezogen hatten, würde ein tödlicher Regen auf die vorrückenden Deutschen niederprasseln. Auf fremdem Terrain, nachdem sie sich noch dazu vier Jahre lang in Tunnels versteckt gehalten hatten, wäre es ein

Klacks, ihnen mit Mörsern, MGs, Bomben, Minen, Flammenwerfern und schweren Geschützen den Garaus zu machen. Beide Parteien warfen alle Bedenken über Bord, gingen mit Schmiedehämmern aufeinander los und versuchten den anderen dort zu treffen, wo es am wehesten tat.

»Der Feind verfügt möglicherweise über eine Million Männer«, wandte Churchill ein. »Eine Dampfwalze aus Eisen, die ganz Europa überrollt.«

»Wir haben mehr als eine Million«, erklärte der Field Marshal. »Wir könnten die Amerikaner in die Schlacht werfen.«

Pershing entblößte die Fangzähne und jauchzte: »Die Yankees kommen!«

Mayfair hoppelte zum Telefon, nahm mit einem behandschuhten Fuß den Hörer ab und gab den amerikanischen Stellungen grunzend Befehle durch. Pershing schleuderte verzweifelt Yankee-Klötzchen auf die Karte, wie ein vom Glück verlassener Spieler, der seine Pechsträhne zu überwinden versucht, indem er den Einsatz mit jeder neuen Umdrehung des Rades erhöht. Mayfair raunzte weiter Einsatzbefehle in den Hörer.

Granattreffer ließen das Gebäude erzittern. Staub rieselte von der Decke auf den Tisch. Beauregard klopfte sich die Schultern ab. Winthrop befand sich beim Geschwader Condor, mitten im dichtesten Kampfgetümmel.

»Wir graben uns ein und schlagen zurück«, verkündete Haig. »Wir werden diese verfluchten schwarzen Klötzchen im Handumdrehen von der Karte fegen.«

43

Der Untergang der *Attila*

Die Landschaft erstreckte sich unter der Sichtluke wie ein reich verzierter Teppich. Es gab keine klaren Linien mehr, nur noch wirre Muster aus Ameisen und Flammen. Die Offensive versprach ein glänzender Erfolg zu werden. Von der Front trafen in einem fort Funksprüche ein. Der Widerstand des Feindes schien erschöpft, Angriffsziele wurden zerstört, Befestigungen durchbrochen. Die Armeen des Kaiserreiches rückten unaufhaltsam vor.

»Morgen bei Sonnenuntergang sind wir in Paris«, versprach Strasser seinem Oberbefehlshaber.

Dracula schwieg.

Die *Attila* setzte zum Sinkflug an. Nachdem ein Gutteil der feindlichen Geschützstellungen zerstört oder erobert war, konnte sich das Luftkriegsschiff bedenkenlos dem Boden nähern. Nach jeder Bestätigung befahl Strasser eine Verminderung der Flughöhe. Der Blick durch die Luke ließ immer neue Einzelheiten erkennen. Die wimmelnden Ameisen wurden zu Menschen, zu Lebewesen, die kämpften, litten, starben.

Der Geruch des Krieges sickerte ins Gondelinnere, was bei Stalhein nicht ohne Wirkung blieb. Seine Nase stülpte sich zur Schnauze aus. Vampirhauer brachen durch sein Zahnfleisch. Ein dünner Flaum spross unter seinem Waffenrock. Seine Ohren wurden spitz wie die einer Fledermaus, und sofort konnte er besser hören.

Stalheins Verwandlung jagte Strasser, einem Neugeborenen, einen fürchterlichen Schrecken ein. Stalhein kannte diese Sorte nur zu gut. Wie alle Luftschiffer hielt Strasser Flugzeuge für unerwünschte Gäste am Firmament. Zudem beunruhigte ihn der

Gedanke, dass es Menschen gab, die sich Flügel wachsen lassen konnten. Wie Graf von Dracula und Ingenieur Robur träumte er davon, als Herr der Welt in einer kugelsicheren Gashülle friedlich über der Erde zu schweben, riesige Löcher in die Wolken zu reißen und gelegentlich mit großer Geste die eine oder andere Bombe abzuwerfen. Kreaturen, die sich in geringerer Höhe tummelten und tollten, waren nichts weiter als lästige Insekten.

Stalhein hatte dem Kapitän nur einen Moment lang in die Augen sehen müssen, um ihm sein Geheimnis zu entlocken. Wenn er die Gestalt gewandelt hatte, konnte er die Gedanken seines Gegenübers lesen. Er musste sich zusammenreißen, damit seine Wirbelsäule nicht hervorbrach. Wenn er sich vollständig verwandelt hätte, wäre er aus seiner Uniform geplatzt.

Durch die Seitenluken sah Stalhein seine Kameraden vom JG1, die Ehrengarde des Dämonenfürsten. Sie fielen rings um die *Attila* in Formation. Brodelnde Furcht wallte gen Himmel. Für die Entente musste die Ankunft der *Attila* und ihrer Begleiter dem Jüngsten Gericht gleichkommen. Angesichts der Erhabenheit des Schauspiels würden sich viele der Sache Draculas anschließen. Und viele andere würden den Verstand verlieren.

Sie hatten die Schützengräben hinter sich gelassen und schwebten nun über Gelände, das sich noch vor einer Stunde in Feindeshand befunden hatte. Die *Attila* war auf gleicher Höhe mit der ersten Welle vorrückender Panzer. Jedes Fleckchen Erde, auf das der Schatten des Luftkriegsschiffes fiel, gehörte Deutschland.

Ein junger Steuermann salutierte schneidig und meldete die Sichtung gegnerischer Flugzeuge. Stalheins Blick wanderte von der Bodenluke zum Panoramafenster. Eine riesenhafte Fledermausgestalt schwebte vor dem Bug der *Attila*. In seiner rechtmäßigen Position an der Spitze des Verbandes regierte Baron von Richthofen die Lüfte wie ein Drache.

Der Nachthimmel war feuerrot. Stalhein sah die feindlichen

Flugzeuge herannahen, winzige Punkte in der Finsternis. Geschwader Condor, die einzige gegnerische Staffel, die dem JG1 gefährlich werden konnte. Richthofen fieberte der Auseinandersetzung mit den Männern, die seinen Bruder auf dem Gewissen hatten, bereits seit Tagen entgegen.

»Jetzt werden Sie sehen, dass dieses Luftschiff unbezwingbar ist«, sagte Ingenieur Robur und rieb sich die Hände. »Diese englischen Lords sind schön dumm, wenn sie glauben, uns besiegen zu können. Wir werden das Ungeziefer wie mit der Fliegenklatsche vom Himmel holen.«

Dracula nickte gravitätisch.

»Tiefer gehen«, befahl er. »Ich will mir die Schlacht aus der Nähe ansehen.«

Winthrops Mund schmerzte und war voller Blut. Seine Zähne spalteten ihm fast den Kiefer. Der Vampir in ihm erwachte, färbte sein Gesichtsfeld rot. Er zerrte sich Brille und Kopfschutz herunter, riss die Augen auf und ließ sich den Flugwind ins Gesicht wehen. Gierig sog er die eisige, rauchschwangere Luft in seine Lungen und atmete den Brandgeruch des Krieges. Seinen Nachtaugen entging nichts. Ball und Kate flüsterten mit leiser Stimme auf ihn ein, trieben ihn in die Arena.

Die *Attila* war riesig. Ihr Eindringen in den französischen Luftraum war eine Beleidigung, doch Winthrop machte sich nichts aus dem Zeppelin oder seinem Passagier. Sein Interesse galt einzig und allein der Kreatur, die dem Luftkriegsschiff voranflog, dem Roten Baron. Heute Nacht würden sie Richthofen zur Strecke bringen.

Die Schlacht zog rasch unter der Sichtluke vorbei. Stalhein sah punktgroße Mündungsblitze, als MGs das Feuer auf die *Attila* eröffneten. Die Erde rückte immer näher, so dass man einzelne

Scharmützel erkennen konnte. Ein Panzer walzte über ein Bauernhaus, einen Haufen zerschossener Ziegel, hinweg. Infanteristen krochen auf eine Geschützstellung zu, Stielhandgranaten explodierten in der Nähe des Ziels.

Dracula stand mit hinter dem Rücken gefalteten Händen im Bug der Führergondel und betrachtete das Schauspiel. Er verzog keine Miene, als die Camel-Staffel ausschwärmte und den gesamten Himmelshorizont mit Punkten spickte.

Der Kapitän redete auf Robur ein, der sich auf seine Steuerknüppel stützte und unwirsch den Kopf schüttelte. Die beiden Luftschiffer waren geteilter Meinung. Zögernd und beklommen erteilte Strasser seiner Mannschaft weitere Befehle.

Stalheins kraftstrotzende Unterarme platzten aus den Nähten seiner engen Ärmel.

Die erste Camel feuerte. Winzige Blitze zuckten rings um die Propeller. Sie waren zwar noch außer Schussweite, doch die Briten zogen es vor, sich bemerkbar zu machen, ehe sie zum Angriff übergingen. Stalhein respektierte das, obwohl er es für töricht hielt.

Die Flieger links und rechts des Zeppelins rückten zu Richthofen auf.

Plötzlich war ein lautes Krachen zu hören. Die Luftschiffer wirbelten herum. Stalheins Waffenrock war im Rücken geplatzt. Er schüttelte die Fetzen ab und atmete tief durch. Seine Flügel fingen an zu wachsen, Hautfalten sprossen aus seinen Achselhöhlen und wucherten an den Unterseiten seiner Arme entlang.

Die *Attila* hatte die deutschen Truppen hinter sich gelassen. Die Straßen wimmelten von britischen und amerikanischen Soldaten auf dem Rückzug.

Strasser besprach sich rasch mit Reitberg, dem ersten Bordschützen. Wichtige Stellungen sollten vernichtet werden. Derlei Aktionen würden den Rückzug der Entente im Handumdrehen in eine Flucht verwandeln. Reitberg wankte, unverständliches Zeug vor sich hin murmelnd, über einen Laufgang zum Bombenschacht.

Eine Camel, die ihrer Staffel gleichsam als Sturmkolonne vorausflog, führte einen ersten Schlag gegen den Zeppelin. Zwei Flieger nahmen sie von oben und unten in die Zange und feuerten, was ihre Spandaus hergaben. Der Motor des Flugzeugs zerbarst in einem Feuerball, der Stalhein die Augen versengte. Die Flieger wichen flügelschlagend vor der Explosion zurück, und die brennende Maschine trudelte dem Erdboden entgegen.

Strassers Männer brachen in laute Beifallsrufe aus, doch Roburs finsterer Blick brachte sie schlagartig zum Schweigen. Für einen Luftschiffer ziemte es sich nicht, die Taten ordinärer Flugzeugkutscher zu bejubeln. Strasser ging noch einmal zu Robur und packte ihn am Ärmel.

»Wir fliegen zu tief«, beharrte der Kapitän, »zu nah am Boden.«

Der Ingenieur schüttelte Strasser ab, doch seine Zweifel blieben. Robur, ebenfalls ein Zeppelin-Fanatiker, wusste um die Grenzen seiner Konstruktion.

Dracula wandte sich halb zu ihm um und machte ihm ein Zeichen. Noch tiefer. Strasser wollte widersprechen, doch einen Befehl des Grafen infrage zu stellen war undenkbar. Zu keinem klaren Gedanken fähig, trat er zurück, und Robur riss das Kommando an sich und erteilte die entsprechenden Befehle. Die Steuerleute nahmen Haltung an, zogen Hebel und Drähte, die einen Teil des Traggases entweichen ließen, so dass die *Attila* weiter an Höhe verlor. Strasser rang verzweifelt die Hände.

Stalhein ging um die Sichtluke herum. Obgleich er kaum größer war als in seiner menschlichen Gestalt, hatte er sich in ein fliegendes Ungeheuer verwandelt, halb Mensch, halb Fledermaus. Um das Gleichgewicht nicht zu verlieren, spreizte er die Schwingen.

Er trat neben Dracula und beobachtete, wie seine Kameraden die Camels in einen Hahnenkampf verwickelten. Eine Maschine nach der anderen explodierte, und ein glühender Trümmerregen ging über der Landschaft nieder.

Robur machte es sich in seinem Sessel am Orgelmanual bequem und genoss seine Autorität. Die Luftschiffer hatten solchen Respekt vor dieser lebenden Legende ihrer Profession, dass sie seinen Anordnungen widerspruchslos Folge leisteten. Strasser hatte nichts mehr zu melden.

Plötzlich prallte etwas gegen das Fenster, und ein Sprung verunzierte das dicke Glas. Keine Handbreit von Draculas Kopf entfernt steckte eine verformte Kugel in der Scheibe, ihre Spitze glänzte silbrig. Obgleich der Graf die Achseln zuckte, sah Stalhein, dass seine Schultern leise bebten. Der Oberbefehlshaber verknotete die Finger hinter dem Rücken, um zu verbergen, dass seine Hände zitterten.

Irgendetwas stimmte nicht. Dracula hatte keine Angst. Dracula war die gestaltgewordene Angst.

Strasser wartete auf den Befehl, mit dem Aufstieg zu beginnen. Es war höchste Zeit, in frostigere Gefilde auszuweichen und den bevorstehenden Sieg aus sicherer Höhe zu verfolgen.

Dracula blickte in die brandgefleckte Finsternis hinaus.

»Noch tiefer«, sagte er.

Winthrop hatte eigentlich damit gerechnet, dass die *Attila* aufsteigen würde, sobald die Camel-Staffel in Sicht kam. Allard hatte die Condors angewiesen, den Bauch des Zeppelins zu attackieren, und sie eindringlich vor der dünnen Luft und der schneidenden Kälte gewarnt, die eine Decke bildete, über der ein Luftschiff sicher aufgehoben und ein Flugzeug rettungslos verloren war.

Stattdessen hielt die *Attila* sich dicht über dem menschenübersäten Boden und bombardierte die zurückweichenden Truppen.

Nur ein Wahnsinniger hätte sich mit einer Million Gallonen entflammbaren Gases in die Nähe eines Feuergefechts gewagt. Dracula war dieser Wahnsinnige.

Winthrop zog seine Camel steil nach oben und verließ die Formation. Allards Plan, Motor und Treibstofftanks von unten unter Feuer zu nehmen, war undurchführbar.

Er überflog die Hülle des Zeppelins in so geringer Höhe, dass sein Fahrwerk die weiten Bahnen versteifter Seide streifte. Eine Bombe hätte ausgereicht, den Leviathan zu vernichten. Doch die Camel war kein Bomber.

Obwohl er wusste, dass er seine oberen Flügel einer schrecklichen Belastung aussetzte, drückte Winthrop die Maschine und presste beide Daumen auf die MG-Knöpfe. Sein Zwillings-Lewis beharkte den Rücken der *Attila* und riss ihr eine Doppelreihe winziger Löcher in die Haut. Das war ungefähr so wirkungsvoll, wie Moby Dick mit Hutnadeln zu spicken. Brandmunition brauchte ein festes Ziel, um explodieren zu können. Die kleinen Kugeln durchschlugen die leere Hülle, ohne Schaden anzurichten.

Winthrop jagte über die *Attila* hinweg und stellte das Feuer ein. Dann flog er eine rasche Wende, um einen neuerlichen Angriff anzusetzen. Eine riesenhafte Fledermaus war ihm dicht auf den Fersen gewesen. Jetzt hielt er direkt auf sie zu. Schüsse krachten. Die Kugeln pfiffen ihm um die Ohren.

Stalhein sah die Gesichter der Entente-Soldaten, die, von dem Bombenhagel unbeeindruckt, in den Himmel feuerten. Die Geschosse prallten jaulend von der Führergondel ab.

Gewehrfeuer konnte der *Attila* nichts anhaben. Die Gondel war gepanzert und die Hülle groß genug, um eine Million mikroskopisch kleiner Wunden zu verkraften, bevor sie platzte und in Flammen aufging.

Doch eine Sprenggranate, eine Minenbombe nur ...

Reitberg, der über den schaukelnden Laufgang wankte, geriet ins Straucheln, stürzte und klammerte sich an die Verspannung. Blut sprudelte aus seinem Kragen. Eine verirrte Kugel hatte seine Halsader getroffen. Der Bordschütze fiel vom Laufgang kopfüber auf die Sichtluke. Die Scheibe zitterte, ging aber nicht entzwei. Schmale Blutrinnsale flossen über das Glas und ließen es erblinden.

»Wir müssen höher«, brüllte Strasser aufgebracht und sah Dracula flehentlich an. Der Kapitän konnte das Schiff nur in Sicherheit bringen, wenn der Graf seinen Befehl rückgängig machte. Dracula stand reglos wie eine Statue im Bug der Führergondel und beobachtete den Hahnenkampf. Strasser blickte hilfesuchend zu Robur. Der Ingenieur war so sehr mit der Steuerung seines Meisterwerkes beschäftigt, dass er den Zweifeln seines Untergebenen keinerlei Beachtung schenkte.

Wie durch ein Wunder war Winthrops Maschine heil geblieben. Der Rumpf hatte den einen oder anderen Treffer abbekommen, doch Winthrop selbst war unverletzt. Der Gestaltwandler, dem er sich gegenübersah, war nicht der Rote Baron, sondern kleinere Beute.

Winthrop legte die Camel auf die Seite und eröffnete das Feuer. Er schwirrte an dem Flieger vorbei und zerfetzte ihm mit einer gezielten Salve die Schwingen. Die Kreatur geriet ins Trudeln, der Wind fing sich in ihren Flügeln und renkte ihr die Schultern aus. Da er den Deutschen nicht mehr sehen konnte, nahm Winthrop an, dass er ihn abgeschossen hatte.

Er flog schnell, sauste um den ungeheuren Rumpf des Luftschiffs und verlor die Schlacht allmählich aus den Augen. Als er seine Trommelmagazine austauschte, hatte er einen Moment lang das Gefühl, mit dem Zeppelin allein zu sein. Dann umrundete er die massige Gashülle der *Attila* und sah, wie die Condors und das JG1 sich in einem Chaos aus heißem Stahl und Feuer einen Kampf auf Leben und Tod lieferten. Flugzeuge explodierten wie Kometen.

Ein riesenhafter Feuerdrache torkelte flügelschlagend aus der Schussbahn einer Camel. Anhand seiner Größe erkannte Stalhein ihn als Emmelman. Flammen leckten an seinem unförmigen Leib und zerfraßen seinen Schwingenbaldachin. Strasser schnappte erschrocken nach Luft, als er Emmelman auf das Schiff zustürzen sah. Wenn er auf eine Gaszelle traf, war die Bombe geplatzt.

Eine Camel stieß auf Emmelman herab. Der änderte den Kurs und tauchte in die Tiefe. Der Pilot, der sich an die Fersen des Fliegers geheftet hatte, war unwissentlich zum Retter der *Attila* geworden.

»Das ist doch der nackte Wahnsinn«, kreischte Strasser und wankte auf die Hebelwand zu. »Wir müssen höher.«

Dracula sah ihn von der Seite an, Flammen loderten in seinem Blick.

Hardt, die rechte Hand des Grafen, brachte seine Pistole in Anschlag und schoss dem Kapitän ins Bein. Strasser schrie auf, stolperte und schlug mit ausgestreckten Armen hin.

»Wir behalten unseren Kurs bei«, sagte Hardt. »Wir sind doch schließlich alles tapfere Soldaten, oder?«

Völlig von Sinnen befahl Robur seiner Mannschaft, die *Attila* auf Kurs zu halten. Er setzte sich ans Orgelmanual und entrang den Pfeifen schaurige Akkorde.

Strasser rollte sich zu einer Kugel zusammen. Die Steuerleute scharten sich um den Kapitän und halfen ihm auf die Beine. Als er endlich stand, verlor er das Bewusstsein.

Emmelman schlug auf dem Boden auf und explodierte.

Aus den Baumkronen schoss eine Feuersäule empor. Winthrop zog seine Mühle steil nach oben und sah sich um. Zu seinem Entsetzen hatte er sich in ein Ungeheuer verwandelt. Doch nur ein Ungeheuer konnte den Roten Baron bezwingen.

Obgleich sie ihnen zahlenmäßig unterlegen waren, holten die Gestaltwandler mehr Camels vom Himmel, als sie Verluste erlitten.

Brandberg überholte ihn. Ein Fledermausgeschöpf hatte die Klauen in die Heckflosse seiner Camel geschlagen und arbeitete sich wie mit einem Büchsenöffner zum Piloten vor. Die Maschine geriet ins Trudeln und riss den Vampir mit sich in die Tiefe. Eine zweite Feuersäule stach gen Himmel. Eins zu eins unentschieden.

Die Flugabwehrkanonen schwiegen. Kein Archie weit und breit. Die Offensive hatte die Linien überrollt. Sie waren tief in ihr ehemaliges Heimatgebiet vorgedrungen. Doch darüber konnte Winthrop sich jetzt keine Gedanken machen. Er musste seine Beute aufspüren und zur Strecke bringen.

»Meine Herren«, sagte Hardt, »Sie haben Ihrem Kaiser einen Dienst erwiesen, den man Ihnen nie vergessen wird.«

Dracula hatte sich abgewandt. Roburs irre Musik hallte durch die Führergondel.

»Unser Tod wird der gerechten Sache zum Sieg verhelfen.« Ein Kugelhagel prasselte gegen die Fenster. Ein Windstoß drückte die Scheiben ein, und ein Glasregen ging nieder. Stalheins Flügel zuckten nervös. Es war an der Zeit, sich in die Luft zu schwingen. Hardt entbot seinen Gefährten einen letzten Gruß.

Auf der Suche nach Richthofen schlug Winthrop einen Bogen um den Hahnenkampf im Schatten der *Attila*. Er stieg steil in den dunklen Himmel und warf einen Blick nach unten.

Eine winzige Flammenzunge leckte an der Führergondel des Zeppelins. Eisige Winde brachten sie blitzschnell zum Erlöschen.

Eine Camel zog mit Winthrop gleich. Anhand der Wimpel erkannte Winthrop den Piloten als Allard. Ein Gestaltwandler verfolgte den Geschwaderkommandeur. Winthrop jagte ihm eine Feuersalve in die Brust, und er sank, fand langsam wieder in die Waagerechte. Sollte ein anderer Pilot den verwundeten Vampir vom Himmel holen. Für ihn gab es nur einen Sieg, der zählte. Ob er bestätigt wurde, spielte keine Rolle. Winthrop genügte es zu wissen, dass er sein Ziel erreicht hatte.

Allard ließ die *Attila* links liegen und flog einen weiten Kreis. Dann schwenkte er herum, näherte sich ihr von neuem, als sei der Luftschiffrücken eine Landebahn, und feuerte seine Signalpistole ab. Die Leuchtrakete versengte die Außenhaut des Zeppelins und wies Allard mit violettem Flackerschein den Weg. Als er begriff, was der Geschwaderkommandeur vorhatte, zog Winthrop am Steuerknüppel und gewann an Höhe. Allards Camel streifte die Seidenhülle mit den Rädern und wurde von der um sich greifenden Signalflamme erfasst. Die Maschine kippte vornüber, die Tragflächen gaben nach, und der Propeller fraß sich in die Seidenhaut. Im Rücken der *Attila* klaffte ein Riss, und Allard fiel hinein. Aus dem Loch in der Zelle strömte Gas.

Allards Motor setzte aus. Im Innern des Schiffes wurde geschossen. Mündungsblitze schimmerten durch die Seide, als Allard die Magazine seines Zwillings-Lewis leerte. Dann ein violetter Funke, als der Geschwaderkommandeur, in einem Meer von entflammbarem Gas versinkend, eine zweite Leuchtrakete abfeuerte.

Der Aufprall ließ die *Attila* erzittern. Robur schrie angesichts der Schändung seines geliebten Schiffes wütend auf und ließ die Hände auf die Tasten niedersausen. Ein lauer Wind orgelte wimmernd durch die Pfeifen, begleitet vom Knarren und Krachen zahlloser Metallstreben.

Hardt stand über der Sichtluke, wo der tote Reitberg lag, und trat das Glas mit schwerem Stiefel aus dem Rahmen. Die Scheibe ging in Stücke, und Reitberg fiel zur Erde wie eine leblose Puppe.

Stalhein war zwischen den bröckelnden Wänden der Führergondel eingesperrt. Er wollte frei sein und fliegen.

Dracula schenkte der Panik noch immer keine Beachtung.

Hardt salutierte und trat lächelnd durch das Loch. Er sank wie ein Stein. Die anderen Leibgardisten Draculas taten es ihm zögernd nach. Manche sprachen ein Gebet, die meisten schwiegen dumpf.

Strasser, trotz seiner Schmerzen hellwach und konzentriert, zerrte vergeblich an den Steuerhebeln. Zu viele Verbindungsdrähte waren gerissen. Die Orgelpfeifen ächzten.

Die erste Explosion erschütterte das Luftschiff, und ein fauliger Geruch machte sich in der Gondel breit. Dann folgte die zweite Explosion.

Ein Feuerball durchbrach die Außenhaut der *Attila* und zerfetzte sie wie einen Lampion.

Winthrop fühlte heiße Luft aufsteigen.

Er wollte wegsehen, brachte es jedoch nicht fertig. Das Luftschiff knickte in der Mitte ein. Eine Stichflamme stülpte das Innere einer Gaszelle nach außen. Das splitternde Höhenleitwerk kippte himmelwärts. Im Feuerschein erkannte er die Umrisse von einem guten Dutzend Fliegern, die verzweifelte Anstrengungen machten, dem Sog des riesenhaften, rettungslos verlorenen Schiffes zu entgehen.

In Bugnähe flog eine weitere Zelle in die Luft. Winthrop sah, wie die Flammen Camels und Gestaltwandler mit Haut und Haar verzehrten. Er war die Ruhe selbst. Richthofen würde sich nicht so einfach übertölpeln und vernichten lassen. Der Rote Baron gehörte ihm, ihm ganz allein. Die nächste Zelle explodierte.

Das Loch im Gondelboden gab den Blick frei auf den taghell erleuchteten Wald. Die *Attila* war eine brennende rote Sonne. Die Flammen breiteten sich ringsum aus, züngelten die Laufgänge entlang, schossen an den Seilen empor und jagten die Steuerleute vor sich her.
Ein Teil der Besatzung war Hardts Beispiel gefolgt. Stalhein sah, wie die Männer in den Baumwipfeln hundertfünfzig Meter unter ihm zerschmettert wurden. Wenn einer von ihnen überlebte, wäre es ein wahres Wunder. Er harrte tapfer seiner letzten Pflicht.
Strasser trat, ruhig und gelassen, von den Steuerhebeln zurück, fuhr sich mit den Fingern durch das Haar und setzte seine Mütze auf. Er rührte sich nicht von der Stelle. Er war wild entschlossen, mit seinem Schiff unterzugehen.
Robur ließ von der Orgel ab und sah seinem treuen Gefährten ins Gesicht. »Wir hätten gewonnen«, sagte er. »Wenn die verfluchten Insekten nicht gewesen wären.« Er meinte nicht den Krieg zwischen Entente und Deutschem Reich, sondern den Krieg zwischen Flugzeugen und Zeppelinen.
Dracula stand auf. Stalheins großer Augenblick war gekommen. Mit der Hitze unter seinen Schwingen kämpfend, rappelte er sich mühsam hoch und schlang von hinten die Beine um den Grafen. Dann schleppte er sich und seine Last in den ramponierten Bug der Gondel und sprang durch die zerschossene Luke.

Eine Ratte verließ das sinkende Schiff. Eine geflügelte Gestalt mit einem Bündel zwischen den Beinen.
Winthrop ließ das Wesen unbehelligt ziehen. Er war auf wichtigere Beute aus.
Er durchstreifte den Himmel.

Draculas Gewicht zog Stalhein in die Tiefe, und die schwarze Gashülle der *Attila* hing über ihnen wie ein Feuerbaldachin. Der Ingenieur traktierte, von wilder Raserei ergriffen, ein letztes Mal die Tasten und entlockte seiner Orgel irrsinnige Klänge.

Stalheins Spannweite nahm zu, und Dracula wurde ihm leichter. Sie hielten direkt auf den Wald zu.

Die *Attila* war verloren, eine Kette brennender Ballons stürzte zur Erde. Die Gondel krachte hundert Meter hinter ihnen in die Bäume.

Stalhein beschleunigte, entkam den Flammenfingern nur um Haaresbreite.

Der Hahnenkampf, unterbrochen durch den Untergang der *Attila*, ging weiter. Die Überreste beider Parteien hatten jede Hoffnung aufgegeben, dieses Gefecht lebend zu beenden, und lieferten sich eine tödliche Schlacht. Er hielt nach einem Landeplatz Ausschau. Wenn er seine Pflicht erfüllt hatte, wollte er seinen Kameraden in der Luft zu Hilfe eilen.

Ein Flugzeug näherte sich ihm von oben. Obgleich er unbewaffnet war, hatte er im Zweikampf durchaus eine Chance. Er hätte Dracula absetzen und dem Piloten den Kopf abreißen können. Doch er durfte seinen Führer nicht im Stich lassen.

Auf einen Blick erkannte er, dass ihm keinerlei Gefahr drohte. Es war eine deutsche Maschine, eine zweisitzige Junkers J1. Der Aufklärer würde ihm Deckung bieten.

Sie hatten den brennenden Wald hinter sich gelassen. Vor ihnen erstreckte sich schnurgerade eine Straße. Spiegelglatte Seen warfen den Feuerschein zurück. Stalhein spreizte die Schwingen, ließ sich vom Nachtwind bremsen statt vorantreiben, und setzte zur Landung an. Sie schlugen auf dem Boden auf, der Graf entglitt ihm, und er rollte in einem wüsten Durcheinander aus Armen, Flügeln und Beinen über ein Feld.

In der sicheren Annahme, dass er sich alle Knochen gebrochen hatte, drehte er sich um und versuchte sich zu orientieren. Im Gegensatz zur ruhigen Luft war der Erdboden schwankend und unsicher. Er hob und senkte sich wie das Deck eines Schiffes in sturmgepeitschter See.

Die Junkers kreiste wie ein Schutzgeist über ihm.

Stalhein sah, wie Dracula aufstand und seine Uniform abklopfte. Er begriff noch immer nicht, weshalb die *Attila* geopfert worden war, weshalb ein Luftschiff Selbstmord begangen hatte. Der Graf baute sich vor Stalhein auf und blickte zu ihm herab. Sein Gesicht war völlig ausdruckslos, doch Stalhein erkannte sofort, dass er benommen war. Bei jedem anderen hätte man derlei als Frontneurose abgetan. Bei Dracula war das undenkbar.

Das Feld war keineswegs verlassen. Männer schrien auf Englisch. Schüsse krachten. Stalhein fuhr zusammen.

Er blickte auf und sah, dass Dracula verwundet war. Seine Brust war blutgetränkt.

»Sterben«, verkündete er theatralisch, »wirklich tot sein ...«

Sie waren von Schattenmännern umzingelt. Die Junkers beharkte vergeblich, mehrere Hundert Fuß entfernt, das Feld. Silber schimmerte im Licht. Aufgepflanzte Bajonette nahten.

Der Graf versuchte immer noch zu sprechen.

»Armer Béla«, murmelte er, kaum verständlich. »Der Vorhang fällt.«

Die Klingen sausten hernieder, stachen in den reglosen Vampir, durchschlugen Hals und Rippen. Stalhein konnte seinem Herrn und Meister nicht helfen. Seine Flügel waren geknickt, und er hatte sich ein Bein gebrochen. Wenige Minuten nur, und seine Knochen wären wieder heil. Doch diese wenigen Minuten blieben ihm nicht mehr.

Der Feind riss Dracula in Stücke und verstreute ihn über das Feld. Da bemerkten sie den abgestürzten Flieger. Schaudernd vor Entsetzen beim Anblick seiner traurigen Gestalt, traten sie näher. Silberspitzen gruben sich in seine Brust. Die britischen Soldaten empfanden beinahe Mitleid, als sie ihm das Herz durchbohrten.

44

Kagemusha Monogatari

Croft entfernte das schwarze Oval der *Attila* eigenhändig von der Karte. Ein triumphierendes Lächeln spielte um seine Lippen.

»Gentlemen«, verkündete er, »Dracula ist tot. Man wird uns seinen Kopf in Kürze überbringen.«

Beauregard hörte diese Worte nicht zum ersten Mal. Auch Vlad Tepes hatte man nach seinem Tod angeblich enthauptet und den Kopf dem Sultan überbringen lassen. Und doch hatte er überlebt.

Crofts Nachricht ging in der allgemeinen Hektik unter. Haig und Pershing machten sich die Ehre streitig, mit den Leichen ihrer Soldaten die Breschen in den Schützengräben geschlossen zu haben. Der Hörer des Telefons, das sie mit dem Premierminister verband, baumelte, zwitschernd wie ein kleiner, kranker Vogel, an seinem Kabel.

Mireau war tot, und die Franzosen zogen ihre Truppen zusammen. Die Amerikaner stellten sich gegen die deutsche Offensive: milchbärtige Rekruten gegen schlachtgestählte Veteranen oder, besser, beherzte junge Männer gegen ergraute, kampfesmüde Krieger. Und die Briten hatten sich eingegraben.

Auf dem Dach des Hauptquartiers krepierte eine Granate. Ein Stück Gips fiel von der Decke und bestäubte Croft und Churchill mit einer dünnen Puderschicht, so dass sie aussahen wie Schreckgespenster. Leberfarbene Lippen und feuerrote Augen bildeten die einzigen Farbtupfer in ihren kreidebleichen Masken. Subalterne wurden mit Eimern ausgesandt, um den Dachstuhlbrand zu löschen.

»Es ist offensichtlich, dass große Verluste und schwere Niederlagen hätten vermieden werden können«, freute sich der geisterhafte Croft, »wenn der Diogenes-Club seine Verantwortung für den geheimen Krieg beizeiten abgetreten hätte.«

Die deutsche Offensive war wie eine Welle, die auf breiter Front gegen die Bollwerke der britischen Auffangstellungen brandete und schäumte.

Churchill dachte angestrengt nach.

»Sie können auf keinen Fall so weitermachen«, sagte er schließlich. »Ohne die *Attila* werden sie den Überblick verlieren. Früher oder später wird es zum Chaos kommen.«

Comte Hubert de Sinestre, ein zynischer General, meldete, dass Dracula gesichtet worden sei.

Croft merkte auf. »Die *Attila*?«

»Nein«, sagte de Sinestre. »Dracula führt seine Kavallerie in voller Rüstung in die Schlacht. Er reitet einen schwarzen Hengst und schlägt wild mit seinem Silberschwert um sich. Hier, an der linken Flanke. Wo der tapfere Mireau den Tod fand.«

Der Offizier schien andeuten zu wollen, dass die Deutschen einen neuerlichen Vorstoß unternommen hatten.

Croft war beunruhigt. »Wir wissen mit Bestimmtheit, dass sich der Graf an Bord des Luftschiffes befand. Bodentruppen haben ihn getötet.«

Der französische Vampir zuckte die Achseln. »Der englische Geheimdienst ist für sein Misstrauen berühmt. Colonel Dax, ein überaus verlässlicher Offizier, hat sich für die Richtigkeit der Meldung verbürgt.«

»Dracula war an Bord des Schiffes. Das entspricht ganz seiner Natur.«

»Der Graf erweist sich als außerordentlich mobil«, fuhr Churchill dazwischen. »Ich habe soeben eine Depesche von Captain George Sherston von den Royal Flintshire Fusiliers erhalten, die besagt, dass Dragulya höchstpersönlich einen Bajonettangriff auf die rechte Flanke geführt hat, wobei er von Silberkugeln durchsiebt wurde. Wiederum ein Grund zum Feiern, Mr. Croft?«

Croft zerquetschte das *Attila*-Oval in seiner Hand.

»Wir haben es offenbar mit einer Armee von Doppelgängern zu tun«, folgerte Beauregard. »Als Nächstes wird der Graf in Piccadilly auftauchen, mit einem Strohhut auf dem Kopf.«

»Eine mittelalterliche Taktik«, sagte Churchill und ballte eine feiste Hand zur Faust. »Imitatoren, um die Truppen zu vereinen, um Feuer auf sich zu ziehen.«

»Der echte Dracula war an Bord des Zeppelins. Ich habe das bereits bestätigt.«

Crofts gräuliches Gesicht verfärbte sich allmählich grün. Seine Hände zuckten nervös.

»Der Kavallerie-Dracula liegt am Boden«, sagte de Sinestre. »Von MG-Feuer in Stücke gerissen. Der Angriff ist niedergeschlagen. Mireau ist gerächt.«

»Das genügt nicht«, meinte Churchill. »Wir müssen ihn und alle seine Zwillinge vernichten.«

»Er ist tot. Wirklich tot«, beharrte Croft.

»Er wird sich an einem sicheren Ort aufhalten«, überlegte Beauregard. »Vermutlich in Berlin. Das Ganze war ein Ablenkungsmanöver.«

»Nein«, versetzte Croft. Seine Finger schlossen sich um Beauregards Kehle. »Ich habe Recht, und Sie haben Unrecht.«

Sein Gesicht, halbverfault unter der straffen Haut, kam näher, geisterbleich und grün, mit Gipsstaub überpudert. Beauregard packte die Handgelenke des Vampirs und versuchte, sich aus seinem Würgegriff zu befreien.

Die Offiziere gaben sich alle Mühe, die beiden Streithähne zu trennen.

»He da«, schnauzte Haig, »sofort Schluss damit, ihr beiden. Hier wird nicht gerauft. Wir befinden uns im Krieg, falls Ihnen das entgangen sein sollte.«

Croft ließ ihn los und stieß ihn von sich. Beauregard schnappte hustend nach Luft und lockerte den Kragen, der seinen mit blauen Flecken übersäten Hals umschloss. Der Mann in Grau beruhigte sich, sackte kraftlos in sich zusammen. Beauregard hatte keinen Zweifel, dass die Karriere des Vampirs in Kürze einen schweren Rückschlag erleiden würde.

Haig und Pershing wurden sich einig und pflasterten die Straße nach Amiens mit britischen und amerikanischen Klötzchen. Schwarze Klötzchen, verstärkt durch mit Kreuzen markierte Papierstreifen, rückten beständig näher.

Das Bombardement dauerte an. Ein Ende war nicht abzusehen. Bei jedem Einschlag hüpften die Klötzchen über den Kartentisch. Telefonverbindungen wurden gekappt und wiederhergestellt.

Alle blickten auf den Tisch. Die Klötzchen lagen heillos durcheinander.

Bei dem Gedanken an die schrecklichen Verluste ging Beauregard ein Stich durchs Herz.

»Menschheitsdämmerung, ach, Menschheitsdämmerung …«

45

Dem Morden ein Ende

Das Wrack der *Attila* brannte taghell. Das Land jenseits des Waldes wimmelte von den Schatten der alliierten Soldaten, die sich nach Amiens zurückzogen. Die Straßen waren mit Lastwagen verstopft, und die Männer wateten durch Felder.

Die ungeheure Hitze, die der Untergang des Zeppelins freisetzte, versengte Winthrop das Gesicht. Er suchte den Himmel über und unter der Camel nach gegnerischen Fliegern ab. Wut und Enttäuschung nagten an seinen Eingeweiden. Womöglich war er der einzige Überlebende des Hahnenkampfes, der Letzte von Geschwader Condor und JG1. Und würde nie erfahren, was aus Richthofen geworden war.

Das wäre ein noch schlimmeres Los, als in einem Feuerball zur Erde zu stürzen. Nein. Nichts war schlimmer, als in einem Feuerball zur Erde zu stürzen. Nichts war schlimmer als Allards heldenhaftes Opfer, Brandbergs Bruch oder der Tod der vielen Dutzend Männer an Bord der *Attila*. Er musste den Verstand verloren haben.

Der Albert Ball in ihm bedrängte Winthrop, seinen Widersacher aufzuspüren und zu vernichten. Doch allmählich kamen ihm Zweifel. Das lag nicht so sehr an der Kate Reed in ihm. Sie war nicht sein Gewissen. Er vermisste sein altes Ich, den Knaben, der er gewesen war, bevor der Krieg einen Mann aus ihm gemacht hatte. Den Menschen, der er gewesen war, bevor der Krieg ein Ungeheuer aus ihm gemacht hatte. Er schuldete Catriona, und nicht zuletzt auch Beauregard, eine Erklärung.

Sein leidenschaftliches Verlangen, mit dem Baron ins Reine zu kommen, hatte ihn zum Monstrum werden lassen. Dieser neue, wunderliche Edwin Winthrop war kaum weniger abstoßend als

Isolde, die sich auf offener Bühne Adern zog, oder die Fledermausstaffel des JG1, die dämonischen Ungeheuer des Kaisers.

Der eisige Flugwind rüttelte ihn wach, läuterte ihn. Er öffnete den Mund und sog die kalte Luft in seine Lungen. Dann umfasste er den Steuerknüppel und zog die Camel steil nach oben. Je höher er stieg, desto weiter entfernte er sich von dem blutigen Gemetzel. Er wollte die Erdatmosphäre durchbrechen und den Krieg mit seinem ewigen Kreislauf von Töten und Getötetwerden ein für alle Mal hinter sich lassen.

Da sah er den Flugdrachen, der sich dicht über den ausgebrannten Baumkronen bewegte und entschlossen auf sein Ziel zuhielt, einsam wie ein fressgieriger Hai. Die Wimpel des Geschwaderkommandeurs flatterten von seinem Fußgelenk. Richthofen. Der Flackerschein des Feuers färbte den Baron blutrot.

Winthrop hoffte, dass Richthofen der Letzte seiner Art war. Er hatte so viele Gestaltwandler vernichtet, dass der Anblick seinen Reiz verloren hatte. Sie bluteten und starben wie jedes andere Lebewesen.

Seine Zweifel ertranken in einer roten Flut. Seelenruhig ließ er die Camel sinken. Es grenzte an ein Wunder, doch er hatte noch Munition. In Bauchlage konnte der Gestaltwandler nicht schießen. Von hinten war Richthofen leichte Beute.

Der Baron war auf der Hut. Seine spitzen Fledermausohren mussten hochgradig empfindlich sein. Der Boche versuchte aufzusteigen und sich auf den Rücken zu drehen, so dass er die Camel ins Visier nehmen konnte, doch Winthrop zwang ihn mit einer kurzen Salve – schließlich brauchte er die Kugeln für den Abschuss – abzudrehen und in den Wald hinabzustoßen.

Winthrop zog nach oben, hielt sich wenige Fuß über den Wipfeln und beobachtete, wie der Baron sich einen Weg durch das verkohlte Astwerk bahnte. Obgleich er unglaublich behände war, bremsten ihn die dicht gedrängten Stämme. Er schien durch den

Wald zu schwimmen. Das Feuer griff von der *Attila* auf die verdorrten Bäume über. Dichte Rauchwolken quollen gen Himmel, brannten Winthrop in den Augen, wirbelten um seinen Propeller.

Wenn der Baron im Wald gelandet wäre, hätte er die Nacht leicht überstehen können. Er hätte nur auf die vorrückenden Deutschen warten müssen und wäre als Kriegsheld nach Schloss Adler zurückgekehrt. Doch ein Manfred von Richthofen würde das Duell mit ihm nicht scheuen.

Das Wäldchen war nicht allzu groß. Winthrop ließ die Bäume hinter sich und flog über eine weite Ebene, die in einiger Entfernung zu einer flachen Hügelkette anstieg. In den Hügeln gab es alliierte Stellungen. Dorthin wollten die fliehenden Soldaten sich zurückziehen. Dort würden sie die deutsche Offensive niederschlagen. Oder den Krieg verlieren.

Winthrop wendete seine Maschine, gerade als Richthofen den Wald verließ und sich in den Himmel schwang, ein urzeitliches Ungeheuer mit Waffen aus dem zwanzigsten Jahrhundert. Der Baron schoss, und Winthrop erwiderte das Feuer. Ein leuchtender Kugelhagel pfiff ihm um die Ohren. Plötzlich ertönte ein fürchterliches Krachen. Winthrop hatte Angst, sein Propeller könnte etwas abbekommen haben.

Sie stürzten aufeinander los und entgingen nur knapp einem Zusammenstoß. Winthrop spürte den Wind unter den Schwingen des Barons.

Wie es wohl war, ein solches Monstrum zu sein?

Er ging in eine enge Kurve. Da der Baron weitaus wendiger war als er, musste Winthrop das Letzte aus seiner Maschine herausholen.

Richthofen hatte nichts. Nichts, für das es sich zu kämpfen lohnte. Nichts als die sinnlose Anhäufung immer neuer Siege. Er war ein Kriegsmönch, der sein Leben ganz dem Vaterland gewidmet hatte. Das war seine größte Schwäche.

Winthrop wollte Richthofen nicht zum Opfer fallen. Doch er musste nicht mehr töten. Er wollte nicht mehr töten. Trotzdem schoss er mit seinem Zwillings-Lewis auf das Fledermausgeschöpf, das erbarmungslos auf ihn herabstieß.

Der Baron wich der Geschossgarbe aus. Er flog so dicht an ihm vorbei, dass Winthrop sein verwandeltes Gesicht deutlich erkennen konnte. Mit seinen blauen Menschenaugen und dem gefrorenen Fledermausgrinsen wirkte es wie eine tragische Maske, aus deren Mund ein Rinnsal roten Blutes troff.

Ein zweites Flugzeug war am Himmel. Es hielt sich dicht über den Bäumen und kam langsam, aber sicher näher. Ein zweisitziger Aufklärer. Winthrop hatte das Emblem am Rumpf sofort erkannt. Ein Hunne.

Die Camel befand sich schräg hinter dem Baron. Um Munition für die todbringende Salve zu sparen, gab Winthrop nur noch Einzelschüsse ab. Er beschleunigte und trieb Richthofen vor sich her.

Die Fledermaus flog Zickzacklinien, konnte sich aus dem Trichter, in den Winthrop sie gedrängt hatte, jedoch nicht befreien. Seine Munition ging zur Neige. Wenn der Baron noch länger außer Treffweite blieb ...

Sie schwebten über freiem Feld, auf halber Strecke zwischen Wald und Hügeln, tief genug, um die wandernden Soldaten aufzuschrecken. Die Männer schrien und johlten, als Richthofen und Winthrop über sie hinwegschwirrten. Der Flugwind riss ihnen die Mützen vom Kopf. Gewehrläufe ragten gen Himmel, Schüsse krachten.

Verfluchte Idioten. Beide Parteien flogen so schnell, dass eine für den Vordermann bestimmte Kugel ohne weiteres seinen Verfolger hätte treffen können.

Der Aufklärer würde versuchen, der Camel auf die Pelle zu rücken, doch davor hatte Winthrop keine Angst. Das Jagdflugzeug konnte dem Aufklärer jederzeit davonfliegen und hatte zudem einen längeren Atem.

Vor ihnen explodierte eine Minenbombe, und die Feuersäule warf Richthofen aus der Bahn. Mit mächtigen Flügelschlägen schwang der Baron sich in den Himmel. Winthrop zog am Steuerknüppel und hatte ihn rasch eingeholt.

Der Mond brach durch die Wolken, als tue sich ein riesenhaftes Auge auf.

Winthrop bemühte sich, das Tempo zu halten, als er bemerkte, dass er Richthofen im Visier hatte. Er brauchte bloß noch auf die MG-Knöpfe zu drücken ...

Seine Daumen waren gefrorener Stahl.

Vor ihnen blitzte Archie auf. Die Geschütze in den Hügeln legten einen Bombenteppich. Der Baron hielt direkt auf das schwere Flakfeuer zu.

Von den Explosionen ringsum abgelenkt, drückte Winthrop zu spät auf die MG-Knöpfe. Ein Silberstrahl schoss aus den Läufen seines Zwillings-Lewis. Rote Wunden explodierten in Richthofens Fell. Winthrop hatte den Baron markiert.

Er hielt die MG-Knöpfe gedrückt, doch sein Magazin war leer.

Richthofens gespreizte Schwingen senkten sich wie ein gigantischer Theatervorhang, der den ganzen Himmel zu verhüllen schien. Winthrop wusste, dass er wehrlos zwischen dem Roten Baron und dem Boche-Aufklärer hing. Wenn sie gemeinsam auf ihn losfuhren, bedeutete das seinen sicheren Tod. Aber vielleicht hatte es doch auch sein Gutes: zu sterben, statt mit dem Risiko zu leben, sich in ein noch übleres Monstrum zu verwandeln.

Wilde Mordlust brannte in den Augen der Kreatur. Der Baron war drauf und dran, seine Bilanz mit Edwin Winthrops Tod zu krönen.

Winthrop presste instinktiv die Daumen auf die MG-Knöpfe. Sein Zwillings-Lewis klickte, leer ...

Dennoch erlitt Richthofen einen Treffer nach dem anderen, als ob Winthrop mit Geisterkugeln auf ihn feuern würde. Von blutigen Einschusslöchern durchsiebt und verzweifelt mit den Flügeln schlagend, wirbelte der Baron durch die Luft.

Winthrop traute seinen Augen nicht.

Die Flugabwehr hatte Richthofen erwischt. Urplötzlich aus seinem Jagdfieber gerissen, wurde Winthrop klar, dass das Archie für ihn ebenso tödlich war wie für den Hunnen, und er zog die Camel steil nach oben, über den sterbenden Flieger hinweg. Während er sich in den Himmel schraubte, sah er Richthofen zitternd in der Luft stehen, wie von der geballten Wucht der Kugeln an ein unsichtbares Kreuz genagelt.

Die gespreizten Schwingen hingen in Fetzen. Sein Körper schrumpfte, seine MGs wurden zu Bleigewichten. Die tote Kreatur stürzte mit verrenkten Gliedmaßen zur Erde und versank in einem Meer von Feuer und Finsternis.

Schlagartig kam Winthrop zur Besinnung, und er fragte sich, was er unter fremdem Himmel verloren hatte.

46

Walhalla

Als sie wieder festen Boden unter den Rädern hatten, war Poe nicht mehr der Alte. Sein erster Flug war ein einziger Alptraum gewesen. Von allen irdischen Fesseln befreit, war er in einen Strudel des Chaos geschleudert worden, einen Mahlstrom des Schreckens, der seine Vision mit sich gerissen hatte.

Die *Attila* war verloren, und eine mächtige Flammenwolke verschlang den Vater des europäischen Vampirismus. Baron von

Richthofen war tot, sein zerschossener Leichnam hatte sich noch in der Luft zurückverwandelt. *Der rote Kampfflieger* war unvollendet; er würde mit einem Nachruf anstelle eines Schlusskapitels erscheinen müssen. Die Offensive hatte die Front durchbrochen, doch um welchen Preis?

Theo ließ das Flugzeug auf der kleinen Landebahn am Seeufer ausrollen. Der Schatten von Schloss Adler zeichnete sich drohend gegen den dunklen Himmel ab. Nirgendwo war Licht zu sehen. Das Schloss wirkte wie ausgestorben. Die Maschine kam ruckartig zum Stehen, und die Räder versanken in der grasbewachsenen Erde. Die plötzliche Ruhe, die Gelassenheit, die ihn mit einem Mal befiel, bereitete Poe Unbehagen. Sein Gesicht war mit einer Kruste aus getrockneten Tränen überzogen.

Theo sprang aus seinem Cockpit, riss sich Fliegerhaube und Handschuhe herunter und warf sie achtlos fort.

Was nun?

Das Portal stand einen Spaltbreit offen. Als er eintrat, wusste Poe, dass Schloss Adler unbewohnt war. Noch bis vor kurzem war es von hektischer Betriebsamkeit erfüllt gewesen. Jetzt hallten seine Schritte klappernd durch die kahlen Räume. Die Stellung war verlassen.

Theo schien nicht weiter erstaunt. »Orlok ist vermutlich auf dem Rückweg nach Berlin, um seinem Herrn und Meister Meldung zu erstatten. Dracula wird wissen wollen, ob seine Machenschaften zum Erfolg geführt haben.«

»Dracula? Aber der kann unmöglich noch am Leben sein. Er ist mit der *Attila* untergegangen!«

Theo schüttelte verdrossen und angewidert den Kopf.

»Das war ein Betrüger, einer von vielen armseligen Narren in Verkleidung, um die Entente zu übertölpeln. Er diente als Zielscheibe und hat seinen Zweck erfüllt. Der Feind war so damit beschäftigt, ihn vom Himmel zu holen, dass er darüber glatt vergessen hat, sich für die Bodenoffensive zu rüsten.«

»Und wer war er? Der Vampir an Bord der *Attila*?«

»Ein ungarischer Schauspieler. Ein Leinwandheld aus Lugos. Ein direkter Nachkomme Draculas. Der darauf gedrillt war, als sein Doppelgänger zu fungieren. Und es gab noch mehr von seiner Sorte. Alles in allem ein gutes Dutzend.«

»Aber ... die Besatzung der *Attila*, das Luftschiff selbst?«

»Nichts als Schall und Rauch, die Szenerie des grandiosen Schauspiels...«

»Und wer steckt hinter diesem Komplott?«

Theo wies auf ein großes, wenig künstlerisch, doch sehr martialisch wirkendes Porträt. Graf von Dracula neben dem Kaiser, in lamettastrotzender Paradeuniform, mit nadelspitzen Schnurrbartenden.

»Die beiden.«

Auch Hanns Heinz Ewers war zurückgeblieben. Jemand hatte sich die Mühe genommen, ihm eine Kugel in den Kopf zu jagen, wenn auch nur eine aus Blei. Er presste die beiden Hälften seines Schädels zusammen, damit der Riss verheilen konnte.

Poes Gedanken überschlugen sich. Er hatte Ruhm und Ehre gesucht und Mörder und Halunken gefunden.

Theo warf einen teilnahmslosen Blick auf Ewers' Wunden und attestierte dem Vampir eine gute Überlebenschance.

»Wer war das?«, fragte Poe.

»Nur ein Flieger ... ist hierher zurückgekehrt«, antwortete Ewers mit schmerzverzerrter Miene. »Göring. Er wollte Ihr Manuskript, Poe.«

»Der Registrator«, sagte Theo. »Das leuchtet ein. Solange Aufzeichnungen existieren, werden sie den Krieg gewonnen haben. Die Deutschen haben zu viele Helden. Die Buchhalter müssen sie ausmerzen. Göring, Mabuse, Dracula. Allesamt Buchhalter, keine Soldaten. Denken Sie nur an den Grafen und seine geliebten Eisenbahnfahrpläne. Glänzende Ruhmestaten verkommen in den Händen dieser Börsenmakler und Finanzbeamten zu blassen Zahlen.«

»Und mein Manuskript? Wo ist es?«

Ewers versuchte ein Lächeln. »Göring wollte es nach Berlin schaffen. Um es zu veröffentlichen. Das musste ich verhindern.« Ewers verdrehte die Augen in Richtung seiner Kopfverletzung. »Ich weiß auch nicht, weshalb ich meine grauen Zellen daran verschwendet habe, Ihr Werk vor seinen Verlegern zu retten. Sie sind mir auf den Tod zuwider, aber ich würde alles darum geben, wenn ich Ihre Fähigkeiten besäße, so verbraucht und verkümmert sie auch sind. Nennen Sie es meinetwegen Neid. Deshalb habe ich versucht, Ihr Buch zurückzuhalten. Aus Neid.«

Der Verwundete fummelte ungeschickt am Kragenknopf seines zu engen Waffenrocks. Theo half ihm, seine Kleider zu lösen, damit er Atem schöpfen konnte. Mit Poes Handschrift bedeckte Seiten quollen hervor.

»Sie sind ein großer Schriftsteller, Herr Poe. Das muss ich Ihnen lassen. Aber Sie sind vollkommen verrückt. Ich habe Ihnen vermutlich einen Gefallen erwiesen. Göring hat nur die ersten drei Seiten Ihres Manuskripts, ergänzt durch einige meiner Erzählungen. Solide Arbeit, aber vergebene ...«

Ewers verlor das Bewusstsein. Theo stand auf, seine Hände waren blutverschmiert. Poe hatte sein Entsetzen abgeschüttelt und versuchte krampfhaft, die Zusammenhänge zu ergründen. Endlich hatte er die fehlenden Steine des Puzzles in der Hand.

Poe und Theo standen am Seeufer und warteten auf den Sonnenaufgang. Der Schlachtenlärm hatte sich hinter die Linien, in feindliches Gebiet, verzogen.

»Helden machen ihnen Angst, Eddy. Diesen armseligen Gestalten mit ihren armseligen Büchern. Sie dürsten nach Ruhm und laben sich daran wie wir an fremdem Blut. Ihr Buch sollte ein Denkmal werden, ein glanzvolles Monument zum Ansporn immer neuer unerschrockener Helden. Sie werden verglühen wie Kometen und elendig krepieren, während die Buchhalter sich weiterhin durch die Jahrhunderte schleimen. Millionen sind in diesem Krieg gestorben. Anonyme Opfer. Das hat Dracula aus uns gemacht. Nichtssagende Namen in einem Buch der Toten.«

Poe betrachtete sein Manuskript. In diesem Buch schwelte der Funke des Genialen. Es war ein Traum, eine Erleuchtung. Die Geschichte dieses wackeren Ritters der Zukunft würde in Generationen junger Knaben den Wunsch wachrufen, ihrem deutschen Vaterland zu dienen wie dereinst Manfred von Richthofen.

»Dracula schert sich einen Dreck um die Richthofens, Eddy. Um die Großen, Tapferen und Besessenen. Er umgibt sich lieber mit Leuten wie Göring, blödsinnigen Bürokraten des Todes.«

Poe ließ die ersten Seiten des Manuskripts auf den See hinauswehen. Als sie auf der glatten Wasseroberfläche schwammen und die Tinte zu verlaufen begann, ging ihm ein Stich durchs Herz. Dies waren vielleicht die letzten Worte seines Genius, die letzten Worte, die er jemals schreiben würde. Er versank in dumpfem Brüten.

Theo legte ihm tröstend die Hand auf die Schulter. Plötzlich sprang Poe auf und warf die Blätter in die Luft. Sie bauschten sich zu einer weißen Wolke, schneiten auf den See herab, ballten sich zu nassen Klumpen und trieben noch ein Stück übers Wasser, ehe sie in die Tiefe gerissen wurden. Poe zog seinen Rock aus, ließ den Daumen über die frisch erworbenen Rangabzeichen gleiten und warf das Ding dann in den See, wo es unter einem Teppich aus Papier verschwand.

»Hiermit nehme ich meinen Abschied«, sagte er.

Poes Rockärmel baumelten wie die Arme einer Leiche. Eine unbekannte Strömung in der Mitte des Sees zerrte den Mischmasch aus Manuskript und Mantel in ihren bodenlosen Schlund. Das tiefe, düstere Gewässer schloss sich langsam, lautlos über dem Fragment des *roten Kampffliegers*.

»Bleiben Sie hier, die Franzosen werden früher oder später wiederkommen«, sagte Theo. »Dann können Sie ein neues Buch schreiben. Ein hellsichtiges Buch, das der Wahrheit zu ihrem Recht verhilft.«

»Die Wahrheit interessiert mich wenig, Theo.«

Der Offizier zuckte die Achseln. »Das wundert mich nicht.«

»Was haben Sie jetzt vor?«, fragte Poe.

Ehe er sich umwandte und dem Schatten des Schlosses den Rücken kehrte, verzog Theo den Mund zu einem verschmitzten Lächeln und sagte: »Ich werde kämpfen, Eddy. Kämpfen für mein Vaterland.«

47

Nachwelten

Mit leeren Magazinen und fast leerem Tank hielt Winthrop nach einem geeigneten Landeplatz Ausschau. Maranique war vermutlich längst in deutscher Hand und kam somit nicht infrage, deshalb suchte er nach einer der Auffangstellungen bei Amiens. In der Aufregung hatte er die Orientierung verloren.

Er richtete sich nach den Sternen und flog nach Osten. Unter ihm eilte Verstärkung in Richtung Kampfgebiet. Endlose Schlangen von Soldaten auf dem Rückzug ließen sie vorbei oder gruben sich ein, um Front zu machen. Zumindest hatte man ihm das

Hunnenland nicht einfach unter den Rädern weggezogen wie einen Teppich. Auch wenn er nicht zu landen und sich zu ergeben brauchte.

Nun, da ihn Ball und Kate verlassen hatten, konnte er endlich wieder klar denken, als sei er soeben aus einem bösen, aber überwältigenden Traum erwacht. Und doch war er erschöpft, vergessene Wunden quälten ihn, und er spürte den Verlust. Ohne Balls Hilfe war er leider nur ein mäßiger Pilot.

Der Steuerknüppel zitterte in seiner Hand. Noch bis vor wenigen Minuten war er ein fester Bestandteil seiner Maschine gewesen. Jetzt saß er auf dem Rücken einer bockbeinigen Bestie, die alles daransetzen würde, ihn abzuwerfen, sobald er auch nur die geringste Schwäche zeigte. Der Motor hustete, und die Verspannung ächzte.

Er geriet in Versuchung, einfach am Steuerknüppel zu ziehen und in die Nacht, ins Nichts emporzufliegen. Er war nur mehr ein Schatten seiner selbst, weder der Mensch, der er einmal gewesen war, noch das Ungeheuer, in das er sich verwandelt hatte.

Doch sein Lebenswille war stärker. Er tastete nach dem Knüppel und drückte die Maschine, bis die Blase in der Wasserwaage sich in Position befand. Er war fest entschlossen, das nächste durchgehende Stück Straße oder Wiese als Rollfeld zu benutzen. Doch im Augenblick wimmelte der Erdboden von Menschen. Das jahrelange Patt schien aufgehoben, und der Bewegungskrieg ging weiter.

Links unter ihm brannten vertraute Lichter.

Funkensprühende Signalfackeln markierten eine Piste. Hoffentlich war der Kommandeur der Truppe so klug gewesen, die Landebahn räumen zu lassen. Der Treibstoff reichte nicht, um eine Schleife zu fliegen und das Gelände zu sondieren. Also hielt er auf die violetten Lichter zu und zog die Camel herunter.

Die Räder holperten durch hohes Gras. Die Maschine prallte

vom Boden ab, und die Rumpfnase kippte nach vorn. Winthrop wusste, dass sich die Camel überschlagen und ihn kopfüber in die Erde rammen würde.

Jaulend riss ein Draht und peitschte ihm ins Gesicht. Die Maschine konnte jeden Augenblick koppheister schießen. Mit einem gezielten Schlag auf den Sicherheitsverschluss löste er seinen Gurt und wurde aus dem Sitz katapultiert. Der Steuerknüppel traf ihn in den Bauch und zwischen die Beine. Die Tragflächen knickten weg. Dann plötzlich drehte sich alles im Kreis, und er schlug mit dem Schädel auf. Zentnerschwere Trümmer begruben ihn unter sich.

Schreie drangen an sein Ohr. Stechender Benzingeruch stieg ihm in die Nase.

Leblos wurde er aus dem Wrack gezerrt. Er hörte, wie der Treibstoffrest mit lautem Krachen explodierte, und spürte einen Schwall warmer, ölgetränkter Luft. Flammenpfeile regneten vom Himmel.

Der Tod streckte die Hand nach ihm aus, schloss die Finger um sein Herz und seine Seele, doch er entriss sich seinen Klauen und schrie aus Leibeskräften vor lauter Freude über sein neu gewonnenes Leben. Er rang nach Atem, und starke Arme setzten ihn auf.

Als er die Augen öffnete, sah er seine Camel lichterloh brennen.

»Wetten, das machst du so schnell nicht wieder«, sagte jemand.

Sie war mit den Verwundeten auf einen Lastwagen verfrachtet worden. Schon nach wenigen Meilen über ausgefahrene Straßen waren die meisten von ihnen dahin. Kate hatte zwar mehrere Treffer, aber keine Silberkugel abbekommen. Der Matsch an ihren Kleidern war getrocknet, und der steife, schmutzstarrende

Stoff umhüllte sie wie eine Mumie. Ihren erbeuteten Stahlhelm hatte sie verloren.

Sie war benommen, ihrem Körper merkwürdig entrückt. Ohne weiteres hätte sie in die Finsternis davonflattern und einen lebenden Leichnam hier zurücklassen können. Ob er ohne sie weiterexistieren würde? Vielleicht wurden Vampire auf diese Art und Weise zu hirnlosen, vom Durst getriebenen Ungeheuern?

Der Knabe in ihren Armen nannte sie Edith. Sie versuchte ihn trotzdem zu trösten. Blut sickerte durch seine Feldverbände, doch sie wollte es nicht trinken. Zum ersten Mal seit ihrer Verwandlung war ihr der Appetit auf Blut vergangen.

Geneviève hatte ihr einmal gesagt: »Wir Vampire trinken Blut nicht aus Notwendigkeit, sondern zum Vergnügen.« Kate hatte es satt, Geneviève nachzueifern. Es war an der Zeit, sich dem zwanzigsten Jahrhundert zu stellen. Statt die kommenden fünf Wochen damit zu verplempern, ihr Haar von Schmutz und Dreck zu säubern, würde sie es stutzen und zu einem Bubikopf frisieren lassen. Die Schlammmaske, die ihr Gesicht bedeckte, wurde rissig und begann zu bröckeln.

Der Lastwagen hielt am Straßenrand, um Verstärkungen passieren zu lassen. Britische Tanks rollten donnernd in die Schlacht gegen die deutschen Panzer. Ein Zug milchbärtiger Amerikaner rief dem Leichenwagen im Vorbeifahren ein paar aufmunternde Worte zu und warf Zigarettenpäckchen auf die Ladefläche.

Obwohl sie keine Zündhölzer hatte, schob Kate sich einen Glimmstängel zwischen die Lippen. Der herbe Geschmack des Virginiatabaks versetzte sie in einen sanften Rausch.

Da sie im dichten Kampfgetümmel gesteckt hatte, konnte sie nicht wissen, was geschehen war. Die deutsche Offensive hatte die Linien auf breiter Front durchbrochen, und die Alliierten warfen stille Reserven in die Schlacht. Es gab zwei Möglichkeiten. Sie würden den Krieg entweder gewinnen oder verlieren.

Der Lastwagen verließ die Straße und holperte über ein Feld, ächzte über noch kaum befahrene Bretterroste.

In einem Wäldchen loderte ein großes Feuer, ein Zeppelin war abgestürzt. Kate reckte den Hals und sah, wie das riesige Rippenskelett des Schiffes in sich zusammenfiel und in einem Flammenmeer versank. Die Hitze riss Ediths jungen Mann aus seinen Fieberträumen, und der Knabe wandte neugierig den Kopf.

»Die ganze Gegend ist ein einziges Inferno«, sagte er.

In der Zeltstadt am Rande des Flugplatzes tummelten sich etliche Soldaten, Flieger aus vorgeschobenen Stellungen, die ebenfalls den Rückzug angetreten hatten. Winthrop suchte sich ein halbwegs trockenes Fleckchen Gras und ließ sich nieder. Jemand gab ihm eine Zigarette und Feuer. Er wollte wissen, ob außer ihm noch jemand vom Geschwader Condor mit heiler Haut davongekommen war. Alle nickten, doch niemand konnte Namen nennen.

Die Piloten standen über den Platz verstreut, in verschwitzten Fliegerkluften, mit Rußringen um die Augen. Manche litten stumme Qualen, die meisten waren zu Tode erschöpft. Der stellvertretende Sergeant Chandler, ein Amerikaner in nagelneuem Arbeitszeug der Royal Air Force, hatte die Aufgabe, ein Register der Männer und Maschinen zu erstellen, die ihren Einsatz unbeschadet überstanden hatten.

»Sind Sie Warmblüter?«, erkundigte er sich bei Winthrop.

Der dachte kurz nach und bejahte dann.

»Gratuliere«, sagte Chandler. Im Gegensatz zu den meisten seiner Schäfchen war der Sergeant kein Vampir. »Gratuliere wärmstens.«

»Ich gehöre zum Geschwader Condor. Haben Sie sonst noch jemanden aus meiner Truppe auf Ihrer Liste?«

Chandler sah in seinen Papieren nach.

»Ein Glückspilz namens Bigglesworth, der schon vor Wochen abgeschossen wurde, ist heute Abend hier aufgetaucht. Er hat sich zu Fuß hinter die Linien durchgekämpft.«

»Grundgütiger!«

»Sonst niemand. Aber geben Sie die Hoffnung nicht auf. Hier herrscht ein heilloses Durcheinander.«

Plötzlich brachen die Männer in erstickte Beifallsrufe aus. Eines der Zelte hatte Telefon, und soeben war eine gute Nachricht eingetroffen.

»Haben wir's den Schweinehunden heimgezahlt?«, fragte Chandler einen grinsenden jungen Piloten.

»Nein, viel besser. Richthofen ist tot. Der Abschuss ist amtlich. Die Aussies haben ihn erwischt. Schweres Archie.«

»Einer von unseren Jungs hätte ihn runterholen sollen«, sagte ein britischer Geschwaderkommandeur. »Ein Pilot. Als Rache für Hawker, Albright und Ball.«

»Ball geht nicht auf Manfred, sondern auf Lothar von Richthofens Konto.«

Schon wurden die Tatsachen verdreht. Winthrop hatte dem Baron kurz vor dem Ende eine Ladung auf den Pelz gebrannt. Er hätte den Abschuss für sich reklamieren können. Doch er zog es vor zu schweigen und spitzte die Ohren.

»Man munkelt, dass er mit militärischen Ehren bestattet werden soll. Von wegen Sportsgeist und so.«

»Man sollte ihm den Kopf abschneiden, ihm das verdammte Maul mit Knoblauch stopfen und ihn dann mit dem Gesicht nach unten und einem Silberpflock durchs finstere Herz an einer Wegkreuzung verscharren.«

»Findest du das nicht ein bisschen übertrieben?«

Winthrop hörte nicht mehr hin. Für ihn war dieser Krieg beendet.

Kate fühlte sich so weit wiederhergestellt, dass sie ihren Platz einem Verwundeten abtreten wollte, der ihn nötiger hatte als sie. Also überließ sie Ediths jungen Mann sich selbst und hüpfte von der Wagenpritsche. Sie war noch etwas wackelig auf den Beinen.

Bei jedem Schritt ergoss sich ein Sturzbach trockener Erde aus ihren Kleidern. Sie hätte hundert Jahre ihres Lebens für ein heißes Bad gegeben. Während die ersten Sonnenstrahlen in den Himmel sickerten, drängte sie sich durch die Menge und schnappte Klatsch, Gerüchte, Neuigkeiten auf.

Die meisten waren sich einig, dass der deutsche Vorstoß zum Stillstand gekommen sei. Die einen meinten, die Alliierten hätten den Boche in eine Falle gelockt und ihn aus rückwärtigen Stellungen beschossen und vernichtend geschlagen. Die anderen glaubten, die Deutschen seien so tief in das Gebiet des Feindes vorgestoßen, dass die Soldaten den lieben Gott einen frommen Mann sein ließen, tatenlos durch die Gegend streiften und die reich bestückten Offiziersmessen der Alliierten plünderten. Nach Jahren des Hungers und der Blockaden wurde der Duft von frischem Brot dem Hunnen zum Verhängnis.

Kate fragte sich, ob sie es jemals fertigbringen würde, über die vergangene Nacht zu schreiben.

Sie lief ziellos vor sich hin. Es ging das Gerücht, dass Richthofen den Tod gefunden habe. Damit war der Fall erledigt.

Bei Tagesanbruch suchten die Piloten in den Zelten Schutz. Winthrop rollte seine Fliegerkluft zu einem Kissen zusammen und streckte sich auf der Wiese aus. Die Frühlingssonne schien ihm ins Gesicht. Das Schlachtgetöse hatte sich verzogen.

Chandler teilte ihm mit, dass drei seiner Kameraden des Geschwaders Condor auf einem anderen Hilfsflugplatz gesichtet worden seien: Cary Lockwood, Bertie und Ginger. Sie waren also doch nicht vollständig vernichtet worden.

Ob vom JG1 noch jemand lebte? Aber das spielte keine Rolle. Ihr Anführer war tot. Der Schrecken war gebannt.

Winthrop konnte Richthofen nicht länger hassen. Falls die Alliierten den Baron mit militärischen Ehren bestatteten, würde er sich als Sargträger zur Verfügung stellen oder freiwillig über dem Hunnenland aufsteigen und die Glücksbringer des Gestaltwandlers abwerfen. Das, so hoffte er, wäre sein letzter Flug.

Das Rollfeld und die helle Sonne erinnerten ihn an ein früheres Leben. Kricket in Greyfriars. Frühlingsspaziergänge mit Catriona. Er musste einiges in Ordnung bringen. Ein wilder Schmerz in seinem Knie erinnerte ihn an das Niemandsland. Manches würde nie in Ordnung kommen.

Kate entdeckte einen kleinen, munteren Bach. Alle Scham beiseitelassend, streifte sie ihre schlammstarrenden Kleider ab, breitete sie im Bachbett aus und beschwerte sie mit Steinen.

Sie blickte an sich hinunter und sah den mit Blut und Dreck verschmierten Körper einer Wilden. Ihre notdürftig verheilten Wunden waren mit einer dicken Schorfschicht überkrustet.

Eine Reihe von Soldaten pfiff und johlte im Vorübergehen. Da sie frisch aus Paris eingetroffen waren, hatten sie in den Folies-Bergère zweifellos Besseres zu Gesicht bekommen.

Sie setzte sich in den Bach und badete im sonnenwarmen, bunt glitzernden Nass. Dann sank sie nach hinten wie Ophelia und ließ ihr Haar im Wasser treiben. Staub und Erde lösten sich von ihrer Haut und wirbelten davon. Sie schloss die Augen und versuchte zu vergessen.

Die warmblütigen Männer hatten starken Tee gebraut. Da es keine Becher gab, trank Winthrop aus einem Napf. Endlich war ein zweiter Angehöriger seines Geschwaders eingetroffen. Jiggs, der Mechaniker, mit einer unglaublichen Geschichte von einem glänzenden Paar deutscher Stiefel, denen er nur um Haaresbreite entkommen war.

Die Offensive war allem Anschein nach gescheitert. Das Gerücht vom Tode Draculas machte die Runde, war jedoch ebenso schnell wieder verschwunden, wie es aufgekommen war.

»Der Himmel hat uns eine Wassernymphe beschert«, sagte Chandler. »Bei den Hilfshangars droht eine Badenixe zu ertrinken. Sie trägt Ohrringe, sonst nichts.«

Ein langgezogener Pfiff riss sie aus ihren Träumereien. Sie öffnete die Augen und stützte sich auf die Ellbogen. Am Bachufer stand ein Mann mit den Händen in den Taschen.

»Sieh mal einer an, Miss Maus«, sagte Edwin. »Die Sonne bringt Ihre Sommersprossen hervorragend zur Geltung.«

Sie schloss die Augen und ließ den Kopf wieder ins Wasser sinken.

48

England ruft

Er nahm keine Anrufe entgegen. Beauregard saß in seinem Haus im Cheyne Walk. Der Schreibtisch war mit ungeöffneten Briefen übersät. Sein Diener Bairstow hatte sie, wie jeden Morgen, fein säuberlich dort ausgebreitet.

Sein Blick fiel auf einen schmalen, mit blassvioletter Tinte adressierten Umschlag. Er war versucht, ihn aufzureißen, befürchtete jedoch, von neuem in einen Strudel der Empfindungen gestürzt zu werden, dem er nur mit knapper Not entronnen war. Geneviève zog den Ärger magisch an, und das schon seit Jahrhunderten. Er liebte sie wahrscheinlich immer noch. Unnützer Gefühlsballast. Briefträger und Boten hatten Dienstsachen mit dem Stempelaufdruck »DRINGEND« überbracht. Auch sie waren ungeöffnet.

Da er keine Zeitung las, schilderte Bairstow ihm den Kriegsverlauf in groben Zügen. Dass Caleb Croft seines Amtes enthoben worden war, verschaffte ihm wenig Befriedigung. Ruthven hatte unzählige Männer seines Schlages in petto, die mit Freuden an seine Stelle getreten wären.

Dracula war in Berlin gesehen worden. Nach einer Auseinandersetzung mit dem Kaiser hatte er den Palast wutentbrannt verlassen. Hindenburg war zum Oberkommandierenden der Heere aufgestiegen, die nach ihren jüngst erlittenen Schlappen zerstört und demoralisiert am Boden lagen. Dracula hatte die Verantwortung für das endgültige Scheitern der Kaiserschlacht auf sich genommen. Wie es schien, hatte die Opferung seiner Doppelgänger unter den Mannschaften und Offizieren zu großer Verwirrung und noch größerem Moralverlust geführt. Mittelalterliche Taktiken taugten eben nicht für dieses Jahrhundert. Doch Draculas Entmachtung war vermutlich nur von kurzer Dauer. Unkraut verging nicht.

Er sah sich alte, gerahmte Fotografien an. Die Kamera verwandelte all ihre Opfer in Vampire, konservierte ihre Jugend für die unbekannte Zukunft. Auf einem Bild posierte die unsterbliche Pamela am Fluss, umringt von einer Schar kleiner Mädchen in Matrosenanzügen. Im Hintergrund war unscharf ein Boot zu erkennen. Die Mädchen waren Penelope, Kate, Lucy und Mina. Warmblütig und leicht zerzaust, wussten sie noch nicht, was einst aus ihnen werden würde.

Auch Mrs. Harker hatte ihm geschrieben. Wie eh und je mischte sie sich ungefragt in anderer Leute Angelegenheiten. Sie versuchte ihn zu neuen Taten zu bewegen.

Bairstow trat ins Zimmer, eine Visitenkarte lag auf seinem Zinntablett. Das Silber hatten sie bereits vor Jahren den Kriegsanstrengungen geopfert. Beauregard hob abwehrend die Hand, doch ein langbeiniges Spinnentier in Grau stieß den Bediensteten brüsk beiseite.

»Beauregard, was bilden Sie sich eigentlich ein? Haben Sie auch nur den leisesten Schimmer, wie viele dringende Angelegenheiten meine ungeteilte Aufmerksamkeit erfordern? Stattdessen bin ich gezwungen, mich wie ein gemeiner Krämer persönlich hierherzuverfügen, um Ihnen eine Antwort zu entlocken!«

Ruthven war sichtlich erregt. Von Churchill wusste Beauregard, dass das Kabinett gespalten war. Lloyd George hatte sich als außerordentlich halsstarrig erwiesen. Die Stellung des Premierministers war zwar gefestigt, aber keineswegs sicher.

Lord Ruthven war nicht allein gekommen. Er befand sich in Begleitung von Smith-Cumming, dessen Bein vollständig nachgewachsen war.

»Der Diogenes-Club hat seine Pforten neuen Mitgliedern geöffnet«, verkündete Smith-Cumming.

»Crofts Leute haben uns nur Ärger eingebracht«, wetterte der Premierminister. »Seine schwachköpfigen Attentatsfantastereien hätten uns beinahe den Sieg gekostet. Das Vaterland braucht kluge Köpfe.«

»Mycrofts Platz als Vorsitzender der Clique ist frei geworden«, sagte Smith-Cumming. »Und nur ein Mann kommt als sein Nachfolger infrage, Beauregard.«

Er betrachtete die beiden Vampire, den untüchtigen Ältesten und den grundsoliden Neugeborenen. Ruthven hielt das Staatsruder fest in der Hand, obgleich seine Gegner sich gegen ihn verschworen hatten. Smith-Cumming war ein verlässlicher Mann. Und, Bluttrinker hin oder her, verlässliche Männer waren selten.

Mycroft hatte viel Gutes aus der Vergangenheit in dieses unsichere Jahrhundert herübergerettet. Ohne ihn gingen eitle, selbstsüchtige Gecken wie Ruthven oder Croft in ihrem sinnlosen Machtstreben über Leichen.

»Beauregard, bitte«, flehte der Premierminister.

Während der Abwesenheit von Croft und dem Diogenes-Club wurde der britische Geheimdienst von einem Schulmeister geleitet, der Chiffreschriften in Abbildungen von Schmetterlingen zu verstecken pflegte. Die Ergebnisse waren entsprechend dürftig.

»England braucht Sie, Beauregard«, beharrte Ruthven. »*Ich* brauche Sie.«

Aber braucht England Lord Ruthven?, dachte Beauregard.

Er warf einen verstohlenen Blick auf das Foto seiner Frau. Pamela schien ihn zweifelnd anzusehen. Sie hätte ihm geraten, standhaft zu bleiben.

»Nun gut«, sagte Beauregard. »Ich nehme Ihr Angebot an.«

Smith-Cumming klopfte ihm auf den Rücken. Ruthven gönnte sich ein Lächeln der Erleichterung.

»Unter bestimmten Bedingungen.«

»Ich bin mit allem einverstanden«, winkte der Premierminister ab.

»Wir werden sehen«, meinte Beauregard.

49

Gute Vorsätze

Ehe sie ihn ziehen ließ, musste er seine Schuld begleichen. Zu diesem Zweck nahmen sich Kate und Edwin ein Hotelzimmer in Calais. Sie hatten sich geliebt, und nun ließ sie ihn sanft zur Ader. Er schmeckte anders als zuvor. Von seinem roten Durst war nichts zurückgeblieben. Sein Blut wärmte sie, schenkte ihr neue Kraft.

Leicht benommen sank Edwin in Halbschlaf, während sie sich zärtlich an ihn schmiegte. Sie war erhitzt, und die Sommersprossen auf ihrer Brust stachen wie Nadelspitzen.

Sie hatte Anspruch auf ein wenig Liebe. Ihr Leben lang war sie dazu entweder zu schüchtern oder zu beschäftigt gewesen. Diesmal war alles anders. Diesmal hatte sie den Soldaten, eine Weile wenigstens, für sich, auch wenn er danach zu seiner Pfarrerstochter zurückkehren würde. Falls Catriona die Frau war, für die Kate sie hielt, hatte sie nichts dagegen einzuwenden. Sie befanden sich in Frankreich. Sie befanden sich im Krieg. Hier galten andere Regeln.

Sie ließ die Zunge über ihre Zähne gleiten. Sie war satt, und ihre Hauer hatten sich in den Kiefer zurückgezogen.

Edwin suchte ihre Nähe, murmelte den falschen Namen. Auch das war sie gewohnt. Jeder Mann, der ihre Nähe suchte, meinte eigentlich eine andere.

Morgen würden sie den Kanal überqueren. Aber morgen war noch weit. Kate legte den Kopf auf Edwins Brust und presste ihre Lippen auf seinen Hals. Seine Erregung war geweckt. Ihr Haar strich über sein Gesicht. Er nahm sie bei den Hüften und zog sie auf seinen Schoß. Sie begann an seinem Hals zu saugen, biss ihn jedoch nicht.

In England war plötzlich alles anders zwischen ihnen. Edwin schien von einer merkwürdigen Nervosität befallen, die während der Überfahrt beständig zunahm. Schleichende Melancholie ergriff von ihr Besitz. Obgleich sie wusste, was geschehen würde, war sie nur ungenügend darauf vorbereitet.

In ihren gemeinsamen Nächten hatte er ihr einiges von seiner Zeit beim Geschwader Condor erzählt, insbesondere von seinem letzten Flug. Obwohl er offiziell keinerlei Ansprüche erhoben hatte, wusste sie, dass er seinen Teil zum Abschuss Manfred von Richthofens beigetragen hatte. Sie versprach ihm hoch und heilig, ihn in ihren Berichten nicht als Helden zu feiern.

Die vergangenen Wochen konnte ihnen niemand nehmen. Niemand außer ihnen würde je begreifen, wie sie zu solchen Ungeheuern, solchen Bestien hatten werden können.

Es war eine wunderschöne, mondhelle Frühlingsnacht. Unter anderen Umständen wäre dies ein romantischer Bootsausflug gewesen. Edwin stand gedankenverloren an der Reling und sah nach Frankreich hinüber. Für ihn, für alle Überlebenden kam das europäische Festland einem Friedhof gleich.

Manchmal verstummte Edwin, und dann wusste sie, dass er in den Abgründen seiner zerrissenen Seele unwiederbringlich Verlorenem nachspürte. Sie hatte keine Ahnung, ob er gebrochen oder nur angeschlagen war. Er wurde von Minute zu Minute distanzierter, kühler. Noch war ein letzter Rest Vampir in ihm, und ein Eismantel umschloss sein Herz. Keiner von ihnen hatte seinen Frieden mit dem Krieg gemacht.

Charles wartete an der Victoria Station. Auf sie *beide*. Einen Augenblick lang befürchtete Kate, er könne Polizeibeamte bei sich haben, um sie verhaften und nach Devil's Dyke bringen zu lassen. Sie entdeckte Sergeant Dravot in der Menge.

Charles schüttelte Edwin die Hand, und Edwin stammelte eine Entschuldigung, die Charles lächelnd beiseitewischte. Er wusste, dass Edwin nicht mehr er selbst gewesen war.

»Sie haben Urlaub«, sagte Charles. »Und den werden Sie vermutlich im West Country verbringen wollen.«

»Erst einmal muss ich von den Toten auferstehen.«

»Da Sie nach wie vor unter den Lebenden weilen, dürfte Ihnen das nicht allzu schwerfallen«, meinte Kate.

»Sie haben leicht reden. Sie sind Miss Catriona Kaye schließlich keine Erklärung schuldig.«

»Sie auch nicht, Edwin. Glauben Sie mir, sie wird keine Erklärung fordern. Sie wird froh sein, dass sie ihren Liebsten wiederhat.«

Ihr Edelmut war geradezu beängstigend. Sie schüttelte Edwin die Hand und warf ihm einen flüchtigen Kuss zu. Alles ging sehr freundschaftlich vonstatten. Ihre Augen füllten sich mit heißen Tränen, doch sie weigerte sich standhaft, ihnen nachzugeben.

Wie die Pfarrerstochter wohl mit dem Heimkehrer zurechtkommen mochte? Kate wusste, dass Catriona am meisten würde leiden müssen, da er von den tiefen Wunden, die der Krieg geschlagen hatte, trotz allem niemals vollständig genesen würde.

»Ich werde Ihre Laufbahn aufmerksam verfolgen«, sagte sie mit erhobenem Zeigefinger. »Also benehmen Sie sich ordentlich.«

»Ich habe das *Cambridge Magazine* abonniert, damit ich weiß, was in Ihrem klugen Köpfchen vorgeht.«

Edwin ließ ihre Hand los, warf sich seinen Kleidersack über die Schulter und ging davon.

Charles legte ihr die Hand auf die Schulter. Sie hatte vergessen, dass er wusste, wie ihr zumute war.

»Er ist zu jung für Sie«, sagte Charles.

»Wer ist das nicht?«

»Sie wissen sehr wohl, dass es überall auf dieser Welt weit ältere Geschöpfe gibt als Sie.«

Sie wandte sich zu Charles um. Er war die Ruhe selbst. Trotz der geheimen Kriege, in die er maßgeblich verwickelt gewesen war, hatte er sein Gleichgewicht wiedergefunden. Das machte ihr Mut.

Edwin verlor sich im Gedränge der Soldaten und ihrer Liebchen. Das Band zwischen ihnen war gerissen.

Dravot ließ Edwin ziehen. Er blieb bei Charles.

»Und, werden Sie jetzt nach Russland reisen, um sich um die bolschewistische Revolution verdient zu machen?«, fragte Charles.

Sie schüttelte den Kopf. »Nicht, solange es für mich hier ausreichend zu tun gibt. Die alten Männer sind noch nicht am Ende. Es wäre eine Sünde, sie ausgerechnet jetzt in Ruhe gewähren zu lassen. Den Krieg und die Irland-Frage nicht zu vergessen. Gräfin Markowitz und Erskine Childers haben mich gebeten, einem Home-Rule-Komitee beizutreten.«

»Ich möchte nichts mehr davon hören. Am Ende stehen wir uns als Feinde gegenüber.«

Sie strich über sein Revers. »Das will ich doch nicht hoffen, Charles.«

»Ruthven ist immer noch an der Regierung, obwohl das Kabinett sich gegen ihn verbündet hat. Und Dracula wurde zwar degradiert, fungiert aber nach wie vor als enger Berater des Kaisers.«

Kate überdachte seine Worte.

»Der rote Durst wütet in ganz Europa, in ganz Amerika, ja, auf der ganzen Welt. Und aus diesem Grund müssen wir die mörderischen Horden bekämpfen, aus diesem Grund müssen wir den toten Händen das Steuer entreißen.«

Charles lächelte. Er sah jünger aus als sonst. Kate wusste, dass er eine große Zukunft vor sich hatte. Edwin war tot am Wegesrand zurückgeblieben, für sie und vermutlich auch sich selbst verloren. Doch Charles marschierte munter weiter.

Neuzugänge – Freiwillige und Rekruten mit noch unblutigen Händen – traten aus dem Glied und drängten sich vorbei, um den Fährzug zu besteigen. Die unschuldigen Gesichter der Warmblüter und Vampire erfüllten Kate mit Trauer. Für diese Knaben war der Krieg ein Fest des Feuers und der Ehre. Solange solche Lügen herrschten, würde auch der Wahnsinn weitergehen.

»Ich sollte Sie festnehmen lassen«, meinte Charles, »bevor Sie noch mehr Dummheiten anstellen.«

Sie überlegte, worüber sie als Nächstes schreiben sollte. Über den Krieg, die alten Männer, die Regierung. Sie wollte schreiben und spotten, kritteln und mäkeln, bis ihre Stimme selbst den Trommelschall der Chauvinisten und das Geschwätz der Politiker verstummen ließ. Sie konnte unmöglich die letzte Priesterin der Wahrheit sein. Die Menschen würden auf sie hören. Der Stein würde ins Rollen kommen.

»Dummheiten?«, entgegnete sie. »Mein lieber Charles, wenn Sie sich da mal nicht gewaltig irren.«

Drittes Buch

DRACULA CHA-CHA-CHA

Ich hätte gern in einen meiner Filme eine Vampir-Sequenz eingebracht, obwohl ich kein Blut sehen kann – und trinken kann ich es schon gar nicht […] aber der Vampir war mir ein zu starkes Bild, das der Phantasie keinen Raum mehr lässt.
Federico Fellini in: Charlotte Chandler, *Ich, Fellini*

Es wird Zeit für unsere Kultur, Dracula zu entsagen und ihn hinter uns zu lassen.
Robin Wood, »Burying the Undead:
the Use and Obsolescence of Count Dracula«

I
DREI LEICHEN IN EINEM BRUNNEN

Verlobungsanzeige aus der Londoner Times *vom 15. Juli 1959:*

> Asa Vajda, Prinzessin von Moldawien, wird Vlad ehelichen, Graf Dracula, ehemals Prinz der Walachei, Woiwode von Transsylvanien und Prinzgemahl von Großbritannien. Der Bräutigam war zuvor verheiratet mit Elisabeta von Transsylvanien (1448–62), Prinzessin Ilona Szylagi von Ungarn (1466–76), Marguerite Chopin aus Courtempierre (1709–11), Königin Viktoria von Großbritannien (1886–88) und Sari Gabòr aus Ungarn und Kalifornien (1948-49). Die Braut, eine entfernte Verwandte der Mutter des Bräutigams, Prinzessin Cneajna Musatina von Moldawien, stammt aus dem Geblüt derer von Javutich. Seit sie 1938 ihre Heimat verlassen musste, hat sie in Monaco und Finnland ihren Wohnsitz. Die Hochzeit wird am 31. Oktober dieses Jahres im Palazzo Otranto im italienischen Fregene stattfinden.

1

Dracula Cha-Cha-Cha

Alitalia bot im vorderen Teil des Flugzeugs eine spezielle Klasse für Vampire an. Die Fenster waren mit schwarzen Vorhängen gegen die Sonne verhüllt. Entsprechend teuer war der Flug. Warmblütige konnten gegen Aufpreis ebenfalls dort buchen, was aber niemand getan hatte. Umgekehrt stand Kate der normale Passagierraum nicht zur Verfügung. Die Fluggesellschaft ging davon aus, dass die Untoten daran vor lauter Reichtum ohnehin kein Interesse hatten, was in Kates Fall eine Fehleinschätzung war.

Das Flugzeug startete am Nachmittag bei trübem Wetter in Heathrow und sollte bei Sonnenuntergang in Rom landen. In der Luft las Kate sich gut in *Samstagnacht und Sonntagmorgen* ein. Sie nahm das Motto »Lasst euch von den Blutsaugern nicht kaputtmachen« nicht persönlich und identifizierte sich mehr mit Arthur Seaton als mit den Vampiren, die die Fahrradfabrik leiteten, in der er arbeitete. Alan Sillitoe machte keine Stimmung gegen ihre Art, er gebrauchte Metaphern. Wobei man in einigen Gegenden Englands tatsächlich auf Intoleranz stieß: Sie war im vergangenen Jahr in die Blutkrawalle von Notting Hill geraten, und von kruzifixschwenkenden Halbstarken, die sie im Waschsalon bedrängten, konnte sie auch ein Lied singen.

In den zwanziger Jahren hatte sie Venedig besucht und während der alliierten Invasion in Sizilien und Süditalien gedient, aber in Rom war sie noch nie gewesen. Geneviève hatte ihr angeboten, sie am Flughafen Fiumicino abzuholen, aber Kate wollte die Fahrt in die Stadt lieber allein machen. Geneviève blieb besser bei Charles. Sie verbrachten gerade ihre letzten gemeinsamen Tage miteinander. Sie konnten die ungestörte Zeit gebrauchen, bevor Kate kam, um Geneviève etwas unter die Arme zu greifen, und damit zwangläufig auch den Anstandswauwau spielen würde.

So nah wie Geneviève hatte sie Charles nie gestanden, nicht einmal 1888, als sie noch eine junge Frau und Geneviève seine erste Vampirin gewesen war. Natürlich liebte Kate ihn, was albern war und traurig und bald dazu führen würde, sich allein und verloren vorzukommen. Sie kam bei Charles Beauregard immer an letzter Stelle: nach seiner Frau Pamela, seiner Verlobten Penelope, seiner Königin Viktoria und – wegen ihrer Allgegenwärtigkeit am schwersten zu ertragen – nach der anbetungswürdigen Geneviève Dieudonné.

Kate musste sich oft vor Augen führen, dass sie Geneviève gernhatte. Was es wahrscheinlich nur noch schlimmer machte.

Gegen Ende des Fluges wurde ein Imbiss serviert, eine lebende weiße Maus. Da sie sich nicht gern in der Öffentlichkeit nährte, lehnte Kate ab. Als sie zu der Stewardess in der flotten Uniform aufsah, fiel ihr zwischen Kragen und Kehle ein himmelblaues Seidentuch auf. Kate spürte die Bissmale der warmblütigen jungen Frau und fragte sich, ob Alitalia vom Bordpersonal wohl verlangte, dass es wichtigen vampirischen Kunden den Hals darbot. Wahrscheinlich hatte sie eher einen untoten Freund, der sich nicht beherrschen konnte.

»Wenn ich vielleicht Ihre noch haben dürfte?«, fragte ein Passagier, ein Ältester mit schmalem Gesicht. »Mir knurrt der Magen.«

Er hatte bereits eine sich windende Maus in der linken Hand.

Kate zuckte höflich die Achseln. Er beugte sich über den Gang und griff in den kleinen Käfig der Stewardess.

»Vielen Dank, Signora«, sagte er, als er seine Beute hatte.

Der Vampir öffnete den Mund wie eine Python. Rote Membranen entfalteten sich, als die Kiefer ausrenkten und eine Doppelreihe Fangnadeln entblößten. Er warf sich beide Happen in den Schlund und zerbiss krachend ihre kleinen Leben. Er walkte die Mäuse durch wie Kaugummi und schluckte, die breiigen Fellbündel in den Backentaschen, den Saft in winzigen Portionen hinunter.

Der Älteste trug vollen Putz: weißes Rüschenhemd, schwarze Frackschleife, Cutaway aus Samt, Brokatweste, Siegelring vom Playboy-Club, Schnallenstiefel, Armbanduhr von Patek Lioncourt, schwarzer Abendumhang mit rotem Futter. Er sah aus wie ein mitteleuropäischer Habicht: das gelackte schwarze Haar streng vom spitzen Ansatz zurückgekämmt, weißes Gesicht, rote Augen, Scharlachlippen.

»Oder wäre Signorina richtig?«, fragte er mit vollem Mund.

»Miss«, gab sie zu. »Katharine Reed.«

Der Älteste spie Haut und Knochen dezent in eine Papierserviette, die er zu einem kleinen Bündel faltete und zur Beseitigung an die Stewardess weitergab.

Mit einem förmlichen Nicken stellte er sich vor.

»Graf Gabor Kernassy, aus dem Geblüt des Vlad Dracula, ehemals in der Karpatischen Garde des *principe* tätig.«

In seinem italienischen Exil wurde Dracula *il principe* genannt, der Fürst. Ein Titel, der ihm zustand und der ihn von den zahllosen Grafen wie diesem hier abhob, die in seinem Gefolge umherschwebten. Eine Anspielung auf Machiavellis Anleitung für geniale Tyrannen war ebenfalls beabsichtigt.

»Dies ist meine Nichte«, wies Graf Kernassy auf die Vampirin auf dem Fensterplatz neben sich. »Malenka.«

Ein kurzer Blick genügte, um zu wissen, welche Sorte »Nichte« Malenka für den Grafen darstellte. Sie war für einen großen Auftritt zurechtgemacht, in einem bodenlangen scharlachroten Abendkleid, das ganz auf die Betonung ihres enormen Busens ausgelegt war. Der Ausschnitt bot freien Blick auf ein tiefes Tal und reichte fast bis zum Bauchnabel hinab. Auf den oberen Wölbungen ihrer Brüste glitzerten Diamanten. Ihre hellblonde Mähne war von vergleichbarer Üppigkeit, und ihr rasiermesserscharfes Lächeln verdankte sie entweder dem Blutgeschlecht oder der schwedischen Zahnmedizin. Ihre kastanienbraunen Augen blitzten ebenso arrogant wie belustigt.

Kate rügte sich dafür, dass sie Malenka gleich in eine Schublade steckte. Sie hatte sie mit einem Blick als eine *nouveau* eingestuft, eine dieser neugeborenen Vampirdamen, die sich an geeignete Älteste heranmachten, weil sie gern zu vornehmen Leuten gehören wollten, die dreihundert Jahre älter waren.

Sie winkte der Frau mit den Fingerspitzen. Malenka klappte gezupfte Brauen hoch.

Die drei waren die einzigen Vampire auf diesem Flug. Kate fand einen gewissen Gefallen an dem alten Halunken von einem Grafen, der sich des Eindrucks, den Malenka machte, durchaus bewusst zu sein schien. Kernassy hielt gerade lange genug in der Darstellung seiner Rolle während der höfischen Intrigen mehrerer Jahrhunderte inne, um sie zu fragen, was sie beruflich tat und warum sie nach Rom wollte. Sie wich der letzteren Frage aus, indem sie die erstere beantwortete.

»Ich bin Journalistin. Für den *Manchester Guardian* und den *New Statesman*.«

»Journalisssten!«, fauchte Malenka, das erste Wort, das Kate von ihr hörte. »Die reinssten Tiere!«

Malenka lächelte, als möge sie Tiere, und zwar am liebsten roh.

»Meine Nichte ist von Ihrer Presse verfolgt worden. Sie ist sehr leicht zu erkennen.«

Kate schenkte den Gesellschaftsspalten nicht viel Aufmerksamkeit, meinte sich aber zu erinnern, dass sie Malenka schon einmal auf Fotos im *Tatler* gesehen hatte, wie sie hinreißend gelangweilt in einem Café in Soho saß oder in Ascot einen atompilzförmigen

Hut präsentierte. Es gehörte zu ihrem Beruf, bei allen erdenklichen Presseerzeugnissen auf dem Laufenden zu bleiben. Außerdem wusste sie gern, was man heutzutage trug.

»Die Filmgesellschaften sind an ihr interessiert«, fuhr der Graf fort. »Sie ist fotogen.«

Die meisten Vampire waren das nicht. Nur wenige, die Garbo etwa, waren Filmschauspielerinnen oder Fotomodelle. Monsieur Erik, das Gespenst und die Engelsstimme der Pariser Oper, war nicht nur nicht fotogen; seine Stimme eignete sich nicht einmal für Schallplattenaufnahmen.

»Das kann ich mir vorstellen«, sagte Kate.

»Ihr Akzent? Er ist nicht englisch«, stellte Kernassy fest. »Sind Sie vielleicht Kanadierin?«

»Ich bin vielleicht Irin.«

»In Irrrland lieben sie mich«, verkündete Malenka.

»Malenka ist eine Spielzeit lang beim Gate Theatre in Dublin gewesen. Sie war ein sehr großer Erfolg.«

Kate musste sich bei der Vorstellung von Malenka als Molly Bloom ein Lachen verkneifen.

»Viele iiirrische Männer lieben mich«, ließ Malenka wissen.

»Ganz bestimmt«, gab Kate ihr Recht. »Das sieht man sofort.«

Kernassy erwiderte ihr verstecktes Schmunzeln. Es gefiel ihm, als der liederliche »Onkel« dieses atemberaubenden, wenn auch hirnlosen Geschöpfs angesehen zu werden. Kate fragte sich, ob er sie warmblütig gefunden und verwandelt oder von einem anderen, erschöpften Fangvater geerbt hatte.

»Ich glaube, die Rrrömer werden Sie auch lieben«, erlaubt Kate sich zu sagen.

»Hörst du, Malenka? Unsere Miss Reed hier sagt dir einen überwältigenden Erfolg voraus.«

Malenka streckte in einer Art sitzender Verneigung die Brüste vor und nickte knapp zu unhörbarem Applaus.

»Sie hat die Hauptrolle bekommen, in einem Spielfilm.«

»Ich bin ... *Medusa*«, sagte sie und berührte mit langen Fingernägeln ihre schlangenlosen Locken.

Kate sah das Vorsprechen richtig vor sich.

»Nein, *mia cara*«, tadelte Kernassy sie. »Du bist *Medea*.«

»Gibt es Unterschied?« Malenka sah Kate um Beistand an.

»Die eine hatte Nattern in der Frisur und ließ Männer mit einem Blick zu Stein erstarren«, sagte Kate. »Die andere half Aison, das goldene Vlies zu stehlen, wurde dann aber sitzengelassen und schlug ihre Kinder tot.«

»Ich glaube, das Ende wird umgeschrieben«, sagte Kernassy. »Das Original ist – wie drückte man es mir gegenüber noch gleich aus? – ›kein Kassenschlager‹. Und wer würde schon Malenka ›sitzenlassen‹, wie Sie sagen?«

»Wen interrressieren Kassenschläger?« Malenka lächelte. »Sie wollen nuurrr *mich*.«

Graf Kernassy hob die Schultern. Der Pilot verkündete, dass sie ihr Ziel gleich erreicht hätten, und forderte die Passagiere auf, sich wieder anzuschnallen, *per favore*. Malenka brauchte Hilfe mit der Schließe. Der Gurt lag lose in ihrem Schoß. In das korsettierte Kleid eingezwängt, war ihre Taille winzig.

»Sind Sie wegen der Verlobung in Rom?«, fragte der Graf.

Kate war verblüfft. Sie war gar nicht auf die Idee gekommen, dass jemand das denken mochte, obwohl die neue königliche Verbindung sogar in den Blättern, für die sie arbeitete, ausführlichst behandelt wurde.

»Vielleicht schreibe ich irgendetwas darüber«, sagte sie unverbindlich.

Bis zu diesem Moment hatte sie jeden Gedanken an die Verlobung unterdrückt. Während sie und Geneviève an Charles' Sterbebett säßen, würde die Kreatur, die ihnen in den letzten siebzig Jahren das Leben verdorben hatte, sich in nie dagewesenem

Pomp wieder einmal eine Frau nehmen. Die politischen und seelischen Implikationen waren vielfältig. Vielleicht würde sie am Ende tatsächlich darüber schreiben, wenn sie ihren Abscheu in den Griff bekam.

»Wirrr gehen zur Verlobung«, sagte Malenka. »Persönliche Gäste von *il principe*.«

Kernassys Augenbrauen bildeten ein satanisches Victory-Zeichen. Er war nicht der einzige Karpater, der wie eine billige Imitation seines *principe* daherkam. Beabsichtigte Malenka, ihn gegen einen vornehmeren Onkel auszutauschen? Wenn, dann musste sie die königliche Verlobte ausstechen. Kate ging davon aus, dass Asa Vajda – *la principessa?* – sich nicht von einer Frau in die Tasche stecken ließ, die es nur aufs Geld abgesehen hatte.

»Vielleicht haben Sie anderes zu erledigen?«, bemerkte der Graf mit dem Verständnis eines Älteren. »*Mamma Roma* hat viele ewige Reize, manche schmerzlich, manche schön.«

Schmerzlich? Merkwürdiges Wort.

Das Flugzeug setzte weich auf und rollte zur Abfertigungshalle.

Kernassy ließ Malenka und Kate beim Verlassen des Flugzeuges den Vortritt. Natürlich ging Malenka als Erste und posierte am Kopf der fahrbaren Treppe.

Es gab Explosionen und Blitze. Kate glaubte schon, mit Salvenfeuer begrüßt zu werden. Es wäre nicht das erste Mal gewesen. Kaltes, grelles Licht traf sie. Geblendet schloss sie die Augen. In ihrem Kopf tanzten Blitze.

Ein kleines Orchester fing an zu spielen. Unpassenderweise brachte es als Willkommensständchen »Arrivederci Roma«.

Rufe kamen aus der Dunkelheit hinter den knallenden Lichtern. »*La bella Malenka* … Signorina … die Hüfte raus, Süße … *bene, bene* … Was für eine Wuchtbrumme!«

Kernassy half Kate zurück in den Fluggastraum. Sie nahm ihre Brille ab und rieb sich die brennenden Augen. Kodak bewarb gerade einen neuen Film zum Fotografieren von Vampiren. Die Blitzbirnchen, die dafür benötigt wurden, waren die reinsten Atombombenexplosionen.

»Wo Malenka hingeht, sind Paparazzi«, erklärte der Graf.

In mehreren Sprachen wurden Fragen gerufen.

»Kommen Sie der Liebe wegen nach Rom?« – »Was tragen Sie beim Schlafen?« – »Hat bei Ihrer Figur ein Chirurg nachgeholfen?« – »Was halten Sie von der Verlobung?« – »Schmeckt Ihnen das Blut von italienischen Männern besser?«

Malenka gab keine Antworten, sondern stellte die Blitzlichter mit ihrem Lächeln in den Schatten. Sie drehte ihren Körper, um ihre Silhouette zu betonen. Sie beugte sich vor und gab Luftküsse, was ein wahres Wolfsheulen auslöste. Wieder kam eine volle Breitseite von den Kameras.

Kate war bei Presseterminen am Londoner Flughafen gewesen. Die hatten mit dem hier nicht viel zu tun. »Werden Sie sich ein Kricketspiel ansehen, Mr. Sinatra?« – »Wie gefällt Ihnen das englische Wetter, Miss Desmond?« – »Würde es Ihnen furchtbar viel ausmachen, kurz für ein paar Schnappschüsse für unsere Leser zu posieren, Mrs. Roosevelt?«

Die Gänge füllten sich mit gepäcktragenden Passagieren, die gern aus dem Flugzeug wollten. Die Stewardess erklärte, dass sie sich noch gedulden müssten. *La bella* Berühmtheit ging vor.

Malenka stieg die Stufen hinab, als beträte sie einen Botschaftsball, und schwenkte die üppigen Hüften. Fotografen lagen auf dem Rollfeld, um sie von unten aufzunehmen, zappelten herum wie auf den Rücken gefallene Käfer. Kate wartete, bis Malenka aus dem Weg war und mit ihrem Pressepulk seitwärts verschwand, bevor sie erneut einen Versuch machte, das Flugzeug zu verlassen.

Das Orchester beendete seinen Willkommensabschiedsgruß an Rom und packte die Instrumente ein.

»Wir werden von einer Frau aus dem Hause Dracula abgeholt«, erklärte der Graf. »Sie arrangiert die Fahrt in die Stadt. Möchten Sie uns begleiten?«

»Das ist sehr freundlich, Graf ...«

»Ich bestehe darauf. Sie haben Hotelzimmer?«

»Eine Pension, Graf. In Trastevere. Piazza Maria 24.«

»Sie werden wohlbehalten dort ankommen, Miss Reed. Ich gebe Ihnen das Wort eines Kernassy.«

Der Älteste fand wahrscheinlich nichts dabei, Bauernkinder abzuschlachten, um seinen roten Durst zu löschen, aber eine Frau würde er nicht ohne Begleitung in der Stadt herumlaufen lassen. Es war leichter, sich darauf einzulassen, als es ihm auszureden.

Malenka setzte sich weiter in Szene. Immer noch knallten Blitzbirnen, machte die Horde Fotografen und Reporter die reinste Bodenakrobatik. Jetzt vermied Kate es, direkt in die Blitzlichter zu sehen. Kameraleute von der Wochenschau waren dort und rasende Radioreporter. Hatte sie im *Picturegoer* ein paar Seiten zu viel überblättert? Entweder war Malenka die neue Marilyn Monroe, oder in Rom erfuhr jede Frau, die im Film ein bisschen Haut zeigte, eine solche Behandlung.

»*Tangenti* sind bezahlt, also wird der Zoll unsere Pässe rasch abfertigen.« Graf Kernassy steuerte Kate an Malenkas Darbietung vorbei zu einer gesitteteren Menge. »Bleiben Sie dicht bei mir, und Sie kommen unter meinem Umhang mit durch.«

Sie brauchte einen Moment, um zu begreifen, dass er es bildlich gemeint hatte.

Unter den Wartenden war eine hochgewachsene, schlanke Vampirin in einem schicken violetten Zweiteiler und hob eine Hand im dazu passenden Handschuh. Sie trug eine schwarz gerahmte Sonnenbrille und ein Kopftuch mit Chinamuster, als wolle sie nicht erkannt werden. Ihren schmalen Hals zierte eine zweireihige Perlenkette.

»Dies wird unsere *galoppina* sein«, sagte Kernassy. »Unsere Schmiererin, wie man bei Ihnen sagt.«

Die Frau nahm die dunkle Brille ab. Sie öffnete erstaunt ihren kleinen Mund und entblößte Piranhazähne.

»*Katie Reed*«, entfuhr es ihr. »Ach, du liebe Güte!«

Eigentlich hatte Kate gewusst, dass Penelope zum Haushalt des *principe* gehörte und sich also in Rom aufhielt. Aber da sie sich möglichst wenig mit Penny beschäftigte, wäre sie gar nicht auf die Idee gekommen, ausgerechnet ihr als Erstes über den Weg zu laufen.

»Penny«, sagte sie lahm. »Hallo.«

»Sie sind alte Freundinnen, wie ich sehe«, schloss Kernassy nicht ganz zutreffend.

»Graf Kernassy, dies ist Penelope Churchward. Wir kennen einander seit einer halben Ewigkeit.«

»Eine halbe Ewigkeit ist für unsereinen gar nichts«, sagte er und ergriff galant Penelopes Hand.

Die Engländerin setzte ein Lächeln auf, das wesentlich überzeugender als Malenkas Versuche war. Man musste sie gut kennen, um zu durchschauen, woran es ihm mangelte.

»Da bist du also wieder, Katie«, sagte sie. »Du willst Charles besuchen, nehme ich an.«

Zum Zeitpunkt ihres Todes war Penelope mit Charles verlobt gewesen. Dass sie zu einem Vampir wurde, setzte der Beziehung damals ein Ende. Geneviève hatte auch etwas damit zu tun, nicht aber die arme Brillenschlange Katie Reed. Sie fragte sich, ob Penny nicht wenigstens zum Teil wegen Charles in Rom war. Er hatte eindeutig den Dreh heraus, wie man Vampirdamen um sich schare. Ganz ähnlich wie *il principe*.

»Hast du ihn schon besucht?«, fragte Katie wider Willen.

»In letzter Zeit nicht. Es geht ihm nicht gut. Er muss sich bald verwandeln, oder wir werden ihn verlieren.«

In diese Richtung hatte Kate sich auch schon Gedanken gemacht. Dass Penelope eine solche Behandlung erwähnte, war nicht gerade ermutigend. Wenn es Pennys Idee war, war er wahrscheinlich strikt dagegen. Er würde doch vernünftig sein, wenn sich die letzten Wolken sammelten und der Schnitter seine Sense schärfte?

Malenka schwebte herüber, ganz Zähne und Zitzen. Die Paparazzi hielten Schritt. Weggeworfene Blitzbirnchen zerbarsten zu Glaskonfetti. Penelope setzte ihre Sonnenbrille wieder auf und wurde vorgestellt.

Wie der Graf versprochen hatte, geleitete sie ein Beamter an dem Gedränge vor der Passkontrolle vorbei. Die Hälfte der Passagiere aus dem Flugzeug waren Briten und bildeten den Anfang einer ordentlichen Schlange. Italiener drängelten sich vor und schüttelten freundlich die Köpfe über die Exzentrik eines Volkes, das dem Glauben anhing, dass es besser sei zu warten, bis man an der Reihe war, anstatt die besten Plätze zu ergattern.

Kate war noch immer zu verblüfft über Penelopes Anwesenheit, als dass sie Schuldgefühle wegen des leichten Falles von Korruption hätte empfinden können, der zu ihrer Bevorzugung führte. Sie kannte *tangenti* – Bestechungsgelder – aus dem Krieg, als ohne Schwarzmarkt und der Parole »Eine Hand wäscht die andere« nichts gelaufen war. Der Frieden hatte in Italien nicht viel geändert.

Der Graf begleitete Malenka. Ein hochgewachsener warmblütiger Chauffeur, den Penelope mit Klove anredete, trug ihr zahlreiches Gepäck. Malenkas Kofferset war von Vuitton, wie Kate auffiel. Penny und sie gingen nebeneinanderher und wussten nicht, was sie sagen sollten.

Es war *Jahrzehnte* her.

»Danke für die Beileidskarte, Katie. Eine freundliche Geste. Du warst schon immer so aufmerksam.«

»Ich habe deine Mutter sehr gemocht.«

Mrs. Churchward war *1937* gestorben.

»Mama hatte dich immer sehr gern. Du warst die Vernünftige von uns beiden.«

»Da bin ich mir nicht so sicher.«

»Hast du eine Brut?« Penelope lächelte schneidend.

Kate schüttelte den Kopf. Sie hatte sich noch nie dazu entschieden, jemandem den dunklen Kuss zu geben, ihr Geblüt zu vergrößern. Da müsste schon jemand ganz Besonderes kommen, hatte sie sich geschworen. Und nie jemand ganz Besonderes kennengelernt.

»Ich habe mehrere Fangsöhne und -enkeltöchter. Es ist eine schreckliche Verantwortung, meine Liebe. Ich bin verpflichtet, das Geblüt der Godalmings zu erhalten. Zum Gedenken an den armen Art.«

Arthur Holmwood, Lord Godalming, war Penelopes Fangvater, der Vampir, der sie verwandelt hatte. Wie Kate und Penny war auch er ein Neugeborener der 1880er-Jahre. Und hatte, wie viele ihrer Altersgenossen, seine natürliche Lebensspanne nicht überdauert. Eigentlich sollten Penelope und sie einander näherstehen. Sie waren beinahe die einzigen Überlebenden ihrer Welt.

»Ich hätte mein eigenes Haus gegründet«, fuhr Penelope fort, »aber ich habe meine Pflichten. Was immer du über ihn denkst, wir stehen tief in der Schuld des *principe,* Katie. Ich weiß, du warst mit bei den Aufwieglern, die ihn aus England vertrieben haben. Aber ob es dir nun schmeckt oder nicht, er ist unser Führer.«

Weder Kate noch Penny gehörten unmittelbar zu Draculas Geblüt. Ihnen waren einiges von dem üblen Erbe erspart geblieben, das die meisten ihrer Generation verdorben hatte.

»Du musst einmal in den Palazzo Otranto kommen«, sagte Penelope, und Kate überlief ein Schaudern. »Gerade geht es hektisch zu, wegen der Vorbereitungen des Verlobungsfests und der ganzen heimlichen Abstimmungen zwischen den Botschaften. *Er* würde dich bestimmt empfangen. Charles ist sogar eingeladen, zusammen mit dieser Französin. Wenn Dracula ihnen vergeben kann, dann wird er auch über deine kleinen revoluzzerhaften Anflüge hinwegsehen.«

Während des Kampfes, Dracula vom Thron Großbritanniens zu verdrängen, hatte Kate sieben Jahre als Geächtete verbracht, hatte sich vor den Karpatern, die sie pfählen wollten, versteckt gehalten und eine Untergrundzeitung herausgegeben. Später, im Ersten Weltkrieg, war sie unter einem der schönen Spielzeuge des *principe* begraben worden, einem der ersten Panzer. Sie hegte den starken Verdacht, dass das Monstrum sich ihr gegenüber mehr Versöhnlichkeit leisten konnte als andersherum. Außerdem ging ihr Pennys beiläufige Unterstellung gegen den Strich, politische Agitation sei ein flüchtiger Zeitvertreib, etwas, mit dem sich die unausgefüllten Jahre einer fangkinderlosen Ewigkeit herumbringen ließen.

Sie riss sich zusammen. Penelope drückte sämtliche Knöpfe bei ihr, wie immer. Aber diesmal würde Kate nicht wieder das bebrillte Mauerblümchen sein, das sich über seine hübschere Freundin entrüstete und zugleich an jeder spitzen Bemerkung hing. Schon zu Lebzeiten, als Kinder, als Kate sie öfter hatte beaufsichtigen müssen, war Penny sehr geschickt darin gewesen, andere zu manipulieren. Jetzt hatte sie die Kunst, sich durchzusetzen, jahr- und jahrzehntelang perfektioniert.

»Hier sind die Wagen«, verkündete Penelope.

Sie waren durch den Flughafen und hinaus auf die Straße geeilt. Am Rinnstein standen ein roter Zweisitzer von Ferrari und ein leichenwagenähnlicher schwarzer Fiat. Der Ferrari diente als Kulisse für Malenka.

Erneut knallten Blitzbirnen, als Malenka sich in den winzigen

Sportwagen helfen ließ. Sie stand aufrecht darin und blies der versammelten Menge wieder Luftküsse zu.

Penelope lachte leise und schüttelte den Kopf, was Kate besser von ihr denken ließ.

»Erinnert mich an ein Paar Torpedos, Katie, die gerade *abgeschossen* werden.«

Sie *waren* einmal Freundinnen gewesen.

»Wir anderen ersparen uns den Wind«, sagte Penelope. »Der Bus ist um einiges geräumiger als das Milchauto.«

Ein warmblütiger Mann stand bei den Wagen herum.

»Katie, das ist Tom.« Penelope ließ ihre Fingerspitzen über sein Revers gleiten, um die Besitzlage aufzuzeigen. »Er ist ein Amerikaner, den es nach Europa verschlagen hat.«

Der junge Mann gehörte auf eine unterwürfige, inoffizielle Weise zu der Gesellschaft. Sein Handschlag verriet gar nichts, er war vermutlich ein Trabant. Kate fielen an seinem Hals ein paar Kratzer auf. Sie sah seinen nachdenklichen Blick und konnte sich denken, dass er überschlug, was ihre Kleidung gekostet hatte. Im Moment hatte er die Aufgabe, den Ferrari zu lenken und den Kopf unten zu halten, damit er nicht mit auf die Fotos kam.

Klove hielt die hintere Tür des Fiat auf, und Kate stieg ein, anmutig gefolgt von Penelope. Sie sanken nebeneinander in einen tiefen Ledersitz. Jemand saß bereits gegenüber und rauchte eine Zigarette. Graf Kernassy raffte seinen Umhang und schlüpfte zu ihnen hinein. Der Chauffeur schloss leise die Tür und ging nach vorn.

Der Graf umarmte den Raucher und küsste ihn auf beide Wangen, ohne seiner Zigarette in die Quere zu kommen.

»Dies ist Signora Reed, die wir während des Fluges kennengelernt haben«, erklärte der Graf. »Sie ist in Ihrer Branche, Marcello. Eine Reporterin. Aus Irland.«

Der Reporter beugte sich vor ins Licht. Er sah bemerkenswert gut aus, auf eine gelangweilte, müde Art. Sein dunkles, welliges Haar hatte eine Spur unverdienten Graus an den Schläfen. Wie Penny trug er eine große, dunkle Sonnenbrille. Er lebte, darum fand Kate die Brille einigermaßen affektiert.

Marcello streckte eine Hand aus und ergriff die ihre.

Es war wie ein Stromschlag.

Sie musste aufpassen bei diesem römischen Reporter. Sein lässiges Lächeln mit hängender Kippe hatte etwas Aufreizendes. Er war gewandt und gepflegt, neigte jedoch zu einer Wohlgenährtheit, die Köstliches versprach. Unter dem Rasierwasser und dem Tabak war ein Hauch süßen Blutes zu riechen. Sein Hals war frei von Bissen.

Er hielt ihre Hand ein paar Sekunden länger als nötig, dann wandte er sich dem Grafen zu und plauderte mit ihm auf Italienisch, wobei er sie eine Spur zu absichtlich ignorierte.

Ihr Herz schlug schneller. Sie war sich bewusst, dass Penelope ihr erwachtes Interesse bemerkte. Das würde sie noch verfolgen. Penny war immer gut darin, für Regentage Munition zurückzulegen.

Aber Kate war in Rom. Und ihr gegenüber saß ein bildschöner Mann.

Bis sie in der eigentlichen Stadt waren, ging die Sonne unter. Kate begriff, dass der Graf in der Innenstadt logierte. Ihre Pension war in Trastevere, durch das sie gerade fuhren. Sie versuchte den Ältesten zu überzeugen, dass er sie hinausließ, aber er fegte die Bitte beiseite.

»Auf gar keinen Fall, *mia cara* Signorina Reed. Wir sind mit Ihnen noch nicht fertig. Ich bestehe darauf, dass Sie an unserem Fest heute Abend teilnehmen. Sie und Signorina Churchward haben viel zu bereden. Und Sie müssen die Via Veneto bei Nacht erleben. Es ist die aufregendste Straße der Welt.«

Kates Mietwohnung lag in der Holloway Road. Nicht einmal die aufregendste Straße von Nord-London. Der Graf hatte sie schon überzeugt.

»Sie, Marcello, werden Signorina Reed begleiten«, ordnete Kernassy weltmännisch an.

»Aber selbstverständlich«, sagte Marcello, seine ersten Worte auf Englisch.

»Ich fürchte, Marcello verachtet unsereins«, sagte Penelope höflich. »Er sammelt Material für einen Roman, in dem er mit uns abrechnen will. Sein Thema ist das hohle Nachtleben der ewig Reichen.«

Seinem Mund war anzusehen, dass Marcello verstanden hatte, was Penelope sagte. Sein Englisch war durchaus fließend, gut zu wissen.

»Schreibst du immer noch für die Zeitungen, Katie?«

»Ja.«

»Dachte ich mir.«

Penelope lehnte sich zurück. Kate hatte Angst, rot zu werden.

»Werden Sie über Malenka schreiben?«, wandte sie sich an Marcello.

Kate fragte sich, warum ihr Bauch so angespannt war. Und ob ihr eine noch dümmere Frage hätte einfallen können.

Marcello zuckte die Schultern und neigte ausdrucksvoll den Kopf.

»Sie ist wie eine große Puppe«, sagte er und versuchte höhnisch zu grinsen.

Kate wusste sofort, dass der Reporter in das Filmsternchen vernarrt war, und kam sich unerklärlicherweise betrogen vor. Diese Stadt setzte ihr zu. »Arrivederci, Roma« hatte einen hypnotischen Zauber. Sie raubte Kate den Verstand.

Ihre Kehle prickelte vor rotem Durst.

»Aber selbstverständlich wird er über *mia cara* schreiben.« Der

Graf ließ einen Arm um den Italiener gleiten. »Wir brauchen hübsche kleine Wörter unter den ganzen großen Fotografien. Das gehört sich so.«

Kate fragte sich, ob Marcello das herablassende Schnurren des Grafen missfiel. Es war Stahl in Kernassys Samt, als ob er den Reporter in der Hand hatte. Vielleicht war ein italienischer Zeitungsmann ebenso leicht zu kaufen wie jemand bei der Passkontrolle.

Der Fiat überquerte den Tiber an der Ponte Sisto und folgte dem Ferrari durch die bevölkerten Straßen des Campo de' Fiori und der Piazza della Rotunda. Autohupen tönten ein Arrangement von Spike Jones, akzentuiert durch unverschämtes Geschrei und dankbare Rufe. Paare auf Motorrollern schossen zwischen den dahinzuckelnden Autos hindurch, junge Frauen mit Schals strahlten feststeckende Autofahrer an. Fußgänger schlenderten mehr die Straßen als die Gehwege entlang, quetschten sich zwischen Fahrzeugen hindurch, redeten unbekümmert miteinander. Unter den Laternen gab es sogar Herden blinzelnder Schafe, die von aufmerksamen Kindern getrieben wurden.

»Italienische Wagen sind fürs Tempo«, sagte Marcello, »aber italienische Städte sind nichts für Autos. Man kommt nur im Schritttempo voran.«

Auf dem Largo di Torre Argentina war ein Fußballspiel im Gange. Drei Dutzend Jugendliche traten zwischen den Spaziergängern einen Ball umher. Als der Ferrari auf den Platz bog, wurde das Spiel unterbrochen, und die Fußballer drängten sich lärmend darum. Kate fragte sich, welches Fahrgestell sie mehr anbeteten, das des Ferraris oder das von *la Malenka*.

Sie pfiffen und stampften mit den Füßen. Malenka stand im Wagen auf und winkte.

Alle wollten rote Küsse. Malenka gewährte ausgewählten jungen Kerlen diese Gunst und kostete von ihnen. Sie leckte sich das

Blut von den Lippen und machte eine Geste, mit der sie die Menge teilte. Sie konnten weiterfahren.

Bewundernde Rufe folgten ihnen.

Kates Zähne waren scharf, und ihr lief das Wasser im Mund zusammen. Ein lästiges Bedürfnis meldete sich. Ein Vampir zu sein hieß, mit einer Art Sucht zu leben: nach Blut. Ein paar Tropfen genügten, um die Gier anzufachen. Die Warmblütigen gierten natürlich nach Essen und Trinken und nach Luft. Aber die Gier des Vampirs war stärker, grausamer, drängender.

»Für wen schreiben Sie?«, fragte sie Marcello.

Er ratterte Namen von Publikationen hinunter, die sie flüchtig kannte. *Lo specchio, Oggi, Europeo.*

Kernassy lachte. »Marcello hat einmal dieselbe Story gleichzeitig an den *Paese sera* und den *L'Osservatore Romano* verkauft.«

»Sie wird wohl kaum verstehen, was daran lustig ist, Graf«, flötete Penelope. »Katie, der *Paese sera* ist die Zeitung der Kommunistischen Partei Italiens, und der *L'Osservatore Romano* gehört dem Vatikan.«

Marcello zuckte die Schultern; es war ihm wohl nicht weiter peinlich.

»Die Kirchenleute und die Roten, sie können sich auf den Tod nicht ausstehen, weißt du«, erklärte Penelope weiter.

Kate fragte sich, ob wohl jemand etwas dagegen hätte, wenn sie Penny den Hals umdrehte.

Der Graf hatte eine Suite im Hotel *Hassler,* einem barocken Überrest der Glorie der Alten Welt, oben an der Spanischen Treppe. Der Älteste gab dem Portier ein Trinkgeld, mit dem Kate vermutlich einen Monat lang ihr Pensionszimmer hätte bezahlen können.

Kate, Penelope, Tom und Marcello setzten sich in die volle Bar, während Kernassy und Malenka sich oben häuslich einrichteten.

Klove trug zahlreiche Koffer aus dem Fiat zur Suite hinauf. Kate war sich ihres einen Köfferchens sehr bewusst. Penny machte eine Bemerkung darüber, dass sie mit kleinem Gepäck reise, womit sie – zutreffend – auf eine armselige Garderobe anspielte.

Marcello und Tom tranken Espresso, und Penelope bestand darauf, dass Kate das Angebot für Vampire probierte. Sie rief einen gut aussehenden jungen Ober mit ausdruckslosem Gesicht herüber. Er trug eine schmal gestreifte Weste und sehr enge schwarze Hosen. Penny bestellte ein Glas für sich – nur zur Geselligkeit, sagte sie – und eines für Kate.

Der Ober öffnete geschickt einen Druckknopf an seiner Manschette und krempelte den Ärmel hoch. Um seinen Ellbogen war eine Aderpresse gebunden, und in einer dicken Vene an seinem Unterarm steckte eine Stahlnadel, die durch ein kurzes durchsichtiges Kunststoffröhrchen mit einem Hahn verbunden war. Er öffnete den Hahn und ließ einen kleinen Spritzer seines Blutes in ein schmales Cocktailglas laufen. Penelope machte viel Aufhebens darum, zu schnuppern und zu kosten, dann bedeutete sie ihm fortzufahren. Der Ober schüttete je zwei Fingerbreit des roten Saftes über Eis und einen Limonenschnitz. Penny gab ihm eine Handvoll Lire und winkte ihn fort. Viel Vampirkundschaft konnte er nicht bedienen, bis er wiederbelebt werden musste. Kate fragte sich, wie viele Nächte in der Woche er arbeitete. Verströpfelten hier verarmte Leute aus dem Süden ihr Leben, um ihren Familien Geld schicken zu können? Oder wurden sie alle von einem wählerischen Management sorgfältig unter die Lupe genommen?

Penelope hob ihr Glas und lächelte. Ihre zierlichen Fangnadeln waren verlängert.

»Wohl bekomm's.« Sie stieß mit Kate an und nahm einen Schluck.

Kate sah zu Marcello und fragte sich, ob ihn dieser Anblick

wohl abstieß. Sie konnte es nicht sagen. Er hob in der Parodie eines Prosits seine winzige Kaffeetasse.

Ihre drei Begleiter sahen sie alle an, als sie den Cocktail probierte.

Es war wie ein Hammerschlag. Sie hatte seit Wochen kein Menschenblut gehabt. Sie zwang sich dazu, es nicht hinunterzustürzen. Es war gehaltvoll und würde sie betrunken machen, wenn sie es rasch trank. Sie genoss einen pfefferigen Mundvoll, bewegte ihn am Gaumen, schluckte dann sittsam.

»Signorina Reed, stimmt es, was man über italienische Männer sagt?«, fragte Marcello. »Ist unser Blut heiß?«

»Das hier nicht«, sagte sie. »Es ist mit Eis.«

Marcello lächelte mit aufrichtiger Liebenswürdigkeit.

»Das geht nicht anders«, sagte Tom. »Sonst würden Sie in Flammen aufgehen.«

Kate spürte eine gewisse Pingeligkeit bei Penelopes amerikanischem Freund. Wenn ihm öffentliche Zurschaustellungen von Vampirismus nicht gefielen, warum war er dann mit Penny zusammen? War er eifersüchtig, weil sie das umgefüllte Blut eines anonymen Obers trank anstatt seines direkt vom Fass?

Sie würde eine Weile brauchen, um aus diesen ganzen Leuten schlau zu werden. Falls man sich nach heute Nacht überhaupt wiedersah. Penny würde sie mit Freuden für den Rest ihres Aufenthalts aus dem Weg gehen, und Tom zog es sicher auch vor, sie nicht ständig um sich zu haben, aber Graf Kernassy war für einen der ganz Alten doch ziemlich nett. Und Marcello …

Malenka kam in einem neuen Kleid in die Bar geschritten und erregte großes Aufsehen.

Kate ging davon aus, dass sich die Via Veneto nicht so leicht von Malenka aus dem Häuschen bringen ließ. Hier versammelten sich allnächtlich die schönsten, berühmtesten, berüchtigtsten und interessantesten Leute der Welt. Sie war sicher, Jean-Paul Sartre draußen vor dem *Café de Paris* erspäht zu haben, der sich unter dem Sonnensegel ganz klein machte, als Simone de Beauvoir Ernest Hemingway im Armdrücken bezwang. Audrey Hepburn und Mel Ferrer spazierten Arm in Arm vorbei, eine Horde andächtiger Gassenkinder im Schlepptau.

Aber Malenka eroberte sie alle.

Ihr Kleid aus dem Hause Massimo Morlacchi war ein Meisterwerk der Hochbautechnik. Mitternachtsschwarzer Samt, tief ausgeschnitten, hoch geschlitzt, mit runden Fenstern an der Taille. Malenka gehörte zu den Vampiren, die nicht mehr atmen. Jede Erweiterung ihres Brustkorbs hätte das Ensemble gesprengt. Um ihre breiten, weißen Schultern – sie besaß die riesigen Schultern einer Ringerin, wie Penny begeistert herausstellte – wand sich eine weiße Wendigopelzstola, als wäre noch ein Rest Leben in ihr.

Der Graf stellte seine Nichte zur Schau. Sie legte eine Hand auf seinen Arm. Ihr weißes Fleisch glühte, stellte den Ältesten restlos in den Schatten.

Kate und Penelope gingen in der unschlüssigen Begleitung von Marcello und Tom mehrere Schritte hinter der Hauptattraktion. Der getreue Klove war irgendwo in der Nähe für den Fall, dass es irgendwelche Passanten mit ihrer Aufmerksamkeit übertrieben.

Die Paparazzi waren die reinste Meute und schossen ein Foto nach dem anderen, ebenso aufdringlich wie unersättlich. Kate war sicher, auf einigen am Rand als verwischter Fleck aufzutauchen. Sie war nicht sonderlich fotogen.

Sie spazierten vom *Rosati* über das *Strega* und das *Zeppa* zum *Doney* und tranken jedes Mal etwas. Marcello blieb bei Espresso, aber Tom wechselte zu Amaretto. Penelope stachelte Kate charmant zu weiteren Vampircocktails an.

Sie wurde ziemlich betrunken. Vielleicht war ja etwas dran an diesen Geschichten über das feurige Blut italienischer Männer.

Sie ließ es zu, dass Marcello sie stützte, versteifte sich aber jedes Mal, wenn sie dachte, dass sie anhänglich oder tollpatschig wirkte.

Sie trank nichts mehr. Es fiel niemandem auf. Sie hätte heute Nacht eine Nonne mit dem Brotmesser massakrieren können, ohne dass es jemandem aufgefallen wäre. Sie wurde in Malenkas Kielwasser mitgezogen.

Bei jedem Einkehren boten junge Männer Malenka den Hals an. Manche tätschelte sie, manche biss sie, manche trank sie fast leer. Sie musste randvoll mit Blut sein, und doch war sie immer noch so weiß wie Knochen und Eis. Kate bekam mit, dass ein junger Kerl in ihren Armen kalt wurde und beinahe starb, selig, ohne jede Klage.

Bei jedem Café und in den Straßen war Musik. Orchester, tragbare Plattenspieler, kleine Transistorradios. Summende, singende, stampfende, jubelnde Leute. Ein lästiges Lied war allgegenwärtig. Als Kate begriff, wie es hieß, war sie geistesgegenwärtig genug, entgeistert zu sein.

Malenka segelte auf dem Rhythmus dahin. Alle paar Sekunden blieb sie stehen und machte drei plötzliche Stöße mit den Hüften und den Ellbogen.

Cha-Cha-Cha ...

»Es ist für die Hochzeit«, erklärte ihr Penelope. »Peinlich, wirklich. Prinzessin Asa kann es nicht ausstehen ...«

*Drac-*u*-la, Drac-*u*-la ...*

Dra! ... *Cha-Cha-Cha ...*

Malenka tanzte im Gehen. Reiche Müßiggänger, die angeblich nichts mehr beeindrucken konnte, blieben stehen und gafften. Berühmtheiten gestatteten sich vorübergehend, Nebenrollen in der Breitwand-Technicolor-Darbietung ihres Festzugs zu übernehmen. Der Fernsehautor Clare Quilty ignorierte die vorbeiziehende Sensation ostentativ und machte eine giftige Bemerkung in Sachen Überentwickeltheit zu seiner ätherischen Vampirgefährtin Vivian Darkbloom. Der Schauspieler Edmond Purdom legte mehr Gefühlsausdruck und Begeisterung in sein Gesicht, als er auf der Leinwand je zustande gebracht hatte. Der polnische Werwolf Waldemar Daninski heulte und bellte wie der große böse Wolf in den Zeichentrickfilmen von Tex Avery.

Ebenso verblüfft wie bestürzt sah Kate zu Marcello. Ohne den Blick von Malenkas rotierendem Hinterteil abzuwenden, zuckte er die Schultern und steckte sich die nächste Zigarette an. Sie winkte mit den Fingerspitzen, um seine Aufmerksamkeit zu erhaschen. Er bot ihr sein Zigarettenetui an, und sie nahm eine, um den Blutgeschmack in ihrem Mund wegzurauchen. Er klappte ein Zippo-Feuerzeug auf. Sie beugte sich vor, um die Flamme anzusaugen. Sie stießen mit den Köpfen zusammen und entschuldigten sich.

Hier lief doch etwas.

Sie sah sich um. Penelope und Tom hinkten hinterher. Penny erzählte dem Amerikaner konzentriert etwas und hielt ihn beim Arm gefasst. Dort lief wohl auch etwas.

Herumstreunende Paparazzi, denen es nicht gelungen war, zu Malenka und dem Grafen vorzudringen, belästigten Marcello und Kate. Er erklärte ihnen, dass sie weitergehen sollten, weil er ein Niemand sei wie sie, aber sie schossen trotzdem ihre Fotos. Kate war klug genug, ihre Augen abzuschirmen.

»Ich muss mir auch so eine Sonnenbrille zulegen«, sagte sie.

Marcello lachte. »Stimmt, jeder trägt eine. Wir verstecken uns alle gern. Das ist eine römische Tradition.«

Penelope und Tom waren verschwunden. Der Graf war mit Malenka beschäftigt. Sein Versprechen, Kate nach Trastevere zu bringen, hatte sich wie die untergehende Sonne in nichts aufgelöst. So viel zum Wort eines Kernassy.

Sie dachte, dass Marcello sich vielleicht um sie kümmern würde, aber der hatte, wie alle hier, nur Augen für Malenka. Nein, seine Aufmerksamkeit war anderer Natur. Sie erkannte eine ironische Distanz. Er blieb außen vor. Er nahm alles in sich auf, um später darüber zu schreiben.

Ein bisschen wie sie.

Aber Malenka hatte ihn ebenso verhext wie die anderen Männer auch. Es musste an diesen lachhaften Brüsten liegen. Und an diesem Berg Haaren.

Ein satyrbärtiger Mann in einem Polohemd sprang aus einer Palme, warf sich auf die Straße und flehte Malenka an, über ihn hinweg zu cha-cha-cha-en. Klove klaubte ihn auf und warf ihn zurück in die Menge.

Cha-Cha-Cha ...

Auf einmal war das alles extrem komisch. Kate fing zu lachen an, Marcello stimmte höflich mit ein.

»*Drac*-u-*la* ... Dra! ... *Cha-Cha-Cha*«, japste sie und machte zuckende Armbewegungen. »*Cha-Cha-Cha.*«

Es war alles zu albern.

Marcello bewahrte sie davor, hinzustürzen.

Alles verschwamm, ging rasch ineinander über. Mehr Cafés, mehr berühmte Gesichter, mehr Gedränge. Ein Sternbild aus Blitzlicht-Supernovas. Malenka wollte diese Bar besuchen, sich mit jenem pittoresken Waisenkind fotografieren lassen, das Blut eines ganz bestimmten Obers in einer gewissen ausgefallenen *trattoria* probieren, vor allen berühmten Fassaden Roms gesehen werden, einen verdatterten Landpriester umarmen und ihm ihre Zähne zeigen.

Kate fragte sich, wie viele Leute aus der Menge bis zum Ende dabeiblieben, weil sie hofften, dass Malenkas Wunderkleid völlig auseinanderfallen würde. Ihr Cha-Cha-Cha ließ bereits weitere Risse über den Hüften klaffen, was für große Aufregung sorgte. Es war beinahe die modische Entsprechung einer Eisskulptur, ein ebenso vergängliches Kunstwerk. Noch vor der Dämmerung würde es abfallen, und die Fotografen würden endlich die Aufnahmen bekommen, die in ihren Mappen noch fehlten.

Marcello brachte Kate dort heil hindurch. Ohne ihn wäre sie in irgendeinem Café zurückgelassen worden wie ihr Koffer (der immer noch im *Hassler* war, fiel ihr ein). Sie ließ sich ein Dutzend Möglichkeiten durch den Kopf gehen, ihn zu fragen, ob er etwas dagegen hätte, wenn sie ihn beißen würde, weil sie es gern auf eine Weise formulieren wollte, die deutlich machte, dass sie sich höflich und keinesfalls penetrant anbot und auch nichts vorhatte, das in die Nähe einer Vergewaltigung kam.

Er war ein bisschen böse auf sie. Jedes Mal, wenn es so schien, als ob er dichter an Malenka herankommen könnte, war sie im Weg. Als sie spürte, wie es ihm damit ging, versuchte sie sich nüchtern zu geben, aber es gelang ihr nicht. Ihre ernsthafte Miene sah wohl sehr komisch aus, denn Marcello musste wider Willen lachen.

Die Cocktails hatten nicht geholfen. Der rote Durst war weg, aber das Sehnen war noch da. Blut reichte nicht. Es war sehr zivilisiert und auf der Höhe der Zeit, es in ein Glas zu füllen und wie ein stärkendes Getränk zu sich zu nehmen, aber sie sehnte sich nach menschlichem Kontakt, nach empfindsamer Haut unter ihrem Mund, nach etwas, in das sie die Fänge schlagen konnte, nach den Seufzern in ihren Ohren, dem widerstandslosen Körper in ihren Armen, dem Ansturm von *Gefühlen*.

Sie war albern, war fast ebenso dümmlich und plump wie Malenka. Penelope brauchte sich dieses ganze Fratzenschneiden nicht anzutun, um Aufmerksamkeit auf sich zu ziehen. Oder Geneviève, die war Französin und musste nur jemanden ein paar Minuten lang ignorieren, um ihn für immer zu ihrem Sklaven zu machen.

Auf einmal fiel Kate auf, wie heiß es war. Mitternacht war gekommen und vorbeigegangen, aber die Nacht war immer noch mild und tropisch. Ihr brannte das Gesicht wie einer Warmblütigen. Blut pochte in ihren Schläfen, und sie war unsicher auf den Beinen.

Wie kam es dazu? Das Gedränge ließ nach. Ihre Schritte hallten durch leere Straßen. Malenka summte immer noch den »Dracula Cha-Cha-Cha«.

Kate fiel etwas Berühmtes ins Auge.

Der Trevi-Brunnen. Ein Figurenensemble, das König Poseidon und seine Tritonen darstellte. Wasser ergoss sich aus einer Art Muschel. Ein Triton kämpfte mit einem sich aufbäumenden Meerespferd, der andere führte ein frommes Tier. Die Meerespferde symbolisieren die unvorhersehbaren Launen der See, besagte ihr *Baedeker*.

Sie hatte sich für ihre »Reise nach Rom« auch einen Besuch der Piazza di Trevi vorgenommen und sogar mit dem Gedanken gespielt, fünfzig Lire zu vergeuden und sich etwas zu wünschen.

Ein Kater miaute. Er trottete elegant den Rand des Wasserbeckens entlang und schmiegte sich an Malenkas bleichen Arm. Sie nahm den Kater hoch und rieb ihr Gesicht an seinem. Sein weißes Fell passte exakt zu ihrer Stola.

»Armer kleiner Streuner«, sagte sie. »Er muss Milch bekommen.«

Es war ein Befehl. Sie sah Graf Kernassy an, der Marcello ansah.

»Es ist überall geschlossen«, sagte er. »Sogar in Rom …«

»Irgendwo nicht«, erklärte Malenka. »Man kann so ein kleines Tier nicht verdursten lassen.«

Sie machte Kussgeräusche. Der Kater kletterte ihr auf den Kopf.

Dort rollte er sich zusammen, wie eine Pelzmütze mit Schlitzaugen.

»Marcello, kümmern Sie sich darum«, sagte der Graf kühl. Er hielt ihm ein paar Geldscheine hin. Marcello steckte sie ein.

Kate war das peinlich. Marcello zog sich höflich zurück, um auf die Suche nach Milch zu gehen, aber hinter seiner Sonnenbrille kochte er. Ihr wurde klar, dass er ebenso sehr ein Haustier war wie dieser unvermittelt adoptierte Kater, und das bereitete ihr ein schlechtes Gefühl, um seinetwillen, um ihretwillen.

Sie hatte mehr mit ihm gemeinsam als mit diesen Leuten.

Malenka hüpfte auf den Beckenrand. Der Kater rutschte ihr vom Kopf und landete wenig überraschend in ihrem Dekolleté, glitt in das gemütliche fleischige Tal. Malenka tippelte wie eine Seiltänzerin den Rand entlang, trat dann ins Wasser. Es ging ihr bis zu den Schenkeln. Ihr Kleid breitete sich aus wie eine Seerose.

Der Kater bekam es mit der Angst zu tun. Er schrie und kratzte. Malenka biss ihm in den Nacken und schleuderte ihn weg. Sie wischte sich mit dem Handrücken das Blut vom Mund.

Sie würden keine Milch mehr brauchen.

Kate setzte sich auf eine Steinbank. Ihr drehte sich der Kopf.

Was immer der Kater gespürt hatte, es machte sie ganz kribbelig. Ihre Krallen begannen zu wachsen.

Malenkas Laune änderte sich erneut. Sie watete durch das Becken, beschwor den Grafen, sich ihr anzuschließen, ließ sich das Wasser auf das Haar, das Gesicht, die Brust prasseln.

»Hier sind Münzen. Du kannst nach Schätzen tauchen.«

»Du bist *mio tesoro, cara.*«

Malenka drapierte sich über ein Meerespferd, zeigte mit den Brüsten zu den Sternen.

Einer der Ober mit den Cocktails vorhin litt anscheinend an einer fieberhaften Erkrankung. Kate fühlte sich ganz und gar nicht gut. Eindrücke schossen ihr durch den Kopf, explodierten wie Blitzbirnen. Eine heiße, staubige, leere Landschaft. Lachende, berühmte Gesichter. Ein bedrohlicher scharlachroter Schatten.

Sie legte sich auf die Bank, mit pochenden Kopfschmerzen.

Irgendetwas Schnelles und Rotes kam auf die Piazza gesprungen. Kernassy fuhr herum, mit wirbelndem Umhang, und wurde angegriffen. Der Älteste wurde hochgehoben und in den Brunnen geworfen. Sein Kopf war weg. Blut spritzte aus seinem Halsstumpf. Sein Körper taumelte rückwärts, verfing sich im Umhang. Der Kopf wirbelte durch die Luft und krachte in eins der Becken, dabei zerfiel das Gesicht zu Staub.

Kate versuchte sich aufzusetzen, aber es gelang ihr nicht.

Malenka brüllte vor Zorn; Klauen und Fänge sprossen. Sie machte einen Satz wie eine Löwin. Ein silbriges Blitzen traf ihren Busen.

Kate stand auf und wollte einen Schritt nach vorn machen. Eine Hand packte sie im Nacken und zwang sie zum Zusehen. Sie hatte schon oft den richtigen Tod über Vampire kommen gesehen. Die meisten Ältesten starben wie Kernassy, verwandelten sich sofort in Staub und Knochen, holten Jahrhunderte des Alterns und Zerfallens binnen Sekunden nach.

Das aber, was mit Malenka geschah, hatte sie noch nie zuvor gesehen.

Wäre sie warmen Blutes alt geworden, hätte Malenka Fett angesetzt. In ihrem Körpertyp lag eine Reife, eine Bereitschaft anzuschwellen. Nun wölbten sich die Speckschichten unter Malenkas Haut, trieben ihr Gesicht auf, ihren Bauch, ihre Schenkel, ihren Körper, ihre Arme. Sie ging auf wie ein Ballon, platzte wie eine Wurst in kochendem Wasser. Weißes, von roten Adern durchzogenes Gewebe brodelte aus ihrer zerrissenen Haut. Ihr Kleid explodierte.

Malenka kochte über. Ihre Wangen erweiterten sich und mit

ihnen ihre Stirn, ihre Kinnlinie, ihre Kehle, sogar ihre Lippen. Ihre Augen starrten in Panik aus dem Grund ihrer Fleischquellen, voller Flehen. Kate quälten Schuldgefühle, dass sie dieser Frau so kleinliche Verachtung entgegengebracht hatte. Blut troff aus Malenka, zusammen mit Massen von Fettzellen. Ihre Hände waren gigantisch, das Fleisch hing ihnen von den Rücken und den Fingern.

Kate wurde festgehalten wie ein Kätzchen. Eine riesige Hand war in ihre kurzgeschnittenen Nackenhaare gekrallt. Sie sah nach unten. Der Umhang des Grafen trieb auf dem Wasser wie eine Spanne schwarzer Entengrütze. Münzen lagen auf dem Beckengrund wie verstreute Augen.

Sie stützte sich mit vergleichsweise winzigen Händen auf der niedrigen Steineinfassung ab.

Opernhaftes Gelächter brandete durch die Piazza di Trevi und zum Quirinal hinauf. Der Mörder schwelgte in triumphaler Heiterkeit. Das Rauschen des Brunnens war einen Moment lang nicht zu hören.

Sie wurde langsam nach vorn gedrückt. Ihre Ellbogen begannen in die falsche Richtung umzuknicken. Ihre dicken Brillengläser, die mit Tropfen bekleckert waren, rutschten ihr die Nase hinunter und machten alles noch verschwommener. Fangzähne schärften sich in ihrem Mund, eher ein instinktiver Verteidigungsmechanismus als eine Reaktion auf vergossenes Blut. Sie spürte nicht den Anflug von rotem Durst, nur Ekel und Verwirrung.

Der Mörder zwang gleichmäßig ihr Gesicht Richtung Wasser, als wolle er dieses Kätzchen ersäufen. Vielleicht nahm er an, dass sie einem Geblüt angehörte, das anfällig gegen fließendes Wasser oder, angesichts der nahen Kirche Santa Maria in Trivio, Weihwasser war. Wenn ja, dann täuschte er sich. Sie war nicht einmal katholisch: Wasser, das der Papst dreimal gesegnet hatte, machte sie einfach nur nass.

Kernassys fleischloser Schädel grinste aus einem der oberen Becken. Seine leeren Stiefel lagen zwischen Münzen. Fäden alten Blutes trieben im Wasser, ohne sich zu vermischen, das verderbte Blut derer von Dracula. Es wurde vom Becken abgesaugt und von den Düsen wieder ausgespuckt, stürzte herab wie toter Regen.

Mit dem Gesicht dicht über der Wasseroberfläche, benommen von dem Gestank des verdorbenen Blutes, konzentrierte Kate sich auf das sich kräuselnde Spiegelbild des Mörders: scharlachrote Kapuze, schwarze Dominomaske, tunnelgroße Nasenlöcher, Burt-Lancaster-Grinsen. Sein freier, extrem muskulöser Oberkörper glänzte von Öl.

Ihre Hände glitten vom Beckenrand und klatschten in kaltes Wasser. Sie wurde nach vorn gestoßen und krachte mit der Brust gegen Stein. Ihre Brille fiel herunter ins Wasser. Ohne Sehhilfe sah sie im bewegten Wasser einen dunklen Umriss. Ihr eigenes, selten erblicktes Spiegelbild. Es war nicht völlig verschwunden wie bei manchen Vampiren, auch nicht gestohlen worden wie Peter Pans Schatten. Aber seit ihrer Verwandlung war es schwer auszumachen. Nur unter außergewöhnlichen Umständen wie dem bevorstehenden richtigen Tod kehrte ihr Spiegelbild zurück.

Einen verrückten Moment lang war sie abgelenkt. So sah sie also mit kurzen Haaren aus. Nicht schlecht. Sehr modern, wie eine Art existenzialistische Jeanne d'Arc. Seit den zwanziger Jahren schon hatte sie Lust gehabt, sich das taillenlange rote Geschnür abzuschneiden. Erst jetzt, wo in Europa kurzgeschnittene Bubiköpfe in Mode waren, hatte sie es gewagt, ihre Friseuse zu bitten, die Silberschere zu schwingen.

Der Mörder, der lachte wie ein Dämon des Hohns, presste ihr ein Knie ins Kreuz, nagelte sie am Beckenrand fest. Er ließ ihren Nacken los. Sie griff nach hinten und tastete über sein muskulöses Bein. Er trug dicke Strumpfhosen.

Sie wurde von einem mexikanischen Ringer umgebracht. Das war so absurd, da fiel einem nichts mehr ein.

Er würde ihr noch die Rippen brechen, wenn er so weiterdrückte. Würde ihr ein gebrochener Knochen das Herz durchstoßen, wäre sie tot. Wieder einmal. Nur diesmal richtig.

Der Mörder war kein Vampir. Er konnte es an Kraft mit den meisten Ältesten aufnehmen, aber seine Hand war heiß, schweißig. Sie spürte den kräftigen Puls in seinem Schenkel. Er war warmblütig, lebendig.

Die Geräusche ihres Körpers waren deutlicher als das Tosen des Wassers. Blut pochte in ihren Ohren. Knochen krachten in ihrer Brust. Ihr gespiegeltes Gesicht, das nun sogar für ihre getrübten Augen scharf war, sah sie panisch an, hasenäugig. Sie sah sehr jung aus, wie das fünfundzwanzigjährige Naivchen, das sie 1888 gewesen war. Sie hatte große Schmerzen, was sie nicht gewohnt war.

Der Druck auf ihr Kreuz ließ etwas nach. Das Gelächter verstummte.

Kates erster Gedanke war nicht, sich zu retten, sondern zu verstehen – ein Grundinstinkt aller Journalisten. Sie fischte ihre Brille aus dem Wasser und setzte sie auf.

Sie konnte sich immer noch nicht aufrichten. Selbst als sie den Kopf so weit in den Nacken legte, wie es nur ging, vermochte sie nicht über das breite Becken hinwegzusehen. Auf der anderen Seite des Wassers spiegelte sich noch ein Gesicht.

Ein kleines Mädchen lugte über die Kante. In seinem kopfstehenden Gesicht schwamm ein Mund mit heruntergezogenen Mundwinkeln über einem traurigen Auge. Die Kleine hatte langes Haar, so blond wie Geneviève. Die Wellen ließen sie schimmern, als schüttele sie feierlich den Kopf. Eine Träne kroch ihr die hohle Wange hinauf.

Kate überlegte, wie man auf Italienisch bloß »Lauf weg« sagte.

»*Va!*«, versuchte sie zu rufen, aber es kam nur ein Japsen heraus.

Die Kleine rührte sich nicht. Sie war ein Geist im Wasser, hing fest in der Zeit.

Der Mörder nahm sein Knie von Kates Rücken. Sie versuchte, ihre Vampirfähigkeiten zusammenzunehmen. Krallen glitten leicht aus ihren Fingern. Ihre Zähne wurden Fänge. Stärke regte sich in ihren Gliedern.

Sie sprang auf, machte einen Satz auf den Beckenrand, fuhr herum und schlug ihre Krallen in … nichts.

Der Mörder war verschwunden, wie weggezaubert. Kate sah über die Piazza nach dem kleinen Mädchen. Sie hörte das schnelle Patschen seiner Füße, als es die Via della Muratte hinunterlief, und sah nur noch kurz seinen Schatten ins Riesenhafte vergrößert auf einer Wand. Das tosende Rauschen des Springbrunnens kehrte wieder zurück, erfüllte ihre Ohren.

Ihr Zornausbruch verflog, ihre Zähne und Krallen zogen sich zurück. Statt Kampfeszorn blieb nur Verwirrung zurück. Sie hatte eindeutig irgendetwas verpasst. Sie stand allein auf der Piazza di Trevi, neben den endgültig Toten.

Dann kam Marcello mit der Milch zurück. Er stellte die Flasche sanft auf das Pflaster und kam herüber zu ihr. Am Himmel dämmerte es. Kate hasste sich dafür, ein lebendes Klischee abzugeben, aber sie wurde in seinen Armen ohnmächtig.

2

Im Geheimdienst Ihrer Majestät

Sie schob seinen Rollstuhl auf den breiten Balkon und stellte ihn in den tiefen Schatten. Beauregard begrüßte die ihn einhüllende Dunkelheit, als wäre sie eine kuschelige Decke. In seinem Alter würde ihn direkte Sonneneinstrahlung schneller töten als Geneviève, und sie war eine Vampirin. Sie stellte seinen Tee in Reichweite. Grüner Gunpowder. Er ernährte sich praktisch davon.

Vom Schatten aus sah er ins graue Licht hinaus, hinunter in die Via Eudosiana. So früh am Morgen waren die feinen, fast schon parfümiert duftenden Dunstschleier noch nicht ganz weggebrannt. Heiß war es bereits; es kündigte sich ein Tag an, an dem man auf den Fliesen in der Sonne Fladenbrot backen konnte.

Ein schlanker, silbriger Aston Martin stand vor dem Wohnblock geparkt. Er zog das ehrfürchtige Interesse zweier Kinder auf sich. Beauregard schloss daraus, dass der zur Dämmerung erwartete Gast auf dem Weg nach oben war.

Er hörte, wie Geneviève zur Tür ging und seinen Besucher begrüßte. Es missfiel ihr, dass er dieses Gespräch zugesagt hatte.

Sie führte den Gast auf den Balkon und zog sich in die Wohnung zurück, um ostentativ aufzuräumen, wo es nichts aufzuräumen gab. Er verstand ihre Haltung, war aber ebenso sehr aus Neugierde wie aus Pflichtgefühl einverstanden gewesen, sich mit dem Besucher zu unterhalten.

Wenn man ihn um Informationen anging, würde er auch selbst einiges erfahren. Sich für die Welt zu interessieren, hieß, noch ein Teil von ihr zu sein.

Der Vampirspion stand auf dem Balkon und zündete sich mit einem Ronson-Feuerzeug eine Zigarette an. Die Flamme rötete sein energisches Gesicht. Er atmete aus und sah auf Beauregard hinab. Sein gewitztes Lächeln enthüllte einen vorspringenden Fangzahn.

»Mein Name ist Bond«, sagte er mit einem leichten schottischen Akzent, »Hamish Bond.«

»Guten Morgen, Commander Bond«, sagte Beauregard. »Willkommen in der Ewigen Stadt.«

Der Neugeborene warf einen flüchtigen Blick über den Parco di Traiano, betrachtete die Ruine von Neros Domus Aurea (eines von Roms zahlreichen Monumenten des Größenwahns) und den unregelmäßigen Rand des Amphitheatrum Flavium, des Kolosseums. Beauregard bemerkte mit Bedauern, dass Bond keinen Blick für die Gegend hatte. Die Pflicht sollte einen nicht blind für die Aussicht machen. Tatsächlich war es in ihrer beider Profession sogar Pflicht, aufmerksam zu sein.

Obwohl er als Offizier der Marine unterwegs war, trug Bond keine Uniform, sondern war angezogen wie fürs Bakkaratspiel in Monte. Seine weiße Smokingjacke aus der Savile Row war perfekt geschnitten, lose genug, um dem aufmerksamen Beobachter die Möglichkeit eines Schulterholsters nahezulegen. Beauregard kannte diesen Mann genau, er wusste sogar, was im Holster steckte. Eine Walther PPK 7,65 mm Browning, getragen in einem Berns-Martin Triple-Draw, im Magazin acht bleiummantelte Silberkugeln. Fieses Stück.

Die Brise spielte mit einer schwarzen Haarlocke Bonds, einem Komma auf seiner Stirn. Rauch trieb von seiner Zigarette weg, einer handgemachten Orientmischung mit drei goldenen Streifen. Zu auffällig für jemanden wie ihn, zu einprägsam. Diese spezialgefertigten Glimmstängel deuteten auf eine bestimmte Einstellung hin. Hier war ein Vampir, der wusste, wie man sich in eine Smokingjacke wand, ohne den Kragen zu verknicken, der Hemden aus Seal-Island-Baumwolle trug und eine Pistole so leicht ziehen konnte wie sein Ronson-Feuerzeug aus der Innentasche. Man konnte meinen, er legte es darauf an, einen Eindruck zu hinterlassen, eine Pose für das Zielfernrohr einzunehmen.

Charles Beauregard hoffte, dass er nie so gewesen war.

Wenn irgendein Diener der Krone es verdiente, sich ins Privatleben zurückzuziehen, dann gewiss Beauregard. Nur war der Diogenes-Club – der britische Geheimdienst, wenn das nicht ein innerer Widerspruch war – keine Institution, von der man sich umkompliziert in den Ruhestand verabschieden konnte. So wurde man schon an der Vorstellung gehindert, dass seine Mitglieder ein Privatleben haben könnten. Er hatte dem Club gedient, den Großteil eines Jahrhunderts lang, und war dabei bis ins höchste Amt aufgestiegen.

Beauregard sah hinaus ins heller werdende Tageslicht, betrachtete den Anblick, den Bond bereits abgehakt hatte, den er aber als Quelle endloser Faszination empfand. Diese Stadt war älter als sie alle. Das war ein Trost.

»Sie sind so etwas wie eine Legende, Beauregard. Ich wurde unter Sergeant Dravot ausgebildet. Er spendete das Blut für meine Verwandlung. Es stammt aus einem guten Geblüt. Er spricht oft von Ihnen.«

»Ach ja, Danny Dravot. Mein alter Schutzengel.«

Beauregard nahm einen Widerhall Dravots in Bonds voller Stimme wahr, sogar in seiner entspannten, aber bereiten Haltung. Der Sergeant brachte Fangsöhne zustande, die einiges von seinem Format hatten. Mit etwas Politur würde aus Bond ein guter Mann werden, ein verlässlicher Agent.

Dravot, in den 1880ern zum Vampir gemacht, würde bis ans Ende der Zeit ein Sergeant sein. Und dem Diogenes-Club zur Verfügung stehen.

Beauregards Leben, das beträchtliche Gewicht, das ihn an sein Bett und seinen Stuhl fesselte, war zu einem sehr großen

Teil mit dem unscheinbaren Gebäude in der Pall Mall verbunden. Wenn seine Gedanken abschweiften, wie es zunehmend der Fall war, dann löschte eine fotografisch genaue Lebendigkeit die verschwommene Gegenwart aus. Oft war er unvermittelt wieder dort: in Indien 1879, in London 1888, in Frankreich 1918, in Berlin 1938.

An Gesichter und Stimmen erinnerte er sich deutlich. Mycroft Holmes, Edwin Winthrop, Lord Ruthven. Geneviève, Kate, Penelope. Lord Godalming, Dr. Seward, der Prinzgemahl. Der Kaiser, der Rote Baron, Adolf Hitler. Sergeant Dravot, immer hart auf seinen Fersen. Dracula, der immer wieder entwischt, immer wieder ein Versteck findet, niemals lockerlässt.

Ihm fiel sein versilberter Degen wieder ein. War er so protzig wie Bonds Walther gewesen? Wahrscheinlich.

Nun, es war keine Frage des Abschweifens. Es war eher ein Auswerfen der Angel, ein Versuch, sich zu erinnern. Das fiel ihm immer schwerer, was ihn erboste. Die Wildpastete, die ihm 1888 bei Simpson's auf dem Strand serviert worden war, stand ihm sofort vor Augen, lag ihm fast auf der trockenen Zunge. Aber was es gestern Abend zu essen gegeben hatte, daran vermochte er sich nicht zu erinnern.

»Die Zentrale nimmt an, dass Sie ein Auge auf Dracula behalten haben«, sagte Bond. »Es widerspräche Ihrer Natur, lockerzulassen. Zumal wenn er so nahe ist.«

»Die Zentrale?«

Der Jargon belustigte Beauregard. Zu seiner Zeit waren die Bezeichnungen andere gewesen. Bevor er dazugehört hatte, waren sie einfach nur »die herrschende Clique« des Diogenes-Clubs genannt worden. Dann gingen ein paar Kricketspieler dazu über, sie »die Umkleide« zu nennen. Eine Zeit lang war es dann »der Zirkus«. Die Clique bestand aus ein bis fünf, normalerweise drei Personen. In den 1920ern und während des letzten Krieges, als er von seinem ersten Versuch als Privatier zurückgeholt worden war, hatte er den Vorsitz gehabt. Nun saß der junge Winthrop auf diesem Platz – jung war gut, mit dreiundsechzig!

»Bitte verzeihen Sie, Sir.«

Er hatte sich zu viele Gedanken um seine Erinnerungen gemacht und war wieder aus der Gegenwart abgeschweift. Er musste sich konzentrieren. Er brachte das hier besser schnell hinter sich, wenn schon nicht um seiner selbst willen, dann für Geneviève. Wenn er sich überanstrengte, wurde sie böse.

Sie sollte sich allmählich daran gewöhnt haben, dass er starb. Er redete lange genug davon.

»Ja, Commander Bond«, antwortete er schließlich. »Ich bin immer noch interessiert. Das ist ein Knochen, den man nicht so leicht loslässt.«

»Sie gelten als die Autorität schlechthin.«

»Dem alten Trottel ein bisschen Honig um den Bart schmieren, hm?«

»Ganz und gar nicht.«

»Sie wollen etwas über ihn erfahren? Über Dracula?«

Wenn er seine Memoiren veröffentlichen würde – ein Unternehmen, das ihm gesetzlich verboten war –, dann würde er sie *Anni Draculae* nennen, die Draculajahre. Der Verbannte im Palazzo Otranto war der bestimmende Einfluss seines überlangen Lebens. Was ihm am Sterben am wenigsten gefiel, war, dass er vor dem Grafen abtreten und nicht dabei sein würde, wenn dem König der Vampire ein Ende gemacht würde.

»Dragulya«, wiederholte er und zog den Namen in die Länge, wie es Churchill immer tat. »Wie wäre dieses Jahrhundert verlaufen, wenn es ihn nicht gegeben hätte? Haben Sie Stokers Buch gelesen? Darüber, wie man ihn gleich am Anfang hätte aufhalten können?«

»Ich habe nicht viel Zeit zum Lesen.«

Weil er zu viel damit zu tun hatte, warmblütigen Weibern hinterherzulaufen und sich Ärger einzuhandeln, hätte Beauregard wetten können.

»Das halte ich für einen Fehler, Commander Bond. Aber ich hatte ja vielleicht auch immer viel Zeit. Ich habe alles über Dracula gelesen, Dichtung und Wahrheit. Ich weiß mehr über ihn als sonst ein Mensch.«

»Mit Verlaub, Sir, aber wir haben Leute in Draculas nächster Umgebung, die seit Jahrhunderten dort sind.«

Eine der fixen Ideen Winthrops war es gewesen, Vampirälteste zu rekrutieren, die ihren *principe* bespitzelten. Also hatte Diogenes es endlich hinbekommen. Es gab Maulwürfe in der Karpatischen Garde.

»Ich sagte *Mensch*.«

Er lachte glucksend. Das bereitete ihm Schmerzen in der Brust. Sein Lachen ging in ein Husten über.

Geneviève, die auf übernatürliche Weise jedes Pfeifen und jeden Krächzer mitbekam, teilte die Vorhänge und kam durch die Balkontür getreten. Sie war bildschön in ihrem ärmellosen cremefarbenen Polohemd, dem umgehängten Pullover und den violetten Torerohosen. Rote Flecken auf den kalkweißen Wangen zeugten von ihrem Zorn. Sie bedachte Bond mit einem frostigen Blick und kniete sich neben Beauregard, beglückte ihn wie eine französische Gouvernante. Sie zwang ihn dazu, die Tasse an den Mund zu heben und einen Schluck von dem Tee zu trinken, den er vergessen hatte.

Wenig verlegen lehnte Bond an der Balkonbrüstung und ließ Rauch aus seinen Nasenlöchern wehen. In seinen harten Augen glitzerte mildes Sonnenlicht. Um für den Diogenes-Club zu arbeiten, hatte er gewiss lernen müssen, grausam zu sein. Vielleicht hatte er den Knoten schon immer in sich getragen, der nur darauf gewartet hatte, gelöst zu werden. Er war warmen Blutes rekrutiert und auf wissenschaftliche Weise verwandelt worden, per Tubus und Transfusion, dann ausgebildet und zu der Waffe geformt worden, die man für diese Arbeit brauchte. Noch so eine von Winthrops Ideen.

»Charles, *chéri*, so darfst du nicht weitermachen.«

Geneviève schimpfte oder jammerte nicht. Sie machte ein Affentheater, wusste aber ganz genau, wie viel sie für ihn tun konnte und wie viel nicht. Sie legte kurz ihren Kopf in seinen Schoß, damit er die rosafarbenen Tränen in ihren Augen nicht sah. Ihr honigblondes Haar fiel über seine schmalen, von dicken Adern bedeckten Hände. Seine Finger zuckten von dem Impuls, sie zu streicheln.

Bond betrachtete die beiden.

Sein aufflammendes Einfühlungsvermögen, das Beauregard während seiner Laufbahn entwickelt hatte und das noch durch die Spuren, die Geneviève in ihm hinterlassen hatte, verstärkt worden war, verriet ihm, was Bond dachte. Eine pflichtbewusste Enkeltochter. Nein, Urenkeltochter.

Sie war bei weitem älter als er, aber ihm waren sämtliche Jahre anzusehen, die sie an sich hatte abprallen lassen. Geneviève war 1432 verwandelt worden, im Alter von sechzehn Jahren. Nach fünf Jahrhunderten wirkte sie nicht älter als zwanzig. Vorausgesetzt, man sah ihr nicht zu genau in die Augen.

Es dauerte frustrierende Sekunden, bis ihm wieder einfiel, wie alt er eigentlich genau war. Er war 1853 geboren, 1953 hatte ihm die neue Königin ein Telegramm geschickt. Und jetzt hatten sie …? Endlich fiel es ihm wieder ein, wie immer: 1959. Er war hundertfünf Jahre alt; hundertsechs im nächsten Monat, August. Er mochte zwar nicht gerade so alt aussehen – eine weitere Wirkung ihrer Küsse, das war ihm klar –, aber alt war er zweifelsohne, innerlich wie äußerlich, ein wandelndes Gespenst seines jüngeren Selbst.

Den Schmerz hatte er schon fast hinter sich gebracht. Vor zehn oder zwanzig Jahren hatte er mit all den Schmerzen und Unannehmlichkeiten des Alters kämpfen müssen, aber sie hatten nachgelassen. Sein Körper verlor die Angewohnheit zu empfinden. Manchmal fühlte er sich wirklich wie ein Gespenst, das durch ein schwachsinniges Medium mit der Welt kommunizierte und nicht in der Lage war, seine Botschaft herüberzubringen. Nur Geneviève verstand ihn, vermittels einer Art natürlicher Telepathie.

Er brachte sein Husten unter Kontrolle.

»Sie sollten besser gehen«, sagte Geneviéve entschieden zu Bond.

»Schon gut, Gené. Es geht mir gut.«

Sie sah zu ihm auf, sah ihn forschend an aus ihren blauen Augen. Der Trick bei Geneviève war, nicht zu lügen. Sie merkte es immer. Pamela, seine Frau, war genauso gewesen. Diese Gabe besaßen nicht nur Vampire.

Der Trick war, seine Wahrheit zu sagen.

»Du kannst es auch nicht darauf beruhen lassen, Liebste«, sagte er.

Sie sah weg, und er streichelte ihre weichen, feinen Haare. Die elektrisierende Berührung trug ihn zurück zu ihrem ersten Mal miteinander, zu den prickelnden Mustern ihrer Zähne und Nägel auf seiner Haut, zum Kitzeln ihrer Katzenzunge auf den Liebesmalen.

»Unsere Geneviève war die erste Frau, die je ihren Fuß in den Diogenes-Club gesetzt hat, Commander Bond. Die erste Frau, die der herrschenden Clique gegenübergestanden hat. Erscheint Ihnen das rückständig? Vorsintflutlich?«

»Eigentlich nicht.«

»Sie sollten sie befragen. Sie hat den Knochen auch nicht losgelassen. Den Draculaknochen. Und sie ist eher in der Lage, etwas gegen ihn zu unternehmen, als ein lebendes Fossil wie ich.«

»Er sollte tot sein«, sagte Geneviève. »Er sollte *schon lange* tot sein. Richtig tot.«

»Da würden Ihnen viele beipflichten«, sagte der Neugeborene.

Geneviève stand auf und sah dem jungen Vampir ins kantige, attraktive Gesicht. Er hatte verheilte Narben.

»Viele hatten die Gelegenheit, dem ein Ende zu setzen. *Ihm* ein Ende zu setzen. Einmal, da sind wir ... Sie kennen diese Geschichte natürlich.«

Beauregard verstand Genevièves Bitterkeit.

1943 war es den Alliierten ratsam erschienen, zu einer finsteren Übereinkunft zu kommen. Daraufhin hatte Edwin Winthrop das Croglin-Grange-Abkommen ausgehandelt, das den Vampirkönig in den Krieg brachte. Der Jüngere, der nicht durch, wie er es selbst nannte, »viktorianische Vorstellungen« behindert war, wollte bereitwillig die Verantwortung und die Schande auf sich nehmen. Beauregard hatte diese Politik trotz allem gebilligt. Selbst Churchill, der Dracula ebenso verabscheute wie Hitler, schloss sich der Allianz an, auch wenn er dem Grafen nie die Hand schüttelte. Beauregard hingegen hatte das getan und sich von dem grausamen Lächeln des Vampirkönigs abgewandt. Seine persönliche Niederlage, bereitwillig dargebracht, hatte einem größeren Sieg gedient.

Wie gut, dass Geneviève damals in Java gewesen war, fern vom Lauf der Geschichte. Sie hätte alles getan, um Dracula die Kehle herauszureißen.

»In diesem Jahrhundert hat man Vlad Tepes nicht verstanden«, sagte Geneviève. »Man meinte stets, ihn mit Zugeständnissen beschwichtigen zu können. Er war nie ein Politiker wie Lord Ruthven. Er ist ein Mann des Mittelalters, ein Barbar. Sein Thron wurde auf einem Berg von Schädeln errichtet.«

Die Kriege dieses modernen Zeitalters unterschieden sich von denen früherer Jahrhunderte. Zum Teil wegen neuer Waffen, die einen weltweiten Konflikt nicht nur möglich, sondern unausweichlich machten. Zum Teil wegen des »Wandels«, der Ausbreitung des Vampirismus, die mit Draculas Auftauchen in der westlichen Welt ihren Anfang genommen hatte. Ohne Vampire, da war Beauregard sich sicher, hätte es die Nazis nie gegeben; wenn Dracula überhaupt je einen Thronerben gehabt hatte, dann Hitler. Zwar hatte die Endlösung ebenso dem Geblüt derer von Dracula gegolten wie den Juden, aber Hitler hatte beabsichtigt, sich zu verwandeln, sobald sein Reich total geworden war, um die vollen tausend Jahre zu überdauern. Die Erschaffung einer unsterblichen Herrenrasse durch Wissenschaft und Magie war ein deutsches Projekt, das bis in den Ersten Weltkrieg zurückreichte, und ironischerweise eine Vision, die Dracula und Hitler teilten. Wäre sein Blutgeschlecht nicht von den Nazis als unrein klassifiziert worden, hätte Dracula sich mit ihnen verbündet.

»Man hat ihn zum Verbündeten gemacht«, sagte Geneviève kühl.

Bond zuckte die Schultern. »Stalin war auch unser Verbündeter. Und nach Jalta dann die Inkarnation des Bösen. Für Politik bin ich nicht zuständig, *Mademoiselle*. Darüber zerbrechen sich klügere Leute als ich den Kopf. Für mich heißt es einfach nur es schaffen oder sterben, vorzugsweise Ersteres.«

»Wie man sieht, sind Sie schon einmal gestorben.«

»Natürlich. Sie wissen doch, wie man sagt ...«

»Nein. Was denn?«

»Man lebt nur zweimal.«

Geneviève stand auf, eine Hand auf Beauregards Schulter. Er war ihre letzte Fessel, dessen war er sich bewusst. Wenn er nicht mehr war, wozu würde sie sich dann hinreißen lassen?

»Bitte verzeihen Sie, dass ich es ohne Umschweife sage, Commander«, erklärte sie. »Aber manche von uns haben wenig Zeit. Was genau wollen Sie hier in Erfahrung bringen?«

Der Spion konnte keine offene Antwort geben. Winthrop dachte nach wie vor im Zickzack, und sein Agent wusste vielleicht gar nicht, worum es bei seiner Mission ging.

»Ich schreibe einen Bericht über die königliche Verlobung.«

»Dann sind Sie wohl ein Klatschkolumnist?«

Bond lächelte, entblößte scharfe Zähne. Mit einem Anflug von Amüsiertheit bemerkte Beauregard, dass der Neugeborene angetan von Geneviève war. Wenn sie es richtig anstellte, hatte sie eine Eroberung zu verzeichnen.

»Dank Beauregard und Leuten seines Schlags wissen wir eine Menge über Dracula«, sagte Bond. »Sie irren sich, wenn Sie denken, wir hätten nie versucht, ihn zu durchschauen. Er steht seit den 1880er-Jahren im Licht der Öffentlichkeit. Wir wissen, wie er denkt. Wir wissen, was er will. Es geht immer nur um Macht. Noch als er warmblütig war, betrachtete er sich als Eroberer. Er hat sein Blutgeschlecht an ein ganzes Heer von Nachkommen weitergegeben. Jedes Mal, wenn er heiratet, soll das seine Sache voranbringen, seine Machtbasis vergrößern.«

Er hörte Edwin Winthrop aus Bonds Worten heraus. Dies war Winthrops Weltsicht. Beauregard konnte sie nicht gerade verwerfen, aber er war während der Zeiten von Hitler, Mussolini und Stalin zu der Erkenntnis gekommen, dass der Graf keinen einzigartigen oder auch nur ungewöhnlichen Typus darstellte. Der kälteste Gedanke, der sich je in ihm breitgemacht hatte, war, dass Dracula am Ende erfolgreich gewesen war. Jedes Land der Erde – Großbritannien nicht ausgenommen – handelte, als würde es vom Vampirkönig regiert.

»Die Prinzessin ist es, über die wir nichts wissen«, fuhr Bond fort und atmete Rauch aus dabei. »Sie taucht mal in Berichten auf und mal nicht und hinterlässt keine deutliche Spur. Was die Zentrale gern wissen möchte, ist Folgendes: Warum Asa Vajda? Sie gehört dem Geblüt derer von Javutich an, einer beinahe ausgestorbenen Brut. Geschichte hat Dracula genug. Was er braucht, wie immer, ist Geografie. Landgüter, einen Thron, eine Feste. Wie die meisten Ältesten«, Bond versenkte seinen Blick in Geneviève, »ist auch *il principe* enteignet worden und ein Vagabund mit Geld. Ceaușescu wird ihn sicher nicht wieder aufnehmen.«

Hunderte von transsylvanischen Vampiren, die die Todeslager der Nazis überlebt hatten, waren nach dem Krieg zurück in ihre Heimatländer verbracht und dort prompt von ihren warmblütigen Landsleuten ermordet worden, schändlicherweise unter den Augen der Alliierten. Nicolae Ceaușescu führte nach wie vor eine Ausrottungskampagne gegen Vampire durch, die von ihrer Liebe zur heimatlichen Scholle nicht lassen wollten – die zufälligerweise innerhalb des modernen Rumänien lag. Obwohl er ebenso viel Angst hatte wie seine sämtlichen bäuerlichen Vorfahren, erwählte der Staatspräsident sich Schloss Dracula zum Sommersitz, um seine Überlegenheit zu demonstrieren.

»Prinzessin Asa ist eine Moldawierin«, sagte Beauregard. »Dracula ist ein Wallache. Ungefähr zwei Drittel aller Vampirältesten weltweit stammen aus dem Hufeisen der Karpaten. Wenn Dracula je wieder weltliche Macht erlangen will, dann muss er dort beginnen, im heutigen Rumänien. Sobald man ein sehr hohes Alter erreicht, wird das Heimatland umso wichtiger.«

Geneviève drückte seine Schulter.

»Die Zentrale schätzt das ganz ähnlich ein, Beauregard. Aber für eine dynastische Bindung macht es wenig her. Von Rechts wegen sollte Dracula sich mit einem starken Blutgeschlecht verbinden. Gräfin Elisabeth aus dem Hause der Báthory wäre eine offensichtliche Kandidatin.«

»Sie ist Lesbierin«, warf Geneviève ein.

»Es handelt sich nicht um eine Liebesheirat, *Mademoiselle* Dieudonné. Sie müssen zugeben, dass es ein Abstieg ist. Von der Königin von England zu einer hinterwäldlerischen Giftziege mit

Zweigen in den Haaren und Erde in den Falten ihres Totengewands?«

»Der Graf hatte schon seine Anwandlungen. Fragen Sie Mrs. Harker.«

»Wenn es ihm ums Blutgeschlecht geht, Gené, dann überrascht es mich, dass er dir nicht den Hof gemacht hat.«

Geneviève überlief ein Schauer. »*Très amusant,* Charles *chéri.*«

Bond schüttelte den Kopf. »Er hat irgendetwas vor. Dracula hat noch nie einen Zug gemacht, der ihn nicht in erster Linie auf sein Ziel zuführte. Aber was ist sein Ziel?«

»Die vollständige und restlose Unterwerfung von allem und jedem«, sagte Geneviève. »Für immer. So, nun kennen Sie sein Geheimnis. Habe ich die Fünfhundert-Francs-Frage gewonnen?«

Der Spion gab wieder sein schiefes Grinsen zum Besten. Er meinte wohl, Manns genug zu sein, um Geneviève zu bändigen. Beauregard lachte wieder und musste husten. Diesmal war es schlimmer, die reinsten Glassplitter in der Brust. Atmen war Schwerstarbeit.

»Dieses Gespräch ist beendet«, erklärte Geneviève nachdrücklich.

Sie kniete sich neben ihn, half ihm zu trinken, presste eine Hand an seine Brust, zwang ihn dazu, am Leben zu bleiben. Sie vergaß, ihre Augen zu verbergen. Er sah, wie sich Rot an den Tränendrüsen sammelte.

»Nun gut«, gab Bond sich geschlagen. »Wenn ich vielleicht noch einmal wiederkommen dürfte? Falls andere Quellen nichts hergeben sollten?«

Beauregard versuchte, mit dem Husten aufzuhören. Es gelang ihm nicht.

»Es wäre mir lieber, wenn Sie das bleiben ließen«, sagte Geneviève.

Er hätte sich gern gegen sie durchgesetzt, aber die Worte wollten ihm nicht über die Lippen kommen. Am besten überließ er ihr die Entscheidung.

»Sie finden sicher allein hinaus«, sagte Geneviève.

»Selbstverständlich.« Er drückte seine Zigarette aus. »Einen guten Tag Ihnen beiden. Sie können mich im *D'Inghilterra* erreichen.«

Er schlüpfte lautlos durch die Balkontür und verließ die Wohnung.

Beauregard ließ den Krampf sich im eigenen Tempo lösen. Er spuckte, Schaum trat ihm auf die Lippen. Geneviève wischte ihm das Gesicht ab, als wäre sie sein Kindermädchen.

Wie er es inzwischen kannte, ließ der Schmerz rasch nach. Seine Augen und Ohren waren immer noch scharf, aber seinen Geschmacks- und Geruchssinn hatte er fast vollständig eingebüßt. Nur noch Erinnerungen.

»*Pauvre chéri*«, sagte Geneviève.

Sie schob ihn nach drinnen.

Obwohl er erst seit zehn Jahren in der Via Eudosiana wohnte, war das Apartment mit den Anschaffungen eines Jahrhunderts gefüllt. Bücherregale bis hinauf zur hohen Decke säumten die Wände. Eine große Zahl merkwürdiger Objekte, zusammengetragen in allen Weltgegenden, sammelte sich unsortiert in den Winkeln. Geneviève fand öfter eine afrikanische Maske oder chinesische Jadefigur in einer Schachtel oder Schublade und sagte etwas über ihre Qualität oder ihren Wert. Er hatte heimlich eine Bestandsaufnahme gemacht – wenn er Listen erstellte, gefiel ihr das gar nicht – und überlegt, wer wohl am meisten von dem jeweiligen Stück hatte. Die Bibliothek würde an Edwin Winthrop gehen.

Geneviève half ihm vom Rollstuhl auf das Ruhebett in seinem Arbeitszimmer. Er wog jetzt so wenig, dass ihn sogar ein warmblütiges Mädchen hätte wie ein kleines Kind hochnehmen und irgendwo hinsetzen können. Geneviève ließ ihn so viel wie möglich allein machen. Mit der letzten Kraft seiner schwindenden Muskeln stand er, sich an ihrem Arm festhaltend, aus dem Rollstuhl auf, dann brach er mehr oder weniger auf der Couch zusammen und überließ es ihr, seine Beine zu ordnen und mit einer karierten Decke zu umhüllen.

Sie lächelte lieb. Es war wie ein Stich ins Herz. Dieses Gefühl war noch nicht verschwunden.

Manchmal nannte er sie Pamela, und sie überging es einfach. Seine Frau war nach zwei Jahren Ehe verstorben, vor beinahe achtzig Jahren. Die Hitze machte Rom der Berglandschaft Indiens sehr ähnlich, wo Pam und er gelebt hatten, während er das Große Spiel verfolgte, wie Kipling es nannte, die Schachpartie zwischen den Russen und dem Britischen Empire um die Aufteilung des Subkontinents. Der erste Kalte Krieg. Pam hatte von Anfang an gesagt, dass nichts Gutes daraus erwachsen würde, hatte ihn fortwährend angestachelt, was seine Pflicht betraf, ihn dazu gezwungen, sich zu fragen, wo diese wirklich lag. Geneviève war zwar die letzte und andauerndste seiner Liebesbeziehungen, aber seine kurze Zeit mit Pam, die Freude und das Leid, stand ihm klarer vor Augen.

Schuldgefühle ließen ihn Geneviève nur umso mehr lieben.

Er nahm ihre Hand und drückte sie, mit aller Kraft, die ihm noch geblieben war.

Sie küsste seine Stirn.

Es musste ein grotesker Anblick sein, ein junges Mädchen mit einem alten Mann. Ein Lied seiner Jugendzeit war »A Bird in a Gilded Cage« gewesen. Aber Geneviève war kein Vogel im goldenen Käfig, sie *wirkte* nur jung, und er war eigentlich auch nicht mehr alt. Alles über hundert war unnatürlich. Ein Alter für Bäume und Schildkröten, aber nicht für Menschen.

»Ich brauche dich, Charles«, hauchte sie.

Es war keine Lüge. Es war ihre Wahrheit, die sich so, wie sie sie äußerte, nicht zurückweisen ließ.

Sie kletterte neben ihn auf die Couch. Wenn sie beieinanderlagen, war er immer noch der Größere. Lag ihr Kopf neben dem seinen, reichten ihre Füße kaum über seine Knie hinaus.

Sie küsste ihn auf die Wange und aufs Kinn, die glatt waren, da sie ihn vor einer Stunde rasiert hatte. Auf dem Kopf hatte er noch ziemlich viele Haare, aber seinen Schnurrbart trug er nicht mehr. Seine Haare hatte er ihr zu verdanken und wahrscheinlich auch sein Sehvermögen und den Großteil seiner Zähne.

Sie lockerte seinen Bademantel am Hals und öffnete den oberen Knopf seiner Pyjamajacke. Sie schnupperte an der Vertiefung seiner Kehle und bewegte die Lippen, tastete nach den alten Wunden.

Er war ruhig, die Krämpfe waren vorbei. In seinem Innersten war er erregt. Sein Blut floss schneller. Auf eine Weise, die ihn als junger Mann verblüfft hätte, genügte das.

»Das ist absurd, Gené«, sagte er leise. »Du bist ...«

»Alt genug, um zehnmal deine Urgroßmutter zu sein. Du bist der jugendliche Liebhaber mit der älteren Geliebten. Vergiss das nicht.«

Ihre Fangzähne glitten in die vielbenutzten Furchen in seiner Schulter, ein gutes Stück von der Vene entfernt. Er konnte sich nie entscheiden, ob die kitzelnden Stacheln heiße Nadeln oder spitze Eiszapfen waren.

Er bebte vor Wonne. Ihre Zunge schlängelte über seine Haut. Er spürte, wie ihr Körper sich anspannte, und wusste, dass sein Geschmack in sie hineinströmte.

Früher hätte sie getrunken. Heute nippte sie.

Nein, sie *kostete*.

Ihm war klar, was sie da tat. Seit Jahren hatte sie sein Blut nicht mehr getrunken. Sie öffnete seine Wunden und legte ihren Mund daran und nahm nicht Nahrung auf, sondern Nährkraft, die sie aus seinem Herzen bezog und nicht von seinem Körper.

Und sie gab ihm von sich.

Er war ebenso sehr ein Vampir wie sie. Geneviève hielt ihn mit ihrem Blut am Leben. Mit der rauen, scharfen Spitze ihrer Zunge kratzte sie die Innenseite ihrer Wange auf und ließ Tröpfchen in seine Wunden fließen. Es lag in ihrer Macht, ihn dazu zu zwingen, ihr Blut zu trinken, ihn in ihren Fangsohn zu verwandeln, ihn zu ihrem Vampirnachwuchs zu machen. Aber nicht in ihrem Charakter.

Es gab drei Vampirfrauen in seinem Leben, alle von unterschiedlichem Geblüt. Geneviève konnte ebenso wenig wie Kate Reed einfach nur von ihren Geliebten nehmen. Sie musste etwas von sich zurücklassen, im Geist und im Körper. Jeder, den sie berührte, wurde von ihr verändert, beeinflusst.

Die andere hat ihn in den Hals gebissen und sich sein Blut geholt, mit ebenso viel Verachtung wie Begehren. Wenn er überhaupt an sie dachte, dann mit Mitleid.

Wie viele Jahre hatte er Geneviève zu verdanken?

Ihr Blut hatte ihn jung gehalten, ohne dass er es gemerkt hatte. Weil er es nicht hatte merken wollen. Nun wusste er, dass sie ihn am Leben erhielt. Die Männer in seiner Familie waren nicht alle langlebig. Ein Onkel hatte die neunzig erreicht, und ein Neffe lebte mit einundachtzig immer noch. Aber sein Vater war am Bombayfieber gestorben, mit achtundvierzig, und seine beiden Großväter waren bei seiner Geburt schon tot. Für ihn war hundertfünf kein natürliches Alter.

Während ihrer Verbundenheit schluchzte Geneviève leise; ihr Kummer durchströmte sein Herz.

»Nicht doch, Liebste«, sagte er, um sie zu trösten.

Er wollte die Hände heben und ihr Gesicht berühren, ihr die Tränen abwischen, aber er war ganz benommen. Sein Verstand war hellwach, aber die Glieder waren ihm schwer und reagierten nicht.

»Es spielt keine Rolle«, sagte sie.

Jetzt wäre ein guter Moment, dachte er. Ihre Wärme war in ihm, er würde sie mitnehmen. Er stellte sich vor, wie er in seinem verbrauchten Körper immer kleiner wurde, wie Spiralen aus Licht und Dunkelheit um ihn herum kreisten. Sein Gesicht brachte ein Lächeln zustande.

Geneviève riss sich unvermittelt von seinem Hals los. Er spürte die Luft auf seiner nassen Haut.

»Nein«, sagte sie mit plötzlicher Entschiedenheit, die an Egoismus grenzte.

Durch ihr Blut hatte er sie berührt. Sie wusste, was er dachte, was er empfand.

»Nein«, sagte sie erneut, sanft, flehend. »Noch nicht. Bitte.«

Seine Arme funktionierten. Sie schlossen sich um sie. Er war noch bereit zu leben.

»Dieser Mann hat gelogen, Charles«, sagte sie.

Das wusste er.

»Der macht keine Berichte. Dazu ist er nicht der Typ. Er handelt, wenn die Berichte vorliegen.«

»Braves Mädchen«, sagte er.

Als er wegdämmerte, eingelullt durch den Schlag seines Herzens, hörte er das Telefon klingeln.

»Geh ... besser ran«, hauchte er.

3

Giallo/Polizia

Inspektor Silvestri gab seinen uniformierten Untergebenen in hohem, melodischem Italienisch Anweisungen zu ihrem Vorgehen auf der Piazza di Trevi. Wenn er mit Kate Englisch sprach, hatte er eine völlig andere Stimme. Eine tiefere. Sie klang flach, wie bei einem schlechten Schauspieler.

»Sie haben den Attentäter gesehen?«, fragte er. »*Il boia scarlatto?*«

Il boia scarlatto. Der scharlachrote Henker.

Vor ihrem geistigen Auge sah sie ihn noch immer. Ein Gesicht, das auf der Wasseroberfläche tanzte.

»Nur sein Spiegelbild«, gab sie zu.

Silvestri machte eine Notiz. Trotz des römischen Sommers trug er die inoffizielle Uniform eines europäischen Kriminalbeamten, einen Maigret-Regenmantel in gebrochenem Weiß. Er war mittleren Alters und stämmig.

»Er hatte ein Spiegelbild?«

»Dieser Mann war kein Vampir, Inspektor.«

Zwei Polizisten hoben Kernassys Umhang aus dem Wasser wie eine Hängematte, mit seinen zerbrechlichen Überresten darin. Assistenten aus der Gerichtsmedizin fischten mit Schmetterlingsnetzen nach Brocken, die wohl Malenka hinterlassen hatte.

Das Kleid von Morlacchi war spurlos verschwunden, was Silvestri erboste. Die Verlobte oder Geliebte irgendeines der Polizisten fragte besser nicht nach der Herkunft ihres Geburtstagsgeschenks. Kate hoffte, dass es vor dem Überreichen noch gereinigt und geflickt wurde.

Gnadenlose Sonne ergoss sich auf die Piazza. Dass die Hitze so schlimm würde, hatte Kate nicht gedacht. Sie transpirierte nicht – eine merkwürdige Eigenschaft ihrer veränderten Körperchemie –, aber damit war jedes Ansteigen der Temperatur über die englische Norm nur umso unangenehmer. Sie hatte sich zu einem Geschöpf der Nacht entwickelt.

Horden von Raritätenjägern wurden mit Absperrseilen ferngehalten. Die Paparazzi, die Malenka verfolgt hatten, waren durch weniger hektische, hungriger wirkende Polizeireporter ersetzt worden. Auf der Via San Vincenzo wurde aggressiv gehupt. Trotz der Absperrungen nahm ein Kerl auf einer Lambretta eine Abkürzung über die Piazza und wurde von bewaffneten Carabinieri verscheucht.

Der Schatten, den Kate an der Seite des Brunnens gefunden hatte, wurde kleiner. Das grelle Licht tat ihr in den Augen weh. Sie spürte das Stechen der Sonne auf Gesicht und Händen und wusste, dass sie knallrot werden würde. Verbrennungsnarben von der Sonne brauchten manchmal Jahrzehnte zum Heilen. Sie hatte vorgehabt, den Tag in geschlossenen Räumen zu verbringen, wie es sich für einen Vampir gehörte, und erst nach Einbruch der Dunkelheit wieder auf der Bildfläche zu erscheinen.

Sie sah sich nach Marcello um. Er unterhielt sich entspannt mit ein paar uniformierten Polizisten sowie vermutlich einigen Reportern. Sie boten sich gegenseitig Zigaretten an und lachten. Kate erkannte die professionelle Kaltschnäuzigkeit von Leuten, die dort zu Gange waren, wo sich Grausiges abgespielt hatte, ob sie nun von der Presse waren oder von der Polizei. Sie war es ebenfalls gewohnt, bei einer Zigarette zu plaudern, während man an einer kugeldurchsiebten, blutbespritzten Wand lehnte, am Tatort irgendeines Massakers.

Was hatte Marcello dem Inspektor erzählt? Sie kannten einander eindeutig. Silvestri hatte bei seiner Ankunft als Erstes den italienischen Reporter beiseitegenommen und konzentriert dessen ausführlicher, gestenreicher Darstellung gelauscht.

Einer der Männer aus der Gerichtsmedizin stieß einen Laut des Ekels aus und fischte den toten, wassertriefenden Kater heraus. Alle drückten sie ihr Mitgefühl für das arme Ding aus. Daraus ließ sich vielleicht schließen, welches Ansehen Vampire in Rom besaßen. Wie schwarze Vogelscheuchen lugten aus der Menge immer wieder Nonnen und Priester und funkelten sie missbilligend an. Die katholische Kirche würde sich mit ihresgleichen nie abfinden können.

Kate ging davon aus, dass sie die Hauptverdächtige war. Marcello war zurück auf die Piazza gekommen und hatte sie allein mit den Überresten von Graf Kernassy und Malenka vorgefunden. Er hatte den Mörder nicht gesehen, hatte nicht einmal sein albernes Lachen gehört.

Sie hatte ihre Geschichte dreimal wiederholt und einem Polizeizeichner eine Beschreibung gegeben. Sie hatten gemeinsam eine Skizze zusammengebracht, die peinlich nach einem Bösewicht aus einer Bildergeschichte aussah, mit verrücktem Grinsen und allem Drum und Dran. Wenn sie das nächste Mal beinahe umgebracht wurde, würde sie darauf achten, dass es sich um einen Täter handelte, den man ernst nehmen konnte.

»Haben Sie das kleine Mädchen gefunden?«, fragte sie Silvestri. »Es sah traurig aus und verängstigt. Es hat den Mörder gesehen.«

»Ah ja«, sagte er und täuschte die Notwendigkeit vor, sein Gedächtnis anzustrengen, indem er in seinen Notizen blätterte. »Das kleine weinende Mädchen.«

»Es können nicht mehr viele Kinder auf der Straße gewesen sein. Es wurde schon fast hell.«

»Hier sind immer Kinder auf der Straße, Signorina. Wir sind hier in Rom.«

»Sie sah aber nicht danach aus …«

Was meinte sie damit? Sie hatte nur das Gesicht der Kleinen gesehen. Nein, das Spiegelbild ihres Gesichts. Verkehrt herum. Sie konnte nicht sagen, was die Kleine angehabt hatte. Sie hatte den Eindruck, dass es sich nicht um ein zerlumptes Gassenkind handelte, sondern dass das Mädchen im Gegenteil aus einem reichen Elternhaus stammte. Altes Geld. Warum dachte sie das?

»Ihre Haare«, dachte sie laut. »Sie waren lang, sauber. Gepflegt. Frisiert. Sie hingen ihr über das eine Auge, so wie Veronica Lake sie trägt.«

Silvestris Mund blieb starr, aber er lächelte mit den Augen.

»Sie sind eine aufmerksame Beobachterin«, sagte er.

»Ich bin Reporterin. Das gehört zu meinem Beruf.«

Seine Stimme veränderte sich erneut, als er seinem Assistenten, Sergeant Ginko, in schneller Folge Befehle gab. Kate verstand ein paar Wörter. *Ragazza,* Mädchen. *Lunghi capella,* lange Haare. Veronica Lake, hui-hui.

Sie nahmen sie jetzt ernst. Gut.

»Was haben Sie noch gesehen und können Sie berichten?«

Sie hätte beinahe etwas gesagt.

Dieses kopfstehende Gesicht. Blonde Locken, trauriges Clownsgesicht, Tränen. Der Mörder, kostümiert wie ein Henker. Maske, nackte Brust, Strumpfhosen. Ein Aufblitzen von tödlichem Rot, von scharfem Silber. Kernassys Schädel, Malenkas Augen.

Was stimmte nicht an diesem Bild?

»Nur los«, ermutigte sie Silvestri. »Alles, auch wenn Sie nicht ganz sicher sind …«

»Es ist ein Puzzle«, sagte sie. »Ich versuche, alles zusammenzufügen. Eines der Teile ist falsch, aber ich weiß nicht, welches. Es tut mir leid. Das ist für mich genauso frustrierend wie für Sie. Ich habe das Gefühl, dass etwas nicht stimmt. Irgendein winziges Detail. Etwas, das ich gesehen habe. Aber ich komme nicht darauf. Ich muss es mir weiter durch den Kopf gehen lassen.«

Der Inspektor war nicht enttäuscht. Er schrieb seine Telefonnummer auf eine Seite seines Notizbuchs, riss sie heraus und hielt sie ihr hin.

»Wenn das Puzzle zusammenpasst, rufen Sie mich an?«

Sie nahm die Nummer.

»Ja. Natürlich.«

Silvestri klappte sein Notizbuch wieder zu. Es war sein Lieblingsrequisit.

»Sie können gehen, Signorina Katharina Reed.«

Das verblüffte sie einigermaßen.

»Sie wollen mich nicht festnehmen? Als Verdächtige?«

Silvestri lachte.

»Nein. Sie haben falsch verstanden. Sie sind erst gestern Nacht in Rom angekommen, mit demselben Flug wie *il conte* und seine ›Nichte‹. Das wurde durch Alitalia bestätigt. Dies waren nicht die ersten Morde.«

Trotz der römischen Sonne bekam Kate eine Gänsehaut.

»Rom ist kein sicheres Pflaster für *vampiri*«, fuhr Silvestri fort. »Sie sehen sich gern als Jäger der Menschen, aber hier haben wir einen Menschen, der sich gern als ihr Jäger sieht. Dieser Boia Scarlatto hat andere getötet, Einzelne und Paare. Seit dem Krieg. Alles Älteste.«

Damit gab Silvestri ihr etwas zum Nachdenken.

»Malenka war doch bestimmt eine Neugeborene. Sie wirkte so … modern.«

Silvestri schüttelte den Kopf. »Sie hatte ihre Jahrhunderte.«

Nur Vampirälteste. Warum Kernassy und Malenka töten, nicht aber Kate Reed?

Es gab kein scharf abgegrenztes Alter, ab dem man ein Ältester war. Sie ging davon aus, dass man wohl seine natürliche Lebenserwartung überleben und dann mindestens noch eine Lebensspanne hinter sich bringen musste. Nach zwei Jahrhunderten kam man langsam in die Nähe. Dracula zählte zu den Ältesten,

Lord Ruthven, Geneviève. Kate war sechsundneunzig. Wäre sie warmblütig geblieben, würde sie vielleicht auch noch leben.

Charles, der zehn Jahre älter war, lebte jedenfalls noch.

Hatte das kleine Mädchen den scharlachroten Henker verscheucht? Das klang nicht besonders wahrscheinlich.

Silvestri wies seine Männer an, Kernassys Umhang auf den Boden zu legen, und besah sich die Leiche. Die Presse fotografierte die Szene mit dem berühmten Brunnen pittoresk im Hintergrund verschwommen. Der Inspektor setzte eine ernste Miene auf. Wie Malenka bot er den Fotografen verschiedene Blickwinkel. Er experimentierte mit Gesichtsausdrücken: nachdenklich, entschlossen, resolut.

Die Reporter spitzten die Ohren, als Silvestri verkündete: »*I corpi presentano tracce di violenza supernaturale*«, und eine Stellungnahme herunterrasselte, die sie alle eifrig mitschrieben.

Hundert Jahre altes Schulmädchenitalienisch rumpelte in ihrem Kopf herum, verdorben durch derbes Sizilianisch, das sie während des Kriegs aufgeschnappt hatte. Sie musste nicht jedes Wort verstehen, um zu begreifen, in welcher Richtung der Polizist sich erging. Die Rede am Tatort war überall auf der Welt dieselbe: Man werde alles Menschenmögliche tun und sämtliche Spuren verfolgen. Für die nahe, aber nicht weiter bestimmte Zukunft wurde eine Festnahme in Aussicht gestellt. Kate hatte dieses Lied zum ersten Mal am Tatort eines der Morde von Jack the Ripper gehört, wo es der Künstler zum Besten gegeben hatte, der es berühmt gemacht hatte, Inspektor Lestrade von Scotland Yard.

Jack war natürlich nie gefasst worden.

Kate fragte sich, ob sie Marcello sagen sollte, dass die Polizei sie als unschuldig ansah. Er war im Moment der Entdeckung erschrocken genug gewesen. Der Schock und das Misstrauen waren ihm trotz seiner *Mich-kratzt-nichts-an*-Sonnenbrille anzusehen gewesen. Ihr war klar, dass sich dieser Eindruck nur schwer revidieren ließe. Für ihn blieb sie vielleicht immer ein blutdurstiges Monstrum.

Mist aber auch. Irgendetwas war immer.

Sie schalt sich dafür. Zwei Leben waren zerstört worden, und sie machte sich Sorgen, wie sie einen warmblütigen Mann beeindrucken sollte, der sie jetzt sicher so attraktiv fand, wie einen toten Fisch um die Ohren gehauen zu bekommen.

Gabor Kernassy war ihr nicht unsympathisch gewesen. Und Malenka war eher lächerlich als sonst irgendetwas gewesen. Sie mochten oberflächlich gewesen sein, aber sie waren freundlicher zu ihr gewesen, als die Etikette es erfordert hätte. Sogar Malenka hatte Witz gehabt. Kate hatte über den Zirkus um das Filmsternchen schreiben wollen. Sie hätte Geld mit den beiden verdient. Wenn man den Nachrichtenwert von Mordtaten bedachte, würde sie das vielleicht sogar noch tun.

Sie waren vor ihren Augen abgeschlachtet worden.

Ein Silbermesser mit langer Klinge hatte Kernassys Kopf abgetrennt und Malenkas Herz durchbohrt. Die Polizei fand die Waffe im Brunnen, sauber gewaschen. Silvestri achtete darauf, dass sie nicht ebenso verschwand wie Malenkas Kleid.

Kate wusste, dass sie das hier nicht auf sich beruhen lassen würde. Sie hatte viel in der Stadt zu tun, hatte Sachen zu erledigen, die schon lange anstanden. Aber das hier war jetzt auch ihre Sache.

Jemand rief ihren Namen.

Einen Moment lang dachte sie, es wäre Marcello. Aber es war eine Frau.

Geneviève.

Sie stand hinter dem Absperrseil, trug einen weißen Strohhut und eine Sonnenbrille. Sie winkte Kate mit einem weiteren Hut zu.

»Sie wollen mich nicht durchlassen.« Geneviève zuckte die Achseln und lächelte. Sie sah so *jung* aus.

Ihre von der Sonne gebleichten Haare schimmerten. Ihr Lächeln hätte fast einem kleinen Mädchen gehören können. Ihre alten Augen waren nicht zu sehen. Sie freute sich wirklich, dass Kate hier war.

Kate hatte der Polizei die Telefonnummer gegeben. Silvestri hatte offenbar jemanden dort anrufen lassen. Das war sehr aufmerksam.

»Man hat mir gesagt, dass ich gehen kann. Ich bin unschuldig.«

»Das bezweifle ich, Kate.«

Sie sprach Englisch mit dem Hauch eines französischen Akzents.

Sie umarmten sich über das Seil hinweg, küssten einander die Wangen. Kate fühlte sich nicht ganz wohl dabei, als ob jemand zwischen ihnen stünde.

Charles natürlich.

Sie waren nur durch Charles miteinander befreundet, und vielleicht noch durch den *principe*. Ihre Beziehungen zueinander waren sehr kompliziert. Edwin Winthrop gehörte auch mit dazu. Und Penelope.

»Ich habe dir einen *chapeau* mitgebracht«, sagte Geneviève. »Ich wusste, dass du nicht an die Sonne denken würdest. Das tun Engländer nie, und dieses eine Mal nahm ich an, dass sich die Iren da nicht von ihnen unterscheiden würden.«

Ein Polizist hob das Seil hoch. Kate duckte sich darunter hindurch und nahm den Hut. Er hielt das schlimmste Licht von ihrem Gesicht fern. Kate besah sich ihre Handrücken. Sie waren rot.

»Du musst aufpassen«, sagte Geneviève, »oder du gehst hoch wie ein Feuerwerk. In diesem reizenden Klima besteht das Risiko einer spontanen Selbstentzündung.«

4

Die Rätsel von Otranto

Der Palazzo Otranto hätte ebenso gut gewachsen wie erbaut worden sein können. Er war so gelungen wie ein Schneckenhaus oder das menschliche Herz, eine architektonische Spirale. Der Hauptkorridor begann als ein Sims ganz oben im Turm, wand sich wie die Züge eines Gewehrlaufs durch das Gebäude hinab, wobei die von ihm abgehenden Räume zum Erdgeschoss hin immer größer wurden, und endete schließlich in einem kreisrunden Gang um die tiefen Keller herum. Keine Treppen, nur eine durchgehende spiralförmige Rutschbahn, die gelegentlich von einer steilen Stufe durchbrochen wurde. Die reinste Hölle für die Kniegelenke.

Der Palazzo stand in Fregene, ein paar Meilen außerhalb Roms an der Küste, zwischen Kiefernwäldern und den üblichen Ruinen. Es gab einen dem Pan geweihten Tempel auf dem Gelände. Der Dracula'sche Haushalt feierte ewige Saturnalien, ein unübersichtliches, endloses Fest, das Gäste anzog wie Fliegen.

Tom war seit dem Frühling hier und wusste nicht recht, ob er noch länger bleiben sollte. Es gab keinen besonderen Grund weiterzuziehen, und er hatte ganz bestimmt nicht vor, in den Amtsbezirk der New Yorker Polizei zurückzukehren. Er hatte die Staaten ursprünglich verlassen, weil er Fragen wegen einer albernen Geschichte vermeiden wollte, die manche Leute vielleicht als Betrug betrachten mochten, obwohl sie gar nicht lange genug gelaufen war, damit Geld für ihn heraussprang. Ein Pech aber auch. Die ausschließliche Gesellschaft von Toten vertiefte sein übliches Ennui noch. Jemand Gefährliches mochte die Verärgerung erspüren, die er hinter modischem Desinteresse zu verbergen suchte. Die Toten waren Clowns, aber zugleich auch Mörder.

Andererseits war dies das müßige, kultivierte Leben, von dem er immer angenommen hatte, dass es ihm am besten liegen würde. Allerdings gab es hier so einige Gemälde, meist in alten und überladenen Stilen, die er nicht schätzte. In seinem Turmzimmer hing ein aufgeblähtes zorniges Pferd mit Alptraumaugen. Renaissancekitsch zierte die Ballsäle; Bibelszenen, die von verfluchten Gewitterwolken und abstoßenden Akten wimmelten.

Die Toten hielten an den Moden ihrer Lebenszeiten fest. Mit Ausnahme von *il principe*, dessen frühe Begeisterung für Van Gogh – er war der Einzige, der dem Künstler etwas abgekauft hatte – sich im Exil immer wieder bezahlt gemacht hatte. Leinwände, die beim Kauf nichts wert gewesen waren, bildeten nun die Sicherheit für Kredite, die den Haushalt unter den reichsten Europas bleiben ließen. Diese Kleckserein, auf die Tom gern einmal einen Blick geworfen hätte, waren in Draculas Privatgemächern unter Verschluss, in den untersten Kellern.

In dieser auf den Kopf gestellten Welt befanden sich die luxuriösesten und gesuchtesten Wohnlagen tief unter der Erde, so dicht wie möglich an der Hölle, und hatten die Ausstrahlung von Grabmalen oder Grüften. Dachwohnungen, die jeden amerikanischen Millionär zufriedenstellen würden, wurden halb lebendigen Dienern und versklavten Blutspendern angedreht.

Während seiner Monate hier hatte Tom *il principe* nur einmal zu sehen bekommen, mit Penelope. Er blieb in seinen Räumlichkeiten und besuchte kaum einmal das Fest, dessen Gastgeber er war. Er schien ihm wie jeder andere uralte Tote mit seinem langen weißen, militärischen Schnurrbart und den dunklen Brillengläsern, die ihn an die Flügel eines schwarzen Käfers erinnerten. Dennoch bewunderte Tom Dracula, und wenn auch nur wegen seiner Begeisterung für Van Gogh. Dieser Geschmack, der einmal gewagt und radikal gewesen war, deutete auf eine Offenheit dem Neuen gegenüber hin, die für die Toten uncharakteristisch war.

Und weil er – trotz seiner gegenwärtigen Lebensumstände – immer noch gefährlich sein konnte, ein Raubtier. Tom hegte Respekt für ihn. Er würde *il principe* in Ruhe lassen und darauf hoffen, dass Dracula es mit ihm genauso hielt.

An den Morgenden, bevor der Haushalt sich regte, nahm Tom sich eine kostbare Auszeit. Er saß gern im Kristallsaal, einem Wintergarten im Erdgeschoss, und sah durch dessen zwölf Meter hohe Glaswände zum Grundstück hinaus. Noch vor der Mittagszeit war der Raum ein Kaleidoskop aus Sonnenlicht; hier wurde Tom kaum einmal von den Toten belästigt.

Er nahm seinen Lieblingssessel in Beschlag, um die *International Herald Tribune* zu lesen und eine Fingerhut-Tasse bitteren, starken Espresso nach der anderen zu trinken. Die warmblütigen Diener der Tagesschicht, die selten lange blieben, setzten alles daran, ihn zufriedenzustellen. Er war kein grausamer Mensch, aber eine gelegentliche Verbeugung oder ein Kratzfuß waren doch ganz schön. Er fand, dass er sich diese Mußezeit verdient hatte. Es hatte einigen Einfallsreichtum und harte Arbeit gebraucht, hierherzukommen.

Überall tanzte Sonnenlicht, spiegelte sich in den drachenschuppenartigen Scheiben des Wintergartendachs, ließ Balken wirbelnden Staubs aufstrahlen, malte eckige Muster auf den alten Teppich. Tom spürte die Wärme auf seinem Gesicht und war versucht, die Augen zu schließen und zu dösen. Er brauchte den Tag zwar nicht in einem Sarg mit Bostoner Erde zu verbringen, aber er war immer noch die ganze Nacht über auf gewesen. Selbst der aufs Herz schlagende Kaffee konnte ihn nicht ewig wach halten. Seine Gewohnheit war es, am Nachmittag und frühen Abend Siesta zu machen, um aus dem Weg zu sein, wenn die Toten sich erhoben.

War sein Widerwille nur die Voreingenommenheit eines Amerikaners? In den Staaten gab es nicht viele lebende Tote. Die Prohibition hatte sie in den Zwanzigern nicht komplett hinausjagen können, aber sie führten weiterhin eine Existenz im Untergrund und schossen anders als in Europa nicht wie Pilze aus dem Boden. Gesetzliche Einschränkungen ihrer Praktiken wurden konsequent angewandt. Tom betrachtete sich gern als frei von den meisten Konventionen, aber irgendetwas an diesen Kreaturen ließ ihm keine Ruhe.

Er lockerte seinen Morgenmantel am Hals und öffnete die obersten Knöpfe seines Hemdes von Ascot Chang. Dickies Hemd ursprünglich. Er hoffte, etwas Farbe zu bekommen. Mittelmeerbräune würde die Bisswunden weniger herausstechen lassen. Und er wollte nicht für einen der Toten gehalten werden. Er war so viel mit ihnen zusammen, dass um ihn herum allmählich eine Wand wuchs, die ihn von den Lebenden trennte.

Erst als er nach Europa gekommen war, den Kopf randvoll mit Gruselgeschichten seiner Tante über blutsaugende Monstren an jeder Straßenecke, hatte er wirklich etwas über die Toten erfahren. So furchterregend waren sie gar nicht.

Auf seine eigene unscheinbare Weise war er ein Raubtier, das sich von den Toten nährte.

In Griechenland, wo Tom sich aus keinem sonderlich guten Grunde aufgehalten hatte, war er Richard Fountain über den Weg gelaufen, einem ziemlich jungen Neutoten. Sie kannten einander von einer Wochenendgesellschaft in den Hamptons her, zu der Tom nicht direkt eingeladen gewesen war. Dickie, der inzwischen einer lästigen Freundin und einem schrecklichen College in Cambridge entflohen war, freute sich über die Wiederbegegnung und nahm ihn mit in sein Strandhaus auf Zypern. Irgendwie war der Engländer auf die Idee gekommen, dass Tom aus einer reichen Familie stammte, von der er sich entzweit hatte und nun von ihren Schecks lebte. Tom gelang es nie herauszufinden, warum Dickie unmöglich weiter in England leben konnte, aber es hatte ihn jedenfalls nach Südosten getrieben, auf der rastlosen Suche nach etwas Undefinierbarem. Sein Kurs hatte ihn zu einem toten Bauern namens Chriseis geführt, der ihn gleich in der ersten Nacht verwandelt und in der Dunkelheit liegengelassen hatte.

Zusammen kamen Tom und Dickie ganz schön herum, hüpften von Insel zu Insel und erlebten die üblichen Abenteuer. Dickie war, bedingt durch seine kürzliche Erfahrung, von den Toten Griechenlands besessen. Er forschte überall nach Spuren von Chriseis' Blutgeschlecht, das seiner Meinung nach bis zu den *vorvolukas* der jüngsten Zeit und den *lamiae* des Altertums zurückreichte. Das war schon zum Gähnen, aber nichts, mit dem man nicht fertig wurde. Langeweile war immer noch besser, als im Gefängnis zu sitzen. Wenn Tom eines vermeiden wollten, dann einen Knastaufenthalt. Er verabscheute die Vorstellung erzwungener Nähe, in einem beengten Raum mit einem oder mehreren anderen Männern zu sitzen, die er sich nicht aussuchen konnte.

Durch Dickie wurde Tom etwas Wichtiges über die Toten klar. Wenn ihre Zähne einem im Hals steckten und ihnen das eigene Blut durch den Mund lief, dann waren sie nicht in der Lage zu bemerken, dass man ihre Taschen durchsuchte.

In seiner Unwissenheit hatte Tom geglaubt, die Toten brauchten Blut zum Überleben wie die Lebenden Wasser. Das war falsch. Warmes Blut konnte wie Rauschgift sein oder Alkohol oder Sex oder Espresso oder Zucker. Alles von einer verzweifelten Abhängigkeit bis hin zu einer leichten Schwäche. Wenn sie der rote Durst überkam, blieb von ihrem berühmten Scharfblick und ihrer Suggestivkraft nicht mehr viel übrig.

Am Anfang entschuldigte Dickie sich dafür, Tom bluten zu lassen, und war anschließend immer zutiefst dankbar. Er kannte sich nicht aus. Jedes Mal, wenn er einen armen warmen Teufel biss, sagte er »Verzeihung«, »bitte« und »vielen Dank«. Dann begann er einen arroganten Zug zu entwickeln, als hätte er sich Tom zum Sklaven gemacht oder so. In langen, weitschweifigen Monologen erging Dickie sich kurz vor der Dämmerung im Strandhaus über die Sünde und das Böse und die Genugtuung, über die Notwendigkeit, die Sünde hinter sich zu lassen und sich das volle menschliche Potenzial zu eigen zu machen. Wörter wie »Sünde«, »böse« und »Schuld« waren für Tom bedeutungslos. Er hatte sie oft in der Schule gehört und war fasziniert von ihrer Bedeutung gewesen, aber nur in akademischer Hinsicht, als wären es unglaubwürdige wissenschaftliche Theorien, für die Jahrhunderte verschwendet worden waren. Es war ein Wunder, dass Dickie an diesem ganzen Quatsch immer noch etwas fand.

Allmählich wurde Tom klar, dass dieses Arrangement nicht ewig bestehen konnte. Er musste nach einem angenehmen Ausweg suchen.

Ein paar Tropfen Blut benebelten Dickie völlig, machten ihn ungewöhnlich beeinflussbar. Nach etwa einem Monat dieser Verbundenheit bemerkte der Tote nicht länger, wenn Tom sich Sachen dauerhaft lieh. Er trug gern Dickies englische Garderobe, die von einer Qualität war, wie er sie schätzte. Es war ein Glück, dass sie etwa dieselbe Größe hatten.

Als er den Tod akzeptierte, warf Richard Fountain sein Leben weg. Es war nur recht und billig, wenn Tom es aufhob. Er war schließlich am besten in der Lage, es zu genießen.

Am Ende wurde die Situation reichlich enervierend. Dickies empörte Verlobte spürte sie auf Zypern auf. Sie brachte Anschuldigungen vor, die Tom verletzend und beleidigend fand. Um die Sache zu klären, fuhren Tom und Dickie eines Nachts zum Reden mit einem Boot hinaus, und Tom stieß Dickie ein abgebrochenes Rundholz in die Brust. Da er noch nicht lange genug tot war, um zu Staub zu zerfallen, war er losgegangen wie verdorbenes Fleisch. Tom hatte ihn über die Seite gehievt und zugesehen, wie er unterging.

Er drehte es so, dass Dickie anscheinend auf der verrückten Suche nach dem Ursprung von Chriseis' Blutgeschlecht zu einer nicht bestimmbaren griechischen Insel aufgebrochen sei und Tom ein kleines regelmäßiges Entgelt für die »Instandhaltung des Hauses« angewiesen hatte. Wichtiger noch, Dickie hatte schriftliche Anweisungen hinterlassen, dass Tom seine Reisegarderobe benutzen dürfe. Niemand war glücklich darüber, besonders die Verlobte und ihre Familie nicht. Die Polizei wurde eingeschaltet, aber die Ermittlungen und Unterstellungen führten ins Leere.

Dickie war bereits verstorben, also konnte keine Morduntersuchung angestellt werden. Griechenland zählte zu den Ländern, die es versäumt hatten, ihre Gesetze an den Umstand von wandelnden Toten anzupassen. Wenn jemand wegen Mordes hätte gesucht werden können, dann der unauffindbare Chriseis. Die Behörden hatten wenig Anreiz, nach einer Leiche zu suchen, die wahrscheinlich ohnehin schon bis zur Unkenntlichkeit verwest war.

Das Geld brachte Tom nach Italien und spülte ihn schließlich, trotz seiner Abneigung, sich noch einmal mit den Toten einzulassen, in den Palazzo Otranto.

Und zu Penelope.

Sie war schon lange tot gewesen. Dickie hätte gesagt, sie würde wissen, wie der Hase läuft. Von nahem blieb einem ihr Alter nicht verborgen. Ihre Haut war weiß, aber mit einem Stich ins Blaue, der auf Verfall hindeutete. Wenn sie mit Silber gekratzt wurde, nahm Tom an, würden ihre Wunden sich schälen und schwären. Ihr Gesicht und ihre Figur waren vollkommen, aber sie hatte Narben auf den Brüsten und dem Bauch, grellrote Kreise, wie Einschusslöcher.

Auf Malta wurde er von einem englischen Subalternoffizier angesprochen, der ihn zunächst seiner Kleidung wegen für Dickie hielt, mit dem zusammen er auf der Schule die Prügelstrafe erduldet hatte. Der junge Militär hatte ein Päckchen dabei, das er aus England mitgebracht hatte, um eine Schuld abzutragen. Es sollte einem Exilanten in Rom übergeben werden. Tom wurde die Benutzung eines bereits gebuchten Zimmers im *Rinascimento* in Campo de' Fiori in Aussicht gestellt, wenn er das Päckchen überbrachte. Tom hatte ohnehin vorgehabt, nach Rom zu gehen, und auf diese Weise dorthin zu kommen, war ihm durchaus recht.

Er war natürlich verlockt gewesen, einen Blick in das Päckchen zu werfen. Es war klein genug, um einen Füllfederhalter oder ein Spritzbesteck zu enthalten. Die umständliche Methode der Zustellung deutete in seinen Augen darauf hin, dass es sich um einen Gegenstand auf dem Weg zu seinem neuen Besitzer handelte, vielleicht ohne dass der alte sein Einverständnis gegeben hatte.

Die Empfängerin war Penelope Churchward. Sie trafen sich in seinem Hotel, und er übergab ihr das Päckchen, bei dem es sich ihren Worten zufolge um ein Verlobungsgeschenk handelte. Anschließend sprach sie eine Einladung aus, die er einige Tage später dankend annahm. Er wusste vom ersten Moment an, dass sie Interesse daran hatte, sein Blut zu trinken. Dies war eine verhältnismäßig neue Erfahrung für ihn, aber er gewöhnte sich langsam daran. War er einer von den Männern, die Tote anzogen?

Penny fand Tom nicht nur wegen seines Blutes nützlich. Ihre Position im Haushalt des *principe* war nicht näher definiert. Sie kümmerte sich um alles und war ebenso sehr Haushälterin wie Hausherrin. Es gab ständig Aufgaben für Tom, etwa diese tote Kuh Malenka durch Horden hingerissener Bewunderer zu fahren oder am helllichten Tag in der Stadt Waren zu besorgen. Er hatte nichts dagegen. Es hatte seinen Vorteil, zum Gefolge des *principe* zu gehören und dennoch weiterhin am Leben zu sein.

Wenn sie sein Blut trank, war sie ebenso hilflos wie Dickie; sein Geschmack benebelte sie ganz genauso. Aber sie war fordernder, durstiger. Ihre roten Küsse erschöpften ihn. Er fragte sich, wie lange sie sich noch halten konnte. Manchmal machte es Spaß mit ihr. In ihren warmblütigen Tagen war sie mit Whistler und Wilde bekannt gewesen, wenngleich sie deren Werke nicht verstanden hatte.

Seine Bisse juckten. Er zog seinen Morgenmantel zurecht. Tom wusste noch nicht recht, was er mit Penny machen sollte. Irgendetwas würde ihm schon einfallen.

Es musste inzwischen Nachmittag sein. Die Sonne hatte ihren Zenit überschritten. Schatten sammelten sich im Kristallsaal wie Vorhänge.

Tote Hände glitten um seinen Nacken.

Tom brauchte nicht zu raten, wessen.

Penelope hatte schlechte Laune, spürte er. Sie gab sich zu viel Mühe mit ihrer unbekümmerten Sprödigkeit, als sie sich über einen Sessel drapierte, als wäre es der Schoß eines Kunden, und mit einem Bein schaukelte wie eine kokette Vierzehnjährige. Ihr Fuß schwang wie ein Metronom. Wahrscheinlich hätte sie gern jemanden getreten.

Sie trug Hosen, die halb die Wade hinauf geschlitzt waren, um ihre schönen Knöchel zur Geltung zu bringen, und Ballerinaschuhe. Ihre Nehru-Jacke war aus dunkelblauem Stoff, in den verspielt glitzernde Fäden hineingewebt waren. Ihr Haar war hochgesteckt und verbarg sich unter einer übergroßen Matrosenmütze mit roter Bommel.

Eine Sonnenbrille baumelte am Bügel von ihrem Mund. Sie hatte die Angewohnheit, an den Bügeln zu kauen, und biss sie manchmal ab. Er sah einen winzigen Fangzahn funkeln.

»Du musst mich aufmuntern, Tom«, verkündete sie. »Ich brauche Aufmunterung. Dringend.«

Wegen dem Ältesten gestern Nacht, der zusammen mit seiner einfältigen »Nichte« dem hiesigen Mörder in die Arme gelaufen war. Penelope hätte die beiden glatt selbst umbringen können, aber sie verabscheute den Wirbel, der um diese schillernde Gräueltat gemacht wurde.

Die römischen Morgenzeitungen strotzten von Fotos. Malenka war allgegenwärtig, ihr strahlendes Lächeln und der alberne Schmollmund kontrastierten mit körnigeren, weniger glanzvollen Schnappschüssen der Polizisten am Tatort.

»Malenka kam nach Rom, um ein Star zu werden«, stellte Tom fest. »Und hat ihren Wunsch erfüllt bekommen.«

Penelope schnaubte eher, als dass sie lachte.

»Du glaubst nicht, dass die kleine Hexe heil wieder auftaucht, oder?«, erwiderte sie. »Dass das nur ein Werbegag war? Den Zeitungen zufolge gab es kaum etwas zum Identifizieren. Sogar dieses verflixte Kleid hat sich in Luft aufgelöst.«

»Graf Kernassy ist eindeutig identifiziert worden.«

»Sie hätte für Schlagzeilen einen Mord begangen. Er schon für eine warme Mahlzeit.«

Penelope setzte sich zum Schneidersitz auf, verknotete ihre Beine wie ein Yogi und stemmte sich mit den Armen hoch, schaukelte leicht hin und her wie einer dieser Wackelhunde, mit denen geschmacklose Autofahrer ihre Hutablage schmückten.

»Deine englische Freundin hat alles mit angesehen«, sagte Tom.

»Meine irische Freundin. Katie ist Irin.«

»Sie hat eine vollständige Beschreibung der Morde abgegeben. Und von ihrem Mörder, diesem scharlachroten Henker. Sie könnte freilich ihre eigenen Gründe für eine Lüge haben.«

Penelope lächelte böse bei der Vorstellung, dass ihre Freundin in einen Mord verwickelt wäre.

»Sie kann man da nicht mit hineinziehen. Sie hat Kernassy im Flugzeug kennengelernt.«

»Sagt sie.«

Tom glaubte nicht für einen Moment, was er da andeutete. Er spann eine Geschichte zusammen, um Penelope abzulenken. Um sie aufzumuntern. Sie dachte immer gern das Schlechteste von Leuten. Außer von ihm, merkwürdigerweise.

»So etwas würde Katie Reed nie tun, Tom«, sagte sie, nachdem sie es durchdacht hatte. »Du kennst sie nicht.«

»Wie gut können wir überhaupt je irgendjemanden kennen?«

»Ich bin ein Vampir, du amerikanisches Dummerchen. Ich kann den Leuten in die Köpfe und in die Herzen sehen und sie bis aufs Letzte aussaugen.«

Sie machte einen Salto aus dem Sessel und war schneller bei ihm, als sein Auge sehen konnte. Ein billiger Trick der Toten. Er sollte einen nervös machen und überwältigen.

Ihre Hände lagen auf seinen Schultern, und sie beugte sich vor für einen flüchtigen, blutlosen Kuss, die Brillenbügel immer noch im Mundwinkel.

Tom verspürte ein Ziehen vor Ekel über die Nähe der toten Frau. Er ertrug ihren hingehauchten Kuss.

Sie war wieder weg, auf der anderen Seite des Kristallsaals, an einen Kamin gelehnt. Dann war sie wieder in ihrem Stuhl, saß wohlgesittet da, die Knie geschlossen.

»Ich weiß nicht, was wir Prinzessin Asa sagen sollen«, erklärte sie. »Sie geht bestimmt an die Decke.«

So verärgert sie wegen Graf Kernassy und Malenka sein mochte, eigentlich störte sie sich an Prinzessin Asa Vajda, die königliche Verlobte. Ihr Eifersucht zu unterstellen, wäre zu kurz gegriffen, denn Tom wusste, dass sie nicht einmal daran zu denken wagte, als Gemahlin für *il principe* zu dienen. Zwar hatte sie die Organisation des Haushalts übernommen, aber sie war eindeutig keine von Draculas Schlampen. Die kannte Tom, es waren geistlose tote Weiber in Leichengewändern, eine gottverdammte Plage für jeden warmblütigen Mann in Reichweite.

Manchmal dachte Tom, dass Penelope die ganze Welt hasste, aber zu wohlerzogen war, um es zu zeigen.

Sie hatte eine Geschichte, aber die war zu langweilig, um sich näher damit zu beschäftigen. Es war, als ob man gerade ins Kino kam, während die letzte Rolle eines komplizierten, aber nicht gerade fesselnden Melodramas lief. Das Beste, was man da tun konnte, war, gar nicht weiter darauf zu achten, ab und zu eine zustimmende oder amüsante Bemerkung abzugeben und die Toten ihre Angelegenheiten selbst klären zu lassen.

»Sieh es einmal so, Penny. Du hast jetzt zwei freie Plätze mehr für die Trauung in der Kapelle. Da kannst du noch ein paar Leute von der ärmeren Verwandtschaft aufwerten.«

Zu Penelopes Aufgaben zählte es, so viel von Draculas Brut wie möglich bei der Verlobung und der Hochzeit unterzubringen. *Il principe* hatte Jahrhunderte dem Laster gefrönt, hatte Geliebte und Untergebene verwandelt und sein Blutgeschlecht verbreitet, wie ein Hund Bäume markierte.

»Du hast keine Vorstellung, wie abergläubisch diese ganzen mitteleuropäischen Barbaren sind«, sagte sie. »Die wollen ihre Hinterteile nicht auf den Stuhl eines wirklich Toten pflanzen. Manche zünden in der Walpurgisnacht dem Teufel immer noch schwarze Kerzen an.«

Bis zur Hochzeit wollte Tom die Toten hinter sich gebracht haben. Die Zeremonie sollte in der Palastkapelle stattfinden, wahrscheinlich weil der Papst Dracula den Petersdom verweigerte. Otranto würde wimmeln von totem Fleisch.

Die Türen des Kristallsaals flogen auf. Prinzessin Asa setzte sich in Szene.

Sie trug Schuhe mit Fünfzehn-Zentimeter-Absätzen und einen schwarzen Bikini, kein ungewöhnliches Ensemble für sie. Bodenlange Schleier waren über ihren Kopf drapiert, gehalten von einem breiten schwarzen Schlapphut. Ihre taillenlangen Haare waren buchstäblich rabenschwarz. Hinter den vielen grauen Schleierschichten glühten ihre Augen wie rote Neonlampen. Ihre Wangenknochen waren wie aus Eis geformt, ihre Unterlippe galt als die üppigste von Europa, und ihr Bauch war so straff wie das Fell einer Trommel.

Sie führte zwei ponygroße Doggen an der Leine.

»Signorina Churchward«, keifte sie. »Kann man Ihnen denn nicht die einfachste Aufgabe anvertrauen? Können Sie nicht einmal einen geschätzten Freund vom Flughafen abholen, ohne ihn an den Mob zu verlieren?«

Penelope stand auf und täuschte Unbekümmertheit vor.

»Sollen wir denn alle in unseren Särgen gefunden und vernichtet werden, wie es früher einmal war? Ihr Modernen wisst nichts mehr von den Verfolgungen. Warum wurden keine Sicherheitsvorkehrungen getroffen? Warum ließ man diese Gräueltat einfach zu?«

Während sie das sagte, mit einer hohlen, giftigen Stimme, waberten die Schleier um sie herum wie Tentakel von Seeanemonen. Sie stolzierte durchs Zimmer. Ihre Pfennigabsätze kerbten den alten Teppich, die Schleier trieben hinter ihr wie wütende Schaumwogen, die schmalen weißen Schenkel durchschnitten die Luft.

Penelope wusste es besser, als mit den Achseln zu zucken.

»*Il principe* wird betrübt sein«, keifte Asa.

Tom war nicht sicher, dass die Prinzessin ihrem Prinzen je begegnet war. Ihre künftige Beziehung war mehr Allianz als Ehe und sorgfältig vorverhandelt worden. Dennoch war sie anscheinend jederzeit in der Lage, für ihn zu sprechen. Es wäre interessant gewesen, einmal zu sehen, wie viel Autorität sie wirklich besaß.

Einer der Hunde knurrte Tom an. Tiere mochten ihn nicht sonderlich, was ein Jammer war.

Prinzessin Asa wirbelte zu ihm herum.

Ihre Blicke sengten sich durch die Schleier. Ihre Augenlider kräuselten sich wie Lefzen. Sie ließ weiße Zähne blitzen.

»Ich sollte ihn dir wegnehmen, deinen Gespielen«, sagte sie zu Penelope. »Zur Strafe.«

Ihr totes Gesicht hing vor ihm, mit Augen wie Untertassen. Sie hatte eine Fahne. Grabeshauch.

»Aber an dich wäre eine solche Behandlung verschwendet«, sagte die Prinzessin und wehte durchs Zimmer, tänzelte auf Penelope zu. »Du bist ein dummes, gefühlloses Weib. Du empfindest für nichts und niemanden etwas.«

»Wie Ihr meint, Prinzessin.«

Prinzessin Asa hob einen chinesischen Blumentopf hoch, der älter war als sie, und zerschmetterte ihn auf dem Boden, spießte erdige Wurzeln mit dem Absatz auf.

»Auf die Knie, Engländerin!«

Penelopes Gesichtsmuskeln spannten sich.

Die Prinzessin richtete sich auf, die Schleier gerafft, und starrte auf Penelope hinab. Eine Tyrannin des Mittelalters in feudaler Verstimmung, eine viktorianische Lady mit Stahl im Rückgrat.

Prinzessin Asa hob befehlend eine krallenbewehrte Hand. Die Schleier bildeten Spitzen über den Fingernägeln.

Penelope ging auf ein Knie, senkte jedoch nicht den Kopf.

»Knie so, als ob du es ernst meintest, Weib.«

»Wie Ihr wünscht.«

Penelope sah kurz zum Teppich und stand auf, wischte sich Erde von den Knien.

»Zufrieden?«, fragte sie Prinzessin Asa.

»Sehr.«

»Gut. Wenn Ihr mich entschuldigt, ich habe Besorgungen zu machen.« Sie sah auf die Porzellanscherben und die zertrampelte Pflanze hinab. »Ich werde einen Diener schicken, der das wegräumt. Das war übrigens Tang-Dynastie. Neuntes Jahrhundert.

Ein Geschenk des Priesters Kah aus Ping-kuei an den Prinzen Dracula. Kah dachte sicher nicht, dass sein Tribut einmal als Blumentopf Verwendung finden würde. Ein hässliches Stück, fand ich immer. Aber anscheinend ziemlich wertvoll.«

Penelope zog sich mit befremdlicher Würde zurück. Tom war stolz auf das alte Mädchen.

Er war mit der königlichen Verlobten allein.

Sie knurrte ihn an wie einer ihrer Hunde. Er entspannte sich etwas. Prinzessin Asa machte zwar viel Wind um ihren Zorn, aber sie war eine weitaus weniger gefährliche Kreatur als Penelope Churchward. Für Tom war die königliche Verlobte ein Leichtgewicht, fast schon eine Enttäuschung.

Er zog den Kragen zurecht, berührte die ständig offenen Bisswunden. Er bekam etwas Blut an seine Fingerspitzen und rieb sie aneinander.

Prinzessin Asa, die der rote Durst überkam, vergaß sein Gesicht und starrte auf seine schlüpfrigen Finger. Tom gab vor, ihr Interesse erst jetzt zu bemerken, und entschuldigte sich, suchte nach einem Taschentuch. Dann streckte er schüchtern, als wäre ihm der Einfall gerade erst gekommen, die Hand aus, mit schlaffen Fingern.

Die Prinzessin zögerte, sah sich um. Sie waren allein. Sie raffte ihre Schleier und warf sie nach oben über den Hut, streifte sie hinter die weißen Schultern zurück. Ihre Haut war wie polierter Knochen.

Sie bewegte sich so schnell wie Penelope vorhin, schoss dicht an Tom heran, senkte den Kopf und leckte seine Finger sauber, dann zog sie sich zurück, säuberte sich den Mund mit Gaze.

Er sah die Wirkung, die sein Geschmack auf sie hatte. Ihre hervorstehenden Rippen hoben und senkten sich wie die Beine eines zufriedenen Tausendfüßlers. Sie erschauerte vor Wonne.

Sie sollte nie wieder an ihn denken.

5

Gelati

Sie musterte Genevièves Vespa mit einiger Beklommenheit. Der kleine Motorroller war weiß mit roten Zierleisten, aerodynamisch gestaltet wie ein amerikanisches Transistorradio. Kate war in jüngeren Jahren zwar eine begeisterte Fahrradfahrerin gewesen, aber mit motorisierten Fahrzeugen hatte sie nicht viel Glück gehabt. Ihrer Erfahrung nach neigten schicke neue Erfindungen zu Mordversuchen.

»Auf andere Weise kommt man hier nicht vom Fleck«, erklärte Geneviève. »So kann ich durch die Staus schlüpfen.«

»Ich möchte wetten, dass du oft angehupt wirst.«

»Das versteht sich von selbst.«

Geneviève lächelte sie an, als wäre Kate nur in der Stadt, um das Nachtleben zu genießen und sich die Ruinen anzusehen.

Sie hatten sich noch gar nicht richtig unterhalten. Über Charles.

Geneviève rutschte auf der langen Sitzbank nach vorn und sagte, Kate solle hinten aufsteigen und sich festhalten. Die Fahrt war schnell und aufregend, sie bot die willkommene Annehmlichkeit einer frischen Brise und ein paar routinemäßige Flirts mit dem Tod. Geneviève kannte sich in den engen Gassen aus, in den versteckten Höfen und Piazzas. Sie lenkte ihr treues Ross gekonnt, schoss an den feststeckenden Autos vorbei und winkte fröhlich, wenn die Fahrer wütend hupten.

Kate presste sich gegen Genevièves Rücken, bekam ihre blonden Haare ins Gesicht und merkte, dass sie der Verführung zu erliegen drohte. Schon spielte sie mit dem Gedanken, sich selbst einen Roller zuzulegen, wenn sie wieder zurück in London war. Auf einer solchen kleinen Traummaschine gäbe sie am Highbury

Corner sicher eine gute Figur ab. Vor den Cafés der Old Compton Street würde sie bewundernde Seufzer auslösen. Und sie könnte die Halbstarken auseinandertreiben, die ihr gern den Weg zum Waschsalon versperrten.

Sie fuhren im Zickzack von der Piazza di Trevi Richtung Piazza di Spagna und dann eine steile Seitenstraße hinauf. Kate hielt ihren Hut fest. Geneviève fuhr sie zum *Hassler* zurück.

In der Hotellobby ließ sie sich von einem herrischen uniformierten Funktionär ihren Koffer geben. Sie fragte sich, ob das Management bereits Graf Kernassys Suite ausgeräumt hatte.

Sergeant Ginko, Silvestris Assistent, befragte einige Zimmermädchen. Die Ermittlungen bewegten sich anscheinend in den üblichen Bahnen; man versuchte in der Vergangenheit des Grafen etwas zu finden, das zu seinem Mörder führte. Diese Vorgehensweise versprach nicht gerade viel Erfolg: Kate ging davon aus, dass Kernassy für das ermordet worden war, was er war, und nicht für irgendetwas, das er getan hatte.

Hatte Penelope schon davon erfahren? Stand es schon in der Zeitung? Bestimmt hatte Marcello die Story verkauft. Kate hätte es in London jedenfalls getan.

Geneviève hob die Sonnenbrille und begutachtete Marmor und Vergoldungen. Unablässig strömten reiche Leute mit teuren Gepäckstücken in die Lobby.

»Du bist von Fiumicino schnurstracks hierhergekommen? Du lebst anscheinend gern in großem Stil, Kate.«

Kate schüttelte den Kopf. Sie fühlte sich hier fehl am Platze, eine graue Maus beim Festmahl.

»Ich bin mitgelaufen, weil es so einfacher war. Wie üblich hat es mich in Schwierigkeiten gebracht.«

Sie erinnerte sich an den Kader von Hoteljungen, die hinter Malenka hergeschwärmt waren und versucht hatten, von Klove ihr Gepäck zu ergattern. Es war erst einen halben Tag her.

»Die Ober hier sollen *très délicieux* sein«, sagte Geneviève mit einem Blick in die leere, dunkle Bar.

»Das sind sie«, bestätigte Kate.

»Stille Wasser sind tief.«

Geneviève begeisterte sich für stehende Redewendungen. Sie schnappte sie bei Charles auf.

Kate hatte auch eine zu bieten. »Man soll die Feste feiern, wie sie fallen.«

»Ich glaube, du bist eine ganz Schlimme«, sagte Geneviève liebevoll. »Charles hätte mich warnen sollen.«

Es war das erste Mal, dass Geneviève ihn erwähnte. Sie mussten reden. Bald.

Geneviève merkte es auch und schlug vor, dass sie ein Eis essen gingen. Kate war einverstanden. Sie verließen die Lobby, Kate trug ihren Koffer. Genevièves Vespa sah dreist aus, wie sie dort vor dem *Hassler* geparkt stand, so dicht bei der Spanischen Treppe. Geneviève gab ihrem Roller einen liebevollen Klapser und dem Portier ein Trinkgeld, damit er ihn im Auge behielt.

Sie gingen gegen den Strom die Treppe hinab. Warmblüter in Sommerkleidung spazierten vorbei. Die wenigen Vampire dazwischen, die früh aufgestanden waren, hatten Umhänge wie Wüstenscheichs umgelegt. Alle trugen riesige Hüte und dunkle Brillen. Kate bekam Mode zu sehen, die gegen Weihnachten London erreichen würde.

Am Fuß der Treppe saßen eine Reihe junger Künstler – alle mit Baskenmütze und Bart, als hätten sie sich dafür verkleidet – auf Stühlen und fertigten Skizzen von den Touristen an. Kate konnte in London oder Paris nie an einer solchen Gruppe vorbeigehen, ohne dass es sie reizte. Nach ungefähr siebzig Jahren ohne Spiegelbild nagte beständig die Neugierde an ihr, wie sie aussah. Ihr fiel der Schatten ein, den sie im Wasser des Trevibrunnens gesehen hatte, und es überlief sie kalt.

Geneviève kannte ein Café gegenüber des Hauses, in dem John Keats gestorben war. Überraschenderweise ließen die Touristen es links liegen und gingen lieber ins Museo Keats-Shelley.

»Ein beliebter Treffpunkt von Vampiren«, erklärte sie. »Nachts geht es hier richtig rund.«

Sie bekamen einen Tisch unter einer schwarzen Markise. Der kalte Schatten war herrlich. Kate berührte ihr Gesicht. Es war immer noch heiß von der Sonne. Geneviève bestellte auf Italienisch, und ihnen wurden zwei hohe Gläser mit hellroter Eiscreme serviert. Kate nahm den langen Löffel und löste die obenauf thronende Kirsche.

»Die Inhaber behaupten, abessinische Jungfrauen zu importieren, aber in Wirklichkeit nehmen sie Schafsblut dafür.«

Kate hatte schon früher Bluteis probiert. Es war eher verharscht als cremig, und die Aromen bissen sich. Das hier war etwas anderes.

»Wirklich köstlich«, gab sie zu. Es kitzelte richtig den Gaumen.

»Rom ist eine Stadt für die Sinne«, sagte Geneviève. »Für das Herz statt für den Kopf. Wenn man denken möchte, fährt man nach Paris; wenn man fühlen möchte, kommt man nach Rom. Nach einer Weile treibt es einen in den Wahnsinn. Ich weiß nicht, wie lange ich es hier noch aushalten werde danach.«

Sie sprach es nicht aus.

»Wie geht es ihm?«, fragte Kate ohne Umschweife.

Geneviève legte nachdenklich den Kopf schief und runzelte leicht die Stirn. Sie schob die Sonnenbrille zurück wie einen Haarreif. Kate sah Schmerz in ihren Augen.

»Von Tag zu Tag ist weniger von ihm da. Es ist keine Krankheit. Nur das hohe Alter. Es ist nicht mehr viel da, das ihn hier hält.«

»Ist es zu spät? Für seine Verwandlung?«

Geneviève dachte einen Moment nach. Kate wusste genau, dass

sie sich darüber schon den Kopf zerbrochen hatte. Warum hatte sie nichts unternommen, keine Entscheidung gefällt?

»Die Kirche behauptet, es gäbe so etwas wie eine Bekehrung auf dem Sterbebett«, sagte Geneviève. »Ich wüsste nicht, warum es nicht möglich wäre. Um sich zu verwandeln, muss man nur nahe am Sterben sein.«

»Du hast keine Brut?«

Die andere Vampirin schüttelte den Kopf.

»Niemanden, in diesen ganzen Jahrhunderten nicht?«

Geneviève machte ein leicht trauriges Gesicht und zuckte die Achseln, eine sehr französische Geste.

»Die ersten vierhundert Jahre lang musste ich mich verstecken. Du hast die damaligen Zeiten nicht erlebt, Kate. Bevor Dracula nach London kam und die untote Bevölkerung explodierte, empfanden viele Vampire die Verwandlung als einen Fluch, nicht als eine Gnade. Sie glaubten, sie hätten so schrecklich gesündigt, dass ihnen der Himmel verschlossen blieb. Selbst heute bin ich mir nicht sicher, dass der Wandel nur Gutes hatte.«

»Das kannst du nicht ernst meinen, Geneviève.«

»Du bist immer noch sehr jung, Kate.«

Kate spürte, wie Ärger in ihr aufwallte. Geneviève führte sich auf wie das Klischee einer Ältesten. Kennt alles, kann alles, weiß alles. Und angeödet bis zum Gehtnichtmehr.

»Du hast ja auch keine Brut.«

»Ich weiß nicht so recht, mit meinem Blutgeschlecht«, sagte Kate. »Trotz der Unmengen, die mein Fangvater verwandelt hat, bin ich die einzige Überlebende.«

Die Mehrheit derjenigen, die in Vampire verwandelt wurden, erreichten nicht einmal die übliche Lebenserwartung, geschweige denn dass sie Älteste wurden. Neugeborene aus einem verdorbenen Blutgeschlecht entwickelten sich schlecht. Wenn eine warmblütige Person verwandelt wurde, durchlief sie einen Moment der fließenden Formbarkeit. Man brauchte einen starken Willen, um das durchzustehen. Viele verurteilten sich zu einem kurzen, schmerzvollen Taumel durch die Finsternis.

»Charles ist nur wegen uns noch am Leben, Kate. Du und ich, wir haben von ihm getrunken. Seine Lebenskraft berührt. Wir haben ihn nicht verwandelt, aber verändert. Er ist ein Teil von uns, und wir sind ein Teil von ihm. Manchmal verwechselt er uns beide. Er schaut mich an und sieht dich.«

»Und Pamela?«

Nun war Geneviève schmerzerfüllt. Da sie beide geübt darin waren, Gefühle wahrzunehmen, konnten sie ein Gespräch mittels winzigster Gesichtsausdrücke aufrechterhalten.

Kate bereute ihre Bemerkung. Sie durfte die Gefühle der Frau für Charles nicht geringschätzen. Was Geneviève Dieudonné von den meisten Ältesten unterschied, war ihre Fähigkeit, wahrhaftig zu lieben. Viele Älteste waren nicht einmal zur Selbstliebe imstande.

»Ja«, gab Geneviève zu. »Pamela spielt eine immer größere Rolle.«

»Du hast sie nie gekannt.«

Pamela Churchward, Penelopes Cousine, war ein paar Jahre älter als Kate gewesen. Sie hatte gewusst, was Kate, damals ein so gut wie blinder, warmblütiger pubertärer Rotschopf, Charles gegenüber empfand, und sich immer die Mühe gemacht, freundlich zu sein. Pam war jung gestorben, in Indien, als sie von Charles schwanger war. Die schreckliche, blutige Angelegenheit hatte Charles sehr mitgenommen, und er hatte sich in die Pflicht gestürzt, in die Selbstverleugnung.

Seine Verlobung mit Penelope war ein vergeblicher Versuch gewesen, Pamela zurückzuholen. Eine unschöne Sache, vor allem für Penny. Ihr Unvermögen, ihm Pam zu ersetzen, hatte sie wahrscheinlich zu Lord Godalming getrieben, zum dunklen Kuss.

»Du hast viel mehr Ähnlichkeit mit Pamela als Penelope«, sagte Kate.

»Und du viel mehr als ich.«

»Aber nur, weil ich wie sie sein wollte. Penny auch. Sogar Mina Murray. Pam war das Original und wir die jämmerlichen Kopien.«

»Tscha! Du hattest achtzig Jahre, um eine richtige Frau zu werden, Kate. Pamela hatte eine Handvoll Sommer der scheinbaren Vollkommenheit. Wäre sie am Leben geblieben, wäre sie auch nicht viel anders als wir gewesen, das weiß selbst Charles. Keine Heilige mehr, sondern eine, die sich durchkämpft.«

Unvermittelt nahm sie Kates Hand.

»Eine von uns muss ihn verwandeln«, sagte sie mit roten Tränen in den Augen. »Wir dürfen ihn nicht gehen lassen.«

»Selbst wenn es das ist, was er sich am meisten wünscht? Bei Pamela zu sein statt ...«

»Bei mir? Oder bei dir, Kate.«

Charles' Tod würde für Kate das Ende der warmblütigen Welt bedeuten. Er war der letzte lebende Überlebende ihrer Jugend. Aber es war der Mann Charles, den sie festhalten wollte, nicht der viktorianische Charles, der vernünftige, ehrenwerte, gutherzige Diener an Königin und Vaterland.

In diesem Jahrhundert war einfach der Wurm drin.

»Nach dem richtigen Tod, kommt da noch etwas?«, fragte Kate.

Geneviève ließ Kates Hand los, als hätte sie einen Schlag bekommen.

»Woher soll ich das wissen?«

»Deine ganzen Jahre, als übernatürliches Wesen.«

»Wir sind alle übernatürliche Wesen, die Warmblütigen genauso wie die Untoten. Als Mädchen konnte ich die Religion nicht von der Kirche trennen. Das war eine weltliche Institution, die sich der Bewahrung ihrer Macht verschrieben hatte. Als ich verwandelt wurde, hat man uns verfolgt. Diejenigen, die uns jagten und vernichteten, taten dies im Namen Gottes. In diesem Jahrhundert sind wir alle Geschöpfe der Wissenschaft, werden unsere Rätsel seziert. Diejenigen, die uns zu vernichten versucht haben, taten es im Namen der Wissenschaft, in einem kalkulierten Versuch, einen evolutionären Konkurrenten auszulöschen. Es läuft auf dasselbe hinaus.«

Die Nazis hatten versucht, den Volkskörper von den meisten Vampirgeschlechtern zu säubern. Selbst heute hörte Kate gelegentlich noch Warmblüter flüstern, dass Hitler da schon Recht gehabt hatte.

Seit Kate selbstständig denken konnte, war sie Agnostikerin gewesen. Jetzt fragte sie sich, ob die Seele unsterblich war.

»Es gibt Vampire, Geneviève. Es gibt Werwölfe. Gibt es auch Gespenster?«

»Ich denke schon, auch wenn ich noch nie einem begegnet bin.«

»Als junge Frau habe ich mir eingebildet, Dutzende zu sehen. Ich hatte einen spiritistischen Fimmel, wie die halbe Welt. Ektoplasma und Tischerücken. Es war alles sehr ›wissenschaftlich‹, weißt du. Wir Viktorianer hätten das Leben nach dem Tode gern genauso kartografiert wie Afrika. Wir wollten glauben, dass der Tod eine Veränderung darstellt, keinen Schlusspunkt. Wie sich natürlich herausstellte, war er für einige von uns, mich eingeschlossen, genau das. Nach meiner Verwandlung verlor ich das Interesse. Erst kürzlich ist mir klargeworden, dass das Rätsel nicht gelöst wurde, sondern nur links liegen blieb. Am Anfang kam mir das Vampirdasein wie Unsterblichkeit vor. Dann wurde mir bewusst, wie wenige von uns auch nur die normale Lebenserwartung erreichen. Gestern Nacht sah ich zwei Älteste von einem Augenblick auf den anderen sterben, wie alle Leute. Wir werden beide sterben, Geneviève. Und dann?«

Ihre Eisbecher waren geleert.

»Das ist vielleicht ein zu gewichtiges Thema für die Zeit und diesen Ort«, sagte Geneviève. »Dies ist eine Stadt des Lebens und des Todes. Diese Dinge klären sich ohne uns. Wir sind nur zwei schöne alte Damen …«

»Erspar mir das mit dem ›alten‹ Großmütterchen.«

»Wir sollten uns junge Liebhaber nehmen und uns von ihnen Kleider kaufen lassen.«

Kate dachte an Marcello und wurde rot.

Verdammt. Geneviève würde das natürlich nicht entgehen.

Kate sah weg, so dass der Schatten ihres Hutes über ihr Gesicht fiel.

»Kate?«

Sie wischte Tränen weg und ertappte sich dabei zu kichern.

»Kate, du bist noch keinen ganzen Tag hier …«

Geneviève machte ein verblüfftes Gesicht, kein missbilligendes. Sie lachte laut auf.

»Kate Reed, du *bist* ein stilles Wasser. Das steht mal fest.«

6

Liebesgrüße aus Moldawien

Während der Abend sich herabsenkte, wallte sein Blut auf. Seine Augen sprangen im Dunkeln auf. Den Nachmittag hindurch hatte er in einem abgedunkelten Zimmer im Hotel *D'Inghilterra* den Schlaf der Toten geschlafen.

Hamish Bond bedauerte den Verlust jener Übergänge des Halbschlafs, die er als warmblütiger Mann genossen hatte. Nach einem guten Essen, einem anstrengenden Tag oder einer Liebesnacht mit einer schönen Frau hatte er das langsame Dahinschwinden des Bewusstseins ausgekostet. Als Vampir schlief er einfach willentlich ein, als ob man das Licht löschte. Sein Geist blieb zusammen mit seinem Herzen stehen. Immerhin brauchte er jetzt nur noch drei oder vier Stunden Schlaf – Sargzeit, wie sie es nannten – im Monat.

Er wusste augenblicklich, dass er nicht allein war.

Er hatte die Tür und die Fenster natürlich versiegelt. Das Fallen der Siegel hätte ihn geweckt.

»Still liegen bringt nichts, Commander Bond«, schnurrte eine seidige Stimme. »Ich habe Ihre offenen Augen gesehen.«

Der Raum war stockdunkel. Sein Gegenüber war vampirisch, wie er.

Beiläufig setzte er sich im Bett auf und schloss die Hand um die Walther PPK unter den Laken. Er schlief in einer japanischen Pyjamajacke, die um die Taille straff zugeknotet war.

Er konnte ebenfalls im Dunklen sehen.

Sie befand sich auf der anderen Seite des Zimmers und atmete Rauch aus, durch große, elegante Nasenlöcher. Eine seiner Zigaretten baumelte wie ein Skalpell zwischen ihren langen, schmalen Fingern.

Sie saß nackt im Sessel, ein Knie sittsam über das andere gelegt. Obwohl sie den Hals für Jade besaß und die Ohrläppchen für Diamanten, trug sie keinen Schmuck. Eine mitternachtsschwarze Mähne wuchs glatt von einem spitzen Haaransatz weg und ergoss sich über breite Schultern und stolze Brüste.

Ihr Gesicht war breit, slawisch, mit einem fast mongolischen Schnitt. Ihre fluoreszierenden violetten Augen hatten den Ansatz einer Epikanthusfalte. Ihr Gesicht war die schöne Maske eines heidnischen Götzenbilds; üppige Lippen teilten sich und gaben den Blick auf grausame Fänge frei.

Er wusste sofort, dass sie eine Älteste war.

Ihre übereinandergeschlagenen Beine waren lang. Ihm gefiel, wie sich unter der samtigen Haut zwischen Hüfte und Knie die Muskeln abzeichneten. Auf halber Höhe ihrer Schienbeine lösten sich Fleisch und Knochen auf, gingen in dünne Nebelschleier über.

Er hatte von dem Trick gehört, ihn aber noch nie miterlebt. Sie hatte sich willentlich in lebendigen Nebel verwandelt, war unter der verschlossenen und präparierten Tür hindurchgeflossen und hatte sich in seinem Sessel wieder zusammengesetzt.

Der letzte Nebelhauch verfestigte sich zu wohlgeformten weißen Füßen.

»Bravo«, machte er ihr ein Kompliment.

»Ich weiß gar nicht, warum ich mir die Mühe gemacht habe.« Die Vokale glätteten einen alten Akzent. »Ein überaus teures Kleid von Balmain liegt zerknittert auf dem Korridor, zusammen mit einem Paar Smaragdohrringen, die bestimmt jemand stiehlt. Ach, und noch zwanzig kleine Blütenblätter aus getrocknetem Nagellack.«

Sie schnippte die noch brennende Zigarette weg und stand auf, wunderbar unanständig. Dann trat sie ans Fenster und stieß die Läden auf. Das letzte Licht des Sonnenuntergangs verlieh ihrer Haut ein einladendes Glühen. Ein Windstoß zauste ihre Mähne. Sie hatte volles Haar, es bog sich leicht an den Enden, wie eine Reihe winziger Angelhaken.

»Ich heiße Anibas«, sagte sie und drehte sich zu ihm um, die rechte Hand aufs Herz gepresst. »Sie wissen, wer ich bin.«

Durchaus.

»Meine Urgroßtante ist Prinzessin Asa Vajda, die königliche Verlobte. Ich werde eine der Brautjungfern sein. Sie sollten das grässliche Kleid sehen, das ich anziehen soll.«

Er entspannte sich ein wenig, erfreute sich an der Gegenwart dieses wilden Geschöpfs, ohne jedoch in seiner Wachsamkeit nachzulassen, auf die er bei jemandem wie ihr nie verzichten würde.

Unvermittelt war sie auf dem Bett, auf allen vieren, wie eine Füchsin. Seine Hand schloss sich um nichts.

»Suchen Sie das hier?«

Sie ließ die Pistole von ihrem Zeigefinger baumeln.

»Sie sind eine von der flinken Sorte.«

Sie kicherte. Es klang böse. »Und Sie sind ein Glückspilz.«

Anibas schleuderte die Pistole beiseite und berührte sein Gesicht.

»Ihr Mr. Winthrop sagte, er würde mir ein Geschenk schicken«, sagte sie. »Glauben Sie, es gefällt mir?«

»Sie können mich immer noch zurück ins Meer werfen.«

»Ich glaube nicht.« Rasiermesserscharfe Nägel strichen über sein Gesicht, gerade so sanft, dass die Haut heil blieb. »Ich werde es wohl behalten.«

Selbst eine Warmblütige von Anibas' Statur konnte einen beherzten Kampf liefern. Sie besaß die Beine einer Läuferin und die Hände einer Expertin im Karate. Sie war eine Vampirälteste, um Jahrhunderte älter als er. Sie spielte mit ihm. Wenn sie ihm unmittelbar Böses wollte, hätte sie ihm im Schlaf das Herz herausreißen können.

Er hatte Beauregard gesagt, dass Winthrop Leute in Draculas Umgebung hatte. Das war eine gewisse Übertreibung gewesen. Die Vampire aus dem Haushalt des *principe*, die im Dienst des Diogenes-Clubs standen, waren wahrscheinlich Doppelagenten, die nur weitergaben, was ihr Herr wollte. Aber das änderte sich jetzt womöglich.

Dies war die Frau, die er in Rom treffen sollte.

Anibas fuhr die ausgefransten Narben auf seiner Brust entlang, streifte ihm die Jacke von der Schulter.

Mit der Hochzeit würde das Haus Vajda vom Haus Dracula absorbiert werden. Eine Hackordnung, die seit Jahrhunderten bestanden hatte, würde sich verändern. Tiefe Unzufriedenheit regte sich und konnte zum Vorteil Englands genutzt werden.

»Meine Urgroßtante ist eine entsetzlich dumme Person«, flüsterte Anibas. »Sie würde Ihnen ganz und gar nicht gefallen.«

»Weiß sie, wo Sie sind?«

»Zweifelsohne. Sie ist schon immer misstrauisch gewesen und wittert überall Verschwörungen gegen sich. Sie denkt, jedes unbekannte Gesicht wäre ein Jesuit, der geschworen hat, ihr Eisenspieße in die Augen zu treiben. Sie ist die reinste Blamage.«

Anibas wollte natürlich gern die Stelle der Prinzessin einnehmen. Die langen Leben der Ältesten waren eine leidige Angelegenheit für arme Verwandte, die darauf warteten, Besitztümer, Titel und Positionen zu erben.

»Ich habe mich unter einem anderen Namen ins Hotel eingetragen. Sabina. Clever, hm? Das ist mein Name in einem Spiegel. Sabina. Anibas.«

Warum waren Vampire von diesem Trick so angetan? War je irgendwer auf einen Tarnnamen wie »Alucard« hereingefallen? Wenn er sich als »D. Nob« ins Hotelregister einschrieb, würde kein Mensch darauf hereinfallen. War das eine Ältestenschrulle, die er auch noch entwickeln würde?

»Sie und ich«, sagte sie, ihr Gesicht dicht vor dem seinen, »werden gemeinsam etwas aushecken, nicht wahr? Einen Plan, ein Komplott, wie Schlange und Schwein. Zum Verderben von Prinzessin Asa und zur Aufgabe dieser unklugen Verbindung? Wozu brauchen wir Vajda mit dem dünnen Blut des Vlad Tepes? Wir waren schon alt und ehrwürdig, da hat er noch Türken mit langen Stangen sodomiert. Gerechterweise müsste er vor uns im Staub kriechen.«

Winthrop hatte ihn gewarnt, Anibas gut im Auge zu behalten. In diesem Augenblick schienen sie dasselbe Ziel zu haben. Aber wer wusste, wie es am Ende kam? Und es mischten immer noch andere mit.

Sie krabbelte über ihn, ihr Haar hing ihm ins Gesicht, ihre Brüste lagen auf seiner Brust. Unternehmungslustig fuhr sie sich mit der Zunge über die prallen Lippen.

Er verstand sehr gut, welches Spiel hier gespielt wurde.

Er packte Anibas bei den Schultern und zwang sie auf die Matratze hinunter. Dann rollte er über sie, legte sich mit dem ganzen Gewicht auf sie, bezwang ihre Beine mit den seinen.

Sie wand sich, gab vor, gefangen zu sein, schnalzte mit der Zunge und schüttelte die Haare zurück. Ihre weiße Kehle bog sich.

Er biss sie wild in den Hals und trank ihr Ältestenblut.

Als er aus dem Badezimmer kam und sich die Haare abtrocknete, badete sie im Mondlicht. Die Türen zum Balkon waren geöffnet, und der Nachtwind kühlte den Raum. Die Wunden an ihrem Hals, ihren Brüsten verblichen rasch, verschwanden, während er zusah. Er würde die Narben, die sie ihm geschenkt hatte, wochenlang haben, vielleicht noch länger.

Sie hatte sich in ihr Abendkleid gehüllt. Das rückenfreie, trägerlose Kleid war kaum züchtiger als Nacktheit. Ihre Ohrringe waren klobige Smaragdhaufen. Im Osten zählten Größe und Kompliziertheit mehr als guter Geschmack.

Er war voller Leben. Buchstäblich.

Natürlich hatte er schon früher Vampirblut gehabt. Auf diese Weise war er ja verwandelt worden, in einer Privatklinik in der Nähe von Marble Arch, wo man eine gewisse Menge seines warmen Lebenssaftes gegen Vampirblut von Sergeant Dravot ausgetauscht hatte. Seitdem hatte er im Außeneinsatz vampirische Feinde eliminiert und sich an ihnen vollgetrunken, direkt aus ihren klaffenden Kehlen. Sie hatten ihn stärker gemacht, der chinesische Doktor und der jamaikanische Voodoomeister. Ab und zu stiegen immer noch Erinnerungen in ihm auf, als bestünden ihre Blutgeschlechter in ihm fort.

Aber das Blut einer Ältesten hatte er noch nie gekostet.

Es war wie eine Droge, es verschob seine Sinne auf eine ganz neue Ebene. Ihr Geist löschte seinen beinahe aus. Mit einem Mal wusste er vieles über Anibas, das sie ihm nicht erzählt hatte. Eindrücke aus ihrem langen Leben trieben durch sein Gedächtnis. Der eiskalte Palast, in dem sie geboren worden war, mit seinen schmutzigen Fußböden und kostbaren Wandteppichen. Er spürte den Mund ihres Fangvaters an ihrer Kehle und seine Hände unter ihren Röcken – der Methusalem hatte im Auftrag der Vajdas gehandelt, damit das Geschlecht erhalten blieb. Er teilte die Panik einer Flucht aus der Heimat: wütender Mob um die Kutsche herum, Fackeln, orthodoxe Priester mit langen Bärten und silbernen Sicheln, Scheiterhaufen blendend grell in der moldawischen Nacht.

Er war angespannt, wo er doch entspannt hätte sein sollen.

Nicht alle Eindrücke lagen weit zurück. Sie hatte ihren Spaß gehabt. Nun würde sie ihn töten. Ihr Arrangement mit Diogenes war nicht exklusiv. Sie hatte Moskau dieselben Dienste angeboten und war zu dem Schluss gekommen, dass der Kreml ihr am besten dabei helfen konnte, die Kontrolle über das Haus Vajda zu erringen. Schließlich lagen die Ländereien ihrer Vorfahren hinter dem Eisernen Vorhang.

Einen Moment lang spürte er Bedauern. Sie hatte ihn wirklich genossen. Das wusste er.

Sie wandte sich vom offenen Fenster um, und das schöne Gesicht dehnte sich. Ihr Mund erweiterte sich zu einem Maul, Fangzähne schossen aus den Kiefern.

Er nahm das Handtuch herunter und erschoss sie mit der Pistole, die er darin eingewickelt hatte.

Fast war Anibas schneller als die Kugel. Er hatte ihr das Silber ins Herz setzen wollen, aber die rote Wunde explodierte in ihrer Schulter.

Verdammt. Nun war er wohl tot.

Ein Zentner wütendes Tier sprang ihm an die Brust, warf ihn auf den Rücken und drängte ihn bis zur Badezimmertür zurück.

Sie war nicht wiederzuerkennen.

Eine schwarze Schnauze schnappte nach seiner Kehle. Wolfsaugen funkelten ihn an. Klauenbewehrte Vorderpfoten schlugen in seine Brust. Ihre Hinterpfoten kratzten über den gefliesten Boden.

Er hatte eine Hand unter ihrem Kiefer. Kiefernnadeldicke Borsten sprossen gegen seine Handfläche. Sein Unterarm war stahlhart angespannt, hielt die mörderischen Zähne von seiner Kehle fern.

Immer noch strömte Blut aus ihrer Schulter. Fellbewachsene Haut zog sich enger über die Wunde, zerschmolz aber sofort wieder, vermochte die von Silber zerfetzte Stelle nicht zu verschorfen.

Er hob die Pistole, versuchte ihr die Mündung ins Auge zu drücken. Sie schüttelte den Kopf und biss in die Walther; die Fänge hinterließen tiefe Kratzer im Lauf. Er verlor die Pistole und war froh, noch alle seine Finger zu haben.

Sie bildete ein menschliches Gesicht aus.

»Wie konntest du? Nach allem, was wir einander bedeutet haben?«

Sie übertrieb es mit ihrem Appell, hinter dem Säuseln war ein Knurren zu hören.

Sie war wieder ein Tier, mehr Bär als Wolf. Ihre Masse erdrückte ihn. Das Kleid von Balmain hing nur noch in Fetzen. An den hohen, spitzen Fuchs-Fledermaus-Ohren baumelten nach wie vor die Ohrringe. Er packte einen und riss ihn ab, zerfetzte das Ohr.

Anibas heulte auf.

Es war die Eitelkeit der Ältesten, Schmuck mit Silberfassungen zu tragen, um damit anzugeben, dass ihnen das tödliche Element nichts anhaben könne. Er versuchte der Vampirfrau das Flitterzeug ins linke Auge zu drücken.

Er schaffte es nur, sie wütend zu machen.

Ein Wirbel von Bewegungen, und das Gewicht ließ nach. Er hätte fast erleichtert aufgeatmet. Breite Kiefer schnappten nach seinem Körper, gleich unterhalb der linken Armbeuge. Fänge senkten sich hinein wie Fleischerhaken.

Sie würde ihm den Brustkorb aufreißen und sein Herz fressen. Und das wäre es dann.

Die Umklammerung ließ nach, und auf einmal spritzte eine Unmenge Blut, überschwemmte ihn schier. Ein Fäulnisgestank ließ ihn würgen. Für einen Moment meinte er, tot zu sein. Nein, er konnte sich aufsetzen.

Anibas' Maul löste sich von seiner Seite, und ihr Kopf rollte in seinen Schoß. Einen Augenblick später verwandelte ihr Kopf sich von dem eines Zeichentrickwolfs, Hals sauber abgetrennt, zu dem einer Frau. Blutbesudeltes Haar breitete sich über seine Knie aus. Dann war sie eine verschüttete Schale Nebel und trieb davon. Ein fingerbreiter weißer Schleier sammelte sich auf dem Badezimmerboden, waberte langsam.

Die Schlampe war tot.

Er spürte, wie seine Rippen wieder zusammenwuchsen.

In der Türöffnung sah er Beine stehen. Einen gut gebauten Mann in roten Strumpfhosen. Von seinen Händen baumelte eine Länge Käsedraht; er glänzte silbrig, wo er nicht rot verklebt war.

Wahnsinniges Gelächter erfüllte den Raum.

Er versuchte seinem Retter ins Gesicht zu sehen.

Etwas zog den Mann in Rot weg, führte ihn zurück ins Schlafzimmer.

Bond war zu kaputt, um aufzustehen und ihm zu folgen.

Das Gelächter wurde lauter.

Ihm wurde schwarz vor Augen. Er bekam kaum noch mit, wie jemand wild an die Tür klopfte und seinen Namen rief.

7

Die Lebenden

Sie fuhren mit dem Aufzug nach oben, in einer Kabine aus poliertem Messing und hölzernem Gitterwerk. Vor der Wohnung zögerte Geneviève aus Sorge um ihre Freundin. Sie schloss noch nicht auf, sondern sah Kate an und fragte sich, wie sie ihre Befürchtungen in Worte kleiden sollte.

»Es ist schon einige Jahre her, oder?«, fragte sie.

»Charles war Ende neunzig, als ich ihn das letzte Mal gesehen habe«, sagte Kate. »Er war bereits alt. Ich werde schon keinen Schreck kriegen.«

Da war sich Geneviève nicht so sicher.

Die Warmblütigen alterten und starben. Sie nicht. Obwohl sie sich seit Jahrhunderten daran hatte gewöhnen können, ließ sie diese Tatsache oft bestürzt zurück, im Kampf gegen die Tränen. Ein ganzes Leben konnte doch nicht so schnell vorbei sein. Das war ungerecht.

Carmilla Karnstein, ein Vampirmädchen, das Geneviève im achtzehnten Jahrhundert gekannt hatte, hatte um den Verlust von Freunden getrauert, als wären die Warmblütigen ihre Schoßtiere, die während der endlosen Menschenkindheit ganz plötzlich alt an Hundejahren geworden waren. Carmilla war auch längst tot, war aufgespürt und vernichtet worden. Anscheinend war sie nie auf den Gedanken gekommen, dass ihre Lieblinge nicht gestorben wären, wenn sie nicht so angetan von ihnen gewesen wäre, dass sie dermaßen viel Blut von ihnen hatte trinken müssen. Das hatte schließlich zu ihrem Ende geführt.

Die Warmen wie Haustiere oder Vieh zu behandeln, war eine Möglichkeit der Ältesten, mit ihrer Entfremdung von der Menschenzeit fertigzuwerden.

In diesem Jahrhundert, wo es so viele *nosferatu* gab, hätte das anders sein müssen. Aber Geneviève hegte die Befürchtung, dass sie sich nicht ändern konnte. Evolution war Sache der Nachfolgenden. Vampire wie Kate Reed sollten mit so etwas fertigwerden.

»Er ist jetzt über hundert, Kate.«

»Dazu fehlt mir auch nicht mehr viel.«

»Du weißt, dass es für uns anders ist.«

»Ja. Tut mir leid. Das war eine dumme Bemerkung von mir.«

Geneviève öffnete die Flügeltüren aus dunklem Holz. Sie waren zwei Meter siebzig hoch und passten eher in ein Schloss als ein Wohnhaus. In Rom schätzte man eindrucksvolle Eingänge.

»Immer rein in die gute Stube«, drängte sie.

Kate trat über die Fußmatte hinweg und stellte ihren Koffer ab. Sie sah sich in der Diele um, bewunderte die Bücherregale und Messinglampen.

»Sehr viktorianisch«, sagte sie. »So kennt man Charles.«

Geneviève hatte Schalen mit getrockneten Rosenblütenblättern aufgestellt, des Duftes wegen.

»Komm hier entlang«, sagte sie und führte Kate um die Ecke des Flurs, Richtung Arbeitszimmer. Die Wohnung war geräumig, aber die Flure – und Küche und Badezimmer – waren eng, zwischen zwei große Zimmer, das Arbeitszimmer und ein Esszimmer gequetscht.

Die Balkontüren standen auf, und eine abendliche Brise ließ

die Vorhänge wehen. Das letzte Stück Sonnenscheibe warf einen orangefarbenen Schleier über die Stadt.

»Charles sitzt gern auf dem Balkon«, erklärte Geneviève.

Von draußen kamen hektische Geräusche.

»Charles-*Chéri*«, sagte Geneviève recht laut. »Kate ist da.«

Sie ließ Kate stehen und trat auf den Balkon. Charles hatte es geschafft, den Rollstuhl mit den Füßen, die in Pantoffeln steckten, zu drehen, aber seine Hände konnten die Räder nicht bewegen. Er war frustriert über das Nachlassen seiner Kraft, aber eher amüsiert als verärgert. Er nahm die Gebrechlichkeit ebenso, wie er die Kraft stets genommen hatte, als etwas Relatives.

Ohne erst gebeten werden zu müssen, rollte sie Charles nach drinnen. Kate wartete dort, mit feuchten Augen hinter den dicken Gläsern, und nestelte am Saum ihres Schottenrocks. Er lächelte, und seine Altersfalten dehnten sich. Er sah merkwürdig kindlich aus, fast wie ein Baby.

Kate flog ihm entgegen und kniete sich hin. Sie ergriff seine Hände – was ihn wegen ihrer unbeherrschten Vampirkraft das Gesicht verziehen ließ – und legte den Kopf in seinen Schoß.

»Charles«, seufzte Kate, »Charles.«

Charles brachte ein hustendes Lachen zustande.

»Steh auf und lass mich dich ansehen«, verlangte er.

Geneviève machte das elektrische Licht an. Selbst nach Jahrzehnten noch hatte sie das Gefühl, nach einer dünnen Wachskerze zum Entzünden der Leuchter greifen zu müssen. Manchmal hatte sie einen Lichtschalter zu drehen versucht wie den Absperrhahn einer Gaslampe.

»Ich bin mir nicht sicher, ob dir diese Frisur steht«, sagte Charles besorgt. Kates Hände fuhren an ihren freien Nacken. »Es ist mehr ein *Haarschnitt*.«

Kate wurde rot, die Sommersprossen verschwanden fast. Sie wand sich immer regelrecht, weigerte sich zu glauben, dass sie in einem gewissen Licht attraktiv sein könnte. Viktorianer hatten Vorurteile gegen rote Haare, also hatte sie gelernt, sich für ihr Aussehen zu schämen. Nun hatte der Geschmack sich geändert, und sie konnte durchaus als modisch durchgehen. Sie war zierlich genug für den New Look. Selbst eine Brille galt heutzutage nicht mehr als Verunstaltung.

»Ich hatte kurzes Haar, als ich warmblütig war«, sagte Geneviève. »Es war in Mode. Wegen Jeanne d'Arc.«

Charles ließ sich das durch den Kopf gehen. »Du warst eines dieser Mädchen, die als Junge durchgingen und die Meere befahren und Piraten werden wollten. Kate hat einen seriöseren Beruf.«

»Das sehen viele anders, Darling.«

Kate stand auf und küsste ihn.

Geneviève durchzuckte es. Ihre Nägel schoben sich ansatzweise heraus.

Nach kurzem Nachdenken wusste sie, dass Kate den Kuss verdient hatte. Sie war da gewesen, als Geneviève gefehlt hatte. Während Geneviève dem zwanzigsten Jahrhundert aus dem Weg gegangen war, hatte Kate dazugehört und war während der Alptraumjahre an Charles' Seite geblieben.

Kate tupfte sich die Augen mit einem Taschentuch.

»Schau«, sagte sie. »Ich weine. Du hältst mich bestimmt für albern.«

»Ganz und gar nicht«, sagte Charles sanft.

»Kate ist bereits in einen Mordfall verwickelt«, sagte Geneviève.

»So liest man, ja.«

Charles wies auf die Nachmittagsausgaben von *Il quotidiano* und *Paese sera*. Sie lagen auf einem nierenförmigen Couchtisch, dem jüngsten Möbelstück im Raum.

»Ich musste sie vor der Polizei retten.«

»Wer leitet die Ermittlungen?«

Geneviève sah zu Kate.

»Ein Inspektor Silvestri«, sagte Kate. »Kennst du ihn?«

»Ich habe von ihm gehört. Er soll ein guter Mann sein. Letztes Jahr hat er dieses Pärchen gefasst, das blutige Schmetterlingsbroschen auf den Leichen seiner Opfer hinterließ. Aber diesem Mörder hat er natürlich noch kein Ende gesetzt. Den Zeitungen zufolge hast du den scharlachroten Henker gesehen?«

»Eigentlich nur sein Spiegelbild«, sagte Kate.

»Ein feiner Unterschied, den man durchaus machen sollte.«

Charles war lebhafter, als Geneviève ihn seit Wochen erlebt hatte, lebhafter sogar als bei dem Besuch des britischen Spions. Sie hatte gar nicht gewusst, dass er sich für die Morde an Vampirältesten interessierte, aber es überraschte sie nicht. Sorgte er sich um ihre Sicherheit? Er war gelegentlich sehr besorgt um sie, aber sie hatte sich das mit den Übertreibungen des fortgeschrittenen Alters erklärt. Sie hatte ihn unterschätzt. Wieder einmal.

»Letzte Nacht mitgezählt, hat es siebzehn Morde gegeben seit der Befreiung«, erzählte Charles Kate. »Alles Vampirälteste. Alle in Rom, und die meisten an öffentlichen Plätzen. An Touristenorten sogar. Professor Adelsberg wurde in der Engelsburg gepfählt. Dieser Leutnant von Dracula, den man Radu den Widerwärtigen genannt hat, wurde auf den Stufen des Museo Borghese enthauptet. Und die Herzogin Marguerite de Grand, die als große Schönheit galt, wurde im Schatten der Statuen von Castor und Pollux auf der Piazza del Quirinale vernichtet.«

»Adelsberg sagt mir etwas«, sagte Kate. »War er nicht ein Kriegsverbrecher? Einer von Hitlers Vampirärzten?«

»Möglicherweise war er kein Opfer des scharlachroten Henkers. Die anderen waren echte Älteste, vier- und fünfhundert Jahre alt, zumeist aus dem Geblüt Draculas und mit Titeln und Auszeichnungen, die es bewiesen. Der Professor hat nicht einmal sein Jahrhundert vollgemacht. Vielleicht haben die Israelis ihre Leute auf ihn angesetzt. Oder er ist aus Prinzip ermordet worden, von jemandem, der einen guten Grund hatte. Wie du weißt, passiert so etwas, wenn über Mörder lang und breit berichtet wird. Trittbrettfahrer begehen ähnliche Verbrechen, schieben ihnen Morde unter, die gar nichts damit zu tun haben. Das geht so leicht, wie man am Strand einen Kieselstein verstecken kann.«

»Für einen Ältesten wirkte Kernassy gar nicht so monströs.«

Da war sich Geneviève nicht so sicher. Kate hatte den Grafen nur ein paar Stunden am Ende eines vierhundert Jahre währenden Lebens gekannt. Kernassy gehörte zu *il principes* Karpatern, und die waren eine viehische Meute. Vielleicht hatte dieser eine hier nur etwas bessere Manieren gehabt.

»Trotzdem ist es schon merkwürdig«, sagte Charles, »dass du da mitten hineinspazierst.«

»Sie hat am Flughafen eine Bekannte getroffen und sollte ein bisschen was erleben«, sagte Geneviève. »Penelope.«

Für einen Moment sah Charles ganz ermattet aus.

»Arme Penny«, sagte er leise. Er machte sich zu viele Vorwürfe dafür, was aus Penelope Churchward geworden war, was sie aus sich gemacht hatte.

»Sie taucht wirklich auf wie die sprichwörtliche Böse«, sagte Kate. »Penny, meine ich. Was hat sie vor, dass sie jetzt bei Dracula mitmacht?«

Charles versuchte die Schultern zu zucken, bekam sie aber nicht hoch.

Es war immer noch ungeklärt, ob Geneviève ihr Charles weggenommen oder Penny ihn für ihren Fangvater verlassen hatte, den in schlechter Erinnerung behaltenen Lord Godalming. Geneviève war der Ansicht, dass keines von beidem richtig stimmte. Charles hatte Penelope sich selbst überlassen, weil er eine größere Verpflichtung empfand, und Geneviève war zufällig zeitgleich mit dieser Verpflichtung in sein Leben getreten. Wäre es anders gewesen, hätte er sein Versprechen Penelope gegenüber gehalten, ganz gleich wie unglücklich es sie beide gemacht hätte.

Er war, in vielerlei Hinsicht, ein unmöglicher Mann.

»Trefft ihr euch mit ihr?«, fragte Kate.

»Sie ist vorbeigekommen«, gab Geneviève zu. »Ab und zu mal.«

»Das wundert mich nicht.«

»Das ist alles lange her«, sagte Charles.

Das sah Geneviève aber anders. Und Penelope wahrscheinlich auch. Kate genauso.

Am Ende seines Lebens war Charles versöhnlich.

Freilich hatten Kate und er Penelope als warmblütiges Mädchen gut gekannt. Geneviève lernte sie im Grunde erst als eine dieser Neugeborenen kennen, die reinweg gar nichts begriffen. Gleich nach der Verwandlung hatte Penelope schlechtes Blut getrunken und sich für zehn Jahre zu einer Invalidin gemacht. Die Behandlung durch einen Quacksalber mit Blutegeln hatte auch nicht viel geholfen. Wenn überhaupt, dann hatte Geneviève – die damals als Ärztin arbeitete – ihr das Leben gerettet. Es war ihre Pflicht gewesen, also unterschied sie sich wohl gar nicht so sehr von Charles.

»Sie war die Erste, die fand, ich sollte mich verwandeln«, sagte Charles. »Sie wollte, dass wir zusammen Vampire wurden. Es schien das Richtige, wenn man fortschrittlich sein wollte.«

Kate warf Geneviève einen alarmierten Blick zu. Er nahm ihre sorgfältig aufgebaute Argumentation vorweg.

»Gené, Kate.« Charles sah sie an, als wären sie seine beschämten Enkelkinder. »Ich weiß, dass ihr es nicht so meint wie sie, aber ihr wollt dasselbe. Das, was ich nicht tun kann.«

Kate bedeckte ihr Gesicht, um die Tränen zu verbergen.

»Es tut mir leid, Kate.« Charles berührte sie am Ellenbogen. »Der Fehler liegt nicht bei dir. Oder bei dir, Gené. Sondern bei mir.«

Trotz der Stärke seiner Gefühle verging er vor ihren Augen. Mit jedem Tag, mit jeder Stunde vielleicht, wurde er schwächer, seine Ausstrahlung unbestimmter, verlor er Substanz.

»Du bist nicht zu alt dafür, Charles«, sagte Geneviève. »Du kannst dich noch verwandeln. Ganz bestimmt.«

Er schüttelte den Kopf.

»Du könntest wieder jung sein«, seufzte Kate.

»*Er* wurde wieder jung«, sagte Charles. »Graf Dracula. Ich bezweifle, dass er an seiner neuen Jugend viel Freude hatte. Er kam mir immer wie ein zutiefst trauriges Individuum vor. Als er sich verwandelte, ging ihm etwas verloren. Das ist bei den meisten Vampiren so. Selbst bei euch, meine unsterblichen Lieblinge.«

Er sah gelassen aus, aber Geneviève hörte seine Aufgeregtheit. Sein Herz schlug schneller. Seine Augen waren feucht. Seine Stimme brach beinahe.

»Ist es denn so egoistisch von mir?«, fragte er. »Gehen zu wollen?«

Später, nach Einbruch der Dunkelheit, saßen sie beisammen und redeten über die Vergangenheit, zwangen sich dazu, die Gegenwart und die Zukunft auszublenden. Kate drängte Charles, Geneviève von den vielen Dingen zu erzählen, die sie verpasst hatte, als sie in diesem Jahrhundert nicht bei ihm gewesen war.

Natürlich hatte sie mitbekommen, wie nahe Charles und Kate einander während des ersten Krieges gestanden hatten. Nun hörte sie, wie viele ihrer Hoffnungen sie an Edwin Winthrop vom Diogenes-Club geknüpft hatten, den sie selbst nie kennengelernt hatte, sich aber gut von ihren Geschichten her vorstellen konnte. Sie bereute es fast, nicht dort im blutigen Schlamm Frankreichs gewesen zu sein, im Dickicht einer ebenso absurden wie entsetzlichen Intrige.

Sie war das Geschöpf eines langsameren Zeitalters, in dem die Zeit durch Jahreszeiten gemessen wurde und nicht durch das Ticken der Armbanduhren. Sie hatte sich nie an dieses Jahrhundert der Düsenflüge und Sputniks, der Breitleinwandfilme und des Rock'n'Roll gewöhnt. Charles hatte mehr durchlebt, als sie je durchleben würde, und war davon mehr berührt worden. Dass nichts sie berührte, nahm sie nun als Schwäche wahr.

Dafür war eben Kate da. Sie erzählte vom zweiten Krieg, den sie am Boden miterlebt hatte, und Charles von Landkarten und Depeschen. Kates Engagement war so selbstlos, sie tat alles dafür, dass es gerechter in der Welt zuging. Ihre Leidenschaft brannte mit einer Heftigkeit, die Geneviève leider abging. Wenn es einen Gott gab, dann musste Kate Ihm näher sein.

Charles wurde müde, bestand aber darauf, bei »den Mädchen« zu bleiben. Ihm sackte ab und zu der Kopf herunter, er schlief sogar.

»Sieht ganz so aus, als ob Lord Ruthven nach der nächsten Wahl nicht mehr Premierminister ist«, sagte Kate. »Er hat sich von Suez nie erholt. Aber wir dachten schon einmal, dass er weg vom Fenster wäre. Als Winston im Krieg übernahm, war ich mir hundertprozentig sicher, dass wir ihn jetzt los wären. Aber er kehrte zurück. Das ist etwas, worauf ich gern verzichten würde, Politiker, deren Karrieren endlos weitergehen. Und Ruthven ist das reinste Chamäleon. Er fügt sich in die Umgebung ein, und auf einmal ist er wieder da, als ein anderer Mensch.«

Geneviève fragte Kate nach den neuen Filmen, Stücken, Büchern, der Musik. Wie sehr hatte London sich verändert? Wen hatte sie in der letzten Zeit kennengelernt? Wer war berühmt?

»Der *Daily Mirror* hat kürzlich eine Umfrage über Vampire gemacht, wer der am meisten bewunderte und wer der unbeliebteste ist. Im Zusammenhang mit einer Ausstellung bei Madame Tussaud. Was meinst du, wer ist der prominenteste britische Vampir heutzutage?«

Geneviève hatte keine Ahnung. »Edmund Hillary?«

»Auch nicht schlecht. Nein, Cliff Richard.«

»Wer?«

»Ein Popsänger. *Living Doll?*«

Dieses Lied hatte Geneviève schon gehört.

»Überleg dir das mal, Geneviève. Er wird nie alt werden, nie seine Stimme verlieren. Hätte es je einen Caruso gegeben, wenn Farinelli immer noch da gewesen wäre? Hätte Wagner gegen den hundertjährigen Mozart bestehen können? In vierzig Jahren, wenn Sänger, die heute noch gar nicht geboren sind, ihren eigenen Ausdruck finden sollen, wird Cliff Richard immer noch da sein und von seiner *crying, talking, sleeping, walking living doll* träumen.«

»Man sagt, dass nur wenige Vampire Künstler von Rang werden«, sagte Geneviève.

»Es gibt Ausnahmen. Glaub mir, Mr. Richard ist keine.«

Kate versuchte das Lied zu summen, über das sie geredet hatte. Geneviève lachte.

»Die Geschichte schnurrt zu einer Hitparade zusammen«, sagte Kate. »Und wir haben den Dracula Cha-Cha-Cha schon alle viel zu lang getanzt.«

Eine Glocke läutete.

Geneviève ging rasch zur Tür. Es war ein Diener in Livree, mit einer Botschaft.

Geneviève nahm sie und sagte ihm auf Wiedersehen, dann schlitzte sie den Briefumschlag mit einer verlängerten Daumenkralle auf. Drei Karten mit Goldrand fielen heraus. Sie kehrte ins Wohnzimmer zurück, wo Charles alarmiert und Kate beeindruckt war.

»Wir sind zu einem Fest eingeladen«, verkündete Geneviève, »vom Grafen Dracula und seiner Zukünftigen, Prinzessin Asa Vajda. Stellt euch bloß vor.«

II
LA DOLCE MORTE

Aus dem Parlamentsbericht der Londoner Times vom 30. Juli 1959:

... der Abgeordnete Hamer Radshaw (Lab.) fragte: »Haben Sie eine Einladung zur Verlobung von Vlad Dracula, dem ehemaligen Prinzgemahl, erhalten, und wenn ja, werden Sie der Vermählung dieses anrüchigen Individuums und seiner blutbesudelten Braut beiwohnen?« Der Premierminister Lord Ruthven (Kons.) antwortete: »Sollte eine solche Einladung ausgesprochen werden, würden Vertreter sowohl der Regierung als auch der getreuen Opposition Ihrer Majestät selbstverständlich alle Erwägungen anstellen, die zu einer angemessenen Antwort führen.« Mr. Radshaw fragte weiterhin: »Wird also auch von Ihrer Majestät erwartet, dass sie einen Abstecher nach Italien macht, um Zeuge zu werden, wie ein früherer angeheirateter Verwandter die nächste dynastische Ehe eingeht?« Der Premierminister gab zur Antwort: »Ich hatte noch nicht Gelegenheit, dieses Thema mit Ihrer Majestät zu besprechen, gehe aber davon aus, dass sie ihrem geschätzten Verbündeten und einstigen Landsmann Graf Dracula gern ihre herzlichen Glückwünsche übermitteln würde.« Eine weitere Debatte wurde durch Unruhe unter den Abgeordneten des Hauses verhindert.

8

Journalismus

Kates Zimmer war ein winziges Kabuff im hintersten, obersten Winkel der Pension. Ein hohes, schmales Fenster ging zu einer schmalen Gasse hinaus, über die sich Wäscheleinen spannten. Hemden und Bettlaken flatterten träge im warmen Wind. Es handelte sich um das für Vampire reservierte Zimmer. Statt eines Bettes stand ein aufgebockter roher Holzsarg darin, in dem eine gefaltete Decke lag. Weniger ausgeblichene Flecken auf der Tapete zeigten, wo ein Kruzifix und ein Spiegel gehangen hatten. Falls der Gideonbund seinen Lesestoff zurückgelassen hatte, war er entfernt worden.

Die Zimmer im *Hotel Hassler* boten bestimmt einen anderen Komfort.

Nachdem sie kurz nach Einbruch der Dunkelheit in Trastevere angekommen war und die Nacht hindurch mit Charles und Geneviève geredet hatte, kletterte sie mit der Absicht in den Sarg, den Großteil des Tages bewusstlos zu verbringen. Endlich einmal war ihre zierliche Statur von Vorteil. Die Holzkiste bot genügend Platz. Kurz vor dem Einschlafen dachte Kate an die Piazza di Trevi zurück. Sie hätte das Geschehene gern beiseitegeschoben, aber irgendetwas ließ sie nicht los …

Graf Kernassy, Malenka, der scharlachrote Henker … das Mädchen. Hatte es mehr gesehen als sie? Vielleicht konnte sie die Kleine ja aufspüren und sich einmal mit ihr unterhalten.

Marcello, mit einer Milchflasche.

Sie lächelte, und der Schlaf der Toten kam über sie.

Zunächst beschied man ihr knapp, das Telefon im Flur dürfe ausschließlich von der Familie der Pensionswirtin benutzt werden.

Nachdem sie deren Sohn fünfhundert Lire hinübergeschoben hatte, wurde ihr die Lage ausführlicher erklärt. Anscheinend würde ihr bei einem Notfall das Telefon durchaus zur Verfügung stehen. Weitere fünfhundert Lire waren ein überzeugender Beweis, dass es sich in der Tat um einen Notfall handelte. Kate führte weiter aus, dass der besagte Notfall sich über die gesamte Dauer ihres Aufenthalts erstrecken würde, und verabschiedete sich der Überzeugungskraft halber von einer weiteren Banknote.

»Wenn Sie es sagen, Signorina«, antwortete der Sohn der Wirtin, ein fünfzigjähriger Stubenhocker. Er trug ein weißes Netzunterhemd, aus dem Brusthaare wucherten. Hosenträger kerbten seine teigige Mitte wie Käsedraht. Ein Opfer der mütterlichen Küche.

Er steckte das Geld ein und ließ sie allein.

In London erledigte sie einen Großteil ihrer Arbeit am Telefon. Da sollte sie auch mit diesem ungewohnten System fertigwerden. Nur ihr nicht gerade flüssiges Italienisch versprach eine Hürde zu sein.

Als Erstes versuchte sie es mit Inspektor Silvestri. Er war nicht im Haus, aber sie kam zu Sergeant Ginko durch, der sich an sie erinnerte. Sie ging davon aus, dass es keine offiziellen Entwicklungen in der Mordsache Piazza di Trevi gab. Auch keine inoffiziellen, seinem sorglosen Geplauder nach zu schließen. Silvestri sei drüben im Hotel *D'Inghilterra,* wo es einige Aufregung gebe. Der Sergeant brach mitten im Satz ab und wechselte das Thema. Hotel *D'Inghilterra.* Das musste sie sich merken. Vielleicht gab es ja doch eine inoffizielle Entwicklung.

Sie zog alle Register der hilflosen jungen Ausländerin und erzählte Ginko, dass sie sich mit Marcello verabredet hätte, aber durcheinandergekommen sei. Ob er wohl die Nummer der Zeitung hätte, für die Marcello arbeitete? Ginko wusste, wen sie meinte, und sagte, er wäre Freiberufler ohne festes Büro und sie solle es einmal im *Café Strega* versuchen. Das natürlich in der Via Veneto lag. Sie dankte ihm und hängte ein.

Als Nächstes rief sie Geneviève an. Charles schlief noch. Aus Genevièves Tonfall schloss sie, dass er einen schlimmen Tag gehabt hatte, was ihr leichte Schuldgefühle bereitete. War ihr Besuch zu anstrengend gewesen? Sie war hier, weil sie helfen, und nicht, weil sie stören wollte. Geneviève, die Kates Bedenken erahnte, versuchte sie zu beruhigen. Zwischen ihnen blieb Ernstes ungesagt. Das Telefon war für so etwas nicht geeignet. Als Vampire waren sie beide gewohnt, Nuancen von Gesichtsausdrücken wahrzunehmen, Gedanken aufzufangen, Gefühle. Auf verrauschte Worte zurückgreifen zu müssen, kam fast der Benutzung von Winkzeichen gleich.

Sie spielte mit dem Gedanken, Penelope anzurufen, entschied sich aber dagegen.

Café Strega. Hexenkaffee. Das beschwor ein Bild herauf: Mit Sahne und Molchaugen, Signora? Sie versuchte sich zu erinnern, um welches Straßencafé es sich handelte.

Ganz gegen ihre Art verwendete sie einige Gedanken darauf, was sie anziehen sollte. Ein Kleid war gefragt, und sie hatte nur drei eingepackt. Ein weißes und elegantes (Christian Dior, einmal getragen), ein schwarzes und schlichtes (Coco Chanel, hatten sie an dem Stand im Portobello Market versichert), ein graubraunes und praktisches (ohne großen Namen). Das elegante hob sie besser für die Feierlichkeiten im Palazzo Otranto auf, womit sie lieber dem schlichten als dem praktischen den Vorzug gab. Das Problem war, dass sie in dem schlichten aussah wie ein Schulmädchen auf Abwegen. Sie war fast hundert; sie wollte nicht, dass angegraute Männer ihr Süßigkeiten anboten. Ach egal, dann nahm sie eben das elegante. Das war gut genug für Audrey Hepburn.

Für den Ball würde sie etwas Neues kaufen. Geneviève kannte

bestimmt die richtigen Geschäfte. Sie war ein alter Hase, was diese ganze Haute Couture betraf. Kate gefiel die Vorstellung, sich etwas Aufsehenerregendes von Pero Gherardi zuzulegen.

Als sie so weit war, dass sie die Pension verlassen konnte, ging schon die Sonne unter. Am Viale Glorioso, vor dem Ministero della Pubblica Istruzione, fand sie ein Taxi, musste es aber kurz nach der Überquerung des Flusses wieder aufgeben. Wie sie bereits herausgefunden hatte, war Rom nicht gerade gut organisiert, was zügige Fahrten auf mehr als zwei Rädern betraf. Zu Fuß lernte man eine Stadt ohnehin besser kennen. Sie bezahlte den gleichgültigen Taxifahrer und schlug sich allein weiter durch. Bis zur Via Veneto war es nur ein Spaziergang, allerdings keiner ohne Komplikationen.

Sie wünschte sich prompt, sie hätte sich für das schlichte oder das praktische Kleid entschieden. In ihrem weißen war sie eindeutig zu elegant angezogen. Einige warmblütige Müßiggänger auf der Piazza Barberini pfiffen ihr hinterher. Sie merkte, wie sie rot wurde. Der *gentile signorina,* womit wohl sie gemeint war, wurden Einladungen nachgerufen, die sie glücklicherweise – oder unglücklicherweise – nicht verstand. Eigentlich, fand sie, störte es sie gar nicht weiter. Ihr wurde nicht oft hinterhergepfiffen. Wahrscheinlich wurde jede Frau, die vorbeikam, hier so behandelt. Ob Kompliment oder Beleidigung, es war nichts Persönliches. Noch hatte ihr kein Italiener in den Po gekniffen. Wobei sie ihnen natürlich vielleicht auch Angst machte.

Ein paar Neugeborene waren schon früh unterwegs. Auf der anderen Seite der Piazza, den Müßiggängern gegenüber, hielt sich eine vergleichbare Gruppe gut aussehender Vampirjugendlicher auf, schick angezogen und mit modernen Haarschnitten, bleichgesichtige Kumpane mit hübschen kleinen Fangzähnen. Sie trugen den Nachkriegslook: weiße Anzüge von Cerutti, die allgegenwärtigen Sonnenbrillen, schmale Hemden von Casa Lemi und

Goldkettchen im offenen Kragenausschnitt. Die *vitelloni* ließen Kate kommentarlos vorbeigehen, senkten aber im Gleichtakt die Sonnenbrillen, als ihr eine warmblütige junge Frau entgegenkam, und starrten diese an, ließen die vereinten Kräfte ihrer hypnotischen Fähigkeiten spielen.

Kate musste lachen. Aber die Taktik schien aufzugehen. Die Frau, eine nicht ganz gelungene Kopie der Schauspielerin Pier Angeli, blieb unvermittelt stehen. Einer der Neugeborenen machte gebieterische Gesten der Verzauberung, lockte sie mit langen Fingern, projizierte ihr ein »Du stehst unter meinem Bann« in den Kopf. Wie eine Marionette an unsichtbaren Fäden drehte sie sich langsam zu der Vampirmeute herum, das schöne Gesicht ohne jeden Ausdruck. Die Neugeborenen lächelten fangzahnstarrend. Der große Hypnotiseur genoss schweigend seinen Triumph.

Die junge Frau lachte sie aus und ging weiter. Sie hüpfte in einen blendend weißen Maserati und kuschelte sich an einen warmblütigen Mann in den Sechzigern. Er hatte eine deutliche kahle Stelle auf dem Kopf und rauchte eine riesige Zigarre. Der Sportwagen schoss davon.

Der Hypnotiseur war am Boden zerstört. Seine Freunde verspotteten ihn für seine ungenügende Leistung, schlugen ihn mit den Handballen. Die nächste junge Frau kam in Sichtweite, sie orientierte sich mehr an Elsa Martinelli. Der Hypnotiseur gewann sein vorübergehend erschüttertes Selbstvertrauen wieder und machte sich erneut an die Beeinflussung.

Kate ging weiter.

Zwei Nächte nach der Tat schien Malenkas Ermordung die Stimmung auf der Via Veneto nicht weiter zu beeinträchtigen. Die Cafés waren voll und die Paparazzi weiter hinter berühmten Gesichtern her. Kate musste über Hemingway hinwegtreten, der etwas zu ihr heraufknurrte. Ihr war nicht danach, Papa daran zu erinnern, dass sie einander vom Ersten Weltkrieg her kannten, als er noch nicht alt und dauerbetrunken und berühmt, sondern beinahe ein richtig guter Schriftsteller gewesen war.

Marcello war nicht im *Café Strega*, aber sie fand einen Tisch, an dem sich drei Reporter um eine Rechnung stritten. Sie taten so, als verstünden sie Kates Italienisch oder Englisch nicht, also bezahlte sie die Rechung und erkaufte sich so ihre Aufmerksamkeit. Nach ausführlichen Entschuldigungen erklärte ein knopfnasiger französischer Journalist, dessen steife Stirnlocke abstand wie ein Sägespan, dass er wüsste, wen sie meinte, und schickte sie in ein anderes Café weiter, das *Zeppa*.

Eine muskulöse Gestalt kam die Straßenmitte herabgeschlendert. Kate fuhr zusammen. Die breiten Schultern und die gewölbte Brust erinnerten sie an den scharlachroten Henker. Dieser Kerl hatte einen Krausbart. Er trug die klassische gegürtete Tunika der Alten Welt und Sandalen. Vielleicht handelte es sich um einen Schauspieler, der nach einem harten Tag des Ringens mit Pappmascheeschlangen und vollbusigen Filmsternchen in Cinecittà in Arbeitskleidung nach Hause ging.

»Das ist Maciste«, erklärte eine alte Frau auf Englisch. »Roms großer Held. Wann immer die Stadt ihn braucht, erscheint er. Er ist der Bote der Götter.«

Kate hatte immer gedacht, dass das Hermes wäre.

Maciste spazierte im Heldengang vorbei. Seine Muskeln an Rücken und Schenkeln spannten und entspannten sich.

Ihr fiel wieder der Griff um ihren Nacken ein. Der scharlachrote Henker hätte sie mit einem Zudrücken enthaupten können.

Im *Zeppa* fand sie Marcello tatsächlich. Er saß draußen an einem Tisch, zusammen mit einem hageren, asketisch gewandeten Priester, den er als Vater Lankester Merrin vorstellte.

»Und das, Vater, ist … Entschuldigen Sie bitte, aber Ihr Name ist mir …«

»Kate Reed«, sagte sie tief getroffen.

»Ja, natürlich. Signorina Reed.«

Obwohl keine Einladung ausgesprochen wurde, zog sie einen Stuhl von einem anderen Tisch heran und setzte sich dazu.

»Ich habe Ihr Buch über afrikanische Religion gelesen«, behauptete sie, an den Priester gewandt. »Sehr provokant.«

Der Priester lächelte dünn. Er hatte einen durchdringenden Blick. Eine weitere Lüge riskierte sie besser nicht.

Ein Kellner brachte ihr ein Glas eisgekühltes Eidechsenblut.

»Sind Sie die Reporterin, die bei der Vernichtung dieser Ältesten dabei war, Graf Kernassy und Malenka?«, fragte Merrin.

Sie bejahte.

»Marcello hat mich gerade in einer damit zusammenhängenden Sache konsultiert, und nun kommen Sie vorbeispaziert. Die Vorsehung hat so ihre Art, solche Dinge zu arrangieren, Miss Reed.«

»Sagen Sie Kate zu mir.«

»Vielen Dank, Kate. Sie können Vater Merrin zu mir sagen.«

Sie wusste nicht recht, ob es scherzhaft gemeint war.

Sie erinnerte sich aus den Besprechungen seines Buches nicht mehr, welche Seite Vater Merrin in der Vampirdebatte einnahm. Es wäre unhöflich gewesen, ihn direkt zu fragen, ob er ihr eine Seele zubilligte oder nicht.

»Marcello war gerade dabei, mir mit höflichen Worten vorzuwerfen, dass ich an einem heimlichen Kreuzzug gegen Ihre Art teilnehme, Miss Reed.«

Marcello zuckte die Schultern und versuchte den Vorwurf mit einer Handbewegung abzutun.

»In Rom glauben alle an heimliche Kreuzzüge«, fuhr Merrin fort. »Wenn nicht der Vatikan dahintersteckt, dann eben die Mafia oder die Kommunisten oder der Si-Fan oder die CIA oder der Diogenes-Club oder die Illuminati.«

»Glauben Sie das auch, Vater?«

»Glaube ist relativ. In Rom geht es seit jeher unübersichtlich zu.«

Marcello steckte sich eine Zigarette in den Mund und zündete sie an. Er verstand sich auf kleine, beredte Gesten.

Der letzte Papst, Pius XII. – ein zweiter Savonarola oder Torquemada, je nachdem, mit wem man sich unterhielt –, hatte in einer Bulle die traditionelle Haltung des Vatikans zum Vampirismus unterstrichen. Mit dem Tod entfleuche die Seele, um sich ihren gerechten Lohn abzuholen, und die sterblichen Überreste gelte es mit Anstand zu bestatten. Vampire seien unbewohnte Leichname, dämonische Imitationen derjenigen, die vorher in ihnen gewohnt hätten. Wenn die Exkommunikation mit Glocke, Buch und Kerze versagte, empfahl er eine Behandlung mit Feuer, Silber und Scheiterhaufen. Obwohl es dieser Maßnahme genau genommen gar nicht mehr bedurft hätte, zog doch die Verwandlung automatisch die Exkommunikation nach sich. Andererseits galt für das Wählen der Kommunisten dasselbe, und Palmiro Togliattis Partei räumte regelmäßig ein Viertel der italienischen Wählerstimmen ab.

Viele Vampire waren extrem fromme Katholiken. Ironischerweise neigten gerade sie dazu, von Weihwasser Brandblasen zu bekommen, von Hostien Blut zu spucken und vor dem Kreuzzeichen zurückzuschrecken. Ungefähr hundert Jahre wogte der theologische Kampf um die Vampirfrage nun schon. Eine wachsende Zahl von Katholiken war der Ansicht, dass in den Untoten tatsächlich noch die ursprünglichen Seelen wohnten und sie darum in den Schoß der Kirche zurückgeholt werden sollten. Es ging das Gerücht, dass der kürzlich gewählte Johannes XXIII. die *Nosferatu*-Doktrin gern abmildern wolle und kurz davor sei, Vampirpriester anzuerkennen, aber bis jetzt durch seinen erzkonservativen Sekretär für Äußeres, Monsignor Tardini, davon abgehalten werde.

»Doch was höre ich da über den scharlachroten Henker und das Hotel *D'Inghilterra*?«, wagte sie einen Schuss ins Blaue.

Marcello hob beeindruckt eine Augenbraue. Ihr Zufallstreffer überzeugte ihn davon, dass sie gut informierte Quellen besaß.

»Jemand, der wie der Mörder gekleidet war, ist dabei gesehen worden, wie er die Front des Hotels hochkletterte. Wie eine große rote Spinne.«

»Und ist ein Verbrechen begangen worden?«

Marcello zuckte die Schultern. »Schwer zu sagen. Es gab Ärger im Zimmer eines britischen Marineoffiziers. Er streitet alles ab, was über eine Liebesnacht im Alkoholrausch hinausgeht. Ein Zimmermädchen hat die Information verkauft, dass die Liebesnacht spektakulär und gar nicht schön gewesen sein dürfte. Von Blut ist die Rede, von einem Pistolenschuss. Dieser Brite ist ein Vampir. Ach, und jeder weiß, dass er für Ihr Land spioniert. Sein Automobil ist viel zu protzig für einen Matrosen.«

»Nicht für mein Land. Ich bin keine Engländerin.«

Marcello zuckte erneut die Schultern, was in ihr den Wunsch auslöste, seine Sonnenbrille zu zerbrechen.

»War ein Ältester beteiligt?«

»Das ist die Frage. Eine Frau, die im Hotel logierte, ist verschwunden, als hätte sie sich in Rauch aufgelöst. Sie hatte sich unter einem falschen Namen eingetragen, war aber zweifelsfrei Lady Anibas Vajda. Eine Verwandte von Prinzessin Asa, der königlichen Verlobten. Eine Vampirälteste.«

Kate hatte vage von der Frau gehört. Nichts Gutes.

»Und sie ist noch nicht ermordet aufgetaucht?«

»Bis jetzt nicht. Aber es gibt Gerüchte. Die Uralten hinterlassen manchmal keine nennenswerten Überreste. Sehr zum Missfallen der Gerichtsmediziner.«

»Soweit ich weiß, ist Inspektor Silvestri hinzugezogen worden.«

Marcello nickte. »Er ist der jüngste Verantwortliche für die Mordsache Scharlachroter Henker. Drei anderen Kommissaren ist der Fall schon entzogen worden, teilweise mit Degradierung. Silvestri muss aufpassen. Letztes Jahr ist unter gewaltigem Presserummel ein Inspektor der Sûreté, der als Spürhund gilt, herübergeholt worden. Er schwor mit bizarrem Akzent, den Straftäter binnen eines Monats zu fassen, und legte dann eine Bauchlandung nach der anderen hin. Heute regelt er wohl in einem üblen Pariser Stadtviertel den Verkehr.«

»Das ist alles sehr interessant«, sagte Vater Merrin und stand auf, »aber ich muss euch junge Leute jetzt allein lassen. Ich bin mir sicher, dass Sie zu einer befriedigenden und aufregenden Lösung dieser Geschichte kommen werden. Schließlich lassen sich die Antworten auf solche Rätsel oft unter den Sohlen unserer Schuhe finden.«

Marcello und Kate standen aus Respekt auf, und der Priester ging mit flatternden Gewändern davon. Sie sah ihn durch die Menge schreiten, ein einsamer Asket unter Lüstlingen. Hinter seinem messerscharfen, logischen Verstand verbarg sich eine nicht unfreundliche Seele, fand sie. Aber der Frage zu heimlichen Kreuzzügen war er geschickt ausgewichen.

Sie setzte sich, und nach einem Moment des Zögerns tat Marcello es ihr nach. Er fühlte sich immer noch unbehaglich in ihrer Gegenwart. Lag es daran, weil er sie neben den Leichen von Kernassy und Malenka hatte kauern sehen? Oder war er vorher schon so reserviert gewesen? Im Flughafen war er mit Vampiren zusammen gewesen, also konnte er wohl kaum eine Phobie gegen ihre Art haben.

Nein, es war wohl ihr üblicher Fluch. Wann immer ihr ein Mann gefiel, verriet sie gleich alles. Sie strahlte ein Signal aus, mit dem das Objekt ihres Interesses in ihre Hoffnungen und Sehnsüchte eingeweiht und zugleich leicht abgestoßen wurde. Sie hatte es mit Kühle versucht, mit Freundlichkeit, mit Klugheit, mit Unverfrorenheit. Keine Herangehensweise konnte den ersten Eindruck ändern.

Sie schreckte die Männer ab. Darauf lief es hinaus.

Wegen dieser verflixten Sonnenbrille konnte sie nicht erkennen, was Marcello dachte. Geneviève würde durch die dunklen Gläser hindurchsehen bis in sein scheues Herz. Kate hatte Angst, dass er gerade nach einer Ausrede suchte, um sich abzusetzen.

»Haben Sie über die Morde geschrieben?«, fragte sie.

Mit einem schuldbewussten Neigen des Kopfes gab er zu, die knappen Einzelheiten an mehrere Redakteure weitergegeben zu haben. Sie konnte nicht glauben, dass er so gelangweilt war, wie er tat. Kein Journalist stolperte über den Tatort eines Doppelmordes, ohne eine Nennung als Autor und einen Scheck zu wittern. Außerdem hatte er sich die Mühe gemacht, Vater Merrin zu konsultieren. Er tat nur so als ob, täuschte ein Desinteresse vor, das er unmöglich empfinden konnte.

»Ich habe mir überlegt, einen Artikel über den scharlachroten Henker zu schreiben«, sagte sie. »In England kennt man ihn gar nicht. Zufällig bin ich mittendrin gewesen. Aber ich brauche mehr als nur ein knappes Entkommen. Ich brauche Hintergrund, und ich muss an der Story dranbleiben. Wir sollten zusammenarbeiten.«

Das war zu plump. Da konnte er ja nur die Kurve kratzen.

»Vielleicht kommen wir sogar vor Silvestri an ihn heran«, setzte sie nach.

Marcello kniff den Mund nachdenklich zusammen. Über dem Rand seiner Sonnenbrille zogen sich die Augenbrauen zusammen. Er stieß eine Rauchwolke aus.

»Vielleicht«, sagte er.

Vielleicht. Das war fast so gut wie ein Ja. Besser als »könnte schon sein«. Und auf jeden Fall kein Nein.

»Partner?« Sie hielt ihm die Hand hin.

Er drückte seine Zigarette aus, steckte sich die nächste an, sog den Rauch ein, atmete ihn aus, überlegte einen Moment und ergriff ihre Hand, ohne sie zu drücken oder zu schütteln.

»Partner«, bekräftigte sie.

9

Leben und sterben lassen

Bond wusste, dass er beschattet wurde. Drei Personen, zwei groß, eine klein. Da er heute zu Fuß unterwegs war, nutzte er die Gelegenheit eines Bummels durch den Parco di Traiano dazu, sie aus der Deckung zu zwingen.

Überall stand alles mögliche antike Zeug herum, das einen touristischen Seitenblick wert war. Wann immer er eine Tafel oder das Stück einer zerbrochenen Statue betrachtete, erfreute er sich an der Vorstellung, dass es seinen Schatten eng unterm Kragen wurde. Jedes Mal, wenn er stehen blieb, erregten sie mehr Verdacht. Tatsächlich waren sie etwa so unauffällig wie ein koreanischer Ringer in einem englischen Club. Er fragte sich, warum sie überhaupt in diesem Metier waren. Wie einem immer wieder beigebracht wurde, ging es darum, sich einzufügen und eben nicht hervorzustechen. Andererseits hatte Bond selbst einen Hang zum Auffälligen. Es war zum Beispiel nicht gerade leicht, einen Aston Martin zu übersehen. Und sein Zweitwagen war ein Bentley.

Er vermutete, dass sie zur anderen Seite gehörten, zu den Leuten, mit denen Anibas sich eingelassen hatte. Dort war man sicher nicht gerade erfreut, ein wertvolles Mädchen wie sie zu verlieren, und kam unfairerweise – aber was konnte man aus dieser Ecke anderes erwarten – vielleicht sogar auf die Idee, ihm dafür die Schuld zu geben. Eine andere Möglichkeit war, dass es sich bei dem Größten um diesen scharlachroten Henker handelte, dem er sein Leben verdankte, mit dem er aber nicht unbedingt wieder zu tun haben wollte. Vielleicht beschränkte der Vampirmörder seine Aktivitäten ja doch nicht auf Älteste. Die Lage in Rom war unübersichtlich, wie Winthrop ihn gewarnt hatte. Er sollte wohl besser noch einmal den alten Herrn konsultieren.

Vom Park aus konnte er Beauregard in seinem Rollstuhl auf dem Balkon sehen, wie er manchmal nickte, im Schlaf vielleicht, und manchmal die Aussicht betrachtete. Im Diogenes-Club war der alte Herr eine Legende. Jüngere Agenten, die während des Krieges zur Truppe gestoßen waren, tendierten dazu, auf Durchzug zu schalten, wenn alte Knochen aus Edwin Winthrops Generation die Heldentaten von Charles Beauregard besangen, dem Mann, der Dracula in seinem Versteck gegenübergetreten war und überlebt hatte. Nachdem Bond den Burschen kennengelernt hatte, verstand er allmählich, warum sie so viel Wind machten.

Er blieb stehen und zündete sich eine Zigarette an, merkte sich die Positionen seiner Schatten.

Der Größte war ein Riese und maß mehr als zwei Meter zehn; an seinen Füßen steckten Stiefel, mit denen man Straßen planieren konnte. Sein Teint war grünlich grau, keine gesunde Gesichtsfarbe. Die übergroße Melone auf seinem flachen Schädel beschattete wässrige Augen mit schweren Lidern. Wenn er seine dünnen schwarzen Lippen zu einer Art Lächeln dehnte, blitzten Stahlzähne auf. Der Kragen seines schwarzen Dufflecoats spannte sich um seinen Hals, hier und da lugten beulenartige Geschwüre hervor. Er bewegte sich langsam, schwerfällig, und seine langen, narbenübersäten Hände wirkten an ihm spindeldürr. Aber das täuschte. Er würde nicht leicht zu töten sein.

Der andere Große – Bond nahm jedenfalls an, dass es sich um einen Menschen handelte – war breiter und steckte in einem lehmfleckigen Mantel. Seine Beine waren wie steife Baumstümpfe; das aufgedunsene Gesicht hatte die braune Farbe von frisch geschaufeltem Schlamm. Auf einem Kopf von der Form eines Plumpuddings saß eine seltsame Perücke, irgendwo zwischen einem Pagenkopf und einem umgedrehten Blumentopf. Ein Davidstern baumelte vor seiner Brust, zur Abwehr von Vampiren wahrscheinlich.

Soweit er wusste, waren es keine Untoten, aber lebendig wirkten sie auch nicht gerade.

Immerhin trampelten sie erfreulich auffällig durch das Gelände. Sie hatten sich ein paar Straßen vom *D'Inghilterra* entfernt an ihn gehängt und waren ihm den ganzen Nachmittag lang hinterhergetrottet, bis in den Abend hinein. Ihr planloses Herumlungern, sobald er stehen blieb, war eine ganz schlechte Leistung.

Der dritte Schatten war am interessantesten, eine Ballerina mit langem Hals, weißem Puppengesicht und Porzellanarmen. Sie schwebte auf ihren Zehenspitzen dahin, wie die Versprengte einer Commedia-dell'Arte-Truppe, mit leicht angeschmutzten Röcken. Bei ihr war er sich zunächst nicht sicher gewesen, aber sie bildete definitiv ein Dreieck mit den anderen.

Ein Dreierteam deutete auf etwas Ernstes hin. Wenn er nur hätte beschattet werden sollen, wären weniger auffällige Agenten eingesetzt worden. Und wenn man auf seinen Tod aus war, hätte das ein Heckenschütze mit einer Silberkugel erledigen können. Bedachte man, wie oft die andere Seite schon seinen richtigen Tod in Auftrag gegeben hatte, dann war es verblüffend, dass sie noch keine hochkarätige ostdeutsche Sportschützin damit beauftragt hatten, ihn sauber aus dem Weg zu räumen. Immer kamen sie ihm mit so einem Unfug wie Spinnen unter der Bettdecke oder bizarren Schlägertypen. Wie diese hier.

Er verließ den Park und sah zu Beauregards Balkon hinauf. Der alte Herr erkannte ihn sofort und ließ etwas über die Brüstung fallen. Bond fing es instinktiv auf. Seine Hand schloss sich um ein Schlüsselbund. Er wurde nach oben eingeladen.

Er nahm an, dass Beauregards vampirische Gefährtin nicht zu Hause war. Was wohl nur gut war. Diese Dieudonné hatte nicht viel für ihn übrig. Was eine Schande war, denn sie war interessant mit ihren atemberaubenden Augen und der elektrisierenden Anmut. In ihrem geschmeidigen Körper brannte ein leidenschaftlicher Geist. Es wäre eine interessante Herausforderung, Geist und Körper zugleich seinem Willen zu beugen, die Leidenschaft von Jahrhunderten zu entfesseln und sie mit seiner eigenen unstillbaren Gier zusammenzubringen.

Auf der Treppe des Wohnhauses blieb er stehen und sah sich um. Seine drei Schatten kamen näher, sie schritten oder trippelten durch den flachen Nebel des Parks.

Das Gewicht seiner Walther unter der Armbeuge war ein beruhigendes Gefühl. Was das auch für Gestalten waren, ein oder zwei Silberkugeln in den Kopf oder ins Herz sollten schon mit ihnen fertigwerden. Er hoffte, dass es nicht dazu kam. Eine Lizenz zum Töten war schön und gut, aber jedes Mal, wenn er von ihr Gebrauch machte, musste er anschließend Formulare in dreifacher Ausführung ausfüllen. Und selbst freundlich gesinnte ausländische Regierungen fingen an zu plärren, wenn der britische Geheimdienst auf ihrem Territorium Leute umbrachte.

Er tat so, als gähne er, setzte seine Fangzähne der Nachtluft aus, nahm Witterung auf. Er war immer noch belebt von Anibas' gehaltvollem Blut. Manchmal spürte er die Angst eines Feindes auf der Zungenspitze, konnte er die Ahnung einer Absicht aus einer Schweißausdünstung herausschmecken. Jetzt war da nur ein Gewirr römischer Sinneseindrücke, aber keine Spur von den drei Kumpanen.

Nicht der Hauch einer Spur.

Nichts Vampirisches, nichts Warmblütiges.

Er betrat die große, dunkle Eingangshalle und nahm den Aufzug zu Beauregards Stockwerk. Die Kabine setzte sich mit einem befriedigenden dumpfen Geräusch und Kettenrasseln in Gang.

Oben schloss er die Tür zu Beauregards Wohnung auf und trat ein. Der alte Herr rief, er solle ins Arbeitszimmer kommen. Dort rollte Beauregard gerade mit einiger Mühe vom Balkon herein.

»Sie müssen entschuldigen, Commander Bond. Gené ist nicht da. Sie sucht gerade ein Kleid für einen besonderen Anlass.«

»Eine Verlobung?«

»Ja, aber es wird auch für eine Beerdigung taugen müssen. Dann wurde die Lady Anibas also von unserem scharlachroten Henker vernichtet?«

Es überraschte ihn nicht, dass Beauregard das wusste. Der Mann hatte immer noch seine Quellen.

»Sie waren in Rom, um sich mit ihr zu treffen, nehme ich an. Um sie umzudrehen, sollte ich besser sagen. Eine von Edwins kleinen Operationen. Wie man sich vielleicht hätte denken können, war sie nicht allzu bereit, sich anwerben zu lassen. Was ist passiert? Haben die Russen ihr ein besseres Angebot gemacht?«

Er brauchte Beauregards Mutmaßungen nur zu bestätigen.

Der alte Herr schüttelte wissend den Kopf. Obwohl er sichtlich gebrechlich war, hatte er ein wenig Farbe bekommen. Er war vielleicht warmblütig, aber er musste sich irgendwo abgeschaut haben, wie man den Leuten um sich herum Energie abzapfte – bei seiner vampirischen Geliebten vielleicht?

»Der Leiter der Abteilung Rom ist sehr fähig«, sagte Beauregard. »Sie sind über ihn instruiert worden.«

»Gregor Brastow.«

»Ehemals Graf Gregor Brastow. Ein echter Karpater. Von dieser Brut sind nicht viele bei SMERSCH. Über die Jahrhunderte hat er die Fähigkeiten entwickelt, die man braucht, um immer wieder Säuberungen zu überleben. Sie nennen ihn den Kater. Landet immer auf den Pfoten.«

SMERSCH – von SMERtj SCHpionam, russisch für »Tod den Spionen!« – war eine Spionageabwehrabteilung der sowjetischen Sicherheitsdienste unter Lawrenti Beria – das Äquivalent der anderen Seite zum Diogenes-Club. Bond war bereits mit ihren Auslandsleuten aneinandergeraten und fasziniert vom Hang des farblosen Beria zu exzentrischen und extravaganten Mitarbeitern.

»Winthrop meint, Brastow wäre eine der gefährlichsten Kreaturen in Europa.«

»Scharfsinnig wie immer«, stimmte Beauregard zu. »Brastow ist isolierter in Rom, als er eigentlich sein müsste. Mario Balato, ein hohes Tier bei der hiesigen Kommunistischen Partei, ist ein Vampirhasser reinsten Wassers. Er rechtfertigt seine Vorurteile mit ständigen Marxzitaten. Aristokraten lassen die edle Bauernschaft ausbluten, die toten Arbeiter sind die Blutsauger der lebenden. Unsere amerikanischen Freunde denken, auf ihre etwas vereinfachende Art, dass Moskau sämtliche kommunistischen Parteien im Ausland mit eiserner Hand regiert. Das hätte Chruschtschow natürlich gern, genauso wie Stalin damals. Aber die italienischen Roten sind sozusagen zu bolschewikisch, um ständig das zu tun, was die Komintern will. Brastow holt seine eigenen Leute her, und es kommt zu Reibereien mit Balatos Leuten. Interne Morde, Explosionen in konspirativen Wohnungen, solche Sachen. Eine Theorie lautet, dass der scharlachrote Henker buchstäblich ein Roter ist und auf Balatos Befehl handelt.«

»Dann wäre Anibas' Liquidation gleichzeitig gegen das Haus Vajda und gegen Brastow gerichtet. Sie war anscheinend viel wert. Mir sind heute den ganzen Nachmittag lang drei ausgeprägte Individualisten hinterhergestapft, was darauf hindeutet, dass SMERSCH ziemlich aufgebracht ist.«

Die schmalen Hände des Alten flogen auf wie Vögel und fegten die Theorie beiseite.

»Der Henker ist zu theatralisch für einen von Balatos Messerstechern. Ehrlich gesagt kommt es mir so vor, als lägen seine Aktivitäten viel eher auf unserer Linie.«

Diese Idee war Bond natürlich auch schon gekommen. Der scharlachrote Henker hatte ihm das Leben gerettet und jemanden eliminiert, der ihn gerade hatte töten wollen. Winthrop hatte vielleicht noch einen weiteren Agenten in Rom, ohne dass Bond davon wusste. Diese Trickserei, »nur bei tatsächlichem Informationsbedarf« mit Einzelheiten rauszurücken, wäre bei Diogenes nicht weiter überraschend.

Beauregard rollte rückwärts. Die Räder hinterließen Spuren auf dem Teppich. Er steuerte zu einem niedrigen Tisch hinüber und bot Brandy aus einer Karaffe an.

Bond nahm dankend an.

»Ich muss mich zurückhalten«, gestand Beauregard, »aber ich kann großen Genuss daraus ziehen, Ihnen dabei zuzusehen.«

Es war ein guter Courvoisier, wenn auch kein exzellenter. Er ließ ihn einen Moment auf seiner Zunge singen. Seit der Verwandlung war sein Gaumen außergewöhnlich empfindsam geworden. Er fürchtete, für alles, was nicht erstklassig war, nicht mehr infrage zu kommen.

Beauregard nahm eine Havanna aus einer Schachtel und ließ sich Feuer geben. Er rauchte sie an und schaute ein wenig traurig.

»Ich habe im hohen Alter erstaunlich wenig verloren«, sagte er mit stillem Stolz. »Aber der Geschmackssinn verabschiedet sich langsam.«

Bond wusste, dass er wahrscheinlich nicht so lange bestehen

würde wie Charles Beauregard, nicht einmal als Vampir. Er war kein Aufsteiger wie Winthrop und vor ihm Beauregard; ihm würde die herrschende Clique verschlossen bleiben. Wenige Agenten im Außeneinsatz waren noch weit über die vierzig hinaus mit dabei. Es war keine Frage des Wollens, sondern des Nervenkostüms. Als Vampir hatte er in dem Spiel vielleicht vier oder fünf Jahrzehnte mehr als ein Warmblütler, allerdings riskierte er, in der bildhaften Sprache eines Kollegen vom CIA, ein »wandelndes Blutbad« zu werden. Einer der weniger erfreulichen Aspekte der Verwandlung war es, dass man nie genau wusste, in was genau man sich verwandeln würde.

»Haben Sie den scharlachroten Henker gesehen?«, fragte Beauregard.

»Nur seine Hände. Sie waren rot.«

»Vom Blut?«

»Nein. Also schon. Da war Blut. Er hatte einen silbernen Draht, der klebte von dem Zeug. Aber seine Hände waren rot. Gefärbt, oder von irgendetwas fleckig.«

»Zeugen sprachen von einem roten Gesicht. Nicht nur von einer Maske, obwohl er eine Dominomaske und eine Kapuze trägt. Das war einmal Mode unter den ausgefalleneren Pariser Verbrechern. Fantomas, Irma Vep, Flambeau. Jetzt verbreitet sie sich über ganz Europa. Kriminal, Diabolik, Satanik, Killing. Absurde Namen, Kostüme, Masken. Ein bisschen wie bei unsereinem, schätze ich. Diese Leute sind nie aus ihrem Bedürfnis herausgewachsen, sich zu verkleiden und Piraten zu spielen.«

»Bei ihm war das kein Spiel. Sondern echt.«

»Ja, schon. Durchaus. Der hier ist ein anderes Kaliber. Er ist kein Dieb. Er nimmt keine Andenken mit. Ich glaube nicht, dass er einem persönlichen Tatmuster folgt wie die meisten verrückten Mörder. Ich halte ihn für einen Attentäter. Er ist das ausführende Organ einer Gruppe oder von Einzelpersonen. Er tötet, weil es ihm gesagt wird, und er lässt manche am Leben – wie Sie oder meine alte Freundin Kate Reed –, weil deren Tode in dem gut ausgearbeiteten Plan nicht vorgesehen waren.«

»Was glauben Sie, wer hinter ihm steht?«

Beauregard lächelte. »Genau das ist die Frage, Commander Bond. Wenn es SMERSCH nicht ist und wir es auch nicht sind, wer bleibt dann noch? Es ist schrecklich verlockend, Dracula mit ins Spiel zu bringen, meinen Sie nicht?«

»Die Opfer waren Freunde von ihm.«

»Freunde? Ich bezweifle, dass er zu Freundschaften fähig ist. Aber das ist eine Frage für ein andermal. Auf jeden Fall waren die toten Ältesten Zeitgenossen von ihm, Unterstützer sogar, Verwandte, Untergebene. *Il principe* ist launisch. Er hat den Vampirismus in der ganzen Welt verbreitet und dafür gesorgt, dass die Untoten ungefährdet leben und sich offen zeigen können. Vielleicht hat er seine Meinung geändert und möchte die Untoten jetzt wieder zurück in die Schatten treiben.«

»Anibas hätte ihn hintergangen.«

»Wie jeder der toten Ältesten. Als Brut ist ihnen Treue nicht besonders wichtig. Draculas Herrschaft war stets auf Angst gegründet, nicht auf Liebe. Er rechnet ständig mit Verrat und hat sogar den Eindruck, dass etwas nicht stimmt, wenn dieser mal auf sich warten lässt. Älteste besitzen Willensstärke, aber keine Persönlichkeit.«

»Und was ist mit …?«

»Geneviève? Sie ist einzigartig. Ist Ihnen das nicht aufgefallen?«

Doch.

»Es gibt noch andere Akteure«, fuhr Beauregard fort, »die in den Kulissen warten, im Schatten lauern. Buchstäblich Dutzende von einheimischen politischen oder religiösen Gruppierungen, die sich dem Kampf gegen die Vampire verschrieben haben, ob im Untergrund oder halb legal. Dazu noch Kirchen und Banken und Glaubensgemeinschaften und dergleichen mehr. Der römische Papst und die Mutter der Tränen. Die Opfer sind allesamt Älteste. Es gibt in der Welt andere alte Kräfte, Institutionen, die ihre Geschichte hochhalten. Vielleicht sind einige davon neidisch und möchten keine Konkurrenz in Sachen Langlebigkeit. Heute gibt es nur eine Handvoll Älteste. Bald werden es wesentlich mehr sein, wenn die Neugeborenen der 1880er- und 1890er-Jahre sich an ihr Überdauern gewöhnen. Dann werden Vampirälteste eine bedeutsame Kraft darstellen. Vielleicht werden sie es sogar sein, die den Weg der Menschheit im nächsten Jahrtausend bestimmen. Die Herrschaft der Toten haben wir schon immer befürchtet.«

Bond nahm einen Schluck Brandy und ließ sich die Worte durch den Kopf gehen.

Draußen krachte etwas, im Hausflur. Die Wohnungstür zerbarst.

Er riss die Walther PPK aus ihrem Holster und ging in Lauerstellung wie eine Katze. Beauregard rollte nach hinten, zurück in die Schatten. Er würde auf den alten Herrn aufpassen müssen. Nicht dass sie ihn als Geisel nahmen.

Jemand Schweres walzte den Korridor heran und blieb in der Tür zum Arbeitszimmer stehen. Lehmfratze füllte den Türrahmen vollständig aus. Er hatte keine Waffen – nur seine gewaltigen Pranken. Sie waren wahrscheinlich tödlich genug. Bond feuerte zwei Schüsse in die teigige Masse seines Kopfes. Die Silbergeschosse schlugen mit einem Geräusch wie Kieselsteine ein, die in Schlamm geworfen wurden, und hatten ungefähr dieselbe Wirkung. Die Löcher schlossen sich wieder. Bond versuchte es mit der Herzgegend. Auch wirkungslos.

»Der Davidstern«, rief Beauregard.

Er zielte auf das Amulett, aber etwas krachte schnell gegen seinen Arm und warf ihn um. Er bekam einen Tritt auf die Hand und verlor seine Waffe. Ein spitzer Fuß knallte ihm gegen die Schläfe.

Die Ballerina war über den Balkon gekommen.

Sie trat ihn immer wieder. Es war ein merkwürdiger Tanz, wahnsinnig und doch gelassen. Er verspürte richtigen Schmerz, als eine Art Rasiermesser durch seine Kleidung schnitt.

Er rollte mit den Tritten mit und packte einen Fußknöchel. Ihr Bein fühlte sich an wie kaltes Porzellan. Ihr Ballettschuh wies eine Vierzentimeterklinge aus Silber auf, die mit Knoblauch eingerieben war.

Das Messer näherte sich seinem Gesicht. Er brauchte seine gesamte Kraft, um es abzuhalten.

Als er hochsah, erblickte er ihr schönes, leeres Gesicht. Rot gemalte Kreise auf porzellanweißen Wangen, Augen, die langsam und uhrwerkartig blinzelten, dicke, gedrehte Locken.

Dieses zerbrechliche Püppchen besaß übermenschliche Kräfte.

Seine Ellbogen knickten ein. Das Messer berührte beinahe sein Auge.

Sie mussten ein detailliertes Dossier über ihn besitzen. Sein Blutgeschlecht war empfindlich gegen Knoblauch.

»Entschuldigen Sie, junge Frau«, sagte Beauregard.

Der alte Herr hatte die Walther aufgehoben und kam mit dem Rollstuhl durchs Zimmer, schob den Teppich in Falten dabei. Er klopfte mit der Pistole gegen das ausgestreckte Bein der Ballerina und hielt ihr den Lauf ans Knie.

Der Gesichtsausdruck der Ballerina änderte sich nicht.

Beauregard zog den Abzug durch. Die Lautstärke des Schusses war enorm, ohrenbetäubend. Die Waffe hüpfte in den Händen des alten Herrn und stieß ihn in seinen Rollstuhl zurück.

Das Knie der Ballerina explodierte. Porzellanscherben flogen in alle Richtungen. Geölte Drähte glitten in der Wunde auf und ab.

Getriebe und Zahnräder ergossen sich aus der berstenden Öffnung. Die untere Hälfte ihres Beines löste sich.

Sie hüpfte rückwärts, immer noch vollendet im Gleichgewicht. Drähte entrollten sich aus ihrem losen Schienbein, spannten sich und rissen Bond den Fuß und den Knöchel aus den Händen. Klares Öl ergoss sich auf den Teppich.

Die Ballerina war ein mechanisches Spielzeug. Das gesamte Dreierteam hatte etwas Künstliches.

Bond kam rasch wieder auf die Füße. Der Instinkt hatte übernommen. Seine Fänge waren voll ausgefahren, seine Blutgier kochte. Kaum dem Tode entronnen, musste er sich nähren. Durch die Verwandlung und das Training waren seine Schaltkreise neu verdrahtet worden. Wenn er eine Gefahr überstanden hatte, brauchte er Blut.

Die Ballerina war zwar beschädigt, aber nicht in der Lage, Schmerzen zu empfinden, und darum weiterhin gefährlich. Der dritte Killer kam gerade über die Balkonbrüstung geklettert und knurrte wütend.

Beauregards Rollstuhl hatte sich in den Falten des Teppichs verfangen. Der Hundertjährige war aus dem Spiel, benommen vom Lärm des Schusses und der Plötzlichkeit dieser ganzen Geschichte.

Lehmfratze war ins Zimmer getreten und blockierte die Tür.

Nur weil einer groß war, war er noch lange nicht hartgesotten. Bond warf sich durch die Luft und schlug die Klauen in die Teigwülste, die ein Hals sein sollten. Er umklammerte die breite Körpermitte mit den Beinen, riss das Maul auf, grub die Fangzähne in das feiste Fleisch und konnte das Rauschen des Blutes durch seine Kehle kaum erwarten.

Eine schlammige, erdige Flüssigkeit rieselte ihm in die Mundhöhle. Das war kein Blut.

Schwere Arme legten sich wie eine Klammer um ihn, hielten

ihn so fest gepackt wie ein Schraubstock. Er spürte die Beanspruchung seiner Lendenwirbel. Lehmfratze wollte ihn entzweireißen.

So etwas wie ein Gesicht hing vor ihm. Der Mund war nicht mehr als ein in Schlamm geritzter Strich. Die Augen waren glitzernde Kiesel in Löchern. Es war Leben in diesem Ding, aber nichts, von dem er sich nähren konnte, das er überwältigen konnte. Da Brastow wusste, dass sich kaum ein Mensch mit Bond messen konnte, hatte er ihm Killer geschickt, die keine Menschen waren.

Beauregard rief etwas.

Bonds Ohren rauschten von dem Blut, das ihm in den Kopf gepresst wurde. Das Wummern war die tiefe Basslinie einer Gitarre, die drohend grollte und doch Akkorde spielte, eine Erkennungsmelodie für Tod und Gefahr.

Bond verstand nicht. Was brüllte der Alte da?

Vor seinem Gesicht war der Davidstern. Die Schulter des Killers war aufgerissen und mit seinen Zahnabdrücken punktiert. Weiter drinnen bestand das Fleisch aus feuchter Erde, die wimmelnd das Loch wieder auszufüllen und zu glätten begann.

Einige von Bonds Rippen brachen. Heftige Schmerzen durchschossen seinen Körper.

»Der Stern des David!«, rief Beauregard erneut.

Unterhalb der Taille hatte Bond kein Gefühl mehr. Seine Rippen fügten sich im beschleunigten Heilungsprozess der Vampire wieder zusammen, brachen jedoch erneut und verwuchsen falsch miteinander. Stechender Schmerz fuhr ihm durch Herz und die Lungenflügel.

Er leerte spuckend und speiend seinen Mund, dann biss er in das Amulett. Seine leichte Empfindlichkeit gegen religiöse Gegenstände machte sich mit einem Kribbeln bemerkbar. Lehmfratzes Griff erstarrte. Bond nagte an dem Amulett, zerrte daran. Er bekam es besser zu fassen und riss es ganz ab.

Der Anschein von Leben verflog. Lehmfratze wurde zu einer weichen Statue.

Bond fiel herunter. Er spuckte das Amulett aus und holte tief Luft, sog die Lunge voll, dehnte seinen Brustkorb. Hoffentlich rutschten die Knochen dadurch an die richtigen Stellen.

Die Ballerina machte nach wie vor ihre Hüpfer, und der dritte Killer war jetzt auch im Zimmer, der Mann mit dem flachen Schädel. Er nahm seine Melone ab.

Bond stand auf, trat zur einen Seite.

Der Hut flog durch den Raum wie ein Diskus mit rasiermesserscharfen Rändern. Der Killer bleckte die Stahlzähne. Der Hut krachte in die Lehmstatue, sank tief ein. Die Krempe musste verstärkt sein.

Bond zog den Hut aus der lehmigen Brust und schleuderte ihn zurück. Der Killer schlug ihn mit einem Grollen beiseite und sprang durchs Zimmer, die Arme ausgestreckt. Der Boden bebte unter seinen Stiefelschritten.

Beauregards Nachbarn waren anscheinend durch nichts zu erschüttern.

Der Killer blieb einen Moment neben dem alten Herrn stehen, sah auf ihn hinab, dachte nach. Er verfügte als Einziger über einen Funken von kreatürlicher Intelligenz und war in der Lage, von dem Plan abzuweichen und unvorhergesehene Faktoren zu berücksichtigen. Wenn Beauregard nicht gewesen wäre, hätte jeder der anderen Killer Bond erledigt.

Er hob eine Hand, holte zum tödlichen Schlag aus.

Seelenruhig schleuderte Beauregard ihm den letzten Rest Brandy ins grünliche Gesicht. Der Riese schüttelte wie ein Hund den Kopf, blinzelte, spuckte. Er war verwirrt. Beauregard blies auf die Glut seiner Zigarre und schnippte sie dem Kerl ins Gesicht.

Ein Feuerball explodierte, verschlang das Gesicht des Killers, versengte seine strähnigen schwarzen Haare zu Stoppeln. Er krallte mit seinen schwarzen Fingernägeln nach den Flammen, brüllte vor Schmerz wie ein Tier, stolperte in heller Panik umher.

Bond stieß die Statue um, die auf dem polierten Holzfußboden im Flur zerschellte, dann balancierte er über Lehmbruchstücke auf die zerborstene Wohnungstür zu.

Er hatte es gerade auf den Hausflur hinausgeschafft, da landete etwas in seinem Rücken und klammerte sich fest. Ein Bein schlang sich um ihn, legte sich um seine Rippen, tat seinen gerade erst gebrochenen Knochen Gewalt an.

Kalte, steife Finger ergriffen seinen Kopf und schüttelten ihn, als wollten sie ihn von den Schultern lösen.

Die Ballerina sang, während sie ihn zu töten versuchte; ein hohes, vollkommenes Wehklagen. Es verschmolz mit dem Pochen seines Blutes zu einem fremdartigen, bedrohlichen, verheißungsvollen Lied. Vor seinen Augen wurde alles scharlachrot. Die Porzellanarme, die mit Flecken gesprenkelt waren, zuckten im Takt der Blutmusik.

Er warf sich um den Treppenabsatz, rammte den Rücken gegen die Wände, versuchte das merkwürdige Spielzeug loszuwerden.

Der Riesenkiller kam mit geschwärztem Gesicht aus der Wohnung gewankt. Seine Stahlzähne klapperten wie langsame Kastagnetten des Todes.

Bond kämpfte sich rückwärts weiter, bis er gegen die verschlossene Aufzugtür stieß.

Hatte der Schläger Beauregard getötet, bevor er ihm gefolgt war? Dieser alte Herr war der Beste der ganzen Branche. Er hatte begriffen, wem er sich gegenübersah, und gewusst, was er tun musste. Selbst wenn Bond einmal die hundert erreichen sollte, würde er nie mit ihm gleichziehen können.

Es war eher unwahrscheinlich, dass er die hundert schaffte. Zehn messerspitze Fingernägel arbeiteten sich ihren Weg durch seine Kehle. Er brach in die Knie, bog sich nach hinten.

Auf den Händen krabbelte er so weit zurück, wie es ging, und tastete nach den Aufzugtüren. Seine Finger fuhren über die beweglichen Gitterstangen. Er streckte sich, fuhr die Krallen aus und bekam sie zu fassen.

Die Türen teilten sich, und er stieß die Schultern nach oben, warf die Ballerina in den Schacht. Sie ließ mit einer Hand seine Kehle los und packte eine der Gitterstangen, hielt sich fest. Er wand sich und schubste, bekam sie aber nicht tiefer hinein.

Der Riesenkiller sah mit boshaftem Interesse zu. Hinter seinen schmerzerfüllten Augen glomm Intelligenz.

Im Aufzugsschacht klapperte etwas. Jemand war auf dem Weg nach oben.

10

Die neunschwänzige Katze

Leicht zerstreut drückte Geneviève den Knopf für ihr Stockwerk und suchte in ihrer Handtasche nach den Schlüsseln. Sie gehörte zwar keinem lichtscheuen Geblüt an, aber irgendwie hatte sie es dennoch geschafft, die Schalterstunden der Bank zu verpassen. Und mochte die Welt sich noch so sehr verändern, deshalb verlängerte man dort noch lange nicht zugunsten des Volkes der Nacht die Öffnungszeiten.

Ihre Geldanlagen warfen genug ab, um ihren Lebensunterhalt zu decken. Auch sollte sie sich besser allmählich mit Charles' Investitionen vertraut machen, da sie davon ausgehen durfte, bald seine Vermögensverwalterin zu sein. Sie hatte ihm das Versprechen abgenommen, ihr nicht seinen gesamten Nachlass zu vermachen. Eine besonders abstoßende Variante, an Geld zu kommen, stellte es für Vampire dar, einen glücklosen Sterblichen zu umgarnen, bis er einem seine gesamten weltlichen Güter vermachte, um dann auf das Unausweichliche zu warten, abzukassieren und sich dem nächsten Kandidaten zuzuwenden. Sie wollte nicht, dass die Welt sich an Charles Beauregard als den Trottel erinnerte, der sich von ihr hatte ausnehmen lassen.

Der Aufzug fuhr unter dem üblichen Klappern und Rasseln nach oben. Sie fand ihre Schlüssel. Irgendetwas in der Luft erregte ihre Aufmerksamkeit.

Vergossenes Blut. Eingesetzte Kraft. Ein Hauch von Cordit.

Verdammt. Da ging es schon wieder los. Konnte sie Charles nicht einmal einen Nachmittag lang allein lassen?

Kurz vor ihrem Stockwerk kam der Aufzug kreischend zum Stehen. Dann zogen ihn die Ketten weiter hinauf, Zentimeter nur. Metall kreischte – und noch etwas anderes.

Durch die Kabinentür sah sie einen Rock herunterhängen. Ein zerbrochenes weißes Puppenbein trat aus.

Auf dem Stockwerk waren Leute. Hamish Bond und ein flachköpfiger Ganove, den sie nicht kannte.

Panik erfasste ihr Herz.

War Charles verletzt? Oder Schlimmeres?

Sie war noch nicht so weit. Trotz seines langsamen Wegdämmerns war sie noch nicht bereit, ihn zu verlieren. Noch ein paar Wochen. Oder wenigstens Tage. Es musste noch einiges erledigt werden. Wenn das Liebe war, dann war sie das Grauen.

Ein zerschmetterter Körper wand sich vor der Kabine, eingeklemmt zwischen den halb geöffneten äußeren Türen und den Schiebetüren des eigentlichen Aufzugs. Er hing am Hals zwischen der Kante des Stockwerkbodens und der oberen Liftkante, mit dem Kopf oben im Schacht.

Das Kreischen war melodisch.

Der Hals löste sich, und das Ding in dem Kleid fiel herab, verstreute Uhrwerkteile. Bond hustete Blut. Seine zuvor tadellose Smokingjacke hing in Fetzen an ihm herab.

Dieser Flachkopf stand über dem britischen Spion, griff mit grausigen Händen nach ihm.

Sie musste dem ein Ende setzen.

Hastig riss sie die Kabinentüren auf, trat ins Stockwerk hinaus und fixierte Flachkopf mit den Augen. Dieser Unhold hatte etwas Viehisches, aber er besaß ein Gehirn. Er konnte mit Willenskraft bezwungen werden. Mit dem Maschinending wäre das nicht gegangen. Geneviève ballte die kleinen Fäuste und sandte ihre Gedanken aus.

Flachkopf geriet ins Wanken. Er knurrte, fletschte Metallzähne.

Die Wohnungstür war zerschmettert. Ihre Überreste lagen verstreut. Das würde teuer werden.

Geneviève war von kaltem Zorn erfüllt. »Commander Bond, erklären Sie mir das.«

Bond konnte nicht aufhören zu husten. In seiner Kehle heilten Löcher.

»Das übernehme ich wohl besser.« Die Stimme war ihr unbekannt.

Sie hatte niemandes Gegenwart gespürt, also musste es sich um jemand Altes handeln, jemand Machtvolles.

»Ich bin Brastow.«

Sie hatte von ihm gehört. Ein hochgewachsener, breiter Mann stand in den Schatten. Sein Gabelbart machte ihn unverkennbar. Er hielt eine große weiße Katze in den Armen, deren Fell in einem Balken Mondlicht von einem hohen Fenster her schimmerte. Die geschlitzten Augen der Katze waren scharlachrot. Der Mann trug eine malvenfarbene Baumwolljacke im chinesischen Stil und Hosen, wie sie die russischen Muschiks bevorzugten.

»Für den Augenblick würde ich mich nur gern mit Ihnen unterhalten«, sagte Brastow.

Geneviève begriff, dass sie eine allzu naheliegende Vermutung über dieses Wesen angestellt hatte. Sie fragte sich, ob Bond sich auch hatte täuschen lassen. Ihr fiel wieder ein, dass Charles diesen Brastow erwähnt hatte, den Kater. Er war angeblich ein sowjetischer Agentenführer.

»Sie sind Geneviève Dieudonné, eine Älteste«, sagte der Kater. »Eine unschuldige Partei vielleicht, aber eine beteiligte. Ich muss Sie bitten, Mr. Bond zu begleiten.«

Sie fuhr ihre Krallen aus.

»Wenn Sie auf eine Auseinandersetzung verzichten, werden wir Charles Beauregard so lassen, wie er ist, und ihm nicht die Anstrengung abverlangen, Sie zu begleiten.«

Sie zog die Fingernägel wieder ein.

»Er hat sich verausgabt, ist aber unverletzt. Sie haben Brastows Wort, dass ihm kein Leid zugefügt werden sollte. Er hat in unserer Branche einen gewissen Ruf. Man möchte nicht respektlos erscheinen.«

Brastows Stimme war wie die einer Schlange, hypnotisch. Dicke Finger kraulten das Fell am Hals der Katze.

»Dieser alte Herr hat drei Ihrer besten Leute erledigt«, spuckte Bond.

»In der Tat«, schnurrte Brastow mit der unerschütterlichen Ruhe eines Mannes von Welt. »Sehr lehrreich. Unten wartet ein Auto. Sie begleiten uns.«

Geneviève wurde starr.

»Sie dürfen nach Mr. Beauregard schauen, Mademoiselle. Ich bin kein gefühlloser Mensch. Aber nur kurz.«

Sie nickte dankbar.

Flachkopf versperrte die eingeschlagene Tür.

»Wenn Sie Olympias Kopf bergen könnten«, wies Brastow seinen Untergebenen an. »Es wäre ein Jammer, ein so raffiniertes und erfreuliches Werkzeug zu verlieren. Sie lässt sich reparieren.«

Flachkopf grunzte und ging beiseite. Er griff in den Aufzugschacht und zerrte den dort befindlichen Gegenstand heraus. Die Augen des Maschinenwesens blinzelten.

Geneviève betrat die Wohnung. Der Flur war mit feuchten Lehmklumpen übersät.

Charles saß in seinem Arbeitszimmer im Rollstuhl und atmete schwer. Er wirkte benommen. Auf seiner Wange war ein Striemen zu sehen, ein sich bildender Bluterguss.

Sie zog den Teppich glatt – sie wusste, dass sich der Rollstuhl manchmal darin verfing – und überprüfte Charles' Puls. Seine Augen öffneten sich ein Stück, er war also wach.

»Sind Sie mit seinem Zustand zufrieden?« Brastow war jetzt in der Wohnung, sah ihnen zu.

»Einen Mann in seinem Alter zu schlagen«, protestierte sie.

»Mein Kollege wird seine Strafe erhalten. Er schätzt Feuer nicht.«

Charles lächelte so knapp, dass es nicht im gesamten Raum zu sehen war. Geneviève zog die Decke über seinen Knien zurecht und griff darunter nach seinen Händen. Ihre Finger schlossen sich um etwas Kaltes. Bonds Waffe. Charles drückte sie ihr in die Hand. Sie beförderte sie unter der Decke hervor in ihre Achselhöhle, wo sie unter ihrem Umhängetuch verborgen war.

Charles tätschelte ihre Hand. Sie küsste ihn auf die Stirn.

»Herzergreifend«, kommentierte Brastow. »Wenn Sie nun so freundlich wären mitzukommen. Mr. Bond hatte einen anstrengenden Abend.«

Als sie die Wohnung verließen, lag die Pistole in Genevièves Handtasche.

Ihnen wurden die Augen verbunden, dann schob man sie in einen Daimler. Nach einer kurzen Fahrt half man ihnen aus dem Wagen und durch ein eisernes Tor hindurch, das über Kies schabte.

»Sie merken sich sicher gerade die winzigsten Geräusche und Gerüche«, sagte Brastow. »Damit habe ich mir auch schon die Zeit vertrieben. Denn zu mehr ist das Ganze nicht nützlich. Es sollte mich sehr wundern, wenn Ihr Diogenes-Club mit unseren Adressen nicht auf dem Laufenden wäre.«

Die Augenbinden wurden entfernt. Sie befanden sich in einem großen Garten mit unbestimmbaren Ruinen. Der Mann mit der Katze stand am Eingang eines Tunnels, der unter die Erde führte. Er ging vor. Geneviève und Bond folgten. Flachkopf übernahm die Nachhut.

Der Gang war schmal und niedrig. Sie wurden durch Katakomben geführt. Flachkopf stieß immer wieder mit der Stirn gegen die Felsendecke. Nischen in den Wänden enthielten zusammengekrümmte Leichen und jede Menge gut erhaltener Knochen. Manche Gesichter waren im Tode verzerrt wie die von lebendig Eingemauerten.

»Bei der Liebe Gottes, Montrésor«, zitierte Geneviève.

»In der Tat, ja«, sagte Brastow amüsiert. »Kennen Sie Mr. Poe? Er hält sich gegenwärtig in Rom auf. Man sieht ihn auf Festen bedrückt in der Ecke stehen. De Laurentiis hat ihn für Cinecittà unter Vertrag. Er hat an dem Drehbuch für eines dieser Filmepen gearbeitet. *Gli Argonauti.*«

Der Gang verbreiterte sich zu einer Höhle. Ihre Wände bestanden aus Totenschädeln ohne Unterkiefer, die wie makabre Mauersteine übereinandergeschichtet waren. Flachkopf streckte die Hand nach einem bestimmten Schädel aus, schob dicke Finger in leere Augenhöhlen. Er zog daran, und die Wand teilte sich, glitt beiseite.

»Unser Versteck«, sagte Brastow. »Treten Sie ein.«

Der Mann mit der Katze trat in die Dunkelheit hinter der Mauer aus Schädeln. Automatisch ging Licht an. Ohne gedrängt werden zu müssen, folgten ihm Geneviève und Bond. Sie standen auf einer Plattform, die wie ein Grubenaufzug nach unten fuhr, in eine gewaltige unterirdische Kaverne hinunter. Die Höhle war aus dem nackten Fels gehauen und wurde mit futuristischen Stahlträgern abgestützt.

Geräteanordnungen standen zwischen zerborstenen klassischen Säulen und armlosen, kopflosen Statuen. Große Bildschirme hingen an Stalaktiten. Symbole bewegten sich auf den Landkarten diverser Kontinente. Geräte, die wie Kühlschränke mit riesigen wirbelnden Tonbandspulen an der Front aussahen, standen in Reihen, wo der Höhlenboden sich abflachte. Hochmoderne Computer.

Schöne Frauen in eng anliegenden weißen Overalls waren mit den Geräten beschäftigt, empfingen und sandten Nachrichten, stellten Daten zusammen. Dunkle Männer in orangefarbenen Arbeitsanzügen wachten über sie, Maschinenpistolen lässig über der Schulter hängend.

Sie durchquerten das Hauptquartier und wurden zu Umkleideräumen geführt. Bond durfte duschen und wurde mit einem neuen Satz Kleidung ausgestattet. Geneviève überlegte kurz, das angebotene Abendkleid anzunehmen, beschloss dann aber, bei ihrer praktischeren Kleidung zu bleiben. Sie wollte ihre Handtasche nicht ablegen, weil sie Angst hatte, die Pistole zu verlieren.

Während Bond unter der Dusche einen Calypso schmetterte, musterte Geneviève das harte Gesicht der Aufseherin. Es handelte sich um eine Neugeborene mit den charakteristischen slawischen Zügen. Von den Leuten in Brastows Versteck waren nur wenige eindeutig russischer oder auch nur osteuropäischer Herkunft, obwohl es sich um eine hundertprozentige Sowjet-Operation handelte, die oftmals mit der Kommunistischen Partei Italien und sogar den hiesigen Verbrecherorganisationen im Streit lag.

Bond kam wie aus dem Ei gepellt aus dem Umkleidezimmer. Er trug einen leichten schwarzgrauen Anzug mit einer blauen

Strickkrawatte. Offenbar erwartete dass sie ihm ein Kompliment für sein Aussehen machte, aber sie enttäuschte ihn. Sie machte sich zu viele Sorgen um Charles, der allein in der Wohnung und womöglich verletzt war.

Die Aufseherin brachte sie in ein luxuriös ausgestattetes Büro. Hinter einem Schreibtisch von der Größe eines Flugzeugträgers hing das bei einem spektakulären Einbruch entwendete Porträt Lord Ruthvens von Basil Hallward. An einem Holzgestell baumelten lebensgroße Puppen in den merkwürdigsten Positionen. Geneviève entdeckte eine Lücke und nahm an, dass dort Olympia gehangen hatte. Die beeindruckendste der verbliebenen Puppen war eine achtarmige tanzende Kali.

Der Mann mit der Katze saß hinter dem Schreibtisch, das Gesicht erneut im tiefen Schatten. Ein Scheinwerfer erleuchtete das weiße Fell der Katze. Das Tier aalte sich wie bei einem Sonnenbad.

»Darf ich Ihnen etwas zu trinken anbieten?«, fragte Brastow. »Wir haben einen gut sortierten Keller. Es gibt immer entbehrliche Warmblüter. Sie dürfen einen töten, wenn Sie möchten, Mr. Bond. Nach dieser Anstrengung dürften Sie einigen Durst haben.«

Geneviève traute Brastow zu, ihnen einen hoffnungslosen Drogensüchtigen oder einen Spätsyphilitiker unterzuschieben. Sie wies sein Angebot zurück. Das tat, nach kurzem Überlegen, auch Bond.

»Nun gut. Dann zum Geschäftlichen.«

Die Katze streckte sich auf dem Tisch, rollte herum. Es handelte sich um einen Kater von der Größe eines Schäferhunds, mit einer Doppelreihe Fangzähne. Verwöhnt, aber eindeutig der Schrecken seiner Beute.

»Der Tod von Anibas Vajda hat uns zutiefst getroffen.«

In der rührseligen Floskel schwang Härte mit.

»Das ging uns nicht anders«, sagte Bond.

»Ich bezweifle es. Sie schwankte in ihrer Treue. In unsere Richtung zum Zeitpunkt ihres Hinscheidens. Ehrlich gesagt haben wir uns gefragt, ob Sie sie vielleicht nicht selbst eliminiert haben.«

»Zufälligerweise nicht. Wobei ich es durchaus gern versucht hätte.«

»Das war auch unser Eindruck, Mr. Bond. Diese Angelegenheit zwischen uns, zwischen Ost und West, mag für Außenstehende wie Mademoiselle Dieudonné undurchschaubar sein, aber wir begreifen das Spiel, wir kennen seine Regeln. In diesem Fall haben wir um einen sehr kleinen Gewinn gespielt – nämlich um die Möglichkeit, dem Haus Vajda unsere Position nahezubringen und so an Prinz Dracula heranzukommen. Er besitzt in unserem Einflussbereich noch immer eine gewisse Anhängerschaft und ist, was deren Verwendung anbelangt, äußerst launenhaft. Er könnte für beide Seiten ebenso nützlich wie lästig sein. Seit Kriegsende hat er, von der Welt zurückgezogen, in seinem Palazzo gesessen. Solche Anwandlungen hatte er auch früher schon. Sie gingen noch jedes Mal vorüber.«

Nun war Genevièves Interesse doch geweckt.

Offensichtlich tappten die Russen, was die Absichten des *principe* betraf, ebenso im Dunkeln wie alle anderen auch.

»Dieser scharlachrote Henker ist das Werkzeug einer dritten Macht«, sagte der Mann, den sie Kater nannten. »Sie spielt möglicherweise in der obersten Liga mit, allerdings ohne auf ehrliche Weise in Erscheinung zu treten. Da versteckt sich jemand lieber in den Schatten.«

Geneviève hätte fast aufgelacht.

»Man könnte meinen, ein chinesisches Superhirn aus früheren Tagen wolle sein Unternehmen in der heutigen Zeit wieder aufleben lassen.«

Sie wusste, wen er meinte.

»Oder einer der anderen. Herr Doktor Mabuse. Monsieur Anthony Zenith. Oder auch dieser Professor der Astronomie. Wir dachten bei allen, dass sie sich entweder zur Ruhe gesetzt hätten oder gestorben wären, aber beides ist bei Männern dieses Kalibers selten von Dauer. In der zweiten Hälfte dieses Jahrhunderts hat sich die Natur der Schattenkönige offensichtlich verändert. Es gibt unzählige Geheimgesellschaften, nur ähneln sie jetzt großen Unternehmen. Sie haben die wunderbaren Kästen draußen gesehen, Rechenmaschinen und Denkmaschinen und Mordmaschinen. Was ist aus den Umhängen und Riten und Flüchen der früheren Jahre geworden? Sie müssen wissen, Mr. Bond, das alles fehlt mir. Bald schon werden mehr Buchhalter für mich arbeiten als Attentäter.«

»Da kann man nur hoffen, dass sie mehr taugen.« Bond stützte sich mit der Hand auf einem der oberen Arme Kalis ab. »Anderenfalls fürchte ich selbst um die tiefen Taschen des Kreml.«

»So weit sind wir noch lange nicht, alter Knabe.«

Kalis Augen sprangen auf. Bond bekam keinen Schreck.

»Sie ist mehr als eine Maschine«, sagte Brastow. »Kali ist ein Kunstwerk, das Spielzeug eines Tyrannen der alten Zeit. Man kann dem Handwerker, der solche Schönheit zum Leben zu erwecken vermag, nur Respekt zollen. Ihre Umarmung ist tödlich, aber ihre Opfer sterben unter unbeschreiblichen Wonnen. Ganz im Ernst. Man hat das bei den Geistern der Verstorbenen durch Medien überprüfen lassen.«

»Ich hatte in der letzten Zeit ein paar tödliche Umarmungen zu viel.«

Der Kater auf dem Schreibtisch riss sein Maul zu einem spöttischen Gähnen auf.

»Durchaus, Mr. Bond. Haben Sie Charles Beauregard aufgesucht, um ihn wegen des scharlachroten Henkers zu konsultieren?«

So viel hatte Geneviève sich auch schon zusammengereimt. In ihr brodelte es vor nutzlosem Zorn. Falls sie dies hier überlebten, würde sie sich den britischen Spion noch vorknöpfen. Er hatte, ohne dass es nötig gewesen wäre, einen Sterbenden in Gefahr gebracht. Wie Brastow war er so auf sein Spiel versessen, dass er keinen Gedanken an die zerbrechlichen menschlichen Spielfiguren verschwendete.

»Ich kann mir vorstellen, dass er zu denselben Schlüssen gekommen ist wie ich. Er besitzt Rang und Namen.«

»Er erwähnte die Möglichkeit, dass Freunde von Ihnen beteiligt sein könnten«, sagte Bond. »Mario Balatos lausige Truppe.«

Brastow lachte fauchend. »Er hat vielleicht die Möglichkeit erwähnt, aber er war gewiss nicht davon überzeugt. Unsere ungebärdigen Kinder sind höchst lästig, das gebe ich zu. Sie sind zu ideologisch und kennen die Spielregeln nicht. Noch ein unschöner Zug des zwanzigsten Jahrhunderts. Aber das hier ist nicht ihr Stil. Nein, wir müssen ein bisschen tiefer graben, unter den Steinen. Die Antwort auf diese Frage ist alt, vielleicht so alt wie Rom.«

Bond zuckte die Schultern.

»Mademoiselle«, wandte Brastow sich an Geneviève, »sagt Ihnen die *Mater lachrymarum* etwas?«

»Sie soll eine der drei Mütter sein«, sagte sie. »Hexen oder Gottheiten oder Schutzdämonen. *Mater suspiriorum*, die Mutter der Seufzer, *Mater tenebrarum*, die Mutter der Finsternis, und *Mater lachrymarum*, die Mutter der Tränen. Hüterinnen der kranken Seele Europas oder etwas in der Art. Thomas De Quincey hat ein Essay über sie geschrieben.«

»Sie beeindrucken mich, ganz wie ich es erwartet hatte. Offiziell habe ich wenig Zeit für solchen esoterischen Unsinn. Er schmeckt nach Alchemie und spitzen Hüten. Moskau missbilligt Derartiges als unsozialistisch. Aber ich habe viele Quellen. *Mater lachrymarum,* die Mutter der Tränen, ist von den dreien die Älteste, und ihre Legende ist untrennbar mit der Geschichte Roms verbunden. Sie war vor Romulus und Remus hier, heißt es. Sie hat die ganze römische Geschichte hindurch über ihren unsichtbaren Hof geherrscht. Caligula hat ihr geopfert, und Rodrigo Borgia war ihr Liebhaber, bevor er der Heilige Vater wurde. Mythen, Gerüchte und Märchen … aber in ihrem Kern liegt eine Wahrheit, die sich auf uns alle auswirkt. Es wird geflüstert, dass die Mutter der Tränen mehr ist als eine Urlegende und dass dieser scharlachrote Henker in ihrem Bann steht.«

Geneviève begriff, dass sie nicht zu einer Befragung hierhergebracht worden waren, sondern um eine Antwort zu bekommen.

Es ging nur darum, einen Namen zur Sprache zu bringen.

Mater lachrymarum.

Mehr nicht. Für Brastow war die Unterredung beendet. Einer von ihnen würde freigelassen werden, damit er in Brastows Sinne tätig werden konnte. Der andere würde sterben, das unterstrich die Ernsthaftigkeit dieser Angelegenheit.

»Vielleicht möchten Sie gern mit Kali tanzen«, sagte Brastow.

Die Spinnenarme des Automaten schlossen sich, verfehlten nur knapp Bonds Brust.

Brastow lachte.

Geneviève zog die Walther aus der Handtasche und warf sie Bond zu. Er wusste mit dem verfluchten Ding umzugehen.

Bond trat vor und erschoss den Mann hinter dem Schreibtisch. Zwei perfekt gezielte Schüsse in die Brust. Der Mann wurde in den Drehstuhl zurückgeworfen, dann fiel er langsam nach vorn aufs Gesicht.

Sie konnte es nicht fassen, dass Bond ein solcher Fehler unterlaufen war.

»Das war aber nicht sehr freundlich«, sagte Brastow. »Russen auszubilden ist harte Arbeit.«

Bond war verblüfft. Geneviève war außer sich.

»Doch nicht den Menschen, Sie Vollidiot!«, rief sie. »Den Kater!«

Brastow glitt den Schreibtisch hinunter wie ein pelziger Blitz, lief verstohlen auf größer werdenden Pfoten davon. Er nahm etwas menschlichere Form an, die Hinterläufe wurden länger, die Vorderpfoten bildeten Finger aus.

Bond schoss erneut, streifte aber nicht einmal Brastows schrumpfenden Schwanz.

In der Wand öffnete sich eine Klappe, und Brastow huschte hindurch.

Bond war wie vor den Kopf geschlagen. Geneviève schüttelte den ihren.

»Ich bringe Sie hier heraus.« Sie merkte, wie ihre Krallen und Zähne hervorschossen, und sammelte die Kraft, die sie brauchen würde. »Aber mehr auch nicht. Ab da sind Sie auf sich allein gestellt. Meine Geduld mit diesem albernen Spiel ist erschöpft.«

11

Totentanz

Penelope flatterte aufgeregt umher, wie ein Fledermäuschen. Tom war nicht der Einzige, dem das auffiel. Er hörte, wie einer der Ober sie als *Signorina Pipistrella* bezeichnete. Vielleicht wurden hier alle toten Frauen hinter dem Rücken so genannt. Wenn, dann war es unklug. Genau wie Fledermäuse besaßen auch die Toten große, empfindliche Ohren. Und Penelope konnte quasi auf Bestellung von aufgekratzter Fröhlichkeit zu mörderischem Zorn überwechseln.

Sie befanden sich unter den Caracalla-Thermen und suchten nach einem neuen Kabarett. Penelope hatte Wunderbares von einer farbigen Gesangsgruppe aus Amerika gehört, den Kool-Tones. Sie zählte zu denjenigen Europäern, die amerikanische Importe für ihre Vitalität und Dreistigkeit schätzten. Tom hegte den Verdacht, dass sie auch ihn dazu zählte, obwohl er sich weder als vital noch als dreist betrachtete. Ihm stand überhaupt nicht der Sinn danach, durch eine Stadt zu tappen, die mehrere Tausend Jahre älter war als New York, und nach irgendwelchen trällernden Negern zu suchen, die in Harlem keine bezahlten Auftritte bekamen.

Der *Kit Kat Klub* lag größtenteils unterirdisch und sein Eingang mitten in den Ruinen. Ein orangefarbenes Neonschild zischte zwischen den Überresten eines klassischen Frieses. Jeder war sich der Vulgarität bewusst und wollte sich unbedingt durch einen ironischen Kommentar davon distanzieren.

»Als ob man aus dem Taj Mahal ein Varieté machen würde«, höhnte Kate.

Tom hatte das Taj Mahal zwar nie besichtigt, aber bestimmt war es auch ohne Getränkekellnerinnen, die wie französische Dienstmädchen ausstaffiert waren, oder säuselnde Schlangenmenschen schon vulgär genug. Der Geschmack der Masse war noch nie gut gewesen. Ein ekelerregendes altes Etwas hatte ihm einmal erzählt, dass das klassische Rom eine Orgie des schlechten Geschmacks gewesen war, grässlich überpinselter Marmor. Weiße Büsten, die heute wie die Essenz heiterer Gelassenheit wirkten, hatten ursprünglich ausgesehen wie Vorlagen für Zirkusmasken.

Sie saßen an einem guten Tisch in der Nähe der Bühne und redeten und lachten laut genug, um die sich abmühenden Kool-Tones zu übertönen, die gerade »Blue Moon« den Garaus machten. Penelope unterhielt sich angeregt mit allen außer Tom, obwohl ihre krallenbewehrte Hand unter der Stola fest seinen Ellbogen umklammerte. Es war, als halte sie sich an ihm fest oder als wolle sie sich vergewissern, dass ihr niemand ihr Spielzeug wegnahm. Er fragte sich, ob sie alt genug war, um sich in nichts aufzulösen, wenn ihr Herz von Silber durchbohrt wurde. Wahrscheinlich nicht. Sie gehörte ja zu diesen Viktorianern. Sie würde zu einem fetzenbehangenen Skelett mit weißen Haarsträhnen dahinschwinden. Übersät von Maden.

Seit Prinzessin Asas Standpauke befand Penelope sich am Rande einer Hysterie und stand unter dem Zwang, schrecklich amüsant und modern zu sein. Sie hatte diese Truppe aus Zweitligisten und Schmarotzern im Palazzo sowie in verschiedenen Schlupfwinkeln der Stadt um sich geschart und führte sie gerade auf eine neue Expedition. »Wen graut es schon vorm Morgengrauen« war ihr Motto.

Tom war der einzige Lebende am Tisch – bis auf einen Landsmann von ihm, einen Schrank von einem Footballspieler namens Kent. Er hatte daheim in Kansas einen Schönheitswettbewerb für mit Kraftfutter hochgepäppelte Athleten gewonnen und war nach Rom verfrachtet worden, um als Herkules in Dino de Laurentiis Verfilmung der Argonautensage mitzuspielen. Gerade war verkündet worden, dass die der Malenka zugedachte Rolle der Medea nun von Sylvia Koscina übernommen werden sollte. Kents Haare waren blauschwarz gefärbt, damit sie im Film schön glänzten. Eine Brille verlieh seinem kantigen Heldengesicht einen nachdenklichen Ausdruck, ohne jedoch die Augen zu verbergen, denen wenig verborgen blieb.

Penelopes tote Freunde waren der unbedeutende Dichter Roger Perendel, der immer noch von der verzweifelten Desillusionierung zehrte, die er im Ersten Weltkrieg erfahren hatte, Irena Dubrovna, eine katzenartige zerbrechliche kleine Serbin, die sich ständig dafür entschuldigte, dass sie schon wieder das Tischtuch zerschlitzt hatte, der englische Avantgardemaler Anthony Aloysius St. John Hancock mit Baskenmütze und langer Zigarettenspitze, Nico Otzak, ein merkwürdiges dahingehauchtes blondes Ding aus Deutschland, das entweder sehr verloren oder sehr benebelt war, ein extrem langweiliger siebenhundertjähriger Graf sowie ein obszöner kleiner Buckeliger, der sich nur mit Neandertalergrunzlauten verständigte.

Irgendwo hatte Penelope auch ein aufgekratztes neutotes amerikanisches Ehepaar ausgegraben, die Addams'. Sie trugen sehr dick auf, indem sie den Kleidungsstil der Autorinnen Clare Quilty und Vivian Darkbloom kopierten, der Mann in einem schrillen Nadelstreifenanzug und die Frau in einem eng anliegenden Seidengewand, beides von der Stange. Sie hatten geweißte Gesichter und schwarz gefärbte Haare. Mr. Addams hatte sein Geld mit der Eisenbahn und mit Kriegsmaterial gemacht und seiner Frau und sich anlässlich seines Ruhestands den Tod und die Wiederauferstehung gegönnt. Sie trug niedliche kleine Fledermausohrringe.

Als die Kool-Tones ihr letztes Lied gesungen hatten, »Flying Saucers Rock'n'Roll«, bot der *Kit Kat Klub* seinen Gästen die hoffentlich einmalige Paarung der würdevollen Bianca Castafiore, der »Mailänder Nachtigall«, mit dem »Beat-Poeten« Max Brock, einem Ami mit einem falschen Bart. Der Poet begann Wortketten frei zu assoziieren, die oft kaum aneinanderpassten, während die Diva wortlos hinter ihm kreischte.

»Dies ist mein Lied für Europa«, begann Brock.

»Eine sentimentale Serenade der sisyphusschen Sorgenqualen
Stranguliert die säuselnden Seraphim des samenlosen Seibers,
Gurgelt in der Gosse galoppierender Grenzdebilität,
Frisst sich voll an den fetten Fischen früherer Fehler,
Verhöhnt den humpelnden Henry Harry Herman
   Herbert Hoover,

Haruspex horribler Härten, Endlösung seelischen
 Sodbrennens,
Während im Eisschrank Kinderstunde ist …«

La Castafiore traf einen Ton, der die Toten reagieren ließ wie Hunde auf eine stumme Pfeife; sie bleckten die Fänge und stopften sich Servietten in die Ohren. Das Ganze begann Tom Spaß zu machen.

»Zum Ausschank kommt kein Geburtstagswein,
 Ich besauf mich mit Eruptivgestein …«

Max Brock brach ab, entsetzt, dass er versehentlich ein Verspaar gebildet hatte, das sich reimte. Zornig stampfte er über die Bühne und schleuderte rhetorische Fragen ins Publikum wie Handgranaten.

»Wie schmeckt Scharlachrot? Wann ist die Farbe von Februar? Denken Vordenker nach? Warum flog die Fledermaus am Mond vorbei? Was sind die neununddreißig Stufen? Wer ist die Mutter der Tränen?«

Jemand zischte. Richtig. Nicht wie ein verärgerter Gast, sondern wie eine zornige Höllenschlange.

Max Brock wandte dem Publikum den Rücken zu. Die Castafiore trillerte. Überall im Club explodierten Gläser. Scherben und Blut spritzten über den Tisch.

»Einfach irre, der Bursche«, rief jemand. »Direkt aus der Klapsmühle!«

Irena lachte wie ein Kätzchen, und Nico sah die Kleine an, als wäre sie das Abendessen. Penderel sagte betrunken etwas über Silbenbetonung und pries Max Brock als den größten Dichter eines Zeitalters, das nicht einmal in der Lage war, einen guten Dichter hervorzubringen.

»Sie meinen, er ist ein großer Dichter, aber kein guter?«, fragte Mr. Addams und ließ die Augenbrauen hüpfen wie Groucho Marx. »Das sieht mir ganz nach einem Widerspruch aus.«

»Ein großer Dichter und ein absolut grässlicher. Wir leben in einem Zeitalter des Grässlichen. Meinen Sie nicht, Mr. Hancock?«

»Und ob!« Der englische Maler zog sich Servietten aus den Ohren und hatte die Frage vielleicht gar nicht gehört. »Ich nehme besser einen Kakao. Dieser Kerl hat vielleicht Nerven. Dreist.«

»So etwas gefällt mir an einem Mann«, gurrte Mrs. Addams, sog die Wangen ein und spitzte die schwarzen Lippen.

»Wer ist Ihr Lieblingsdichter, Mr. Kent?«, fragte Penelope grausam.

»Walt Whitman«, antwortete er.

»Sehr herkulisch«, ätzte sie.

Tom hegte Bewunderung für Romantiker und Dekadente, nahm aber einen puritanisch-amerikanischen Zug in sich wahr, der ihn Menschen der Gegenwart missbilligen ließ, die sich romantisch oder dekadent gaben. Wie diese Meute hier.

»Eddy Poe, der Drehbuchautor der *Argonauten,* meint, er habe seit seiner Verwandlung kein Gedicht mehr geschrieben«, sagte Kent. »Ihm zufolge versiegt die Schaffenskraft, wenn man zum Vampir wird.«

»In meinem Falle stimmt das nicht«, sagte Penderel. »Ich war ein mittelmäßiger Verseschmied, als ich noch am Leben war.«

»Mein Genie ist unsterblich – so ein Schmalz«, sagte Hancock aggressiv. »Ich bin AB negativ, wissen Sie. Alles andere kann ich nicht trinken.«

»Nichts für ungut,« sagte Kent. »aber ich bin noch nicht vielen wie Ihnen begegnet. Vampiren.«

»Oscar Wilde hat die *Ballade vom Zuchthaus zu Reading* erst nach seiner Verwandlung geschrieben«, sagte Mrs. Addams. »Sie müssen zugeben, dass sie gut ist.«

Penelopes Augen verengten sich. Sie unterhielt sich nicht gern über Wilde. Selbst doppelt tot war er peinlich.

»Dalí ist ein Vampir«, sagte Nico.

»Der kann mir gestohlen bleiben«, ächzte Hancock. »Dauernd diese Melonen.«

»Aber Picasso ist warmblütig«, warf Kent ein. »Und T.S. Eliot, Thomas Mann, Schostakowitsch, Joe DiMaggio, Wittgenstein, William Faulkner. Nicht einer von ihnen hat sich verwandelt. Und doch sind sie die Besten des Jahrhunderts.«

»Ihre Karrieren sind zu Ende oder werden enden«, sagte Mrs. Addams. »Sich verwandeln heißt sich ändern, heißt eine innere Dunkelheit zu umarmen. Das muss die Kreativität doch befeuern. Seit ich zum Vampir wurde, kann ich viel besser meinen eigenen Ausdruck finden.«

Sie war, was man früher einmal ein »Schlossgespenst« genannt hatte. Da sie dem Grab nun wieder entstiegen war, wollte sie auch unbedingt so aussehen. Auf ihrem pechschwarzen Haar beinahe nicht zu sehen war ein schwarzer Spitzenschleier, der mit schwarzen Perlen beschwert war. Ihr tief ausgeschnittenes, bodenlanges Kleid hatte Schleppen wie Krakenarme. Ihrer Blässe hatte sie künstlich nachgeholfen, mit strategisch angebrachten violetten Schattentupfern.

Kent, der neben Muskeln auch noch Verstand besaß, beschäftigte sich mit einer persönlichen Fragestellung.

»Vielleicht gibt es ja bessere Wege, unsterblich zu werden. Durch seine Taten vielleicht? Oder indem man Kinder bekommt?«

Penelope war nahe davor, Toms Arm abzureißen.

»Ich nehme die Unsterblichkeit, wie ich sie kriegen kann, alter Knabe.« Penderel winkte der Kellnerin, damit sie ihre Vene über seinem Bierkrug öffnete. »Manchmal dauert sie gar nicht so lang.«

Kent zuckte die Herkulesschultern, dass sein leichter blauer Anzug sich dehnte. Er hätte konservativ ausgesehen, wäre da nicht die rot-gelbe Spirale auf seiner handbemalten Krawatte gewesen.

»Was ist mit den Existenzialisten?«, fragte Mrs. Addams. »Ihr Ideal des modernen Menschen ist doch gewiss der Vampir? Ein Wesen, das außerhalb von Heuchelei und Konvention steht? Eine einsame Kreatur in der Nacht? Mit Lüsten und Trieben, die nie von der Geschichte gezähmt wurden?«

»Die Geschichte ist das Einzige, was manche von uns haben«, sagte der Karpater, Oblensky.

Tom hatte Camus und Sartre gelesen und wusste nicht, was die Aufregung sollte. Dünne Bändchen von noch dünnerer Substanz.

»Die Geschichte könnte jeden Moment enden.« Nico malte mit den Fingern eine Explosion in die Luft. »Ka-bumm!«

»Ach ja«, sagte Penderel, »die tolle Bombe.«

Eine Tanzkapelle begann zu spielen. Penelope machte dem Philosophieren ein Ende, indem sie alle auf die Tanzfläche drängte. Sie beanspruchte Tom für sich selbst und verbandelte Kent mit Mrs. Addams, Penderel mit Nico, Hancock mit Irena und Mr. Addams mit dem verblüffend leichtfüßigen und enthusiastischen Buckeligen. Graf Oblensky fischte sich eine warmblütige Nebendarstellerin aus der Menge und nagte widerlich an ihrer Kehle herum.

Penelope, die noch gelernt hatte, dass man dem Tanzpartner nicht in die Augen sah, hielt den Rücken kerzengerade und reckte vorteilhaft den schönen Hals.

Die Toten machten den Tanzdielen das Leben ganz schön schwer. Sie klammerten sich an die Moden ihrer jeweiligen Lebenszeit und wollten gleichzeitig nicht als altmodisch wahrgenommen werden. Penelope hatte tanzen gelernt, als der Walzer maßgebend gewesen war, die Ältesten hingegen beherrschten die Gavotten des Mittelalters oder wilde russische Volkstänze. Vampire der Gegenwart brachten Elemente des Charleston oder Jitterbug mit ein.

Die Kapelle spielte neutrale Tanzmusik. Ein dürrer Sänger seufzte »Volare«, als ob es ihm ernst damit wäre. Die Tanzfläche bot allen Platz für ihre Verrenkungen. Zum Glück war es dunkel.

Penelope war in nachdenklicher Stimmung. Tom wusste, dass das Gefahr verhieß.

Ihre Hand kroch seinen Rücken hinauf, die Finger legten sich um seinen Nacken. Sie drehte seinen Kopf und sah ihn an. Ihre Fangzähne waren ausgefahren.

»Schöner Tom mit dem leeren Gesicht. Ich frage mich, was dahinter vorgeht. Aber ich frage mich auch, was hier drin vorgeht.«

Mit dem Zeigefinger ihrer freien Hand tippte sie sich an den Kopf und ans Herz.

»Fühle ich wirklich etwas?«

Tom war unbehaglich zumute. Wollte sie ihn ihrer Menschlichkeit versichern oder betonen, wie weit sie über den Lebenden stand?

»Oder sind das nur Imitationen von Gefühlen? Tierische Instinkte, die für einen komplizierten Verstand gehübscht worden sind? Ich war auf all das in keiner Weise vorbereitet, Tom. Ich sollte Ehefrau und Mutter werden. Eine Hausherrin, eine angesehene Dame.«

Ihre Zunge glitt über ihre Fänge.

»Bin ich denn überhaupt noch eine Frau?«

Tom hätte lieber eine der Nonsensfragen von Max Brock beantwortet.

»Ich bin tot, Tom«, sagte sie kläglich. »Halt mich.«

»Ich halte dich, Penny.«

»Ja.«

Sie tanzten weiter, immer im Takt.

Tom wusste, dass er seine Schritte behutsam setzen musste. Er stand ihr nahe genug, um zu bemerken, wie wenig stabil Penelope in Wirklichkeit war. Sie konnte eine Zierde sein, immer amüsant und angenehm, und sich vollständig hinter ihrem schönen Äußeren verbergen. Aber manchmal zeigten sich Risse. Und hinter den Rissen ein Abgrund.

Prinzessin Asa war mit ein Grund. Für Viktorianer war es durchaus erniedrigend, von Tyrannen des Mittelalters wie Vasallen behandelt zu werden. Aber die Prinzessin war nur das jüngste Ärgernis. Was Penelope quälte, reichte tiefer, reichte zurück bis in die Zeit von Oscar Wilde, in die Zeit der Schrecken.

Letztlich ging es um Dracula. Und vielleicht um ihren früheren Verlobten, diesen Charles. Tom wusste, dass ihr beide Männer nah waren und doch fern. War sie ihretwegen nach Rom gekommen?

»Tut mir leid, Tom.« Sie umarmte ihn enger. »Es ist unfair von mir, mich so gehen zu lassen.«

Er entspannte sich. Sie dachte einmal an ihn, nicht an sich. Sehr gut.

»Das jetzt tut mir auch leid, aber ...«

Sie biss ihn in den Hals, tiefer als sonst, öffnete die alten Bisswunden. Der Schmerz war ein Schock. Ihre Finger gruben sich in seine Rippen. Sie saugte wild.

Sie tanzten noch immer. Auch andere tranken. Es fiel niemandem auf.

Zum ersten Mal verspürte Tom Panik.

Die Toten waren gefährlich. Richtig gefährlich.

Sie setzte ihn sanft auf einen Stuhl, ließ ihn aus den Händen gleiten. Er konnte sich nicht bewegen, konnte nicht einmal den Kopf heben. Während er in Bewusstlosigkeit versank, sah er, wie Penelope sich die Lippen mit einer Serviette abtupfte.

Sie sah aus, als wäre sie zu einem Entschluss gekommen.

12

Die toten Seelen

Heute Abend befanden sich mehr Menschen auf der Piazza di Trevi. Es war noch vor Mitternacht. Pärchen – andere Pärchen, berichtigte Kate sich – sahen sich den Brunnen an, warfen Münzen hinein, wünschten sich etwas. Ein Polizist stand Wache.

»Das kleine Mädchen stand dort.« Kate zeigte über die Piazza. »Wo diese Frau gerade ist.«

Marcello versuchte ihre Hand hinunterzuschieben, kam aber gegen ihre Vampirkraft nicht an.

»Bitte vorsichtig sein, Signorina Reed …«

»Kate«, sagte sie.

»Kate. Es ist nicht gut, Aufmerksamkeit auf sich zu ziehen. Zumal bei solchen Kreaturen.«

Die Frau saß allein am Beckenrand, zog an einer Zigarette und ließ die Beine baumeln wie ein Kind. Ihr winziges Gesicht erinnerte Kate an das kleine Mädchen. Die blonden Haare waren kurzgeschnitten. Sie trug eine verlotterte Strickjacke mit Pelzbesatz, einen Pulli mit waagerechten Streifen und einen engen, kurzen Rock.

Durch Gestik und Auslassung versuchte Marcello wortlos anzudeuten, dass es sich um eine Prostituierte handelte.

»Marcello, seien Sie nicht albern. Denken Sie, ich erkenne eine Nutte nicht, wenn ich eine sehe?«

Im Großen und Ganzen kam Kate gut mit Prostituierten aus. Sie hatte Dutzende interviewt damals, im Whitechapel des Jack the Ripper. Manchmal, wenn Tiere nicht reichten, hatte sie ihr Blut gekauft. Aber daran wollte sie jetzt nicht denken.

Sie konzentrierte sich auf Marcello. Er war verärgert.

Die kleine Hure bemerkte sie. Sie drückte ihre Zigarette aus und kam pflichtgetreu herüberstolziert, setzte ein berechnendes Lächeln auf, das nicht zu den großen Puppenaugen passte. Sie war warmblütig, mit ausgedehntem Narbengewebe am Ausschnitt. Ihre Blässe legte nahe, dass sie sich einigen Vampiren zu viel zur Verfügung stellte.

»Ciao«, piepste sie. »Ich bin Cabiria. Das bedeutet ›aus dem Feuer geboren‹.«

Sie sprach Englisch mit Akzent. Cabiria hieß die Heldin eines italienischen Filmspektakels, das Kate vor dem Ersten Weltkrieg gesehen hatte. Offensichtlich lebte die Erinnerung daran noch fort. Seit damals hatte Italien für genug Feuer gesorgt, um viele Heldinnen hervorzubringen.

Marcello versuchte die Hure abzuwimmeln, aber Kate ließ es nicht zu.

»Sind Sie öfter hier?«, fragte sie.

Cabiria war verblüfft.

Kate lachte. »Entschuldigen Sie die Frage. Aber ich meine das ernst. Sind Sie öfter auf der Piazza di Trevi?«

»Ab und zu«, sagte Cabiria. »Es ist gut hier. Viele Touristen. Nette Männer. Großzügig. Wie sagt man? Das Geld sitzt locker?«

»Ich suche nach einem kleinen Mädchen. *Ragazza*. Ich habe sie hier gesehen.«

Die Hure wirkte schockiert und wich zurück. Kate begriff, dass sie für eine blutdurstige Kinderschänderin gehalten wurde. Manchmal machte man einen falschen Eindruck als Vampir.

»Ich glaube, ich kann nicht helfen.«

»Nein.« Kate berührte die Frau beim Arm. »So habe ich das nicht gemeint. Sie hatte sich verlaufen, glaube ich. Ich möchte mit ihr reden. Sie hat etwas gesehen. Haben Sie von den Morden gehört, von dem scharlachroten Henker?«

Cabiria bekreuzigte sich und spuckte aus.

Kate hatte die Frau für kaum erwachsen gehalten. Sie war klein und zierlich. Ihr Gesicht war faltenlos und offen, fast clownesk. Aber sie musste über dreißig sein. Sie wirkte ein bisschen mitgenommen, wie ihre Kleidung. Wahrscheinlich wurde sie gelegentlich verprügelt.

»Vielleicht fragen Sie besser die Wahrsagerin«, schlug Cabiria vor.

Marcello schnaubte. Er versuchte sich wegzubewegen, Kate mitzuziehen. Kate hielt dagegen. Sie war interessiert.

»Ich kann Sie bringen. Ist nicht weit. Wo ich wohne.«

»Wir haben ein Auto«, sagte Kate.

Marcello war voller kaltem Zorn. Er wollte keine Hure in sein Auto lassen, in den kostbaren roten Ferrari (der ihm nicht einmal gehörte – Penny hatte ihm den Wagen überlassen, aus Gründen, die Kate nicht verstand und die ihr Sorgen bereiteten). Und das entschied es für Kate. Der Italiener brauchte eine Lektion.

»Signora Santona ist die große Wahrsagerin von meinem Bezirk.«

»Wo wohnen Sie denn?«

»I Cessati Spiriti«, sagte Cabiria.

Die toten Seelen. Kate spürte Marcellos plötzliche Furcht.

»Auf gar keinen Fall«, sagte er. »Kate, Sie wissen nicht, wie es dort zugeht.«

Den Großteil ihres Lebens lang hatte Kate sich von Männern anhören müssen, dass etwas auf gar keinen Fall ginge, dass man in bestimmte Gegenden nicht seinen Fuß setzen dürfe. In der Regel meinten sie damit die Armenviertel. Oder dass dort Zustände herrschten, von denen die Zeitungsleser besser nicht erfuhren. Hätte Marcello sie besser gekannt, wäre ihm klar gewesen, dass sie nach seinen Einwendungen erst recht dorthin wollte.

»Ich war schon in sehr üblen Gegenden, Marcello«, sagte sie. »In schlimmeren, als Sie sich vorstellen können.«

»Mag sein. Aber Sie waren noch nie in I Cessati Spiriti.«

»Es klingt beeindruckend.«

»Es ist gar nicht so schlimm«, sagte Cabiria. »Die Toten dort sind nicht so flink wie Sie, *vampiro*. Das sind *morti viventi*, die sind langsam. Man muss nur aufpassen.«

Kate ging vor zum Sportwagen. Cabiria war hingerissen von dem Wagen und behandelte ihn mit dem Respekt, der einem religiösen Gegenstand gebührte. »Ferrari«, sagte sie immer wieder mit glänzenden Augen und kostete die die rrr-Laute aus, strich über den spiegelblanken Lack der Karosserie. Es war ein nettes Auto, aber Kate wusste wirklich nicht, was die Aufregung sollte.

Zu dritt in einem Zweisitzer war es ein bisschen eng, aber Kate und Cabiria waren kleiner als der Durchschnitt. Cabiria setzte einen Glockenhut auf. Kate fürchtete ein wenig um ihren Dior. Marcello löste die Bremse und ließ das Raubtier unter der Motorhaube frei. Zum ersten Mal, seit Kate ihn kennengelernt hatte, lächelte er wirklich und überdeckte nicht nur Langeweile mit Höflichkeit. Hinterm Steuer war er ein kleiner Junge mit einem neuen Spielzeug, der leise »wruum wruum« machte, während er den Ferrari mit nicht ratsamer Geschwindigkeit durch die engen Gassen lenkte.

Während der Fahrt durch die Stadt erzählte Cabiria ihr ein wenig über I Cessati Spiriti, und Marcello fügte unheilvolle Anmerkungen hinzu. Der einst prosperierende Bezirk war schwer von den Alliierten bombardiert worden; anschließend hatten darin Kämpfe zwischen Partisanen und Deutschen stattgefunden. Ein bekannter Priester war von den Nazis hingerichtet worden, als Rom eine offene Stadt gewesen war, und das hatte einen kleinen Aufstand ausgelöst. Nach dem Krieg verkam I Cessati Spiriti zu einem Slum. Hier wohnten diejenigen, denen man alles weggenommen hatte, und die verschiedensten Flüchtlinge, von denen etliche den Behörden der Friedenszeiten lieber aus dem

Weg gingen, außerdem die üblichen Armen. Die ungeplante Gemeinde wuchs und fiel wieder in sich zusammen, ein ums andere Mal.

Vor zehn Jahren dann hatte die Regierung De Gaspero ein umfassendes staatliches Bauprogramm zur Beseitigung der Barackensiedlungen und zum Wiederaufbau von I Cessati Spiriti initiiert, aber die zugewiesenen Gelder waren in die Kassen der Mafia geflossen. Bei den Bauarbeiten war so geschludert worden, dass viele Neubauten wieder einstürzten. Die Bevölkerung des Bezirks wuchs trotzdem weiter an, denn hierher strömte, wer aus dem von Dürrekatastrophen heimgesuchten Süden floh. Mit ihnen kam ein neues Blutgeschlecht. Ein seuchenzerfressener Haufen von auferstandenen Toten, deren Gehirne vom Fieber zerstört waren, sorgte dafür, dass ein Großteil der warmblütigen Bevölkerung fortzog. Nur eine unerschrockene Minderheit blieb in den Ruinen zurück und lernte, sich mit den dahintrottenden *morti vivendi* zu arrangieren. Cabiria lebte seit dem Krieg hier. Sie schien die Gegend ziemlich zu mögen. Marcello, stellte sich heraus, war noch nie hier gewesen.

Während der Ferrari über das weglose Ödland dahinglitt, zwischen Ansammlungen zusammengeworfener Hütten und stinkenden Schutthaufen hindurch, musste er den Eindruck eines Raumschiffs machen. Kate erinnerte die Gegend an die Schützengräben in Frankreich während des Angriffs der Deutschen 1918. Offene Feuer brannten auf den Schutthalden wie die Signalfeuer irgendwelcher Stämme.

Nahebei wurde ein Knäuel *morti vivendi* von warmblütigen verwilderten Kindern umzingelt, die sie mit Fackeln quälten. Aus der Ferne wirkten die wandelnden Toten wie verkrüppelte Landstreicher und konnten wenig gegen die schnellen, bösartigen Kinder ausrichten. Eine Kreatur kam dem Feuer zu nahe und verging in einem Funkenregen wie ein kreischendes Feuerrad. Brennend fiel sie um, und zwei Jugendliche zerschmetterten ihr mit Brecheisen den Schädel.

Caribia führte sie zu einer Straße, die von Ruinen gesäumt war, von ausgebombten und notdürftig reparierten Gebäuden. Statt Straßenlaternen brannten Kohlenbecken, warfen flackerndes Licht auf Mauern voller Einschusslöcher. Kate konnte kaum glauben, dass in derselben Stadt auch die Via Veneto lag – allerdings ging einem das mit Whitechapel und der Kensington Road nicht anders.

Es ärgerte sie, dass ein so großer Teil der Welt ohne zwingenden Grund noch immer wie I Cessati Spiriti war.

»Ich wohne hier.« Cabiria zeigte auf einen zerborstenen Häuserblock. Sie hoffte offenbar darauf, dass einer der beiden vorschlug, einmal kurz dort »vorbeizuschauen«. Kate hatte die Absicht, die Hure für ihre Mühen zu bezahlen, wollte aber nicht ihre Dienste in Anspruch nehmen. »Und Signora Santona wohnt hier.«

Marcello parkte neben einem weiteren baufälligen Gebäude. Es war früher einmal eine Kirche gewesen. Das Dach fehlte; Plastikfolien ersetzten es. Manche Fensteröffnungen wiesen neben zerdrückten Blechkanistern und zurechtgeschnittener Pappe auch noch ein paar fleckige Scheiben auf.

»Ich bleibe besser beim Wagen«, verkündete Marcello.

Kate konnte schlecht sagen, dass das keine vernünftige Idee sei.

Vielleicht wurde er von Monstern angegriffen, und sie musste ihn retten. Was ihn womöglich beeindruckte. Oder er warf ihr vor, ihn überhaupt erst in die Lage gebracht zu haben, angegriffen werden zu können. Männer waren immer so irrational.

Marcello blieb im Wagen sitzen und stellte den Außenspiegel so ein, dass er möglichst viel abdeckte.

Die beiden Frauen stiegen aus. Cabiria blieb einen Moment auf dem Pflaster stehen und lauschte. Undeutlich waren Schreie zu hören. Sie schüttelte den Kopf und ging weiter.

Die Eingangstür der ehemaligen Kirche war mit Brettern zugenagelt, aber eine kleine Seitentür führte zu einer Kellertreppe.

»Ist alles unterirdisch«, sagte sie. »Passen Sie auf Ihre Schuhe auf.«

Am Fuß der Treppe lag ein langer, breiter Korridor. Das einzige Licht kam von einer Öllampe irgendwo. Wasser stand einen Fingerbreit hoch auf einem flauschigen Teppich. Grobe Bretter auf Mauersteinen bildeten einen Weg, von dem angelegte Bretter in Räume führten. An den Stürzen waren Decken festgenagelt, deren Enden im Wasser hingen.

In einem der Räume wurde ein Handel vollzogen.

Eine verkratzte Grammophonplatte wurde langsamer. Ein Walzer kam schleifend zum Stehen.

Cabiria balancierte wie eine Seiltänzerin die Bretter entlang, mit ausgestreckten Armen. Kate folgte ihr, etwas unsicher auf ihren Absätzen.

Aus dem einen Raum war Grollen und Kauen zu hören. Hinter der dünnen Decke brannte ein Feuer, das ein feines Kreuzmuster über das Gewebe legte. Etwas spritzte und klatschte gegen die Decke, rann herunter. Rote Schlieren schwammen im Wasser.

Cabiria zog Kate weiter, an dem Raum vorbei.

»Die Signora wohnt hier«, sagte sie.

In dieser Türöffnung hing tatsächlich eine Tür. Sie war hellblau, mit goldenen Halbmonden und silbernen Sternen darauf. Cabiria klopfte an, und in der Mitte eines aufgemalten Auges öffnete sich ein Loch.

»Zur Wahrsagerin«, erklärte Cabiria.

Die Tür ging auf. Die Frauen durften eintreten.

Der Diener der Wahrsagerin war ein *morto vivento*, der erste, den Kate aus der Nähe sah. An die Wangenknochen war ein Maulkorb genagelt, der den beständig mahlenden Unterkiefer verdeckte. Gesichtsfleisch blätterte ab. Die starren Augen deuteten nicht auf intellektuelle Fähigkeiten hin. Kate begriff, dass es sich um eine Vampirbrut handelte, die dazu neigte, das Blut aus dem Fleisch herauszukauen, statt es aus der Vene zu trinken. Die meisten Menschen betrachteten sie als Zombies. Jemanden als wiederbelebten Automaten einzustufen, von dessen einstiger Persönlichkeit nichts geblieben war, diente vermutlich als Ausrede, um ihn nicht wie einen Menschen behandeln zu müssen. Während dieser kurzen Begegnung sah Kate sich jedoch nicht in der Lage, diese Annahme zu bestreiten.

Der Diener war schäbig und vornehm zugleich gekleidet. Von seinem guten Anzug war nicht mehr viel übrig. Er trug weder Schuhe noch Socken. Seine Füße waren schwarz und zerfetzt.

Er versuchte nicht, Kate oder Cabiria zu fressen, sondern führte sie in ein Labyrinth. Die Wohnung der Wahrsagerin war groß und voller Gegenstände, die sie vielleicht als Bezahlung akzeptiert hatte. Aufgestapelte Möbelstücke, gebündelte Bücher, ein Haufen kaputter Fahrräder, Einmachgläser mit Proben, die in Lake trieben, mehrere Bettgestelle, eine verblüffende Menge Laborausrüstung, leere Goldrahmen, ein Ständer mit Gewehren. Abseits, hinter verhängten Türöffnungen, verrichteten *morti viventi* Arbeiten, deren Sinn und Zweck Kate verborgen blieb.

Santona saß im Schneidersitz auf einer mit einem Baldachin versehenen Sänfte. Ihr tonnenförmiger Leib war in bunte Tücher gewickelt, Hals und Handgelenke waren schwer mit Schmuck behängt. Sie war alt, aber ihr Gesicht wies keine Falten auf, und ihre geölten Ringellocken waren jugendlich schwarz.

Zwei *morti viventi* bedienten die Wahrsagerin.

»Sie waren 'ndrangheta«, erklärte Santona. »Aus Kalabrien.

Kriminelle. Sie wollten nach Norden, brachten aber diese Seuche mit. Die meisten werden nicht alt, aber diese hier habe ich für meine Zwecke abgerichtet.«

»Ich bin Katharine Reed. Aus Irland.«

Sie streckte die Hand aus, aber Santona schüttelte sie nicht.

»Ich weiß«, sagte sie. »Sie sind wegen eines Sterbenden in der Stadt.«

Cabiria bekreuzigte sich.

»Mag sein«, sagte Kate. »Im Moment suche ich jedoch nach einem kleinen Mädchen, das ich auf der Piazza di Trevi gesehen habe. Es wurde Zeuge eines Verbrechens.«

»Der Mann in der roten Kapuze. Er ist wie diese 'ndrangheta. Nur ein Diener, ein Werkzeug. Dort war kein kleines Mädchen.«

»Ich habe mir die Kleine nicht eingebildet.«

»Sie haben sie nicht gesehen. Nur ein Spiegelbild.«

Die Wahrsagerin musste ihre Gedanken abgeschöpft haben. Manche warmblütigen weisen Frauen besaßen ein wenig von dieser Vampirgabe.

»Spiegelbilder können in die Irre führen.«

Das hatte Kate auch schon gedacht. Irgendetwas an dieser Szene kam ihr immer noch merkwürdig vor. Hatte sie das Gesehene missverstanden?

»War es ein Zwerg?«, fragte sie.

Das Wellenspiel des Wassers hatte vielleicht Falten geglättet und aus einem alten Gesicht ein Kindergesicht gemacht.

Santona lachte und schüttelte den Kopf. Sie hielt ihr die offene Hand hin.

Kate zog einen Fünfhundert-Lire-Schein hervor, der verschwand. Die Wahrsagerin hatte ihn sich gegriffen.

»Nicht alles kann enthüllt werden.«

Genau so etwas erwartete sie von einer anständigen Betrügerin. Sinnlose Irreführung und verschwindendes Geld.

»Sie sollten nicht nach ihr suchen. Sie wird zu Ihnen kommen.«

»Sie sucht nach mir?«

»Ihr beide habt etwas gemeinsam.«

Kate überlief eine Gänsehaut.

»Sie haben die Mutter gestört. Das ist wichtig.«

»Die Mutter des Mädchens?«

Santona schüttelte nachdrücklich den Kopf. »Nein, Roms. *Mater lachrymarum*. Sie ist schon immer hier gewesen, unter uns und um uns herum.«

»Die Mutter der Tränen?« Kate konnte ihr Latein noch.

Die *'ndrangheta* wurden unruhig. Rot orange Rinnsale troffen durch ihre Maulkörbe auf völlig befleckte Revers.

»Überall sind Tränen«, sagte die Wahrsagerin. »Aus den Steinen der Stadt quellen Tränen hervor.«

»Was soll das heißen?«

»Genug jetzt. Das ist alles. Sie wurden gewarnt.«

Zum Abschluss des Gesprächs war noch einmal Geld erforderlich. Kate bezahlte. Sie fragte sich, ob Cabiria eine Beteiligung erhielt.

Santona schloss die Augen und sank in die Kissen zurück. Ein *'ndrangheta* massierte ihr die Stirn. Seine Finger schälten sich.

Cabiria zupfte Kate am Ärmel. Es war erforderlich, dass sie jetzt gingen.

Ein Grüppchen der wandelnden Toten hatte sich um den Ferrari versammelt. Marcello hielt sie mit Blättern des *Osservatorio Romano* auf Abstand, die er zu Fackeln rollte und anzündete. Wenn die eine abgebrannt war, blies er die Asche vom Auto und zündete die nächste an.

Morti viventi waren aus ihren Löchern gestolpert. Diese hier standen nicht unter Santonas Bann und trugen auch keine Maulkörbe. Manche hatten rote Münder, andere waren hohlbrüstig und ausgehungert. Viele wirkten schwach, als ob sie mit einem Tritt auseinanderfielen, aber manche waren gediehen, vielleicht durch Schläue, und hatten sich die Kraft ihrer Glieder und Kiefer bewahrt. Diese waren gefährlich.

Marcello war erleichtert, Kate zu sehen.

»Gestern Nacht haben sie sich einen kleinen Jungen geholt«, sagte Cabiria. »Einen Waisenjungen. Er hat erzählt, dass sein Vater Amerikaner ist. Er war flink, aber er wurde müde. Sie haben ihm den Bauch leergefressen.«

Kate fragte sich, warum Cabiria ihr das erzählte.

»Er ist heute Nacht wieder auferstanden. Da ist er. Dondi.«

Unter den *morti viventi* war ein Junge in weiten kurzen Hosen, mit einer zu großen amerikanischen Soldatenmütze. Als hätte er seinen Namen gehört, drehte er sich um. Olivgrüne Augen glitzerten, aber nur vor Feuchtigkeit. Das T-Shirt war über seinem ausgeweideten Bauch zerrissen, und seine Kiefer mahlten.

»Als Erstes versuchen sie sich selbst zu fressen«, sagte Cabiria.

Kate wurde übel.

Als sie durch die lockere Ansammlung ging, wichen die *morti viventi* vor ihr zurück. Das, wonach sie sich sehnten, floss nicht in Kates Adern.

Etwas, das einmal eine Frau gewesen war, schnupperte an Cabiria, die aufkreischte. Kate packte die *morta viventa* beim Kinn, das mit einem Schnappen abriss. Eine lange Hundezunge baumelte hervor. Was hatte sie da angerichtet? Verlegen gab Kate ihr den Kieferknochen zurück.

Für diese Wiedergekehrten konnte man nichts mehr tun.

Waren sie wirklich tote Seelen? Hatten sie keinen Funken Verstand und Menschlichkeit mehr in ihren wiederbelebten Kadavern? Oder musste man Mitleid empfinden für den letzten vielleicht noch vorhandenen Rest?

Am Ende erging es vielleicht allen Untoten so.

War sie noch dieselbe Persönlichkeit wie zu ihren Lebzeiten? Oder hatte sie sich das nur eingeredet? War Katharine Reed zum Himmel oder sonst wohin aufgeflogen und hatte eine leere Hülle zurückgelassen, die zu der Selbsttäuschung imstande war, weiterhin als diese Frau zu leben?

Nein.

Sie sah in die leeren Engelsaugen des gerade wieder auferstandenen Dondi und wusste, dass sie anders war als er. Sie fühlte noch, kämpfte noch. Wenn es eine Ähnlichkeit gab, dann eine tragischere. Die *morti viventi* besaßen vielleicht ein vages Bewusstsein ihrer Situation. Kate bekam weiche Knie vor sinnloser Liebe, vor Mitgefühl für etwas, das nur Hunger und Schmerz spürte.

»Man kann sie leicht töten«, sagte Marcello. »Einfach den Schädel zertrümmern. Wenn ihre Gehirne kaputt sind, hören sie auf, sich zu bewegen.«

»Das ist nicht dasselbe, wie tot zu sein.«

Er zuckte die Schultern und zündete den Sportteil an.

»Bitte«, sagte Cabiria. »Er war mein Freund. Als ich krank war, hat er … hat er für mich gestohlen.«

»Sie möchte, dass du ihn tötest«, sagte Marcello.

»Wie einen kranken Hund. Um ihn von seinem Leid zu erlösen.«

Kate weinte. Hoffentlich waren ihre Tränen nicht blutig.

Cabiria umarmte Dondi, der nur ein wenig kleiner war als sie, und versuchte, seinen Kopf an sich zu drücken. Er machte den Mund weit auf, um ihr in die Brust zu beißen.

Kate zog ihn von Cabiria weg und drehte ihm den Kopf nach hinten. Die Halswirbelsäule brach, aber das reichte nicht. Mit verdrehtem Kopf kroch Dondi auf sie zu. Seine Kiefer arbeiteten wie Mandibeln. Er wurde von lebendem Fleisch angezogen wie eine Biene von Pollen. Sein Gehirn war von allem entleert, was ihn zu einem Menschen machte, aber die Instinkte waren noch vorhanden.

Schluchzend suchte Kate sich einen Stein und zertrümmerte den Kopf des toten Jungen zu Brei. Sein Körper zuckte, hörte aber langsam damit auf. Was immer übrig gewesen war, schwand dahin.

Sie brauchte einen Moment, um sich wieder zu fassen.

»Wir müssen gehen, Cabiria. Bist du denn sicher?«

Cabiria lächelte schief und zog die Schultern hoch, zog sich die Strickjacke eng um den schmalen Körper.

»Ist nicht weit von hier«, sagte sie. »Wo ich wohne.«

Kate gab ihr mehr Geld, als vernünftig gewesen wäre. Cabiria sah traurig darauf hinab.

»Machen Sie mich wie Sie«, bat sie. »Wenn ich mich verwandle, dann will ich kein Zombie sein. Ich will weiter fühlen. Weiter Cabiria sein. Und kein Hund, der wie eine Frau aussieht. Kein Dondi.«

Kate biss sich auf die Lippen.

»Ich kann nicht«, sagte sie.

Wofür hob sie sich auf? Die Jungfräulichkeit war ihr lästig gewesen, ein alberner Zustand, und sie hatte sie zweimal verloren, nachdem das Jungfernhäutchen bei ihrer Verwandlung wieder zugewachsen war. Sie hatte das Blut von Kindern getrunken, hatte getötet, wenn es nötig gewesen war (und vielleicht auch, wenn es ohne gegangen wäre), hatte viele geliebt.

Warum hatte sie niemandem den dunklen Kuss gegeben? Warum hatte sie nie Fangkinder gekriegt?

Sie hätte Charles ihr Blut gegeben, hatte ihm angeboten, ihre Venen für ihn zu öffnen. Warum nicht dieser Warmblütigen, die niemanden hatte?

Es war kein Fluch. Es war eine Chance. Sie gehörte noch zu Gott. Sie gehörte noch sich selbst. Das war nicht der Tod, es war das Leben.

Es ging ganz einfach.
Aber sie konnte nicht.
Und sie konnte es nicht erklären.
Cabiria lächelte wieder traurig und rieb sich mit dem Pelzkragen die Bisse.
»Ist auch egal.«
»Ciao, Cabiria.«
»Wiedersehen, Kate.«
Kate küsste Cabiria und stieg wieder in den Ferrari. Marcello fuhr los. Kate wollte nicht zu der gebeugten Gestalt zurücksehen, die sich langsam von den *morti viventi* entfernte und nach der Wärme eines Feuers suchte. Sie wollte nicht, aber sie musste.

13

Alte Lieben

Geneviève konnte auf sich aufpassen, und Bond war für so etwas ausgebildet. Beauregard brauchte sich eigentlich keine Sorgen zu machen. Brastow hatte wahrscheinlich gar nichts davon, sie liquidieren zu lassen, wie man das in diesen von Fachausdrücken begeisterten Zeiten nannte. Winthrop würde zumindest auf einem Vergeltungsschlag bestehen – ihren Spitzenmann in London umbringen lassen, wahrscheinlich –, und dann wurde aus dem Kalten Krieg ein heißer. Vorausgesetzt, dass niemand eine Dummheit machte, waren die beiden gewiss vor Morgengrauen zurück.

Wobei eine Dummheit natürlich immer drin war.

Er wusste noch, wie Geneviève ihn 1888 aus dem Buckingham-Palast herausgeschafft hatte, nachdem er der Königin das Instrument gebracht hatte, mit dem sie sich am Ende von Dracula befreien sollte, das silberne Skalpell des Jack the Ripper. Charles war schwer verwundet gewesen, und sie hatten sich mitten unter den gefährlichsten Kreaturen Europas befunden. Natürlich hatten sie Hilfe gehabt, innerhalb und außerhalb des Palastes, aber er war nur knapp entkommen.

Er war überzeugt gewesen zu sterben. Mit fünfunddreißig war er besser darauf vorbereitet gewesen als heute.

»Charles, ich kann dich retten«, hatte sie drängend geflüstert, sich ins Handgelenk gebissen und das helle Blut hervorgebracht. »Charles, Liebling, trink ... Verwandle dich ... und lebe.«

Näher dran war es nie gewesen. Ihre Blutstropfen auf seinen Lippen. Das allein hatte ihm wahrscheinlich zwanzig zusätzliche Jahre der Jugendlichkeit beschert. Es wäre so leicht gewesen zu trinken. Er wusste nicht einmal, warum er es nicht getan hatte.

»Du musst nicht werden wie *er*«, sagte sie und meinte Dracula. »Du musst auch nicht werden wie *ich*. Du musst nur leben ...«

Er gurgelte ein Lebewohl. »Für immer dein.«

Und sie wiederholte: »Für immer?«

Dann kam die Antiklimax, wie es sich gehörte, und er erholte sich. Anstatt zu sterben und als Vampir wiederzukehren. Er überstand einfach seine Verletzungen und machte sich wieder an die Arbeit, Dracula aus Großbritannien hinauszuwerfen, stieg auf, kämpfte andere Schlachten, wurde alt, wurde müde, versuchte dabeizubleiben, kam nach Rom ...

Warum?

Seinetwegen. Wegen Dracula.

Es war seine Pflicht, Dracula im Auge zu behalten, aufzupassen, dass er nicht wieder an die Macht zurückkehrte. Wenn er starb, würden andere diese Aufgabe übernehmen – Winthrop vor allem, vielleicht auch Geneviève – und *il principe* vielleicht für immer daran hindern, auf die Weltbühne zurückzukehren.

Für immer?

War irgendetwas für immer?

Er hatte Geneviève 1888 geliebt, und er liebte sie 1959 noch immer. Das schien durchaus für immer. Nur hatte er auch nie aufgehört, Pamela zu lieben. Die Tote zu lieben schloss nicht aus, die Lebende zu lieben.

So kurz vor dem Ende lernte er immer noch dazu. Mittels Nachdenken und Sicheinfühlen hatte er ein altes Dilemma geklärt. Wie immer es sich beim Großteil der Vampire auch verhalten mochte, Geneviève lebte in jeder Hinsicht, die zählte. Und sie war nicht allein. Auch Kate konnte zu einer solchen Ältesten heranreifen.

Er überließ die Welt nicht den wandelnden Toten.

Jahrelang hatte Geneviève sein Blut getrunken, leidenschaftlich zunächst, später taktvoll, ohne ihm das ihre aufzudrängen. Einmal hatte er sich so, wie Geneviève sich ihm angeboten hatte, Kate angeboten. Während des Ersten Weltkriegs, als sie völlig ausgeblutet gewesen war, hatte er ihr das Handgelenk hingehalten und gesagt: »Nur zu, mein liebliches Geschöpf, trink.«

Damals, 1918, hatte Geneviève sich auf der anderen Seite des Erdballs befunden. Zumindest ein Teilgrund, warum er Kate sein Blut hatte trinken lassen, war es gewesen, dass ihm das Gefühl des Vermischens und der Auszehrung gefehlt hatte. Heute konnte er das zugeben. Es fühlte sich nicht wie Untreue an.

Die Vereinigung, die gelegentlich erneuert worden war, hatte ihm Kraft gegeben, und Kate auch. Bei ihr stand er am meisten in der Schuld, denn sie hatte sich immer um einen Platz in seinem Leben bemüht und es nie bis ganz nach vorn geschafft. Wenn er nicht ... dann wären Kate und er vielleicht ...

Wie die Königin damals musste auch Kate befreit werden. Und zwar von *ihm,* von seiner sie hindernden Präsenz. Ohne ihn würde sie reifen. Vielleicht war sie von ihnen ja die Einzige, auf die das Wort heldenhaft zutraf, denn ihr fiel nichts in den Schoß.

Diese Kreatur mit den starken Armen hatte ihn ins Gesicht geschlagen. Eine Ohrfeige, kaum mehr. Es tat nicht einmal weh. Aber sein Gehirn war ordentlich durchgeschüttelt worden, und nun gingen die Lichter aus.

Diese ganzen Gedanken an die Vergangenheit.

Das war Sterben. So ging Sterben. Endlich.

»Ich bin bestimmt die letzte Frau, mit der du gerechnet hast, Charles.«

Pamela?

Er öffnete die Augen und stellte fest, dass er sich noch immer in seinem Körper befand, in seinem Rollstuhl, seiner Wohnung.

»Diese Französin ist eindeutig keine gute Hausfrau.«

Sie stand in der Tür zum Arbeitszimmer und betrachtete missbilligend die umgeworfenen Bücherregale, das überall verteilte Geröll des Golems und die verschobenen Möbel.

Nicht Pamela.

»Penelope. Penny.«

Jedes Mal, wenn er sie sah, war es ein Schock. Sie hatte ganz allmählich ihre Mädchenhaftigkeit verloren, hatte Konturen bekommen, bis sie dem Bild ihrer Cousine glich, seiner Frau. Er wusste noch genau, warum er Penelope beinahe geheiratet hätte und warum das äußerst herzlos gewesen wäre.

Sie hatte sich vor kurzem genährt. Er sah es an der Farbe ihrer Wangen und ihrer Lippen.

Hatte seine Vernachlässigung ebenso wie Godalmings Blut dazu beigetragen, dass ein Raubtier aus ihr geworden war?

Sie trat ins Zimmer und stellte einige Stühle auf.

»Du bist richtig alt geworden, Charles. Damit hätte ich rechnen müssen.«

Sie hob ein Bücherregal auf und rückte es wieder an die Wand. Dann räumte sie mit der Flinkheit der Untoten die Bücher ein, so, wie sie ihr in die Hände kamen. Sie wollte sie einfach nur vom Boden weg haben, damit es ordentlich aussah. Er würde sie später sortieren müssen.

Nein.

Er würde sie nicht mehr sortieren.

»Ich sterbe, Penny.«

Sie hielt inne und sah ihn an. »Und wessen Schuld ist das, Charles? Niemand muss sterben. Jedenfalls nicht endgültig.«

»Nein, Penny. Ich sterbe jetzt gerade.«

Auf einmal war von ihrer rotlippigen Sprödigkeit nicht mehr viel übrig. Mit ihrem entsetzten Blick sah sie wieder wie ein kleines Mädchen aus, das seine Puppen hübsch drapierte, weil Ordnung Schutz vor dem Chaos bot, das einen verletzen konnte.

»Das tut mir leid, Charles.«

Sie sagte es wie eine Schulmeisterin, die einem Schutzbefohlenen pflichtgemäß ihr Mitgefühl ausdrückte, obwohl er an seinen Tränen selbst schuld war und lernen musste, die Suppe auszulöffeln, die er sich eingebrockt hatte.

»Nein, tut mir leid.« Sie war wirklich durcheinander. »So habe ich das nicht gemeint. Es fällt mir schwer zu meinen, was ich meine. Das klingt absurd. Ist es auch. Ich bin kein Monstrum. Ich habe versucht, eins zu sein, aber ich bin keins. Ich empfinde etwas für dich. So viel, wie ich kann.«

Er wollte sie berühren, tröstend seine Hand auf sie legen. Aber er konnte sich nicht rühren.

Penelope stand mitten im Zimmer, von allen Wänden weit entfernt, allein. Sie hob die Hände ans Gesicht. Ließ die Bücher fallen, ganz langsam. Er hörte nicht, wie sie auf den Teppich fielen.

Sie nahm die Hände wieder vom Gesicht. Ihre Augen waren

rot, ihre Fangzähne ausgefahren. Sie sah bösartig und traurig zugleich aus, ein kleines Mädchen, das Teufel spielte.

»Ich weiß nicht, wann ich aufgehört habe, dich verwandeln zu wollen«, sagte sie.

Während der Zeit ihrer Verlobung war sie noch warmblütig gewesen und hatte unbedingt gewollt, dass sie beide Vampire wurden, um in der Welt, die Dracula gestaltet hatte, besser dazustehen. Sie war leidenschaftslos gewesen, sachlich, ohne jede Aufregung über Unsterblichkeit oder das Bluttrinken und die ganzen Nachtsinne, einfach nur überzeugt, dass eine Wiederauferstehung von den Toten ihnen Einladungen in die besten Häuser garantieren und den Neid von Freunden und Bewunderern auslösen würde.

Von allen Vampiren, die er lebendig und untot gekannt hatte, hatte sie sich am meisten verändert. Sie hatte sich Arthur Holmwood ausgesucht, den Lord Godalming, und sein Blut genommen, sich verwandelt. Anschließend hatte sie schnell gelernt und sich von ihren Ambitionen, ihren Beschränktheiten freigemacht. Beauregard wusste noch, wie sie davon erfahren hatte, was für ein Monstrum ihr Fangvater gewesen war, und geschworen hatte, selbst eines zu werden.

Eine Zeit lang war sie eine Mittelalterliche und schwelgte in gestohlenem Blut. Sie verwandelte Fangsöhne und -töchter, legte sich einen eigenen Hexenzirkel zu.

»Nichts mehr übrig von meiner Brut«, sagte sie. »Ich habe meine Liebhaber verwandelt, aber die Willensschwäche, dank derer ich sie beeindrucken konnte, hat jämmerliche Vampire aus ihnen gemacht. Als kleines viktorianisches Mädchen hat man mir beigebracht, Charakterstärke hochzuhalten. Aber alles, was ich getan habe, hat auf Schwäche gefußt.«

Beauregard wollte ihr widersprechen, konnte es aber nicht.

»Du möchtest etwas sagen und kannst es nicht«, stellte sie ebenso mitfühlend wie triumphierend fest. »Wie hätte ich das damals an einem Ehemann geliebt, in jener verfluchten Zeit. Das bin ich gewesen damals. Und du hast es gewusst.«

Das stimmte.

Penelope war seine dritte vampirische Geliebte gewesen. Kurz vor der Jahrhundertwende, als die Zeit der Schrecken gerade erst hinter ihnen lag und sie den Wiederaufbau des Landes noch vor sich hatten, war er in einer nebligen Nacht in Chelsea angesprochen, in einen dunklen Winkel zwischen zwei Gebäuden gezerrt und gebissen worden. Vergewaltigt, konnte man sagen. Er wusste noch, wie scharfe Zähne wild die Wunden aufgerissen hatten, die Geneviève sanft geöffnet hatte, wie er damit gerechnet hatte, vollständig ausgeblutet und zum Sterben liegen gelassen zu werden. Damals gab es in London noch solche Vampire, Gestrandete nach dem Rückzug ihres Königs und Kaisers, die sich die Unvorsichtigen holten.

»Ich hatte vorgehabt, dich bis an den Rand des Todes zu bringen und dir dann den dunklen Kuss anzubieten. Ich stellte mir vor, wie du mich um das Leben spendende Blut anbetteln und dann mein Sklave werden würdest. Aber man nimmt beim Trinken nicht nur Blut in sich auf. Sondern alles Mögliche. Als ich deinen Geschmack auf der Zunge hatte, wusste ich, dass du mich zurückgewiesen hättest. Wie du andere zurückgewiesen hast. Du wärst gestorben.«

Er hatte sich davon erholt. Nicht einmal Geneviève hatte er erzählt, dass er einen Verdacht hatte, was die Identität seines Angreifers betraf.

Vampirküsse waren mehr als Wunden. Manche nannten diesen unverkennbaren Schorf das Siegel Draculas. Fänge waren keine Pfeilspitzen, sondern Haken. Unsichtbare Fäden führten zu der Kreatur zurück, die einen gebissen hatte. Und die Verbindung funktionierte in beide Richtungen.

Penelope ergriff seine Hände und sah ihn an, aus der Nähe. Sie rang um ihre Fassung.

»Katie war überhaupt keine Gegnerin«, sagte sie. »Und die Französin hätte ich ausstechen können. Du glaubst das nicht, aber es wäre möglich gewesen. Sie ist keine Göttin. Es lag an Pamela. Wäre sie nicht gewesen, wären wir zusammen gewesen. Du hast mich nie als mich gesehen. Wenn du mich je geliebt hast, dann, weil sie in mir weitergelebt hat, von den Toten zurückgekehrt. Alle deine Frauen sterben und kommen zurück.«

Er versuchte zu sagen, dass es ihm leidtat. Er hatte gewusst, dass sie das quälte, aber nichts unternommen.

»Weißt du, warum ich zu Art gegangen bin? Und mir den dunklen Kuss geholt habe?«

Er schüttelte den Kopf. Es kostete ihn gewaltige Anstrengung.

»Weil er so dicht an Dracula war, wie ich nur herankommen konnte. Ich wollte mich dem Vampir hingeben, den du am meisten gehasst hast. Ich hätte mich auch zu einer der hirnlosen Mätressen des Prinzgemahls machen lassen. Wenn du nicht Herr über mein Leben sein wolltest, dann sollte eben er es sein. Er hätte wie du sein können. Er ist dir ähnlicher, als du denkst.«

Alle ihre Leben waren ein Tanz mit Dracula gewesen. Wie hatte Kate es genannt, den Dracula Cha-Cha-Cha?

»Am Ende habe ich die Erwartungen meiner Mutter erfüllt, Charles. Ich habe mich nützlich gemacht. Ich gehöre einem königlichen Haushalt an. Die Position hat ihre grässlichen Seiten. Diese Hochzeit ist ein Alptraum. Prinzessin Asa ist eine Hexe. Dracula wird erwachen. Es geht alles wieder von vorne los. Die Eroberung. Und ich werde daran teilhaben. Du hast ihn nicht für immer aufgehalten, du hast ihn nur ein Jahrhundert zurückgeworfen.«

Das hatte er immer am meisten gefürchtet. War sie ehrlich oder grausam?

»Die Welt braucht dich, Charles.«

In den letzten anderthalb Jahrzehnten hatte er sich einzig und allein darauf konzentriert, in der Nähe des Monstrums zu bleiben. Als Dracula für seine Verdienste im Krieg einen Palast am Meer erhalten hatte, war Beauregard ihm nach Italien gefolgt. Er hatte gehofft, dass sie beide dauerhaft im Ruhestand wären und langsam in die Ewigkeit hinüberglitten.

»Ich brauche dich auch, aber darum geht es nicht. Ich habe mich heute Nacht genährt. Von einem jungen Mann, einem Amerikaner. Er hält sich für schlau, dabei dient er eigentlich nur zum Zeitvertreib.«

Sie knöpfte ihre Bluse auf. Darunter trug sie einen schwarzen Büstenhalter. Ihr weißer Busen wies noch immer die kreisrunden Narben auf, die Blutegel vor vielen Jahren auf ihrer Haut hinterlassen hatten.

»Was ich angefangen habe, führe ich auch zu Ende, Charles.«

Sie zog einen Fingernagel über ihre Brust. Ein blutiger Strich trat hervor. Helles Scharlachrot, das scharf nach Kupfer roch.

Vielleicht war es so am besten. Keine Wahl zu haben. Zum Weiterleben gezwungen zu werden. Er konnte sich nicht wehren. Er konnte sich kaum bewegen. Penelope würde ihm die Brust geben, ihm neues Leben geben.

»Penny?«, sagte jemand am anderen Ende des Zimmers.

Penelope schloss die Bluse und lief rot an.

Er merkte, dass der Moment verstrichen war. Und es tat ihm nicht leid darum.

Kate war gekommen. Er konnte sich vorstellen, wie sehr es sie auf den verschiedensten Ebenen aufwühlen musste, in eine solche Szene hineinzuspazieren.

»Penelope Churchward«, sagte Kate streng. »Was glaubst du eigentlich, was du da tust?«

Penelope stand kerzengerade da, entschlossen, das Ganze durch

Hochmütigkeit hinter sich zu bringen. Blut sickerte durch den dünnen Stoff ihrer Bluse. Sie sah hinüber zu Kate, mit flammenden Blicken, scharfen Fängen.

»Du weißt genau, was ich tue, Katie. Nämlich das, was du oder diese andere Person schon längst hätten tun sollen. Wenn euer Gewissen euch daran hindert, ein Menschenleben zu retten, nun, dann springe ich eben ein. Mich hindert nichts dergleichen. Wir können uns gern darüber auseinandersetzen, was für eine monströse Harpyie ich bin, nachdem ich Charles gegeben habe, was er zum Leben braucht.«

Gütiger Gott, jetzt klang sie sogar schon wie Pamela.

Ihm fiel wieder ein, wie Pamela ganz am Schluss gewesen war, wie sie dem Arzt befohlen hatte, sie sterben zu lassen und das Kind zu retten. Wenn Beauregard nicht gezögert hätte, den unfähigen Metzger nicht gedrängt hätte, beide zu retten, hätte sein Sohn vielleicht gelebt. Und sein Anblick hätte Pam vielleicht Kraft gegeben, hätte sie gezwungen, weiterzukämpfen, den Tod zu bezwingen. Vielleicht.

»Penny, ich weiß, was du fühlst.« In Kates Augen traten Tränen. »Aber du darfst das nicht ...«

Kate trat vor. Ihre Fänge wuchsen ebenfalls.

»Katie-Schatz«, gebrauchte Penelope die spöttische Anrede aus Kindertagen, »wenn es sein muss, werde ich mit dir kämpfen. Zugegeben, du bist nicht die Heulsuse, für die wir dich immer gehalten haben, aber ich war schon als Kind stärker als du, und jetzt kann ich dich *vernichten*.«

Er versuchte zu protestieren.

Sie fauchten einander ins Gesicht.

»Jawohl«, sagte Penelope. »Dich erledige ich mit links.«

Von der Tür her sagte Geneviève: »Und was ist mit mir, Neugeborene? Erledigst du mich auch mit links?«

Penelope fuhr knurrend herum.

14

Abgelegt – auf Italienisch

Tom dachte, dass er vielleicht tot war. Oder Schlimmeres. Verwandelt. Ihm war sehr kalt, und ihm fehlte so viel Blut, dass seine Finger und Zehen kribbelten. In einen Stuhl gelehnt, war er ohnmächtig geworden, in der Nähe des Kleiderständers. Seine Knie hatten nachgegeben, und beim Aufwachen lag er zusammengerollt hinter den Kleidern und zitterte.

Was hatte Penelope sich dabei gedacht?

Eigentlich wusste er das nur zu gut. Sie hatte aufgehört, ihn als Person wahrzunehmen, und schaute nur noch danach, inwieweit er ihr nützlich sein konnte. Die meisten Menschen behandelten andere die meiste Zeit über so. Er ganz bestimmt.

Er hatte Angst gehabt, dass sie ihm den ganzen Kopf leersaugen würde.

Wenn sie erst über Dickie Fountain Bescheid wüsste, würde sie ihn womöglich aus prinzipiellen Erwägungen umbringen, in der Annahme, dass er mit ihr dasselbe vorhatte. Das wäre nicht fair gewesen. Penny war etwas anderes und verdiente eine andere Behandlung. Tom gab sich mit ihr ab, um seinen Nutzen daraus zu ziehen, das stimmte durchaus. Aber er hatte nicht notwendigerweise vor, sie zu vernichten.

Wenngleich …

Er stand auf, schwankte. Er musste so weiß wie ein Gespenst sein.

Es wurde immer noch Musik gespielt. »Papaverie Papare«. Einige, mit denen er gekommen war, waren noch da. Die kleine Dubrovna war mit Kent noch nicht weitergekommen. Tom sah sich nach Penny um, konnte sie aber nirgendwo entdecken.

Ein Ober wartete schon mit einem Stärkungsmittel auf ihn,

einem dicken englischen Fruchtsaftgetränk, das mit Vitaminen und Eisen angereichert war. Vimto. Er kippte es hinunter, ohne auf den Geschmack zu achten, und bestellte ein zweites Glas. Der Ober brachte es ihm.

Es brauchte ein gewisses Genie, eine Marktlücke zu entdecken und auszufüllen. Obwohl Vimto nie direkt als Stärkungsmittel beworben wurde, tranken die lebendigen Geliebten der Vampire es nach dem Nähren, um wieder zu Kräften zu kommen.

Er hatte keine Ahnung, ob es wirkte.

Ihm wurde erklärt, dass die Signora das Getränk beim Gehen für ihn bestellt hatte.

Das zeugte von gewisser Rücksicht.

Seine Bisse juckten, und er konnte kaum mehr dagegen tun als aufpassen, dass er sie nicht aufkratzte. Er schien an Substanz verloren zu haben. Seine Kleidung hing schlaff an ihm herab. In seinen Ohren summte es wie von Insekten.

Ein drittes Vimto glich wenigstens seinen Flüssigkeitshaushalt aus.

Was nun?

Auf der Straße, zwischen Ruinen, wartete Tom, bis er von der kurzen Kühle vor Sonnenaufgang wieder einen klaren Kopf bekam. Sie würde nicht lange anhalten. Er rauchte eine Zigarette und versuchte nicht weiter auf das Gesauge und Gefummel zu achten, das rundum in der Dunkelheit vor sich ging. Mr. und Mrs. Addams hatten Max Brock gegen eine Säule gedrängt und nährten sich aus mehreren Bissen. Mrs. Addams hielt den Dichter damit gefügig, dass sie ihm drohte, sein ganzes Talent aus ihm herauszusaugen. Max Brock sah zu den Sternen hinauf. Ihm fehlten die Worte, was ein Segen war. Tom hoffte, dass die Addams' zuerst die Opernsängerin getötet hatten. Es war wichtig, die richtigen Prioritäten zu setzen.

»Ciao, Tom. Dann sind Sie Penelope entkommen?«

Es war Marcello, der italienische Reporter, der überall herumstrich, der bei der Ankunft von Graf Kernassy und dieser Wie-hieß-sie-noch-gleich am Flughafen gewesen war, der dabei gewesen war, als diese merkwürdige tote Irin den Mord an dem Grafen mit angesehen hatte.

»Eher umgekehrt, Marcello.«

Der Italiener sah ebenfalls völlig erledigt aus, allerdings waren keine Bisse zu sehen. Seine Wangen waren eingesunken. Die spiegelnden Gläser seiner Sonnenbrille wirkten wie die leeren Augenhöhlen eines Totenschädels.

»Sie sehen aus, als hätten Sie eine schlimme Nacht hinter sich«, meinte Tom.

»Sie auch.«

»Dagegen kann ich schlecht etwas sagen. Diese verfluchten toten Weiber.«

Marcello schnorrte eine Zigarette und steckte sie an, atmete mit müdem Zorn aus.

»Ich war bis in die Hölle und zurück«, verkündete er.

»Zurück habe ich es nicht mehr geschafft.«

Marcello lachte.

»Ich würde Ihre Signorina Churchward gern gegen Signorina Reed tauschen.«

»Die kleine irische Leiche?«

Marcello brauchte einen Moment. »*Si*. Die kleine irische Leiche. Die hat einen fest im Griff, die Kleine. Lässt nicht locker. Wir waren in I Cessati Spiriti.«

Tom pfiff leise.

»Sie zwei können mir wohl nicht eben zur Hand gehen«, sagte eine tiefe Stimme. Der Mann klang bis auf die Knochen erschöpft.

Es war ein Toter in einem arg mitgenommenen Anzug. Er war

eindeutig in einen Kampf verwickelt gewesen. In mehrere Kämpfe. Löcher in seiner Kleidung schienen von Schüssen herzurühren, und ein Ärmel war komplett abgerissen.

»Ich glaube, wir haben etwas gemeinsam. Ich bin zurück aus der Hölle und ebenfalls von einem Vampirmädchen verlassen worden.«

Er machte ein paar Schritte aus der Dunkelheit und brach zusammen.

Marcello sah Tom über den Rücken des Toten hinweg an. Er zuckte die Schultern.

15

Sonnenaufgang

Geneviève war drauf und dran, Penelope den Kopf abzureißen und ihn ihr in die Brusthöhle zu stopfen. Nachdem sie sich, Bond im Schlepptau, aus Brastows Versteck herausgekämpft hatte und mühsam, voller Befürchtungen, zurück zur Via Eudosiana marschiert war, hatte sie gewiss nicht vor, sanft mit einer hochnäsigen *Nosferatu*-Schnepfe wie Penelope Churchward umzuspringen.

Kate zögerte und trat beiseite, so dass Penelope Geneviève anfauchen konnte. Pennys Blut kochte, ihre Fänge waren voll ausgefahren, die Augen aufgerissen. Sie konnte vielleicht ein Kind erschrecken, dem seine Mami noch nie eine Fratze vorgemacht hatte, und war wahrscheinlich willensstark genug, ihre warmblütige Beute zu überwältigen. Aber das Feuer, um eine Älteste einzuschüchtern, besaß sie nicht.

Geneviève ließ weder Krallen noch Zähne sehen.

Sie hatte in dieser Nacht genug gekämpft und von mehreren

Russen getrunken. Sie würde nicht in Raserei verfallen, sondern zielgerichtet vorgehen.

Penelope trat vor, aber Kate legte ihr eine Hand auf die Schulter, hielt sie zurück. Sie nickte zu Charles hin, der in seinem Rollstuhl saß und kaum noch lebte.

Die erste Morgenröte kroch ins Zimmer.

Sie sah an Charles' Gesicht, dass es sein letzter Tag sein würde. Ein Eissplitter stach ihr ins Herz.

Sie wusste noch, wie sie Charles 1888 das erste Mal gesehen hatte, in einem überfüllten Raum, während einer polizeilichen Untersuchung. Er war anscheinend unbeeindruckt von dem Dreck und dem Blut gewesen, der einzige Mann in London, der in der Lage gewesen war, etwas zu unternehmen, damit die Dinge besser wurden, und sei es zu einem hohen Preis. Später hatte sie gelernt, dass er keiner von den Guten aus den Abenteuergeschichten war, kein muskelbepackter Christenheld, sondern ein Mann, der selbst dann noch versuchte, das Richtige zu tun, wenn alles, was man tun konnte, falsch war.

Wenn Männer wie er nicht aus der Mode gekommen wären – falls sie je in Mode gewesen waren –, dann wäre dieses Jahrhundert ein glücklicheres gewesen. Charles hatte sich geweigert, Dracula als seinen Herrn zu akzeptieren, und während seines Kampfes gegen den Vampirkönig immer aufgepasst, dass er nicht wurde wie er. Edwin Winthrop und Hamish Bond, seine Nachfolger, hatten zu viel vom Feind gelernt, trugen zu viel von Dracula in sich.

Auf Penelopes Bluse war Blut. Ihr eigenes.

»Sie wollte ...«, erklärte Kate.

»Ich weiß, was sie wollte.«

Der Zorn in Penelopes Augen flammte auf und erlosch. Sie war frustriert und verängstigt, wie die anderen auch. Für einen klitzekleinen Moment wollte Geneviève sie in den Arm nehmen und nicht töten.

Dann ruinierte die Vollidiotin es.

»Er muss verwandelt werden. Es ist viel zu wenig von ihm übrig, um noch Rücksicht zu nehmen. Eine von uns muss seine Fangmutter werden.«

Geneviève ging schnurstracks zu Charles und kniete sich vor ihm hin. Seine Augen waren noch geöffnet. Sie spürte, wie es mit ihm zu Ende ging, wie er verging, verschwand. Aber er dachte noch immer, war noch immer fest entschlossen.

Mit großer Anstrengung hob er eine Hand an ihr Gesicht, ihr Haar. Sie küsste sein Handgelenk, ihre Zähne an seinem Fleisch. Sie kostete ihn, verletzte aber nicht die Haut.

Selbst jetzt war es noch nicht zu spät.

Und selbst jetzt hatte er keine Angst, seinen Weg zu gehen.

Er hatte oft gesagt, dass er nichts gegen Vampire hätte, aber nun mal eben keiner sein wolle. Obwohl sie sich schon lange nicht mehr für das schämte, was sie war, verstand sie ihn.

Geneviève gab der ersten toten Frau in seinem Leben die Schuld, der Frau, die nicht zurückgekehrt war. Pamela.

Sie dachte das Angebot in seinen Geist hinüber.

Möchtest du, dass ich es tue?

Ein winziges, gütiges, dankbares Kopfschütteln sagte es ihr.

Tränen stiegen ihr in die Augen.

Penelope und Kate kamen näher. Ihr Zorn war verflogen. Sie waren wieder Kinder. So gab es wenigstens kein Gezänk mehr.

Geneviève schluckte ihren Ärger über diese Störung herunter. Sie hatte Charles immer teilen müssen, mit Pflichten, mit Erinnerungen, mit anderen, die mehr Anspruch auf ihn hatten.

Vor Charles hatte sie vier Jahrhunderte gelebt. In dieser Zeit war ihr niemand auch nur ansatzweise so nahe gewesen, nicht ihr Fangvater und auch nicht diejenigen, die sie bleichgetrunken hatte. Vielleicht lebte sie nach Charles noch einmal vier Jahrhunderte. Oder noch länger.

Sonnenlicht ergoss sich über den Teppich, kroch auf sie alle zu. Sie sollte Penelope warnen, die sehr empfindlich gegen die Sonne war.

Geneviève küsste Charles' Lippen.

Sie konnte seinen Tod niemandem zum Vorwurf machen, weder Penelope noch Bond oder Brastows Schläger oder Edwin Winthrop oder Prinz Dracula. Wenn man ihn in seinen letzten Tagen gestört hatte, dann war es Genevièves Fehler gewesen, diese Leute an ihn herangelassen zu haben, und sein Fehler, sich nicht unter Ausschluss der Außenwelt auf sein eigenes Leben konzentrieren zu können.

Sie hatte versagt, hatte ihn nicht überzeugen können, den dunklen Kuss anzunehmen. Aber er ließ sie wissen, dass sie nicht versagt hatte, was ihn betraf.

Sein Blut sang in ihr.

»Ich liebe dich für immer«, flüsterte er, zu leise, dass die anderen es hörten.

»Für immer?«, fragte sie.

»Für immer«, bestätigte er.

Die Sonne stieg empor und badete sie alle in ihrem sengenden Licht. Als es unerträglich wurde, war Charles kalt.

Geneviève kniete sich erneut hin, ordnete die Decke um seine Beine, legte seine Hände in seinen Schoß, strich ihm die Haare zurück, schloss ihm die Augen. Es war, als spiele sie mit einer Puppe. Was immer Charles Beauregard ausgemacht hatte, es war nicht mehr da.

Sie stand auf, trat von Charles zurück und gab Penelope eine Ohrfeige, erwischte die Engländerin unvorbereitet. Ihre Hand hinterließ einen grellroten Fleck.

»Die ist für das, was du 1899 getan hast.«

Penelope protestierte nicht, ballte nicht die Fäuste. Etwas in ihr war erloschen.

Der Raum war orange vom Morgenlicht. Und dunstig.

Eine von ihnen musste weinen, damit die anderen sie trösten konnten, selbst weinen konnten. Geneviève hatte angenommen, dass es Kate sein würde, aber sie war es selbst. Aus ihrem tiefsten Innern stiegen Schluchzer empor, die ihren ganzen Körper schüttelten. Penelope, an deren Wange der Handabdruck rasch verblasste, zögerte und trat vor, um sie in den Arm zu nehmen, um tröstliche Sinnlosigkeiten zu flüstern. Sie hielten einander und weinten zusammen, dann lösten sie sich voneinander und streckten zwei Arme zu Kate aus, die eher verwirrt als verzweifelt war.

Kate schloss sich ihnen an, ließ ihre Tränen fließen. Sie sanken zusammen auf einen Diwan, Blut und Wasser im Gesicht, und weinten nicht um das, was verloren war, sondern um das, was zurückbleiben musste. Das Zimmer war voller Licht, das jedes umherschwebende Stäubchen zu einem Funken machte. Der Staub tanzte überall um sie herum.

III

L'ECLISSE

Notiz in der Rubrik »Verstorben« der Londoner Times *vom 1. August 1959:*

Charles Pennington Beauregard, 105, verstarb gestern friedlich in Rom, teilt Miss Katharine Reed mit. Der hervorragende Diplomat, dessen Verdienste um sein Land zu Lebzeiten nur gelegentlich in den Blick der Öffentlichkeit rückten, hat während seiner langen Laufbahn in verschiedenen Funktionen dem Indian Civil Service angehört, dem Auswärtigen Amt, der Royal Air Force sowie während des Krieges der »Denkfabrik« von Lord Ruthvens Regierung der Nationalen Einheit. Er war langjähriges Mitglied des Diogenes-Clubs in der Pall Mall, einer privaten Institution, für die er zeitweise auch im Vorstand tätig war und die bis heute von zahlreichen Angehörigen des öffentlichen Dienstes bevorzugt wird.
Geboren 1853 in Indien als Sohn von Major Marcus Aurelius Beauregard von der 4. Bombay Native Infantry und der früheren Miss Sophie Pennington aus Locksley Barret, studierte Charles Beauregard in Oxford am Dulwich College und am Merton College. Seine kurze Ehe mit der früheren Miss Pamela Churchward aus Chelsea (1882-83) blieb kinderlos. Er lehnte zweimal den Ritterschlag ab. Zu seinen seltenen Veröffentlichungen gehörten zwei Gedichtbände, The Matter of Britain und The Britain of Matter. Er wird auf dem Protestantischen Friedhof in Rom beigesetzt, der letzten Ruhestätte von Keats und Shelley. Die Trauerfeier findet im engsten Kreise statt.

16

Kate verliebt

Seit der Beerdigung hatte Kate so viel Blut in sich hineingeschüttet, wie sie nur kriegen konnte, berauscht vom roten Durst. Sie war in der vergangenen Woche immerhin zweimal in ihre Pension zurückgekehrt, hatte aber nicht geschlafen. Selbst nach dem Trinken und der körperlichen Liebe konnte sie nicht einschlafen, sondern wurde von unruhigen Gedanken und hartnäckigen Erinnerungen gequält. Marcello dagegen schlief in derselben Sekunde ein, in der sie fertig waren, versank in einer Mattigkeit, die tiefer als jede vampirische Trägheit war. Wenn sie miteinander im Bett waren, nahm er die Sonnenbrille ab, ließ die Socken jedoch an. Sehr romantisch. Vielleicht waren die Italiener dadurch zu ihrem Ruf gekommen, tolle Liebhaber zu sein.

Sie befanden sich in seiner Wohnung, einer modernen Schuhschachtel in einer Vorstadt, die aus verstreuten Beton-Glas-Bunkern mit neutralen Rasenflächen darum herum bestand. An seinen Außenrändern war Rom so deutlich vom Land abgegrenzt wie eine Klippe vom Meer.

Die Einrichtung war modisch karg, wenige Möbel und keinerlei Nachschlagewerke oder Zeitschriftenstapel, die Kate eigentlich erwartet hatte. Sie drohte zu Hause immer in Papier zu versinken. Marcello besaß nicht einmal eine Schreibmaschine. Er diktierte seine Artikel immer, lieferte Notizen, die von Bearbeitern stilistisch in Form gebracht wurden. In dem einen Zimmer stand nur ein weißes Telefon mit Wählscheibe auf dem Fußboden – das berühmte *telefono bianco*, einst einer *der* Luxusbeweise in Italien. Sein langes goldenes Kabel schlängelte sich die nackten Dielen entlang.

Obwohl ihr Marcellos Körper und auch seine Seele so vertraut waren, wie sie es nur sein konnten, wusste sie viele Einzelheiten aus seinem Leben noch immer nicht. Sie hatte irgendwann seinen Familiennamen erfahren, aber im Augenblick war er ihr entfallen. Woher stammte er? Lebten seine Eltern noch? Das alles spielte keine Rolle. Er war jemand, der im Moment lebte, in der Gegenwart, der perfekt hineinpasste in dieses Atomzeitalter mit seinem Gefühl von Unbeständigkeit. Er wusste wenig über Kate, hatte sich ihr aber ganz geöffnet.

Sie lag nackt neben ihm, während er leise vor sich hin schnarchte, und spürte, wie ihr das frische Blut ins Gesicht stieg. Es war, als trüge sie eine fleischige, pulsierende Maske. Bis zum Platzen voll war sie mit seinem Blut, so dass sie schon fürchtete, unvorsichtig zu werden und diesem einen Liebhaber einiges zu viel abzuverlangen.

Die Lampe über dem Bett schaukelte wie ein Galgen. Bewegte sich das Kabel, oder drehte sich ihr der Kopf? Es spielte keine Rolle. Sie war nicht so dumm zu glauben, dass nichts eine Rolle spielte. Nur spielte es eben im Moment keine. Nicht die kleinste. Charles war tot und begraben. Sie musste zurückbleiben.

Die Tatsache seines Todes war ein Glosen der Sonne in ihrem Verstand, das alles andere auslöschte. Sie hatte Geneviève bei den Vorbereitungen für die Trauerfeier und eventuellen rechtlichen Komplikationen helfen wollen, aber stattdessen war sie geflohen und hatte sich Marcello gegriffen, buchstäblich, damit er sie ablenkte.

Zum Zeitpunkt der Beisetzung war sie benebelt vom Blut gewesen.

War Edwin Winthrop aus England herübergekommen? Sie glaubte schon, war aber nicht in der Lage gewesen, in dem freundlichen alten Herrn mit dem gestutzten weißen Schnurrbart den kalten jungen Fanatiker zu erkennen, den sie vom Ersten Weltkrieg her in Erinnerung hatte.

Es waren nur wenige Trauergäste erschienen. Marcello hatte Kate gestützt, und später hatten sie sich neben Shelleys Asche geliebt. Von dem Dichter war alles in Rom begraben worden, nur sein Herz nicht. Genauso fühlte sie sich auch.

Am Anfang war Marcello schockiert gewesen, vielleicht sogar unwillig, aber sie hatte ihn sich unbedingt zum Sklaven machen wollen und es überraschenderweise sogar geschafft. Ohne Charles' zivilisierenden Einfluss wurde aus ihr vielleicht doch noch ein anständiger Vampir, ein Monstrum der alten Schule.

Marcello war heilfroh, dass sie die Geschichte mit dem scharlachroten Henker nicht weiterverfolgte. Keine Ausflüge nach I Cessati Spiriti, keine weiteren Fragen an verdächtige Personen in bedrohlichen Umgebungen. Je mehr sie in ihm aufging, desto weniger bedeuteten ihr die großen Rätsel. Es hatte keine neuen Morde gegeben, keine neuen Hinweise. Die Paparazzi hatten Dutzende Fotos von Sylvia Koscina als Medea geschossen, und das Material über Malenka wurde zu den Akten gelegt, wo es vergessen werden konnte. Es würde andere Sensationen geben.

Ein Zittern überlief sie, so voll war sie. Ihr Herz jagte. Vor ihren Augen trieben Farben und Umrisse. Ihre Haut fühlte sich leicht gespannt an, als würde sie rissig werden. Sie hatte ihren roten Durst mit so viel Blut zu löschen versucht, dass er erneut aufflammte, ihr schmeichelnd zuredete, sie zum Handeln bewegen wollte. Ihre Fangzähne prickelten im Mund, rasiermesserscharfe Kanten glitten aus ihren Hüllen, zerschnitten das Zahnfleisch. Sie spürte ihre Kiefer, ihre Zähne. Aus dem Kribbeln wurde ein Schmerz. Köstlicher Schmerz.

Sie wollte sich wieder nähren.

Mit einem Schnaufen drehte Marcello sich auf den Rücken und sank zwischen die Kissen. Aus halbmondförmigen Schürfwunden an seinem Hals und seiner Brust und noch anderen Stellen, unter dem Laken, traten Tropfen hervor. Ihre Bissmale waren überall an ihm. Er wurde allmählich bleich unter seiner Sonnenbräune.

Vielleicht war es sogar Liebe. Sie hatten so viel miteinander geteilt.

(Und Charles war nicht mehr, sie war frei für die Liebe ...)

Sie fand, dass sie im Gleichklang mit Marcellos schlagendem Herzen war, mit seinem sanft träumenden Geist, seinem von der Liebe erschöpften Körper. Sie hatte seine Pose der Gleichgültigkeit durchstoßen und die wirkliche Persönlichkeit darunter angezapft. Es verbargen sich Freundlichkeit hinter seiner Maske und Leidenschaftlichkeit unter seinem Zynismus, geheimgehaltene Verletzungen, die sie aus ihm herausholen, die sie lindern konnte, sowie eine warme Stärke, die sie aufrechterhalten würde.

Er wollte richtige Bücher schreiben, das wusste sie. Romane, geschichtliche und philosophische Werke. Er bewunderte Lankester Merrin zutiefst, nicht nur für seine Weisheit, sondern auch für seine Prosa. Sie konnte ihn ermutigen, ihm so lange keine Ruhe lassen, bis er den wertlosen Klatschjournalismus aufgab, konnte ihn mit sanftem Druck dazu bringen, ernsthaft an etwas zu arbeiten. Sie würde ihm eine Schreibmaschine kaufen, ihn von anderen abschirmen, wenn er schrieb, und bescheiden die Widmung seines ersten Meisterwerks entgegennehmen. »Für Kate, ohne die ...«

Gott, ja.

Seine Augen zuckten unter den Lidern, Traumbewegungen.

Er trug seine dunkle Brille immer bis zum letztmöglichen Augenblick, küsste Kate noch damit. Ihre Brillengestelle verhakten sich immer miteinander. Wenn nichts anderes mehr zwischen ihnen war, nahm er erst ihre Brille ab und dann seine, legte sie ineinander verschlungen neben die Madonnenstatue auf seinem Nachttisch.

Wenn sie sich liebten, sah sie sein nacktes Gesicht verschwommen. Es war eine Laune des Blutgeschlechts, dass ihre Vampirwerdung sie in vielerlei Hinsicht verändert hatte und nur ihre Sehfähigkeit so eingeschränkt geblieben war wie zu ihren warmblütigen Zeiten.

Kate wusste nicht, welche Farbe seine Augen hatten. Es spielte keine Rolle. Dafür spürte sie, was hinter ihnen lag.

Sie schlüpfte unter das dünne Laken, presste sich an ihn, spürte seine warme Haut am Bauch und an den Brüsten, die kalt waren, versuchte sich so an ihn zu schmiegen, als wären sie die beiden Hälften eines Legespiels. Es war unbequem, also glitt sie über seine Hüfte, streckte ein Bein zwischen seine Beine, legte einen Arm über seine Brust. Ihre Hand kroch in seine Achselhöhle und hinter seiner Schulter hinauf.

Marcello regte sich im Schlaf.

Sein Herzschlag war ein stetes Klopfen in ihrem Kopf. Wie eine Süchtige, eine arme Teufelin, unterlag sie dem Zwang, den Kreis zu schließen, mit ihrem Geliebten eins zu werden. Sie öffnete weit den Mund und fand im fleischigeren Teil seines Oberkörpers, neben einer leicht behaarten Brustwarze, einen der frischeren Bisse. Ihre scharfen Zähne sanken mühelos in die Rinnen, die sie zuvor gemacht hatten. Kate bearbeitete die Wunde mit der Zunge, presste, bis Blut aufwallte, in ihre Kehle rann.

Sie spürte die Woge im Herzen, im Kopf.

Das Blut ließ sie vergessen.

Während sie trank, erwachte Marcello aus den Tiefen seiner Ohnmacht und fuhr mit den Händen ihren Rücken hinab, streichelte ihre Taille, ihren Po. Sie bog sich ein wenig unter den Laken, und er führte seinen Penis ein.

Sie lenkte ihrer beider Rhythmus mit dem Mund und den Hüften, um Blut zu saugen und Samen hervorzulocken, gezeitenartig, zyklisch. Nach all diesen Jahren wusste sie nicht mehr, wie die körperliche Liebe als warmblütiges Mädchen gewesen war – sie hatte es nur einmal dazu gebracht, mit ihrem Fangvater, Mr. Harris. Aber die Verwandlung hatte definitiv die Bandbreite der Freuden erweitert, die sie geben und empfangen konnte.

Marcello schrie auf, und sein ganzer Körper streckte sich, spannte sich an, als wären seine Sehnen Klaviersaiten. Einen Moment lang glaubte sie, ihn getötet zu haben, aber das Blut, das in ihren Mund floss, war reichhaltig und voller Leben.

Er erschlaffte unter ihr, erschöpft bis zur Bewusstlosigkeit.

Sie wollte mehr von ihm und nagte an seiner Brust bis fast zum Knochen.

Wenn sie so weitermachte, würde sie bestimmt vergessen.

17

Geneviève in Trauer

Sie wusste nicht, wie lange sie noch in Rom bleiben sollte. Sie musste sich um Charles' Sachen kümmern, dafür sorgen, dass sie seinem Letzten Willen entsprechend verteilt wurden. Als Testamentsvollstreckerin würde sie bald nach London müssen, aber auch dort würde sie wohl nicht bleiben. Sobald sie ihren Pflichten nachgekommen war, zog sie besser in ein Land, das sie nicht mit ihm in Verbindung brachte. Es gab immer noch ein paar Weltgegenden, in denen sie nie gelebt hatte. Samoa. Tierra del Fuego. Der Pazifische Nordwesten. Swansea in Wales.

Die Wohnung war leer. In ihrem Kopf herrschte Stille, wo ein unablässiges Flüstern gewesen war. Zum ersten Mal seit Jahren war Geneviève allein. Das Weinen hatte nur ein paar Tage gedauert. Dann war die Kälte gekommen. Diesmal hielt der Schmerz sie fest wie ein Schnappeisen.

Kate war keine Hilfe. Die arme Kleine war völlig aufgelöst mit einem warmen italienischen Körper davongelaufen. Penelope erwies sich überraschenderweise als sehr mitfühlend. Sie hatte Telefonanrufe erledigt, um die Beerdigung in die Wege zu leiten, hatte es auf sich genommen, Telegramme an Charles' überlebenden Neffen, der schon zu alt war, um zur Beerdigung zu kommen, sowie an seinen einstigen Schützling Edwin Winthrop zu schicken, der zusammen mit seiner Lebensgefährtin Miss Catriona Kaye quer durch Europa hierhergekommen war.

Winthrop war der Meinung gewesen, dass Charles ein Staatsbegräbnis erhalten sollte, in Westminster Abbey. Anhand von Kates Erzählungen hatte Geneviève sich von ihm das Bild eines Manipulators gemacht, der wie eine Spinne in seinem Netz hockte, eines rücksichtslosen Nachfolgers, der Charles vielleicht sogar hintergangen hatte. Mit diesem gut aussehenden, freundlichen alten Herrn, der seinen verstorbenen Freund eindeutig als Helden verehrte und tief von dessen erwartbarem Hinscheiden getroffen war, hatte sie nicht gerechnet.

Die Trauerfeier war in bescheidenem Rahmen gewesen. Von Charles' warmblütiger Generation war niemand mehr übrig. Allerdings waren aus allen Teilen des Erdballs Telegramme gekommen, darunter offensichtlich ernst gemeinte Achtungsbezeugungen aus dem Haus der Königin – die ein sehr gutes Gedächtnis hatte – und von Sir Winston Churchill. Es gab sogar eine durch Boten überbrachte, schwarz gerahmte Kondolenzkarte, unter deren aufgedruckter Beileidsbekundung mit dickem Strich ein »D« gepinselt war.

Sie ordnete die Telegramme und Karten. Sie würden in den letzten der vielen Kartons mit Papieren kommen, die sie Winthrop für das Geheimarchiv des Diogenes-Clubs übergeben wollte. Unter den Dokumenten befand sich auch die Abschrift der phonographischen Tagebücher von Dr. Jack Seward, die den Zeitraum von 1885 bis 1888 abdeckten. Es überlief sie eiskalt, wenn sie an die Entdeckung dieser Wachszylinder dachte, an die Hatz durch den Nebel zu einem winzigen Zimmer voller Totenblut. Die Seward-Papiere würden für Jahrhunderte weggeschlossen werden. Wegen der Präsenz der äußerst Langlebigen wurden Akten, die früher keine hundert Jahre unter Verschluss geblieben waren, nun vielleicht für immer verwahrt werden.

Charles war ein penibler Mensch gewesen. Alles war geordnet. Sie brauchte die Papiere eigentlich gar nicht durchzugehen, aber sie waren das Letzte, was ihr von ihm geblieben war. Sie wollte etwas davon für sich behalten. Und sei es nur in der Erinnerung.

Einige wenige Seiten, offensichtlich die Überreste eines buchlangen Manuskripts, enthielten bewegende Absätze über Pflicht und Opferbereitschaft, über die Notwendigkeit, seine individuelle Existenz in den Dienst der Menschheit zu stellen. Wären sie nicht auf Deutsch verfasst gewesen, hätte sie angenommen, dass das Manuskript von Charles handelte. Im Weiterlesen fand sie die Beschreibung eines Luftkampfes und schloss daraus, dass die Seiten aus einer von einem Ghostwriter verfassten Autobiografie von Manfred Freiherr von Richthofen stammten, dem vampirischen Fliegerass des Ersten Weltkriegs. Sie fragte sich, wer sie geschrieben hatte und warum die Seiten für Charles von Interesse gewesen waren. Winthrop war an der Vernichtung des sogenannten Roten Barons beteiligt gewesen, das wusste sie. Zweifelsohne würden die Archivare im Diogenes-Club wissen, in welches Puzzle diese wenigen Teile gehörten.

Es gab noch viel mehr, darunter streng vertrauliches Material, das einen Gutteil der geheimen Geschichte des zwanzigsten Jahrhunderts enthüllte. Sie fand Notizen in Charles' Handschrift für die Rede von Eduard VIII., in der er seinen Verzicht auf den Thron erklärte. Dem war eine große Verfassungskrise vorangegangen. Seit dem Tod König Viktors 1922 hatte kein Vampir mehr auf dem Thron Großbritanniens gesessen, aber Eduards Verlobte, Mrs. Wallis Simpson, hatte vorgehabt, dass sie sich beide verwandelten, um auf ewig über das Land zu herrschen. Offensichtlich war Charles es gewesen, der den König darüber informiert hatte, dass er im Falle seiner Vampirwerdung rechtlich gesehen tot sein und damit die Regelung zur Thronfolge greifen würde.

Es war ein wichtiger Präzedenzfall für das Vereinte Königreich. In Fragen ererbter Positionen war die Vampirwerdung dem Tod gleichgestellt. Lord Ruthven, damals wie heute Premierminister, war gezwungen gewesen, auf seinen Titel zu verzichten und ihn zu großen Kosten von einem verarmten Nachkommen aus einer Nebenlinie zurückzuerwerben. Älteste, die sich »Graf« oder »Baron« nannten, wurden in Dover oder Heathrow in aller Ruhe mit »Monsieur« oder »Mister« angeredet. Eduard und Wallis, beide *nosferatu*, herrschten über ihre Ländereien in Bermuda, und eine Warmblütige saß auf dem Thron von Großbritannien.

Sie hätte noch weitergelesen, weiter Geheimnisse durchforstet, aber ihr Appetit war gestillt. Jede Notiz von Charles, die sie fand, jeder Schmierzettel, den er aufgehoben hatte, war wie ein Spottbrief. Als wäre er ihr davongelaufen.

Vor einer Woche war sie bereit gewesen, Penelope zu töten, um sie daran zu hindern, Charles den dunklen Kuss aufzuzwingen. Nun hätte sie sich am liebsten das Herz aus dem Leib gerissen, weil sie darin versagt hatte, selbst für Charles' Verwandlung zu sorgen. Sie erkannte den Impuls als selbstsüchtig. Aber war es denn falsch zu wollen, dass jemand, den man liebte, ewig lebte?

Charles hatte nicht sterben *wollen*. Aber er hatte den Tod akzeptiert.

Hatte sie lange genug gelebt? Zur Zeit ihrer Geburt waren nur wenige Frauen dreißig geworden. Sie hingegen blickte auf eine lange, bewegte Vergangenheit zurück. Wie viel Zukunft konnte sie noch ertragen?

Seit Sputnik wollten viele Kinder Raumfahrer werden, wenn sie groß waren. Wenn die Erde die nächsten hundert Jahre ohne nukleare Selbstopferung hinter sich brachte, dann bestand die Wahrscheinlichkeit, dass die Menschheit sich über die Sterne ausbreitete. Vielleicht wäre das noch etwas für sie, eine Reise zu den Wundern des Jupiter und darüber hinaus. Sie hatte einen Artikel von Arthur C. Clarke im *Time Magazine* gelesen, in dem er darlegte, dass Vampire wie sie, die alt genug seien, um die nötige Stabilität zu besitzen, die ideale Besatzung für Fernraumflüge wären, weil sie weniger krisenanfällig waren und lange genug lebten, um Reisen zu unternehmen, die vielleicht mehrere Menschengenerationen dauerten. Er hatte sich sogar Lösungen für das Nährproblem einfallen lassen.

Sie musste lachen. Ihr Gedankengang hatte mit der Frage begonnen, ob sie Rom verlassen sollte, um ihren Erinnerungen zu entfliehen. Nun dachte sie ernsthaft darüber nach, das Sonnensystem zu verlassen. Wie würde sie wohl in einer dieser Dale-Arden-Kreationen auf den Witzseiten aussehen, mit einem Fischglas-Helm und einem durchsichtigen Trikot? Richtige Raumanzüge sahen weniger nach Harem aus.

Charles hatte sich selbst als Hundertjähriger noch für die Möglichkeiten des Raumflugs interessiert. Sie hatte auf seinem Schreibtisch einen Bericht des Leiters der British Rocket Society gefunden, der mit Charles' handschriftlichen Anmerkungen versehen war. Die beiden Männer hatten darum gekämpft, dass das Mondprojekt auf wissenschaftlicher statt militärischer Basis betrieben wurde. Wie viele andere gute Projekte würden darunter leiden, dass ihnen Charles' Scharfsinn und Einfluss nicht mehr zur Verfügung standen? Geneviève nahm sich vor, der BRS eine Spende zukommen zu lassen.

Seinen Rollstuhl zu benutzen, erschien ihr nicht richtig – vielleicht konnte sie ihn einem Krankenhaus oder Altersheim zukommen lassen –, aber das bedeutete, dass sie auf einem Küchenstuhl kauern musste, wenn sie an seinem Schreibtisch arbeiten wollte, der die einzige brauchbare Tischfläche für die notwendige Durchsicht seiner Sachen darstellte. Von den langen Stunden taten ihr der Rücken und die Schultern weh.

Sie hatte Winthrop versprochen, das Material für den Diogenes-Club bis Ende der Woche eingepackt zu haben, damit es im Schutz eines Diplomatenpasses nach London verschifft werden konnte. Die Beauregard-Papiere brauchten Begleitschutz, aber ihr boshafter Vorschlag, dass Hamish Bond das übernehmen sollte, war höflich zurückgewiesen worden. Der Spion war auf der Beerdigung erschienen, hatte ihr jedoch nicht in die Augen gesehen.

Sie kletterte von dem Stuhl herunter und durchquerte das Arbeitszimmer, wobei sie um den Teppich herumging, auf dem Charles gestorben war. Bei der Regalwand blieb sie stehen. Charles hatte leidenschaftlich gern Anmerkungen in seine Bücher geschrieben, was darauf hinauslief, dass manche Exemplare auch besser mit zu seinen Papieren kamen. Seine Bibliothek hatte er nicht dem Club vermacht, sondern Winthrop persönlich. Sie konnte wohl davon ausgehen, dass Winthrop alles weitergab, was besser Teil der Papiere wurde.

Ein Buch stach hervor. Sie nahm es zur Hand. *Dracula* von Bram Stoker. Es war die erste offizielle Ausgabe von 1912. Mit einer Kurzbiografie des Autors und einer Einleitung durch niemand Geringeres als Miss Katharine Reed. Geneviève hatte den um 1897 entstandenen Roman zuerst in einer Untergrundausgabe gelesen, einer von vielen, die während der Zeit der Schrecken im Umlauf gewesen waren. Das Manuskript war aus dem Konzentrationslager in Sussex geschmuggelt worden, und Kate – damals eine Heldin des Untergrunds – hatte dafür gesorgt, dass auf den Druckerpressen der *Pall Mall Gazette* eine Ausgabe im Zeitungsformat hergestellt werden konnte. Der Roman hatte während der harten Jahre nach Königin Viktorias Tod, als Dracula mit steigender Brutalität am Thron von Großbritannien festhielt und das Volk zunehmend rebellierte, zu einer Bündelung des Widerstands geführt.

Damals hatte Geneviève den Roman als merkwürdig empfunden. Stoker beschrieb eine Welt, in der Dracula nicht in Großbritannien die Macht übernahm, sondern von seinen Gegnern besiegt wurde, die er doch in Wirklichkeit ausgeschaltet hatte – Professor Van Helsing und seine Gefolgsleute. Da sie einiges von den wahren Hintergründen wusste, hatten seine Schilderungen von Mina Harker, Dr. Seward und Arthur Holmwood, wie sie hätten sein können, wenn sie in sich die Kraft zum Widerstand gefunden hätten, Geneviève tief bewegt. Aufgemacht als eine Sammlung von Dokumenten und Tagebüchern – manche authentisch, wie Jonathan Harkers Journal seiner Reise nach Transsylvanien und Mina Harkers Erinnerungen an Lucy Westenra –, hatte das Buch wie ein geschichtliches Werk wirken sollen, wie eine Schilderung von Ereignissen, die tatsächlich stattgefunden hatten, anstatt nur wünschenswert gewesen zu sein.

Der literarische Kniff der »imaginären Geschichtsschreibung« datierte mindestens bis zu Louis Geoffroys *Napoléon et la Conquête du Monde* zurück, einem Roman, den sie 1836 gelesen hatte und in dem Bonaparte bei Waterloo triumphierte. Aber es war Stoker gewesen, ein Angehöriger des öffentlichen Dienstes und späterer Theateragent und Revolutionär, der das »Was wäre, wenn die Geschichte einen anderen Verlauf genommen hätte« populär gemacht hatte. Seit *Dracula* hatten sich unzählige Romane mit dieser Frage beschäftigt: George Orwells *Der große Bruder*, die Schilderung eines grauen und grausigen Englands in einer Welt nach der Machtübernahme durch ein kommunistisches Regime im Jahre 1917, Sarbans *Hörnerschall* über einen Sieg der Nazis im Zweiten Weltkrieg und Richard Mathesons *Ich bin Legende*, in dem Dracula beschließt, über den Atlantik zu ziehen, Amerika erobert und eine Welt erschafft, in der der letzte warmblütige Mensch von einer ganzen Bevölkerung aus Untoten umgeben ist. Das feinsinnigste dieser Werke war Anthony Powells Romanserie *Ein Tanz zur Musik der Zeit*. Geneviève hatte den vierten Band, *Lady Molly's Menagerie*, schon zur Hälfte durchgehabt, bevor ihr aufgegangen war, welche Veränderung Powell in seinem fiktiven Werk vorgenommen hatte. Er hatte sich die Geschichte des zwanzigsten Jahrhunderts vorgestellt, wie sie ohne Vampire hätte sein können.

Sie schlug die Ausgabe von *Dracula* auf. Sie war signiert, für Charles, von Kate. Wie es ihr wohl ging? Bei der Beerdigung war sie in einem schlimmen Zustand gewesen, aufgedunsen von zu viel Blut, ganz wirr vor Trauer.

Als sein Buch ungehindert hatte veröffentlicht werden können, war Stoker schon tot gewesen. Zwischen Kate und seiner Witwe Florence war es zum Streit gekommen. Diese Ausgabe, mit Kates nie wieder nachgedruckter Einleitung, war eine kostbare Rarität, aber sie war auch noch aus einem anderen Grunde von Bedeutung.

Geneviève beschloss, sie zu behalten. Charles hätte bestimmt nichts dagegen gehabt.

Das Buch fiel an einer Stelle auf. Eine längliche Karte und ein gefalteter Zettel steckten zwischen den Seiten. Bei der Karte handelte es sich um die Einladung zu Draculas Verlobungsfest in zwei Tagen. Der Zettel war ein Memo, das Charles in seinen letzten zwei Tagen geschrieben hatte, vielleicht an dem Tag vor seinem Tod.

Eine Allianz zwischen den Häusern Dracula und Vajda, durch eine Heirat noch gefestigt, stellt den Vampirältesten zum ersten

Mal in diesem Jahrhundert ein Banner zur Verfügung, unter dem sie sich sammeln können, was wahrscheinlich der Erringung politischer Macht dient. Schon jetzt befinden sich zahlreiche große europäische Vermögen in den Händen der Untoten. Wenn Dracula im Triumph nach Transsylvanien zurückkehrt, wird ein Reich wiederauferstehen. An Prinzessin Asa Vajda ist eine Tyrannin verlorengegangen, sie hat offenbar den Ehrgeiz, die Eva Perón der *nosferatu* zu werden. Der unbekannte Faktor in dieser Allianz ist wie immer Dracula selbst, Edwin. Nach reiflicher Überlegung würde ich sagen, dass unser Graf …

Das Memo war unvollendet. Es stand nichts darin, was Winthrop nicht schon wusste. Aber da es eindeutig für ihn bestimmt war, würde sie es weiterleiten. Er befand sich bereits wieder in London, aber Bond war immer noch in Rom und ließ sich aus lauter Dankbarkeit, dass er noch lebte, gewiss dazu bewegen, als Postbote zu fungieren.

Sie fragte sich, welche Überlegung Charles formuliert, aber nicht niedergeschrieben hatte.

Nachdenklich klopfte sie sich mit der Einladungskarte an die Zähne. Sollte sie wirklich dorthin gehen? Als Dracula sie das letzte Mal in einen Palast eingeladen hatte, zusammen mit Charles, war ein Reich untergegangen, und zwar unter reichlich Getöse, in Feuer und Blut. Diesmal dürfte es weniger spannend werden.

Ein Kleid hatte sie ja bereits. Tauglich für Beerdigungen und Verlobungsfeiern. Erst einmal getragen.

18

Fregene

Sobald sie aus der Stadt heraus waren, ermunterte Kate ihn, den Ferrari von der Leine zu lassen. Die Fahrt dauerte nicht lang, aber hier waren die Straßen breiter, so dass Marcello Gas geben konnte. Kate wollte schnell fahren. Wind schlug ihr ins Gesicht, presste unsichtbare Finger auf ihre geschwollene Haut, stach ihr hinter der Brille in die offenen Augen.

Ihr Kopf wollte nicht klarer werden. Sie sagte Marcello, er solle noch schneller fahren. Stets der willfährige Sklave, gehorchte er. Schafe spritzten in alle Richtungen davon. Es war zum Schreien komisch. Die Flüche des Schäfers blieben ungehört hinter ihnen zurück.

Sie bogen um eine Kurve. Der Palazzo Otranto erhob sich alt und düster auf seinem Vorgebirgsberg, wie es sich gehörte. Sanft fiel die Straße zum Strand hin ab. Für die Verlobung hatte Dracula einen Feiertag angeordnet. In der Stadt ging es zu wie beim Karneval, sie wimmelte von bleichen Leuten in aufwendigen Kostümen.

Kate wies Marcello an, an der Strandpromenade entlangzufahren. Hier war es nicht wie in Brighton oder Blackpool. Vampirfrauen stellten totenweiße Körper in Badekleidern zur Schau, an die nie auch nur ein Tropfen Wasser kommen würde. Diener trippelten mit Sonnenschirmen von der Größe der Parabolantenne des Jodrell-Bank-Radioobservatoriums umher, damit ihre Herrinnen im sicheren Schatten blieben. Es gab Musik und Tanz und Speis und Trank.

Sie war auch nicht anders als sie, war genauso ein Vampirmiststück mit einem menschlichen Schoßhund, wie sie hier überall herumwimmelten gleich Krabben, mit klickenden und klackenden Zähnen und Krallen und einer Schneckenspur aus Blut hinter sich. Alle Gesichter waren Schädel, deren Wangenknochen und Zähne schimmerten, deren Augenhöhlen gähnten. Alle Stimmen waren schrill, überall kreischte grausames Gelächter. Die Sonne bleichte alles zur Farbe von Sand.

Marcello hatte Angst vor ihr, konnte ihr nichts abschlagen. Das war mal eine Abwechslung. Normalerweise war Kate es, die dem anderen nichts abschlug, die leer war, wenn er sie verließ. Endlich einmal war sie frei, nur an sich zu denken, an ihre eigenen Wünsche und Träume. So wie der Rest der Welt.

Sie sprang aus dem Ferrari, ganz geschmeidig von dem lebendigen Blut in ihrem Körper, und landete ihren Absätzen zum Trotz wie auf Katzenpfoten. Sie hatte ein kleines Schwarzes von Pero Gherardi gefunden und den Großteil ihrer Lire dafür hingeblättert. Dazu trug sie einen scharlachroten Schal, der zu ihrer Haarfarbe passte.

Am Strand wurden Leute auf sie aufmerksam. Ein paar Jungen, die irgendein Meerestier aus der Brandung holten, drehten sich um und pfiffen. Sie posierte à la Malenka. Der Wind peitschte ihren Schal wie Tintenfischtentakel. Sie hätte am liebsten gebrüllt wie ein Pantherweibchen. Die Jungen waren randvoll mit Blut. Wenn sie ihr zu nahe kämen, würde sie sie voller Liebe reißen.

Marcello stellte den Wagen ab und folgte ihr, eine Zigarette in der Hand. Er war ungeduldig, praktisch, schob sie voran, sagte ihr, sie solle den Jungen am Strand keine Beachtung schenken. Er führte sich auf, als ob er ihr Vater wäre.

Sie ohrfeigte ihn, um ihm eine Lektion zu erteilen. Aufreizend zog er die Schultern zu einem »Na-wenn-das-so-ist« hoch. Die Ohrfeige war ein Fehler, zu plump. Kate übte ihre Kontrolle über ihn aus, sandte ihren Willen durch sein Blut, machte aus seinen Arterien Marionettenfäden, riss ihn an sich und verpasste ihm einen scharfen Kuss auf den Mund. Er ließ es über sich ergehen, was sie nur noch mehr reizte.

Sie war ihn allmählich satt. Nein, diese Spielchen. Ihr drehte sich der Kopf. Sie befand sich seit Tagen in diesem Wirbel. Seit Wochen?

Sie wollte nicht an Verlust denken. Sie biss Marcello in den Hals und schabte sich ein wenig von seinem Blut auf die Zunge. Die Woge machte alles wieder besser, jedenfalls für den Moment.

Die Jungen jubelten Marcello zu. Er brachte ein Lächeln und ein Winken zustande.

Kate genoss seine gesamte Aufmerksamkeit. Aber er hielt etwas zurück. Er gab ihr sein Blut und seinen Körper, aber um sein Herz lag ein Ring aus Eis. Sie wusste, was er dachte, aber nur selten, was er fühlte. Bestimmt liebte er sie. Das sah man daran, was er tat, was er sagte. Seine Liebe war ein Mantel, ein Schutz. Vielleicht wollte, brauchte Kate sie nicht, aber sie war da.

Die Jungen zerrten ihr Meeresungetüm den Strand herauf und legten es ihr zu Füßen. Es sah aus wie ein lebender Flügel mit einem langen Schwanz voller Widerhaken. Ein einzelnes Auge sah lidlos und rund zu ihr herauf, trübte sich. Was sah dieses sterbende Etwas?

Sie kniete sich in den feinen Sand – wobei sie auf ihr Kleid achtgab – und berührte die kalte Schuppenhaut. Die Kreatur lag in den letzten Zuckungen. Ihr sich windender, schwindender Geist verstörte Kate, als er auf seinem Flug an ihr vorbeistrich. Nun war jede Bewegung mechanisch.

»Es ist tot«, sagte ein Junge. »Man sieht es am Auge.«

Das Auge war jetzt eine weiße Murmel.

Angst durchfuhr sie. Ihr war etwas Wichtiges entgangen.

Sie wollte das hier nicht. Sie war am Meer, in den Ferien. Sie wollte Kasperletheater, Zuckerstangen, Nachmittagstee. Sie wollte Fossilien finden, eine Flaschenpost, seltsam geformtes Treibholz. Sie wollte wieder das Mädchen in Lyme Regis sein, das sich fragte, was ihm sein Vater nicht über die ausgezehrte, schöne Frau erzählen wollte, die am Ende der mächtigen Hafenmauer stand und über das Meer sah. All diese Jahre später wusste sie genau, was diese namenlose Frau empfunden hatte. Liebe und Verlust.

Autos fuhren in einer düsteren Prozession durch die Stadt. Ihre Passagiere waren die vornehmeren Gäste des *principe* und seiner Verlobten, die Schönen und die Wilden.

Der Palazzo warf seinen Schatten über das Meer. Kate sah auf, schirmte die Augen vor der untergehenden Sonne ab. Dort also lebte der Teufel heutzutage.

Es war wichtig, dass sie ihrem Gastgeber ins Gesicht sah. In all diesen Jahren, in diesem Jahrhundert des Dracula Cha-Cha-Cha, war sie ihm nie begegnet, hatte ihn nie getroffen. Einmal hatte er ein Kopfgeld auf sie ausgesetzt und sie zur gefährlichen Staatsfeindin erklärt. Dann jedoch war er von einer Woge weitaus mächtigerer Feinde überrollt worden und hatte sie vergessen – vermutete sie. Aber sie hatte seine Hand gespürt: in der Wunde von einem silbernen Schwert, die sie sich während der Zeit der Schrecken zugezogen hatte, auf ihrer Flucht vor der Karpatischen Garde, und in den eisernen Ketten des deutschen Panzers, der in den Schützengräben über sie hinweggerollt war. Jetzt, wo Charles nicht mehr war, war sie mit Dracula allein auf der Welt. Sie sollten sich besser einmal treffen. Vielleicht konnten sie, wenn das zwischen ihnen geklärt war, beide frei sein. Dann wäre alles vorbei.

Die ungewisse Zukunft machte ihr Angst. Wenn die Musik zu einem Ende kam, wenn der Cha-Cha-Cha vorbei war, was dann?

Das Blut brannte nicht mehr ganz so in ihr. Es war immer noch alles von kräftigen Farbblöcken überlagert, und alles, was lebte oder sich bewegte, zog Schleier hinter sich her. Aber ihr Verstand kehrte langsam zur Erde zurück, im Sturzflug fast.

»Bring mich dorthin«, befahl sie.

Marcello machte eine garstige kleine Verbeugung und bot ihr seinen Arm an.

19

Das Fest

Sie trug schwarzen Samt. Das Kleid ließ ihre Schultern frei, floss jedoch zum Boden hinab wie eine Schleppe. Es war schwer, aber Geneviève konnte das Gewicht tragen. Ein wenig beachteter Vorteil des Vampirdaseins war die Fähigkeit, sich bequem in aufsehenerregende Ensembles zu hüllen, in denen eine warmblütige Frau keine Luft mehr bekam oder sich nicht mehr rühren konnte. Den dazugehörigen Hut mit Schleier trug sie nicht, ihn hatte sie für die Beerdigung gebraucht.

Seit der Beerdigung war sie nie länger als eine Stunde außerhalb der Wohnung gewesen. Beim Gehen nahm sie Charles' Einladung auch noch mit. Es wäre vielleicht amüsant, sie irgendeinem x-beliebigen Pärchen zu geben und sie *il principes* Gastfreundschaft genießen zu lassen. Andererseits hatte sich ein Willkommensgruß Draculas gelegentlich als tödlich erwiesen. Seine Marotte, Gästen die Mützen an den Kopf zu nageln oder Statthalter zu pfählen, die sich über den Gestank der Toten beschwerten, hatte er wahrscheinlich inzwischen abgelegt, aber man ließ es besser nicht darauf ankommen.

In der Einladung war angegeben, dass für den Transport nach Fregene gesorgt war, wenn man zwischen 18 und 22 Uhr auf der Piazza del Quirinale eintraf. Wie sich herausstellte, bewegte sich für Gäste, die den Weg nicht selbst machen wollten, unablässig eine Wagenflotte zwischen der Piazza und dem Palazzo Otranto hin und her.

Sie teilte sich einen Daimler mit Leuten, die sie nicht kannte. Jeremy Prokosch, ein Produzent aus Hollywood mit scharlachroten Brillengläsern und einem kleinen Büchlein zum Notieren von Ideen. Dorian Gray, die italienische Schauspielerin, nicht der englische Freigeist. Dr. Hichcock, einer der Leibärzte des *principe*, und seine stille Gattin, eine von vielen modebewussten Frauen, die sich so zurechtgemacht hatten, dass sie Prinzessin Asa möglichst ähnlich sahen. Und eine unglücklich wirkende Hungerkünstlerin namens Collins.

Geneviève hätte sich gern einmal mit Collins unterhalten, da man nur selten amerikanischen Vampiren begegnete, aber Prokosch erging sich in einem Monolog über das Showgeschäft. Anscheinend hätte er um ein Haar im Wagen vor ihnen gesessen, zusammen mit Orson Welles, der den Argo in der Argonautenverfilmung spielte, und John Huston, den Prokosch für eine Verfilmung von *Ich bin Legende* mit Charlton Heston gewinnen wollte. Geneviève kannte keinen der Filme, die der Produzent gemacht hatte. Sie handelten meist von Orgien, basierten aber auf klassischen, sprich, nicht durch Copyright geschützten Stoffen.

»Wenn man die Kosten für einen Kostümfilm niedrig halten will, lässt man die Kostüme am besten weg«, sagte Prokosch.

Collins gab sich alle Mühe, sie anzulächeln.

»Haben Sie je als Modell gearbeitet?«, fragte der Produzent.

»In letzter Zeit nicht mehr«, sagte sie.

Bis der Wagen am Palazzo Otranto vorfuhr, war es Nacht. Geneviève fühlte sich, als hätte ihr jemand mit einer zusammengerollten Ausgabe von *Variety* auf den Kopf geschlagen. Es kam zu einer Verzögerung bei der Flucht aus dem Daimler, weil die offiziellen Türöffner gerade versuchten, Orson Welles aus dem Wagen vor ihnen zu bekommen. Welles, bärtig und gewaltig, konnte nicht aufhören zu lachen, während er herumwackelte wie Pu der Bär, als er in Kaninchens Haus feststeckte. Schließlich hielt John Huston eine brennende Zigarre an Welles' enormes Hinterteil, und das runde Genie schoss heraus wie eine Kugel aus einer Kanone.

Prokosch holte ein Skript unter seinem Kummerbund hervor und eilte hinter Huston her. Geneviève drückte ihm die Daumen und stieg aus dem Daimler. Sie sah zum Palast hinauf. Sehr hübsch. Eher barock als gotisch. Spiralsäulen und wild wuchernder Efeu.

»Sieht aus wie eine riesige Zwiebel«, bemerkte sie zu niemand Bestimmtem.

Sie schloss sich dem Menschenstrom zu den hohen Toren hin an. Ein Kader von Kriegern mit pelzbesetzter Rüstung und Zähnen wie Cashewnüsse überprüfte die Einladungen und winkte die Gäste hinein. Paparazzi, die sich um die Tartaren sammelten, wurden davon abgehalten, im Weg zu sein. Zerschlagene Kameras lagen in der Auffahrt, auch der eine oder andere Fotograf. Geneviève sah, wie einer der lästigen Kerle gegen eine massive Steinmauer geworfen wurde.

Ihre Einladung hielt der Überprüfung stand, und ihr wurde der Zutritt gestattet. Sie schlenderte einen Korridor hinunter, der sich zu einem Ballsaal von der Größe einer Kathedrale hin öffnete. Ein ganz aus Mädchen bestehendes Orchester spielte Tanzmusik von Nino Rota, dirigiert von einem skelettdünnen Etwas, dessen Gesicht aus einer leeren Maske bestand. Auf zwei Hundert-Meter-Tischen war ein Büfett angerichtet, mit kalten Speisen und Salaten für die Warmblütigen und einer Auswahl lebender Tiere für die Untoten. Kellner und Kellnerinnen, kerngesunde Warmblütige, gingen mit nackten Hälsen und Handgelenken umher. In ihren Venen steckten bereits Zapfhähne. Geneviève ließ sich ein Glas Menschenblut geben und nippte daran.

Als sie sich im Saal umsah, erkannte sie zahlreiche Gäste: Prinzessin Margaret und Anthony Armstrong-Jones als Vertreter der Königin; John und Valerie Profumo als Vertreter Lord Ruthvens; Senator John Kennedy und Botschafterin Clare Boothe Luce als Vertreter der USA, wobei die beiden einander nicht ausstehen konnten; Carlo Ponti und Sophia Loren; Alberto Moravia, der

Schriftsteller; Gina Lollobrigida und General Mark Clark, der Befreier von Rom; Frank Sinatra und Dean Martin; Pier Paolo Pasolini, der Dichter; der Millionär Jonas Cord, der sein Geld mit Flugzeugen gemacht hatte; Rita Hayworth und der Aga Khan; Totò, der italienische Komiker; Moira Shearer und Ludovic Kennedy; Enrico Mattei, der Kopf des staatlichen Petroleumkonzerns; Palmiro Togliatti, der Führer der Kommunistischen Partei; mehrere Leinwand-Tarzans und der echte Lord Graystoke; Zé do Caixão, der brasilianische Bestattungsunternehmer für die Reichen und Berühmten; Magda Lupescu, eine Vampirin und einst berühmte Mätresse des Königs von Rumänien; Mrs. Honoria Cornelius und Colonel Maxim Pyat; Salvador Dalí, dessen lange, gerundete Fangzähne seinen berühmten Schnurrbart zu spiegeln schienen; Edgar Poe, der Drehbuchautor; Dr. Orlof, der umstrittene Schönheitschirurg; Yves Montand und Simone Signoret; Lemmy Caution, der amerikanische Abenteurer; Gore Vidal, dessen Werke sie bewunderte; Admintore Fanfani, ein gerade entthrontes hohes Tier in der Politik; Michael Corleone, der Olivenölbaron; Prinz Junio Valerio Borghese, ein ehemaliger Faschist mit Ambitionen; sowie, als möglichst unauffälliger Vertreter des Vatikans, Bischof Albino Luciani.

Und die Ältesten: der legendäre Saint-Germain; Karol Lavud, frisch aus Mexiko zurück; Armand, der Pariser Theatermanager; Gilles de Rais, Blaubart genannt; Baron Meinster, der blond gelockte Schmeichler; Sebastian de Villanueva, in Unehre gefallener Alchemist des Manhattan-Projekts; Elisabeth Báthory, Drago Robles, Innocente Farnese, Faethor Ferenczy, Don Simon Ysidro. Es gab sogar eine Handvoll Älteste, die sich vom Rest fernhielten, als wären sie eine völlig eigene Spezies: Edward Weyland, Joshua York, Miriam Blaylock, Hugh Farnham. Ein krakenartiger Gestaltwandler ging in seiner Absonderung von der Menschheit so weit zu behaupten, er stamme vom Planeten Mars. Falls irgendeine der Geheimgesellschaften, die das Banner von Abraham Van Helsing hochhielten, einen Terrorangriff durchführen sollte, würde sie die Brut so gut wie auslöschen.

Ihr grausiger Zeitgenosse de Rais, der in ihren warmblütigen Tagen ein Nationalheld Frankreichs gewesen war, erinnerte sie wieder einmal daran, dass sie jetzt in einem Alter war, wo sie durchaus als Älteste auftreten konnte.

Sie erregte wenig Aufmerksamkeit zwischen so vielen berühmten Gesichtern.

Ich bin die einzige Person hier, von der ich nie gehört habe, dachte sie.

Wobei ein berühmtes Gesicht freilich nicht zu sehen war.

Prinzessin Asa Vajda hatte ihren Auftritt in einer Sänfte, die von sechs vergoldeten Jugendlichen getragen wurde. In ihrer gewaltigen toupierten Hochfrisur steckte ein Fächer aus Fledermausflügeln. Aber ihr Verlobter war bisher nicht in Erscheinung getreten.

Geneviève konnte warten.

Sie sah Penelope in der Menge. Die Engländerin sah auf geschmackvolle Weise schön aus in ihrer schlichten Gesellschaftskleidung, mit hochgesteckten Haaren. Sie wirkte gereizt. Kurz hatten sie Blickkontakt. Prinzessin Asa stürzte sich mit einer Reihe von Forderungen auf sie wie ein prächtig gefiederter Geier. Sie musste sich darauf konzentrieren, vernünftig zu sein, um irgendeine kleinere Krise zu glätten. Geneviève erinnerte sich noch an Penelopes Tendenz zu häuslicher Tyrannei und fragte sich, ob sie in Otranto, wo sie nun genau dieselben Qualen erlitt, die sie selbst so vielen Dienern zugefügt hatte, ihre Sünden wohl bereute.

Cagliostro und Orson Welles traten in einem Kreis von Zuschauern zu einem Zauberduell an. Der warmblütige Zauberkünstler besiegte den *Nosferatu*-Zauberer mit seinem Talent für effektvolle Darbietungen. Mit breitem Lächeln gab er seine Kunststücke zum Besten, während der Blut und Wasser schwitzende Graf echte, aber wenig beeindruckende Zauber vollbrachte. Cagliostro hatte sich so lange auf seine übernatürlichen Fähigkeiten verlassen, dass er in diesem Zeitalter der alltäglichen Wunder nicht mehr viel zu melden hatte. Eine hübsche junge Frau kicherte, als Welles eine Maus in ihrem Dekolleté fand. Die Zuschauer klemmten sich die langstieligen Brillen in die Armbeugen, um mit beiden Händen applaudieren zu können.

Genevièves zweites Glas war schon halbleer – der Kellner hatte behauptet, aus einer guten katholischen Familie zu stammen und noch unschuldig zu sein, und sein Blut hatte definitiv das gewisse Etwas –, als sie um eine Säule bog und auf Hamish Bond stieß, der sich, eine makellose Erscheinung in seiner weißen Smokingjacke, mit einigen verfügbaren Mädels umgeben hatte. Er rauchte lässig eine seiner spezialgefertigten Zigaretten und instruierte gerade eine Kellnerin, dass er ihr Blut mit Wermut und einer Olive wollte.

»Geschüttelt, nicht gerührt«, säuselte er.

»Was für eine alberne Art, die Dinge anzugehen«, sagte Geneviève.

Bond klappte eine Augenbraue hoch.

»Mademoiselle«, begrüßte er sie.

Die Mädchen – lauter Zweitplatzierte bei Schönheitswettbewerben und Staffage für Orgien – wurden ausgeblendet. Der Effekt gefiel ihr.

»Ich sollte wohl nicht überrascht sein, Sie hier anzutreffen«, sagte der Spion. »Sie zählen zu den Leuten, die überall dabei sein können.«

»Verlobungen und Beerdigungen«, sagte sie. »Und Fluchten um Haaresbreite.«

»Ich habe Ihnen noch gar nicht richtig gedankt.«

»Denken Sie nicht mehr daran. Haben Sie unseren Freund mit den Tasthaaren gesehen? Brastow muss hier irgendwo sein. Penelope hat bestimmt eine Untertasse mit blutiger Milch für ihn bereitstehen.«

Bonds Miene verdüsterte sich. Er wurde nicht gern daran erinnert. »Alle Welt ist hier«, sagte der Spion.

»Ich habe Villanueva gesehen. Den Überläufer. Sollte man ihn nicht entführen? Als er sich hinter den Vorhang verkrümelt hatte, mussten diese Rosenbergs es ausbaden. Das muss das erste Mal seit fünf Jahren sein, dass er sich im Westen blicken lässt.«

»Das ist Johnny Yanks Sache. Außerdem ist das hier ein halber Urlaub. Otranto ist ein bisschen wie das Gefängnis in Spandau. Neutrales Territorium, auf dem sich alle Seiten tummeln. Als sie in Jalta das Croglin-Grange-Abkommen erneuert haben, war man sich einig, Dracula in Ruhe zu lassen, aber ein Auge auf ihn zu behalten. Der Palazzo wimmelt seit '44 von Spionen. Es sollte mich nicht wundern, wenn das hier alles Doppelagenten sind. Außer mir. Und Ihnen.«

»Danke für das Kompliment.«

»Keine Ursache. Sie sind einfach Sie.«

Geneviève spürte einen kleinen Stich. Sie wusste, was er meinte. Wo Charles tot war, war sie niemandem mehr verpflichtet, nur noch ihrem eigenen Herzen.

Er nippte an seinem blutigen Martini.

Es war eine schmutzige Angelegenheit gewesen, ihn aus Brastows Versteck herauszubekommen. Sie war fast wieder zu einem Tier geworden, hatte sich durch die Leute von SMERSCH gepflügt, ohne auf umherschwirrende Kugeln zu achten, und Wände zum Einsturz gebracht. Sie hatte nicht vor, so etwas öfter zu tun. Es war immer wieder eine verstörende Erfahrung zu merken, wie leicht man nicht nur körperlich seine Gestalt veränderte, sondern geistig, den Intellekt windschlüpfrig machte, an das bloße Überleben anpasste, und das Einfühlungsvermögen beiseiteschob.

Diese Szene bei Charles mit Penelope und Kate war ein unschönes Nachspiel gewesen. Sie war noch nicht wieder ganz bei sich gewesen und hatte plötzlich mit einem Raum voller unberechenbarer Gefühle fertigwerden müssen.

Bond schien vollständig darüber hinweg zu sein. Als sie ihn verlassen hatte, war er arg mitgenommen gewesen, aber anscheinend war er wie eine dieser Trickfilmfiguren, die im nächsten Moment wieder heil waren. Schwupp, legte er seine schnieke Weltmannsrüstung wie diesen Smoking von der Savile Row wieder an und war bereit, die nächste bedeutungslose Schlacht zu schlagen und die gesichtslosen Horden abzuwehren, die sie beharrlich als verflixte lästige Einzelwesen wahrnahm.

Penelope marschierte an ihnen vorbei und belehrte eindringlich einen warmblütigen jungen Mann, der ganz bleich war.

»Diesem Burschen bin ich nach unserem Abschied über den Weg gelaufen.« Bond nickte zu Penelopes Begleiter hin. »Der amerikanische Freund unserer Gastgeberin. Tom Soundso. Irgendetwas stimmt nicht mit ihm. Nein, mehr als das. Ihm fehlt etwas.«

»Wie uns allen«, sagte sie.

»Sie sind bedrückt heute Abend.«

»Der Mann, den ich seit 1888 geliebt habe, ist diese Woche gestorben. Das ist schon geeignet, einem den Wind aus den Segeln zu nehmen.«

Bond machte aus Höflichkeit ein betroffenes Gesicht. Er konnte sich nicht vorstellen, dass jemand den Tod ernst nahm. Für ihn gehörte er zum Alltag. Charles hatte es nie zugelassen, so zu werden. Der Rückzug hinter gefühllose Ironie war nicht einmal typisch Vampir; es war typisch zwanzigstes Jahrhundert.

Unvermittelt empfand sie nichts als Mitleid für den Spion.

»Sie werden sich auch einmal verlieben. Und sie wird sterben.«

Bond versuchte die Schultern zu zucken, erstarrte aber. Da wusste sie, dass sie richtig lag. Es war ihm schon einmal passiert, und es würde wieder geschehen.

»Es tut mir leid«, sagte sie. »Das war grundlos grausam. Sie haben Recht. Das ist ein halber Urlaub hier. Wir haben uns alle feingemacht und Ausgang bekommen. Dies ist eine Nacht für Heucheleien, nicht für unbequeme Aufrichtigkeiten.«

Er sah sie an.

»Sie sind eine bemerkenswert schöne Frau, Geneviève.«

Sie lachte darüber, war aber doch geschmeichelt.

»Vorhin hat mich ein Filmproduzent gefragt, ob ich als Modell arbeiten würde.«

»Das könnten Sie nicht. Ihr Gesicht hat zu viel Charakter.«

»Wahrscheinlich eher zu viel Überbiss.« Sie klackte mit den scharfen Zähnen.

20

Schloss des Blutes

Durch die Tore des Palazzo Otranto zu treten war wie der Schritt in ein Drachenmaul. Kate spürte, wie die Naturgesetze sich verzerrten. So war das beim König.

Marcello bemerkte ihr Zögern. Sie hielten den Verkehr auf. Draußen vor den Toren baute sich Druck auf wie das Moussieren hinter einem Champagnerkorken.

Sie ploppten.

Gäste strömten in die Korridore des Palastes, ein Pulsieren in organartigen Kammern, ein Pochen in Richtung Herz. Der gewölbte Ballsaal war riesig. Und voll.

Der rote Durst hielt Kate in seinem Griff. Alle hier, ob lebendig oder tot, waren Beutel voller Blut. Sie war längst darüber hinaus, von Marcello trunken zu sein; sie befand sich am Rand des Wahnsinns. Sie hatte andere Vampire in diesem Zustand gesehen, war aber bisher nie selbst so weit gekommen.

Von innen betrachtet war es gar nicht mal schlecht.

Ihre Augen glühten bestimmt scharlachrot, noch vergrößert durch die Brille. Ihre Zähne waren Dolche, ihre Fingernägel Klauen. Sie hatte selbst etwas von einem Drachen.

Das Orchester spielte »Dracula Cha-Cha-Cha«. Die Untertanen Seiner Majestät tanzten, zogen blauen und roten Samt über einen polierten Mosaikfußboden. Schwarze Straußenfedern wippten wie Insektenfühler über kunstvollen Frisuren. Rote Edelsteine funkelten im Schein der Flammen. Weiße Gesichter schimmerten auf wie Flecken.

Sie war verzückt.

»Lass uns tanzen«, sagte sie zu Marcello, ergriff seinen Arm und betrat die Tanzfläche.

Es war leicht, sich der Musik zu überlassen. Marcello hielt vorsichtig mit ihr Schritt. Seine dunklen Gläser ließen nichts erkennen, aber sie wusste, dass sie ihn vollständig in der Gewalt hatte. Sie hatte einen Sklaven aus ihm gemacht, er war wie dieser arme Hund, den Jack Sewald 1885 behandelt hatte. Renfield.

Er machte die Fliegen tot, um die Spinnen zu fangen, er machte die Spinnen tot, um die Vögel zu fangen, er machte die Vögel tot, um die Katzen zu fangen …

Tanzen war wie Sichnähren, man trank die Musik. Überall in dem Gedränge um sie herum waren Kreaturen wie sie. Schnauzen mit Borstenhaaren, spitzenbesetzte Manschetten, aus denen Tatzen herausschauten, verrottete, goldverkronte Fänge, Lederschwingen über rückenfreien Kleidern, rote Augen mit blauem Lidschatten.

Dies waren Draculas Gäste.

Der Prinz selbst brauchte nicht im Raum zu sein. Sein Herz bewegte das hier nicht. Er würde irgendwo unter ihnen sein, in der Erde. Auf dem Höhepunkt des Abends würde er emporsteigen und sich unter seine Gäste mischen.

Sie tanzten an Leuten vorbei, die sie kannte. Geneviève stand in der Ecke und flirtete vorsichtig mit diesem gut aussehenden britischen Vampir, der auf Charles' Beerdigung gewesen war. Penelope rauchte hastig eine Zigarette und sah so angespannt aus wie ein Kindermädchen, dessen Schutzbefohlene wild herumtobten. Kate fand das amüsant: Sie hatte oft auf Klein-Penny aufpassen müssen, auf die schöne Schreckliche. Penelope konnte nur erwachsen werden, wenn alle um sie herum wieder zu Kindern wurden.

Orson Welles trennte mit dem Schwert eine tschechoslowakische Blondine in zwei Hälften. Er redete im Plauderton weiter, während er die versilberte Klinge durch ihren schönen Bauch gleiten ließ. Inspektor Silvestri und Sergeant Ginko, die als Kellner verkleidet waren, hielten die Augen offen für den Fall, dass Vampirältesten Gefahr drohte; warmblütige Schlafmützen, die albernerweise dazu abgestellt worden waren, die gefährlichsten Leute der Welt zu beschützen.

Endlich bekam sie den Rhythmus hin.

Dra-cu-*la, Dra*-cu-*la,* Dra! ... *Cha-Cha-Cha* ...

Vater Merrin, in schlichten Gewändern mit einem auffallenden Kreuz auf der Brust, beobachtete das Treiben eher mitleidig als missbilligend. Und, gütiger Gott, dort war Sebastian Villanueva, dieser Verbrecher. Er hätte doch eigentlich daheim sein und sich Raketenwaffen ausdenken müssen. Selbst wenn Villanueva nur vorübergehend im Westen war, war das eine Story wert. Sie sollte sich ein Telefon suchen und ihren Redakteur anrufen.

Nein, sie tanzte.

Dra-cu-*la, Dra*-cu-*la* ...

Heute Nacht waren ihr die Nachrichten egal.

Dra! ... *Cha-Cha-Cha* ...

Sie schlängelte sich nahe an Marcello heran, die Ellbogen auf seinen Schultern, die langen Finger neckisch in seinen leicht geölten Haaren.

Dra-cu-*la, Dra*-cu-*la,* Dra! ... *Cha-Cha-Cha* ...

Sie leckte sich den Mund, spürte die Rauheit ihrer Zunge auf den vollen Lippen. Sie streckte die Zunge heraus und berührte mit der langen Spitze ihre Nase. Der Trick hatte Penny manchmal genug erfreut, dass sie nicht auf dumme Ideen kam. Sie hatte es genossen, über die arme, farblose, alte Kate zu lachen. Marcello grinste nicht einmal ansatzweise. Für ihn war Tanzen eine ernste Angelegenheit.

Dra-cu-*la, Dra*-cu-*la,* Dra! ... *Cha-Cha-Cha* ...

Sie wirbelte herum, betonte den Tanz dabei mit präzisen Cha-Cha-Cha-Stößen ihrer Hüften und streckte Penelope – die ihre Zigarette gerade übellaunig auf der Hand eines Kellners ausdrückte – die Zunge heraus, dann brach sie in Gekicher aus. Marcello hielt sie aufrecht, und sie ließ die Musik übernehmen.

Sie konnte sich nicht erinnern, dass Charles je getanzt hatte. Aber sie hatte ihn fechten gesehen. Er war leichtfüßig und fantasievoll gewesen. Er hätte einen erstklassigen Tänzer abgegeben. Vielleicht hatte er ja nur nie mit ihr getanzt.

Sie verpasste einen Schritt. Verdammt. Ständig ließ sie sich von Gespenstern das Leben schwermachen. Es war absurd. Ein Vampir sollte ein Gespenst doch übertrumpfen.

Zwischen den unzähligen hypnotisch starren Blicken der Ältesten entdeckte sie freundliche blaue Augen, in denen Wärme und Weisheit stand. Merrin. Er sah ihr zu. Mitfühlend. Dazu hatte er kein Recht. Sie war ein Monstrum. Sie brauchte kein Mitleid.

Mit der Daumenkralle schlitzte sie Marcellos Hals auf. Sie reckte sich, um den Strahl mit dem Mund aufzufangen, und saugte das Blut in sich hinein, spürte das Auflodern hinter ihren Augen. Der elektrisierende Geschmack löschte ihre Gedanken aus, ihre Sorgen.

Marcello tanzte nicht mehr. Er krampfte in ihren Armen, aus seinen beanspruchten Venen strömte zu viel Blut.

Diskrete Lakaien betraten die Tanzfläche und nahmen ihr Marcello ab. Einer klatschte ein großes Heftpflaster über die Wunde und sagte etwas auf Italienisch, über Vimto. Sie nahmen ihn mit, wie sie einem unartigen Kind ein zerbrochenes Spielzeug weggenommen hätten. Sorgfältig gaben sie darauf Acht, dass sie kein Missfallen zeigten, waren aber dennoch deutlich verärgert über Kates Rücksichtslosigkeit.

Einer der Diener wies auf sein Kinn. Sie brauchte einen Moment, um zu verstehen, was er ihr sagen wollte. Dann nahm sie ihr Taschentuch und wischte einen hartnäckigen Flecken Blut weg.

Marcello wurde zu einem Alkoven geführt. Als der Vorhang beiseiteglitt, erhaschte sie einen Blick auf eine Reihe Betten und Ständer mit Beuteln für künstliche Ernährung. Krankenschwestern waren vor Ort. Sie war nicht der einzige Vampir, der unter dem Einfluss des Tanzes die Kontrolle über sich verlor.

Als Frau ohne Begleitung war sie plötzlich Freiwild. General Iorga, ein rundlicher Ältester, der Befehlshaber der Karpatischen Garde gewesen war, als diese alles darauf gesetzt hatte, Kate einen Kopf kürzer zu machen, versuchte sich in einer Gavotte mit ihr zu drehen. Der General verlor sie an einen Beatnik-Blutsauger mit Baskenmütze und Ziegenbart, der sie zurück in den Cha-Cha-Cha riss. Ein Amulett an einer langen Kette tanzte zwischen ihnen, schlug immer wieder gegen seinen schwarzen Pullover und ihr Dekolleté.

Dem Maynard-G.-Krebs-Verschnitt wurde sie von einer Ältesten entrissen, die das vorübergehende Verlangsamen der Musik dazu nutzte, ihr einen Zungenkuss zu geben. Als eine fremdartige Zunge in ihrer Mundhöhle nach Tropfen von Marcellos Blut forschte, begriff Kate, dass es sich um die seltsamste Kreatur aller Ältesten handelte, Casanova. Bei der Verwandlung hatte er seine Gestalt dauerhaft zu der einer Frau geformt, ein Wunder, das jedoch keinerlei Auswirkung auf seinen Charakter gehabt hatte.

Es mussten erst einige Mundteile voneinander gelöst werden, als sie ein schwer gezeichneter, aufgeschwemmter Warmblüter von dem großen Liebhaber wegzog. Sie erkannte ihn unter vielen Schichten der Zersetzung als Errol Flynn. Das einstige Idol der Matineen hatte einen Zapfhahn im Hals sitzen. Kate konnte dem Blut Robin Hoods nicht widerstehen. Es war mehr Wodka als Lebenssaft, aber reich an karibischen Gewürzen und Schießpulver.

Sie verließ Flynn und stolperte, in mehrerlei Hinsicht betrunken, durch die Menge.

Ein gewaltiger Brustkorb versperrte ihr den Weg. Sie hob den Kopf, um sich das Gesicht anzusehen, aber es war nur ein scharlachroter Fleck. Der Mann trug Strumpfhosen, unter denen sich kräftige Beinmuskeln abzeichneten.

Ein kaltes Tuch legte sich über ihren Kopf.

Wo waren Silvestri und Ginko? Wo war die Karpatische Garde?

Furcht erfasste sie.

Ihr Blick wurde klarer. Sie hatte sich geirrt. Das war nicht der scharlachrote Henker. Ein bebrilltes, hübsches, freundliches Gesicht, wie aus massiven Blöcken gebaut, sah auf sie hinab. Es war dieser Schauspieler, Kent. Sie hatte Fotos von ihm als Herkules gesehen.

Er war nicht einmal rot gekleidet. Seine Strumpfhosen waren blau.

»Alles in Ordnung, Miss?«, fragte er.

Sie winkte ab, versuchte einen nüchternen Eindruck zu machen. Er wusste nicht recht, was er davon halten sollte, aber ihre nochmalige Versicherung überzeugte ihn.

Hinter dem muskulösen Amerikaner war noch jemand, eine sehr kleine Frau oder ein Kind. Das eine Auge hinter blonden Haaren verborgen. Mit dem scharlachroten Henker hatte Kate sich geirrt, aber dies hier war das kleine Mädchen von der Piazza di Trevi.

»Entschuldigen Sie mich«, sagte sie zu Kent und schob sich an ihm vorbei.

Das Mädchen war verschwunden.

Jetzt hätte Kate am liebsten geweint. Sie wusste, dass sie in einem benommenen, fast schon tauben Zustand war. Sie wollte hellwach sein, sie selbst sein. Sie musste jetzt sie selbst sein.

Ein roter Ball hüpfte über den Boden und rollte vor ihre Füße. Sie beugte sich vor, um ihn aufzuheben, tippte ihn dabei aber ungeschickt an. Der Ball hüpfte empor wie ein Luftballon und sprang davon wie ein chinesischer Vampir. Er prallte vom Kopf des Soldaten Elvis Presley ab und gegen die Brust des Autors Edgar Poe, der seinen Drink verschüttete, dann hüpfte er weiter, zwischen Gina Lollobrigida und einem Ältesten hindurch, den Kate nicht kannte. Es war, als ob der Ball zu fliehen versuchte. Kate ließ ihn nicht aus den Augen und folgte ihm.

21

Draculas Braut

Jemand Kleines schob sich an Geneviève vorbei.

»Ich hätte gedacht, für Kinder ist längst Schlafenszeit«, sagte Bond.

Sie sah sich um, konnte aber kein Kind entdecken.

»Kleines Biest«, sagte der Spion sinnierend.

»In dieser Gesellschaft sollten Sie nicht nach dem Aussehen gehen, Commander Bond. Melissa, meine Fanggroßmutter, ist eines dieser ewigen Kinder; sie wurde als Sechsjährige verwandelt. Sie ist jetzt schon den Gutteil von tausend Jahren ›ssreckliss böösse‹.«

Sie fragte sich, ob Melissa d'Aques wohl hier war. Geneviève hatte von dem alten Mädchen seit über hundert Jahren nichts mehr gehört. Früher einmal hätte das bedeutet, dass die Älteste vernichtet worden war. Heute deutete es darauf hin, dass sie dem Kreis angehörte, dem Draculas Rummel missfiel. Manche waren das Leben im Schatten derart gewöhnt, dass sie es dem *principe* nie verzeihen würden, die Bühne der Öffentlichkeit erklommen und die Exklusivität des Vampirdaseins für immer zerstört zu haben.

Das Wort machte die Runde, dass Dracula bald erwartet wurde.

Penelope erhielt gerade Befehle von Prinzessin Asa, die sich während des Festes bereits zweimal umgezogen hatte. Zweihundert Jahre hatten an ihrer gebieterischen Aufmachung nichts geändert. Die befremdliche Kreation, die sie nun trug, war ebenso gut für Moldawien wie für den Planeten Mongo geeignet.

Asa hatte ein wildes, beinahe mongolisches Gesicht. Im Augenblick wurde es von einer dämonischen Halskrause aus einem

Material wie Echsenhaut umrahmt; sie diente als Kragen für eine türkise Satinschleppe, deren Träger zwei als Sarottimohre verkleidete Zwerge waren. Unter dem Umhang trug die Prinzessin einen knappen Walkürenbrustpanzer aus Messing und einen kurzen Rock aus Ketten und Leder. Die spitzen Absätze ihrer schenkellangen Stiefel machten sie ebenso viel größer wie ihre Turmfrisur. In der Hand hielt sie eine zusammengerollte Lederpeitsche, die vielleicht noch aus der guten alten Zeit stammte, in der sie ihre Bauern in Ruhe hatte knuten können.

Bond war ganz hingerissen von der königlichen Verlobten. Geneviève empfand die Aufmachung der Prinzessin als albern, aber in dieser Gesellschaft brauchte es eine Menge, um herauszustechen. Und Asa Vajda stach definitiv heraus.

Penelope reagierte auf jeden Erlass mit einem höflichen Nicken. Fanfaren würden erschallen, Fackeln sollte es geben und von den Wehrmauern eine Kanonade. Penny regte an, dass es politisch vielleicht klüger wäre, die Kanonen vorher auf das Meer zu richten.

»Kettenkugeln sind ein schlechter Ersatz für Konfetti, Prinzessin.«

»Pah!«, verkündete Asa. »Was kümmern uns die Sterblichen! Sie sollten dankbar sein, dass sie zum Gedenken an mein Glück bluten und sterben dürfen. Wenn wir auf das Meer schießen, was haben wir davon? Tote Fische. Ich mag keinen Fisch.«

Penelope schien mit ihrem Latein am Ende. Geneviève hatte den plötzlichen Drang, der Engländerin beizuspringen.

»Es ist Tradition, dass Draculas Kanonen auf das Meer abgefeuert werden«, warf sie ein. »Aus Rache für die Flut von 1469, die die fliehenden Türken abschnitt und Vlads Truppen daran hinderten, des Feindes Mannen niederzumetzeln.«

Des Feindes Mannen, das war gut. Regelrecht fünfzehntes Jahrhundert. Asa wandte ihre großen Augen herum.

»Die Dieudonné«, sagte sie. »Carmilla Karnsteins kleine Freundin.«

»Sehr erfreut, Sie wiederzusehen, Asa.«

Vor dreihundert Jahren hatte Melissa d'Aques eine Zusammenkunft weiblicher Ältester im Schwarzwald einberufen, aus Anlass der Besprechung irgendeines protokollarischen Aspektes, den niemand verstand. Allein Geneviève hatte begriffen, dass ihre Fanggroßmutter sich einfach nur nach neuen Spielgefährtinnen sehnte. Sie hatten den Monat damit verbracht, sich zu verkleiden und in den Wäldern Jäger zu jagen. Prinzessin Asa hatte Geneviève damals nicht ausstehen können, und daran hatte sich anscheinend nichts geändert.

»*Chut*«, sagte Asa, was ebenso gut eine moldawische Grußformel sein konnte wie eine tödliche Beleidigung.

»*Chut* auch Ihnen, *chérie*.«

»Diese Flut von 1469 ...?«

Erfindung natürlich, was sonst.

»Eine Zurechtweisung Poseidons. *Il principe* wird zufrieden sein.«

»Nun gut«, beschloss die Prinzessin. »Dann bombardiert die Wellen, Engländerin.«

Penelope war erleichtert. Wie Caligula konnte Asa bald den Sieg über das Meer beanspruchen.

Ein roter Ball hüpfte über die Tanzfläche. Asa sah ihn an wie einen Eindringling.

»Und bringt mir diesen Ball zum Platzen«, befahl sie.

Bei der Tyrannei ging es um die Ausübung von Willkür. Asa hatte wahrscheinlich ihren Machiavelli gelesen und versuchte sein Vorbild noch zu übertreffen. Gelegentlich einen sinnlosen Befehl zu geben, war von Vorteil, weil man dann sah, ob die Untergebenen auch brav sprangen.

Kate Reed kam aus der Menge gestolpert, dem Ball nach, wie es aussah. Sie war nicht bei sich. Ihre Augen waren geweitet und rot. Um ihren Mund herum und auf der Brust ihres Kleides war Blut. Sie war so auf den Ball fixiert, dass sie stolperte.

Geneviève fing sie auf. Kate wehrte sich ein bisschen, dann erkannte sie sie langsam.

»Wenn das nicht Mademoiselle Perfect ist«, sagte sie.

Geneviève wusste es besser, als verletzt zu sein. Kate war längst im roten Wahn.

»Weißt du eigentlich, wie wir anderen uns neben dir fühlen?«, fuhr Kate fort. »Neben der großen Dame unter den Ältesten, der Vampirheiligen, der marmornen Abenteurerin? Außen sechzehn und weiß wie Milch und innen mit Talent und Großmut angefüllt bis zum Platzen?«

Geneviève sah zu Penelope und Asa. Niemand sagte etwas.

»Ich bin wie du, Kate«, sagte sie. »Ich bin nichts Besonderes.«

Kate lachte bitter, am Rand der Tränen.

»Es ist kein Wunder, dass du ihn bekommen hast«, sagte Kate. »Von uns hatte keine eine Chance. Du bist wie eine Statue. Neben dir sind wir alle verlotterte kleine Kinder. Wir verändern uns, kriegen Falten und sterben, aber du läufst einfach weiter und weiter und weiter, immer perfekt, immer bescheidene Siegerin. Wir anderen sind die Trümmer, die du hinterlässt.«

»Ich glaube, du hast für heute genug getrunken, Katie«, sagte Penelope.

»Ja, ich weiß. Entschuldige, Geneviève. Du hast Recht. Ich stehe heute neben mir.«

Trotz alledem, ein Eissplitter traf sein Ziel. Kate war betrunken, besaß aber noch ihr Denkvermögen. Vielleicht gaben die Drinks ihr nur die Freiheit zu sagen, was sie immer gedacht hatte. Vielleicht war Genevièves Präsenz unmöglich auszuhalten. Am Ende hatten alle, die sie kannte, gelitten.

Sie versuchte, die Liebe in ihrem Herzen zu finden, das, was sie von Asa Vajda oder Prinz Dracula unterschied, das konstante Beben, das sie Charles gegenüber empfunden hatte und durch ihn seiner warmblütigen Welt gegenüber. Im Moment schien es nicht länger da zu sein.

»Ich habe dich verletzt.« Kate streckte die Hand nach ihrer Wange aus, berührte mit der Fingerspitze eine Träne. »Tut mir leid. Es stimmt nicht, was ich gesagt habe. Du bist immer noch lebendig.«

Kate weinte auch. Penelope hielt sie fest im Arm.

Wieder waren die drei durch Tränen vereint.

»Auf meinem Fest wird nicht geweint«, sagte Asa. »Das verfüge ich. Alles soll lächeln, alles soll fröhlich sein. Bei Strafe der Pfählung.«

»Bitte verzeiht, Prinzessin«, begann Penelope unterwürfig. »Meine Freundin wollte Euch nicht ...«

Asa ließ die Spitze ihrer Peitsche zucken und schlug Penelope ins Gesicht, als ohrfeige sie eine Leibeigene.

Der Peitschenknall war wie ein Pistolenschuss.

Bond verzog das Gesicht, fuhr mit der Hand in seine Jacke. Dann entspannte er sich wieder. Das hier war Frauensache. Er konnte die Show genießen.

Kate war plötzlich ruhig. Sie setzte die schockierte Penelope, auf deren Gesicht sich ein breites rotes Mal abzeichnete, aus dem Blut trat, in einen Sessel und sah zu Asa Vajda hinauf, die bestimmt einen halben Meter größer war.

»Du *alte* Kuh«, sagte sie und boxte die Prinzessin in die Kehle.

Asa geriet durch den Schlag ins Wanken, unsicher auf ihren Absätzen. Ihre Kobolde unter der Schleppe fielen um und rissen sie von ihren Schultern. Eine Schließe am Hals zerbrach. Der Satin fiel von der Prinzessin ab, die wieder mit der Peitsche schlug.

Kate fing die Lederschnur mit dem Unterarm ab und wickelte sie sich mehrmals um das Handgelenk, zog daran wie an einem Lasso, brachte Asa noch mehr aus dem Gleichgewicht. Beide Frauen trugen Absätze, aber Kate konnte ihre Perugia-Schuhe von den Füßen schleudern und in Strümpfen kämpfen. Sie tat es und verlor noch einmal sieben Zentimeter.

Prinzessin Asas Gesicht schwoll an den Seiten an, als wüchsen um ihre Augen und an der Innenseite ihrer Kiefer Zähne.

»Es ist keine gute Idee, die Braut zu verprügeln«, sagte Bond. »Warum gebt ihr Mädchen euch nicht einen Kuss und vertragt euch wieder.«

Kate riss hart an der Peitschenschnur, zog Asa auf sich zu, in Reichweite ihrer Krallenhand. Ihre Finger blieben in den Haaren der Prinzessin hängen und lösten die Hochfrisur auf, schwarze Strähnen fielen über Asas Gesicht. Rote Striemen zeichneten sich auf ihrer Wange ab, verheilten aber sofort wieder.

Mit der Wildheit eines Terriers riss Kate die Prinzessin vom Boden hoch und rammte sie mehrmals gegen eine Säule. Der Kopf der Prinzessin fiel hin und her, und sie kreischte vor Wut. Kate ließ sie fallen und trat zurück, ließ sie sich ein wenig erholen.

Asa trat mit einem gestiefelten Fuß aus und erwischte Kate hinter den Knien, fegte sie vom Boden. Sie schlug übel hin, die Peitsche immer noch um das Handgelenk gewickelt, und die Prinzessin stellte ihr eine Stiefelspitze auf die Stirn.

»Unterwirf dich«, sagte sie, eine Amazone zu einer Ameise.

Natürlich hatte sich der ganze Raum um sie versammelt und sah zu. Blitzbirnchen knallten. Kate lag da wie ein gestrandeter Fisch, ihr Kampfgeist war erloschen.

Geneviève spürte wieder Tränen auf den Wangen.

»Das reicht, Asa«, sagte sie.

»Sie soll sich unterwerfen«, sagte die Prinzessin. »Dafür belohne ich sie mit einem raschen, erlösenden Tod.«

»Das steht Ihnen nicht mehr zu, Asa. Schon seit vielen Jahren nicht. Das sind nicht mehr Ihre Leibeigenen. Sie haben kein Recht, ihnen das Leben zu nehmen.«

Asa sah auf Kate hinab, dann auf Geneviève. Sie war keine tumbe Barbarin. Darum hatte Geneviève ja Angst. Nichts war schlimmer als eine schlaue Barbarin.

»Du hast Recht, Geneviève aus dem Geblüt der d'Aques. In diesem Jahrhundert haben wir die Zügel schleifen lassen. Bauern erdreisten sich, diejenigen anzugreifen, die über ihnen stehen ...«

»Ich bin keine Bäuerin«, gurgelte Kate. »Ich bin Journalistin. Also eine Bürgerliche. Sie erinnern sich doch an die Bürgerlichen, Prinzessin. Wir waren es, die die Feudalherren im achtzehnten Jahrhundert entmachtet haben.«

Asa schob Kate den Stiefelabsatz in den Mund, unterbrach ihre Rede.

»Und das wird sich jetzt wieder ändern«, verkündete die Prinzessin. »Ab jetzt wird alles wieder so sein, wie es sich gehört.«

Geneviève wusste, dass sie Asa töten würde, bevor sie Kate länger wehtun könnte. Und dann würde sie selbst in Stücke gerissen werden. Dracula würde gerade rechtzeitig auf seinem Fest erscheinen, um seine Finger in ihr erkaltendes Blut tauchen zu können.

Genauso war es auch bei Melissas Zusammenkunft gewesen. Sobald man weibliche Vampirälteste in einen Raum setzte, begannen sie zu kämpfen wie Katzen.

Prinzessin Asa streckte eine Hand aus.

»Du da, der Dicke mit dem Bart«, sagte sie zu Orson Welles.

Das Genie war überrascht, angesprochen zu werden, aber keinesfalls unangenehm überrascht.

»Ich brauche dein Schwert«, sagte Asa.

Welles hielt ihr hin, was wie ein versilberter Kavalleriesäbel aussah, an dem bereits Blut klebte.

»Lasst die Kunde verbreiten«, rief Prinzessin Asa und nahm

Welles' Schwert, »dass ich hier wie in Moldawien keinen Scharfrichter brauche, der mir die Arbeit abnimmt.«

Sie nahm ihren Fuß von Kates Gesicht und hob das Schwert.

»So stirbt, wer Prinzessin Asa Dracula trotzt!«

Gleißend fuhr die Klinge auf Kates Hals hinab.

22

Das Zauberschwert

Sie konnte nicht aufhören zu lachen. Sie hatte eine Prellung an der Kehle erlitten, und in ihrem Mund sammelte sich Blut.

»So ein blödes, kreuzblödes Miststück«, sagte sie spuckend.

Sie befühlte ihren Hals. Er war nicht einmal angeknackst.

Prinzessin Asa Vajda starrte auf das Schwert in ihrer Hand, als wäre es eine Schlange. Es schien in Ordnung zu sein, scharf, silbern. Etwas Rotes tropfte von der Schneide. Nicht Blut, Erdbeermarmelade.

»Das ist ein *Zauber*schwert.« Kate setzte sich auf.

Orson Welles machte ein verlegenes Gesicht. Asa stach auf seinen enormen Rumpf ein, und das Schwert schien ihm durch die Brust zu fahren, ohne ihn zu verletzen.

»Nicht Ihre Art Zauber, Prinzessin«, sagte Kate. »Keine Nekromantie und Hexerei. Einfach ein Zaubertrick, *Illusionskunst.*«

Die Prinzessin glotzte wie ein Mondkalb. Kate war nicht die Einzige, die lachte. Penelope bemühte sich verzweifelt um eine angemessen neutrale Miene, konnte ihre Freude über die Demütigung der königlichen Verlobten jedoch nicht verhehlen.

»Versuche mal einer in meinem Zustand, ›Illusionskunst‹ zu sagen«, bemerkte Kate.

»Was ist das für ein Schwert?«, herrschte die Prinzessin Welles an.

»Ein Zauberkünstler verrät niemals seine Geheimnisse«, erwiderte er.

Asa Vajda hatte einen gewaltigen Fehler gemacht und sich dabei des Namens befleißigt, den zu tragen sie noch nicht berechtigt war. Ein Anflug von Erschrecken huschte über ihr schönes, maskenhaftes Gesicht. Dracula würde von ihrer Anmaßung hören, wusste vielleicht bereits davon.

Tartaren packten Kate und zerrten sie auf die Füße. Geneviève legte dem einen eine Hand auf die Schulter, kraftvoll, gelassen und unglaublich schön. Prinzessin Asa nickte dem Wachsoldaten zu. Kate wurde freigelassen.

Penelope gab Kate ihre Schuhe. Sie hatte Tränen in den Augen vor unterdrücktem Lachen. Das Mal von Asas Peitschenhieb war verschwunden.

»Ich glaube, du gehst besser, Katie.« Penny biss sich auf die Wangen, um nicht zu explodieren.

»Da hast du wohl Recht.«

Kate küsste Penelope.

»Es war wie immer schön, dich zu sehen, Penny.« Sie umarmte ihre Freundin ernsthaft. »Und dich auch, Geneviève. Ich nehme meine unbedachten Ausfälligkeiten vorhin ausdrücklich zurück. Du bist die beste Freundin, die eine Frau sich wünschen kann.«

Geneviève küsste sie ebenfalls.

Asa grummelte irgendetwas über die barbarischen Länder und Inseln des Westens. Irland, England und Frankreich waren weit weg von Moldawien. Die dortigen Bräuche waren absurd.

»Gute Nacht, Prinzessin«, sagte Kate. »Noch viel Freude mit dem Rest dieses demokratischen Jahrhunderts.«

»Hinaus«, fauchte Asa.

Kate ging.

Sie hatte den Palast verlassen, da fiel ihr ein, dass Marcello noch drinnen war, wahrscheinlich randvoll mit Vimto und voller Wut über ihren Hunger. Sollte sie auf ihn warten oder sich auf eigene Faust auf den Weg zurück nach Rom machen?

Musik drang durch die Gitterfenster, breitete sich über das Städtchen aus. Kate setzte sich auf die breite Eingangstreppe und schlüpfte wieder in ihre Schuhe. Sie war immer noch betrunken, hatte sich aber wieder im Griff. Die Gefahr war vorüber, ihr roter Zorn verraucht. Heute Nacht würde sie auf niemanden mehr losgehen. Außer sie lief irgendeinem Scheusal über den Weg.

Sie konnte darüber lachen, aber ihr Kampf mit Asa Vajda war beängstigend gewesen. Hätte die Prinzessin ein verlässlicheres Schwert gefunden, wäre sie jetzt einen Kopf kürzer und für immer tot. Selbst wenn sie der Klinge hätte ausweichen können und der Vampirältesten die schleimigen Gedärme herausgerissen hätte, wäre sie am Ende dafür gestorben. Sie verdankte dieser komödiantischen Einlage ihr Leben.

Etwas Rotes rollte in die Auffahrt: der Ball, dem sie gefolgt war. Er schien auf sie zu warten. Selbst in ihrer derzeitigen geistigen Verfassung war ihr klar, dass Spielzeuge normalerweise keinen eigenen Willen besaßen.

Auf den Wehrmauern krachte eine Kanone. Etwas flog fauchend aufs Meer hinaus und explodierte, brennende Klumpen stürzten in die Wellen. Kate roch den Gestank von Schießpulver und unterdrückte den Impuls, sich flach auf den Boden zu werfen. Sie hatte zu viele Kriege miterlebt.

Im Aufblitzen des Pulvers war am Rand der Klippe eine kleine Gestalt aufgeschimmert. Kate sah sich in der Dunkelheit um und konnte das Mädchen nicht mehr sehen.

Es war hier gewesen.

Ein Nebel aus kochendem Blut rollte durch ihr Gehirn, der Vorbote absolut spektakulärer Kopfschmerzen. Am liebsten hätte sie sich zusammengerollt und gleich hier geschlafen, neben den Steinlöwen, die über die Tore von Draculas Palast wachten.

Die Silhouette des Mädchens hatte sich ihr als Nachbild eingebrannt. Sie nahm die Brille ab und rieb sich die Augen. In der roten Dunkelheit trat das Kind hervor.

Für einen Moment sah sie wieder das traurige Gesicht im Wasser des Trevi-Brunnens. Das Bild, mit dem irgendetwas nicht stimmte. Sie war nahe daran zu begreifen, was.

Der Ball lag am Rand der Klippe. Sie stand auf und ging über die Auffahrt zu dem Streifen langen, feuchten Grases, der sanft abfiel, bis das Land schroff abbrach. Unterhalb der Wehrmauern ging es tief hinab. Wellen donnerten gegen den Fuß der Klippen, peitschten die Grundfesten, wuschen sie langsam aus.

Am Ende würde der Palazzo Otranto fallen wie Mr. Poes Haus Usher. Was nur gut war, hier wie dort.

Der rote Ball war in einem Strauch hängen geblieben, der sich direkt an die Kante klammerte. Kate beugte sich vor, um ihn zu bergen, und wurde im ungünstigsten Moment von Benommenheit erfasst, genau als ihr die Schaumwogen hundert Meter weiter unten ins Auge sprangen. Sie kamen bis zu ihr herauf und zogen sich wieder zurück, es musste eine Nebenwirkung des Schwindels sein.

Sie stürzte nicht ab.

Wohin war dieses kleine Mädchen gegangen?

Sie sah die Seitenmauer des Palastes entlang. Das Stück Grünland wurde schmaler, wo die Klippe weggebrochen war. Nach ein paar Metern vereinten sich Mauer und Klippe, ohne die kleinste Kante. Es gab keinen Weg um das Gebäude herum.

Plötzliche Schuldgefühle trafen sie ins Mark. Hatte sie das Mädchen erschreckt? So dass es abgestürzt war?

Kate setzte sich hin, ihre Füße baumelten über die Kante. Gischt traf sie wie Wellen von feinem Regen. Kälte sickerte in ihren Geist, vertrieb den Nebel. Sie mochte die Salzwassersprenkel auf dem Gesicht.

Eine andere Kanone wurde abgeschossen.

Diesmal sah sie gerade nach unten, als der Blitz alles erleuchtete. Die dunkle Felsoberfläche bleichte einen Moment lang aus, und eine kleine Gestalt war zu sehen.

Stürzte sie ab, ruderte mit den Armen? Oder war sie still, und der Blitz ließ sie nur bewegt wirken?

Kate rief nach ihr.

»Kleines Mädchen. *Ragazza.*«

Ihre Stimme ging unter. Die Wellen rauschten wie Blut in ihren Ohren.

Sie wartete, aber der nächste Kanonenschuss wollte nicht kommen. Sie hatte Zeit, Angst zu bekommen. Die Kleine musste abgestürzt sein. Weil Kate sie verfolgt hatte oder weil die Kanone losgegangen war? Hatte sie ihren Ball holen wollen und das Gleichgewicht verloren und war auf einer Felsnase gelandet?

Offensichtlich spazierte die Kleine nicht nur zufällig durch Kates Leben. Sie war auf der Piazza di Trevi gewesen, als der scharlachrote Henker zugeschlagen hatte, und nun war sie hier im Palazzo Otranto, pünktlich zu Kates Auseinandersetzung mit der Prinzessin. Irgendwie war sie Kates Engel der Gewalt geworden.

Der Ball segelte von der Klippe aufs Meer hinaus.

Kate wusste, was sie zu tun hatte. Sie musste ihre Schuhe ausziehen. Sie würde sich die Strümpfe ruinieren und ihr teures Kleid. Aber für sie war das Fest ohnehin vorbei.

Sie stand oben auf der Klippe, die Arme ausgebreitet wie eine Turmspringerin, und schätzte den Wind und die Gischt ab. Nicht allzu stark, dem Himmel sei Dank. Sie kniete sich auf die Kante und beugte sich vor, bog sich nach unten über den Rand der Klippe, streckte sich nach einer Stelle zum Festhalten, die einen Meter tiefer lag.

Dann zog sie sich über die Kante, klammerte sich am Fels fest, spürte ihr Gewicht in den Schultern, den Hüften. Sie krabbelte bergab wie eine Eidechse, besorgt, dass ihre Brille hinunterfallen könnte und für immer verloren wäre. Ihre Ellbogen und Knie schabten über das Gestein, aber ihre Finger und Zehen fanden Halt.

Sie hing an der Felswand wie eine dicke Fliege, blickte hinab in die Dunkelheit. Wenn das Mädchen noch da war, konnte Kate es jedenfalls nicht sehen.

Langsam suchte sie sich im Zickzack ihren Weg nach unten. Ihr durchweichtes Kleid klebte an ihrem Rücken, ihrem Po. Manche Vampire konnten sich Flügel wachsen lassen und fliegen. Kate Reed musste krabbeln.

Wieder ein Kanonenschuss.

Kate sah das Mädchen, es schaute zu ihr herauf. Das kleine Gesicht war überraschend nahe, noch immer halb maskiert von diesem unnatürlich schönen Haar. Eine einzelne Träne hing in seinem unbedeckten Auge. Und es grinste wie die Edamer Katze.

Als der Blitz verschwand, kehrte die Dunkelheit zurück.

Kate wusste, was sie beim ersten Mal nicht richtig gesehen hatte. Den Mund, den nach unten gebogenen Halbmond des Leids. Sie hatte die auf dem Kopf stehende Spiegelung eines Lächelns gesehen. Der Anblick des scharlachroten Henkers, wie er Kernassy und Malenka tötete, hatte das Mädchen nicht schockiert, sondern mit diebischer Freude erfüllt.

In diesem unschuldigen Gesicht stand das Böse.

Kate streckte sich nach der Stelle, wo das Mädchen war, und griff ins Leere. Es hatte nicht geschrien. Es war nicht abgestürzt.

Sie machte einen Ruck nach vorn, die Hände in der Luft, rutschte tastend einen Meter hinab. Ihre Füße fanden Halt, dann baumelte sie. Im Fels war ein Loch. Keine Höhle, sondern ein von

Menschen geschaffener Einstieg. Sie gelangte mit den Händen um die behauenen Kanten des Zutritts und hielt sich fest.

Im Innern der Klippe rannte das kleine Mädchen.

23

Die Stunde, wenn Dracula kommt

Sie fand, dass sie nach Kate schauen sollte. Hier auf dem Fest hatte sie nichts verloren.

Einen Moment lang war Geneviève von Orson Welles abgelenkt. Er war so *gewaltig*. Sein Halstuch hätte den meisten Leuten als Tischtuch für einen Beistelltisch dienen können. Er holte aus jeder Tasche sämtlicher Jacken irgendetwas hervor. Vögel, Mäuse, Drinks, Münzen.

Wurde denn niemand dieses ganzen Spektakels überdrüssig? Eine Person schon, das wusste sie. Er. Prinz Dracula. Er war noch nicht hier. Aber er war unterwegs. Das veränderte die Atmosphäre des Festes. Kates Tänzchen mit Prinzessin Asa hatte die Abkühlung noch verstärkt. Das zeigte, wie ungewiss alles war.

Was würde Dracula tun, wenn er kam?

Es war ihm zuzutrauen, dass er die Türen versperren und den Palast niederbrennen ließ und dabei bis zuletzt aushielt, damit er seinen Gästen in die Hölle folgen konnte. Oder er erwies sich als großzügiger Gastgeber und entließ alle mit einem Meisterwerk der Renaissance als Andenken.

Sie dachte an das letzte Mal zurück. Damals, 1888, hatte sie neben Charles vor einem Thron inmitten des Schweinestalls gestanden, den Dracula aus dem Buckingham-Palast gemacht hatte, um sie herum Monstren und Opfer.

Der Prinz hatte sich seitdem einige Schrammen geholt.

Geneviève sah sich um. Von Welles abgesehen hatte sie alle anderen aus dem Blick verloren: Kate, Penelope, Asa, Bond, Kates journalistischen Begleiter, Penelopes Tom. Sie sah nur noch Partyvolk.

Die Musik veränderte sich. Ein Marsch wurde gespielt, irgendetwas Bombastisches, Prächtiges. Große Vorhänge teilten sich. Lakaien hielten sie zur Seite, wie Krankenschwestern während einer Herzoperation den Brustkorb eines Riesen aufhalten würden. Auf einem Podium standen zwei leere Throne. Einen erkannte Geneviève als aus dem Buckingham-Palast gestohlen. Es war Viktorias. Über den Löwen und das Einhorn waren die Wappen des Hauses Vajda genagelt worden. Der andere, höhere Stuhl war derb und mittelalterlich, ein gotischer Thron von kathedralenhaften Umrissen aus der Zeit der Herrschaft des Pfählers.

Blaue Feuersäulen wuchsen empor, drohten die Vorhänge zu entflammen. Trompeten wurden gehoben, eine Fanfare ertönte.

»Er steigt aus seiner Gruft«, sagte Welles. »Was für ein Effekt. Wie eine Mischung aus Iwan dem Schrecklichen und dem Zauberer von Oz.«

»An ihm ist ein Zauberer verlorengegangen, durchaus«, sagte sie.

Die blauen Flammen verdrehten sich spiralförmig und nahmen mit einem Puff die Gestalt von Drachenschwingen an.

»Genau diesen Effekt wollte ich für meinen *Caesar*.«

Warmblütige Monarchen bevorzugten Türme, die untoten schätzten Höhlen. Ein lebender König stieg vielleicht zu seinen Untertanen hinab, aber der Vampirkönig musste aus der Erde nach oben kommen.

Ein Windstoß kalter Grabesluft ließ die Feuerdrachen zittern und blähte die Vorhänge. Ein Teil des Bodens glitt zur Seite, und einige unbedeutende Gäste stürzten in den Abgrund.

Prinzessin Asa, die nun verschleiert war, schritt an den Rand der Grube und kniete nieder, berührte den Boden mit der Stirn. Sie war entschlossen, die Anmaßung wiedergutzumachen, die sie durch den Missbrauch des Namens Dracula an den Tag gelegt hatte.

»Es heißt, dies sei ihre erste Begegnung«, bemerkte Welles. »Heute Nacht wird Dracula das Gesicht seiner Braut schauen. Altmodisch, oder?«

Geneviève war nicht überrascht. Dies war schließlich eine dynastische Verbindung.

In den Tiefen des Palastes ertönte ein Rumpeln, ein Klirren gigantischer Eisenketten. Eine Plattform wurde durch die körperliche Anstrengung Dutzender Diener nach oben befördert. Ein Flattern des Vorhangs ließ Geneviève einen Blick auf schwitzende, freie Oberkörper und riesige schwarze Kettenglieder erhaschen.

Aus den Tiefen stieg ein Kopf empor.

Sie erkannte Dracula: dicke scharlachrote Lippen, ein seilartig gedrehter Schnurrbart und ebensolche Augenbrauen, pechschwarz fallendes, geöltes Haar, Adlernase, Nasenlöcher wie geblähte Nüstern, gemeißelte Wangenknochen, hervorstehende Fangzähne wie zugespitzte Daumen. Und rote Augen, die in Blut schwammen. Um seinen Mund herum war noch mehr Blut. Das Gesicht des Prinzen war eine steife Maske.

Die Plattform rastete ein.

Dracula trug einen schwarzen, die gesamte Gestalt verhüllenden, bodenlangen Umhang. Er war viel dünner, als sie ihn in Erinnerung hatte, eine Vogelscheuche mit runden Schultern.

Die Fanfare endete. Die blauen Flammen wurden kleiner, färbten sich orange. Applaus setzte ein, schwoll zu hysterischem Klatschen an. Frauen seufzten und warfen sich zu Boden, verzückt von Draculas Moschus. In den Augen der Männer standen Hass,

Neid, Erregung, Liebe. Vampirälteste gingen auf die Knie. Geneviève lehnte es entschieden ab, sich diesem Monstrum zu beugen. Er war nicht ihr König, ihr Herr.

Er war nur ein Ältester, einer von vielen.

»Mein Gott«, hauchte Welles. »Das hätte ich mir nie träumen lassen. Solche Ausstrahlung, solche *Macht*. Er ist ein dunkler Gott, ein Prinz der Hölle, ein Avatar der Apokalypse.«

Sie sah das anders, als Einzige.

Welles sank keuchend auf die Knie, ein Elefant, der ein Kunststück vormachte. Niemand außer Geneviève wagte es, dem Monstrum ins Gesicht zu sehen. Sie sah, dass etwas nicht stimmte.

War Dracula erblindet? Seine Augen waren rote Murmeln.

Das letzte Echo der Fanfare verhallte. Der Applaus legte sich. Eine schluchzende Frau gewann ihre Beherrschung zurück. Stille. Jemand hustete. *Il principe* sagte nichts. Sein Kopf schwebte dort. Ein Rinnsal Blut lief von einem freiliegenden Fangzahn den fühlerartigen Schnurrbart hinunter, tropfte auf den Umhang und verlor sich in einer Falte.

Prinzessin Asa sah auf und warf ihren Schleier zurück, entblößte ihr Gesicht. Dracula schenkte ihr keine Beachtung.

»Mein Prinz …«, sagte sie.

Geneviève trat vor. Sie fürchtete den Sog, der kommen würde, wenn sie Draculas Machtzone betrat, den Zusammenprall, den sie spüren würde, wenn sein Geist den ihren zu umhüllen und zu beherrschen versuchte. Aber da war nichts.

Sie ging durch den Saal, durch die erstarrte Menge.

Flüstern erhob sich. War das eine Wachsfigur?

Sie trat über die Prinzessin hinweg, die zu begreifen versuchte. Sie sah in Draculas Gesicht hinauf. Es hätte ebenso gut ein Halloween-Kürbis sein können, mit einem geschnitzten Grinsen. Die Kerze darin flackerte, und die Augen zuckten, richteten sich auf sie, krampfartig.

Geneviève streckte die Hand aus, ergriff eine Falte von Draculas Umhang. Sie riss ihn ab, schleuderte ihn durch den Raum. Das voluminöse Kleidungsstück sank zu einem Haufen zusammen, in dem sich scharlachrot gefütterte Schlitze zeigten, wie Schnitte im Fell eines tapferen Stiers am Ende der *corrida*.

Jemand – die Prinzessin? – kreischte.

Draculas Kopf steckte auf einer Holzstange. Er war unsauber abgetrennt worden.

Minuten später lief sie einen Gang hinab. Verputzte Mauern wichen rauem Stein. Diener liefen neben ihr, die Flammen ihrer Fackeln hinterließen Spuren an der niedrigen Decke.

Ein Aufseher – Klove – führte Geneviève zu Draculas Höhle.

Sein Körper bestand schließlich aus mehr als nur dem Kopf.

Die Prinzessin befand sich im Schockzustand, forderte die Köpfe seiner Mörder. Die Karpatische Garde hatte den Palazzo abgeriegelt. Das halbe ausrichtende Personal erwies sich als Polizisten. Inspektor Silvestri, der die Ermittlungen im Fall des scharlachroten Henkers leitete, hielt Schritt mit ihr.

Zunächst war der Name nur geflüstert worden, nun wurde er von den Wehrmauern gerufen: der scharlachrote Henker! Wenn das sein Werk war, dann handelte es sich um den wagemutigsten Coup aller Zeiten. Nicht einmal Abraham Van Helsing hatte es geschafft, sich den Kopf von Vlad Tepes zu holen. Sicher, gestorben war Prinz Dracula auch früher schon – sogar schon geköpft worden, da war sie sicher –, aber das hier war der endgültige Tod.

Dieses Rollen der Augen, der letzte Blick auf sie, war das Ende seines beharrlichen Geistes, der das Fleisch floh, ins Sonstwo entschwand. Jeder andere Älteste seiner Zeit hätte sich in Staub verwandelt, aber Draculas eiserner Wille schob den körperlichen Zerfall hinaus.

Es gab bereits Kaufgebote für den Kopf. Der Kommissar hatte ihn in der Obhut von Edgar Poe zurückgelassen. Berühmte Scharlatane – die Doktoren Hichcock, Schuler und Genessier – boten ihre Dienste für die Autopsie an. Zé do Caixão hatte versucht, an Prinzessin Asa heranzukommen und ihr ein Angebot für die Beerdigung zu unterbreiten.

Orson Welles war bei ihnen und hielt erstaunlich gut mit für jemanden von seiner Statur. Der Ariadnefaden der Geschichte hatte ihn gepackt, er würde ihm bis zum Ende folgen.

Spinnwebvorhänge teilten sich, und die kleine Gruppe betrat eine Gruft.

Die Leiche hing halb von einem prächtigen Katafalk herunter und blutete noch immer stark aus dem Halsstumpf. Dracula hatte einen mitternachtsschwarzen Anzug getragen. An seiner Brust war mit einer silbernen Nadel eine rote Blume befestigt.

Die bemalten Wände und die Decke der Gruft, die vielleicht auf das alte Rom zurückdatierten, waren im Stil der modernen Kunst neu dekoriert worden: mit dicken Blutspritzern. Der Prinz hatte als Untoter einen Ozean Blut leergesoffen. Nun floss es als grausiger Strom wieder aus ihm heraus. Dieses Gemäuer stank nach Draculas Tod. So widerwärtig, dass es jeder Beschreibung spottete.

Genevièves Aufmerksamkeit wurde von dem Silbermesser angezogen, das *il principe* im Herz steckte. Sie kannte es, hatte es lange verloren geglaubt. Das silberne Skalpell von Jack the Ripper. Charles Beauregard hatte es in den Buckingham-Palast geschmuggelt, um Königin Viktoria von ihren Fesseln zu befreien. Nun hatte man das Leben eines weiteren königlichen Vampirs damit beendet. Die rote Blume war ein erstarrter Klumpen von Draculas Herzblut.

»Hier ist noch jemand«, sagte Silvestri.

Geneviève hörte ein Schluchzen, spürte Bewegungen. Sie sah in

Welles' graues Gesicht, das in der Düsternis schwebte. Klove zog einen Vorhang beiseite. Kalte Luft strömte in die Gruft.

Eine erschöpfte Frau taumelte ins Freie, von Kopf bis Fuß mit Blut besudelt. Kates Brillengläser waren runde rote Scheiben. Ihre Haare starrten von Blut.

IV
BESTATTUNGSRITEN

Nachruf in der Londoner Times *vom 9. August 1959:*

Vermeldet wird der endgültige Tod von Graf Dracula, ehemals Prinz der Walachei, Woiwode von Transsylvanien und Prinzgemahl von Großbritannien. Geboren 1431, zum Vampir geworden 1476, gehörte Dracula im warmblütigen Leben zu den Herrschern über seine Heimat und verteidigte das Christentum gegen die Türken. Als Vampirältester war er eine der zentralen Gestalten der Moderne. Durch die Heirat mit Königin Viktoria 1886 und die Ausbreitung seines Geblüts in England etablierte er sich nicht nur als Staatsmann unter den führenden Regierungschefs der Welt, sondern auch als Fangvater für zahlreiche Generationen von Vampirbrut. Vor Dracula hatten Vampire ein Dasein im Verborgenen geführt und waren zumeist dem Bereich der Folklore zugeordnet worden. Mit seiner Anwesenheit in London wurde die Existenz der nosferatu *allgemein bekannt.*

Obwohl er 1897 vom englischen Thron vertrieben wurde und 1918 mit der Niederlage des deutschen Kaisers seine politische Macht verlor, überstand Dracula die Umwälzungen dieses turbulenten Jahrhunderts weit länger, als die meisten seiner Kritiker für möglich gehalten hatten. Nach der Unterzeichnung des Croglin-Grange-Abkommens mit den alliierten Mächten 1943 organisierte er in Südosteuropa eine Untergrundbewegung aus Vampirältesten und -neugeborenen zur Unterstützung der Invasion Griechenlands und der Karpatischen Nationen. Ohne seinen Einfluss hätte der Zweite Weltkrieg wohlmöglich noch um einiges länger gedauert und weitaus mehr Opfer gekostet. Nach Kriegsende zog Dracula sich nahe Rom in den Ruhestand zurück. Allerdings heizte die kürzliche Ankündigung seiner Verlobung mit Prinzessin Asa Vajda Spekulationen an, dass seine Rückkehr auf die Bühne der internationalen Politik nahe bevorstünde. Zu Kriegszeiten mit ihm verbündete Regierungschefs haben ihn in Stellungnahmen gewürdigt: Lord Ruthven, Präsident Eisenhower, Marschall Schukow und General de Gaulle. Einzig Winston Churchill lehnte es ab, dem Vampirkönig die letzte Ehre zu erweisen.

Die irritierend raschen Veränderungen des Atomzeitalters haben in den letzten Jahren dazu geführt, dass weite Kreise der neugeborenen Vampire der 1880er- und 1890er-Jahre von einer Nostalgiewelle nach den Werten und Gewissheiten der recht kurzen Herrschaft Draculas über England erfasst wurden. Das öffentliche Bild Draculas als tyrannisches Monstrum hatten Bram Stokers Dracula *(1897) und das Schlusskapitel von Lytton Stracheys* Eminent Victorians *(1918) geprägt. Dieses traditionelle Porträt wurde durch korrigierende, einfühlsame Biografien wie Montague Summers'* Dracula: His Kith and Kin *(1928) und Colin Wilsons* The Impaler *(1957) differenziert, wohingegen Alan Clarks* The Monsters *(1958) und Asa Briggs'* The Age of Impalement: 1885–1918 *(1959) die herkömmliche Einschätzung überzeugend bestätigten. Daniel Farsons kontrovers diskutiertes* Vlad the Imposter *(1959) entwickelt die Theorie, dass es sich bei dem Vampir Graf Dracula gar nicht um den einstigen Vlad Tepes handelt, sondern um einen Transsylvanier, der sich dessen Namen und Titel nur angeeignet habe und dessen Identität bis heute nicht zweifelsfrei festgestellt werden könne. Farson führt zahlreiche Widersprüche zwischen Draculas Darstellungen und den gesicherten Tatsachen über Vlads Leben an, aber mit Draculas*

Tod ist es unwahrscheinlich geworden, dass diese Frage je abschließend geklärt werden kann. Im Tod wie im Leben hat der Prinz keine Mühe gescheut, seine Aura des Geheimnisvollen zu bewahren.

In Rom ist im Zusammenhang mit dem Mord eine Person festgenommen worden, die aber bisher weder dem Haftrichter vorgeführt noch als unter Tatverdacht stehend bezeichnet wurde. Polizeipräsident Francesco Polito hat erklärt, dass sämtliche Anstrengungen zur Ergreifung des Mörders unternommen würden. Es wird spekuliert, dass die Vernichtung des berühmtesten aller Ältesten die letzte einer Folge von Gräueltaten darstellt, die von einem Vampirmörder mit dem schillernden Namen »Der scharlachrote Henker« verübt wurden. Im Buckingham-Palast treffen unterdessen stündlich Kränze mit traditionellen schwarzen Blumen ein, sehr zur Verlegenheit des königlichen Haushalts, der es vielleicht vorgezogen hätte, nicht daran erinnert zu werden, dass Dracula einmal Prinzgemahl gewesen ist. Was aus dem Grundbesitz und den Vermögenswerten wird, ist noch offen; augenscheinlich hat der Graf, nachdem er fünfhundert Jahre lang dem Tod getrotzt hat, nie ein Testament aufgesetzt. Der Leichnam befindet sich im Gewahrsam der römischen Polizei, allerdings wächst der Druck, ihn für die Beerdigung freizugeben. Nicolae Ceauşescu, der rumänische Staatspräsident, lehnte es ab, die Genehmigung für eine Rückführung der Überreste in ihr ursprüngliches Grab auf der Klosterinsel von Snagov zu erteilen, und Premierminister Lord Ruthven hat erklärt, eine Grabstelle in Westminster Abbey komme »leider nicht infrage«.

Lesen Sie auch in unserer Wochenendbeilage:
Dracula, wie ich ihn kannte *von Premierminister Lord Ruthven*
Das Ende einer Ära: Das Ableben des Ersten unter den Vampiren *von Dennis Wheatley*

Unaufgeklärte Verbrechen: Die fünfhundertjährige Karriere des Vlad Tepes *von Catriona Kaye*
Dracula: Staatsmann, General, Held *von Enoch Powell*
Ist Dracula wirklich tot? *von R. Chetwynd-Hayes*
… ein Glück, dass wir den los sind! *von John Osborne*

24

Cadaveri Eccelenti

Ihre Zelle lag unterirdisch, wie Draculas Gruft. Kate nahm an, dass Silvestri damit ihre Erinnerung an die Bluttat befördern wollte. Die Strategie ging nicht auf. Sie erinnerte sich an das entsetzliche Grinsen des kleinen Teufelsmädchens und wusste noch, dass Geneviève sie aus einer Blutlache gezogen hatte, aber alles dazwischen war roter Nebel. Sie versuchte und versuchte es, aber ein höllischer Kater löschte ihr Gedächtnis aus.

Sie war mehrmals befragt worden. Irgendjemand hatte sich wohl an die irische Botschaft gewandt. Die meiste Zeit über ließ man sie in Ruhe, allerdings mit der Aufforderung, scharf nachzudenken.

Vorläufig war sie eine Zeugin. Keine Verdächtige.

Als man ihr erzählt hatte, dass Dracula tot sei, war sie spontan in unschönen, schadenfrohen Jubel ausgebrochen. Das hatte keinen guten Eindruck gemacht, zumal sie immer noch mit dem gerinnenden Blut des Verstorbenen besudelt gewesen war. Selbst jetzt klebten ihr noch die letzten Krusten in den Haaren und unter den Nägeln.

Sie wusste nicht einmal selbst, ob sie schuldig war oder nicht.

Objektiv gesehen entsprach sie dem Typus des Attentäters: idealistisch, leidenschaftlich, frustriert, zu Gefühlsausbrüchen neigend, fähig zu Gewalthandlungen. In der Nacht der Ermordung waren Hunderte Hochzeitsgäste Zeuge geworden, wie sie sich betrunken mit der Verlobten des Toten geprügelt hatte. Sie befand sich seit langer Zeit in Feindschaft mit dem Haus Dracula. In einem Zeitungsartikel hätte sie sich als wahrscheinliche Täterin eingestuft.

Aber würde sie sich dann nicht daran erinnern?

Sie hatte keinen Zugang zu Zeitungen oder Radionachrichten, aber sie konnte sich vorstellen, wie die Welt reagierte. Diejenigen, die sie für schuldig hielten, würden säuberlich in zwei Lager geteilt sein: auf der einen Seite Draculas Anhänger, die nach ihrer öffentlichen Pfählung im Fernsehen riefen, auf der anderen seine Feinde, die sie als Heldin und Heilige feierten. Geneviève hätte an ihrer Stelle sein müssen. Sie war eher dazu in der Lage, mit so etwas umzugehen.

Was hielt Silvestri davon ab, sie zu beschuldigen? Das Hämmern in ihrem Kopf löschte ihre Intuition nicht völlig aus. Der Kommissar glaubte nicht, dass sie es getan hatte. Marcello hatte ihr erzählt, dass der Polizist ein Fachmann für diese sehr italienischen Mordfälle war, in denen nie etwas so war, wie es schien, und seltsam zusammengewürfelte Gruppen von Verdächtigen mit verdrehten Motiven komplizierte, merkwürdige und unergründliche Gräueltaten verübten. Normalerweise schlug er sich mit schwarz behandschuhten, maskierten Bösewichtern herum, die mit Rasiermessern oder Vorhangschnüren zu Mannequins oder Nachtclubhostessen gingen, um als Sexualmörder zu erscheinen, obwohl es in Wirklichkeit um heiß umkämpfte Erbschaften oder Ansprüche aus Lebensversicherungen mit besonderer Unfalltodklausel ging oder der Ruf noch unangenehmerer Verwandtschaft gewahrt bleiben sollte. Wenn Silvestri am Tatort auf den schlimmsten Feind des Opfers stieß, dieser mit dessen Blut besudelt war und seine Geldbörse in der Gesäßtasche hatte, konnte das in seinen Augen nur eine falsche Fährte sein.

Sie versuchte sich zu erinnern.

Draculas Gruft blieb ihr verschlossen, aber sie ertappte sich dabei, mehr und mehr die Vergangenheit zu durchstreifen. Irgendwo dort war alles verborgen.

1943 hatte sie im Gefolge der Streitkräfte von General Patton zu Fuß einen Großteil von Sizilien durchquert. »Operation Husky« stieß auf wenig Widerstand vonseiten der italienischen Truppen auf der Insel – König Victor Emmanuel hatte gerade Mussolini entlassen, und Pietro Badoglio verhandelte über Italiens Wechsel der Seite. Aber vierzigtausend deutsche Soldaten lieferten den Alliierten einen verzweifelten Kampf.

Die Presse zuckelte mit der zweiten oder dritten Welle mit. Weiter nach vorn zu den Kampfhandlungen wie Ernie Pyle ließ man Kate nicht. Bis sie irgendwo ankam, sollte die Gegend befriedet sein, damit sich das Ganze besser als die Moral hebender Sieg darstellen ließ. Man ermunterte sie, Storys über sizilianisch-amerikanische Soldaten zu schreiben, die Verwandte in der alten Heimat besuchten und auf malerischen Dorffesten als Befreier begrüßt wurden.

Was sie tatsächlich zu sehen bekam, war das bürokratische Chaos eines Machtwechsels. Das faschistische Regime war gescheitert, nun herrschte erst eine provisorische Militärregierung und dann derjenige, der die Lage am besten auszunutzen verstand. Die meisten Partisanen, die an der Seite der Alliierten gekämpft hatten, stellten sich als *soldati* der Mafia heraus, die sich Gebiete zurückholte, die *il Duce* ihr entrissen hatte. Um den Feldzug rasch und erfolgreich durchzuführen, waren die Alliierten bereit gewesen, sich solcher Banditen wie Salvatore Giuliano und Charles »Lucky« Luciano zu bedienen. Kate sah sizilianische Dörfler, die ohne zu lächeln und mit vorgehaltener Waffe Fähnchen schwenkten, um den »zurückgekehrten Sohn« Luciano zu begrüßen, und als ihr aufging, dass sie nicht Zeugin einer Befreiung wurde, sondern eines Austausches von Unterdrückern, kamen ihr die Tränen.

»Ihr habt sie wieder *hergebracht*«, fauchte eine alte Frau.

Kate sollte diese Bäuerin nie wieder vergessen – verhärmtes Gesicht, krummer Rücken, tote Söhne und Enkelsöhne ringsum. Für sie waren die (erst seit kurzem feindlichen) Deutschen fremde Wesen, so unvorhersehbar und unerbittlich wie das Wetter. Die Mafia hingegen, die sie nun willkommen heißen sollte, kannte sie schon ihr ganzes Leben. Diese Leute konnte sie hassen für ihre Arroganz und ihren Ehrenkodex, für ihre jähen Gewaltausbrüche, ihre Gier nach immer noch mehr Abgaben.

Ein amerikanischer Offizier gestand Kate, dass er diese Menschen nicht verstehen konnte. »Sie sind frei. Was wollen sie denn noch, Blut?« Dann merkte er, was er gesagt hatte, und versuchte sich zu entschuldigen. Zwei Nächte später trank sie trotzdem sein Blut, wenn sie auch nie mit ihm schlief.

Die Fassungslosigkeit und Empörung der alten Frau ließen sie nie wieder los.

Im Balkan musste es noch schlimmer gewesen sein. Dort setzten die Alliierten keine *capi* der Mafia ein, sondern Vampirälteste, in Gräbern verschimmelten Abschaum, der als Erstes seine Burgen zurückverlangte und sich dann von den Enkelkindern der Dörfler nährte, die er vor Jahren abgeschlachtet hatte.

»Ihr habt sie wieder *hergebracht*.«

Es überlief sie noch immer eiskalt, wenn sie daran dachte.

»Haben Sie das kleine Mädchen gefunden?«

Inspektor Silvestri kannte das schon.

»Es war das Mädchen von der Piazza di Trevi. Sie muss in das Ganze verwickelt sein. Ich glaube, sie gehört irgendwie zum scharlachroten Henker.«

Der Polizist seufzte.

»*Il Boia Scarlatto* hat *il principe* Dracula nicht ermordet.«

Er sagte das ganz sachlich, überzeugt. Kate war verblüfft.

»In der Festnacht, in der Dracula ermordet wurde, ist *il Boia Scarlatto* mehr als ein Dutzend Mal in Rom gesehen worden. Er war in einem Rausch. Sieben Vampirälteste, die alle entweder auf dem Weg nach Fregene waren oder gerade zurückkehrten, fanden durch seine Hand den Tod. Er ist tollkühn geworden. Die meisten hat er vor den Augen der Öffentlichkeit ermordet. Mit einem Ältesten namens Anton Voytek lieferte er sich einen Ringkampf auf der Piazza dei Cinquecento, vor dem Bahnhof, wobei es hohen Sachschaden gab. Er riss Voytek das Herz heraus und warf es den Hunden zum Fraß vor. Die weiteren Opfer sind *il conte* Mitterhouse, Webb Fallon, Richmond Reed, *il conte* Oblensky, Gräfin Luna Mora und eine Madame Cassandra. Vielleicht sind das noch nicht alle. Die Identifizierung von Aschehaufen ist keine Kleinigkeit. Aber jedenfalls sind all diese Leute in Rom gestorben, nicht im Palazzo Otranto.«

»Wie praktisch.«

»In der Tat. Wir sind auf den Gedanken gekommen, dass es vielleicht eine Armee identisch aussehender Killer geben könnte. Wenn das der Fall ist, wer ist dann ihr *generale*? Ihr kleines Mädchen vielleicht?«

»Sie war kein Vampir.«

Aber auch keine Warmblütige im eigentlichen Sinne des Wortes.

»Manchmal nimmt der Teufel die Gestalt eines kleinen Mädchens an«, sagte sie.

Silvestri warf die Hände nach oben. »Sie können nicht von mir erwarten, dass ich *il diavolo* festnehmen lasse. Außerdem wurde er schon einmal vor Gericht gestellt und schuldig gesprochen. Hier muss das amerikanische Gesetz Anwendung finden, dass man für dasselbe Verbrechen nicht zweimal bestraft werden darf.«

»Na schön, ich gestehe. Ich bin die Drahtzieherin. Ich habe die Ermordung sämtlicher Ältesten in Rom angeordnet. Den Vampirkönig habe ich eigenhändig vernichtet. Nun bin ich Katzenkönigin und werde die ganze ewige Nacht lang herrschen.«

Silvestri lachte leise.

»Aber Sie sind unschuldig, Signorina Reed.«

»Das beweisen Sie erstmal.«

»Zeigen Sie mir Ihre Hände.«

Verblüfft legte Kate die Hände zwischen ihnen auf den Tisch. Der Kommissar ergriff sie und drehte die Handflächen nach oben.

»Dracula wurde ein silbernes Skalpell ins Herz gestoßen. *Argento*. Das führte zu seinem Tod. Die Enthauptung war nur eine große Geste. Er wurde von einem anderen *vampiro* ermordet – womit auch *il Boia Scarlatto* nicht infrage kommt –, und Ihre Hände weisen keine Narben auf. Silber ist für die Untoten wie glühendes Eisen.«

»Ich könnte Handschuhe getragen haben.«

»Und dennoch Blut an die Hände bekommen haben? So sehr, dass Sie immer noch rotes Zeug unter den Nägeln haben?«

Kate ballte vor Verlegenheit die Fäuste um Silvestris Daumen. Sie konnte sie ihm abreißen, wenn sie wollte. Sie ließ ihn los.

»Außerdem befand sich Haut am Skalpell. Ein Rückstand.«

»Meine Wunden heilen schnell. Sogar nach Silber.«

»Ihre Handflächen wiesen keinerlei Wundmale auf, als wir Sie in dieser Nacht gefunden haben. Ich bin ebenfalls ein aufmerksamer Beobachter.«

»Darf ich das so verstehen, dass Sie sich von allen die Hände haben zeigen lassen?«

»Auf dem Hochzeitsfest waren viele *vampiri*. Nur wenige sind für die Beerdigung in Italien geblieben. Und wer will es ihnen verdenken? *Il Boia Scarlatto* ist der Schnitter mit einer silbernen Sense. Sind Sie übrigens eine Älteste?«

»Wohl eher nicht. Ich bin noch nicht einmal hundert.«

»Ich bitte vielmals um Verzeihung, Signorina. Aber die Frage musste gestellt werden. Ich möchte Sie ungern in die Gefahr entlassen.«

»Sie entlassen mich?«

»Unauffällig. Ihr Name wurde nicht publik gemacht.«

Dafür war Kate ihm dankbar. Sie kannte das Pandämonium, das auf sie zukommen würde, wenn ihre Verwicklung in diese Sache allgemein bekannt würde. Ihre Kollegen würden das Blut im Wasser riechen und sich in einem Nährrausch der aufdringlichen Fragen auf sie stürzen.

»Vielen Dank, Kommissar. Sie sind ein kluger Mann und ein guter Mensch.«

»Mag sein. Aber wenn ich diese Morde nicht aufkläre, bin ich auch bald Verkehrspolizist auf der Insel Lampedusa.«

Er zog die Schultern hoch, dann entließ er sie aus dem Verhörzimmer.

Jemand – Marcello? Geneviève? Eher Geneviève – hatte Kleidung aus ihrer Pension geholt und bei der Polizeiwache an der Piazza Venezia hinterlegt, so dass Kate nicht wieder in die Überreste ihres Festkleids steigen musste.

Es war früher Abend, der Himmel violett. Auf den Stufen der Polizeiwache atmete sie tief ein. Sie hatte sich schon darauf gefreut, etwas anderes zu riechen als die abgestandene Luft in der Zelle.

Drüben auf der Piazza erhob sich ein Schrei. Eine Horde Presseleute, die am Victor-Emmanuel-Denkmal herumstanden, stürzten auf sie zu und machten hastig ihre Fotoapparate, Mikrofone und Notizblöcke bereit. Blitzbirnen explodierten, Fragen wurden in mehreren Sprachen heruntergerasselt. Ein Angriff mit Licht und Lärm.

Sie bedeckte ihre Augen.

25

Vielen Dank für Ihren Aufenthalt

Prinzessin Asa Vajda kniete am Fußende ihres Bettes und presste das Gesicht ins Federbett. Ihre Haare waren ein unkrautartiges Gewirr. Die Tagesdecke war mit blutigen Tränen verschmiert.

Tom versuchte vorsichtig, ihre Aufmerksamkeit zu wecken. Als er das letzte Mal zur Prinzessin geschickt worden war, hatte sie ein handgranatengroßes Teufelsei von Fabergé nach ihm geworfen. Die Tür wies eine Kerbe auf, und der Staubfänger lag unbeachtet auf dem dicken Teppich. Das umgedrehte Kreuz an seiner Spitze war verbogen. Was das Ei an Geld wert war, mangelte ihm zugleich an Geschmack.

»Prinzessin«, sagte Tom.

Asas Rücken zuckte unter Schluchzern. Sie war, wie eine düstere Ophelia, vor Kummer wahnsinnig.

»Prinzessin«, sagte er noch einmal.

Sie sah von dem Federbett auf. Haarsträhnen hingen ihr wie Tang über den Augen. Ihre Wangen waren nass von Blut. Sie hatte sich die üppige Unterlippe zerbissen. Es war sogar ein wenig Wasser in ihren Tränen.

»Penelope … Miss Churchward … sie fragt sich, ob Ihr vielleicht herunterkommen und etwas Tee zu Euch nehmen möchtet. Die Polizei ist gegangen.«

Inspektor Silvestri sah taktvoll davon ab, die Prinzessin zu einem Gespräch zu drängen. Aber die Polizei schaute jeden Tag in Fregene vorbei, und die Untersuchung des Tatorts war auch noch nicht abgeschlossen. Viele Teile des Palazzo Otranto waren abgesperrt und wurden bewacht.

Asas Hände krabbelten über das Bett wie weiße Spinnen. Tom war auf der Hut, vielleicht suchte sie ja wieder nach einer Waffe. Aber sie stand auf. Sie trug seit Tagen dasselbe schmutzige weiße Kleid, das Kleid für die Hochzeit, um die sie betrogen worden war. Nun taugte es höchstens noch als Leichenhemd.

Die Luft im Zimmer war schwer vom Geruch der Toten. Neben dem Bett stand eine Schale mit verwelkten Veilchen.

Die Prinzessin fuhr sich durch die Haare. Ihre Finger blieben in Knoten und verfilzten Strähnen hängen. Sie war nicht gesellschaftsfähig.

Das tote Miststück heftete ihre irren Augen auf ihn. Tom war immun gegen ihre Reize. Penelope hatte ihn völlig fertiggemacht. Es war nicht so, dass er die Kraft in sich hatte, einer Ältesten wie Asa zu widerstehen; er besaß nur gar keinen eigenen Willen mehr, der sich brechen und beherrschen ließ.

Die Prinzessin gab auf.

»Tee wird in einer Stunde serviert«, sagte er. »Man hofft auf Eure Gesellschaft.«

Vielleicht war es Liebe, was er für Penelope empfand. Früher hatte er einmal angenommen, dass er zur Liebe nicht fähig war, hatte sogar offen angezweifelt, dass es diese Emotion, von der alle Welt redete, überhaupt gab. Nun war seine ganze Person mit einer anderen verschmolzen, mit einer Toten obendrein. Seine Zufriedenheit und Gemütsruhe hingen von ihren Stimmungen ab. Wenn er nicht so benommen vom Blutverlust gewesen wäre, hätte ihn das kalte Entsetzen darüber gepackt, dass er so weit vom Weg abgekommen war. Inzwischen verstand er, warum alle Welt von »sich verlieben« sprach, als hätte man einen Fehler gemacht, wie bei »sich verfahren« oder »verschreiben«. Er war gerade dabei, einen Riesenfehler zu machen.

Penelope arbeitete im Kristallsaal an einem mit Papieren übersäten Schreibtisch. Am späten Nachmittag schien keine Sonne mehr herein, aber sie trug trotzdem einen Sonnenhut und eine dunkle Brille. Den übrigen Haushalt hatte die Ermordung des *principe* in eine Panik gestürzt, Penelope aber bewahrte, ganz Engländerin, einen kühlen Kopf. Sie wurde mit allem fertig, mit der Sturzflut von Beileidskarten ebenso wie mit den Spannungen zwischen der Polizei und der Karpatischen Garde.

»Ich habe Prinzessin Asa gesagt, dass es bald Tee gibt«, sagte er.

»Und, kommt sie herunter?«

»Keine Ahnung.«

Penelopes Lippen wurden schmal. »Aha. Komm her zu mir, Tom, ja?«

Diesmal würde er nicht gehorchen. Er war fest entschlossen. Und doch fand er sich neben ihrem Schreibtisch wieder, ein Schuljunge, der zur Direktorin musste.

Sie stand auf, bog ihre Hutkrempe zurück und brachte ihren Mund an seinen Hals. Der elektrische Schock des Eindringens kam, und wieder floss etwas von ihm in sie hinein. Sie schluckte, tupfte sich die Lippen mit einem Taschentuch ab und setzte sich, schaute wieder in das offene Hauptbuch auf dem Tisch.

Tom schwankte, ihm war leicht schwindelig. Er wusste nicht recht, ob er entlassen war.

Obwohl es Penelope so oft wie zuvor nach seinem Blut verlangte, legte sie dabei jetzt etwas Geschäftsmäßiges an den Tag. Sie trank leidenschaftslos, wie von einem Tier oder Diener. Sie war zu sehr mit anderen Dingen beschäftigt, um noch die Zeit zu haben, ihn dabei zu liebkosen.

Es störte ihn nicht einmal. Solange er nur bleiben konnte.

»Ich glaube, wir wissen jetzt, warum der verstorbene Prinz so attraktiv für das Haus Vajda gewesen ist.«

Penelope zeigte auf eine Zahlenspalte.

»Um es ohne Umschweife zu sagen, Asa ist völlig abgebrannt, und zwar seit zweihundert Jahren. Sie hat zusammen mit ihrem Titel ein Vermögen geerbt, hat aber alles Jahrzehnt um Jahrzehnt für ihren Lebensunterhalt ausgegeben. Sie hatte nie irgendwelches Einkommen, von Kleinbeträgen abgesehen, hat nie irgendwelche Investitionen getätigt. Ohne Draculas Gold wird die Ärmste sich der Gnade ihrer Gläubiger ausliefern müssen. Oder sich einen neuen wohlhabenden Verlobten suchen müssen.«

Penelope klang, als gefalle ihr diese Enthüllung nicht. Sie schien aufrichtiges Mitgefühl für die Prinzessin zu haben.

»Das ist das Problem mit den Ältesten«, sagte sie. »Sie leben ewig und begreifen nicht, dass sich Dinge aufbrauchen. Sie wurden in einer Zeit geboren, als die Haushaltung noch in den Händen eines Verwalters lag, und haben nie gelernt, auf ihre Budgets zu achten.«

Etwas von seinem Blut klebte ihr noch am Mundwinkel. Er wies sie nicht darauf hin.

Sie schlug das Hauptbuch zu.

»Asas Bankrott stellt nur eine kleine Unannehmlichkeit dar. Da noch keine rechtmäßige Verbindung mit dem Haus Dracula eingegangen wurde, können wir sie einfach mit einer großzügigen Zuwendung zum Kofferpacken schicken. Der eigentliche Alptraum steht uns bevor, wenn wir die Angelegenheiten des Grafen regeln. Die Gäste, die wir zum Tee erwarten, machen das Ganze nicht gerade leichter. Ich hatte gehofft, sie vertrösten zu können, bis die Polizei den Fall abschließt, aber sie sind ungeduldig.«

Penelope kümmerte sich um alles, weil es ja irgendjemand tun musste. Als man von den anderen Morden in Rom zur Tatzeit von

Draculas Ermordung erfuhr, setzten sich die für das Hochzeitsfest versammelten Ältesten schleunigst aus Italien ab, verstreuten sich wieder in alle Welt. Ohne ihren Prinzen fühlte der Großteil der Karpatischen Garde sich nicht verpflichtet, in Otranto zu bleiben. Tote, die seit Jahrhunderten an ihren Posten geklebt hatten, waren über Nacht verschwunden. Manche setzten sich der Sonne aus und zerfielen aus Scham über ihr Versagen, ihren Herrn zu beschützen, zu Staub. Andere, weniger ehrbare Karpater suchten schlichtweg das Weite und nahmen alle Wertgegenstände mit, die sie in die Krallen bekamen. Auch ein Teil der Dienerschaft verkrümelte sich. Wer dablieb, tat das wahrscheinlich nur, weil er nicht wusste, wohin er sonst gehen sollte.

Es war alles ein einziges Durcheinander. Penelope hatte die Ärmel hochgekrempelt und sich ans Aufräumen gemacht.

Klove öffnete die Tür und ließ fünf Personen herein.

»Guten Tag«, sagte Penelope, eine perfekte Gastgeberin.

Die distinguierten Neuankömmlinge waren Clare Boothe Luce, die amerikanische Botschafterin, John Profumo, der britische Kriegsminister, General Giovanni di Lorenzo, Kopf der italienischen Geheimpolizei, Andrej Gromyko, der sowjetische Außenminister, und General Charles de Gaulle, Präsident der Französischen Republik. De Gaulle war womöglich persönlich gekommen, um sich zu versichern, dass Dracula endgültig tot war.

Flügeltüren wurden geöffnet, und Diener schoben eine Reihe Teewagen herein.

»Darf ich Ihnen etwas anbieten?«, fragte Penelope. »Es ist eine Tradition des Hauses.«

Sie benahm sich wie die Witwe. Als sie eine bauchige Teekanne ergriff und sich zum Einschenken vorbeugte, warf Profumo verstohlen einen Blick auf das Oberteil ihres Sommerkleids.

De Gaulle schnaubte mit seiner großen Nase über diese britische Affektiertheit. Penelope lenkte seine Aufmerksamkeit auf eine Karaffe mit Brandy, die offensichtlich eher sein Gefallen fand. Mrs. Luce, die Tom unangenehm an seine Tante erinnerte, war wenig erfreut über diese zuvorkommende Behandlung. Es behagte ihr weder, von einer toten Frau Tee gereicht zu bekommen, noch mit einem bekannten Kommunisten an einem Tisch zu sitzen. Gromyko nippte seinen schwachen Tee mit Milch und spreizte dabei den kleinen Finger ab wie jemand, der einen Benimmkurs absolviert hatte.

»Vielen Dank, gnädige Frau«, sagte der Russe.

»Gern geschehen.«

»Wenn wir dann zur Sache kommen könnten, Andrej«, sagte Mrs. Luce. Sie benutzte den Vornamen des Russen wie eine Beleidigung.

»Durchaus, *Clare*«, gab er zurück und zuckte entschuldigend zu Penelope hin die Schultern.

»Wer ist diese Person?«, wollte Di Lorenzo wissen und meinte Tom.

»Meine rechte Hand«, sagte Penelope. »Ein Landsmann von Ihnen, Botschafterin. Vielleicht kennen Sie seine Familie.«

Wie sich herausstellte, kannte sie sie nicht. Was ein Segen war.

»Miss Churchward«, machte Profumo einen Vorstoß, »sind Sie berechtigt, im Namen des Hauses Dracula zu sprechen?«

»Den Eindruck hat es jedenfalls. Ich habe keine festgelegte Position inne, bin aber lange genug Teil dieses Haushalts gewesen, um mit seinen Angelegenheiten vertraut zu sein. In Ermangelung eines offiziellen Testamentsvollstreckers habe ich den Vorgang in die Hand genommen. Bis jetzt bin ich keinerlei Einwänden begegnet.«

Profumo nickte.

»Sind Sie mit den Bedingungen hinsichtlich der Anwesenheit des *principe* im Palazzo Otranto vertraut?«, fragte der Italiener.

»Nicht in ihrer Gänze«, sagte Penelope. »Soweit ich weiß, wurde während des letzten Krieges ein Abkommen zwischen Dracula und den Alliierten geschlossen. Gehe ich recht in der Annahme, dass diese Gesellschaft darum so ein interessantes internationales Flair hat?«

»Dracula hat sich hier auf Kosten der Allianz aufgehalten«, konstatierte Mrs. Luce. »Eine Bedingung des Croglin-Grange-Abkommens war es, dass er keinen Versuch unternimmt, den Palazzo zu verlassen.«

Penelope nickte. Tom hatte sich schon gefragt, ob Dracula vielleicht eine Art Gefangener gewesen war.

»Wir waren beunruhigt über seine Verlobung, werte Dame«, sagte Gromyko. »Es war nie klar, wo Braut und Bräutigam residieren würden. Die Möglichkeit, dass sie sich dafür entscheiden könnten, diesen Palast zu verlassen und so gegen Croglin-Grange zu verstoßen, gab uns einigen Anlass zur Sorge.«

Mrs. Luce warf dem Russen einen bösen Blick zu. Sie war nicht nur eine beinharte Antikommunistin und Befürworterin des Kurses des damaligen Senators Joseph McCarthy, sondern auch bekannt für ihre Feindseligkeit den Toten gegenüber. Auf sie ging der Slogan »Weder rot noch tot« zurück, den ihr Ehemann Henry mit seinem überdeutlich betitelten *Life Magazine* populär gemacht hatte.

»Beklagenswerterweise ist dieser Anlass inzwischen hinfällig geworden«, sagte Penelope.

»Gewiss, gewiss«, versuchte Profumo die Wogen zu glätten. Der Minister stürzte sich auf die Kekse, als hätte er die Mittagspause versäumt.

»Gibt es keinen Dracula«, sagte di Lorenzo, »gibt es kein Croglin-Grange.«

Tom verstand nicht.

»Nun denn«, sagte Penelope. »Wenn ich noch so lange bleiben dürfte, bis alles geregelt ist.«

»Selbstverständlich, selbstverständlich«, sagte Profumo. »Hat jemand Einwände?«

De Gaulle sah von seinem Brandy auf und sagte: »*Non.*«

Tom begriff, dass sie zur Räumung gezwungen wurden. Die Italiener wollten ihren Palast zurückhaben. Er hatte gar nicht darüber nachgedacht, aber natürlich hatte Otranto dem Grafen nie wirklich gehört.

Dieser hohe Besuch konnte doch nicht allein dazu dienen, den letzten Überresten von Draculas Entourage für den Aufenthalt zu danken. Es musste noch um etwas anderes gehen, um etwas von internationaler Bedeutung.

»Gnädige Frau«, sagte der Russe, »uns liegt viel daran, dass die Papiere des Verstorbenen mit Feingefühl geordnet werden.«

»Es gibt einiges an Unterlagen«, gab Penelope zu. »In einer Vielzahl von Sprachen, von denen ich nur mit wenigen vertraut bin. Vieles muss von historischer Bedeutung sein. Ich würde mich sehr freuen, wenn sich ein dauerhafter Sitz für dieses Dracula-Archiv finden ließe.«

Die distinguierten Besucher wechselten Blicke. Tom verstand diese Leute. Sie wollte alle gern mit den Papieren allein gelassen werden, um nach Dokumenten zu suchen, die für sie oder ihre Feinde peinlich wären. Jeder traute dem anderen zu, das Material für seine Zwecke zu missbrauchen – mit Recht. Sie alle wollten haben, was sie nur kriegen konnten.

»Die Bibliothek des Britischen Museums wäre willens, diese Aufgabe zu schultern«, bot Profumo an und ließ sich Tee nachschenken.

»*Non*«, sagte De Gaulle.

Niemand war unverfroren genug, der eigenen Sache Nachdruck zu verleihen. Das würde später kommen.

Draußen war etwas zu hören.

»Ich glaube, Prinzessin Asa gesellt sich zu uns«, sagte Penelope.

Klove, der aus Gründen des Respekts wenig glücklich darüber war, öffnete die Tür, und die Prinzessin schlurfte herein. Asa trug noch immer ihr Hochzeitskleid. In ihr Haar waren Blumen gebunden, auf ihren Wangen lag flüchtig aufgetragenes Rouge. Sie weinte fast, als sie sich in den Kristallsaal schleppte.

»Prinzessin, Teure, kann ich Euch eine Erfrischung anbieten?«

Penelope hielt eine weiße Maus am Schwanz hoch. Sie hatte das Tier aus einem wimmelnden Fischglas voller Nager genommen, die noch vom Fest übrig waren.

Asa nahm die Maus und verschlang sie in zwei Bissen. Blut spritzte auf ihr spitzenbesetztes Brustteil.

Penelope sah sie ebenso erfreut wie mitfühlend an. Sie wandte sich mit derselben Miene an ihre Gäste und gestattete sich die Andeutung eines Achselzuckens à la »Was soll man da machen?«.

Asa schluckte das Gekaute hinunter und hielt sich an Penelope fest wie ein Kind. Die Engländerin zupfte am Haar der Moldawierin, löste Knoten und zog tote Blumen heraus.

»Sie hat einen Schock erlitten, die Ärmste«, erklärte Penelope überflüssigerweise. »Aber in ein paar Jahren geht es ihr bestimmt wieder gut. Nicht wahr, teuerste Asa?«

Sie nickte, und Asa ahmte sie nach.

26

Mr. West und Dr. Pretorius

Die sterblichen Überreste wurden auf der untersten Ebene des zentralen Leichenschauhauses aufbewahrt. Aus erhaltenen Teilen von Wandmalereien schloss Geneviève, dass das Gebäude auf den Grundmauern eines Amtsgebäudes des alten

Roms errichtet worden war. Vielleicht waren gefallene Gladiatoren hierhergebracht worden, für primitive anatomische Studien. Aber viel wahrscheinlicher war, dass dies hier einst ein Bordell gewesen war.

Auf dem Weg nach unten kam sie durch Räume mit ordentlichen Kühlvorrichtungen für die Toten und durch Säle, in denen die Leichen wahllos durcheinander auf fahrbaren Krankentragen lagen. Wer dem Alter, Krankheiten, Unfällen oder weniger spektakulären Gewalttaten zum Opfer gefallen war, lag friedlich dort, bis der durch die Vampirmorde entstandene Stau abgearbeitet sein würde. Obwohl Geneviève mit den Opfern bestenfalls flüchtig bekannt gewesen war, rief die Vernichtung von sieben Ältesten – acht, wenn man Dracula mitzählte – ihr die eigene Sterblichkeit vor Augen. Wenn sie das Fest früher verlassen hätte, wäre sie dem scharlachroten Henker vielleicht selbst begegnet. Sämtliche Opfer waren alt genug gewesen, dass sie ganze Generationen von furchtlosen Vampirjägern überlebt und diverse Anschläge überstanden hatten. Sie hatte keinen Grund zu der Annahme, dass sie mehr Glück gehabt hätte, wenn der Mann in Rot mit seiner silbernen Axt hinter ihr her gewesen wäre.

Aufgrund der Akustik war im Hintergrund unablässig Gemurmel zu hören. Die Luftströmungen im Gebäudeinneren erfassten die Stimmen von Ärzten und Leichenbeschauern, Polizisten und trauernden Angehörigen und ließen sie in einem sinistren Flüsterton zirkulieren, der grässlich nach den gebündelten Beschwerden der Toten klang. Geneviève war zu einer Zeit geboren worden, die das Wort »Zimperlichkeit« noch gar nicht kannte. Ihr leiblicher Vater war Wundarzt gewesen und hatte auf den Schlachtfeldern gearbeitet, mit ihr als seiner Gehilfin, und sie hatte Jahrhunderte durchlebt, die allzu oft vom Grauen geprägt gewesen waren. Entsprechend wenig Eindruck machten leere fleischige Hüllen auf sie, und es quälten sie auch keine Gedanken an böse Geister.

Dieser Ort jedoch bereitete ihr eine Gänsehaut.

Ebenso sehr aus Neugierde wie aus Pflichtgefühl war sie der Bitte nachgekommen, die ihr die Polizei über den französischen Konsul hatte ausrichten lassen. Angesichts des plötzlichen Exodus von Ältesten aus Rom war sie offenbar die Einzige, die den Toten rechtmäßig identifizieren konnte. Dass sie das bereits am Tatort getan hatte, machte die ganze Angelegenheit eigentlich überflüssig, aber es wollten Formulare ausgefüllt werden, und die Identifikation musste in der Gegenwart eines amtlichen Zeugen erfolgen.

Sergeant Ginko geleitete sie durch das Labyrinth des Leichenschauhauses. Er brummelte, dass es der scharlachrote Henker in der Stadt nicht so leicht gehabt hätte, wenn nicht von ganz oben Druck ausgeübt worden wäre, den Palazzo Otranto mit möglichst hoher Mannstärke zu bewachen. Geneviève bezweifelte, dass noch so viele Männer die Morde hätten verhindern können.

Aufgrund seiner blauen Uniform mit dem weißen Gürtel und dem weißen Käppi wusste sie, dass der Sergeant bei der *Polizia* war, der Staatspolizei. Sie war zuständig für Gewaltverbrechen, stand jedoch in einer gewissen Konkurrenz zu den *Carabinieri*, den rote Hosen tragenden Militärpolizisten, die gerne tönten, dass es zu alldem nie gekommen wäre, wenn man die Sache ihnen überlassen hätte. Sowohl die *Polizia* als auch die *Carabinieri* hatten für die *Vigili urbani* nur Spott übrig, die Gemeindepolizei, die im Winter Blau und im Sommer Weiß trug und vor allem damit beschäftigt war, unschuldige Verkehrsteilnehmer durcheinanderzubringen.

Sie gelangten in einen Raum von der Größe eines Schwimmbeckens, der beleuchtet war wie ein amerikanisches Billardzimmer. Reihen kleiner Lampenschirme hingen tief über langen Tischen. Zwischen den Leichen arbeiteten zwei Männer. Geneviève hatte gehört, dass für die gerichtsmedizinische Untersuchung Spezialisten herangezogen worden waren.

Ginko stellte sie Mr. Herbert West von der Miskatonic University und Dr. Septimus Pretorius vor, der keiner Institution angehörte. Die beiden Gentlemen nickten kaum. Sie waren in die Untersuchung eines ausgebreiteten Aschehaufens vertieft, der von einer schwarzen Langhaarperücke gekrönt war und hier und dort mit Zähnen oder Knöchelchen gesprenkelt war.

West war ein kleingewachsener Amerikaner mit einem jungenhaften Gesicht, der unsicher und vorwurfsvoll wirkte. Ein Blutspritzer hatte eines seiner Brillengläser beschmutzt und klebte ihm in den gepflegten Haaren.

»Noch ein bisschen mehr Blut auf diese Asche«, klagte er, »und Luna Mora würde wohl wieder zusammenwachsen und herumlaufen. Selbst noch auf mikroskopischer Ebene bleiben Knoten erhalten, die sich erneut verbinden und ihren Körper wiedererschaffen könnten. Nur ist das Bewusstsein natürlich für immer dahin. Wir könnten nur etwas wiederherstellen und wiederbeleben, das die Gestalt von Luna Mora hätte, nicht aber die Person an sich. Dafür brauchten wir das leibhaftige Gehirn, den Sitz der Vernunft.«

Dr. Pretorius schnaubte wie eine adlige Witwe, die gerade bemerkt, dass eine Nichte zur falschen Gabel greift. Er hatte das Gesicht eines übellaunigen Zwergs, und seine feinen baumwollartigen Haare standen in alle Richtungen ab. Sein weißer Kittel war makellos.

»Sie sind ein Blödmann, West«, sagte er.

West prustete, entgegnete aber nichts. Er lief rot an.

»Das ist Dreck, weiter nichts«, beschied Pretorius und schnipste sich etwas von den Fingern. »Das meiste ist Straßenschmutz, der zusammen mit den sterblichen Überresten aufgefegt wurde. Würde unsere werte Älteste gern wiederbelebt werden, wenn ihr Körper von Hundekot- und Petroleumrußschichten durchzogen wäre? Ich glaube nicht.«

»Sie geben meine Ansichten entstellt wieder«, entgegnete West.

»Wir haben eine Älteste hier.« Pretorius bedachte Geneviève mit einem gelbzahnigen Lächeln. »Sollen wir sie um ihre sachverständige Einschätzung bitten, West? Sollen wir sie fragen, ob sie gern aus der ewigen Nacht zurückgeholt werden würde, nur um festzustellen, dass Splitter von Pflastersteinen in ihren Körper eingewachsen sind wie maligne Tumore? Oder sollen wir die Angelegenheit einfach dadurch beilegen, dass Sie zugeben, ein inkompetenter Schwachkopf zu sein?«

West wandte sich ab. Pretorius gestattete sich ein kleines triumphales Zucken.

Sergeant Ginko begann: »Mademoiselle Dieudonné ist hier, um …«

»Die Leiche Graf Draculas zu identifizieren«, sagte Pretorius. »Ich weiß. Willkommen, die Dame. Möchten Sie einen Gin?«

Er schwang eine unetikettierte Flasche mit einer klaren Flüssigkeit.

»Ist meine einzige Schwäche.« Er nahm einen Schluck.

Geneviève schüttelte den Kopf.

»Schade. Tut einem gut, Gin. Vampire trinken nicht genug, wissen Sie. Verlassen sich zu sehr auf den kärglichen Nährwert von Blut. Man sollte im Monat mindestens eine Flasche Gin trinken. Und schwachen Tee. Anderenfalls vertrocknet man von innen her. Wie Frösche, wo kein Wasser ist. Gar nicht schön.«

West schob seine Brille auf die Stirn hinauf. Seine wässrigen Augen musterten Geneviève, und er kam herüber, um sie sich näher anzusehen. Seine Finger tasteten ihr Gesicht ab.

»Bemerkenswert, bemerkenswert«, sinnierte er. »Die Blässe, die Geschmeidigkeit, die offensichtliche …«

»Lassen Sie sie wieder runter, West«, fauchte Pretorius. »Hören Sie auf, mit den Gästen zu spielen.«

»Ich bleibe dabei, dass …«

»Wen interessiert, wobei Sie Vollidiot bleiben. Entschuldigen Sie, Mademoiselle. Mr. West verfolgt seine verrückten Ideen jetzt schon seit vielen Jahren. Er vergisst immer wieder, dass seine Theorien schon vor dem Krieg verworfen wurden, und tut so, als stecke ein Sinn hinter alldem.«

Pretorius wies mit schwungvoller Geste durch den Saal.

»Als ob Sinnhaftigkeit mehr wäre als eine zweckmäßige Fiktion.«

Geneviève wusste nicht, was sie von Dr. Pretorius halten sollte. Wie die meisten Wissenschaftler, die sich auf die Theorie und Praxis des Vampirismus spezialisiert hatten, war er selbst kein Vampir. Allerdings war er unnatürlich alt. Sie kannte seinen Namen aus Artikeln, die sie vor mindestens hundert Jahren gelesen hatte, und wenn sie sich recht erinnerte, war er damals schon alt gewesen. Während Charles seine jugendliche Erscheinung sehr viele Jahre lang behalten hatte, sah Pretorius uralt aus. Seine Hände waren arthritische Klauen, und seine klaren blauen Augen lagen inmitten von Faltengebirgen, aber seine Verve und sein inneres Feuer deuteten auf eine Vitalität hin, die noch lange nicht erschöpft war. Sich in einen Vampir zu verwandeln war nur der gebräuchlichste Weg, widernatürliche Langlebigkeit zu erreichen. Ein chinesischer Krimineller, dem Charles ein-, zweimal begegnet war, verließ sich angeblich auf ein Elixier, das eigens auf seine Physiologie zugeschnitten war. Und es gab Geschichten von anderen Uralten, die noch immer auf Erden wandelten.

West stand am Rande eines Schlaganfalls. »Es ist alles Mechanik«, brüllte er, worauf Pretorius ebenso vergnügt wie verschwörerisch das Gesicht verzog. »Wenn wir einen Vorgang nicht verstehen, dann nur, weil wir die Gesetze noch nicht erkannt haben, nach denen er abläuft. Die Toten können wandeln. Das ist ein Fakt. Daran ist überhaupt nichts Magisches. Zweifellos wird sich ein seit langem existierender, bis jetzt nicht identifizierter Virus – vielleicht mutiert durch Radiumablagerungen in den Karpaten – als Grundlage des Ganzen erweisen. Wenn man sich diesen Virus zunutze machen kann, dann wird es jedermann möglich sein, ohne irgendwelche Einbußen den Tod zu überstehen.«

Pretorius lächelte. »Seit wie vielen Jahren jetzt, West? Wie lange suchen Sie schon nach Ihrem Virus? Die Idee ist nicht einmal von ihm, Mademoiselle. Er war Lustknabe eines gewissen Dr. Moreau, der einen Großteil der Vorarbeiten für diese sinnlose Exkursion geleistet hat. Und Moreau war ein Mitarbeiter von Henry Jekyll.«

»Ich weiß«, unterbrach sie den Redeschwall.

Sie hatte Dr. Jekyll und Dr. Moreau kennengelernt.

»Ja, nun, natürlich wissen Sie das. Vor Jekyll gab es Van Helsing. Und andere auch noch: Alexander Fleming, Peter Blood, Edmund Cordery. Alle haben sie in ihre Mikroskope geblinzelt, den kleinen roten Zellen beim Karussellfahren zugeguckt und nach einer Antwort gesucht.«

»Miss Dieudonné«, begann West, »betrachten Sie sich als Wesen der Natur?«

Pretorius zog eine federartige Augenbraue hoch und forderte sie auf zu antworten.

»Nicht mehr und nicht weniger als in meinen warmblütigen Jahren.«

»Sehen Sie, West, Sie sind auf dem Holzweg. Es geht gar nicht darum, dass wir vampirisches Leben nicht verstehen. Wir verstehen *menschliches* Leben nicht. Wir können der Formel nahekommen. Wir können Leben in Einmachgläsern herstellen. Wir können totes Gewebe wiederbeleben. Wir können versuchen, unsere Seelen an den Teufel zu verkaufen, was immer das nützen mag. Wir können alles bekommen, nur keine Antwort, aus der man schlau wird.«

»Ich weigere mich, das zu akzeptieren.«

»Weigern Sie sich, so viel Sie wollen, West. Ich bin schließlich um einiges länger dabei als Sie. Ich habe schon vor vielen Jahren gelernt, dass es sinnlos ist, nach Erklärungen zu suchen. Je tiefer man in die Materie eindringt, desto weniger wird man daraus schlau, desto mehr Widersprüche tauchen auf.«

»Sie fa-fa-fallen in die Alchemie zurück«, stotterte West. »Was kommt als Nächstes, He-he-he-hexerei?«

Pretorius grinste wie ein Wasserspeier. »Wenn das der Weg ist, den wir einschlagen müssen. Aber selbst die Hexerei stellt einen Versuch dar, eine Systematik ins Unbekannte zu bringen. Vielleicht müssen wir akzeptieren, dass es gar keine einleuchtende Erklärung gibt. Das Universum ist extrem unbeständig, es verändert sich vom einen Moment zum nächsten, springt von Katastrophe zu Schöpfung.«

»Alles lässt sich verstehen, darauf hat Einstein beharrt …«

»Am Ende aber nicht mehr. Am Ende beharrt niemand mehr darauf zu verstehen. Man kann von Viren und Radiumablagerungen oder von Dämonen und Kobolden faseln, so viel man will, Tatsache ist, dass es Kreaturen gibt, die kein Spiegelbild haben. Das lässt sich nicht erklären. In den achtzig Jahren, die die Welt jetzt gezwungen ist zu akzeptieren, dass es so etwas wie Vampire wirklich gibt, sind daran schon größere Geister als Sie gescheitert, Herbert West. Wen interessieren da die Gesetze der Optik und Refraktion? Oder sonst irgendein naturwissenschaftliches Gesetz? Das kümmert niemand auch nur einen feuchten Dreck. Dinge, die es gar nicht geben kann, gibt es eben doch. Wenn irgendwelche Götter existieren, dann sind sie entweder verrückt oder schwachsinnig. Diese Frau hier widersteht allen Ihren Versuchen, zu messen, zu berechnen, zu kategorisieren, zu definieren, schubladisieren oder kastrieren. Und was wollen Sie dagegen tun, blöken?«

»Sie irren sich«, sagte West ruhig.

»Ich glaube nicht«, sagte Pretorius.

Geneviève schwirrte der Kopf. Etwas an Pretorius' Leidenschaft bereitete ihr Unbehagen. Mochte es sein, dass sie tatsächlich fürchtete, er könne Recht haben? Sie war der jugendlichen Angst entwachsen, womöglich eine verdammte Seele zu sein. Aber wenn sie kein Wesen der Naturwissenschaft war, was war sie dann? Was blieb dann noch?

»Auf die große Leere.« Pretorius hob seine Ginflasche. »Auf das Chaos, das wir lieben lernen müssen.«

»Mademoiselle Dieudonné soll hier eine Identifizierung vornehmen«, sagte Ginko, der das Streitgespräch ruhig mit angehört hatte.

Pretorius griff unter eine schwarze Decke und holte etwas hervor. Es war Draculas Kopf, noch unverwest, mit zornigen Augen.

»Ist er das?«

Geneviève nickte.

»Sie müssen es aussprechen«, sagte Pretorius. »Offiziell.«

»Das ist Dracula«, sagte sie.

»*Quelle surprise.*« Pretorius warf den Kopf beiseite wie eine Rübe. »Ich spekuliere nicht gern, ohne vorher meinen geschätzten Kollegen West konsultiert zu haben, aber ich denke, man kann wohl mit Sicherheit sagen, dass der alte Hund endgültig tot ist. Sonst noch was?«

Geneviève sah zu dem Sergeant. Er zuckte die Schultern.

»Ich glaube, dann können Sie mich machen lassen«, sagte Pretorius. »Sie bekommen meinen Untersuchungsbericht nächste Woche. Ich bezweifle, dass Sie etwas damit anfangen können – oder sonst irgendjemand. Guten Tag.«

Sie wurden hinauskomplimentiert.

27

Profondo Rosso

Eine Zeit lang war es ein Alptraum. Dass Kate die Jagd schon aus der Sicht der Meute kannte, half kein bisschen. Sie machte sämtliche Dummheiten, die sie bei Leuten beobachtet hatte, denen Reporter auf den Leib rückten. Verbarg ihr Gesicht hinter den Händen, sah auf ihre Schuhe hinab und versuchte auf einer unsichtbaren geraden Linie durch das Gedränge zu gehen. Brachte als Antwort auf die zunehmend direkten und unhöflichen Fragen, die nach ihr ausgeworfen wurden wie Angelhaken, kaum so viel wie »Kein Kommentar« heraus. Sie musste so schuldig wirken wie Judas.

Sie kam gerade rechtzeitig in die Pension zurück, um hinausgeworfen werden zu können. Die Presse war schon dort gewesen und hatte von der Familie der Wirtin jede Menge Interviewmaterial darüber bekommen, was für eine verdächtige ausländische Schlampe sie sei. Seit ihrer Ankunft in Rom hatte sie höchstens zweimal in Trastevere geschlafen. Den Großteil ihrer Zeit hatte sie in Marcellos Wohnung, bei Charles und Geneviève, unterwegs oder im Gefängnis verbracht. Dennoch musste sie eine überteuerte Rechnung begleichen, um ihren Koffer ausgehändigt zu bekommen.

Sie versuchte Marcello in seiner Wohnung anzurufen, aber er ging nicht ran. Sie graste die Via Veneto ab, konnte ihn aber in keinem seiner Stammlokale finden.

Es war natürlich klar, dass Marcello den anderen Reportern von ihr erzählt hatte. Nur so hatten sie ihr ja vor der Polizeiwache auflauern können. Das erklärte auch, warum er nicht dort gewesen war. Ganz abgesehen von dem, was sie vielleicht miteinander teilten, war sie eine Story, und schon deshalb hätte er dort sein müssen. Immerhin hatte er genug Verstand, um sich dafür zu schämen, sie ihnen ausgeliefert zu haben.

Trotzdem, das würde sie ihm heimzahlen.

Während ihrer Zeit im Gefängnis hatte sich die Atmosphäre der Stadt verändert. In der Via Veneto ging es nicht mehr so ausgelassen zu wie vorher – in dem Sinne, dass die Straße jetzt beim Zug durch die Cafés ausgelassen wurde. Das *Strega* war fast ausgestorben. Die Vampirältesten waren fort, und auch die Neugeborenen machten sich rar. Wenn der scharlachrote Henker es darauf angelegt hatte, die Untoten aus der Stadt zu vertreiben, dann war ihm ein triumphaler Sieg gelungen.

Sie saß im Café und nippte an einem Glas Blut. Zu ihrer Erleichterung wurde sie in Ruhe gelassen. Das Gezerre um ihre Story war vorbei, die Presse hing längst jemand anderem im Nacken. Die Polizei hatte erklärt, Signorina Reed stehe nicht im Verdacht, am Tod von Prinz Dracula beteiligt gewesen zu sein. Damit hatte die Presse freie Bahn, sich die absurdesten Verschwörungen aus den Fingern zu saugen. Kate gefiel die Theorie von dem Karpatischen Wachgardisten, der von Rotchina per Gehirnwäsche zu einem Vampirmörder umgedreht worden war – da hätte sie noch eher daran geglaubt, dass die Jesuiten dahintersteckten.

Charles war tot, und nun auch Dracula. Ihre Vergangenheit wurde dem Erdboden gleichgemacht. Den einen Mann hatte sie geliebt, den anderen gehasst, aber beide hatten eine Welt geformt, in der Kate sich auskannte. Eine Welt, in der sie einen Platz hatte, einen Grund, Pflichten, Bindungen. Die Schnüre, die sie an ihrem Platz im Universum hielten, wurden eine nach der anderen durchtrennt.

Fühlten sich Älteste mit der Zeit so? Alles, was sie kannten, verging. Sie allein blieben übrig, eingesperrt in ihre Schädel, verloren in einer Welt der automatischen Toaster und der Fernsehwerbung.

Sie kam sich klein und verloren vor. Und hatte Angst, durchaus.

»Die Antworten auf solche Rätsel lassen sich oft unter den Sohlen unserer Schuhe finden.«

Vater Merrins Bemerkung ging ihr nicht aus dem Kopf. Er hatte den Satz leicht betont, hatte gewollt, dass sie sich daran erinnerte, darüber nachdachte.

Was war unter den Sohlen ihrer Schuhe?

Ein gefliester Boden. Nicht allzu sauber.

Und darunter?

Ganz unten schließlich Erde und Felsgestein und Magma.

Katakomben, Ruinen, Höhlen, Grüfte, Zellen, Keller. Sogar Nachtclubs. Ständig war sie unter der Erde gelandet. Rom war wie ein Eisberg. Nur ein Bruchteil davon war zu sehen.

Was lebte unterhalb von Rom?

Oder wer?

»Überall sind Tränen«, hatte Santona gesagt. »Aus den Steinen der Stadt quellen Tränen hervor.«

An Santona musste sie auch immer wieder denken, an ihre Worte über *Mater lachrymarum,* die Mutter der Tränen. Die Wahrsagerin hatte eine Verbindung zwischen dieser Mythengestalt und dem Mädchen angedeutet, von dem Kate in Draculas Gruft geführt worden war. Das hübsche, boshafte Gesicht der Kleinen stand ihr noch immer vor Augen. Alles andere hier in Rom mochte sterben, aber dieses kleine Mädchen würde weiterleben. Kate hatte das Gefühl, dass es sich um ein uraltes Wesen handelte: nicht um einen Vampir, sondern um so etwas wie einen Elementargeist, unsterblich, grausig.

Eine Mutter musste eine Tochter haben. Bei diesem Gedanken landete Kate immer wieder. Santona hatte gesagt, das *Mater lach-*

rymarum nicht die Mutter des Mädchens sei, sondern die Mutter der Stadt.

Wie konnte Rom eine Mutter haben? In der Schule hatte Kate gelernt, dass die Stadt zwei Väter hatte, Romulus und Remus. Von einer Mutter war keine Rede gewesen, höchstens man wollte die Wölfin so nennen, sie hatte die Zwillinge gesäugt.

Kate war ganz aufgewühlt. Da war nicht nur Angst in ihr, sondern auch Neugierde, ein Bedürfnis zu wissen, zu verstehen. Eine Unruhe, die ihr schon seit ihren warmblütigen Tagen vertraut war, vielleicht das Grundgefühl ihres Lebens.

Charles' Tod hatte sie aus der Bahn geworfen. Aber vielleicht hatte Draculas Ende sie mit einem Ruck wieder auf Kurs gebracht. Etwas Neues schwang in dem Gefühl mit, etwas, das sie noch nie empfunden hatte. Sie wollte jetzt nicht weiter darüber nachdenken, aber sie war frei. Ohne Dracula konnte die Welt tun und lassen, was sie wollte. Und ohne Charles konnte auch Kate Reed das.

Sie weinte heiße Tränen.

Sie war noch nicht bereit, so frei zu sein, so allein. Es war, als ob man die Schule hinter sich ließe, sein Zuhause, die Gesellschaft. Als ob sie keine Vorgaben mehr hätte, keine Maßstäbe, nur noch sich selbst.

Ihre Tränen trockneten.

»Kate.« Jemand setzte sich an den Tisch, ergriff ihre Hände.

Marcello? Trotz ihrer Wut auf ihn machte ihr Herz einen Satz.

Es war Geneviève. Sie versuchte, nicht enttäuscht zu sein.

»Kate, wie geht es dir? Ich dachte, du wärst immer noch auf der Wache.«

»Mir geht's gut.« Sie zog ihre Hände zurück.

»Du wirst nicht glauben, was ich für einen Tag hatte.« Geneviève winkte einem Kellner. »Ich musste Draculas Kopf identifizieren.«

Kate verzog mitfühlend das Gesicht.

»Er ist nicht verwest«, sagte Geneviève. »Das verblüfft alle. Normalerweise holt das Alter die Ältesten ein, wenn sie sterben. Die meisten Opfer des scharlachroten Henkers sind nur noch Staub mit merkwürdigen Farben darin. Dracula sieht ganz frisch aus.«

»Als Nächstes heißt es dann, er wäre ein Heiliger. Von denen sollen doch auch manche nicht verwest sein.«

»Über Dracula ist so ziemlich alles gesagt worden, was man nur sagen kann, das kannst du glauben. Du hättest die Zeitungen sehen sollen.«

»Ich bin gerade dabei. Es ist faszinierend, wie ein gewaltsamer Tod einen adelt. Sämtliche Leute, die letzte Woche noch vor Hass gekocht haben, machen allen Ernstes eine Kehrtwendung und ehren ihn jetzt als großen Staatsmann und bedeutende Gestalt in der Geschichte des zwanzigsten Jahrhunderts. Irgendjemand muss auf die Nachricht doch damit reagiert haben, dass er sich einen Lampenschirm aufgesetzt und ›Ding-Dong, die Hex' ist tot‹ gesungen hat.«

Genevièves Getränk wurde gebracht, und sie bestellte noch eines für Kate.

Sie sahen einander an, wussten nicht, was sie sagen sollten.

»Er fehlt mir«, gestand Geneviève schließlich.

Kate nickte. »Mir auch.«

Sie meinten nicht Dracula.

»Ich weiß nicht, wie ich es mir vorgestellt habe, dass es sein würde«, sagte Geneviève. »Es ist ja nicht so, dass ich nicht gewöhnt wäre, dass die Leute um mich herum wegsterben. Aber Charles war immer *da*, wenn du verstehst, was ich meine.«

»Das tue ich.«

Wie gut, dass sie sich bereits ausgeweint hatte.

»Es sind zu viele Rätsel übrig geblieben, Kate. Das hätte Charles gar nicht gefallen. Der scharlachrote Henker und dein kleines Mädchen. Und Dracula. Wer hat Dracula getötet?«

»Ich war's nicht.«

»Ich weiß.«

»Ich hätte es sein sollen. In gewisser Weise wünsche ich mir, ich hätte ihn getötet. Hätte diese ganzen Kompromisse beiseiteschieben und beschließen können, dass dieser Mann es nicht verdient hat weiterzuleben, und ihm dann das Herz durchbohrt und den Kopf abgeschnitten. Ich sehe es richtig vor mir, wie ich das tue, aber ich weiß, dass ich es nicht war. Ich habe keine Ahnung, ob ich mich dafür schuldig fühlen soll, dass ich ihn nicht gerettet habe, oder dafür, dass ich ihn nicht getötet habe. Ich spüre immer noch sein Blut an mir, unter der Haut.«

»Wenn ich helfen kann, Kate, dann sag mir, wie.«

Sie nahm Genevièves Hand.

»Es gibt da jemanden, den ich gern besuchen möchte, mit dem ich reden will. Kannst du mich begleiten?«

»Selbstverständlich.«

»Unsere Art ist dort nicht willkommen.«

Geneviève war einen Moment verwirrt, dann begriff sie.

28

L'Esorcista

Es war reinster Aberglaube anzunehmen, ein Vampir wäre nicht in der Lage, über geweihten Boden zu gehen. Jeder Quadratzentimeter war irgendwann einmal irgendeinem Glauben geweiht worden. Keine heilige Erde betreten zu können, wäre darauf hinausgelaufen, auf offener See zu leben, außerhalb der Hoheitsgewässer. Über die Jahrhunderte hinweg hatte Geneviève unzählige Friedhöfe, Schreine, Kirchen, Kathedralen, Moscheen und Tempel betreten. Jedes Mal hatte sie ein gewisses Erschaudern gespürt, den Kitzel, den ein ganz gewöhnlicher unbefugter Eindringling empfindet. Jetzt aber stand ihr etwas vollkommen anderes bevor. Sie befanden sich in der Viale Vaticano, vor einer Kirche, die zugleich eine Stadt war.

Die hohen Tore wurden von der Schweizergarde bewacht. Es war Abend, die Vatikanischen Museen hatten geschlossen. Touristen waren keine mehr zu sehen, aber die Gegend wimmelte von Priestern und Nonnen. Es mochte albern sein, aber ihr war unbehaglich. Sie hatte genug Geschichte miterlebt, um zu wissen, dass der Vatikan eine weltliche Institution war. Er hatte die Schande der spanischen Inquisition nur eingestanden, um damit die Erinnerung an die noch viel grauenhaftere römische Inquisition herunterzuspielen. Auf dem Papstthron hatten ebenso viele Mörder, Verbrecher und Perverse gesessen wie auf jedem anderen Thron auch.

Aber dies war *die Kirche*.

Geneviève stammte aus der Zeit vor der Reformation. Damals hatte es nur eine Kirche gegeben, diese. Unmittelbar nach ihrer Verwandlung war Geneviève exkommuniziert worden, wobei fraglich blieb, ob sie überhaupt noch als menschliches Wesen mit einer Seele zu gelten hatte.

»Nun komm schon, Gené.« Kate war natürlich protestantisch. Und behauptete obendrein, Agnostikerin zu sein.

Kate ergriff ihren Arm, und sie überquerten die Straße.

Würde beim Betreten des Staatsgebiets des Vatikan eher jemand wie sie in Flammen aufgehen, die im Glauben geboren und von ihm abgefallen war, und zwar weit, oder eine Heidin wie Kate Reed? Wo fing der heilige Grund an? Eigentlich hätte die Straße mit einer entsprechenden Linie markiert sein müssen. An irgendeiner Stelle überquerte Geneviève sie.

Ohne zu explodieren.

Irgendwo läuteten Glocken. Sie ging nicht so weit, dies als himmlisches Wunder einzustufen.

Die Soldaten der Schweizergarde verschränkten bedrohlich ihre Hellebarden. Kate erklärte, dass sie eine Verabredung mit einem gewissen Vater Merrin hätten.

Geneviève fiel auf, dass einer der Wachsoldaten ein Vampir war. Ohne Dracula waren eine Menge Karpater arbeitslos. Söldnerarmeen wie die Schweizergarde und die französische *Légion d'Étranger* würden einige überraschende Rekruten bekommen.

Den beiden wurde der Zutritt zu der berühmten Spiralrampe gestattet, die sich vom Straßenniveau zu den Ebenen des Museums und der Bibliothek hinaufschraubte. Von oben waren rasche Trippelschritte zu hören, und eine kleine blonde Frau kam sie begrüßen. Es war keine Nonne, sondern eine Laienarbeiterin mit züchtig bedeckten Haaren und gesenktem Blick. Irgendetwas an ihr war Geneviève nicht geheuer. Sie erklärte, ihr Name sei Viridiana, und bot an, sie zu Vater Merrin zu bringen.

Sie wurden durch die Korridore des Palazzetto del Belvedere geführt, tiefer in den eigentlichen Vatikan hinein. Sie eilten über den Cortile Ottagonale und ließen den öffentlich zugänglichen Bereich hinter sich, hatten nun Stein statt Marmor unter ihren Füßen. Geneviève hielt sich dicht bei Kate. Priester mit langen Gesichtern und Kardinäle in scharlachroten Gewändern schwebten vorbei wie Gespenster, und alle bedachten sie die hier eindringenden *Nosferatu*-Frauen mit finsteren Blicken.

Traditionellerweise war die Kirche absolut gegen ihre Art eingestellt. Die Vereinigung beim Bluttrinken wurde als blasphemische Verhöhnung der heiligen Kommunion betrachtet. Unvermittelt wurde Geneviève klar, dass der wahre Grund für die Feindschaft die Konkurrenz zwischen der Kirche und den Vampiren war. Wenn Dr. Pretorius Recht hatte und das Vampirdasein sich einer rationalen Erklärung entzog, dann besaß Geneviève mehr demonstrierbare Wunderkräfte als ein Gemeindepriester, der gerade einmal Wein in Blut verwandelte. Und eine Institution, die mit einer künftigen Unsterblichkeit hausieren ging, musste ins Schwitzen geraten, wenn man ohne weiteres auch auf Erden unsterblich werden konnte.

Viridiana brachte sie in ein Kellergeschoss, ein Labyrinth aus verschlossenen Bücherschränken. Dies war nicht die Vatikanische Bibliothek, sondern eines der vielen nicht öffentlichen Archive der Kirche. Geneviève hatte Lust zu fragen, ob hier die pornografischen Schriften aufbewahrt wurden. In einiger Entfernung brannten ein paar Lampen, ansonsten herrschte Dunkelheit vor. Die Laienarbeiterin führte sie selbstsicher durch das Labyrinth, drückte alle dreißig Schritte einen Lichtschalter. Oben waren schwache Glühbirnen angebracht, die den von Büchern gesäumten Gang immer nur bis zum nächsten Schalter beleuchteten und nach fünf Sekunden automatisch ausgingen. Man musste sich beeilen, wenn man mit dem Licht Schritt halten wollte.

Der Raum weitete sich. Viridiana zeigte auf einen der Gänge.

»Zu Vater Merrin geht es da entlang.« Es widerstrebte ihr sichtlich, sie dorthin zu begleiten. »Er erwartet Sie.«

Kate dankte dem Mädchen.

Sie gingen zwischen hohen Schränken einher. Kate übernahm das Drücken der Lichtschalter. Bücher, die so alt waren wie sie, fielen Geneviève ins Auge, dicke, messingbeschlagene Rücken, Seiten von der Farbe gebräunter Haut.

Kate hatte ihr erklärt, dass es sich bei Vater Lankester Merrin um einen Priester und Gelehrten handele, einen Anthropologen. Er war ein Freund des umstrittenen katholischen Evolutionisten Pierre Teilhard de Chardin sowie – angeblich – einer der letzten Vampirjäger der Kirche. Er sollte in Afrika exorzistische Rituale durchgeführt und irgendeinen dortigen Plagegeist in die äußere Finsternis verbannt haben. Bei Draculas Tod war er auch dabei gewesen.

Sie fanden den Priester in einem Lichtkreis am Schnittpunkt mehrerer Regalgänge. Er saß an einem Tisch und machte sich Notizen. Er war dünn, kräftig.

»Miss Reed«, begrüßte er Kate und stand höflich auf.

»Vater Merrin, ich darf Ihnen Geneviève Dieudonné vorstellen.«

»Sehr erfreut, Sie kennenzulernen.« Er hielt ihr die Hand hin.

Geneviève zögerte.

»Ich glaube nicht, dass Sie sich an mir verbrennen.«

Sie schüttelten einander die Hände.

»Ich bin noch heil.« Sie zeigte ihm ihre Handfläche.

Er lächelte nicht mit dem Mund, aber seine unglaublichen blauen Augen waren voller Humor. Egal, was sie von seiner Kirche hielt, sie musste zugeben, dass das hier ein Priester war, der diese Bezeichnung verdiente.

»Vielen Dank, dass Sie einem Treffen zugestimmt haben«, sagte Kate.

Merrin akzeptierte ihren Dank, ohne den Gefallen zu bagatellisieren, um den er gebeten worden war. Dieses Archiv war Wissenschaftlern außerhalb der Kirche nicht zugänglich, nicht einmal nach Terminvereinbarung. Dass er ermächtigt war, sie hierher einzuladen, deutete auf seinen Rang innerhalb des Vatikans hin.

»Was wissen Sie über die Mutter der Tränen?«, fragte Kate.

Merrin nickte, als hätte er diese Frage erwartet. Geneviève hingegen war schockiert. Sicher, als Brastow die drei Mütter erwähnt hatte, hatte er Bond und sie damit auf eine ganz bestimmte Fährte bringen wollen, aber die war bei dem anschließenden Durcheinander prompt zertrampelt worden. Nun fiel Geneviève wieder ein, wie viele Mühen der Geheimdienstchef auf sich genommen hatte, nur um einen Namen fallen zu lassen.

»Sie interessieren sich für die Mutter Roms?«, fragte Merrin.
»Das ewig Weibliche der Ewigen Stadt. *Mater lachrymarum.*«
»Der Name taucht immer wieder auf.«
Merrin lächelte. Frostig. »Gewiss.«
Geneviève spürte einen leichten Windzug. Buchseiten hoben sich, legten sich wieder. Ein Gebäude von dieser Größe hatte im Inneren wohl sein eigenes Wetter.
»Sie hat viele Aspekte«, sagte der Priester. »Manche Häretiker nennen sie die Schwarze Jungfrau, die Mutter des Antichristen. Klassische Theorien setzen sie mit Circe, Medea oder Medusa gleich. Sie ist die geheime Herrscherin Roms. Nach offizieller Auffassung der Kirche war sie eine Hexe, wie ihre beiden Schwestern, und ist längst tot und vergessen.«
»Was glauben Sie?«, fragte Kate.
»Der Glaube ist von unendlicher Komplexität. Ich habe über *Mater lachrymarum* keine speziellen Studien angestellt. In den vergangenen Jahren haben einige Gelehrte ein solches Unternehmen angeregt, fanden jedoch keine Unterstützung dafür. Mein Eindruck ist, dass der Vatikan und die Mutter der Tränen sehr voreinander auf der Hut sind und einander nicht die Stirn bieten wollen. Unsere Machtzentren befinden sich an den gegenüberliegenden Ufern des Tiber. Die wenigen Bücher, in denen dieses Wesen erwähnt wird, sind mir momentan nicht zugänglich.«
Merrin deutete in die Dunkelheit einer Regalgruppe.
»Wie sieht die Mutter der Tränen aus?«
»Traditionell hat sie vier Aspekte. Mädchen, junge Frau, reife Frau und altes Weib. Von diesen ist das Mädchen der schrecklichste, weil es unschuldig ist und die Gnadenlosigkeit der Unschuld besitzt. Es ist zugleich, unter gewissen Umständen, der Teufel. Die junge Frau ist eine Heilige, die reife Frau eine Metze und die Alte eine Prophetin. Das Mädchen ist halbblind, aber die Alte sieht alles. Die Heilige sagt die Wahrheit, aber die reife Frau lügt.«

Kate nickte zu allem, was sie hörte.

Geneviève begriff allmählich. Dieses kleine Mädchen, das Kate auf der Piazza di Trevi und dann wieder im Palazzo Otranto gesehen hatte, war kein menschliches Wesen, aber auch kein Vampir. Es gab noch andere Monstren auf der Welt.

»Sie ist stärker als eine Vampirälteste, stärker als alle Vampirältesten«, fuhr Merrin fort. »Sie ist unsterblich, aber nicht alterslos. Mit ihren vier Aspekten ist sie ein vollständiger Kreislauf, ein ganzes Leben. Vampire stehen außerhalb der Welt, außerhalb ihrer Veränderungen und Umbrüche, aber die Mutter der Tränen umarmt sie, verkörpert sie. Ihr Vampire seid kühl, sie ist warm. Eure Herzen stehen still, ihres schlägt im Puls der Stadt.«

»Was ist ihre Absicht?«, fragte Kate.

Merrin zuckte ausdrucksvoll die Schultern. »Fortzubestehen?«

Ein Spiralnotizbuch flatterte, die Seiten blätterten sich um. Hier war es eindeutig windig. Die heilige Brise des Vatikans schlug Geneviève ins Gesicht, fuhr ihr mit unsichtbaren Fingern durch die Haare. Sie spürte, wie eine Eiseshand in ihre Brust hineingriff.

In der Dunkelheit außerhalb ihres Lichtkreises schlugen Flügel. Kate sah erschrocken auf. Ein Schnabel kam angesaust, oben über die Bücherregale hinweg, schoss nach unten auf den Priester zu, an der Spitze eines langen Körpers mit schwarzen Flügeln.

Geneviève schlug nach ihm, verfehlte den Vogel aber.

Die Schnabelspitze hackte in Merrins Stirn, direkt über seiner Brille. Geneviève hechtete nach dem Vogel. Er war so groß wie ein Adler und besaß die Farbe einer Krähe. Gelbe Augen mit rotem Rand. Sie bekam seinen Schnabel zu fassen und hielt ihn zu.

Die Flügel schlugen, hämmerten mit festen Schlägen gegen ihre Brust, die einer warmblütigen Frau die Knochen gebrochen hätten. Der hässliche Vogel kämpfte sich frei und stieg auf, schwebte über ihnen. Kate lag über Merrin, schützte ihn.

Geneviève wunderte sich nicht, wie das Vieh hier hereingekommen war. Es schlug zweimal mit den Flügeln und war außer Reichweite. Seine Klauen drohten mit spitzen Widerhaken aus Horn.

Sie schickte ein Stoßgebet zum Himmel, dass er verschwand.
Und weg war er.

Der Effekt war wie ein Schlag auf das Herz. Sie konnte nicht umhin zu denken, dass sie einem Zaubertrick zum Opfer gefallen war, irgendeiner uralten Vorrichtung zur Stärkung des Glaubens durch die unvermittelte Zumutung und Entfernung von gewalttätiger Widrigkeit.

Kate half Merrin auf und sah sich seine Stirn an. Sie befeuchtete mit ihrer Katzenzunge ein Taschentuch und säuberte die Schnittwunde, wischte das Blut ab.

Merrin zuckte nicht mit der Wimper.

Geneviève wusste, dass Kate den Geruch seines Blutes in der Nase haben musste und gegen den Urtrieb ankämpfte, ihren Mund über seine Wunde zu stülpen und zu saugen.

»Sie müssen vorsichtig sein«, sagte der Priester. »Alle beide.«
»Was war das?«, fragte Geneviève.

»Eine Warnung an die Kirche, an mich. Wir sollen uns heraushalten. Diese Sache betrifft nur Sie, also die Vampire, und sie, die Mutter der Tränen.«

»War das ein weiterer Aspekt von ihr?«, fragte Kate.

»Nur ein Zauber. Eine kleine Machtdemonstration. Sie schätzt ihre Marionetten sehr, ihre Spielzeuge. Dieser scharlachrote Henker ist wahrscheinlich ein Mann, der ihrem Zauber verfallen ist und tut, was sie ihm sagt.«

Kate nickte. »Das habe ich mir auch schon gedacht. Dieses kleine Mädchen auf der Piazza di Trevi, das war sie. Sie hat Kernassy und Malenka getötet, mit dem Henker als Waffe.«

Und in Otranto, dachte Geneviève, was war da? Der scharlachrote Henker am anderen Ende der Fäden war in Rom gewesen und hatte ein Blutbad verübt. In Otranto, wo Dracula getötet worden war, musste sie ein anderes Spielzeug gehabt haben, eine andere Waffe.

Auf einmal hatte Geneviève Angst um Kate.

War ihre Freundin auch schon auf diese Idee gekommen? Bestimmt, sonst wäre sie nicht so auf ihren Kurs fixiert gewesen.

»Können sie befreit werden?«, fragte Geneviève. »Ihre Marionetten?«

Merrin schüttelte den Kopf. »Nur im Tod.«

Kates Gesicht war ausdruckslos.

Es schien nicht richtig, Vater Merrin allein zu lassen, aber er beharrte darauf, dass ihm nichts zustoßen würde. Der Angriff war kein Anschlag gewesen, sondern eine Demonstration, die ebenso Geneviève und Kate galt wie ihm.

»Bringt Viridiana uns wieder hinaus?«, fragte Kate.

»Viridiana?« Merrin war verwirrt.

»Die Laienarbeiterin? Die junge Frau?«

Kate verstummte, noch während sie es sagte. Geneviève versuchte sich an das leere, hübsche Gesicht der warmblütigen Frau zu erinnern, die sie hierhergeführt hatte, aber es gelang ihr nicht.

»Sogar hier«, sagte Merrin leise. Er lächelte traurig. »Sie ist tollkühn. Ich hoffe inbrünstig, Sie werden in der Lage sein, irgendeine Übereinkunft mit ihr zu erzielen, denn besiegt hat sie bisher noch niemand.«

Sie verließen ihn und suchten sich ihren Weg zurück, ohne auf die Lichtschalter zu achten. Sie brauchten die Bestätigung, dass sie Vampirinnen waren, Herrinnen der Dunkelheit.

»Wenn ich es bin, Gené«, sagte Kate, »dann töte mich. Schneid mir den Kopf ab und stopf ihn mit Knoblauch voll. Du bist die Einzige, der ich darin vertrauen kann. Bitte, versprich es.«

Geneviève sah ihre Freundin an. »Ich verspreche es, *chère* Kate.«

»Danke.« Kate gab ihr einen Kuss.

29

Der Dämon mit den blutigen Händen

Es war alles vorbei. Dracula war tot, richtig tot. Er würde nicht Asa Vajda ehelichen, also auch nicht wieder in der Balkanpolitik mitspielen. Bond hatte das Gefühl, dass der von ihm fast schon gelöste Knoten durch einen Schlag von Alexander'scher Wucht zertrennt worden war.

»Besuche bereiten Prinzessin Asa noch gewisse Schwierigkeiten, fürchte ich«, sagte Miss Churchward. »Sie hat einen Schock erlitten, wofür Sie sicher Verständnis haben.«

Er sah sich in dem leeren Ballsaal um. Die Wandbehänge für die Hochzeit waren noch nicht wieder abgenommen worden, Banner mit Wappen darauf. Die als Häppchen bereitgestellten und von den Vampirgästen, die Menschenblut bevorzugten, weitgehend unbeachtet gebliebenen Mäuse waren ihren Käfigen entflohen; sie wimmelten zwischen den übrig gebliebenen Salaten und taten sich an den Canapés gütlich. Der Palazzo Otranto versprach ganzen Generationen von ihnen ein Heim zu werden.

Einige wenige livrierte Lakaien unternahmen einen kläglichen Versuch, Ordnung zu schaffen.

»Wir sind zum Auszug aufgefordert worden, Commander Bond«, sagte Miss Churchward. »Das ist Ihnen schon bekannt, nehme ich an, wo Sie doch ein Spion sind und so weiter.«

Er stritt es nicht ab. In Rom wusste jeder, was er war. Er zeigte eben eine Spur zu viel an Profil. Der Diogenes-Club züchtete bereits seine farblosen Nachfolger heran, Verwaltungsangestellte mit Abitur, die Kassengestelle und billige Regenmäntel trugen.

Miss Churchwards strenges Kleid und die strassbesetzte Sonnenbrille konnten ihr gutes Aussehen nicht völlig verbergen. Auf dem Fest waren ihre Haare reizvoller frisiert gewesen. In ihr steckte eine Tigerin. Dieser amerikanische Knabe, dem er vor dem *Kit Kat Klub* über den Weg gelaufen war, der bis zum Weißbluten ausgesaugt und dann weggeworfen worden war, gehörte auch zum Haushalt. Bond sah Miss Churchward an, ihre roten Lippen, stellte sich ihre Zähne vor, wie sie in Haut eindrangen.

Er gab ihr seine Karte.

»Wenn Sie nach London zurückkehren, könnten wir uns vielleicht treffen.«

Miss Churchward sah die Karte an und dann ihn, über ihre Brille hinweg.

Er gestattete sich ein Lächeln. Sie nahm es entgegen. In diesem Vampirmädchen lagen ein Versprechen und eine Herausforderung zugleich. Unter ihrer straffen viktorianischen Haut steckte ein üppiges, leidenschaftliches, hungriges Herz.

Dann gab sie ihm seine Karte zurück.

»Ich glaube nicht.«

Eine Ohrfeige hätte ihn nicht mehr überrascht.

»Commander Bond, Sie sind zweifelsohne ein sehr attraktiver Mann und haben vermutlich einigen Erfolg bei den Frauen. Aber Sie sind ein Neugeborener. Ihnen fehlt es noch an Anziehungskraft.«

Seine Miene ließ nichts erkennen.

»Sie wissen nicht, wovon ich rede, oder?«, fragte sie. »Hier.«

Sie nahm die Brille ab und fixierte ihn mit ihren roten Augen wie mit einem Schraubstock. Er konnte sich nicht bewegen. Seine Knie blockierten. Er gehörte Miss Churchward. Er würde sterben für ein Wort von ihr. Ins Feuer werfen würde er sich.

Miss Churchward berührte mit einem Finger ihre Lippen und ließ ihn dann über seinen Mund streichen. Strom durchfloss ihn, setzte jeden Nerv in Flammen. Der Moment dauerte eine Ewigkeit. Bond taumelte.

»Und das ist nur ein Hauch«, sagte sie mit einem kleinen Lächeln.

Bond bekam sich wieder in die Gewalt. Die grellen Lichter in seinem Kopf erloschen. Er ließ den Blick durch den Saal schweifen und bemerkte, wie vorsichtig Tom sich bewegte, wie ein alter Mann. Er war weiß wie ein Gespenst und so dünn, dass er schon fast nicht mehr vorhanden war. Miss Churchward hatte ihn fast aufgebraucht.

»Wenn Sie vielleicht selbst hinausfinden könnten«, sagte sie. »Ich habe noch einiges zu erledigen.«

Er bekam kein Wort heraus.

Draußen bummelte Bond neben seinem Aston Martin herum, sah zu, wie hinter dem Palazzo die Sonne unterging, rauchte eine Zigarette. Seine Gliedmaßen kribbelten noch immer. Es war, als hätte ihn Katharina die Große erst verführt und dann eine Woche in ihrem Verlies gefoltert.

Er wusste sehr wenig über Miss Churchward, aber Winthrop hatte erwähnt, dass sie als warmblütiges Mädchen – damals in den 1880ern – kurz mit dem alten Herrn verlobt gewesen war. Aufgrund der Demonstration gerade eben hielt Bond es für erwägenswert, seinem Bericht noch eine Fußnote anzufügen. Penelope Churchward würde einmal zu den mächtigsten Ältesten Europas zählen. Und sie war Engländerin.

Draculas Tod hinterließ eine Lücke. Irgendjemand musste König der Vampire werden.

Aber vielleicht kein König und Kaiser mehr. Was Bond betraf, könnte demnächst ebenso gut eine Königin und Kaiserin über die Nacht herrschen.

Er warf die Zigarette auf den Kies und glitt in den Sportwagen. Da er erst in ein paar Tagen in London sein müsste, konnte er sich auch noch ein bisschen in Rom amüsieren.

Auf halbem Weg zurück in die Stadt merkte er, dass er verfolgt wurde. Eine vertraute Empfindung. Ein schwarzer Mercedes passte sich der Geschwindigkeit des Aston Martin an. Bond erkannte, dass die Limousine mit zwei Motorradfahrern in schwarzen Jacken vor ihm synchronisiert war. Er war zwischen den Kradbegleitern und dem Kommandowagen gefangen.

Er schüttelte die letzte Benommenheit von der Episode mit Miss Churchward ab und schaltete in einen anderen Gang.

Das hier war mehr sein Stil.

Er ließ den Aston Martin einen Satz nach vorn machen, zog mit den Motorradfahrern gleich, um ihnen zu zeigen, dass er Bescheid wusste. Er sah zwischen ihnen hin und her, musterte sie. Es waren Zwillinge, zierliche Vampirmädchen. Lange blonde Haare flatterten hinter ihren Sturzhelmen. Sie trugen aufreizende pinkfarbene Gymnastikanzüge unter ihren schwarzen Lederjacken.

Die Mädchen bliesen ihm Küsse zu und gaben Gas, setzten sich genau gleichzeitig vor seinen dahinrasenden Wagen. Die Straße wurde schmaler, schlängelte sich die Felsküste entlang. Bond spielte mit dem Gedanken, die Motorräder der Mädchen von hinten anzufahren, aber er wollte den Wagen nicht beschädigen.

Der Mercedes holte wieder auf. Im Rückspiegel sah Bond das Gesicht des Fahrers. Es war der Ganove, den Geneviève Flachkopf genannt hatte, die schwarzen Lippen zusammengekniffen, die dicken Augen auf Bonds Wagen gerichtet.

Also steckte Brastow dahinter, der reinen Tisch machen wollte.

Dass SMERSCH Dracula getötet hatte, war möglich, aber unwahrscheinlich. Die Russen schätzten bei Attentaten keine großen Gesten. Ein unauffälliges Verschwinden war mehr ihr Stil.

Nein, das hier war etwas Persönliches.

Neben Flachkopf saß der Kater, durch ein Kissen erhöht. Er besaß jetzt etwas menschlichere Gestalt, aber sein Gesicht war noch immer von weißem Pelz bedeckt. Seine Schnurrhaare zuckten.

Die Straßenlage des Aston Martin konnte nicht besser sein. Die Motorradmädchen mussten sich in die Kurven legen, dass ihre Knie über den Asphalt schleiften, aber Bonds Wagen nahm die Manöver ganz ruhig. Das Hinterteil des schweren, gepanzerten Mercedes streifte immer wieder mit einem Kreischen die Leitplanke oder die Felswand.

Brastow kurbelte seine Seitenscheibe hinunter und lehnte sich aus dem Wagen. Er trug eine Smokingjacke und ein nietenbesetztes Lederhalsband. Seine Vorderbeine verlängerten sich, wurden zu Menschenarmen. In den Krallenfingern seiner Pfoten hielt er eine Maschinenpistole.

Die Pistole ratterte. Kugeln prasselten auf Bonds Wagen ein. Gut, dass der Aston Martin mit einer Leichtgewichtslegierung gepanzert war, die die doppelte Dichte von Stahl besaß. Die Heckscheibe splitterte, zerbarst jedoch nicht.

Die Küstenstraße ging in die Hauptstraße über. Vor ihnen lag Rom. In der Stadt konnte er diese lästigen Fliegen abschütteln.

Ihm gefielen die knackigen Pos der Vampirzwillinge, die sich über die Lenker duckten und mit ihren Maschinen vor ihm wedelten. Es mussten Brastows neue Leibwächter sein. Seine alte Truppe war *hors de combat.*

Andere Verkehrsteilnehmer kamen ihnen in den Weg. Ein mondgesichtiger Priester auf einem Fahrrad geriet ins Wanken und fiel um, als sie an ihm vorbeijagten. Bond warf einen Blick nach hinten und sah, wie der Mercedes das Fahrrad, nicht aber den Priester überfuhr, der die Faust schüttelte und fluchte wie ein Hafenarbeiter. Entgegenkommende Autofahrer merkten, dass es wohl besser war, ihnen Platz zu machen.

Eine Schafherde überquerte die Straße. Die Mädchen pflügten als Erste hindurch, warfen einige unglückliche Tiere um. Der Mercedes war ihm zum Abbremsen zu dicht auf den Fersen, also gab er Gas. Tiere prallten von der Motorhaube ab, hinterließen blutige Schmierer, die wieder abzubekommen eine scheußliche Arbeit sein würde. Fliegende Schafe regneten auf Brastows Wagen hinab, zwangen Flachkopf zu hektischen Manövern, als sich Schafsdärme in den Rädern verfingen.

Bond lachte.

Ein Schäfer rannte schimpfend zu Brastows Wagen. Das Miezekätzchen schoss ihm ins Gesicht.

Das war unsportlich. Man brachte nicht einfach Zivilisten um.

Jetzt wollte Bond sich nicht mehr nur absetzen. Jetzt wollte er dem Kopf von SMERSCH eine Lektion erteilen. Tod den Spionen, aber sicher doch.

Die Mädchen trieben ihn wie einen Stier, stupsten geschickt die Kühlerhaube des Aston Martin an und tanzten aus dem Weg, wenn er versuchte, sie zu überfahren. Immer wieder bedachten sie ihn mit einem Luftkuss, einem Lächeln. Sie trugen rosa Lippenstift und hellblauen Lidschatten. Er fragte sich, wie alt sie waren.

Sie fuhren durch einen Slumbezirk. Hier standen immer noch Ruinen aus dem Krieg. Jämmerliche Herden hirnloser Zombies schlurften vorbei. Feuer wurden angezündet, verbreiteten roten Lichtschein. Huren in zerfransten Wollpullis und kurzen Röcken zitterten neben Kohlenfeuern, zeigten den vorbeifahrenden Autos ihre Brüste.

Das musste I Cessari Spiriti sein.

Auf den Brachflächen war genug Platz, um den Motor hochzujagen und ein paar spektakuläre Kreise zu ziehen. Es wurde Zeit, den Zwillingen zu zeigen, was ein Aston Martin alles konnte. Bond hatte keine Lust mehr, den Stier zu ihren Toreros zu geben. Hier, wo es kein Eigentum gab, das es wert gewesen wäre, beschädigt zu werden, und die Zuschauer zäh genug waren, um zu überleben, oder zu tot, um eine Rolle zu spielen, konnte er ein Hai sein und die Mädchen kleine Fische.

Eine Flammenwand teilte das eine Ruinengelände vom anderen. Er fuhr hindurch.

Die Mädchen rasten ihm nach. Als sie das Feuer hinter sich hatten, waren ihre hübschen Gesichter rußverschmiert. Ihre Jacken rauchten.

Der Mercedes krachte durch die Flammen und blieb schlitternd in einer dicken Schlammpfütze stehen.

Der Aston Martin beschrieb eine Kehre, lenkte die Motorradmädchen in eine Acht. Bonds Fangzähne sprangen hervor, die rasiermesserscharfen Spitzen drückten sich in seine Lippen. Er bekam langsam Appetit.

Er trat auf die Bremse und kam perfekt zum Stehen.

Die Motorräder waren immer noch in voller Fahrt.

Mit seiner Walther in der Hand stieg er aus dem Wagen.

Die Motorräder gerieten ins Schleudern und überschlugen sich. Die Mädchen ließen ihre Maschinen wegrutschen und standen auf. Sie nahmen die Helme ab und schüttelten die Mähnen. Sie lächelten ihn nach wie vor an, aber ihre vollen Lippen schürzten sie schon ein wenig.

Er ahnte, dass es nichts bringen würde, auf sie zu schießen. Aber es schien nur höflich. Er verpasste dem einen Mädchen eine Kugel in die Schulter und dem anderen eine ins Knie. Sie kicherten und tanzten auf ihn zu wie Akrobaten.

Es gab eine Explosion. Der Benzintank des Mercedes war hochgegangen. Vor den Flammen zeichneten sich die große Gestalt von Flachkopf und die kleinere von Brastow ab. Sie waren unverletzt.

»Guten Abend, Mr. Bond«, maunzte Brastow.

»Durchaus«, erwiderte er.

»Wie gefallen Ihnen Marie-France und Pony? Meine Kätzchen?«

Brastow stellte sich zwischen die Zwillingen legte die Arme um ihre Taillen. Er reichte ihnen kaum bis zur Schulter, und sie waren klein. Der Geheimdienstchef trug Schaftstiefel aus Leder wie der gestiefelte Kater und ging aufrecht, eher wie ein Primat als eine Katze. Er rauchte eine Zigarette in einer langen Spitze und trug ein rotes Monokel im linken Auge.

»Entzückend«, sagte Bond.

»Sie haben Krallen«, schnurrte Brastow.

»Ist mir nicht entgangen.«

»Es wird Spaß machen, meinen Kätzchen zuzuschauen, wie sie mit Ihnen spielen.«

Bond dachte daran, was Miss Churchwards Berührung mit ihm angestellt hatte. Wenn diese Kreaturen in Mädchengestalt auch nur einen Bruchteil dieser Macht besäßen, würde er sterben. Auf interessante Weise, zugegeben, aber das war kein Trost.

Leute waren herübergekommen, um zuzuschauen. Die Huren und die Zombies und die anderen Bewohner von I Cessati Spiriti. Dies war die Arena der Moderne, Feuer und Schutt. In der Dunkelheit glommen trübe Augen.

Es war Zeit, eine gute Show zu liefern.

Pony griff als Erste an, wirbelte durch die Luft wie ein chinesischer Geist. Sie hatte Krallen an den Händen und Füßen; sie fuhren in seine Dreivierteljacke von Erik Conrad und gingen durch bis auf die Haut. Pony fauchte ihn an, als ihre klappernden Fänge sich seinem Hals näherten.

Er schob ihr eine Hand ins Gesicht und stieß sie weg.

Sie flog davon, landete aber auf den Füßen. Ihre Schwester war bereits über ihm, schlug ihm die Beine um die Taille, krallte nach seinem Gesicht.

Marie-France hatte einen besseren Griff, aber Bond brach ihn.

Er wusste jetzt, dass es sich um Neugeborene handelte. Sie würden es ihm nicht leichtmachen, aber er war auf vergleichbarem Niveau. Er trat Marie-France ins Gesicht und boxte Pony in den Bauch.

Pony versuchte ihren nadelbewehrten Mund über seinen Schritt zu stülpen. Er wich rasch zurück, und ihre Zähne schlossen sich um nichts. Erbost donnerte er dem Vampirmädchen die Faust gegen die Schläfe, dann hob er sie auf und schleuderte sie auf ihre Schwester.

Die Zwillinge verknäulten sich fauchend und spuckend.

Flachkopf überragte Brastow; er hatte den Mantel seines Herrn über dem Arm. Nach den Mädchen würde Bond sich diesem ebenso toten wie lebendigen Etwas stellen müssen.

Dann waren sie auf einmal nicht mehr allein in der Arena.

Ein Maskierter in roten Strumpfhosen sprang durch die Flammen und rannte zum Schauplatz des Kampfes. Schob sich durch die Zuschauer und umarmte Flachkopf von hinten. Packte zu wie ein Ringer, und Flachkopf gurgelte mit brutal durchgebogenem Kreuz. Verzweiflung stand ihm ins grünlich graue Gesicht geschrieben. Es war der scharlachrote Henker, der Mann, der Anibas und all die anderen getötet hatte.

»Marie-France, Pony«, rief Brastow. »Zu mir.«

Die Mädchen lösten sich voneinander. Der Henker riss Flachkopf, dem er das Kreuz gebrochen hatte, nach oben über den Kopf, in der perfekten Haltung eines Gewichthebers. Die Muskeln seiner Arme und Beine schwollen an vor Anstrengung. Sein Mund war zu einem manischen zähnebleckenden Grinsen verzerrt, und hinter seiner Dominomaske glühten irre Augen.

Flachkopf wurde beiseitegeworfen. Er landete ächzend.

Die Zwillinge schlichen auf Brastows Anweisung näher. Der Henker sah sie an und lachte, was sie nachdenklich stimmte. Sie blieben stehen, fauchten.

Brastow spreizte die Schnurrhaare. Er war wütend und hatte Angst.

Bond konnte froh sein, dass er ein Neugeborener war. Dieser Mann tötete nur Älteste.

Immer noch lachend packte der scharlachrote Henker den Kater beim Nackenfell und hob ihn hoch. Brastows gestiefelte Pfoten strampelten in der Luft. Aus seiner abgeschnürten Kehle drangen eher Maunzer als Zornesworte.

Bond betrachtete die Gesichter in der Menge. *Morti viventi*, deren Lippen weggefault waren, so dass sie unablässig grinsten, sahen mit gebannter Aufmerksamkeit zu, widmeten ihre letzten heilen grauen Zellen dem Spektakel.

Unter den Huren stand eine große warmblütige Frau, keine Fettleibige und auch keine Riesin, aber groß von Körperbau und Haltung her. Ihre Augen hatten etwas Merkwürdiges. Sie gab das klassische Daumen-runter-Zeichen.

»So entscheidet Mamma Roma«, verkündete sie.

»Mamma Roma, Mamma Roma«, sangen die Huren.

Der scharlachrote Henker nickte.

Er demonstrierte, wie man jemandem buchstäblich das Fell über die Ohren zog. Zunächst nahm er Brastows Gesicht ab, als wäre es eine Maske, dann zog er einen roten Schlitz über seine Brust, als wolle er ein Hemd aufknöpfen. Griff hinein und holte Brastows rot bedecktes Skelett aus der pelzigen Haut heraus. Er warf das Fell beiseite. Zwei Zombiefrauen zerrissen es im Kampf um seinen Besitz. Jede bekam einen Fetzen zu ergattern und rieb ihr nasenloses Gesicht darin.

Ohne das Katzenfell hatte Brastow mehr von einem Menschen. Er schien zu wachsen, die Gestalt eines normal großen Mannes anzunehmen. Blut und Knochen und Organe sickerten aus ihm heraus, fielen klatschend vor die Stiefel des Henkers.

Bond sah nackte Angst in Brastows geschlitzten Pupillen.

Der Henker riss den Vampirältesten auseinander und ließ die Überreste fallen. Die Zombies fielen über Fleisch und Knochen her und begannen zu kauen. Der Henker hielt Brastows schlagendes Herz und drückte es wie einen Schwamm, bis es still war.

»Du.« Mamma Roma wies auf Bond.

»Madam«, grüßte er sie.

»Komm her.«

Er sah zu den *morti viventi,* die sich beißend um die Überreste von Gregor Brastow stritten. Er sah zu Marie-France und Pony, die dem wimmernden Flachkopf auf die Füße halfen.

Mamma Romas Gesicht war unnachgiebig. Sie war keine junge Frau mehr. Ihre breiten Hüften hatten viele Kinder geboren. Ihre vollen Brüste hatten Kinder und erwachsene Männer gestillt.

Ihr Name war passend. Sie war Rom.

Ihre Arme waren ausgebreitet. Ihr Mund geöffnet.

Er ging zu Mamma.

30

Cinema Inferno

Kate rechnete damit, alle möglichen Lügen erzählen zu müssen, um nach Cinecittà hineinzugelangen, und hatte ihren Presseausweis in der Hand, damit es so aussah, als wären sie berechtigt, die Filmstudios zu betreten. Als sie mitten in eine schwatzende Horde junger Frauen gerieten, die entweder Nebenrollen als Mordopfer hatten oder in der Maske arbeiteten, spazierten sie einfach auf das Gelände. Mussolinis »Hollywood am Tiber« war ein Relikt des Faschismus, das vom heutigen Italien nicht abgelehnt wurde, und wimmelte von Leuten.

»Wie finden wir jetzt die Argonauten?«, fragte Geneviève.

Kate sah sich die Menschenströme an, die zu den verschiedenen Dreharbeiten unterwegs waren. Eine Truppe französischer Kavalleristen, circa 1812, trottete im Laufschritt auf zehn Meter hohe

Tore zu, dass Ausrüstung und Waffen hüpften. Ein Zirkuselefant wurde von einem Mann auf Stelzen in roten Streifenhosen und einer Frau in einem paillettenbesetzten Trikot vorbeigeführt.

»Ich glaube, wir schließen uns dem da mal an, Gené.«

Ein schimmerndes Schaffell von der Größe eines Segels wurde vorsichtig von vier Bühnenarbeitern vorbeigetragen. Seine goldene Farbe war noch feucht. Das Goldene Vlies wurde zum Teatro 6 gebracht. Auf einer Tafel neben der Tür stand *Gli argonauti* gekritzelt. Vor dem Studio lungerten einige abgerissene, vom Wetter gegerbte alte Griechen mit falschen Bärten herum, rauchten Zigaretten und protzten auf Italienisch mit ihrem Liebesleben.

Die beiden Vampirfrauen gingen zu dem lagerhausähnlichen Gebäude. Die Argonauten brachten die obligatorischen Pfiffe, Gesten und Kommentare zustande, nannten Geneviève »He, Blondie« und Kate »*arance rosse*«. Roter Orangensaft. Sehr schmeichelhaft.

Sie schafften es hinein.

In dem riesigen Studio herrschte ein Gedränge und Durcheinander wie bei einem Aufstand. Kates Erfahrung mit Filmstudios beschränkte sich auf Pressetermine in Ealing oder Merton Park, auf angenehme Spaziergänge über das Gelände in der Begleitung von beflissenen Werbeleuten, wobei die Termine immer so gelegt waren, dass sie mit der Teepause zusammenfielen. Der schiere Lärm im Teatro 6 war überwältigend. Hier wurden die Filme gedreht wie in der Stummfilmzeit: Verschiedene Musical-Combos spielten unharmonisch durcheinander, eine Baustellensymphonie aus Hämmern und Sägen und Fluchen schwoll an und wieder ab, in der Kulisse nebenan dröhnten die Kanonen zu Napoleons Rückzug, überall brüllten Leute.

Geneviève zeigte zur *argo*, die nur von einer Seite gefilmt werden konnte, weil man lediglich das halbe Schiff gebaut hatte. Orson Welles klammerte sich oben an ihrem Gipsbug fest und sah zum gemalten Himmel hinauf.

Dieser Argo war ein blinder Seefahrer, seine Augen waren von grauem Star bedeckt, der die Farbe geronnener Milch hatte. Schmerzensträen ranne durch Welles' Maske, strömten die Ausläufer einer gewaltigen falschen Nase entlang. Sein echter Riecher sah auf der Leinwand angeblich absurd aus, ein Stupsnäschen, das sich in einem Breitwandgesicht verlor, darum behalf er sich mit enormen Wachsklumpen.

Ein Sturzbach setzte ein. Große Windmaschinen peitschten Regen aus oben angebrachten Brausen. Dem Schiffbauer schlug Wasser ins Gesicht, durchnässte seine Gewänder. Er hielt sich verzweifelt an der *argo* fest und verfluchte die Götter.

Welles fluchte auf Englisch. Die Götter antworteten auf Italienisch, Deutsch und Französisch.

Schauspieler aus zahlreichen Ländern, daheim allesamt Stars, waren sorgfältig ausgewählt worden, um *Gli argonauti* »internationales Flair« zu geben. In Dialogszenen zählten sie alle langsam in ihrer Muttersprache bis hundert und lieferten bei jeder Zahl einen anderen Gefühlsausdruck. Ihr Text wurde nachsynchronisiert, oft von ganz anderen Schauspielern. Selbst Welles konnte seine unverwechselbare canyontiefe Stimme verlieren und sich plötzlich anhören wie Mickymaus.

Einige Bühnentechniker hielten die große, blau glitzernde Plane hoch, von der es gegen die Schiffsseite platschte, und machten Wellen, indem sie die Arme auf und ab bewegten wie Synchrongewichtheber. Wasser bildete Pfützen in den tieferen Stellen der Plane und troff durch Risse, durchnässte die armen Kerle darunter.

Am Bug gesellte sich Jason zu Argo. Kirk Douglas reckte sein Grübchenkinn in den künstlichen Wind und schlug dem Schiffbauer auf die Schulter.

»Wenn wir diesen Teppich nicht kriegen, Dicker«, sagte er mit Gefühl, »dann gibt's was auf den Arsch.«

»Vorher breche ich dir das Kinn, du Mime«, gab Argo zurück.

Eigentlich sollte das Drehbuch von Eddy Poe stammen, und das klang gar nicht nach ihm. Er war mit seinen epischeren Dialogzeilen wohl in Verzug.

Argonauten legten sich in die Riemen, die auf die nasse Plane schlugen und ein paar Techniker in die Knie zwangen. Aus den Meerestiefen gellten Flüche und Schmerzensschreie. Eine göttliche Stimme von hoch oben befahl der Mannschaft, weiterzurudern. Gott sprach ein von österreichischem Dialekt gefärbtes Englisch und forderte die Komparsen auf, sich richtig reinzuknien. Geringere Götter übersetzten die Anweisungen in verschiedene europäische Sprachen.

Der Sturzbach hatte sich zum Wolkenbruch gesteigert. Einige Brauseköpfe fielen von der Studiodecke herunter, und Wasserstrahlen aus Schläuchen peitschten, von den Windmaschinen gebogen, durchs Studio. Douglas stützte Welles. Wasser troff von ihnen herab. Dass Argo noch seine Nase hatte, war ein Wunder.

Ein Karnevalskopf durchbrach neben dem Boot die Oberfläche der Plane und stieg an Spanndrähten empor, verspritzte aus Maul und Nüstern zusätzliches Wasser. Kate überlegte, dass es sich wohl um Poseidon oder einen seiner fischgesichtigen Spießgesellen handeln sollte. Er sah aus wie eine ins Riesenhafte aufgeblähte Handpuppe, mit Flossenohren und Hummerfühlern, die sich über großen rollenden Augen spreizten.

Der fischige Unterkiefer des mechanischen Monstrums blieb am Meer hängen und riss einen Teil davon ab. Requisitenwasser troff herab und ließ Dutzende Füße auf dem nassen Boden ausgleiten. Das Meer fiel rings um die *argo* in sich zusammen, sackte unter den Riemen weg und entblößte das Gerüst, das die Schiffshälfte aufrecht hielt.

Toby Dammit, das englische Matinee-Idol, das den Theseus spielte, wurde entdeckt, wie er im Schnittdiagramm der Bilgen heimlich eine Zigarette rauchte. Er sah aus wie eine Kreatur vom Meeresgrund, ungesund blass, mit sich im Licht verengenden Pupillen, die Wangen aufgebläht vom Innendruck seines Körpers. Kate hatte so eine Ahnung, dass in seiner Selbstgedrehten mehr als nur Tabak war.

»Schnitt«, dröhnte die Stimme Gottes.

Plötzlich war aller Lärm vorbei. Selbst das leise Plätschern des Wassers ließ nach.

Geneviève klopfte Kate auf die Schulter und zeigte nach oben. Ein Stuhl auf einem Kran fuhr von einer Plattform herunter, auf der eine Filmkamera thronte wie eine Maschinenkanone. In dem Stuhl saß ein alter Mann in Schaftstiefeln und einem Hemd mit offenem Kragen. Ein Glas seiner Brille war schwarz. Er hob ein Megafon von der Größe einer Mülltonne an den Mund.

»Wer hat das Meer nass werden lassen?«, wollte Gott – Fritz Lang – wissen. »Sie sind gefeuert.«

Geneviève lachte auf, vor Verblüffung wahrscheinlich. Ihr Kichern hallte durch das riesige Studio.

»Die da lacht, ist auch gefeuert«, verkündete Gott.

Geneviève zuckte die Achseln und prustete in sich hinein. Kate sah sie vorwurfsvoll an.

Ein italienischer Bühnentechniker schlenderte, die Hände in den Hosentaschen, zu Lang hinüber. Er redete eine Weile, gestikulierte ausdrucksvoll mit den Schultern. Der Regisseur wippte sieben Meter über ihm und dachte nach.

Schließlich hob er sein Megafon.

»Fünfzehn Minuten Pause«, sagte er wie ein Bundesrichter, der eine Vertagung verkündet. »Bis das Meer repariert ist. Niemand verlässt das Studio. Das ist alles.«

Der Stuhl stieg wieder nach oben unter das Dach. Sofort begann alles durcheinanderzuschreien. Ein paar Leute fingen sogar an zu arbeiten. Näherinnen kamen und begannen das Meer wieder zusammenzunähen. Sie hatten dicke Nadeln und starken Bindfaden, wie ihn die Seeleute früher zum Flicken von Großsegeln verwendet hatten. Kate nahm sich vor, im Meer nach Nähten Ausschau zu halten, wenn *Die Argonauten* ins Kino kam.

Mit einem gewaltigen Seufzer sank Welles in einen sich verziehenden Stuhl und ließ die weißen Rinden von seinen Augen springen. Sie befanden sich ein Studio weiter in einem Café, und Welles, der sich aus dem Palazzo Otranto an sie erinnerte, war einverstanden, mit ihnen zu reden.

Es musste sich um einen unbenutzten Schauplatz handeln, den man in eine Cafeteria umgewandelt hatte. Das Gebäude besaß die Größe eines Luftschiffhangars. Eine Straße wand sich hindurch, und kleinere Gebäude standen darin wie Schiffe im Bauch eines gigantischen Wals. Eine Reihe Straßencafés machten offensichtlich ein gutes Geschäft, die meisten Tische waren mit beschäftigten jungen Leuten besetzt. Ein Transistorradio spielte blechern den »Dracula Cha-Cha-Cha«, kein Lied, an das Kate sich gern erinnerte. Einen Tisch weiter gab ein stierköpfiger Gestaltwandler vor ein paar aufgekratzten jungen Frauen an. Kate konnte sich vorstellen, welche Figur er verkörperte.

Welles' Kostüm war immer noch feucht, aber er zählte zu den Männern, die sich in jeder Situation wohlzufühlen schienen. Unter ihm färbten Tropfen den Beton.

Kate versprach sich inzwischen nicht mehr so viel von dem Gespräch wie bei ihrem Aufbruch. Welles war schließlich ein Schauspieler, kein echter Seher. Aber er war dabei gewesen, als Dracula starb, und hatte genug von einem Zauberer an sich, um die meisten Tricks zu durchschauen.

Im Grunde hatte sie nur Angst, dass er erklären würde, wie sie es angestellt hatte. Alles zwischen ihrem Abstieg von der Klippe und dem Moment, als sie, von *il principes* Blut besudelt, in Genevièves Arme gestolpert war, verbarg sich hinter rotem Nebel. Jemand – diese *Mater lachrymarum* – konnte ihren Geist übernommen und sich ihres Körpers bedient haben. Einzig die Indizien sprachen dagegen. Das silberne Skalpell mit den Spuren verbrannter Vampirhaut daran. Ihre unverletzten Handflächen. Wenn Welles die Handlung von *Mr. Arkadin* verstand, war er dann nicht auch in der Lage, sich einen Ablauf auszudenken, der sie zu einer Marionette und einer Mörderin machte?

In dem Café war viel los, aber niemand kam, um ihre Bestellung aufzunehmen.

»Zwei charmante Vampirdamen schauen vorbei.« Welles taxierte sie, jede mit einem Auge. Unter der Schminke und dem teigigen Fleisch, das zurzeit auch noch von einem rot gefärbten Bart bedeckt war, lag das Grinsen eines Lausejungen. »Eine seltene Ehre im Leben des alten Prospero.«

»Mr. Welles, wir möchten Ihnen gern ein paar Fragen zu dem Hochzeitsfest im Palazzo Otranto stellen«, sagte Kate. »Zu dem Mord.«

Welles rieb seine Zaubererhände aneinander.

»Sie suchen mich in meiner Eigenschaft als Detektiv auf. Ich war einmal Sherlock Holmes und der Shadow.«

Kate hatte den echten Sherlock Holmes kennengelernt, während der Zeit der Schrecken. Sie war sogar einmal während des Ersten Weltkriegs einem Flieger über den Weg gelaufen, aus dem später vielleicht einmal der Verbrecherjäger geworden war, den man den Shadow nannte. Wenn es in dem Labyrinth von Verbrechen und Detektivarbeit eine Rolle gab, die auf Welles passte, dann die von Sherlocks Bruder, dem schmerzlich vermissten Mycroft. Welles wäre vielleicht sogar in der Lage gewesen, den breiten Sessel auszufüllen, der im Rauchsalon des Diogenes-Clubs für diesen ehrenwerten Gentleman reserviert blieb.

»Eigentlich suchen wir Sie eher in Ihrer Eigenschaft als Zeuge auf«, sagte Geneviève.

»Ich bin nämlich in meiner Eigenschaft als Verdächtige hier«, warf Kate ein. Es im Scherz zu sagen, machte es nicht besser.

Welles runzelte die Stirn. Eine dünne Linie erschien zwischen seinen Augen, als sich das obere Ende seiner Nase löste.

»Oh«, sagte er enttäuscht. »In diesem Fall kann ich, fürchte ich, wenig mehr sagen, als ich schon der Polizei erzählt habe.«

Geneviève hatte ihn falsch angepackt, begriff Kate. Ihre geradlinige und ehrliche Herangehensweise stammte noch aus der Zeit vor der Renaissance. Welles war ein Genie, ein Prinz, ein Magier. Er musste umworben werden, umschmeichelt, verführt. Für ihn musste etwas kompliziert sein, oder es war die Mühe nicht wert.

»Als ein Meister der Holmes'schen Methode, Mr. Welles, zu welchen Annahmen sind Sie da über den Urheber der Gräueltat im Palazzo Otranto gelangt?«

Das bockige Genie sah Kate mit hochgezogener Braue an und kam zu dem Schluss, dass sie ihm gefiel. Sie merkte es sofort und schob ein geziertes Lächeln hinterher, das Penelope mit Stolz erfüllt hätte.

Welles schwoll an, als er Luft holte, sichtlich nachdachte. Noch in den hinteren Rängen hätte man die Falten gesehen, die das Denken in seine Stirn kerbte. Seine Nase drohte abzufallen, ihre Ränder lösten sich von den Wangen, bogen sich hoch.

»Meine erste Schlussfolgerung war, dass der Mörder von demselben Schlag ist wie ich.«

»Sie meinen, er kommt ebenfalls aus Amerika?«, hakte Geneviève nach.

»Nein, meine Liebe.« Welles winkte ab. Seine Hände waren fleischig. »Er versteht sich ebenfalls auf *effektvolle Darbietungen*. Sie müssen zugeben, dass es ein Geniestreich war, Draculas Kopf so zu arrangieren, mit dem Umhang und den Lichteffekten und so weiter. Es war ein Moment der Offenbarung. Bei dem Sie übrigens vorzüglich mitgespielt haben. Das Ganze schien weniger als Verbrechen denn als *coup de théâtre* geplant worden zu sein.«

»Für solche Inszenierungen sind eigentlich Sie bekannt«, warf Kate ein.

»In der Tat, in der Tat. Ich hatte erwartet, dass die Polizei mehr damit anfängt und mich als Verdächtigen einstuft. Ich bin überzeugt, dass der Mörder oder die Mörderin es genau darauf angelegt hatte. Ich hatte derjenige sein sollen, auf den sich alles stürzt. In meinem Kopf habe ich schon bei *Dracula* Regie geführt. Ich hätte seinen Tod wohl ähnlich inszeniert. 1940 hatte ich Stokers Buch verfilmen wollen, noch vor *Kane*. Komplett aus der Perspektive von Jonathan gedreht, die Kamera als seine Augen. Aber die Produktionsfirma bekam kalte Füße. Ich habe es dann fürs Radio gemacht, mit dem Mercury Theatre, und Harker und den Grafen gespielt.«

»In dieser Nacht waren noch andere im Palazzo, die man als theatralisch bezeichnen könnte«, sagte Geneviève. »John Huston, Cagliostro, Elvis Presley, Samuel Beckett.«

Welles ließ keinen der Namen gelten. »Es wäre schwer, unter den Gästen jemanden zu finden, der keinen Hang zur großen Geste hat. Auch Dracula war ein Meister darin, etwas effektvoll in Szene zu setzen. Bedenken Sie sein Faible für öffentliche Massenhinrichtungen. Sein unvermitteltes Erscheinen aus dem Nichts – zack, kam er im wallenden Umhang aus der Falltür hoch auf die Bühne gefahren. Dann seine zahlreichen Ehen, die alle Schlagzeilen machen sollten oder politischen Zielen dienten. Kein Wunder, dass dieser Kontinent für Hitler und ihn zu klein war. Sie waren einander zu ähnlich.«

»Sie sagten, dies sei Ihre erste Schlussfolgerung gewesen«, meinte Kate. »Dann sind Sie auch noch zu einer zweiten oder dritten gelangt?«

Welles lachte dröhnend. »Sie sind ein Prachtstück, Miss Reed. Ein ganz seltenes. Haben Sie je geschauspielert? Sie gäben eine großartige Frau Hurtig ab …«

Na vielen Dank auch, dachte sie.

»Nein, da irre ich mich. Sie sollten Prinz Heinrich sein. Ich habe für meinen Falstaff nie den richtigen Partner gefunden. Sie haben es in sich, den Jungen zu spielen und der Mann zu werden. Eine Umkehr der Tradition aus Shakespeares Zeit. Frauen sind in der Lage, Männer zu spielen. Die Bernhardt war ein einbeiniger Hamlet. Ich hoffe, nächstes oder übernächstes Jahr wieder einen Film drehen zu können, wenn wir das Geld zusammenhaben. Alle meine großen Hauptdarsteller kommen aus Irland.«

»Ihre zweite Schlussfolgerung?«, hakte Geneviève nach.

Welles kehrte zum Thema zurück. »Wie ich schon sagte, außer mir verstand sich niemand so gut darauf, etwas effektvoll in Szene zu setzen, wie das Opfer. Die Inszenierung stammt nicht vom Mörder, sondern von Dracula.«

»Es war Selbstmord?«, fragte Kate verblüfft.

»Das bezweifle ich. Nein, es ergab sich einfach. Unser Mörder griff in ein Schauspiel ein, das bereits am Laufen war. Er gestattete nur dem Kopf des Stars noch den großen Auftritt. Es war ein kalkulierter Akt der Entthronung. Auf seine eigene Art ein komödiantischer Moment. Die Absicht war, Draculas Auftritt zu ruinieren; er sollte nicht nur sein Leben verlieren, sondern auch seinen Ruf. Ein Jahrhundert lang hatte er die Welt in seinem Bann, nun sollte dieser Bann gebrochen werden. Ich glaube, unser Mörder ist kein Regisseur, sondern ein Kritiker.«

Er lehnte sich zurück, dass der Stuhl quietschte, und erwartete Beifall.

Ein Kritiker war eine Art Journalist. Kate hatte Theater- und

Buchkritiken verfasst. Und sie hatte definitiv hart daran mitgearbeitet, einen Schlussstrich unter die Ära Dracula zu ziehen.

»Kommen Ihnen dabei bestimmte Namen in den Sinn?«, fragte Geneviève.

»Einzelheiten langweilen mich«, erklärte Welles. »Es dürfte nicht weiter schwer sein, sie hinzuzufügen, die Skizze in Tusche auszuführen. Ich fürchte, mich beschäftigen inzwischen ganz andere Dinge. Sie dürfen über meine Erkenntnisse frei verfügen, wenn Sie möchten.«

Ein Regieassistent stand neben ihrem Tisch.

»Liebe Damen«, sagte Welles, als er ihn bemerkte, »wenn Sie mich entschuldigen würden? Ich sollte inzwischen vor Kolchis sein.«

Er küsste beiden die Hand und verließ sie. Die meisten dicken Männer watschelten, er aber schritt. Der Regieassistent musste in Trab fallen, um nicht abgehängt zu werden. Er ließ Welles keine Ruhe wegen seiner sich ablösenden Nase.

Geneviève sah Kate an. Für sie war das hier absolute Zeitverschwendung gewesen. Kate war sich da nicht so sicher. Welles hatte sie zum Nachdenken gebracht, und zwar nicht über eine Karriere als Schauspielerin. Ihr schwirrte der Kopf vor interessanten Ansätzen. Einige stammten von ihm, andere hatte er angeregt.

»Wir verfolgen keine Spur«, sagte sie, »wir werden hereingeholt wie Fische. Immer wieder sagen uns Leute etwas, als sollten sie uns Botschaften übermitteln. Und wir erhalten solche Warnungen wie dieses Vieh in der Bibliothek; dass wir uns von bestimmten Gebieten fernhalten und auf andere konzentrieren sollen. Er hat Recht. Es ist so, als bekämen wir *Regieanweisungen*.«

»Der Service in diesem Café ist eine Katastrophe«, sagte Geneviève.

Auf dem Tisch standen immer noch halb geleerte Tassen und

Gläser. Niemand war gekommen, um abzuräumen oder sie zu fragen, ob sie etwas wollten.

Kate nahm ein Glas Blut. Sie schnupperte daran.

»Du willst das doch nicht trinken?«, fragte Geneviève entsetzt.

»Es ist kalter Tee, rot eingefärbt.«

Sie sahen sich um. An den Nachbartischen aß oder trank niemand wirklich, man hob nur die Gläser und führte die Flüssigkeiten an die Lippen. Man lachte und unterhielt sich, aber es war buchstäblich leeres Geschwätz. Der Minotaur war echt, aber sein Kopf war mit Pappmaschee-Streifen gepflastert, damit er künstlich aussah.

Die Vorderfront des Cafés, das in das Studio hineingebaut zu sein schien, war wirklich nur eine Front und wurde mit Stangen aufrecht gehalten. Ein paar Kilometer von der echten Via Veneto entfernt war diese Amüsiermeile bis ins letzte Detail nachgebaut worden. Kate wusste nicht, wozu sich überhaupt jemand diese Mühe gemacht hatte.

Eine Kamera auf Schienen kam langsam durch die Tische und Statisten näher. Ein Kameramann und ein konzentrierter italienischer Regisseur bedienten das Gerät, schlichen immer näher an ein Pärchen an einem der Tische heran. Das Paar wirkte strahlender als alle anderen Leute, was vielleicht daran lag, dass ein dezenter Scheinwerfer auf sie gerichtet war.

Der Mann trug eine dunkle Brille und zuckte die Schultern, sog an seiner Zigarette. Die Frau, rothaarig und mit einer wenig schmeichelhaften Frisur, beugte sich vor und schimpfte ihn, stieß vorwurfsvoll mit dem Zeigefinger in seine Richtung. Kate bekam ein Gefühl der Unwirklichkeit. Der Mann sah Marcello sehr ähnlich, und die Frau hätte eine unfaire Karikatur von ihr sein können.

Die Kamera glitt ganz nahe an ihrem Tisch vorbei.

»Nicht hinsehen«, sagte Geneviève. »Ich glaube, wir kommen ins Kino.«

31

Penelope schaukelt die Sache

Es war an der Zeit, sich mit wohlgefüllten Taschen auf die Reise zu machen. Der Haushalt wurde aufgelöst. Der Hausherr war endgültig tot, und die Gäste hatten sich abgesetzt. Tom erwog kurz die Van Goghs, aber sie waren zu groß und bekannt, um als Andenken an seinen glücklichen Sommer im Palazzo Otranto zu taugen.

Über die Monate hatte er eine Sammlung aufgebaut. Die Toten ließen ihre Schätze überall herumliegen. Tagsüber, wenn die Ältesten in ihren Särgen schliefen und die Neugeborenen matt vom Blut der letzten Nacht waren, hatte er ausgewählte, transportierbare Stücke zusammengetragen. Die hässliche, aber wertvolle Statuette eines Raubvogels; einen ägyptischen, aus einem Rubin geschnittenen Skarabäus mit sieben punktgroßen Fühlern, die wie der Große Wagen angeordnet waren; eine kleine mumifizierte Hand, die einem Kind oder einem Affen gehört haben mochte; ein Modell des Eiffelturms aus purem Gold; einen hübschen kleinen Corot, der nicht größer als eine Ikone war. Ein ungeheuer dicker Sammler und Händler, den Tom in Amsterdam kannte, konnte mit der Beute vielleicht etwas anfangen; er verstand sich auf seltene Kunstgegenstände unbekannter Herkunft.

Tom bewahrte sie natürlich nicht in seinem Zimmer auf, wo sie am Ende noch als Beweismittel gelten würden. Er hatte in einer vergessenen Dachkammer ein loses Bodenbrett entdeckt und sich darunter ein Versteck gebaut. Falls es entdeckt wurde, würde man die Dienerschaft verdächtigen. Während seiner Zeit hier waren ein Butler und zwei Dienstmädchen wegen Diebstahls entlassen worden. Prinzessin Asa hatte darauf bestanden, dass sie gebrandmarkt wurden. Ob eine Stirnnarbe, die auf Moldawisch

»Dieb« bedeutete, wohl die Chancen auf dem europäischen Arbeitsmarkt beeinträchtigte?

Zurzeit war Prinzessin Asa verrückt. Er ging davon aus, dass sie schon immer verrückt gewesen war, aber die Qualität ihres Wahnsinns hatte sich verändert. Sie war nicht mehr das herrische Monstrum. Penelope nannte sie hinter ihrem Rücken »Prinzessin Klageweib«. Sie trug ihr zerfetztes Hochzeitskleid und alterte mit jedem Tag, an dem sie sich weigerte, Blut zu trinken. Am Monatsende würde sie ein neues Haus auftun müssen, in dem sie herumspuken konnte.

Es war um die Mittagszeit. Er sah sich gerade ein letztes Mal um. Einige der Toten, die kürzlich das Weite gesucht hatten, hatten dabei achtlos Wertgegenstände zurückgelassen. In General Iorgas gruftartiger Kammer fand er einen silbernen Dolch. Eine alte Waffe, kein fades Skalpell, wie sie es in Draculas Herz gefunden hatten. Es handelte sich um eine erstklassige Arbeit, und die Klinge war scharf. Es war eine Waffe für einen Mörder.

Ihm fiel wieder einmal auf, wie merkwürdig es war, dass so viele Tote Krimskrams aus Silber besaßen. Das Metall war Gift für sie. Entweder wollten sie damit ostentativ der eigenen Sterblichkeit trotzen, oder sie hatten das Bedürfnis, über Waffen zu verfügen, die sich gegen die eigene Art einsetzen ließen. Mit Draculas Tod würden hinter den Kulissen Kriege um seine Nachfolge entbrennen. Penelope hatte Tom einen Vortrag darüber gehalten und mit nicht wenig Gefallen angedeutet, dass die Hälfte der überlebenden Ältesten in den internen Auseinandersetzungen umkommen würden. Was nur gut sei, hatte sie gesagt; es wäre an der Zeit, dass die Barbaren des Mittelalters Platz für die nachfolgenden Generationen machten. Er steckte den Dolch ein und fragte sich, ob er ihn behalten sollte. Die Toten wurden nicht weniger. Und wer wusste schon, wie weit Penelope Churchwards Arm reichte.

Er machte sich auf den Weg zu der Dachkammer, in der Hand einen leeren Koffer, den er in einem der Gästezimmer gefunden hatte. Er hatte genau die richtige Größe. Tom verstaute sorgfältig seine Andenken darin, wickelte vorher jedes Stück in ein Halstuch ein. Es war vulgär, einen Preis für solche Dinge festzulegen, aber er ging davon aus, dass er genug für mehrere gute Jahre beisammenhatte. Er dachte dabei an Frankreich. Es war an der Zeit, sich irgendwo niederzulassen.

Pfeifend schleppte er den schweren, aber nicht zu schweren Koffer nach unten. Er würde den Ferrari nehmen, aber nur bis zur Stazione Centrale. Der Wagen war zu auffallend, hinterließ eine zu deutliche Spur.

Auf dem zweiten Treppenabsatz wurde ihm der Koffer zu schwer. Er wechselte ihn in die linke Hand und ließ ihn dabei fallen. Tom begriff, wie schwach er geworden war. Seine zerklüfteten, geschwollenen Halswunden pochten wie Moskitostiche. Er machte Fäuste und bewegte die Arme, versuchte das Kribbeln in den schlecht durchbluteten Gliedmaßen zu vertreiben. Seine Ellbogen und Knie funktionierten nicht richtig.

Der Koffer rutschte zum nächsten Absatz hinunter. Tom stolperte ihm hinterher. Nun kam nur noch die Haupttreppe zur Halle, dann die Eingangstür. Er packte den Koffer beim Griff, bekam ihn aber nicht vom Boden hoch. Er überlegte, eines der schwereren Stücke zurückzulassen – den Falken vielleicht? –, verwarf die Idee aber als absurd. Dies war sein Notgroschen.

Er presste sich den Koffer wie einen Kartoffelsack vor die Brust und stand auf. Es fühlte sich an, als hebe er einen Anker hoch. Ihm verschwamm alles vor den Augen. Schwindel überkam ihn. Er hätte sich am liebsten die Treppe hinunter in den Tod gestürzt. So etwas Dummes!

Am Geländer stieß er sich die Hüfte und hatte den Koffer plötzlich auf dem langen Marmorhandlauf ausbalanciert. Er lächelte.

Er konnte den Koffer einfach das letzte Stück hinuntergleiten lassen, das Geländer das Gewicht tragen lassen.

Er hatte sich diese Beute verdient. Er hatte das Leben verdient, das er sich damit erkaufen konnte.

Tom konzentrierte sich darauf, dass seine Füße ihre Arbeit taten, ohne einander in die Quere zu kommen, und ging Stufe um Stufe nach unten, ließ den Koffer problemlos neben sich her gleiten.

Sobald er zur Tür hinaus war, würde er keinen Blick mehr zurückwerfen. Und nie wieder eine tote Frau an sich heranlassen.

»Was denkt der Herr Amerikaner eigentlich, wohin er da geht?«

Penelope sagte es nicht laut, aber ihre Stimme stach ihm in den Ohren.

Er wandte sich um, ohne mit seinen Gedanken hinterherzukommen. Der Koffer riss sich los und rutschte das Geländer hinunter wie ein übermütiges Kind, machte einen Skisprung durch die Halle und landete schlecht, platzte auf. Schätze glitzerten um ihn herum.

Tom sank in die Knie, hielt sich krampfhaft am Geländer fest.

Er konnte nicht zu Penelope nach oben sehen. Er spürte ihren Blick auf sich ruhen.

»Dazu hattest du keine Erlaubnis«, sagte sie.

Sein Kinn schlug auf die Stufen, und er konnte sich nicht länger festhalten. Schwer atmend rollte er herum und sah zu der verschwommenen, fernen Decke hinauf. Er bot der toten Frau seine Kehle an.

Ihr Gesicht erschien über ihm, verkehrt herum.

Er hatte nur eine einzige Chance zu fliehen. Einen Schatz, den er nicht in den Koffer getan hatte.

Penelope kniete sich neben ihn und streichelte seinen Kopf so liebevoll, wie sie vielleicht einen Hund getätschelt hätte. Sie beugte sich zu seinem Hals hinunter, für einen Kuss – einen Biss.

Tom stieß ihr den Dolch, den er vorhin hatte mitgehen lassen, zwischen die Rippen. Nur dass ihre Rippen auf einmal nicht mehr da waren.

Sie hatte sich der Silberklinge ganz beiläufig entzogen. Ihr Daumen und Zeigefinger drückten ihm das Handgelenk zusammen, fest genug, dass ein heißer Schmerz seinen Arm hinaufschoss, der sogleich von den Fingerspitzen bis zur Schulter taub wurde.

Ihm fiel der Dolch aus der Hand.

»So, unser Vampirmörder ist entlarvt.«

Türen öffneten sich, und Leute betraten die Halle. Stiefel knallten auf Marmor.

»Inspektor Silvestri«, sagte Penelope. »Guten Tag.«

Tom konnte keinen klaren Gedanken fassen.

»Man kann auch zu clever sein, lieber Tom«, flüsterte Penelope. Sie küsste ihn zärtlich auf die Wange. Ihre raue Zunge leckte ihn vom Kinn bis zur Augenbraue, als ob Sandpapier über seine Gesichtshälfte rieb.

Penelope half ihm aufzustehen und nach unten zu gehen.

Silvestri stand im Eingang. Sergeant Ginko und ein uniformierter Polizist gingen den Koffer durch, sie brummten und pfiffen bei jeder Entdeckung.

»Heben Sie dieses scheußliche Ding bitte auf, ja?«, sagte Penelope zu dem stets in der Nähe lauernden Klove und zeigte auf den fallen gelassenen Dolch. »Es ist noch eins von diesen Silbermessern.«

Der Wirbel des Unverständnisses begann sich zu einem Bild zu formen, das Tom gar nicht gefiel.

Klove bückte sich nach dem Dolch.

»Signor«, sagte Silvestri, »das sieht nicht gut aus für Sie.«

Drehte es sich um Dickie?

Penelope übergab ihn den Polizisten. Sie packten ihn bei den Armen, hielten ihn praktisch aufrecht. Er versuchte die Lage zu durchdenken, versuchte dahinterzukommen, wie er hier hineingeraten war.

»Sie sind gerade rechtzeitig zu meiner Rettung gekommen, Inspektor.« Penelope ließ ihre Stimme beben, verbarg ihren eisenharten Kern. »Ich kann wohl von Glück sagen, dass ich noch lebe. Ich hatte niemals den Verdacht, dass wir einen dieser Fanatiker unter uns haben könnten. Einen Vampirmörder.«

Silvestri ließ sich von Klove den Dolch geben.

Oben auf dem Treppenabsatz, über Penelope, waren noch mehr Leute – Diener, und ein weißes Gespenst.

»Könnte es sein, dass dies die Hand war, die den Schlag geführt hat?«, fragte sich Penelope.

Warum sah denn niemand, dass sie schauspielerte? Waren sie alle von ihrer Anziehungskraft geblendet?

Seine Bisse schmerzten. Er wollte ihren Mund an seinem Hals, ihre Zunge in seinen Wunden spüren.

»Diese Frage werden wir klären, Signorina Churchward«, sagte der Polizeibeamte. »Jetzt nehmen wir ihn erst einmal wegen versuchter Körperverletzung in Tateinheit mit versuchtem Diebstahl fest. Unsere Ermittlungen haben noch andere zweifelhafte Vorgänge ins Licht gerückt, in New York City und Griechenland. Scotland Yard ist involviert. Der hiesige Vorfall erfordert weitere Ermittlungen.«

Der hiesige Vorfall? Tom konnte nichts mit dieser Formulierung anfangen. Was meinten sie damit?

Die weiße Geistererscheinung flog auf ihn zu, ganz Zähne und Klauen und ausgefranste Spitze. Sie kreischte und schlug die Krallen nach seinen Augen, seiner Kehle.

»Mörder!«, schrie Asa. »Königsmörder!«

Penelope hielt Asa sanft fest und zwang sie dazu, die Hände zurückzuziehen. Das Gesicht der Prinzessin war ganz nahe vor Tom, die Augen groß und irre.

»Du hast Dracula getötet! Du bist des Todes!«

Einzig Asa zeigte Gefühl. Penelope und die Polizisten sahen sich das Ganze an, als wäre es ein beiläufiges Gespräch über irgendeine Banalität.

Penelope beruhigte Asa, flüsterte ihr ins Ohr, ordnete ihre verfilzten Haare.

»Sie hat Schweres erlitten«, erklärte Penelope.

»Dessen sind wir uns bewusst«, sagte Silvestri.

Tom wurde zum Eingang gezerrt. Draußen wartete unter der glühenden Sonne ein Polizeiwagen. Seine Fahrten mit dem Ferrari waren vorbei.

»Wenn ich noch einen Moment mit ihm allein sein dürfte?« Penelope übergab Asa einem Diener.

Silvestri dachte darüber nach, nickte.

Die Polizisten ließen Toms Arme los. Er war so geschwächt, dass er kaum stehen konnte, geschweige denn ins Tageslicht fliehen. Penelope stand vor ihm. Sie sagte leise etwas.

»Tom, Tom, ich kann dir gar nicht sagen, wie leid es mir tut, dass es so weit kommen musste. Du bist kein so schlechter Mensch, wie behauptet wird, und ganz bestimmt nicht schlimmer als sonst jemand hier. Wenn du mich fragst, ich glaube nicht, dass du Dracula getötet hast. Damit hättest du ja nichts zu gewinnen gehabt, und du tötest erst, wenn es deiner Meinung nach nicht mehr anders geht. Aber wenn diese Geschichte in Griechenland herauskommt, dann bist du einfach genau der Richtige für diese Rolle, so perfekt, dass du sie wohl oder übel wirst spielen müssen, ganz egal was du sagst oder tust. Draculas Tod hat hohe Wellen geschlagen, und irgendjemand muss doch die Rolle des Bösewichts übernehmen. Tröste dich mit der Tatsache, dass die Welt deinen Namen in Erinnerung behalten wird und dass ich immer mit Zärtlichkeit an dich denken werde. Nicht an Tom, den berühmten Vampirmörder, auch nicht an den Tom, der zu sein du uns gerne glauben machen wolltest – der umgängliche, oberflächliche, ehrliche Amerikaner –, sondern an den kalten, scharfsinnigen Mann, der in dir steckt. Ich weiß, dass du dein wahres Wesen nicht sonderlich schätzt, aber ich mag es sehr. Hätten die Umstände nicht dagegen gesprochen, es wäre mir eine Ehre gewesen, dich zu meinem Fangsohn zu machen.«

Sie küsste ihn auf die Lippen. Ohne Zähne, ohne Zunge. Als sie sich von ihm löste, glitzerte ein Edelstein in ihrem Auge. Sie wischte ihn weg.

Sein Herz war aus Eis. Die Falle hatte zugeschnappt.

»Sie können ihn jetzt mitnehmen«, erklärte Penelope.

Die Polizisten führten ihn aus dem Palazzo. Die Sommersonne fiel auf sein Gesicht. Er konnte kaum etwas sehen, und seine Haut brannte. Er begriff, wie viel Blut er verloren hatte.

32

Orbis non sufficit

Etwas anderes hatte Geneviève sich von ihrem Glück auch gar nicht erwartet. Fünfhundert Jahre lang war Graf Dracula für sie der schlimmste Mensch der Welt gewesen. Er hatte alles Böse verkörpert, alles, was sie verabscheute, was ihr fremd war. Nun, da Vlad Tepes – oder wer auch immer – endlich tot war, stellte sich heraus, dass es in Europa jemanden gab, der noch älter, noch gefährlicher, noch schlimmer als der Vampirkönig war.

Mater lachrymarum, die Mutter der Tränen. Irgendwo in den Kartons mit Charles' Büchern lag die Schrift eines modernen Alchemisten – Fulcanelli? Varelli? –, die auch einen Abschnitt über die drei Mütter enthielt. Geneviève dachte kurz daran, die Kartons durchzugehen, entschied sich jedoch dagegen. Diesmal bestand keine echte Notwendigkeit herauszufinden, wer sich hinter dem Vorhang verbarg. Charles war tot. Dracula war tot. Sie war keine Detektivin und keine Rächerin. Niemand hatte Kate in Verdacht. Wer den Prinzen getötet hatte, war Geneviève egal. Eigentlich war es allen egal.

Sie hatte nicht vor, noch viel länger in der Stadt zu bleiben. Wenn überhaupt, dann musste man sich Sorgen wegen des scharlachroten Henkers machen.

Sie saß im Dunkeln in der Wohnung, zwischen Truhen und Kisten. Es war bestürzend einfach gewesen, Charles' ganzes Leben aufzuräumen. Er hatte nur Dinge zurückgelassen. Er selbst war fort.

Endgültig tot sein. Wie das wohl sein würde?

Selbstmord war ihre Sache nicht. Aber jedes weitere Jahr war ein zusätzliches Gewicht auf ihrem Herzen. Wie viele Jahrhunderte gab es wohl noch für sie? Sie hatte *Das letzte Ufer* gelesen. Es war eine beängstigend realistische Vorstellung, dass es vielleicht für nichts und niemanden mehr Jahrhunderte gab. Am Bodennullpunkt würden Warmblütige und *nosferatu* zugleich verdampft werden. Nicht einmal Dracula hatte je an die Wasserstoffbombe gedacht. Ihr schauderte bei der Vorstellung, was solche Waffen im Arsenal der Kriegsherren ihrer warmblütigen Tage bedeutet hätten.

Kate war unterwegs, versuchte ihren italienischen Liebhaber aufzustöbern. Sie war immer noch mit ihrer eigenartigen Suche nach Antworten beschäftigt, aber sie würde lernen. Geneviève war in ihrem Alter genauso gewesen. Es brauchte ein ganzes warmblütiges Leben, das Wunderbare zu akzeptieren. Dann fing man an, es infrage zu stellen, wollte wissen, was das alles sollte, worum es ging. Wer hatte Antworten für Kate? Eine Wahrsagerin, ein Priester, ein kleines Mädchen, ein warmblütiger Mann, ein aufgedunsenes Genie?

Kate zuliebe würde sie noch ein wenig bleiben. Bis die kleineren Rätsel gelöst waren. Es war das mindeste, was sie tun konnte.

Der Geschmack von Charles in ihrem Mund ließ nach. Diese dünner werdende Spur war das Letzte, was von ihm geblieben war. In den vergangenen Jahren hatte seine Stimme in ihrem Geist geflüstert. Jetzt war da nur noch Schweigen.

Geneviève trat auf den Balkon. Charles' Rollstuhl war fort. Sie ging zu der Stelle, wo er oft gestanden hatte, und sah auf die Straße hinunter, nahm die Aussicht in sich auf, die Charles am liebsten gehabt hatte.

Ein hochgewachsener, schlanker Mann in Schwarz stand auf der anderen Straßenseite, unter einer Laterne. Er sah mit klaren blauen Augen zu ihr hinauf. Es war Vater Merrin.

Der Priester überquerte die Straße, und Geneviève ging zurück in die Wohnung, um ihn hereinzulassen. Ein behelfsmäßiges Schloss an der Tür ersetzte dasjenige, das Brastows Schläger aufgebrochen hatten.

»Vielen Dank, dass Sie gekommen sind, Vater«, sagte sie. »Ich bin mir bewusst, dass Sie sich besser von mir fernhalten sollten. Ich weiß Ihren Mut zu schätzen.«

Merrin nahm seinen flachen schwarzen Hut ab. Die Wunde auf seiner Stirn war sauber verarztet.

»Nicht von Ihnen. Von Ihrer Freundin, Miss Reed.«

Geneviève bot dem Priester Tee an. Es gab ein Päckchen Lipton in der Küche. Edwin Winthrop hatte Charles jeden Monat ein Lebensmittelpaket geschickt: Konfitüre von Fort & Mason, Schokolade von Cadbury, die selbst gemachte Marmelade einer Sekretärin.

Sie machte Tee, während der Priester schweigend die eingepackten Sachen und den Schaden betrachtete, den Brastows Attentäter verursacht hatten.

»Das hier hat nichts mit der Mutter der Tränen zu tun«, sagte er.

»Nein. Jedenfalls nicht, dass ich wüsste.«

»Sie haben jemanden verloren. Bitte gestatten Sie mir, Ihnen mein Beileid auszudrücken.«

Er sagte nichts über Gott oder den Himmel, wofür sie dankbar war. Sie wollte diesem Mann gern von Charles erzählen.

Ihrer Erfahrung nach, sowohl im warmblütigen Leben als auch in all den Jahren danach, waren Priester von Merrins Format so selten wie weiße Raben. Sie hatte nichts gegen Jesus aus Galiläa. Nur hatte ein großer Verbrecher – Simon Petrus, der Leugner, oder der Kaiser Konstantin – das Wirken Christi verzerrt. Aus einem Glauben für Kinder und Sklaven war eine weltliche Macht geworden, so reich und verdorben wie alle anderen auch.

Es mochte durchaus sein, dass Gott eine Botschaft für die Menschheit hatte, nur konnte man die in einer Kirche gewiss am schlechtesten hören. Zweimal war Geneviève von der Inquisition der peinlichen Befragung unterzogen worden. Die Gesichter der heiligen Männer waren vor Lust verzerrt gewesen, als sie mit ihren Kneifzangen Genevièves Körper bearbeitet hatten. Schlimmer waren nur die Überzeugungstäter, die tatsächlich im Namen der göttlichen Liebe mordeten und brandschatzten. Später war sie in Neuengland von puritanischen Hexenjägern verfolgt und in Mekka von Mullahs gesteinigt worden. Im vergangenen Jahrhundert hatte sie Zuflucht in einem tibetischen Lamakloster gesucht und festgestellt, dass es dort von kleinlichen Intrigen und spirituellen Entstellungen geradezu wimmelte.

Vater Merrin war besser. Sie hatte nur wenige wahrhaft gute Menschen kennengelernt. Der Priester war nicht schwach, nicht fügsam; zu den Zeiten, als sie in die Kirche geflohen war, hätte sie nicht gegen ihn kämpfen wollen. Dass er im Vatikan verbleiben konnte, bewies, dass mit Charles Beauregard nicht alles Gute aus der Welt verschwunden war.

Zum ersten Mal seit Jahrhunderten verspürte Geneviève Sandrine de l'Isle Dieudonné ein Bedürfnis, das ihr als Kind beigebracht worden war. Sie stellte sich vor, dass Gott im Zimmer war, mit Merrins Gesicht.

»Vater, nehmen Sie mir die Beichte ab?«

Der Priester willigte ein und stellte seine Tasse ab. Sie waren beide unsicher. Sollten sie knien? Sie sank auf den nackten Bodenbrettern auf die Knie. Merrin nahm ein Kissen und kniete sich neben sie.

»*Père, pardonnez moi*«, begann sie in ihrer Muttersprache. Ihr Akzent wäre in modernem Französisch nicht zu hören gewesen.

Sie zögerte.

»Machen Sie ruhig«, sagte Merrin. »Ich verstehe es.«

»Vater, vergib mir, denn ich habe gesündigt ...«

Mit den Worten ging ihr das Herz über, und alles strömte hinaus.

Nachdem Merrin gegangen war, fühlte sie sich anders. Sie hatte ihm viel aus ihrem Leben erzählt, das niemand, der noch lebte, je gewusst hatte. Vor allem aber hatte sie ihm von Dracula erzählt. Sie hatte ihm die wahre Identität von Jack the Ripper enthüllt. Hatte ihre Liebe eingestanden und ihr Versagen. Hatte geweint. Und durch das Reden mit einem Priester hatte sie gebetet.

Sie hatte weder mit der Kirche ihren Frieden gemacht, noch war sie nun davon überzeugt, dass es das Übernatürliche gab. Der kalte Scharfblick von Dr. Pretorius und die warme Weisheit von Vater Merrin machten Eindruck auf sie, dennoch hatte sie nicht vor, die Angewohnheit vieler Lebenszeiten zu ändern.

Es war nur so, dass es jetzt gerade, in diesem Moment, half.

Ihr Herz schlug schneller. Dieses Organ war in vielen Vampiren verstummt, eine überreife Pflaume, die darauf wartete, durchbohrt zu werden. Ihres hingegen arbeitete noch. Und damit kamen auch Gefühle.

Charles war noch immer bei, in ihr. Seine Stimme ein Flüstern. Sein Geschmack ein Kribbeln. Sie hatte das Gefühl für ihn gar nicht für immer verloren, es war ihr nur vorübergehend abhandengekommen.

Jetzt weinte sie nicht mehr.

Sie sah auf, jäh aus ihren Träumen gerissen. Ein neuer Besucher stand in der Tür; in einem schwarzen Smoking mit Fliege, posierte mit seiner Walther, die Schmachtlocke wie ein Finger, der sie heranwinkte, das Lächeln kalkuliert ironisch, die Fänge entblößt.

Bond ließ die Walther in ihr Holster gleiten.

»Begleiten Sie mich, Gené«, sagte er. »Um ein letztes Monstrum müssen wir uns noch kümmern.«

Seine Zuversicht war unwiderstehlich. Für ihn war solcher Kummer albern. Er hatte seine Arbeit zu erledigen, und dabei ging es um Leben und Tod. Er konnte sich keine Verletztheiten leisten. Es war gefährlich, sich mit so jemandem einzulassen.

Aber sie hatte nichts Besseres zu tun.

»Ich kann ihn finden«, sagte er. »Den scharlachroten Henker.«

Sie stand auf und ging mit.

33
Lachrymae

Die alte Villa im Herzen der Stadt war abgesunken. Erdgeschossfenster lugten mit ihren oberen Rändern aus dem Boden. Es schien sich um Buntglas zu handeln: Licht von innen machte daraus Bausteine aus leuchtendem Rot, Türkis und Bernsteingelb.

Kate überprüfte noch einmal die Anschrift. Marcellos Redakteur hatte ihr eine lebendige Beschreibung gegeben: *das Haus mit den weinenden Fenstern.* Sie sah nach oben. Gleich unter dem Dach waren eine Reihe augenförmiger Giebelfenster so schief gestellt, dass sie Traurigkeit vermittelten. An den Stellen, wo die Tränendrüsen gewesen wären, troff Wasser aus Speirohren. Das Backsteinmauerwerk darunter war vom jahrelangen Leid grün verfärbt.

Das Haus war beeindruckend. Sie fragte sich, warum darüber nichts in den Reiseführern stand.

Das Licht hinter den Augen wechselte von Rot zu Grün.

Sie ging über die leere Piazza.

Sie hatte es schon aufgeben wollen mit Marcello, dann aber doch treu und brav immer wieder in seiner Wohnung angerufen, in seinen Stammlokalen und bei den Zeitungen, von denen sie wusste, dass er für sie arbeitete. Schließlich sagte ihr ein Redakteur, dass Marcello eine Nachricht für sie hinterlassen hätte. Er halte sich an einer bestimmten Adresse in der Stadt auf und warte dort auf sie.

Obwohl sie noch immer nicht allzu viel über ihn wusste, glaubte sie nicht, dass es sich hierbei um ein Haus seiner Familie handelte. Sie hatte den Eindruck, dass er kein gebürtiger Römer war.

Hinter seiner eleganten Erscheinung steckte ein Junge vom Lande. Und er kam auch nicht aus einer reichen Familie.

Das hier war ein imposantes Haus.

Kate ging die Stufen hinauf, die einmal zu einem Balkon geführt haben mussten, und blieb vor der Eingangstür stehen. Sie war hellblau und mit goldenen Halbmonden, silbernen Sternen und merkwürdigen Engelsgesichtern bemalt. Kate überlief ein Schaudern. Sie klopfte trotzdem. In der Mitte eines Auges öffnete sich ein Loch.

Einen Moment lang wurde sie angesehen. Sie drehte sich einmal um die eigene Achse, die Hände in der Luft.

Die Tür ging auf. Der Flur war leer. Billiger Trick.

Sie trat ein. Porträts, Spiegel und Türen säumten symmetrisch angeordnet den Flur. Die Spiegel reflektierten die ihnen gegenüberhängenden Porträts. Getrocknete Blätter wehten über den prächtigen roten Teppich. Die Türen waren zu.

Die Eingangstür fiel hinter ihr ins Schloss. Es verriegelte sich.

Ihr kam die Idee, dass vielleicht nicht Marcello ihr die Nachricht hinterlassen hatte. Eine solche Eingangstür hatte sie schon einmal gesehen, bei Santonas Wohnung in I Cessati Spiriti. Worin bestand die Verbindung?

In Ermangelung einer Alternative ging sie den Flur hinunter. In den ersten Spiegeln warf sie kein Spiegelbild. Aber während sie sich dem Ende des Flures näherte, tauchte ein schwarzer Schatten auf, der immer deutlicher wurde, bis sie sich so klar reflektiert sah wie nie zuvor seit ihrem Tod.

Sie betrachtete ihr Gesicht.

Sie hatte ihr Leben lang als reizlos gegolten. Rote Haare, Brille und Sommersprossen waren am Ende des viktorianischen Zeitalters keine anerkannten Schönheitsattribute gewesen.

Im Laufe eines Jahrhunderts hatten sich die Schönheitsideale gewandelt, und ihr war in der letzten Zeit so oft gesagt worden, dass sie gar nicht mal schlecht aussehe, dass sie nur staunen konnte.

Sie fand sich immer noch reizlos. Vielleicht würde sie immer dem viktorianischen Zeitalter verhaftet bleiben. Aber die kurzen Haare standen ihr. Und eine andere Brille half vielleicht auch.

Hinter ihr, im Spiegel, war das Gesicht des kleinen Mädchens, weiß, die Haare über das eine Auge gefallen. Der Gesichtsausdruck veränderte sich von Traurigkeit zu boshaftem Triumph.

Kate fuhr herum und sah sich einem Porträt gegenüber.

Es war alt. Sechzehntes Jahrhundert, den Kleidern und dem Malstil nach zu urteilen. Aber das Gesicht war unverwechselbar. Kate fragte sich, durch welchen Trick sich der Gesichtsausdruck veränderte. Handelte es sich um eines dieser genialen Rätselbilder der Renaissance, mit denen Mäzene damals so gern ihre Klugheit herausgestrichen hatten?

Sie war so mit den Spiegeln und ihrem albernen Spiegelbild beschäftigt gewesen, dass sie auf die Bilder nicht weiter geachtet hatte. Das holte sie jetzt nach. Dasselbe Gesicht erschien immer wieder, in verschiedenen Stilen und Moden. Eine Frau in vier Lebensaltern. Vater Merrin hat von den vier Aspekten der *Mater lachrymarum* gesprochen. »Mädchen, junge Frau, reife Frau und altes Weib ... ein vollständiger Kreislauf.«

Die junge Frau war Viridiana, die Laienarbeiterin, die Kate im Vatikan gesehen hatte, und die Alte war Santona, die Wahrsagerin. Das Kind – »der schrecklichste Aspekt, weil es unschuldig ist und die Gnadenlosigkeit der Unschuld besitzt« – würde sie nie mehr vergessen. Nur die reife Frau, die reichlich schlampig und überreif wirkte, kannte sie nicht, wobei in der Metze die letzten Spuren von Viridiana und die ersten Ansätze von Santona zu sehen waren.

Ein Tür ging auf. Kate wurde dieses Versteckspiel langsam leid. Es mochten ja übernatürliche Tricks sein, aber Orson Welles hätte das mit ein paar Hebeln und einigen schwungvollen Gesten zur Ablenkung auch hinbekommen.

Gelächter drang vom Kopf einer Treppe herunter. Das Lachen einer Frau, voll und lüstern. Auch Musik war zu hören, sehr laute Musik. Ein Chorwerk, zu schnell abgespielt, eine Messe für etwas Unheiliges. Kate musste an Toneffekte denken. Der Lärm ließ die Wände beben.

Sie zuckte die Achseln und ging nach oben.

Der Treppenabsatz war dunkel, aber als sie ihren Fuß auf den Teppich setzte, gingen flackernd Lampen an. Ein versteckter Trittschalter vermutlich.

Die Musik und das Lachen kamen aus einem Raum am anderen Ende einer Galerie. Sie ging sie entlang und sah in einen riesigen Ballsaal hinab. Bodenlose Schwärze, wo die Tanzfläche sein musste. Außer der Musik war Geflüster zu hören, als wäre alles gefangen, was in diesem Haus je gesagt worden war.

Diese Tür stand offen. Lichter bewegten sich in dem Raum.

Kate trat über die Schwelle in einen Puff hinein. Der Raum wurde von einem Himmelbett beherrscht, dessen zugezogene Vorhänge mit unzähligen Troddeln behängt waren. Pornografische Bilder bedeckten die Wände. Ein beißender Geruch von ranzigem Parfüm hing in der Luft. Das Licht war roter als Blut, ein kräftiges Scharlach.

Die Vorhänge öffneten sich, und sie sah Marcello in den Armen einer Riesin, das Gesicht in ihrem Busen vergraben. Die Frau lachte. Ihr gewaltiger Mund war mit Essen vollgestopft, ihr Kinn mit Lippenstift verschmiert. Dies war der letzte Aspekt der *Mater lachrymarum*, die Metze, die Lügnerin.

»Willkommen in Mamma Romas Boudoir, Fräulein«, sagte sie.

Kates Herz war ein Stein.

Der scharlachrote Henker und die Vampirmorde waren ihr

egal. Aber dass Marcello sie wegen dieser ekelhaften Kreatur verlassen hatte, zog ihr den Boden unter den Füßen weg.

Mamma Roma lachte kreischend und presste ihn so dicht an ihre Fleischmassen, dass er zu ersticken drohte. Kate wünschte ihm, zwischen diesen gewaltigen Brüsten umzukommen. Wie alle Männer konnte er sich nur einer Frau richtig hingeben, der Mutter. Er wollte nur die Brust, nicht das Herz.

Weinte sie etwa? Wieder einmal?

Sie wandte sich ab und wollte weglaufen, blieb aber an dem dicken Teppich hängen und schlug hin. Etwas drückte sie auf den Boden, hielt sie fest.

Sie musste den beiden zuhören, dem lauten Gurgeln und Furzen und Glucksen, dem bellenden Auflachen und Aufschreien, den Grunzern der Lust und des Schmerzes. Ihr Schluchzen konnte die Geräusche nicht übertönen. Sie zog sich in ihr Innerstes zurück, schrumpfte zu einem Knoten zusammen und schwor sich, in Zukunft nicht mehr zu sein als ein Hunger mit Zähnen. Penelope hatte binnen Tagen nach ihrer Verwandlung die Lektion gelernt, die Kate bis heute erspart geblieben war.

Zum ersten Mal in siebzig Jahren fühlte Katharine Reed sich wie eine richtige Vampirin.

Bald würde sie sich erheben und auf Beutezug gehen.

Schlanke, nackte Knöchel kamen in ihr Blickfeld. Sie sah auf. Viridiana stand über ihr, in einem schlichten Morgenrock, mit glänzendem Gesicht. Die junge Frau war beinahe traurig.

Sie half Kate aufzustehen und setzte ihr die Brille richtig auf.

Kate war größer als die junge Frau. Sie könnte ihr die Kehle aufreißen und ihr Blut trinken.

Nein. Viridiana war nur ein Viertel dieser Kreatur. Wenn Kate angriff, würde sie der ganzen Frau gegenüberstehen, der Mutter der Tränen, dem Monstrum, das Rom war.

»Warum?«, fragte Kate. »Wozu das alles?«

»Ich kann nur die Wahrheit sagen«, antwortete Viridiana. »Erklären kann ich nichts. Komm.«

Sie führte Kate zu einem anderen Zimmer.

Mit dem Schwingen einer Tür war Viridiana verschwunden. Drinnen, in ihrem Schlafzimmer, erwartete Santona sie.

»Warum?«, fragte Kate erneut.

»Städte können sterben, Katharine Reed aus Irland. Und diese Stadt ist mein Zuhause, mein Reich. Roma hebt und senkt sich wie Ebbe und Flut, aber sie ist immer lebendig, immer in Aufruhr. Die da alt sind, wenn auch nicht so alt wie ich, sind eine Gefahr für das Herz und die Seele Romas. Wesen wie du verlangsamen die Lebensvorgänge, lassen das Blut in den Adern stocken, zermürben eine Stadt. Bald wird es zu viele Älteste geben, und das laugt einen Ort aus, lässt ihn werden wie die Dinge, die in I Cessati Spiriti kauend umherstolpern. Ich bin alt, älter, als du dir vorstellen kannst, aber ich habe ein Spiegelbild, ein Herz, ein Leben. Alles, was ich getan habe, habe ich für Roma getan.«

»Der scharlachrote Henker ist dein Geschöpf?«

»Ein Schauspieler, der meinen Anweisungen folgt? Ja.«

Kate verstand diese Frau. Sie spürte selbst die ersten Zeichen einer Ältesten in sich.

»Du bist wie wir«, warf Kate ihr vor. »Du lässt den Menschen nicht ihren Willen, du machst sie zu Marionetten. Du verlangst Blut, genau wie wir. Du verlangst Liebe und Verehrung.«

Santona nickte. »Aber ich vermag auch zu *geben*, Katharine. Kannst du das auch von dir behaupten?«

Sie hatte Charles geliebt. Sie liebte Marcello.

Nein.

Sie hatte Marcello geliebt. Sie liebte Charles.

Leben oder Tod spielten keine Rolle.

»Ja«, sagte sie. »Ich vermag zu lieben.«

Santona überdachte ihre Feststellung.

»Ich sehe, du sprichst die Wahrheit. Aber du veränderst dich. Am Ende verändert ihr euch alle. Du bist gestorben. Für dich sind Gefühle eine Angewohnheit, aus der man herauswächst.«

»Und damit ist es in Ordnung, uns zu töten? Wenn wir nicht lieben können, steht es dir zu, uns zu vernichten?«

»Wenn du nicht lieben könntest, würdest du dann fortbestehen wollen?«

»Fortbestehen? Mehr gibt es für dich nicht, Mutter der Tränen. Du lebst nur, um weiterzuleben.«

»Vielleicht.«

»Ist es jetzt vorbei? Sind alle Ältesten tot oder fort? Ist deine Herrschaft über diese blutgetränkte Erde nun gesichert?«

»Eine ist noch übrig. Bei Morgengrauen wird sie tot sein. Endgültig tot.«

Bloß weg hier – aus dem Zimmer, dem Haus, der Stadt. Kate wandte sich zum Gehen.

Marcello stand in der Tür.

»Kate«, sagte er. »Es tut mir leid.«

Er nahm die Sonnenbrille ab. Tränen strömten aus seinen Augen.

»Ich war so dumm«, gestand er. »Du bist die erste Frau vom ersten Tag der Schöpfung. Du bist Mutter, Schwester, Geliebte, Freundin, Engel, Teufel, Erde, Zuhause. Ich liebe dich über alles. Diese Kreatur hat mich in die Irre geführt. Du bist alles für mich.«

Es war überwältigend.

Sie glitt in seine Arme, ließ sich küssen. Erleichterung überkam sie. Die Hexe hatte sich geirrt. Kate Reed konnte lieben und geliebt werden. Damit war sie kein Zombie, damit hatte sie ein Recht zu leben.

Marcellos Arme waren die ganze Welt für sie. Sie barg ihr Gesicht an seiner Brust. Ihre Tränen waren heiß, glücklich.

Eine ist noch übrig. Bei Morgengrauen wird sie tot sein. Endgültig tot.

Verdammt. Warum musste sie jetzt daran denken?

»Bleib, Liebste, bleib bei mir«, flüsterte Marcello. »Für immer hier bei mir, Liebste.«

Nun starb ihr Herz wirklich.

»Ich kann nicht.« Sie schob ihn von sich.

V

SPQR

Aus der Londoner Times *vom 15. August 1959:*

Rom. *In Verbindung mit dem Mord an Prinz Dracula ist es zu einer Festnahme gekommen. Wie der für die Ermittlungen zuständige Inspektor Silvestri mitteilte, wird ein amerikanischer Staatsbürger des Mordes und des versuchten Diebstahls beschuldigt. Auch Interpol hatte nach dem Verdächtigen bereits in Zusammenhang mit dem spurlosen Verschwinden des englischen Vampirs Richard Fountain gesucht.*
Die sterblichen Überreste Prinz Draculas werden nun in die Obhut seiner Testamentsvollstreckerin, Miss Penelope Churchward, übergeben. Einzelheiten zu seiner Bestattung sind noch nicht bekannt.

Hollywood. *Der in Europa tätige Filmproduzent Jeremy Prokosch hat angekündigt, eine dreiteilige Biografie des Grafen Dracula ins Kino bringen zu wollen. Für das Drehbuch wurden Gore Vidal, Clare Quilty und Christopher Fry gewonnen, gedreht werden soll in Spanien und Jugoslawien. Prokosch beabsichtigt, jeden der drei wichtigen Lebensabschnitte durch einen anderen Regisseur umsetzen zu lassen. Riccardo Fredo soll Vlads warmblütiges Leben und seine Wiedergeburt als Vampir behandeln, Terence Fisher Draculas Aufstieg und Fall im viktorianischen England und Michael Powell sein Exil und seinen Tod. Für die Hauptrolle sind unter anderem Jack*

Palance, Francis Lederer, Alexander d'Arcy und David Niven im Gespräch.

London. *In einem Interview mit der Fernsehsendung* Panorama *(BBC) hat Premierminister Lord Ruthven es als »völlig geschmacklos« bezeichnet, dass zurzeit eine Flut von Dracula-Devotionalien auf den Mark kommt. Er führte aus, dass ihm weder das Konterfei des Verstorbenen noch dessen Wappen geeignet zur Verzierung von »Serviertabletts, Figurkrügen, Malbüchern, Krawattennadeln, Schlüsselanhängern oder Strandtüchern« erschienen. Die britische Post wird nichtsdestotrotz rechtzeitig zum Weihnachtsgeschäft einen Satz Dracula-Gedenkmarken anbieten.*

Borgo Pass, Transsylvanien. *Baron Meinster, ein Ältester, der von sich behauptet, dass mit seiner Verwandlung durch Dracula persönlich die Brut des Grafen ihren Anfang genommen habe, rief sich während einer überwiegend von Vampiren besuchten Kundgebung zum neuen Vampirkönig aus und fügte hinzu, Transsylvanien solle ein unabhängiges Heimatland für die Untoten werden. Die Versammlung wurde von Mitgliedern der rumänischen Securitate aufgelöst. Staatspräsident Nicolae Ceauşescu hat Meinster als »Ungeziefer« und »Verbrecher« gebrandmarkt und seine Verhaftung angeordnet; er soll jedoch weiterhin auf freiem Fuße sein. Meinster ist lediglich der Letzte einer ganzen Reihe von Ältesten, die sich den Namen »Alucard« gegeben haben und behaupten, Draculas Thronfolger zu sein.*

34

Das Gericht der Tränen

Genau das brauchte Geneviève jetzt. Die Konfrontation mit einem Monstrum und nicht mit sich selbst.

Bond erzählte ihr, dass Gregor Brastow tot war, dass der scharlachrote Henker ihn gehäutet und ausgeweidet hatte. Brastow hatte von der Mutter der Tränen gewusst, also sicher auch dass es sich bei dem Henker um ihre Marionette handelte. Das ließ für Geneviève nur den Schluss zu, dass der Kater den britischen Spion und sie gegen den Feind, den er am meisten fürchtete, hatte in Stellung bringen wollen. Nur waren sie von anderen Angelegenheiten – Charles und Dracula – abgelenkt gewesen. Ein heimlicher Krieg hatte stattgefunden und sich ihrer Kenntnis entzogen. Am Ende musste Geneviève mit hineingezogen werden. Es war unausweichlich.

Noch ein Ältester tot, nach Hunderten von Jahren. Die meisten waren abscheulich, aber sie war es gewohnt, die Welt mit ihnen zu teilen. Vor Dracula hatten die Ältesten Jahrhunderte auf Reisen verbracht und waren einander, wenn sich ihre Wege einmal kreuzten, sehr umsichtig und höflich begegnet. Gelegentlich hatten sie sich sogar als Gemeinde zusammengefunden.

Seit Carmilla Karnstein hatte Geneviève nicht einen Vampirältesten mehr zu ihren Freunden gezählt. Sie waren zum Großteil blutrünstige Dreckschweine. Selbst Carmilla war übergeschnappt.

Vor dem Gebäude blieben sie bei Bonds Austin Martin stehen. Der Wagen wies einige neue Einschusslöcher auf.

»Es ist von hier aus zu sehen«, sagte Bond. »Wir können zu Fuß gehen.«

Wenn man es recht bedachte, kam für das letzte Gefecht nur

ein Ort in Rom infrage. Charles war aufgefallen, dass der Henker sich für seine Bluttaten immer bekannte öffentliche Plätze ausgewählt hatte.

Bond führte sie die Straße hinunter.

Das Kolosseum erhob sich vor der römischen Nacht, zerschnitten wie eine Hochzeitstorte, in die jemand mit der Sense gehackt hatte.

Das Amphitheatrum Flavium – Charles hatte in seiner Penibilität den eigentlichen Namen vorgezogen – war 72 nach Christus von Vespasian an der Stelle eines zum Gedenken Neros künstlich angelegten Sees errichtet worden, im Rahmen eines Stadterneuerungsvorhabens, das den mörderischen Kaiser aus dem Gedächtnis tilgen sollte. Vespasian hatte es nicht mehr miterlebt, dass der Sand der Arena vom Blut der ersten Gladiatorenkämpfe rot gefärbt wurde. Diese fanden erst ein Ende, als Honorius 405 den Kampf um Leben und Tod verbot. Wilde Tiere, schon immer ein beliebtes Nebenprogramm, waren hier noch weitere anderthalb Jahrhunderte aufeinandergehetzt worden. Geneviève wusste, dass verschiedene von Gewissensbissen geplagte Kaiser versucht hatten, nach griechischem Vorbild sportliche Wettkämpfe zu installieren, bei denen niemand zu Tode kam, aber davon hatte das Publikum nichts wissen wollen. Nur Blut allein vermochte das römische Volk zufriedenzustellen. Sie war nicht gerade die Richtige, in diesem Punkt eine allzu kritische Haltung an den Tag zu legen.

Jahrhundertelang hatten die Römer aus dem Kolosseum Steine für neue Gebäude gestohlen. Blutbesudelte Quader waren im Palazzo Venezia verbaut worden, in der Cancelleria, im Petersdom und in zahlreichen bescheideneren Gebäuden. Das Plündern hatte erst Mitte des achtzehnten Jahrhunderts ein Ende gefunden, als Papst Benedikt XIV. das Kolosseum unter Bezugnahme auf das fromme Märchen, dort hätten viele Märtyrertode stattgefunden, zu einer heiligen Stätte erklärte. Es stimmte gar nicht, dass man dort Christen den Löwen zum Fraß vorgeworfen hatte. Das wäre nicht unterhaltsam genug gewesen. Stattdessen waren die Anhänger des Menschenfischers gepfählt und – als primitive Form der Straßenbeleuchtung – angezündet worden, oder man hatte sie schlicht als Störenfriede gekreuzigt. Die Arena war denjenigen vorbehalten geblieben, die sich auch tatsächlich einen spannenden Kampf bis zum Tod liefern konnten. Schon über tausend Jahre vor Dracula, Gilles de Rais oder Elisabeth Báthory war der Appetit des Publikums auf Blut enorm.

Im neunzehnten Jahrhundert, als Geneviève sich kurz in Rom aufgehalten hatte, war das Kolosseum ein Urwald gewesen, hatten alle möglichen Pflanzen die Steine überwuchert. Dass sich das nicht zu unterdrückende Leben den toten Marmor zurückholte, war für sie damals ein Zeichen der Hoffnung gewesen; nun aber war aller Wildwuchs beseitigt und das ausgeblichene Skelett des Bauwerks wieder freigelegt. Die beiden Bogenreihen, die das ursprüngliche Außenrund bildeten, standen wieder, ebenso der halbe, schlampig ausgeführte Anbau obenauf, der eine Ebene aus Holz ersetzte, die 217 – durchaus glaubhaft – von einem göttlichen Blitzstrahl getroffen worden war. Die Ränge waren noch immer vorhanden und warteten auf die Rückkehr der Zuschauermengen, aber der Boden der Arena – wo die Schlächtereien stattgefunden hatten – fehlte und gab den Blick auf das darunterliegende Labyrinth aus Tunneln und Kammern frei.

»Ich bin ihm hierhergefolgt«, sagte Bond. »Er hat mich an Ihrer Wohnung vorbeigeführt. Ich nahm das als Zeichen.«

»Das Kolosseum ist eine Touristenattraktion«, sagte sie. »Es wird um diese Zeit geschlossen sein.«

»Ich bezweifle, dass das unseren Gegner sonderlich beeindruckt.«

»Da haben Sie wohl Recht.«

Beda Venerabilis hatte geschrieben: »Solange das Kolosseum steht, solange besteht Rom, wenn das Kolosseum fällt, fällt Rom, wenn Rom fällt, fällt auch die Welt.« Sie wusste nicht recht, ob das eine beruhigende oder bedrohliche Prophezeiung war. Eine Stadt, eine Welt sogar, die durch dieses grausige Gebäude symbolisiert wurde, hatte es wahrscheinlich nicht verdient zu überdauern.

Sie überquerten die Piazza di Colosseo. Geneviève fragte sich, ob auch die Gladiatoren hier entlanggekommen waren. Nein, sie hatten sicher unterhalb der Arena in Ketten gelegen und erst herausgedurft, wenn das Publikum auf seinen Plätzen gewesen war.

Ob Vampire in der Arena gestorben waren? Es hatte im alten Rom *nosferatu* gegeben. Sie wären eine Sensation gewesen. Geneviève stellte sich Caligula vor – der tot gewesen war, bevor man diesen Ort geplant hatte –, wie er einen Werwolf gegen einen vampirischen Gestaltwandler antreten ließ, die beide ihre Krallen mit silbernen Messern verstärkt hatten, und dem Verlierer den abwärtsgerichteten Daumen zeigte.

Vielleicht änderte sich die Welt ja doch. Langsam.

Andererseits hatte Caligula noch nicht von der Bombe geträumt.

Sie gingen durch den Haupteingang. Er war zu groß, um abgesperrt werden zu können.

Sie roch an den Steinen. Es waren immer noch Spuren von altem Blut daran.

»Sehen Sie«, sagte Bond.

Sie irrte sich. Das Blut war frisch. Es gehörte einem Vampir. Es war absurd zu glauben, das Blut der Gladiatoren steckte noch immer im Erdboden.

Die Spur führte durch den großen Bogen in die Arena.

»Wenn wir den scharlachroten Henker finden, Commander Bond, was dann?«

Er antwortete nicht. Er war nicht mehr da.

Irgendetwas stimmte hier nicht. Bond war nicht alt genug, um sich davonschleichen zu können, während sie kurz wegsah. Sie hätte den Luftzug seines Verschwindens spüren müssen, die winzigen Geräusche hören müssen, die er dabei unweigerlich machte.

War er es gewesen? Oder jemand mit seinem Gesicht?

Auf diese Weise konnte man sie nicht in die Irre führen. Der Mann, der sie hierhergebracht hatte, war auch der Mann, dem sie früher begegnet war. Mit einem Unterschied. Er schien ja beständig zu schauspielern, eine Rolle darzustellen. Nur hatte sich die Qualität seiner Darstellung geändert, sie war plumper geworden, weniger überzeugend. Er hatte zu viel mit den Augenbrauen ausgedrückt. Und von seinem schottischen Akzent war auch nicht mehr viel übrig gewesen.

Geneviève befand sich in einem breiten Durchgang, der von Säulen gesäumt war. Der Boden bestand aus rauem Stein. Blut führte durch das Labyrinth. Eine zu offensichtliche Spur.

Ihre Nackenhaare sträubten sich, und das feine Haar auf den Armen prickelte. Sie fuhr herum und sah einen roten Umriss hinter eine Säule huschen. Ihre Fänge sprangen hervor.

Sie schlich keiner Beute mehr nach. Sie wurde selbst verfolgt.

Es hatte ja so kommen müssen.

Sie war wahrscheinlich die letzte Älteste in Rom. Nun sollte sie das letzte Opfer des scharlachroten Henkers werden.

Aber nicht kampflos.

Kate war immer noch erschüttert. Marcello endgültig zu verlassen, war, als hätte sie sich einen Dorn aus dem Herzen gezogen und weggeworfen. Sie konnte noch nicht sagen, wogegen sie ihn eingetauscht hatte, aber in ihr brannte die sichere Gewissheit, dass sie Seelenheil über Heuchelei gestellt hatte, Liebe über Ego. Dennoch war es weder einfach noch leicht. Was, wenn sie sich irrte? Wenn sie sich Möglichkeiten verschrieb, die mit Charles und Dracula gestorben waren, anstatt sich der noch ungeschaffenen Welt hinzugeben, die sie mit dem warmblütigen Mann hätte teilen können?

Sie wusste nicht, wie man vom Haus mit den weinenden Fenstern zum Parco de Traiano kam. Aber dort gehörte sie hin, dorthin, wo Charles gelebt hatte, wo es Antworten gab und ein Ende.

Auf der Straße war Vampirblut. Gegenüber dem Haus stand ein Sportwagen geparkt, dessen Heck mit Einschusslöchern übersät war. Es waren nur wenig Leute unterwegs, was seltsam war. Sonst wimmelte Rom von Menschen. Jedes Mal, wenn keine Statisten mehr zu sehen waren, geschah etwas Schlimmes.

Eine Frau kam aus Charles' Wohnhaus. Geneviève? Nein, die Frau war dunkelhaarig. Penelope. Sie trug Schwarz. Einen mittellangen Mantel von Gherardi mit passenden Strumpfhosen und Pumps. Ihre Haare waren nach oben unter einen adretten schwarzen Hut gesteckt.

»Katie«, erwiderte Penelope ihren Gruß. »Ich habe Neuigkeiten.«

»Ich auch, Penny.«

Penelope schnupperte anmutig und sah zu Boden.

»Das ist Blut«, stellte sie fest.

Panik brandete über Kate hinweg.

»Penny«, sagte sie, »wir sind einmal Freundinnen gewesen. Du musst mir helfen. Der scharlachrote Henker ist hinter Geneviève her.«

Penelope war verblüfft. »Wovon sprichst du?«

»Von dem Vampirmörder.«

»Du weißt es noch nicht«, sagte Penny sanft, als wäre alles in Ordnung, alles schick und schön und abgehakt. »Draculas Mörder ist verhaftet. Du darfst die Stadt wieder verlassen.«

Kate musste zu ihr durchdringen.

»Es gibt noch einen anderen Mörder. Vielleicht eine Armee von Mördern. Unter dem Befehl einer Frau, die älter als jeder Älteste ist. Einer wirklich monströsen, wirklich grausigen Frau. Glaub mir, ich bin ihr begegnet. Sie würde dir nicht gefallen.«

Penelope betrachtete die Blutspur. Ihre Augen röteten sich leicht. »Ist das nicht ein bisschen … sehr praktisch?«

Kate verstand nicht.

»Ebenso gut hätte man Pfeile auf das Pflaster pinseln können. Wir werden bei der Nase geführt, zum Kolosseum.«

»Geneviève ist in Gefahr.«

»Die Französin?«

Kate fiel wieder ein, dass Penelope Geneviève nicht hatte leiden können, nur hatte sie gedacht, dass die Feindschaft durch die gemeinsame Trauer über Charles' Tod weggespült worden sei. Während Kate sich mit Marcello vergnügt hatte, waren Geneviève und Penelope doch miteinander ins Reine gekommen, oder nicht?

Penelope traf eine Entscheidung. »Na gut, Katie, ich komme mit. Aber etwas stimmt an dieser Sache ganz und gar nicht. Merkst du das? Jemand hat auf diesen Aston Martin geschossen. Riechst du es? Nicht das Blut, das Cordit.«

Charles hätte einen Blick auf die Straße geworfen und anhand der verschmierten Fußabdrücke gewusst, ob Geneviève allein gewesen war, ob sie verfolgt worden war oder jemanden verfolgt hatte und mit welcher Geschwindigkeit. Solche Kunststücke hatte er von den Besten gelernt.

Penelope hatte Recht. Die Spur war zu auffällig. Aber ihnen blieb keine andere Wahl.

»Komm schon, du Transuse«, sagte Penelope und stiefelte los.

Die uralten Tribünen des Kolosseums waren nicht leer. Obwohl Geneviève sich darauf konzentrierte, beständig Steinsäulen zwischen sich und dem Muskelmann in Rot zu haben, war sie sich der Schattengestalten bewusst, die durch die Reihen hereinströmten und ihre Plätze aufsuchten, um sich das Spektakel anzusehen. Sie fragte sich, wie viel die Karten wohl kosteten, dann fiel ihr ein, dass solche Veranstaltungen grundsätzlich zu Lasten des Kaisers stattgefunden hatten, als Geschenk an das römische Volk. Brot und Spiele. Damit es stillhielt.

Bond war hier unten im Labyrinth, aber auf ihn konnte sie nicht zählen. Er war zum Feind übergewechselt. Nicht auf Brastows Seite, sondern zu jemand Altem und Mächtigem, zur Mutter der Tränen.

Sie zog die Schuhe aus und ging auf Zehenspitzen weiter, huschte flink zwischen den Säulen hindurch, als wären es Bäume in einem Wald. Ihre Fangzähne und Krallen waren ausgefahren, obwohl sie fürchtete, dass sie gegen silberne Schwerter und Speere aus Hartholz auch nichts ausrichten konnten.

Es war verstörend, dass sie den scharlachroten Henker nur zweimal ganz kurz hatte sehen können, als rotes Aufblitzen. Er war warmblütig. Sie hätte ihn riechen können müssen, jederzeit wissen müssen, wo er war und wie nahe. Sie war die Jägerin der Nacht, die Vampirälteste, diejenige, die Jahrhunderte überlebt hatte. Sie hätte die Favoritin sein müssen.

Und doch hatte der Henker Älteste getötet.

Anton Voytek und Anibas Vajda waren gefährlicher gewesen als sie, und es hatte ihnen nichts genutzt. Manche der Ältesten, die der Henker erschlagen hatte, waren Gestaltwandler gewesen, die zu monströsen Fledermäusen oder lebendigem weißem Nebel werden konnten. Gegen solche Fähigkeiten nahmen sich ihre Krällchen und Zähnchen reichlich schwach aus.

Die Tribünen waren dünn besetzt. Von Menschen oder nur von Schatten? Sie roch warmes Blut dort draußen, aber auch andere Präsenzen. Alte Wesen.

Es gab einen Schlag. Zentimeter neben ihrem Gesicht schlug

eine Silberkugel in den Stein. Splitter flogen ihr entgegen. Sie durfte Hamish Bond nicht vergessen. Er war auch mit im Spiel.

Ein riesiger Schalter wurde umgelegt, und Licht gleißte herab.

Geneviève sah nach oben, blinzelte Tränen der Reizung weg. Entlang der dritten Reihe hatte man Bogenlampen angebracht, wie sie sie im Studio in Cinecittà gesehen hatte. Eine Reihe nach der anderen gingen sie an und leuchteten das Stadion taghell aus, verwandelten die Arena in ein Gewirr aus schroffen schwarzen Schatten und blendenden weißen Flächen.

Sie glitt in einen Schatten. Ein Punktstrahler fing sie ein.

Vor ihren Augen trieben Flecken, so geblendet war sie. Tageslicht war sie gewöhnt, bildete sich sogar ein, immun dagegen zu sein, aber das hier tat weh. Die Lichtbalken waren dunstig von Staub und Rauch. Insekten taumelten hindurch.

Die Arena war erleuchtet, aber die Ränge lagen im Dunklen. Dort oben waren Augen, nur Gesichter sah Geneviève nicht. Fauchend wirbelte sie herum, sah zur kaiserlichen Loge hinauf. Zwischen Flammensäulen stand die Herrin dieser Spiele, ein blondes Mädchen, über dessen eines Auge die Haare fielen. Es handelte sich um die Erscheinung, die außer Kate niemand gesehen hatte – doch, Bond.

Geneviève ballte die Faust und reckte sie zum Gruß.

Was hatten die Gladiatoren ihrem Kaiser gegenüber empfunden?

Sie stand im Licht und wartete auf ihre Mörder. Es war sinnlos davonzulaufen.

Der Lichtkreis wurde größer um sie herum. An seiner Kante stand ein rotes Stiefelpaar. Während der Kreis wuchs, holte er rote Strumpfhosen aus der Dunkelheit, kurze Hosen und Gürtel, einen bis auf die Bemalung nackten Oberkörper, die Kapuze und die Dominomaske, die gebleckten Zähne und die irren Augen.

Der scharlachrote Henker kam mit großen, gemächlichen Schritten auf sie zu. Seine Hände öffneten und schlossen sich. Ein durchdringender Geruch stach ihr in die Nase, und sie begriff, dass das rote Zeug auf seiner Brust und seinem Gesicht keine Farbe war. Das ranzige Blut drehte ihr fast den Magen um.

Sie tanzte dicht an ihn heran und drehte sich, in der Taille abgeknickt, um die eigene Achse, machte Spagate in der Luft, die eine Fußspitze auf dem Boden, die andere hoch über ihrem Kopf. Sie zielte mit dem Fuß auf den Adamsapfel des Henkers. Ihre aneinandergepressten Krallenzehen waren ein Dolch aus Haut und Knochen.

Der Tritt hätte ihm den Kopf abreißen sollen.

Stattdessen ruckte sein Kopf zur Seite. Ihre Zehenklauen gruben eine Rinne in seine Schulter. Seine Hände schlossen sich um ihren Knöchel, und sie wurde aus dem Gleichgewicht und hoch in die Luft gerissen. Der scharlachrote Henker schwang sie im Kreis wie eine Katze.

Ihr offenes Haar streifte eine Steinsäule. Bei der nächsten Runde würde ihr Kopf gegen etwas schlagen, das hier seit zwanzig Jahrhunderten stand. Es würde sie nicht umbringen, aber es würde ihr den Schädel in ein Dutzend Stücke brechen. Sie würde die nächsten hundert Jahre mit einem Kopf leben müssen, der aussah wie ein schiefer Halloweenkürbis. Vorausgesetzt, sie überlebte die nächsten hundert Sekunden.

Die Menge brüllte und pfiff.

Sie riss die Arme hoch, streckte sie auf Höhe des Gesichts, Handkanten nach vorn, um die Wucht des Aufpralls abzufangen.

Dann war die Säule da.

Sie spürte den Schlag in den Handgelenken und Ellbogen. Ihre Arme knickten ein, und ihr Gesicht knallte gegen den Stein, immer noch so fest, dass ihre Nase zu bluten begann.

Der Henker ließ los.

Sie klammerte sich an die Säule und rutschte hinunter. Das Blut, das sie schmeckte, war ihr eigenes.

Ihr roter Zorn entflammte erneut. Sie kämpfte ihn nieder. Dies war kein Gegner, den man dadurch schlagen konnte, dass man sich dem Tier hingab und ihn allein schon durch den Anblick einer wütenden Vampirin so erschreckte, dass er weiche Knie bekam.

Sie presste sich an die Säule.

Der scharlachrote Henker bückte sich und packte sie bei den Haaren, riss sie in den Stand. Seine leuchtenden, leeren Augen waren Signalfeuer vor ihrem Gesicht.

Drüben auf den Tribünen wurden tausend Daumen nach unten gedreht. Das war keine gute Vorstellung gewesen.

Der Henker drückte einen Daumen gegen ihren Hals, klemmte die Drosselvene ab. Gestohlenes Blut pulste dagegen, kam aber nicht weiter. Ihr Herz schwoll an, ihr Gehirn wurde nicht mehr versorgt. Er konnte ihr den Kopf vom Hals ploppen lassen wie den Porzellanverschluss von einer Bierflasche. Schweinehund.

Sie krallte nach seinen Seiten, machte sich die Nägel stumpf an blutverschmierter Haut und festen Muskelpaketen.

Er lachte. Die Zuschauer stimmten mit ein.

Ihre Fangzähne wurden länger, so dass sie den Mund öffnen musste, zerschnitten ihr die Unterlippe. Aber sie konnte den Kopf nicht bewegen. Sie konnte nur die Nachtluft beißen.

Sie packte sein Handgelenk, das den Umfang eines normalen Männerschenkels besaß, und grub die gekrümmten Daumenhaken und alle acht Nagelklingen hinein. Sie zerrte und kratzte an den Löchern, hoffte, eine Vene oder einen Nerv zu durchtrennen.

Der Henker spürte keinen Schmerz.

Er war nicht einmal ihr wahrer Mörder. Nur die Marionette des kleinen Mädchens oben auf dem Kaiserpodest. Grausiges, hohles Gelächter drang aus seinem Grinsegesicht.

Rote Lichter explodierten in ihrem Kopf.

»Wer *sind* diese ganzen Leute?«, wollte Penelope wissen.

»Zuschauer«, vermutete Kate. »Der Senat und die Bürger von Rom?«

»Ach, *die*«, fauchte Penny.

Kate sah, dass die Menge auf den Tribünen gemischt war. Zombies ganz hinten, die Gesichter halb von den Knochen gelöst. Auf den guten Plätzen die Bourgeoisie, vereinzelt und steif. Der Pöbel drängte sich dicht an die Arena, verrenkte sich den Hals, um Blut zu riechen. Es mussten auch Leute hier sein, die sie kannte, aber sie erspähte niemanden.

Nur das kleine Mädchen auf Neros Platz.

Kate sah, wer dort im Scheinwerferlicht kämpfte. Genau das hatte sie befürchtet. Penny war von dem Spektakel abgestoßen und fasziniert zugleich.

»Ist das so etwas wie die Wiederkehr der Heiden?«

»Ich glaube, es ist mehr als das«, sagte Kate. »Diese Kreatur ist die heimliche Herrscherin von Rom. Sie hat die Pflichten der Kaiser auf sich genommen. Vielleicht waren es schon immer ihre eigenen Pflichten, und sie hat sie den Kaisern nur ein paar Jahrhunderte lang überlassen. Das hier sind ihre Spiele, Geschenk und Machtdemonstration zugleich.«

Penelope begriff allmählich, aber Kate konnte nicht darauf hoffen, ihr in der wenigen Zeit, die ihnen blieb, alles zu erklären. Der Kampf, in den sie hineingeplatzt waren, war fast vorbei. Der scharlachrote Henker hielt Geneviève hoch, als einen Tribut an die *Mater lachrymarum,* und wartete auf das kaiserliche Urteil.

Kate schob sich weiter, bahnte sich einen Weg den Gang hinab, zur eigentlichen Arena hinunter. Penelope folgte ihr, ermahnte die verärgerten Zuschauer, die von Kate beiseitegestoßen worden waren, mit einem Aufblitzen ihrer Fänge und einem vernichtenden englischen Starrblick zur Ruhe.

»Verflixte Südländer, hm?«, schimpfte sie. »Mit ihren barbarischen Stierkämpfen.«

Kate hatte nicht vor, Fuchs- und Wildschweinjagden dagegenzuhalten.

Das Jubeln und Rufen verebbte. Selbst das hohle Lachen des Henkers verklang. Das monströse Kind erwog sein Urteil.

Kate flankte über ein Geländer und landete in der Arena. Überall um sie herum waren geborstene Säulen. Penelope ließ sich langsam hinuntersinken und klopfte sich Staub von ihrem guten Mantel.

»Du«, befahl Penny. »Lass diese Frau herunter.«

Der Kopf des scharlachroten Henkers fuhr herum wie ein Mechanismus.

Er lachte, ein Ton, der Kate grässlich vertraut war.

Sie spürte den Zug von Schnüren an ihrem Geist. Wenn die Mutter der Tränen eine Marionette aus ihr gemacht hatte, um Dracula zu vernichten, dann konnte sie auch jetzt ihren Verstand übernehmen. Da war sie hierhergeeilt, um Geneviève zu helfen, und nun wurde sie vielleicht gezwungen, Penelope festzuhalten, während der scharlachrote Henker ihre Freundin erledigte …

Nein. Sie war keine Marionette.

Der britische Vampir, von dem sie wusste, dass er ein Spion war, trat hinter einer Säule hervor und richtete eine Waffe auf Kate und Penny.

»Commander Bond?«, sagte Penelope.

Er war hier die Marionette. Er war schon immer ein kümmerlicher Charakter gewesen, der sich allzu leicht in ein Klischee fügte. Das machte ihn angreifbar. Er war die Sorte Mann, die immer eine Mutter brauchte, an der man sich festhalten konnte und die hinter einem aufräumte.

Zum ersten Mal fragte sich Kate, wer dieser Henker in Wirklichkeit war. Ein Zirkusathlet? Ein Filmschauspieler?

Bond richtete seine Waffe abwechselnd auf Kate und Penelope.

Penny bewegte sich unglaublich schnell, flinker, als Kate sich je hätte träumen lassen, und entwaffnete den Neugeborenen. Sie zerdrückte die Pistole in ihrer Hand, ließ sie in klumpige Metallteile zerspringen.

Ohne seine Waffe war Bond ein Junge, dem man sein Lieblingsspielzeug weggenommen hatte. Ein lautloser Befehl des kleinen Mädchens erreichte sein Gehirn, und er versuchte seine Finger um Pennys Hals zu legen. Sie nahm ihn bei den Handgelenken und warf ihn beiseite, schleuderte den um sich Schlagenden fünfzehn Meter oder noch höher in die Luft. Er beschrieb einen uneleganten Bogen und landete unsauber. Verletzt krabbelte er umher. Wäre er sein eigener Herr gewesen, hätte er sich wieder in Ordnung gebracht, aber als Marionette war es ihm nicht erlaubt, sich um seine gebrochenen Knochen zu kümmern.

Ein Teil der Menge jubelte.

Penelope winkte ihnen fröhlich, wie ein Mitglied der königlichen Familie, das in einem Land des Commonwealth aus dem Flugzeug stieg.

Kate stellte sich dem Henker.

Geneviève hatte blutige Augen. Sie flehte Kate lautlos an, sich nicht für sie zu opfern.

Die Mutter der Tränen konnte nicht besiegt werden. Sie war so ewig wie die Stadt. Sie war der endgültige Tod, der sich mit der Zeit alles holte, was lebte. Sie war die Herrin über eine Million Marionetten. Sie war, Kate konnte es jetzt zugeben, *ein übernatürliches Wesen.*

Der scharlachrote Henker streckte den Arm aus, so dass Geneviève daran baumelte. Er drückte zu, und Geneviève ließ sein Handgelenk los. Ihre blutigen Hände flatterten an ihren Seiten. Er beschrieb eine vollständige Umdrehung, wie ein Balletttänzer, langsam genug, dass die Zuschauer in allen Winkeln des Kolosseums die besiegte Älteste sehen konnten. Er sah zu der kindlichen Kaiserin nach oben.

Das kleine Mädchen streckte den Arm aus, den Daumen zur Seite gereckt.

Die Menge rief nach dem Tod.

Die Hand zitterte. Der Daumen wanderte nach unten.

Die Menge brüllte wie ein Sturm.

Kate sah, wie sich die Muskeln im Oberarm des scharlachroten Henkers wölbten, als langsam, wie ein Zündfunken, eine Botschaft seine Nerven entlangwanderte, der Befehl, Geneviève den Kopf abzureißen.

Mater lachrymarum war unbesiegbar, überstieg jedes menschliche Verständnis. Aber der scharlachrote Henker war ein Mann in ihrem Bann.

Als ihre Marionette war Bond nicht in der Lage gewesen, sich um seine Verletzungen zu kümmern, obwohl er seiner Herrin ohne gebrochene Knochen nützlicher gewesen wäre.

Dort lag der Schwachpunkt.

Der Trick beim Kampf gegen eine Marionette war es, die Fäden zu zerschneiden.

Penelope machte einen Satz und schlug ihre Zähne in den Unterarm des Henkers, riss Muskelstränge heraus, kaute sie auseinander. Er hörte nicht auf zu grinsen, und auch sein Griff um Genevièves Kehle ließ nicht nach. Penny stieß ihm einen Daumen ins Auge, pulte scharlachrotes Fleisch heraus.

Die Menge ächzte unisono auf vor Mitgefühl. Aufgeschlitzte Bäuche und Enthauptungen vertrugen sie in rauen Mengen, aber zeigte man ihnen auch nur einen einzigen zerdrückten Augapfel, schon kam ihnen das Essen hoch.

Kate sprang ihn geduckt an, rammte ihm eine Schulter in den Bauch und schlang die Arme um seine Beine. Mit drei Vampirfrauen, die an ihm hingen, verlor er das Gleichgewicht und ging zu Boden wie ein taumelnder Titan. Die Erde bebte unter dem Aufprall. Eine Säule in der Nähe fiel um.

Penelope zerrte immer noch an seinem Arm, seinem Hals, seinem Gesicht. Der Henker wollte Genevièves Hals nicht loslassen.

Kate kroch über den Gestürzten hinweg, schob Penelope beiseite. Sie sah ihm tief in das verbliebene Auge, drang in seinen roten Wahnsinn ein, versuchte zu dem Mann vorzudringen, der er einmal gewesen war.

Es gab nur eine Möglichkeit.

Penelope bearbeitete jetzt seine Hand, fetzte ihm das Fleisch von den Fingern, bekam Geneviève aber immer noch nicht frei. Ihre Hände und ihre untere Gesichtshälfte waren blutverschmiert.

Kate krabbelte hektisch herum, zerkratzte sich auf dem Schutt die Knie, dann kniete sie, beugte sich hinunter und sah auf in sein kopfstehendes Gesicht – *kopfstehend, wie gespiegelt in der Fontana di Trevi.* Ihr Blick wanderte zu seinem Hals, zu dem, was Penelope mit seinem Hals angerichtet hatte. Blut sickerte aus der Wunde, langsamer, als es hätte sein dürfen. Er starb wahrscheinlich gerade, aber seine Herrin wollte ihn nicht loslassen, bevor nicht die letzte Älteste in Rom tot war.

Sie richtete sich auf, lockerte ihren Kragen und stieß sich einen Daumennagel in den Hals, öffnete einen Riss, aus dem Blut ins Gesicht des Henkers troff. Sie verrenkte sich die Wirbelsäule und presste ihre Wunde auf den Mund des Henkers, während sie gleichzeitig ihre Fänge in seinen zerrissenen Hals senkte.

Dann saugte sie sein Blut in ihren Mund und ließ ihr Blut in ihn hineinlaufen.

Es gab eine elektrisierende Verbindung.

Sie bekam einen Eindruck, wer er gewesen war. Ein Schauspieler. Sie hatte es sich gedacht.

Sein Geist war immer noch vorhanden, und ihr Blut erreichte ihn. Wenn er sich verwandelte, würde er ihr Fangsohn sein, eine Verantwortung für Jahrhunderte. Sie nahm ihn seiner Herrin weg. Sie spürte, wie sich seine Lippen um ihre Kehle schlossen. Er nuckelte ihr Blut.

Die Fäden waren durchtrennt. Neue Fäden bildeten sich, Bande des Blutes zwischen Kate und dem Mann.

»Er hat losgelassen, Kate«, sagte Penelope.

Sie hörte Geneviève husten.

Das süße, kräftige Blut war in ihrer Kehle. Sie schluckte einiges und wollte mehr. Sie spürte, wie sie sich verströmte, sich in ihre Eroberung ergoss.

Sie war der Liebe wegen nach Rom gekommen. Und hatte sie gefunden.

»Er wird sich verwandeln«, warnte Penny.

Das spielte keine Rolle. Mit einer Brut wie dem scharlachroten Henker war sie der Mutter der Tränen gewachsen, konnte sie sich selbst als Königin und Kaiserin der Nacht aufstellen.

Sie dachte an Charles.

Und unterbrach die Verbindung.

Sie stand auf und presste ihre Halswunde zu. Ihre Bluse war steif von Blut. Ruiniert.

Penelope half Geneviève, hielt sie aufrecht, während ihr zerquetschter Hals sich füllte und heilte.

»Heil der *vampira!*«, rief jemand. Andere nahmen den Ruf auf. Blumen regneten herab.

Der scharlachrote Henker – wer immer er gewesen war – lag in seinen Todeszuckungen. Kates Blut war in seinem Mund, doch er schluckte nicht. Er würgte, und Vampirblut rann aus ihm. Die

Mutter der Tränen hatte ihr Spielzeug verloren, aber sie ließ es nicht zu, dass jemand anders es bekam.

Ein Mensch starb. Er hatte einmal einen Namen gehabt. Ein Leben.

Während er starb, gingen die Zuschauer. Kate sackte erschöpft neben ihm zusammen, hielt seine erkaltende Hand. Geneviève konnte noch nicht wieder sprechen, krächzte aber ihre Dankbarkeit heraus. Penelope, elegant trotz ihres blutverschmierten Gesichts, war immer noch von dem Drama verwirrt, in dem sie, von Kate gedrängt, unversehens eine Rolle übernommen hatte.

Das Volk von Rom kehrte zu seinen Träumen zurück. Kate sah Inspektor Silvestri und Diabolik, Cabiria und Marcello, Pier Paolo Pasolini und Palmiro Togliatti, den Kellner aus dem *Hassler* und Elsa Martinelli. Und Hunderte andere, Menschen aus dem ganzen Spektrum des Lebens, des Todes. Alle, denen sie seit ihrer Ankunft in der Stadt begegnet war, und diejenigen, die unbemerkt geblieben waren. Eine Zirkusparade und ein Totentanz, ein Aufruhr und eine Orgie, eine Vereinigung und eine Gemeinde.

Waren sie überhaupt körperlich hier, oder hatte das Hexenmädchen ihre Trugbilder herbeigerufen, sie hier in ihre privaten Spiele eingebunden? Dieses Spektakel war vom Alltagsleben der Stadt abgetrennt, konnte aber nicht aus ihm herausgelöst werden. Die Stadt war ein großes, pulsierendes Herz, und alle Herzen brauchten Blut, ebenso wie jeder Vampir. *Mater lachrymarum* gab den Nachtgesichtern der Bevölkerung die Spiele, und die Erinnerung daran würde die Morgendämmerung nicht überstehen. Aber das vergossene Blut erhielt Rom am Leben.

Wie oft war dies schon passiert?

Kate spürte Tod, als das Blut in ihrem Mund ranzig wurde. Sie spuckte aus und wischte sich den Mund an der Hand ab. Der scharlachrote Henker war tot.

Penelope schob Geneviève zu Kate weiter. Sie umarmten, umklammerten sich.

Wieder weinten alle drei Vampirinnen.

»Danke«, krächzte Geneviève.

»Ist schon gut, Schatz«, sagte Kate. »Das mindeste, was wir tun konnten.«

Sie lösten sich voneinander.

Die Mutter der Tränen war bei ihnen. Nun war sie Viridiana, die engelhafte junge Frau mit dem glühenden Gesicht. Ihre Reinheit war hart, mitleidslos. Vater Merrin zufolge sagte sie stets die Wahrheit. In gewisser Weise wäre es Kate lieber gewesen, mit Mamma Roma zu tun zu haben, die immer nur log.

»Vampirälteste«, sagte sie zu Geneviève. »Du musst noch immer sterben.«

Diese Bohnenstange von einem Mädchen konnte Feuer spucken.

Zum ersten Mal hatte Kate wirklich grässliche Angst.

Viridianas Augen wuchsen, ihre Pupillen wurden wirbelnde Spiralen. Geneviève durchfuhr ein Ruck, eine unsichtbare Kraft packte sie. Kate spannte sich an, spürte den Impuls, sich zwischen die beiden zu werfen. War das mutig oder dumm? Sie wusste es nicht.

Plötzlich fragte Penelope: »Und wer sind Sie, Fräulein, dass Sie das zu entscheiden haben?«

Penny wusste nicht, mit wem sie es zu tun hatte. Das machte sie mutig und dumm. Sie ging auf Viridiana zu, bereit, diese impertinente halbe Portion von einem Monstrum ordentlich zusammenzustauchen, als handle es sich um irgendein nachlässiges Ladenmädchen und nicht um die heimliche Herrscherin einer ewigen Stadt. Penny würde *vernichtet* werden. Kate konnte sie nicht in die Schussbahn laufen lassen, ohne dass sie wusste, was sie tat. Sie dachte nicht weiter nach, sondern stellte sich vor Penelope und Geneviève. Dabei wurde sie ganz ruhig.

»Wenn du an meine Freundinnen herankommen willst, musst du erst mit mir fertig werden«, sagte sie.

Viridiana dachte darüber nach.

»Miss Reed«, sagte sie, »die Liebe Ihres Lebens hat Ihnen diese Älteste vorgezogen, und doch sind Sie bereit, für sie zu sterben. Miss Churchward, Sie mögen diese Älteste nicht einmal, und doch sind Sie bereit, für sie zu töten.«

Die Heilige war wirklich verblüfft, aber immer noch schlau. Ihr Schuss traf Kate mitten ins Herz.

»Wir haben viel zusammen durchgemacht«, sagte Kate. Es klang lasch, wenn man es so ausdrückte.

Viridiana trat in die Dunkelheit zurück und kam als Santona wieder zum Vorschein. Ihre 'ndrangheta-Diener taumelten aus den Schatten der Säulen hervor.

»Solche Gefühle vergehen, Katharine Reed«, sagte die Wahrsagerin voraus. »Vampirälteste können nicht fühlen. Sie sind herzlos, wie diese wandelnden Leichen hirnlos sind. Ihre Seelen sind entflogen. Wie auch die von euch jungen Damen. Ihr fühlt nur aus Gewohnheit noch. Das geht vorbei.«

Die 'ndrangheta hoben Speere mit silbernen Spitzen.

Die Mutter der Tränen hatte für den Fall, dass ihre Obermarionette versagte, offensichtlich noch eine Jagdtruppe in Reserve.

Geneviève legte ihre Hände auf Kates und Penelopes Schultern. Sie schob sie sanft beiseite wie Türflügel und trat vor.

»Ich werde bleiben«, sagte sie krächzend. »Aber meine Freundinnen werden gehen. Ungehindert.«

Santonas verhutzeltes Gesicht rang mit einem Rätsel.

Wenn Geneviève bereit war, für ihre Freundinnen zu sterben, dann konnte sie lieben und hassen und fühlen. Und *Mater lachrymarum* war über Vampirälteste im Irrtum.

Santona dachte über Geneviève nach.

Kate begriff, dass sie gerettet waren. Nicht nur für heute Nacht, sondern für alle Zeit. Wenn Geneviève nicht nur so tat als ob, dann war es möglich, eine Älteste zu werden und trotzdem eine richtige, echte Frau zu bleiben. Kate brauchte sich nicht diesem langsamen Rückzug von der Welt zu ergeben, den sie für ihre Art als unausweichlich erachtet hatte.

Der Morgen brach an. Rosa Licht wuchs am Himmel.

Geneviève war zwar mitgenommen, aber nicht gebrochen. Ihre Haare glänzten im Morgenlicht. Ihr Gesicht formte sich wieder zur Vollkommenheit. Ihre Fänge glitten zurück. Ihre Hände lagen auf Kates und Pennys Schultern wie die einer richtigen Mutter, deren fester Griff einem sagte, dass man sicher war, dass einem nichts geschehen würde.

Jetzt war Mamma Roma bei ihnen, müde und erschöpft, nachdem sie die ganze Nacht über die lüsternen Männer der Stadt bedient hatte. Sie war voller Ekel über das, was sie gerade lernen musste.

»Du simulierst, Älteste«, sagte sie. »Du täuschst Gefühle vor, die du gar nicht hast. Du kannst nicht lieben.«

Es war Verachtung in dem Vorwurf der Hure, aber sie ließ Kates Herz übergehen vor Freude. »Du lügst«, sagte sie triumphierend. »Weil du nämlich immer lügst.«

Zuletzt war nur das kleine Mädchen da, namenlos, still, grausam, verloren. Zum ersten Mal in Jahrtausenden war die Mutter der Tränen gezwungen gewesen, ihre Meinung zu ändern. Sie war nicht glücklich darüber, hinderte die drei aber nicht daran, das Kolosseum zu verlassen. Das Ganze war nicht endgültig. Das kleine Mädchen war halbblind, wie ein Einäugiger, und sah nie beide Seiten eines Streitpunkts zugleich. In einer anderen Nacht würde *Mater lachrymarum* vielleicht zu einem anderen Entschluss kommen und sie alle mit Silbermessern niedermetzeln lassen.

Kate und Penelope nahmen Geneviève in die Mitte und stützten sie. Sie ließen die Arena hinter sich.

35

Feierlich aufgebahrt

Glocken läuteten, Krähen kreisten in der Nacht. Der Trauerzug hielt sich dicht an den Klippen von Fregene, tastete sich einen schmalen Pfad hinab, der vom Palazzo Otranto zum Strand hinunterführte. Der Sarg kam zuerst, getragen von dem treuen Klove und einer Gestalt mit Zylinderhut und langen Fingernägeln: Zé do Caixão, Bestattungsunternehmer für die Reichen und Berüchtigten.

Geneviève schloss sich der Prozession an. Kate und Penelope waren ein Stück weiter vorn. Anschließend würde sie Italien verlassen, beschloss sie. Die Warnung, die sie im Kolosseum erhalten hatte, ernst nehmen und nie wieder nach Rom zurückkehren. Sie begriff immer noch nicht ganz, welche Persönlichkeit sie fast getötet und dann doch verschont hatte. Ihr Hals war noch nicht ganz verheilt, und sie klang so kehlig wie ein Frosch.

Diener beleuchteten den Weg mit Fackeln.

Wäre der scharlachrote Henker nicht gewesen, hätte die gesamte Vampirwelt teilgenommen. Soweit die Öffentlichkeit wusste, war er immer noch aktiv und entschlossen, alle Ältesten zu töten, die seine Stadt betraten. Man hatte einen Schauspieler namens Travis Anderson, der vor einigen Jahren auf geheimnisvolle Weise verschwunden war, tot im Kolosseum aufgefunden, aber keine offizielle Verbindung zu dem Henker gezogen.

Am Strand wartete eine Bahre aus Treibholz. Der Sarg wurde daraufgestellt, und Klove nahm den Deckel ab. Geneviève betrachtete den Leichnam. Es war wirklich Dracula. Sein Kopf lag oberhalb seines Körpers auf einem Kissen. Er widerstand noch immer dem Zerfall.

Prinzessin Asa beklagte ihren Verlust. Penelope tröstete die Älteste. Sie würden bis zum Morgengrauen warten und die Bahre dann anzünden. Eine Feuerbestattung hatte den Vorteil zu beweisen, dass Dracula wirklich und endgültig tot war.

Die Totenwache sollte nicht länger als zwei Stunden dauern.

Geneviève besah sich die Gesichter der wenigen Trauergäste. Bei den meisten handelte es sich um Mitglieder des demnächst aufgelösten Haushalts. Kates italienischer Reporter war auch darunter; sie wechselte ostentativ kein Wort mit ihm.

»Es muss Commander Bonds Hand gewesen sein«, sagte Geneviève. »Gelenkt von der Mutter der Tränen. Er hat Dracula getötet.«

Kate nickte. »Und wenn schon. Hauptsache, ich war es nicht.«

Bond hatte die Nacht der Spiele überlebt, aber Geneviève bezweifelte, dass er je wieder der Alte sein würde. Er war auf dem Weg zurück zum Diogenes-Club.

Die Prinzessin kniete am Fuß der Bahre und heulte die sterbende Nacht an. Sie war völlig außer sich.

»Prinzessin Asa ist eine Älteste«, sagte Kate.

Geneviève verstand nicht, worauf sie hinauswollte.

»Die Mutter der Tränen hat gesagt, es wäre nur noch eine Älteste in Rom«, erklärte Kate. »Du, Gené. Warum hat die Prinzessin nicht gezählt?«

Geneviève sah aufs Meer hinaus. »Fregene liegt außerhalb der eigentlichen Stadt. Vielleicht nicht mehr im Reich der Tränen?«

»Warum hätte sie dann Dracula töten sollen? Er hat seinen Palazzo nie verlassen, war kein einziges Mal in ihrer Stadt.«

Geneviève wusste es nicht.

»Sie ist aber hier gewesen. Ich habe sie gesehen.«

Kate durchdachte irgendetwas. Sie war wie Charles, sprang rasch von der einen Sache zur anderen, sammelte Beweismaterial, füllte Lücken mit Schlussfolgerungen.

Plötzlich stieg sie auf die Bahre, was Asa erneut aufheulen ließ, und zog Draculas rechte Hand aus dem Sarg. Sie zeigte Geneviève die dicht behaarte Handfläche. Sie wies eine vernarbte Brandwunde auf.

»Weißt du noch, das silberne Skalpell, an dem verbrannte Vampirhaut klebte?«, sagte Kate. »Der Beweis, dass der tödliche Stoß von einem Vampir mit bloßen Händen ausgeführt worden ist? In Wirklichkeit war es so, dass Dracula erstochen wurde und dann versucht hat, das Messer wieder herauszuziehen. Er schaffte es nicht und ließ los, und die Hand fiel zur Seite. Niemand hat sich seine behaarten Handflächen genau angesehen.«

»Kate, was machst du eigentlich da oben?«, wollte Penelope wissen.

Kate sprang in den Sand hinunter.

»Dir auf die Spur kommen, Penelope.«

Geneviève erkannte sofort, dass Kate richtig vermutet hatte.

Kate nahm Penelopes Hand.

»Du hast Handschuhe angehabt, Penny. Du bist vorsichtig.«

Penelope wies die Anschuldigung nicht zurück.

»Du arrangierst Dinge«, sagte Kate. »Empfänge, Feste, Beerdigungen. Die Leben anderer Leute. Und den Mord hast du genauso arrangiert wie alles andere, mit Stil, aber ohne dich in den Vordergrund zu spielen.«

Geneviève stellte sich neben Kate. Wenn Penelope ihre Freundin angriff, war sie bereit, sie zu retten – ganz egal, was sie der Engländerin schuldig war.

Lange Augenblicke verstrichen.

»Na schön«, sagte Penelope kühl. »Ich erzähle euch, was passiert ist. Ich weiß nicht, ob das irgendetwas erklärt, aber …«

36

Penelope, die Listenreiche

Ich habe es mir ausgesucht, das zu werden, was ich bin. Das wisst ihr beide. Ich habe einen Handel mit Arthur gemacht, mit Lord Godalming. Er hat mich verwandelt, und dafür habe ich ... nun, ihr könnt es euch wohl vorstellen. Ich bin nicht wie du, Katie, oder du, Geneviève. Mir wurde beigebracht, dass das Leben aus Kaufen und Verkaufen besteht, dass Gefälligkeiten ausgetauscht und nicht verschenkt werden. Es ist eine sehr viktorianische Einstellung, mit der man aus allen Frauen Huren macht und aus allen Männern Freier. Wir haben vom »Heiratsmarkt« gesprochen und vom »Wert« eines Mädchens.

Wisst ihr noch, wie es war, sich zu verwandeln? Von frühem Alter an wusste ich, dass ich Macht besaß. Über meine Eltern, meine Freunde, über Männer. Und nicht nur, weil ich hübsch war. Katie, du warst klüger als ich. Und ehrlicher. Darum hat Charles dich vorgezogen. Aber du hättest ihn nie dazu bringen können, dir einen Heiratsantrag zu machen. Und vergesst nicht, das alles ist passiert, als ich noch lebendig und nur ein junges Mädchen gewesen bin. Stellt euch vor, wie viel mächtiger ich als Vampir wurde, wenn ich die Anziehungskräfte unserer Art ins Spiel bringen konnte. Zuerst war ich trunken von den Möglichkeiten.

Dann wurde ich krank, wie ihr wisst.

Andere Neugeborene tranken verdorbenes Blut und wurden dahingerafft. Aber so etwas passierte doch Penny nicht. Passierte es sehr wohl. Du, Geneviève, hast mir das Leben gerettet, als du diesen Quacksalber Dr. Ravna daran hindertest, mir noch mehr von seinen Blutegeln anzusetzen. Ich habe die Narben immer noch. Ich kann nur hochgeschlossene Blusen tragen.

Ich bin vielleicht erwachsen geworden, habe mich vielleicht

verändert, aber im Grunde bin ich immer noch Penelope Churchward. Die schöne Penny. Die schlimme Penny. Es mag keine ganz und gar glückliche Lage sein. Ich gebe zu, dass ich euch beide beneide. Ihr habt Freiheiten genossen, die ich nie kennengelernt habe. Charles hat euch beide mir vorgezogen, und ich kann es ihm nicht verdenken. Früher einmal, in den ersten Wirren des Lebens als Vampir, habe ich mir eingebildet, euch alle zu hassen. Ich versuchte mich an euch zu rächen, indem ich mir Charles holte. Ich hätte ihn leertrinken und verwandeln und damit, so dachte ich damals, zu meinem Sklaven machen können.

Ich habe es nicht getan. Ich war nahe daran, aber sein Blut hat mich *verändert*.

Das ist etwas, das mir nie jemand gesagt hat vor der Verwandlung. Man hatte mir beigebracht, dass das Vampirdasein nur etwas Körperliches ist, das Trinken von Blut. Ich war schockiert, was die heiße kupferne Flut noch alles mit sich trug. Gefühle, Widersprüchlichkeiten, *Informationen.* Ich wusste nicht, dass die Vampirwerdung Penny Churchward in ein Gefäß verwandelte und das Bluttrinken mich mit anderen Menschen erfüllen konnte. Ein schwacher Vampir, wie ich einer war, kann zu viel von einer starken warmblütigen Person trinken und verlorengehen, eine Reinkarnation seines Opfers werden. Dafür habe ich nicht genug von Charles' Blut getrunken. Wenn, dann wäre er gestorben. Aber ich trank genug, um mich mit seinen Augen zu sehen, um Pamelas Gesicht über meinem verschwundenen Spiegelbild zu sehen, um das Monstrum zu sehen, das ich schon gewesen war, bevor ich den dunklen Kuss gesucht hatte.

Ich bekämpfte das Blut in mir. Ich versuchte mich von Charles frei zu machen. Seit damals habe ich nur von den Schwachen, den Dumpfen und den Professionellen getrunken. Dünner Tee, mit viel Milch.

Ich gab den Falschen die Schuld dafür. Charles Beauregard hatte mich nicht zu dem gemacht, was ich war, hatte meine Welt nicht mit Blut gefärbt. Auch Art nicht. Nicht in Wirklichkeit. Hinter allem, hinter dem ganzen Wandel, steckte Dracula.

Er war Prinzgemahl damals. Später nannte er sich alles Mögliche, Prinz und Kaiser der Nacht und Katzenkönig und was weiß ich. Für mich ist er immer noch derjenige, als der er sich ganz am Anfang Jonathan und Mina Harker und meiner armen Freundin Lucy Westenra vorgestellt hatte: der Graf.

Wir haben Titel damals viel zu wichtig genommen. Nein, ich bin ungerecht. *Ich* habe Titel damals zu wichtig genommen. Als Lucy erzählte, dass sie die Lady Godalming werden würde, war ich grün vor Neid. Ich wäre nur Mrs. Charles Beauregard geworden, wobei ich hoffen durfte, dass er eines Tages zum Ritter geschlagen, vielleicht sogar in den Adelsstand erhoben werden würde. Dennoch konnte Charles gesellschaftlich bestenfalls ein Neugeborener sein, während Art ein Ältester war.

Dracula. Ja, zu ihm komme ich noch.

Ich erholte mich langsam von meinen unklugen Räubereien, zehn Jahre lang. Ich legte mir eine Brut Neugeborene zu, erschuf mir einen Hexenzirkel. Die meisten starben während des ersten Krieges und den Jahren danach. Ich hatte darauf geachtet, nur Leute zu verwandeln, die sich nicht aufs Kämpfen verstanden und mich als ihre Herrin akzeptieren würden. Es gelang mir nicht, sie überlebensfähig zu machen. Das machte mich sehr traurig. Es gibt noch Reste meines Blutgeschlechts, das Geblüt der Godalmings. Ich habe dir gegenüber mit ihnen angegeben, Katie. Das war die alte Penny, fürchte ich. Sie sind so degeneriert, dass sie nichts mehr retten wird. Manchmal lassen sie sich blicken, gegen eine Geld- oder Blutzuwendung. Die meisten sind Gespenster und von einem Appetit beherrscht, der größer ist als ihre Persönlichkeit.

England wurde ein schwieriges Pflaster für mich. Die Frauen bekamen das Wahlrecht, wie ihr wisst. Insgeheim hatte ich schon immer gefunden, dass es ihnen zustand, wenngleich ich mir nicht vorstellen konnte, warum eine Frau sich an die Politik vergeuden sollte. Ich war mir bewusst, dass das Eintreten für das Frauenwahlrecht – wie du es getan hast, Katie, Heldin des Zeitalters – den eigenen Wert auf dem Gebiet schmälerte, das wirklich zählte. Meine Mutter starb, warmblütige Freunde wurden alt. Moden wechselten, Röcke wurden kürzer. Alle telefonierten die ganze Zeit. Ich war ein Schmetterling unter Glas, mit einer Nadel fixiert, den man manchmal bestaunte, der einem aber eigentlich egal war. Du, Katie, warst immer dort, wo etwas los war. Du hast dich nicht in eine Wachsblume verwandelt. Das bewies, dass es nicht zwangsläufig zum Vampirdasein gehörte. Sondern dass es etwas in mir drin war, in Penelope. Die schlimme Penny war an einem Wendepunkt. Ich musste unbedingt etwas finden, womit ich mich nützlich machen konnte.

Nach dem zweiten Krieg suchte ich den Grafen auf.

Ich sorgte dafür, dass Mina mich bei ihm einführte. Ausgerechnet Mina. Sie gehörte schließlich zu seiner Brut und hatte den Kontakt zu seinem Haushalt aufrechtgehalten. Als Dracula sich hier niederließ, im Palazzo Otranto, machte ich einen Besuch und stellte mich ihm zur Verfügung.

Es wäre übertrieben zu sagen, dass er mein Angebot annahm. Er hatte nur nichts dagegen.

Stellt euch die Szene vor. Ich komme oben beim Palast an. Mein Kopf ist voll mit den ganzen Geschichten. Von Jonathan Harker, der diesen Berg in Transsylvanien hinaufsteigt und nach Burg Dracula kommt, wo ihn der Vampirkönig und sein blutdurstiger Harem erwarten. Und von Charles und dir, Geneviève, die ihr euch in den Buckingham-Palast vorwagt, während der Graf dort Hof hält, und seiner roten Herrschaft ein Ende setzen wollt.

Ich glaubte zu wissen, was mich erwartete. Wenn Dracula mich töten oder versklaven wollte, dann war es eben so. Ich stand in seiner Schuld.

Damals wurde er noch von Soldaten bewacht. Das war 1946, die Feuer Europas schwelten noch. Nach einiger Verzögerung wegen der Soldaten – ich war schockiert, als sie von mir bestochen werden wollten – wurde ich zu ihm vorgelassen. Ich war darauf gefasst, vom schieren Gewicht seiner Persönlichkeit erdrückt zu werden. Ich wusste aus zweiter oder dritter Hand, dass der Graf wie ein Strudel war. Wer ihm nahe kam, riskierte, von der Strömung erfasst und unter Wasser gezogen zu werden.

Dracula saß in einem Sessel, nicht in einem Thron. Ich wurde nicht erdrückt, nicht unter Wasser gezogen. Nicht getötet, nicht versklavt.

Zunächst dachte ich, er wäre tot. Endgültig tot.

Dann öffnete sich ein Auge. Grelles Scharlachrot in dieser Maske aus verwittertem Grau.

Ich hatte einen dieser plötzlichen Erinnerungsschübe, die wir dem Blut unserer Liebhaber verdanken. Ich war Charles, 1888 im Buckingham-Palast, das Silberskalpell in der Hand. Um mich herum war überall Blut und Gefahr, waren die schnellen Bewegungen erwachter Monstren.

Dann nichts mehr.

Das rote Auge betrachtete mich ohne sichtliches Interesse. Alle meine Befürchtungen lösten sich in Luft auf. Es war die reinste Enttäuschung. Ich hatte halb damit gerechnet, mich in diesen Mahlstrom zu werfen, die alte Penny endgültig hinter mir zu lassen. Wenn ich eine von Draculas Bräuten geworden wäre, hätte alles ein Ende gefunden.

Stattdessen war ich auf einmal die Hausherrin dieses Monstrums.

Irgendjemand musste den Posten haben. Und ich war dort.

Es war eine ziemliche Überraschung für mich, dass der Graf so fügsam war, ein Schock sogar. Ich meine damit nicht, dass er willensschwach war. Sondern dass er das Interesse an der Welt verloren hatte.

Sogar für ihn war alles zu viel.

Das ist das Geheimnis, das ich bewahrt habe. Dracula war nicht mehr der, der er einmal gewesen war. Er schlief die meiste Zeit. Wenn er wach war, nährte er sich und spazierte in Gedanken umher. Die Geschichte hatte ihn eingeholt, hatte ihn hinter sich gelassen.

Früher hatte er eine Leidenschaft für alles Neue und Kraftvolle gehabt, war er besessen gewesen von neuen Erfindungen, neuen Jargons. Ich fand überall Hinweise auf seine erloschene Begeisterung, von halb gebauten Kriegsmaschinen bis zu Berichten von Wissenschaftlern und Gelehrten, die vor langer Zeit in Auftrag gegeben worden waren und nun ungelesen herumlagen. Seine Papiere befinden sich hier unter dem Sarg und warten darauf, angezündet zu werden. Das war meine Entscheidung. Ich bin von verschiedenen Seiten unter Druck gesetzt worden, ihnen das Material auszuhändigen. Mr. Profumo vom Kriegsministerium appellierte an meine Vaterlandsliebe, Mrs. Luce als Stellvertreterin der Vereinigten Staaten an mein Misstrauen und Mr. Gromyko von den Sowjets an meine Friedensliebe. Ich habe ihnen standgehalten, und Draculas Geheimnisse werden mit ihm sterben.

Dieser Dracula, der Verschwörer und Ränkeschmied, der sich darauf verstand, in den Kulissen der Geschichte zu warten, war tot. Ich wurde die Gouvernante seines Gespensts, dieser wandelnden Hülle des Vampirkönigs. Ich weiß nicht, was ihn so verändert hat. Hiroshima und Nagasaki. Seine Brut, von der so viele in den Todeslagern der Nazis verschwanden. Dass in England die Labour Party regierte. Das Herunterrasseln des Eisernen Vorhangs. Eine Infektion, die er sich bei den italienischen *morti viventi* geholt hat. Dieses verfluchte Lied, der »Dracula Cha-Cha-Cha«.

Der Mann, der Eisenbahnfahrpläne gemeistert hatte, der Arien von Gilbert und Sullivan pfeifen konnte, kam nicht mit dem Durchbrechen der Schallmauer und dem Rock'n'Roll zurecht. Du kannst so viel begreifen, Katie. Ich habe deine Artikel über Kerouac und Eddie Cochran gelesen, über die Mau-Mau und Brigitte Bardot, und mir hat sich der Kopf gedreht. Ich habe versucht mitzuhalten, wirklich. Ich habe *Die Leute von Peyton Place* gelesen und *Der Fänger im Roggen* und *Träume auf der Terrasse*. Aber manchmal will ich einfach, dass das aufhört, dass alles so bleibt, wie es war. Das ist der Eissplitter, der einem Vampir im Herzen steckt, der dabei ist, die falsche Sorte Ältester zu werden, die Sorte, die der scharlachrote Henker gejagt hat. Ich begreife, warum der Graf in seinen Sarg steigen und den Deckel zuziehen wollte.

Wie du gesagt hast, Katie, ich bin eine Arrangeurin. Ich wurde dazu ausgebildet, eine viktorianische Gattin zu sein, was eine Kombination aus zurückhaltendem Takt und peinlich genauer Buchführung und Zeitplanung erfordert. Jede Frau meines Standes könnte eine Nation, eine Armee oder ein Wirtschaftsunternehmen besser führen als diese zu groß geratenen Schuljungen, die solche Machtstellungen innehaben. Wenn die Menschheit dieses Jahrhundert überleben soll, dann empfehle ich, die Gesellschaft nicht nach den Prinzipien von Karl Marx oder Henry Ford auszurichten, sondern nach denen der viktorianischen Haushaltung.

Als ich praktisch der Kopf des Hauses Dracula wurde, hatte ich endlich meine Stellung gefunden. Diese letzten Jahre über war ich Dracula. Ich habe seine Korrespondenz erledigt und die führenden Regierungschefs der Welt, die mit ihm geliebäugelt haben, gegeneinander ausgespielt. Ich habe für ihn Kuppelei betrieben, ihm warmblütige Körper verschafft, von denen er sich nähren konnte. Und als er sogar an willigen Opfern das Interesse verlor, habe ich ihn genährt, habe mich mit jungem Blut vollgetrunken und es ihm aus meinen Adern in den Mund gespritzt.

Das Haus Dracula ist eines der großen Vermögen der Welt und wird nun nach meinem Gutdünken verstreut werden, um verdienstvolle Projekte rund um den Globus zu unterstützen. Das Haus Vajda hatte sich in Gestalt der armen Prinzessin Klageweib eine Allianz gewünscht, um im Triumph in sein Heimatland zurückkehren zu können. Ich bin mir nicht sicher, was ich mir von der Hochzeit erhofft hatte. Es war einer meiner Versuche, den Graf aus seiner Erstarrung zu wecken. Es lag auf der Hand, dass er mich nie als geeignete Gemahlin erachten würde, aber Asa hatte Geblüt, Kinderstube und Grausamkeit aus den Tagen vor der Renaissance. Meine Hoffnung war, dass die Hochzeit ihn wecken, ihn wieder zu Dracula machen würde.

Ich habe ihn wohl geliebt. Charles habe ich wohl auch geliebt.

Charles hätte ich beinahe umgebracht. Während ich im Fieberwahn lag und mit Blutegeln übersät war, fantasierte ich davon, das Herz einfach herauszureißen, das du mir entführt hattest, Geneviève, und es über deinem Gesicht auszudrücken.

Dracula habe ich umgebracht.

Ich redete mir ein, dass Charles mich endlich freigegeben hätte, damit ich die Tat ausführen konnte. Durch sein Sterben. Er war das Letzte, was von meinem warmblütigen Leben übrig war. Tut mir leid, Katie, aber du lebst nicht mehr. Genauso wenig wie ich. Mit Charles' Tod bin ich aus der Welt der Lebenden endgültig in die Welt der Gespenster hinübergetreten.

Ich war in der Lage, das Monstrum zu vernichten, das die Welt verändert hatte, das die Fäulnis des zwanzigsten Jahrhunderts verbreitet hatte. Ich bin mir bewusst, welchen Widerspruch ich gelebt habe. Jahrelang hatte ich mir eingebildet, Dracula an den Punkt bringen zu können, wo er wieder auf der Weltbühne erscheinen würde, aber mir war immer klar, dass ich ihn am Ende töten würde, um diese große Rückkehr zu verhindern. Ich bin eine Frau. Ich darf meine Meinung ändern, darf zwei Dinge zugleich wollen, die einander widersprechen. Ich weiß, ihr versteht mich, meine Schwestern.

Ich leistete die Vorarbeit schon lange vorher. Ich ließ die Waffe durch mein warmblütiges Werkzeug in den Palast schaffen und bereitete alles vor, damit ihm die Schuld in die Schuhe geschoben wurde. Ich benutzte Draculas eigenes Gold, um das Silberskalpell des Jack the Ripper zu erwerben – die Waffe, die Art und die alte Königin getötet hatte und die das Symbol der Revolution gegen Dracula war, in der du, Katie, dich hervorgetan hattest. Ein vampirischer Safeknacker unserer Tage stahl es für mich, ein feiner viktorianischer Schurke, und ließ es durch den Amerikaner hierherschmuggeln, der sich bald für den Mord an Graf Dracula verantworten muss. Er braucht einem gar nicht leidzutun. Er ist ein überzeugter und skrupelloser Vampirmörder und schlecht bis ins Mark, wenn auch gelegentlich ganz amüsant.

Ich hatte das Skalpell monatelang. Ich trug Charles' Erinnerung daran in mir, wie er es gehalten hatte, und nun hielt ich es selbst. Ich zog Handschuhe über und spielte damit, genoss das Prickeln des Silbers durch die Baumwolle. Einmal berührte ich mit seiner Spitze meine Zunge und versetzte mir einen solchen Schock damit, dass ich ohnmächtig wurde. Es ist ein Jammer, dass ich es nicht mehr habe. Ich verbinde so viel damit. Ich freue mich, dass ich ihm noch eine weitere Bedeutung verleihen konnte.

Vielleicht habe ich darauf gewartet, dass Charles starb.

Vielleicht habe ich auf Zuschauer gewartet.

Vielleicht habe ich darauf gewartet, dass mich jemand von meinem Plan abbringt.

Diese Geschichte ist nicht allein mein Verdienst. Ich gebe zu, dass Prinzessin Asa sich als eine große persönliche Herausforderung erwies. Ich musste einsehen, dass ich mich verrechnet hatte und dass sie vorhatte, mich nach der Heirat aus diesem Haushalt zu verdrängen. Sie war fuchsteufelswild, weil Dracula nicht aus seiner Gruft kommen wollte, und gelangte sogar zu dem Verdacht, dass ein Betrug im Gange war. Ihr fiel die Angewohnheit des Grafen ein, auf dem Schlachtfeld mit diversen Doppelgängern für Verwirrung zu sorgen – du erinnerst dich doch an den ungarischen Schauspieler, der im ersten Krieg umgekommen ist, Katie? –, und fragte sich, ob ich nicht versuchte, ihr einen Überlebenden von damals unterzujubeln.

Wäre ich eine Mörderin aus Leidenschaft und nicht aus Vernunftgründen, hätte ich ihr wohl die Kehle durchgeschnitten und sie ausbluten lassen. Wie sich herausgestellt hat, wäre das vielleicht eine Gnade gewesen. Was auch passieren mag, ich werde zusehen, dass man sich um sie kümmert. In ihrem gegenwärtigen Zustand stellt sie für niemanden eine Gefahr dar. Der Tod Draculas ist wie der Untergang eines Kontinents gewesen, und Prinzessin Asas Verstand ist von den Strudeln in den Mahlstrom gesogen worden.

Dracula hat uns allen so viel bedeutet. Als die Ältesten zu der Verlobung zusammenkamen, sah man, wie viele ihn kopierten. Sie trugen Kleidung, deren Stil er einmal aufgebracht und dann wieder verworfen hat, diese ganzen rot gefütterten schwarzen Umhänge und gestärkten Frackhemden. Sie gaben den Grafen, den Prinzen, den Baron, genau wie er. Sie erweckten Teile seiner Biografie wieder zum Leben, wie die Mitarbeiter von spießbürgerlichen Reiseunternehmen, die ständig seine Taten nachspielen.

Warum war ich es, die ihn tötete?

Erinnerst du dich an Van Helsing, Katie? Und weißt du noch, wie Mr. Stoker sich in seinem merkwürdigen Buch ausmalte, wie der Professor und seine unerschrockenen Begleiter den Grafen jagten und zur Strecke brachten? In Mr. Stokers Welt, wie sie hätte sein sollen, waren sie alle stark – Mina, Jack Seward, Jonathan, sogar Art – und in dem ganz normalen Lauf der Welt, wie sie war, wären sie stark genug gewesen. Aber Dracula war mehr als ein Mensch, mehr als ein Vampirältester. Er war eine Idee, eine Philosophie, eine große, einfache Antwort für ein Zeitalter, das der komplizierten Fragen müde wurde. Wir können ihm das nicht vorwerfen. Wir haben ihn uns ausgesucht.

Es wurde Zeit, dass jemand dem Ganzen ein Ende setzte.

Ich war am besten dafür geeignet. Ich war keine Marionette dieses Wesens, dem wir im Kolosseum begegnet sind – jedenfalls nicht, dass ich wüsste. Aber sie war auch dort. Damit hattest du Recht, Katie. Ich glaube, ihre Vorstellungen über Vampirälteste wurden durch seine Gegenwart gleich hinter den Grenzen ihres Territoriums geformt. Alles, was sie über ihn an Vermutungen anstellte und was sie in den Herzen seiner Nachahmer las, traf auf dich nicht zu, Geneviève, und wird auch auf dich nicht zutreffen, Katie. Aber auf mich schon.

Mein Herz ist tot. Meine Liebsten sind tot. Es wird keine weiteren geben.

Als ich seine Gruft betrat, machte der Graf keinen Versuch, sich zu wehren. Es war keine Szene, wie Mr. Stoker sie beschreibt: die zögernden Vampirjäger, die sich dem überwältigenden Monstrum nähern, sich ihm entgegenstellen, die die Kräfte des großen Guten heraufbeschwören, um das titanische Böse zu besiegen. Ich glaube, er hat mich erwartet. Ganz ruhig auf mich gewartet. Er wollte auf sein eigenes Fest nicht gehen.

Ich habe ihn getötet, weil ich ihn und alles, was er meiner Welt angetan hat, hasste. Ich habe ihn getötet, weil ich ihn liebte und ihm die Demütigung ersparen wollte, die zwangsläufig gekommen wäre, wenn sein Zustand öffentlich bekannt geworden wäre. Ich habe ihn getötet, weil ich es konnte.

Ich stieß ihm das Skalpell ins Herz. Er griff danach – sehr scharfsinnig, Katie –, doch nicht, um es herauszuziehen, sondern um es dort festzuhalten, als ob er seinem Herzen zutraute, es aus seiner Brust herauszuspucken.

Ihr seht, ich hatte für dieses Verbrechen einen Komplizen. Graf Dracula persönlich.

Am Ende, als sein Herz barst, sah ich das alte Leben in seinen Augen. Er hatte so viele Jahre über den Tod triumphiert, aber seinen letzten Sieg errang er über das Leben. Über sein eigenes. Es kostete ihn seine gesamte große Kraft, und er hätte es ohne mich nicht geschafft.

Ich glaube, ich war sein Geschöpf, wie dieser scharlachrote Henker das Geschöpf der Hexe war. Er nahm mich bei sich auf und formte mich durch behutsame Einflussnahme zu dem Schwert, in das er sich stürzen konnte. Vielleicht deute ich zu viel in einige Dinge hinein, versuche, die Schuld von mir abzuwälzen. Das wäre durchaus typisch für mich, wie du gewiss bestätigen wirst, Katie.

Ich verließ ihn, damit er allein starb.

Es war das Mädchen, bin ich überzeugt, das ihm den Kopf abgeschnitten und diesen zum Spielen genommen hat. Wie wir wissen, neigt die Kleine zum Theatralischen. Ich glaube, sie hatte diese große Geste, den Kopf auf der Pike, als Warnung an uns gemeint. Sie hat mich nicht dazu gebracht, es zu tun, aber sie wusste, was ich tat. Ich kann es nicht erklären, aber ich glaube, wir haben inzwischen gelernt, was sie anbelangt, keine Erklärungen zu erwarten. Du bist in das Ganze hineingeraten, Katie. Du warst dort, als das Mädchen seinen Kopf abgetrennt hat und all das Blut herausschoss. Das tut mir leid. Ich wollte nicht, dass dir etwas passiert. Das war eine private Angelegenheit zwischen mir und dem Grafen. Aber sie konnte nicht privat bleiben, weil du dich immer in alles einmischen, in alles hineindrängen musst. Früher hat mich das sehr geärgert. Heute bin ich froh darüber.

So. Da habt ihr sie. Meine Geschichte.

37

Am Strand

Kate merkte, dass sie ein wenig geweint hatte. Nur Geneviève und sie hatten Penelopes Geständnis gehört.

»Jetzt sind wir frei«, sagte sie.

Als die Sonne aufging, löste Dracula sich auf. Rasch wurden die Fackeln an die Bahre gehalten. Flammen stiegen auf, leckten an dem Sarg. Der Leichnam wand sich, als fließe Strom durch ihn hindurch. Verwesung, die für so viele Jahre aufgeschoben worden war, tobte im Körper des Prinzen.

Prinzessin Asa wurde davon abgehalten, sich über den Scheiterhaufen zu werfen wie eine indische Witwe. Penelope nahm einen breitkrempigen schwarzen Hut aus ihrer Tasche und setzte ihn der Prinzessin auf, damit sie vor dem Morgenlicht geschützt war.

Kate sah zu, wie Draculas Sarg brannte, und spürte keinen Triumph.

In der Mitte des Feuers knallte etwas, und eine Säule aus Asche und Funken stieg von dem Scheiterhaufen auf. Das Licht hatte die Leiche erreicht, und sie war in Flammen aufgegangen. Nun brannte dort nur noch Holz.

Kate spürte die Hitze des Feuers, die Kühle des Morgens.

Penelope übergab Asa in Kloves Obhut und wandte sich vom Feuer ab. Geneviève war hinunter zur Wasserlinie gegangen. Kate hakte sich bei Penny ein und ging vorsichtig mit ihr den feuchten Sand entlang.

Ein orthodoxer Priester – der Vlads ursprünglichen Glauben repräsentierte – leierte ein Gebet.

Marcello ging, hinter seiner Sonnenbrille versteckt, zu den Klippen zurück. Ihre verzweifelte Liebe war erloschen, aber sie wünschte ihm auch nichts Böses. Er war so verloren wie alle anderen auch. Soweit sie wusste, hatte er den Journalismus aufgegeben und war jetzt Werbeagent für die ganzen neuen Malenkas.

Charles, Dracula, Marcello. Alle fort.

Kate war so frei, dass ihr schwindelte. Nur von den Gespenstern nicht.

Die drei Frauen standen am Meer.

»Ich fliege heute Nachmittag nach London zurück«, sagte Kate. »Es wird höchste Zeit. Auf mich wartet viel Arbeit. Und ich muss dringend Geld verdienen. Der *Guardian* will mich nach Kuba schicken, damit ich mir diesen Castro einmal anschaue und vielleicht aus ihm schlau werde.«

»Ich gehe nach Griechenland«, sagte Geneviève. »Und dann vielleicht nach Australien. Ich dachte, ich schaue mir diese Raketenforschung einmal an. Ich bin die ganzen letzten Jahre immer am selben Ort gewesen. Es wird Zeit, wieder einmal zu reisen.«

Zwischen ihnen blieb unausgesprochen, dass sie sich von Rom besser fernhalten wollten. Wenn sie irgendwelche Vampire trafen, ob Älteste oder nicht, würden sie ihnen raten, um die Ewige Stadt einen großen Bogen zu machen. Dort gab es jemanden, der sehr alt und sehr versessen auf seine Position war.

Penelope planschte, ließ zu, dass Wasser in ihre Schuhe drang.

»Ich würde gern Pamelas Grab besuchen«, sagte sie. »Es liegt im Bergland, in Indien. Meine Cousine hat mir viel bedeutet. Ich begreife jetzt, wie sehr ich immer zwischen den beiden Möglichkeiten geschwankt habe, ganz genau wie sie sein und ihr überhaupt nicht ähneln zu wollen.«

Penelope sagte das, als ob sie um Erlaubnis fragte.

Kate wusste nicht, was sie tun sollte. Eigentlich müsste sie die Story bringen. Penelope würde für viele eine Heldin sein. Es wurden bereits Spenden zur Verteidigung ihres Sündenbocks gesammelt.

Sie hatte Penelope gerade erst alles andere vergeben, was zwischen ihnen vorgefallen war. Diese jüngste Last würde sie erst einmal verdauen müssen.

»Ich werde es nie jemandem erzählen«, sagte Geneviève. Sie krächzte immer noch ein bisschen.

Penelope dankte ihr und schüttelte ihr die Hand.

Draculas Rauch trieb über das Meer hinaus.

»Ich auch nicht«, sagte Kate. »Wahrscheinlich.«

Penelope lächelte kalt und küsste sie.

»Ich hab nur ›wahrscheinlich‹ gesagt.«

»Ich weiß, was du meinst. Ich habe immer gewusst, was du meinst. Und vergiss bei allem, was ich euch erzählt habe und was wir zusammen durchgemacht haben, nicht, dass ich immer noch Penny bin und du immer noch Katie.«

Kate sah, wie Pennys Augen matt wurden. Sie veränderte sich erneut, streifte die nächste Schlangenhaut ab.

»Hab dich«, sagte Penny. »Du bist dran.«

Penelope tippte sie ernst an die Schulter und lief zu einigen Felsen davon.

Geneviève hatte keine Ahnung, worum es ging.

»Es ist ein Spiel, Gené«, erklärte Katie. »Wir sind doch zusammen Kinder gewesen.«

Die Älteste sah sie ernst an und wirkte jünger als je zuvor.

»Hab dich, du bist dran?«

»Ja, genau.« Kate tippte Geneviève an die Brust. »Und jetzt bist du dran.«

Sie rannte davon, nicht sehr schnell.

Geneviève holte rasch auf, und als Kate bei den Felsen ankam, wartete ihre Freundin dort schon, um sie zu fangen. Lachend täuschte Kate einen Ausfall zu Geneviève hin an – die ihr mit der

Gewandtheit einer Ältesten und der Listigkeit einer sechzehnjährigen Französin auswich – und sprang über eine Lache und tippte Penny an, die platschend umfiel und sich wieder nach vorn warf, nur um zu merken, dass Kate bereits zurückgesprungen war.

»Hab dich, du bist dran«, sagte Kate.

Sie rannte an dem noch immer brennenden Scheiterhaufen vorbei, hüpfte durch den aschigen Sand, schlängelte sich zwischen dem Bestatter und den Gehilfen hindurch, während Penelope sie erbittert jagte.

»Ich krieg dich, Katie Reed«, rief Penny ohne Bosheit. »Wart's nur ab …«

Kate rannte den Strand entlang, fort von dem Feuer.